JN152893

名探偵ホームズ全集

第1巻

コナン・ドイル 原作　山中峯太郎 訳著

平山雄一 註

深夜の謎　恐怖の谷　怪盗の宝　まだらの紐
スパイ王者　銀星号事件　謎屋敷の怪

作品社

名探偵ホームズ全集

第一巻

⚜ Contents ⚜

⚜前書き

昭和三十～五十年代に小学生だった子どもたちは、学校の図書館で「少年探偵団」シリーズ、「怪盗ルパン全集」シリーズ、そして「名探偵ホームズ全集」シリーズを先を争うようにして借りだして、探偵と冒険の世界に胸を躍らせました。当時を思いかえすと、「少年探偵団」はみんなに愛されていましたが、なぜか子どもたちは「ルパン派」と「ホームズ派」に別れて、どちらが素晴らしいかお互い熱心に主張をしていました。

「少年探偵団」「怪盗ルパン」はその当時から今に至るまで、本の形は変わっても、ずっと子どもたちに愛されてきています。「怪盗ルパン」は一時期姿を消しましたが、再び文庫本になって復活しました。しかしなぜかあれほど愛された、大食いで快活な「名探偵ホームズ」はいつのまにか姿を消して、気難しい痩せぎすの「シャーロック・ホームズ」に取って代わられてしまいました。

当時、ホームズが自動車に乗るのはおかしいとか挿画の現代的な服装が間違っているとか、いろいろ批判がありました。しかしその後、ホームズは多様性を獲得し、犬になったりカマキリになったり、現代に現われてコンピュータを駆使したり全身に入れ墨を入れたりしています。

そんな自由にホームズを楽しめる時代に、もう一度「名探偵ホームズ全集」を見直してみました。すると単に明朗快活なだけでなく、ホームズ研究家の目から見てもあっと驚くような指摘や新説がいくつも見つかりました。詳しいことは註釈と第三巻の解説で、ご紹介いたします。

昔を懐かしむもよし、峯太郎の鋭い考察に唸(うな)るもよし、「名探偵ホームズ全集」を現代ならではの楽しみ方で、どうぞ満喫してください。

平山雄一

・本全集は、ドイル原作・山中峯太郎訳著『名探偵ホームズ全集』（全二十巻、ポプラ社）を底本とした。ただし本全集の収録順はポプラ社版の刊行順ではなく、北原尚彦氏の考証による、作品内における時系列順とした。
・詳細な書誌情報および解題は、第三巻にまとめて掲載する。
・本書中、現在から見ると差別語に当たるものも見られるが、作品の歴史性・資料性に鑑み、原文のままとした。

深夜の謎 ▼1

この本を読む人に

世界に、もっとも有名な探偵小説を書いた人は、英国のサー・アーサー・コーナン・ドイルである。その小説の多くが、各国に訳され、日本にも、たくさんの訳が出ている[2]。

コーナン・ドイルの小説の主人公で、読者をおもしろがらせる「シャーロック・ホームズ」は作者のドイルがつくりあげた名探偵であり、ほんとうに生きていた人ではない。ところが、今年「ホームズの生まれた百年記念祭[3]」が、各国でひらかれた。英国のロンドンに、アメリカのニューヨークに、デンマークに、など、小説の中の人物の記念祭が行なわれたのは、とてもめずらしいことであり、世界の読者の人気が、ドイルの小説に、いつまでも集まっているからであろう。

この大人気の記録を、ホームズのそばにいて書いたのが、ホームズの親友の医学博士ジョン・エイチ・ワトソンだと、ドイルが小説に作っている。このワトソン博士も、むろん小説の中の人物なので、ホームズと初めて会ったのは、バード病院[4]の中の化学実験室ということになっている。

このバード病院が、今もロンドンに実さいにあるものだから、そこはホームズとワトソン博士の会見記念場所であると、これも今年、バード病院の中に記念の額を上げて、英国の各界の代表たちがあつまり、ドイル家の人たちも招かれて、額の除幕式を行なったという。

このように、大ぜいの人から読まれているドイルの探偵小説が、はじめて発表されたのは『緋色の研究』という第一回の作品であり、すばらしく評判を高めて、日本でも訳され、多くの人に読まれている。これほど有名な作家のコーナン・ドイルは、英国のエジンバラ大学の医学部を卒業して、元は医者であった。それが『緋色の研究』の第一回作品をはじめ、「シャーロック・ホームズ」を中心人物とする探偵小説を多く書いて、いよいよ大評判になり、それからアフリカの戦争[5]へ軍医になって行き、歴史小説[6]も冒険小説[7]も書き、英国の政府から「ナイト[8]」〔勲爵士〕という貴族の名まえをあたえられた。今から三十数年前〔千九百三十年〕に七十一才でなくなり、心霊術[9]なども熱心に研究していた。ところが、なにしろ英国の作家だから、その小説には、当然に、英国人の古い習わし、風俗、わからないことばなどが、多分にふくまれていて、上手な訳文でも、日本の、ことに少年少女にはぴったりしない点、たいくつするところがすくなくない。そこで、この本は、『緋色の研究』を翻案して、日本の少年少女に、もっともおもしろいように、すっかり、書きなおしたのである。

なお、『**名探偵ホームズ全集**』は、全二十巻あります。みなさまのご愛読を願います。

山中峯太郎

⚜この物語に活躍する人々

名探偵ホームズ

「ホームズは変人であり、一種の偉人だ！」と、友だちのひとりがいった。元は化学者だった。ところが、思いがけなく怪事件にぶつかって、探偵に乗りだし、解けない謎を、みごとに解いて、真犯人を自分の居間によびだし、すばらしい腕まえを現わす。

ワトソン博士

ホームズといっしょにいる親友、怪事件の謎を、ホームズが解いて行くすじみちを、はじめから見ていて、おどろき、自分も探偵しながら、くわしい記録を書きつづけ、しまいにその記録を本にして出版する。それが、この『深夜の謎』であり、自分も有名になる。

ホープ

アメリカ西部の山おくと密林に、けもののように生きていた。とても、たくましい性質で、おもったことは、きっとやりとげる。少女リーシを、ほかの者にうばいとられて、猛獣のようになる。

リーシ

沙漠の中にさまよっていた、あわれな運命から、りっぱな令嬢になり、青年ホープと知りあって、幸福に生きて行くはずを、はからずも悲しい運命にとらわれて、咲かない花のまま散って行った。

ファリア

少女リーシをそだて、あらゆる苦労の中から、アメリカ西部における第一流の財産家になった。なさけの深い、気の強い人である。ところが、怪人とその手下にねらわれて、ついに命をうばわれる。

スタンガソン

アメリカ西部の町に、大金持の家のあとをとり、ぜいたくで、わがままで、かってなことをする。しかも、怪人ヤングの力をかりて自分の欲をとげようとし、しまいに英国のロンドンへ流れてくる。

ドレッパ

スタンガソンの友だち、これも金もちの家に生まれ、ふたりで悪いことばかりする。アメリカ西部から英国のロンドンへ、いっしょに流れてきて、方々をかくれまわり、ついに別れてしまって、さいごを告げる。

グレグソン探偵

『深夜の謎』が解けない、むつかしい怪事件にぶつかって、ホームズに負けるものかと、さまざまに苦心する。ついに犯人を捕えて、ホームズに知らせにきてみると、すっかりちがっているのだった。

レストレード警部

探偵部長グレグソンと、同じ警視庁にいて、いつも、きょうそうする。『深夜の謎』を自分こそ解くのだ、と、やはり苦心しつづけてようやく別の犯人を発見する。ところが、これもちがっていた。

イギンズ少年

いつもピチピチしている、「少年秘密探偵群」の群長、「ぼくはホームズ先生の子分だぞ!」と、いばって、ホームズの言いつけどおりに動きまわり、真犯人をつきとめて、みんなを、驚かせる。

怪人ヤング

何十万人という男女、馬、牛、ラクダなどを引きいて、沙漠を遥かに横ぎり、アメリカ西部の荒地をひらいて、都会を作りあげた人物、だが、自分の権力をふるって、悪王のごとく良民を苦しめる。

第一部　怪魔の権力を見よ[10]!!!

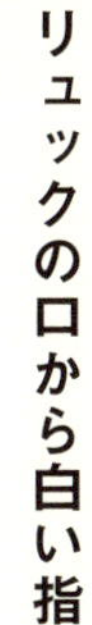

西部を開いた白人の怪予言者

リュックの口から白い指

地球は円(まる)い。

大沙漠のまん中に立って、昼、高い所から四方を見わたすと、はるかに、遠く、地面の果てが、青空の下に円く見える。地球は円い。

今、ここは、北アメリカの大沙漠[11]だ。

見わたすかぎり、砂と岩ばかり、木もない、草も見えない。生きている動物は、いないのか。

谷はある。方々の谷そこに、なにか灰いろのものが、散らばっている。まるで動かない。骨だ。太くて長いのは、牛や馬の骨らしい。ほそくて短かいのは、人間の骨だ。がい骨が、中にてんてんとして、死んだ時の苦しさを話しているようだ。どうも気みがわるい。

この骨は、みな、どうして死んだのか。こんなに大ぜいが殺されたのか。まさか、そうではないだろう。この大沙漠の中に迷い、水がなく、食うものもなくなり、人間も牛も馬も、そのために死んだのにちがいない。

西の方、血のしたたるような太陽が、今しずみかけている。あらゆる岩のかげが黒く、ジリジリと長くなって行く。

夕日をあびて赤く見える岩のよこに、ムクリと動きだしたものがいる。人間だ。生きている。男だ。ただひとり、茶いろの髪がのび、目も茶いろ、あごひげが長いのは、老人なのか、いや、目のするどさは、まだけっして年よりではない。

「フム、また日がくれるか」

ひげの中から、ひとりごとを言った。声はかれている、が、力がこもっている。すぐ前の足もとに、ドカリとおかれているのは、大きなリュック・サックだ。

長く旅行してきたらしい、リュックが、すっかり、よごれている。それがムクムクと中から動きだした。どうしたのか、あけてある口に、ニュッと出たのは、意外、小さな二つの手だ。白い指と手首から腕がほそい、と、見るうちに、かわいい顔があらわれた。髪は金色、ひたいも白く目はクルクルと青く、女の子なのだ。年は五つか六つだろう。リュックの中で、ねむっていたらしい。そばにいる、ひげの男を見ると、あくびをして、

「おじさん、……」

と、あどけなく、まだ、ねむそうな声でいった。

「おお、リーシ[12]、起きたか、待てよ、待てよ」

と、ひげの男は、たくましく太い両手をのばすと、女の子をリュックの中から、スッとだきあげて、そばにおろしてやった。

青いワンピースの着ものに、白い皮おびをしめている、女の子のリーシは、ベタリとすわりなおした。

「水、水がほしいの、ちょうだいね[13]」

と、かわいい顔を上にむけていう。口が、かわいているのだ。

「ウン、よし。さあ水だ」

と、ひげ男は、首にかけている水筒のひもを、すばやく、はずすと、口についている小さなカップに、タラタラと水をそそぎ入れて、

「こぼすなよ、大事に飲めよ」

と、リーシの小さな手に、わたしてやった。

リーシは小さな両手に、受けとったカップを、口びるにあてるなり、クククと、まるでヒヨコみたいに飲んでしまった。からになったカップをさしだして、

「もっと、ちょうだいね、どうぞ」

と、まだ、ほしそうにいった。

ひげ男は、顔をよこにふって、

「ウウム、もう、それきりだ。またあとでやるからな。がまんするんだ」

「どうしてなの」

「ウム、それは、ひとしずくでも、大事な大事な水だからな。おじさんだって、きょうは昼からまだ、そのカップに一ぱいも、飲んでいないんだ」

「そうお。水、もうなくなるのね」

「そうだ、だから、大事なんだ。なくなったら、大変なことになる、おまえも、おじさんも」

「そうお、大変なことになるの。おじさん、こまるの」

「こまるどころか。さあそのカップを、かえしなよ。人間でも牛でも馬でも、犬も鳥も、水がなかったら死ぬんだ」

「死ぬの、あたし、いやだわ」

リーシは銀いろの小さなカップを、ひげ男のおじさんに、ソッとわたすと、

「水、どこにあるの」

と、心ぱいそうな顔をした。

すると、おじさんこそ、ひどく心ぱいらしく、太い眉をしかめて、ボソボソと言いだした。

「水は川にあるんだ。ところが、じしゃくの針がこわれて、おじさんは方角を、この沙漠の中でまちがえたんだ。迷いに迷って、ここまで来てみたが、これから、どうするか」

ものすごい大行列

水がなかったら死ぬ、水は川にある、と、リーシは聞くと、立ちあがって、

「川は、おじさん、どこにあるの」

と、草むら、岩、砂、近くから遠くの方を、心ぱいして見わたした。すると、いきなり手をあげて指さし、▼14 ビクッとしてさけびだした。

「アッ、あれ、なあに、あんなに、おじさん」

「フム、夕かたの雲が、ながれてきたのじゃないか」

ひげ男のおじさんは、リーシの小さな手が指さしている方を、ふりむいた。北の方だ、と見ると、

「ヤッ、変だぞ、ヤヤッ」

どなって立ちあがった。

変だ、今、この夕かたに風はない。大沙漠のしずかな夕ぐれだ。ところが、北の方、いちめんにモウモウと砂ぼこりが上がり、東から西へ流れて行く。

「ウウム、つむじ風だと、高くまい上がるはずだぞ。待てよ、リーシ」

そばに立っている高い岩に、おじさんは両手をかけると、のぼって行った。ズボンはやぶれ、くつのそこもちびている。岩の上に立つと、ひたいに右手をあてて、砂ぼこりがモウモウと流れている北の方を、ジーッと見つめた。するどい目が、らんらんとかがやいて、

「オオッ、すごく大ぜいだぞ、そうか、西部へ行く連中だな」

と、ひとりごとを言った。

西の方に雲がきれて、カッと焼きつけるような夕日の光りに、砂ぼこりが黄色く照らされ、その下に長い行列が、ありありと見えてきた。すごく長い大ぜいが、あとから後からと、つづいてくる。おどろくべき大行列だ！

鉄砲を背おって馬にまたがり、騎兵のような隊列、その中に馬車が幾台も行く。上に乗っているのは女と子どもらしい、ゴチャゴチャにかたまっている。どれも四輪馬車だ。いや、騎兵らしい隊列のあいだに、二輪馬車も行く。上に高く積まれているのは、さまざまの荷物らしい。

馬車のそばに、歩いて行くのもいる。これまた大ぜいだ。日の光りをよけるためか、黄色のカンバスを張った馬車が、何台か出てきた。その後からまた騎馬隊が、つづいてくる。

「すごい、すごい、すごく大ぜいだ。大ぜいすぎるぞ、これは、……」

おじさんは、するどい目を見はったきり、ひとりごとが、おどろきのあまりに、息をすいこんで言った。

まったく、見れば見るほど、大ぜいすぎる長い行列だ。先頭の騎馬隊はすでに、西の方、はるかにモウモウと砂ぼこりを上げて行きながら、まだ東の方には、馬車の列がつづいて、ゆれながら出てくる。耳をすますと、ガタガタと車のひびき、ひづめの音も聞こえる気がする。

「わかったぞ、西部へ流れて行く移民の大群だな、よし、なんとかこれに加わって、ウム」

ひとりで、うなずいたおじさんは、スックと両手をあげると、右に左に、はげしく、ふりはじめた。声はとどかないだろう、だが、夕日にうつって見えるはずだ。見つけたら、この大沙漠の岩の上に、男がひとり、うでをふりまわしている。たすけてくれという、信号にきまっているじゃないか。むやみに鉄砲を向けて射つことなど、まさかしないだろう。

「おじさん、なにしているの」

足もとにリーシの声が聞こえた。高い岩に、のぼってきている。

「ヤッ、落ちるぞ」

おじさんは左手にリーシをだきあげ、右手をなおはげしく、ふりまわした。

リーシはおどろいて、きゅうになきだした。

三つの条件、死ぬよりはいい

バッバッと砂けむりをたてて、いっさんに飛んできたのは、前後八騎、ズラリと横へ一列にひろがった。馬をあやつるのが、すばらしく上手だ。八人とも鉄砲を背おっている。みんな西部へ行く青年だ。

岩の下までくると、いっせいピタリと馬をとめた。八人のうちのひとりが、岩の上を見つめて声高く。

「なんだ、インデアンじゃないのか」

と言うと、おじさんはリーシをだいたまま、ゆっくりとこたえた。

「フム、ごらんのとおり、日に焼けてはいるが、インデアンじゃない。白人だ」

「よし、わかった。英語もりっぱだ」

と、ほかのひとりが、馬の手づなを引きしめて、

「君の名まえを言ってもらいたい」

「ジョン・ファリア、年は四十三」

「ファリア君、その女の子は、君のむすめだね、かわいい顔をしているが」

「今となっては、ぼくのむすめだ。名まえはリーシ」

リーシは自分のことを言われるから、なきやんで耳をすました。

「今となっては、というのは？」

「ほんとうは、ぼくの妹のむすめだ[15]、が妹も、このリーシの父も、死んでしまってね、ここからズッと南の方で」

「それは気のどくだ、かわいそうに、すると君は、南部から来たんだな」

「そう、はじめは、みんなで二十一人だったが」

「そうか、金鉱を見つけに出てきたんだろう[16]」

「そうなんだ。ところが、とちゅうで悪い病気にやられて、食うものはなくなり、手あてもできずに、生きのこったのは、このリーシとぼくだけになってさ、とても、このままでは、どうなることかと思っていたんだ」

「わかった。そこにぼくたちが、出てきたわけだな」

「そう、だから、ありがたいんだ。君たちの向うの行列は、すごく大ぜいじゃないか。みんなでいくたりくらいだ」

「およそ一万人はいる、すくなくとも」

「エッ、そんなにか。このリーシといっしょに、ぼくをその一万人の中に、いれてくれないか、たすけてもらいたいんだ」

「いや、たすけるつもりで、来てみたんだが、ぼくたちの中に、はいるというのは、……」

「エッ、何だというんだ。ここで食うものと水をもらって、たすけられたところが、君たちと別れてしまうと、あとは、どうなるんだ。この大沙漠の中で、このリーシをつれて」

「待った、ファリア君、だが、ぼくたちの中にはいるのには、条件があるんだ」

「まさか、このリーシをわたせなどとは、言わないだろう。ほかの条件だと、なんでもきこう」

「では、言うぞ、聞くがいい。みんなと同じ神を信じる、みんなと同じ行動をとる、みんなと同じ言いつけをまもる、この三つだ」

「きこう、三条件とも、だが、みんなに誰が命令するんだ、言いつけというのは？」

「ぼくたちの上にいる予言者ヤング[17]が、すべてを命令する！」

「ホー、予言者、そんなものがいるのか」

「ファリア君、今の三つを、ここできくならば、ぼくたちと、いっしょにくるがいい」

「ウム、きこう、たしかに」

「神にちかって？」

「そうだ、神にちかって！　死ぬよりはいい」

「よし、その岩をおりるがいい」

「リーシ、つかまってろ」

おじさんのファリアは、リーシを両手にだきかかえると、高い岩の上から、いきなり草むらへ飛びおりた。

「オオッ、身がるだな、すごいぞ」

と、馬の上のひとりが、ソッと小声で言った。

われらの姫君と秘密探偵

アメリカ大陸の東部から西部へ！

白人の大群、すなわちアングロ・サクソン民族が、ぞくぞくと西へ移って行った。大沙漠を横ぎり、山また山を越え、千古の密林を通りぬけ、川や谷をわたり、行きついた平野に畑をつくって、たがやし、林の木を切って家を建て、もとからいるインデアンの原住民を、おしのけて追いはらい、手むかう者は討ちころした。[18]多くの血が流された。

これを白人は「開拓」と言う。しかし、インデアンから見ると、「侵略」であり「征服」であった。

神の思うことを民に言い伝える者を、「予言者」という。絶対の権力をもっている。白人の予言者ヤングは、およそ一万人あまりの人馬と車と荷物の長い大行列を引きつれて、西部へ移ってきた。一万人の中に、沙漠からファリアとリーシが、新たに加わっていた。

開拓されて新たに町ができあがった。名まえを「ソートレーキ」[19]という。むろん、白人の町である。町の四方には、小麦やトーモロコシの畑が遠くひらけ、そこにまた家が建ち、工場ができて煙突が立ち、町の中には店がならび、教会の十字架が青空に高くそびえた。さらに畑の向うには、広い牧場が方々にできて、馬、牛、羊などが、いくらでも、ふえている。リーシは、おじさんが牧場のそばに建てた丸木小屋の中で、そだてられた。

ファリアおじさんは、開拓にすばらしい頭と腕をもっていた。三年すぎると、家を新しく建てた。畑をひろげた。インデアンを大ぜい使って、工場も建てた。いろんな家具を造る。六年すぎると、家を建てまして、かなりの金もちになった。九年すぎると、町じゅうで有名になり、たずねてくる人が、

「ファリアさん、おくさんをもらわないかね、[20]いい人がいるんだが」

と、近所の者も、遠方からくる者も、熱心にすすめる、すると、ファリアは、そのたびに顔をふって言う。

「ありがたい話だ、けれども、ひとりでいる方が、気らくだからね」

そこで相手がきくことは、

「それじゃあ、こんなに金をふやして、家も工場も畑も牧場も、みんな、リーシひとりに、ゆずるつもりなんだね」

「さあ、そこまでは、まだ考えていないんだが」

「いや、そうにちがいない。なにしろ、あんたはリーシのことになると、かわいくて、むちゅうらしいからなあ」

「なに、それほどでもないがね、ハッハッハハハ」

いつもは、むずかしい顔をしているファリアが、リーシのことを言われると、うれしそうに顔をやわらげて笑いだす。リーシが、かわいくて仕方がないのだ、だから、金もちになっていながら、おくさんをもらわずにいるんだな、と、やがて町じゅうの評判になってきた。

東部から皆が移ってきて、すでに十二年すぎた。町も今は

「ソートレーキ市」と言われるようになった。市の内外の家も人数も、うんとふえた。一等の金もちが六人いる。そのうちのひとりが、ファリアだった。

リーシは十八になった。髪は金色にかがやき、肌はすきとおるように白く、緑の宝石エメラルドのような眸をしている。気だかくて美しく、青年たちは、

「ソートレーキの姫君リーシ！」

と、そんなことを、誰がいうともなく言いだした。

おとなたちも、また、

「リーシと結婚するのは、誰だろうな。あの姫君をおくさんにして、ファリアの大きな財産をもらうのだ。これほど幸福な青年は、いったい、どこの誰かな」

と市内の有望な青年を、あらためて見なおす気もちになっていた。

ところが、この時、おそろしい事件が、市の内外に起きてきた。「ヤングの秘密探偵」という何者かが、突然と現われて、それが「死の刑罰」をあたえるのだ。このために、市民は皆、ふるえあがった。

広場に出てきた牛の大群

人数が、むやみにふえてきた。すると、中には、誓いを破って、予言者ヤングの言いつけにそむく者ができてきたのだ。たとえば、

「青年ジョンストンは、少女マリーと結婚せよ[21]」

こういう命令が、予言者ヤングから出ても、ジョンストンはすでに、マリーのほかの少女と愛しあっていた。とうとう家をぬけだして、姿をかくしたが、たちまち探しだしたのは、「ヤングの秘密探偵[22]」だった。ジョンストンは密林のおくへつれて行かれ、木につるされ首をしめられて「死の刑罰」を受けた。

あわれな最後をとげた青年ジョンストンに、みんなの同情があつまった。しかし、それを口に出していう者は、ひとりもいない。もしもヤングの秘密探偵に聞かれると、

「オイッ、きさま、ちょっと来い」

たちまち引っぱられて行き、予言者ヤングの命令に悪口を言った者として、密林のおくに死の刑罰を受けなければならない。

予言者の権力はもとから絶対なのだ。

ヤングの秘密探偵は、およそ何人ほどいるのか、誰も知らない。どこに動きまわっているか誰も知らない。もしかすると、隣にいるフランクやジョージが、そうなのかも知れない。いや少女もはいっているというから、向うの家のアンナやエリザベスが、もしかすると秘密探偵になっているかも知れない。

おそろしい不安、疑う気もちが、市の内にも外にも、うす暗く流れている。しかし、「ソートレーキの姫君リーシ！」への青年たちのあこがれだけは、すこしも変らずに、しかも高まって行くばかりだった。

リーシの美しさ気だかさは、見る者をおどろかせる。ところが、この「姫君」は馬を走らせるのが、すばらしくて早くて上手なのだ。競馬に出ると、むろん、一等をとるだろう、と、これまた、みんなの評判になっている。リーシは幼い時から、牧場の近くの丸木小屋にそだち、馬に乗りなれているからだった。

「若い白馬ポンチョ！」

これは姫君リーシが、いつも乗って行く雪のような白馬の名

まえである。青年たちは、このポンチョにさえ、あこがれをもっていた。

「ポンチョのように、姫君を乗せてみたいものだなあ。オイ、そう思わないか、おまえは」

「なんだ、おまえも、そう思っていたんか。おれは前から、あのポンチョが、うらやましいのさ、馬だがね、ハッハッハッ」

そんなことを、笑いながら大声で言って行く、ソートレーキの広い通りに、このごろ、旅行すがたの男女が大ぜい、馬に乗って行き、またはゾロゾロと歩いて行く。白人もいる、インデアンもいる。西の方、カリフォルニアの鉱山へ、金をほり出しに行く連中だ。

ちょうど昼すぎ、十字路の広場に、さっそうと白馬を走らせてきたのは、金髪のリーシだった。緑の眸、まっ白いひたいが汗ばんで、ほおは桃色にそまり、乗馬服がよく似あう、手づなをとっている姿を、広場にいる連中が皆、おどろいて見た。気だかさ▼23美しさに打たれる。カリフォルニアの金山へ行くインデアンたちは、ヒソヒソとささやきあった。

「女神のようだな、どこのお嬢さんだか、聞いておきたいもんだ」

「ウン、みやげ話になるからな」

そこに一方から、にわかに出てきたのは、牛の大群だった。長いむちをふってくる男が、前後六人、

「ホーッ、こら、かたまって行け」

「ヤイ、こらっ」

外がわへ行きかける牛の頭を、むちのさきでビュッとなぐりつける。牧場から引きだされた百頭あまりが、太い角をさげてモグモグと広場へ出てきたから、歩いているインデアンも、乗馬の白人も、馬車も荷車も、さきがつかえて通れずに、

「なんでえ、今ごろ、こんなに何びきも出してきやがって」

「あぶないぞ、なぐられて気がたってるぜ、早く通してしまえ」

ワイワイと言いだした時、リーシの乗っている白馬ポンチョが、手づなを上から引かれて、トットッと立ちどまりながら、牛の大群におどろくと、

「ヒヒーン！」

いないて前足を二本とも高くあげた。

さすがのリーシも馬の上から落ちかけた、危い！　姫君の落馬か？

実に幸福な結婚の約束

たくましい太い手

いないた馬の高い声に、牛の大群が皆、その方をふりむいた。気がたって目がギラギラと血ばしっている。

前足を高くあげて棒立ちになったポンチョの上から、リーシはふり落とされかけて、

「いけないっ！」

さけぶと前かがみになり、グッと手づなを引きしめた。さすがに幼い時から乗りなれている。ポンチョは、たてがみをふり、前足をおろすと、後へタジタジとさがった。

「ヤイッ、こら」

どなる男の声、ビュッと、むちの音が聞こえた。たくましい大牛が二頭、いなないたポンチョを目がけて、太い角をふりながら走ってくる。黒い一頭が、むちになぐられて、ひるむと立ちどまった、が、赤い一頭は、なおさら怒りだして、

「モウッ、モウッ」

うなりながら走ってくる。この一頭のうなり声に、ほかの牛が一時に皆ザワザワと顔をあげて、白馬ポンチョの方へむかって来た。

「大変だっ、しずめろ、しずめろっ」

「にげろ、あぶないぞ」

見ている者が口々にさけびだした。

リーシの顔が青ざめた。手づなを引きしぼり、左にまわすと、ポンチョの腹を長ぐつのかがとで、はげしくけった。駈け足で走らせようとする。ポンチョは牛の大群におどろき、こわがって立ちすくみ、走るよりも後足を高くあげて、ほとんど逆立ちになり、とたんに後足をおろすと、また前足を高くあげた。

「アアッ、アッ！」

と、さすがのリーシも、あおむけになり、とたんに前へかがみ、くらにしがみついたきり、金髪はみだれ、顔いろはまっさおになり、

「ルルッ、ルルッ」

と、ポンチョを必死にはげました。

大ぜいのさけぶ声が聞こえる。けれども、たすけにくる者はない。赤い大牛がすぐ横へ走ってきた。角でグサッと突きさされる、ポンチョはたおれ、自分は投げだされ、にげるまえに、ふみにじられ突かれる、と、リーシは、くらにしがみついたきり、目をふさいだ。ポンチョはおどりあがり、グルグルとまわろうとする、むちゅうなのだ。リーシは目まいして、さかさになった頭を、もちあげようとすると、

「なにを、シッカリ！」

と、誰か？　わめいた声が、すぐそばから耳にはいって目をあけた。

たくましく太い手が横からのびて、ポンチョの手づなをつかんでいる。グッと引きよせると、

「それっ、こい！」

またわめいた、号令をかけるような男の声といっしょに、ポンチョが引っぱられて、リーシは、くらにしがみついたまま、走りだした、ひづめの音を、ゆめのように聞いた。

ワッワッという大ぜいの声が、後の方に、遠くなった。

たすけられた！　と、リーシは気がついて、ハッと顔をあげた。日の光りがまぶしい。見るとポンチョの手づなを引き、横にならんで栗毛の馬に乗っている人は、きたない茶色の大きな帽子をかぶり、あごひもをかけている。顔もよごれて日に焼け、強そうな大きな目が、リーシを見ると、

「もう大じょうぶ！」

と、ニッコリ笑った、声は朗らかに明かるく、まっ白な歯は美しい。

「ありがとう！　ビックリしたわ、ほんとうに、わたし、……」

リーシは礼をいって、ホッと息をついた。顔じゅう汗だ。

「ハハア、あなたは、リーシ・ファリアさんですね、ぼくは知っているんだ」

と、大きく澄みきっている目が、親切らしくリーシを見つめてポンチョの手づなを、ソッとはなした。

「まあ、どうして知ってらっしゃるの」

「広場に立っていた青年が、そう言ってたからです」

「あなたのお友だち？」

「いや、このソートレーキに、ぼくの友だちは、あんまりいないんだ」

　町の外にある野原へ、ふたりは馬をならべて出た。ポンチョは気がしずまって、しきりに顔をふって行く。

リーシは、このはじめての青年に、心から感謝すると、きいてみずにはいられなかった。

「では、あなた、よそからいらしたんですの」

「ハハア、そうです。ここは初めてだ」

「わたしは、おっしゃったとおり、リーシ・ファリアですの。ほんとうに、ありがとうございました」

「ソートレーキの姫君がきたって、広場で言ってたですよ、ハハッハハハ」

「あら、そんなこと、……」

　リーシは、はずかしくなって、

「あなたのお名まえは？」

「ゼファソン・ホープ、というんです。帰っておとうさんに、きいてごらんなさい、『セントルイにいたゼファソン・ホープの父を、知っていらっしゃるでしょう』って、たしかに知っていられるはずだ」

「まあ、どうしてですの」

　リーシは緑の目を見はり、みだれている金髪の毛を、指のさきでなおした。

よっぽど失礼ですわ！

　黒みがかっている古服も、きたなく、よごれて、細長い鉄砲を背中にかけている、このゼファソン・ホープという青年は、猟師みたいだ。「ここは初めてだ」と言い、「セントルイにいた」と言う。リーシの胸がまた急にドキドキしはじめた。「セントルイ」は南部の町、そこでおまえは生まれたのだと、おとうさんから、ほんとうはおじさんから、小さい時におしえられたのを、リーシは今でも、ハッキリとおぼえている。

「あなた、では、セントルイからいらしたんですの、そうお？」

　ドキドキする胸を、手づなといっしょにおさえながら、きいてみると、

「ハハア、そうですよ。あなたのおとうさんと、ぼくの父は、とても親友だったたって、前に父が話してたんだ、『ジョン・ファリアは、ソートレーキで出世して、えらい大金もちになってるそうだ。若い時から気の強い男だったが』って、待てよ、こんなこと言うのは、失礼かな」

「いいえ、それよりも、わたしの家、この野原のすぐ向うなんですの。今からいらしてくださるでしょう！」

「そいつは、こまるですよ、なお失礼だ」

「あら、なにが失礼ですの。ちっとも、そんなこと、それよりも、おとうさんに会っていただかないと、わたし、こまるんですから」

「いや、こんなボロ服でもって、はじめての人を、しかも、大

金もちを訪問するのは、およそ失礼だな、ハハァ、なにしろ山に二月、はいってたものだから」

「まあ！　山って、どこの？」

「ネバダの山おく、なかなか銀が出なくって、きょうは仲間の食うものを、町へ見つけにきたのです。すこしは気のきいたものを、みんなに食わせてやろう、と思ったものだから。リーシさん、ここで失礼しよう、今度あらためて訪問！　さようなら！」

ゼファソン・ホープが、まわしかけた栗毛の馬の手づなを、リーシは横から手をのばして、つかみながら、さけぶように言った。

「いけないわ、いけません！」

「ホー！　気の強い姫君だな」

「いらしてくださいい、ぜひ！」

「こりゃあ、おどろくな。はなさないと、この栗毛は敏感だから、引きずって走るですよ、ハッハッハッ」

「いいわ、追いかけるわ、ポンチョだって早いんですから」

「ポンチョ？　愉快な名まえだな」

「いらしてください！　たのむのをきかない方が、よっぽど失礼ですわ」

「いや、今度また、顔でも洗って出なおしますよ」

「いいえ、お顔は家でお洗いなさい！」

「言うことをきかない姫君だなあ。これやおどろいた、ハッハハハ」

ゼファソン・ホープは仰むくと、ほがらかに笑う声が、あたりの野原に高くひびいた。

おまえは、どう思うか？

リーシをそだてたおじさん、十二年前から、おとうさんになっているジョン・ファリアは、おもいがけなく昔の親友の子であるゼファソン・ホープに会い、しかも、リーシは広場で牛の危難からたすけられたのだ、と、リーシがはなすのを聞くと、おどろき、よろこび、顔をまっかにして、

「ムム、そうか、ウン、そうか！　ああ親父さんに似ているわい、セントルイにいた時は、まだ小さかったが、そうか、いくつになったのかな、エッ？」

両手をひろげ、ふりまわしてたずねる、すこしも威ばっていない、大金もちらしくない、むきだしのおやじさんだな、と、ホープは愉快になって、

「ぼく今年、二十五です」

「ウム、そうか、早いものだなあ。わしをおぼえているかな」

「忘れてしまったです」

「そうじゃろう、まだ小さかったからな。今年二十五か、よい若者になったのう。リーシのいのちの恩人になったとは、ああ実に、縁というものは、ふしぎなものだ」

リーシは、そばで聞きながら、ソワソワしていた。

「いや、ネバダの山おくでも、時々、セントルイから出てきたという者に、会うことがあるんです、ぐうぜんに」

と、ホープが、たくましい顔に微笑すると、

「ウム、開拓には、そういうことが、いくらでもあるものじゃ。さあもっと話を聞こう。食事の支度はできたかな、リーシ、見てきてくれ」

食堂に、ホープはつれて行かれて、ソートレーキの姫君とおやじさんと自分と、三人だけでテーブルについた。山おくでは、とても食えない、見ることもできない、すばらしい大皿のごちそうを、うんと腹いっぱいにモリモリと、えんりょなしに食った。おやじさんにきかれて、知っていることは何でも話した。

▼25

山の中に夜がふけて、ふいにおそってくるインデアンとの血の闘い、密林のおくの猛獣狩り、けわしい谷そこに金か銀の鉱脈さがし、月の夜のダンス・パーティ、など、ホープが話すのを、リーシは耳をすまして聞きながら、むねをワクワクさせて、すっかり、こうふんしていた。

「そうか、それじゃあ、鉄砲を射つのも、おまえは、うまいじゃろうな」

「そうです、めったに射ちそこなったことはないです、馬を走らせていても」

「フウム、あまり冒険をやらん方が、よくはないかの。大事ないのちじゃないか」

「そう思うんです、だが、インデアンだって熊だって、むこうから、やってくるんだから、グズグズしてると、こっちが、やっつけられるんです。ああ食ったなあ、腹がはちきれそうだ」

自分こそ猛獣のように、大皿のごちそうを皆食って、ホープは礼を言うと、栗毛の馬に乗ってとても、愉快に帰って行った。

「また来ます、その時もごちそうを、どうぞ！」

そう言ったゼファソン・ホープの「また来ます」が、リーシの胸をさわがせた。

このあともホープは、いくどもたずねてきた。生まれた故郷は同じだし、亡くなった父の親友だったファリアおじさんが、なんだか今は父親のような気がする。ファリアはまた、男の子がないのだし、青年のホープがくるたびに、まるで自分の息子が帰ってきたように、よろこんで迎え、リーシといっしょに心から親切にもてなした。

その夜、ホープが帰って行ったあとに、リーシは自分の部屋にはいると、ひとり、さびしい気がした。ドアをたたいて、スタスタとはいってきたおとうさんは、しかし、明かるい顔をして、椅子にかけると言いだした。

「リーシ、おまえは、どう思うかな、あのホープを。わしはじつに良い若者じゃと、見れば見るほど、そう思うのじゃが」

なにが何だか、わからない

リーシは、おとうさんからホープのことを、とつぜんときかれて、カッと耳のさきまで熱くなった。

「どう思うって、わたし、いい人だと、おもって、……」

「ウム、そうじゃろう。それに第一、おまえをたすけてくれた恩人だからな、あの時のことを、わすれてはならんのじゃ」

「ええ、わすれないわ、わたしだって」

「その時に広場で、ほかの若者たちは、ひとりもたすけに出てこなかったのじゃな」

「そうなの、大ぜい見ていて、さわいでいるだけ、牛がおこったものだから、みんな、こわがって」

「フム、牛に突きさされてはと、しりごみしたのじゃろう、町の若者たちは、たいがい、にやけていて、だらしがないからの、いつもは、えらそうなことを言いおるが、さあという時には、まにあわんのじゃ」

「そうなの、おしゃればかりしているわ」

「ウム、ところが、ホープはおまえを、いのちがけで助けてくれたのじゃ。シッカリしておるし、酒も飲まぬしタバコもすわぬ。どんなにむずかしいことでも、突きとおしてやりとげる不屈の心を、十分にもっているようじゃ。リーシ、おまえが気にいっているなら、おとうさんは、おまえとホープを結婚させたいと思うのじゃが、どうかな、不承知ではあるまいがの」

「………」

まっかになったリーシは、うつむくと、うなずいた。むろん、承知なのだ。

「よしよし、わかった、ウム、これでおとうさんも安心じゃ。このつぎはホープが、いつくるかな、待ちどおしいのう」

おとうさんは椅子を立ちあがると、ますます明かるい顔になり、手をふってリーシの部屋を出て行った。

あとにリーシは、もう寂しいどころか、ひとりでワクワクしてしまい、きゅうに何か歌いだしそうになり、ふくらむ胸を両手でおさえていた。

一日一日が、なんという待ち遠しさだろう。リーシは、門の外に馬のひづめの音がきこえるとそのたびに走り出て行った、が、そのたびにホープではなく、ちがった人だった。四日すぎた。五日めの夕がた、栗毛の馬に乗ってホープが、いつもの黒い猟師服のまま門の中へはいってきた。そこに立っているリーシを見ると、笑いながら声をかけた。

「ヤア、どうしたんです」

「早く、おはいりなさい！」

「ハハァ、いそぐことはないんだ」

ヒラリと馬から飛びおりたホープは、門の柱に手づなをむすびながら、

「あすの朝早く、ぼくはまたネバダの山へ、出かけるんだ、二月あまり、今度こそ銀脈を、さがしあてて、みやげに銀のかたまりを、もって帰ってきますよ、アッ、……？」

リーシがどうしたのか、いきなり後へ駈けだして、玄関にはいってしまった。おどろいたホープは、手づなをむすんでしまうと、自分も玄関へ、スタスタとはいって行った。

「オオ、ホープ！」

と、横のドアから出てきたのは、おやじさんだ。リーシはその部屋にいるらしい。

「おまえ、あすからネバダへ行くそうじゃの」

「そうです、ちょっとお別れにきたんです」

「いや、やめることはできんか」

「エッ、出発をですか」

「そうじゃ、出発ばかりじゃない、ネバダの山などへ行くのは、もう、やめにしたらどうかの」

「おじさん、そんなことは、できないですよ、中途でやめるようなことは」

「まあ待て、いや、食堂へ行こう。きょうはおまえに、大事な話があるのじゃ」

「ホー、なんですか」

「いや、立話はいかん。おくへ行こう、食堂へ」

ホープは、ここでもおどろいた。おやじさんも、なんだかあわてているようだ。リーシは駈け出して行ったし、なにが何だかわからない、どうしたというんだ？

百年も二百年も長生きして

食堂で、ホープは今夜も、大皿のごちそうに、よろこんでホークをつけた。肉も野菜もうまい。スープもうまかった。ところが、おやじさんは「大事な話」といったのを、まだ初めない。リーシも何だか、今夜はだまりこんでいる。時々チラッと顔を見あわせて、それきりだ。変だぞ、今夜は！　と、ホープは、おやじさんの顔を見つめてきいた。

「大事な話って何ですか、早く言ってくれませんか」

リーシがサッと赤くなった。

おやじさんは、ホープの顔へ目をピタリとむけると、ゆっくりと言いだした。

「それはな、ホープ、わしがおまえに、ただ一度だけのねがいなのじゃ」

「エッ、おじさんのねがい？」

「そうなのじゃ、おまえは、きいてくれるじゃろう」

「言ってみてください。でないと、きくかきかないか、わからないんだ」

「ホープ、おまえは、このリーシと結婚してくれぬか▼26」

「ヤッ、……」

大声を出したホープは、ホークをおいて立ちあがると、前にいるリーシを上から見つめてハッキリと言った。

「ぼくは、好きなんだ、リーシさんが大好きだ！　結婚、きくもきかないもない、ぼくは望んでいるんだ、しかし、……」

「しかし、何じゃの、ホープ！」

「結婚しても、ぼくは、おじさんの財産は、もらわんのだ」

「ウム、そうか。それはまだ、あとの話じゃ。わしはまだまだ、死なんからの」

「おじさんは百年も二百年も、長生きしてください」

「ああそれは、ありがたい話じゃ。おまえの気もちは、よくわかる。それでは、きょうここで、かたく約束したぞ、ホープ、おまえの妻は、このリーシじゃ、一生、ふたりで幸福に、よいかの、近いうちに結婚の式をあげて、ああこれは感謝すべきことじゃ」

ホープは立ったまま、からだがふるえるのをおさえて言った。

「ぼくも感謝で心がいっぱいだ！　これよりほかに、なんと言っていいんだか、わからないんだ」

「椅子にかけて話すがよい、おまえは今夜から、わしの子になったのじゃぞ、ホープ！」

「そうだ、そうです」

ホープは椅子にドカリと、こしをおろすと、リーシと顔を見あわせた。ふたりの眸が燃えるようにかがやいていた。

父になったファリア氏は、ホープの皿へ焼肉をとってやりながら言った。

「ネバダへ行くのは、やめるじゃろうの」

「いや、そうはいかないんです、仲間が待っていますから」

「そうか、二月で帰ってくるのじゃな」

「そうです、予定は二月、だが、いつも延びる。今度はどうなるか、じつはわからないのです」

「いや、なるべく早く帰ってくるがよい。リーシが待っているのじゃ」

「みやげに銀のかたまりを、もってくるつもりです」

「そんなものよりも、冒険をせんように気をつけることじゃ。おまえはもう、ひとりではないぞ」

「わかりました、気をつけます」

ホープは責任を感じた。おやじさんが言うように、もうひとりではない、妻になるリーシがいる！　ああ、いのちよりも大事な美しいリーシ！

これほど幸福な楽しい食事を、三人とも今まで知らなかった。話しつづけた後、ホープは別れを惜しんで、リーシといっしょに門へ出てくると、馬の手づなをほどいて言った。

「なるべく早く帰ってこよう」

「ええ、そうしてね、きっとよ」

ふたりは初めてのキッスをかわした、まるで夢のように！

この幸福、この楽しさを、突きくずす悪魔のような者が、この時すでに、目を光らしていようとは、気のつきようのないホープとリーシだった。

現われた怪魔の手下ふたり

父の顔が青ざめた

愛するリーシのために、幸福な結婚がきまったのだ、と、父のファリアは、うれしく楽しくてたまらない。一日も早くホープが、山から帰ってくるように、あと二月だ、今のうちに結婚の式の用意を、十分に、リーシがこの上もなくよろこぶように、いろいろとしておくのだ、と、朝も早くから目がさめる。楽しく食事をすませて、庭へ散歩に出た。

白、桃いろ、むらさき、さまざまに花がひらいている。林の方に小鳥がないている。草はつゆにぬれている。花も小鳥も草も、美しいリーシの結婚を祝っているようだ。

ふいに横の方から、ふとい声が聞こえた。

「ジョン・ファリアさん、よい朝だな」

聞きなれない声、何者が庭にはいっているのか、と、ふりむいて見たファリアは、ギョッとして立ちすくんだ。意外にも予言者ヤング！　身のたけ高く二メートルにあまり、髪は長く両かたにたれさがって、ひたいは大きく眼は底光りをきらめかし、鼻が下の方へまがっている。[27]ジーッとこちらを見すえて、また言った。

「よい朝だな」

「は、はい……」

ファリアは立ちすくんだきり、頭をさげて敬礼した。今までのよろこびが、スッと消えた。

絶対の権力をもっている予言者ヤング！　おそろしい秘密探偵を動かし、死の刑罰を命令する怪人ヤングが、ひとりで何のために、ここへ現われたのか、いつのまに、どこからはいってきたのか？　これは、ただごとではなかろう、と、ファリアは疑い恐れながら、しかし、不屈の気もちをとりなおすと、微笑して、しずかに、たずねてみた。

「おひとりで、ご散歩ですか」

灰色のガウンを着ている髪の長い予言者ヤングが、ノッシノッシと前へ歩いてきた。

「朝の散歩のついでに、ジョン・ファリア、おまえを、たずねてきたのだ」

「は、それは、おそれいります」

　おどろくほど大きな寄付の金を、出させに来たのだな。しかたがない、出してやろう、と、ファリアは、たちまち心をきめた。すると、ヤングが言った。

「いささか、おまえに、話すことがあるのだ」

「は、どうぞ、こちらへ、おそれいりますが」

　庭をまわって応接室へ、ふたりがはいると、

「茶もいらぬ、誰もよぶな、秘密の話があるのだ」

「はい、……」

　正面の皮椅子に、ガウンを着たまま、もたれてジッと見つめる予言者ヤングは、さすがに堂々としている、威厳があって、相手の心の中を、見とおすような目だ。年はいくつぐらいか、老人のようにも青年のようにも見える。このヤングの年を知っている者は、おそらくないだろう。[▼28] なにしろ、「神の思うことを民に言い伝える」などという、怪人なのだ。

　ところが、ファリアも心の中では、決して負けてはいない。予言者などと言って、大ぜいの者を迷わせ、絶対の権力をふるって、自分ひとりが思うとおりの勝手な悪いことをしている、魔王のごとき男だ！　それだけに、おそれいって見せないと、どんなことを言いだすか知れない、と、ひざに両手をおいたきり、うつむいたまま耳をすましていると、

「わがはいの手の下に、使っておる多くの者が、このソートレーキの内にも、外にも、いたるところに、日夜、動いているのを、おまえも、むろん、知っているはずだな」

　知らないとは言えない、「ヤングの秘密探偵」の動きが、ソートレーキの全市の気分を、不安に暗くしているのだ。

「はい、そのようなことを、いつのまにか聞いてはいますが、……」

「フム、それらの者が、わがはいの手もとへ知らせてくる秘密の報告に、まだかつて一度たりとも、まちがったこと、あやまったことは、ないのだ」

「はい、……」

「ジョン・ファリア、おまえには、ひとりの、きわめて美しい娘があるという。青年たちはあこがれて、『ソートレーキの姫君』と賞めたたえているのだな」

　話はリーシのことか、と、ファリアはおどろいて、きゅうに顔をあげた。まさか、この予言者ヤングが、リーシを、うばいとりに来たのではあるまい。いや、そうかも知れないのだ。そうだったら、どうするか？　父のファリアは青ざめた。

生きるか死ぬか三十日

　魔王のごとき予言者ヤングは、青ざめたファリアの顔と目いろを、ジッと見すえながら、ふとい声をひくくして言いだした。

「その美しい娘は年が十八、気もちはやさしく、名まえはリーシというのだな、ウム、それは、よろしい！」

「………」

　ファリアは、だまって聞いていた。「よろしい！」と、あとに何を言いだす予言者なのか？

「ところが、リーシは多くの青年たちのあこがれを、うらぎって、われわれと同じ神を信じない猟師[▼29]のごとき者と、結婚の約束をむすんだのは、どういうわけなのか、ジョン・ファリア！」

父のファリアはギクッとして、なお青ざめた。リーシとホープの婚約が、早くも知れている。さては家の召使の中に、ヤングの秘密探偵がひそかに、はいっているのだ。わしは気がつかなかった!

「なにを、だまっているのか。そのわけを、わがはいは、わざわざ自分の耳に聞きにきたのだ」

予言者ヤングの底光りする目いろに、すごく殺気がきらめいた。

今こそ危険だ! ここで死刑の命令を下すかも知れぬ。このヤングの手下の探偵が、庭の中にひそんでいるらしい、わしを密林のおくへ、引いて行くために、と、ファリアは青ざめたま、しかし、おちついて答えた。

「いや、わけと言いますよりも、それは、ただ、ふたりが愛しあっていますから、娘の望むとおりにさせたい、と、ただ、そのように思いましたので」

「ジョン・ファリア、おまえは十二年前、沙漠の岩の上に立ち、神にちかって、われわれと同じ信者になったのを、わすれてはいないだろうな」

「は、はい、……」

「予言者である我はいは、今ここに、神にかわって言う。聞け、ジョン・ファリア!」

「はい、……」

「われわれと同じ信者ではないものと、おまえの娘と結婚させることは、われわれの神が、だんじてゆるさない! このことは、われわれの神がさだめた、きびしい規律の一つなのだ!」

「………」

予言者ヤングは、「われわれの神」と、おごそかに、くりかえして言う、この宗教は「モルモン教」といって、さまざまの迷信をもっている、その上に、ひとりの夫が、いくたりも妻をもつ、だから、ソートレーキ内外の人数が、むやみにふえたのだ。これからも、ふえて行く。このヤングは、おそらく百人以上の妻をもっているだろう。白人の数がインデアンよりも、ぞくぞくと多くなる。開拓のためには、都合のいいモルモン教なのだ。

ところが、ファリアもリーシもホープも、故郷のセントルイにいた時から、キリスト教の正しい信者である。キリスト教は一夫一婦の道徳をまもる。ファリアが沙漠の岩の上に立ち、怪しいモルモン教の神にちかったりしたのは、幼いリーシをすくい、自分も、死ぬよりはいいと思ったからだ。

「はい、そういう神の規律があるのは、実は、今はじめて聞きますことで、……」

と、ひとことずつ、とても気をつけて言うと、

「なにを、そうは言わさんぞ。おまえは、われわれと同じ神を信じ、みんなと同じ行動をとり、みんなと同じ言いつけをまもるはずだ。これをちかって、すでに十二年、神の規律はすべて、みんなから聞いていなければならぬ。今さらに我はいは、おまえに言いつけることがあるのだ。聞け、ここに新たに!」

「は、はい、……」

「わがはいの片腕になる有力な者が、このソートレーキに、今のところ七人いるのだ。そのうちに、もっとも有力なふたりは、ドレッパとスタンガソン、これまた、おまえは聞いているはずだぞ」

「はい、……」

「ドレッパにも、ひとりの息子があり、スタンガソンも、ひとりの息子をもっている。どちらも有望、丈夫な青年であるのは、わがはいが固く保証する。おまえの美しい娘リーシは、一生の夫として、このどちらかを、えらばなければならない！」

「………」

「ドレッパか、スタンガソンか。どちらでも、よろしい。わがはいは、この結婚を祝福するのだ」

「お待ちください、しばらく！」

「ジョン・ファリア、気をつけて言え、何を待つのか、死の刑罰の命令か」

「おそれいります、いや、おことばは、よくわかりました。ただ、リーシは今、そのおことばを聞きますと、なにしろまだ十八の若さ、心がみだれてしまいましょう。わたくしから、よく言い聞かせますから、それまで、どうぞ、そうです、一月のあいだ、お待ちくださいますよう、おねがいを申しあげます」

「一月か、フム、よし、きょうから三十日を待とう」

「は、はい、……」

「ジョン・ファリア、おまえは沙漠に死ぬところを、娘と共にすくわれた、わがモルモン教の恩をわすれると、おまえの死は沙漠から、ただ十二年だけ延びたのにすぎないのだ！」

　予言者ヤングは、うつむいてしまったファリアを、ジロリと見すえると、灰色のガウンをひるがえして立ちあがり、庭の方へ、ゆうゆうと出て行った。

シッカリと勇気を出して

　生きるか死ぬか、きょうから三十日できまる。ジョン・ファリアは、広い応接室の中にはいると、石のように身動きもせず、うつむいていた。悪い運命にぶつかったのだ。

　右かたをソッとおさえるものがいる。顔をあげて見ると、

「オオ、リーシ！」

　リーシも青ざめている、予言者ヤングの話して行ったことを、廊下で、わたし聞いて、ふとい声が耳にはいって、どうしましょう、どうしたらいいでしょう」

　と、言いながら泣きくずれて、おとうさんのむねに、ピッタリと顔をおしつけた。

　父のファリアは、愛するリーシの髪の毛をなでてやり、かたをだきしめて、

「泣くことはないのだ。おとうさんは負けないぞ、まだ三十日あるのだ。あいつがよくも三十日を待つと、ゆるしたものだ。いや、ゆだんは一日も、今もできない、待てよ」

　と、リーシをはなして立ちあがると、三つのドアを三つとも、廊下へバッとあけはなしてきた。ヤングの秘密探偵が、家の中にいるのにちがいない。じつに危険だ！　リーシのそばに椅子を近くよせて、こしをおろすと、

「何者かが家の中でも、わしらをねらっているのだ。気をつけなければならないぞ」

　ヒソヒソと小声になって、

「早速、このことをホープに、知らせてやるのだ。あれは馬を

飛ばして、またたくうちに帰ってくるだろう。もっとも秘密に知らせないと、あれにも、ヤングが悪魔のような手を、むろん、のばしているのにちがいない！」

と、目いろをしずめて、考えをこらすように、両うでをガッシリとくみしめた。

リーシはもう心ぱいしきって、ふるえながら、

「ホープが帰ってきたら、力をかしてくれますわ、きっと、でも、予言者ヤングは大ぜいの秘密探偵を使って、自分に少しでも反対する者を、死刑にするというのでしょう。おとうさんとホープのふたりだけで、とても、かなわないでしょう」

「いや、それは、おとうさんも、そう思うのだ、といって、わしはもとからモルモン教などの怪しい宗教を、心から信じる気にはなっていないからの。ホープと力をあわせて、このソートレーキを脱け出すのだ。このほかに、生きて行く道があろうとは、思えないからな」

「脱け出すって、おとうさんの工場や牧場や畑は、すてて行くんですの、この家も」

「しかたがないではないか、残念だが、できるだけ早く、できるだけ売りはらって、おまえとホープといっしょに、遠くへ行くのだ。これも、よほど秘密にしないと、あのヤングの悪魔の目は、どこに光っているかも知れないからな。秘密に売れないものは、すてて行くのだ。リーシ、勇気を出して、シッカリしろよ。どんなことがあっても、おまえを、いやな者と結婚させることは、だんじて、おとうさんもいやだからな」

リーシは顔に両手をあてると、ふるえて泣きだした。まっ白な指のあいだから、なみだがこぼれおちる。父のファリアは、これを見ると、じぶんも泣きそうになって、

「リーシ、人間は男も女も、いろんなめにあって強くなるんだ。どんな悪い運命にぶつかってもじぶんで生きる道を切りひらいて、悪い運命をよくするんだ。よわい気をおこすなよ。おまえもおとうさんも、自由を尊ぶアメリカ人だ。[31] 怪しい悪魔のようなやつにしたがって、自由をしばられたくはない！　さあ今からすぐ、まず第一に、ホープに知らせる方法を、とらなければならんぞ！」

と、なみだをこらえて強く言い、スックと椅子を立ちあがった。

一時間も一分間も早く！

夜、ジョン・ファリアの家の広い庭から、林の中をぬけて、ひとりの男が、道へ出ると町の方へ、スタスタと歩いて行った。きたないフェルト帽を、まぶかにかぶり、ボロボロの外とうを着ている。両手をポケットに突っこんで、前かがみになり、人の目につかないようにしている、父のファリア自身の変装[32]だった。まるで町の労働者らしく見える。これが大金もちのジョン・ファリアだとは、おそらく誰も気がつかないだろう。

町のはずれの、ゴミゴミしている長屋のうらへ、ファリアはスッとはいってしまった。ホープの話しに、ネバダの山からきている鉱夫たちの下宿が、この近くにあるのだ。

およそ四十分ほどすぎた。

ファリアは早くも家へ帰っていた。自分の部屋のおくで変装をぬぎすて、そばに来ているリーシに、ソッと声をひそめて、

「安心するがよい。あすの朝早くネバダへ行く男を、運よく見

つけたからの、ホープに言うように、かたく約束してきたのじゃ、『リーシにモルモンの危険がせまっている、すぐ帰ってきてくれ、待っている!』と、それが正直そうな男での、たんまりと礼の金をわたしておいたから、まちがいはない、大じょうぶだ。ホープは何事かとおどろいて、いっさんに馬を飛ばしてくる。まず第一に今夜は成功したのじゃ」

「おとうさん、誰にも見つからなかって? ヤングの秘密探偵らしい者が、いなかったんですの」

「そんな者は、いなかったようじゃ。なに、負けはしないぞ。いや、外よりも内の者を、ゆだんしてはならない。おまえも、わしも、心ぱいそうな顔をしていると、さては何かたくらんでいるなと、召使たちが気がつく。おまえは、いつものとおりに、なんにも知らない顔をしているのだ」

「ええ、でも、……」

「なんにも、そう心ぱいしなくてよいのだ。おとうさんは、これでも、若い時から誰にも負けずに突きぬけてきた。それにホープと力をあわせる上は、なにを予言者ヤングの網など、くぐりぬけて見せるからの」

父のファリアは年五十五、だが、気力はすこしもおとろえていない。ひとりで方々の窓をしめてまわり、掛金をゆだんなくかけた。かべに立てかけてある鉄砲をおろすと、すっかり油をさして、しかも弾をこめた。

怪予言者ヤングは三十日を、約束して行った、が、なにしろ悪魔のようなやつだ。ファリアもリーシも、どうせ言うことをきかないばかりか、ホープを呼びよせて脱けだす方法を考えている、と、気がつくと、今夜にでも秘密探偵の一隊に、この家をおそわせ、リーシを生けどりにして行くかも知れない! と、ファリアは、この夜からリーシの寝台を、自分の寝室に運ばせると、ドアにかぎをかけ、弾をこめた鉄砲を、寝台に立てかけて、

「ウム、くるならこいと言うところだが、なに、まさか出てくることはないじゃろう」

と、不屈な顔に苦笑いした。

リーシは、「安心しろ」と、おとうさんから、くりかえして言われても、こわくて心ぱいのあまりに、寝てもねむれずに、あおむいたきり目をふさぎ、ホープが一時間も早く、一分間でも早く帰ってきますように! と、心の中にいのりつづけた。

夜はしんしんと、ふけて行き、広い家の中に、何の物音もきこえなかった。

なんというやつだ

あくる日の朝、なにごともなく夜があけて、空は晴れ、林に小鳥がないている。ファリアは散歩に出るふりをして、ステッキを片手に、林の中から外を見まわってきた。夜のうちに、何物かがひそんでいなかったか? ゆだんは一分間もできないのだ。

怪しい気はいも別にないようだ。こちらが気をつかいすぎるかな。リーシが心ぱいしすぎて、神経の病気にならなければよいが、ゆうべも、ほとんどねむっていなかったようだ、と、父のファリアは、まゆをしかめたきり、門の前へまわってきた。

「や、なんだ、朝から、……」

おどろいて声が出た。柱の両方に乗馬がつながれている。二

頭、青毛と葦毛の、どちらも立派に背が高く、手づなも、くらも、新しく上等の物だ。朝から誰が、ふたりも乗ってきたのか？

ファリアは玄関から廊下を通って、自分の部屋にはいって行った。すると、なおさら意外にもふたりの若い男が、ひとりは椅子にもたれ、ひとりは窓のそばに立ち、えらそうにタバコをふかしながら、ファリアを見ると、

「ヤア、おとうさん！」

「お帰りですな、待ってたんでさ！」

さきをあらそって言いだした。しかも、ニヤニヤと、ふたりとも笑っているのだ。

ファリアは部屋のまん中に、突っ立って言った。

「何者だ、ことわりなしに、人の部屋にはいって、きさまらは、礼儀ということを知っているのか」

「ヒューッ」

と、口ぶえをふいた、椅子にもたれている方が、立ちもせずに、馬のような長い顔が、あごをヌッと突きだして、

「お目にかかるのは、今がはじめてですな。ぼくはスタンガソンの長男でさ。そちらの窓によりかかっているのは、ドレッパの長男、どちらも、おやじの後をとるんですがね、ハハアハッハッ」

と、得意らしく笑うと、窓のそばに立ってデップリと肥えている方が、からだに似あわない細い声で、

「ホホッホホホ、ぼくたちが朝からそろって、おうかがいしましたのはね、もう、おわかりでしょう、ぼくかスタンガソンか、どちらかを、お嬢さまの、すなわちソートレーキの姫君のリーシさんから、おえらびをいただきたいと、そうおもいましてね、はい、これは偉大なる我らの予言者ブリガム・ヤング氏の命令なんで、ところが、ぼくはまだ妻を四人しかもっていないんですが、そちらのスタンガソンは、もう七人ですからね、むろん、ぼくの方を、リーシ姫君はおえらびになると、ぼくは、そう思うんでさ！　ホホッホホホ」

と、気みわるく笑うと、椅子の上からスタンガソンが長い顔をふって、ひやかすように言いだした。

「オイオイッ、それはちがうぜ、ドレッパ、勝手なことを言うなよ」

「あれっ、なにがちがうんだね」

「そうさ、何人の妻を、今もっているかよりも、これから一生のうちに、何人もてるかだよ。ぼくは今度、おやじから新しい水車づきの家を、もらったりしたからね、おまえよりも毎月の収入がズッと多くなっているぜ」

「なあんだ、そんなことか、ホッホホホホ、ぼくにはね、皮工場というものがあるからね、収入だって何だって、おまえには負けないつもりなんだよ。ホッホホホ」

「チェッ、そんなことを言いだしたら、きりがないぜ。どうだ、それよりも、ここに姫君のリーシさんを呼んでもらって、おれか、おまえか、ご本人のえらぶとおりに、まかせようじゃないか」

「なあるほど、よかろう、それが早道というもんだな。では、ジョン・ファリアのおとうさん、お聞きのとおりですから、ここに今すぐ、お嬢さんを呼んでもらいましょうか、ホッホホホ」

だまって突っ立っている父のファリアは、右手にステッキをにぎりしめたきり、顔いろをかえていた。

九から七！　七から五！

こうなっては戦いだ！

父のファリアの青ざめている顔に、つめたい汗がひたいの上からタラタラと流れて、右手のステッキがふるえだした。忍耐だ！　今こそこらえて、怒りをおさえ、この憎むべきふたりのやつを、うまく帰らせるのが、リーシのために安全だ。こいつらの後には、おそるべき怪魔が、予言者ヤングが立っている。忍耐だ、こらえなければならない！　と、汗をながしたまま突っ立っていると、

「だまっていては、わからないね、ファリアのおやじさん！」

「そうだとも、ぼくたちふたりが、わざわざたずねてきたのは、おやじさんにも、姫君リーシにもね、とても光栄なんだもの、ね、ホッホホホ」

　と、ふたりのやつが言うのを、ファリアは聞くなり、今まで忍耐していた怒りが、一時に破れつして、いきなり右手のステッキをふりあげた。▼33
「オイッ、この部屋には出口があるぞ、ドアと窓だ。どちらから出て行くか、いや、このステッキを、食うか」

　どなりだした、すごい顔は、今にも打ってかかろうとする、太い長いステッキを、ふたりは見るなり、

「オオッ、追い出すつもりか、おれたちを？」

「おれたちには、絶対の権力が付いているんだぞ！」

　と、わめきながら、ドアの方へ、あわてながら歩いて行った。ステッキが恐ろしいのだ。

「出て行けっ、きさまらを見るのは、目のけがれだ」

「なにを、おぼえてろ、おやじ、後かいするな」

「密林のおくへ行くか、おやじ！」

　ふたりは怒なりながら、門の方へ走って行った。

　こうなっては戦いだ！　敵は予言者ヤング、怪魔を相手に、わしはリーシをまもって、ただひとり、どういう方法で戦うか？　と、父のファリアは、ステッキを投げだすと、そのまま深く考えをこらした。自分ひとりの力は、あまりに弱いのだ。

　一方のドアがあいた。はいってきたのは、リーシだった。

「おとうさん、どうしましょう」

　すがりつくリーシを、父はだきしめて言った。

「おまえを、今来たようなやつに結婚させるよりも、おとうさんは、おまえが死んでくれた方がよいと、思うくらいだが、……」

「そう、わたしも、そうよ、どうしましょう？」

「ウム、今にホープが帰ってくる、……」

　門の前から外へ走りだした馬の足音が、たちまち消えて行った。今のふたりのやつ、それにつづいて、ヤングの魔の手が、のびてくるのだ、どうするか、と、ファリアはリーシをだきしめたきり、足もとに落ちているステッキを、ジッと見つめていた。

毛布の上に見えない敵が……

ああ何と不安な、おそろしい一日だったろう！　家の中に召使の何者かが、怪魔の手さきに付いている。外から今にも敵の秘密探偵が、おしよせてくるだろう。「絶対の権力が、おれたちについている！」と言い、「密林のおくへ行くか」と言った、ふたりのやつは、ステッキに追いはらわれて、すぐに予言者ヤングのいる所へ、馬を走らせて行ったのに、ちがいない！

父のファリアは、一日じゅう家の中に、リーシといっしょに、ゆだんなく、気をはりきっていた。しかし、おしよせてくる敵に対して、ふせぎようがない、わずかに一つだけの鉄砲をもって勝てるとは思えないのだ。

リーシは、おとうさんのそばにいながら、青白い顔になり、だまりこんでいた。

昼すぎて、ようやく夕かたになり、夜になった。リーシも父のファリアも、食堂のテーブルにつきはしたが、ほとんど何も食べる気がしなかった。いのちの危険が、目の前に、せまっているからだった。

ホープ！　早く帰ってきてくれ！

これを、ふたりは、いのりに祈りつづけた。

夜十時すぎになり、寝室にはいって、かぎをドアにかけ、ふたりは、ようやくベッドについた。弾ごめの鉄砲を、父は枕に近く立てておいた。

一日じゅうの気づかれに、神経がたかぶって、なかなかねむれない、夜あけになって、父のファリアは、わずかにねむった。リーシも、おそろしい、ゆめを何度も見ているうちに、ウトウトしてねむった。

ふと目がさめた父のファリアは、きゅうに起きあがった。この寝室に何者かが、はいってきて出て行ったような気がする。しかし、ドアを見ると、かぎが、ゆうべのまま、かかっている。ああ不安のあまりに、そんな気がしたのか、それほど弱いわたしでは、ないはずだが、と、むねにかけている毛布を、かけなおそうとすると、

「オオ？……」

かすかにさけび、ギクッとした。毛布の上に小さな紙きれが、ピンでとめてあるではないか、おどろいて、ピンをはずし、紙きれに書かれている字を、読んでみると、

おまえが、心をあらためるまで、きょうから二十九日！

生きるか死ぬか？


インクの色が、まだ生々しいのだ。

こんなものを、リーシに見せると、なおさら、おびえてしまう、と、父はその紙きれとピンをまるめて、寝まきのポケットに深く入れてしまった。

リーシは横にあるベッドにあおむいたまま、目をふさいでいた。まつ毛が動かないのは、ねむっているのだ。

きょうから二十九日！　怪魔ヤングが、「三十日」の約束を考えているのだ。あくまでも自分にしたがわせようとする、しかし、この寝室の中へ、怪魔の使いが、この紙きれをもって、どんな方法ではいってきたのか？　まさかヤングが自分ではいってきたのではあるまい。

毛布の上に、ピンでとめて行った、その時、心ぞうを目がけて、グサッと短刀の一突きを、やればできたはずだ。わしは声もたてずに、それきり死の手にわたされたろう！

　このような見えない敵に対しては、戦う方法がないではないか？

　不屈のファリアも、今は心から恐れずにいられない。怪教モルモン教の予言者ヤング！　このようなやり方を見ると、かれはまさしく怪魔ではないか？

あすこそ最後の日

　次ぎの日の朝。

　父とリーシが、食卓について、スープを飲みはじめた時、ふと天じょうを見たリーシは、まっさおになった。

「なんでしょう？　これ、おとうさん！」

　父も天じょうを見た。

「オオ？」

　白いペンキぬりの天じょうに、28！　と、黒く書かれているのだ。むろん、きょうから二十八日！　という意味にちがいない！

「なにかな、奇体ないたずらを、誰かやったのだろう。なに、気にすることはないのだよ」

　と、父はリーシに知らせまいとした。

　ところが、その次ぎの日の朝には、ドアに外から、27！　と、青ペンキで太く書かれていた。

　その次ぎの日は、かべに26！　と、さらに次ぎの日は、部屋のゆかに25！　と、この数字の意味を、リーシも気がつかずにはいなかった。

　おそろしい、のろいの数字！

　庭へ出るところのドアに、かき根の柱に、木のみきに、24！　23！　22！　一日一日と数が少なくなって行く。生きるか死ぬかの日数なのだ。

　父のファリアは、あらゆることに気をつけた、昼も、夜も、だが、どのような方法で何者が、この数字を毎日、いつのまに書いて行くのか、まるでわからずに、21！　が15！　に、10！　にへってきた。

　ホープよ！　早く帰ってきてくれ、今のうちに！　早く！

　ただ一つのたのみは、これだけである、父もリーシも、ほおが青白くなり、やせてしまった。見えない怪魔の手に、いじめられて、リーシはなおさら、きいてみずにいられなかった。

「おとうさんの言ってやったこと、ホープに、とどいたのでしようか」

「ウム、とどけば、すぐに帰ってくるはずだ、が、なにしろネバダの山は深いというから、ホープのいるところを、さがしあてるのに、こまっているのじゃないかな」

　と、父も今となっては、思っているとおりを、かくさずに言った。

　ああ何という不安な、おそろしい一日一日だろう、いのちがちぢまって行く、8！　が5！　になり、4！　3！　ついに家の外のかべに、赤いペンキで2！　と書かれた。

　あすは1！　とうとう最後の日なのだ！

　ホープはまだ帰ってこない、どうしたのか。怪魔の手がのびて、ネバダの山おくに、あるいは帰ってくるとちゅうに、暗殺されたのではないか?……?

夜がふけて、父のファリアは自分の部屋に、ひとりで考えをこらしていた。

あすこそ最後の日だ! どうすればよいのか?

リーシを寝室にはいらせて、外からかけたかぎを、父は上着のポケットに、ふかく入れている。おそるべき場面が、目のまえに浮きあがってきた。暗い密林のおく、枝からぶらさがっているのは、自分なのだ。すでに首をしめられ、つめたい死がいになっている。

怪魔は父だけを捕えて殺し、リーシを家からどこかへ引きつれて行った。死ぬよりも恥ずかしいめに、あわされるのだ。

「ああ、……」

おそろしい場面を思い、父のファリアは、ふかい長い息をはきだした。

わしはこれほど、力のない人間だったのか! むねんと悲しさに、父はひとり、ハラハラとなみだをながした。

今夜も、しんしんとして、なんの物音もきこえない、が、どこからか怪魔の目が、ジーッと見ている気がする。

ハッと父は窓の方をふりむいて見た。

何か? 外庭の方に、たたくような音が、小さく、かすかに聞こえたのだ。

地面に黒い男

耳のまよいだったか? 聞こえた、と、おもったが、もう聞こえない。

いや、たしかに聞こえた。風の音ではなかった。人間か犬か、羊か牛が牧場から、出てきたのではないか? 何か、たたいたようだ、カタコトと、三つか四つだった。耳のまよいではない!

ファリアは息をつめたきり、耳をすました。何者かが来ているのだ。

そのまま三、四分すぎた。

「カタッ、コト、カタッ……」

かすかな音が、また聞こえる! と、ファリアは立ちあがった。足音をしのばせて、ソーッとドアをあけ、玄関のわきの広間へ、ひとりで抜き足さし足、出て行った。

1の字を書きに来たやつか?

こうなれば格闘し、死力をつくして生けどる! 捕えて怪魔の計略を白状させるのだ!

広間の外は庭だ。聞こえたのは、ここのドアだ、ひそんで来ているやつに、不意をくらわせて生け捕る! 当て身の一突きに打ちたおすのだ!

ファリアは大胆に心をきめると、おちついた。若い時に幾度も格闘し、そのたびに相手を打ちたおした腕は、今こそおぼえがある! ドアの掛金をソーッとはずすなり、サッとドアを引きあけておどり出た。

夜ふけの星あかり、外はしずまって、なんにもいない! 庭の四方をファリアは、ゆだんなく見まわした。

何者も来ていない、門の方までヒッソリしている。

今さっきの音は、どうして聞こえたのか、ふしぎだ!

ゆだんなく気力をこめていたファリアは、ゾッと身ぶるいした。さては、ここへ、わしをさそい出して、怪魔の手さきのや

つが、リーシの寝室へ、しのびこんだのではないか？　と、きゅうに気がついて、引きかえそうとすると、

「オオ？……」

　とたんに立ちすくんだ。足もとの横の方に、ピタリと地面に伏せている人間が、黒く動かずにいる。何者か？　星あかりの下に、死んでいるようだ、と、見きわめようとする、すぐ横から、たちまち頭をあげた黒服の男が、いっしゅんにドアの中へ飛びこんだ。

　捕えるすきもない相手の早わざに、ファリアも身をひるがえすと、広間へおどりこんだ。そこに突っ立っている男を見ると、

「オオッ、ホープ！」

「おとうさん！」

「帰ってきたか、待っていたぞ！」

　握手するよりも早く、ホープはドアをしめた。掛金をガチッとかけると、

「リーシは、どうしたですか、ぶじですか」

「寝室にいる。おまえが来たことを、知らせよう。よろこぶぞ！」

「水、水をください。まる二日、食わずに来たんです」

「馬は？」

「馬ではこれない、とちゅうも、この家のまわりも、ヤングの手下のやつが、すっかり見はっている。やっと忍びこんで来たんです」

「ああ、ありがたく思うぞ、ホープ、だが、ヤングのやつがリーシを、うばいとろうとする、最後の日が、あすなのだ」

　ふたりはシッカリと握手しながら、たがいに目を見あわせた。怪魔を相手にリーシをまもり、生死を共にするのだ。

いそいで静かに、ソッとすばやく！

　ホープは食堂へ行くと、たなの上に残っているパンと肉と野さいを、モリモリと食い、水をカップに七、八はい、たてつづけに飲みほした。着てきた黒い猟師服が、どろだらけだ。

「ハーッ！」

　腹が、やっとふくれて、はきだした息に、たくましい気力がこもっている。するどく不屈の目をあげて、ホープは、天じょうから四方のかべを見まわした。

　リーシが、おとうさんといっしょに、はいってきた。

「まあ、ホープ……」

　と、言ったきり、手をのばしながら、なみだをこぼした。

「おそくなった！　おとうさんの使いの男が、ぼくをさがしまわって、やっと会えた、……」

　ホープはリーシのまっ白な手を、にぎりしめると、父のファリアに言った。

「あすが最後の日ならば、今夜じゅうに、夜あけまでに、決行するんですな」

「決行？　どうするのじゃ」

「三人で脱け出すんです。敵の見はりを、くぐりぬけて、今夜のうちに」

「ウム、しかし、歩いて行っては、乗馬の敵に追いつかれるだろう。朝になれば、わしとリーシの脱け出したことが、わからずにはいない。召使の中に、敵の手下になっている者がいるのじゃ」

「今、召使たちは、どこにいるんです？」

「皆の寝室を、別棟の方へやった。ヤングのやつが来おった日から」

「よろしい、ここを脱け出しさえすれば、イーグルの谷に、馬を三頭、かくしておいたですから、山を越して、すぐにカーソンの町へ走るんだ。金はここに、いくらあるですか」

「金貨で二千ドルしかない、札で五千ドルじゃ」

「たくさんです。ぼくもそれ以上もっている。さあ時間がない、夜があけるまでだ。すぐ支度！　リーシ、泣いている時ではない。乗馬服に着かえて、あるだけの宝石を身につけて、早く！　ぼくはここにある食う物を、ふくろに入れる。今のうちだ！」

　父のファリアもリーシも、怪魔の死の手から脱け出て、生きる機会が今こそ来たのだ！　と、寝室へ支度に出て行った。物音が別棟の方へ、聞こえると危険だ。脱け出るのが見つけられる！　いそいで静かに、ソッとすばやく！　と、父もリーシも、汗だらけになって支度した。

　ホープは食堂に、あるだけの食う物を、ふくろにつめ、水筒を見つけだして水をみたした。

　乗馬服に身をかため、ズックのふくろを背おっているリーシと、鉄砲をさげている父が、食堂にはいってきた。ふたりとも必死の顔いろをしている。ホープも、ふくろを背おうと言った。

「門の前の通りも、うらの方にも、見はりのやつが、何人となく、ひそんでいる。月のないのが幸いだ。広間の横の窓から脱けだして、林と畑を、まっすぐに西へ、イーグルの谷まで、およそ二マイル、そこで馬に乗る、山へ飛ばす、いいですか」

「ウム、リーシもわかったか」

「ええ、……」

「しかし、ホープ、とちゅうで見つけられたら、どうするか、谷へおりるまでに」

「その時は、……」

　目をかがやかせたホープが、上着のポケットにはいっているピストルを、上からたたいて、

「なんとも仕方がない、こいつに弾をふき出させる。おとうさんのその鉄砲は、近いやつには、かえって、じゃまじゃないですか」

　と、苦笑いした。

フクロが三度、鳴く時だ

広間のあかりは、すっかり消された。外は星の光りが青白い。ヒッソリしている。

　横の方の窓が、音もなく少しずつあけられた。外へ飛び出たのは、まっさきにホープだ。窓の下にすばやく身をひそめて、あたりの気はいに耳をすまし、ジッと見まわした。

　何者の気はいもしない。犬いっぴきもいない！

　西部の山おくに蛮人のインデアンと戦い、密林の中に猛獣と格闘する、ホープの目も耳も、するどい、まして今は、愛するリーシとその父をまもり、おそるべき死の危険を突っきって行くのだ。

　黒い雲が空に流れてきた。星の光りが、うす暗くなりだした。今だ！　と、ホープは左手をあげて、畑の中にいるリーシに信号して見せた。

　リーシが乗馬服のまま、畑から外へヒラリと飛びおりた。う

まい！　音をたてない。すぐあとから父も出てきた。これも音をたてずに、息をついた。

今のうちだ！　窓の下から庭へ、ズラリと長い生けがきの下に、三人は地面をはって行った。

父のファリアは、鉄砲を片手に、はって行きながら、なみだがにじみ出るのを、こらえていた。この地面、庭、家、むこうの、畑、林、市の内外にある工場、みな、自分のものだ。十二年あまりかかって、開拓に力をつくし、つくりあげたものを、今ことごとく見すてて行く、自分はすでに老人になっている、この無念、悲しさ、くやしさが、胸いっぱいにこみあげて、泣かずにいられない。これみな怪魔ヤングのためではないか！

グッと不意に腕をつかまれた、つかんだのはホープだ。どうしたのか、リーシも父も腕を、ホープに引っぱられて、生けがきの下の暗いところに、身をすくめた。

何かの気はいを、ホープのするどい神経が、いっしゅんに感じたのだ。

「ブウブクブーッ」

一声、フクロらしい山鳥の変な鳴き声が、すぐむこうから聞こえた。

リーシはハッと身をちぢめて、ホープの左腕にすがりついた。

「ブウブクブーッ」

また聞こえた、気みわるい別の方からだ。

鳥ではない、人間が、怪しい合図をしている、ヤングの手下が見はっているのだ。

三人は息をこらし耳をすました。

生けがきの切れめ、今から三人が出て行こうとする所に、ヌッと黒い人かげが現われた。

「ブウブクブーッ」

そいつが鳴らした、ふえなのだ。

すると、生けがきのむこうに、かすかな足音がヒタヒタと聞こえた。ひとりではない、ふたりか三人だ。こちらへくるか？と、ホープは上着のポケットへ右手を突っこんだ。足音が立ちどまった、と、おもうと、

「あすの夜ふけ、〇時に！」

ふとい声が、ささやいた。

生けがきの切れめに立っている男が、スッと消えた、と、おもうと、

「フクロが三度、鳴く時だ！」

「わかりました」

「ドレッパに、そう言え」

「伝えます」

「九から七！」

「七から五！」

ホープにも父にもリーシにも、わからない、奇怪なモルモン教の合図を、ささやきあうと、生けがきのむこうに足音が、ヒタヒタと消えて行った。三人か四人が、ひとりずつ別れたらしい。

さあ今だ！　ここの見はりが、今ゆるんだ！　と、ホープはリーシと父のファリアの腕を、つかんで立ちあがった。

死の手にわたした天使団

奇怪な合図で通る

敵の見はり線を突っきるのは、今だ！

脱走！　早く、今のうちに！　と、三人は夜ふけの星あかりさえ気になって、暗い所から暗い方へと走りに走り、まっさきにホープが、リーシと父をみちびいて行った。

畑、林、市外から野原へ、坂をのぼり、夜のあけないうちにと、岩ばかりの谷そこへ、三人が息をきりながらおりてきた。

「よし、ここまでくれば、ここがイーグルの谷だ」

と、ホープが歩きだして、そばへ来たリーシの腕をたすけながら言った。

リーシはもう、つかれきって、今にもたおれそうになり、よろめいて口もきけず、ホープにもたれかかって、ハアハアとあえぐばかりだった。

岩また岩のあいだを、ホープは右に左に通りぬけて行く。大きな岩かげに、三頭の馬が、おとなしくつながれていた。

「さあ、これだ。リーシ、おとうさんも、がんばって！　夜のあけないうちに、山を越えるんだ」

ホープは三頭の馬の手づなを、すばやくほどいた。

今まだ休めない、三人は馬にまたがると、岩ばかりの谷そこから、けわしい坂を、左に右にのぼって行った。方角を知っているホープが、迷わずに行く。そびえ立っている高い岩の下へ、ようやく出てくると、ハッと馬をとめた。

しまった！　岩の上にふたり、クッキリと黒く立っているのは、敵の番人だ。鉄砲を下の方へむけて、こちらの三人に気がついたらしい。

「止まれっ、何者か」

どなった声が、谷そこにひびいて、岩の上から鉄砲のさきを、ピタリとむけた。

「アアッ、待ってください！」

ホープは右手をあげると、おどろいたように言った。

「ネバダの山へ行くんです、銀を見つけに。怪しい者じゃないんです」

「あとのふたりも、そうか」

「ぼくのおやじと妹です」

「許しを受けてきたか」

「むろんです、モルモン長老教会の許可証をもっています、見せましょうか」

そんなものはもっていない。見せろと、岩をおりてきたら、ピストル二発の弾を、頭へ射ちこむだけだ。ひとりがわめいた。

「ウン、そうか。九から七！」

「七から五！」

生けがきのそばで聞いた、モルモン教の奇怪な合図だ。

岩の上のふたりは、鉄砲のさきを横へむけた。ひとりが、ゆっくりと言った。

「通ってよろしい、われらの同志よ！」

うまく助かったぞ！　と、ホープは右手をあげてふりながら、馬をすすめた。すぐあとからリーシと父が、だまりこんで、一列に馬をあるかせてきた。けわしい坂道だ。いや、道とはいえない、岩と岩のあいだが、やっと通れるだけだ。

怪魔の追跡をのがれて

三人は夜どおし、岩また岩ばかりの谷そこをすすみ、ようやく山道にかかってきた。

幸いに猛獣には出会わなかった。

夜があけてきた。見わたすと、四方とも山つづき、しげっている密林の上が、日の光りをあびて、青い葉も赤い葉も、いっせいに美しくかがやいている。

「まあ、きれい!」

リーシは自分も日の光りにてらされて、いくらか元気になったらしい。

せまい道にそうて小川が流れている。キラキラと朝日の光りをあびて、水もきれいだ。

「よし、ここで休んで行こう」

ホープがほがらかに言い、三人は馬をおりた。あたりに人間の気はいもなく、猛獣もいないらしい。初めて安全だ。

三人は馬に水を飲ませ、くらの後にホープが用意しておいた、ふくろの中の麦を食わせた。自分たちも、家の食堂からもってきたパンや肉や野さいなどを、いっしょにわけて食べ、川の水を飲み、新しい水筒に入れかえた。ここでなお休みたい、が、ホープは立ちあがって言った。

「グズグズしてはいられない! 今ごろは、おとうさんもリーシも、家にいないことが知れて、ヤングのやつが、そのままにしておくはずはない。追跡を命令したのに、きまっている。早い方が勝ちだ、すぐ出発!」

「そうじゃ、そのとおりじゃ」

父のファリアは、そう言いながら、ヨロヨロと立ちあがった。青白い顔をしているリーシは、口びるをひきしめて、立ちあがると、ホープの猛ましい顔を見つめた。自分の夫になる人、この人のそばにいさえすれば、ほんとうに大じょうぶだわ! と、気づよくおもうのだった。

三人は休むひまなしに、すぐ出発した。馬もさすがにつかれている。先頭に行くホープが、リーシに力づけて言った。

「カーソンの町へ着けば、それこそ、何日でも安全に休めるんだ。あそこから西には、モルモンの変な信者もいないし、予言者ヤングなんて、そんなやつの言うことは、誰も耳に入れやしないんだから」

この日は、谷そこばかりを、走らせたり歩かせて行き、ようやく夕かたになった。谷そこでも高原だから、太陽がしずむと、きゅうに寒くなってきた。

長い岩のさきが、横の方へ突き出ている。そのかげに馬をつなぎ、三人は夕食をすませると、草むらの中に、からだをよせあってねむった。夜風が身にしみて寒い。リーシはふるえながら、ホープにたずねた。

「ソートレーキから、もう、どのくらい、はなれてきて?」

「すくなくとも三十マイル。大じょうぶだから、心ぱいしないで、グッスリとねむるんだ」

「ええ、ありがとう」

ふたりは、かたく手をにぎりあったまま、目をふさいだ。

五時間あまり、ねむったであろう、まだ夜があけないうちに、ホープが立ちあがって、

「さあ起きた、すぐ出発!」

いのちをまもるために、いそぐのだ。怪魔ヤングの追跡を、どこまでも、のがれるために！

この日も、三人はさらに馬を走らせた。いよいよ深い山にかかった。父のファリアが、長い息をはきだして言った。

「のう、ホープ、このへんまでくれば、もう大じょうぶじゃろうが」

「そうです、まさかここまでは、追ってこないでしょう」

ホープがそういうのを聞くと、リーシは、ほんとうに安心し、はじめて明かるい顔になった。

脱け出てから、すでに三日めだ。▼35 もってきた食うものが、ほとんどなくなっている。この夜は山の林に馬をつなぎ、枯枝をあつめて火をたいた。なにしろシンシンと寒い。ホープは父のファリアに言った。

「おとうさん、鉄砲をかしてください。このおくで何かとってくるですから」

「ウム、そうか。しかし、早く帰ってきてくれよ」

「うさぎか鹿ぐらいは、いると思うんです。行ってきます」

弾ごめの鉄砲をさげて、ホープは林のおくの方へ、サクサクとはいって行った。何かとってこないと、三人の食うものがないのだ。ことにリーシが、かわいそうだ！

星の大空に、まぼろしを見る

林のおくを、ホープは一気に通りぬけると、また谷へ出た。熊のにおいがする。どこかにいるのにちがいないのだ。

谷が意外に深い。ホープは二マイルあまり歩きつづけた。熊を射ちあてて、かついで帰ったら、リーシがビックリするだろう、ところが、そのにおいも、歩いているうちに消えてしまった。

残念だ！

おれたちの食うものがない。麦もなくなった。馬は草を食って、がまんするだろう。人間は不自由なものだな。なにかとって帰らないと、おやじさんもガッカリするだろう。

ホープは谷から谷を、歩きまわった。むこうの岩の上を見ると、ヤッ、しめた！　いるんだ、大きな羊みたいなやつが、一頭、太い角をふりながら、ヌッと立っている。こいつも見はりに出ているらしい。後の方の谷に、こいつの友だちの大群が、きっと休んでいるんだろう。

ホープは岩かげから岩かげへ、すばやく身をかがめて行った。獣を射つのも、なれている。百発百中だ。足音をしのばせて、高い岩のわきへ出ると、両手に鉄砲をあげた。ジーッと、ねらいをつけて息をつめると、

「パーン！」

ひびきが谷をふるわせて、手ごたえと同時に、岩の上の大羊が飛びあがり、よろめいた、と見ると、ころがり落ちてきた。

「オオッ、でかいぞ！」

ねらったとおり、頭を射ちぬかれた灰色の大羊が、ドサリと横になった。待てよ、このままかついで帰ると、リーシが見て、ビックリするよりも、かわいそうだと悲しく思うだろう！

ホープは鉄砲をそばにおき、ズボンのポケットから、ジャック・ナイフをつかみだした。よく切れるんだ。大羊のもものところと、かたのところの肉を切りとった。これだけあれば、山のむこうのカーソン町まで、三人が食って行くのに十分だ。

ホープは大羊の肉を、もってきた綱にしばって腹にむすびつけ、鉄砲をひろいあげた、が、とたんにハッとした。帰る方角がハッキリしないんだ！

獲物を見つけよう、と、谷から谷へ、むやみに歩きまわった。あの時、方角を見失ったのだ、が、気がつかなかった。さあ、しまったぞ！　と、ホープは谷そこから空をあおぐと、四方の星を見まわした。

何万か何十万かの星が、みな、なんにも知らないように、きらめいている。しかし、ホープは星によって方角を知る。北、東、西、ところが、リーシとおやじさんの休んでいるのは、ここから、どっちだったか？　谷から谷へ迷いこんで、わからないのだ。

星の大空に、ホープはこのとき、まぼろしを見た。リーシの美しい顔だ！　星よりも美しい目を、パッチリと見ひらいて、空からホープを見つめている。まったく悲しそうな顔をしている！　と、ホープは、にわかに胸さわぎすると、東の方へ足を早めて歩きだした。

月がまだ出ない。暗い谷そこから密林の中にはいり、小川の流れにつたわって、ようやく見おぼえのある岩のよこへ出てきた。もう五時間あまりすぎている。リーシもおやじさんも、待ちきっているだろう。

「オーイ、オーイ」

ホープは声をかぎりに呼び、あるきながら耳をすました。

自分の声が、方々の谷にひびき、呼びあうように伝わって行く。が、それだけだ。なんのこたえも聞こえない。

「オーイ、オーイッ、オーイ！」

大声になって呼びつづけた。

自分の声がきえたあとは、シーンとしている。あのおやじさんが、なんともこたえずにいるはずがない！　ホープはいっさんに走りだした。

何が天使団だ！

密林の中に立っている岩のそばを、ホープは、いっさんに走ってきた。あそこだ！　たき火がのこっている、が、リーシもおやじさんもいない。どうしたんだ？

「ヤヤッ？」

たき火のそばに立って、ホープはさけび声をあげた。馬もいないんだ、三頭とも！　どうしたのか？

リーシかおやじさんが、おれに残して行った、なにか知らせのものがないのか？　と、ホープは落ちている枯れ枝を、ひろいとった。さきに火をつけて、あたりを、さがして見ると、

「し、しまった！」

たき火のまわりから、地面に馬のひづめのあとが、むやみに散らばっている。五頭や六頭ではない！

「ウウム、しまった、どうするか？」

ホープは足ずりして怒なった。

敵の乗馬隊、ヤングの秘密探偵のやつらが、ここまで追跡してきたのだ。リーシもおやじさんも馬も、さらわれて行った。今すでに、まにあわない！　敵は乗馬、自分は馬がない！

「抜かった！　リーシ、がまんしてくれ、今はまにあわなくても、おまえとおやじさんを、たすけるぞ、きっとだ！」

と、ホープは歯ぎしりしながら、ソートレーキの方角を、す

るどく見つめた。とたんに、すぐ前の木の下に、なにか白くヒラヒラと動いているものが、目にはいった。

　さてはリーシかおやじさんが、なにか残して行ったぞ、何だ？　と、その木の下へ、ツカツカと行って見た。ホープは、ギクッとして顔が青ざめた。

　暗い木の下に、土が新しくもりあがっている。上に棒が立ち、さきを切ってはさまれた紙がヒラヒラと風に動いている。手にとって星あかりにすかして見ると、ふとい字が、

ジョン・ファリア、神の罰によって、この下にうずめる。▼36
死の手にわたした天使団一隊。

「ムッ、そうか、……」

　ホープは、うめいて立ちすくんだ。

　何が神の罰だ、あの正直な、愛の深い、まっすぐな気質のおやじさんが、ここに悪魔に殺されたんだ！　何が天使団だ、怪教の手さきに使われて、罪のない者を暗殺する、これを言いつけたやつは、ヤングかドレッパかスタンガソンか、三人の共謀にちがいない！　おやじさんは殺された、しかし、リーシは生きている、ソートレーキにさらわれて行って、どうされるのか？

　ホープの顔に、からだじゅうに、あぶら汗が流れだした。

「おとうさん！　おれはリーシを、きっと、とりかえすからな、この土の下から、見ていてください！　おとうさん、残念だったろうなあ、……」

　あぶら汗を流し、歯ぎしりしてホープは、木の根もとにもりあがっている土を、まばたきもせずに見つめて、そう言った。

町の話題の受売り

　六日すぎた。夕かた、ソートレーキの市内にある広場に、ひとりの見すぼらしい男が、よろめくような足どりで、杖を片手にあるいてきた。

　ホープなのだ、が、やせおとろえて、しかも、猟師服を、うらがえしに着ている。ズボンもやぶれてボロがさがり、まるで、こじきみたいだ。目だけが、らんらんときらめいて、すごい顔つきのまま、広場のはしを、ヨロヨロとあるいて行く。

　そこに一方から、またひとりの男が、これはスタスタと広場へ出てきた。帽子も服もキリッとしている。口ぶえをふいて、たのしそうに、気どっている青年だ。

「へえ、きたないやつが、うろついているぜ」

　口の中で言い、こじきみたいな男をよけて行こうとすると、

「オイ、クーパ！」

　いきなり呼ばれて、

「だれだい？」

　夕ぐれの光りに顔を見あわせると、

「アッ、なんだ、ホープか」

「そうだ」

　前から知りあっているクーパは、うろたえた顔になると、

「いけないぜ、こんな所を歩いてちゃあ、ホープ、おまえを見つけたら捕えて知らせろと、賞金づきの命令が、市内に出ているんだ。知らないんだな」

　ホープは、しかし、ビクともせずに言った。

「知るもんか。おれが、どんな悪いことをした？」

「だって、おまえはジョン・ファリアと、娘のリーシが脱け出したのを、いっしょになってやったというじゃないか」

「クーパ！　たのむから知らせてくれ！」

「エッ、なにをだい」

「リーシはどうしたのか、なんとか市内で、うわさはないのか」

「うわさどころか、もっぱら話題になっているんだ。おまえ今まで、どこにいたんだい」

「その話題というのを、おれに言ってくれ、たのむ！」

「きのうだ、ドレッパの長男とリーシが、結婚したものだからね」

「な、なにっ、……」

　血相をかえたホープのすごい顔に、クーパはギョッとして、

「オオッ、待ってくれ、おれは町の話を、受売りしただけだぜ、ホープ」

「ウウム、も、もっと話してくれ、たのむから！」

「いや、その、今だけの話だ」

「なにをっ」

　飛びついたホープの両手が、すばやくクーパのえりをしめあげると、

「言えっ、まだ知っているだろう。言わなけりゃ、はなさないぞ、言えっ！」

「ムムム、言う、ゆるめてくれ、息ぐるしくって、ハーッ……ドレッパの長男も、スタンガソンの長男も、追跡の騎馬隊を指揮して行ったんだ」

「そして、どうしたっ？」

「も、もっと、ゆるめてくれ。ジョン・ファリアを射ちころしたのは、スタンガソンだから、リーシと結婚するのは、自分の方だと思っていたのだが、教会の委員連中が、ドレッパの方に、さんせいしたものだから、予言者ヤングがリーシを、ドレッパにあたえた、ということだ、アアッ……」

　クーパをあおむけに、ドッと突きたおしたホープが、広場のむこうへ、たちまち風のように走って行った。

死体をだきかかえて

　次ぎの日の夕かた、ソートレーキの市内に、おどろくべきうわさが、町から町へひろがった。

「かわいそうに、リーシが死んだというんだ。▼37 ドレッパの家のものが、そう言ったんだと」

「毒を飲んで死んだというんだが……」

「気のどくだわ、ほんとうに、いやがる結婚を、むりにさせたからよ、かわいそうに！」

「さすがのドレッパも、ガッカリしてるだろう、結婚したばかりの新妻に死なれちゃあね」

「ところが、家のものの話だと、案外シャアシャアしてるそうだぜ」

「そりゃあまた、どういうわけだ」

「リーシが死んで、おやじのファリアの大きな財産が、そっくりドレッパのものになるからじゃないか」

「フウム、そうか、やつは美しいリーシと大きな財産に、目をつけていたんだな」

「なにしろ、かわいそうなのは、リーシだ！」

　リーシへの同情が、ほとんど全市民からあつまり、葬式の日には、町へ出て見おくろう、と、女たちが言いあった。

　ドレッパのやしきの広間に、葬式を出す用意がととのえられた。白木の寝棺の中は、リーシの死体が、あおむけにされて、さまざまの花が、まわりに入れられ、その香(にお)いが広間にみちていた。

　棺のそばには、モルモン教の牧師と、ドレッパ家の召使たちが立っていた。▼[38]

　結婚したはずの夫のドレッパも、その両親も、ここに来てはいない。葬式も送らないつもりだろう。牧師がひくい声で言った。

「もう時間ですし、告別する方が、いなければ、棺をとじていいでしょう」

「そうですな、そうしますか」

　牧師も召使たちも、心の中ではリーシに、かぎりなく同情している。しかし、口にだしては言えない。ドレッパの耳にはいると、どんなめにあうか知れないからだ。

　あわれなリーシよ、安らかに天国へ行け！　と、召使たちが寝棺のふたを、ゆかの上からとりあげた。

　この時、何か？　廊下の方に、足音がはげしく聞こえた。こちらへ走ってくる。牧師をはじめ皆が、ドアの方をふりむいた。

　いきなり飛びこんできたのは、髪がみだれ目はするどく、きたない服を着ている、こじきのような男だ、と、見るより早く、寝棺にしがみつき、アッと皆が思うまに、リーシの死体をだきかかえた。

「な、なにをする？」

「きさまは何だっ？」

　あわてて男につかみかかった召使のふたりが、ふたりとも打ちたおされた。

　男はリーシに接吻し、はげしく顔をふりながら、

「リーシ！　待ってろ、かたきをとって、おれも行くぞ！」

　と、泣き声でいうとリーシの死体を寝かせて、身をひるがえし、ドアから廊下へ走り出て行った。▼[39]

　すごい力で打ちたおされた召使のふたりが、ようやく立ちあがった。ほかの者も、あっけにとられて、なにが何だかわからずに、牧師がまゆをしかめて言った。

「どういうことですか。早く棺をとじてください。変な者がはいってきて、葬式が出せないことになっては、大変です」

何百万人の中のふたり

　あわれなリーシは、ソートレーキ市外の墓地にうずめられた。

　ドレッパは墓まいりにも行かずに、自分の好きな馬を乗りまわし、猟銃をかたにかけて、山へ鳥射ちに出て行った。高い崖の下を通りかけると、不意に上から何か落ちてきた。ドドドと崖にぶつかった音におどろいて、

「アアッ、……」

　うつむけに馬の首へしがみつくと、頭をかすめた大きな岩が、あぶなく馬の横へ、ひびきと共にころがり、おどりあがった馬を、ドレッパは後へまわすなり、青くなって家へ飛ばしてきた。

　おれのいのちを、ねらっている！　ホープというやつに、ちがいない！

ドレッパは、この日から家のまわりに、昼も夜も、きびしく見はりを立て、自分の家のおくから一足も外へ出なかった。

スタンガソンも、自分の部屋ばかりにいた。ドレッパが危い目にあい、今すこしで岩につぶされるところだった、と、聞いたからだ。ところが、外へ出ないのは、たいくつで仕方がない。本を読むのは、元からきらいだ。椅子にもたれて、テーブルの上にトランプのカードをならべながら、タバコをすっていると、

「ピシーッ！」

何か？　かすったような音が、目の上を飛んだ。ハッと青くなって見まわすと、窓ガラスが破れ、一方のかべに穴があいているのは、射ちこんだ弾のあとだ。

「ワワッ、……」

ふるえあがって、おくの部屋へガタガタとはいってきた。

おれのいのちを、ねらっている！　ホープというやつに、ちがいない！

スタンガソンは、この日から、窓のない部屋にとじこもった。ズッと、おくの方なのだ。

三日すぎた。ソートレーキの全市民は、非常な不安におそわれた。

「革命の暴動が起きるかも知れない！」

誰いうとなく、このうわさが伝わってきた。

「怪教モルモン教の予言者ヤング、かれは今まで奇怪な迷信と絶対の権力によって、われらの自由と幸福を、自分の足もとにふみにじってきた。ヤングをたおさずに、われらの自由と幸福はない！　ヤングを打ちたおせ！」

青年たちが、にわかに反抗の声をあげて、

「革命だ！」

「ヤングとその一派を死刑に！」

「自由と幸福をとりかえせ」

この大ぜいの力を、さすがの怪人ヤングも、おさえきれなかった。

ヤングの邸（やしき）が青年革命隊におそわれて、ついにヤングは暗殺された。刀をふるって胸をさした者は、ホープだった。[40]

ヤングの一派のうちに、もっとも有力であり、それだけ憎まれているドレッパとスタンガソンのふたりは、いよいよふるえあがった。このままソートレーキにいることは、もっとも危険だ！

ふたりは急に財産の多くを金にかえると、夜にまぎれて、ソートレーキを脱走した。

西部から東部へ、いくたびか馬車をかえて急行し、逃げに逃げて、さらに汽船にもぐりこみ、大西洋をわたって英国へ、首府のロンドンにはいると、ふたりとも名まえをかえてしまった。

ここまでくれば安全だ！

ふたりはロンドンで新しく商売をはじめるつもりだ。[41]

おそろしいのは、ソートレーキにいたホープというやつだ、が、まさか、ここまでは追ってこられないだろう。たとえ来たところが、ロンドンの市民は何百万人といるのだ。おれたちふたりがどうして見つかるものか！

ドレッパもスタンガソンも、ようやく安心した。

ここで、この物語も新しく英国のロンドンにうつる。

ロンドンにいる医学博士ワトソン先生が、すばらしい記録を書いている。これを、ぼくたちは今から読んで行こう！

第二部 謎！ また謎!! さらに謎[42]!!!

名探偵は変人か偉人か

医学博士ワトソンの記録

ぼくは、ロンドン大学を出ると、医学博士になった。だれだって勉強すると、博士くらいにはきっとなれる[43]。ところで、ぼくはなお実地に研究するために、陸軍の病院につとめると、まもなく銃兵の連隊[44]付きを命じられた。

するとおどろいたことは、この連隊がインドへ行っている。しかも、インド人と戦争しているんだ[45]。しかし、ぼくは行かないわけにいかない。なにしろ命令されたんだ。命令にそむくと、裁判にかけられて、ひどい罰を受ける。ぼくは遠くて熱いインドへ、はるばると出かけて行った。

ところが、また悪いことには、連隊がワイマンド[46]という山おくで、敵と大激戦をやってさ、ぼくは肩のところに、敵の弾を受けて、骨はくだけるし、動脈がやぶれるし、目をまわしてしまった。もうすこしで死ぬところを、兵隊がたすけてくれてね、駄馬にのせられて、それから、傷がおもいものだから[47]、インドの病院ではなおらない。とうとうまたロンドンへ、送りかえされてきたんだ。あんまり、ていさいのいい話ではない。

さて、ロンドンの病院[48]で、ようやく傷がなおってきて、ホテルにとまっていた。すると、どうも金ばかりかかって、だんだん貧ぼうになってきた。これはいけない、どこか金のかからない所へ一日も早くうつることだ、と、散歩に出るたびに、貸間さがしをやっていると、

「アッ、ワトソン先生じゃないですか、そうでしょう」

と、いきなり横から呼ぶものがいる。ふりむいて見ると、

「ヤア、スタンフォードか。これぁ、久しぶりだな」

前に、ぼくの助手をやっていたスタンフォードだ。ニヤニヤ笑いながら、ぼくのそばへくると帽子の上から足もとまで見て、ふしぎそうに、

「先生、ずいぶん変りましたね」

と、目を見はって言う。

「なにが変った？」

「だって、顔と手は何だか変に黒くって、からだはゲッソリと、やせていられる。変ですよ。どうかなさったんですか」

「どうかどころじゃない。大冒険をやってきたんだ」

「へえ、大冒険を？　いったい、どんなことなんです」

「インドの戦争に行ってさ、死ぬような傷を受けたんだ。すごかったぜ」

「それぁ大変だ、へえ、そうですか。傷はもうなおったんですか」

「まず全快だがね」

「その変に黒いのは、インドの太陽に焼けたんですね。で、今は何をしてらっしゃるんです？」

「今か、今は貸間さがしに、あるいてるところさ。安くて気もちのいい部屋が、どこかにないものかね？」

「へええ、これぁおどろいた！」
「なにをそう、ビックリするんだ」
「きょうは、貸間をさがしてるのが、先生とふたりめですから
ね」
「なんだ、そんなことか。ひとりめは、どんな人だ？」
「ひとりめというのは、変ですね。これがまた、とても変人で
してね」
「変人？　まさか精神病の患者でもあるまい。どんな変人なん
だ？」
「さあ、なんと言ったらいいか、ちょっと一口では言えない、
みょうな変人でしてね」
「みょうでない変人があるかね、スタンフォード！　立話をつ
づけるより、どこか近くで、昼飯をやろうじゃないか、久しぶ
りに、ぼくがおごるからさ」
「けっこうですね、お供しましょう」
　というわけで、ぼくは「みょうな変人」というのを聞いてみ
たいし、スタンフォードといっしょに、料理店へ行った、が、
こんな記録を書くようなことになろうとは、実さい、その時は
思ってもいなかったのである。

三十三才で一種の偉人

　ひさしぶりに会った友だちと、いっしょに食事するのは、と
ても愉快だった。まずたがいに健康を祝って、ブドー酒を一杯、
それからさっそく、

「君がさっき言った、みょうな変人も、君の友だちなのかね」

と、スタンフォードにきいてみると、

「そうです、むろん、友だちですよ」

「どんなふうに変なんだ？」

「さあ、それですがね、なにしろ変人であり、同時に一種の偉
人なんでしょうな」

「君のいうことも変だぜ。いったい、どんなところが一種の偉
人なんだ？」

「それも一口には言えないんで、その偉人が、何かちょっと見
つけると、どんなにわからないことでも、真相をズバリと言い
あてて、およそまちがったことがないんですからね」

「フウム、それは変だね、なんの商売をしているの？」

「商売なんか、しているもんですか」

「すると、学者かね？」

「そうです、ものすごい学者らしいです」

「らしいのか。専門は？」

「それがまた大変なので、応用化学、鉱物学、医学の方では病
理も解剖も、動物学から農学、物理の力学、それから、……」

「ちょっと待ってくれ、ひとりでそんなに、専門をやれるもの
じゃないぜ。よほどの老人かね？」

「いいえ、先生と同じくらいでしょうな」

「エッ、すると、三十三だぜ、ぼくは▼49」

「そのくらいですよ、シャーロック・ホームズも」

「シャーロック・ホームズというのか、名まえも何だか変だね。

今どこにいるんだ」

「病院の化学研究室に、たいがい、とじこもっていますよ」

「そのシャーロック・ホームズが、貸間をさがしているのだ
ね」

「そうなんです。いや、ちょうどいい貸間を、見つけるには見つけたが、ひとりで借りるには、それだけの金がない。だれか同居して、半分ずつ出しあうような、適当な者がいないかなと、今さっき会った時に、そんなことを言ってたんでして」

「フウム、すると、ぼくと同様、あんまり金はない方だな」

「むろん、金もちじゃないですね」

「よろしい、ぼくだって、適当ないい部屋に同居してさ、半分ずつ出しあうと、たすかるんだ。そのシャーロック・ホームズ氏を、早速、しょうかいしてくれないか」

「さあ、しかし、同居して、うまく行きますかしら。なにしろ変人ですからなあ」

「なに、気があわなければ、わかれるまでだ。君、今からぼくを、つれて行ってくれないか。ホームズ氏に会わせに」

「先生も相かわらず、気が早いですね。では行きましょう」

　というわけで、食事も終ったし、さっそく、ふたりで出かけることになった。「変人で一種の偉人」そのシャーロック・ホームズという人物に会ってみるのが、とても、おもしろい気が、ぼくはしていたのである。

人間の性質を診察する

　ぼくは医者だから、だれに会っても、その人が健康かどうかを、まず目で診察して見る。

　はじめて会ったシャーロック・ホームズ氏は、身長二メート▼50ルほど、背が高くて、ふとってもやせてもいない、あらゆる筋肉が張りきっている、全身これ健康そのものだ。何かきっと、はげしいスポーツで、からだをきたえているらしい。まるで鉄のかたまりみたいな、きわめて強い感じ、だが、顔つきはやさしく、ひとみも微笑しているし、まるで上品な紳士である。変人らしいところは、すこしもない。ひたいが広くて、いかにも賢そうである。

「医学博士ジョン・エイチ・ワトソン先生、こちらはシャーロック・ホームズ氏、どうぞ、よろしく！」

　とスタンフォードが、まじめになって、しょうかいした。

「はじめまして、ワトソンです」

　と、ぼくが手を出すと、

「よろしく、ホームズです」

　声もやさしい、ところが、にぎりしめた手が、ギュッと痛くて、ぼくはふるえあがった。力をいれるつもりではないだろう、が、すごい強さだ。「痛いっ！」と言いかけたぼくの手を、ゆっくりとはなしたホームズが、ふと▼51笑って言った。

「ワトソン先生は、インドの山おくの戦争に行っていましたね。そうじゃないですか」

　いきなり言いあてられて、ぼくはおどろいた。だれだって、これにはビックリするだろう。

「そのとおりです。しかし、そんなことが、どうしておわかりなんです？」

「なに、かんたんなことですよ」

「そのかんたんを、教えてくれませんか」

「いや、教えるというほどのことじゃないですよ」

　スタンフォードがそばで、ニヤニヤ笑っている。

「とにかく教えてください。ぼくには、わからないですからおどろくばかりで」

「ハハァ、あなたは医学博士だと、スタンフォード君が、しょうかいしてくれました。▼52そして立っていられる姿勢は、キチンと軍人みたいだから、フウム、これは軍医さんだなと、だれが見たって、こう思うでしょう」

「なるほど、それはそうですな」

「ところで、顔と手のさきは、強い日光に焼けて黒い。これは、ほかの原因の黒さではない。しかも、生まれつきの黒さでないのは、手くびのところが白い。すると、あなたは最近、熱帯の方面から帰ってきた人だ、と、これまた、だれが見たって、こう思うでしょう」

「フウム、なるほど、それはそうですね」

「あなたの左腕は、どうも自由ではない。肩のへんに傷をしていられるようです。それに顔いろが、病気のあとのようだ。とすると、軍医で最近、熱帯の方面から、傷を受けて帰ってきた。ハハァ、これはインドの山おくの戦争に行って、よほど苦労してきたんだな、と、これまた、かんたんですよ」

「フウム、なるほど、聞いてみると、かんたんですが、おどろきましたね、フウム、……」

ぼくは、このホームズの判断が、よくあたるのに感心して、うなるばかりだった。

すると、そばでニヤニヤ笑っているスタンフォードが、

「ホームズさん、ワトソン先生、おふたりとも、適当の貸間を、さがしていられるんだから、話しあってみては、どうですか」

と、目をかがやかして言うと、

「ハハァ、そうだろうと思ったんだ」

と、ホームズも微笑している。が、ジッとぼくを見つめて、

「ちょうどいい部屋が、ベーカー町にあるんですよ。ところで、ワトソンさん、ぼくといっしょに、おなじ部屋でやって行く気もちが、ありますか、どうです」

と、ていねいに、しかし、強くおしてくるみたいにきいた。

「それは、あるどころか、ぼくの方は、大いにのぞむところです」

と、ぼくは乗り気になってこたえた。

この判断力のするどい人物、上品な紳士のように見えるが、「変人であるのと同時に一種の偉人」と、スタンフォードが言った「シャーロック・ホームズ」という人間を、大いに研究してみてやろう、と、たまらないおもしろさが、ぼくの胸いっぱいに、ムラムラとわきあがっていた。ぼくは医者だから、病気を診察してさがしだす、同時に、かわった人間の性質を診察するのにもなかなか興味をもっているのである。

実に意外な、ものすごい知らせ

ロンドン市内のベーカー町にあった貸間に、ホームズとぼくが、同居することになった。

居間は一つ、なかなか良い家具が、ちゃんとそなえつけてある。大きな窓が二つあるから、明かるくて空気もよくとおる。寝室は二つ、ベッドもやわらかくて、グッスリねむれる。貸間代はふたりが二分の一ずつ出すのだから、これまた、ちょうどいい。ぼくは、すっかり気にいってしまった。ホームズも、よろこんでいるようだ。ふたりは仲よくなって、もうよほど前からの親友みたいになったのである。

ところで、同じ居間にいて、ぼくは「ホームズ研究▼53」を、ひ

そかにやっている。なにしろ病院にも行かないし、医者の看板も出していないのだから、たいくつでしかたがない。窓から外の通りを見ていると、むこうがわの家の前を、ユックリと歩いて行く男が、一軒ずつ戸口の番号札を見て、左手には大きな青色の封筒をもっている。服は茶色の背びろで、あたりまえの身なりだが、しばらく歩いているうちに、またこちらへ引きかえしてきた。ホームズもぼくといっしょに、窓からこの男を見ていた。

「行ったり来たりして、あの男は、だれかの家をさがしているらしいな」

と、ぼくが、ひとりごとを言うと、タバコをすっていたホームズが、プカリと煙をはきだして言った。

「あれは、前に海軍にいた兵曹だよ」

「エッ、君はあの男を知っているのか」

「いや、今はじめて見るんだがね」

「フウム、……」

またはじまった、ホームズの変にあたる判断が、これも聞いてみると、かんたんかも知れないが、おれにはまるでわからない、と、ぼくが思っているうちに、その男がこちらの番号札を見つけると、大いそぎに通りを横ぎって来た。

「アッ、ここへくるのかな」

と、ぼくが言うよりも早く、その男にちがいない足音が、ドカドカと階段をあがってくると、ドアをはげしくたたいた。

立って行ったぼくが、ドアをあけてみると、

「シャーロック・ホームズさんは、こちらですね」

「そう、ご用は？」

「これを持ってきましたんで」

男がさしだした青色の封筒を、ぼくは受けとりながら、きいてみた。

「失礼だが、君の商売は？」

「ぼくは使いをするんです、メッセンジャー・ボーイですよ」

「それにしては、メッセンジャーの制服をきていませんね」

「ああそうです、制服は今、修ぜんに出してあるんです」

「なるほど、しかし、その前の商売は？」

「前は海軍にいたんです。兵曹でしてね、ハッ」

と、右手をあげて、ぼくに敬礼すると、あごひげをはやしている。キリッとまわって、ドカドカと階段をおりて行った。

ぼくはおどろいた。ホームズの判断、またズバリと的中である。ドアをしめて、テーブルの前へくると、きいてみずにいられなかった。

「おどろくね、いったい君は、なんだって、今みたいな判断ができたんだ」

ホームズは、ひじかけ椅子にもたれて、プカリプカリと、たばこをすいながら、

「判断って、君、むずかしく考えることはないんだぜ」

と、まるで平気な顔をしている。

「そうかなあ、今きた男が、海軍兵曹だったと、どうしてわかったんだ」

「それは君も見たはずだぜ」

「ウウム、ところが、まったくわからなかったね」

「そうかなあ。あの男がむこうがわを歩いている時、封筒をもっている左手の甲に、錨（いかり）のいれずみを、ぼくは見たからね。ハ

ハア、海にいた男だなと、思っただけさ」

「なるほど、あの錨のいれずみは、ぼくも見たんだが……」

「それから、あの男の姿勢と歩き方に、軍人にちがいない規則的なところがある。ことにまた、あのあごひげとくると、兵曹あがりでないと、はやしていない形だろう。年頃も、そうだしね。かんたんじゃないか」

「なるほど、聞いてみるとね、フウム、……」

「そんなことよりも、その青色の封筒は、ぼくあてに来たんだろう。いいから君、中の手紙を読んでみてくれないか」

「ウン、よし」

ぼくが、ホームズにかわって、読んでみたこの手紙こそ、実に意外な、ものすごい知らせだったのである。

傷のない死体と血のあと

手紙のはじめから、ぼくは読みながら、とても変な、気みのわるい感じがした。

「シャーロック・ホームズ様！　怪奇きわまる事件が、突発しました。ゆうべ、夜ふけの二時すぎ、所はガードン町三番地にある、あき屋なのです。そこをまわってた巡査が、あき屋の中に、あかりがついているのを見て、疑いをもって、あらために行ってみると、おもての戸は、あけはなされていました。はいってみると、家具は、何ひとつなく、人が住んでいたとは思えない。ところが、そこの広い部屋に、紳士らしい男の死体が、横になっていたのです」

「ホホウ、フーッ」

と、ホームズが天じょうをあおいで、フーッと煙を吹きあげた。

「まったく死んでいる。ただひとりです。自殺か他殺か、しらべてみると、上衣のポケットに名刺が六枚、それにはみな、『アメリカ、クリーブランド市、イナック・ゼー・ドレッパ』と印刷されている。ほかに金も、持っている物も、取られてはいない。すると、自殺かなと、巡査は、しらべながら思いました」

「ハハァ、フーッ」

ホームズがまた煙を、前よりも高く吹きあげた。

「ところが、床に血のあとがあり、しかも、死体のどこにも傷がない。自殺か他殺か、いよいよわからなくなったのです」

「フウム、フーッ」

「まさか死体が、ひとりで、あき屋にはいったと思えません。まことに判断のつかない怪事件です」

「フーッ、フーッ」

「この死体のそばに、私は今から十二時まで、あなたのこられるのを、待っております。巡査が発見したまま、何ひとつにも手をふれていません。あなたがこられない時は、十二時からくわしくしらべまして、お知らせにまいります」

「ハハァ、フーッ」

「その時は、お考えを充分に聞かせてくださるよう、ぜひ、おねがいを、とりあえず。グレグソン」

「フッ、それで終りか」

「終りだ。いそいだとみえて、走り書きだ。このグレグソンというのは、探偵なのかな」

「そう、君の判断もあたるじゃないか。警視庁の探偵部長だよ。

もうひとり、すばらしく腕ききのレストレードが、警視庁にいる。このふたりが、いつも何か事件があると、探偵くらべをやる、フーッ、フッ」

「そのグレグソンが、君のたすけをねがってるわけだね」

「そんなところだな」

「行ってみるのかい、この怪事件の現場へ」

「フッフッ、傷のない死体のそばに、血のあとありか。なんだか、怪しそうだね。行ってみよう」[56]

たばこのパイプを、ポケットへ投げこむと、スックと立ちあがったホームズは、今まで煙を吹きあげていたのとちがって、目がランランとかがやき、顔から全身に猛(たく)ましい精力があふれて、急に人間が変ったように見えた。ぼくはビックリしてきいた。

「すぐ出かけるのか」

「むろんだ。いっしょにこい」

「エッ、ぼくもか」

「たいくつしているよりも、いいだろう」

変人であり一種の偉人であるというホームズが、この怪事件をしらべに行って、どんなことをするのか。ぼくは、いよいよ目のまえに興味を感じて言った。

「よし、行こう」

いよいよ初まった探偵スポーツ[57]

ぼくも何か発見するぞ

ホームズとぼくは、馬車〔この時分はまだ自動車がなかった〕[58]に乗って、グレグソン探偵部長の手紙にあったガードン町の三番地へ、まっしぐらに飛んで行った。

ゆうべの雨で、道はぬかるみの泥だらけ、空はまだくもっている。ぼくは、今から変な死体を見に行くんだ、と思うと、なおさら、いやな気がしていた。ところが、ホームズは、音楽のことなどを、むやみにしゃべりだして、むやみにおもしろがっている。どうも変人らしい。

「オイ、君、ホームズ！」

「なんだね」

「君は今から行ってみる事件のことを、考えないのか。音楽のことなど、あとでいいじゃないか」

「ヤッ、そうか。これはおどろいた」

「なにを君がおどろくんだ」

「事件を考えろと言われても、考えようがないからさ」

「考えようがない？」

「そうじゃないか。材料なしに何を考えるんだ」

「ウウン、そうか、なるほど、……」

また、まいったと、ぼくは思わずにいられなかった。ホームズが馭者(ぎょしゃ)に言った。

「ヤア、ここがもうガードン町だろう」

「ハ、そうです、三番地はすぐむこうです」

「ウン、待った。あれが問題の家らしいぞ。よし、止めた、ストップ！」

「家の前まで行かないんですか」

「いや、ここでストップ、ストップ！　ワトソン君、さあおりよう」

どうして家の前まで行かないのか。ぼくには、わからなかった。ホームズといっしょに馬車をおりて、ぬかるみの泥道を、テクテクと、あるいて行った。

せまい道から、ちょっと引っこんだところに、家が四軒ならんでいる。二軒が、あき屋だった。人が住んでいないから、どの窓にもカーテンがない。家の前には草が長くはえている。ゆうべの雨で、水たまりがあり、塀は古く赤いレンガだ。巡査がひとり立っている。

塀の中の家へ、すぐにはいるんだろう、と、ぼくが思っていると、ホームズは、家の前へ、ゆっくり行くと、また引きかえした。地面を見ている。空をあおいだ。むこうがわの家や塀を、ゆうゆうと見ている。それから草の上を歩きながら、また地面を見て行くうちに、立ちどまって、

「フフム、……」

と、口の中で言った。

ぼくも、そこいらを見まわした。泥の上に、靴あとがいっぱいだ。警察の探偵と巡査たちが、出たりはいったりした靴あとだろう。なにをホームズが見つけたのか。これまた、ぼくには、わからなかった。

あるきだしたホームズが、やっと玄関へあがって行くと、中から背の高い男が飛びだしてきた。手帳をもっている。


「ヤア、これはどうも、ホームズさん、よくこそ、とても待っていたところです」

「ハハア、グレグソン君、今日は。ぼくの親友のワトソン博士です[▼59]、医者だから、なにか力をかしてくれるでしょう」

ぼくはギクッとした。力をかすなどと、そんなつもりはない、が、怪事件の探偵には、もしかすると、何かぼくでも発見するかも知れないぞ、と、にわかに負けない気になった。

「そうですか、お医者さんだと、けっこうです。まだすこしも手をつけずに、お待ちしていたんです」

「ハハア、あれだけは、手をつけすぎたようだな」

と、ホームズが、家の前の泥道を指でさして、

「牛が何頭あるいたとしても、あれほど、ふみにじることは、ないだろうね、グレグソン君、もっとも君は、もう事件の解ける見きわめがついたから、あそこの出入りを許したのだろうが」

と、微笑して言うと、グレグソン探偵部長は肩をすくめながら、小声でささやいた。

「いや、そうおっしゃられると、こまるんです。家の中でしらべることが、いろいろありましたし、外の方は、レストレードにまかせてあるんですよ」

「ハハア、すでにレストレード君が、ちゃんと来ているんだね。君たち腕ききが、そろっているところに、ぼくやワトソン博士が、横からはいってみても、あまりこれは、やくにたちそうもないらしいな」

「ま、そんなことはないです。なにしろ、わけのわからない奇怪なてんが、かなりあるんですから、あなたのお力を、どうし

ても、かりないことには、こまるのでして」

「おだてるね、ハハハッ、ところで君は、ここへ馬車で来たんじゃないだろうね」

「そうです、あるいて来ましたよ」

「レストレード君もね」

「彼もあるいて来たのです」

この問答も、ぼくには、わけがわからなかった。馬車で来たのじゃない、それが、なにかホームズの判断の材料になるらしい。

「それじゃ今から、家の中を見ることにしよう。ワトソン君、来たまえ」

ホームズがさきに、ゆうゆうと玄関をはいって行き、ぼくとグレグソンのふたりが、あとについて行った。

いよいよ怪事件探偵の現場である。

落ちた女の結婚指環

床は板ばりのまま、なんにもない。壁も古くて、ほこりくさい。とても陰気な、あき屋だった。廊下にドアの一つが、あけはなされている。はいって見ると、広い部屋に家具もない。ここも板床だ。アッと、ぼくは立ちどまりかけた。床に死体があおむけになっている。

そばへ行って見ると、紳士風の男である。体格は痩せてもふとってもいない。髪は黒い。あごひげを短かくして、カッと目を見ひらいたきり、天じょうをにらみつけている。すごく何かを恐ろしがった顔つきが、ゆがんでいて、ひたいは狭く、はなは低く、猿みたいだ。年は四十あまりらしい。両方の手をギュッと横にひろげて、足がもつれているのは、よほど苦しかったのにちがいない。ぼくはインドの戦場や病院で、いろんな死体の顔を見たが、これほど変に気みのわるいのは、はじめてだ。恐ろしさと憎みと、のろいと恨みが、猿みたいな変な顔に、まざまざと現われている。そのくせ身なりは上品で、フロックの上着もチョッキも高級の黒ラシャだし、ズボンも最上等のものをはいている。カラもシャツも、よごれていない。横の方にころげているシルクハットも、真新しい。どうも金もちにちがいない、と、ぼくは見ているうちに判断した。

廊下から小さな男が、すばやく飛びこんでくると、ホームズの前へ来て、あいさつした。

「これはどうも、よくいらしてくださいました」

「ハハァ、レストレード君、今日は。ぼくの親友のワトソン博士です」

と、ホームズがまた、ぼくを、しょうかいして、

「どうです、何か手がかりは？」

「いや、まだ、ざんねんですが、何ひとつない。だから、あなたを待ちきっていたんです。グレグソン、そうだな」

「そうだとも。ぼくたちは、ずいぶん長く探偵をやってるが、こんな奇怪なのは、はじめてですよ、ホームズさん」

「そう、奇怪らしいね」

と、死体のそばに、かがみこんでいるホームズが、あたりに散らばっている血のあとを、ジッと見まわしながら、

「死体に傷が、ひとつもないというのは、たしかなのかな」

「ありません」

「たしかに」

と、ふたりが同時にこたえた。

「フウム、……」

ホームズが両手をすばやく動かして、死体の方々をおしたり、なでまわしたり、ボタンをはずすと、胸から腹へ手をあてたり、それが、ぼくたち医者が診察するよりも、急所をみているようだから、ぼくはまたまたおどろいた。そばに立って見ていると、ホームズは死体の口びるへ、自分の鼻さきをあてた。それから、死体のはいてる黒靴の底を、チラッと見ると、立ちあがって言った。

「フム、これは少しも動かしていないと、そうだね、グレグソン君」

「そうです。ぼくたちがしらべた時に、すこしは動かしたかも知れませんが」

「よろしい。それでは死体収容所の方へ、おくりたまえ」

「オーイ、担架だ」

廊下から巡査が四人、担架を持ってガタガタとはいってきた。すごい顔をしている死体を、両方から持ちあげて、担架にのせようとすると、チーンと床に何か落ちた音がして、コロコロところげた物がある。すばやく拾いあげたレストレードが、手のひらにのせて見つめると、さけびだした。

「ヤッ、ここへ女が来たんだぞ」

グレグソン探偵部長も、それを見ると、

「そうだ、女の結婚指環▼60だ。この事件に女がはいっている！」

と、目をきらめかした。

ホームズも、ぼくも、その指環を見た。ほそくて純金、かざりはない。女が結婚する時、相手の男からおくられる記念の指環である。

四人の巡査は、死体を担架にのせると、重そうにはこびだして行った。

レストレードが、女の結婚指環を手のひらにころがして、ホームズにきいた。

「これについて、あなたの判断は？」

ホームズは、パイプを口にくわえながら、つまらなそうに言った。

「そうだな、死体が女の指環をもっていたとしても、ここへ女が来ていたとは思えないだろう▼61」

「ヤッ、そうだ、そのとおり」

と、グレグソン探偵部長が、さんせいした。レストレードと競争相手だから、また言った。

「判断を早まっては、いけないですね、ホームズさん」

「さあ、早まっても、おそすぎても、こまるな。ところで、死体のポケットにあったものは？」

「それは全部、むこうにあつめておきました。お目にかけましょう」

探偵試合は、はげしいものだ

廊下へ出て行くと、階段の下のところに、いろんな物がならべてある。それをグレグソン探偵部長が、はしから指さして、ホームズに説明しはじめた。

「この金時計と金ぐさりは、英国製です。時計の番号は九七一六三。ここにも金の指環がある。しかし、ごらんのとおり、男ものです。この名刺入れは、ロシヤ皮です。中にはいっている名刺には、ぼくが、あなたへ手紙に書いたとおり、アメリカ、クリーブランド市、イナック・ゼー・ドレッパと印刷されてあります。金入れがなくて、このとおり英国の金が七ポンドと十三シルリング。この小さな書物の名まえは、デカメロンですが」

　と、その小本をとりあげて、表紙をあけると、

「ここに、ごらんのとおり、ジョゼフ・スタンガソンと、書かれています。おそらくこの本を前に持っていたのが、ジョゼフ・スタンガソンなのでしょう」

　レストレードが、腕ぐみして聞いていた。自分こそ何か発見したい顔つきだ。

　ホームズは、たばこをすいだして、

「フーッ」

　と、ここでも煙を吹きあげた。

「手紙が二通、イー・ゼー・ドレッパあてと、ジョゼフ・スタンガソンあてです。死体の所持品は、これで全部です」

「手紙のあてさきは？」

「二通ともストランドのアメリカ取引所内、留置となっているので、ふたりとも住所がわかりません」

　レストレードが、また前の部屋へ、スタスタとはいって行った。グレグソンだけが、ひとりでしゃべっている。そこでレストレードは、部屋の中をくわしくしらべて、何か見つけるつもりらしい。探偵どうしの試合は、なかなか烈しいものだな、と、ぼくは、とてもかなわない気がした。

「フッ、フーッ」

　と、煙を吹きあげたホームズが、グレグソンに質問しはじめた。

「手紙の差出人は？」

「どちらもガイオン汽船会社で、中を見ると、用件は、ニューヨーク行きの汽船が、出発する時刻を知らせたものです。ドレッパもスタンガソンも、アメリカのニューヨークへ、行くか帰るところだったのでしょう」▼62

「スタンガソンというのは、何者かな」

「あらゆる新聞に、居所知らせの広告を出させました。アメリカ取引所へは、探偵をひとり、しらべにやったですが、まだ帰ってきません」

「ドレッパの名刺にあるクリーブランド市へは？」

「問合わせの電報を打ちました」

「フーッ、電文は？」

「イナック・ゼー・ドレッパという人物について、参考になることを知らせよ」

「それよりも、要点をきいてやれば、よかったと思うんだが」

「ジョゼフ・スタンガソンのことも、きいてやったです」

「フーッ、フッ、それだけ？」

「そうです」

「この事件を解く鍵になるべきことを、きいてやれないものかな」

「いや、ぼくの思う必要なことは、みな、やったつもりです」

　グレグソン探偵部長は、ホームズがあまりハキハキと、えらそうに質問するものだから、おこったらしい。ムッと口をとがらせて、ぼくをにらみつけた。

　そこにレストレードが、部屋から飛びだしてくると、顔をあ

かくして、わめきだした。

「ホームズさん、グレグソン、それからワトソン博士でしたな。ぼくは、とても重大な手がかりを、発見したですよ。さあ、もう一度、部屋へはいってください！」

試合の相手のグレグソンが、ビクッとして言った。

「重大な手がかり？　そんなものが、部屋の中にまだあったのかな」

巻尺と大きなレンズ

ホームズ、グレグソン探偵部長、レストレード、ぼく、四人が前の部屋へ、いそいではいった。死体がなくなったから、いくらか息のつけるような気がした。

ところが、小男のレストレードが、ひどくピチピチしていて、右の方へ走って行くと、壁の前に立ちどまるより早く、シュッとマッチをすった。

「さ、これだ、見てくださいっ！」

えらく気ばって言うレストレードのそばへ、ぼくたち三人も、いそいで行った。壁紙が古くなって、ボロボロにはげている。中から、きたないところが現われて、マッチの火にてらされ、そこに赤黒く見えるのは、Ｒａｃｈｅという字である。

「どうです、ぼくのほかに、これを見つけたものはいない。きわめて重大な手がかりじゃないですか」

と、レストレードは、新しくマッチをすりつけて、胸をはりながら、

「これは、血で書いたものです。死体には傷がなかったから、むろん、犯人が自分の血で書いたものだ。下の方へ血がつたわっている。いよいよもって、あの死体は、この犯人に殺されたんだ」

と、まるで講演するように言うと、横からグレグソン探偵部長が、にがい顔になってきいた。

「この血の字の意味は、しかし、どういうのかね」

「ホー、探偵部長の質問にしては、いささか、ばかげているようだな。犯人は、Ｒａｃｈｅｌ(レーチエル)という女の名まえを、自分の血で書こうとした。ところが、さいごのｌ(エル)を書きかけた時に、なにかじゃまされて、一字だけ書けなかった、と、ぼくは判断するんだがね、ウム、まちがいないだろう」

「ホホー、すばらしい判断らしいね」

「らしい？　失礼なことを言うね。シッカリと、おぼえておいてもらいたいもんだ」

「なにをかね」

「この事件を解いてみると、レーチエルという女が、きっと関係しているんだ。結婚指環も、おそらくレーチエルのものだろう」

「フフッ、フッフッ」

ホームズが、煙を吹きだして笑った。

たちまちおこったレストレードが、くってかかった。

「何を笑うんだっ、ホームズさん」

「いや、失礼、この字を見つけたのは、実さいに君の目のするどさだ。それに君の判断のとおりこの事件に関係のある何者かが、書いたものにちがいない。ぼくもこの部屋の中を、ちょっとしらべてみよう」

ホームズが上着のポケットから取りだしたのは、巻尺と大き

なレンズだった。それを両手にもって、急に部屋じゅうを歩きだした。

　この時のホームズは、今まで笑っていたのとちがって、また別の人間にかわったようだった。猛烈な勢いで歩きまわり、スックと立ちどまり、膝をつけると、あたりを見すえる。また立ちあがった。スッスッと歩きだした。

「フム？」

　つぶやくと立ちどまった。膝をつけた。封筒を出すと、ほこりをつまみあげて、中に入れた。また立った。壁に巻尺をあてがって、何か計っている。あるきまわる、と思うと、立ちどまってピタッと腹ばいになった。レンズで何か見つめた。立ちあがった。壁の血の字にレンズをあててしばらく見つめていた。

「フーム、……」

　と、はじめて笑うと、巻尺とレンズをポケットに入れて、

「グレグソン君、死体をはじめて発見した巡査に会ってみたいのだが、名まえと住所をおしえてくれないか」

　と、しずかな声で言った。

「ええと、かれはジョン・ランス。きょうは休みにあたってるから、コート町四十六番地[63]にいるでしょう。ところで、今、あなたがしらべられて、どんなことを発見されましたか。ぜひ、聞かせてください」

　と、グレグソン探偵部長が熱心にきくと、レストレードも目をきらめかし、ぼくも耳をすました。

　この怪事件について、ホームズは何を発見したのか。ぼくは知りたくて、たまらなかった。

君が探偵を？　これはすてきだ！

壁に血の字の意味は

　ホームズは、ゆったりと微笑しながら、グレグソンとレストレードに言った。

「たいした発見もしない、が気のついたことを、君たちの参考のために言うと、これは殺人事件で、殺したのは男だ。女はここへ来ていない」

　グレグソンが、それ見ろという顔になって、レストレードをチラッと見るなり、つめたく笑った。

「ところで、その男は、身のたけが高い。二メートルくらいあるだろう[64]、しかし、足は小さい。さきの角ばった靴をはいている。年は四十前後かな」

「ホー？」

　と、レストレードが目を見はった。ほんとうかな、という顔つきだ。

「葉まきのたばこをすう男で、その葉まきの名まえは、トリキノポリ。上等品だ[65]」

「ホホー？」

「犯人と殺された男は、いっしょにこの家へ、馬車に乗ってきた。四輪の馬車でね。馬は右の前足だけ、ひづめの鉄が新しい。ほかの蹄鉄は三つとも古い」

「たしかですか、ホームズさん」

　と、グレグソンが、ムズムズとからだを動かした。

「たしかか、まちがいか。犯人を捕えてみるとわかる。犯人の

顔いろは、いつも赤みをもっている」

「エエッ？　顔いろがわかったんですか」

「爪が、フウム、……」

レストレードが顔をかしげると、感心するよりも疑うみたいにきいた。

「殺した方法も、おわかりでしょうな」

「そう、毒殺だね」

「アッ、そうか、毒殺、……」

「それから、ついでにもう一つ、レストレード君」

「ハッ、なんですか」

「君が見つけた壁のＲａｃｈｅという字だがね」

「ハッ？」

「あれはラッヘというドイツ語だ。復しゅう、かたきをうつという意味だから、レーチェル嬢はどこにいるかと探すだけ、くだらない時間をかけることになる。やめた方がいいと、ぼくは思うんだが」

「いや、どうも、ハア、……」

ピチピチしていたレストレードが、今はドギマギして、

「おどろきましたなあ」

と、口の中で言った。

「ワトソン君、これからランス巡査に会いに行こう。ここはまず、このくらいにしておいて」

とホームズはぼくをつれて、ゆうゆうとドアの方へあるきだした。

グレグソン探偵部長も、レストレードも、あっけにとられた顔をしていた。ぼくも実のところホームズの探偵と判断に、どぎもをぬかれて、すごい人間だなあ、と、すこし恐ろしい気がしたのである。

ホームズの探偵記録を書いておこう、と、ぼくが思いついたのは、この時だった。

すっかり、おどろいたね

殺人怪事件のあった、気みのわるい、あき屋を、ホームズとぼくが出てきたのは、午後の一時すぎだった。

「ちょっと電報を打つよ」

ホームズが電報局のドアをあけてはいると、「ちょっと」どころか、何だか長い電文を一気に書いて、どこかへ打った。局を出てくると、道ばたに止まっている馬車に乗りこんで、

「コート町四十六へ。駅者君、コート町というのは、路次だろう」

と、たばこに火をつけながら言った。

「ええ、そうでさ。ゴミゴミしてる路次ですよ」

駅者がこたえて、走りだした馬車の中に、ぼくはホームズの顔を横から見ると、きかずにいられなかった。

「すっかり、おどろいたね、君の探偵眼には。ところで、君があそこで言ったようなことが、いったい、どうしてわかったのだ」

「フーッ、かんたんだよ」

「やっぱり、かんたんか。しかし、犯人と殺された男が、いっしょに馬車で来たと言ったのは？」

「ハハア、それか。あの家の前の路に、馬車の輪のあとが二す

じ、かなり深くつづいていたからね。見ると四輪馬車さ」

「それで？」

「ゆうべまで雨は、一週間ほど少しもふっていない。晴天つづきだ。だから、あれくらい深く輪のあとがついているのは、ゆうべ来た馬車にちがいないだろう」

「なるほど、そうか」

「馬のひづめのあとを見ると、右の前足だけハッキリしている。蹄鉄が新しいからだろう、フーッ」

「よく見たものだね」

「その馬車のほかに、朝になってからは一台も来ていない。これはグレグソンの言ったことでわかる。してみると、問題の四輪馬車は、夜の中にやって来たんだ。だれが乗っていたか、むろん殺された男と犯人だろう。なぜかなら、ふたりの靴のあとらしいのは、道の上にないからだ」

「そうか、よくわかったが、犯人の身のたけは二メートルくらい、と言ったのは？」

「それは君、人間の身のたけは、歩く足のはばからわかるものだよ。あそこの部屋の、ほこりの上に、犯人の靴あとが、これまたハッキリと残っていたからね」

「なるほど、フウム」

「それに、壁などに何か書く時は、およそ自分の目の高さに、だれでも書くものだよ」

「ああそうか、あそこの壁や何かを、君は巻尺で計っていたね。しかし、犯人の年まで言ったのは？」

「フッ、フーッ、だって、あれほど大きく歩く男だと、老人であるわけがない。それに、あの壁の字つきから見ると、四十前後だよ。一またぎの足のはばも、玄関の前の水たまりでわかる。殺された男の靴あとは、水たまりをよけて、まわっているが、犯人の靴あと、さきの角ばっている方は、一またぎに飛びこえているからね。身のこなしも、よほど敏しょうな男だよ」

「トリキノポリの葉巻をすっていたといったのは？」

「ハハア、それは床に落ちていた灰さ。すこし取ってきたがね、黒みがかっていて、魚のウロコみたいなのは、葉まきのトリキノポリにかぎっているからだよ。フーッ」

「右の手の爪が長い、と言ったのは？」

「まるで裁判官に訊問されているようだね。これだって、かんたんだよ」

「そのかんたんが、ぼくには、わからないんだから、きくんじゃないか」

「フッフッ、フーッ」

　馬車はいっさんに走って行く。コート町は四十六は、まだ、むこうのようだった。

ふしぎだらけ、謎だらけ

　ホームズが吹きあげる、たばこの煙で馬車の中はモーモーしてきた。ぼくは横の窓をあけて、道の空気をいれながら、さいそくして言った。

「おしえろよ、犯人の爪の長いのが、どうして、かんたんにわかったか」

「フッ、それはさ、あのラッへという壁の字は、犯人が自分の人さし指に、血をつけて書いたものだ。レンズで見ると、壁土に引っかいたあとがある。爪がみじかいと、あのようなあとが、できるはずはないだろう。フーッ、かんたんじゃないか」

「なるほど、そう聞いてみると、そうだなあ」

「聞かなくても、そうだよ」

「犯人の顔いろは、いつも赤みをもっている、と言ったのは？」

「ウム、それは、すこし早まった判断だがね。なに、ぼくは、まちがっていないと思うんだが、これだけは、今のところ宿題にしておこう」

「そうか、宿題か、……」

ぼくは腕ぐみしようとした、が、右の手で自分の頭を、なでまわしながら言った。

「どうも、頭の中が、こんがらがって、考えが、まとまらない、実はね、ぼくも一つ探偵してやろうと思って、いろいろと考えているんだが、なにしろ、考えれば考えるほど、ふしぎだらけだ」

「フッ、君が探偵を？　これは、すてきだ。いや、人間はみんな、探偵の興味をもっているからね。ふしぎだらけと君が言うのは、どの点だ？」

「第一、犯人と殺された男が、いっしょに馬車に乗ってきた、とすると、ふたりは知りあっている仲だろう。それがわざわざ、あき屋なんかへ、なんのために、はいったのか」

「フム、おもしろい、それから？」

「その馬車の馭者は、どうしたのか」

「よろしい、その疑問も」

「犯人が毒殺した、としても、金も何んにもそのままだ。すると、殺した原因は、なんだろうか」

「フッ、なかなか、うまいぞ、それから？」

「殺された死体に、傷がない。それならば、あの壁の血は、いったい、だれの血なのか」

「それだ、それだ。それから？」

「女の結婚指環が、どうして、あそこにあったのか」

「たしかに謎の一つだね」

「さいごに犯人が、ラッヘというドイツ語を、血で壁に書いて行ったのは、なんのためか。殺された男が見るはずはない。だれに見せるためなのか」

「よろしい、それから？」

「ぼくの疑問は、これだけだが、さあこれを、どのように、つなぎあわせていいのか。ふしぎだらけ、謎だらけ、頭の中がこんがらがって、モヤモヤするだけだ」

「そこへもってきて、ぼくがあまり、たばこをすうからだろう」

と、ホームズはパイプを、ポケットにしまいこんで、窓のそとを見ながら、

「あのラッヘという字はね、だれに見せるまでもない、探偵の目をまよわせるためだ、と、ぼくは思うのだ」

「アッ、そうか。レストレードが第一、レーチェル嬢なんかを、えらそうに考えだしたからね」

「あれはおかしかったね、笑いだして怒られた。ところが、ドイツ語を書いたからって、この犯人をドイツ人だと判断すると、これまた、ごまかされているんだよ」

「ホー、そうか。犯人はすると、なかなか頭のいい奴らしいね」

「ウム、あの字はドイツ語だが、ａの字など、ドイツ人はあんなふうに書かないものだ。犯人が探偵の手を、まちがわせるための、ずるい計略だよ」

「フウム、なるほど、……」

ホームズは犯人の計略まで、見やぶっている。実にすごい探偵眼だ。

馬車はまだ走っている。ずいぶん遠くへ来たものだ。ジョン・ランスというお巡りさんは、まい日、こんな遠くからかよっている、とすると、ずいぶん、ご苦労だな、と、ぼくの頭は、こんなことまで考えるようになっていた。

目をクルクルさせた美青年巡査

「馭者君、まだかね」

ぼくが、きいてみると、

「もうすぐです、むこうのかどを、まがった所です」

「もうすぐか、ホームズ君、今のうちに、もっと何か聞かせてくれないか、君の判断を」

と、ぼくは気もちが、イライラしていた。

「ハハア、ワトソン博士、むやみに急ぐね。では、もう一つ言うと、犯人と殺された男は、いっしょに仲よく、あそこの家へはいって行った。はいると、殺された男の方は、殺されるとも知らずに、ジッと立っていた。犯人の方は、部屋の中をスタスタと、あるきまわっている」

「それは、ほこりの上の靴あとで、わかったんだね」

「そう、そのとおり。ところで、犯人は歩きまわっているうちに、とても怒りだしてさ」

「エッ、そんなことが、どうしてわかったんだ」

「足のはばが、ひろくなっているからさ。むやみに、しゃべっていたのにちがいない。怒ってドスドスと大またで歩きまわって、殺人をあえてした。これは、たしかだね」

「それから、そのほかに？」

「そう急ぐなよ。ぼくもこれから、ランス巡査に会うと、あまり時間がないんだからね」

「この上、どこかへ探偵にまわるのか」

「いや、ネルダー夫人がピアノを弾くのさ、▼66 あれは聞きたいんだ」

「エッ、音楽会か」

「そう」

「…………」

殺人怪事件から音楽会へ、すごい変化だ。いかにもホームズの頭は特別にできているらしい。変人だなあ、と、ぼくまで何だか変な気がしてきた。

「お待ちどおさま、コート町四十六は、ここです」

馭者が馬車を止めた。なるほどゴミゴミしている狭い路次だ。

「ヤア、ご苦労、待っていてくれたまえ」

ホームズが声をかけて、馬車を出て行った。

路次の中を、さがすまでもない、すぐ右がわの家のドアに、ジョン・ランスと、小さな標札が出ている。ホームズがドアをたたいた。

「だれだ、署の急報か」

どなって出てきたランス君は、なかなか美しい顔をしている。美青年巡査だ。▼67 ホームズがさしだした名刺を見ると、

「ヤッ、シャーロック・ホームズ先生ですか▼68。これはどうも、おどろいたなあ。ゆうべの事件ですね」

と、眠そうな目を、パッチリと見はった。今まで寝ていたらしい。

ホームズとぼくは、ドアの中の小さな部屋にあがった。ランス巡査は快活に話しだした。

「ホームズ先生には、はじめから言うのがいいでしょう。ゆうべ、ぼくの巡回は、夜の十時から朝の六時まで、はじめのうちは、なんの変ったことも、なかったんです。にわか雨がふりだしましてね。雨の中の巡回は、相当つらいですよ。途中で、やはり巡回しているハリーに、出会ったので、

『ヤア、ハリーどうだ』

『異状なし、いやな雨じゃないか』

『ちょっと一杯、やりたいね』

『フフフ、あばよ』

と、笑いながら別れたんです」

ホームズが質問した。

「それは何時ごろでしたか」

「さあ、ええと、二時をすぎていたでしょう。夜ふけだし雨はふるし、だれも歩いていないし、巡査だって心ぼそい気がしまさあ。早く夜があけないかなあと、見まわって行くと、あそこの家の中に、チラチラと、あかりが見えたから、これぁ変だ、と、実はビクッとしたんです」

「フム、……」

「あき屋だと、前からぼくは知ってる、そこの窓に、あかりがチラチラ、怪しいぞと、玄関へ行ってみたんです」

「そう、玄関まで行ったが、しかし、立ちどまって、前庭へ引っかえしたわけは？」

「ワッ、そのとおり、ですが、それは、グレグソン探偵部長にも話さなかったんです。ホームズ先生には、かなわねえなあ」

と、美青年巡査が目をクルクルさせた。よっぽどビックリしたらしい。

そいつこそ犯人か？

「玄関から引っかえしたわけは、どうも家の中がシーンとしていて、はいって見るのに、気みがわるくて、ハリーを呼んできてやろう、と思ったからです。こんなこと、探偵部長に言っちゃ、ぼく、こまるですよ」

と、美青年巡査のランスがちょっと肩をすくめて、

「ところが、門まで出て見たって、まるでだれひとりもいないんです。犬さえいない、そこでぼくは、おれは巡査だぞと心をきめて、また引っかえして、いよいよ玄関をはいったんです。あかりのついている部屋へ行ってみると、だんろの上の所に、赤いろうそくの火が、ユラユラしている、そのあかりで、ぼくが床に目をやると、……」

「よろしい、そこはわかっている。君はすっかりおどろいて、部屋の中をあるきまわった。死体のそばに立ちよった。しばらく見ていたが、部屋をとびだした。台所のドアをたたいてみた」

「ワアッ、そ、そのとおりです、ホームズ先生、どこかにかくれていて、見ていたのではないでしょうね」

「見たのは、君の靴あとだけだ。それから君は？」

「すっかりおどろいて、また門の前へとびだすなり、力いっぱい非常呼集の警笛を吹いたんです」

「その時、雨は？」

「やんでいたようです。警笛を聞きつけて、ハリーとほかにふたり、走ってきたんです」

「そのほかには？」

「役にたったのは、ハリーとほかのふたりだけです」

「という意味は？」

「もうひとり、いたんですが、こいつときたら、まるでなっちゃいないんです。ぼくも酔っぱらいは、いくらも見てるんですが、あんなグデングデンの奴は、はじめてだ。塀によりかかって、今にもたおれそうにグラグラしていながら、変な流行歌をわめいているんだから、役にたつどころじゃないんです。殺人がなかったら、すぐに引っぱって留置所へたたきこんで、……」

「待った！」

「ハッ？」

「その男の顔と身なりは？」

「酔っぱらって塀の下へ、ころげたですから、ぼくとハリーが、たすけおこして見ると、赤みがかった顔に、ムシャムシャと、ひげだらけで、背の高い奴でした」

ぼくはギクッとした。顔が赤くて背が高い、そいつこそ、ホームズが判断した犯人ではないのか？

「ところが、こんな奴をたすけてばかりいられない、一方に部屋の中の死体を、しらべなければならない、ぼくもハリーも、家の中へとんではいって行ったんです」

「その男は、すると？」

「ベロベロに酔っぱらいながら、どこかへ帰って行ったでしょう」

「服は？」

「オーバアが茶いろでした」

「ムチを持っていた？」

「エッ、ムチ？　持ってなかったです」

「すると、馬車へおいてきたかな？」

「エエッ、あの酔っぱらいを、先生は知っていられるんですか」

「いや、知らない。酔っぱらいをたすけたあと、君は道に馬車の音を聞かなかった？」

「さあ、聞かなかったですね」

「ランス君、惜しいことをしたものだ」

「エッ、なにがです？」

「君はゆうべ、巡査部長になれるところを、にがしてしまったからさ」

「エエッ、ほんとですか」

「ほんとどころか、その酔っぱらいが、ゆうべの殺人事件の謎を解く男だ」

「ワワッ、そ、そうですか」

「いや、いろいろ聞かせてくれて、ありがとう。ワトソン君、さあ行こう、音楽会の時間だ」

ホームズが、いそいでいながら、ゆっくりと立ちあがった。

出てきた相手は？　意外!!!

この記録を読んでいる人は？

ホームズとぼくは、待たせてある馬車へ、また乗った。

「ベーカー町へ」

駁者にホームズが言うと、パイプのたばこに火をつけて、

「チェッ、あのランスは顔だけきれいで、頭の中はボンヤリだね。絶好のチャンスをつかまえていながら、目のまえでにがしてしまうなんて、ばかの中の大ばかだぜ」

と、えらく悪口を言いだした。

走りだした馬車の中で、ぼくはまた窓をあけると、きいてみた。

「ランスが言った酔っぱらいの顔いろと身のたけは、君が判断した犯人に似ているが、ぼくにはまだ疑問があるんだ。一度すでに家を出て行ったものが、また引っかえしてきて、塀の前にいたというのは、どうも犯人らしくない、このてんは、どうなんだ」

「フーッ、そんなことが、君にわからないのか」

「ウム、ざんねんだが、わからない」

この記録を読んでいる人は、ここで、ぼくと同じように、わからないと思うだろうか、それとも、ホームズのように、何かわかっているだろうか？　ちょっと考えてみてください！

ホームズは、ゆったりと微笑して言った。

「うまく酔っぱらいのまねをして、巡査たちの目をごまかした、その男が殺人の現場へ、引っかえして来たのは、女の結婚指環のためだと、ぼくは思うんだがね」

「アッ、結婚指環、そうか」

「まずそうだね。あの指環が、この奇怪きわまる事件の鍵だろう」

「わからないね、どうしてなんだ」

「あの指環のほかに、何か犯人にとって大事な物が、あの部屋の中にあったかね、ないだろう。見ていたまえ、ぼくはあの指環を餌にして、この犯人を、きっと釣りあげるからさ、リララ、ツララ、ミラララ！」

「アッ、それは、なんだい」

「ネルダー夫人が弾くだろう、ショパンの一節だ。いっしょに行って聞こうよ、ワトソン君」

「いや、ぼくはもう、つかれた」

ぼくの頭も、からだも、まったくつかれていたから、ベーカー町の家へ帰ると、すぐに寝室へ引きあげて、ベッドにころがった。

ホームズは服をきかえて、ゆうゆうと音楽会へ出て行った。よほどの精力家である。

この家の主婦のハドソン夫人▼69と女中が、いつものとおりに食事をつくってくれた。おそい昼食だが、ぼくは食欲もなかった。

すこしでも眠ろう、頭もからだも回復するように、と、長椅子へ寝ころんでみた。ところが眠れない。あの死体は名刺のとおりの「イナック・ゼー・ドレッパ」という男だろう。猿みたいな顔をしていた、と、そのすごかった顔を、ありありと思いだすと、寝るどころか、ぼくは自分で問答をはじめた。

「ホームズは、毒殺だと言ったが、はたして、そうだろうか」

「ウム、ホームズの判断だから、おそらくまちがいなかろう」

「そうだ。死体の口びるを、ホームズはかいでいたから、あの時、これは毒殺だと、においで判断したのにちがいない」

「すると、死体に傷がなく、しめ殺されたあともないのが、ハッキリするんだ」

「では、あのまわりの血は、いったい、だれの血だ」

「わかった。毒をのまされて、死ぬまぎわに吐きだした血じゃないか」

「そうだ、ワトソン博士、君もなかなか探偵眼があるぞ。えらいものだ」

「いや、おだてるなよ。ところで、ドレッパと犯人は、格闘したあともないんだな」

「そうだ、それに犯人はドレッパと仲よく家へはいってきた、と、ホームズが言ったのだ。よっぽどうまく毒をのませたんだな」

　などと、自分で問答しているうちに、いつのまにか眠ってしまった。

　目をさましてみると、七時十分前だった。夕食がならべてある。そこにホームズが帰ってきた。音楽会だけにしては、おそすぎる。どこかへまわってきたな、と、探偵になりたてのワトソン博士は、すぐに判断した。いや、これくらいのことは、だれだってそう思うだろう。

これは冒険すぎる

　ホームズとぼくは、いつものとおり、いっしょに[70]食事した。いつものとおりホームズは、ぼくの二、三倍は食った。胃ぶくろが、よっぽど大きいらしい。

「顔いろがよくなったね、ワトソン君、うんと眠ったのかい」

「ずいぶん寝たね。つかれが、すっかり回復したようだ」

「よろしい。何者が飛びこんできても、闘えるね」

「エッ、飛びこんでくる？」

「と思うんだが、君はまだ夕刊を読まないね」

「ああまだ」

「これだ、見てくれたまえ」

　ホームズが、ポケットから取りだした夕刊をひろげて、ぼくに広告のところを指さして見せた。「拾い物」と見出しがついていて、

> 今朝、ガードン町の道ばた[71]で、カマボコ型の純金指環を拾いました。心あたりの人は、今夜八時から九時までに、ベーカー町二十一[72]、ワトソン博士を、おたずねください。

　ぼくは、これにも、おどろいた。

「なんだ、ぼくの名まえを、かってに使って」

「いや、あらゆる夕刊に出したのだがね。ホームズなんて出すと、警視庁の探偵たちが、気をつけるだろう。かえって邪魔になるんだ」

「しかし、このカマボコ型の純金指環なんか、ぼくは持っていないぜ。ワトソン博士をたずねてくる者があると、こまるじゃないか」

「ハハァ、その心ぱいは、断じて無用、これはどうだ」

ホームズがポケットからテーブルの上へ、コロリと投げだしたのを見ると、これまた金の指環で、カマボコ型をしている。

「オッ、こんな物があったのか」

「そうさ、あの部屋で見た本物と、ソックリだからね。ちょっと見ただけじゃ、わからないだろう。ワトソン博士が持っていたまえ」

「フウム、しかし、これを犯人が、ここへ取りにくるかな」

「くるだろう。本人がこなければ、仲間をよこすだろう」

「しかし、ウカウカと出て行くのは、危険だぞと、そのくらいのことは、むろん、知っているだろう。殺人をあえてした奴だ」

「ところが、そうじゃないね。結婚指環はもとから犯人が持っていた物だ」

「エッ、死体が持っていたんじゃないのか」

「ちがうね。死体の上へ犯人が、うつむいた時に、知らずに落としたのさ。なにしろ毒殺したところだから、どんなに大胆な奴でも、すこしはあわてていたろう」

「なるほど」

「だんろの上の所につけてある、ろうそくの火を消すのもわすれて、いっさんに部屋を飛びだした。門を出て、しばらく行くうちに、おちついてきた。気がついてみると、大事な記念の指環がない。しまった、と、またあわてて引きかえしてみると、さあ意外、巡査が来ている」

「なんだ、君は、いつも見ていたように言うね」

「ハハア、まずこのとおりに、ちがいないと思うんだ。そこで、これはいかんと、犯人はさっそくグデングデンに酔っぱらいのまねをして、流行歌などをわめきだした」

「そうか、すると、巡査の方も死体を見て、あわてているから、すっかり、ごまかされたんだな」

「そのとおり、犯人先生、そのままフラフラと、うまくにげてきた。が、また気がおちついて考えてみると、指環は門を出てから、道で落としたのかも知れない。と、そうも思いかえしてみる。しかし、探すためにまたウロウロしていると、今に警視庁から探偵どもが、急行してくるだろうし、怪しまれて、つかまるのが、もっとも危険だ。しかたなく、自分のかくれる所へ、まっしぐらに、にげてしまった。そこで、君ならどうするね？」

「ぼくが、その犯人だとすると、そうだね、念のために、きょうの新聞の広告の、拾い物のところを見るだろう」

「ハハア、見ると、このとおり、ちゃんと出ている。道で拾った結婚指環が、まさか毒殺に関係があろうとは、ワトソン博士が気のついているはずはない、大じょうぶだと、安心して、ここへたずねてくるだろう、が、しかし、……」

「しかし何んだい」

「なにしろ、この相手は猛烈な奴だ。君は戦争に持って行ったピストルを、今でも持っているだろうね」

ぼくは胸がドキッとした。そんな猛烈な奴を相手に、ピストルで闘うなど、これは冒険すぎると思ったのである。

虎か豹みたいな相手？

「ここでピストルをぶっぱなすのは、どうも危険だぜ」

と、ぼくが、びくついて言うと、ホームズはまた、ゆったり

と微笑して、

「ハハア、なに、さあという時に、君は自分をピストルでまもれば、そう危険でもないだろう。あるのかい、寝室に」

「ウン、しまってあるがね」

「今のうちに、ここで手入れして、弾をこめておきたまえ、自分をまもるためだよ」

「すごい奴がくるんだな。しかたがない」

ぼくは寝室から、ピストルと弾を五発、持ちだしてきた。まことに冒険だ。きれいにハンケチでふいて、弾をこめると、見ているホームズが、

「ポケットに入れておきたまえ。なに、ゆだんさせておいて、うまく、つかまえるつもりだがね。むこうでも気がついたら、ピストルぐらい向けるだろう」

「なるべく、気がつかないように、ねがいたいものだよ」

「だから、相手がはいってきたって、君は、あたりまえの顔をしているんだぜ、ジロジロと見たりすると、すぐ気のつく奴だから」

「むずかしいね、そんなことは」

「ハッハッ、君は戦争に行ってきたくせに、あんまり大胆じゃないね」

「ここと戦場とは、ちがうじゃないか」

ぼくは時計を見て言った。

「もう八時すぎだぜ、十二分」

「フム、今にくるさ。どんな奴かな」

ホームズは立ちあがると、ドアをすこしあけて、内がわから鍵穴へ、スッと鍵をさしこんできた。

「ヤッ、犯人をこの中に、とじこめるのか[73]」

「そうさ、そのつもりだ。にげ足の早い奴だから」

「フウム、……」

にげ足の早い奴！　ぼくは出てくる相手が、虎か豹のような気がしてきた。

「リリリッ、リリリリッ！」

呼鈴のひびきだ、とても強い。

「ヤッ、来た」

と、ぼくは胸がまたドキッとした。

ホームズはジッと耳をすましている。

廊下を出て行くのは、女中の足音、玄関のドアの掛金を、ガチッとはずした。

「ワトソン博士という方は、こちらですかな」

変に太い声だ。

女中がヒソヒソと答えた。ドアがしまった。階段をあがってくるのは、ひとりだ。バサリ、バサリと、上がりにくそうな靴おと、――おかしいぞ、これは、と、ホームズが眉をひそめた。

その靴おとが、ドアの外へ、バサリ、バサリとくると、

「コツ、コツ、コツ」

しずかにたたいた。身のたけの高い、赤ら顔の男、ゆうべの毒殺犯人か？　ぼくは胸がドキドキしながら平気らしい声をかけた。

「はいって、いいですよ」

スーッとドアがあいた。はいってきたのを見ると、

「ワッ、……」

と、あやうく、さけぶところだった。

男じゃない、ヨボヨボのきたない婆さんだ。ねずみ色のベレエをかぶって、目が両方とも赤くただれている。顔はしわだらけ、よごれたボロみたいな茶いろのワンピースをきこんで、そのポケットから夕刊をつかみだした。手がふるえていて、よっぽどの年寄だ。闘うどころじゃない、しわくちゃ婆さんだぜ、と、ぼくはホームズに目で言った。

ホームズは、しまった、おれはしくじった！　と、みょうな顔をしている。さすがのホームズも、この時は、なんとも言えずに、

「ウウム、……」

と、口の中で、うなったきりだった。

テーブルの前へ、バサリ、バサリと、よってきた婆さんは、ふるえる手で夕刊をひろげると、拾い物の広告のところを指さして、ぼくの顔を見ながら、ボソボソと言いだした。

「だんなさまあ、こうしてわたしが、こちらへまいりましたんは、それ、この指環のことでがんすよ。へえ、ガードン町の道に落ちていたのは、たしかに、サーリイの指環でねえ」

ぼくは、こんなしわくちゃ婆さんと話すのは、はじめてだ。それに、きたなくて、そこいらに、シラミでも落とすかも知れない。胸がムカムカしてきて、吐きだすように言った。

「サーリイって、だれなんだ」

いよいよ決勝だ！

しわくちゃ婆さんが、赤くただれている目をショボショボさせて、ぼくにペコリと頭をさげると、

「サーリイは、わたしの娘でがんすよ。へえ、結婚してから、やっと一年になりますんで、なんとまあ結婚指環を落とすなんて、亭主に知れたら、それこそ、どんな目にあわされるだか。なぐられたり、けられたり、死ぬようなめに、……」

「それはまた、乱ぼうな亭主だね」

「いえ、汽船の料理人をしてますだが、陸へ上がってきて、酒をのむというと、まるで気が荒くなるんでがんす、へえ、サーリイは、ゆうべ、すきなサーカスの曲馬と手品を見に行きましたんで、かえり道に、ウッカリしていて、指環を落としたと言いますんで、それが、ガードン町らしかったわ、と、なにしろ、まだ若いもんで、気が散るんでがんしょうて、へえ」

「婆さんの家は、どこなの？」

「へえ、ダンカン町の十三番地なんで」

だまって聞いていたホームズが、ズバッと言った。

「ダンカン町からだと、どこのサーカスを見に行くにしても、ガードン町は通らないはずだぜ」

「あれっ、まあ……」

と、ホームズの方をふりむいて、ジロリとにらみつけた婆さんが、ただれている赤い目を見はって、

「ダンカン町にあるのは、わたしの家でがんすよ。わたしは、うそを言わねえんで」

「娘さんは、どこにいるんだ」

「サーリイは、ブレース町の三番地[▼74]に、ちゃんと間を借りていますんで、へえ」

「乱ぼうな亭主が、そこへ帰ってくる？」

「そうなんでがんすよ。へえ、だんなさまは、なんでもよく、ごぞんじですねえ」

なんだかホームズが、このしわくちゃ婆さんから、ばかにされてるみたいだ。

「フム、……」

ホームズがぼくに、目で信号した。

（指環を出してやれ！）

ぼくはテーブルの上へ、いきなり指環をころがして見せて、

「これかね、どうなんだ」

と言うと、目をかがやかした婆さんが、

「あれっ、まあ、ごしんせつに、なんしろ純金でがんすから、これだって安かあないんで」

と、引ったくるように指環をとりあげると、ふるえている手で大事そうに、ポケットへしまいこんだ。ボタンをかけながら、

「ああよかった。これでサーリイが、安心するでがんす。ありがとうございますだよ。わたしも肩の荷がおりましたでなあ、へえ、もう、だんなさまのごしんせつは、わすれませんで、ありがとう、ありがとう、……」

言いながら、ヨボヨボとあるき出して、ドアから出て行った。

すると、ホームズが立ちあがった。自分の寝室へとびこんで行くと、二分もたたずに出てきた。大きなハンチングをかぶり、えり巻きをして、オーバアに手をとおしながら、

「今のは犯人の仲間だ。サーカスを見に行った帰りに、娘が指環を落としたなんて、大うそだ。ぼくはつけて行く。行ったさきに、犯人がいるだろう。君のピストルをかしてくれ！」▼75
「そうか、気をつけて」

「ウム、待っていたまえ。いよいよ決勝だ！」

ぼくのわたすピストルを、ホームズはオーバアのかくしへ、投げこむが早いか、鳥のように飛び出して行った。

ホームズは「決勝」と言った。毒殺怪事件の謎を、いよいよ解いてくるんだな、と、ぼくも立ちあがった、が、ホームズほど敏しょうじゃないから、こういう場合になると、いっしょには行けない。胸はドキドキしながら、窓の前へ行くと、カーテンのすきまから、ソッと外をのぞいて見た。

街燈にうつって、向かいがわを、今さっきの婆さんが、よろめくように歩いて行く。こちらがわを、スタスタと歩いて行くのが、ホームズだ。ぼくは時計を見た。八時三十三分▼76だった。

部屋にひとり、ぼくはホームズが帰ってくるのを、今か今かと待っていた。

九時、十時、十一時すぎた。まだホームズは帰ってこない。ぼくは、いくたびとなく、部屋の中をあるきまわった。どうしたのか、犯人のために、さすがのホームズも、やられたのじゃないか、と、ひとりで心配していると、玄関のドアのあいた音がした。十二時九分前だった。

走りまわる少年秘密探偵群

かげも形もなく消えた

「オオッ、……？」

ぼくは目を見はった。

こんなホームズの変な顔を、今まで見たことがない。まるで苦虫をかみつぶしたみたいな、そのくせに、おかしそうな、実になんとも言えない顔をして、ドカリと椅子にかけると、

「ムハッハッ、ハハハッ」

いきなり大声で笑いだした。笑いがとまらなくて、

「ゴホン、ゴッホン」

と、せきまでしつづける。

ぼくはおどろいてきいた。

「どうしたんだ。あの婆さんの言ったとおりだったのか」

「ゴッホン、ハハッ、いや、今夜のことを、警視庁の探偵が知ったら、ホームズ先生、いっぺんに信用をなくするね。ハハハ、いつもあの連中を、ぼくは、えらそうに、さしずしているが、今夜ばかりは、どえらく失敗したからさ」

「エッ、君が失敗したのか」

「大失敗だ。君にはみんな話すがね、あの婆あ、すこし行くうちに、ビッコをひきだした。足がわるいらしいんだ。ここへ上がってくる時も、バサリバサリとやっていたろう」

「そう、ボロ靴をはいていたからね」

「そいつが、急に立ちどまって、むこうから来た馬車を呼びとめた。ハハァ、足がわるいから、貧ぼうのくせに、行くさきはどこかな、と、ぼくは馬車のうしろへ、ソッと行ってみた。ところが、耳をすますまでもない、婆あの奴、大声で馭者に『ダンカン町の十三番地へ、やっとくれ』と、えらそうに、どなりやがった」

「ここで言った番地とおんなじだね」

「そうなんだ。よし、そこに犯人が、ひそんでいるのか、と、ぼくは馬車のうしろへ、いきなり飛びついた。馬車は走りだした」

「すごい早わざだなあ」

「ハハッ、そんなことは、なれているさ。馬車は走りつづけて、ダンカン町の十三番地まで、いちども止まらない。止まりかけたから、ぼくはサッと飛びおりた。知らない顔して、あるきながら見ていると、馭者もおりてさ、ドアを外からあけた。婆あの奴、出てくるな、と、ぼくがソッと見ていると、なかなか出てこないじゃないか」

「なにをグズグズしていたんだ」

「ハハッ、馭者がドアの中へ首を入れると、わめきだした、『ヤアッ、どこへ消えたっ、こりゃあ大へんだ、ワアッ』と、ぼくも行って見ると、馬車の中は、からっぽだ。婆あのかげも形もない」

「変だなあ。馬車は走りつづけてきたんだろう、いちども止まらずに」

「そうさ。馭者はおこりだすし、ぼくは十三番地の家のドアをたたいて、とにかく念のために、きいてみたがね。そこは相当の家具屋でさ、そんな婆さんなど見たこともありませんと、主人が出てきて言う。婆あの奴、出たらめを言やがったんだ。ハハッ、まんまといっぱい、食わされたね、ホームズ先生、なっちゃいないのさ」

「ヨボヨボの婆あが、どういう方法で消えたんだろう」

「さあ、君はどう判断する?」

「フウム……」

「ヨボヨボの婆あだ、と、ぼくも君も思ったのが、まちがいだ。ヨボヨボどころか、あのしわくちゃの顔、赤いただれ目、きたない身なり、下品なことばつき、みんな巧みきわまる変装だ。正体は、むろん男さ。しかも若い奴で、はしこくって、ぼくに

つけられたのを、この家の前で、すぐ気がついたのにちがいない」

「ホー、そうか、なるほど」

「でないと、これだけの芸当はできるはずがない。敵ながらたいした腕まえだ。ぼくが馬車のうしろに飛びついているのも、むろん、知っていてさ。走っている馬車の中から、いつのまにかドアを少しあけた。いっしゅんのすきをねらって、外へ音もなくぬけ出したのは、すばらしい！」

「それが犯人じゃなかったのかな？」

「いや、おそらく、そうじゃないだろう。いくら変装したって、身のたけだけは、ああまで低くはなれないからね」

「すると、やはり犯人の仲間だな」

「そう。犯人のためには、今のような有力な仲間がいて、たすけあっているらしい。ハハッ、今夜は大失敗だ。ピストルをかえしておくよ。さあ寝よう。大いに精力をたくわえて、あすからまた乗りだすんだ。相手は意外な大敵だったね、ハッハッハッ」

　大失敗だと言いながら、ホームズは快活に笑いだした。

一列にならんだ少年群

　あくる日の朝刊新聞は、どれもこれも、「謎の怪死事件」について、さまざまに大きく書いている。ぼくは、この記録をつくるために、それらの記事の中から、探偵の参考になることを、写しとっておこう。

　死体の紳士の名まえは、イナック・ゼー・ドレッパ氏、アメリカ人である。

　ドレッパ氏は、五、六週間ほど前から、ロンドンに来ていたらしい。テレース町のシャルパン夫人[77]の家にとまっていた。氏の秘書ジョゼフ・スタンガソン氏が、この旅行にアメリカからいっしょに来ていた。ふたりとも、シャルパン夫人の家にとまっていたのである。

　ふたりは、ロンドンにおける用件を、あるいは見物をおわって、シャルパン夫人に別れを言うと、荷物をまとめて家を出て行った。その時、

「リバプールへの急行に乗るんです」

と、言っていた。

　ふたりが、その日、ユーストン駅のプラットホームを歩いていたのを、見かけた者がいる。

　しかし、リバプール行きの列車に乗ったかどうか、そのあとの行くえは、まったくわかっていない。

　ところが、とつぜん、ガードン町のあき屋に、ドレッパ氏の怪死体が、巡回中の巡査ランス氏によって発見された。

　このガードン町と、ふたりが行くえ不明になったユーストン駅とは、七マイルあまりも、はなれているのである。

　ドレッパ氏が、そのようなあき屋に、なぜ、はいっていたのか？

　いたましい死にかたを、なんのために、あえてしたのか？

　これらの疑問は、今のところ、まったくわかっていない。

　秘書のスタンガソン氏は、どこへ行ったのか？

　この捜査にも、警視庁は全力をあげている。

ふたりの泊まっていた家が、捜査線上に浮きだしてきたのは、グレグソン探偵部長の必死の努力によるものである。

この怪奇な謎を解くべく、グレグソン探偵部長のほかに、なお有名なレストレード氏も、捜査にかかっている。いかに深い謎にしても、この両探偵の腕と目によって、きっと明白にされるだろう。また、されなければならない。ロンドン全市民の治安のためにも！


ぼくは写しとってしまうと、ホームズに言った。

「君の名まえが、ちっとも出てないね」

「フーッ、出されちゃ、たまらないよ。相手は大敵だ」

「しかし、グレグソンとレストレードが、新聞記者に君のことを、言いそうなものだが」

「言うどころじゃない、かくしておくさ」

「そうか、わかった。ふたりとも君の判断を聞いて、自分の手がらにするんだね」

「フフッ、それは、いつものことさ」

「グレグソンもレストレードも、よほど有名らしいね」

「ウン、ふたりとも、すばらしい名探偵だよ。警視庁一流の腕ききだ、フーッ」

そんなことを話しあっていると、廊下に、とつぜん、女中のわめく大声が、ガンガンとひびきわたった。

「あれえっ、おまえたち、出て行きな、おまえたちのくるところじゃ、ないんだよっ、出て行けって言うのに！」

なんだろう、と、ぼくが思うより早く、にわかに六、七人の声が、

「ワッショッ、ワッショッ、そこのけワッショッ！」

どなって廊下にはいってきた。女中をおしのけたらしい。ガタガタバタバタと足おとが、ドアの外へくると、たたきもせずに、いきなり、なだれこんできた。

「なんだ、これは？」

と、ぼくは見るなり、あっけにとられた。

ドアの内がわに、ズラリと一列にならんだのは、みな、少年なのだ。六人、十四、五才の連中である。ところが、かみの毛はボーボーとのびて、手いれなどしないらしい。服もズボンもボロボロ、足のさきにはいているのは、ズックの古靴、サンダル、はだしのもいる。目だけ光っていて、ホームズとぼくを見つめながら、六人ともニヤニヤ笑っている。いったい、こんな連中が、どこから来たのか？　これまた、ぼくには、わからなかった。

ぼくが犯人を捕えた！

ひじかけ椅子にもたれているホームズが、これもニヤニヤ笑いだして、目のまえの少年たちに言った。

「ワッショイ、ワッショイなんて、おしよせてくるのは、失礼だぞ。これからは、イギンズ、おまえだけが、知らせにこいっ」

「ハーイッ」

と、右のはしのひとりが、声をはりあげた。これがイギンズにちがいない。

「ほかの者は、そとで待っているんだ」

「ハーイッ」

ほかの五人が、いっせいに口をあけた。

「よし、ところで、イギンズ、目っかったか」

「ウウン、まだ、目っからねえんだよ」

「フム、しっかりやれ、六人とも、そんなことで探偵になれるか」

「だって、みんな、いっしょけんめに、やったんだよ」

と、イギンズが口をとがらせると、ほかの五人が、いちどきに言いだした。

「そうだよ、とても探したんだぜ」

「やったとも、ぜんりょくでもって」

「走りまわってなあ」

「おれは、一等に走ったぜ」

「エッ、一等はおれだい、おれだい」

手をあげたホームズが、

「こら、みんな、だまれ。いくら走りまわっても、目っけないと、だめじゃないか。待てよ、だめだったが、走ったというから、ほうしゅうをやろう」

立ちあがって、少年たちの前へ行くと、ひとりずつに金をわたした。

六人ともニコニコと、うれしそうだ。

「さあよし、もっとやって、きっと目っけてこい」

ホームズが手をふると、六人がドカドカと出て行った。

「ワーッ！」

ひとりがさけんで、バタバタと廊下を走って行く六人の足おとが、すぐ消えた。

「なんだね、今のは？」

と、たずねるぼくに、ホームズは、おもしろそうに笑いながら、

「あれたちは、自分で言っているんだ、ベーカー町少年秘密探偵群[78]」

「ホー、少年秘密探偵群か、すると、君がその親分で、あれたちは、君の子分なのかね」

「ハハァ、そういうことになっているがね。あれたちが、かってに群をつくって、ぼくの子分のつもりでいるのさ」

「役にたつことがあるのか」

「それはあるね。むしろ大いにあるくらいだ。少年だと、それだけ相手が、ゆだんするしさ。それに、あれたちは、どこからか何か聞きこんでくる。群長はイギンズだが、あれは中でも特別に敏しょうだ、それに、すばらしい頭をもっている。ちょっと天才的な少年探偵なんだ」

「フウム、天才的か。すると、ぼくよりも探偵として、かしこいんだね」

「ハハッ、それはまだ、どうだかわからない。ワトソン博士とイギンズ少年、さあ、探偵としては、どちらが優等かなあ」

「いや、ぼくはもう自分で、落第らしいと思っているんだ」

「そう早く、あきらめることもないだろう、ハッハハハ」

「今の怪事件に、あの少年たちを使っているのか」

「ウン、少年秘密探偵群、さかんに活躍しているのさ。六人とも、なかなかやるんだから、もしかすると、謎を解く鍵を、つかんでくるかも知れないんだ」

「おやっ、なんだ？」

廊下から階段を、まるで二段とびくらいに上がってくる、も

のすごい靴おとが聞こえる。ホームズがニコリと笑って、

「フフム、グレグソンらしいな」

と、言うと同時に、パッとおどりこんできたのは、はたしてグレグソン探偵部長だった。

「ヤア、ホームズさん、ワトソン博士、とうとう、やったですぞ、ぼくが！」

顔も目もかがやかして、椅子にドカッとかけるなり、えらそうに、ホームズとぼくの顔を見て探偵部長は、たばこをとり出しながら、つづけて言った。

「怪事件だなんて、ぼくが手をかけてみると、なあに、すこしも怪じゃないですよ」

ホームズが、ゆっくりときいた。

「それでは、何か手がかりを、つかんだというわけかね」

「いや、手がかりなどと、なまぬるいんじゃない。ぼくが犯人をつかまえたです、ぼくが！　今もう検事局へ送りつけたんだから、ハハッ、どんなものです」

なるほど、さすがに本職の探偵部長は、なんといっても、探偵の名人なんだな、と、ぼくは感心せずにはいられなかった。

ぼくの胸にピンときた！

「フウム、それはよかった、グレグソン君、いよいよ将来は警視総監だね」

と、ホームズはニヤニヤして、自分もパイプのたばこに火をつけると、

「まず犯人の名まえから、おしえてくれたまえ。つかまえたのなら、言ってもいいだろう」

と、平気な顔をしてきいた。

グレグソン探偵部長は、グッと胸をはると、とくいになりきって、

「むろん、もう、秘密じゃないです。犯人はアーサア・シャルパンといって、もとは海軍にいた男です」

「ホホー、では、その男を捕えたまでの、君の苦心談を、ここで第一に聞きたいものだね。ワトソン君、君も聞きたいだろう」

「むろん、ぜひ、うかがいたい！」

「ハハッ、いや、それにしても、あのレストレードばかりは、とても、こっけいですよ。自分じゃあ名探偵のつもりらしいが、殺されたドレッパの犯人よりも、秘書だったスタンガソンの行くえを、今もって探りだそうと、必死に走りまわっているんだ。およそあんなのは、まぬけですね」

「ハハア、まぬけの友だちのことよりも、君の大成功の話を、早く聞きたいものだね」

「フム、そうでしょう。もっともこれは、まだ発表していませんがね。ぼくがはじめから苦心したのは、殺されたドレッパなる者の身もと、職業、などを知らないことには、探偵の手がかりがないですからね。それはむろん、新聞広告を出して、ドレッパ氏を知っている者を、広くもとめるのも、いいでしょう。ところが、ぼくは、そんな、あたりまえの方法を、断じてやらんです、フム、これでも、警視庁の探偵部長ですからね」

「君が探偵部長なのは、はじめからわかっているよ」

「いや、ホームズさん、あなたは、いつも人をひやかしますな。あのドレッパの死体のそばにあった、新しい帽子を、おぼえて

いるですか」

「あれか、おぼえているよ。アンダウッド商会の帽子だ」

「ヤッ、それを、気がついていたんですね、フウム」

「帽子の中の皮に、商会のマークがついていたからさ」

「それでは商会へ、行ってみたでしょう」

「行かなかったね」

「エエッ、あなたにさえも、ぬけているところが、あるですかなあ。これは意外だ。どうして行かなかったです。あの帽子こそ、重大な手がかりじゃないですか」

「ハハア、なんにもならない、と思ったからさ」

「ぼくは、だんぜん行ったです。アンダウッド商会の売店へ行って『こういう型の帽子を、さいきん、紳士風の中年の男に売ったろう』と、店員にきいてみると、さっそくに配達帳をしらべて『いかにも一個、お売りしました。テレース町のシャルパン夫人という家に泊まっていられるドレッパ氏へ、配達したのに、まちがいございません』と、どうです、ぼくは、おどりあがったですよ、うれしくってね」

「すごい腕まえだ、それほど早く、ドレッパの宿所をつきとめたのは、えらいっ！」

「なあに、まだこれからが、ぼくの苦心したところです。時をうつさず、そのシャルパン夫人の家を、たずねて行ってみると、夫人は、ぼくの名刺を見るなり、たちまちサッと顔いろをかえたです。まっさおになったですからね。さては！　と、ぼくの胸にピンときたです」

「探偵部長の直感だね、えらいものだ」

「ところが、夫人は五十二、三ですが、そばに、ひとり、娘がいたですよ。十八、九の、とても美しい娘でしてね、これは、ブルブルふるえている。いよいよもって、この家に何かあるぞと、ぼくはさっそく、

『こちらに泊まっていたイナック・ゼー・ドレッパ氏が、ふしぎな死にかたをしたのを、むろん、知っているでしょうな』

知らないとは言わさんぞ、と、夫人と娘の顔いろを、ぼく一流の直感で、ジーッと見つめると、ワトソン博士、この時に夫人は、なんと答えたと思うですか」

グレグソン探偵部長が、ぼくに質問しだした。ホームズよりは、ぼくの方が、もっとよけいに、いばりやすいからだろう。なにしろ犯人を見つけて捕えたのだから、大いばりだ。

「さあ、夫人と娘が、どんな顔をしたか。ぼくには、さっぱり、わからないな」

と、ぼくは苦わらいした。そんな見もしない人の顔いろなど、考えたって、わかるはずがないではないか。

おどろくべき二重の怪殺人

兄さん？　こいつが問題だ！

とても大いばりのグレグソン探偵部長は、いよいよ乗り気になって、

「ハハア、わからんですか。夫人はその時、口びるをふるわせるだけで、ぼくを見つめたきり、まったく血のいろもなくなった。娘は娘で、両方の手を顔にあてると、泣きだしたですよ。そこで、ぼくは、ソロソロと、やさしく、きいてみたです。む

やみに強く言うと、夫人と娘の気もちを、よわらせるばかりで、かえってわからなくなる。質問するのも、探偵にはコツがあるですからね、

『ドレッパ氏が、駅へ行くために、ここを出て行ったのは、およそ何時ごろでしたか』

と、まず質問の行きかたを、かえてみたですね。すると、夫人は、ふるえている口びるをかみしめて、

『ハイ、それは八時ころでした。秘書のスタンガソンさんが、(九時十五分発の列車にしよう)と、言っていられましたから』

と、やっと答えるのを、ぼくはまた、すかさず、

『それからは、いちども会わなかったですか』

と、きいてみると、夫人の顔いろがまた青ざめて、だまってしまった。

これはきっと、ドレッパかスタンガソンが帰ってきて、夫人と会ったんだな、と、ぼくの直感は、すぐまた、

『どうですか、ほんとうのことを言いなさい』

と、さいそくすると、

『ハイ、……』

『ハイだけじゃ、わからんです』

『………』

また口をつぐんでしまった。

すると、娘がそばから、両手を顔からはなして、涙をこぼしながら、

『お母さん、かくしては、かえっていけないわ。すっかりお話しするほうが、きっと早くきまりがついて、ハッキリすると思うわ』

と、ぼくの方をむいて、

『あたしたち、そのあとで、ドレッパさんに、お目にかかりましたの』

と言うと、夫人があわてて、

『アリス！　おまえは、……』

と、いきなりガックリと顔をふせてしまったです。

娘の名まえは、アリスというんですな。それがお母さんよりも、シッカリしているらしい。ハンケチで涙をふいてしまうと、夫人にむかって、思いきったみたいに言ったです。

『ほんとうのことを言うほうが、兄さんのために、きっといいと、あたし思うわ』

ヤッ、兄さん？　こいつが問題だぞ！　と、ぼくはムズムズしたですよ。だが、顔には出さずに、

『そうですとも、お嬢さんのおっしゃるとおりです。すこしだけ話すのは、みんなかくしているよりも、なおさら結果がわるくなる。それに、ぼくはこの事件について、しらべることは、すでに捜査しているんだから、ここでかくすのは、あなたがたのために、ならないですよ』

と、じゅんじゅんと言って聞かせたです。ワトソン博士、あなたも、ぼくの言うことは、ほんとうだと思われるでしょう、エッ、どうです？」

「そう、思いますね、ほんとうだと」

「ね、そうでしょう。夫人も、やはり、とうとう覚悟したらしい顔いろになって、

『それでは、すっかり申しあげます、ハイ、はじめから。あのドレッパさんは、この家に、三週間ほどいられました。秘書の

スタンガソンさんといっしょに、アメリカから旅行してこられたそうで、[79]紳士風のお方でしたけれど、とてもお酒のみで、なさることも下品で、あんなのは、紳士どころか、まるで教育もなんにもない男が、急にお金もちになったのにちがいないと、わたくしは思いまして、……』

と、ドレッパという男の正体が、だんだん明白になってきたですよ」

グレグソン探偵部長の手がら話が、どうも長びくようだ、と、ぼくはホームズの顔を見た。ホームズは、たばこを吹かしながら、たいくつしているらしい。かってにしゃべらせておけ、というみたいに、天じょうを見ていた、が、ぼくは、怪事件の犯人を発見した探偵談だから、熱心に聞いていたのである。

ゴロツキ紳士は乱ぼうする

「ドレッパという男は、紳士じゃなくて、アメリカから流れてきたゴロツキらしい。いや、ドレッパばかりじゃない、[80]ゴロツキ紳士というのが、方々にゴロゴロしているですからな、

『昼でもお酒をのんで、とうとう、この娘のアリスにだきついて、むりにキッスしようとしたり、わたしは腹が立って、すぐ出て行ってもらいたいと、あのドレッパに言いましたのです』

と、夫人は今でも腹がたつらしい、目をいからせたきり青ざめて、

『それでも、あの男はクドクドと何か言いつづけて、出て行こうとしないのを、スタンガソンさんの方が、やっとそばから言ってきかせて、出て行くことになりましたの。ほんとうに、あのドレッパは、しつこくて悪い男でしたわ』

『スタンガソンの方は、酒をのまんのですか』

『ハイ、口かずもすくないし、なんだかオドオドして、いつも何かこわがっているような人でした』

『ふたりが出て行って、それから、どうしたですか』

『荷物を馬車につんで、やっと出て行ったのを、わたくし見まして、ホッとしました。ヤレヤレよかった、と思っていますと、どうでしょう、一時間ほどして、ドレッパが引っかえしてきましたの』

『ホー、また来たですか、なんのためです？』

『それが、ひどく酔っぱらっていまして、ここにわたしとアリスがいるのを見るなり、いきなり（ヤア、おれは汽車に乗りおくれたぞ、しかし、それが幸いだ。スタンガソンを、おきざりにしてきてやった。[81]アリスさん、おれは、あんたを愛しているんだ、わかってるだろう、今からおれといっしょに、次ぎの汽車で、いいところへ行こう）などと、わたしの目のまえで、このアリスの手をにぎるんですの』

『それぁゴロツキ紳士ですぞ』

『そうですとも、それに、（おれはアメリカで、うんと金をもうけてきたんだ。あんたに、イギリスの女王よりも、ぜいたくをさせる。こんな貧ぼうな家に、いることはねえんだぜ）と、このアリスの手をとって、むりにドアの方へ、引っぱって行くなり、玄関の方まで引きずり出しました。わたしはもう、むちゅうで、たすけを呼びまして、（だれか来てくださあいっ！）と、さけんでいるところへ、外から帰ってきてくれましたのが、ちょうどよく、アーサアでした』

『アーサア、というと？』

『ハイ、これの兄で、わたくしの息子でございます』

『ウム、わかった、それから？』

『アーサアは前から、妹のこれを愛していますし、玄関でドレッパを怒なりつけました。ドレッパも怒なりまして、なぐったり、つかみあう音が、ものすごく聞こえました。わたくし立って見に行きますと、アーサアが片手にステッキをさげたまま、（お母さん、やっつけたから、あの野郎、もうくることはないと思うな。ほうり出してやったが、どうしやがったか、見てきてやろう）と、落ちている自分の帽子をかぶって、おもてへ出て行きました。それきりで、あくる日の朝、わたくしもアリスも、新聞で、ドレッパの死んだことを、はじめて知ったのでございます』

と、これだけの夫人の話で、ぼくが、すますわけはないです。いよいよ疑いは深くなってきた。ドレッパ怪死事件の謎を解く鍵は、ここにあるぞ！　と、ワトソン博士、あなたも、そう思わんですか、エッ、どうです」

グレグソン探偵部長が、ぼくに、またまた質問した。ぼくは、うなずいて、

「そう、君の言うとおりだな。しかし、もっと急いで、さいごのところを、早く聞かせてもらいたいですね」

と、時間がたつから、さいそくせずにいられなかった。

機敏、機敏、フーッ！

グレグソン探偵部長は、さいそくされても、知らない顔して話しつづけた。どこまでも、よっぽど、いばりたいらしい。

「そこで、ぼくは乗りだして、夫人にきいたです。ここが重大ですからな、

『アーサア君が、おもてへ出て行って、帰ってきたのは、何時ごろですか』

『それは、わたくしもアリスも、気がつきませんでして、……』

『なにっ、気がつかない？』

『アーサアは、鍵をもっていますから、自分で玄関のドアをあけて、帰ってきたかも知れません』

『フウム、その時は、すると、あなた方が寝てしまった時だから、気がつかなかったと、そうですかな？』

『ハイ、おっしゃるとおりでございます』

『あなた方がベッドについたのは、何時ごろだった？』

『それは、たしかに、十一時ごろでございました』

『そうか、すると、アーサア君は、すくなくとも二時間、外に出ていたことになる。そうだな、どうだ？』

『ハ、ハイ、……』

『ところが、あなた方が寝てから、まだ、ずっとおそく、アーサア君が帰ってきた、とすると、二時間よりも三時間、あるいは四、五時間も、帰らずにいたということになる。そうだな、どうだ？』

『………』

夫人も娘のアリスも、まっさおになったです。

『そのような長い時間、夜おそくに、アーサア君はドレッパをつけて行って、何をしていたか、エッ、今そしてアーサア君は、どこにいるのか』

『ハ、ハイ、アーサアは今、勤めさきの会社▼82に、行っておりま

す』

『フム、そこはどこだっ』

もう一分間も、グズグズしている時ではない。アーサアに対する疑い十二分だ、と、そうあなた方も思うでしょう。そこで、ぼくは、夫人から聞きだしたアーサアの勤めさきへ、まっしぐらに飛んで行ったです」

「機敏！　機敏、フーッ」

と、ホームズが、たばこの煙を高く吹きあげた。

「逃げたあとだと、やっかいだぞ、と、思って行ったところが、アーサアの奴、すました顔して会社におったです。二十四、五才、スポーツマンらしい、ガッチリした体格、こいつは抵抗するな、と、ぼくは思ったですから、やさしく言ってやったです、(君、ちょっと今から警視庁へ、いっしょに来てくれないか、手まはとらせないから)と、すると、アーサアの奴、ジッと目いろをこらして、なんと言ったと思うですか、ワトソン博士！」

「またぼくに質問か。わからないですよ、ぼくには」

「ハハッ、アーサアの奴、いきなり、(そうですか、あの悪漢ドレッパの死んだことで、ぼくが疑われているんだな)と、すぐ言ったですよ。ぼくがドレッパのドも言わんのに、どうです、これでもってでも、犯人であることは、明白じゃないですか。ホームズさん、どうです？」

「フッ、今度はぼくか。アーサアについて、ほかに何かなかったのかね」

「あったです。母の夫人は、アーサアがステッキを持って出た、と言ったですが、なあに、アーサアの会社の部屋にあったのは、ステッキどころか、ふといカシの棒だったです。これも、ぼくが見つけたですよ。有力な証拠品ですな、むろん」

「有力な証拠品だと、アーサアがどこかへ、すててきそうなものだね。それで君の判断は、ドレッパの死と、そのカシの棒とは、どういうことになるのかな」

と、ホームズが、あくびしながらきくと、グレグソン探偵部長は、顔をまっかにして躍気になった。ホームズに一本やられた、と思ったらしい。

ここで殺人が行なわれた

「それはですな、ホームズさん！」

と、ひどく、こうふんしたグレグソン探偵部長が、口をとがらせて、

「アーサアはドレッパのあとをつけて、ガードン町まで行った。なにしろ妹を侮じょくした奴だから、まだ腹がたってたまらない。(オイッ待て、ドレッパ！)と、呼びとめると、ドレッパのほうは酔っぱらっている。そこでまた怒なりあった。どちらも負けずに、格闘したですな」

「なるほど、フーッ、おもしろい」

「アーサアは太いカシの棒をもっている。ドレッパは酔ってフラフラしているですから、心ぞうかどこかの急所を、まともに突かれた。ひとたまりもない、グッと息がつまって倒れた。それきり息をふきかえさない。アーサアは、まさか殺すつもりは、なかったが、こうなると、殺人罪のあとを、くらまさないと、自分がたすからない。あたりを見まわすと、すぐそばに、あき屋がある。雨はドシャぶりで、だれひとりも道をあるいていな

い。さあ、どうです？」

「いや、わかった。まるで見ているようだ。それから？」

「アーサアはドレッパの死体を、あき屋の中の部屋へ、引きずりこんだ。ここで殺人が行なわれたと、見せかけなければならない。ところが、あわてているですから、カシの棒でやった死体に、傷がないことは気がつかない。自分の手か足かを傷つけて、あたりを血だらけにした。その傷も今ごろは、警視庁でしらべているですよ」

「よろしい、大いによろしい、それから？」

「あの壁に血で書いたのも、ころげ落ちた女の結婚指環も、われわれの目をごまかそうとした、アーサアの奴の浅知えですな、ハハッ、どんなものです、ホームズさん、ぼくの手なみは？」

「フッ、フッ、さすがに探偵部長は、あざやかなものだね」

「はてな、なんだか、ひやかしているみたいですな」

「いや、大いに感心しているんだ。それでアーサアは、その夜の自分の行動について、なんとも君に言わないのかね」

「いや、警視庁へ同行するとちゅうに、自分からこう言ったです、(ぼくはドレッパのあとを、つけて行きました。すると、奴は気がついて、通りかかった辻馬車にとびのるなり、逃げてしまった。ぼくは雨の中を、引っかえしてくると、少年時代の友だちに出会ったから、いっしょに散歩して、なつかしい少年の時の思い出を、いろいろ話しあってから、家へ帰ってきたのです)とちょっと、うまいですな、この言いわけは」

「フーッ、うまいウソか、ほんとうか、どっちだろうね」

「ウソにきまっているです。雨の中に、ちょうどよく▼84辻馬車が通りかかったか。また、ちょうどよく、少年時代の友だちと出会ったか。二つとも、うまいぐあいに、そうだったとしても、雨にぬれながら長いあいだ、いっしょに散歩したなんて、これぁ信じられん話じゃないですか」

「信じられない話に、ほんとうのことがあるものだぜ」

「フウム、どうもホームズさんは、ぼくの判断に、いちいち反対するですな」

　コツコツとドアをたたく音が、なにか、いそいでいるようだ。

「はいってよろしい」

　ホームズが、ゆっくりと声をかけた。

謎は深まるばかり

　はいってきたのは、おもいがけないレストレードだった。どうしたのか、目をきらめかし、まゆをしかめて、ひどくイライラしている。グレグソン探偵部長がいるのを見ると、しまった！　という顔をした。探偵試合の相手がいては、こまる話をもってきたらしい。

「ヨー、どうしたい、レストレード！」

　グレグソンが、とくいそうに、

「どこを走りまわっているんだ。おれのほうで犯人を、あげてしまったぜ」

　と言うと、レストレードはギクッと立ちすくんで、

「エエッ、そりゃあ、ほんとうか」

「ほんとうもウソもあるものか。今、その前後のことを、ホームズさんとワトソン博士に、話しているところだ」

「ホームズさん、どうなんです？　探偵部長があげたのは、じっさいに犯人ですか」

「フッ、それはまだ、わからないがね」

ドカッとグレグソンが立ちあがった。ホームズをにらみつけて、

「いくらなんでも、ぼくがアーサアを犯人だと信じて、つかまえたのに、（まだわからない）とは、どういうわけだ？　ホームズさん、ホームズさんと、いばらせておくと、君はいい気になっているんだな」

と、えらい勢いで、くってかかった。

ホームズは、ゆったりと微笑すると、

「これは、よわったね、グレグソン君、どうも君が聞かせてくれた話は、ほとんどみな君の想像じゃないのかね」

「想像？　チエッ、どこが想像だっ、言ってみろ」

「一つだけ言うとね、ドレッパは心ぞうかどこかの急所を、太いカシの棒でやられたんだ、と、君は言うのだが、あの死体を、ぼくがしらべた時に、そんなあとは、どこにもなかったからさ、フーッ、おかしいぜ」

「ウウム、……」

まっかになったグレグソン探偵部長が、モグモグと口を動かすと、顔をそむけた。レストレードを見て、

「オイッ、君はそして、何を今まで、どこを走りまわっていたんだ」

と、かみつくように、ききだした。

レストレードは、グッと眉をしかめて、

「いや、こんな奇怪きわまる事件は、はじめてだ。謎が深まるばかりだ！」

「ヘッ、それで君は、スタンガソンの行くえを、今もって探しまわっているのかね。どうだ見つかったか」

「見つけたんだ」

「フウム、どこにいた？」

「ハリデエ・ホテルに」

「何か手がかりを、君がつかんだのか」

「手がかりどころじゃない」

「エッ、なんだ？　君はスタンガソンが犯人だというんか」

「いや、犯人は別にいる！」

「わからんことを言うなっ。スタンガソンを見つけて、どうしたというんだ」

「それがわからないから、ホームズさんにききにきた。スタンガソンは死んでいる」

「エエッ、ハリデエ・ホテルでか」

「殺された！」

「………」

今度はグレグソン探偵部長が、立ちすくんだ。

さすがのホームズも、キュッと口をゆがめ、ぼくはおどろきすぎて、頭の中がグラグラッと、目もくらみそうな気がした。

おお！　目の前の急変化!!!

ドアの下から血

ますます奇怪に謎が深まった。

スタンガソンまで殺された！

立ちすくんでいたグレグソン探偵部長が、グッタリと椅子に

かけると、

「ウウン、……」

と、うなったり、腕をくみしめて顔をふせた。

捕えて警視庁へ送ったアーサアは、こうなると、犯人ではないらしい。

真犯人は何者なのか？

ドレッパを殺したのも、スタンガソンを殺したのも、同じ奴らしい。これが重大な疑問だ！　と、ぼくは思わずにいられなかった。

この記録を読んでいる人も、おそらく、ぼくと同じように思うだろう。

ホームズは、しばらく、だまって考えをこらしていると、レストレードに言った。

「君、とにかく椅子によりたまえ。そして、君がスタンガソンを探しだした前後から、くわしく話してくれないか」

レストレードは、うしろの椅子にもたれると、ひたいを指のさきでおさえながら、

「むろん、すっかり話します。それから、あなたのお考えを聞かせてください。ぼくは、ドレッパを殺した犯人と、スタンガソンとは、何かの関係がなければならない、と、はじめから考えたんです。なぜかなら、ドレッパの持っていた手紙の名あてに、スタンガソンと書かれていたからです。▼85ホームズさん、この考えは、まちがっていたでしょうか」

「いや、ぼくも実は、そう思っているのだがね」

「ありがたいです。そこでスタンガソンの行くえを、必死にさがしまわると、事件のあった日の夜八時半ごろに、ユーストン駅でスタンガソンとドレッパと、ふたりのすがたを見た者があるのです。ところが、夜ふけの午前二時に、ドレッパだけが、あき屋の中に殺されていた。それでは八時半ごろから殺されるまでのあいだ、ドレッパは、どこで何をしていたか。そのあいだに、スタンガソンは、いっしょにいなかったか？　いたとすると、これこそ怪しい。▼86いなかったとすると、これまた何をしていたか？」

「ムムッ、そうか」

と、グレグソン探偵部長が、うつむいたまま、口の中で言った。

「そこで、ぼくは、ユーストン駅の近くのホテルを、はしから、しらべて歩いたのです。スタンガソンは、駅の近くにとまって、あくる日の朝、駅へ行ってドレッパのくるのを待つだろう、とそう判断したからです。ホームズさん、この考えは、どうでしょう」

「ぼくは、ドレッパとスタンガソンが、どこかで待ちあわせる場所を、前もってきめておいたとそう思うがね」

「ヤッ、そうなんです。ゆうべはホテルしらべで、ぼくはヘトヘトになってしまって、けさまた早くから、しらべのこりを、まわってみたのです。ハリデエ・ホテルへ行ったのが、八時すぎでした。出てきたボーイに、

『スタンガソンという人が、とまっているか』

いや、名まえをかえていやしないか、と、思いながら、きいてみると、

『いられます』

と、ボーイが、さらに、

『ふつか前から、待っていらっしゃるのは、あなたですか』

と、ぼくをドレッパだと、まちがえているんです。

さあ、しめた！　が、そうすると、ドレッパを殺した犯人は、スタンガソンじゃない。それに新聞も読まずに、ドレッパがまだ生きていると思っているんだな、と、ぼくは、ガッカリしたですが、

『今、どうしてるかね、スタンガソンは？』

と、きいてみると、

『おやすみです』

『なんだ、えらい寝ぼうだな』

『九時になったら起こせ、と言われまして』

フウム、ゆうべおそくまで、何をしていたか。ドレッパを待っていたのかな。怪しいぞ、と、

『そうか、行って会おう』

と、ボーイのあとから、その三階の部屋の前へ行きますと、

『ここです』

ボーイがおしえてくれました、そこのドアを、ぼくがたたきかけて、下を見ると、ドアの下のすきまから、ひとすじ長く流れだしているのは、まっかな血なんです！」

たしかに白い丸薬だね

「ぼくもギョッとして、

『たいへんだ、君、これを見ろ！』

と、血をゆびさして、ボーイに言うと、

『ワッ、血、血ですか』

ボーイが、ガタガタとふるえだした、が、ぼくはドアをあけようとしました。中から鍵がおりている。

『オイ、あけるんだ、破っても！』

ぼくはボーイをはげまして、ふたりが力いっぱい、ドアにぶつかった。

メリメリッと破れたドアを、ふたりでおしあけて、中へとびこみました。寝まきのままの男が血の中にころがっている。ボーイは見るなり、

『アアッ、スタンガソンさん！』

と、さけんだきり、ふるえていました。

ぼくが、すぐにしらべてみますと、もうとっくに死んでいる。左の胸を突きさされた傷が深い。心ぞうをつらぬいたらしい。顔から頭のほうを見ると、グレグソン探偵部長、そこに何があったと思う？」

「…………」

グレグソンは、顔をよこにふったきりだった。ジッと聞いてはいるが、こたえずにいた。

ホームズが、考えぶかい顔をして言った。

「ラッヘというドイツ語じゃないかね」

「アッ、そうです。やはり壁に血で書いてある。ドレッパが殺された時と、おんなじなんです。犯人は同じ奴です」

「ほかに手がかりになる物は？」

「犯人はスタンガソンを殺したあとで、その部屋に、しばらくいたのです。洗面器にのこっている水が、血でよごれている。ベッドの白いシーツに、ナイフをふいた血のあとが、ハッキリのこっている。ゆうゆうと、おちついていたらしい。よほど大胆な奴です」

「死体には？」

「金も持ちものも、なくなっていないのです」

「部屋の中に、かわっていることは？」

「窓がひとつだけ、あいているのです。ここから、しのびこんだのにちがいないと、外へ出て、いろいろしらべてみますと、犯人らしい男を見た者が、出てきたのです」

「ヤッ？」

と、グレグソン探偵部長が、にわかに顔をあげた。

「牛乳配達の少年だ。けさ六時すぎ、ホテルのうらの道を走って行くと、いつも横においてある長い梯子(はしご)が、三階のあいている窓の下へ、立てかけてある。走って行ってから、変だなと気がついて、ふりかえって見ると、梯子を窓からおりてくる男がいる」

「それだっ！」

と、グレグソンが、口の中で言った。

「ところが、おちついて梯子をおりてくる。ホテルで仕事している大工か何かだろう。朝はやくから、かせぐんだなあ、と、少年は、そう思ったきりだった。ぼくがなお、きいてみると、（長い茶いろのオーバーをきていて、赤い顔の身のたけの高い男だった）▼87と、これはホームズさん、あなたが判断されたのと、まったく同じです」

「フウム、そのほかに？」

「ほかには別に、……そうですな、スタンガソンは、夜にねむれないのか、丸テーブルの上に、水がのこっていたカップと、眠りぐすりらしい白い丸薬が二つぶ、おいてありました」

ホームズが、らんらんと目をかがやかして、ガタンと床をけると言った。

「丸薬？　フム、よし！　レストレード君、たしかに白い丸薬だね」

「そ、そうです、まちがいないです」

「よろしい、しめた！」

グレグソン探偵部長が、ギクッとしてきいた。

「ホームズさん、なにがそう、しめたですか。有力な手がかりを、つかんだんですか」

「いや、すべて明白だ！」

「エッ、すべて？　丸薬からですか」

「ウム、むろん、そうだ、しめた！」

ホームズが、とても、よろこんでいる。

ぼくは、この時も、あっけにとられた。なにがなんだか、まるでわからなかった。

グレグソン探偵部長も、その丸薬のことを言ったレストレードも、おどろいた顔のまま、ホームズを見つめていた。これも、なにがなんだか、わからないようだった。

白い小犬のテリヤ

スタンガソンの部屋にあった、ただ二つぶの丸薬から、ホームズは、いったい、なにを判断したというのか？

すべて明白！　と、ホームズは目をかがやかし、とてもよろこんでいる、が、なにが明白になったのか？

レストレードは、おどろきながら、ホームズに言った。

「どうもわからないですが、ぼくは、今言った丸薬を、ここに持ってきているんです。もしかすると、検事が何かの参考にするかと思ったものですから」

　すると、ホームズが、スックと立ちあがって、

「ますますよろしい。検事はおそらく、すててしまうだろう。ぼくにくれたまえ」

　と、レストレードがポケットから、つまみだした二つぶの丸薬を受けとると、一つぶを、ぼくにわたして言った。

「ワトソン博士、君の専門だ。見てくれたまえ。眠りぐすりじゃあるまい、と思うんだが」

　ぼくが受けとって見ると、うす白い丸薬で、あたりまえのものよりも、すこし大きい。

「ちょっと大きいが、軽いようだし、すきとおって見えるから、水に入れると、すぐに、とけてしまうだろう。眠りぐすりか、どうだかは、のんでみないと、わからないね」

「のんだら大変だ。待てよ、ウン、君、すまないが、ちょっと下へ行って、あのテリヤを、ここへもってきてくれないか」

「よろしい、あれを実験するなら、……」

　ぼくは丸薬をホームズにかえして、廊下へ出て行った。

　下のうら口に、いつも白い小犬のテリヤがむしろの上に寝ている。心ぞうに虫のいる病気▼88で、なおりようがない。苦しんで今にも死にそうだから、女中が、ぼくに、

「先生、これが、らくに死ねるように、なにかおくすりを、やってくださいませんか。こんな苦しんでいるのを、まい日、見ているのは、いやですから」

　と、言っていた、そのテリヤを、ぼくは下からだいてくると、ホームズの足もとへ、ソッとおろしてやった。息がたえだえに、ハアハアと、あえいでいる。

　ホームズが、ナイフをとり出した。

「さて、ごらんのとおり、この丸薬のひとつを、このナイフで二つにわります。あまりかたくない。うまくわれました。こちらの半分を、この皿に入れます。皿には水がはいっている。フム、いかにもワトソン博士の言ったとおり、見る見るうちに、丸薬は水にとけてしまいました。早いものです」

　レストレードが、ムッと怒った顔になると、ホームズに、

「なんだか手品みたいなことを、いったい、それはスタンガソンが殺されたのと、なにか関係があるのですか。かれは心ぞうを突きさされて、血の中に死んでいたんですぞ」

　と、くってかかると、

「関係があるか、ないか、今すぐ明白になるところです。そこで、ごらんください、このとおりこの丸薬がとけた皿の水に、牛乳をすこし入れます。味がつけてある、あまい牛乳ですから▼89、ここに息もたえだえのテリヤといえども、ピチャピチャと、なめることでしょう」

　ホームズは、うつむいて、そのとおりにした皿を、テリヤのはなさきに、おいてやった。

　ぼくたちは、まばたきもせずに、それを見ていた。ホームズのすることこそ、謎である。しかも、解きようがない。

　テリヤは皿の中のものを、いかにもピチャピチャと、すっかり、なめてしまった。

ここに、このとおり！

　ホームズは、時計を出して、ねっしんに見はじめた。

　テリヤはグッタリしている。ハアハアと、あえいでいる。し

かし、丸薬は、くすりなのか毒なのか？　テリヤはよくもならないようだし、わるくもならない。今までと、おんなじである。なんのための丸薬なのか、と、ぼくも変な気がして、ホームズの顔を見た。

ホームズは、時計をしまった。まゆがヒクヒクと動き、口びるをむすんで、とても考えをこらしている。わからない！　と、苦しそうな目が言っている。

グレグソン探偵部長が、ひやかすみたいに言った。

「なんともならんですな、ホームズさん、なにがいったい、すべて明白なんですかね、ハハッ」

「いや、待ちたまえ。どんなに深い謎の事件といえども、……待てよ、ウム、そうか、よし、もう一度！」

ホームズが、もうひとつの丸薬を、ナイフでまた二つにわった。その半分を、前のように皿へ水と牛乳も入れると、テリヤのはなさきへ、おいてやった。

「なあんだ、くりかえしですな」

と、レストレードも、ひやかして言った。

テリヤは今度も、ピチャピチャと、なめだした、と見ると、たちまち足を四本ともふるわせて、ゴロリと横に引っくりかえったきり、目をふさいで死んでしまった。

あとの丸薬は、明白に毒だった。前のには毒がなかった。だが、このことが、はたして、なんだというのか？

「死んだですな、フウム、ところで、どういうことになるですか」

グレグソン探偵部長が、また今度は、えらそうに、はなのさきで笑って言うと、ホームズは、とても強くうなずいて言った。

「いよいよ、これで明白だ。うたがうところは、すこしもない！」

「明白、明白と、あなたは言うが、それでは、犯人がわかったですか」

「むろん、名まえも」

「エエッ？」

と、レストレードが立ちあがると、きびしい顔になって、

「ホームズさん、ぼくたちは、ふたりとも失敗しました。しかし、あなたは、犯人の名まえまでわかった、と言われる。ここに警視庁の探偵が、ふたりいるのです。あなたは、犯人が何者であるかを、それこそ明白に言う義務が、あるじゃないですか」

ホームズは、ニッコリ笑ってこたえた。

「そのとおり。ぼくは真犯人が何者かを言うよりも、つかまえて、君たちにわたそうと思っているんだがね」

グレグソン探偵部長が、とうとう怒りだした。

「あなたは、ぼくたちふたりを、バカにしているんだな。つかまえてわたすって、真犯人は今、どこにいるんだっ」

「ハハア、まあ待ちたまえ、いそぐことはない。つかまえるのだから、まず、これを出さないとね」

ホームズは微笑しながら、そばのテーブルの引出しをあけると、ものすごい鉄の手錠をとりだした。ぼくはビクッとした。なんだか真犯人が、すぐ近くにいるようだ、と思ったからだ。

あいているドアから、いきなりバタバタと、はいってきた者がいる。見ると、少年秘密探偵群のイギンズだった。髪ボウボウとして、目をクルクルさせながら、ホームズに言った。

「先生、馬車をつれてきたぜ。おもてに待ってらあ」

「ウム、荷物をはこびだしたいんだが、馭者に手つだいに、ここまで、ちょっと来てもらってくれないか」

「よしきたっ」

イギンズが、クルリとまわると出て行った。まもなく、いっしょにきた馭者が、ドアをはいるなり、ホームズが声をかけた。

「ヤア、ご苦ろう。君、このカバンだがね、すこし重いものだから」

すみにある大きなカバンを、ホームズがゆびさし、その方へ馭者が、ツカツカとあるいて行く。そばにホームズが近づくなり、カチッと音がした。

「ムッ?」

手錠をはめられた馭者が、うめいて立ちすくむと、ホームズが、ぼくたちに言った。

「ドレッパとスタンガソンを殺した真犯人、ゼファソン・ホープを、ここに、このとおり、しょうかいする!」

第三部　真犯人と名探偵の話▼90

今ここに生きるか死ぬか、運命だ!

きわめて危険な心ぞう

ああそれは、じつに、いっしゅんの、すばらしい、ホームズの芸当、これこそ名探偵ぶりだった。

アッというより早く、手錠をはめられたゼファソン・ホープという男は、身のたけがヌッと高く、顔いろが赤く、するどい目をきらめかし、たちまち、はげしく抵抗した。が、ホームズをはじめ、ぼくたちにおさえられて、

「ハーッ、ハーッ、……」

汗▼91だらけになったまま、あえぎだすと、苦しそうに顔をゆがめながら、

「やめたぞ、ハーッ、手むかいは、やめた!」

と、ホームズを見つめて、

「あんたは、すごい腕まえですね。ぼくを、ここまで追いつめた手ぎわときたら、ハーッ、ハーッ、たいしたもんだ、ハーッ」

と、あえぎつづけて言った。

ところが、ホームズは、まゆをひそめて、

「椅子によって、とにかく休むんだね」

と、あえいでいるホープを、椅子にかけさせると、ぼくを見て、

「君、診察してくれないか、こんなにあえぐのは、心ぞうに余ほどの変化が、きているのではないかな、どうだろう」

と、言うと、ホープも、ぼくを見て、手錠のままを左胸をあてながら言った。

「あんたは医者ですか、ハーッ、ハーッ、ここのところを、みてください」

ぼくは手ばやく診察した。あきらかに大動脈が、おかされている。いつ心ぞうが破れるかも知れない。手あての方法もないほど、わるくなっている。このとおりを、ホームズに言うと、

「それはいけない。一時間も早く、ゼファソン・ホープ、この本人の口から、事件の真相を明白にしなければならない！」▼92

ホームズが、目いろをしずめて、きびしく言い、グレグソン探偵部長が、ぼくにきいた。

「ワトソン博士、一時間をあらそうほどですか」

「きわめて危険だと、ぼくは思う」

「そうですか。オイ、ゼファソン・ホープ、ぼくは警視庁の探偵部長グレグソンだ。ドレッパとスタンガソンを殺したのは、おまえなのか、明白に言えっ！」

と、探偵部長が、すごく真けんに言うと、ホープは、強くうなずいて、ハッキリとこたえた。

「ぼくは、かたきをとった。ハーッ、復しゅうしたんだ。ドレッパとスタンガソンを殺したのはぼくだ、ハーッ」

みんながシーンとした。

イギンズ少年も、ビックリした目をして、ホープを見つめていた。殺人怪事件の真犯人を、自分が知らずにつれてきたからだろう。

「よし、それではすぐ、おまえの陳述を記録する。すべてかくさずに言うんだぞ」

グレグソンが、そう言うと、レストレードが、テーブルをホープの前へもちだしてきた。ホームズが紙を何枚も、ペンとインクといっしょに、テーブルの上にならべた。

真犯人ゼファソン・ホープが、あえぎながら話しつづけた陳述を、レストレードが何枚も筆記した。それを、ぼくは、ぼくの記録に写しとった。つぎのとおりである。

生かしておけない人間

「ぼくが、ドレッパとスタンガソンを、あのふたりを、なぜ、殺したか。かたきを、うったのだ。奴らの大罪に、ぼくは、罰をあたえてやったのだ。奴らは、アメリカの西部で、なんの罪もない父と娘を殺したんだ」

この時、ホープはギリギリと歯がみした。

「ぼくが、このように心ぞうを、わるくしたのも、アメリカ西部の山おくで、けもののように走りまわり、食うものも食わずに、いく晩も眠らずに、奴らのために、あらゆる苦ろうをかさねたからだ。奴らに殺された娘というのは、ぼくと結婚の約束を、むすんでいた。ぼくのいのちだった。それを、それをドレッパの奴が、……」

ホープの目に、この時、なみだがにじみだした。

「ドレッパの奴が、ぼくのリーシを、娘の名まえです。さらって行って、むりやりに結婚式をあげた。しかも、そのまえに、

リーシの父を、愛のふかい年よりの父を、ドレッパとスタンガソンが殺して、リーシを自分のものにしたんだ！　リーシも死んだ、父が殺されたのを悲しんで、むりやりに結婚させられたのを苦しんで、……」

ホープは手錠をはめられたまま、からだをふるわせて、すすり泣いた。

「リーシが急に死んだのは、奴らが殺したのも同じだ。その葬式の時、ぼくは、たまらずに、せめてリーシの死顔だけでも見たくて、ふいに行った。かたきのドレッパは、葬式にも出ていない。悪魔のような奴だ。ぼくが見たのは、リーシの死体だった。もう、なんとも言えない。リーシがはめている結婚指環を抜きとって[93]、ぼくは外へ出てきた。なんとしても、この復しゅうを、リーシと父のかたきを、とらずには気がすまない。ドレッパもスタンガソンも、生かしておける人間じゃない！　と、ぼくは、心にちかったんです」

歯がみして言うホープに、ホームズがカップに水をそそいで飲まし、ワトソン博士が、強心剤を注射した[94]。

「ありがとう、お礼を言います。……ドレッパを殺す時に、この結婚指環を見せつけて、さあどうだ、きさまの罪の深さを、思い知ったかと、言ってやらずにいられない。ぼくは、この恨みのために、奴らのあとを追っかけて、アメリカからこのロンドンまで、必死に、どこまでも、あとをつけてきた。そのあいだの苦ろうというものは、ここで言ったって、しかたがない。心ぞうはわるくなるばかりだし、奴らよりさきに、こっちが死ぬかも知れない。まったく、気が気じゃなかったのです」

この時、強心剤がきいてきたらしく、ホープの息のあえぐのが、しずまってきた。

「奴らはアメリカから、ありあまるほど金をもってきて、銀行にいれている。こちらは、からっきし貧ぼうだ。食う道を、さがさなければ、生きて行けない。馬を手がけるのは、小さい時からなれているから、辻馬車の会社へ行って、駆者にやとわれたんです」

少年イギンズ[95]が、「ヤア、そうか」と、さけんで、ホームズにしかられた。

「このロンドンほど、道のこみいっている所は、ほかにないでしょう。それに奴らは、ぼくにつけねらわれているのを、前から気がついていやがって、とても用心している。宿もいっしょだしどこへ行くのにも、はなれたことがない。こちらは、一度でもやりそこなったら、警察に目をつけられて、二度とやれないかも知れない。だから、そのチャンスを、いい時をつかむのに、まい日、まい日、とても苦心したものです」

グレグソン探偵部長が、

「ウム、そうだろう」と、うなずいた。

「奴らがいる宿の前を、ぼくは夜、馬車で行ったり来たりしていた。このとおり、あごひげものばしてしまったら、ふと見ただけでは、わからないはずだ、と思っていると、ほかに一台の馬車が、その宿の前にとまって、荷物がつまれると、ドレッパとスタンガソンの奴らが、乗りこんで走らせた。ぼくはむろん、あとから自分の馬車を走らせて行った。すると、奴らが馬車をおりたのは、ユーストン駅です。しまった！　どこかへ汽車で飛ぶ、ここで見うしなっては、それこそなんにもならんぞ、と、ぼくも馬車から出るなり、駅の中へ、はいって行ったのです」

知らずに乗ったのが運命だ

「紳士の身なりをしている悪魔のドレッパとスタンガソンが、プラットホームに立っている。ぼくは人ごみにまぎれて、ふたりのそばへ、ソッと行ってみた。スタンガソンが駅員に、きいている。

『リバプール行きの列車は、どれだ』

『今さっき出て行きましたよ。つぎのリバプール行きは、今から三時間あとです』

『三時間も待つのか、チェッ』

スタンガソンが、おこりだすと、ドレッパはニヤッとわらって、

『おこるなよ。おれはこのひまに、ちょっと用をたしてくるんだ。おまえはここで、待っていろよ』

と、なんだかソワソワして言うと、

『そんなことは、危険だ。ひとりになっては、どこでホープの奴に、おそわれるかも知れないじゃないか。いったい、どこへ行くんだ』

『おれの行くさきは、おれのかってだ』

『いけない！　おまえは今も酔っているから、かってなことを言うんだ』

『なにをっ、おまえは、おれの秘書じゃないか。だまってろ』

『そうか、それじゃ、しかたがない。そうまで言うなら、どこへでも行ってこい。このつぎの列車が出るまでに、おまえが、ここへこなかったら、おれはハリデエ・ホテルに行っているから』

『よし、わかった。ハリデエ・ホテルだな』

と、ドレッパの奴、ひとりで駅の外へ出てきたのです。

今まで、はなれたことのないふたりが、今こそはなれた。いよいよチャンスだぞ！　と、ぼくはドレッパのあとを、馬車でつけて行きながら、心ぞうのドキドキが急に高くなり、今にも破れつするかと、気が気じゃなかった。破れつしたらさいごです。

すると、雨がふりだしてきて、ドレッパの奴も、馬車を見つけて乗った。どこへ行くのか、とあとをつけて行くと、今までとまっていた家だった。そこで馬車をかえして、自分ひとり、玄関へ、フラフラしながら、はいって行った。酔っぱらって、今にもたおれそうだ。ぼくは家のまえに、すこしはなれて馬車をとめたきり、奴が出てくるのを、今か今かと待っていたのです。

しばらくすると、家の中で急にドタバタと、はげしい物おとがきこえて、どなりあう声がする。なんだ、格闘しているのか、と思うまもなく、玄関のドアが中からあいて、ふたりの男がとびだしてきた。ひとりはドレッパの奴、ひとりは若い男で、ふとい棒をもっている。

『妹を侮じょくしやがって、しょうちせんぞ』

と、若い男にどなられて、ドレッパの奴、ヨロヨロしながら、ぼくの馬車を見つけると、とびのるなり、

『オイ、ハリデエ・ホテルだ、早く！』

と、息をきって言やがった。

ぼくが馭者をしているとは、さすがの奴も、気がつかずにいる。自分のいのちを、ねらっているホープの馬車へ、知らずに

乗ったのが、もう、奴の運命だった。

しかし、ぼくは、ここで言っておきたいことがあります。にくいかたきのドレッパだから、ぼくが前から、むざんな殺し方を考えていたか、というと、決してそうじゃないのです。

ぼくは前に、アメリカを流れあるいていた時、いろんな苦ろうをつづけて、労働者にもなっていましたが、ヨーク大学の研究室の掃除人夫に、やとわれていた。……ああ先生、すまないですが、もう一本、どうか注射してくださいませんか。このとおり、息がくるしくて、……」

三人の生死を決しよう

ホープはワトソン博士に、強心剤の二本めを注射されて、しばらく休むと、ようやくまた話しだした。

「研究室の教授の先生が、教室で学生たちに講義している。それを、ぼくは窓のそとから見ていたのです。

すると、先生な小さなガラスの入れものを、学生たちに見せて、

『これが、今言ったアルカロイドである。南アメリカにいる土人は、矢のさきに、これをぬりつける。ごくすこしを使っても、これを体内にいれられた者は、その場で死ぬほどの、猛れつな毒素を、このアルカロイドはもっている』

と、言っているのを、ぼくは窓のそとで聞いた、とたんにギクッとしたのです。

これだ！　そのアルカロイドという毒を使って、ドレッパとスタンガソンとおれの運命を、三人の生き死にを決しよう！

と、ぼくは心のそこに、かたく思った。

薬局の中に、だれひとりもいない時に、ぼくは掃除にはいると、毒薬のアルカロイドを、ぬすみだした。それでもって、丸薬をつくった。毒をいれたのと、いれないのとを。なんのために？　というと、ドレッパとスタンガソンに、まず一つをえらばせて飲ませる。あとの一つを、おれがすぐ飲む。そのためです。

ああ、もしも神が、おれの復しゅうを、ゆるしてくれるなら、毒のはいっている方を飲むのはかたきのドレッパとスタンガソンなのだ！

しかし、おれの復しゅうが、神にゆるされないなら、おれは毒の丸薬を飲んで、かたきをうたずに死ぬんだ！

運命だ！

おそろしい生死の運命だ！

ぼくは、このように心をきめたのです。

この運命の丸薬を、リーシの結婚指環といっしょに、ぼくは、いつもポケットに入れていたのです！

このぼくが馭者になって、かたきのドレッパを馬車にのせたまま、夜ふけの雨の道を走らせて行った。ドレッパの奴は、これを、すこしも知らずにいたのです。

さびしいガードン町に、あき屋があるのを、ぼくは前から知っていた。▼96
よし！　かたきの悪魔を、あそこへ、つれこんでやろう！

そのあき屋の門の前に、ぼくは馬車をとめて、とびおりた。ドレッパの奴は、車の中に酔ったまま、クッションにもたれきり、ねむっているんです。

ああ、ついにチャンスがきたぞ！

ぼくは、ゾクッとしながら、ドレッパの奴をゆさぶると、気をおちつけて言った。

『お客さん、ホテルへきましたぜ。もし、おりるんですぜ』

『ウウン、ホテルか、ようし』

あくびしたドレッパの奴は、やっと馬車をおりた、が、まだ、フラフラしている。

『さあ、はいるんですぜ』

と、ぼくは、奴をそばからたすけて、門の中へ、庭から玄関へ、はいって行ったのです。

だれかが見ていたら、かたきどうしどころか、とても仲のいい友だちふたりが、いっしょにはいって行った、と思うでしょう。

あの広い部屋の中へ、ぼくはドレッパの奴を、とうとう、つれこんで、ドアをしめた。すると奴はさすがに気がついて、立ちどまりながら言った。

『なんだ。オイ、ここはどこだ。まっくらじゃないか』

『フム、あかりをつけてやろう』

と、ぼくは用意してきた、ろうそくにマッチの火をつけて、この自分の顔をてらすと、ドレッパの奴に言った。

『さあ、よく見ろ、ドレッパ、おれを、だれだと思う? わからねえか』

ドレッパの奴、ギョッとしながら、まだジッと、ぼくを、にらんでいたのです」

ナイフか丸薬か

「酔っていながらドレッパの奴、ろうそくのあかりで、ぼくの顔を、にらんでいるうちに、

『ムムッ、きさま、ホープだな』

と、にわかに気がついて、見る見る青くなると、ふるえだした。

『わかったか、オイ、とうとう、ふたりだけになったな、ハハッ、ざまをみろ!』

ぼくはドアの前に突っ立って、

『見やがれ、ハハッ、ハハッ』

と、恨みをはらす笑いが、むやみに口からあふれ出て、

『今夜こそ、のがさないぞ、ドレッパ! ここで運命をきめるんだ。おれが勝つか、きさまが勝つか、どっちかが、あすの太陽を見ないことになるんだ』

と、ジリジリと、ドレッパの奴の前へ、つめよせて行くと、

『ホープ、きさまは、どうしても、おれを殺す気か』

と、ドレッパの奴、酔いもさめて、ひたいから顔へ、ひやあせをダラダラとながしている。

『なにを、殺すか殺されるか、きめるのは神の手か運命だ。オイッ、リーシの父親を殺しておいて、娘のリーシを、むりに引っさらって行ったのを、わすれはしねえだろう、ドレッパ!』

『父親を殺したのは、おれじゃないぞ、まちがうな』

『なにをっ、きさまとスタンガソンは、同罪だ。今になって言いわけするな。これからだ、生きるか死ぬかをきめるのは』

ぼくは、ろうそくを、だんろの上に立てると、ポケットから丸薬を二つ、手のひらにのせて、ドレッパの奴の顔へ、つきつけた。

『オイッ、どっちでも一つを食え! あとの一つを、おれが食

うんだ。すごい毒が、どっちかにはいっているぞ、さあ、一つさきに食えっ、食わねえか』

　ジャック・ナイフを、ぼくは右手にとりだして、ドレッパの奴の左胸へ突きつけた。左手には丸薬をのせている。これを一つとって食わなけりゃ、ナイフで心ぞうを一突きだ！　と、心をきめた時、ふいにドッと、はな血が、ほとばしって出た。

　かたきをとるか、おれの方が死ぬか、と、こうふんしつづけて、カーッと頭も破れつしそうになっている。はな血がドッと出なかったら、脳の中の血管が破れて、おれはたおれたかも知れないのです。

　ドレッパの奴は、ナイフに心ぞうを突きさされるか、丸薬をとって食うか？

　たすかるのは、毒のない方の丸薬を、自分が食うほかに、もう、しかたがない！　と、そう思ったのにちがいない、まっさおになって、ブルブルふるえながら、

『き、きさま、きっと、あとの一つを食うか？』

　と、必死になってきいた。

二つとも毒がはいっているだろう、と、疑ってやがる！

『オイ、おれは、きさまやスタンガソンのように、ひきょうじゃねえぞ。言ったことに、うそはねえんだ。さあ一つをとれ、今だ！』

『ム、ム、……』

　とうとう思いきった、ドレッパの奴、ふるえているゆびさきで、ぼくの手のひらから、丸薬の一つをつまみあげると、口の中へいれた。

『飲みこめ！』

『………』

　奴が飲みこんだのを見て、ぼくもあとの一つを、すぐ飲んだ。左の手があいた。結婚指環をポケットからつかみだして、奴の顔の前へかざして見せるなり、▼97
『ヤイ、これを、おぼえているだろう。リーシと父親の恨みを思え！』

『ム、ムムッ……』

　ドレッパの奴、自分の罪の深さを、はじめてさとったのか？　いや、どこまでも、自分の悪運を引きのばして、たすかりたいんだ。ムッと顔じゅうに血があがって、まっさおだったのが、にわかに赤くなってきたのです」

まだまだ、わからない謎がある

ガバッと起きあがった

　自分の心ぞうが、今すぐ破れつするかも知れない、ホープは息ぐるしく、あえぎながら、しかし、もうすっかり、自分の死をかくごしているらしい。おちついて話しつづけた。

「どっちが死ぬか、ドレッパの奴か、おれかと、ろうそくのあかりにてらされて、ジーッと顔を見つめあっていたのです。

　はな血がドッドッと、まだ、あふれ出て、足もとから、あたりの床が血だらけになった。

『ク、クク——』

　ドレッパの奴、のどのおくから変な声をだすと、それをさいごに、ドタドタとよろけて、あおむけにたおれた。

おお見ろ、神のさばきか運命か、毒にやられたのは、殺人の罪をおかしたドレッパの方だ！

いや、おれも今、人を、このドレッパを殺した。もうひとり、スタンガソンの奴が、まだ生きている！　こいつに恨みをはらすまでは、警察の手にかかっちゃならない！　ぼくは、そう気がつくと、探偵の目をごまかすために、ナイフをしまった右手に、はな血をつけて、壁に、わざとドイツ語でラッヘと、爪で書いたのです。復しゅうしたんだ。

ああ二十年も長いあいだ、▼98アメリカ西部の山おくから、つけねらってきた、かたきの奴に、とうとう恨みをはらしたぞ！

と、ぼくは、部屋の中を、あるきまわってから、きゅうに、あそこの家をとびだした。なんとも言えない、ワクワクした気もちになって、門を走って出たのです。

つめたい夜ふけの風と雨にあたって、はな血がとまった。道にだれもいない。馬車の駆者台にあがって、ポケットをさがしてみると、

『しまった！』

リーシの指環がない。さてはドレッパの奴に見せてから、奴がたおれた時に、落としたのか。リーシのただひとつの記念だ、と、馬車を横道へ入れて、また引っかえして行ったのです。

ところが、門をはいりかけると、中から出てきたのは、思いがけない巡査なんだ。これぁいかん！　と、こちらは塀にもたれて、ベロベロに酔ってるふりをしたきり、はやり歌を、どなってみたのです。

巡査は部屋の中のドレッパを、もう見つけていたらしい。あわてていて、今さっき殺して出たぼくを、まるで怪しみもせずに、見すてくれたのです」

グレグソン探偵部長が、この時、「チェッ、チェッ、チェッ！」と、いくども舌うちした。

「ドレッパの奴を殺した前後のことは、今言ったとおりです。すこしも、かくしていません。スタンガソンの奴が、ハリデエ・ホテルにとまっているのは、もう、わかっていますから、あくる日、ホテルの前を、夜になるまで、見はっていたのです。

ところが、奴、まるで外へ出てこない。夜は今までだって、いちども出たことがない。スタンガソンは、酒のみのドレッパとちがって、よっぽど、りこうな奴です。いつも用心している。それにドレッパが、きょうもホテルにこない。新聞を見ると殺されている。自分の行くえは探されている。もしかすると、すきを見て遠くへ、ユーストン駅から列車で、にげてしまったか？　と、ぼくは、たまらなくなって、▼99ホテルのボーイに、それとなく、きいてみると、

『スタンガソンさんは、三階のかどの部屋にいるよ。でも、馬車を呼んでこいとは言っていないぜ』

と、なんにも知らないボーイが、おしえてくれたのです。

しめたぞ、運命が味方している、おれの方に！

そう思って、夜もあけかけたころ、ホテルのうら道へ、ぼくは、しのんで行った。いつも横においてある長い梯子を、三階の窓へ立てかけて、奴の寝ている部屋へ、窓からとびこんだ。

スタンガソンの奴、ベッドにはいっていたが、ガバッと起きあがりました」

殺しても、死にたくない

「奴の胸さきへ、ぼくはナイフを突きつけた。

『しずかにしろ、声をたてると、これだぞ！』

『アアッ、き、きさまは、ホープだな』

『フム、よくおぼえていた。きょうこそ、恨みを、はらしにきたんだ。ヤイッ、さわぐな』

『ま、待ってくれ、ホープ！』

『なにをっ、ドレッパの奴も死んだぞ、知らねえか』

『エエッ、い、いつだ？』

『もうとっくに、地獄へ行ってらあ！　ヤイ、見ろ、ここに丸薬が二つある』

ぼくはドレッパにしたとおり、言ったとおりを、スタンガソンの奴にも、くりかえした。

奴は、ところが、ナイフを突きつけられていながら、丸薬に手をだそうとしない。

『ゆ、ゆるしてくれ、ホープ、ゆるしてくれ！　おれたちの金を、のこらず、きょうのうちに、わたすから』

と、むやみに頭をさげるんです。

『なにをっ、金を何億、何十億くれたって、リーシと父親が生きかえるか。飲めっ、この丸薬を！』

『ゆ、ゆるしてくれ、……』

と、しきりに頭をさげながら、すきをうかがっている。

『さあ飲まねえか、オイッ！』

と、ぼくが言うより早く、いきなり奴が、とびかかった。ぼくの首を、すごい力でしめあげるスタンガソンの左胸へ、ぼくはナイフを力いっぱい突きさした。

『ギャッ、……』

どなって、からだをねじったスタンガソンが、床にたおれて、手足を動かしているうちに、息がたえてしまった。

ぼくは、ふたりとも、かたきをとった。ここでもラッヘと、血で書いた。ふたりを殺した。死刑になるだろう、警察へ言って出ようか、と、よっぽど思ったのです。スタンガソンの部屋の窓から、おちついた気もちで梯子をおりてきました。

しかし、死ぬのは生まれた故郷で死にたい！　と、思わずにいられない。アメリカへ帰ろう、しかし、それまで、この心ぞうがもつか、どうなのか？　警察の手にだけは、どうしても、かかりたくない。裁判されて、首をしめられる台へあげられる、それだけは、のがれたい！

自分は、ふたりを殺しておきながら、今にも破れつする心ぞうをもっていても、それに、毒のある方の丸薬を飲んだら、すぐ死ぬはずだったのを、それでも殺されるのは、いやだったのです。

辻馬車で早く金をためよう、アメリカへ帰るだけの旅費をかせぐんだ！

警察の探偵など、おれが犯人だとは、まだまだ気がつくもんか。

こう思って、きょうも朝から、駐車場に出ていると、そこにいる子どもが、フラリとやってきて、

『ホープって馭者、いないかい。ベーカー町の先生が、すこし荷もつをはこんでもらいたいって、ぼく、その使いにきたんだ』

と、言うものだから、いいかせぎになるだろうと、いっしょに乗せて、この家へ来たのです。

罪をおかした者は、のがれることができない！

ドレッパも、スタンガソンも、そうだったが、ぼくもまた、このとおりに手錠をはめられた。

しかし、あなたはホームズ先生ですか、先生がいなかったら、ぼくの心ぞうがまだ、じょうぶだったら、ぼくは、アメリカへ帰って、西部の山おくへ、はいってしまったでしょう」

グレグソン探偵部長が、この時、「ウウム、ウウム」と、うなったようだった。

いばりだした少年イギンズ

ホームズが、パイプのたばこに火をつけると、ホープの顔いろを見つめて、しずかにたずねた。

「君の言ったことは、みんな、ほんとうだった。すっかり話してしまって、気もちが、おちついたろう。そこで一つだけ、ききたいことが、あるんだがね。夕刊新聞の広告を見て、ここへ指環をとりにきた、君の仲間は、何者だったのか。すっかり、ぼくは負けたがね」

ホープがテーブルの上に、手錠をガタッとぶつけると、かすかに苦わらいしてこたえた。

「いや、ぼくは、自分の秘密を、すっかり話しましたが、仲間に、めいわくをかけたくないですから、あいつのことだけは、かんべんしてください」

「なに、あれくらいのことは、警視庁も裁判官も、罪にはしないさ。君の仲間の、やはり馭者なんだろ[100]う」

「じつは、そうなんです。あの広告を見た時、ぼくは、待てよ、これはおれを引きつけて、つかまえる計略じゃないか。それとも、ほんとうに指環をひろった人が、しんせつに、この広告を出したのかな、と、ずいぶん考えたんですが、仲間の馭者に、

『どうだ、おまえ、うまく変装して行って、この広告の指環をとってきてくれねえか。礼はするぜ。わけをきかねえで、行ってくれよ』

と、たのんでみると、この仲間はまた、とても変装のうまい男なんで、いろんなふうに化けるのを、おもしろがっているんです[101]。

『よし、きた。やってやろう』

と、すぐに、しわくちゃ婆あに化けこんで出て行ったんです。あれには、先生も、うまく引っかかったんですね。走っている馬車の中から、とびだすくらいの芸当は、馭者なんだから、わけなくやれるんですよ[102]」

「ハハア、完全に、ぼくが引っかけられたね。ところで、その男のもってかえった指環を、君が見ると、ほんとうの物じゃなかった[103]。そこで、なんと思ったのかね」

「はてな、変だぞ。こいつは、よっぽど警戒しなければ、と、じつは、ビクッとしたんです」

「フム、そうだろう。ぼくも、その点に、かなり気をつかった。あの変装のうまい敏しょうな男が、やって来た、この同じところへ、はたして君が、やってくるだろうか、と。それを君は、気がつかずにやって来た。君としては大変なやりそこないだね[104]」

「なるほど、そう言われると、そうですが、ドレッパの奴とス

タンガソンの奴を、とうとう、やっつけてしまって、気がゆるんでいたところに、あの子どもが」

と、ホープは、イギンズ少年を見つめて、

「とても、うまいぐあいに、ぼくをここへ、引っぱってきたんです。こっちは、まるで気がつかなかった。これは先生の弟子ですか。子どものくせに、なかなかの腕まえですな」

イギンズ少年が胸をはって、「そうさ、弟子だよ。少年秘密探偵群の群長だい！」と、いばって言った。

ホームズが微笑して、グレグソン探偵部長とレストレードに言った。

「真犯人の陳述は、これで終ったようだ。ソッと警視庁へ同行したまえ。ちょうど馬車が来ているのだから」

ワトソン博士が、なお一本の強心剤をホープに注射した。

頭の中を白い紙にする

レストレードが筆記した、「ゼファソン・ホープの陳述」は、右のように終って、ホープは手錠をはめられたまま、警視庁へ送られて行った。

奇怪をきわめた殺人の怪事件も、ホームズが意外に早く、謎を解いてしまった。まったくすばらしい！　と、ぼくは、そばにいて感心しながら、しかし、どうしてホームズが、真犯人ホープを見つけだしたのか、このほか、まだ、ぼくにはわからない点が、いろいろと、のこっている。この記録を読んでいる人も、おそらく、そうではなかろうか？

ところが、さて、あくる日の朝刊を読んでみると、ゼファソン・ホープが、警視庁の留置場で、心ぞうまひのために急死したことを、大きな活字に組んで、
近頃の怪事件である殺人犯の容疑者ゼファソン・ホープの急死によって、事件の真相、ことに殺人の原因が、どこにあり何であったかは、永久の謎になってしまった。しかし、たしかな方面から探り得たところによると、この怪事件の原因は、遠くアメリカ西部におけるモルモン教にからまる恋愛に関係して、深刻な復しゅうを、犯人ホープが、あえてしたものであるという。殺されたドレッパ氏とスタンガソン氏は、ふたりともモルモン教徒であった。

真犯人ホープが、このように早く検挙されたのは、警視庁のグレグソン探偵部長、およびレストレード氏、両氏の敏しょうな活躍、独特の手腕によって、この功績をあげたのである。両氏に対して、警視総監は賞状と金一封をおくり、その労に報いた。


なんだか変だ、と、ぼくはホームズに言った。

「朝刊で見ると、グレグソンとレストレードが、名探偵になっているぜ」

ホームズは、たばこを吹かしながら、微笑して言った。

「ハハア、ふたりが名探偵なのは、前からだよ」

「だって、今度の事件には、ふたりとも、大して役にたっていないぜ」

「フーッ、それでも、とにかく、えらいんだね」

「なあんだ。いつも君が、かげから、さしずしているんじゃないか」

「フッ、そんなことを言っては、いけないね。それは秘密だ」

「秘密というと、今度の事件で、ぼくには、まだまだ、わからないところがある。第一、君がどうしてホープを、真犯人だと判断したのか。すっかり君の話を聞いて、記録を完全なものにしておきたいのだがね」

「よろしい、記録を完全にするには、要点をはじめから話さなければならない。フーッ、変なところがあったら、いくらでも質問したまえ」

「よし！」

と、ぼくは、非常に探偵的興味がわきあがって、手帳にペンをあてた。

「フーッ、ぼくははじめから、どんな事件にぶつかっても、自分かっての判断をしない。頭の中を白い紙にして、見聞きすることを、書きつけて行く。すると、そこから、事件の真相が、だんだんとわかってくるのさ」

「なるほど、ぼくも、これから、そうしてみるかな」

「ハハァ、ワトソン探偵が、できあがるかも知れないね」

「君ははじめ、あのあき屋へ行った時、家の前よりも、ズッとこちらの方で馬車をおりたね。あれは、どういうわけなんだ」

「ウム、頭の中を白い紙にして、まず道の上から見て行ったのさ。すると、夜のうちに馬車の来たことが、すぐわかった。その車のあとは、はばがせまいんだ。ハハァ、辻馬車だな、と、これまた、だれだってわかることだ。自家用の馬車だと、車のはばが広いからね」

と、ホームズが、自分のやり方の秘密を、じゅんじゅんと話しはじめた。

探偵は、やさしくて、むずかしい

「それから門をはいって行くと、君も見たとおり、まるで靴あとだらけだ。これには、ぼくもよわったがね。巡査はみな、警察でつくった特別の靴▼105をはいている。その靴あとの中から、別にちがう男が、ふたり、巡査よりもさきに、家の中へはいったのを、やっと見つけたのさ、フーッ」

「ふたりの男が、さきにはいったと、どうしてわかったのか」

「ハハァ、そんなことじゃ君、探偵になれないぜ。少年イギンズよりも、目がきかないね。ちょっと考えてみたまえ」

「なんだ、試験か。フーム、どうもわからないね」

「かんたんだよ。さきにはいった、ふたりの男の靴あとが、ところどころ、巡査の靴あとに、ふみけされているからさ」

「なあんだ、そんなことか」

「フッフッ、わけを聞いてみると、なんでも、たいがい、そんなことだよ。それで、このあき屋へ、夜のうちに、ふたりの男が、はいってきた、と、そのひとりは、身のたけが高い。靴あとのはばが広いからだ。なおひとりの方は、ぜいたくな靴をはいているから、身なりも紳士風だろう、と、まず、これだけがわかったのさ」

「フウム、それくらいのことは、だれだって、わかりそうだな」

「そうさ、わからないほうが、ばかだろうね」

「すると、ぼくは、ばかのひとりだぜ」

「なに、君は医学博士だ。まだ探偵じゃない。フーッ、それから、あの部屋にはいってみると、君も見たとおり、たおれているのは、紳士風の男だ。これが殺されたとすると、犯人は身のたけのたかい男の方だな、と、こう判断するのが、当然だろう。どうかね」

「ウム、そうだ。当然だ」

「死体には傷がない。ところが、おそろしくすごい顔をしている」

「ああそれは、ぼくも気がついたぜ」

「そうだろう。あれが心ぞうの病気か何かで、とつぜん、たおれたのだったら、あんなにおそろしくすごい顔をすることは、ぜったいにない。これは殺されたんだな、と、ここではじめて殺人事件だと、ぼくは、いよいよ、きんちょうしたのさ」

「なんだ、まだ、きんちょうしていなかったのか」

「フーッ、ハハッ、ぼくはいつも、ソロソロと、きんちょうするからね」

「変なんだね。それから？」

「死体の口をしらべてみると、かすかだが、すっぱいにおいがしたのだ」

「それで毒殺と、判断したんだね」

「そうさ、しかも、知らずに毒をのまされたのじゃない。おそろしくすごい顔をしているから、むりに飲まされたんだな、と、これまた、当然に、そう思ったのさ、フーッ」

「みな、あたったね」

「むりに毒をのませた犯人が、すぐにげだしたか、と、しらべてみると、部屋の中をグルグルと歩きまわっている。ハハア、これは何か、こみいった恨みの原因があって毒殺したんだな、と思っていると、あの壁の字だ。探偵の目をごまかすためにしても、ラッへというドイツ語は、復しゅうという意味だからね」

「ウン、そうか、復しゅうの毒殺、と、なるほど、だんだんわかってきた」

「そこへもってきて、ころがり出たのは、女の結婚指環じゃないか」

「いかにもそうだ。この犯人の復しゅうには、女が関係している、と、わかった、わかった！」

あとで聞いてみると、みんな、なんでもないことである。しかし、ぼくは、そこまでは気がつかなかった。「探偵」は、やさしくもあり、むずかしくもあり、それだけに、おもしろいものだな、と、ホームズの話を、ねっしんに筆記しつづけたのである。

すっかり謎が解けた

しかし、このとおりだ

ホームズは、パイプのたばこを、また新しくつめかえて、天じょうをあおむくと、

「復しゅうの毒殺に、女が関係している、とすると、殺されたドレッパの身の上を、くわしくしらべてみたい。そこで、グレグソン探偵部長に、ちょっと注意してみたんだが、探偵部長の先生、ドレッパがいたクリーブランドへの問合せ電報に、そんなことは言ってやっていない。本職の探偵だって、だめなもんだね」

「いや、君は本職でもないくせに、犯人の顔いろは赤みがかっていると、そんなことまで、どうしてわかったんだ。あれには、みんな、ギクッとしたぜ」

「ハハッ、あれはね、部屋のほこりの上に、格闘のあとはないしさ。犯人のあるいたところに、床の血が多く見える。してみると、これは犯人が、はな血をすごく出したな、と思わなければならない、フーッ、そうだろう」

「なるほど、それで？」

「まだわからないかね。はな血をすごく出したところを見ると、よほど血の多い男じゃないか。血が多いと、顔いろは赤みがかっている。かんたんだよ」

「フウム、そのかんたんが、なかなかわからないからね。それから君は、電報局にはいって、どこかへ長文を打ったね。あれは、どうしたんだ」

「ハハァ、フーッ、あれはクリーブランドの警察部長に、ドレッパの恋愛と結婚に関するすべてを知らせてくれと、たのんでやったのさ」

「なるほど、指環があったからだね」

「そう、すると、返電がズバリと来た。『ドレッパは前から、恋愛事件について（ゼファソン・ホープ）という男に、つけねらわれているからと、警察に保護を願い出ていた。そのドレッパもホープという男も、今はロンドンへ行っているはずだ▼106』と、どうだ、これだけで、謎は解けたじゃないか」

「わかった、それで君は、真犯人の名まえは『ゼファソン・ホープ』だと、その時から知っていたんだね」

「ウン、そうだ、フッフッ」

「では、どうして、グレグソンやレストレードに、おしえてやらなかったんだ？」

「ハハッ、おしえると、探偵の先生たちは、さっそく、その方の捜査にかかるだろう。すると、かえって、じゃまになるからね」

「フウム、探偵が探偵のじゃまになるのか」

「だから、だまっていたのさ。ところで、ぼくの方は、このホープという真犯人は、きっと馭者だな、と、はじめから判断していたんだ」

「ホホー、それはまた、どうして？」

「あそこの道にのこっていた、馬車のあとを、しらべてみた時さ。馬が馬車を引いて、かってにグルグルと、あるきまわっている。馭者が馬車にいたとすると、こんなことは、ないはずだろう」

「ああそうか。馭者は馬車を道ばたにおいたきり、いそいで家の中へはいって行った。なるほど、その馭者こそ犯人だ、ということになる、わかったよ」

「しかも、それは、辻馬車の馭者だ。ところで、そのホープがドレッパを殺すと、すぐに馭者をやめてしまったか。そんなことはないはずだ。やめるわけも別にないし、急にやめたりすると、かえって怪しまれる心ぱいもある。すました顔して、辻馬車の馭者台に、客がくるのを待っているだろう」

「まるで君が、それを見て言っているようだぜ」

「ハハァ、だって、このとおりじゃないか、フッフッ」

ホームズは、天じょうへ煙を吹きあげて、ゆかいそうにわらった。

またも怪奇な新事件

「もう一つ聞かせてくれ。イギンズ少年がホープを、うまく引っぱって来たのは、どういうことなんだ」

「ウン、それか。真犯人ホープが、名まえをかえているか、どうか。これが問題だ。ところが、ほんとうの名まえを、このロンドンで、だれも知っている者はない。なんにも名まえをかえる必要はないはずだろう」

「それは、そうだね」

「そこでさ、あの少年秘密探偵群の連中に言いつけてさ。『ロンドンじゅうを探せ、目ざす相手は、ゼファソン・ホープという辻馬車の馭者だ。見つけたら、ここへうまく引っぱってこい、一日も一時間も早く！』と、さあこうなると、あの連中は、とても敏しょうだからね」

「わかった。それでイギンズが、手がらをたてたのだな」

「そう、あれはまた、きわだって目がきく、いちにんまえの少年探偵さ」

「えらいもんだね。ところで、スタンガソンが殺されたのは、さすがの君も、ビックリしたんじゃないか」

「ウム、おどろいた。あんまり早いからね、ホープのやり方が。しかし、あの丸薬が出てきたので、ドレッパの飲んだ毒も、たちまち、わかってしまった。フーッ、まだ何か、きくことがあるかね」

「いや、すべて解決だ。よくわかった。じつにおもしろい！」

「そんなに、いちいち筆記して、どうするつもりだ」

「おもしろいからね。この記録を本にして、出版したいと思うんだが、どうだろう」

「ハハッ、そんなことだろうと思ったがね。出版されると、グレグソンやレストレードが、よわるぜ」

「それは、しかたがない。それよりも、シャーロック・ホームズ先生が有名になって、いろんな事件の探偵を、ゾロゾロと大ぜいが、たのみにきたら、どうするかね」

「ハッハハア、そんなに大ぜいくるもんか。だがね、おもしろそうな事件ならば、やってみるさ。つまらない事件は、あたまからことわるね、フーッ」

「よかろう、ハッハハア」

ホームズもぼくも、わらって話した。

ところが、この記録を、せいりしている時に、まだ出版していないうちに、おもいがけなく、また怪奇な事件が、新しく飛びこんできたのである。▼107

▼1　原作は『緋色の研究』。
▼2　本書が出版された当時、『シャーロック・ホームズ全集』（延原謙訳、一九五〇〜五二、月曜書房）や、同じ延原謙訳の新潮文庫版（一九五三〜五五）が入手しやすかった。註釈で原作を引用するときには、特に断りがない限り、峯太郎が参照したと思われる月曜書房版の延原訳を使用する。
▼3　シャーロッキアンの大多数は、シャーロック・ホームズは一八五四年生まれと信じている。つまり本書初出の昭和二十九（一九五四）年が百年目であり、この年の一月八日にベイカー・ストリート・イレギュラーズはニューヨークのキャヴァノー・レストランでホームズ生誕百年記念晩餐会を開き、六十五人が参加した。またロンドンの

シャーロック・ホームズ協会は、百周年記念晩餐会を同年一月十五日にチャリング・クロス・ホテルで開催した。参加者は作品の登場人物にちなんだ仮装をした。デンマークのシャーロック・ホームズ協会も、同時期に晩餐会を開いている。

▼4　正確には聖バーソロミュー病院（一一二三年創立）。英語の略称は「バーツ」。一九五三年一月二十一日にベイカー・ストリート・イレギュラーズの支部、デトロイトの素人乞食協会が、病理学研究室の隣の管理者室の暖炉の上に二人の出会いを記念した銘板を寄贈したが、現在は聖バーソロミュー病院博物館に移されている。

▼5　第二次ボーア戦争（一八九九～一九〇二）において、コナン・ドイルは最初義勇兵に志願したが却下された。その後一九〇〇年二月二十八日にラングマン病院のスタッフとして南アフリカに向かい、七月まで医療ボランティアとして活動した。

▼6　コナン・ドイルの歴史小説の邦訳は近年では『白衣の騎士団』、『ナイジェル卿の冒険』、『ナポレオンの影』（いずれも笹野史隆訳、一九九四、原書房）がある。

▼7　チャレンジャー教授が主人公の『失われた世界』などのＳＦ、ジェラール准将が主人公の冒険活劇ものは、今でも文庫本で容易に入手が可能である

▼8　コナン・ドイルが一九〇二年にナイト位を与えられたのは、『大ボーア戦争』などボーア戦争でのイギリスの立場を弁明する著作を発表した愛国行為のおかげである。コナン・ドイルは国家への貢献は無償であるべきだと考えていたので、ナイトの称号を拒否しようと思っていたが、母親が説得したのでしぶしぶ受け取った。そのかわり、『三人ガリデブ』（本全集第二巻所収『床下に秘密機械』）で、ホームズにナイト位を辞退させている。

▼9　コナン・ドイルは若い頃から心霊学に興味を抱いていたが、第一次世界大戦後に親族が相次いで亡くなると、死後の世界との交流を信じると公言するようになり、数々の著作を著し、世界各国を講演して回った。邦訳では『神秘の人』（小泉純訳、一九七三、大陸書房）、『コナン・ドイルの心霊学』（近藤千雄訳、一九九二、新潮社）、『妖精の出現』（井村君江訳、一九九八、あんず堂）などがある。

▼10　原作『緋色の研究』では、「第二部　聖徒の国」の第一章～第五章に相当する。つまり原作の第一部と第二部の順番をひっくり返してしまっている。だから主人公のホームズもワトソンも後半にならないと登場しない。また事件の動機も犯人（とおもわれる人物）も明らかになってしまい、残るは犯行方法のトリックのみであるという、不完全な倒叙推理小説になってしまった。植田弘隆は『ホームズが僕を育ててくれた　2』（私家版）で、森皚峰による翻案『モルモン奇譚』（明治三十四年十一月三日から「時事新報」連載）が同じく第二部を先にひっくり返しており、その事実を峯太郎の友人・木村毅が「ホームズ探偵伝来録」（「新青年」昭和十年二月号）で指摘していることから、「峯太郎は木村から『モルモン奇譚』に話しを聞いたか、あるいは、その本からヒントを得たのかもしれない。これは、僕の推測に過ぎないのだが、『モルモン奇譚』と『深夜の謎』の間には何らかの繋がりがあったのだろうと思われる」と述べている。

▼11　原作では「アルカリ大平原」となっているが、これはドイルの創作した地名である。一万四千人のモルモン教徒は一八四六年にイリノイ州ノーブーを出発し、現在のユタ州ソルトレーク・シティに移住した。この経路をモルモン・トレイルと呼び、大陸鉄道が完成するまでこの道を数多くのモルモン教徒が、東部から移動した。

▼12　現在は普通「ルーシイ」とか「ルーシー」と書くのに対して、特徴的な書き方である。当時最も普及していた延原謙訳では「リウシ」と書いているので、それを参考にしたのではないだろうか。ほかにも同様の例が数多く見られる。延原は『シャーロック・ホームズの事件簿Ⅱ』（月曜書房）の解説で、「私の訳には固有名詞に独特の癖が

ある。たとえばPeter ピーターとしないでピータとした類である。これはーをなるべく使わないという私だけの好みからきているので、他意はない」と述べている。

▼13　原作では水ではなくキスを求めている。

▼14　原作では二人は眠り込み、移民の騎馬隊のほうが反対に発見している。ここで子供に役割を担わせているのは、子供向け翻案ならではである。

▼15　原作ではファリアとリーシは他人であり、単に同じキャラバンで生き残った二人でしかない。

▼16　有名なカリフォルニアのゴールド・ラッシュは一八四八年に始まった。

▼17　ブリガム・ヤング（一八〇一〜七七）、モルモン教の指導者、政治家。モルモン教の創立者ジョセフ・スミスの死後、指導者となり、大量の信者を引き連れてユタ州に移住し、新しい町ソルトレーク・シティを設立した。

▼18　原作にない指摘。若い頃にアジアの解放を目指した峯太郎ならではの加筆である。

▼19　ユタ州の州都ソルトレーク・シティのこと。

▼20　原作では、多重婚を習慣にするモルモン教の社会で独身を押し通しているので、陰口を叩かれていた。

▼21　二人とも原作には出てこない。原作に出てくるジョンストンは別人で、スタンガスン、キャンベル、ドレッパと並ぶ四大長老の一人。

▼22　原作ではダナイト団、復讐の天使団といい、反逆者の弾圧、一夫多妻制のおかげで女性が不足したので、周辺の移住者を襲って女性を誘拐したりしている。

▼23　カリフォルニアのゴールド・ラッシュは一八四八〜五五年である。この場面は最初の場面から十二年後だから一八五九年頃だろうか。ゴールド・ラッシュ熱は一段落していただろう。むしろこの時期はカナダのフレーザー川で一八五七年に金が発見されたことのほうが、ブームになっていた。

▼24　月曜書房版では「セントルイのジェファスン・ホープ一家」となっており、新潮文庫版で「セントルイス」と直されている。

▼25　ホームズ同様、峯太郎の描く好青年は大食いである。

▼26　このファリアが積極的に結婚を勧める一連の場面は峯太郎独自の記述である。原作では若者二人の恋愛が先に立ち、ファリアは見守っていた。しかしこの場面のおかげでヤングの無理難題がさらに悪辣なものとして映えるのである。

▼27　原作では「肥満して砂いろの頭髪をもつ中年の男」という、いささか冴えない容貌である。峯太郎の描写はまるでロシアの怪僧ラスプーチンである。

▼28　実際にはこのとき五十八歳になる計算である。

▼29　原作のヤングは、スタンガスンかドレッパのどちらかの息子と結婚させよと命じるだけで、ホープの存在には言及していない。

▼30　英語原典では「Drebber」だが、延原の原作でも「ドレッパ」とbをpに誤認している。

▼31　戦後のアメリカ軍占領の影響を受けて書かれたのではなく、原作でも「自由の国アメリカの人間なんだ」とある。

▼32　原作では単に知人に手紙を預けただけである。

▼33　原作ではステッキでなく「ファリアはかっとなって、鉄砲をとりに二階へ駈けあがろうとした」。

▼34　原作では「蚊母鳥（よたか）」だが、なじみの薄い鳥なので変更したのだろう。

▼35　原作では二日目。

▼36　原作では墓碑銘と日付のみで、「死の手にわたした天使団一隊」という「犯行声明」はない。

▼37　結婚後三日目でリーシは死んだことになる。原作では一月もし

ないうちに亡くなったとされているから、こちらのほうが話が急展開している。

▼38　原作では他の多くの妻たちが通夜をしていることになっているが、そう書くのははばかられたのかもしれない。ただしドレッパに四人の妻がいることは、前述されている。原作では女性相手なのでホープは暴力を振るわないが、こちらでは二人の召使いを殴り倒している。

▼39　原作では遺体の指から結婚指輪を抜き取って持ち去るが、その記述がない。しかし後に犯行現場で指輪が発見される。

▼40　ヤングは一八七七年にソルトレーク・シティで亡くなっているが、暗殺されたのではないし、このような革命騒ぎも実際にはおきなかった。また原作でもヤングの死については書かれておらず、ましてやホープが犯人であるとは書かれていない。原作ではドレッパもスタンガスンも長老に対する不平分子となってユタ州を去ったとある。実際一八六〇年と六一年に一部のモルモン信者が離脱した。峯太郎はドレッパとスタンガソンの二人は「ヤングの一派のうちに、もっとも有力であり、それだけ憎まれている」ので、革命騒ぎを逃れて「ソートレーキを脱走した」と立場を逆転している。その後の逃避行を理解するには、峯太郎の説明のほうがわかりやすい。なおこの事件は本書ではリーシの死後間もなくだが、原作では約五年後になっている。

▼41　原作ではドレッパとスタンガスンはアメリカ中、そしてヨーロッパを逃げ回り、それをホープが執念深く追いかけた。本書ではいきなりロンドンに二人がやってきて、腰を落ち着けている。

▼42　ここからは原作の「第一部　元陸軍軍医　医学博士ジョン・H・ワトスンの回想録再刻」である。

▼43　ワトスンがはたして本当に医学博士号を取っていたかという疑問を呈する研究家がいる。最初に提唱したのは生駒尚秋「ワトスンの経歴」（『シャーロック・ホームズ讃歌』小林司・東山あかね編、一九八〇、立風書房）であり、この説を採用して小林司と東山あかねは『緋色の習作』（河出書房新社、一九九七）を訳した際に、原文に「医学博士」とあるのを、「医学士」に変更してしまった。しかし当時のロンドンの病院に勤務していた医師の経歴を調べたところ、内科医の最大九十三％、外科医の最大十％が博士号を取得していて、さほどまれな称号ではないことがわかった（平山雄一、ジョン・ホール「ワトスン博士の学位について」、「ホームズの世界」第三十号、二〇〇七）。なによりもドイル本人が、一八八五年にポーツマスで開業医をしながらでも、医学博士号をとれたのだから言わずもがなである。

▼44　原作では「第五ノーザンバランド・フジリーヤ連隊」。「フュージル（fusil）」とは、「フリントロック式のマスケット銃」のことで、それまでの火縄銃に比べて安全な新兵器だった。「Fusiliers」はこの銃で武装した英国の連隊を指す。これを「銃兵」と峯太郎が訳しているのは、元軍人として軍事史にも精通していたことが窺われる。なおワトスンはインドに行った後にバークシャ連隊に転属しているが、峯太郎は省略している。

▼45　正確にはアフガニスタン人。ここで言及されているのは第二次アフガニスタン戦争（一八七八〜八〇）である。

▼46　「マイワンド」の誤り。延原訳では「マイワンド」なので、ケアレスミスだろう。

▼47　原作では傷がなおりかけのときに腸チフスにかかってしまった。

▼48　原作ではポーツマスに上陸した後九カ月の休暇を与えられ、自身の判断でロンドンにやってきたのであり、病院に入院させられたのではない。

▼49　この記述が原作にあればワトスンの年齢が確定するのだが、残念ながらそうではない。一般にワトスンは一八五二年頃に誕生したと考えられており、『緋色の研究』が発生したのは一八八一年頃といわれているから、ワトスンは二十九歳になる。またホームズはワトスンより二歳年下の一八五四年生まれだと考えられている。

▼50　原作では六フィート（およそ百八十三センチ）以上と書かれている。また峯太郎は「ふとってもやせてもいない、あらゆる筋肉が張りきっている」と言っているが、原作では「ひどく肉がない」となっている。「何かきっと、はげしいスポーツで、からだをきたえているらしい」とあるが、原作ではホームズは何も鍛錬らしいことはしていない。しかしフェンシング、棒術、ボクシング、バリツ（架空の日本武術）の心得はあった。

▼51　原作の「あなたアフガニスタンへ行ってきましたね？」という台詞（せりふ）が有名だが、残念ながら「インドの山おく」とされてしまった。

▼52　原作では後日ホームズが「ここに医者風で、しかも軍人タイプの紳士がある」と説明しているが、初対面のときにまずスタンフォードが病院内で「こちらはドクトル・ワトスン」と紹介しているのだから、「医者風」どころか医者そのものとわかったはずである。その点原作ホームズは注意力が足らず、峯太郎ホームズに後れを取っている。なお、原作にある血液検出法の発見のエピソードを、残念ながら峯太郎は割愛している。

▼53　残念ながら、原作にある十二項目の「シャーロック・ホームズの特異点」や、謎の訪問客についても、峯太郎は割愛している。

▼54　原作では「ロウリストン・ガーデン三番」である。長い固有名詞を短く縮めるのは、峯太郎がよくやるやり方だ。

▼55　峯太郎は普通「警部」と訳す「inspector」を「探偵部長」もしくは「探偵長」と訳している。ただしレストレードは「氏」としか書かれておらず、一段低い扱いだ。

▼56　原作では「さあ、僕は行くかどうか分らない」ともったいぶっているものの、結局「活動的な気分がわきおこったと見え」という、屈折した様子を見せているが、峯太郎のホームズは単純明快で明朗である。

▼57　峯太郎は、スポーツとは運動競技だけではないと、探偵小説のスポーツ性、ゲーム性について正しく理解をしていることが窺われる。

▼58　『恐怖の谷』など後の峯太郎の翻案には自動車が登場し、『トンネルの怪盗』（原作は『赤毛組合』）についても「ホームズはタクシーに乗って帰宅すると電話をかけ、犯人をとらえるとトラックで護送する、という時代無視も平気で描いている」（小林司・東山あかね「名誉毀損で告発にふみきったシャーロック・ホームズ氏」、「本の雑誌」一九七八年十月号）と非難しているが、この事件では馬車のままである。

▼59　原作のホームズは「親友」どころか、グレグソンにワトスンのことを紹介さえしない。これは自らホームズとワトスンに挨拶に来たレストレードに対しても同様だ。峯太郎のホームズは非常に愛想がよい。

▼60　前述のように、ホープがこの指輪をどこで入手したのか不明である。

▼61　原作は「かえって簡単にやらないものですかね？」と、不可解なことを言っている。峯太郎ホームズはここですでに事件の核心を突いている。

▼62　四三頁の「ふたりはロンドンで新しく商売をはじめるつもりだ」と矛盾している。

▼63　原作では「ケニントン区パーク・ゲートのオードリ・コート四十六番」である。

▼64　原作はホームズとほぼ同じの六フィート以上となっているから、およそ百八十三センチである。峯太郎は、六フィートが二メートルだと思い違いをしていたのかもしれない。

▼65　インドのトリチノポリで作られる葉巻。残念ながら安物で、原作には「上等品」という記述はない。馭者をしているホープが吸っていたのだから高価でないのは当然だろう。

▼66　ノーマン・ネルーダ夫人（一八三九〜一九一一）は実在のヴァ

イオリニストである。しかしショパンを弾くという後の記述から、峯太郎はピアニストと解釈したのだろう。ショパンはヴァイオリン独奏曲を作曲していないことを峯太郎は知っていたのだろうか。この奇妙な演奏はシャーロッキアンの頭痛の種であり、さまざまな曲が推測されているが、実際にネルーダ夫人がショパンのヴァイオリン編曲をコンサートで演奏したという記録を発見したという報告はまだない。

▼67　原作では特にこんなことは指摘されていない。

▼68　原作ではランス巡査は半ソヴリン金貨に釣られて事件の内容を外部の人間にぺらぺらしゃべってしまうが、ホームズのことは知らない様子だ。それに比べて峯太郎のホームズは、警察組織の末端まで名声が知られている。

▼69　原作では本作品内に彼女の名前は出てこない。初めて活字になったのは次に書かれた『四つの署名』である。

▼70　大食いは峯太郎ホームズの一大特徴である。原作のホームズは反対に事件に取り掛かると食事をしなくなってしまう傾向にある。

▼71　原作では「ブリクストン街のホワイト・ハート酒場とホランド・グローヴの中間の路上」である。

▼72　二二一Bではなく、二十一番地とはなんとも興ざめである。

▼73　原作では「ドアをすこし開けときたまえ。そう、それでいい。それから鍵をうちがわから鍵穴にさしこんでおいてくれたまえ」とホームズが言うだけで、その意図は明言していないが、峯太郎が補足してくれている。

▼74　原作では「ペカムのメイフィールド・プレースの三番」である。

▼75　原作では武装せずに追いかけている。

▼76　原作では「九時まえ」としか書いていない。またホームズが帰宅した時刻は峯太郎版では「十二時九分前」と詳しいが、原作は「十二時ちかく」といいかげんである。こまかく時間を記すことで峯太郎は緊迫感を演出している。

▼77　原作では「カンバウエルのトーキー・テラスのシャルパンティエ夫人」。

▼78　ベイカー・ストリート・イレギュラーズ、「探偵局のベーカー街分隊」。群長のイギンズ（原作はウイギンズ）を「天才的な少年探偵」だと、峯太郎ホームズは高く評価していることが眼を引く。

▼79　原作では、コペンハーゲンからやってきたと、シャルパンティエ夫人は推察していた。

▼80　本書が出版されたのはサンフランシスコ講和条約が結ばれてからまだ二年しか経っておらず、朝鮮戦争（一九五〇～五三）が停戦になったばかりのころである。敗戦後からアメリカ将兵が我が物顔で日本を闊歩し、彼らの犯罪には泣き寝入りしなければならなかった日本人の気持ちを代弁しているように読める。

▼81　原作では彼らがユーストン駅で偶然はぐれたのか、意図的に別れたのか不明だが、峯太郎はドレッパがアリスに未練があったので、わざと一人で戻ってきたという解釈をしている。

▼82　原作ではシャルパンティエ家の息子は海軍中尉である。

▼83　原作のホームズは矛盾を指摘せず、グレグソンは得々として推理をホームズに披露しているが、峯太郎版ではホームズが「有力な証拠品だと、アーサアがどこかへ、すててきそうなものだね」と独自の指摘をして、出ばなをくじいている。さらに八〇頁で、グレグソンの推理は「ほとんどみな君の想像」だとこき下ろしているが、これも原作にはない。

▼84　原作では海軍の友人である。

▼85　原作ではレストレードが「ドレッパ殺しにはスタンガスンが関係しているだろう」と考えた理由が明示されていないが、峯太郎版では独自に詳細な例証を行ない、ホームズも賛成している。

▼86　原作にない発言で、レストレードはスタンガソンがドレッパ殺害に関係しているだけでなく、犯人の可能性があると、峯太郎版では

推理を広げている。
▼87　赤ら顔で背が高いことは、事件現場でグレグソンとレストレードに述べた推理だが、オーバーに関してはホームズがランス巡査から聞き込んだ情報である。原作では「これはホームズさん、あなたが判断されたのと、まったく同じです」というレストレードの発言はない。
▼88　フィラリアか。原作には具体的な病名は書かれていないが、峯太郎は犬を飼っていたので、詳しいのだろう。
▼89　原作ではただの牛乳である。犬は牛乳を飲むと一般には思われているが、下痢を起こす犬も多い。牛乳に味をつけて犬に与えるのも、峯太郎の経験からだろうか。
▼90　原作の第一部はほぼここまでで、以降は第二部の第六章、第七章に相当する。
▼91　原作では「みんなはあはあ息をきらしていた」と、ホープを逮捕したほうが苦しがっており、ホープは「にっこり笑って、みなさん怪我(けが)はありませんかと訊ねた」と、平然としている。それに対して峯太郎版のこの描写や、少し後にホームズがワトソンに「君、診察してくれないか、こんなにあえぐのは、心ぞうに余ほどの変化が、きているのではないかな」と言うのが、その後ホープが獄中で病死する前振りになっている。
▼92　原作ではワトスンがホープを診察するのも、彼が自白するのも警察に身柄を移送された後だが、峯太郎版ではホームズとワトソンの自室で取り押さえられた直後にそのまま行なわれている。
▼93　前述のように第一部のこの場面では、描写されていない。
▼94　原作では注射はしておらず、水を飲ませたのがワトスンである。当時は診療行為を行なっていなかったのだから、薬品や注射器は手元になかっただろう。
▼95　警察でなくホームズの部屋でホープが告白をしていたので、イギンズも同席できた。
▼96　原作では乗客がこの空き家の鍵を忘れていったので、その複製をつくったとあるが、峯太郎版では何の説明もない。
▼97　峯太郎版では丸薬を飲んだ直後に指輪を見せつけるが、原作では一分間以上経過して「最初の激痛」が来てから、指輪を突きつけている。峯太郎版のほうが、天は自らの味方をしているという信念が強いように見える。
▼98　前述のように原作に比べて逃走経路が短いにもかかわらず、年月が長過ぎる。
▼99　原作では「私はどの窓があいつの寝室だか、じきに探りだしてしまいました」とあるだけで、具体的な方法を説明していない。また峯太郎は「馬車を呼んでこいとは言っていないぜ」とボーイに言わせて、スタンガソンが事件に気づいていないことを示唆している。
▼100　原作では「友だち」としかなく、職業は分からない。
▼101　原作にはここまで友人のことを詳しく説明していない。ホームズを騙したのだから普通以上の変装の腕があるということを説明しておく必要があると判断したのだろう。
▼102　たしかに馭者なら慣れているだろう。合理的なこの説明も峯太郎独自であり、原作にはない。
▼103　原作では指輪が偽物だと気がついたかどうか、ホームズは問いたださなかった。しかし峯太郎版のホームズはその点を指摘している。もしここでホープが用心をして逃亡してしまえば、事件は未解決に終わるおそれもあった。ホープに「ビクッとしたんです」と言わせているが、原作から逸脱してしまうので、それ以上のことはさせられない。
▼104　指輪の広告と同じ住所に呼びつけられれば、前回の偽指輪の件もあり、怪しいとさらに用心するはずである。峯太郎版ではイギンズが「とても、うまいぐあいに」引っ張ってきたと、手練手管に引っかかったことになっている。原作ではウイギンスは不用意にもベイカー街二二一Bの住所をホープに教えてしまっているのに、どうして彼は

気がつかなかったのだろうか。これも峯太郎の苦肉の改良のあとのように思える。
▼105　原作は「巡査の大きな足跡」とあるだけである。しかし軍服と同様に、警察の制服に合わせて靴もお揃いの特別製だろうと、峯太郎は考えたのだろう。
▼106　原作ではヨーロッパという漠然とした地域しかわかっていない。
▼107　峯太郎版のホームズは、このようにして前の事件から連続して時系列順に並べられていることが多い。

恐怖の谷

この本を読む人に

世界に有名な小説家、英国のコナン・ドイルは、探偵小説、冒険小説、歴史小説、自叙伝など六十篇あまりを書き、最も多く各国語に訳されているのが、探偵小説である。

ドイルの探偵小説は長篇が四つあり、その中の一つが、この**『恐怖の谷』**である。

ところが、ドイルは何しろ英国の作家だから、小説の中に、英国人の古くからの習慣、気分、風俗などが、ずいぶん多く出てくる。日本のことに少年少女には、わかりにくいところ、たいくつするところが、すくなくないと思われる。そこで、おもしろさを十分にとりいれて、わかりやすいように、すっかり書きかえたのが、この本である。

元の作者ドイルについて、日本の字典[1]は、つぎのように書いている。

「サー・アーサー・コナン・ドイル、英国の探偵小説家、エジンバラ大学を卒業して医学士になり、一度は軍医[2]になった。シャーロック・ホームズを中心人物とする探偵小説を書いて、たちまち人気を得、その作品の多くは、日本にも訳されている」

この**『恐怖の谷』**を読んでおもしろかった人は、ほかの長篇の**『深夜の謎』『夜光怪獣』『怪盗の宝』**をも読んでいただきたいと思う。

なお、ドイルの傑作短篇は次ぎの十六冊をすでに出しおわった。

スパイ王者　踊る人形　銀星号事件　謎の手品師
火の地獄船　まだらの紐　謎屋敷の怪　土人の毒矢
獅子の爪　王冠の謎　閃光暗号　消えた蠟面
鍵と地下鉄　悪魔の足　黒蛇紳士　黒い魔船

右の**『名探偵ホームズ全集』**のご愛読をおねがいします。

山中峯太郎

⚜この物語に活躍する人々

名探偵ホームズ
元は化学者なので、研究室にはいっていた。ところが、思いがけない怪事件にぶつかって、その謎を解き、「名探偵」の評判が高く、今度またアメリカ西部の『恐怖の谷』から、英国ロンドン市外の古城まで、十年あまりにわたる二重の謎を、みごとに解決する。

ワトソン博士
ロンドンの医科大学を卒業して、医学が専門の博士、だが、ホームズと同じ家にいて、怪事件の探偵がおもしろくなり、いっしょに手つだって、さまざまな冒険をやり、それを、くわしく筆記している。この『恐怖の谷』も、ワトソン博士が初めから書いたのである。

冒険青年マクマード
アメリカ人である。「黒ダイアモンド」という石炭が出る鉱山へ、ひとり、かせぎに出かけて行って、『恐怖の谷』の殺人団にはいり、すごい連中をおさえてしまうと、さいごに自分の正体をあらわす。

少女エチイ
『恐怖の谷』の町に、父といっしょに住んでいる。おそろしい殺人団が暴力をふるい、家へもはいってくる。そこに冒険熱血のマクマードが家へきて、知りあいになる。とてもハキハキしている少女。

豹のボードイン
殺人団の青年幹部、豹のように敏しょうに、ねらった相手を、のがしたことがない。新たに入団したマクマードと、はげしくやりあって、決勝の場面がアメリカ西部から、英国にうつって行く。

怪首領マギンチイ
議員であり殺人団の首領であり、大ぜいの手下をしたがえて『恐怖の谷』を荒しまわる。警察も裁判所も手のつけようがないほど、すごい勢力をもっている。夜は秘密の大地下室にひそむ怪奇な人物。

疑問のバーカ
英国人である。アメリカの鉱山へ出て行って財産家になり、英国に帰ってくると、古い城のような家の近くに住んでいる。その家に殺人事件が発見された夜、そこにいて、奇怪な動きかたをする。

警部マグドナルド
ロンドン警視庁にいる。怪事件の報告を受けておどろき、ホームズにたのんで現場へ同行する。ところが、事件は怪また怪、ついにもてあましてしまう。

警部メイソン
怪事件が起きた所の警察本署にいる。警部マグドナルドと力をあわせて、ホームズよりさきに犯人のいたホテルを突きとめる。それが行くえ不明のまま、何者なのかわからず、ついに謎が解けない。

鉱夫スカンラン

冒険青年マクマードが、『恐怖の谷』に来た時から友だちになり、地下室で、にせの札をつくる手つだいをしながら、あとになると、マクマードにたすけられ、ようやく『恐怖の谷』を出る。

第一部　変現する名探偵[3]

黒ダイアの出る町へ!!!

はじめから、あぶない話だ

地球は西から東へまわる。

今、夕かた、太陽は西の方へ、山のむこうへ、はるかに遠く、クルクルまわりながら、しずんで行った。しかし、光りはまだ、こちらの山々にのこっている。

夕かたの、うすあかりは、山おくに黄いろく見える。山また山つづきの深い谷そこには、森また森が、みな、まっ白に雪をかぶっている。冬なのだ。

「ボッ、ボボー、ボッ」

谷そこの森の下から、にわかに聞こえてきたのは、列車の機関車のサイレンだ。夕かたのさみしい谷から谷へ、ひびいて行くと、いきなりバサッと大きな雪のかたまりが、高い杉の上から落ちた。

こんな山おくの深い谷にも、汽車がとおっている。石炭と鉄鉱を、はこびだすためだ。客車は一台だけ、あとの六台は、みんな貨車である。

アメリカの山おく、この「ギルトマン連山」[4]の炭鉱と鉄鉱は、地面の下にうずまっている、かぎりない宝ものだ。「黒いダイアモンド」といわれる石炭は、ほればほるほど、いくらでも出てくる。これこそアメリカが、ますます金もちになるもとなのだ。

「ギルトマンへ、黒ダイアをほりだしに行け！」

行けば、きっと金になるという。出かせぎ坑夫が、一台しかない客車のすみに、十二、三人、かたまって、ボソボソと何か話しあっている。

すこしはなれて、たばこをふかしているのは、ふたりとも巡査だ。制服の右わきに、ピストルの皮ぶくろをさげている。

こちらのすみにも、ふたり、これも坑夫らしい。きたないオーバーをきこんで、こわいみたいな顔をしている、が、ふたりは、この汽車にのりあわせて、はじめて会ったらしい。モジャモジャと、ひげだらけの顔をしている方が、二十五か六くらいに見える青年[5]の方に、あごをしゃくって、ききだした。

「ねえ、おい、おめえは、まどの外ばかり見てるようだが、この土地は、はじめてかね？」

「ウフン」

と、わらった青年の方は、目をかがやかして、

「ああ初めてさ。ずいぶん深い山おくだなあ、谷もけわしいし、とんでもねえところだ」

と、またニヤッとわらった。

「とんでもねえって、どこから、やってきたんだい？」

「おれか、シカゴからさ」

「フーム、シカゴは都会だからな、こんな山おくへきちゃあ、当分、やりきれない気になるだろうぜ」

「ウフン、そうかも知れねえな」

「おめえは、シカゴから、にげてきたんじゃねえのか？」

「ヤッ、どうしてわかったね？」

「おめえのポケットに、一ちょう、ピストルがひそんでるからよ」

「ハハッ、ちがいねえ。今さっきから、おめえの手のさきが、なんだかムズムズと、こちらのポケットに、さわってる、とおもってたところだ▼6」

「感のいい男だな、てめえはシカゴで、ぶっぱなしてきたんだろう」

「ウフン、まあそういうことだろうね」

「なんだか度きょうも、よさそうだ。この土地でも、ぶっぱなすことが、きっとあるだろうぜ」

「おや、そうかね、ウフッ」

はじめから、あぶない話なのだ。

ヒソヒソと言いながら、ひげだらけの方は、むこうにいる巡査の方を、チラリチラリと見ていた。あぶない話を聞かれると、なお、あぶないからだろう。これは坑夫の中の悪党らしい。

へんな信号、へんな合図

ひげの顔の方が、ジーッと目いろをしずめた。胆(きも)のふとそうな青年の顔を、さぐるみたいに見ながら、ますます声をひそめて、

「シカゴをにげだして、この土地へ、黒ダイアをほりにきたと、そういうわけかね？」

「ウフッ、図ぼしだ！」

「だが、おめえ、労働者組合に、はいってるんか？」

「むろんだい。はいってるさ」

「それじゃ、この土地にだって、友だちがいるんじゃねえか？」

「ところが、いねえのさ、ひとりも。だがね、はじめてといっても、引っかかりは、あるんだぜ」

「へえ、どんな引っかかりだか、言ってみねえ」

「ウフン、というのはね。おれは実のところ、アメリカ自由民連盟の団員なんだ。どこへ行ったって、アメリカじゅう、連盟の支部があるからさ、友だちがすぐ、できるだろうよ」

「ヤッ、おめえ、そうか、フーム、……」

ひげの顔の方が、にわかに、まゆをあげると、

「オイ、兄弟、手をかしねえ！」

「アッ、そうか、よしきた！」

ふたりは、すぐに手をにぎりあった。

顔を見つめあって、手をはなすと、ひげの顔の方が、右の手で、じぶんの右のまゆを、おさえて見せた。青年の方は、左の手で、じぶんの左のまゆを、おさえて見せる。へんな信号だ。

「いい天気のあとには、雨がくるぜ」

と、ひげの顔が、ボソリというと、

「その雨も、またやむさ」

と、青年が、うなずいた。

へんな合図である。

ひげの顔いろが、きゅうにかがやいて、

「ヤア、おめえが連盟の同志だとは、ちっとも気がつかなかったぜ。おれは、バーミッサ三百四十一支部のマイク・スカンランというんだ。おぼえといてくれ」

「よしきた、スカンランか。おれは、シカゴ二十九支部のジョン・マクマードというんだ。おぼえといてくれ」

「よしきた、マクマードだな」

「おい、あんまり、でかい声で、おれの名まえを、いわねえでくれよ」

「ヤア、そうか。あいつらに知れちゃあ、やっかいなんだな」

と、ひげの顔のスカンランが、巡査の方を、ジロリと横目でにらむと、

「おめえ、いったい、シカゴで何をやってきたんだい？」

「ウフッ、やったどころじゃねえや」

「あげられたら、刑務所へ何年くらいだ？」

「何年くらいで、すむかな」

「エッ、それじゃ、殺してきたんか」

「チェッ、そんなこと、しゃべっちまうのは、まだ早いんだ」

と、青年のマクマードが、すごい目つきになると、

「おれのしてきたことを、しつこくきくおめえは、いったい、なんの目あてがあるんだい？」

「いや、わるく思うなよ。おめえがシカゴで何をしてこようが、おれの知ったことじゃねえや。ところで、この汽車を、どこでおりるんだい？」

「またききゃあがる。おめえは、どこでおりるんだ？」

ふたりは、「アメリカ自由民連盟」の「同志」だと、手をにぎりあって、へんな信号と合図をしながら、どちらも、ゆだんしていないようだ。

ところが、

「おれは、このつぎの駅でおりるんだ」

と、スカンランがいうと、これでマクマードは、やっと気をゆるしたらしく、

「そうか。おれの行くのは、バーミッサだ。おめえの支部のあるところさ」

と、いうと、スカンランが、ひざをピシャッとたたいて、

「ヤッ、そいつはいいや。ひとつ、すばらしいことを、おしえてやろうかね、兄弟！」

と、ニヤリとわらって、しんせつらしくいいだした。

夕かたの光りもきえて、まどの外がまっくらになり、この汽車の中についているのは、うすぐらい石油ランプだ。

黒ジャックのマギンチイ親分

「ウフッ、すばらしいことって、なんだい？」

「バーミッサは、ここから三つめの駅だ。おめえ、おりたら、すぐにマギンチイ親分を、たずねて行きねえ！」

「マギンチイ親分だと？　それぁ、どんな人間だ？」

「どんな人間て、行ってみりゃ、わからあよ。『黒ジャックのマギンチイ』といわれて、バーミッサの町から方々の鉱区を、ぜんぶ、あたまから、おさえてる親分だ。支部長だしな。この人がウンといわなけりゃ、この土地じゃ、何ひとつも、できやしねえ。とても、えれえ親分なんだぜ」

「フウム、だから、すばらしいんか。なるほど、『黒ジャックのマギンチイ』なんだか、すごそうだな」

「おめえは若いし、胆もふとそうだし、マギンチイ親分を、たずねて行ってみねえ。きっと、よくしてくれるだろうぜ」

「ありがてえ。礼をいわあよ」

「ウン、きた、駅だ。それじゃあ、兄弟、おれはおりるぜ、あばよ、また会おう！」

「よし、また会おう、あばよ！」

ギギギと止まった汽車の出口へ、スカンランが、手をふって見せながら、コソコソと出て行った。

なんだか気のいい、しんせつみたいなやつだったな、スカンランか、わすれずにおいてやろう、と、マクマードは、うでをくみしめた。

「ボッ、ボボー、ボッ」

機関車のサイレンといっしょに、坑夫の連中が二、三十人、ドカドカと、のりこんできた。みな、気のあらい顔をしている。

ガガッと列車がゆれて、レールのひびきと共に動きだした。前からいる巡査がふたり、席を立つと、マクマードのよこへきた。

「オイ、きみ、……」

たくましい顔をしている方が、マクマードの顔からオーバー、くつのさきまで見まわして、

「この地方に、はじめてきたらしいね、そうだろう？」

マクマードは、巡査のさぐるような目つきを、にらみかえすと、ビクともせずに、ききかえした。

「はじめてだ、とすると、なんだというんですかい？」

「いや、この地方には、ギャングのようなやつが、大ぜい動きまわっているんだ。気をつけないと、はじめてきた者は、そんな仲まに、引きずりこまれるからな」

「ウフッ、なるほど、ギャングてえのは、つまり、強盗の仲まですかい？」

「そうなんだ。今さっきまで、きみと話していた男も、あやしいんだからね」

と、マクマードの左わきに、こしをおろした、やさしそうな巡査が、

「ぼくたちは、きみに好意をもって、とにかく注意するわけだ」

「ヘッ、注意？　これぁ、おどろいたね。おれが、だれと話しをしようと、大きなおせわじゃねえか、ばかばかしい！」

いきなり、どなりだしたマクマードの大声が、レールの音より高く、車内にひびきわたって、坑夫の連中がみんな、こちらを、ふりむいた。すごく荒い顔、顔、顔だ！

早くも「マク兄き」

ふたりの巡査は、おもいがけなく、どなりだした相手を、両方からにらみすえると、たくましい顔の方が、キッとなって、

「オイッ、そうおこらんでも、よかろう。はじめてきた者に、いちおうの注意をあたえるのは、おれたちの義務だからな、ウム、それだけの話しだ」

マクマードは、顔を前へヌッと突きだした。犬みたいに歯をむいて、

「ヘヘッ、義務ときたね。いったい、たのみもしねえのに、注意なんかするのは、おめえさんたち警察の連中の、くせじゃねえのかい？」

「フム、そういうところをみると、おまえは、もうどこかで、警察に手数をかけたんだな」

「ハハッ、どう思おうが、それこそ、おめえさんたちの、自由

というもんだろう」

「そうか、おまえは、ただ者じゃないようだな。ちかいうちに、手錠とピストルをもって、おまえに会いに行くことになるだろう」

「ウフッ、おどかすのかね。ちっとも、こたえねえぜ。いつでも手錠とピストルに、お目にかからあよ」

「どこへ行くんだ？」

「これぁ、ウフッ、言わねえと、なお、しつこいのが、おめえさんたちだ。おれはバーミッサでおりてさ。友だちから聞いてきた、セリンダ町[7]のシャフタって下宿を、たずねて行くんだ。にげも、かくれもしねえぜ」

「名まえは？」

「うるせえな、ジャック・マクマードさ。手帳にかきねえよ」

ふたりの巡査は顔を見あわせ、マクマードはどなりつづけた。

「おめえさんたちが何人、署長や部長に引きつれられて、手錠とピストルをもってこようが、フム、ひるでも夜でも、このマクマードは、にげもしなけりゃ、手もあげねえぜ。その時、どんなことになるかね。ものはためしだ、やってきてみねえよ、なるべく大ぜいでさ！」

「……」

ふたりの巡査は、だまってしまった。

マクマードのすごい気あいに、ふたりとも、手が出せないようだ。

坑夫たちが目をきらめかし、ヒソヒソと小声で言いだした。

「あいつ、はじめての土地へきやがって、えれえいきおいじゃねえか」

「あの度きょうは、たいしたもんだな」

「すばらしいや、なんしろ」

「マクマードだってよ」

「うでっぷしも、きくらしいぜ」

速度をゆるめずに列車が、とつぜん、ギギッキーッと、プラットホームのよこにとまった。みなが、よろめいた。

バーミッサの駅だ。この鉄道線で一等に大きい町である。

坑夫の大ぜいが、ゾロゾロと車から出て行く。マクマードも、黒皮の手さげカバンを左手にさげると、ホームへ出てきた。列車の窓から、ジーッと見すえている、ふたりの巡査の目を、うしろに、ありありと感じて、

「ウフッ、……」

ひとりで、わらいだした。

「兄き！」

よこからよびかけた声に、ふりむいて見ると、背の高い坑夫のひとりが、ニヤッとわらって、

「手にいったもんだなあ！　巡公をふたりとも、だまらした度きょうは、ちょっと、まねができねえや。兄きはシャフタの家へ、行くんだってね？」

と、そばへよってきた。

「ウン、そうさ、おめえ聞いてたんだな」

「おればかりじゃねえ、みんな聞いてたさ。シャフタの家だと、おれのかえり道だ。あんないしようぜ」

「そいつは、ありがてえ」

「なんなら、そのカバンもかしなせえ、もって行くから」

「ハハッ、そんなことは、ごめんと言いたいね」

ホームを、ふたりが、ならんで行くと、レールのむこうがわを、あるいている坑夫たちが、こちらを、ふりむいて見ながら、いっせいに高くバラバラと手をあげて、

「また会おうぜ、マク兄き！」

「たのむよ、マク兄い、また会おうぜ」

「元気で行きねえ、おいらもやるんだ」

「マク兄き、むねがスッとしたぜ」

口々にさけびだした。

マクマードは歩いて行きながら、わらって右手を高くあげると、ふりまわして、坑夫たちに、手であいさつした。

バーミッサの町へ、まだ足をふみいれない前から、早くも「マク兄き」などと、人気ものになったようだ。さて、町へはいってから、どんなことになるのかな？　と、マクマードは、口ぶえをふきながら、駅を出て行った。

ユニオン・ハウスと殺人団

黒ダイアと鉄をほりだすために、新しくひらけた大きな町にちがいない。駅まえの広場から、むこうの通りにかけて、雪どけのぬかるみが泥だらけのまま、車のあとがデコボコだ。

「へへえ、きたねえ町じゃねえか、おどろいたね」

と、マクマードが口ぶえをやめていうと、ついてきている坑夫が、

「兄き、そんなことというなよ。これからおめえだって、この町にいるんじゃねえんか？」

「ウフッ、ちがいねえ、わるかった。シャフタの家ってのは、ちかいのかい？」

「いいや、まだ、ズッとむこうだ」

通りへ出て行ってみると、両がわとも木造の家が、ゴミゴミとならんでいる。計画なしに、はしからメチャクチャにたてたらしい。

泥道をてらしているのは、うすぐらいガス灯だ。変なガラスドアに色がついているのは、酒場だろう、それが、むやみに多い。雑貨店、たばこ屋、くすり屋、だんだんと明かるくなってきた。ゾロゾロと男も女もあるいてる。

むこうの右がわに、きわだって高い黄いろの二階屋が、どの窓もカッと明かるく、あたりをおさえてるようだ。

「あの明かるいのは、ホテルか？」

「ウウン、バーだよ。まいばん、はんじょうだ、満員でね」

「へへえ、よっぽど、もうけてるな」

「それぁ、むろん、ユニオン・ハウスだもの、町で一等のバーだぜ」

「ユニオン・ハウスか。気どった名まえをつけたもんだな」

「兄き、そんなことを言っちゃ、たいへんだ。わる口を言っちゃあ、……」

「フウン、なぜだい？」

「あそこをやってるのは、マギンチイ親分だからね」

「たいそうなもんだな。黒ジャックのマギンチイっていうんだろう」

「それみろ、兄きだって知ってるじゃねえか」

「汽車の中で聞いたんだ。どえらい力のある親分だってな」

「そうだとも、新聞にだって、よく名まえが出るしね」

「へえ、なんだって新聞に書かれるんだい？」

「あれっ、兄きは読んでねえんか。有名なスコウラーズ事件をさ」

「待てよ、スコウラーズか。ウン、シカゴの新聞で読んだことがあらあ。ものすごく、ひどいことをやる殺人団が、スコウラーズじゃねえか？」

「シーッ、兄き、そんな声するなっ！」

「ウフッ、おどかすなよ。うっかり口もきけねえな」

「そうだとも、そんなこと人に聞かれたら、この町じゃ、いのちが五つあっても、たりねえんだぜ」

「へえ、ほんとうかい？」

「おどかしじゃねえ。わる口をいわねえまでも、殺されたやつが、いくらもいるんだから、いいかね、マギンチイ親分とスコウラーズを、いっしょにしたら、たいへんなんだぜ」

「フウム、これぁ、おそろしい町へきたもんだ。やりきれねえな」

「だから、気をつけろというんだ。いくら兄きだって、いのちが二つとはねえだろう」

　ユニオン・ハウスの手まえを、マクマードは、坑夫につれられて、横道へはいって行った。せまい道だ。坑夫が左がわを、ゆびさすと、

「兄き、見ねえ。あそこの、すこし引っこんでいるのが、シャフタおやじの家だ。おれはここでわかれらあ。また会おうぜ」

「やあ、そうか、ありがとう。礼をいうぜ、また会おう」

「ウン、シャフタおやじは、とても正直なんだ。わるくはしねえだろうよ」

　ふたりは手をふりあってわかれた。

　マクマードは、スタスタとシャフタの家のまえへ、いそいで行った。青く大きなドアが、しまっている。たたいてみると、すぐあいた、と、家の中のあかりにてらされて、ドアのそばに立っているのは、なんと思いがけない、とても美しいむすめなのだ。

「ヤッ、これは、どうも、……」

　金髪に顔は雪のように白く、目は黒くすみきって、気だかいくらい上品に、年は十八、九だろう。あまりの意外さに、さすがのマクマードも、「これは、どうも」といったきり、立ちすくんでモジモジした。

　むすめの方も、ビックリしたらしい。目を見はると、口の中でいった。

「あら、……？」

アメリカは自由の国だが……

煙にまかれた父とむすめ

　どろんこの、きたない町の中に、こんな上品な美しいむすめが、いたとは、おどろいた！

　と、モジモジしているマクマードに、むすめの方もビックリしながら、

「おとうさんが、帰ってきたんだとおもったわ」

　と、きれいなつぼみのような口びるから、ハキハキといった。

「やあ、そうですか。それでドアを、すぐあけたんですね、フーム、……」

こんなきれいなのは、都会のシカゴにだって、ひとりも見かけなかったぜ。すばらしいもんだ！　と、マクマードは、いよいよ感心して、「フーム、……」息をつきながら、

「おとうさんは、シャフタというんでしょう、ね、お嬢さん！」

「あら、あたし、お嬢さんなんかじゃないわ。ええ、そうよ、おとうさんはシャフタよ。あなたは、おとうさんに用があるんでしょう？」

「そ、そうですよ。この家へですな、とめてもらえばいいって、友だちがいったものだから、来てみたんでさ。おどろいたね」

「あら、なにをビックリなさったの？」

「ウフッ、お嬢さん、といって、わるけりゃ、なんといったら、いいのかなあ？」

「あたし、エチイよ。あなたは？」

「ぼくは、ジョン・マクマード！」

「そう、ジョンさんね。おはいりなさいな。ストーブにあたって、待ってらっしゃい。今におとうさんが、帰ってくるわ」

「よしきた。エチイさん！　はいるなといったって、ぼくは、はいるですよ」

「へんな人ねえ。そんなえらそうなことというと、あたしおこって、ことわるわよ」

「ことわられちゃ、たまらねえ。エチイさんは、そんなに、えらいんですかね」

「えらいわよ。おかあさんが死んじゃったから、あたしが家のことを、みんなしてるんだもの」

「フーム、それじゃあ負けた。シャッポをぬぐから、ことわらないでくださいよ、ハハッ」

　マクマードは、わらいながら、ズカズカとドアの中の広間にはいった。石炭ストーブが赤くもえている。前へ行くなり、黒皮の手さげカバンを、ドカリと足もとへおいた。

「あら、おとうさん、お帰りなさい！」

　父のシャフタが、ノッソリと帰ってきた。年は五十ぐらいだろう、背がひくくて、クシャッと顔をしかめてるが、いかにも正直そうなおやじさんだ。

「はてな、あんたは、なんの用だね？」

　マクマードはきかれて、ていねいに右手をさしだした。おやじさんの手をとって、にぎりしめると、

「シカゴで、ぼくの友だちのマーフィがさ、おとっつぁんの話をしてくれて、ぜひ、行ってみろって、いうものだから、ぼくはシカゴから、ここへ一直線に飛んできたんだ。ね、とめてくれるでしょう、ぼくをさ！」

「ウム、ウム、マーフィか。あれなら、わしも知っている。元気でやってるかな？」

「ピチピチしてまさあ、ぼくの仲まに、元気のねえやつは、ひとりだって、いねえですよ」

「ホウ、そうかね。あんたもピチピチしているが、なんだってシカゴから、こんな町へきたんかな？」

「そりゃ、なにしろ黒ダイアをほりだして、メキメキ栄えてる町だというから、ここで一旗あげてやろう、と、おもってきたんでさ」

「はあて、みんな、そんなことをいうんだが、なかなか、そうは行かないようだぜ」

「ウフッ、そりゃ、ぼくのうでしだいだ。おとっつぁん！　ぼくを、この家へとめてくれるのはむろんだが、部屋はどこなんかなあ？」

「エッ、むろんだと？　あんたは強引だね。エチイ、どうしようかな？」

「そうね、おもしろそうなジョンさんだから、とめてあげてもいいわ」

「ハハッ、ありがてえ！　おゆるしが出ましたね」

「そうよ、食事と部屋代、一週十二ドル、前金でいただくわ」

「テヘッ、その食事ってのは、エチイさんが、つくるんだろうなあ」

「それこそ、むろんだわ。あたし、とっても、お料理がうまいのよ」

「ああ待った、待った！」

と、手をあげたシャフタが、マクマードの顔を見つめて、

「あんたの荷もつは、このカバンひとつだけかね、シカゴから来たというのに」

「フフフ、男が旅に出るのに、なにがいるもんか。金だって、働けば出てくるんだ」

「一週十二ドルの前金が、そのたびに、きっと払えるのかね？」

「じょうだんじゃねえ。あすから、この町で、このジョン・マクマードが、どこからでも、かせぎだして、お目にかけまさあ、ハハッ！」

　マクマードが、ほがらかにわらって、シャフタとエチイ、父とむすめを、すっかり、煙にまいてしまった。

地面の上から消される

　シャフタおやじさんの家へ、マクマードは、とまりこんでしまい、十二ドルの前金を、美しいむすめのエチイに手わたした。

「どこからでも、かせぎだして見せる」といった彼は、さっそく、あくる朝に、町へ出て行った。ひるすぎにスタスタと早くも帰ってくると、じぶんの部屋のまえに、ひとり立っているエチイを見つけて、

「よっ、お早う！　なにしてるんだ、エチイさん！」

「早くもないわ、おひるすぎたじゃないの。どこへ行ってきたのさ？　すぐ帰ってきて」

「へえ、すぐ帰ってきて、わるかったかな。勤め口を目っけてきたんだ」

「あら、もう勤め口があったの？」

「なくったって、勤めりゃいいじゃねえか。石炭会社の会計課でさ、まじめに帳面をつけるんだ。わけはねえや」

「まあ！　そんなこと、あんたにできるの？」

「テヘッ、見くびるなよ、このジョンさんを」

「だって、ジョンさん、学校を出たの？」

「出なくって、どうする。こう見えたって、シカゴ高校を優等でもって▼8、フフン」

「うそよ、うそだわ」

「おれは、しょげるぜ。エチイさんに信用がなくちゃあ、……」

　たくましいマクマードが、しょげてガッカリした顔になった。

一週間すぎた。マクマードは、まい日、石炭会社へつとめに

行くらしい。朝から出て、夕かたは帰ってくる。なかなかまじめなんだわ、と、エチイは、たのもしい気がしてきた。

　すると、夜、マクマードをたずねてきた、ひげだらけの男がいる。なんだかビクビクしてるのを、マクマードは、じぶんの部屋へ、すぐに入れた。汽車[9]で知りあったスカンラン、「アメリカ自由民連盟」の「同志」なのだ。

「ヤア、兄弟、よく来たな。ズッと元気かい？」

「ウン、マクマード、おめえは、いけねえぜ」

　と、ひげのスカンランが、いきなり文句を言いだした。

「ワッ、おどかすねえ。なにがいけねえんだ？」

「おめえは、まだ、ここの支部長のマギンチイ親分に、顔を出してねえじゃねえか」

「アッ、そのことか。まいったなあ！」

「それみろ。この町へきたら、あくる日は、さっそく、親分の前へ出て行ってだ。あいさつしなけりぁ、おめえ、親分に、にらまれてみろ、それきり、地面の上から消されちゃうぞ」

「エエッ、ブルブルブル、消されちゃ、たまらねえ。おれは連盟にはいって、二年からになるが、そんなに、きびしかねえもんだぜ」

「そりぁ、シカゴでのことだろう」

「シカゴだって、ここだって、おんなじ連盟じゃねえか」

「オオッ、おめえ、そんなことを、おもってるんか？」

　と、スカンランがギョッとして、顔のひげがみな、さかだったようだ。

「ヤッ、なにをそう、ビックリするんだい？」

「おめえなあ、マクマード、この土地がはじめてだから、なんにも知らねえんだが、一月も、この町にいてみろ、わかってきてから、くやんだって、もう、おそいんだぜ」

「まわりくどいことを言わずに、ハッキリおしえろよ、スカンラン、同志じゃねえか」

「いいや、おれの口からは言えねえ。だれかにきいてみろ。いや、それよりも、マギンチイ親分に、あすはきっと、あいさつしておけよ。わるいことは言わねえんだ」

「よし、わかった！　おめえのしんせつも、よくわかった。ありがとう。礼をいうぜ」

「ああ、それならいいや。また会おうぜ」

　友情のあるスカンランが、うなずくと、顔をふりながら部屋を出て行った。

　すると、しばらくして、ガタガタとはいってきたのは、エチイの父のシャフタだった。くつおとも荒く、真けんな目いろをしている。いつもとは、ちがうようだ。マクマードの前へくると、いすにかけるなり、きゅうにヒソヒソと言いだした。

「今夜はね、とても言いにくい話を、もってきたんだがな」

鬼でも相手にする男

「おれに言いにくい話なんて、世界にあるはずがねえ、ウフッ」

　と、わらったマクマードは、いすからのりだして、

「さあ、なんでも聞きますぜ、おとっつぁん！」

「ウム、あんたは、なるほど、気っぷがいいようだ。だがね、エチイとなかよくするのは、今夜かぎり、おもいきってもらいたいのでな」

「オオッ、こいつは、とんでもねえ話だ。エチイさんと、おれとは、まだちっとも、なかよくしてねえぜ」

「いいや、わしの目で見ると、あんたはエチイを、愛しているのじゃないかな」

「そりゃ、ちがいねえ、ズバリだ。エチイさんと結婚したいと、おもってはいるがさ。だからといって、まだ、なかよくなんかしてませんぜ。まったく、ものたりないくらいだ」

「いいや、それはそうだろうが、エチイの方でも、あんたを気にいってるだからな。おやじの見る目に、くるいはないはずだ」

「ウフッ、それじゃ、ふたりは結婚するぜ、おとっつぁん！」

「ひとのことみたいに言いなさんな。じぶんのことじゃないか」

「フム、ところが、今夜かぎりエチイさんを、おもいきれとは、どういうわけだ？」

「それがね、じつは、エチイに結婚しろと、じぶんで言いだした男が、すぐちかくにいるんだからね」

「ヤッ、そんな男は、犬に食わしちまえっ！」

「いいや、いや、犬に食われるどころか、鬼でも相手にする男なんだから、……」

「へへえ、えれえ男がいるもんだね。なんというやつだい？」

「テッド・ボードイン！」

「聞いたことがねえな、そんな変チクリンの名まえは」

「あんただけだよ、まだ知らないのは。なにしろ、おそろしいスコウラーズのボスなんだから、この町じゃ、名まえを聞いただけでも、たいがいの者が、ふるえあがるくらいだ」

「テヘッ、ボスか、親分だね。黒ジャックのマギンチイと、どっちが、えれえんかなあ？」

「それは、なんといっても、マギンチイの方が、二段も三段も上だ。スコウラーズのみんなを、手下にしているんだから、……」

と、シャフタのおやじさんは、声をひそめて、おそろしそうな目いろをした。

「スコウラーズか、会社の中でも、そのスコウラーズを、ヒソヒソと話しあって、こわがってるぜ。いったい、どういうわけなんだ？」

「こわがるのが、あたりまえだ。スコウラーズってのは秘みつの名まえで、おもてむきは、アメリカ自由民連盟というんだがな」

「なに？　おれだって、自由民連盟の団員だぜ」

「エエッ、あんたが？　いや、あんたまでが？　それは、ほんとうか」

「うそは言わねえよ」

「ウウム、そうか、ウウムッ、そうだったか、……」

うなりだしたシャフタおやじさんが、ムッと顔をしかめると、

「そうと初めに知ってたら、あんたを、家へとめるじゃなかった。あんたが、そんな連盟にはいってるなんて、ウウム、たいへんなことだ。エチイが聞いたら、ふるえあがって、それこそ、結婚も何もあるものか！」

そういう自分も、声がふるえて、

「フウッ、……フウッ」

と、ため息を二度もついた。

家が焼かれるか、殺されるか

うなりだして、ため息をつき、ふるえているシャフタおやじさんを、目のまえに見て、さすがのマクマードも、意外な気がした。

「とっつぁん、変だね。自由民連盟を、なぜ、そうこわがるんだ。自由、平和、愛[10]、三つを目的とするんだ。と、団員になった時に、ハッキリ、ちかうんだぜ」

「いいや、いいや、シカゴでは、そうかも知れない。けれど、ここじゃ、まったく、そんなものじゃないんだから、……」

「フーム、どんなものだい？」

「おそろしい殺人団だよ、ほんとうに！」

「エッ、連盟がか、そんなことは、おれに思えねえ」

きゅうに真けんな顔になったマクマードは、まゆをひそめると、

「いつ、どこで、そんな殺人があったのか、うわさ話や何かでなく、ハッキリしたことを聞かせてくれねえか！」

「いいや、わしの口からいわなくても、この土地に、あんたが、しばらくいれば、すぐわかることだ。けれど、もう一日も、この家にいてもらいたくない。今夜はもう、しかたがないが、あすは、きっと出て行って、いいかな」

「フーム、おれが連盟の団員だからか？」

「いや、そればかりじゃない。あんたとエチイが、なかよくしていると、テッド・ボードインが気がついたら、どんなことになるか、この家が焼かれるか。あんたもわしも殺されるか、……」

「とんでもねえ話だな。いよいよもって、おどろくばかりだ。よし、今夜、考えておこうて」

「いや、考えるよりも、あす出て行くように、きっと、してもらいたいんだ」

シャフタおやじさんは、「いや、いや」をくりかえして、なかなか、がんこなのだ。

「いや、わしは今から、町のマーケットへ、買いものに行ってくるだが、よいかな、今いったことは、だれにもいわずに、あすの朝は、あんた、出て行くんだぜ！」

ねんをおして立ちあがると、ドアを引きあけて、ろうかへ出て行った、おやじさんを、マクマードは、ジッと見すえていた。

おやじさんのくつ音が、おもてへ出て行ったようだ。それを聞きすましたマクマードは、じぶんも立ちあがると、ろうかへ出るなり、ソッと右の方へ、エチイの部屋[11]の前へ行くと、ドアをたたいた。

「だあれ？」

エチイの声は、鈴をならすみたいだ。

「おれだよ」

「ジョンさんね。はいっていいわよ」

ヤッ、こいつか！

エチイは、じぶんの部屋に、ひとり、だんろにあたりながら、今まで、なにか考えていたような顔つきをしていた。

ツカツカと前へ行ったマクマードは、いすにかけるなり言いだした。

「いつ見ても、きれいだなあ！」

「あんた、そんなことを言いにきたの？　ばかね」[12]

「ウフッ、ばかだよ。だから、とっつぁんから、追いだしを食ったぜ」

「エッ、そう？　そんなこと、いけないわ。なぜなの？」

「テッド・ボードインか、そいつがエチイと結婚したがってるから、おれがいちゃあ、じゃまになるらしいや」

「そう、それは、ほんとうだわ」

「ワッ、するてえと、おまえさんも、おれが、じゃまなんかなあ？」

「そんなこと、誰も言ってやしないわよ。おとうさんが言ったからって、あんた、出て行く気？　どうなの？」

「だから、エチイに相談にきたんだ。エチイだって、おれが出て行くの、いやだろう。どうだ？」

「いやだわよ。ハッキリ言っとくわ！」

「よしきた、ありがてえ。そうくるだろう、と思ってたんだ」

「なにいってんのよ、ばかねえ」

「ボードインてやつは、どうなんだ。おめえ、すきなんか？」

「チェッ、あんなやつ、死んでもあたし、いやだわ。ねえ、ジョン、あたしの方から相談があるわ」

「よしきた、なんだい？」

「あたしとおとうさんといっしょに、よその土地へ行ってよ、ね。ここの町じゃ、結婚できなくってよ」

「ヤッ、そいつは、おれにできねえな」

「ま！　なぜ？」

「こわがってにげて、よその土地で結婚した、と言われちゃあ、ジョン・マクマード、一生、あたまがあがらねえからな」

「あんた、そんなことといって、ボードインを知らないからよ。黒ジャックのマギンチイの子分だし、あの連中はみんな、いのち知らずだわ」

「おどかすなよ、むこうが、いのち知らずなら、こっちも、いのち知らずで行こうじゃねえか」

「だめよ。マギンチイの手下は、何百人といるっていうんだから」

「フウム、三百人とすると、一対三百か。[13]こりゃとても、かなわねえな。だが、そんなやつらを警察や裁判所が、なんだって、だまってるんだい？」

「それは、マギンチイが州の議員だしさ、町の議員もしているし、お金はあるしさ、子分はウンといるし、大ボスなんだから、警察だって裁判所だって、手が出せない、しかたがないって、町の人がソッと言ってるのよ」

「チェッ、ここはアメリカだぜ。おれたちは自由なアメリカのさ、自由な人間じゃねえか。そんなボスのやつらが、こわいからって、愛しあってるものが、結婚できねえなんて、そんな法があるもんか。……ヤッ、待てよ、だれかきたぜ」

　くつ音がヒタヒタときこえて、ドアをたたきもせずに、バッとあけはなした。はいってきたのは、パリッと新しい灰いろのせびろ服をきている、りっぱな青年だ、が、するどい目いろが殺気だっている。

「アッ、……」

　と、立ちあがったエチイが、青ざめていった。

「ボードイン、おもてで、おとうさんに、会わなかった？」

　ヤッ、こいつか！　と、マクマードは、からだじゅうに力をこめた。

にせ札を何億ドルでも

○の中に△は？

ジロリと殺気だった目を、きらめかしたボードインが、右手をポケットに突っこむと、

「フム、おやじには、会わなかったが、……」

と、マクマードの方へ、あごをしゃくって見せて、エチイにきいた。

「これぁ、どこの、だれなんだい？」

青ざめているエチイが、ワナワナとふるえながらこたえた。

「このかたね、家にとまっているマクマードさん。こちらは町のボードインさん。はじめてなのね、どちらも」

ボードインが、マクマードの前へ、ズカズカと出て行くなり、あたまの上から、にらみつけて言いだした。

「オイッ、おめえは、おれとエチイの間がらを、知ってるだろうな、フン、どうでえ？」

いすにかけているマクマードが、にらみかえしながら、ふとわらうと、

「ウフッ、なんにも、知らねえな」

「知らねえ？　耳をほじって、聞いとけよ。あらためて言うが、エチイは、おれと結婚するんだ。ゆび一本も、さわってもらうめえぜ」

「へへえ、めでたいんだな。まだ、ゆびも手も、さわっちゃいねえがね、これからさきは、わからねえや」

「なんだと、ヤイッ、今夜は天気がよさそうだ。ちょっと、そこいら、あるきに出ねえか。ここじゃあ、話がつかねえようだ」

「おさそいか、ありがてえね。せっかくだが、あるきに出るなんて気が、ちょいとしねえな」

ボードインが、顔をすごくゆがめた。サッと血があがって、まっかになると、

「あるく気がしねえ、いのちのとりあいなら、やろうってえんか？」

「ウフッ、そのとおり」

「な、なにっ？」

「そうこなくちゃあ、おもしろくねえ。天気もいいそうだ。すぐさきに、あき地があるじゃねえか。行こうぜ」

スックと、マクマードが立ちあがると、ふたりのあいだへ、エチイが、いきなり身をなげるみたいに、わってはいった。

「いけないわ、ふたりとも、やめてよ。もっとほがらかに、話しあったら、どうなの。会うなり、いのちのとりあいなんて、乱ぼうすぎるわ！」

「話は、あき地でつけるのさ。ボードインか、どうだ、ほがらかに出て行こうぜ、ハハッ」

「チェッ、これを見やがれ！」

サッと右手をぬきだしたボードインに、マクマードは身がまえると、エチイを横へおしのけた。ボードインは右手のそで口を、左手でめくりあげた、と、ヌッと前へ突きだして、

「ヤイ、知らねえか」

「フーム、なんだい。へんな焼き印だな」

ボードインの右うでに、赤黒く焼いたしるしが、消えようもなく付いている。○の中に△だ。秘密団員のしるしに、ちがいない。

「へへえ、すごいね。丸に三角か。なんだか知らねえが、知りたくもねえや」

平気でそういうマクマードの顔いろと目つきを、ジッとにらみすえたボードインは、

「オイ、おぼえてろ。今夜はこのまま、引きあげるが、きさまのいのちは、長かあねえぞ」

きゅうに青くなると、からだをすばやく後へまわし、サッと、ろうかへ飛びだして行った。

エチイはマクマードのむねへ、いきなり、すがりつくと、泣き声になっていった。

「ジョン、あんた、すごいのねえ。あのボスが、あんたにおさえられて、にげて行ったわ。でもこれから、どうするの?」

あばよ、また会おうぜ!

なみだの目で見つめるエチイに、マクマードは、

「まあ、かけろよ」

と、エチイのかたを上から両手でおさえ、ゆっくりと、いすによらせて、前に立ったきり、うでをくみながらいった。

「これから、どうするって、やつがまた来やがったら、こんどこそ、やっつけるだけだ。そう心ぱいするなよ」

「だめよ。ボードインは今度、ひとりでなんかこないわ。マギンチイ親分に言ってさ、きっと大ぜいの子分を、引きつれてくるわよ。あんたが、いくら強くたって、にげなきゃあ、たすからないわよ。にげてよ、早く、今のうちに!」

「なあに、おれだって、マギンチイと同じ連盟の団員なんだぜ。もっとも、むこうは、支部長だというんだが、いや、待てよ。こいつは、いけねえ」

「なにが、いけないの、ジョン!」

「おれも団員だって、おやじさんにいったらさ。それじゃあ、殺人団のごろつきだと、あたまから、きらわれたんだ。おまえさんも、どうだ。きらいになったろう?」

「ならないわよ、ちっとも!」

「エッ、そうか、ありがてえ。だが、どうしてだい?」

「だって、アメリカ自由民連盟が、あばれて人殺しをしたりするのは、ここの谷だけだって、みんなが、そういってるわよ」

「谷? なにが谷だい」

「あんた知らないのね。このバーミッサの町や炭鉱や鉄鉱はさ、山と山のあいだにあって、谷が三十マイルも、ひろがってるんだわ」

「なあんだ、そんなことか、ウフッ」

「なあんだって、この谷にいるみんなが、黒ジャックのマギンチイと、大ぜいの子分に、すっかり、おさえられて、裁判所も警察も、やくにたたないんだし、人殺しがどこにあったって、つかまらないから、みんなが『恐怖の谷』って、とても、こわがってるのよ[14]」

「そいつは、あんまり感心しねえな。それじゃあ、ひとつ、今から行って、マギンチイ親分の顔を見てくるとするか」

「ま、あんた、ほんとに行くの[15]?」

「ハハッ、いまさっき、スカンランのやつも、マギンチイに会えって、すすめにきたんだ。行ってくらあ」

「こまったなあ！　やられたら、どうするの？」

「やられたら、それきりじゃねえか。なあに、エチイ、そうムザムザと、おれはやられねえよ。おやじさんが帰ってきて、きいたら、今夜はとめてもらうが、あすは朝から、どこかへ飛びだすって、そう言っといてくれよ。家に火をつけられちゃあ、たまらねえからな」

「ジョン、待って！」

「とめるな、とめるな、あばよ、また会おうぜ、エチイ！」

　手をふりながら、ゆうゆうと出て行くマクマードだった。

ヤイ、なまいきだぞ！

　広い大通りの十字路に、ドッシリと山みたいに立っているユニオン・ハウス、堂々とそびえて、あらゆる窓が、青、黄、むらさき、桃いろなど、内がわから、ギラギラとかがやいて、おもての道を、あかるくてらしている。

「こんな大きな酒場は、シカゴだって見なかったぞ。マギンチイってやつ、なるほど、大ボスだな」

　マクマードは、ブラブラと歩いてきながら、ひとりごとをいった。

　いまさっき、にげだして行ったボードインが、そこいらから、ふいに飛びだしてこねえか？　ピシッと一発、だしぬけに、うたれたらさいごだ！

　マクマードは、ゆだんなく、あたりに気をつけながら、[16]ユニオン・ハウスの正面へ行くと、大きな厚いガラスドアを、グーッと左手でおしあけた。

　ムッと暑い。中の広間が、モヤモヤと青白い、たばこの煙と酒のにおい、人間のいきれと話声がもつれている。息がつまりそうだ。

　方々のテーブル、いす、ソファーに、男の顔、女の顔、さまざまの身なり、みな、酔っている。

　高い天じょうに、ワーンと広間のひびきが、わきあがって、ズッと向うのおくから、ビーンビーンと聞こえるのは、ギターをならしているらしい。[17]

　かたほうの長い台の上に、カシャカシャとカップの中に酒をまぜているのは、若いバーテンダアだ。七、八人いる。

　さまざまな色のあかりが、何百となく方々にかがやいて、かべについてる大きな鏡から、ギラギラとてりかえしている。

　まん中あたりの高いテーブルに、よりかかっている大きな男に、マクマードは目をつけた。

　かみの毛がまっ黒に光っている。ほおの両方から、ひげがたれて、顔いろは赤く、目がケイケイとすごい底力をもっている。この目でにらまれた相手は、ふるえあがるだろう。まわりを七人の男と女がとりまいて、ごきげんをとっているようだ。

　よし、わかった。こいつが、マギンチイだな！

　そう思ったマクマードは、近くのテーブルやイスのあいだを、かまわずかきわけて、その大男の前へ、グングンとあるいて行った。

　ひげの大男だ。ふとい葉まきを、よこにくわえている、それを手にとるなり、マクマードをギロギロと見すえていった。

「なんだい、はじめて見る男じゃねえか」

マクマードは、こしをかがめてこたえた。

「ごめんなさい。近ごろ、この町へきたばかりなんで、へえ、親分さんの前へ、いちど顔を出しておくもんだぞって、仲まのやつから、いわれたもんだから、フラフラと来ちまったんでさ」

まわりの七人が、耳をすましながら、顔を見あわせて、

「親分に、はじめて会って、こんなにベラベラ、しゃべるやつは？」

「やっつけちまうと、いいわ」

「ヤイ、なまいきだぞっ！」

きゅうに、ざわつきだして、みんなの目いろに、早くも殺気がきらめいた。

「さわぐな！」

マギンチイが、ズシリと太い声で、まわりのみんなを、おさえると、目のまえのマクマードに、毛虫みたいなまゆをあげて、

「きさまの仲まってのは、だれだい？」

「このバーミッサの支部に付いてる、マイク・スカンランでさ」

「ウン、あいつか」

「親分の健康を祝して、いっぱい、やりやすぜ」

テーブルの上のグラスを、いきなり、とりあげると、青いろの酒を、ググッと飲みほしたマクマードは、カタッと下へおいた。

「フム、わるくねえ度きょうだ。名まえを言え！」

「へえ、ジョン・マクマードってんでさ。どうぞ、よろしく！」

「おもしれえ野郎だ。おれのあとに、ついてこいっ」

大男のマギンチイが、ノッシノッシと歩きだし、マクマードは、はなさきでわらいながら、あとへついて行った。

ふたりの後を、みんなが見おくりながら、わめきあった。

「やつ、やられるぜ」

「だが、あんな野郎いっぴき、親分が手をつけなくっても、おれたちにまかせりゃ、いいじゃねえか」

気あいと気あいの闘い

ユニオン・ハウスの地下室。

天じょうが低い。土間に大きな酒だるが、いくつも、ゴロゴロとおかれている。そのひとつの上に、ランプのあかりが、うすぐらい。四方のかべが、ジメジメしている。

酒だるに、ドッカリと、こしをかけた、ひげの大男マギンチイ、これに向きあって、マクマードも酒だるに、こしをおろした。着ているジャケツに、右手をあてている。

うすぐらい中に、ふたりは顔を見つめあった。どちらも、だまりこんでいる。たがいに、相手のようすを、さぐりあう、気あいと気あいの闘いだ。

黒ジャックのマギンチイが、とつぜん、こしをよじった、と、右手につかみだしたのは、六連発のピストルだ。

「ヤイ、マクマードといったな。おれに面とむかって、びくつかねえのは、手めえだけだ。へんに動きやがると、ここが手めえの死に場所だぞ」

「ヤッ、おどろくね。これが、よそから来た者をむかえるマギンチイ親分の、あいさつなんですかい？」

「むろんだ。きさまはスカンランを、仲まだと言ったが、それじゃあ、連盟の団員かい？」

「これまた、むろんですね」

「フム、うそが知れたら一発だぞ。どこの支部だい？」

「シカゴ二十九でさ」

「支部長は、だれだい？」

「ゼームス・スコットでさ」

「シカゴ地区を、さしずしてるのは？」

「バーソロ・ウイルソン[18]でさ。ちがいますかね」

「おれがきいてるんだ。シカゴを、なぜ出てきたんだ？」

「ずらかったんでさ」

「なにをやった？」

「ハハッ、そいつは、言えねえや」

「なにをっ。言えねえ悪事だな」

「親分の思うとおりに、しときましょうかね」

「ヤイ、おれにかくすやつは、ここの支部に入れねえぞ」

「へへえ、そいつは、こまるね、しかたがねえ」

マクマードは左手を、ジャケツのポケットに突っこむと、クシャクシャになってる新聞の切れはしを、つかみだした。

「なんだか、こいつに書いてあるんですがね」

「見せろっ！」

ゆだんせずにマギンチイは、たちまちスッと左手を出した。つまみあげた新聞の切れはしを、ランプのあかりに、てらして読むと、

「フーム、シカゴ・マーケット[19]のサロンで、ジョナス・ピントの射殺事件ときたか。手めえか、やったのは？」

「ウフッ、まあ、そんなところでしょうて」

「フム、このピントってのも、団員か？」

「いいや、どうしまして、団員どころか、おれを、うらぎりやがったから、やっちまったんでさ」

「なにを、うらぎったんだい？」

「ええくそ、親分だから言っちまえ。にせ札[20]をシカゴで、うんと、つくっていたんでさ」

「ウウン、てめえが、……」

マギンチイのひげの顔が、きゅうに赤らんで、うなりだした。

図星、さすがは親分だ！

「ヤッ、親分、なにをそう、うなるんですかい？」

「ウウム、にせ札か。きさまは、そのピントってやつに密告でもされて、そいつを、やっちまったんだな」

「図星！　さすがは親分だ」

「にせ札、人殺し、そこでシカゴをずらかって、フム、ここじゃあ、うまくかくれる気かい？」

「マギンチイ親分なら、かくまってくれるでしょうて」

「かってなことを、考えてやがるな。オイッ、そのにせ札ってのは、ここでも、つくれるか？」

「ウフッ、印刷機さえ、おれが組み立てりゃあね。ほかの者には、できねえや。こんなものでさ、ちょっと見てくだせえ」

左のポケットから、またつかみだした、こんどは六、七枚のドル札を、マクマードが、マギンチイの太いひざの上へ、バラッと投げとばした。

「ヨーッ、これか、……」

つまみあげた札を、ランプのあかりにすかして、ジーッと見すえたマギンチイは、おもても、うらも、あつさもしらべて見ると、

「これぁ、まるで、ほんものじゃねえか」

「ハハッ、政府から出すんだって、人間がつくるんですぜ」

「ムムッ、ちがいねえ。きさま、シカゴでつくったものなら、ここでも、つくれるだろうな」

「それこそ、むろんでさ。何億ドルでも、だが、地下室でねえとね」

「よし、ここじゃ、どうだい?」

「だめですね、こんな出入りの多いところじゃあ、秘密がもれまさ、機械を組み立てるのにね」

「ウム、そうか。目にたたねえ地下室か。きさまひとりで、やれるのかい?」

「組み立てから印刷、もうひとり、いねえとね。といって、ウム、そうだ、あのスカンランだと気ごころは知れてるし、あいつは、うらぎりもしねえでしょう」

「よかろう。オイ、うんとつくれよ。元にいる金は、おれが出してやるぜ、いくらいるんだい? 言ってみろ!」

「じょうだんじゃねえ。この町で親分に、かくまわれるんだから、そのくらいのものは、じぶんで、なんとかしまさあね[21]」

「ムムッ、話せるぜ。おめえは度きょうも相当だ」

と、ニヤリとわらったマギンチイが、ピストルを、こしのポケットに入れながら、

「これを見せた時も、おめえは、顔色もかえなかったからな」

「ウフッ、あぶなかったのは、親分の方ですぜ」

「なんだと?」

「見なせえ、こいつの方が、あんたよりさきに、一発、とびだしまさ」

マクマードのジャケツの横から、いつのまにか、のぞいてるピストルのさきが、マギンチイの心ぞうへ、ピタリとねらいをつけている。

「ムッ、引っこめろ! おどかしやがるな、ヤイ、マクマード!」

「おどかされたのは、こっちですぜ。親分、なにぶん、よろしくたのみまさあ。ハッハッハッ」

「ワハッハハハ、これぁ今に、おめえは、この谷じゅうの、すばらしい顔になりそうだわい。おれを、ギョッとさせやがったのは、おめえひとりだて、ウム」

マギンチイのひげの顔が、グッと、うなずいた時、よこの方のドアが、きゅうにあいた。ガタガタとはいってきたのは、ボードインだ[22]。目のまえに、マクマードを見つめると、血相をかえてどなりだした。

「この野郎! ヤイ、立てっ、親分の前で、どっちが死ぬか、やるんだ、さあこいっ、立てっ!」

殺人団の加盟式

同志の血は、同じ血だ

今にも飛びつこうとするボードインは、いすを立とうとしないマクマードを見ると、あたまの上から、カッと、つばをはき

だして、

「くそっ、きさまが言ったとおり、あき地へ出ろ！　出なきゃあ、ここだ、立てっ！」

ドスッと右足で、ゆかをけった。

「ヤイ、ボードイン、やめろ！」

と、マギンチイが酒だるの上から、手をのばして、さえぎると、

「エッ、親分、なんだって止めるんだ？　こいつには、すてておけねえ、うらみがあるんだ」

と、なおさら血相をかえたボードインが、ドスドスと強く足ぶみしだした。

「やめろといったら、やめろ。こいつは、おれの大事な子分になるんだ」

「そりゃ、フウム、そうか、親分、ちょっと、うかがいますがね。おれは五年も、あんたの手下になってるんだ。このボードインよりも、こんな新まいのやつに、あんたは目をかけるんかい？」

「なにを言いやがる。おれのすることは、おれの考えがあるんだ」

「チェッ、そんな黒ジャックのマギンチイだとは、きょうまで知らなかった。フン、そうか、それじゃ、このつぎの州議員の選挙には、おまえさんの反対がわに立って、……」

「な、なにをっ、野郎！」

どなって立ちあがったマギンチイが、おどりかかった、と、顔じゅうのひげがさかだち、ボードインの首を両手にしめあげると、酒だるの上へドサッと、あおむけにおさえつけた。ものすごい力だ。

「ウフッ、しずかに、しずかに、……」

と、立ちあがってきたマクマードが、大きなマギンチイのきうでを、うしろからつかむと、いきなり手がるく引きはなした。

「ウムッ、おれの選挙に反対するなんて、よくも、ぬかしたな。ヤイ、どうだ、すこしはこたえたか」

マギンチイは息もつかずに、目の下のボードインを、にらみすえた。顔じゅうのひげが、まださかだっている。

「ハーッ、フー、ハーッ、……」

のどをしめつけられたボードインは、クシャッと顔をしかめて、あえぎだすと、酒だるの上に、やっと起きあがった。のどの下を、なでまわしながら、

「ま、まいった。親分、おれの言いすぎだ。かんべんしてくだせえ」

「ざまあみやがれ。言いすぎなら、ゆるしてやらあ。おれが仲にはいるんだ、マクマードと手をにぎらねえか」

「ハーッ、まだ息が苦しいや、ハーッ、エヘン、……」

「ヤイ、へんじしろっ」

「手、手をにぎりまさあよ」

「よし、同志はみんな、いさぎよくやれ！」

黒ジャックのマギンチイが、一方のたなへ、ドスドスと歩いて行くと、シャンペン酒とグラスを三つもってきた。酒だるの上にならべると、ナミナミとついで、

「さあ、兄弟分になれ、取れっ！」

三人がグラスをとって、目の高さにあげた。マギンチイの言

うとおりを、ふたりが声をそろえて、くりかえすのは、仲なおりのしるしだ。

「同志の血は、同じ血だ！」[23]

「同志の血は、同じ血だ！」

「よし、飲め！」

三人ともグラスの酒をのみほすと、マギンチイがマクマードに言った。

「おめえは、まだ知るめえが、いちど仲なおりして、またやったら、ここじゃあ、いのちがねえんだぞ。わすれるな！」

マクマードは、わらってこたえた。

「ウフッ、おれはね、けんかはおそいが、わすれるのは早いんでね」

左手の小指を立てて

バーミッサの町はずれに、マクナマラという年よりの女が、ひとり、かなり大きな家に住んでいた。主人が前になくなって、今は地下室も使っていない。

この家へ、マクマードは、ブラリと引っこしてきた。荷もつは黒カバンひとつだけだ。

シャフタおやじさんが、ソッといった。

「まあその、茶をのみにくるくらいは、時々、来たって、いいだからな」

「ありがてえ。エチイ、おれは時々、やってくるぜ」

「そう、まい日きてよ。待ってるわ。ボードインのほう、だいじょうぶなの？」

「ハハッ、ちょっと仲なおりしたがね、あとはわからねえ」


引っこしてきた家の地下室を、マクマードは、さっそく、はしからかたづけると、すっかり、きれいにした。なかなか広い。

そこにスカンランが、これはいろんなガラクタ道具を車にのせて、ノッソリした顔をしたまま引っこしてきた。

「オイ、スカンラン、ここでやることは、ぜったい秘密だぜ。知ってるか？」

「なんだか知らねえが、ぜったい秘密だってことは、親分から言われてきた」

「フフッ、おれのいうことは、なんでもきくんだと、言われてきやしねえか？」

「ウン、それも言われてきた。そのとおりだ」

「よしきた、おどろくなよ。そのかわり、おめえにも、うんと、もうけさせてやらあ」

マクマードは町へ出て行くと、方々から、さまざまの鉄と木の材料を、大小の歯車まで、買いあつめてきた。絵の具、薬品、皮ひも、ヤスリ、など、こまごました物まで、地下室にならべてしまうと、

「スカンラン、さあ、手つだえ」

「ウン、なんだか変だね」

「だまってやれ」

三日かかって、ようやく組み立てた。スカンランは、やっと気がついて、

「これあ、マクマード、ものを刷る機械[24]じゃねえか、そうだろう？」

「ウフン、ぜったい秘密だ。もういいから、上へ行ってろ」

刷るところを、マクマードは、スカンランにも見せなかった。

上の部屋へ出てくると、いっしょに食事をしながら、マクマードはスカンランに、

「オイ、これをやろう。ぜったい秘密だぞ」

ドサッと目のまえにおかれたのを、スカンランは見るなり、

「ワワッ、こ、これぁ……」

まあたらしいドルの札だ。何枚あるか、わからない。

「み、みな、おれに、くれるんか？」

「きゅうにパッパッと、使うんじゃねえ。目にたっちゃ、いけねえぞ」

「す、すげえ！　おれは、ためとかぁ、使わねえで。マク兄き、おめえは、すげえ男だなあ！」

「ウフッ、だまってろ」

マクマードは、この夜も、ユニオン・ハウスへ出かけて行った。

酒のにおい、たばこの煙、やかましい合奏、男と女の話声、ガチャガチャひびく変な音楽、おくの方ではダンスをやってる。

広間のまん中のテーブルに、がんばっているマギンチイの前へ、ゆうゆうと出て行ったマクマードは、ヒョイと左手の小ゆびを立てて見せた。▼[25]

秘密の話があるんだ！

小ゆびの信号を見ると、黒ジャックのマギンチイが、ヌッと立ちあがった。

もっと上の大悪党

この前の地下室、だれもいない。

酒だるのよこに、マクマードはマギンチイと、むきあって立つと、まともに顔を見あわせた。

「親分、これを、あんたにあげまさあ」

ジャケツのポケットから、つかみ出したドルの札たばを、マクマードは酒だるの上へ、ドサッと投げた。

「ウウン、もうできたんか。すばやいぞ、マク！」

ギロリと目をかがやかしたマギンチイが、まあたらしい札を上から四、五枚、つまみあげると、ランプのあかりに、すかして見ながら、

「この前のと、まったく同じだ。ほんものと、まるで、ちがわねえ。これぁ、オイ、ドシドシと刷れよ」

「あんまり刷っちゃあ、目にたちますぜ。この町へ、そう新札がむやみに、ながれこんでくるわけは、ねえんだから」

「ムッ、そう言やあ、そうだて」

あつい札たばをマギンチイは、じぶんのズボンのポケットへ、グサッと突っこんでしまうと、

「おめえは、こんなすばらしい術を、もってやがるくせに、石炭会社の月給とりを、なんだってグズグズやってるんだい？」

「ウフッ、そりゃあ親分、探偵の目を、ごまかすためでさあね」

「フウム、おめえは、りっぱな悪党だて」

「テヘッ、それじゃ、親分は、もっと上の大悪党ですかね」

「ヤイ、ひやかすねえ。探偵と言やあ、このバーに近ごろ、それらしいやつが、まぎれこんでやがる。へんに動きやがったら、帰り道にやっちまうんだ」

「何を探りにきやがるんで？」

「フム、どうせ前からの、いろんな殺しが、まるで、あがって

ねえからよ。フン、あがるもんかい、へぼ探偵に、さあ行こう、フフフ」

あざわらったマギンチイといっしょに、マクマードも、地下室を出てきた。

まん中のテーブルに、子分どもが、今夜もあつまって、グイグイと酒をのんでいる。マギンチイとマクマードが出てくると、みんなが席をあけた。

前に汽車の中で、ふたりの巡査をおさえてしまったマクマードを、その時から知っている坑夫たちが、ほとんどみな、マギンチイの子分なのだ。「マク兄き」のすばらしい人気が、あれからズッとひろがって、このユニオン・ハウスでも、えらく評判になっている。

みんなが、まわりから突きだすグラスやカップを、マクマードは、はしから受けると、つがれる酒を、あまさず飲みほして、気もちよく、

「ハハッ、ハハッ」

と、あおむいて、わらっていた。

そこに、青いろの制服をきている巡査が、ひとり、ツカツカと近づいてきた。マギンチイの前へ行くと、敬礼して、

「州議員のマギンチイ氏ですな。わたしは今度、この町へ新任してきたマービンという者です。夜分で失礼かと思ったですが、とりあえず、あいさつにまいりました、ハッ、お見知りおきねがいます」

「ヤア、これぁ、ていねいなことだな。ここでさわいどる時は、わしは州議員じゃない。町のマギンチイだ。いや、どうです、ウイスキーでも、やらんですか」

「ハッ、おそれいります」

子分のひとりがついだウイスキーのグラスを、片手にもちあげたマービン巡査が、よこに顔をそむけているマクマードに、ふと目をつけると、あたまの上から、くつのさきまで見おろして、グラスをテーブルにおいた、と、いきなり言いだした。

「これぁ、ここで会おうとは、オイ、ジョン・マクマード、おれを知ってるだろうな」

グッと顔をむけたマクマードが、はきだすみたいにどなった。

「ケッ、おれは巡査に、友だちはねえぜ」

「友だちと知りあいとは、べつものだ。おれはおまえをよく知ってるがね」

「フン、……」

するどい目になったマク兄きを、まわりから、みんなが見て、ザワザワしだした。

いっせいにタップ・ダンス

マービン巡査は、よほど大胆らしい。

制服のままマギンチイの前へ、ひとり、あいさつに出てきたのだ。しかも、子分どもがまわりから、ザワザワしだしたのを、見むきもせず、マクマードにいった。

「オイ、おれは、この町へくるまで、シカゴにいたんだ。中央警察だ。ピントが何者かにピストルでうち殺されたのを、シカゴ中央警察は、署長をはじめ、みなが記おくしとるんだが、どうだ？」

「ウフッ、そうかね。そこにおまえさんは、逮捕状をもってるんかい？」

「いや、もっちゃおらん。ピントを殺したやつは、証こをのこさなかったからな。しかし、何者かが殺したかは、推定されとるんだぞ」

「推定だけじゃ、裁判所へ犯人を出せねえじゃねえか、ハハッ」

「それではシカゴを、おまえはなぜ、ずらかった？」

「あんなせせこましい所より、この町の方が、よっぽど気らくだね。おもしれえよ、こっちの方がさ」

「フム、ピントが死んで、おまえは息をついたんだな」

「ヘヘッ、そんなことは、知らねえぜ」

「知らばくれるな。おまえのにせ札つくりの証こを、にぎっていたのは、あのピントだけだったのも、すっかり、わかっているんだぞ」

「そうかね。その証こも、ところが、のこっていねえんだろう、ウフッ」

「……………」

マクマードを、にらみつけたマービン巡査は、くやしそうに歯がみした。マギンチイの方をむくと、

「州議員であるあなたが、このような男を、そばにおいていられるのは、どういうわけですか？」

と、はげしい声になった。

「ハハァ、わけかな。わしは、どんな者にしろ、たよってくれば、目もかけるし世話もするのじゃよ。お巡りさん、ここは、みんなのたのしむバーだ。そうガミガミ言わん方が、よかろうではないか」

マギンチイは、いかにも州議員らしく、おうように、わらいだして、

「ハッハッ、どうかね、マービン君、飲もうじゃないか。さあ、そのグラスを、やりたまえ、やりたまえ、ワッハハハハ」

「いや、これで、失礼します！」

マービン巡査は、ムッとしたきり、からだをまわすと、スタスタと出て行ってしまった。

「ワッ、マク兄き、シカゴで、殺しをやってきたとは、知らなかったぜ」

「すげえや、握手だ！」

「マク兄きのために、飲め、飲めっ！」

まわりから、子分どもがマクマードに、かわるがわる手を出してにぎりしめ、グラスやカップの酒を飲みつづけると、口ぶえをならして、いっせいにおどりだした。カタカタカタッ、カタカタカタッ！　タップ・ダンスだ。

マギンチイが、ゆかいそうに、マクマードを見て、

「おめえは、いよいよ人気者だ。あすの夜、八時三十分、ここの地下室で、おめえの加盟式をやるから、やってこい」

「はてな、加盟式はシカゴで、やったんですぜ」

「フム、ここには、ここの式があるんだ。おれの子分になる、とくべつの式だ」

前へ二足、出た！

黒ジャックのマギンチイが行なう「特別加盟式」に、マクマードは、ゆうゆうと出て行った。

どんなことをするのか？

ユニオン・ハウスの大地下室。

前の地下室とちがって、酒だるなどはない。ズッと広く、六十人あまりの者が、長いテーブルのまわりに、あつまっている。みな、ギャング〔殺人団〕の幹部らしい。うでのところに、いろんな色のひもを、まきつけているのは、なにかの記号だろう。

みんなの中から、ジーッとマクマードを見すえてるのは、うらみをもっているボードインだ。

首領のマギンチイは、大きな体格の上に、むらさきのマントを長く着ながしている。なんだか魔王みたいだ。

「ジョン・マクマード！　こっちへこい」

スッキリしてる若いやつが、ひとり、マクマードのうでをつかむと、

「むこうだ」

と、別の若いやつが、よこから出てきた。

すみの方に、高い広い板が、ドッシリと突っ立っている。その向うへ、マクマードはつれて行かれた。

「首領の命令だ。ジッとしてろ！」

ふたりで上着をぬがせた。シャツのそで口を、グッと上の方までまくりあげた。まっ黒なふくめんを、あたまからスッポリとかぶせた。うでを両方とも、かたくしばりつけたのは、太く長いロープだ。

「こっちへこい！」

両方から、うでをつかまれて、前にいた所へつれ出された。ふくめんのために、なんにも見えない。まっくらだ。

ザワザワと大ぜいの気はいがする。

「ジョン・マクマード！」

すぐ前から、マギンチイのすごい声だ。


「きさまは、今度、ここの連盟に加わって、われわれの同志になり、生死を共にすることをここでちかうかっ？」

「ちかいまさあ！」

「首領の命令は、どんなことでも、実行するかっ？」

「実行しますね」

ふくめんの外から、両方の目へ何か？　ズキッとあたったとがっている、短刀かナイフのさきらしい。

マギンチイのすごく太い声が、またどなった。

「首領の命令だ。二足、前へ出ろっ！」

出ると、両目とも突かれて、つぶされるぞ！　どうするか？

ふくめんの中でマクマードは、いっしゅん、考えた。

エエッ！　出てみろ、くそっ！

目をかたく、とじたまま、ドスッ、ドスッ、と、二足、前へ出た！

「オッ、出おったぞ！」

だれかの声がわめくと、

「えれえ度きょうだ！」

「すげえやつ」

「マク兄き、ワーッ！」

いちどに、さけぶ声々が、わきあがった。

両目にあてられていた、とがったものがスッと消えて、なくなっている。

マクマードは、ふくめんの中で目をあけた。

なんにも見えない、が、目は両方とも、ぶじだ。おどかしやがったな、ウフッ！

ニヤリとわらった、マクマードはまた、マギンチイの声を聞

いた。

「どうだ、みな、この男は話せるだろう。オイッ、マク！」

「なんですかい？」

「加盟式は、これからだぞ」

「へへえ、おどろいたね、まだこれからか、……」

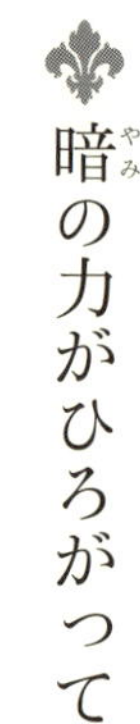

暗(やみ)の力がひろがって

度きょうも満点

なにしろスコウラーズ殺人団の「特別加盟式」だ。

まだ、どんなことをしやがるんだ？

マクマードは、ふくめんされたまま、気力をこめたきりムッと突っ立っていた。うでが両方とも、ロープでしばられている。なんの手むかいも、できないのだ。

「やるぞっ！」

そばから、だれかどなった。

ふいに右うでへ、ジリッと何かさわった。からだじゅうに、すごい痛みがジリジリとつたわって、マクマードは、のけぞった。

ムーン！　と、出かかった苦しい声を、ひっしにこらえると、おく歯をギリギリとかみしめた。

なにをっ、なにを、くそっ！

ふくめんの顔を前にむけたきり、からだじゅうの力を両足にこめて、たおれるのをがまんした。

マギンチイの声が、すぐ前から聞こえた。

「マク、どうだい？」

「ウ、ウフッ、いささか、痛むようですぜ」

「おめえは、のけぞっただけだ。みなが、ぶったおれるんだが、……ウム、優等だ」

マクマードのまわりへ、ザワザワと大ぜいがよってきた。今度は、わめく者もさけぶ者もいない。すっかり、おどろいたらしい。ロープをほどき、ふくめんをぬがせた。

「ヤッ、まぶしいや」

と、マクマードは、すぐ前にいるマギンチイのひげの顔を見すえると、にが笑いしてきいた。

「式は、これで終りですかい？　親分」

「ウム、おめえは今から、おれの完全な同志だ。うでを見ろ！」

しびれながら痛んでいる、じぶんの右うでを、マクマードは見た。

肉を深く焼いた、〇の中に△のしるしが、赤黒く血といっしょについている。一生、消えないだろう。殺人団にはいった証こだ。ボードインも、この丸に三角の焼き印を、うでにつけていたのだ。

「これぁ、ありがてえ、親分、これでまず、一人前というわけですかい？」

「いや、おめえは、三人前、五人前、おれの片うでくれえに、やるだろうて」

首領マギンチイが、むらさきのマントを、バッとはねあげていうと、マクマードのまわりから、幹部の子分どもが、

「そうだ、マク兄き、よろしくたのむぜ」

「新たなる同志、というよりも、はじめから兄き分だ」

「オイ、おれもおめえに、まいったぜ、マク！」

うしろから、右かたをたたかれて、ズキッと痛むうでを、マクマードは、げんこつをにぎりしめて、がまんした。

「もっとも有力なる同志を、ここにむかえて祝杯だ」

と、マギンチイが、右手をヌッとふりあげると、

「それから今夜は、秘密会議だ。オイッ、モールス、用意はいいだろうな」

と、よこの方を見まわした。

みょうに顔をしかめている、年は三十二、三だろう、小がらな男が、マクマードを見ながら、

「できてます、あのとおり！」

と、長テーブルの方を、ゆびさした。

いろんな酒のびん、カップ、グラス、大皿に肉や魚や野菜の料理、小皿、ホーク、ナイフ、スプーンなど、いつのまにか、ズラリとならんでいる。[26]

マギンチイが、うなずくといった。

「マク！　おれの前へこい。今夜は、おめえが一等だ。うんと飲め！」

にせ札はつくるし、度きょうは満点、前に殺人もしてきている、このマクマードこそ、たしかに、おれの片うでに、なれるやつだ！　と、マギンチイは、そう思ったらしい。顔をかがやかして、テーブルの方へ、ドスッドスッと歩きだして行った。

殺す一歩まえまで

おれの右うでを、一生、かたわにしやがった。くそっ、うんと飲んでやろう！

マクマードは、同志の子分どもが、かわるがわるつぐカップとグラスの酒を、ウイスキー、ジン、ブランデイ、ラム、アブサン、ビール、なんでもござれと、はしから、グイグイと飲みほした。顔がすこし赤くなってきた。

「今から秘密に、みなの考えを聞くぞ！」

マギンチイが、カップのビールを飲みながら、みんなの顔を、ジロジロとにらみつけると、

「この町の有力者に、さいきん、生かしておいては、じゃまなやつが、ひとり、目にたってきた。どうだ、みなも気がついておるだろうが」

言いおわらないうちに、すぐ前からボードインが、するどい目をキラキラさせて、

「そりゃ、わかってらあ。新聞ヘラルドだ！」

と、口をゆがめて、わめきだすと、よこから三、四人が、

「そうだっ、おれたちを取りしらべねえのは、警察もなっていねえが、それよりも、町のぜんたいが、ボスに対して正義の声をあげるべきだ、などと、えらそうなことを、書きつづけてやがるんだ」

「くそっ、新聞社を、焼いちまえ！」

「なまいきなことを書いているやつは、いったい、だれなんだっ？」

「それも、わかってるんだ。編集長のゼームス・ステンジャってやつだ」[27]

「そのステンジャを、やっちまえ！」

「どうだい、みな、やらねえか？」

と、ボードインが殺気だって、みんなを見まわすと、大ぜいが一時に、

「やるとも！　殺しちまえっ！」

と、どなって、首領マギンチイの顔を見た。

命令をくだすのは、首領マギンチイだ。

小がらなモールスが、ここでも顔をしかめて言いだした。

「待った！　この町からまわりのことを、みなが『恐怖の谷』といっている。われわれに対する反感が、みなぎってるんだ。それに、ステンジャは年よりだ。みんな町の者が尊敬している。こいつを殺すと、いよいよ町ぜんたいの反感を、ばくはつさせて、なお、アメリカじゅうの新聞がわれわれを敵にするだろう。そうなると保安隊が動きだしてくるかも知れねえ。だから、このところは、首領の命令を、ゆるめてもらいたいんだ」

首領マギンチイは、あおむくと、太い毛虫のようなまゆを、うごかしながら、ジッと考えて言った。

「ウム、ステンジャを殺すと、全国の新聞が、さわぎだすかも知れねえ。警察が動いたって、わけはねえが、保安隊まで出てきやがっては、やっかいだ。が、ステンジャのやつは、すておけねえ。殺す一歩まえまで、思い知らせてやるんだ。そうすりゃあ、書くのをやめやがるだろう。オイ、ボードイン、おめえ、やらねえかい？」

「殺す一歩まえか、手ぬるいが、引きうけますぜ。首領の命令だ」

「よし。何人、つれて行く？」

「見はりに、ふたりか。あと四人！」

「よかろう。マクもいっしょに行け」

「ヤッ、おれもか。ボードイン、いっしょだぜ」

と、ニヤニヤして言うマクマードに、ボードインは、とてもいやな目をしていった。

「フン、くるなら、きてみろ！」

ヒューッ、ピピッ、ヒューッ！

夜、〇時をすぎている。

広い通りに、酔っぱらった男が、ふたり、もつれあって、ヨロヨロと横路へまがって行った。

とても寒い。星の空だ。チカチカと星までこおっているようだ。

通りに二階の窓から、あかるい光りを投げているのは、ヘラルド新聞社だ。夜ふけでも起きている。中から印刷機のひびきが、外の地面につたわってくる。朝刊を刷っているのだろう。

社の正面に、よこの方から、すばやく出てきた七人の黒い影が、バラバラと入口にかたまった。

「マク、イラビ、ふたりは、ここで見はれっ！」

えらそうに言いつけたのは、ボードインだ。右手に太い棒をさげている。

「よしきた、ウフッ」

マクマードは、かたをすくめて、わらった。

「それっ、なぐりこめっ！」

と、ボードインがまっさきに、すぐあとから四人の子分が、入口から飛びこんで行った。五人ともステッキの長いのを、つかんでいる。

ドカドカと階段をあがって行く、五人のくつおとが、外まで

聞こえた。

　マクマードとイラビは、入口に立っていた。見はりだ。巡査か探偵らしいやつが、まわってきたら、すぐに合図の口ぶえを、ふきならすんだ。

　あたまの上の二階に、わめきだした声が、にわかに聞こえて、いすやテーブルのたおれた音、にげだした足おとがつづいて、

「ヒーッ！」

　死ぬような声が、高くあがった。

「やったぜ！」

　と、イラビがささやいて、ブルッと身ぶるいした。

　階段をかけおりてくる、六、七人のくつおとが、入口まで近づくと、

「にがすなっ、やっつけろ！」

　どなった声は、ボードインだ。

　入口の前へ、ころがり出たのは、かみの毛の白い老人だ。起きあがろうとして、バタリとたおれた。白いかみにダラダラと血がながれている。

「くたばれっ、野郎！」

　おどり出たボードインが、老人のあたまを目がけて、上から太い棒をガッとふりおろした。

「アアッ、ヒーッ！」

　悲鳴をあげた老人が、よこにたおれて、手足をヒクヒクと動かした。ねらわれた編集長ゼームス・ステンジャにちがいない。

「兄き、もっとやるか？」

　ステッキをさげている子分のひとりが、ボードインにきくと、

「チェッ、こうなったら、くそっ！」

　殺気に青ざめているボードインが、ニヤリと口をゆがめて笑うと、太い棒をまたふりあげた。上から一げき、ステンジャ編集長の頭を打ちくだこうとする、とたんに、棒がピタリと動かなくなった。

「なにをっ？」

　ふりむいて見ると、棒をよこから片手でつかんでいるのは、マクマードだ。

「何をしやがる、どけっ！」

「死ぬじゃねえか、殺しちゃならねえと、な、この棒をはなせよ」

「うぬ、新入りのくせに、……」

　ボードインは、ギリギリと歯がみした。

「ヒューッ、ピピッ、ヒューッ！」

　にわかに口ぶえをふきだしたのは、見はりのイラビだ。

「それっ、消えろ！」

　ボードインがさけぶと、子分どもが、入口の前から、たちまち横路（よこみち）へ、すばやく、すがたを消した。

ついに捕えられた！

　あくる朝、マクマードは、ひとり、下宿でストーブにあたりながら、ゆっくりと、たばこをすっていた。

　スカンランは、今さっき、町へ出て行った。マク兄きに言われて、ヘラルド新聞社の[29]ようすを見てくるんだ。

　ズシンとドアがあいた。

　ドスッドスッと、はいってきたのは、町の親分と殺人団の首領と州の議員をかねている黒ジャックのマギンチイだ。ひげの

顔に、きょうはキチンと新調の黒服をきて、まっかなネクタイをむすんでいる。

「よっ、これは、議員さん！」

と、マクマードは、いすをすすめて、

「ご用は、なんです？　こんな朝から」

「ウム、……」

こしをおろしたマギンチイは、マクの顔いろの動きを、三、四秒見つめたあとに、

「おれが出てくるのは、めったに、ねえことだが、……」

「そりゃあ、そうでしょうて。おどろいたこった！」

「マク、おめえは、ゆうべ、ボードインを、じゃましたって、ほんとうかい？　それだと、おれとして考えがあるんだぞ」

「なあんだ。ウフッ、じゃまなんか、だれがするもんか」

「いいや、ボードインばかりじゃねえ、子分どもが、イラビまで、それを見ていた、というんだぞ、どうだ？」

「へへえ、ステンジャは死にましたかい？」

「いや、重傷だ。やつ、それでも、けさから新聞社で、記者をさしずしてやがる。あたまに、ほう帯をまいて、なかなかのやつだて」

「それ見なせえ！」

「なにっ？」

「おれがボードインを、おさえなかったら、あんたが言った『殺す一歩まえ』を、通りこしてるんだ。じゃまどころか、おれは、あんたの言いつけを、まもったんですぜ」

「ウウム、そうか。待てよ、フーム、……」

「殺してよかったのなら、おれが、やっちまわあ！」

「わかった、よし。きょうは、もうひとつ、おめえに用があるんだ」

「へへえ、なんですかい？」

「おめえの札だ。まったく、ほんものそっくりでもって、ありゃあ財政省の役人が見たって、わかりゃあしねえ。どうだ、こんな小さな家の地下室でやるより、もっとでかくモリモリと、つくりだされえか。ぜったい秘密は、むろんだが、この相談だ」

「これまた、おどろくね。ぜったい秘密に、でかくモリモリは、むりじゃねえかな？」

サッとドアがあいた。飛びこんできた三人の巡査が、立ちあがったマクマードのむねに、三人ともピストルをさしむけた。ひとりはマービン巡査だ。▼30
「オイ、マクマード、同行しろ！」

「フーン、なんのための同行だい？」

「きさま、ここでも、またやったな。ゆうべは、殺人未遂だが」

ヌッと立ちあがったマギンチイが、マービン巡査を見すえて、どなりつけた。

「だしぬけに、人家へ侵入して、むやみに人民を引っぱって行こうとするのは、巡査として越権だぞ。出て行けっ！」

「州議員さん、むつかしいことを言わずに、わたしたちの公務を、むしろ手つだっていただけんですか？」

「フム、何の容疑が、このマクマードにあるのか？」

「ゆうべ、ヘラルド新聞社をおそって、編集長に重傷をおわせた、暴力団の中に、こいつがおった。検事の逮捕状も、すでに、

ここに私がもってきとるです」

「フーム、逮捕状か、検事も早く出したものだな。しかし、その殺人未遂などというのは、ゆうべ、何時ごろの犯行なのか？」

「○時すぎ、これも明白です！」

「オイ、ゆうべは、九時ごろから夜ふけの二時ごろまで、ユニオン・ハウスのトランプ競技に、このマクマードが出とったぞ」

「ヤッ、そういうことは、検事に言ってくださるんですな。わたしたちは、検事の命令によって、公務を実行するだけです。ジョン・マクマード、抵抗すると射つぞ！」

マービン巡査は、すごく勇かんだ。マクマードに、いきなりカチッと手錠をはめてしまった。

「ウフッ、やられたね、これぁなんとも、しかたがねえ。州議員さん、行ってきまさあ」

手錠をはめられたまま、あざわらったマクマードは、ろうかの方へ、ゆうゆうと歩きだした。

まるで手品師だ

この朝、警察署の留置場へ、おしこめられたのは、マクマード、ボードイン、イラビ、そのほか子分四人[31]、みな、探しだされて、いっせいに捕えられた。

「ヨー、顔がそろったな。トランプでもやるか」

マクマードが、ニヤニヤわらっていうと、顔をゆがめてるボードインが、

「そんなもの、ここに持ってるのけえ？　からだを、あらためられたじゃねえか」

「フフッ、このとおり！」

パッと左手をひろげたマクマードが、どこからつかみ出したのか、バラリと前へ一組のトランプ・カード[32]を投げだした。

ビクッとしたイラビが、

「ワッ、マク兄き、まるで手品師だな」

「さあ、やろうて、フフフフ」

マク兄きが、カードをあつめて切りだした。

鉄のドアがギーッとあいた。顔を出した巡査が、

「オイ、さし入れだ。毛布七枚！」

ドサッ、ドサッと、厚い毛布を投げいれると、ドアをガチンとしめて行った。

毛布を、みんながひろげてみると、中から出てきた、ウイスキー、ジン、それにグラス七つ、サンドイッチ、チーズ、など、たばことマッチ[33]、警察の中までマギンチイの手が、はじめからのびているのだ。

昼すぎ、七人とも検事局へ送られた[34]。

ところが、

「おまえたち七人を、裁判にかけるだけの証こが、そろっていない。ひとまず釈放するが、今後の行動を、つつしんでいるように、本官は忠告する」

と、検事はただ、これだけを言うと、部屋を出て行ってしまった。

親分であり首領であり州議員であるマギンチイ、その暗(やみ)の勢力は、検事局にものびているのだ。

七人の子分どもは、意気ようようと検事局の正門を出てきた。

道ばたに立っていた町の男女たちは、ほとんどみな、顔をそむけた。

捕えられたギャングの悪漢が、七人とも、すぐまた大手をふって町へ出てきたのだ。

顔をそむけた女たちの中に、みんなの後から、ジッとマクマードを見つめている、ひとりの美しい娘が、エチイだった。[35]なにか考えぶかい目いろをして、なにか言いたそうに、口びるをふるわせていた。

猛獣群の秘密会議

がまんしろ、六か月！

町はずれの下宿へ、帰ってきたマクは、自分の居間にはいると、いすにかけるなり、両手をあげて、
あくびしかけて、ズキッとした右うでの痛みに、

「ああーっ！」

「つ、つッ、つつ、……」

うでをさげたきり、あくびをやめた。

石炭会社へ、つとめに出るのも、きょうはやめだ。

スカンランは、どこへ行ったのか？　なにしろ眠い。夜までグッスリ寝ちまって、それからまた、ユニオン・ハウスへ、マギンチイに、釈放のあいさつでもやりに行くかな。親分のひげつらが、待ってやがるだろう。

ソッと後に、しのびよってくる気はいだ。あぶねえぞ、何者だ？　と、ふりむいて見ると、

「ヤッ、おまえか、なあんだ！」

金髪のエチイだ。いつ見ても美しい、黒目がすみきって、マクマードを見つめると、つぼみのような口びるをふるわせて、

「ジョン！……」

「なんでえ？　ソッとはいってきやがって」

「あんた、とうとう、スコウラーズの殺人団に、はいったのね」

「ウフッ、そんなことより、まあそこへ、かけろよ。美人をむかえるのには、いささか、きたないがね」

「そんなこと、聞きにきたんじゃないのよ」

いすにもたれながら、エチイは、とても真けんに青ざめている。

「フーム、それじゃ何しにきたんだい？」

「あんたは、ひどい悪党だって、町の評判だわ。ほんとうらしいのね。ゆうべも、血みどろのさわぎを、やったんじゃないの」

「血みどろさわぎか。オイ、エチイ、あれからボードインは、おまえの前へ出てこねえか？」

「いちどだって、こないわ。あんたと仲なおりしても、まだ、あんたが、こわいんじゃないの」

「ハハッ、人のことは知らねえよ。おやじさん、元気にやってるかい？」

「ウン、でも、こんな恐怖の谷なんて、おそろしいところには、おちついていられない。今のうちに、どっか遠くへ引っこして行こうって、真けんに言ってるわ」

「そりゃあ、むりねえや」

「だからさ、きょうは、あたし、あんたに、とても、ひっしにおねがいにきたのよ」

「おどかすなよ、エチイのねがいって、なんでえ？」

「あんた、今のうちにさ、マギンチイなんかと手をはなしちまって、悪い人間にならずによ。あたしとおとうさんといっしょに、遠くへ行っちまわない？」

「ヤッ、そいつは、ちょっと、むつかしいぜ」

「なにが、むつかしいのよ、男のくせに」

「男だから、むつかしいんだ。ここの連盟の悪事や秘密を、知っちまったおれを、マギンチイや幹部たちが、どうして手ばなすもんかい。はなすとなったら、いのちと交換だ」

「そんなすごい連盟に、なぜ、はいったのよ。ズッと遠方へ、ニューヨークまで、にげて行けばだいじょうぶじゃないの？」

「だめだね。マギンチイ一味の手とくると、意外に長いんだ。ニューヨークくらいまで、すぐ、のびてくらあ」

「まあ、ほんとう？　それだと、英国は？　海をわたっちまえば、それこそ、もう安全だわよ」

「ウフッ、にげることばかり考えるなよ、エチイ！」

「ではあんた、いったい、どうするつもりなの？」

「そうだな。しばらく待ってさ、おれの思いどおりさせるなら、コソコソにげださなくても、大手をふって、この土地を出て行くんだ」

「大手をふって、そんなこと、ほんとうにできるの？」

「できるか、できねえか、ウウム、そうだな、今から半年、おそくとも半年だ。がまんしてろ」

「半年？　そういう見こみが、あんたにあるの？」

「フム、なくて言うもんか。だが、これこそ秘密だぞ」

「あたし、秘密はまもるわよ、死んだって」

「ウフッ、むやみに死んでたまるか。おやじさんにも、今のことは、言うんじゃねえぞ」

「言わないわ。半年のがまんね、六か月、すぐだわ。ああ、うれしい！」

生き生きしてエチイは、とつぜん、バッとマクマードにすがりついた。

爆発計画

今から半年、六か月のうちに、マクが、この「恐怖の谷」から「大手をふって」出て行けるのか？
[36]マギンチイを首領とする殺人団は、そのあと三月ほどのあいだに、いよいよ血の暴力をあえてした。チャーリイ・ウィリアムス殺し、シモン・バード殺し、鉱山の技師と支配人も殺し、金もちの夫人も殺し、それらの犯人が、しかも、ひとりさえ警察の手にあがらない。
春はきたが、人の気もちは暗く、恐ろしさに、町じゅうの男も女も、ふるえあがっている。

首領マギンチイの殺人命令は、ぜったい秘密のうちに、子分に直接くだされる。ほかの子分どもは、だれが殺人をやったのか、想ぞうするほかには知りようがない。[37]マクマードも、その中のひとりだった。

暗（やみ）の勢力をにぎっているマギンチイは、にせ札の大がかりな製造を、マクマードにさいそくする。だが、殺人命令を、まだマクには一度もくだしたことがない。マクの犯行がばれて、もしも刑を受けたりすると、にせ札が造れなくなる。これを考えているのに、ちがいないだろう、と、マク自身、そう思っていたのだ。

　ところが、ユニオン・ハウスの秘密地下室に、マクひとりだけ、呼ばれて行くと、酒だるにこしをかけてるマギンチイが、

「マク！　今度は、きさまの番だぞ！」

「ホホー、なんですかい？」

「黒ダイアの坑夫は、三分の二ほど、おれらの同志になってるが、まだ三分の一は、まるで腹のそこから反対してやがるんだ」

「へへえ、そいつは、いけねえや。あんたの手でも、そいつらを動かせねえんですかい？」

「なにをっ、余けいなことを言うな。坑夫長のイルコックス[38]ってやつを、きさま知らねえか」

「イルコックス、名まえは聞いてまさあ。なかなか人気があるって、うわさをね」

「ウム、こいつがまだ、三分の一ほどの坑夫をおさえて、おれに反対させてやがる。今度こそ、やっちまうんだ。きさまが行け、おれの命令だぞ」

「今度こそって、前にやったことが、あるんですかい？」

「ウウム、秘密だが、ボードインにやらせたが、やつ、しくじりやがった、しかも、いっしょに行ったジムが、イルコックスのピストルに、一発でうち殺された。正当防衛だってんで、裁判官のやつ、イルコックスを無罪にしやがったが、この恨みもあるんだ」

「フム、だから、やっちまわなきゃ、親分の気がすまねえと、なるほど、それじゃあ、まかせてくれますね」

「命令したからには、まかせるんだ。きさまのことだから、早いとこやれ！」

「なぐりこんで、うたれなんかするより、これぁ、ひとつ、うでだめしに、爆発と行こうて、ウフッ」

「爆発か、ウム、そいつはいいぞ。しくじりようが、ねえだろう」

「あるもんじゃねえ。イルコックスの社宅は、どこですかい？」

「ダイクス社のよこの十字路だ。ウム、一軒屋だから、ダイナマイトの爆薬をしかけるのも、わけはねえぜ」

「フフッ、ドカーンと一家みな殺しだ。夜のうちに、やっつけるんだが、親分、二、三日、待ってくだせえよ。いくら早くたって、ようすを探ってみなきゃあならねえし、ダイナマイトも秘密に、手にいれなきゃならねえ」

「よかろう、二、三日、ウム、きさまは、やっぱり、おれの片うでだ」

「うれしいね、そう言われちゃあ、ハハッ、用はこれだけですかい？」

「ウム、今夜のところは、これだけだ」

　マギンチイのすごい目が、この時は、マクの顔をたのもしく見すえていた。

すごい探偵が中央から

三日すぎた。夜ふけ。

町のそと、広い十字路の片がわにあるイルコックスの家が、

とつぜん、ゆか下からズシーンと爆音と共に、はげしく高く火をふきあげた。星の空に赤い煙がひろがり、柱、かべ、ゆか、家の中の、あらゆる物が、地面の土まで、いっしゅんに四方へ飛び散った。

不意の爆発！

主人のイルコックス、夫人、子どもたち、むざんにも、みな、爆発で殺された、と、おもいのほか、この前の日に、ことごとく家具までトラックにのせて、別の方の社宅へ引っこして行き、そこの新しい社宅は、七人の[39]巡査によって、昼も夜も、きびしく、まもられていたのである。

爆発されたのは、あき屋だった。

これを知ったマクは、さすがに歯ぎしりすると、マギンチイにたずねた。

「親分、とんでもねえ手ちがいだ。うらぎってイルコックスに、密告したやつが、同志のうちに、いるんじゃねえですか？」

マギンチイは、苦虫をかみつぶしたみたいな顔になって、

「ムムッ、なんともわからねえ。マク、やりなおせ。このままじゃ、すませねえぞ」

「むろんでさ。どこまでも、やっつけるんだ。今度こそ、見てろってんだ、イルコックスの奴！」

ユニオン・ハウスの秘密地下室から、下宿へ帰ってきたマクは、居間にはいると、ストーブにあたりながら、とつぜん、カラカラと声をあげてわらいだした。

気がちがったのか？　爆発の失敗の、ざんねんさに、負けおしみでわらいだしたのか？

ドアをたたく音を聞くと、マクは、きゅうにわらいをとめた。

「だれでえ？　今ごろ」

「モールスだ」

「ヤッ、はいりねえ。どうした？」

同志幹部のひとりであるモールスが、ツカツカとはいってきた。なんだかあわてて、心ぱいそうな顔をしている。

「夜ふけに、なんでえ？　しっかりしろっ！」

「ウム、スカンランは、どうした？」

「二階で寝てるだろう」

「マク！　おれたちは今、すごい探偵に、ねらわれてるぞ」

「なんだと？　探偵なんて、この土地にウヨウヨいるじゃねえか。うじ虫みたいに、はいまわってやがる」

「いや、それとは、ちがうんだ。ニューヨークの中央探偵局[40]から、すごいやつが、もう、この町へ、はいりこんでいる、というんだからな」

「エエッ、中央からだと？」

度きょうのいいマクが、この時は、ビクッと真けんな目になって、

「そりゃあ、モールス、おめえ、どこから聞いた情報だ？　中央からだと、ゆだんはできねえぞ」

「聞いたんじゃねえ、これだ。たしかな情報だ。見てくれ」

モールスが内ポケットをさぐって、つかみだしたのは、一通の手がみなのだ。

アメリカの恥じである

ぼくの親愛なモールス！

どうだ？　元気にやってるか？　ぼくも、ズッと電信局

に、まい日つとめて、カタカタカチカチ、いろんな電報を打ったり受けたり、このごろは、家に帰っても、耳のおくがカタカタカチカチ鳴ってるみたいだ。

ところで、きょうは一つ、耳よりのことを知らせよう、と思って、この手がみを書くんだがね。親友の君だけに知らせるんだ。ほかの者に言っては、いけない！　いいかね。

君のいるバーミッサを中心に、「スコウラーズ」という猛悪な殺人団が、すごく暴力をふるってると、ニューヨークの各新聞が、近ごろ、さかんに書いてるんだ。中には、「このような殺人団が治安をみだしているのは、アメリカの恥じである！」と、論説にも書いている。ぼくも、そのとおりだ、と思うんだが、実さいのバーミッサのようすなど、君から知らせてほしいものだよ、モールス！

これからが、秘密だ！

炭鉱と鉄鉱に関係のある五大会社と鉄道公社が、いよいよ「スコウラーズ」の暴力を全滅すべく、真けんに乗りだして、このために、ニューヨーク中央探偵局へ、殺人団捕縛をすでに依頼したというのだ。

これは「アメリカの恥じ」を無くするためにも、耳よりのニュースだろう！

中央探偵局では、そこで「第一流の名探偵」といわれるバーデイ・エドワーズに、「スコウラーズ全滅」を指令したらしい。

名探偵エドワーズ！

この名まえを、君もニューヨークにいた時に、おそらく聞いたことが、あるだろう？

エドワーズは、すでに出発したらしい。行動はまったくわからない。

しかし、前から変現する彼だ。

ぼくは彼の成功と殺人団悪漢の全滅をいのって、この手がみを書いている。同時に、バーミッサの近ごろのようすについて、君からの知らせを、大きな興味と共に待っている！

くれぐれも秘密だ。万一、この手がみが、「スコウラーズ」の一味の手に、はいったりすると、たいへんだからね。読んだら焼いてしまえよ！

君のアチソンから

読んでしまったマクマードは、ジッと目いろをしずめると、

「フーム、名探偵エドワーズか。なにを、くそっ、モールス、おめえは、このエドワーズってやつを知ってるんか」

モールスは、おそろしいみたいに、手をふってこたえた。

「いいや、名まえは聞いてるが、見たことはねえ。だが、こいつにねらわれて、たすかった者はねえそうだからね」

「なにを、見つけしだいに、やっちまうだけだ。第一、このおめえの友だちの手がみが、こっちの手にはいったなんて、フフッ、これこそ、『耳よりのニュース』だぜ」

「いや、おめえは、そういうが、エドワーズってのは、なにしろ『変現する名探偵』だと、おれも前から聞いてるんだ。マクド見き、ウッカリしてると、おれたちの破滅だぜ」

「ウフッ、おめえも幹部のひとりじゃねえか。いやに、おくび

よう風をふかすなよ。この手がみは、おれが、あずかっとくぜ」

「そりゃいいが、どうするつもりだ？」

「首領にも、これを見せたんか？」

「いいや、おめえにまず、相談しようとおもったからね」

「フーム、相手がエドワーズときちゃあ、おれひとりじゃ、いけねえや。秘密会議をひらくんだ。首領をはじめ幹部たちが、なんというか。『変現する名探偵』ってやつを、ここで、やっちまうんだ。くそっ、相手にとって不足はねえぜ」

マクの顔から全身に、たくましい気力が、モリモリとみなぎってきた。

谷から生かして帰すな

殺人団幹部たちの秘密会議。▼41
ユニオン・ハウスの第三地下室に、獅子のような首領マギンチイ、いつ見ても敵意をもっている、するどい豹みたいなボードイン、ずるい狐のような顔をしている秘書のハラエー、「虎」といわれるコーマック、そのほか十三人、猛獣が集まったような、すごくも気みのわるい有様である。

テーブルのまん中から、マギンチイがまわりを、にらみつけながら、ふとい声で、

「ウウム、今夜のこの会合は、きゅうにマクが、おれに言いだしたものだ。一日も早い方がいいというんだが、マク、問題は何だ？」

よこにいるマクを、ふりむいて言うと、

「第一の発言を、ゆるしてもらって、ありがてえ！」

と、マクは立ちあがって、みんなの顔を見まわしながら、

「おれは今ここに、おどろくべき情報を、もってきたつもりだ。一日も早く、対抗の方法をきめて、すぐ実行しねえと、われわれは破滅するかも知れねえんだ！」

声をしずめて言うと、猛獣みたいなみんなが、にわかにざわついた。

マギンチイが、毛虫のような太いまゆを動かすと、

「オイ、破滅だと？　なにを言やがる。いくらきさまでも、そんなことを口に出すなら、ゆるしておかねえぞ！」

「いや、おれは、そう思うんだがね。ニューヨーク中央探偵局から、バーデイ・エドワーズが、この町に、はいりこんでるんだ」

「な、なにをっ、マク？　証こがあるかっ？」

「それ見なせえ、首領も知らねえんだ」

みんながシーンとして、たがいに目と目をジロジロと見あわせた。

「証こは、この手がみを読んでから言うことにしよう」

マクは、バラリと手がみをひろげると、「これからが秘密だ！」というところから、ゆっくりと読みつづけた。

耳をすましているみんなの顔いろが、すごく引きしまって、中から虎のコーマックが、ほえるような声で、

「エドワーズの名まえは、聞いてるんだが、だれか顔を知ってる者は、いねえのか？」

「おれが知ってる！」

と言ったのは、マクなのだ。

「なにっ、おめえがか、マク！　どうしてだ？」

「会ったからだ」

みなが、またざわついた。

ボードインが、するどく目をきらめかせて、

「オイ、どこで、おめえが、いつ会ったんだ?」

「それを言うよりさきに、おれは、首領に言うことがある。エドワーズは、いかにも名探偵かも知れねえ、だが、変に現われるというなら、こっちも変に現われて対抗すりゃ、おそれることはねえ。エドワーズをやっつけるのを、おれにまかせてくれませんかい?」

首領マギンチイは、グッと強くうなずくと、

「ムムッ、よく言った、マク! おれの命令だ。エドワーズを、この谷から生かして帰すなっ!」

「ヤッ、そうこなくちゃ、おもしろくねえ。だが、変現するやつを、生かして帰さねえためには、おれが、やつより上の計略をたてるから、実行は、首領をはじめ、ここにいる、おもだった者が、真けんに力をあわせてもらいてえ、どうですかい?」

「ウム、そりゃ、むろんだ。だが、おめえがどうして、エドワーズのやつを知ってるんか、それから聞こうじゃねえか」

「そうだぞッ、マク、言えっ!」

ボードインが、敵意にもえる目いろを、イライラとマクにむけて、口をゆがめながら言うと、
▼42
「よしきた。すっかり言うぜ。同志にかくすことは、なんにもねえんだ」

ニヤッとわらったマクが、前についであるウイスキーソーダのカップを、とりあげて、一気にグーッと飲みほした。

おれの計略は、このとおり!!!

列車の中の新聞記者

殺人団の猛獣みたいな幹部どもが、首領マギンチイを中心に、目をきらめかし耳をすまし、秘密会議をつづけている。

「おれが、エドワーズのやつと会ったのは、汽車の中だった。むこうは、おれを知らねえ。おれも、はじめは気がつかなかったが、……」

と、マクが、ほがらかに、不屈な口調で、

「なにしろ汽車はのろいしさ、たいくつしちゃって、そばにいる男と話しあってみると、新聞記者でさ、

『ニューヨークの本社から、特派されてきたんだ。新開地は、なかなかおもしろいことが、ころがってるね』

そういう調子が、なんだか探偵くさいから、こっちはハッとした、が、

『おもしろいことって、なにか、あるのかなあ?』

と、あくびしながら、きいてみると、

『スコウラーズという殺人団が、すごく動いてるじゃないか。君は、この土地にいるらしいが、なんにも知らないのかね?』

と、ソロソロ網をかけてきやがったのさ。

『ハハア、スコウラーズか、評判されてるほど、すごいこともやらないようだぜ』

『そうかねえ、だが、本社で大きな記事にするような特だねを、ここで君が聞かしてくれると、礼はうんと出すんだぜ。もっとも、だれが言ったなんて、それは新聞道徳として、ぜったい秘

密にするんだ。心ぱいせずに、なにか聞かしてくれないか。これはその手つけだ。とってくれたまえ』

と、気まえよく二十ドル札を、すばやく出しやがって、

『ぼくの知りたいことを、すこしでも聞かしてくれると、この十倍、いや、二十倍でも、今ここで出すがね』

と、そこで、こっちは、いよいよ、こいつは探偵だな、それにしては、ばかに金づかいが荒いようだ、と、ゆだんなく気をつけていると、

『どうだい、君、ぼくは、このつぎのホブソン駅でおりるんだが』

と、さいそくしやがる。探偵にしても、まがぬけてるみたいだ。いや、わざと間ぬけに見せかけて、ゆだんさせる手もあるんだから、

『ほんとうに、二十倍も出してくれるなら、ぼくの知ってるスコウラーズ殺人団の話を、してもいいぜ、君！』

と、こっちも間ぬけみたいに、ありもしねえことを、口から出まかせさ。しゃべってるうちに、ホブソン駅についちまった。

『ありがとう。おかげで、うまいたねが、大ぶんはいった。また会おうぜ』

と、やつは気まえよく、四百ドルも札を、おれのひざにおきやがって[43]、いそがしそうにホームへおりて行っちまった。

が、見のがせねえ相手だ、と、おれは、汽車が出るまで待ってさ、出ると飛びおりるなり、やつのあとを、さっそく、つけてみたんだ。

ところで、やつ、どこへ行ったと思う？　駅前の電信局へ、スッとはいりやがった。おれは横道にかくれてさ。しばらくすると、やつが出て行きやがったから、すかさず、局へ飛びこんでみた。というのは、あそこの局員でラーキンスて若い女が[44]、おれと前から、ちょいとした知りあいなんだ。婦人局員さ、気さくなやつでね」

マクが、ウイスキーソーダを飲みながら、歯ぎれのいい声で話しつづける。

首領マギンチイはじめ、猛獣みたいな幹部どもは、マクの話に引きこまれて、ひとことも口を出さずに、みな、ジッと聞きすましていた。

相手は大がかりだ

「ラーキンスが、おれの顔を見るなり、目の前にある四枚ほどの電報用紙を、バラバラと、めくりながら、

『ねえ、こまるわ。こんなの、うんとチップをもらわなきゃ、やりきれないわよ』

と、不平らしく、おこってるようだ。

『エッ、どうしたんだい？』

と、その電報用紙を、のぞきこんで見ると、全文がズラリと、みな、暗号なんだ。ちょっと見ただけじゃ、まるでわからねえ。

『ラーキンス、これぁ大へんだね、打つ手まが』

『そうなのよ。今きた人なの、まい日、こんなのを打ちにくるんだわ』

『へえ、まい日か。なんの商売かな？』

『新聞記者らしいわ』

『フーン、なるほど、あて名が新聞社だね、ニューヨークの』

『そうなのよ。特だねを、ほかにとられちゃ、困ると思うから、

暗号にしてるんだわ、きっと』

『ハハァ、そうか。やっかいだね、なにしろ、こんなのは』

と、おれは、やつの住所と名まえを、すかさず見ちまった。番地はホブソンの町はずれだ。名まえはスチーブ・イルソン、[45]むろん、変名だ。電報のあて名は新聞社だが、全文を暗号にする必要はねえ。これぁ新聞社と中央探偵局が、前もって協力してやがる。この暗号は探偵局で、解読しやがるんだな、と、おれはすぐ気がついた。

『ラーキンス、この新聞記者は、ニューヨークから来てるようだな』

と、婦人局員のラーキンスに、さぐりをいれてみると、

『そうだわ、スマートな人だもの』

『だがね、まい日、よくも電報を打ったねが、あるもんだなあ。なにをそう聞いてまわってるんだろうな?』

『そうねえ、はじめて来た時は、あたしにスコウラーズのことなど、いろいろ聞いたわよ』

『フーン、それじゃあ、探偵じゃないのかな?』

『さあ、そんなことあたしにわからないわ』

『ひとりで来てるんか?』

『そうじゃないらしいわ。この前、あの人が、やっぱり長い電文を打ちにきてた時、あとから飛びこんできた人が、「アッ、ここですか、エドワーズさん![46]」て言って、外へつれだして行ったの、それも身なりがスマートだから、ニューヨークの人だなと、あたし思ったのよ』

　これだけ聞きゃ、十分だ!　手下の探偵らしいやつが、ウッカリ口に出して呼んだ『エドワーズ!』やつはホブソンの町に、巣をつくっていやがって、この町のおれたちへ、もっとも秘密のうちに、網の手をのばしてやがる。こいつは一日もはやく、かたづけてしまわねえと、うるせえ相手だ、と思ってるところに、今さっきの手がみの情報が、ニューヨークから飛びこんできたんだ。

　みんなもわかったろうが、これぁ、うるせえ相手どころじゃねえ、五大会社と鉄道公社が、うしろに付いてやがって、しかも、中央探偵局の特派だ。えらく大がかりなのを見ると、おれたちの破滅を実さいに、くわだてているんだ。首領、おれの報告は、まず、このくらいでさ。長くしゃべったが、フム」

　首領マギンチイが、大きなからだを、ユラリと動かして、

「よくわかった。マク、おめえの計略というのを、聞こうじゃねえか」

　ジーッと考えをこらす目いろを、まわりの者にむけて言うと、すぐよこから豹のようなボードインが、

「相手は大がかりだ。ひとすじなわでは行かねえぜ」

と、うでをガッチリとくみしめた。

バタッと地獄へ

「おれの計略というのは、……」

と、マクは、あくまでも、ほがらかな顔いろのまま、声もあかるく、

「あすの朝、ホブソンの町はずれに、あいつの家を、おれが、ひとりで、たずねて行くんだ。ふたりだけで会って、

『実をいうと、おれはスコウラーズの党員なんだ。党の秘密を、すっかり売りてえが、買ってくれねえか』

と、もちこむんだ。

エドワーズのやつ、それこそと、乗りだしてくるだろう、どこまでも新聞記者にばけやがって、そこで、おれは、

『スコウラーズの秘密書類が、全部、おれの下宿に、かくしてあるんだが、なにしろ、党員の目があるから、持ち出しはできねえ。おめえが今夜、十時にソッと来さえすりゃ、のこらず見せてやろう。だが、むろん、わたすことなんか、できねえぜ。どうだね？』

と言やあ、やつにとって、ほしくてたまらねえ探偵材料なんだから、きっとやってくるのに、きまってるんだ」

「それから、どうする？」

と、虎のコーマックが、いすをギシギシ動かしてきくと、

「それからは、首領とみんなの手にあることだ。九時に、おれの下宿へ、みんなが集まって、やつを思うとおりに、料理しちまえば、それで、ひとまず、かたがつくじゃねえか」

ボードインが、ムッと顔をしかめて、

「めんどくせえぜ、そんな計略は。▼[47]フン、それよりも、やつを引っぱりだしたら、道のとちゅうで、一発、バタッと地獄へやっちまうのが、早くてよ、そいつの仲まのやつらにも、見せしめにならあ！」

「そりゃ、そうだが、やつは、まい日、暗号電報でもって、なにを中央探偵局に打ってやがったのか。おれらのことを、どのくらい、しらべたのか。それによって、中央探偵局と裁判所と警察署が、どんな手を打ってくるか？　やつに口をわらせるには、首領と幹部のみんなが立ち会いでもって、いちいち、まわりから、せめたてて聞かなきゃならねえ。聞いたあとなら、それこそ一発でよ、バタッと地獄へおくりこむんだ。首領、どんなもんですかい？」

「ウウム、よかろう。探偵エドワーズの名まえは、おれも聞いているんだ。地獄へやる前に、顔を見てやろう。名探偵などと、うぬぼれてやがっても、スコウラーズのおれたちには、かなわねえのを、死ぬまえに、うんと思い知らせてやろうて。これぁ、なぶりものに、いいやつだぞ。マク！　おれたちと、どんなように会わせるんだ？」

「なにしろ手ごわいやつらしいから、いきなり首領のいるところに、つれこむと、二ちょうピストルぐらい、きっと、ぶっぱなすでしょうて。音を聞きつけて、町の巡査が呼集してきやがるとやっかいだからね」

「ウム、ジタバタさわぎやがると、うるせえぞ」

「そこで、みんなは、広い方の部屋に、しばらく待っていてもらうんだ。ウイスキーぐらい、ならべておきますぜ。やつが来やがったら、おれがすぐ、おもてから居間へ引きこんで、

『党員のメンバーそのほかの書類を、ここへ持ってくるから』

と、広い方の部屋にひきかえして、みんなに知らせるんだ。ありあわせの書類を持って行ってやつに見せる。これかと読みだすやつを、おれが、いきなり両うでとも、羽がいじめにして、

『今だっ！』

と、声をあげるから、すかさず、みんなで来てもらいてえ。あとは料理するだけだ。どうですかい？」

「ウム、いいぞ、よし、その手はずだ！」

首領マギンチイが、いかにもまんぞくしたみたいに、うなずくと、よこの方から狼のような顔をしているイラビが、

「さいごは、おれに、やらしてもらいてえね。これを、そいつに食わすんだ。音はそう高くねえし、はずれねえからね」
と、上着の下から引きずりだしたのは、五十センチぐらいの、みじかい鉄砲だ。[48]
山おくで狐をうつ時に使う。ばらだまの散弾を何十発もこめて、いちどきにぶっぱなす。ピストルなんかよりも、きっとあたって、むざんな死にかたをするのだ。

ジリジリと顔を焼くと

いよいよ自分の計略を、今夜、なしとげるぞ、と、下宿へ帰ってきたマクは、広い方の部屋の中を、あらためて見なおした。

ドアは、おもてからはいってくる、ひとつだけだ。窓は三方にある、だが、高くて、やすやすとはにげだせない。にげだした時は、うしろから一発、たちまち、ころがり落ちるにきまってる。カーテンを、すっかり、しめてしまったから、外からは見えない。

まん中に、ドカリと大テーブル、石炭ストーブ、これは、かたづけると、かえって怪しまれる。

スカンランが、はいってきた。目をショボショボさせながら、

「マク兄い、ここで何かあるんかい」

「ウフッ、あるんだ。ちょっとあぶねえから、おめえは、夕方になったら、おかみさんを、映画でも見せに、つれだしねえ。[49]二十ドルやらあ」

「どんなことが、あるんだい？」

「フフッ、まだ言えねえな。十一時になったら、帰ってこい。それまでに帰ってくると、やっかいだぞ」

「なんだか知らねえが、それじゃ行ってくらあ」

二十ドルもらったスカンランは、夕方になると、主婦のマクナマラ夫人をつれて、町へ出て行った。十一時までは帰ってこないつもりだ。

マクは、広い方の部屋に、ひとり、テーブルの上へ新式のピストルをおくと、分解して手入れし、引金をためして弾をこめた。七連発だ。

夜になり、いよいよ九時になった。

ひとりずつ、間をおいて、首領マギンチイがさきに、スコウラーズ殺人団の幹部どもが、なんにも知らないような、平気な顔をして、あそびに来たみたいに、はいってきた。

みな、そろった。首領と共に十三人！

大テーブルの上に、ウイスキー、ハム、サラダなどが、グラスと皿といっしょに、ズラリとならんでいる。[50]

マクが、ウイスキーをついでまわって、

「今夜は、とても、おもしれえ気がするぜ、どうだい？」

「ちがいねえ。ストーブが、ガンガンもえてるな」

と、ボードインが、手をかざしてみると、

「こいつへ、探偵のやつをおさえつけて、ジリジリと顔を焼きや、たいがい白状するぜ」

「ハハッ、おれも、そのつもりだがね」

「マク！」

マギンチイが、よびつけて、

「窓に戸のねえのは、気にくわねえぞ」

「なあに、カーテンはしめてあるし、フフッ、いくら名探偵だって、一対十四ですぜ」

「もうソロソロ、やってくる時分じゃねえか？」

秘書のハラエーが、時計を出して見ると、

「五分すぎたぞ。あぶねえと、感づいたんじゃねえかな？」

「ハハッ、そんな心ぱいはねえ。とても乗り気になりやがって、この家の地図まで、おれに書かせたくらいだ。……ウム、くつ音だ！　シーッ！」

みなが殺気だって、ジーッと目いろをこらした。

「来た！　だまって、気づかれるな！」

ささやいたマクが、部屋を出て行くと、うしろにドアを、ゆつくりとしめた。実に大胆だ！

立ちすくんだ十三人

首領マギンチイをはじめ、幹部どもが、いっせいに耳をすました。

ろうかを歩いて行く、マクのくつ音が、ゆっくりと、おちついて聞こえる。

イラビが口の中でいった。

「度きょうが、いいぞ」

「シッ！」

ドアのあく音、つづいてマクの声が、

「オッ、これはどうも、待ってたんだ」

それにこたえる声が、みじかく何かいった。今夜の相手エドワーズにちがいない。くつ音がはいってきた。これも、さすがに、おちついている。

ドアをしめた。ガチッと鍵をまわした音！　よし、これで変現する名探偵が、ふくろの中のネズミだ！

みんなの顔に、すごいわらいが、うきあがった。

くつ音が、ふたり、ろうかを歩いて、マクの居間にはいった。

ドアはあけたままらしい。

それきり、しずかだ。

さあ今だ！

マクが「今だっ！」とさけぶ。それっ！　と出て行くんだ！

みなが殺気にあふれて、イライラしだした。

なんにも聞こえない。

マクと相手のエドワーズ、なにをしてるんだ？

「チェッ、ハッハハハ」

虎コーマックが、とつぜん、わらいだした。イライラして、たまらないからだ。

首領マギンチイが、ひくい声で、

「オイ、だまれっ！」

と、しかりつけた時、ドアがスーッとあいた。

はいってきたのは、マクだ。みながハッとした。「今だっ！」と、合図はどうしたんだ？

大テーブルの前へ、マクが近よってくるなり、ピタリと立ちどまった。マギンチイとみなを、見まわす目つきが、今までのマクとはちがうようだ。ジッと深い光りをたたえて、なにか心をきめている。どうしたんだ？　しかも、なんにも言わずにいる。

「オイッ、……」

わけが何ともわからない。たまらなくなった首領マギンチイが、ひくい声で、

「どうしたってんだ？　マク！」

「……」

この時のマクは、なんともこたえずにいる。

「オイ、相手はどうした？」

「……」

「きさまひとりで、やっつけたか？」

マクの口びるに、つめたいわらいが、ふと、わきあがった。

「オイッ、なんとか言え。わからねえぞ、マク！」

マクが、口をひらいた。

「マクは、いなくなった！」

「な、なんだと？」

みんなが、まわりへ、きゅうによってきた。

首領マギンチイの顔じゅうに、ひげがさかだって、どなりだした。

「エドワーズは、どうした？」

「フム、来ているじゃないか」

「なにっ？」

「おまえの前に立っているのが、エドワーズだ！」

みなの顔いろが、きゅうに変わった。

ガラガラッと、にわかに、窓ガラスのくだけるひびきを、みんなが、ふりむいて見た。

三方の窓の外から、カーテンをかきわけて、ズラリと突き出された鉄砲のさきが、何十ちょうか、ねらいを部屋の中のみなにつけて、キラキラと、つめたく光っている！

十三人が立ちすくんだ。

まだ終らない怪事件

後へ――オイッ！

猛悪きわまる殺人団の首領と幹部どもを、ズラリと前にして、三方の窓から突き出された鉄砲と共に、たちまち、十三人をおさえてしまった、この時のありさまは、エドワーズ自身、探偵の思い出として、おそらく一生、わすれないだろう！

マクがエドワーズだったとは！

首領マギンチイと幹部どもが、おどろきと怒りに立ちすくんだが、

「ムムッ、ムムッ、なにを、うぬ！」

ひげをさかだてて、どなったマギンチイは、身をしずめるより早く、ドアを目がけて体あたりに走って出た。

「止まれっ、後へ▼51！」

ドアのはしから、声をかけて現われたマービン巡査が、マギンチイのむねへピストルを突きつけると、

「後へ――オイッ！」

号令のようにわめいた。

「ウウム、……」

うなりながらマギンチイは、ピストルにおされて、タジタジと後へさがってくると、テーブルのよこにあるいすへ、ドカリと、こしをおろした。目がものすごく怒りにもえている。

エドワーズが、うなずいて言いだした。

「よろしい。マギンチイ、そうしている方が、おちつくだろう。この家は今、四十人の武装巡査にかこまれている。保安隊だ。

窓の鉄砲は、動く者に発射する。このように近い。百発百中だ。オイ、ボードイン、右手をポケットから出せ。よし、そのとおり。マービン君、そこの狼のような顔の男は、上着の下に狐をうつ鉄砲を、かくしている。とりあげてくれたまえ。マギンチイ、うなるのをやめろ！」

　三方の窓を上にあげて、武装巡査の大ぜいが、いっせいにおどりこんできた。鉄砲のさきを殺人団員のせなかへ、はしから突きあてると、

「ゆかに、すわれっ▼52！」

と、口々にさけんだ。

　マギンチイは、いすから引きずりおろされた。

　ゆかにすわった十三人が、からだじゅうを検査され、みじかい鉄砲、さまざまのピストル、ジャックナイフ、メスなど、ことごとく取りあげられ、手錠をはめられた。まさしく一網打尽である。

　豹のようなボードインが、ガチガチと歯がくだけるほど音をたてて、かみしめながら、エドワーズを下からにらみつけて、

「おぼえてろ、くそっ、勝負はまだ、きまってねえぞ！」

と、どなりあげた。

　つめたいわらいを、口びるにきざんでるエドワーズは、なおさらわらって、

「フム、みながそう思っている顔つきだな。だが、絞首台にあがったら、勝負は、それきりじゃないのか」

「なにをっ、ヘラルド社をおそって、編集長をおそったのは、てめえも、共犯だぞ、くそっ！」

「はたして、そうかな、ボードイン、あの編集長が、おまえのために殺されかけたのを、止めてすくったのは、だれだったか」

　虎コーマックも、わめきだした。

「ヤイ、坑夫長イルコックスの一家を、前の日に、にげさせたのは、てめえのさいくだな？」

「むろんだ。あの家の損害は、会社が、イルコックス一家の生命のかわりとして、すべて引きうけることになっている。検事も告訴しないだろう」

　首領マギンチイが、手錠をガチャガチャならすと、

「にせ札つくりの罪を、てめえは、おわねえつもりか？　証こは、ここの地下室の印刷機だぞ」

「フム、にせ札の一枚も、つくってはいない。おれはシカゴから、ほんとうの札をカバンにつめて持ってきた。おまえにやったのも、みな、ほんものだ。マギンチイ、どうだ。いさぎよく、かぶとをぬがないか？」

「ムムッ、なにを、おれは死んでも、スコウラーズと、てめえとの勝負は、まだ、おわってねえぞ。おぼえてろっ！」

　エドワーズは、よこに立っているマービン巡査にいった。

「マービン君、おたがいに、かなり苦心をつづけたね。これで、この連中を今から検事局へ、すぐ送りつけてくれたまえ。とちゅうを、じゅうぶんに警戒して、猛獣を護送するつもりで行くんだね」

舞台は英国へ

　あくる日。

　バーミッサ駅を出る列車に、エドワーズとエチイとシャフタ

の三人が、特別室に乗って行った。

十日すぎた。

エドワーズとエチイは、シカゴの教会で結婚した。

三月すぎた。

殺人団の一党に対する裁判が、刑の判定を下した。首領マギンチイと幹部ども十人は死刑[53]、そのほか、ぞくぞくと捕えられた党員が、その罪によって懲役何年かに処せられた。

幹部のうちに、ボードインとコーマックとイラビ、三人は、殺人罪をおかしていなかったところから、懲役二十年の判決を受けた[54]。

ところが、三人とも刑務所にはいると、ふしぎにも規則をよくまもり、十年で仮りに放免された。

なぜ、三人とも、それほどに規則をよくまもったのか？

豹のようだったボードイン、虎のようだったコーマック、狼のようだったイラビ、三人とも規則をまもったのは、性質がなおったからだろうか？

ここに舞台は、アメリカをはなれて[55]、英国の首府ロンドンにうつり、医学博士ワトソン先生の記録によって、さらに発展するのである。

第二部　謎の暴風と荒波

夜ふけの領主館に変事

ワトソン博士の記録

我がシャーロック・ホームズ！

「変人であり一種の偉人」であるホームズは、ちかごろ、ご気げんが、あまりよくない。

なぜなのか？　そのわけは、ぼくに、すっかり、わかっているのである。

ホームズの探偵事件を、ぼくが、くわしく書き、それが、雑誌の「ストランド」に連載されたのである。すると、にわかに「シャーロック・ホームズ」が、すごく有名になってしまった。「ストランド」が売れだした。すばらしい人気をあつめて、
これには、ぼくも実は、おどろいたのである。

ところが、それから、毎日のように、さまざまな事件の探偵を、いろんな人からホームズに、ゾクゾクと、たのんでくる。

「君、ワトソン！　こう後からあとからと、くだらない事件ばかり、もちこまれてくるのは、じっさい、ばかげているぜ。君は、ことわりがかりに、なってくれ！」

せきにんは、君にあるんだ！　と、ぼくを見つめて、ホームズが、にがい顔になっていた。ご気げんすこぶる、よくない。

「ああよろしい。ことわりがかり、いさぎよく引きうけた」

ぼくは、いかにも、せきにんを感じたから、そういった。▼56
ところが、きょう、朝の食事の時、ホームズは、パンもちぎらず、スープにも手をつけない。一枚の封筒をつまみあげて、おもての字を見つめ、うらをかえして見つめ、中から出した手紙をひろげて見つめ、なんだか、むちゅうになっている。こんなことは、めずらしい。

「スープが、さめるぜ。やらないのか？」

と、こちらから、声をかけてみると、

「フーム、たしかに、ボーロックが書いたのだな、……」

そういったきり、ホームズは、ぼくの方を見むきもしない。手紙をまだ見つめて、ひとりごとを言いだした。どうも変人みたいである。

「このペンの使い方は、今までに、これで二回、見るわけだな、ウム、たしかにボーロックだ。よほど大事な、秘密事件らしい、が、わからない、……」

これを聞いて、ぼくも、乗り気にならずにいられない。『よほど大事な秘密事件』というのは、なんだろう？

「ボーロック、ボーロックって、どこにいる何者なのかね？聞かしてくれないか」

ふと顔をあげたホームズが、ぼくを見ると、

「ホホー、君、そこにいたのか？」

「さっきから、ここにいるじゃないか。このとおり、スープをのんでいる。ボーロックって、いったい、何なんだね？」

「ひとりの人間の名まえだ、が、ほんとうのことは、わからない。名まえというものは、一種の符号だからね。このボーロック自身、まえの手紙に書いてきた、「これは自分の、ほんとうの名まえではない。ところで、ホームズ先生は名探偵ということだが、ロンドン市内にゴチャゴチャといる何百人のうちから、ひとりのぼくを、さがせるなら探してみろ！」と、えらそうに、いばってきたんだ」

「ちょっと変だな。男だろうね？」

「多分、女じゃないだろう。どっちにしろ、たいしたものじゃない、が、このボーロックの後におそるべき怪物が、ひそんでいるのだ」

「エッ？……」

ホームズが「おそるべき怪物」というのだから、これは、非常な人間がいるのだな、と、ぼくは内心ビクッとした。

さめているスープを、ホームズは、うまそうに飲みはじめた。

スープの大水

「おそるべき怪物」などというと、その正体を、だれだって知りたいだろう！

「そんな怪物が、今どこに、ひそんでいるのだ？」

と、ぼくは、ねっしんになって、ホームズにきいてみると、

「ウム、ひそんでいながら、公然と社会に出ているのだ。君は大学教授のモリアチイを、▼57知っているだろう」

「オッ、名まえは聞いている。モリアチイ教授が、おそるべき怪物なのか？」

「現代の科学的犯罪者だ。それだけに、犯行の証こを、みじんも残さない。しかも、社会の暗黒面を、知能によって科学的に支配している。いわば暗(やみ)の帝王だ」

「ホホー、暗の帝王か、はじめて聞いた！」

「こんなことを、だれに言ったって、だれも信じないだろう。それだけ暗の帝王は、おどろくべき巧妙さを、もとからそなえているのだ」

「ま、待ってくれ。いくら何でも、帝王は大げさだと思うね」

「フウム、ところが、国と国との関係さえも、外交のうらから、モリアチイが動かしているのを、ぼくは、ひそかに知っているのだ。▼58 事実、暗の帝王だよ」

「すると、君が、ひそかにモリアチイを探偵しているのか？」

「このスープは、あんがい、うまいね。ウム、きわめて秘密のうちに、モリアチイを、やりかけているのだが、なにしろ、こう毎日、くだらない事件ばかり、もちこまれては、大ものに手がのびないからね。ことわりがかり、がんばってくれよ」

「わかった、よし、がんばろう。しかし、そのボーロックの手紙も、くだらない事件のひとつじゃないのかね？」

「ハハア、けさの君のあたまは、あまりよくないね。このボーロックが、怪物モリアチイ教授に使われているひとりなんだ。おそらく秘書らしい▼59、と、ぼくは判断しているのだが、いや、まだわからない」

「アッ、そうか。そのボーロックによって、君は怪物の探偵に、手をつけているのだね？」

「まず、そんなところだ。そこまでわかったら、君、この手紙が何を書いてきたのか、読んでみてくれないか」

「よしきた！」

ぼくは顔をのばして、その手紙を上から、のぞいて見た。

ところが、

> 52、13、36。」134、8、23。」ダグラス。」87、9、17。」
> 275、11、33。」バールストーン。」234、7、48。▼60

ジッと何回も、見かえしてみたが、さあ、わからない。これがわかったら、これだけでも名探偵だろう！

「どうも、わからないね。君は、どうなのだ？」

スープを飲んでしまったホームズに、たずねてみると、

「さっぱり、わからないね」

「エッ、君にもわからないのか、フウム、待てよ、……アッ、わかった！」

と、顔と手をのばした、とたんに、ぼくは、飲みかけのスープを、皿ごと引っくりかえした。

テーブルの上が、スープの大水である。▼61

ビリ君は落第

スープだらけのテーブルを、ようやく、ふいてしまって、ぼくは、ホームズにいった。

「この数字は、三つずつに切ってあるぜ。だから、ある本をあけてだね、この手紙のはじめにあるのは、52ページの13行め、36字めを、しめしているのだろう。きっと、そうだぜ。つぎは、134ページ、8行めの、23字め、と、どうだね」

エッヘン！　と、とくいに、せきが出かかったのを、ぼくは口の中で止めた。

ホームズは、たまごをむきながら、ふと、わらうと、

「なるほど、すばらしい知えだ。ところで、その本は、どこにあるのかね。ぼくとボーロックがおなじ本を、もっていなければならないが」

「それは、むろん、どこにでもある本さ」

「その本の名まえは？」

「どこの家にもある聖書さ。君も、もっているだろう。でなければ、この家のハドソン夫人に、かりてくるさ」

　ホームズとぼくは、このハドソン夫人の家の貸間に、まえから同居しているのである。

　たまごを口にいれたホームズが、ふきだしそうになっていった。

「フフッ、いよいよすばらしい知えだ。なるほど、聖書か。ぼくも一さつもっているが、およそ聖書には、大きいのも小さいのも、何百種か何千種とあるぜ。ぼくとボーロックが、おなじ形の聖書をもっているとは、まだ、打ちあわせてないのだが、さて、どうする？」

「ウフン、そうか、……まいった」

「まいらなくて、いいさ。それに、この『ダグラス』だの、『バールストーン』だの、これを君はどう判断するのだ？　数字じゃないぜ」

「さっぱり、わからないね」

「人のまねをしては、いけない」

「いや、まいった。ペシャンコだ」

「ハハァ、このボーロックという先生は、さすがに暗（やみ）の帝王の手下だけあって、なかなか用心ぶかいのだ。この暗号数字といっしょに、解読の方法を書いたりして、ほかの者に見られたりすると、ぼくに知らせている秘密が、たちまち、ほかの者に知れるからね。おそらくこのつぎの手紙に、解読の方法を書いてくるだろう。そうするのが安全だからね」

「そうか、なるほど、それはわかった」

「そこで、君がいったように、解読の鍵は聖書でさ、『何形の何版の聖書によって』などと、つぎの手紙に書いてくるかも知れないね」

「そうすると、ぼくも落第じゃないな」

　ふたりはわらいあって、朝の食事をおわった。ハドソン夫人のコーヒーは、いつでも、うまい。ところが、ちかごろ、夫人が手つだいに、やとい入れた少年のビリ君▼62が、台所からもってくるうちにさめてしまう。

「ビリ君、スープやコーヒーは、早くもってきてくれよ」

と、ぼくがいうと、

「オーライ！　サー！」

　ビリ君は快活に、青い目をクルクルさせた、が、時々、さめているコーヒーを、平気な顔してもってくる。これは、たしかにビリ君、落第である。

　このビリ君が、昼すぎ、玄関にあるポストから一通の手紙を、ホームズにもってきた。

「ありがとう。よし、はたして来たぜ、ワトソン、おもったとおりだ」

　と、ホームズが封をきって、さっそく中の手紙を読んでしまうと、ぼくの前へ投げだして、

「読んでみたまえ、ボーロックからだ」

「ヤッ、『聖書』といってきたかな？」

ぼくも、さっそく、読んでみた。

「奇怪」にちがいない

シャーロック・ホームズ先生！

すごく危険です。

この問題は、これきり中止！

彼が私を、うたがいはじめたからです。

先生に、この前の暗号の解読方法を、知らせるために、封筒へあて名を書いていると、とつぜん、彼がはいってきた！

すばやく、かくしはしたが、見つかったら、それきり私は、さいごだった。実に危険！

前の暗号文も、これも、焼きすててください。ぜひ、いいですか。先生も危険です！

ボーロック

「フウム、『危険』と三度も、くりかえしているね」

と、ぼくが手紙をたたんで、ホームズにかえすと、

「フム、ボーロック先生、字もふるえている。『中止』は、ざんねんだね」

ホームズは、パイプにつめた、たばこを、すいはじめた。まゆをしかめている。よほど、ざんねんらしい。

「『彼』とあるのは、モリアチイ教授のことかな？」

「むろんだ。各国にいる暗(やみ)の秘密団が、みな、モリアチイ帝王を、『彼』と言っているからね」

「すごい勢力だな。それでこのボーロックが、ふるえあがったのだね。暗号も、いよいよ解けなくなったのは、じっさい、ざんねんだ」

「ウム、しかし、あきらめることはない。君、そこの紙に、いちおう、書いてみたまえ。いいかね、いっしょに考えて、解いてみようじゃないか」

「よし、……」

ありあわせの紙をひろげて、ぼくは、鉛筆をとった。

「52、13、36。』134、8、23。』ダグラス。』……」

ホームズが、すっかり、おぼえている。すばらしい記おく力である。

ぼくが、おどろきながら、書きつづけていると、ドアをたたいて、青い目のビリ君が、はいってきた。

「警視庁のマグドナルドさんという人[▼63]が、ホームズ先生にとって、こられました」

「よろしい、ここへ」

と、ホームズが言うより早く、マグドナルド警部が、いそがしそうに、ツカツカとはいってきた。

身のたけが高く、ガッチリしている大男だ。まゆも太く、ひげが長く、目も生き生きと力づよい。今までに何回も相談にきて、ぼくたちと、よく知りあっている。いすにドスッとかけると、ひげのさきをつまんで、

「ワトソン博士が、なにか生徒のように、筆記していられるですな」

と、紙の上を見るなり、ギョッと目を見はって、

「こ、これは、どうしたですか？　ダグラス、バールストーン！　この二つの意味を、ホームズ先生、すでに知っていられるですか？」▼64

「いや、フーッ」

と、ホームズは、たばこのけむりを長くふきだすと、

「今、解こうとしているのだ」

「この数字の意味をですか。それよりも、ぼくは先生に、至急、お願いに来たのです。『バールストーン』という村で、そこの『ダグラス』というのが、むざんな死にかたをしたのですから」

「……」

ホームズも、ぼくも、いっしゅん、おどろきに打たれた。

マグドナルド警部が、紙の上を、さらにジッと見つめていった。

「奇怪ですな。バールストーン、ダグラス、事件の二つの名まえが、ここに書かれているのは、どういうわけですか？」

いかにも、これは、だれが考えても「奇怪」にちがいない。よし、この事件も、くわしく記録してみよう、と、ぼくはまた思いついて、乗り気になったのである。

はね橋が下りている

ホームズの目が底力をたたえて、ジーッとかがやいてくると、たばこをパイプで、くゆらしながら、マグドナルド警部に、

「この数字をまじえた暗号文は、ボーロックという暗の人間が、おくってきたのだが、君の今言った事件と、関係しているらしいね。おなじ名まえが、あるのを見ると、フーッ、いささか突き動かされる、……」

と言ったのは、自分の探偵的興味が、突き動かされたのだろう。

「そのボーロックというのは、何者ですか？」

マグドナルド警部が、いすから乗りだしてきくと、

「明白には、まだ、わかっていない」

「暗の人間、フム、暗黒面に動いとるのですな。いよいよもって、おねがいですが、今言ったバールストーンの村へ、すぐ、ぼくといっしょに、来ていただけませんか。そこの警察からの報告によると、よほどの怪事件らしいですから。ワトソン博士も、ぜひ、どうぞ！」

「行ってみよう！」

ホームズが、スックと立ちあがった。突き動かされて、たくましい決意が、「一種の偉人」らしい顔じゅうにあらわれていた。

マグドナルド警部と同行する自動車の中、▼65駅、汽車の中で、ホームズとぼくは、警部が手帖を見ながらの説明を、ねっしんに聞き、ぼくはまた、対話もあわせて、自分の手帖へ、いちいち書きつづけて行った。

「今から行くバールストーンは、さみしい古い村ですが、むかし、州の領主が住んでいた『領主館』というのが、今でも残っとるです。むざんな死にかたをしたというダグラスは、前にこの館を買いとって、長らく夫人といっしょに住んでいた。もう五十くらいの紳士だそうです」

「性格は？」

と、ホームズがきいた。

「そこまでくわしいことは、報告してこないですが、ダグラス

は精神力も体格も、すぐれていて、年よりもズッと若い。村の連中とも、よくつきあっていて、人気はあったし、だれからも、にくまれたり、うらまれたりは、していなかった、というのですな」

「夫人の方は」

「ええと、夫人の方は、主人よりも二十くらい若くて、ほっそりしているが美しい。年も体格も主人とよほどちがっているが、いつも平和な夫婦だったというのです」

「ダグラスは、その村へくる前、何をしていたのかな？」

「それはまだ、警察にもわかっていないのです。ただ、かなりの資産家であり、領主館を買いとって、ゆったりと平和に生活していた、というのです」

「警察が事件を知ったのは？」

「ゆうべの十一時四十五分、[66]村の派出所のベルが、ひどく鳴った。主任のイルスン[67]巡査部長が、何かと出てみると、顔を知っているセシル・バーカが、まっさおになっていて、

『今、領主館が大変だ。ダグラスさんが殺されている。すぐ来てくれ！』

と、言うなり、いそいで引きかえして行った。

イルスン巡査部長は、州の警察本部へ、とりあえず変事を知らせると、領主館へ急行した。行ってみると、堀のはね橋が下りている。そこで、……」

「待った。はね橋というのは？[68]」

「報告には、ただ『はね橋が下りている』とだけですが……」

「フウム、……」

ホームズの目がきらめいた。

ぼくは、ノートしながら、だんだんとハッキリしてくる「変事」のありさまを、早く知りたくて、マグドナルド警部の口のまわりを、見つめていた。ものを食う時は、こまるだろう、ひげが太く長く、モジャモジャと、のびていた。

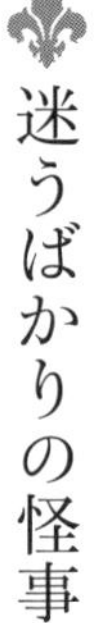

迷うばかりの怪事件

みじかい変な鉄砲

堀のはね橋が下りている？　これは、行ってみると、わかることだろう。

目をきらめかしたホームズが、パイプにたばこを、つめかえながら、マグドナルド警部に、なおきいた。

「派出所へ知らせにきた、セシル・バーカについては？」

「これは、村にズッと前からいるので、よくわかっとるそうです。ダグラスの親友、年四十くらい、しかし、まだ独りで結婚していない。領主館へあそびに行くことが多い。ダグラス夫人とも親しくしていて、夜おそくなると、とまってくる。ゆうべも、館にとまっていた、というのです」

「商売は？」

「これも、かなりの資産をもっていて、別に商売はしていない、勤めにも出ていない、時々、村から野原へ、自動車を乗りまわしている、というのです[69]」

「フウム、そこでイルスン巡査部長が、現場へ急行してみると？」

「そこから、くわしく報告してきとるです。堀にははね橋が下り

ていて、領主館の窓に、みな、あかりがついている。家じゅうの者が、あわてているらしい。橋をわたって、はいって見ると、玄関に出迎えたのは、いつも館の事務をとっているエームスという男で、まっさおになっている。召使の男女たちも、まるで顔いろがない。バーカもいたが、変事を知らせてきたくせに、これだけは、なんだか、おちついていたようです」

「フーッ、おちついている、というのは、注意すべき点だな」

「この時、村にいる医者のウッドという先生が、これは召使に急を知らされて、玄関からはいってきた。イルスン巡査部長、ウッド先生、バーカ、エームス、四人が、変事のあった部屋へ、はいって行った。

『だれも来てはならん!』

と、エームスが召使たちに言うと、ドアをしめてしまった。

主人のダグラスが、部屋のまんなかごろに、長くなったまま、あおむけになっている。寝まきに赤いガウンをきて、グッと両手をのばし、スリッパを、はだしの足にはいている。

ウッド先生が、テーブルの上のランプをとって、ダグラスの死体をてらして見ると、すぐにいった。

『これは、ひどい! このようなのを、私は見たことがない!』

実に、むざんきわまる犯行である。顔も頭も、くだかれ、つぶされて、むねのところに、ふしぎな形の短かい鉄砲が、よせかけてある。これを、ごくちかいところから、発射したのにちがいない。だから、一発もそれずに、ことごとく顔と頭にあたったのだ。

バーカがいった、この時も、おちついていて、

『この鉄砲は何十発も、ばら弾をこめて、うったものですよ。それに銃身が二本、引金も二つある。針金でむすんであるから、両方が一時に発射される。ダグラス君は、このために即死したのだ。ざんねんだが、もう何とも、しかたがない!』

そう言いながら、それほど残念らしい顔も、かなしそうな顔もしていない。殺されたダグラスの親友として、ふしぎであり、うたがわしいぞ、と、イルスン巡査部長は、このバーカに質問しはじめた。

『このダグラス氏の死体を、はじめに発見したのは、だれですか?』

『だれでもない、ぼくですよ』

バーカは平気な顔をしてこたえた。

どれほど、のんきな男だとしても、この平気さは、ますます、うたがわしいと、イルスン巡査部長は、心のうちにグッと、きんちょうした、というのです」

窓ぎわの血は?

目ざすバールストーン駅までは、まだ二十分ほどかかる、汽車の中で、マグドナルド警部は、ひげだらけの口を、モグモグと動かして、ホームズにきいた。

「どうですか、このバーカというのが、怪しいではないですか?」

「フーッ、その判断は早すぎるようだな。さきを説明してくれたまえ。今のところ要点には、すこしも関係がない」

「ヤッ、そうですか。イルスン巡査部長の質問と、バーカの答えが、つづいとるです。

『あなたが、このダグラス氏の死体を発見したのか、何時ごろでしたか?』

『十一時すぎでしたな。ぼくは寝室にはいって、もう十一時だし、ソロソロ寝ようか、と思っていると、なんだかドスッと変な音がきこえた。おどろいて、すぐ、この部屋へはいってくるまでに、一分もすぎていなかったでしょう』

『ドアは、あいていたですか?』

『あいていましたな。見ると、ダグラス君が、このとおりにたおれている。テーブルの上にある、ろうそくのあかりで、見たのです。このランプは、ぼくが、あとでつけたものなので』

『その時、この部屋の中に、だれもいなかったですか?』

『いるもんですか。いれば、ぼくがつかまえたでしょう。ところが、夫人が二階からおりてくるらしい。このおそろしい場面を、見せてはならない、と、ぼくはすぐ、止めに出た。そこに家政婦のアレン女史が出てきて、夫人をつれて行ってくれた。すると、事務をとるエームス君が出てきたから、ぼくは、いっしょになって、この部屋へ、またはいってきた。エームス君、そうだったね』

『ええ、そうです、そのとおりです』

と、エームスは、オドオドしながら、うなずいた。

イルスン巡査部長は、さらに、

『堀のはね橋は、夜のあいだ、いつも上げておくのじゃないですか?』

『そうです。今下りているのは、ぼくが、あなたの派出所へ知らせに行くために、下ろしたのです』

『すると、犯人はその前、出て行く道がないはずだ。このダグラス氏は、この変な鉄砲を使って、自殺したのじゃないですか?』

『いや、ぼくもエームス君も、はじめは、そう思った、ところが、……』

と、バーカは窓のカーテンを、下からめくった。

高い窓が、すっかり、あいている。人間が飛びだすのは、わけがない。しかし、窓の外は、堀なのだ。

『ここを、見てごらんなさい、どうです?』

と、バーカが窓ぎわを、ゆびさして、ランプをちかづけた。

血だ。くつの形をしている血のあとが、ドッペリと窓ぎわについている。

『このとおり、犯人がここから、にげだしたのは、たしかですな、部長さん!』

『すると、犯人は堀をわたって、にげて行った、としても、あなたは変な音を寝室で聞いて、一分でこの部屋へ飛びこんできた。犯人はその時まだ、堀の中にいたのだ、ということになるですね』

『そ、そうです』

と、バーカは、この時、あわてて口がどもった。

『あなたは、その時、どうしてこの窓から外を見なかったですか? 部屋の中に、だれもいないのだから』

『いや、そ、それは、このとおり、カーテンが下りていたから、窓には、すこしも気がつかなかった。そこに夫人の足おとが、二階からきこえて、ぼくは、その方へ気がとられて、……』

『どうもわからない。実に変だ! はね橋は上げられていた。この館のまわりは堀だ。犯人は、どこから初めはいってきたのか？　やはり泥水の堀をわたって、この窓からしのびこんだ、とすると、この部屋の中に、泥水のしずくのあとくらいは、のこっているはずだ、が、そんなあとはひとつも見えない[71]。バーカさん、エームスさん、これを、どう思うですか？』

V・V・341

　バーカの怪しさは、ますます深い、と、イルスン巡査部長は、そう思いながら、しかし、それを気づかれないように、まるで相談するように質問してみた。が、バーカが、かみの毛をかきむしりながら、

『どう思うかって、それは、むりだ。ぼくは警官や探偵では、ないのだから、しかし、しかし、……』

『しかし、なんですか？』

『はね橋を上げる六時より前に、犯人が外から橋をわたって、この館の中へ、しのびこんできた。ひとりだったか、ふたりか三人だったか、むろん、わからないですが、……』

『フーム、それで？』

『十一時すぎに、ダグラス君が、この部屋にはいってくるまで、犯人は、どこかに、ひそんでいたのでしょう』

『五時間も長いあいだを？』

『ずぶとい人間だと、それくらいのこと、なんともないはずだ。ところで、ダグラス君は、寝るまえになると、家の中を、きっと見てまわる。あかりをつけたまま忘れたり、召使がしていると、ひどく注意する。そうして、この部屋にはいってきたところを、ひそんでいた犯人が飛びだすなり、ばら弾の鉄砲を顔と頭へ、まぢかくから、ぶっぱなして、この窓からにげてしまった。どうですかな。こういう判断は？』

　バーカが、自分のあわてているのを、かくすらしい。息をついて話しつづける。それをイルスン巡査部長は、ジッと聞きながら、ダグラスの死体のまわりを、こまかに見ていた。すると、落ちている紙きれを、ふと見つけた。ひろいあげてみると、太く書かれている。

V・V・341

『バーカさん、これは、なんですか？』

『エッ？　なんですかな、見たことがない。V・V・341、なにかの暗号だとすると、犯人が落として行ったのでしょうな』

　バーカは、ほんとうに知らないらしく、顔をしかめた。

　この時、ウッド先生が見つけたのは、だんろの前に落ちていた大形の金づちだった。とりあげて、

『イルスンさん、これは、参考にならないでしょうか？』

　と言うと、バーカがすぐに、

『それは、ダグラス君が、きのう、かべの額をとりかえる時に、使ったものです。たしかに、そうですよ。ぼくが見ていましたからな』

　イルスン巡査部長も、この大形の金づちを見て、

『ウッド先生、どんな物でも、もとのとおりに、しておいてください。このような怪事件だと、ロンドン警視庁から第一級の探偵が、乗りこんでくるでしょう。それまでに、ぼくも、しらべられるだけ、よく見ておかないと、せきにんが、はたせない

ですよ』

と、ランプをもって、部屋じゅうを、なお、こまかく見てまわった。

一方にあつい力ーテンが、しまっている。それをイルスン巡査部長が、ソッと、はぐって見ると、

『オッ、このカーテンは、何時ごろしめたですか、エームスさん!』

『ハイ、それは、ランプを私がもってきた時ですから、四時すぎだったと思います』

『これを見なさい、バーカさんも。犯人はここに、かくれていたのだ。このカーテンの中に!』

ランプのあかりにてらされて、すみの方に、泥ぐつのあとが、ベタリとついているのを、四人とも見た。

何者のくつあとなのか?

イルスン巡査部長は、バーカのはいているくつを、ソッと見つめた。しかし、泥はついていない。大きさもちがうようだ。

『どうも医者には、わからないことばかりだ。わたしは死体の方を、なおしらべてみましょう』

ウッド先生が、死体のそばに、ひざをつけた。動かさずに頭の方から見ているうちに、とつぜん、さけびだした。

『オオッ、これは何だろう、このマークは?』

腕の焼印と結婚指わは?

イルスン巡査部長もバーカもエームスも、死体のそばへ行って見た。ウッド先生が、ゆびさしている。死体の右腕に、赤黒く丸の中に三角のしるしがついている。
○の中に△、この奇怪な腕の記号は、なにを意味するのか?
ウッド先生は、この奇怪な○と△を、ジッと見つめながら言った。

『いれずみではないですよ。焼いたものです。いわば焼印です。かなり前に焼いたらしい。古い傷になっている』

この死体の腕から指の方を、ジロジロと見て行ったエームスが、これもとつぜん、さけびだした。

『アアッ、結婚指わがなくなっている! 変です、変です!』

『なくなっている?』

と、イルスン巡査部長も、おどろくと、

『どうしたのでしょう? 主人は、いつも左の小指に、かざりのない結婚指わと、その上に、かざりのある金指わと、二つをはめて、くすり指には、このとおり、蛇の形のを、はめていられるのです』

と、エームスは、声もふるえて、

『変です! このとおり、かざりのある金指わは、のこっているのに、下にはめていられた結婚指わが、なくなっています。どうしたのでしょう?』

イルスン巡査部長は、今や何とも判断が、つかなくなった。

『それでは、犯人がダグラス氏を殺してから、小指にあった上の金指わをぬきとって、下の結婚指わをとると、また金指わをはめたことになる。バーカさん、あなたは、これを、なんと思うですか?』

『さあ、なんと思うって、ぼくは、わからないですな』

『しかし、あなたは、鉄砲の音を聞くなり、ここへ一分ほどで、ここへはいって来たと言った。犯人が指わをぬいたり、はめた

りする、ひまはないはずだ。すばやくやった、としても、窓からにげだすまでに、すくなくとも一分はかかる。しかし、あなたは、この部屋に、だれもいなかったと言った。この点、どうですか？』

『そ、それはですな、……』

『なんです？』

『犯人がダグラス君を殺す前に、なにか話した。そのために、ダグラス君は、結婚指わを自分でぬきとって、犯人にやってしまった。▼72こういう判断も、できるではないですかな』

と、この時、バーカは何か、ひとりでわらったようだった。

なにをバーカが、わらったのか？　おかしいわけはない。また、わらえる場合ではない。

　イルスン巡査部長は、いよいよ判断がつかなくなった。

これはまさに『怪事件』と言わなければならない！

　州の警察本部へ、とりあえずイルスン巡査部長から、知らせてきたのは、このとおりです。警察本部からロンドン警視庁へ、さらにこれを至急、報告してきたですが、いかにも怪事件らしい。そこでホームズ先生、あなたのお力をと、おねがいに出たわけですが、これだけの報告で、先生のお考えは、どのように判断されるですか？」

　マグドナルド警部が、手帳をしまいながら、ホームズの顔を見つめて、ねっしんにきいた。

　汽車の天じょうを、ホームズは、ジッとあおむいたまま見ている。なんだか、ほかのことを考えているようだ。マグドナルド警部の説明を、すっかり聞いていたのか、いなかったのか。ふと、ぼくの方を見ると、

「ワトソン！　君の意見は、どうなのか？」

　筆記していたぼくは、だしぬけにきかれて、あわてながらいった。

「このバーカというのが、どうも怪しいようだね。君の判断は、どうなんだ？」

　ホームズの判断こそ、マグドナルド警部も聞きたがっている。この記録を読んでいる人も、おそらくそうだろう。

アメリカ人ですから

　ホームズは、家でスープを飲んで話していた時と、おなじことを言った。

「さっぱり、わからないね」

　マグドナルド警部が、ガッカリした顔になって、口の上のひげを、ゴシゴシとこすりながら、

「先生、それでは実さい、こまるですが、……」

「フーッ、こまっても、わからないことは、わからない」

「こまるですな、もうすぐ、バールストーン駅ですが」

「今の報告の巡査部長のほかに、州の警察本部から、だれか行っているでしょうね」

「そうです、主任のホワイト・メイソンが、きっと行っとるです。ぼくと同窓生の警部▼73で、すこぶる頭がいいです」

「メイソン警部、ぼくのところへ、二度きたことがある、なかなか探偵神経▼74がするどくて、ぼくの方が、いろいろ教えられた。今度も、そうなるだろう」

　これを聞いて、マグドナルド警部は、なおさらガッカリした顔になって、駅へつくまで、ひげをこすってばかりいた。

バールストーン駅へついてみると、メイソン警部が、むかえに来ていた。ホームズを見ると、よろこんで握手しながら、

「ヤア、お待ちしとったですよ。とても、めずらしい事件です。いろいろしらべてみたですが、まるで迷うばかりです。ワトソン博士も来ていただいて、ありがたい。医学上からも、ぜひ、見てください。マグドナルド、報告したことは、ホームズ先生に話したろうね？」

「ウン、しかし、先生は、さっぱりわからん、と言われるんだ」

「わからん？　フーム、それはまだ、現場をお目にかけてないからだろう。車を待たしてあるです。すぐ行ってくださいますか？」

　メイソン警部は、ピチピチしている。早口で、ひげもきれいに、そっていて、美男子だ。

　自動車に四人が乗りこむと、▼75ホームズがきいた。

「メイソン君、今までの報告のなかに、なにか新発見が、ありましたかね？」

「そうです、ぼくが発見したのは、ふしぎな形の鉄砲ですが、いかにも変なもので、みじかい銃身が二本、引金が二つでしてね。おもいが、上着の下へでも、かくせるものです」

「長さは？」

「五十センチたらず」

「ばら弾だというし、銃身が二本あるのは、猟銃にちがいない。みじかいのは、使う者が切ったのだろう。かくして持てるように」

「なるほど、そうです。切ったらしい、はしのところに、ＰＥＮと三字が、きざまれている。鉄砲にペンは変だと思ったですが」

「ハハァ、それは、アメリカの有名な製銃会社のマークだ。ＰＥＮＮＳＹＬＶＡＮＩＡ、はしの三字が、切れた銃身のはしに、のこっているのだな」

「ヤッ、そうですか、すると、ダグラスか犯人が、アメリカからもってきたか、あるいは送られたか、どっちかです。もっともダグラスは、アメリカ人ですからね」

　自動車は全速をかけて、いなかの並木道を、まっしぐらに走りつづけて行く。四方、いい景色である。しかし、外のながめに気をとられてはいられない。四人とも「怪事件」について、考えをこらしていた。メイソン警部が、ぼくにきいた。

「ワトソン博士のお考えは、どうですか？」

「さあ、ぼくこそ、さっぱり、わからないのですが、奇怪なＶ・Ｖ・341と書いた紙きれ、ダグラス氏の結婚指わ、それらを思うと、物をとりに来た犯人ではない、と、判断していいでしょう。なにかの原因があって、ダグラス氏を殺すために、はいってきた。とすると、夜なかに音のする、そのような変な重い猟銃を、わざわざもってきたのが、わからない。家の者に聞こえないように、鉄砲やピストルでない短刀とかメスとかを、もってきそうなものだ、と、ぼくは思うのですがね」

「ホー、ご名答です。なるほど、そのとおりに考えられます。……来ました、あれが領主館です。とても古い建物です」

　メイソン警部が、前のガラスをとおして、むこうの方を指さした。

「怪事件」の現場へ、いよいよ来たのである。

一本の鉄棒と三十分間の謎

あごのはしに傷

いかにも古い、むかしの建物である。おそらく二百年より以上すぎたろう。赤れんがも、どすぐろくなっていて、二階の屋根など、今にもくずれてきそうだ。

むかしの州の領主が、ここに住んで、自分たち一家の者をまもるために、堀をまわりにつくった。今なお、のこっている、はば十メートルほど、水がにごっていて黄いろいのも、変に気みがわるい。むこうに高く石の柱が二本、立っている。門だ。その石も古く、こけが青ぐろくついている。

この石門の下から堀の上に、木の橋が、かかっている。はば一メートルあまり。夕方になると鉄のくさりで上げる。館は島の中にあって、外の敵から自分をまもる。

「このように古い、とくべつの大きな家を、わざわざ買って、五年も住んでいたダグラス氏は、むかしの領主のように、なにかおそるべき敵があって、自分をまもっていたのじゃないですかな！」▼76

マグドナルド警部が、橋の前で自動車をおりると、あたりを見まわしていった。

「そう、たしかに、そう思える」

と、ホームズが、うなずいて、まっさきに橋の上をあるいていきながら、

「メイソン君、この堀の深さは？」

「まん中の深いところでも、一メートルたらず、家の者にきいたのですが、両がわは、もっと浅いそうです」

「すると、わたって往復したとしても、おぼれることはないね、およぎを知らない者でも」

「そうです、長いあいだに、浅くなったのですな。むかしは深かったのでしょうが」

「歴史上の名所でも、見にきたようだな」

と、マグドナルド警部が、小声でいった。

石門をとおって、大きな玄関から四人が、中へはいって行くと、この館の事務をとるエームスと、イルスン巡査部長が出むかえて、死体のある現場の部屋へ、あんないした。

殺人の現場は、死体を見るのになれている医者のぼくも、まったく、いやな気がした。

バーカは、どこへ行ったのか？　ウッド先生がいないのは、家へ帰ってしまったのだろう。

ホームズの高い全身に、はちきれるみたいな気力が、あふれだしてきた。ゆっくりとあるきだして、ダグラス氏の死体のそばへ行くと、ひざをつけて、しらべはじめた。目の光りがまるで上から刺しとおすようだ。しばらくすると、

「ひどい！　散弾にやられたのだ。エームスさん、この右腕にあるマークを、あなたは今までに見たことがありますか？」

「はい、主人がシャツの腕まくりをするたびに、何度も見ましたので」

「この丸の中に三角の意味を、聞いたことは？」

「いいえ、おたずねもしませんでしたし、主人も、なんとも言われませんでした」

「フム、このあごのさきに小さく、ばんそうこうが、はってあるのは？」

「それは、きのうの朝、ひげをそる時に、かみそりで、知らずに傷をなさいましたので」

「きのうの朝にかぎって？　それとも、そういうことが、今までに、いくども？」

「いいえ、今までには、一度もないことでして」

「すると、きのうの朝は、ダグラス氏が、いつもとちがって、いくらか、こうふんしていた？」

「はい、なんですか、ソワソワしていられまして」

　マグドナルドとメイソンと、ふたりの警部が、そばで真けんに耳をすましている。自分たちのたずねる方法と、ホームズ先生のやりかたは、よほどちがっている、と、ふたりが目と目で話しあっていた。

ただ一本の鉄棒

　奇怪なV・V・341と書かれている紙きれを、ホームズが、ひろいあげて、おもてから、うらまで、こまかく見ながら、

「エームスさん、これは、かなり厚くて、きめのあらい紙だが、これと同じ紙を、ダグラス氏は使っていましたかね？」

「いいえ、そのような紙は、今までに見たことがありませんので」

「フム、このインクの色から見ても、犯人が、どこかで書いてきたものだな」

　メイソン警部が、そばから顔をちかづけて、

「いったい、このV・Vと341という数字は、どういう意味でしょうな？」

「さっぱり、わからない、しかし、この奇怪な記号が、新聞に出るとすると、犯人の味方の者が、ダグラス氏を殺したのを、知るだろうし、そのためかとも、ぼくは思うのだが、……」

「エッ、すると、犯人は何か秘密団の者ですか？」

「そう、その秘密団の記号が、このV・V・341では、ないだろうか？　はてな、あそこのテーブルの下にある鉄の棒は、なにかな？」

　みんなが、うつむいて、それを見た。

　丸テーブルの足のそばに、長さ二十センチほどの鉄の棒▼[77]が、一本、ころがっている。両はしがまるい。

　エームスが、見るとすぐいった。

「主人が、まい朝、あれを一本ずつ両手にもって、健康のために三十分間ほど、体操をなさいますので」

「すると、二本なければならない。もう一本は？」

「さあ、……？」

　エームスが、丸テーブルの下から、あたりの方々を見まわして、

「一本しかありません。いつも二本、そろっていましたのが、どこへ行きましたか？」

　マグドナルド警部が、口の上のひげを、ゴシゴシとこすりだして、

「まさか犯人が、鉄の棒を一本、もって行きはしないだろうて」

　と言った時、ドアをたたいて、いきなり黒服の男がとびこんできた。

「メイソン警部殿！」

「何だっ、つかまえたか？」

「いや、犯人の自転車を見つけたです」

「自転車、どこだっ？」

「橋のむこう、三十メートルほどの所です」

それっ！　と、みながドカドカと、いちどきに出て行った。

堀の前は、いちめんに深い草むらである。その中に、かくしてあった自転車が、引きずりだされて、よこになっている。メイソン警部が立てて見ると、

「ウウム、かなり古いものだな。よごれとるし、泥のつきかたは、よほど遠くから来たのだな。番号札をとっとる。だれの物とも、わからん、ざんねんだな」

マグドナルド警部が、ここでも、ひげをこすりまわして、

「これが犯人の物だとして、なぜ、これに乗ってにげなかったか？　わざわざ歩いてにげたのはわからん！」

「ウム、堀の水をわたったとすると、ずぶぬれになっとるだろうし、ホームズ先生、すでに非常警戒線を、この四方に張らせたですから、怪しいやつは、きっと引っかかるはずですが、……」

「ハハア、しかし、引っかかる犯人では、ないようだな」

と、ホームズは、堀の黄いろい水を、ジッと見ていた。

これが近ごろ有名なホームズ先生か！　と、黒服の男がよこから、しげしげと見ていた。あとできいてみると、州の警察本部から来ている探偵のひとりだった。

犯人の乗ってきたらしい自転車を、せっかく発見したが、さて、なんの手がかりにもならない。いよいよ家の者をしらべるために、みんなが引きかえすと、応接室にはいった。

すると、メイソン警部がホームズに、ソッとささやいた。

「たいがいのことは、ぼくが今までに聞いたですが、必要と思われるところを、ドシドシとおしらべください」

メイソン警部も、この怪事件をもてあましているらしい。そばで初めから見聞きしているぼくも、なにがなんだか、さっぱり、わからないことばかりだ。この記録を読んでいる人は、今までに何か、この事件を解くヒントを、つかんだろうか？

あわてなかった夫人

応接室に、ホームズが、さいしょに呼びいれたのは、エームスだった。やはりまだオドオドしていて、

「はい、なんでも知っていることは、そのまま話しますので、わたくしは、……」

「あなたは、ダグラス氏が、きのうの朝から、ソワソワしていた、と言ったが、いつも別に、そういうことは見なかったのですか？」

「主人は、いつも二本の鉄棒を両手にふりまわして、からだをきたえていられますし、猟に出かけると、どんな冒険でもする、とても大胆な人でして、グッとおちついていました。ソワソワしていたのは、めずらしいのです」

「あなたが、ゆうべの事件を、はじめて知ったのは？」

「自分の部屋にはいって、事務をかたづけていました。すると、ふいにベルの音が、はげしく聞こえましたので」

「フーム、ベルの音が。何時ごろに？」

「はい、十一時半をすぎていました」

「鉄砲をうったような音は？」

「主人の部屋と私の部屋は、ズッとはなれていますし、鉄砲をうったような音は、きこえませんでした」

「ベルの音だけ、十一時半すぎに、それから？」

「おどろいて、ろうかへ出て行きますと、家政婦のアレン女史も出てきました。階段の下へきますと、夫人がおりてこられまして、すると、……」

「待った！　その時、夫人のようすは？」

「ええと、あわててはいられなかったようで、ただスタスタと、おりてこられました」

「フム、それから？」

「すると、主人の部屋から、バーカさんが、とびだしてきて、夫人に、

『あなたは、寝室へかえって！　ダグラスは死んでいる。なんとも手のつくしようがない。寝室へかえりなさい、見てはいけないっ！』

　と、両手をひろげて、おしとめまして、それから、……」

「待った！『ダグラスは死んでいる』と、夫人は聞いて、声でもたてたか、気をうしないかけたか？」

「ええと、べつに声もたてずに、そのままアレン女史につきそわれて、寝室へ引きかえして行かれました」

「フム、……」

「それから、わたくしとバーカさんは、主人の部屋にはいって行きました。すると、ランプが、ついていまして、……」

「待った！　あとはわかっている。アレン女史にくるように言ってください」

　つぎに呼ばれてきた家政婦のアレン女史は、三十五、六才らしい、とても大女で、デブデブにふとっている。あごなど二重になっていて、背も高い。

「あたくし、ミス・アレンですの」

　と、声も男みたいだ。

「ゆうべ、あなたは夫人につきそって、二階の寝室へ行かれましたね。そのまま朝になるまで、いっしょにいたのですか？」

「まったく、そのとおりです」

「その五、六時間、夫人のようすは？」

「夫人は、ひどく、こうふんしてしまって、もう、ブルブルとふるえてばかり、それだけでしたわ」

「ダグラス氏を見に行かずにはいられない、という意味のことは？」

「いいえ、なにひとことも言わずに、だんろのそばで、両手へ顔をうずめたきり、ふるえていただけでしたの」

「召使たちは？」

「みんなの寝室が、ズッとはなれていますから、巡査部長さんが派出所からくるまで、なんにも知らずにいたようですわ」

「よくわかりました。ありがとう。バーカさんは今、どこにいますか？」

「二階に、夫人と何か話しているようですの」

「フム、バーカさんにくるように、言ってください」

「はい、……」

　アレン女史が立ちあがると、いすがミシッと音をたてた。おどろくべき大女である。▼78

いささか変り者

ホームズが今まで、たずねたことは、犯行の中心点に、関係がすくないようだが、と、ぼくはそばで筆記しながら、そう思わずにいられなかった。

　もっとも、うたがわしいバーカ氏が、はいってきた。顔もからだも、キビキビしていて、すこしのすきまもない。よほど利巧のようだ。いすにかけるなり、

「ホームズ先生、たばこをすっても、いいですかな？」

「どうぞ、ぼくもやります。あなたがダグラス氏と知りあったのは、いつごろからですか？」

「そうですな、もう十年ほど前です」

「どこで？」

「アメリカのカリフォルニアでした」

「はじめから親しく？」

「そう、とても気があって、炭鉱の事業を共同に経営して、大いにもうけましたな▼79」

「その時、ダグラス氏の夫人は？」

「いや、ダグラス君は、その時分、ひとりでした。ぼくと知りあう前の年に、夫人がなくなって、チフスだったそうです。ぼくは写真を見ましたが、とても美しい人でした」

「ダグラス氏は、あなたと知りあう前、どこにいたのですか？」

「彼の話によると、シカゴに、かなり長くいたようです」

「その時の職業は？」

「さあ、彼は何とも言わなかったですな」

「カリフォルニアから、ここへ来たのですか？」

「そうです。せっかく大いにもうけている時、とつぜん、ぼくにも理由を言わずに、あらゆる権利を売りはらって、このような古い館へ、来てしまった。今かんがえても、とにかく変でしたな」

「今の夫人との結婚は、それからあとですね▼80？」

「そうです」

「ダグラス氏が、カリフォルニアを出発してから、別に変わったことは、なかったのですか？」

「そうですな、ぼくが記おくしているのは、ダグラス君が出発すると、一週間ほどして、とつぜん、男が五人、ダグラス君をたずねてきました。変わったことというと、それくらいのものですな」

「フム、その五人の男について、なにかの記おくは？」

「そうですな、あれているような連中で、

『おらんというなら、ダグラスは、どこへ行った。今いるところを言えっ！』

　と、おそろしく突っかかってきたのです。そこで、こちらは、

『さあ、ヨーロッパへ行ったらしい。今いるところは、知らせてもこないし、わかりようがない』

　と言うと、なにかブツブツ言いながら、五人とも出て行きました」

「フーム、五人ともアメリカ人ですね」

「見たところ、そうでしたな」

「あなたが、この村へ、うつってきたのは？」

「なに、ぼくは英国人だし、ひとりだけになって炭鉱など、ア

メリカでやっているのも、つまらない気がしたからです。親友ダグラスのあとを追いかけてきた。ぼくもあるだけの物を、炭鉱の権利といっしょに売りはらって、フム、それだけのことですよ」

「あなたの夫人は？」[81]

「ぼくは独身です、というと、理由をきかれるでしょう。フム、いささか変り者だから、ひとりでいるのが、気らくなんですな」

「いろいろ失礼なききかたをしましたが、ゆうべの事件と、あなたについて、ただひとつだけ、わからない点がある」

ホームズが、そう言うと、バーカは、にわかにキッとして、すごい顔になった。

三十分間が謎だ

「あなたが、鉄砲をうったような音を聞いて、ダグラス氏の部屋へ、とびこんで行った時、テーブルの上に、ろうそくがついていたのですね？」

「そう、そのとおりです」

「ろうそくのあかりで、あなたは、ダグラス氏の異変を見た。そこで、ベルを鳴らしたのは、あなたですね？」

「そう、それも、そのとおりです。そんなことに、なんの意味が、あるのですかな？」

「ところが、ベルを聞きつけてエームス君が、すぐにかけつけてきた時、ダグラス氏の部屋に、ランプがついていた。この点は？」

「フム、そんなことか、……」

と、バーカは、あざ笑いながら、きゅうに顔色をかえた、が、むりに平気なようすになると、

「それは、前にもう、イルスン巡査部長にも言ったことですよ。ランプは、ぼくがつけたものです。ろうそくは、うすぐらいですからな」

「イルスン巡査部長の派出所へ、あなたは、ここから走って行った、急を知らせに？」

「むろんですな」

「何分間ぐらいで？」

「そうですな、十二、三分はかかったでしょう」

「よろしい、ところで、イルスン巡査部長が派出所で、あなたの鳴らしたベルを聞いたのは、十一時四十五分だったと、ハッキリおぼえている。すると、あなたが、ここから走りだして行ったのは、十一時三十分すぎですね。十二、三分かかるのだから」

「ウウム、そ、そうです」

「ところで、いいですか。あなたは、イルスン巡査部長に言っている。

『ぼくがダグラスの死体を発見したのは、十一時すぎだった。寝室にはいって、もう十一時だしソロソロ寝ようか、と思っていると、なんだかドスッと変な音がきこえた。おどろいて、すぐ、ダグラスの部屋へはいってくるまでに、一分もすぎていなかったろう』

と、すると、急を知らせに派出所へ出て行く十一時三十分すぎまで、およそ三十分の間がある。三十分間すぎている！」[82]

「……ウウム、そうか」

と、バーカが青くなった。

「その三十分間、あなたはダグラス氏の部屋で、なにをしていたのですか?」

「知、知らないです」

「自分のしたことを、知らない?」

「いや、なにしろ、だれだって、ああいうめにあったら、頭が変になって、自分でも何をしたのか、ハッキリとは、おぼえていないと思うですな」

「フム、よくまた考えだしておくのが、いいでしょう。ダグラス夫人に、ここへくるように言ってください」

「そう言いましょう。くるかな?」

ホームズに問いつめられて、青くなったバーカは、きかない気らしくブルッと顔をふると、ぼくたちをにらみまわして、応接室から出て行った。

マグドナルド警部が、スックと立ちあがると、

「やはり怪しい! バーカをすぐ捕えておくか、ホームズ先生、どうですか?」

「捕えるのは、まだ早いようだ」

「にげると、やっかいですぞ!」

「いや、にげないだろう。彼よりもダグラス夫人の方が、やっかいらしい。ここへくるかな?」

ホームズなんて、のろまな男だ

わらった口びる

ダグラス夫人が応接室へ、スッとはいってきた。銀髪の美人である。みどりの目がすみきっていて、かしこそうな、すきまのない顔つきのまま、いすにかけると、

「ホームズ先生のお名まえは、かねてから、存じておりまして、……」

ホームズは、手をふって、

「いや、すべてのあいさつなしに、おたずねするのを、ゆるしてください」

と、ブッキラボーに、

「ダグラス氏との結婚は、五年ほど前、ということですが?」

「はい、そうでございます」

「アメリカに、ダグラス氏がいた時の思い出話は?」

「主人は、わたくしが、どんなに聞きたがりましても、アメリカのことばかりは、ちっとも話してくれませんので」

「一度も?」

「いいえ、たった一度だけ、二年ほど前でしたが、夜の食事のあとに、変なことを言いだしまして」

「それを、どうぞ!」

「わたくし、よくはおぼえていませんけれど、

『おれはアメリカで、恐怖の谷というところに、いたことがあるが、そこからまだ、ぬけだしてはいないようだ』

と、こんなことを言いますから、

『そんな恐ろしい名まえの谷が、この近くにあるんですの？』

と、ふしぎに思って、たずねますと、

『いや、よけいなことを言ったな。おまえは気にしなくていいんだ。わすれてしまえ！』

と、それきり何とも話してくれませんし、言わないとなると、ムッと口をむすんだきり、だまってしまう人でした。でも、『恐怖の谷』などと、変なおそろしい名まえですから、わたくしは今でも、おぼえておりますのです」

「ほかに、人の名まえなどは？」

「ああそれは、三年ほど前でしたか、ふいに風邪をひきまして、たいへんな熱のために一週間ほど、寝たままでした。その時、うわごとみたいに、いくども、

『どうだっ、マギンチイ！』

と、とても大声で、しかりつけるように、どなりましたの。あとで、たずねてみますと、

『よけいなことを言ったな』

と、それきり、口をむすんでしまいまして」

「フーム、……マギンチイ？」

と、ホームズは、まゆをひそめながら、夫人に、

「エームス君にきいたのですが、ダグラス氏は、きのうの朝から、ソワソワしていられたという。その前の日は、どのようでしたか？」

「その前の日は、むこうのタンブリッジ町へ、散歩に出ました。▼83いつも歩くのが大好きでしたから、けれど、帰ってきますと、なんですか、いつもとちがって、ムッと気げんがわるくて、夜の食事の時も、だまりこんでいました。わたくしも気になりまして、

『どうかなすったんですの？』

と、たずねましたけれど、主人は自分のことを、すこしも言わない人ですから、この時も、ただムッとだまっていまして、……」

「すると、タンブリッジ町で、何事かあったのだ、と、そう思われたですか？」

「はい、たしかに、……」

「いろいろ新しいことを、おくさまから聞くことができました。では、エームス君に、もう一度ここへくるように、おっしゃってくださいませんか」

「わたくしに、おたずねになりますの、これだけで、おしまいなのでしょうか？」

「フム、その意味は？」

「名探偵と評判のあるホームズ先生ですから、わたくしは、さまざまとくわしく、おたずねを受けることと思っていましたのに、……」

「そうですな、名探偵どころか、まだ一人前にもなっていませんから、実は自分でも、よわっているところです」

「まあ！　ほんとうにまだ、なんの手がかりも、ないのでしょうか？」

と、夫人のみどり色の目が、ホームズを見つめて、どうしたのか、チラッと口もとに、かすかなわらいがもれると、いっしゅんに、きえてしまった。

にげても非常線が

ぼくはハッとした。ダグラス夫人の謎の微笑[84]である。変だな、なにを思って、ふとわらったのか?

ホームズは、ところが、すました顔をして、

「手がかりをつかむのは、まず、これからでしょうね。今は、よわっているところです」

「では、わたくし、これで失礼いたしまして、……」

夫人はスラリと立ちあがると、なにか勝ちほこったように、顔をあげてスッスッと出て行った。夫の死を、かなしんでいるようすは、すこしもないらしい。

エームスが、やはりビクビクしながら、はいってきた。

「ご用は、ホームズ先生、なんでございましょうか?」

「バーカさんは、今、どこですか?」

「はい、庭に出ています」

「あなたが、ゆうべ、ダグラス氏の部屋へ、いっしょにはいって行った時、バーカさんが、足にはいていたのは?」

「ええと、寝室用のスリッパでした。派出所へ知らせに行くというので、くつを、ぼくがとってきたのです」

「そのスリッパは、今どこに?」

「広間のいすの下に、おいてあります。なにしろ、あの部屋の血で、すっかり、よごれましたので」

「あなたのスリッパも、あそこの血は、よけられなかったろう」

いきなりホームズが立ちあがると、ぼくたちに、

「今一度、あの部屋へ!」

と言うなり、応接室を出て行った。

マグドナルドとメイソン、ぼく、三人がホームズのあとについて行った。ダグラスの部屋に、またはいると、

「これだ!」

ホームズが、広間からさげてきたバーカのスリッパを、窓ぎわへもって行きながら、

「来て見たまえ」

何だろう? と、三人が窓ぎわへ行ってみると、

「さあ、多分、まちがいないと思うが、……」

ホームズが、窓ぎわにのこっている血みどろの靴あとへ、バーカのスリッパを上からあてた。

「ヤッ、ピッタリだ!」

と、メイソン警部が、ギクッとすると、マグドナルド警部が、

「これだけ証このあるバーカを、にがしては、われわれの失敗だ! ホームズ先生、やつは庭へ出とるですが、にげるんじゃないですか?」

「にげても、非常線が張られているのだろう」

「では、このままですか?」

「いいでしょう、このままで。それよりも、あらそえない証こを、じゅうぶんに、つかまなければならない」

「ホームズ先生!」

と、メイソン警部が、また声をひそめて、

「あらそえない証こが、つかめるかどうか、夫人が言ったタンブリッジ町に、ぼくは今から手をつけるです。何事かダグラスを突発的に動かしたものが、その町にある。それに、あの自転車のタイヤについていた粘土は、タンブリッジ町から、ここへ

くるとちゅうが、深い粘土道だから、[85]ゆうべ、犯行の前に、町から乗ってきたものだと、ぼくは、なおさら、このままではおれない。マグドナルド、君も来てくれんか？」

「ウム、そうか、この現場には、しらべることが、すでにない。よし、行こう！」

ふたりの警部は、うなずきあうと、たちまち飛びだして行った。すごく気が早い。

「すばやいね、警部たちは」

と、にがわらいするホームズに、ぼくはいった。

「バーカを、このままにしておいて、実さいに心ぱいはないのかね？」

「なんだ。君まで気にしているのか。バーカは庭に出ているという。なにをしているのかな？」

「ぼくが行ってみても、いいかね？」

「よかろう。ぼくはまだ、この部屋にいて、わからない点を、いろいろ考えてみたいのだ」

なにをホームズが、まだ考えるのか？　ぼくは、怪しむべきバーカが、ますます気になって、庭さきへソッと出て行った。

たいへんなウソつき

庭は古い大木にかこまれていて、うすぐらい。しかし、空気がいい。ぼくは、死体のころがっている暗い部屋から出てきて、腹のそこから息をついた。

バーカは、どこにいるのか。怪しむべき彼は！

見まわしたが、人かげはない。生けがきが青々とつづいている。バーカは、にげたのか？　ぼくは生けがきのそばへ、足おとをしのばせて行った。

すると、生けがきのむこうから、とつぜん、

「ホームズなんて、あんがい、のろまな男だから、[86]……」

バーカの声、えらそうな口調だ、と、ぼくは立ちどまった。

「ホホッ、ホホホホ、……」

わらった、夫人の声！

ぼくはギョッとした。

夫が殺されたのに、わらっている夫人、応接室でもチラッとわらって行ったのだ。

生けがきのむこうで、バーカと夫人の声が、なおヒソヒソとささやいている。ひくくてハッキリとは聞こえない。なにを話しているのか？

紳士として立聞きなど、すべきことではない。しかし、今、夫人もまた、バーカと共に、怪しむべきではないか？　ぼくは、一生けんめいに耳をすました。

ふたりのささやく声が、どうも聞きとれない。ぼくはソッと生けがきのすぐそばへ、ちかづいて行った。

すると、ふたりが生けがきの向うへ、ささやきながら歩きだして、くつ音が草むらにカサカサと聞こえる。館の横へ行く。橋のある正面の方ではない。

これではバーカのやつ、にげだす心ぱいはない。まだ夫人といっしょにいるのだな、と、ぼくは玄関の方へ、ソッと引きかえしてきた。

すると、ホームズがスタスタと出てきた。ダグラスの部屋にひとりいて、なにか新発見をしたらしい。顔をかがやかし、深い底力にあふれている目が、ぼくを見ると、うなずいて、

「引きあげよう、これでいい！」

「エッ、ロンドンへ帰るのか？」

「ひとまず、駅前のホテルへ」

ふたりは古い石柱の門の下から、橋をわたると、ようやく外へ出た。実にいやな気もちの「領主館」だった。

自動車は、警部たちがタンブリッジ町へ、とばして行ったらしい。黒服の探偵と制服の巡査が堀のふちに立っている。館から出てくる者を、きびしく見はっているのだ。ホームズが声をかけて、

「ヤアご苦ろうですな。マグドナルド警部とメイソン警部が帰ってきたら、ぼくたちは、駅前のホテルへ引きあげたと、言ってください」

「ハッ、しょうちしました」

と、巡査が手をあげて敬礼した。

しかし、探偵の方は横をむいたきり、知らない顔をしていた。警察に関係のない人間が、ふたりも出てきて、むやみに事件へ手を入れている。これが気にくわないらしい。

駅の前まで、ホームズとぼくは、いなか道を、ゆっくり歩きつづけてきた。

「ダグラス夫人とバーカが、庭の生けがきにかくれるようにして、ヒソヒソと話していたがね」

と、ぼくが言いだすと、ホームズはパイプのたばこに、火をつけながら、

「フーッ、そんなことだろうと思ったよ。なにを話していたのかね？」

「バーカの言ったことだけ聞こえたが、『ホームズなんて、あんがい、のろまな男だから、…』と、すっかり、君を軽べつしていたようだ」

「フッフッ、さすがにバーカはよく見たね。ホームズは、のろまな男にちがいないからな。夫人はそれで？」

「おもしろそうに、わらっていたのだ。あのふたりこそ、あやしいじゃないか？」

「ウム、ふたりとも、とんでもないウソを言っている。フーッ、たいへんなウソつきさ。うまくぼくをだまかした、と思っているんだろう」

「だから、夫人がわらったのかな。どんなウソを、ふたりが言ったのだ？」

俳優をやって成功

「これは、おどろいた！　ワトソン博士も、あのふたりに、だまされたらしいね」

と、ホームズが、ぼくを横から見て、ひやかすみたいにいった。

「いや、あのふたりこそ怪しい！　と、ぼくは言っているのだ」

「ウム、いかにも怪しい。さすがにワトソン博士はよく見たね」

「ひやかしてはいけない。どんなウソを、ダグラス夫人とバーカが言ったのだ？」

「口をそろえて言っているじゃないか。ふたりが、まえもって打ちあわせたものだね。鉄砲のような音を聞いたのは、▼87夫人とバーカだけだ。それが、十一時を五分とはすぎていない。とこ

ろが、ダグラスの部屋で、バーカがベルを鳴らしたのは、十一時三十分すぎだ。およそ三十分のあいだ、バーカと夫人は、なにをしていたのか？」

「それをバーカは、応接室で問いつめられて、タジタジとなったが、しかし、夫人もダグラスの部屋に、三十分間もはいっていたのかな？」

「それは、わからない。だが、夫が殺されているというのに、まるで見ようともしない。あわててもいない。そのまま二階の寝室へ引きかえして行くなど、できることじゃないだろう」

「いや、その時、あの家政婦のアレン女史も、来ていたのだぜ」

「フーッ、芝居だよ」

「エッ、芝居か？」

「そうさ。バーカと夫人は、およそ三十分間、なにごとか計画し実行した。それからバーカが、アレン女史やエームスや召使たちを呼ぶために、ベルを鳴らした。大女のアレン女史、忠実なエームスが、おどろいて出てきた。階段を夫人がおりてくる。それをバーカが両手をひろげて、おし止める。ふたりの打ちあわせた芝居さ。バーカも夫人も俳優をやって、うまく成功したのだ。君まで、だまされている、フッフッ」

「フウム、すると、ダグラスの指から結婚指わをぬきとったのは、記念のものだから惜しいと思った夫人なのかな？　三十分あると、いろんなことができるから……」

「さあ、それも、まだわからないが、おそらく犯人じゃないね。犯人ならば、下の指わだけぬきとって、上のをまたはめておくような、めんどうくさいことは、やらないだろう」

「夫人かも知れない、しかし、犯人じゃない、とすると、夫人は犯人じゃないのだね？」

「ウム、多分はね、フーッ」

「多分か？　夫人が犯人じゃない、とすると、バーカも犯人じゃないのかな？」

「これまた多分にね」

「多分ばかりだな。すると、バーカのはいていたスリッパが、窓ぎわの血のあとに、ピッタリとあっていたのは、どうなるんだ？」

「フッフッ、ワトソン博士、考えてみたまえ」

「どうも、わからないなあ！　犯人が窓からにげだして行った、と見せるわけが、バーカにあった、とすると、そのわけは、ズッと家の中にいたバーカ自身が、犯人だからじゃないのか？」

ぼくの頭が、この時また、こんがらがってしまった。この記録を読んでいる人は、今までに何か、これだ！　と、この怪事件の謎を解く鍵を、つかんだろうか？

ついに手がかりを

「どうも何だか、ぼくには、わからない。ホームズ、早く教えろよ。君はあの部屋に、ひとりでいた時、なにか、つかんだのじゃないか？」

と、ぼくがイライラして、あるきながら、たずねてみると、

「フーッ、ぼくもまだ、この事件を解くまでには、今すこし考えてみないと、さいごの鍵をつかめずにいるのさ。君は、こんなにあるいて、つかれないかね？」

「足はつかれないが、頭がつかれた。あのV・V・341の紙きれ

も、バーカと夫人が、探偵の目をだますために、わざわざ作ったのかな？」

「いや、あれは、同じ紙が家にないと、正直なエームスが言ったから、犯人のさいくだろうね」

「すると、バーカや夫人のほかに、別の真犯人がいるのだな？」

「ウム、そう思わなければならない。カーテンのうらに、のこっていた泥ぐつのあと、あれこそ犯人のものだろう。あそこに犯人は、かくれていたらしいね」

「では、バーカや夫人でなく、外からはいってきた者だな。泥ぐつだから」

「そう、バーカか夫人ならば、カーテンのうらに、かくれている必要もないだろう」

「なるほど、そうか。すると、自転車に乗ってきたのが、犯人だね？」

「ところが、音のする鉄砲を、なぜ、わざわざもってきたか？……ヤッ、来たぜ」

いなか道の向うから、ほこりをたてて現われた自動車が、こちらへ走ってくる。[88]運転台にいるのは、制服の巡査だ。ぼくたちの前にきて止まると、中からドアをあけた美男子のメイソン警部が、えらく元気な顔をしていった。

「さあ、乗ってください、両先生！」

よこにマグドナルド警部が、これもえらそうに、ひげをひねっている。

ホームズとぼくが、座席にはいると、

「どこへですか？」

「駅前のホテルへ、と思うのだが」

「いや、派出所へ、今いそいどるですから、ぜひ、いっしょにどうぞ！　オイ、全速！」

と、メイソン警部が、運転台の巡査に、ガンガンと命令して、ドアをしめた。

車が走りだすと、

「ついに手がかりを、つかんだですぞ。ホームズ先生、ワトソン博士、今や犯人は、ふくろの中のネズミです！」

「ホー、それは、やはり本職の人は、えらいものだな。とても、かなわない」

「ハハァ、あの古自転車を、タンブリッジの町へはこんで行って、まず、ホテルをもちまわったです。もっとも町にホテルは、四つあるだけだから、すると、イーグル・ホテル[89]で、支配人が、

『この自転車は、たしかに、おとまりになっているアメリカ人のものです』

と、明白に、ボーイもそう言ったです。

しめたぞ！　と、われわれふたりは、さっそく、

『その客は今、どこにおるのか？』

『きのうの朝早く、食事をなさいまして、この自転車でお出かけになったきり、まだ、お帰りがありません』

『宿帳を見せてくれ』

見ると、名まえは、ハーグレーブ、住所はロンドンとだけで、町は書いてない。すでに怪しい！

『いつから、とまっているのか？』

『三日まえの夕方からで』

『われわれは職権をもって、その者の部屋をしらべる！』

だんぜん、ふみこんで行ったです」

　メイソン警部が、とくいになって話しつづける。よこにいるマグドナルド警部は、ひげのさきを、しきりに、ひねりあげている。ホームズは微笑していた。車は全速で走って行く。ぼくは耳をすましていた。

深夜に五人の探検

黄いろの外とう

「むろん、ハーグレーブなどと変名に違いない。ふみこんでみると、もっとも下等の部屋です。荷物はというと、きたない手さげカバンひとつ、こんな男が近いロンドンから、このホテルへ、なんの用があって、とまりにきたのか？　これからして怪しい、と、にらんだです」

　と、今度はマグドナルド警部が、メイソン警部にかわって、全速の車の中に、ひげをひねりながら、

「カバンの中を、しらべてみると、地図がただ一枚、旅行用のもので、この付近の地図です。むろん、領主館も出とる。あるいはロンドンから、自転車に乗ってきたかも知れん。

『宿泊料は、払ったか？』▼90
　と、支配人に、きいてみると、

『いいえ、まだです』

『人相を、君がおぼえとるだけ、まちがいなく言ってくれ』

『かみの毛が半分ほど白くなっていました。はながグッと、そりかえっていて、目つきはジロジロと、色は赤ぐろく、じつに、なんとも、おそろしい顔でした』

『年れいは、いくつぐらいだ？』

『見たところ、五十ほどで、身のたけは高い方ですが、ガッチリしていました』

『服そうは？』

『灰いろの服に、みじかい黄いろの外とうをきていました』

『みじかい鉄砲のようなものを、もっていなかったか？』

『いいえ、気がつきませんでした』

『よし！』

　と、われわれは、すぐ、この自動車を町の電報局へ飛ばして、非常線の各要所に、今の男の人相、年れい、服そうを、ことごとく急報したです。ホームズ先生、どうですか、われわれのやり方は？」

「フーッ、実にすばらしい！」

「さらに、われわれは、町と村の駅へ急行して、しらべたですが、今のような男が列車に乗って行った形せきはないです」

「なるほど、その男は、非常線から出られない。ふくろの中のネズミだな」

「すでに捕えたという報告が、派出所へ来とるかと思うです」

「しかし、わからないな」

「エッ、何がです？」
▼91「それならば、なぜ、その犯人が自転車に乗ってにげなかったか？」
「ムッ、それは、メイソン、どういうわけだろう？」

「待てよ、……わからん」

　と、ふたりの警部が、ビクッとしたようだった。

ホームズは、しずかに、

「今、ぼくは初めて、君たちに忠告する。えらそうに言うが、その捜査は中止したまえ」

「ヤッ、中止、なぜです？」

「非常線についている多くの警官に、気のどくだ」

「犯人はすでに非常線を、突破したというですか、あなたは、エッ、どういうわけです？」

「フッフッ、突破はしていない。できないだろう」

「そうです。できないはずだ。どこか近くに、かくれとるですか？」

「完全にかくれていると、ぼくは思うのだが」

「ホームズ先生！　われわれは、おねがいするです。言ってください、犯人はどこにおるですか？　完全にかくれとるというのは？」

「言うためには、証こを明白に、つかまなければならない！」

と、ホームズは、きゅうに、だんことして、

「そのためには、君たちの協力を、ぼくこそ、おねがいしなければならない！」

「いいです！　明白に証こをつかんで、犯人を捕えるためには、どんなことでも警察が協力するです。早く言ってください！」

「派出所へ行ってから」

「もうすぐ、そこのかどです」

村の中の道かどを、自動車が右にまがるなりガクンと止まった。

犯人が堀の中に？

派出所にイルスン巡査部長が、領主館から帰っていた。マグドナルド警部が、ドスドスとはいって行くと、大声で、

「どうだっ、非常線から何か報告が、来とらんか？」

「なんにも、来ておりません」

と、イルスン巡査部長が、なんにも知らない顔していうと、

「ムムッ、来とらんか」

メイソン警部もガッカリして、ホームズに、

「先生！　なんでも言ってください。なんでも協力するです」

と、さいそくしながら、まゆをしかめた。

「では、今すぐにダグラス夫人へ、州警察本部と警視庁として、手紙を書くことにしよう」[▼92]

と、ホームズが、いすにもたれて言うと、

「夫人に手紙を？　どういうわけですか？」

「かくれている犯人を、さがしだすために、必要なのだ、フーッ」

「よし、それなら書くです。イルスン部長、本部の用紙と封筒をもってこい」

「ハッ」

イルスン巡査部長も、ビックリした顔になった。「犯人をさがしだす手紙」と、ホームズ先生が言う、インクとペンと用紙と封筒を、いそがしくテーブルの上にそろえた。

メイソン警部が、ペンをとりあげると、

「さ、先生、なんと書くですか？　ダグラス夫人へ！」

みんなが息をつめて、そばから聞いている。マグドナルド警

部は、ひげをゴシゴシとこすりだした。

「イルスンさん、夫人の名まえは？」

「ハッ、エリサベスです[93]」

「よろしい。エリサベス・ダグラス夫人へ、このたびの変事につき、探偵の必要から、領主館の堀の水を、一方へ流し出し、……」

「ま、待ってください。そんな工事をやるですか？」

「だまって書きたまえ。これが協力だ」

「わからんですが、書きます」

「堀を、ことごとく、かわかさなければなりません」

「ヤッ、なんのためですか？」

と、わめいたのは、ひげのマグドナルド警部だった。

「口を出してはいけない。堀の水を出すことにするのだ。……つきましては、すべての用意を当方において、今日じゅうに終り、あすの朝早く、人夫とポンプそのほかを、派出所から領主館へさしむけます」

「こんなことは、まだ、なんの用意も、しとらんですよ」

「用意はいらない」

「エッ？　いや、書きます、それから？」

「ここに前もって右のとおり、夫人のご了解を得ておくために、とりあえず、お知らせいたします。州警察本部、探偵主任、メイソン警部。ロンドン警視庁、探偵課長、マグドナルド警部、ふたりでサインだ」

「フーム、……犯人が堀の中に、ゆうべから、ひそんでいるですか？」

「フーッ、たしかな証こが、ひそんでいる」

「どうも変だな。いや、サインします、協力するです。ホームズ先生を、とにかく信用して」

「よろしい。イルスンさん！」

「ハ、ハッ？」

「この手紙を、君が今からすぐ、領主館へもって行って、夫人にわたしてきたまえ。返事はいらない。『州警察本部と警視庁の名をもってする通告です！』と、きびしく言うのだ」

「ハッ、わかりました」

イルスン巡査部長は、おどろいた顔をしながら、とても張りきっていった。

ぼくも実はおどろいて、こうふんしながら、しかし、何がなんだか、わからずにいたのである。

犯人が堀の中に、ひそんでいるのだろうか？

探検に行く腹ごしらえ

イルスン巡査部長が、ダグラス夫人への手紙をもって、さっそく、出て行くと、メイソン警部が、とても心ぱいらしい顔になって、ホームズに、

「人夫とポンプそのほかは、用意しなくて、いいのですな？」

「フフッ、よろしい。そのかわり、探検だ！」

「探検？　なにを探検するですか？」

「行ってみると、わかるのだ」

「どこへ行くですか？」

「堀へ」

「エッ、われわれが堀の水を、流し出すですか？」

「五人でそんなことは、できない。しかし、かなりに腹がへる

だろう。ここでわれわれは、うんと食事して出かけよう」

「どうもわからんな。マグドナルド、なにか気がついたか？」

「いや、おれは、どうともなれと思っとる」

「ワトソン博士、あなたは、どうですか？」

「ぼくも実は、何を探検するのか、さっぱり、わからない。ホームズ、説明してくれないか？」

「行ってみるとわかる。フーッ、しかし、失敗するかもしれない。だから、まだ言えないのだ」

「フーム、……？」

自転車で領主館へ行ってきたイルスン巡査部長が、部屋にはいってくると、気をつけのしせいをして、ホームズに言った。

「ダグラス夫人に、たしかに、わたしてきました」

「その時の夫人のようすは？」

「女のくせに大胆です。『警察本部と警視庁の名をもって』と言っても、わらっとったです」

「フム、手紙をひらいて読むと、おどろいてバーカに相談するだろう。ところで、この近くに、料理屋はないかな？」

「料理屋だと、すぐそこですが」

「よろしい。みんなで行こう、探検まえの腹ごしらえに」

「だれもここにいないと、非常線から報告がきたときに、こまるですが」

「フーッ、そんなものは、おそらくこないだろう！」

ホームズは確信があるらしい。だんことして、しかも、ゆかいそうに、わらっていった。

派出所の近くにある小さな料理屋へ、五人が行って、[94]「探検まえの腹ごしらえ」に、とにかく食えるだけ食った。ホームズは、ゆでたまごを六つも、ムシャムシャとたいらげた。家にいても精力さかんで、大食いなのだ。ぼくの三倍くらい、いつも食う。[95]

なにがなんだか、わからない「探検」に、五人が領主館の前へ、あるいてきた時は、もう夜になっていた。黒服の探偵も、巡査も、引きあげたらしい。あたりがヒッソリしている。星の空に古い領主館の屋根が、気みわるくそびえて、下の堀の水に星の光りがうつっている。

二階の窓にも、下の窓にも、あかりがついている。主人のダグラスが殺された部屋の窓は、堀の水のすぐ上だ。ここだけは、くらくて、あかりはなく、あの窓ぎわに、バーカのスリッパの血のあとが、ついていたのだな、と、ぼくはゾッと身ぶるいした。

「はね橋は、まだ上げてない。だれか出てくるのか？」

と、ぼくはゾクゾクして、ホームズにたずねると、

「だまって、しずかに、みな、ここにかくれろ！」

名まえも知れない古い大木のかげ、深い草むらの中に、五人とも身をひそめた。

探偵は、つらいものだ

五時間あまりすぎて、夜がシンシンと深くなってきた。

気みのわるい領主館ぜんたいが、グッと高く、のびあがったようだ、が、むろん、これは気のせいである。しかし、二階も、下も、窓のあかりは、みな、きえてしまって、ぜんたいが、くらい。はね橋は、まだ上げられない。この夜ふけに、何者か出てくる、とすると、暗(やみ)にまぎれて、にげだすのだ。

「先生！　われわれは、いったい、何を見はっとるですか？　橋をわたってくるやつを、捕えるのですか？」

と、ひげのマグドナルド警部が、おこっている声で、

「何者か、出てくるですか？」

「そう、出てくるだろうな」

「だろうですか、フーム」

と、メイソン警部も、おこりだして、

「いつまで、この草むらに、こうしとるですか？」

「それは、出てくるだろう何者かでないと、わからないね」

「もしも何者かが出てこずに、このまま朝になったら、どうするですか？」

「そうだな、派出所へ、ひとまず、引きあげることにしよう」

「ヤッ、それでは、実に、つまらんです！」

「そう、あれだけ食ってきたが、腹はへるし、たばこはすえないし、ぼくも実に、つまらない。ワトソン、君はどうかね？」

「ウム、探偵というものは、つらいなあと、おもっているところだ。イルスンさん、どうですか？」

「ハッ、ぼくはホームズ先生を、どこまでも信じとるです」

「ホー、それはありがたい。しかし、みな、しずかにしたまえ。ヒソヒソ声でも、堀の水にひびいて、館内に聞こえると、まずいのだ」

そのまま、また一時間あまりすぎた。五人とも、がまんしている。そのうちに、ぼくは、ねむくなってきた。なにが「探検」なのか？　いよいよもって、わからない。ウツラウツラと、ねむっていると、よこから腹をズシッと突かれた。突いたのはホームズだ。

「な、なんだ？」

「シッ、見ろ！」

エッ？　と、橋の上を見ると、窓にひとつ、あかりがついている。ダグラスの殺された部屋だ。カーテンがしまっている。中で何者か歩いている。かげが黒くカーテンに、うつってはきえる。

はたして何者か？　ぼくは、すっかり目がさめて、きゅうに心ぞうがドキドキした。

サッとカーテンがあいた。アッと見ていると、窓をスルスルと上にあけた。何者か顔を出した。ダグラス夫人ではない。男だ、が、顔が見えない。

さては犯人が、今まで館内にひそんでいて、こいつこそ窓からにげだすのか？　橋が下りているのを見ると、どうするか？　いよいよ出てきたところを、五人で捕える！　五対一だ、が、ぼくの左わきにいるイルスン巡査部長が、右手を動かした。ピストルを出したらしい。

ぼくは息をつめたきり、窓の男を見つめていた。心ぞうのドキドキが早く、あせがタラタラとつめたく、わきの下にながれだした。

ところが、窓の男は外へ出ずに、何か？　長いステッキのような物を、いきなり窓の中からさしだした。どうするのか？

また沈めておいた

月が出ていると、顔が見えたろう。星の光りは、高い館の下までとどかない。窓の男は、くらい中に、ヌッと顔を突きだすと、下をむいた。何をするのか？　下へ両手でのばした長いス

テッキみたいなさきを、堀の水へ深く入れた。右に左に、かきまわす。むねから上が窓を出て、今にもドサッと水へ落ちそうだ。

「オッ？」

と、口の中でさけんだのは、マグドナルド警部だ。

窓の男が、両手でステッキみたいな長い物を、きゅうに引きあげた。さきに、ひもらしく黒いすじが、水の中から現われて、さらに何か？　ドッシリと重そうな大きな物が、ヌッと水の中から出てきた。

タラタラと水のしずくが落ちる、その音が堀の上にひびく。

ぼくたち五人は、まばたきもせずに見つめ、息をこらしていた。

窓の男が顔をあげると、むねから上を引っこめた。ステッキから太いひも、下についている丸い大きな物を、いそいで中へ引き入れると、窓をまたスルスルとしめた。カーテンを引いた。黒いかげがうつると、きえた。

「よし、今だっ！」

にわかに声をかけたホームズが、草むらを飛び出るなり、ドッと走りだした。

「つづけっ！」

と、メイソン警部がわめき、イルスン巡査部長、マグドナルド警部、ぼく、四人がホームズのあとにつづいて走った。

まるでランニングの選手みたいなホームズだった。四人を後にはなして、まっさきに橋をわたり、サッと玄関へ飛びこんだ。ドアがあいていた。何者かが玄関から橋の外へ、にげだす用意をすでに、していたのだな、と、ぼくは五人のさいごになりながら、とっさに気がついた。▼96

ホームズがさきに、四人がドカドカと、ダグラスの殺された部屋へ、はいって行った。

テーブルの上にランプがついている。窓のあかりは、これだった。そばに突っ立っているのは、

「ヤッ、バーカ！」

と、イルスン巡査部長が、いきなりピストルをむけると、

「手をあげろっ！」

と、どなったが、バーカは手をあげもせず、ジロリと目をきらめかして、ぼくたちを見すえると、ホームズに言った。

「そうか、君のさしずだな。むやみに押しこんできて、なんの用だ？」

おちついている、大胆きわまるバーカだった。

ホームズは、テーブルの下を、ゆびさすと、これまたおちつきはらって、

「ここにある物を、見つけにきたのだ。君が今さき、堀のそこから引きあげたが、実は、ぼくが一度、しずめておいたのでね」

さすがのバーカも、ビクッと顔いろをかえると、口ごもって、

「な、なに、一度しずめた、き、君がか？」

「そのとおり。さいしょに沈めたのは、バーカさん、君だが、また引きあげて沈めておいたのは、ぼくなのだ」

「い、いつのことだっ？」

「君がダグラス夫人と、庭の生けがきの向うで、ヒソヒソと話していた時さ」▼97

「……」

バーカが苦しそうに、顔をゆがめた。

「その時、それが」

と、テーブルに立てかけてある長いステッキを、ホームズは、ゆびさして、

「玄関にあったから拝借して、君が今さきやったのと、同じようなことを、ぼくもやって引きあげて見たがね。もとのとおりに、また、しずめておいたのさ」

「な、なぜだ、また沈めたのは？」

「君が引きあげるところを、見ておかないと、だれがやったのか、証こにならないからね」

「ウッ、……」

と、バーカが青ざめて、にわかに力なく、からだじゅうグッタリとなった。

いよいよ出た証こ

「ところで、ぼくは、たばこをすうよ。なにしろ七時間ほど、がまんしたからね。こんなことは、はじめてだな」

と、ホームズは、ゆうゆうとパイプをとりだすと、マッチの火をすりつけて、

「フッ、フーッ、みんなもやりたまえ。イルスン君、ピストルはしまった方がいい。バーカさんは抵抗しないだろう」

イルスン巡査部長は、ピストルを下へさげた。が、ふたりの警部も、ぼくも、たばこなど出す気になれなかった。

これは、いったい、どういうことなのか？

「さて、これだ、フーッ」

パイプをくわえたまま、ホームズが、ひざを下につけると、テーブルのかげから、丸く大きな包みを、引きずりだした。太いひもが、むすばれている。ズックの包みだ。ずぶぬれになって、茶いろのまま泥によごれている。

ホームズが、ひもを手ばやくほどいた。包みをひらくと、

「そら、これだ！」

と、つかみだした物を、よこの方へゴロリと投げだした。

一本の鉄の棒だ。みなが見てハッとした。

「ダグラス氏が体操に使って、いつも二本あったものが、一本しかなかった。なくなった方は、どうしたか？ 窓のすぐ外に、堀があり水がある。なにかを沈めるためには、重い物をつけなければならない。とすると、目のまえにある鉄の棒の一本を、とりあえず使った。バーカさん、ちがっているかな、ぼくの判断は？ フッフーッ」

「……」

バーカは、うつむきながら、目をジッとこらしていた。なにか考えているらしい。

「そら、これはどうです？ マグドナルドさんとメイソンさん！」

ホームズが、ずぶぬれの大きな包みの中から、ズルズルと引きずりだした物を見ると、シャツ、ズボン下、くつ下、灰いろの上着とズボン、みじかい黄いろの外とう、さいごに長いナイフなのだ。

「フーッ、このナイフも使ったのだ。フム、外とうのポケットは、深くしてある。ここに猟銃をかくしてきたと、明白だな」

と、ホームズはパイプを左手に、ひとりごとみたいに言いながら、右手に外とうのうらを、ひろげて見ると、

「フーム、仕立てた店の名まえがある。バーミッサ・ニール洋服店、……バーミッサ？　どこかな、バーカさん、おしえてくれませんか[98]？」

「……」

　と、顔をあげて快活に言った。

　バーカは口をゆがめたきり、とても苦しそうな顔をしていた。

　メイソン警部が、ぼくのそばから、

「ホーッ」

　と、ふかい息をはきだして、

「この外とうも服も、イーグル・ホテルの支配人が言ったものだ！」

　と、あたりを見まわすと、

「ダグラス氏の死体を、どこへかたづけたのか？　バーカ！」

　と、バーカの顔を見つめた時、スックと立ちあがったホームズが、ドアの方をむいてさらに快活に声をかけた。

「おはいりください、おくさん！　立ち聞きは、令夫人のすることではないですよ[99]」

白状しだした主人公

かべから出て来た男！

　ドアがしずかに、外からあいた。美しいダグラス夫人が、よろめいて今にもたおれそうに、はいってきた。昼と同じ着ものをきている、が、すっかり青ざめた顔いろのまま、今にも泣きだしそうな表情をして、ホームズの前へくると、ふるえる口びるから、声も切れてさけびだした。

「ち、ち、ちがいます！　殺した者は、だ、だれも、いないのです！」

　マグドナルド警部が、にわかに、どなりつけた。

「ゆるさんぞっ、ウソを言うと。ここにあった死体は、自殺したというのかっ？」

「い、いいえ、ウソは言いません！」

「殺した者はおらん、というと、自殺じゃないかっ？」

「いいえ、自殺でもないのです」

「なにっ、では、どうして死んだのかっ？」

「あやまって死んだのです。殺した者は、だれもいません、自殺したのでもないのです。うたがうのは、やめてください！」

「気をしずめて言え、おちついて」

「あなたこそ、おちついてください。わたしはウソを、言っていません！」

「死んだ夫を、なにか言いわけするつもりだな？」

「夫、……」

　と、さけんだ夫人は、両手を顔にあてると、いきなり泣きだした。まっ白い指のあいだから、なみだがこぼれだして、すべりおちる。

　ああこれは、どうしたことなんだ？

　謎だ！　いよいよ解けない謎だ！

　メイソン警部が、とても深刻な顔をして、ホームズに言った。

「先生！　どうしますか？　バーカと夫人を引っぱって行きますか？　うたがいは十分です」

　ホームズは、たばこをすっていた。

「フーッ、そんなことは、いけないな」

「では、どうするですか？」

夫人の泣きつづける声が、ますます高くなって、部屋じゅうをふるわせる。

ホームズが、決意したように、パイプをポケットにしまうと、

「これは、主人のダグラス氏から説明を聞くんだね」

「エエッ？　ダ、ダグラスから？　……」

メイソン警部がギクッとして、ほかの者も、電気をかけられたように立ちすくんだ。

ダグラスの死体は、どこかへ、かたづけられて、いや、死体ではなく、生きかえったというのか？　そんなことが、あるものか？

ホームズは、だんろの方をふりむくと、大声で言いだした。

「主人ダグラス！　出てくるがいい！　おくさんを、いつまで泣かせておくのか？　あらゆる意味において、君が主人公なのだ！」

立ちすくんでいるぼくたちは、だんろの方を見すえた。

大きなだんろだ。かべの中に、はめこまれている。火はたいてない。よこの方のかべが、音もなく動きだした。みんながまばたきもせず、いっせいに見つめている。ああ、なんという事だ？

かべの一部分が、よこにあいて、音もなくピタリと止まった。そこから出てきた、ひとりの男、髪が半分ほど白く、精力的な顔に、するどく目がきらめいて、灰いろの服をキリッときている。左手に何か一冊の帳面をさげて、みんなを見まわしながら、ホームズの前へくると、

「シャーロック・ホームズ先生ですな。いや、どうも、あなたには、見やぶられた！　この家の主人ダグラスです」

ゆっくりと言う声も、からだつきも、堂々としている。五十才くらいだ。

わかっとるぞ、白状しろ！

ホームズが意外にも、右手をダグラスにさしだした。ふたりが握手する。前から知りあっていたのか？　と、ぼくは、いよいよおどろいた。ところが、

「はじめまして、あなたが出てこられたと聞いて、もしかすると見やぶられるかな？　と、エリサベスに言っていたのですが、オイ、もう泣くな！」

と、ダグラスが、夫人の方をむいて、

「たばこを、もってきてくれ、ハハア、たばこがすえないだけは、いささか苦しかった」

と、不敵に微笑した。

「これをあげよう」

ホームズがポケットから、葉まきとマッチを、ダグラスにわたすと、みんなに、

「さあ、いすにかけて、休もうじゃないか。ダグラスさんの説明を、ゆっくり聞くんだね。ドアの外にきているのは、エームス君らしいな。すまないが、水でいい。みんなに、もってきてもらいたい」

夫人がまだ泣きながら、ドアの方へ出て行った。

みんなが、バーカも、いすにかけた。マグドナルド警部が、ひげをゴシゴシとこすりながら、ダグラスを見つめて、

「ウウム、あなたが実さいに、この家の主人ジョン・ダグラスならば、ここにころげとった死体は、何者だったのか？　それをまず、言ってもらいたい！」

　ダグラスは葉まきを、うまそうに、ふかしながら、

「あれは、ぼくを十二年間、ねらっていた、豹のような男です。名まえはボードイン、年はぼくと同じくらい。アメリカ人」

「豹のような男？　十二年間？」

「そう、すべて事実だ」

　と、ダグラスはテーブルの上へ、投げだした帳面を、ホームズの方へ、おしやって、

「地下室にいた一昼夜のあいだ、これを書いていましたがね、今言った豹のような男、そのほか、みな、これにあります。あとで見てください。ところで、ぼくが地下室にかくれているのを、どうして発見したのですか、ホームズ先生！」

「フーッ、反対尋問だね。ゆうべ、この部屋へはいって見た時に、だんろのよこへ、かべ土が一部分だけ、ザラザラと下に落ちている。▼100ここのかべを動かしたのにちがいない。動くのは、あくからだと、まず思っただけですよ」

「なるほど、めったに動かさなかったからです。しかし、地下室のあることは？」

「ぼくがひとりで、この部屋にいた時、かべをソッとあけて見ると、下へ階段がつづいている。ハハア、むかし、この家を建てた領主が、おそわれた時、身をかくすために、造っておいた古い地下室だな、と、またソッとかべをしめておいた。あなたは下にいて、気がつかなかったでしょう」

「すこしも！　この帳面に、むちゅうで書いていましたから、しかし、死体はぼくでないと、見やぶったのも、その時ですか？」

「そう、一本の鉄の棒によって、なにか堀の水にしずめたな、と、引きあげてみると、このとおりに服から外とう、下着からナイフまで、一本の鉄の棒と共に出てきた。ハハア、これこそ自転車に乗ってきた男の物にちがいない。だが、なんのために、これらを堀の水にしずめて、永久にかくすのか？　これを着ていた男は、どこへ行ったのか？　と、考えあわせてみると、頭も顔も散弾にくだかれて、わからなくなっている死体こそ、この外とうと服をきていた男ではないのか？　とすると、ダグラス氏は、どこへ行ったか？　村の者に顔を知られている人だから、家の中にかくれているのにちがいない。家の中だとすると、ほかの者は知らない古い地下室だろう。しかも、夫人は尋問されながら、ふとわらって、いっしゅんに、わらいを引っこめた。わらったのは、ダグラス氏が生きているからだ。しかも、なにかの理由があって、地下室にかくれている。それを夫人も、そしてバーカ氏も、知っていて、いろいろと、ごまかすさいくを、やったのだな、と、考えずにいられない。フーッ、その時、バーカさんは庭へ出ていて、夫人と話しあいながら、『ホームズなんて、あんがい、のろまな男だから』と、ささやいて、夫人は声をたててわらった。いや、これには、おそれいったな」

　ホームズが長ながと話しつづけて、ほがらかに微笑すると、

「おそれいったのは、ぼくの方です、ほんとうに！」

　と、バーカが、これこそ、あんがい、すなおに小声でいった時、マグドナルド警部が、ダグラスをにらみつけて、どなりだした。

「地下室に、かくれとったのは、殺人をあえてしたからじゃないかっ？　しかも、窓からにげたと、見せかけるために、バーカのスリッパをもって、さいくしたのだ。わかっとるぞ。白状しろっ！」

顔も性質も豹だ

ダグラスは太いまゆを、グッとあげた。いかにも大胆らしく微笑しながら、

「警部さんの言われることは、ちがいますね。とにかく聞いてください。白状しよう」

と、平気な顔して言った時、ドアがまたあいた。

夫人とエームスが、大皿にサンドイッチと、紅茶のセットを、両手にはこんできた。▼101 もう泣いていない夫人が、手ばやくテーブルの上へ、ならべてしまうと、

「どうぞ、みなさん？　きゅうに、つくりましたの」

と、ハッキリした声でいった。

「これは、ありがたい！　すっかり腹がへってしまって、ヘトヘトだ。みんな、いただこうじゃないか」

と、手をだしたホームズが、さっそく、サンドイッチをつまんで、口へ投げいれると、

「ダグラスさん、あなたの説明を、みんなが聞きたがっている。食いながら話してください。食いながら聞きますから」

「よろしい。白状しないと、つかまえられる。するとまた、エリサベスが泣きだして、やっかいですな」

ダグラスが紅茶を飲みほして、「白状」しはじめた。

殺人に関係している怪事件の実話である。ところが、みな、サンドイッチをつまみ、紅茶を飲みだして、なんだか気もちがゆるんできた。しかし、ダグラスの「白状」は、かなりにものすごいものだった。

「ぼくは健康に注意するし、散歩はすきだし、天気もよかったから、ひとりで、タンブリッジの町の方へ、歩いて行ったのです。いつもの鳥うち帽をかぶって、いや、べつに変そうしたわけではない。そして町にはいって、イーグル・ホテルの前を、とおりかけた時に、実はギョッとした。ホテルの玄関のよこで、古い自転車を手入れしている男がいる。横顔を見ると、……警部さん、何者だと思いますか？」

メイソン警部が、にがい顔になって、

「君が今さき言った、ボードインという男だろう？」

「そのとおりです。十二年前に、アメリカのバーミッサで別れた、が、わすれられない豹のような顔だ。性質も豹だ。むこうは気がついていない。こちらはスッと、鳥うち帽をまぶかに、とおりすぎてしまった」

「君とその男の関係を、言うがいい！」

と、マグドナルド警部が、ハムサンドイッチをほおばって言った。

「関係そのほか、この帳面に書いておいたから、あとで見てください。バーミッサに暴力をたくましくしていた殺人団の、有力な幹部のひとりが、この豹のような男、ボードインだった。あなたがたが怪しんだ紙きれのV・Vは、VERMISSA・VALLEY〔バーミッサの谷〕の略字で、この男がもってきたものです」

ホームズが、たずねた。

「341は？」

「あれは、バーミッサにおける支部の番号です。豹のごときボードインは、その支部で、ぼくのために、殺人団ぜんたいが破滅し、かれ自身、十年間を刑務所に入れられ、彼の愛人は、ぼくと結婚してしまった。彼がついに、ぼくのいのちをあくまでもねらって、この領主館に近いタンブリッジ町へ来ている！　これには、ぼくも、ついに来おったな、と、かくごせずにいられなかったのです」

「ウウム、……」

と、マグドナルド警部が、うなってサンドイッチをのみこんだきり、目を見はった。

死闘

「ぼくはいそいで、この館へ帰ってきた。しかし、エリサベスにもバーカにも、うちあけて相談しなかった。危険を知らせて心ぱいさせるばかりだから。豹が来おったら、ひとりで応対してやろう、と、ぼくのかくごは、これだった。

つぎの日も、すばらしく天気がいい。散歩に出たいが、うっかり出て行くと、近くに豹がひそんでいて、ふいにおそいかかるかも知れない。朝、ひげをそる時に、かみそりで傷をした。おちついているつもりでも、それほど、こうふんしていたのは、自分でも、はずかしかったですがね。エリサベス、紅茶を新しくして、みなさんにも、……」

と、ダグラスは紅茶を、ググッと飲みほすと、

「夜、十一時までに、ぼくは館の中を、いつも見まわる。警戒のためです。ゆうべは、とくに気をつけた。橋は上がっている。あらゆる窓のかけ金も、みな、かたくしまっている。豹がおそってくると、堀の水をわたって、窓を外からぶち破らなければならない。それを知らずに寝ているような、ゆだんを、おれはしない！　と、ぼくは腹をきめて、この部屋にはいってきたのです。ろうそくを右手にもっていた。

橋がまだ下りている間に、豹のやつが館の中へしのびこんでいたとは、まるで気がつかなかったのです。

橋を上げたのが、六時だから、その前から十一時まで、少くとも六時間、やつは、ここのカーテンのかげに、ひそんでいたのだ。さすがに豹です。それを、ぼくはまるで気がつかない。ろうそくをテーブルの上において、たばこをすいかけた時、ふいにカーテンが動いて、すばやく飛び出た豹が、ぼくの前へ突っ立つと、

『ヤイ、さいごの勝負をきめろ。わすれたとは言わせねえぞ！』

身がまえて言う、右手に長いナイフをつかんでいる。黄いろの外とうをきて、ぼくを見すえる豹のするどい目が、殺気にあふれてキラキラと、ろうそくの火にうつる。いっしゅんに、ぼくは、テーブルの上にあった金づちをとりあげた。

『こいっ、ボードイン！　久しぶりだな』

『なにを、うぬっ！』

長いナイフが、ぼくのむねの前にきらめいた。かわすよりも、金づちをふりおろした。豹の手首にガクンとあたって、ぼくのむねから、ナイフがすべり落ちた。

『エエッ！』

と、顔をゆがめた豹が、うしろへさがるなり、外とうの下か

ら抜きだしたのは、みじかく黒い猟銃だ！　と見たとたんに、ぼくは金づちをすてて飛びついた！

　カチッと引金をおこす音、その銃身をぼくはつかむと、下へおさえた。またカチッと、豹が引金をおこした。銃身が二本だ。ぼくは下へおさえ、相手は上へあげようとする。はなすと、うたれる。もみあった。ぼくも豹も死力をつくした。

　ぼくは声をあげて、家の者を呼ぼうとした、が、口をあけられない。声が出せない、出すと、からだの力がぬける。銃身を両手につかんだきり、豹ともみあって、上に下に必死の力で動かす。ついにジリジリと力がどちらもよわってきた。とたんに、グラリと銃身がゆれた。豹は台じりの方をつかんでいる。ゆれた銃身の引金が、外とうのどこかに引っかかった。たちまち二発同時に、豹は顔と頭へ、ひびきと共に散弾をあびた。

　たすかったのは、ぼくの方だ！　足もとに豹が血まみれになって、あおむけにたおれている！

　ぼくは手にのこっている猟銃を、よこの方へ投げすてた」

「………」

　みなが、夫人も、身動きもせずに聞いていた。

　いかにも怪事件であり、その主人公は、ホームズが言ったとおり、このダグラスだった。

死体を身がわりに

「ぼくが猟銃を、投げすてた時、バーカが飛びこんできた。鉄砲の音に、おどろいて来たのです。

『どうしたっ？』

　と、血まみれの男を目の下に見て、バーカは、ぼう立ちになった。

　エリサベスの足音が、階段をおりてくる。見せてはならない、気を失うぞ、と、ぼくはドアから飛びだして、

『寝室へ行ってろ！　だいじょうぶ、あとで知らせる、帰ってろ！』

　両手をひろげて言うと、エリサベスは、ぼくを見て、とたんに安心したらしい。青くなりながら、二階の寝室へ引きかえして行きました。

　ほかに、だれもこない。みな、おくの方にいて、鉄砲の音が聞こえなかったらしい。みじかい猟銃ですからね。▼102
　ぼくは部屋へ、またはいってきた。バーカはおちついて、テーブルの上にランプをつけた。ろうそくの火を、ぼくがふきけした。バーカが言った。

『なんだ、これは、君がやったのか？』

『いやこいつは自殺したのと同じだ』

　と、たおれている豹を、ランプのあかりで見ると、死力をつくしてもみあった時に、外とうも服もシャツも、そでがめくりあがったらしい。うでが太く出ている。そこにマザマザと、あらわれているのは、丸の中に三角の焼印だ。

　ぼくはハッとした。

　おれのうでにも、おなじ焼印がのこっている。バーミッサでつけられたものだ。……このわけも、この帳面に書いておいたから、あとで読んでください。

　豹が死んでいるのを、さらに見てみると、身のたけ、かみの毛のいろ、ぼくによくも似ている。顔と頭は、すっかりくだかれて、あごだけが、のこっている。そのあごの形さえも、ぼく

と、そっくりではないか！

豹は死んだ、が、あとにまだ、虎や狼のような猛悪なやつらが、ぼくのいのちを、どこまでも、ねらっているのです。

ジッと、ぼくが考えているうちに、バーカが紙きれをひろって、ぼくに見せた。Ｖ・Ｖ・341！　さては豹が書いてきたものだ。殺人事件と共に、この奇怪な信号らしいものが新聞に出される。豹の同志である虎や、狼どもは、ついにダグラスが殺された！　と、ぼくに対する復しゅうの手を、引いてしまうのだ。よし、この豹の死体を、ぼくの身がわりにしてやろう！

とっさに、ぼくは決意した。バーカに、

『こいつを、ぼくの身がわりにするのだ。理由は、あとで言う。ぼくを信じて、手つだってくれ！』

と言うと、もとから、ぼくというものを知ってくれてるバーカは、わけもきかずに、すぐ、しょうだくしてくれたのです。

豹の着ているものを、ことごとくぬがして、ぼくのものと着かえさせた。そのあごに、ぼくと同じように、ばんそうこうを切ってきて、はりつけた。

さすがのホームズ先生も、そこまでは、気がつかなかったのですか？　死体を見て、ばんそうこうを、はがしてみると、傷はなかったのですよ。ぼくも傷をつけずにおいたのは、ひとつの手おちでしたがね」

「ハハア、これは、まいった！　なるほど、のろまだったな。さきを話してください、結婚指わを、そこにはめているじゃないですか」

各国にいる悪党同志

まだいる虎や狼など

「こいつは、……」

と、ダグラスは、自分の小指を見て、

「なにしろ指が太くなっていて、きゅうには抜けない、やすりでも使わないと、しかし、そんな時間がない。ほかの指わを、豹にはめてやった。それから、やつの着ていたものとナイフを、バーカとふたりで、ズックに包んだのです。

『堀へ窓から投げるんだ』

『いや、浮きあがると、なんにもならんぞ』

『これを重みに！』

と、目の前にある鉄の棒を入れて、包みのまわりを、ひもでシッカリとむすぶと、窓から堀へソッと投げこんだ。

この鉄の棒一本が、なくなっていたところから、ホームズ先生の探偵眼によって、すべてを見やぶられたわけです。なんとも、いそいでいたものだから、これまた、ぼくの手おちだった。

『橋が上がっているぞ』

と、バーカが窓から見て、

『ここから、にげだして行ったように、しておかないと』

と、自分のスリッパをぬいで、窓ぎわにベタリとおしつけた。すべての用意はおわった。三十分たらずかかったでしょう。

『ぼくは今から当分、地下室にかくれる。あとでエリサベスといっしょに、服などもってきてくれ。その時、くわしく話そう』

『よし、安心しろ。これは警察へ知らせなければならない、が、万事うまくやるつもりだ』

『ありがとう。警察の方も、うまく、かたがついて、しばらくしたら、ぼくは、さらに秘密にぬけだして、どこか外国でもいい、だれも知らない所へ行って、エリサベスといっしょに、今後を平和にくらすつもりだ。では、たのむぞ！』

『ウム、早く行け。あと五分ほどしたら、ベルを鳴らそう』

バーカと話しあって、ぼくはすぐに、かべをあけて地下室へかくれてしまったのです。

おそらく、だれも気がつくはずはない、と思っていた、が、ホームズ先生、あなたに見やぶられた！　いや、どうも、……」

と、にがわらいするダグラスに、ホームズもわらいながら、

「ハハア、すっかり、わかりましたがね、ダグラスさん、あなたのやりかたには、どうも探偵くさいところがある。なかなか、たくみなので、おどろいた。その方の経験が、あるのじゃないですか▼103？」

「フーム、そこまで見やぶられたですか。ウム、これはエリサベスにもバーカにも、言ってないことだが、実はアメリカの中央探偵局にいたのです、青年時代に」

「その時の名まえは？」

「バーデイ・エドワーズ」

「エドワーズ！　なるほど、アメリカ探偵史に書かれている。『スコウラーズ』という殺人団を一網打尽に破滅させたのは、あなたでしたか！　マグドナルド君、知らないかな？」

「知らんです。メイソン、君は知っとるか？」

「いや、おどろくばかりだ。イルスン、君は知っとるか？」

「いいえ、今聞くのが、はじめてです。しかし、……」

「しかし、なんだ？」

「このダグラス氏、いや、エドワーズ氏は、そうすると、ぼくたちの先輩ですな」

「大先輩だよ、ハッハッハッ」

と、ホームズが、ほがらかにわらいだして、

「エドワーズさん、あなたの今の話によると、スコウラーズ殺人団は、破滅されたのではない、虎や狼のごとき連中が、まだ、のこっているのですな」

「そうです。ぼくが生きていると、やつらが知っているうちは、みじんもゆだんができない！」

「フム、ボーロックという人間を、知っていないですか？」

と、ホームズが、きゅうに目をかがやかした。

また変なカード

エドワーズは、紅茶をのみながら、一、二分、ジッと考えていた、が、顔をふって、ホームズにいった。

「ボーロック？　知らない。何者ですか？」

「ぼくも、まだ知らない。モリアチイの手下だというほかには▼104」

「モリアチイ！　教授モリアチイ！」

「知っていますか？」

「名まえだけを前から。暗黒面のナポレオンだというじゃないですか▼105？」

「あなたが破滅させたというスコウラーズ殺人団と、モリアチ

イと、なんらかの関係はないですか？」

「ぼくは知らない。あなたは？」

「関係があると、ぼくは思う」

「フーム、……」

「ぼくは君に、あえて忠告する。『さらに秘密にぬけだして、どこか外国でもいい、だれも知らない所へ行って、今後を平和にくらすつもりだ』と、君がバーカさんに言ったことを、早く実行するのが安全だ！」

「ありがとう、ホームズ先生！　しかし、英国の法律は、この事件について、ぼくの正当防衛をみとめるでしょうか？」

「おそらく、その点の心ぱいはないと、ぼくは思う。マグドナルド君、君は警視庁から検事局へこの事件の書類を、きょうのうちに出すだろうな？」

「むろん、夜があけたら、一番列車でロンドンへ帰るです。ダグラス氏、いや、エドワーズ氏か、また呼び出しにくるまで、ここを出ることはならん！[106]　オイ、イルスン部長、この館の内外を、絶えず警戒しろ！」

「ハ、ハッ」

　イルスン巡査部長が、かしこまって、エドワーズは、にがわらいした。

「警戒していただいた方が、安全ですわ」

と、夫人が、すきとおるような声で、ささやいた。

　検事局へ報告をいそぐマグドナルド警部といっしょに、ホームズもぼくも、朝の一番列車に乗ると、マグドナルド警部は、ひげをこすったり、ひねりまわしたり、むつかしい顔をして、ロンドンに着くまで、いくども、くりかえしていった。

「はじめての怪事件だ、ウム、おどろいた！　ホームズ先生、あなたに出てもらって、よかったですよ。でないと、ごまかされるところだった。警視庁にも検事局にも、これで、ぼくの手がらになるです」

　ベーカー町の家へ、ぼくたちふたりが、帰ってくると、

「ワトソン、つかれたろう。さて寝よう、グッスリと」

　ホームズが、さっそく、服をぬぎだした。

　ダグラスのエドワーズが、地下室で書いた厚い帳面を、もってきたぼくは、金庫にしまって寝室にはいると、グッスリねむった。

　二月すぎた。[107]

　ロンドン検事局は、バーディ・エドワーズと夫人、バーカ、エームス、アレン女史などを、呼びだしてしらべた結果、エドワーズのしたことは、「正当防衛」とみとめて、裁判にかけずにすました。[108]

　ところが、新聞は「死体を身がわりにした怪事件」などと書きたてて、読者の興味を、むやみに、わきあがらせた。

「フーッ、フッ、これではエドワーズが、なおさら危険だな。早くどこかへ、かくれてしまわないと豹をやっつけて生きているのを、新聞が証明したからね」

「ほんとうだ。スコウラーズ殺人団の残党が、どこまでも、ねらっているのだから、このエドワーズの書いた思い出の記は、その殺人団の内幕を、くわしく明白にしている。まるで探偵小説だ」

　ぼくはエドワーズの思い出の記を、別の紙に書きなおしていた。――この本の「第一部」にしたのが、それである。

エドワーズが地下室にかくれて、走り書きしたのだから、とても読みにくい。書きなおすのに、ぼくが苦心していると、ホームズにひやかされた。

「フッフッ、そんなに時間をかけて、またそれを本にするのかね？　君は医者でなくて、何のつもりだ？」

「なんでもいいさ。こういう記録をつくっておくと、シャーロック・ホームズ探偵史が、できるだろう[109]」

「オイ、ばかなことは、よしてくれよ。君は医者でさ、そんな物書きじゃないはずだ。ぼくも化学者でさ、探偵なんかじゃないぜ[110]」

そんなことを、言いあっていた時に、この家の主婦のハドソン夫人が、ドアをたたいてはいってきた。

「こんなカードが、玄関さきに、投げこまれていましたの、変ですわね[111]」

遠くアフリカの海上に

「なんですか、見せてください」

その名刺みたいな白いカードを、ぼくは受けとって見た。

「なるほど変だな、ホームズ、君あての通信らしいぜ。『実に、おどろくべきです、ホームズ先生！　とうとうでした、ああ！』と、これだけだ。サインはない」

「フーッ、どれ？」

ホームズが受けとって、おもてから、うらを、しらべて見ながら、

「ペンも字も変えているが、ボーロックが書いたものだ。指紋もない。……おくさん、これは、玄関さきに、ただ落ちていたのですか？」

「今さっきですわ、なんだかドアがあいたような気がしたんですの。かぎが、かかっているはずなのにと、行ってみると、ドアはしまっていますの。それなのに、中にそのカードが、落ちていたんですわ。すきまから投げこんだのでしょうか？」

「フム、ドアをあけてみましたか？」

「いいえ、……」

「すばやいからな、こんな物をよこす連中は」

「だれですの？」

「さっぱり、わからない」

「あら、『とうとうでした、ああ！』なんて、どういうことでしょう？　女みたいじゃありませんか？」

「さあ、字を見ると、男のようだが、女も男と同じような書きかたをするから」

「だって、名まえはボーロックって、おわかりなんでしょう？」

「変名ですよ、『実に、おどろくべきです』と、よくない知らせだな。ワトソン、君の判断は？」

「さっぱり、わからない」

「フッ、人のまねをしては、いけないね」

玄関の呼びりんが、はげしく鳴りだした。

「あら、そのボーロックという人だと、こわい気がするわ」

夫人が、あわてて出て行った。まもなく帰ってくると、

「立派な紳士ですわ。ホームズ先生に、重大用件で、ぜひ、お目にかかりたいって」

「名まえは？」

「なんでしたっけ？　ああそう、ボーロックじゃない、ええと、セシル・バーカ！」

「とおしてください」

バーカが、はいってきた。領主館にいた時とちがって、キリッと服そうをととのえて、しかし、青白い顔に、まゆをひそめたまま、

「ホームズ先生、ワトソン博士、あいさつはやめて、さっそくですが、わるい知らせがきましてね」

「エドワーズ氏のことじゃないですか？」

「そうです。彼は三週間まえ、もっとも秘密のうちに、アフリカへ出発しました。夫人といっしょに」

「舟の名まえは？」

「パルミラ号、ゆうべ、ケープタウンの港へ着いたのですが、……」

ポケットから電報用紙を、とりだしたバーカが、

「夫人からの急報です。『セントヘレナの海上にて、暴風に流され、主人は甲板において、波にさらわれたようす。彼ひとりにて、前後のこと不明、エリサベス』というのです」

ホームズは、うでをくみしめると、目いろをこらして、

「そうか。しまったなあ、さすがのエドワーズ氏も、ついに、やられたか！」

と、しずんだ声になって言った。

バーカが、ギクッと顔いろをかえると、

「では、暴風と波のためでは、ないですか？」

「ちがう！　と、ぼくは思う」

アジア大陸から怪事件

「すると、殺されたのか？」

と、ぼくもおどろいて、ホームズにきくと、

「おそらく、そうだ」

「殺人団の残党に？」

「いや、この犯人は、アメリカ人じゃない。ロンドンにいる！」

ホームズは、今さっきのカードを、バーカに出して見せると、

「これは、エドワーズ氏の死を、知らせてきたものです。こいつは、パルミラ号に乗りこんでいた同志から、知らせを受けたのにちがいない！」

「何者です？」

「領主館で、ぼくがエドワーズ氏にたずねた、ボーロック！」

「エッ、では、教授モリアチイが、関係しているのですか？」

「関係どころか、指令したのにちがいない。やりかたで、ぼくにはわかるのだ」

「ざんねんですな。モリアチイを、だんぜん、おさえられないのですか？」

「彼は、いつも、このようなやりかたでくる。だから、なんの証こも、つかまれない」

「すると、このエドワーズの死と、アメリカのスコウラーズ殺人団とは、なんの関係もないのですか？」

「いや、そうではない。アメリカの殺人団も、実に利巧だ。ロンドンの近くにいるエドワーズに自分たちは手をのばさない。ロンドンにいるモリアチイの一党に、エドワーズ殺しを、依頼

してきたのだ。悪党の同志は、各国にいるやつらが、気脈を通じて、たがいに、秘密通信もやれば、必要に応じて行ったり来たりしている。領主館にしのびこんだ豹のようなやつは、モリアチイにアメリカから、れんらくに来て、しかも、ひとりで勝手に断行して、失敗したのだ▼112」

「ウウム、そうですか。その失敗を、モリアチイが知って、今度は自分が乗りだして、計画し指令したのですな？」

「ぼくは、そう思う」

「しかし、そのモリアチイの手下であるボーロックが、どうして、このような知らせを、あなたにしてくるのですか？」

「そう、これが前にはわからなかった。が、ワトソン君が書きなおしたエドワーズ氏の思い出の記を、読んでいるうちに、わかってきた。いわゆる『恐怖の谷』のバーミッサで、殺人団の同志でいながら、エドワーズ氏と親しくしていたのがいる。これがロンドンに来ていて、モリアチイのそばに付いているらしい▼113」

「フーム、なるほど、……」

「親しくしていたエドワーズ、恐怖の谷ではマクマードといっていた。好ましかったマク兄きが、おそるべき暗(やみ)の帝王モリアチイに、にらまれだした、と知って、すててはおけない。マク兄きをまもってもらいたい、と、ぼくに目をつけて、暗号の手紙をおくってきた、が、このカードに書いてきたように、『とうとうでした、ああ！』と、なげいている。今となっては、しかたがない、……」

「いや、エドワーズのダグラスは、ぼくにとっても、ふたりとない親友でした。暗(やみ)の帝王だというモリアチイを、ホームズ先生、あなたの手で、おさえられないのですか？」

「さあ、すごい大物だから、おさえるのには、それだけの時間と、よほどの用意がいる。しかし、悪の存在を見すててはおけない！」

ホームズの目いろが、なにか遠くのものを見すえるかのように、ジーッと深くかがやいたのを、ぼくはそばから気がついていた。

バーカは親友ダグラスのことを、しばらく話していたが、やがて力なく帰って行った。

遠くアフリカの海上で死んだエドワーズ、すなわちダグラスのためにも、ぼくは、この記録を、ねっしんに書きつづけた。していると、また実に思いがけなく、はるかに遠いアジア大陸から怪事件が、とつぜん、あらわれてきたのである▼114。

▼1　不詳。『怪盗の宝』註1参照。
▼2　前述のように戦場で医療ボランティアは行なったが、軍医にはなっていない。ワトスンと混同したのだろうか。
▼3　前作『深夜の謎』（原作『緋色の研究』）と同様に、原作の後半が最初にきている。植田弘隆は「結果が先か？　原因が先か？——峯太郎と柴錬の『恐怖の谷』について」（「ホームズの世界」第三十八号、二〇一五）で、本書と同じ一九五四年五月に出版された柴田錬三郎訳『恐怖の谷』では、二部構成をとらず全二十三章にまとめているが、原作通り「結果から原因」へたどっていると、比較検討している。
▼4　原作では「ギルマトン連山」であり、おそらく誤植だろう。さらにいえば「ギルマトン」という地名は実在しない。また原作では「石炭や鉄鉱を満載したおびただしい数の貨車が行列をしており、地

下に埋蔵された豊富な資源が、アメリカ合衆国でもとりわけ人煙まれだったこの地方に、多くの荒くれ男どもを引きつけ」とあるが、ここに埋蔵されているのは石炭であり、鉄鉱石はほかの場所で採掘されたのをここまで運んできて精錬しているのである。後から出てくるのは炭鉱会社ばかりである。

▼5　原作では「三十を越したばかり」とあるから、なぜか峯太郎版のほうが少し若くなっている。原作のほうではこのマクマード青年のほうから話しかけるが、こちらでは労働者のほうから話しかけさせている。もちろんそのほうがスパイとして上手の方法であることを、峯太郎は承知の上で変更を加えたのだろう。

▼6　原作ではマクマードは不用心にも拳銃を取り出していじっているところを目撃されている。これもスパイにしてはあるまじき行ないなので、峯太郎は承服できなかったのだろうか。

▼7　原作では「シェリダン街」。

▼8　原作にはない記述。

▼9　原作ではスカンランは「気の弱そうな眼の黒い男だったが、再会をよろこんでいるらしかった」とあり、これほどおびえてはいない。

▼10　原作では「慈善と親睦」であり、これほど政治的ではない。

▼11　原作では「彼女が一人で居間にいるところを狙って」話しかけている。ヴィクトリア朝時代は、独身男性が独身女性の部屋を訪問するのははばかられたのだろう。細かな点だが、時代の推移を感じさせる。

▼12　原作では「あなたが先だったらいいのに！」とすすり泣いているばかりなのに、峯太郎版ではずいぶんおてんばなエチイだ。

▼13　これもまた峯太郎流の景気のいい話。

▼14　題名の由来になる大切な発言だが、これも原作にはない。

▼15　原作では「どうしてマギンティのところへ行って、近づきにならないの？」と、エティはマギンティの下につくようすすめているのに、峯太郎版のエチイは乗り気ではない。

▼16　原作は無造作に酒場に入ってマギンティに話しかけている。彼の右腕であるボードウィンがいると考えるほうが当然だから、峯太郎版のほうが合理的である。

▼17　原作ではギターは登場しない。

▼18　原作では「バーソロミウ」なのだが、峯太郎特有の、長い外国人の名前を省略してしまう癖がでた。また多くの場合「ウイルスン」の「ウ」を落とすのだが、ファーストネームがあるせいか、元のままである。

▼19　「シカゴのマーケット街」と原作にあるものを、省略してしまったので一つの地名のようになってしまった。

▼20　原作でマクマードが偽造するのは金貨である。

▼21　原作では偽金貨を見せて信用を得ただけだったが、峯太郎版ではにせ札づくりの具体的な相談にまで踏み込んでいるという違いがある。

▼22　原作ではバーテンダーが取りつぎをして、その後からボードウィンが飛び込んでくるのだが、このように間髪いれず入ってくるほうが緊張感が高い。

▼23　原作では「何を怒りめさるのだ」、「暗雲低迷す」などという面倒な問答をしているが、こちらのスローガンのほうが子供の読者にはずっとわかりやすいとおもったのだろう。

▼24　峯太郎版では実際に印刷機らしき機械を組み立てて、にせ札を刷るふりをするが、原作では同志に「贋造用の鋳型」を見せて、その鋳型で作ったと称する見本の金貨を渡すのみで、ヴァーミッサで偽金貨を製造してはいない。

▼25　以下のマギンチイとの会話のシーンは峯太郎のオリジナルである。なお峯太郎は『小指一本の試合』（「少年倶楽部」一九三一年一月号）で、乱暴者の大男のアメリカ人を、小指一本で倒すと称して挑発

し、見事柔道で投げ飛ばす日本人を描いている。

▼26　これらの豪勢な料理や酒の数々は、峯太郎版ならではである。原作では「入会式のあとの酒」としか書かれていないのに、これだけ詳しいのは、ホームズを食いしん坊としたのと同じで峯太郎の好みだろう。ちなみに『亜細亜の曙』では「皆が一時に、自分の前にある大皿へ、指を入れて御馳走を食いだした。ホークもない。ナイフもない。その代りに、黒茶色のパン、柔かな焼肉、バナナ、マンゴーの実、緑の野菜、なかなか贅沢な料理だ。本郷も指でつまんで食ってみた。実に旨い」という描写がある。一方延原訳の原作でも、第一部のホームズの描写で「五時ごろにひどく腹をへらして帰ってきて、私が頼んでやった夕食兼帯のお茶を、がつがつと食べた」とあるのも、影響しているかもしれない。

▼27　小池滋監訳の「シャーロック・ホームズ全集」（東京図書）では「ジェームズ・スタンガー」となっており、現代ではこう表記するのが一般的だろう。しかし峯太郎が参考にしたと思われる延原謙訳では「ジェームズ・ステンジャ」となっており、ここから取ったということは明らかだ。「ゼームス」というのは明治時代によくつかわれた書き方で、「ゼームス坂」などに名を残している。

▼28　原作では「アーサ・ウイラビ」がマクマードの相棒として見張りに立っている。なお、原作ではウイラビは兄弟だが、峯太郎は一人として扱っているようだ。

▼29　原作ではマギンティがやってくるまえに小心なモーリス（峯太郎版では「モールス」）との会見のシーンが挟み込まれている。そして原作でこれに続くのは、モーリスが団の悪口を言わなかったかとマギンティが問いただす内容であって、峯太郎版とはまったく違っている。

▼30　原作ではマーヴィンは「炭鉱会社の巡査」になっている。

▼31　峯太郎版では合計七人が逮捕されているが、原作では五人である。

▼32　原作ではトランプも差し入れ品の一つだった。峯太郎版のマクマードのほうが抜け目がない。

▼33　原作では秘密の差し入れは「ウイスキ二本、グラス、カード一組」だけだから、ここでもまた峯太郎は大盤振る舞いしている。

▼34　原作では翌日に裁判にかけられて弁護士が反対尋問をしたり、マギンティが証人としてアリバイを証言したりしている。裁判まで持って行かせなかったマギンチイのほうが悪党として実力者かもしれない。

▼35　原作では「小がらで黒い顎髯のある果断そうな男」が見送りながら「この人殺しめが！」とつぶやくが、峯太郎版のほうが効果的だ。原作のエティはしばらく経ってからマクマードの下宿を訪れているが、峯太郎版では間を置かずに会っている。

▼36　以下の殺人は原作では詳しく説明されているが、峯太郎版では省略されている。

▼37　しかし原作では「まあここしばらくは、チャリイ・ウイリアムズ殺しだの、シモン・バード殺しだの、そのほかすんだ話だけにして」と、いささか統制がみだれているようだ。峯太郎版の組織のほうが恐ろしい秘密結社かもしれない。

▼38　峯太郎版ではイルコックスは「三分の一ほどの坑夫をおさえて、おれ（マギンチイ）に反対させてやがる」と、具体的な勢力争いを説明している。しかし原作では、二回ウイルコックスを襲ったが失敗し、ジム・カーナウエーが返り討ちにあったということしかわからない。その点をマクマードもマギンティに質問しているが「そんなこと聞いて、どうしようというんだ？」とマギンティは答えておらず、もう揉めごとの原因は本人でさえわからなくなってしまっていたようだ。

▼39　原作ではウィルコックスの身辺警護は行なわれず、数週間後にマクマードに待ち伏せにあって射殺された、ということに一応なって

いる。
▼40　原作では、ピンカートン探偵社という実在する大手探偵事務所が登場する。
▼41　原作ではこの前にマクマードがエティと逃亡の打ち合わせをするシーンが入っている。また、峯太郎版ではマクマードが提案した緊急会議だが、原作では普通の会議の途中にマクマードが緊急提議をするというかたちになっている。
▼42　原作では情報洩れを恐れて、幹部ら七人の委員会を結成し、そこで続きの話が行なわれている。
▼43　原作では、自称新聞記者が二十ドル札をつかませて「この十倍だすよ」と言い、マクマードはでたらめをしゃべったことになっているが、はたしてさらに金を受け取ったかどうかは定かではない。
▼44　原作ではただの局員としかなく、男性のようである。
▼45　原作では「スティヴ・ウイルスン」。頭の「ウ」をとるのは峯太郎の癖。しかも峯太郎版ではマクマードはこのときに住所と名前も確認しているのだが、原作では見ておらず改めて局員に聞き出すつもりだと言っている。峯太郎版のほうが目端が利く。
▼46　原作では局員は毎日この男は中国語のような電報を送るとぼやいているが、エドワーズの名前を暴露するこのようなシーンは存在しない。
▼47　原作ではマクマードの提案を何の異議もなく了承しているが、峯太郎版のボードインのように「一発」でやってしまおうというほうが荒くれどもとしては自然だろう。それに対してマクマードが「おれらのことを、どのくらい、しらべたのか。それによって、中央探偵局と裁判所と警察署が、どんな手を打ってくるか？　やつに口をわらせるには、首領と幹部のみんなが立ち会いでもって、いちいち、まわりから、せめたてて聞かなきゃならねえ」と言うのは、いかにもスパイに詳しい峯太郎らしい。
▼48　原作にはない記述。ボードインがダグラスを襲った時も「みじかく黒い猟銃」（一九六頁）を持っていた。峯太郎はスコウラーズで一般的な武器として繰り返し登場させることで、物語の有機的繋がりを作り出そうとしていたのだろうか。
▼49　原作ではスカンランが弱音を吐いてどこかに行ってしまうというのはいっしょだが、下宿のおかみのことは言及されていない。ましてやこの当時はまだ映画は発明されていない。
▼50　原作では集まった幹部は七人で、料理はなく酒を飲んだだけである。相変わらず峯太郎作品の登場人物は大食いだ。
▼51　この掛け声は明らかに軍隊のものである。
▼52　この警察官の命令も、原作にはない。テーブルのまわりに座ったままである。大人数の捕虜を拘束する油断ない手順として、元軍人の峯太郎ならではの加筆だろう。
▼53　原作ではマギンティをいれて九人が死刑である。
▼54　原作ではボードウィンとウイラビ兄弟の名前しかあげられておらず、虎のコーマックの刑は不明である。しかし殺し屋なのだから死刑になったのではないだろうか。また原作には、「殺人罪をおかしていなかった」から「懲役二十年」という記述はない。
▼55　原作ではエドワーズがダグラスと変名したこと、イギリスに移住したことが言及されているが、峯太郎版は第一部と第二部の順番を入れ替えたものの、そこはまだ伏せている。さらに「エピローグ」の内容は原作どおり最後に盛り込んである。
▼56　原作ではここまでのくだりはない。また原作中に「ストランド・マガジン」の固有名詞が登場したこともない。峯太郎版では『恐怖の谷』が『深夜の謎』に続く第二作であり、第一作の末尾でワトソンが事件を小説にして発表すると言った通りになっている。だからこの「ホームズの探偵事件」は、『深夜の謎』である。峯太郎版では各作品はこのように連続性を与えられているのである。原作ではワトス

ンが「ことわりがかり」のような秘書役を務めることは一切ないが、ホームズが「くだらない事件」を嫌がるのは共通している。ちなみに原作の『恐怖の谷』は「ストランド・マガジン」一九一四年九月号から翌年五月号まで連載されているが、『緋色の研究』は、「ストランド・マガジン」でなく、『ビートンのクリスマス年鑑』（一八八七年）に一挙掲載された。

▼57　原作ではモリアティ教授の初登場は『最後の事件』であり、その後に発表された『恐怖の谷』との整合性が問題になっている。また突然の登場とその直後の死から、実在を疑う声さえ出ている。一方峯太郎版では二作目にしてモリアチイ教授が登場することで、「暗の帝王」としての影響力が長年続いていることを示唆し、しかもホームズとの最後の対決への序章となり、合理的な物語の配列になっている。

▼58　原作では「一国の運命をも左右しかねない叡智」とあるが、実際にモリアティが政治の黒幕という記述はない。

▼59　原作にない、ボーロック（原作ではポーロック）の正体についての峯太郎による推定。今までセシル・フォレスター夫人、マイクロフト・ホームズ、シャーロック・ホームズ、ハドスン夫人、シンウエル・ジョンスン、セバスチャン・モランそしてジェームズ・モリアーティの兄弟といった説が発表されてきたが、レスリー・クリンガーは *The Sherlock Holmes Reference Libarary: The Valley of Fear* の解説で、モリアーティ家の召使いではないかという説を唱えており、これがさまざまな説の中で一番峯太郎の説に近い。

▼60　原作の暗号とは数字が異なっているし、原作では「バールストン」は二回出てくるのに峯太郎版では一回だけである。しかもこのあと峯太郎版では、暗号を解読する前にマグドナルド警部が事件を報告しにくる。

▼61　もちろん原作ではこんな粗忽（そこつ）なことはしない。

▼62　延原訳でも「ビリ」となっている。給仕のビリーは原作でも登場するが、手紙をもってきたりマグドナルド警部を案内するだけの地味な存在でしかない。のちに『マザリンの宝石』に登場するビリーはワトスン相手に軽口をたたいたりして、ここに登場するビリ君に似ているが、原作のこの二人のビリーは別人というのが定説である。

▼63　「マク」でなく「マグ」になっているのに注意。『深夜の謎』ではグレグソン探偵長、レストレードは肩書きなしだが、マグドナルドは原作通り警部と呼ばれている。

▼64　暗号文に「ダグラス」と「バールストン」という単語があるのにびっくりするのは一緒。ただし原作にあるモリアティを訪れた話は省略され、暗号の詳しいことも放置したままでバールストーンへと三人は出かけてしまう。

▼65　もちろん自動車は原作には登場せず、事件のあらましはベーカー街で出発前に説明されている。さらに詳しい説明はワトスンの筆で第三者視点で述べられているが、峯太郎版ではそれを語りに変更しているのである。

▼66　ここでも峯太郎は「ウイルスン」の「ウ」を落としている。

▼67　延原訳では「セシル・ジェームズ・バーカ」と表記。

▼68　領主館全体が密室になっていることや、証拠の行方について、重要な点を、峯太郎版のホームズは見逃さない。原作では、ワトスンによる説明がつづく。

▼69　これはもちろん原作では自動車ではありえない。小林司・東山あかね訳で「彼（筆者註：ダグラス）が留守なら女主人と馬車で走ったりして、日を過ごしていた」（『恐怖の谷』河出書房新社、二〇〇一）とあるように、馬車である。しかし延原訳の原作では「夫人と、美しい田舎道に自動車をのりまわしたりして日を送った」としている。小林司と東山あかねは児童向けホームズに「一九世紀後半には絶対にあり得ないはずの自動車」が登場すると非難しているが（「『ホームズ物語』の読み方」、「学校図書館」一九八〇年十一月号）、そもそも峯

太郎が参考にした延原謙訳が「自動車」と誤訳しているのだから、これを参考にした翻案を問題にするのは問題の本質を見誤っているのではないだろうか。前作『深夜の謎』では峯太郎は馬車を描き、自動車を登場させていない。しかし延原が自動車を登場させている以上、それ以後峯太郎も従って当然である。

▼70　原作では「エームズ」は執事である。

▼71　原作にはない指摘。峯太郎版のほうが、犯人が屋敷内に潜んでいたという仮説の説得性が高くなる。

▼72　原作にない巡査部長の推理。それに対して「バーカは何か、ひとりでわらったようだった」という反応も、当然原作にない。峯太郎はここでバーカの事件への関与を示唆している。

▼73　原作にはないキャラクター設定。さらに「ぼくのところへ、二度きたことがある」とホームズが言っているのも原作にはない。

▼74　「推理能力」を意味する峯太郎独特の表現で、全巻に繰り返し登場する。

▼75　繰り返しになるが、原作には自動車は登場しない。「メースン」による事件の概略説明は宿屋の別室で行なわれた。

▼76　マグドナルド警部のこの的確な指摘は原作にはない。

▼77　原作では鉄アレイ。

▼78　これも峯太郎版のみの演出。

▼79　原作ではベニト・キャニオンで共同で鉱区を経営したとはあるが、それが炭鉱であるとは書かれていない。カリフォルニアならむしろ金鉱かもしれない。

▼80　原作では、スウエーデン系の前妻がいたがすでにカリフォルニア時代には亡くなっていたという言及がある。

▼81　原作では、バーカとダグラス夫人が不倫関係にあって共謀して夫を殺したのではないかと示唆するようなマグドナルド警部の質問があるが、子供向け翻案では不適切と判断したのだろう。

▼82　バーカは「十一時すぎだった。寝室にはいって、もう十一時だしソロソロ寝ようか、と思っていると、なんだかドスッと変な音がきこえた」と、犯行時刻を証言している。しかし原作では「ちょうど十一時半です。寝室へは入りましたが、まだ服もとらずに、暖炉のそばへ腰をおろしていたところ、銃声が聞えたのです」と、証言内容が異なっている。しかも峯太郎版にあるホームズが三十分の空白時間を追及するシーンは原作にはない。これは証言内容を峯太郎が変更して、この三十分の間に隠蔽工作が行なわれたのだという手がかりを、読者に独自にのこしてくれているのである。

▼83　原作ではこの事実は執事のエームズが証言している。

▼84　原作では「『私の証言からこの人たちはどんな印象をうけたかしら？』と自問しているように思われた」とあるが、峯太郎版のほうが、バーカの態度同様、よほど謎めいていて疑惑を深めさせる。

▼85　峯太郎版独自の手がかり。

▼86　このシーンは原作にはなく、バーカーとダグラス夫人が談笑しているのを目撃したワトスンが二人に庭で話しかけられるだけである。しかしこの台詞（せりふ）のおかげでますます事件が謎めいてくる効果がある。

▼87　原作では空白の三十分が判明するのは家政婦のアレン夫人の証言からであって、峯太郎版のようにバーカの不用意な矛盾する証言からではない。

▼88　当然原作では自動車も制服の巡査も登場しないし、峯太郎版では以上の会話は宿屋に帰る前に行なわれているが、原作ではすでに宿屋に帰って食事をしながらかわされている。しかもこの場面の原作のホームズは、峯太郎版ホームズも顔負けの大食漢ぶりを披露しており、これが峯太郎版の原型になったのかもしれない。

▼89　原作の「イーグル・コマーシャルというホテル」を略している。また「町にホテルは、四つあるだけだから」というのは峯太郎による創作である。峯太郎版では支配人とボーイの二人が証言しているが、

原作では支配人のみである。

▼90　原作では言及されていないが、峯太郎のこの追加によって予期していない失踪だということが強調される。

▼91　原作では「自転車は、ホテルのものが知っているから、足がつくかも知れぬと思い、なにかほかの方法でロンドンへ逃げ帰ったか、それとも予かじめ用意しておいた隠れ家へ逃げこんだのです」とホームズの先手を打って、マグドナルド警部が説明しているが、不自然なのは否めない。峯太郎版のようにホームズの指摘にぐっと詰まるほうが、物語としては自然ではないだろうか。

▼92　原作ではこの前にホームズが夜ひとりで館を捜索しており、手紙を書くのは翌日の場面である。また、非常線に黄色いコートを着た男がたくさんひっかかった話やホームズが館の歴史をしるしたパンフレットを読んだ話が省略されている。

▼93　原作ではバーカ宛てに手紙を書いている。また、夫人の名前は「アイヴィ」である。

▼94　原作ではウイルスン巡査部長は参加しておらず、四人である。

▼95　峯太郎版のホームズらしい大食いの場面。原作では夕方まで自由行動で、食事の場面はない。

▼96　日没後ははね橋を引き上げる習慣があると前述されていたのに、橋が下りている矛盾について原作では説明していない。しかし原作では玄関に掛金がかかっている。

▼97　ホームズが忍び込んだ夜を省略したために、この工作を昼間にせざるをえなくなってしまった。

▼98　峯太郎版で料理をほおばっている時間に、原作のホームズは牧師館の図書室でバーミッサについて調べていた。

▼99　夫人は自ら入ってくるし、その後のやりとりもかなりちがう。

▼100　さらに峯太郎版では実際に隠し扉を開けて、部屋の存在を確認しているけれども、原作では歴史のパンフレットから隠し部屋があることを推理しただけであって、具体的にどこに隠し部屋があるかホームズは確認していない。

▼101　これも原作にはない食事のシーン。共犯者である夫人が食事の世話をするのはいささか不自然だろう。

▼102　原作にはない記述。銃器を扱った経験のある峯太郎の説明には説得力がある。

▼103　原作にはない峯太郎版ホームズの指摘。

▼104　原作ではポーロックとモリアティ教授に関して言及しない。

▼105　原作では全体を通じてモリアティが犯罪組織の中枢であると指摘しているのはホームズとワトスンだけである。しかも『恐怖の谷』の冒頭近くでは「世間からは少しの疑惑もいだかれていない。批判の対象にすらならない」と言われている。エドワーズは元探偵ということでいまだに裏の情報に詳しかったのだろうか。

▼106　峯太郎版の警察はかなり親切だが、原作ではホームズが「警戒をゆるめないがいいですね」と言うだけである。

▼107　原作では裁判が終わってエドワーズが釈放されてから殺害されるまでに二か月がすぎている。

▼108　原作では裁判で正当防衛とみなされて釈放されている。峯太郎版では新聞のスクープのせいにしているが、裁判にかけられてしまっているのだからばれるのは当然である。

▼109　峯太郎版は、基本的に事件発生順にすぐに記録されて発表されている。

▼110　びっくりの発言である。もちろん原作にはない。

▼111　峯太郎版では書いたのはボーロックであるとされている。しかし原作ではモリアティ教授からのあざけりのメッセージであるという解釈である。しかしポーロックとモリアーティは同一人物であるという説を唱える研究家もいる。

▼112　原作ではモリアティはアドバイスのみで実行犯はアメリカ人で

あるという解釈をしている。ところが峯太郎版では殺人の実行もモリアティの組織が行なうはずだったとしている。ボードインは婚約者をさらわれた個人的な恨みがあったので、暴走したのだという解釈だろう。

▼113　これもほかに見られない解釈である。ポーロックの正体はさまざまな説があることは前述の通りだが、元スコウラーズ団員というのはほかに見られない。具体的な名前は書かれていないが、おそらくモリスかスカンランのどちらかだろう。

▼114　ここで言及されているのは『怪盗の宝』（原作『四つの署名』）である。このように、事件の末尾に次の事件の予告をするのが峯太郎の特徴である。

怪盗の宝

この本を読む人に

「探偵小説を読む人は、まず初めにコーナン・ドイルの作品を読むのがよろしい」

　と言われる。それほどドイルの探偵小説は、世界的に多くの人から読まれている。

　日本の『国民百科字典』[1]には、ドイルについて次のようにしるされている。

「サー・アーサー・コーナン・ドイル、英国の探偵小説家、エジンバラ大学を卒業、元は軍医であった。シャーロック・ホームズを主人公にした探偵小説によって有名、ほかに歴史小説も、冒険小説も書き、ナイト（勲爵士）の称号をさずけられた」

　しかし、なにしろドイルは英国人だから、その作品には、日本の殊に少年少女諸君にとって、わかりにくいところ、たいくつするところが、すくなくないように思われる。そこで十二分におもしろく読めるように、翻案しかえたのが、この本である。元の本の名まえは、『四人のサイン』[2]という。怪事件に関係のある四人が、自分たちの名まえを、ならべてサインした。その紙きれが、初めは令嬢のハンドバッグの中にあり、さらに二度も謎の場面にあらわれる。

　この奇怪な紙きれのサインによって、ホームズが探偵の手がかりをつかむ。いかにもおもしろい事件である。読者がホームズと共に、自分も探偵のひとりになって、謎を解こうとして行くと、なおさら二重におもしろいであろう。

　なお、『名探偵ホームズ全集』は、つぎの二十巻です。どれもみな、おもしろいものですから、愛読を願います。

山中峯太郎

(1)スパイ王者	(6)踊る人形	(11)悪魔の足	(16)黒蛇紳士
(2)火の地獄船	(7)怪盗の宝	(12)夜行怪獣	(17)謎の手品師
(3)獅子の爪	(8)まだらの紐	(13)銀星号事件	(18)土人の毒矢
(4)鍵と地下鉄	(9)恐怖の谷	(14)謎屋敷の怪	(19)消えた蠟面
(5)深夜の謎	(10)王冠の謎	(15)閃光暗号	(20)黒い魔船

この物語に活躍する人々

名探偵ホームズ

学者であり、変人みたいだし、偉人らしくもあり、すばらしい探偵の名人である。『深夜の謎』と『恐怖の谷』二つの怪事件を、ハッキリと解いて、すごく有名になり、今度はまた、第三の奇怪きわまるインドの宝物と人食い蛮人の謎を、みごとに解いてしまう。

ワトソン博士

ホームズの親友、とても仲がよく、いっしょに探偵して、その記録をくわしく書いている。負けない気になって、ホームズを試験したり、奇怪な謎を自分も解こうとする。そのたびに、ホームズからわらわれて、しかも、探偵がおもしろくてたまらないという。

令嬢メアリー

美しく大きな真珠を六つと変な手紙を、何者かからおくられて、ホームズに相談にくる。インドで生まれて英国のロンドンで働いている、気の強い令嬢の自分が、知らないうちに謎の中にはいっている。

義足の男スモール

インドで右足をワニにかみきられ、義足をつけている。インド人の大暴動が起きて、大王の宝物を発見する。ところが、島に流されること十二年、逃げだしてロンドンへ帰ってくる、ふしぎな怪人物。

探偵部長ジョーンズ

ロンドン警視庁につとめている。怪事件の現場にきて、ホームズとワトソン博士に会い、大いに探偵して、犯人らしい者を、たちまち発見する。ところが、謎は解けずに、ホームズの言うようになる。

ふた子の兄バーソロミウ

父が急になくなって、あとをつぎ、父の秘密の宝物を、ようやく発見する、が、それを、だれにも分けようとしない。すると、前からその宝物をねらっていた義足の男スモールにおそわれる。

ふた子の弟サジアス

兄のバーソロミウに反対して、宝石や王冠などを、メアリー嬢に分けておくろうとする。とたんに、兄が何者かに殺され、出てきた探偵部長ジョーンズに捕えられ、警視庁におくられてしまう。

士官ショルトー

英国軍の士官、インドに行っているうちに、大王の宝物が秘密の古城にあることを知り、それを持ちだしてロンドンへ帰ってくる。あまりに貴重な宝物なので、ひとつも売ることができずにいる。

士官モースタン

やはりインドに行って、大王の宝物があることを知り、さがしてみると、ショルトーがさきにロンドンへ、もって帰っている。自分もいそいでロンドンへ帰ってきたが、行くえ不明になる。

蛮人トンガ

インド洋の島の中に住んでいた。毒矢を吹きだして相手を殺す。義足の男スモールにつれられて、ロンドンへくると見せ物にされ、インドの宝物を盗みだす手つだいをし、川の上へ追いかけられる。

イギンズ少年

自分でホームズの子分になり、「少年秘密探偵群」の群長になり、『深夜の謎』には手がらをたてた。今度は失敗して、くやしがり、さいごにホームズの言いつけで、重大な信号のハンケチをふる。

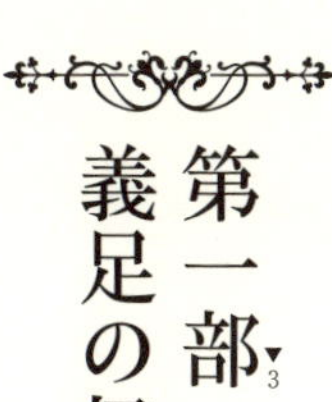

第一部[3] 義足の怪敵を追いかけて

謎の真珠が六つある!!!

時計問答、百発百中か?

「ホームズ![4]」

「なにかね? だしぬけに、おどろかすなよ」

「君が、おどろくかね? 君は、こんなことを、ぼくに、いばって聞かせたことがあるぜ、おぼえているかい? 『ふと言ったこと、おもわずしたことによって、その人の性質や、なにを商売しているかなど、たいがい、わかるものだ』と、いったい、それは、百発百中なのか?」

「フーム、百発百中かは、いささか、手ごわい質問だな。ぼくは、『たいがい、わかる』と、言ったんだぜ」

「ウム、そうか『たいがい』でも、よろしい。それでは、ある人の持ちものを見ても、その人のことが、『たいがい、わかる』かね?」

「ハハア、わかるつもりだよ」

「ようしきた。ぼくは、さいきん、この時計をある人からもらったのだ。これを見て、その人のことを、なんでもいいから、あててみないかね、どうだ?」

と、ぼくは、チョッキのポケットに入れていた時計を、ホームズの目のまえに、おいて見せた。古くて大きな銀がわの時計である。

するとホームズは、

「なんだい、朝から試験か、いやだね、ハッハッハッ」

と、わらいながら、たばこをパイプにつめて、マッチの火をつけると、

「フーン、だいぶん古い時計だな」

ぼくの出したそれを、とりあげて、おもさを、手のひらではかると、上から見つめて、それから、うらがわをあけて、中の器械を、ゆっくり見て、パチンとしめると、

「さあ、かえすよ」

と、ぼくのまえに、ソッとおいた。

「どうだ。たったそれだけで、なにか、わかったかね?」

「フッ、フーッ」

と、ホームズは、たばこのけむりを、上へ高くふきあげると、

「どうも、ワトソン、こういう問題は、まことに、こまるよ」

と、ほんとうに、こまったみたいな顔になった。

「ハハア、それみろ、君だって、こまることがあるんだな」

「あるとも、この時計など、すっかり、そうじしたあとだから、手がかりになる点が、ほとんどない。こまるよ」

「フム、すると、試験に落第だぜ、ハッハッハッ、いい気みだ」

「いい気みだは、ちょっと失礼だな、フーッ」

「なに、きょうは一つ、君をよわらしてやれと、おもったんだ。どうだい、さすがの名探偵も、こうさんしたろう」

「フッフッ、こうさんするのは、まだ早いようだな」

「なに、それでは解答を、聞いてみたいものだな」

「ワトソン博士、きょうは、いばっているね。この古い時計は、君のおとうさんから、にいさんが、もらったものだろう」

「アッ、……待てよ、うらがわに、H・W、と、きざんであるからだな」

「そのとおり、Wはワトソン、君の家の名まえだからね」

「しかし、ぼくに兄きがあることなど、君に言ったおぼえはないぜ」

「フッフッ、聞いたおぼえもないがね。なにしろ、この時計は古い。作った年もきざんであるが、もう五十年も前だ。器械がいいから、いまでもチクタクと、正しく動いている。貴重品だね」

「ウム、それから？」

きょうこそ一つ、ホームズを、やりこめてやろう、と、言いだしたぼくは、時計問答をやることになった。どっちが勝つか？　まだ、わからない。これからだ！　と、「変人であり一種の偉人だ[5]」と、友だちが言ったホームズの顔を、ぼくはジーッと見ていた。どんなことを、これから言いだすのか？　と。

ホームズの眼力

ホームズは、ゆっくりと言う、

「五十年前の時計、となると、これは、ぼくたちの親の代のものだね。しかも、貴重品だ。とすると、おとうさんから、一等上の子どもが、受けついで、もらうのが、当然だ。Hときざんであるのは、君のおとうさんの名まえでもあり、にいさんの名まえなのに、ちがいない。君の名まえはジョンだし、Hじゃないからね」

「あたった！　兄きがなくなって、ぼくに、つたわってきたんだ。まだなにか、発見したことがあるのか？」

「ハハァ、どんなことを言っても、おこらないかね？[6]」

「おこる？　ぼくは腹をたてないさ」

「よろしい、フーッ、君のにいさんは、とても、だらしがなくて、ズベラな人だったね」

「ウウン、そうだ」

「しかし、頭はよくって、たしかに出世する人だったが、おしいことには、その機会を、いくども、にがしてしまったね」

「ウン、どうも、そうだった」

「金をもっている時もあった、が、たいがいは貧ぼうでもって、こまっていた」

「そのとおりだ、あたったよ、ホームズ！」

「グデングデンに酒をのむ、そして、とうとう、なくなった。ぼくが気のついたところは、まず、このくらいだがね」

「やあ、どうも、まったく、そのとおりだ。しかし、死んだ兄きの悪口を言われるのは、あまりいい気もちじゃないぜ」

「おこらないって、やくそくだがね」

「そうだ、が、君の知らない兄きのことが、この時計から、どうしてそんなにわかったのか、おどろいたね。わけをおしえてくれよ」

「なあに、かんたんだ。時計の下のところに、くぼんでいるあとが、二つもあるしさ。にいさんは、自分のポケットへ、かぎや何か、かたいものと、いっしょに、ぶちこんだきり、あるいていたのだろう。まわりから、うらまで、きずだらけだ。貴重品を、これほど乱ぼうにする人は、だらしがなくて、ズベラなのに、ちがいないだろう」

「なるほど、フーム、それから、金はあったが、貧ぼうしたというのは？」

「このような高い時計を、おとうさんから、もらったくらいだから、ほかにも、かなりの財産を、のこしてもらったのだろう、その金が、あったはずだ」

「そのとおり、ぼくより多くもらったんだ」

「ところが、君のにいさんは、この時計を、前後四度も、質屋へもって行って、金をかりている」

「エッ、そうか、前後四度もか、どうしてわかった？」

「うらがわの、うらのふちに、ピンのさきでつけた質屋の番号が、四つもついている。ちょっと見ては、わからないがね、フーッ」

「それは気がつかなかった。質屋は、ひどいことをするんだな」

「紙きれなどに番号を書いておくだけでは、はがれたりすると、出して返す時に、まちがって、こまるからだろう」

「兄きが酒のみだった、というのは？」

「ネジをまく穴のところが、きずだらけだ。これは、よっぱらって、むやみにまわすから、そんなきずが、いくらでもつくのだね」

「おどろくなあ。それだけ聞けば、たくさんだ！」

すっかり負けた！　と、ぼくが、ガッカリした時、ドアをたたいて、はいってきたのは、この家の主婦のハドソン夫人だった。

ホームズとぼくは、この家の貸し間に、ズッと前から、同居しているのである。

悲しい運命の令嬢

ハドソン夫人は、いちまいの小さな名刺を、ホームズのまえにおくと、ささやいて言った。

「きれいな、お若いかたですのよ」

その名刺を、つまみあげたホームズが、おもてから、うらとまわりを、しらべて見ながら、

「ミス・メアリー・モースタン、と、いかにも、きれいな令嬢だな。会ってみよう。ワトソン、にげださなくて、いいのだよ。君も会ってみろ」

ハドソン夫人が、わらいながら、出て行った。

しばらくすると、ミス・メアリー・モースタンが、はいってきた。かがやくような銀髪[7]、上品な顔つき、理知的な目いろ、服そうは、じみだがキリッとしている。年は二十一か二くらいだろう。ホームズのすすめるいすに、えしゃくして、腰をかけると、すぐにハキハキと言いだした。

「シャーロック・ホームズ先生に、わたくし、おねがいがありまして、まいりましたの」

「うかがいましょう」

と、ホームズが、目をかがやかして、

「こちらはワトソン医学博士、ぼくの親友です」

「はい、存じあげていますの、『深夜の謎』と『恐怖の谷』の、ご本を読みまして、わたくし、おふたりの先生に、ぜひ、おねがいがありまして[8]」

と、メアリー・モースタン嬢は、声もきれいに、すきとおるような感じで、

「はじめから、要点を言いますと、わたくしはインドで生まれましたの。父が、そのとき、インドにいた英国軍に、つとめていましたから……」

ホームズが、すぐにたずねた。

「英国軍に、おとうさんの役は？」

「士官でしたの。それに母がなくなりまして、わたくし、小さい時に、このロンドンに送られてきまして、それから、ずっと学校の寄宿に、はいっていましたの」

「ロンドンの学校でしたか？」

「いいえ、エジンバラの寄宿学校に、そうして十七の時に、父が休みをもらって、インドからロンドンへ帰ってきますと、わたくしに電報で、

『ランガム・ホテルに、すぐこい、待つ、父』

と、知らせてきましたから、わたくし、もう、大よろこびで、エジンバラからロンドンへ、そしてランガム・ホテルへ、いそいで行ってみますと、ホテルでは、

『モースタンさんは、ゆうべ、どこかへお出かけになったきり、まだお帰りになっておりません』

こう言いますの。わたくしがくるのを、父は、むろん、知っているはずですし、きっと待ちきっていたのに、ちがいないでしょう。それが、ゆうべから、まだ帰っていないというのは、ふしぎな気がしまして、

『では、このホテルで待たせてください』

と、わたくし、父の部屋で、一日じゅう、今に帰ってくるだろう、どうしたのかしら？　と、心ぱいしながら待っていました。

それでも、父は帰ってきませんでした。あくる日になりますと、ホテルの支配人が、すすめてくれまして、警察へとどけを出しますし、そのつぎの日は、ロンドンじゅうの新聞に、父をさがす広告を出しました。

けれども、父は帰ってきませんし、とうとう、行くえ不明になりまして、わたくし、会えずにしまったのでございます」

「フーム、今から何年まえでしたか？」

「はい、十年前、冬でした。日もわすれていません、わたくしが、ランガム・ホテルに行きましたのは、十二月三日でした」

「おとうさんの荷物は？」

「ホテルに、のこっていましたのは、着がえの服と書物と、インドの海岸にあるアンダマンという島のめずらしい物と、それだけでした。父はアンダマン島にいた英国軍にも、つとめていましたから……」

メアリー嬢の美しい目に、今まで、がまんしていたなみだが、まつ毛の中から、ハラハラとこぼれて、ほおにながれおちた。父をおもう悲しいなみだにちがいない。

ぼくは、このメアリー嬢に、心から同情せずには、いられなかったのである。

またまた怪事件らしい

ハンケチを出して、ほおと目をふいている、いかにも気のどくなメアリー嬢に、ホームズは同情しないのか？　つよく太い声で、ズバリときいた。

「ロンドンに、おとうさんの友だちは？」

「はい、たったひとり、いらっしゃいまして……」

「それは？」

「父と同じように、インドの英国軍につとめていられました、ショルトーさんという方ですの」

「ショルトー、士官ですけれど、早くに軍隊をやめて、父よりもさきに、インドからロンドンへ帰っていられました。むろん、父のことをごぞんじだと思いまして、わたくし、おたずねしましたけれど、

『いや、モースタン君が帰っていたのですか。ぼくは、すこしも知らなかった』

と、それだけおっしゃいまして……」

「フーム、それは、変な気がしますな」

「それに、まだ変なことが、ショルトーさんとは別に、六年のあいだ、まい年きまって、わたくしあてに、あらわれてきますから……」

「それは、なんです？」

「六年まえの五月四日に、新聞のロンドン・タイムスの広告を見ますと、

『ミス・メアリー・モースタンに告ぐ。あなたの住所を、至急、知りたい。あなたの利益のために！』

と、出ていますの。わたくしビックリしまして、でも、こんな広告を、だれが出したのか？　名まえも住所もないんですの」

「フム、なるほど変ですね」

「わたくしは、フォレスタ夫人のお家に、家庭教師をしていますから、夫人に相談してみますと、

『とても変なのねえ。でも、「あなたの利益のために！」と出ているんだから、とにかくここの番地を、こちらも広告に、出してごらんなさいよ』

と、言われまして、そのとおりにしてみましたの。なんだか、おそろしいような、おもしろいような気がしていますと、こちらの広告の出たあくる日に、小包が郵便で、わたくしあてに、おくられてきまして、けれど、だれが送ってきたのか？　名まえも住所も、やはり書いてございませんの」

「フム、フーム」

ホームズの精力的な目が、いよいよかがやきを深めてきた。

「あけてみますと、小包の中は、厚いボール箱なので、それをあけて見ますと、とても大きな立派な真珠が一つ、新しい綿の中に、はいっていますの。

『まあ！　……』

と、フォレスタ夫人も、ビックリして、

『すばらしいわ。こんな美しい大きな真珠、わたし、はじめてよ。だれが、どうして送ってきたの？　メアリーさん、心あたりはなくって？』

と、きかれました、けれど、わたくし、心あたりは、ちっとも、ないんでございますの、いまでも」

「手紙か何かは？」

「いいえ、なんにも、真珠のほかにはね。それが毎年、五月六日になりますと、おなじようなボール箱の中に、おなじような真珠が、きまって送られてきますの。とても変なのでして……」

「ホー、あなたの相談は、それについてですか？」

「はい、そのほかに、けさ、これも変な手紙が、わたくしあてにきまして、これでございますけれど……」

メアリー嬢の美しい白い指が、黒皮のハンドバッグをあけると、中から、うす青い封筒を、スッとつまみだして、テーブルの上においた。

これは、またまた怪事件らしいぞ！　と、ぼくは、そばから、気をはりきっていた。

これを何者だと思う？

ホームズが、その青い封筒をとりあげると、

「フーム、ロンドン南西局のスタンプ、男のおやゆびの指紋は、おそらく配達人のものらしいな。差出人の名まえなし。かなり高い封筒だ。貧ぼう人の出したものではない」

と、中から手紙を、ていねいに引きだした。ひろげながら、

「この紙もいいものだ。やはり指紋なし、注意しているね。字は、へただな。ワトソン、そこに書いておいてくれないか、読むから」

「よろしい、ちょっと待ってくれ」

ぼくは、ノートブックをあけて、ペンとインクを、いそいで引きよせた。ホームズが、ゆっくり読みつづけるのを、そのとおり書きとったのは、

> ミス・メアリー・モースタン！
> きょうの夕かた、ただしく七時に、リシアム劇場▼10の外がわ、左のかどから三本めの円（まる）い柱を目あてに、そのそばまで、ぜひ、来ていただきたい！
> あなたは、まことに不当なめにあっている。不運な女性なのだから、正義によって幸運の報いを受けるのこそ、あたりまえである。
> この手紙を、うたがって不安な気がするならば、友だちふたりを、いっしょにつれてきてもいい。しかし、警察の者は、だんじて、いけないのだ！
> もしも警察の者がくるならば、すべてのことが、あなたの幸運までも、水のあわになるであろう。
> あなたのまだ知らない友

読んでしまったホームズが、その手紙をたたんで、封筒に入れてしまうと、メアリー嬢にかえしながら、

「だれが、これを書いてきたか、むろん、わからないのですな？」

「はい、ですから、ご相談にあがりましたの」

「行ってみますか？　リシアム劇場の外がわへ」

「わたくし、おふたりの先生が、いらしてくださるのでしたら」

「ぼくは行きましょう。なにしろ奇怪な相手だ。ワトソン、君は？」

「もちろん、行きたいんだ！」

「まあ！　ありがとうございます。ほんとうに！」

「ところで、そこに問題の真珠を、もってきましたか？」

「はい、お見せいたしますわ」

メアリー嬢は、上着のうらのポケットから、桃いろの小さな

ケースを、テーブルの上におくと、中から、なんともいえない光りをもっている大きな真珠を、六つ出してならべた。

宝石など、まるでわからないぼくも、いきなり目をすいつけられる気がして、

「みごとなものだなあ!」

と、見るなり感心してしまった。

実にみごとな大きな真珠が、六つとも、大きさがそろっていて、どれも、ほのぼのと匂うみたいである。

「フーム……」

さすがのホームズも、おどろいたらしい。うなり声をだすと、一つぶをつまんで手のひらにのせた。ころがして上から見つめながら、

「女王のかざりにしても、いいくらいだな。インドの海でとれたものらしい、が、六つもそろえて、もっていた何者かは、ワトソン博士、君は、これを何者だと思う?」

と、ぼくの顔を見て、わかるかい? という目つきをした。

森の中の大邸宅へ……

六時三十分に

何者かは、何者だ?

こんな質問を、メアリー嬢のまえで、とつぜん、ぼくに言いだしたホームズは、意地がわるいぞ! と、ぼくは、きゅうに気ばって、やりかえした。

「さっぱり、わからないね。しかし、インドの海でとれた真珠だというのは、どうしてだ[11]?」

「フム、この光りぐあいが、インド産のもので、とくべつだからさ」

「医者のぼくには、そんなこと、まるでわからないが、なにしろ毎年、これを一つずつ送ってきて、六年間だから六つそろった。来年も、そのよく年も、やはり送ってくるとすると、いったい、いくつもっているのか? それもわからない相手だ。そうじゃないですか?」

と、ぼくはホームズよりも、メアリー嬢と話がしたくなった。

「そうおっしゃれば、ほんとうに、そうでございますわ」

「ホームズは、インドの真珠だというのですが、まい年おくってくる小包の上書き[12]は、字が同じですか?」

「はい、おんなじですの」

「スタンプは、どこの郵便局ですか?」

「南西局に、まい年、きまっていますの」

「その上書きの字と、この手紙の字も、おんなじですか?」

「はい、それはもう、たしかに、おんなじでございますの」

「すると、ホームズ、どうだ? 真珠をおくってきた何者かと、手紙を書いてきた何者かとは、まったく同じ何者かだぜ」

たばこをすいだしていたホームズが、

「ハハッ」

と、わらって煙をはきだすと、

「そんなことは、はじめから、わかっているさ、フーッ」

と、ぼくを、ほったらかして、メアリー嬢に、

「真珠も、おしまいください。六時三十分[13]、ここで待っています。リシアム劇場の外がわへ、ワトソン博士といっしょに行き

ましょう。フーッ、なお一つ、小包の上書き、今の手紙、どちらもおとうさんのペンのあとと、にているところは？」

「いいえ、すこしも、にていませんの」

　メアリー嬢は、かなしそうにいうと、六つの真珠を、桃いろのケースの中へ、ていねいに入れるのだった。

よしこい、行くぞ！

　メアリー嬢が、ぼくたちと六時三十分をやくそくして、帰って行ったあと、ぼくは、いすにもたれたまま、ホームズにいった。

「すばらしい令嬢だ！　そう思わなかったか？」

「フッフッ、なにがすばらしい？」

「頭がいいから、ハキハキしている。よけいなことを言わない。それに美人だ」

「ハハァ、美人だったね」

「ことし二十七だ。はじめは二十一、二かと思ったが、十七の時に、おとうさんがインドから帰ってきて、それから十年たっているんだ」

「そのとおり。君は大いに同情していたね、フーッ」

「どうしてわかった？」

「彼女がハンケチで、ほおと目をふいていたとき、君も、なみだぐんでいたからさ」

「そんなことが、あるもんか」

「フッ、あるもんかって、ぼくは見ていたのだ」

「オイ、ホームズ！　今さっきみたいに、ぼくをやりこめるなら、今夜、ぼくは出て行かないぜ」

「おれは、おどろくね。すばらしい令嬢とのやくそくを、やぶるのかな？」

「ウウム、しかたがない」

「では、イギンズ少年[14]を、かわりにつれて行くか、フム、ぼくは、ちょっと出てくるよ」

「どこへ？」

「帰ってくると、わかる」

「六時三十分まで、三時間ないぜ」

「ハハッ、三時間あるから、だいじょうぶ！　君もいっしょに行くんだね、六時半には」

　言いながらホームズは、帽子なしにスタスタと出て行ってしまった。

　あとに、ぼくは、ひとり、なんだか気もちがおちつかずに、部屋の中をグルグルあるきまわったり、メアリー嬢のいたいすに、こしをおろしてみたり、おやじと兄の記念である古い時計を、いくども出して見た。六時三十分には、メアリー嬢が、またくるのである。やくそくをやぶることは、ないはずだ。

　ホームズが帰ってきたのは、五時三十二分[15]だった。

「どこへ行ってきたんだ？」

「ホー、なんだかソワソワしているね。区役所をまわって、戸籍をしらべてきた」

「メアリー嬢のか？」

「ハハァ、ちがうね。すばらしい令嬢のおとうさんは、行くえ不明のままだ。それよりもさきに、インドから帰っていたというショルトーは、六年まえの五月一日に死亡している[16]」

「ショルトー、彼女の父の友だちだった。ロンドンにいる友だちは、この人だけだったという」

「そのとおり、だから、彼女の父は、ロンドンに帰ってくると、まず当然、ショルトーをたずねて行ったろう。その前に、インドで、けんかしていないかぎりは」

「なるほど、そうだな」

「ところが、『モースタンが帰っていたのか、ぼくは、すこしも知らなかった』と、ショルトーは言った。ここに、なんらかの謎が、なければならない」

「ほんとうに知らなかったのじゃないかな？」

「それだと、モースタンは、ただひとりの友人をさえ、しかも、同じインドにいたものを、たずねて行かなかった、ということになる。ここに、なんらかの謎が、やはり、なければならない」

「ますますこれは、怪事件になってきたな。こんども記録を、ぼくは今から書いておくぜ」

「フム、ワトソン博士自身の気もちの動きも、そのまま書いておいてもらいたいね」

「ぼくの気もちの動き？　どうしてだ？」

「ハハッ、こんどは今までと、ワトソン先生の気もちが、ちがうようだぜ、すばらしい令嬢が、はいっているからね。それよりも今のところ、なお一つ、うたがうべき謎が出てきたのだ」

「なんだ？　おしえてくれ！」

「すばらしいメアリー嬢が、第一回に真珠を送られたのは、六年まえの五月六日、ショルトーの死亡は、同じ年の五月一日、そのあいだ、わずかに五日しかない。ショルトーが死ぬと、すぐに真珠が送られてきた。ここに、なんらかの謎が、ひそんではいないか？」

「ぼくにきいたって、さっぱりわからないね」

「したくだ！　もうすぐ彼女がくる。ぼくは、ねんのためにピストルをもって行く。君も用意するんだね。すばらしい令嬢の安全をまもるために！」

「よしこい！　行くぞ！」

ホームズとぼくは、大いそぎで、居間から寝室へ、したくにはいって行った。

はるかに遠い東のインド、アジア大陸に関係のある怪事件が、こうしてカーテンをひらいたのである。

四人のサイン

六時三十分、メアリー嬢は、上品な黒いオーバーを、キリッと身につけて、タクシイにのってきた。ホームズとぼくが、すぐに同乗した。ピストルをもってくるなど、はじめてだ。今夜の相手を、ホームズは、よほどすごいやつだと、気にしたからにちがいない。メアリー嬢に危険がせまっては、大変である。

タクシイの中で、ホームズがメアリー嬢に、ソッとききだした。

「おとうさんとショルトー氏は、どのような仲でしたか？」

「それは、ずいぶん仲がよくって、親友だったらしいんですの。わたくしに父からの手紙にも、ショルトーさんのことが、いつもよく書いてございましたから」

「フーム、それだのに、おとうさんがロンドンへ帰ってこられたのを、ショルトー氏は知らなかったという。そのわけは？」

「わたくしには、わかりませんわ、すこしも」

「おとうさんの持っていられた物の中に、なにか、これと手がかりになるようなものは？」

「ございませんでした。ただ一つだけ、みょうな紙きれのほかには」

「それは、そこに？」

「はい、でも、こんなものが、おやくにたちますかしら？」

ホームズとぼくのあいだに、こしをおろしているメアリー嬢が、服のポケットをさぐって、一枚の紙きれを、むらさき皮の手ぶくろのさきにつまみだした。

「これですけれど……」

受けとったホームズが、ルームランプの光りに、すかして見て、

「ホー、なるほど。インド産の紙だ。すみに小さな穴がある。ピンで板か何かに、とめてあったものらしい。ワトソン、見えるかね？」

「穴なんか、見えないな」

「待てよ。だいたいが、ハッキリしていないのだ。これはお嬢さん、どこか大きな建物の一部分ですね、この平面図は、門もあるようだ」

「はい、わたくしも、そう思いましたけれど」

「どこだか、心あたりは？」

「ございませんの」

「赤インクの小さな十字は、なにかここが、重要な所らしいな。フム、『左から337』か。赤十字と『左から337』は関係しているのだ。ワトソン、見えるかね？」

「ウム、ボンヤリ見える。変な十字みたいのが、まだあるじゃないか？」

「四つあるのだ、黒十字が。フーム、みょうな符号らしいのが、よこにならべてある。さっぱり、わからないぜ」

「字が書いてあるじゃないか？」

「ホー、君は目がいいね。『四人のサイン』と、鉛筆の字だ。ワトソン、この『四人のサイン』は、かなり参考になるらしい。ちょっとノートしておいてくれないか」

「よしきた！」

ぼくは、さっそく、手帖をとりだした。

メアリー嬢が、そばから見ている。ぼくは気をつけて、キチンと固い字で書いた。

ジョナサン・スモール
マホメット・シン
アブズラ・カーン
ドスト・アクバル
「あとの三人の名まえは、変だね。インド人じゃないかな？」

「ウム、おそらく、そうだ。お嬢さん、これを」

わけのわからない紙きれを、メアリー嬢にかえしたホームズは、いきなり、うしろへグッともたれて、あおむくと、うでをくみしめた。ジーッと考えはじめると、口をつぐんでしまった。

正面のグラスをとおして、むこうの方に見えてきたのは、白いリシアム劇場だ。

「さあ来たぞ、ホームズ！」

「ウム、よろしい」

黒服の小男

ぼくたち三人は、リシアム劇場の前で、タクシイをおりた。はやりの歌劇を、そろって見にきたようだ、が、三人とも神経をするどくし、ゆだんなく、あたりに気をつけていた。歌劇どころではない。

劇場正面の入口まえは、自動車と馬車の行列だ。[17] 男女たちが気どった顔と身なりをして、スッスッと正面の階段をあがって行く。特等席の前売り切符を、みんな持っているらしい。ぼくたちは、外がわをまわって行った。

左のかどから三本めの円い柱へ、三人が一列になって行った。ホームズがさきに、まん中がメアリー嬢、うしろにぼくだ。すぐまえに行くメアリー嬢が、りんりんとして、しかも、おちついているのに、ぼくはおどろいた。とても勇気のある令嬢だ。

よこから小声が聞こえた。

「ええもし、ちょっと……」

来たな！　と、ふりむいて見ると、つめえりの黒服をきている平たい顔の小男だ。キラリと上目をつかって、ぼくを見すえると、

「ミス・モースタンの、おつれの方ですか？」

と、ボソボソとたずねた。

ピタリと立ちどまったメアリー嬢が、きれいな声でハキハキと言った。

「わたしがミス・モースタン、このおふたりとも、わたしのお友だち！　あなたは？」

平たい顔の小男が、ぼくたち三人を、ジロジロと見まわすと、

「このおふたりが、警察の人でないことを、かたく、ちかっていただけるでしょうか？」

「わたしが保証します！」

メアリー嬢が、りんとして言うと、

「ヒュッ、ヒュッ――」

小男が、とつぜん、口ぶえをふいた。

円い柱のよこから、四輪馬車が出てきた。

馬の口金を引いているのは、ボロボロの服をきている少年だ。この近くの浮浪児らしい。イギンズとちがって、ボンヤリした顔をしている。

「お乗りください、どうぞ！」

と、小男がドアを引きあけて、ぼくたち三人に言った。

ホームズがうなずいて、さきに車の中へはいった。メアリー嬢、ぼく、つづいてはいると、浮浪児がバタッとドアをしめた。

駅者台へ飛びのった黒服の小男が、むちをあげるなり、

「ビューッ！」

と、馬にあてた。

どこへ行くのか？

グラリとゆれた馬車が、すごい早さで走りだした。

怪しい何者かに、だまされて行くのじゃないか？

ぼくはメアリー嬢の顔いろを、よこから見た。ジッと目をこらし、口びるをつぐんだきり、すきとおるような顔が、りりしく心をひきしめている。

ひろい十字路へ出た。とおりぬけた。よこの細い道にはいった。なお走りつづける。広場へ出た。どこかわからない通りを、パカパカパカと、ひづめの音も早い。

ロンドンをよく知らないぼくは、メアリー嬢にきいてみた。

「ここを、ごぞんじですか？」

「いいえ……」

「遠くへ、つれて行くようですね」

「…………」

キリッと口をむすんだメアリー嬢が、ぼくの方をふりむいた。とても勝ち気な強い目をしている。フーム、これは、いよいよすばらしい令嬢だ！　と、ぼくは思わずにいられなかった。

この馬車は、しかし、どこまで走って行くのか？　すでにロンドンの町はずれではないか？　道のあかりが少なくなってきた。

年よりのインド人

ホームズが、窓のそとを見ながら、声を高くして、

「ワトソン、知っているかい？　ここは、ロチェスター通りだぜ」

と、言ったのは、怪しむべき何者かの手下にちがいない馭者へ、車のなかから聞かせるためだな！▼18　と、ぼくは気がついて、

「ウン、そうだ。ロチエスター通りだ」

と、やはり声を高くしてこたえた。

「ここの広場は、お嬢さん、ビンセントですよ」

「はい……」

メアリー嬢は、知っているのか、知らないのか、強い声で、へんじだけした。

「そら、橋へ行くぜ、テームズ川だ。ワトソン！」

「ウム、知っている」

ひろい川の上に、三つ四つ舟の火が、しずかにチラチラと、まばたきしている。この川の上で、ものすごい活劇をやるとは、この時、思いもしなかった。

長い橋の上を、ぼくたちの乗っている四輪馬車が、パカパカ、ガタガタと、むこうへ走ってわたった。

あたりが、暗くなった。ひくい家、森か庭か、木がしげっている、と見るまに、また町へ出た。

「プライオリー路だぜ。こんどはラクホールの小路と、ストックエル広場だ。そら、とおりぬけた。ロバート路だ。ワトソン、知っているかい？」

「ウウム、知っているぞ！」

ほんとうは知らない、ぼくは、ソッと小声でホームズにきいてみた。

「ロンドンじゅうを、すみからすみまで、君は知っているのかね？」

「なに、時々、地図を見ているからさ」

「ホー、そうか」

地図を見るだけで、こんな迷路のような町から町を、どこでも、すっかり知っている。ホームズの記おく力は、とくべつだ。これだけは偉人らしいな、と、ぼくは、馬車の中で感心した。

メアリー嬢の美しい目いろも、ホームズに感心したらしく、みどりの宝石みたいにかがやいていた。

右がわに、鉄の高い柵がつづいて、中は森か庭か、こんもりと、くらい、と、窓のそとを見ているうちに、赤れんがの柱が門になっている、その中へ、ガラガラと馬車がはいって行った。

いよいよ来たぞ！　どこだ？

あかりのない大きな玄関へ、馬車が横づけになると、ヒラリと飛びおりた黒服の馭者が、ドアを重そうにあけた。

ぼくがさきに、メアリー嬢とホームズが、すぐに馬車を出た。あたりがシーンとしている。森の中の一軒家か？

「ヒュッ、ヒューッ！」

馭者の小男が、口ぶえをふいた。

リシアム劇場の外がわで鳴らしたのと、おなじ合図だ。

すると、「待っていた！」と言うみたいに、玄関の大ドアが、スーッと中からあいた。

ハッと、ぼくは目を見はった。ドアの内がわに立っている男は、あたまに黄いろのターバンをまきつけて、顔はまっ黒く、ダブダブの白服に黄いろのおびをしめている。年よりのインド人だ。ひげが白い。大きくへこんでいる目が、ぼくたちを見ると、両方の手をむねにくみ、ていねいに英語で言いだした。

「お待ちかねでございます。はい、どうぞ、おはいりくださいますように」

そういう後の方に、ろうかが長く、むこうの方まで、ズーッとつづいている。一軒家としても、大きな邸宅なのだ。

ぼくたち三人は、年よりのインド人に、あんないされて、大邸宅の中へはいった。黒服の馭者は、ついてこなかった。

長いろうかを、とちゅうから左へまわると、立ちどまったインド人が、右がわの茶いろのドアを、しずかにあけた。その中に立っている男の顔を、ぼくは見るなり、ギョッとしたのである。

窓にあらわれた男は？

さては問題の名まえ

このような顔を、ぼくは今までに見たことがない！

おこっているのか、わらっているのか？　青年なのか、老人か？

テラテラに頭のさきが、はげたきり、とがっているのは、老人らしい。が、まゆは太く目は生き生きとして、ほおの肉など張りきっているのは、青年らしい。口のまわりが、ヒクヒクと動いて、わらっているようでもあり、おこっているようでもある。せがズングリと低い。それに最高級の服をきて、ネクタイに大きなダイヤが三つも光っている。

この男こそ、こんどの謎をにぎっている怪人か？　と、ぼくはギョッとしながら、はげ頭の上から、足にはいている黒皮のスリッパまで、ゆだんなく見てとった。

「ようこそ、はい、ミス・メアリー・モースタン！」

と、謎の男の声は、しわがれていて、年よりみたいだ。メアリー嬢の顔と服そうを、ジーッと見ながら、

「ぼくは、サジアス・ショルトー、と言います」

さては「ショルトー」！　とぼくもメアリー嬢もハッとした。問題の名まえだ。ホームズの目の光りが、かがやいて消えた。

「さ、どうぞ、おはいりください。おつれのお方も、ようこそ！」

せのひくいショルトーが、スタスタと広間にはいって行った。からだつきと足のぐあいは、すこしも年よりではない。

ぼくたち三人、広間のまん中に行って、さらに目を見はった。ぜいたくきわまる家具が、まぶしいくらいに、そろっている。さまざまの形のテーブル、安楽いす、長いす、かざり台も、みな、高貴なマホガニーの木をきざんで、みがきあげたものだ。高い天じょうから、まっかや緑色の厚いカーテンが、ドサリとたれさがって、ぬいとりの金と銀、ちりばめてある宝石が、きらめいている。まぶしいみたいだ。

ぼくのくつが両方とも、うずまるほど、あつい敷きものの上に、大きな虎の皮が、何枚も長くしかれている。ふむのも、もったいないくらいだ。虎の顔は敷きものになっていても、すごい。

方々の台の上に、ドカリとおいてある大小の花びん、つぼ、像など、みな、古代美術の貴重なものらしい。

「さ、どうぞ、お三人とも、たばこは、いかがですか、はあ？」

しわがれた声が、「はあ？」と、しりあがりにいうのも、気みがよくない。いよいよ謎の男であるサジアス・ショルトーは、ぼくたち三人が、いすにかけると、じぶんも、こしをおろした。テーブルの上にある金製のたばこケースを、ふとい指のさきであけながら、

「ええと、おつれの方のお名まえを、どうぞ！」

と、メアリー嬢の顔を、ジロリと見た。

「こちらは、シャーロック・ホームズ先生、お医者のワトソン博士。あなたのお手紙によって、わたくしが、おねがいしたのです」

「わかりました。ええと、お医者の博士先生ですか。いや、ミス・モースタン！　あなたのおとうさんは、心ぞうが、おわるくて、そのために、とつぜん、なくなられましてねえ……」

メアリー嬢の顔いろが、にわかに青ざめた。

行くえ不明の父、今も生きているか知れない。きっと生きているように！　と、ひとり娘のメアリー嬢は、いつも、いのっていたのにちがいない。それが、今、死んでしまったのだ、と、ついに知らされた。青ざめて、ひざにおいている手のさきが、ブルブルとふるえている。

ぼくは、これを見て、あわれなメアリー嬢に、ますます深く同情せずには、いられなかった。

義足の男をピストルで

謎の男サジアス・ショルトーは、ぼくたち三人の顔を、テーブルのむこうから、ジロジロと、なめるみたいに見まわすと、やはり、しわがれた声で、

「モースタン士官さんが、なくなられた時のことは、ぼくが、くわしく、ぼくの父から聞いているので、それをまず、このお嬢さんに、お話することにしましょう。なあに、バーソロミウ兄が、なんと言おうが、かまうことはないんですよ[19]」

葉まきをすいはじめているホームズが、底力のある声できいた。

「バーソロミウ兄というのは？」

「あ、あなたの声は、ぼくのむねに、ズキッとひびきます。ぼくも心ぞうが、わるいので、はあ、その、バーソロミウ兄は、ぼくの兄なので、兄とぼくは、ふた子でしてねえ」

「バーソロミウ・ショルトー氏？」

「そ、そうです。兄は、けれども、ぼくとは性質が、よほど、ちがっていますので、こんど、ぼくがお嬢さんに、手紙をだしたなど、ぼくから聞くと、えらくおこってしまって、ゆうべも、ふたりで口げんかを、やりました。兄はおこると、その、ひじように、おそろしい性質なんで[20]」

「今すこし、話をかんたんには？」

「あ、いや、しかし、ここで、ぼくの話を、すっかり聞いていただいて、それから、バーソロミウ兄のところへ、会いに行っていただいて……」

「どこに？」

「あ、兄は、ノーウッドの別荘に、いますので、あなたのお声は、ズキッとひびきます」

「ノーウッドは、かなり遠い。ぼくの質問に、こたえてくださる方が早い。あなたのおとうさんも、士官でしたね。インドから帰ってこられて、どこにいられたのですか？」

「今、兄のいる別荘に、いましてね。兄も、ぼくも、そのときは、まだ、その、少年でしたよ」

「おかあさんは？」

「あ、母は、なくなって、いや、しかし、別荘には、いろんな者が、大ぜい、いましたので、はあ」

「それは？」

「ええと、拳闘の職業選手を、いくたりも、やとい入れていましたので」

「おとうさんを、まもるために？」

「そ、そうなんで、兄も今、やはり、別荘をまもらせています。そのうちのひとりは、ライト級のチャンピオンで、すごく強い男なんでして」

「話を、おとうさんにかえして、そのように自分の安全を、気にしていられたわけは？」

「それが、はじめは、ぼくにも、兄にも、わかりませんで、いや、しかし、父は、ひとりで別荘の外へ出るのを、ひどく、いやがって、それに、いちど、おどろいたことは、ある日に、玄関で、ふいにピストルを、うちだしたので、はあ……」

「なにかを目がけて？」

「そうです。おどろいて行って見ると、玄関に、ひとりの男が、たおれているので、みんなが起こしてみると、物を売りに来た男でして、右うでに、たまがあたっている[21]。金をウンとやって、傷の手あてをしてやって、まあ、やっと、ないしょにさせたので」

「白人、インド人？」

「白人でして」

「フム、なにか変ったところは？」

「そ、それです。片方の足がなくて、義足をはめていまして」

ホームズが、たばこの煙をふきあげると、口の中でつぶやいた。

「フーッ、またまた探偵小説のようだな、ワトソン！」

アグラの宝物

あわれなメアリー嬢は、青ざめたまま、サジアス・ショルトーの変な顔を、まばたきもせずに見つめていた。

「父は、その後に、一通の手紙を受けとりまして、それが、インドの紙にかいたもので」

と、ショルトーは、おこっているのか、わらっているのか、変に口びるをゆがめて、

「その手紙を読むと、父は、その、すごい顔になったきり、ベッドへ、たおれてしまいました。前から肝ぞうがわるくて、医者から注意されていたのが、きゅうに食よくもなくなって、それきり、もう、起きられずに……」

ホームズが、ズバリときいた。

「手紙に書いてあったのは？」

「い、いや、それは、チラッと見たところでは、なにか、みじかいもので、書いてあったことは、ぼくにも、兄にも、わからなかったので、はあ……」

「それから？」

「父は、自分の生きられないのを、とうとう、かくごしたのでしょう。兄とぼくに、言っておくことがあると、ふたりを、ベッドのそばによんで、ドアに、かぎをかけさせました。そして、それから……」

「おとうさんの言われたことは、かなり重大らしい。そのときのありさまを、くわしく話してください」

「は、はい、いいです。父の口調も、ぼくは、ハッキリおぼえていますので、

『ウウム、おれは今になって、ただひとつ、気にかかることがあるのじゃ。それは、おまえたちは知るまいが、死んだモースタンの娘のことでのう』

と、父は苦しそうに、息をつきまして、

『ああ、おれは、欲ばりじゃった。モースタンの娘に、わけてやるはずの宝ものを、ことごとく横どりしたのじゃ。みんな使ってしまえるものじゃない、ばく大な宝ものをのう、自分がもっていたいだけの、欲ばった気もちから、今でも、かくしておるのじゃ』

と、だんろの方を、ゆびさしてから、

『あそこの上にある、真珠の首かざりも、じつは、モースタンの娘に、おくってやるつもりで、つくらせたのじゃ。ところが、できあがってきたのを見ると、おれは、やはり、おしい気がしてのう。あのまま、おいてあるのじゃ。おれが死んだら、あの真珠の首かざりばかりではない。アグラの宝ものを、おまえたちが、モースタンの娘に、すくなくとも半分は、おしまずに、おくってやれ、よいか、おれの言いつけじゃぞ！』

と、バーソロミウ兄とぼくを、にらみつけて……」

と、ショルトーは父のことを言いながら、その「モースタンの娘」のメアリー嬢を、ジッとにらみつけた。

メアリー嬢は、にらまれながら、ビクともせずにきいた。

「アグラというのは、なんでございますの？」

「ア、アグラは、インドのおくの方にある、むかしの都で、インド大王が、代々、インドぜんたいの政治をさしずしていた、ええと、古代の大きな都会だったということで」

「あなたのおとうさんが、そのアグラに、いらしたのですか？」

「はあ、あなたのおとうさんのモースタン氏も、ぼくの父といっしょに、インドにいられて、そのアグラの古代の宝ものを、とても、たいへんな、ばく大な宝ものを、ぼくの父が、手に入れたのでして、はあ……」

「そのような宝のお話よりも、あなたは、わたくしの父がなく

なりましたのを、どうしてごぞんじですの？」

「さ、それは、その、ぼくの父から、聞いたのでして、はあ」

変な顔のサジアス・ショルトーが、なお変に口をゆがめた。まったく気みのわるい男である。

その庭に、うずめた！

このサジアス・ショルトーは、性質がいいようでもあるし、底の知れない悪人のようでもあり、それに話しぶりは、ていねいのようだが、ぼくたち三人を、ばかにしているみたいだし、これだけでも謎の男だ、と、ぼくは、メアリー嬢のそばで、イライラと神経を、とがらしていた。

「その、父が言いましたのは、これもその、口調どおりに、お話しますと、

『モースタンは、もとから心ぞうをわるくしとった、が、それをかくしていたのじゃ。おれとふたりで、アグラの宝ものを、手に入れることになってのう、それを、おれは、モースタンよりさきに、ロンドンへ、もっとも秘密にもって帰ってきたのじゃ。奴れいのインド人[22]を、つれて、ウム、名まえを「チョーダ」というやつでのう』

と、父は、このとき、水ぐすりをゴボゴボと、のみましてから、

『すると、モースタンが、ロンドンへ帰ってきて、すぐに、おれをたずねてきたのじゃ。心ぞうが、もう、よほどわるいようで、ハアハアと息をつきながら、アグラの宝物の分けかたについて、おれと、はげしく言いあらそったのじゃ。モースタンは、ものすごく、おこりだして、

「なにを、きさまは、インドの大暴動における生死の苦労を、わすれたかっ？」

と、どなって立ちあがった、とたんに、顔いろが土のようになって、心ぞうのところを、両手で上から、かきむしりながら、うしろへドサリと、たおれたのじゃ。

おれはおどろいて、すぐにだきおこしてみたが、モースタンは心ぞうが、破れつしたらしい。それに後あたまをテーブルの足に、ひどくぶつけて、すでに息たえているのじゃ。

これはいかんぞ！　と、おれは、とっさに考えてのう。これは、だれが見ても、おれが殺したと思うじゃろう。警察の者がくれば、それに医者がみると、心ぞう破れつのためだと、わかるじゃろうが、しかし、それでは、もっとも大事なアグラの宝物の秘密も、知られてしまうじゃろう。さあ、どうしようか？

モースタンは、

「ここへ来たのも秘密だから、だれにも言っておらんのだ」

と、そう言っていたのじゃから、と、おれは死体のそばに立ったきり、考えていると、はいってきたのは、奴れいインド人のチョーダなのじゃ。

「やあ、これを、あなたが殺したってことは、だれも知りゃしませんぜ。すぐここから、外へもって出て、うずめてしまうに、かぎりまさあ」

と、ヒソヒソ声でいうから、おれは、しかりつけたのじゃ。

「だまれっ！　おれが殺したんじゃないぞ！」

ところが、チョーダのやつは、顔をよこにふりおって、

「そう言っても、だめですぜ。わたしゃドアのそとで、けんかの声も、なぐりつけた音も、すっかり聞いてたんで、だが、だ

れにだって、しゃべりはしねえ。今のうちに早く、この死体を、かたづけましょうて〕

と、モースタンをだきかかえおった。

おれは、チョーダのいうとおりに、いっしょに手つだって、その夜のうちに、モースタンの死体を、外の庭へ、うずめてしまったのじゃ。

すると、モースタンの行くえを、おれのところへ、たずねてきたのは、ミス・メアリーという、ひとり娘なのじゃ。おれは心の中で、すまぬと思いながら、アグラの宝物を、おれひとりのものにしたくて、その娘に言うた。

〔モースタンが帰っておったのですか。いや、ぼくは、すこしも知らなかったですよ。そうですか〕

ああ、この秘密も、今になって話すことじゃが、実は長いあいだ、気がとがめていてのう。おれが死んだら、アグラの宝物を、きっと、モースタンの娘に、分けておくってやれよ。もっとも秘密に、今も、かくしてある所は……』

と、父が、いよいよ宝の有り場所を、兄とぼくに、うちあけようとして、窓の方を見たとき、きゅうに顔いろをかえて、

『ヤッ、来おった！　うぬ……』

と、ひっしの声で、どなりましたので」

またも四人のサイン

「兄とぼくが、窓の方を見ますと、そこに……」

サジアス・ショルトーの年よりみたいな、しわがれた声が、ボソボソとつづいて、

「くらい中に、窓の外から、のぞきこんでいる男の顔が、ひげだらけでもって、目もすごく、はな息が窓ガラスに白く、うつっているので、

『だれだっ？』

兄とぼくが、すぐかけよって、窓を上へあけて見ました。ところが、なんとすばやく、男のかげも形もないので、

『たしかに、ひげだらけの男がいたな、サジアス』

『いたとも。のぞいていたんだ』

と、あやしみながら、窓をしめて、ベッドのそばへ、かえって見ますと、父は目をふさいで、息も脈もなくなっていたのです。はあ、ざんねんながら、これが父のさいごでした。

怪しい、ひげの男が、父を殺したようなものだ。何者だったか？　と、窓の下から庭じゅうを、さがしてみたのでして、すると、チョーダが家の者ではない足あとを、窓のすぐ下に、たった一つだけ、見つけまして……」

ホームズが、たずねた。

「ほかに手がかりは？」

「な、なんにも見つからないので、ところが、あくる日、チョーダが、とつぜん、

『だんなさまの部屋が、変です！』

と、わめきますので、行って見ますと、たんすの中も、引きだしの中も、戸だなの中も、かざりだなの中まで、もう、ことごとく、何者かに引っかきまわされて、そのくせ、なにひとつも、ぬすまれた物はないので、

『変だぞ、これは、きのうの、ひげの男かな？』

と、バーソロミウ兄が、ひどく怪しんで、チョーダがまた部屋じゅうを、しらべてみますと、ぼくが見つけたのは、父の死

体のむねの上に、なにか紙が一枚、のっているので、

『オオ、これは何だ？』

と、とりあげて見ますと『四人のサイン』と、へたな字が、インクで、ぬりつけたみたいに書いてありますので……」

メアリー嬢とぼくは、ハッと顔を見あわせた。「四人のサイン」！　そう書かれている紙きれを、メアリー嬢も現にもっているのだ！

ホームズが、ゆっくりとききだした。

「フーム、四人のサイン、その名まえは？」

「はあ、ぼく、見たけれど、わすれてしまいました▼23ので」

「四人のサインの中に、インド人らしい名まえは？」

「あ、ありました。そうです、たしかに、おもいだしました。カーンとかシンとか、アクバルとか……」

話が、ますます奇怪になってきた。それになお、父のショルトー氏がなくなった時のありさまを、メアリー嬢は、今はじめて聞いて、ついに気もちが、かなしさにくずれたのだろう。青ざめきって、いまにも前へたおれるかのように、うつむいてしまった。

「ミス・メアリー！」

ぼくは名まえをよぶなり、よこの台の上にある水さしから、カップに水をいれると、

「さ、これを！」

と、左手でさしだし、右手にメアリー嬢のむねから上を、シッカリとだきかかえた。▼24
「………」

メアリー嬢は、カップに口びるをつけた。ふるえながら、しずかに、のみつづけて、ぼくを見ると、

「ありがとう……」

かすかな声で言い、美しい目いろが、感謝にぬれていた。

耳の後に毒矢一本!!!

鉄のカケラ一つも

「や、いけませんな。はあ、ブドー酒でも、さしあげましょうか？」

と、サジアス・ショルトーが、変に口びるをゆがめて、メアリー嬢に言うと、

「いいえ、おちつきました。お話を、つづけていただきます」

と、ハッキリこたえながら、メアリー嬢はぼくに、まだ、かかえられたままだった。よほど感情がみだれていたのである。

ショルトーは、ぼくの顔をジーッと見つめながら、ホームズに、

「そこで、さて、アグラの宝物のある場所は、父が言わずに、とつぜん、なくなりましたので、だれにも、わからないので、けれども、このモースタン嬢におくるはずだった真珠の首かざり、これだけを見ても、宝物ぜんぶのねうちときたら、とても想像より以上のものに、ちがいないんだ！　と、バーソロミウ兄が、ぼくよりも、すごく欲ばりになりまして、

『オイ、サジアス！　この真珠だって、モースタンの娘に、おくることはないぞ！　もしもアグラの宝物のことが、この真珠から知れてみろ。いや、すでにもう、〔四人のサイン〕なんて

怪しいやつが、目をつけているんだ。ゆだんしていると、やられるぞ！』

と、まるで気ちがいのようになりまして、

『夜なかに、秘密にやるんだ。手つだえ！』

と、夜なかに庭に出て、何回となく、何か月もかかって、方々を、ほりくりかえしてみました、が、鉄のカケラひとつも、出てきませんで、はあ。

ぼくは、けれども、父の言いつけのモースタン嬢のことが、このお嬢さんのことが、どうしても気になって、兄にはだまって、首かざりを一時におくっては、目にたつだろうと、かざりをとって一つずつにしまして、新聞広告でお嬢さんの住所をたずねて、それから、まい年、一つずつ送りましたので、はあ、これを一つ売れば、とにかく一年は、そう不自由なしに、やって行かれることと、ぼくは思ったのでして。ところが、お聞きください！　きのう、その、アグラの宝物のある秘密の場所が、とうとう、わかりましたので……」

と、サジアス・ショルトーの両目がギラギラと、ぼくたち三人を見つめて、顔じゅうヒクヒクと肉が引きつると、

「ですから、ミス・メアリー・モースタン！　あなたに手紙をあげて、ここに、こうして、出てきていただいたわけなので、はあ、今から、バーソロミウ兄のところへ、この四人で行きまして、お嬢さんのわけまえを、受けとっていただきたいので、はあ……」

「フーム、あなたのしたことは、すじがとおっている」

と、ホームズが、やはり、ゆっくりと、

「ここで、あなたのまだわからないことを、すこし知らせてあげたいが、すでに時間がない。ところで、バーソロミウ氏は、今夜、ミス・メアリー・モースタンが、たずねて行くのを、知っているのですか？」

「む、むろん、知っているのでして。ぼくがお嬢さんに、手紙をだしたのも、兄に、むりに、しょうだくさせたのでして」

「よろしい。いそぐ！」

ホームズがスックと立ちあがって、ショルトーがビクッとした。

ものすごい鉄ドア

ふた子の兄弟だという。弟のサジアスの家から、兄のバーソロミウがいる別荘へ、夜ふけの道を、四輪馬車が走りつづけて行った。馭者も前と同じ黒服の小男である。

ぼくたち三人に向きあって、サジアス・ショルトーの年よりみたいな青年みたいな、とても変な顔が、馬車の中でも口をゆがめて、ネチネチと話しつづけた。

「ええと、その、アグラの宝物を、父が、もっとも秘密に、かくしておいた場所は、庭などではないのでして、はあ、まったく反対でして、今から行く別荘は、三階なので、その天じょうの、まだ上が、コンクリートでかためた、物置きのようになっていまして、父は、だれにも知れないように、いつのまにか、このようなかくし場所を、つくっていたのでして」▼25

メアリー嬢は、その宝物を、今から受けとりに行くのだ。ところが、この話を聞くのさえ、まだ苦しいのか？　顔いろがなおっていない。左わきのぼくへ、よりかかろうとしては、むねから上が、馬車にゆられてユラユラしている。これはいけな

い！　と、ぼくは馬車の中でも、よこから手をまわして、シッカリとだきかかえたのである。

　来た時よりも、なおさみしい夜ふけの道を、ただ一台の馬車が、ひづめの音を高くひびかせて、いっさんに走って行く。ぼくは美しいメアリー嬢の安全のために、実のところ、ホームズがそばにいるから、気じょうぶだった。ぼくだけだと、おそらく、こなかったろう。

「来ましたので、はあ」

　サジアス・ショルトーが、しわがれた声で言い、ようやく止まった馬車の中から、ぼくたちは道ばたへ出た。

　見ると「別荘」どころか、これまた大邸宅である。

　道ばたにズーッと向うまで、高くコンクリートのかべがつづいて、上にキラキラと星の光りを反しゃしているのは、よく見るとガラスだ。一面に突き立ててある。高いコンクリートを、よじのぼったとしても、その上に、とがっているガラスの行列は、とても越えられないだろう。ものすごい用心ぶりを、ぼくは、おどろいて見た。なくなった父のショルトーか、兄のバーソロミウが、「アグラの宝物」をまもるために、このような用心ぶかい囲いを立てたものだろう。

　さらに大きな鉄ドアの門が、いかめしく門をふさいでいる。何者がこようと、ビクともせずに、はねかえしそうだ。

　サジアス・ショルトーが、鉄ドアの前へ行くと、右手をあげて、ガタンガタンと小さく二つ、まをおいて、ガターン！　と、大きく一つ、なぐりつけた。夜ふけのしずかさを、鉄ドアのひびきが、いきなり破った。

　しばらくすると、鉄ドアの内がわに、ドスドスと荒い足音がきこえて、

「だれでえ？」

　ふとい声に、サジアス・ショルトーがこたえて、

「ぼく、サジアスだよ」

「ヤッ、弟だんなですか、よろしい！」

　ガチガチと鉄ドアの掛け金をはずした、と思うと、グーッと重そうに引きあけた。

　サジアスをさきに、ぼくたち三人が、はいって行くと、

「ムムッ、いけねえ、待った！」

　と、いきなり両手をひろげた男は、顔もかたはばもひろい。両足をふんばって、まるで岩のようにドッシリしている。派手な色のジャケツから、太いうでをニュッと突き出すと、ぼくたちを見すえて、わめきだした。

「この男ふたりと女ひとりは、だれでえ？　おれは、なんにも聞いてねえぞっ！」

　サジアスが、それにこたえて、ボソボソと声をひくめながら、

「聞いていないって、ぼくは、友だちをつれてくると、ゆうべ、バーソロミウ兄に、話しておいたんだぜ」

「いいや、兄だんなは、きょう一日じゅう、部屋から出て見えねえから、おれはなんにも、聞いてねえ。とおすことは、できねえんだ、この三人は！」

「そんなこと言っても、こまるよ。ぼくの友だちじゃないか」

「そりゃ、弟だんなの友だちかも知れねえが、おれはなんにも聞いてねえから、知らねえんでさ。知らねえ者は、一足だって、ここをとおされねえ！」

　ホームズが、男の前へツカツカと出て行くと、わらって言い

だした。

「ハハッ、知らないはずはないぜ、マグネル[26]！」

人間が土ネズミに

ぼくはメアリー嬢を、ここでもたすけて、左うでをかしていた。

ホームズに「マグネル！」と、よばれた男は、目をきらめかして、

「ヤッ、おれの名まえを知っているのは、そうか、やっぱりね、おれが試合に出てたのを、おまえさんも見ていたんだね。へへン、いつの試合の時だい？」

と、えらそうに、とくいになってきいた。

ホームズは、なおわらって、

「ハハア、見たんじゃない。君と試合したんだぜ」

「エッ、いつだい？」

「君と三ラウンド、やったじゃないか。ぼくはアマチュアの飛び入りだったがね」

「オオッ？」

と、ホームズの顔を、星あかりの中に、ジーッと見つめたマグネルが、ギョッとして、両手をおろすと、

「あの時の、なんとかいった先生ですね。おれを三度とも、二分間もたたきつけた。ウム、あの時は、おれもこれで、拳闘をやめちまおうかと思ったんで。へえ、どうもお見それしまして、すみませんや、先生！」

「ここを通って、いいだろうね」

「どうぞ！　わるいとは言えませんや。ここでまた、あのダブル・パンチをくわされちゃ、やりきれねえからね。おどろいたなあ！」

「では、おさきへ」

ホームズが歩きだして、サジアス、メアリー嬢とぼくがつづき、うしろに今の拳闘選手が、鉄ドアをガターンとしめて、

「おどろいたなあ！　チェッ、おどろいたなあ！」

と、ひとりごとを言っていた。

まるで荒れはてている庭に、小石をしいた道が、向うの方の玄関へつづいている。ぼくたち四人は、サクサクと小石をふんで行った。月が出てきた。四人のかげが動くのも、なんだか気みがわるい。すぐ前の三階の家ぜんたいが、まるでヒッソリしているからだ。

「どうも、その、これは変でして……」

と、サジアス・ショルトーが、二階の方を見まわすと、しわがれている声で、

「今夜くることを、バーソロミウ兄に、くりかえして言っておいたのでして、それだのに、あかりが兄の部屋に、ついていませんので」

ホームズの見とおすような目が、くらい家ぜんたいを、ジーッと見まわすと、

「まい夜、このとおりに？」

「そ、そうなので、父の時から、用心のために、家の中をくらくしますので」

「ドアのよこに、小窓のあかりは？」

「あ、あれ一つだけ、ついていますが、家政婦の部屋で、バーストン夫人が、まだ起きているらしいので。はあ、ここで二、

三分、ちょっと、お待ちください。とつぜん、ぼくたちが、はいって行くと、バーストン夫人は、きっとビックリしますので」

　スッと立ちどまったホームズが、

「フム……」

　耳をすました、メアリー嬢も、ぼくも、このとき、家の中のどこからか、女が泣いているような、

「ヒーッ、ヒイヒーッ……」

　と、かすかに長い声を、聞いたのだ。

「アアッ、バーストン夫人です！　ほかに女はいませんので。ちょっと、その、お待ちください、こ、これは変だ！」

　サジアスが玄関の石段をあがると、そこのドアを、コツコツと小さく二つ、まをおいて、ゴツン！　と、大きく一つ、鉄ドアの時と同じようになぐった。この家の合図にちがいない。

　ドアが内からあくと、ランプをもって現われた、ネズミ色の服をきている年よりの婦人が、泣き声で、

「まあ！　サジアスさま、いいところへ、さあすぐ、おはいりになって！」

「どうして、泣いていたんですか？」

「わたくし、さみしくて、さあ早く、おはいりになって！」

　これがバーストン夫人だろう、片手でサジアスのうでをつかむと、引っぱりこんでドアをしめた。ぼくたち三人が立っているのを、気がつかなかったらしい。

　月の光りにてらされている広い庭を、ぼくたちは見まわした[▼27]。どこもかも、ほりくりかえして、方々に土がもりあがっている。「アグラの宝物」を、さがしまわったあとだ。

　ぼくはホームズに、ささやいて言った。

「たいへんな努力だね。英国じゅうの土ネズミを、ここへあつめたって、これほどには、ならないだろう」

「ハハア、六年間も、ほりつづけたのだ。人間が土ネズミになったのさ」

　と、ホームズが、わらって言った時、ドアがサッとあいた。

「変、変です！」

　さけびながら飛びだしてきたサジアスが、はげ頭をふりまわして、ホームズに、

「兄が、バーソロミウ兄が、どうかしたらしいので、あなた、先生！　た、たすけてください！」

　と、泣きだしそうな顔になって、オロオロと言った。

光りの中の死体

　拳闘の職業選手を、優勝試合で三回ともやっつけたホームズ先生！　だから、すごく強いのにきまっている！　と、そう思ったらしいサジアスが、

「たすけてください！　な、なんだか、その、家の中が変なので」

　と、泣きだしそうに、くりかえすと、

「わからないな」

　と、ホームズは、メアリー嬢とぼくをつれて、ドアの中へはいった。

　そこに立っている家政婦のバーストン夫人が、メアリー嬢を見ると、

「まあ！　ミス・メアリー・モースタン！　あなたのお話を、

いま、サジアスさまから、うかがいましたの。こんな夜ふけに、よくまあ、お若いあなたが……」

　なみだがにじんでいる目を見はって、いちどきに、しゃべりだしたのを、ホームズがそばから、なだめるみたいに、

「バーストン夫人ですね、おちついて、バーソロミウ氏のことを、ぼくに聞かせてください。なにか変ったことでも、あったのですか？」

「は、はい、変ったこと、兄だんなさまは、けさから一日じゅう、お部屋にとじこもったきり、いちども出ていらっしゃいません。いまさっき、行ってみますと、かぎがおりていますし、どうかなさったのか？　と、かぎ穴から、のぞいて見ますと、とてもおそろしい顔をなさって、こちらを向いたきり、ジーッとしていらして……」

「あかりは？」

「いいえ、あかりはなくて、けれど、窓から月がさしていますの」

「そのランプを」

　夫人のもっているランプを、ホームズは、すばやく受けとると、メアリー嬢に、

「あなたは、バーストン夫人といっしょに、ここへ、のこって！」

　言いわたして、ろうかを歩きだした。

　サジアスとぼくがついて行った。広い階段をあがった。二階へ出ると、

「待った！」

　と、ホームズが、ランプを足もとへさげて、左に右に、しき物の上を、くわしくしらべながら、一段ずつ上がって行く。

　うしろから、サジアスがきいた。

「な、なにか、あるのですか？　先生！」

「フム、さっぱり、わからない」

　三階へ上がった。ここも広い、ろうかのおくの方へ、ホームズが、あたりを見ながら歩いて行く。

　ドアが三つ、どの部屋もヒッソリしている。この家ぜんたいを外から見た時よりも、なお気みがわるい。

　サジアスの変な声が、またボソボソと言いだした。

「ひ、左がわの、三つめが、兄の部屋なので、はあ……」

　そこに立ちどまったホームズが、ドアをたたいた。コツコツ、小さく二つ、まをおいて、ゴツッ、大きく一つ。

「………」

　部屋の中は、ヒッソリしている。

　うつむいたホームズが、かぎ穴へ目をあてた。ジッと見ている。むねを引くと立ちあがって、ぼくに、

「見ろ、どう思うかね？」

　ぼくはギョッとしながら、かぎ穴へ目をあててみた。青白い月の光りが、一方の窓から、と、そこに、ひとりの男が、むねから上を、こちらへ向けている。変な細長い顔、あたまがはげあがって、目を見はったまま、ニッと歯をむき出して動かずにいる。立ちあがったぼくは、ふるえながらホームズに言った。

「メアリー嬢を、つれてこなくて、よかった！」

「ウム、サジアスさん、にいさんは死んでいる！」

「エ、エエッ……」▼[28]

「ドアの合いかぎは？」

「はあ、あ、ありません……」

またまた四人のサイン

「ドアを破れ！」

ホームズが、力をこめて言った。

体あたりだ。サジアスもぼくといっしょに、三人がドアへ、一時にぶつかった。内がわからかけた鍵がこわれて、ドアがたおれ、ホームズとぼくは、よろめきながら、ドサッと部屋へはいった。

テーブルのそばに、いすへもたれている男が、窓から月の光りにてらされて、青白い顔に目を見はり、ニッと歯をむき出している。

「ワトソン、死後の時間は？」

なんとも気みのわるい男の死顔を、ホームズが、すぐ前からのぞきこんで、

「七、八時間だろう？」[29]

「そう、ぼくも、そう思う」

死顔が、みょうにゆがんで、手も足も、こわばっている。自殺か？　殺されたのか？　急病死には見えない。

「これは、なんだろう？　ホームズ！」

テーブルのはしに、一本の長い棒が、ころげている。はしに石がしばりつけられ、しばり方は乱ぼうだ。麻糸らしい。

「フーム、なにかな？　蛮人の武器らしいが」

「こんな物で自殺したのだろうか？」

「いや、他殺だ」

「どうして？」

「これだ！」

ホームズが指さした。

死体の足もとに、一枚の紙きれが落ちていて、月あかりに字が読める。

「アッ、『四人のサイン』！　あれだな！」

「そうだ。フム、これを見ろ！」

ホームズが機敏に発見する。また指さした。

死体の耳のうしろだ。ぼくは見るなり、またギョッとした。

「木の矢かな？　ささっている！」

「ソッと、ぬいて見ろ。気をつけて、おそらく毒がついているだろう」

ぼくは、それをつまむと、しずかに引いてみた。長さ八センチほど、すぐ抜けて、あとにポツリと血のあとがのこった。

「特別につくった毒矢らしい。他殺だ」

と、ぼくがそれを、テーブルのはしにおくと、ホームズはドアの方を、ふりむいて、

「サジアスさん！　これは、バーソロミウ氏、あなたのにいさんに、ちがいない？」

力をこめてきいた。

サジアスは、まだドアのそばに立っている。ホームズにわたされたランプが、手といっしょにふるえていて、すっかり青ざめたきり、

「はあっ、そ、そうです。兄です。どうしたので、はあ？」

「死んでいられる！」

「も、もう、たすかりませんので？」

「はいってきなさい！」

「あ、足が、すくんで……」

謎の男ではない、サジアスは、ぼくよりも、おくびょうで気が小さいらしい。ガタガタとふるえながら、テーブルの下を見まわし、天じょうを見あげると、きゅうにわめきだした。

「な、なくなっている！　アグラの宝物が、宝物の箱が！　ぼくは、ゆうべ、見たんだ。兄といっしょに、天じょうからおろして、……なくなっている！」

ホームズも、ぼくも、天じょうを見るなり、ハッとした。

大きな穴があいている。上の方がくらい。人が出入りできるほど、ポカリと大きな穴だ。下に、ふみ台が立ててあり、台のそばに、グルグルとまるめてあるのは、長い綱だ。コンクリートのかけらが、あたりに白くちらばっている。

「天じょうをこわして、ふみ台から上がったのか？」

と、ぼくがホームズにきいた時、プーンと何か？　はなを突きさすような、強いにおいに気がついた。

これは想像より以上の怪事件だ。しかも、メアリー嬢に関係がある！　と、ぼくは、だんぜん、ふるいたつ気になった。探偵の上では、ホームズに、とてもかなわない。しかし、サジアスよりも、やくにたつはずである。

ピンチン横町に名犬がいる

泥のかたまり

耳のうしろに、毒矢を打ちこまれて、奇怪な死にかたをしているバーソロミウ・ショルトー、この死体に、ぼくは気をとられていて、はなを突く強いにおいに、自分の足もとを、はじめて見まわした。

どすぐろい流れが、ひろがっている。向うにある大きな陶器の入れ物がこわれて、その底から、ぼくの足もとへ、ひろがっているのだ。

「ヤッ、くさいはずだ。天じょうの上の雨もりを、ふせぐつもりのコールタールだな▼30」

と、ぼくが言うのを、サジアスの高い声が、ドアのそばから、わめきつづけた。

「ホームズ先生！　どうしましょう？　ぼくは、ゆうべ、ここで兄と別れたきりです。階段をおりて行くと、このドアにかぎをかける音が、きこえたので、はあ、それきりでした、ほんとうに！」

「それは、何時ごろ？」

「十時すぎでした。それきり、兄が死んでいる、とすると、警官や探偵は、ぼくを、うたがうでしょう。先生、どうしたら、たすかるでしょう？　兄を殺したのは、おまえだなどと言われたら、まったく、はあ、気がくるって、ぼくは、……」

「その心ぱいはいらない。ぼくが保証してあげよう」

「ほ、ほんとうですか？　先生！」

「それよりも、今から早く警察へ行って、このことを知らせるのが、あなたとして、ほんとうだ」

「わかりました。今すぐ、はあ……」

サジアスは、ランプを足もとへおくと、オロオロしながら、ろうかへ、あわてて出て行った。

「さあ、これからだ。警察の連中がくるまで、三十分はかかるだろう」

ホームズが、ランプをとりあげると、

「それまでに、しらべておかないと、警官や探偵は、じゃまになることがあるからね」

と窓の方へスタスタと行きながら、

「ドアは中からしまっていた。犯人は、どこからはいって、どこから出て行ったか？　来てみたまえ。ぼくの実地研究を、君もやってみないかね？」

「やるとも！　この事件は、メアリー嬢に関係があるんだ」

ぼくは窓べりへ、ツカツカと出て行った。

「ホー、えらく元気を出したね。見たまえ、ここも用心堅固だ。内がわから窓に、くぎをさしてある」

くぎをぬいて、窓をあけたホームズが、外がわを見まわして、

「といがないね。待てよ、ところが、そら、この窓べりに、乗った者がいる。この泥の足あとは、一つだけだが」

「アッ、部屋の中にもあるぜ、泥のかたまりが、テーブルのそばにも」

「よろしい。医学博士の目も早いね」

「オッ、この窓のふちに、これこそ、くつのあとだ。かかとのところに、これは金具を打ちつけた、大きなくつだな」

「泥のあとが、ここにもある。部屋の中のも泥だけだ。足あとじゃないぜ」

「いや、足あとだよ」

「こんな足のうらの丸い者が、いるのかな？」

「いるさ。義足のあとだ」

「アッ、前になくなったショルトー氏が、義足の男を、ひどくおそれていたという、そいつが来たのかな？」

「多分、そのとおり」

「宝物の箱を、ぬすんで行ったのも、そいつじゃないか？」

「そこまでは、まだわからない」

「エッ、どうして？」

「ここにいたのは、ひとりじゃないからね」

「ふたりか？」

「そう。君は、このかべを下からのぼって、窓からはいれるかね？」

「待ってくれ」

ぼくは窓のふちから、月の光りにてらされているかべを、見おろした。

第一号と第二号の犯人

三階の高い窓、下のかべに、手がかりになるものは、なにひとつもない、ぜんたいが、まっすぐだ。ぼくは顔を引っこめて言った。

「のぼるのも、おりるのも、ぜったい、できないね」

「フム、ひとりではね」

と、ホームズはランプをもちかえて、

「しかし、ひとりがここにいて、ふみ台の下にある長い綱を、この窓から下へおろす。下にいる男が、それをつたわって、片足は義足にしても、手に力さえあれば、スルスルと、のぼってくるだろう」

「なるほど、あの綱は、そのために使ったのだな。出て行く時

も、それをつたわっておりる。ここに残っているやつが、それから綱を引きあげて、窓をしめると、くぎをさしておく。そうか、わかった、が、ここにいたやつは、どこから、はじめにはいってきたのか？　いったい、どうなんだ？」

「わからないかね？」

「ドアは中からしまっている。窓へは下から、ひとりではのぼれない。わかった、だんろの煙突から、もぐりこんで来たんだろう、屋根へ、うらの方からでも上がって」

「だめだね。だんろをよく見ると、とても出られないぜ、小さくて」

「では、まえもってはいって、どこかこの部屋の中にかくれていたか？　いや、そんなかくれる所は、どこにもないんだ。待てよ、アッ、天じょうの穴からじゃないか？」

「よろしい。そのとおりだろう。ランプを持っていてくれ。天じょうをしらべてみよう」

ホームズは、ぼくにランプをわたすと、ふみ台へ上がった。両手を高くのばして、穴のふちにかけると、たちまち身がるに飛びあがるなり、天じょうへのぼった、と、顔を出した。片手を下へのばして、

「ランプ、君もこいよ！」

ところが、ぼくは、ホームズみたいに敏しょうではない。▼31 ふみ台を上がって、ランプをわたし、それからホームズにたすけられて、やっとのぼった。

なくなったショルトー氏が、「アグラの宝物」をかくすために造った、秘密の物置庫（ものおきぐら）である。テーブルもいすもなく、ムッと息づまるほど、ほこりくさい。

「ワトソン、これを見ろ！」

ホームズが、あたまのすぐ上の屋根に、片手をかけると、力をこめてガタッとあけた。月の光りがはいって、はるかに空が青白く見える。

「天窓だ。はじめに犯人は、ここからしのびこんだ。足あとがあるだろう」

ランプをホームズが、ゆかへ近づけてまわした。

「オッ、これは？　……」

と、ぼくは見るなり、ゾッとした。

ほこりの上に、点々と足あとがみだれている。くつをはいていない。はだしの足あとが、みな、小さい。おとなの半分もない。

「おそろしい罪を、おかしたやつは、子どもだぜ。ホームズ！」

「フム、そうかも知れない」

「かも知れないのか？　おしえてくれよ！」

「待った。今にわかる！」

ホームズは、顔を足あとにうつむけ、ランプの光りを近づけて、一つ一つ見て行くと、

「ここから下の部屋へ、天じょうの穴から出て行ったのを、第一号の犯人とする。地面から綱をつたわって窓へ入りこんだのを、第二号の犯人とする。ムッ、くさい！　第一号の犯人、たいへんな失敗をやっているな。よろしい、これで、捕えたのも同然だ！」

「エッ、捕えたのも同然？」

「そのとおり。コールタールのにおいが、ムッとするだろ

う？」

「する。くさい！」

「これを君は、なんと思う？」

「部屋のすみに、コールタールの入れ物がこわれて、どす黒く流れだしていた。第一号の犯人が、あれを知らずに、はだしのまま、ふみこんだのじゃないか？」

「そのとおり。満点だ。▼32 その足のまま、ふみ台をあがって、ここへ引きかえしてくると、天窓をあけて、屋根の上からにげてしまった。第一号の犯人先生、ここの足あとに、コールタールのにおいを、のこしている。フム、このにおいは、しつこいからね」

「子どもだろう、その第一号は？」

「捕えるとわかるさ。そろそろ下へ行こう。警察のえらい連中が、やってくる時分だ」

ジョーンズ探偵部長

ホームズとぼくは、天じょうの穴から、ふみ台をつたわって、バーソロミウ・ショルトーの死体の前へ、おりてきた。

ヒッソリしている家の中に、三、四人のくつ音、なにかたずねる大声が、階段の下の方から聞こえてきた。

「警察の連中だね、ホームズ」

「ウム、お手なみ拝見というところだ。やかましいぜ、連中の探偵は」

くつ音と大声が、ドカドカと階段をあがってきた。

「ホー、ドアを破ったね、ウム」

と、えらそうな声をかけて、ヌッとはいってきたのは、デブデブにふとっている大男だ。顔も大きく赤く、目をギロギロさせて、ネズミ色の外とうをきている、むねはばも広い。

「ウウム、これか、自殺か他殺か？」

ドスドスと死体の前へ行くと、大きな顔をしかめて、そう言いながら、

「君たちは、だれかね？」

と、ホームズとぼくを、よこ目でにらんだ。

ホームズが、ランプをもちあげると、

「ジョーンズ探偵部長さん、▼33 しばらくでしたね、ホームズですよ。こちらは、ぼくの親友のワトソン博士、お目にかかったはずだ」

「ヤア、ウム、ホームズ先生！　これは、しばらく！　わすれてはおらんです、ワトソン博士も、いや、おふたりとも、探偵記録の出版によって、えらく有名になられたですな、『深夜の謎』とか『恐怖の谷』とかいって。▼34 フム、ぼくは今夜、ほかの事件でもって、ここの署へ来とったところに、この家の急変を聞いたものだから……」

と、ジョーンズ探偵部長は、うしろについてきた制服の巡査ふたりと、ろうかに立っているサジアス・ショルトーを、ふりむいて、

「ウウム、君たちは、ひとまず、二階へおりとれ！　それから、ショルトーさん、あなたには、いろいろ聞きたいことがある。二階のほかには行かないように！」

三人が階段をおりて行くと、またホームズに、今度は声をひそめて、

「先生！　おしえてください。この男、バーソロミウ・ショル

トーというのですな。これは日ごろから、精神異常らしかった▼35から、急に何かの病気のために、このとおり、いすにかけたまま、死んだのじゃないのですか？」

「さあ、しかし、警視庁の探偵部長さんに、おしえるなどは、失礼にあたるだろう。それよりも、あなたのお手なみを、拝見した方がいいですよ」

「フフム、それではと、あわてて知らせにきた今さっきの、サジアス・ショルトーの言うところによると、ばく大な宝石類が、鉄製の箱に入れたまま無くなった。これが問題だが、ウウム、窓は、どうなっていたですか？」

「しまっていて、内がわから、くぎがさしてあり、しかし、窓べりに泥のあとが、ついている」

「なに、しまっていた、とすると、泥のあとなど、関係はないですな」

「しらべて見ては？」

「その必要なしだ。ウム、ぼくには実のところ、ここへくるまでに、今さっきのショルトーを尋問してみて、ピタリと直感したですからな」

「すごい！」

「あの弟のショルトーは、ゆうべ、ここへ来て、兄と話したと言う。その言うことが、ぼくに問いつめられて、シドロモドロだ。前後の話が、なっとらん」

「気がよわいからでしょう」

「いや、そうじゃない。ここで兄と、けんかしたと言う。兄は、いつもから精神が変だったというし、気がたって急死した。そこで弟の方は、ばく大な宝石の箱をもって、ここからにげだしたと、ぼくは直感で判断するのだが……」

「すると、弟がにげだしたあとに、この兄の死体が、ノコノコと立ちあがって、ドアに中からかぎをかけた。おかしいですな」

「ムムッ、そうか。待てよ、いかにも、おかしいぞ！」

探偵部長は、うでぐみして、大きな赤い顔をかしげた。

見たら捕える！

デブデブのジョーンズ探偵部長は、大きな顔をかしげて、ジッと考えながら、

「あのサジアス・ショルトーが、宝石の鉄箱をもって、ドアのところから逃げた、とすると……」

あたりを見まわして、上を向くと、

「ヤッ、天じょうに穴がある！　ウム、これだっ！」

わめいて、デブのくせに、ふみ台へヒラリと飛びあがり、

「なにをっ！」

どなると、天じょうの上へ、のぼってしまった。さすがに探偵部長、デブでも敏しょうだな！　と、ぼくが見ていると、

「オッ、ここから屋根へ、にげおったな。天窓がある。半分あいとるですぞ、ホームズ先生！」

「ぼくが、あけたのですよ」

「ヤッ、あ、あなたが、ウウム、しかし、ここから犯人がにげたのは、たしかだ！」

探偵部長は、天じょうの上を、ゴソゴソとはいまわると、しばらくして大きな顔から全身、ほこりだらけになったまま、ふみ台からおりてきた。パイプのたばこをすっているホームズに、

「先生！　変な足あとがあるですが、[36]こうなると、これは怪事件だ。先生の判断を、ぜひ、聞かせてくれませんか？」[37]

と、太いまゆ毛をヒクヒクと動かして言った。

ホームズは、たばこの煙をふきだすと、

「ゆうべ、この部屋にはいりこんだのは、ふたりですね」

「ホー、ふたり？　はてな、そうですか？　ホームズ先生の言われることだから、たしかでしょうが、フーム？」

「いや、まちがっているかも知れない」

「いいです。なんでも、おしえてください、ぜひ！」

「ひとりの方の名まえを言うと……」

「エッ、名まえが、わかったのですか？」

これには、ぼくもおどろいて、ギクッとした。

「おそらく、まちがいはないはずだ。フーッ、名まえは、ジョナサン・スモール！」

アッ、「四人のサイン」の中にあった。ひとりの名まえだ！

と、ぼくは耳をすましました。

「ジョナサン・スモール？　ホー、名刺でも落として行ったですか？」

と、探偵部長は、信じられない顔をして、ギロギロと目をきらめかした。

「そのスモールは、からだが小さい、敏しょうだ。ところが、右足がなくて木の義足をつけている」

「ヤッ、木の義足を？　フーム」

「その義足は、内がわが少しちびている。敏しょうに歩きまわるから」

「右足ですな、くせ者ですな」

「左足は、さきの太い古ぐつをはいて、そのくつには、かかとに鉄のびょうを、うちつけている。教育のない男で、中年、顔は日に焼けているだろう、フーッ」

「ムムッ、先生は、まさか、そいつを見たのではないでしょうな？」

「見たら捕える！　なお、このジョナサン・スモールは、手のひらの皮が、両手とも、ひどくむけて傷をしている」

「手のひらなど、どうして、わかったですか？」

「フフッ、かんたんですよ。あそこにある長い綱に、血のあとがにじんでいる。スモールは、あれをつたわって、窓へ外からのぼってきた」

「ヤッ、もうひとりは、どんなやつですか？」

「このほうは、すこし変っている。このショルトー氏の死因と、部屋の中を、なおくわしく、しらべてみると、いいですね」

「ウム、むろん、これから検視するです」

「テーブルの上に、変な道具があり、みじかい毒矢、みょうな紙きれがあり、手がかりは、そろっている。そこでワトソン、ちょっと、ろうかへ出てくれないか」

ホームズは、ぼくをつれ出すと、階段の上まで行って、

「メアリー嬢を、こんな変な家の中に、引きとめておくのは、よくないぜ」

と、それが、ぼくのせきにんみたいに言いだした。

すばらしい名犬だ

メアリー嬢のことは、むろん、ぼくも気になっていたのである。

「そうだ。この家のショルトーは死んでいるし、『アグラの宝物』というのも無くなっている。メアリー嬢が、ここにいても、用はないわけだ。ぼくが今から、おくって行こう！」

「よろしい。ところで、君はここへまた、引きかえしてくるかね？」

「くるさ。こんな怪事件は初めてだ。謎が解けるまでは、休む気がしないぜ」

「フーッ、謎が解けて、いわゆる『アグラの宝物』が、メアリー嬢に分けられると、彼女は、すばらしい資産家になる。彼女のためにも、この事件の捜査は、成功しなければならない！　そこで、ワトソン博士は、どこまでも、ぼくに手つだってくれるだろうな」

「なんだか変な言いかただね。どこまでも手つだうのは、今度ばかりじゃないぜ」

「よろしい、フフッ、メアリー嬢をおくりとどけたら、ちょっと、ほかへよってもらいたいのだ。ランペス[38]の川岸で、ピンチン横町だが、知っているかい？」

「ピンチン横町、おかしな名まえだな。さがして行けば、わかるだろう」

「馭者が知っているだろう。そこの三番地に、『シャーマン』という老人が、いろんな動物を飼っているのだ。変り者のおやじで、動物も変っているのが、大すきなのさ。ぼくの名まえを言って、『トビイ』という犬を借りてきてくれ」

「トビイ？　おとなしいやつかね？」

「おとなしい。それに、すばらしい名犬だ。馬車にのせて、ここへつれてきてくれ」

「よしきた。大きなやつか？」

「小犬だ。今はロンドンじゅうの探偵をあつめるよりも、トビイ一ぴきの方が、よほど役にたつ」

「すごい名犬だね。つれてこよう」

「ぼくは、バーストン夫人と、あの拳闘選手のマグネル[39]を、ここでしらべてみよう。ジョーンズ探偵部長が、どう活躍するか？　ぼくの言ったことなど、まだ信じていないのは、こまったものだ」

「いばっているようだね。ぼくは行ってくる！」

　メアリー嬢に会いに、三階から一階へ、ぼくは、さっそく、一気におりて行った。

指さきがひらいている足は？

毒へびを頭へ

　メアリー嬢を、ぼくは馬車で、フォレスタ夫人の家へ、おくって行った。とちゅう、馬車の中で、いろいろ話しあった[40]、が、この探偵記録には、関係のない話だから、書かずにおこう。

　フォレスタ夫人にも会った。夜はふけていて、メアリー嬢が帰ってこないのを、夫人は、とても心ぱいしていた。

「ぜひ、おあがりくださって、どういうことになりましたか、お聞かせくださいませ！」

　熱心に言われた、が、

「あらためて、うかがいます。今夜はまだ、することが、のこっていますから」

と、ぼくはことわって、夫人とメアリー嬢とわかれた。ほんとうは、そのまま、いたかったのだが……。

ところで、「することが、のこっている」ばかりか、犯人を「捕えたのも同然だ」と、ホームズは言った。しかし、まだ捕えてはいない。ぼくは馬車の中で、ひとり考えれば考えるほど、この事件の奇怪さが、二重にも三重にも、あたまの中に、こんがらがって、なにがなんだかわからない。だが、メアリー嬢のために、成功しなければならないぞ！　と、思っているうちに、

「お客さん、ピンチン横町へ来ましたぜ」

と、馭者の声に、ハッと気がついた。

「三番地だ。シャーマンという変人のおやじさんがいるの、君は知らないか？」

「ああ、シャーマンじじいなら、知ってますよ。変り者でもって、有名なんでさ」

馭者まで「変り者だ」という、その「シャーマンじじい」の家の前に、止まった馬車から、ぼくはおりた。

きたなくて古い二階屋である。おもてのドアが、ピッタリとしまって、寝ているようだ。いそいでいるぼくは、ドアをたたきつづけた。なかなか起きてこない。時計を見ると、三時をすぎている。

「シャーマンさん！　起きてくださいっ！」

二階の窓がガラリとあいた。月の光りにてらされて、顔を出した白ひげの老人が、

「ヤイッ、やかましいぞ、酔っぱらいめ、行っちまえ！」

と、大声でどなりだした。なるほど、変り者だ。

「酔っぱらいじゃない。用があるんだ」

「なにをっ、こんな夜ふけに、人を起こしやがって、グズグズいうと、四十三びきの犬を[41]、いっぺんに飛びつかせるぞ」

「よわったな。待ってくれ、犬は一ぴきだけ、用があるのだよ」

「チェッ、まだ行かねえか？　毒ヘビを頭へ落としてやるぞ、そこを動くな」

「毒ヘビなんか落とされては、たまらないね。シャーロック・ホームズに、たのまれて来たのだが」

「な、なんだと、ホームズ先生のたのみ？　それなら、なぜ早く、そう言わねえんだ。待ってろ！」

ガラガラッと窓をしめた。おりてくるらしい。「ピンチン横町」なんて場末の町の、こんな「変り者」の老人を知っているホームズも、変人の仲間だな！　と、ぼくは思わずにいられなかった。

おもてに待っている馬車から、馭者が声をかけた。

「お客さん、気をつけないと、危険ですぜ。いろんなやつが、中にいるんだから」

白い一つの角ザトー

ガチガチと、かけ金をはずす音がして、ドアをあけた。シャーマン老人は、おそらく七十才より以上だろう。しわくちゃの顔に、目がたれさがって、はなは大きく、あごに白ひげをダラリとさげている。ぼくを見て、ニヤッとわらうと、ランプをさげたまま、

「さあ、はいりなせえ。ホームズ先生の用って、なんだね？」

そういう声は、まるで若々しく力があって、じいさんみたい

ではない。

「トビイという犬を、かりてこいと言われたんだがね」

「なあるほど、トビイをね。ホームズ先生、探偵に使うんだな。トビイときたら、まったく世界一の名犬だからね」

「世界一か。いそぐんだから、早くかしてもらいたい！」

「だから、はいりなせえと言ってるんだ。気をつけてね、穴グマがいるんだから」

「穴グマ？　どこにいるんだ？」

「ワハッハッハッ、オイ、こら、お客さんだ。かぶりついちゃ、いけねえぞ！」

ぼくはビクッとしながら、ドアの中にはいった。シャーマン老人のよこに、大きな箱が二重になっていて、下の鉄棒の中から、なんだか黒いやつが、目をキラキラさせて、ぼくをにらんでいる。

「これが穴グマか？」

「ワッハハッ、わしの言うことだと、なんでもきくだ。上には、へビトカゲがいるだ、ね、見てみなせえ」

「見たくないね」

「ワハハハ、あんたは、ホームズ先生の友だちかい？」

「ウム、そうだ」

「友だちにしちゃあ、気がよわいね。ホームズ先生ときたら、穴グマだって毒へビだって、大トカゲだって、それぁすぐ、仲よしになっちまうんだから、えれえもんだよ」

「いよいよ変人だな」

「エッ、なんだって？」

「なんでもいいから、トビイという犬を、早く出してくれ」

「ワッハハハ、トビイのやつは、左がわの七つめにいるだ」

シャーマン老人は、動物のことになると、うれしくて、たまらないらしい。からだをゆすってわらいながら、

「トビイには、これをやりなせえ。よろこぶよ」

と、ポケットの中から、ぼくにわたしてくれたのは、白い一つの角ザトーだった。

左がわの七つめの小箱の前に、シャーマン老人が行って、

「出てこい、トビイ！」

と、言うより早く、サッと飛び出してきたのは、白に茶いろのブチ、耳がたれていて、足はみじかく、見っともない雑種の小犬である。うつむいて、シャーマン老人のズボンを、ベロベロとなめだした。

なんだ、これが「世界一の名犬」か？　ホームズも「すごい名犬だ」と言ったが、ますます変人どうしだな、と、ぼくは、あっけにとられて、ポカンとした。

この「名犬」トビイは、感じもにぶい。ぼくが立っているのに、やっと気がつくと、上をむいて、しりごみしながら、変な細い声でほえだした。

「ウウワン、ワワン、ウウワン！」

ぼくは、いくら気がよわくても、こんな小犬だと、ちっともこわくない。

「こら、トビイ！」

と、角ザトーを、目の前へ出して見せた。

すると、ほえるのをやめたトビイが、はなのさきで角ザトーをかぎながら、しばらく考えているうちに、いきなり口にいれて、ガリガリと食いだした。ばか犬みたいである。

「ワハッハハ、うめえだろう、トビイ！」

シャーマン老人が、わらいだして、また角ザトーを一つ、ぼくにわたしてくれた。

天窓から屋根へ

ぼくとトビイは、馬車の中で、すっかり仲よしになった。ひざの上にのせて、角ザトーをまたやると、しきりに尾をふりながら、ガリガリと食ってしまうと、ぼくの手のひらを、なめまわし、ベロベロと顔までなめにくる。

「こら、よせ、トビイ！」

しかると、なお、じゃれつく。こんな「名犬」があるものか！　と、ぼくがトビイを、もてあましているうちに、バーソロミウ・ショルトーの奇怪な「別荘」に、馬車がついた。

玄関の石段の上に、ホームズがパイプをくわえたまま、スックと立っていた。変人であり一種の偉人らしく見える。

「ヤア、来たね。待ってたんだ、トビイ！」

ホームズが声をかけると、ぼくにだかれて馬車をおりたトビイが、いきなりサッと飛び出して、ホームズの足もとから、むねへおどりあがった。よく知っている。前から仲よしだったらしい。

「メアリー嬢は、安全に家へ帰ったよ」

と、ぼくが石段をあがって言うと、

「ジョーンズ探偵部長も、帰って行ったがね、ここの家じゅう大さわぎさ。サジアス・ショルトーをはじめ、バーストン夫人、マグネル、事務員、ことごとく警視庁へ、つれて行ったぜ」

「まだサジアスを、うたがっているのかな。家の者は、みんな無罪だろう」

「いや、ラル・ラオという事務員だけは、ぼくの見たところ、いささか怪しいようだ。[42]さあいそぐぞ。このトビイを、ここへ、つないでと」

トビイの首わについてる綱を、ホームズが手ばやくほどいて、柱の下へしばりつけると、

「こら、おとなしくしてろ、すぐだから、ワトソン、三階へ！」

パイプをポケットへ投げこんで、ぼくといっしょに三階へ、飛ぶように上がって行った。

あとにトビイが、かなしそうにほえていた。

バーソロミウの死体に、まっ白なシーツが、あたまの上からかけてある。ふみ台のむこうに制服の巡査が、ひとり、角灯を足もとにおいて、たいくつそうに柱へもたれていた。

「君、この角灯をかしてくれたまえ、十分間ほど」

ホームズは、そう言いながら、くつをぬぎ、くつ下をとって、はだしになると、

「ぼくは、これから屋根なおしになるぜ、ハハッ」

わらって、とりだしたハンケチを、まだ流れているコールタールの上へ、ベタリとつけた。

「屋根なおしって、どうするんだ？」

「その角灯をかりて、君もいっしょに！」

と、ハンケチを左手に、ホームズは、ふみ台をあがって行った。

天じょうの上へ、ぼくものぼった。二度めだ。ほこりとハンケチのコールタールが、ひどく、くさい。

「ハハァ、ジョーンズ君が、はいまわって、かなり荒らしたな。じゃまばかりする探偵部長だ。フム、ここにまだ、第一号の足あとがのこっている。角灯でよく見たまえ！　どうだ？　変ってないかね、あたりまえじゃないだろう」

と、ホームズの目が、らんらんとかがやいて、さいそくするみたいに言った。

「どうも、これは、子どもの足あとだね。それとも、おとなだったら、小さな女かな？」

「大きさじゃないのだ」

「形か。あたりまえの足あとらしいが」

「あたりまえなものか。そら、このとおり！」

と、ホームズが、自分のはだしの右足を、第一号犯人の小さな足あとにならべて、グッとふみつけると、はなして見ながら、

「どうだ、くらべると？」

「アッ、君のは指のさきが、そろってくっついている。犯人のは指のあいだが、すっかり、ひらいてる。それにコールタールのにおいがする！」

「フム、これが重大さ」

と、立ちあがったホームズが、天窓の下へ行くと、開き戸のはしに、顔をつけて、

「ここにも、コールタールのにおいだ。第一号の先生、ここへ足をかけて出た。ぼくは先生のにげたとおりを、にげてみるからね。君は、角灯をお巡りさんにかえして、ぼくのくつとくつ下をもって、庭へ出ていてくれ。トビイをはなして」

ホームズは言いながら、天窓から屋根の上へ、すばやく出て行った。

探偵犬トビイ

ぼくはホームズの言ったとおりに、玄関へおりて行くと、トビイの綱をほどいてやった。よろこんで飛びまわるトビイをつれて、庭へ出ながら屋根の上を見ると、またおどろいた。

月の光りにてらされてホームズが、高い屋根のてっぺんを、ソロソロとはっている。あぶない！　さすがのホームズも、すべり落ちそうだ。煙突のむこうにかくれた。また出てきた。あたりを見まわしながら、また向うへかくれた。それきり出てこない。

「トビイ、こい！」

ぼくは庭をまわって、家の外がわを、うらの方へ出てみた。上を見ると、ひさしのまがりかどに、ホームズが立っている。なにしろ三階の屋根だ。高くて、あぶない。

「オーイ、君、気をつけろ！」

「ハハァ、そこにある黒い物は？」

「おけだ、天水おけだ」

「ふたは？」

「ある、しまっている」

「梯子(はしご)は？」

「待てよ。……どこにもないようだ」

「フーム、第一号の先生、ここからのぼって、おりて行ったんだ。すると、雨といだな、よし！」

ひさしの上から、よこの方の雨といに、ホームズがサッと飛びついた。

「ワワワワン！　ワワワワン！」

トビイが上をむいて、にわかにほえだした。

とても敏しょうなホームズだ。スルスルと長い雨といをつたわって、天水おけの上へ飛びおりると、ジャンプして土の上にスックと突っ立った。平気な顔に、わらいだして、

「ハハァ、第一号がやったのは、まず、このとおりだろう」

「雨といが、グラグラ動いたぜ」

「ウム、あぶない芸当さ」

と、ホームズは、ぼくが下へおいたくつ下とくつを、手ばやく、はいてしまうと、

「第一号も、あぶなかったらしい。見たまえ、ひさしのはしに、こんなものを落として行ったぜ」

ズボンのポケットから、平たい小さな箱を、ソッとつかみだした。ふたが、ついている。

「犯人のおきみやげだね」

と、ふたをあけて見たぼくは、ビクッとした。

バーソロミウ・ショルトーの耳のうしろに、うちこまれていた毒矢と同じ物が、六本、そろってはいっている。さきがとがっていて、どす黒い。

「さわっては、いけないよ。指でもさすと、毒がはいる。こらっ、トビイ！　おとなしくしてろ」

足もとを飛びまわっているトビイに、ホームズが、片手にもっているハンケチを、ふって見せると、

「さあ、どうだ。このにおいは？」

と言うなり、トビイはハンケチに、はなのさきをあてた。

くさいコールタールのにおいを、トビイが、すいこんだらしい。ブルッと顔をふると、

「クスン！」

と、変な声を出したのは、くしゃみだろう。

「さあ、よし！　行けっ！」

と、ホームズがトビイの首わに、どこから持ってきたのか長い綱を、むすびつけると、ハンケチを天水おけの下へ投げすてた。

トビイが、はなを地面へつけた。尾をビリビリとふりだして、いきなり歩きだした。綱をもっているホームズも、あるきだして、

「ワトソン、どこまで行くか、わからないぜ。どうだ、君は遠足に？」

「足は大じょうぶ！[43]　第一号のあとを、つけるんだな」

「ウム、このとおり、トビイは名探偵犬だからね、ハハッ」

ホームズが、ゆかいにわらいながら、トビイの綱をピンと張って行った。

くぐりぬけた穴

「アグラの宝物」をさがして、ほりかえした土のあいだを、小さなトビイが、真けんに走って行く。わき目もふらずに、土の上をかいで、なるほど、「名探偵犬」のようだ。ぼくはホームズとならんで、スタスタと歩きつづけて行った。

コンクリートの高い塀の下へ、トビイが、ぶつかりかけて、その下を右へ行くと、立ちどまって尾をふりだした。うつむいている。そこを、ホームズとぼくが見ると、コンクリートの中のれん瓦が、いくつも抜きとられて、平たい穴になっている。ぼくはすぐ言った。

「ここを、第一号が、くぐりぬけたのだな。小さな奴だから」

「ウム、そのとおり！　トビイ、行け！」

トビイが顔をひくくして、スッとくぐりぬけた。ホームズとぼくは、かたをすぼめて、ひとりずつ、やっと外へ、地面をはって出た。いよいよ苦労だ。

　このとき、夜があけてきた。あたりは木が多く、森みたいにヒッソリしている。道のはしを、トビイがヒタヒタと走って行く。コールタールのにおいが、のこっているのだ。

　ぼくはホームズといっしょに、歩いて行きながら、きいてみずにいられなかった。

「義足をつけている第一号犯人[▼44]の名まえが、ジョナサン・スモールだと、どうしてわかったんだ？」

「かんたんだよ」

「いつも君には、かんたんだが、ぼくにはわからない。ざんねんだぜ」

「だって、この事件のなり行きを、君はぼくといっしょに、はじめから見ているじゃないか」

「そう、それはそうだがね」

　この記録を読んでいる人も、メアリー嬢がホームズをたずねてきた初めから、今までのことを、ぼくと同じように知っているはずだ。しかし、ホームズと同じように、「第一号犯人の名まえはジョナサン・スモールだ」と、すでに見やぶったろうか？

夜あけの追跡四マイル!!!

ほとんどゼロだ

「君、このトビイの綱を、交代に持ってくれ。ぼくは、しばらく、たばこと朝の空気だ」

　ホームズは、パイプに、たばこをつめかえると、マッチの火をすりつけて、プカリと煙をはきだした。夜あけの空を見あげて、

「きょうも、天気がいいね。さわやかなものだ。殺人事件の謎を解くために、ぼくたちふたりが、犬に引っぱられて、どこへ行くかわからない、こんなのは、さわやかな朝に、することじゃないね。そう思わないかい？　フーッ」

「ぼくは、君の説明を聞きたいのだよ」

「あ、そうか。いささか、やっかいだな。君は、メアリー嬢が、ぼくたちにタクシイの中で見せた、インド産の古い紙を、なんだと思う？」

「また試験か。みょうな平面図と、『四人のサイン』が書かれていた、あれは、メアリー嬢の父のモースタン氏が、大事にもっていたのだろう」

「そのとおり、ところで、モースタンと親友だったショルトーの死んだ時にも、『四人のサイン』が、死体のむねのところに、おかれていたのだ」

「そう、それに今度は、殺されたバーソロミウの死体のそばにも、やはり、『四人のサイン』が、テーブルの上に、おかれていたのだ」

名探偵ホームズ全集

全3巻

日本中の少年少女が愛読した、
図書館・図書室必備の、
あの山中峯太郎版「名探偵ホームズ全集」、
二十冊を全三巻に集約して一挙大復刻！

［原作］コナン・ドイル
［訳著］山中峯太郎
［解説・註］平山雄一

ムズ全集 全3巻

【刊行によせて】

　昭和三十～五十年代に小学生だった子どもたちは、学校の図書館で「少年探偵団」シリーズ、「怪盗ルパン全集」シリーズ、そして「名探偵ホームズ全集」シリーズを先を争うようにして借りだして、探偵と冒険の世界に胸を躍らせました。当時を思いかえすと、「少年探偵団」はみんなに愛されていましたが、なぜか子どもたちは「ルパン派」と「ホームズ派」に別れて、どちらが素晴らしいかお互い熱心に主張をしていました。

「少年探偵団」はその当時から今に至るまで、本の形は変わっても、ずっと子どもたちに愛されてきています。「怪盗ルパン」は一時期姿を消しましたが、再び文庫本になって復活しました。しかしなぜかあれほど愛された、大食いで快活な「名探偵ホームズ」はいつのまにか姿を消して、気難しい痩せぎすの「シャーロック・ホームズ」に取って代わられてしまいました。

　当時、ホームズが自動車に乗るのはおかしいとか挿画の現代的な服装が間違っているとか、いろいろ批判がありました。しかしその後、ホームズは多様性を獲得し、犬になったりカマキリになったり、現代に現われてコンピュータを駆使したり全身に入れ墨を入れたりしています。

　そんな自由にホームズを楽しめる時代に、もう一度「名探偵ホームズ全集」を見直してみました。すると単に明朗快活なだけでなく、ホームズ研究家の目から見てもあっと驚くような指摘や新説がいくつも見つかりました。詳しいことは註[illegible]

名探偵ホー

代ならではの楽しみ方で、どうぞ満喫してくださ

平山雄一

・本全集は、ドイル原作・山中峯太郎訳著『名探偵ホームズ全集』（全二十巻、ポプラ社）を底本とした。ただし本全集の収録順はポプラ社版の刊行順ではなく、北原尚彦氏の考証による、作品内における時系列順とした。
・詳細な書誌情報および解題は、第三巻にまとめて掲載する。

名探偵ホームズ全集
【第一巻】
深夜の謎／恐怖の谷／怪盗の宝／まだらの紐／スパイ王者／銀星号事件／謎屋敷の怪
ISBN978-4-86182-614-6

名探偵ホームズ全集
【第二巻】
火の地獄船／鍵と地下鉄／夜光怪獣／王冠の謎／閃光暗号／獅子の爪／踊る人形
ISBN978-4-86182-615-3

名探偵ホームズ全集
【第三巻】
悪魔の足／黒蛇紳士／謎の手品師／土人の毒矢／消えた蠟面／黒い魔船／解説
ISBN978-4-86182-616-0

各巻 A5 判上製／平均690頁
定価：本体6800円（税別）

【原作者／訳著者／解説・註作成者略歴】

アーサー・コナン・ドイル

本名：アーサー・イグナチウス・コナン・ドイル（Arthur Ignatius Conan Doyle）

1859～1930。大英帝国スコットランド、エジンバラ市で生まれる。エジンバラ大学医学部卒業、医学博士。開業医の傍ら執筆活動を続け、『緋色の研究』（1888）、『四つの署名』（1890）など「シャーロック・ホームズ」シリーズを生み出して、専業作家となった。自らは歴史小説家を自認し、探偵小説が著作の中心だとは認めなかった。小説家としての活動だけでなく、ボーア戦争では南アフリカで医療ボランティアに参加（1900）、さらにイギリスの立場を弁護する書籍やパンフレットを発表し、ナイト位を受けた（1902）。エダルジ事件やオスカー・スレーター事件といった冤罪事件の解明、コンゴでの現地人への残虐な仕打ちの告発といった社会活動も積極的に行ない、国会議員にも立候補したが落選している。晩年は心霊学に没頭し、多くの著作を発表するとともに世界中を講演旅行してまわった。SFでも『失われた世界』（1912）など古典的名作を残し、『恐怖の谷』（1914）はハードボイルド小説の先駆けとも言われている。

山中峯太郎（やまなか・みねたろう）

1885～1966。大阪府に呉服商馬淵浅太郎の子として生まれ、陸軍軍医山中恒斎の養子となる。陸軍士官学校卒（第十九期）。陸軍大学校に入学するも、親交があった中国人留学生に辛亥革命に誘われて退校、第二革命に参加する。革命は失敗して帰国、依願免官となる。東京朝日新聞社記者に転身して孫文らを側面から支援するとともに、インドの独立運動家ラス・ビハリ・ボースの支援も行なった。その後執筆活動に専念して情話小説、宗教書、少年少女小説、軍事小説などを執筆し、「少年倶楽部」に発表した『敵中横断三百里』（1930）、『亜細亜の曙』（1931）で熱狂的な人気を得た。戦後は再び少年小説で活躍するとともに、回想録『実録・アジアの曙』（1962）で文藝春秋読者賞を受賞、テレビドラマ化された（大島渚監督）。

山雄一（ひらやま・ゆういち）

963年東京都生まれ。東京医科歯科大学大学院歯学研究科修了、歯学博士。日本推作家協会、『新青年』研究会、日本シャーロック・ホームズ・クラブ、ベイカー・ストリート・イレギーズ会員。著書に『江戸川乱歩小説キーワード辞典』（東京書籍）など、訳書に、バロネルツィ『隅の老人【完全版】』（作品社）、ジョン・P・マーカンド『サンキュー、ミスター・モト』、バングズ『ラッフルズ・ホームズの冒険』（以上論創社）、エリス・パーカー・バトラー『通信探偵ファイロ・ガッブ』、ロイ・ヴィカーズ『フィデリティ・ダヴの大仕事』、ロバート・バー『ウジヌ・ヴァルモンの勝利』（以上国書刊行会）などがある。

---

http://www.sakuhinsha.com

2-0072 東京都千代田区飯田橋2-7-4 作品社 TEL03（3262）9753 FAX03（3262）9757

「しかも、その犯人は、『アグラの宝物』をぬすんで行った。そこで明白だね、あのインド産の紙に書かれていた平面図、変な四つの黒十字、みょうな符号、『左から337』などは、宝のある場所を示したものにちがいない。その秘密の場所に、かくされている宝に、その中心点らしい。赤インクの小さな十字は、サインの四人の者が関係している、と判断するのが、当然だろう。どうかね？」

「それはそうだ。それから？」

「フッフッ、ところが、その宝を秘密の場所から、ひとりで持ち出して、ロンドンへ帰ってきたのが、殺されたバーソロミウの父のショルトーだ。ばく大な宝石るいを、みな、ひとり占めにしたのだ」

「すごい欲ばりだな」

「その欲ばりを、たずねてきたのが、メアリー嬢の父モースタンだ。ところが、心ぞうがわるくて、とつぜん、目の前でなくなった。ショルトーは、その死体を庭へ秘密に、うずめてしまった。よくない人物だ」

「それは、ぼくも、そう判断しているがね」

「よくない人物のショルトーに、手つだいをやっていたチョーダというインド人も、まもなく死んだらしい。あとの話に出てこないからね。そこで三階の天じょうと屋根のあいだに、きわめて秘密の物置を造って、宝石るいを鉄の箱と共にかくしてたのを、知っている者は、ショルトーひとりになった、が、しかし、まだ、それをねらっている者がいる。すなわち、サインの四人だ。こいつが、ショルトーは、なによりもおそろしい。コンクリートの塀を高くたてまわし、上にガラスをならべ、鉄のドアで門をしめ、拳闘選手をやとい、非常な警戒だ。それでも安心していない。フーッ」

「やっかいだな。あんまり欲ばるからだ」

「フム、それに、とつぜん、おくられてきたインド産の紙にかいた手紙を見ると、おどろいて、ベッドにたおれてしまった。しかも、その前から、義足をつけている男を、むやみにおそれている。インド産の紙にかいた手紙こそ、『四人のサイン』が出したものだろう。中のひとりが、義足の男にちがいない。その名まえはジョナサン・スモール、と、ぼくは判断したのだがね」

「待ってくれ！」

「なんだい？」

「サインは四人だぜ。義足の男が、四人の中のジョナサン・スモールだと、どうしてわかったのだ？」

「フーム、ワトソン博士は、探偵になると、ほとんどゼロだね」

話が解けだした

ぼくは医者である。『ヘボ医者』と言われると、おこるかも知れないが、『ゼロ探偵』と、しかも、ホームズから言われるのは、平気なものだ。探偵に関しては、ホームズに初めから、かなわないのが、当然だろう。

「なんでもいいから、さきを説明してくれ。トビイも走らずに歩きだしたぜ、つかれたのだろう」

「フフッ、ゆっくり行くかな。コールタールのにおいが消えては、こまるがね、まだ大じょうぶだろう。トビイ、がんばれ！」

トビイが茶いろの小さな耳を、ヒクヒクと動かした。耳の立たない「名犬」だ。

「ジョナサン・スモールのことを、わかるまで説明してくれよ」

「ヤッ、まだ、わからないのか。ショルトーは、玄関へ物売りに来た義足の男を、あわててピストルで打っている。その物売りは白人だった」

「ウム、そうだ」

「四人のサインの中に、白人の名まえは、ジョナサン・スモールひとりだけだ。ほかは、マホメット・シン、アブズラ・カーン、ドスト・アクバル、名まえが三人ともインド人か、その地方の者らしいからね」

「よくおぼえているなあ！　そうか、だから、義足の男は白人のスモール、わかった！　なるほど、聞いてみると、かんたんだな」

「フーッ、ところで、今度は、ぼくがスモールになって、考えてみると、『アグラの宝物』のわけまえを、どうしても取らずにいられない。インドから、はるばるとロンドンへ、やって来た。ショルトーのいる家をさがしあてると、まず手紙を出して、おどかした[45]。ようすを、うかがってみると、非常な警戒だ。ソッとしのびこんで、窓の下までくると、中をのぞいて見た。ショルトーは病気らしいが、ふたりの息子らしい男が、そばに付いている。ウッカリとは、はいれない」

「しかも、ショルトーに見つけられたからな」

「そのとおり、そこで、さらに用心して、その部屋へ夜ふけに、しのびこんでみると、ショルトーは死んでいる。宝物をさがす手がかりはないか？　と、方々を引っかきまわしたが、なんにも見つからない。くやしがって、『四人のサイン』の紙きれを、わざと、のこして行った」

「そうか。君は、あの家の事務員が怪しいようだ、と言ったが、どうしてなんだ？」

「ウム、フッ、それがラル・ラオといって、インド人だしね」

「アッ、インド人か。怪しいな」

「ショルトーが生きていた時分から、あの家にいるのだし、インドでスモールと知りあっていたと、ぼくは思うのだ」

「それはまた、どうしてかな？」

「三階の天じょうに秘密室があり、そこに宝物がすべてかくしてあったのを、バーソロミウが、ついに発見した。これをスモールが、外にいて知ったのは、家の中にいるラル・ラオと、前から連らくしていたからじゃないか[46]」

「ホー、そうか、またわかった！　それで？　もっと説明してくれ」

この怪事件の謎も、ホームズの探偵眼によって、だんだんと、ぼくにも解けてきた。

ところが、トビイはつかれてしまって、だんだんと歩くのがおそくなってきた。

ピストルも百発百中か？

「はるかにインドから目ざしてきた宝物が、ついに発見されたのだ。またほかの場所へ、秘密のうちにかくされては、たまらない。よし、一日も早く、うばい取れ！　と、スモールは、たちまち心をきめたのだ」

　と、ホームズは、まるで自分が義足の男スモールであるかのように、目をかがやかして、

「ところが、なにしろ三階の上の屋根うらでは、義足の自分が、とても、外からのぼって行けない。玄関から中へ、階段を三階の上まで、しのびこむとしても、拳闘選手のすごいのが、いつも、がんばっている。強盗は成功の見こみがない。うまく宝物を取ってにげるのには、三階の窓へ外から、夜ふけの暗（やみ）にまぎれて、のぼるほかにはない。そこで、ちょっと変った奴を、手つだいにつれてきたのだ」

「ちょっと変った奴？　四人のサインの中のひとりかな？」

「フーッ、それはまだ、わからない」

「しかし、どんなふうに、ちょっと変っているんだ？」

「ハハッ、たしかなことは、家へ帰ってから、専門の書物で見よう」

「すると、ちょっとじゃない、大変な奴じゃないのか？」

「人を食う奴らしい」

「エッ、人を食う？　そいつが、バーソロミウを毒矢で殺したのか？」

「おそらく、そうだろう。スモールはバーソロミウに、殺すほどの恨みをもっていないからね。ところが、綱をつたわって三階の部屋へ、窓からはいって見ると、すでにバーソロミウは、毒矢にさされて死んでいる。むろん、変った奴が、毒矢を打ちこんだのだ」

「そうか。しかし、窓からにげて出たのは、スモールじゃなくて、その人を食う変った奴なんだね？」

「そのとおり、そこでスモールはあわてて、コールタールに片足をつっこんだ。のこっている毒矢の箱をかかえて、ふみ台から天じょうへ上がると、宝物の箱を抱えて、屋根へ天窓から出▼47た。雨といを伝わって、下へおりた。おりるのは、義足だってできるからね。ぼくも実験のために、右足を使わずにやってみたのさ。フーッ」

「いよいよわかってきた。ふみ台は、バーソロミウが立てておいたのだな」

「そうさ、天じょうの秘密室へ、出入りするためだ。それを犯人に使われてしまった。義足のスモールは、三階へのぼるのに綱をつたわったが、屋根からおりる時は、雨といをつたわった。年はインドにいたモースタンとショルトーから考えて、まず中年だろうし、日に焼けているのも、インドに長くいたから、まちがいないはずだ」

「フーム、ハッキリしてきた」

「身のたけは、足あとのはばからわかる。ひげだらけの顔なのは、サジアスが窓の外に見た時の記おくによって、判断できる。どうだ、かんたんじゃないか？」

「ウム、そのスモールを、このトビイが今から見つけるわけだな？」

「そうさ、見つけたら捕える！」

　ホームズは、だんこと力をこめて言った。

「人を食う変な奴が、いっしょにいると、危険だぜ。ホームズ！」

「ウム、危険だ。まだ毒矢をもっているかも知れないからね」

　ぼくはゾクッとした。ホームズもぼくも、ピストルをもって

いる。義足のスモールと変な奴を相手に、打ちあうかも知れないのだ。

「君は拳闘選手のマグネルを、三ラウンドつづけて、やっつけたんだが、ピストルは、どうなんだ？　百発百中か？」

「フフッ、そうだね。まず、はずさないつもりだ[48]」

「ありがたい。たのむぜ！」

「ハハッ、トビイの綱を持とう。交代だ」

車の上に大きなタル

トビイは探偵犬として、今までに、よほど訓練されたらしい。コールタールのにおいをかいで、地面から地面へ、もう三マイルあまりも、走ったり歩いたりしてきた。えらい小犬である。

[49]「ホームズ！　トビイを、こんなに訓練したのは、君だろう？」

「ウム、こういう時の役にたつと思ってね。しかし、シャーマン老人も、トビイが生まれた時から訓練したのさ、とても、ねっしんに」

「シャーマン老人か、あれも変人だなあ！」

「フーッ、あれもか。もというのは、ほかにも、変人がいるのかい？」

「ウウム、しまった！」

「ハハア、ホームズもまた変人なり、と、君は思っているのだろう。ぼくも実は、いささか変人なり、と、自分で思っているがね」

「いや、ぼくも君といっしょに、こんな怪事件の探偵なんかやっていると、変人になって行く気がするぜ」

「待った！　そんなことを、しゃべってはいけない。市内にはいってきた。義足のスモールと変な奴が、そこいらに、ひそんでいるかも知れない」

「………」

朝の太陽にてらされて、ロンドン市内の町はずれは、労働者の大ぜいが、今から働きに出るところだ。ガラガラと窓をあけている若い女、入口の石段をはいているおばあさん、子どもの泣き声、ガタガタと荷車のひびき、自転車の信号、

「こんなところまで、はいってきたのかな？」

と、ぼくが、つぶやくと、トビイの綱を引いているホームズが、

「ぼく大な獲ものを手に入れて、奴こさん、ほとんど夢ちゅうだったろう」

「変った奴も、いっしょかな？」

「そいつは、まだわからない」

「こらっ、シッ、シーッ！」

トビイを目がけて、よこから出てきた野良犬を、ぼくは何びきも追いはらった。

公園のよこへ出てきた。トビイは感心だ。野良犬など見むきもしない。はなを地面へすりつけて、ヒタヒタと歩きつづけて行く。広い十字路へ出てくると、ホームズが言った。

「知っているかい？　ナイト広場だ」

「いや、はじめてだ」

「オッ、どうしたのかな？」

トビイが立ちどまった。左に右に顔をあげて、あたりを見まわす。考えているようだ。ブルッと顔をふった。ホームズとぼ

くを見ると、

「ウウワン！」

かなしそうに一声ほえた。

「しまった！　ここから馬車に乗ったか？」

と、ホームズが、広場の四方を見まわして、

「さあ、やっかいだぞ。ワトソン、君の考えは？」

「さっぱり、わからない」

「オッ、うまい！　トビイ、がんばれ！」

トビイが、きゅうに歩きだした。尾をふっている。自信がついたらしい。広場を突っきると、コールタールのにおいが、地面にしみついているのか。はなもつけずに顔をあげて、いきおいよく走りだした。綱をグングン引っぱって行く。

「よし！　敵近しだ！」

と、ホームズが目をかがやかした。

ぼくは張りきって、むねがドキドキしだした。敵近し！　いよいよ怪敵と決勝だ！

道の左がわに、かなり大きな白い建物が現われた。

「ネルソン材木会社だ」

と、ホームズが、ささやいた。

その前を、通りすぎた。

材木置場だ。山のように丸木が積みあげてある。そこへトビイが走りこんだ。

義足の怪敵スモール、こんな所へ、ひそんでいるのか？

一台の手押し車が、ドカリとおかれている。上にあるのは、大きなタルだ、と見ると、タルの横から手押し車の下まで、どす黒く流れているのは、コールタールだ。トビイはヒラリと、タルの上へ飛びあがった。ホームズとぼくを見て、

「ワワワン！　ワワワン！」

とくいらしく、「どうです！」という顔をして、さかんにほ▼50えだした。

ホームズとぼくは、顔を見あわせた。

「タハッ、ワトソン、どうだい、これは？」

「ヤア、トビイは名犬だよ」

「ハッハハハ、こんなことは、はじめてだ。ハッハッハハッ」

「フフフ、おどろくなあ！　ハハハハ」

ふたりとも、しばらく、わらいがとまらなかった。

義足の怪敵スモールのかわりに、大きなタルを発見したのである！

第二部 流れに飛んだ蛮人の最後

電報で呼ばれた少年群長イギンズ

また切れた探偵線

ああ切れた！

おもいがけなく、探偵線が、とちゅうで切れた。「名犬」トビイは、コールタールの大タルの上から、とくいらしく、ほえながら、ハアハアと舌を長く出している。

ホームズとぼくは、しかし、わらってばかりはいられない。切れた探偵線を、むすばなければならない！

「こら、トビイ！　おまえは信じるとおりに、まちがいなく歩いてきたんだな、ハハッ、よし！」

と、ホームズはトビイを、大タルの上からだきおろすと、材木置場の外へ出てきた。

「コールタールを、方々で使うんだな。材木のくさるのを、ふせぐために。だから、今の大タルを追っかけてきたのは、トビイとして、むりはないんだ」

と、ぼくはガッカリしながら言った。

義足の怪敵スモールの行くえ、不明である。ざんねんだ！　探偵線が切れた！

「そのとおり。ナイト広場を、今の手押し車が通ったのさ。そこでトビイが、まよわされた。やりなおし、もう一度！」

ホームズは、トビイの綱を引っぱって、前の広い十字路のナイト広場へ出てきた。

やりなおし、追跡のアンコールだ！

「それっ、トビイ！　こんどは、まちがうな、がんばれ！」

そういうホームズ自身こそ、がんばっていた。

声をかけられたトビイは、地面をグルグルまわりだした。あちらをかぎ、こちらをかぎ、はなのさきを動かして、

「ククン、ククン、クン！」

と、変な声を出しているうちに、前とはちがう方向へ、ヒタヒタと歩きだした。

「よし、かぎつけたぞ！」

「うまい！　線がつながった」

ホームズもぼくも、よろこんだ、が、いよいよ怪敵近し！と、ぼくはまた、むねがドキドキしだした。

ゆうべは一分間も寝ていない。夜どおし奇怪なめにあって、神経はイライラしている。それにもう四マイルあまりも歩きつづけた。もしもホームズがいなかったら、ぼくは、とっくに家へ帰っているだろう。腹はペコペコ、足はおもい。探偵というものは、実につらいんだなあ！　と、身にしみて思った。この記録を読んでいる人は、おそらく同情してくれるだろう。

広い道をトビイは、しきりに急いで行く。

「今度は大じょうぶかな？　またコールタールの大タルで、手押し車だと、やりきれないぜ」

と、ぼくが、あせをふきながら言うと、

「大じょうぶ！　今度は歩道だ。大タルを乗せて行ったあとだ

と、車道のはずだ」

と、ホームズは、向うの方を見て、

「フーム、もう川岸だぞ、はてな？」

と、声をひそめた。

「なんだい？　君にもわからないことがあるのか？」

「これは大ありだ！」

テームズ川の岸へ出てしまった。トビイは流れの水を見おろして、

「ウウッ、ウウウッ！」

ほえるかわりに、うなりだした。

「ホームズ、どうしたんだ、これは？」

「フム、言うまでもない。敵はここから舟に乗ったのだ」

「しまったな！」

テームズ川の広い流れを、ぼくはガッカリして見わたした。いろんな舟が、朝の光りをあびて上流の方へ、あるいは下流の方へ、近くに遠くに動いている。エンジンのひびきも聞こえる。

ああまた切れた！　われらの探偵線が、ふたたび切れたのだ！

運転少年ジム

「ワトソン、右を見ろ！」

「エッ？」

見ると、岸にむかって、れん瓦の低い二階屋が、貧弱そうに立っている。入口の大きな板に、ベタベタとペンキの字を見ると、

貸し舟　ランチもあります。　スミス

「ここから、おそらくランチに乗って出たらしい。前もって計画したことだ。敵は行くえを、くらました、テームズ川の上へ」

と、ホームズはトビイの綱を引っぱって、貸し舟する家の入口へ、ツカツカと歩いて行くなり、声をあげて、

「スミス君は、いませんかね？」

と、もとから知ってるみたいに言った。

カラカラとサンダルを引きずってくる音がきこえると、かみの毛がモジャモジャの赤い顔をしてるおかみさんが、いそがしそうに出てきた。

「いらっしゃいませ。スミスは、いませんのよ」

「るすか、こまったな。いつから？」

「きのうの朝からですの。それきり、どうしたんですか？」

「ホー、まだ帰ってこない。どこへ行ったのかな？」

「それが、わからないんですの」

「ぼくたちは、ちょっとランチを借りたいんだが」

「あら、ランチは、スミスが乗って行ったんですの。一そうしきゃないし、こまっちゃうわ」

「ぼくたちも、こまるな。スミス君はひとりで乗って出たの？」

「いいえ、それが、あなた、とても変な男といっしょなんですもの。あたしも気になってるんですの」

「変な男って？」

「そうなんですの。前からスミスを、何度もたずねてきましてね、ランチを出すことを、やくそくしていたんですの。顔が黒くて、せが高くて、ことばも変だし、それに義足というんですか、木の足をつけていて、気みのわるい男ですわ」

義足！　と、ぼくはハッとした。が、知らない顔して、川の方を見ていた。

ホームズは、ビックリしたような声になって、

「へええ、義足、木の足か。めずらしいんだな。そんなのが、朝からやって来たんだね、フーム」

「そうなんですの。朝といっても、夜あけまえの三時ころでしたわ。このドアをたたいて、『オーイ、大将、すぐ起きてくれ！　いよいよはじまりだ』って、どら声で、わめいてからに、まったく、いやな奴なんですの」

「へええ、『いよいよはじまり』って、なんのことだろうな？」

「ランチを出すことなんでしょう。スミスが飛び起きて、ジムを起こして、サッサと出て行ったんですわ」

「ジム？」

「ええ、家の大きい方なんですの。▼52 まだ十三ですけれど、ランチの運転だって、それぁ、うまいもんですわ！」

「そうか、ジム君にも会ってみたいもんだな。なにしろ、ここのランチはスピードがよく出るって、評判なものだからね」

「あら、そうですか、へへへへ」

「もう帰ってこないかな？　なんとかいう名まえだったね、おかみさん！」

「あたしはトミー。▼53 ランチはオーロラですわ」

「ウム、オーロラだ！　名まえもいいからなあ。みどりいろだったね？」

ふたたび切れた探偵線を、また結びつけようと、ホームズが、話しずきのおかみさんを相手に、ここぞとばかり、たばこもすわずに、うまく質問しつづける。ぼくは、そばに立って聞きながら、ますますイライラしていた。

神経過敏

ベラベラしゃべる赤い顔のおかみさんは、むすこのジムの自まんから、ランチを自まんしはじめた。

「あら、オーロラは、あなた、みどりいろじゃありませんわ。今度あたらしく黒にぬりかえて、よこに太く赤いすじを、二本いれたんで、きれいなランチですのよ」

「アッ、そうか、煙突も黒？」

「そうですとも！　黒煙突に白いすじを一本、ふとく、つけたんですわ」

「すばらしいランチだな。ぜひ、乗ってみたいが、スミス君とジム君が帰ってこないと、しかたがない。おかみさん、それじゃ、また……」

ホームズは、いつのまに出していたのか、右手にもっている札を、おかみさんにわたした。

「あら、まあ、すみませんわねえ。ぜひ、また、どうぞ！」

「スミス君とジム君に、よろしく！」

ホームズはトビイの綱を引っぱって、岸の上を、ゆうゆうと歩きだした。

ぼくはイライラしながら、しばらく付いて行くと、あたりに

人のいないのを見すまして、

「さあ、今度はオーロラの行くえを、川の上に、さがすんだね。そうだろう？」

と、ホームズのたくましい顔を、よこから見つめた。

「それぁ、君、たいへんなことだぜ。この舟また舟の動きを見ろよ、このあらゆる舟の中を、さがしまわると、上流に、下流に、何時間かかるか知れないぜ」

「それは、そうだが、どこまでも、さがすんだな」

「ハハア、すばらしい令嬢のためにだね、ところで、両岸とも、いたるとこに、舟着場がある。オーロラをさがしあてるのには、ほかの方法をとろう、むろん、きわめて敏しょうに！」

「敏しょうに、どうするんだ？」

「早く辻馬車を見つけて帰る。朝飯をウンと食って寝る」

「寝る？」

「グッスリと敏しょうに寝るのさ」

「オーロラをさがすのは、どうするんだ？」

「寝ていてさがすのさ。ヤア、辻馬車が来たぜ、乗ろう。こら、トビイ、つかれたな、ハハッ」

辻馬車を止めると、ホームズはトビイをだきあげて、ぼくといっしょに乗った。

「馭者君！　ベーカー町へ帰るんだがね。すぐそこの電報局に、よってくれたまえ」

トビイを、ぼくのひざにのせて、ホームズは電報局に飛びこんだ。すぐ出てくると、馬車をまた走らせて、

「ハハア、ねむっちまったね、トビイ、かわいいものだ」

「どこへ電報を打ったんだ？」

「これまた、わが愛するイギンズへさ」

「ヤッ、あの群長少年か。あれは、ぼくもすきだな」

「ウム、あれこそ敏しょうだからね。早く帰って寝よう。君はイライラしているぜ。神経過敏だね」

「なんとでも言え。ああ、ねむい、ああ！」

ぼくは、わざと大きなあくびをした。

馬車は走りつづけて、朝のロンドン市内を、ベーカー町の家へ帰ってきたのは、八時すぎだった。

ますます眠くなって、さっそく、バスにはいった。やっと服をきかえて、朝飯、ホームズはいつものとおり、ぼくの三倍も食った。

「さあ、ホームズ、ぼくは寝るぜ、敏しょうに」

「よかろう、グッスリとね」

「君は寝ないのか？」

「ちょっと、しらべてみるんだ。ジョナサン・スモールの相ぼうになっている変な奴の正体を」

「アッ、そうだ。いったい、どんな奴なんだろう？」

少年秘密探偵群長

ホームズは、一冊の厚い書物を取りだしてきた。たばこをくゆらしながら、あけてみると、

「読むぜ、聞くかい？」

「ウム、早く読んでくれ。とても眠いんだ。その本は何だね？」

「世界地理字典の第六巻さ。[▼54]フーッ、いいかね、君は記録に書いとくんじゃないのか？」

「書くよ、待ってくれ！」

目がくっつきそうなのを、がまんして、ぼくはノートブックをひろげた。

「さてと、これは信ずべき編集だぜ、フーッ、ねむるなよ、ワトソン！

『アンダマン諸島、スマトラの北方三百四十マイル、インドに近くベンガル湾にあり。島に住む土人は、地球上、最小の人種である』

最小の人種だから、君が子どもの足あとだと見たのも、むりはないね」

「すると、蛮人だな。くつをはいたことがないから、指のあいだが、ひろがっていたんだ。わかったよ」

「ねむ気がさめてきたろう。それからと、

『彼らの顔は、男女ともに、きわめて見にくく、頭は異様に長く、目は猛獣のごとく、性質も凶悪、近海の舟をおそって、乗組員を石頭の棒にて打ち殺し、または毒矢をもって皆殺しにする。しかも、人肉を食う』

こんな大変な奴を、ジョナサン・スモールが、アンダマン島からつれてきたんだから、スモール自身、すでに蛮性を多分にもっているぜ、フーッ」

「おどかすなよ、ホームズ、すっかり目がさめた！　ものすごい蛮人が、あそこの天じょうの上を、ゴソゴソと歩いていたんだな」

「そのとおり、そんな奴だから、バーソロミウ・ショルトーを見るなり、毒矢をいたのだ」

「テーブルの上にあった変な道具は、石頭の棒なんだな、打ち殺すための」

「ヤッ、来たぜ」

「な、なにが？」

「フフッ、わが愛するイギンズだろう」

ガタガタと階段をあがってくる、くつおとがドアの外へくると、たたくなりバッとあけた。飛びこんできたのは、はたしてイギンズ、少年秘密探偵群▼55の群長だ。

「先生！　電報、今から十八分ほど前にきたよっ！」

目をクルクルさせて、気をつけをしている、からだがキリッと、すきがない。さすがに群長だ。

「よし、早かった！　ほかのみんなは？」

と、ホームズが、うなずいてきくと、

「外にあつまっているよ。ぼくの命令だもの、たちまちさ。先生の命令は？」

と、ピチピチしているイギンズの口調は、ホームズによくにている。

ぼくは、ねむ気がさめてしまった。くつの前にグウグウと寝こんでいるのは、「名犬」トビイだった。

「ぼくの命令は、少年秘密探偵群が今から全力をあげて、テームズ川に一そうのランチを、できるだけ早く見つけることだ！」

「ヤッ、テームズ川にランチは、何十そう、何百そうと走っているな。その一そうの名まえは？」

「オーロラ！　舷は黒くて、太い赤すじが二本、煙突も黒、太い白すじが一本、あたらしくぬりかえたものだ」

「よしきた、見つけてやるぞ、きっとだ！」

「だれかひとり、貸し舟をやるスミスという家の前を見はって、今のオーロラが帰ってきたら、至急に報告！」

「ハッ！」

「命令、おわり」

「すぐ出動します！」

　群長イギンズ少年は、ホームズとぼくに、ハッと敬礼すると、ドアからスタスタと出て行った。

変装したホームズ

　ホームズが、ゆかいにわらいだして、

「ハッハハッ、少年秘密探偵群の連中とくると、どんなところだって、もぐりこむしさ。だれにでもたずねるし、なんでも見られるからね。しかも、人の目につかない。ワトソン、寝ないのかい？」

「ウン、トビイの寝てるのを見ると、また眠くなってきた。寝るぜ、敏しょうに」

　ぼくは寝室にはいると、それこそすぐ、グッスリ眠ってしまった。ゆめも見なかった。

　目がさめたのは、午後五時すぎだった。われながら寝ぼうである。居間に出てみると、ホームズがテーブルの上に、書物を何冊もひろげて、なにか、しらべている。▼56足もとに寝そべっているのは、「名犬」トビイだ。目をさましている。ぼくを見ると尾をふりだした。

「なんだ、君は寝なかったのか？」

　と、ホームズのそばへ行って、ソッと声をかけると、

「ウン、インドの古い都アグラの歴史を、しらべてみるとね。なかなかおもしろい。ところで、君は元気を回復したようだね」

「もう大じょうぶだ。なんでもこいさ！」

「ハハァ、今度は、ぼくの方が、よわっているところかな」

「どうして？」

「イギンズ群長が、今さっき報告に帰ってきたがね。『ランチ・オーロラの手がかり、まるでない。テームズ川の両岸を、十八人で手わけして、今なお、さがしている』というのさ。よわったね。怪敵の行くえ、まったく不明だ！」

「フーム、その十八人はみな、少年なんだろう？」

「そうさ、だが、おとなよりも、だんぜん、役にたつ連中だ」

「スミスもジムも、家へ帰ってこないのだな？」

「ウム、これまた行くえ不明だ。君、今のうちに、トビイを返してきてくれないか」

「よろしい。ついでに、メアリー嬢を見まってこよう」

「ついでかね、なるほど」

「なにが『なるほど』だ？」

「いや、よろしく言ってくれたまえ。ぼくのことをきいたら、『ホームズは、よわりこんでいる』と、しかし、『まだ絶望ではないようです』と言っておくんだね」

　絶望ではない？　しかし、探偵線はここに、三度、切れたのだ！

　ぼくは、「名犬」トビイを、また馬車にのせて、ピンチン横町の変人、シャーマン老人へ返しに行き、フォレスタ夫人の家へまわり、夫人とメアリー嬢に会ってきた。ふたりとも、この怪事件のなり行きを、とても心ぱいしていたが、いったい、こ

れから、どうなって行くのか？

「ぼくには、さっぱり、わかりません、ざんねんですが」

というほかには、こたえようがなかった。

ふたりも真けんに、ざんねんがっていた。メアリー嬢は、ますます美しく見えたのである。

ベーカー町の家へ帰ってみると、おどろいた。ホームズが古い水夫の服をきて、首に下品なマフラーをまきつけ、クシャッと変な帽子をかぶっている。

「オッ、どうしたんだ？」

「フフッ、君の帰りを待っていたのさ。今からテームズの川すじを、別の方面から、さぐってくるがね[57]」

「ぼくも行こうか、変装して」

「いや、るすをたのむ。手紙でも電報でも、きたらひらいてみて、君の思うとおりに、やっておいていい。まかせるよ」

「なんだか心ぱいだな。何時ごろ帰ってくる？」

「わからないね。うまく行ったら、すぐ帰ってくる」

水夫すがたのホームズが、マドロスパイプをくわえて、ドスドスと出て行った。

七人が快速ランチに

今夜こそ犯人を！

尋ね人!!　至急!!

テームズ川ぶちのスミス、むすこのジム、ふたりのいる所を、スミスの妻に、またはベーカー町二二一のワトソンへ、お知らせありたし。お礼します!!


夕刊新聞に出ている広告を、ぼくは見た[58]。むろん、ホームズが出したのに、ちがいない。さては、こんな広告を出すほど、この事件の探偵に、すっかり、こまっているのだな！　と、ぼくは、ひとりで夕食をすませたあと、いよいよ心ぱいになってきた。

水夫に変装して行ったホームズが、まだ帰ってこない。うまく行っていないからだろう。さすがのホームズも、ついに今度は失敗か？　義足の怪敵スモールと、おそるべき人食い蛮人のために、負けたのか？　夜になった、が、ホームズは帰ってこない。

玄関のベルが、はげしく鳴りひびいて、出て行ったハドソン夫人と、なにか言っている声が、いばっているようだ。夫人が部屋にはいってくると、顔をしかめながら、

「警視庁のジョーンズ探偵部長ですって……」

と、言う後から、その探偵部長がドスドスとはいってきた。

「ヤア、ワトソン先生！　ふいに来たですが、ホームズ先生は、いつごろ帰ってこられるですか？」

「さあ、帰る時間を、言わなかったので、まあおかけなさい。その後は、どんなようです、あなたの方は？」

「いや、それで来たのです。ホームズ先生に、ぜひ、会わないと、ウウム、待っていましょう」

夫人が、いやな顔になって、部屋を出て行った。

ドカッといすにかけたジョーンズ探偵部長が、ぼくの顔を、

マジマジと見つめると、

「ホームズ先生は、もちろん、今度の事件の捜査を、つづけていられるのでしょうな？」

「やっていますよ」

「どうです？　なにか有力な手がかりを、つかまれたですか？」

「いや、さっぱり、わからないようです。あなたの方は？」

「ウウム、失敗したです、むねんながら」

「ホー、探偵部長でも失敗があるのですか？」

「ヤッ、そう言われると、なお痛い！　あのサジアス・ショルトーを、しらべてみると、兄のバーソロミウと、けんかはしたが、あそこの兄の部屋を出てからの行動に、あやしい点が、ひとつもない。あの家の家政婦と事務員と門番などからも、参考になることが、まるでつかめない。いや、よわったですよ」

「みんな、釈放ですか？」

「しかたがないから、みな帰したです。ぼくの面目、まるつぶれだ。総監はおこっとるというし、ウッカリすると、ぼくは首になりそうです！」

「首に？　それは大変だ！」

「たすかる道は、ホームズ先生の力によるほかにない。まだ帰ってこないですかなあ？」

　さすがの探偵部長も、すっかり、しょげている。免職になって首を切られると、それきりにちがいない。

「さあ、今に帰ってくるでしょう。しかし……」

「しかし、なんですか？」

「はたして手がかりを、つかんだか、どうかと思うんです」

「エッ？　ホームズ先生は今夜、犯人をつかまえるはずですよ、ワトソン先生！」

「エッ、どうして？」

　ジョーンズ探偵部長の顔を、ぼくは、おどろいて見つめた。

特秘暗号の電文

「ウウム、実は……」

　と、ジョーンズ探偵部長は、ふとい毛だらけの手をポケットに突っこむと、電報用紙をつかみだして、

「この電報が、ホームズ先生から今さっき、来たものですから」

　と、ぼくの目の前へ、ひろげて見せた。

見ると、なんだかわからない、ぼくには読めない電文である。

「これは、暗号文じゃないですか？　さっぱり、わからないですよ」

「エッ、ワトソン先生には、わからない？　ほんとうですか？」

「ほんとうにも、うそにも、わからないから、わからない！　読めないですよ」

「フーム、これは警視庁の特秘暗号ですがね。[▼59] ホームズ先生は、いつのまに、これを知っていたのか？　実に、ゆだんのできない先生だ。先生がもしも犯罪の方にまわっていると、とても手におえない。おそるべきものですよ。幸いにぼくたちをたすけて、探偵に味方してくださるから、いいですがね」

「ホームズが、何と打ってきたのですか？」

「ぼくは、この特秘暗号を記おくしとるですから、読んでみま

すかな」

と、電報用紙をとりあげたジョーンズ探偵部長が、ギロギロと目をかがやかして、

「こういうのです。『すぐベーカーに行き、ぼくの帰りを待て』命令ですな『真犯人を今、追いこみ中』まさに手がかりをつかんだのです。『さいごに立ち会い希望ならば、今夜の捕縛に同行されたし』と、おどろくべきです、実に！」

「ジョナサン・スモールを、ついに突きとめたのだな」

「アッ、そうだ、ジョナサン・スモール！　そういう名まえを、言っていられたです、あそこの現場で、ホームズ先生は、ウム！」

「そう、しかし『真犯人』というと、人食い蛮人かな？」

「エッ、人食い蛮人？　なんですか、それは？」

「インド洋のアンダマン島から来ている、すごい蛮人です。こいつがバーソロミウ・ショルトーに、毒矢を打ちこんだらしいと、ホームズは判断している。きっとそうなのでしょう」

「そんな奴が、おるですか！　それぁ……」

ジョーンズ探偵部長は、あっけにとられて、パクッと口をあけた。

ドアをたたいて、ハドソン夫人がはいってきた。

「ワトソン先生！　とてもきたないおじいさんが、ホームズ先生に会いたいって、どうしましょうか？」

「いいです、とおしてください。万事、ぼくが、まかされていますから」

まもなく階段をあがってくる足おとが、バタリ、バタリと、くつを引きずって、とちゅうに立ちどまると、また上がってくる。

ジョーンズ探偵部長が、ぼくの顔を見て、

「よほど年よりらしい足音です。なんの用だろう？」

「さあ？」

はいってきたのは、なるほど、かみの毛もまゆも白い。ひたいも、ほおも、しわだらけだ。のびているほおひげも、モジャモジャと灰いろ、ふといステッキをついている。ボロみたいな古い水夫服をきて、せなかはまがり、首のまわりに、きたない黄いろのスカーフを、グルグルとまきつけている。年がよって貧ぼうで、こまりきっている老水夫らしい。両手をステッキにのせて、ぼくとジョーンズ探偵部長をジッと見つめると、

「シャーロック・ホームズさん、というのは、どっちだね？」

と、しわがれた声でききながら、苦しそうに、せきをしつづけた。

アッ!?

ぼくは、いすを指さしていった。

「おじいさん、とにかく、おかけなさい。ホームズは今、いないんだが、代理をぼくがしているから、用件を聞いておくことにしよう」

「るすかね、それぁ、こまっただ。おれは、ホームズさんという人に、じかに話してえんだから」

と、この老人もシャーマンと同じように、がんこらしい。しわだらけの顔を横にふって、いすにもかけない。両手のステッキに、からだをささえたまま、ひざから下がブルブルふるえている。

「じかに話すのも、代理のぼくに話すのも、おんなじなんだぜ。おじいさんは夕刊新聞の広告を見て、来たのじゃないのかね？」

「そんなものは、見たことがねえ。おれは、テームズの川ぶちにいるだよ。新聞なんど、若い時から見たことがねえ！」

　ブルブルふるえていながら、目つきと声だけは、シッカリしているじいさんだ。

　ジョーンズ探偵部長が、しかるような口調できいた。

「なんの用で来たんだ？　オイ、言ってみろよ」

「言わねえったら、言わねえだ。大事な話だもん、ホームズさんのほかには、言わねえだ」

　ぼくは、しずかにきいてみた。

「ここが、ホームズさんのいる所だと、おじいさんは、どうして知ったのかね？」

「それあ、知っているわけがあるだから、知ってるだよ」

「そうか。おじいさんは、テームズの川ぶちにいると言ったから、舟かしのスミスのことを、話しにきたのじゃないかね？」

「アッ、おまえさんは、えれえや。そのとおりだよ。スミスばかりじゃねえ、ホームズさんのさがしてる奴らのいる所も、インドの宝のある所も、おれは知ってるだから、ウム、だがホームズさんでなけりゃ、言わねえよ」

「なにっ？」

　と、どなって立ちあがったジョーンズ探偵部長が、おじいさんの前へ行くなり、

「オイ、君は大変なことを知ってるんだな。ぼくは警視庁の探偵部長だ。言ってくれ！　ホームズさんもぼくも、君の知っていることが知りたくて、苦心しているんだ！」

「いやだよ、フン、おまえさんみたいに『オイ、なんの用で来たんだ？』なんて、えらそうに、あたまから言ったものに、なにを、だれが話すもんけえ！」

「ま、そうがんばるなよ、おじいさん！　いすにかけてくれよ、葉まきはどうだね、ウイスキーソーダは？▼60」

「いやだよ、ホームズさんがいねえなら、おれは帰るだからね」

　ヨロヨロしながらステッキをついて、ドアの方へ、あるきだした老人の腕を、ジョーンズ探偵部長が、よこからつかんでグッと引きよせると、

「待て、帰さないぞ。さあここの長いすにかけろっ！」

「な、なにをするだ？」

　ステッキを、ゆかに突き立てて、ゴツンゴツンとたたくと、老人がどなりだした。

「あんまりじゃねえか、ヤイ、人を年よりだと思って、帰るというものを、なぜ、帰さねえだっ？」

「いや、おじいさんの話を、どうしても聞きたいからさ。こっちの気もちも、考えてくれよ、ね、おこらずに！」

「ウウン……」

　しかたがない！　と、おもったらしい、老人は長いすのはしに、ヘナヘナとこしをおろすと、ステッキをそばにおき、うつむいて、顔を両手にうずめてしまった。

「ホームズ先生、早く帰ってこないですかな、ワトソン博士！」

　と、ジョーンズ探偵部長は、テーブルの上のケースから、葉

まきをつまみとって火をつけた。

　すると、

「うまそうだね、葉まきをぼくにも！」

　と、とつぜん聞こえたのは、ホームズの声だ。

　アッ!?　と、ぼくはビックリして立ちあがり、ジョーンズ探偵部長は手から葉まきを落とした。

三つの条件

　ホームズ？　ホームズだ！

　長いすのはしにかけて、ほがらかに微笑しているホームズ！　ひざのよこに、白い毛のカツラ、つけまゆ毛、ほおひげ、など、顔からもぎとった物をならべて、身なりは老人水夫そのままである。

「ハッハッハハハ、うまく行ったね。変装は、いささか自信ありだったが、君たちふたりの前では、きっと見やぶられると、かくごしていたのさ。ハハッ、まずもって合格だろう」

　と、わらいながら、スックと立ちあがったホームズが、テーブルの前へくると、葉まきをとりあげて、ゆっくりと火をつけた。

「どうも、いや、これは、おどろいた！　すっかり、やられた！」

　と、ジョーンズ探偵部長は、落とした葉まきを、ひろいあげると、ホームズを見つめて、

「ウウム、先生はスター俳優ですな。今の変装でもって、犯人のいるところを、つかんできたのですか？」

「フーッ、ぼくに悪人どもが、目をつけだしたのでね。ワトソン君が『深夜の謎』だの『恐怖の谷』だの、ぼくの探偵事件を書いて、出版したものだから、実は、めいわくしているのさ。▼61こんなかんたんな変装だって、ごまかせるから、おかしなものだ」

「いや、おかしいどころじゃない。真犯人は、どこにおるですか？」

「そういそがなくても、あなたに引きわたすつもりだが、それには、しかし、条件があるのでね」

「なんです？　ホームズ先生の条件は？」

「三つあるのだが、第一は、この犯人を捕えるために、ジョーンズ探偵部長とその部下は、ホームズの命令に、ぜったい、従うこと」

「いいです、犯人を捕えるためには、なんでもするです！」

「警視庁で最もスピードの出るランチを一そう、テームズ川のウェストミンスタア岸に、まわしておく」

「しょうちです。すぐに電話をかけておきます」

「犯人は猛悪な奴だから、こちらからも腕におぼえのある探偵か巡査を、ふたり同行」

「しょうちです。これで条件は三つですな」

「いや、今までのは命令だ。条件の第二は、犯人を捕えると同時に、いわゆる『アグラの宝物』なるものを、とりかえす。そこで、それをワトソン博士にもたせて、メアリー嬢におくり、彼女に箱をひらかせる。ワトソン君、どうかね、この条件は？」▼62
「いいとも！　ありがたい、すばらしい！　ぜひ、そうしてもらいたい！」

ジョーンズ探偵部長が、まゆをしかめて、

「それは、しかし、ぼくとして、こまるですな。そういう宝物は、有力な証こ品ですから」

「フーッ、だから、メアリー嬢がひらいて見たあとは、すぐに警視庁におくるのだ」

「しかたがない。犯人を捕えるのは、あなただから、ええと、第三の条件は何ですか？」

「ぼくは、この事件について、まだ、わからないところがある。ジョナサン・スモールを捕えたら、彼自身の口から、こまかい点を聞いてみたい。それから、あなたの手にわたそう」

「しょうちです。しかし、そのジョナサン・スモールという奴が、たしかに真犯人ですな？」

「捕えると明白だ」

「それは、むろん、そうです、が、真犯人のひそんでいる所を、どうして突きとめたですか？　それを今のうちに、時間のあるかぎり、聞かせてくれませんか。ワトソン先生、あなたも聞きたいでしょう！」

「聞きたいですよ。ホームズ、これもまた、かんたんなのかね？」

と、ぼくが言った時、ハドソン夫人が紅茶を、ぼんにのせたまま、はいってきた。

「おやっ？」

ヨボヨボのおじいさんが、どこへ行ったのか？　出て行った音も聞こえなかった。そのかわりに、いつ帰って来たのか？　ホームズ先生が、ちゃんと正面にこしをかけて、ニヤニヤわらっている。服を見ると、おじいさんが着ていたのと同じなのだ。

「まあ！　……」

と、立ちすくんだ夫人は、おどろいたあまりに、ぼんが横になって、上の紅茶がみな足もとへ、ガラガラガラと、いちどきに落ちてしまった。▼63

重大犯人を捕る！

「あら、すみません、でも、わたくし、おどろいてしまって……」

ハドソン夫人が、まっかになって、紅茶々碗をひろいあげ、ぼんといっしょに、ろうかへ持って出てしまった。

「フフッ、夫人に失礼したな」

と、ホームズは、にがわらいすると、ジョーンズ探偵部長に、

「今、くわしく話す時間がない。もっとも必要なのは、快速ランチだ。ウェストミンスタアの舟着場へ、ぼくたちが行くとちゅうで、電話をかけてください」

「しょうちです。ここをすぐ出発ですか？」

「そう、自衛のピストルを持って、ワトソン、君も用意したまえ」

「よしきた！」

いよいよ冒険活劇のはじまりだ！　と、ぼくは自分の寝室へ、六連発ピストルを取りに行った。

ホームズとジョーンズ探偵部長とぼくが、テームズ川のウェストミンスタア舟着場へ着いた時は、すっかり夜になっていた。ジョーンズ探偵部長が、警視庁からまわさせた快速ランチは、早くもそこに来て、みどりの灯が舷のよこから光りを水へ投げている。

ぼくたち三人が乗りこむと、ホームズが言った。

「みどりの灯は、警視庁ランチのしるしだから、はずさないといけない」

「しょうちです。ハミルトン！　灯を取ってしまえ！」

「ハッ」

制服巡査のハミルトン君が、すぐに灯をはずして、舷の中へ入れた。

トップの方に、ハミルトン君と黒服の探偵君▼64、後の方に舵手と機関手、まん中にホームズとジョーンズ探偵部長とぼく、みんなで七人だ。

カタカタカタとエンジンのひびきが、さわやかに、いかにも快速ランチらしい。舟着場をスーッとはなれた。

ホームズが、ゆかいそうに言った。

「早そうだな、よろしい、ジャコブソン造船所の向うがわへ！」

「ホー、遠いですな、フーム」

と、ジョーンズ探偵部長が、顔をかしげると、

「思いがけない方面だ。ジョナサン・スモールという奴、そんな所に、ひそんどるですか？」

ハミルトン君も黒服の探偵君も、今夜、重大犯人を捕る！　しかも、すごい強敵だ！　と、探偵部長から聞かされたらしい。ジット目をこらし耳をすましている。

ホームズは、上着のポケットから、夜でも見える望遠鏡を、左手につかみだすと、

「そう、ひそんでいる奴を、今、ぼくの子分が見はっている。おそらく逃がさないだろう」

「先生の子分？　何者ですか？」

「ハハァ、自分で子分だと言っている、おもしろい少年だ」

「なんだ、子どもですか？」

「子どもだが、おとなより役にたつ。もっとも今度は、敵の乗っているランチを、とうとう発見できなかったが……」

快速ランチのエンジンが、いよいよ高くひびきだして、ホームズも声を大きくした。

「そこで、ぼくが老人水夫に変装して、ここの川ぶちへ、乗りだしたのだ！」

犬のような人食い蛮人

変装ランチで海へ

テームズ川は広い。上流にも下流にも、大小の蒸汽船が何そうも荷物舟を引いて、ゆうゆうと往復している。煙突からはき出す黒い煙が、川の流れにひろがって、モヤモヤと散って行く。そのあいだを、帆をかけて行く大きな伝馬船、チョロチョロと行く小さいのは、はしけだ。早いのはランチ、ぼくたちの乗っている舷の白い警視庁ランチが、灯をつけずに、さまざまの舟のあいだを、まるで鳥のツバメみたいに、スッスッと抜けて行く。すごく早い！

「この川ぶちの両岸に、オーロラというランチを、ぼくの子分の少年たちが、どんなにさがしても、見つからない、とすると、これは、どこかに、かくれているのだ。そのどこかは、どこなのか？」

と、ホームズの声が、エンジンの高いひびきをつらぬいて、

「黒い舷に太い赤線ふたすじ、黒煙突に太い白線ひとすじ、このオーロラは、すぐ目にたつ。これに乗ってにげたジョナサン・スモールは、悪がしこい奴だ。目にたつオーロラを変装するために、舷と煙突のぬりかえを、はじめから考えていたのに、ちがいないだろう」

「なるほど、それは、当然ですな」

と、ジョーンズ探偵部長が、うなずいた。

「でなければ、安全に逃亡できない。おそらく彼は、変装したランチで海へのがれる。港にいる旅行船に乗りかえて、アメリカかスペインへ、あとをくらましてしまえば、『アグラの宝物』によって、今後を、ぜいたくに生活して行ける。今夜、その計画どおりに、変装ランチへ乗りこんで、下流へ出て行くだろう」

「海外へ出られると、やっかいですぞ。今夜が危機ですな」

「だから、この川の上で、何としてもつかまえるのだ！」

「そ、そうです。ジャコブソン造船所の向うがわに、ひそんどるですな、たしかに？」

「こいつを探しあてるのに、ぼくは、川すじの造船所を、はしから当ってみた。老水夫がランチをさがしているのだから、怪しむ者はない。前後十五カ所も、さがしまわって、十六めがジャコブソン造船所さ。果然、向うがわのドックに、ランチのオーロラが、ぬりかえと舵の修理のために、はいっているのを、突きとめた！」

「ホー、苦心でしたなあ！」

「ドックの職工長に、それとなく、きいてみると、

『変だよ、このランチは、舵に故障はないんだ。それに、ぬりかえたばかりの舷と煙突を、すっかり、みどりにぬりかえてくれろ、と、ずいぶん、ものずきがいるもんさ』

と、みょうな顔つきをしている。そこで、こちらは、

『ものずきなのは、どんな人ですかい？　おれを、やとってくれねえかな？』

と、たずねてみると、

『さあ、そいつは、おれにわからねえ。義足をつけてるおやじだがね』

と、ついにジョナサン・スモールが、網に引っかかってきた。いよいよもって突きあてた！」

「な、なるほど！」

みんなが気をはりつめて、真けんに耳をすましている。快速ランチが橋の下を、いっしゅんに通りぬけた。

目ざす造船所は、まだ向うの方らしい。

八時にあと八分！

ホームズはランチに乗ってから、たばこもすわずにいる。火が見えるのを警戒しているのか？　上流の方をジーッと見すえながら、

「義足の男スモールにこそ、こちらは会って見たいのだ。そこで、老水夫のぼくは、ドックの職工長に、

『なんとかして、やとってもらいてえだから、その義足をつけてるって人、どこにいるだか？　行ってたのんでみるだから、おしえてくだせえよ』

と、両手をもみあわせて、ねがってみると、

『どこにいるんだか、前金を払って行ったきり、すがたを見せねえのさ』

『へえ、前金をね。そのぬりかえは、もう、できあがったんですかい？』

『ウン、約束どおり、今夜七時までに終ったさ。しかし、おまえは年よりだし、ランチの操縦手は、ちゃんと付いてるんだから、やとってはくれねえだろうよ』

『チェッ、年はとりたくねえなあ！』

『そら、操縦手がやってきた。あれだよ』

と言う職工長の前へ、フラフラと歩いてきた男は、からだつきと服そうが、貸し舟屋のスミスらしい。子どものジムは、どうしたのか？　スミスは職工長にききだした。

『ぬりかえ、できてますね、職工長さん！』

『そうさ、ぼくの所で約束をちがえたことは、一度だって、ねえんだぜ。気をつけて、ものを言え』

『すまねえ！　なにしろ、うんと金があるかわりに、やかましいお客なんでね』

『あの義足のおやじさん、おそろしい顔をしてたからなあ』

『それに、今夜はここから、きっと八時に出て行くぞ。客をもうひとり乗せるから、そのつもりでいろって、あたまから言われてるんでね』

『オイ、スミス君、このおやじが、ランチにやとってもらいてえ、というんだが、どんなものだね、なんとかならねえか？』

と、職工長がいうと、スミスは、顔が赤くフラフラして、酒くさい息をしていた。ぼくの頭から足もとまで、ジロジロと見て、はきだすように言った。

『テヘッ、こんなヨボヨボじじいが、おれのオーロラを、どう運転するってんだ。この川すじで、オーロラほど早いランチがあったら、お目にかかりてえや』

いかにも老いぼれ水夫のぼくは、ゲッソリとまいってね。▼66 そこから引きかえしてきたのだ。しかし、ジョナサン・スモールと、なおひとり、さらに恐るべき蛮人が、みどりにぬりかえたオーロラに乗りこんで、スミスが運転し、八時に造船所のドックを出る！　これだけを突きとめた、というわけだがね」

ジョーンズ探偵部長が、星あかりの下に腕時計を見ると、

「ヤッ、八時にあと八分間！　悪がしこいスモールという奴、早く出てしまって、あとをくらますと、それきりですぞ！」

「ドックを出たら下流へ、この方面へくるはずだ。みどりいろのランチを、見のがしてはいけない！　おそらくまだ、ドックにいるだろうが……」

そう言うホームズ自身、夜間望遠鏡を目にあてて、右に左に川の上を見わたして行く。

ジョーンズ探偵部長、制服巡査のハミルトン君、黒服探偵のケイ君、ぼく、四人とも川の上を見はりながら、快速ランチに運ばれて行く。岸の灯がグングンと後へ飛ぶように、すばらしく早い。近くに動いている伝馬船の上から、おどろいて呼ぶ声が聞こえる。

「オーイ、すごいぞ、そのランチ、どこへ行くんだ？　灯をつけろ！」

こちらは、こたえる者がいない。あらゆる舟を抜いて走る！

テームズ川には橋が多い。その下を、いくつか通りぬけた。

ジョーンズ探偵部長が、きんちょうしきって言った。

「このランチと敵のオーロラと、どっちが早いか？　これが問題ですな」

「そのとおり！」

　と、ホームズも今は、さすがに心ぱいらしい、ムッと顔が張りきって、

「ドックの前の岸に、ぼくの愛する少年イギンズが、▼67見はりに立っている。オーロラが出たら、ハンケチを振って信号するはずだ」

　と、言った時、ハミルトン君が上流を指さして、さけびだした。

「部長、あれです！　ジャコブソン造船所の煙突が三本、あれです！」

よし、エンジン全開！

　修理される舟が何そうも、かたまっている。造船所の前は、帆柱の林だ。そのむこう、星の空に高く太い煙突が、三本、ならんで立っている。煙を出していない、が、それだけに気みがわるい。なんだか煙突のばけものみたいだ。

「よし、イギンズが忠実に立っている！　ワトソン、肉眼でも見えるだろう。この方向！」

　ホームズの指さす方を、ぼくは、走っているランチの上から、けんめいに見つめた。

　岸の上に、並木が黒く立ち、ガスのあかりが青白い。何かの柱のそばに、ひとり、ジッと立っているのは、

「オオ、イギンズだ。ちがいない！」

「ドックの出口を、見はっているのだ。よし、スピードをゆるめて、帆舟のかげへ！」▼68
　ホームズが、底力をふくんだ声で命令した。

　今夜は、なにごとも、ホームズの命令に従う約束だ。エンジンのひびきが、きゅうに低くなり、ランチのへさきが右にまわって、ゆるやかに、むこうの帆舟へ近づいて行った。

　あたりが、にわかに明かるくなった。空を見あげると、黒く太い煙突三本の上に、大きな月がまんまるく、ポカリとのぼってきている。

「ストップ！　すこしは流されていい。エンジンのひびきを、敵に聞かれてはならない」

　と、ホームズが、ささやいた。

　エンジンが止まって、帆舟のかげからランチが、しずかにユラユラと流される。

　みなが立ちあがった。岸の上、ガスの灯の柱のそばに、ジッと立っている少年イギンズを、みなが見つめる。八時が近い。もうすぐだ。

　イギンズが見はっている、だから、敵のランチはまだドックの中にいるのに、ちがいない。ジョナサン・スモールと人食い蛮人は、すでに乗りこんだか？

　ランチは艇身が細い。みなが立ちあがって、ユラユラとゆれながら、音もなく流れて行く。

　ハミルトン巡査が、いきなり言った。

「信号です！」

　そのとおり、並木のあいだに、イギンズの振りまわすハンケチが、白くチラチラとガスの灯にうつって、ハッキリ見える。

「出おったな、ウウム！」

と、ジョーンズ探偵部長が、うなりだした。

みなが耳をすました。

敵のランチ、オーロラのエンジンは、音をたてないのか？ なんのひびきも、つたわってこない。変だ！

ジョーンズ探偵部長が、ホームズにきいた。

「どうしたですか？ 敵は出てこないですぞ！」

「フム、警戒して音をたてずに出てくる、ヒッソリと、悪魔のように！ みな、すわれ！」

ホームズがすわり、みながすわった。目は帆舟のわきから、ジッと向うを見つめている。

月が三本煙突の上に、高くのぼっている。ぼくは腕時計を見た。八時六分！

「ヤッ、出てきた！」

黒服のケイ探偵が小声でさけんだ。

帆舟のむこう、へさきの左がわへ、ゆれながら出てきた敵のランチ、みどりいろの舷に月の光りがうつって、流れのままに舵をまわす。乗っている人かげ三つ、黒く動いている、と、見るまにエンジンをかけた。

はじけるような爆音がわきあがり、へさきに水をきって敵オーロラが、川のまん中へ走りだした。黄色い灯を艇尾につけている。

ホームズがどなった。

「よし、エンジン全開！ ぶつけろっ！」

浅瀬へ乗りあげるか？

ぶつけろっ！


敵オーロラが、川のまん中へ、まっしぐらに走り出ると、たちまち左へ、へさきをまわした。早い！ 艇尾に白く川水が渦まいて、グングンと下流へ行く！

ぶつけるよりも、敵の方が早い！

操縦もたくみだ！

ジョーンズ探偵部長が、顔をしかめてわめきだした。

「敵は、すばらしく早いぞ！ 操縦手、どうだっ、追いつけるか？」

「わかりません！」

こちらも、へさきを左へまわした。エンジン全開！ だが、敵は早くも下流へ、三、四百メートルはなれている！

「これでフルスピードかっ！ 操縦手！」

「そうです！」

「エンジンが破裂するまでやれっ！」

わめきつづけるジョーンズ探偵部長に、ホームズが、そばから、

「破裂しては、こまるのだ。追えなくなって」

「いや、警視庁第一の快速ランチが、敵に追いつけないなら、破裂した方がいいです！」

「なに、追いつけるか、にがすか？ これからだ！」

小舟、荷物船、帆舟、ほかのランチなど、何そうとなく追い抜いた。

下流からあがってくるのは、やっかいだ。右がわへよけて走りぬける、と、向うまだ三、四百メートルほどに、敵の黄色い灯が、まっしぐらに走って行く！

「追われとると、知っとるな、ウウム」

「むろん、そのとおり」

ホームズがパイプをとりだすと、はげしい風の中にマッチの火をつけた。

川の上は、いちめんに月あかりだ。

敵オーロラが、のこして行く波に、キラキラと月の光りがくだける。

いくつか橋の下を通りぬけた。その時だけ暗い。

破裂するようなエンジンの震動が、みんなの全身につたわって、気がついてみると、実さいにふるえている！

「フーッ、しめた！　すこし近づいたぞ、ジョーンズ君！」

「ウウム、これが負けたら、警視庁の顔がないです！　ヤッ……！」

ジョーンズ探偵部長の帽子が、風にまいあがって、後の方へ飛んで行った。

ぼくは、ふるえている全身、ダラダラと汗にぬれた。

ハミルトン巡査が、わめきだした。

「あそこは浅瀬だっ。奴、乗りあげるぞ！」

月にてらされて、川の中の小島が、ズーッと黒く低く見える。すぐ左がわへ、敵オーロラが全速をかけて、まわって行く。浅瀬に乗りあげたら、おどろいてバックするだろう！　その時に追いつく！

造船所で見たスミスが、顔は赤くフラフラと酒くさい息をしていた、と、ホームズが言った。まだ酒によっていて[70]、オーロラを操縦してるのか？　浅瀬へ今、乗りあげるかも知れない！

「ムムッ、しめた！」

帽子を飛ばされたジョーンズ探偵部長が、ひたいを月にてらされて、

「乗りあげたぞ！」

と、どなって右手を高くふりまわした。

おったぞ、あいつだっ！

乗りあげた！

敵オーロラが、きゅうにストップした、と、見るまに、果然、バックだ！　月あかりの下に、こちらから百メートルほどの近さ、小島の左がわだ！

ホームズがパイプを投げすてて、

「敵の左へ突進！　皆ピストルを出せ[71]！」

おちついている、が、危険な命令だ！

皆、片ひざを立てて、ピストルを右手に身がまえた。

敵オーロラの後へせまる、まさに五十メートル！　三十メートル！　二十メートル！

「ジョーンズ君、探照！」

「む、むろん！」

ジョーンズ探偵部長が、艇内のスイッチに手をかけた。

「カチッ」

ひびきと共に、サッと白く明かるい光りが、こちらの、へさきからほとばしって、敵オーロラの艇尾を、流れの上に映し出した。

ひとりの男が、スックと立ちあがった。すごく猛烈な顔つき、五十才くらいだ。茶色のボロ服、ふんばっている両足の片方、右が義足だ！　と、ぼくは見るなり、

「ジョナサン・スモール！」

と、さけぶと、同時にジョーンズ探偵部長が、

「止まれっ！　打つぞ、スモール！」

と、立ちあがってどなった。

猛烈な顔のスモールが、探照の光りの中にカッと口をあけた。わめきだした声が、エンジンのひびきにまじって、何か聞きとれない。

「おったぞ、あれだッ！」

ホームズがキッとして、高くさけんだ。

スモールの義足のそばに、モグモグと動きだしたもの、黒い外とうか毛布にくるまっている。犬のようだ、小さい。が、顔は人間だ。まゆと目がクシャッと、くっついて、かみの毛がモジャモジャに、ひたいの上へかぶさっている。

ぼくはゾッとして、またさけんだ。

「人食い蛮人だ、ホームズ！」

「そのとおり！　気をつけろっ！」

「毒矢をはなつ蛮人だ、気をつけろっ！」

と、ぼくも皆に言った時、すぐ目の前へバックしてきた敵オーロラが、にわかにエンジンをひびかせて、前へ走りだした。浅瀬をはなれたのだ。

明かるい探照の光りをあびて、艇尾にスモールと人食い蛮人を乗せたまま、敵オーロラが再び全速で走る！　今すでに、ぼくたちの向う五メートルあまり、「打つぞ！」と、今さきジョーンズ探偵部長がどなった。が、敵が打たないかぎり、こちらは打たずにいる。皆がピストルのねらいをつけたまま、ランチがぶつかるまで追いかける。

ぶつけて敵のランチへ乗りこむのだ。

危機一髪の一歩前

大きな魚みたいに

今、目のまえ五メートルか六メートル、敵は探照の光りにてらされて、すぐ近い！

獣のような蛮人が、うつむいた。グッと顔をあげた。両手に太く黒い棒をもち、口へあてた。

「吹き矢だ、危険！　打てっ！」

ホームズがさけび、ぼくたち皆が、ねらっているピストルを打ちはなした。ひびきと共に、

「ギャーッ！」

すごい蛮人の声が、ぼくたちの耳を突きさし、黒い棒を両手にもったまま、前へまっさかさまに、蛮人のからだが頭を下へ、舷から流れへ落ちこんだ。水のしぶきが上がった。

義足のスモールが、横にある舵へ飛びついた。しがみついて舵をまわすと、こちらを振りむいた。必死の猛烈な顔をしている。

ぼくたちは立ちあがった。ぶつかったら乗りこむ！

ホームズがまたさけんだ。

「打つな、捕えるのだ！」

舵をまわされたオーロラが、きゅうに右へ突進した。

「ワオーッ！」

義足のスモールが、わめき声をあげた。

浅瀬をはなれたオーロラが、さらに小島の横へ、へさきを上

げて走り、右に左にゆれながら、速度がにぶくなった。

ホームズがまたさけんだ。

「ストップ！　突っこむな、泥だ！」

探照の光りに映る水の流れが、黄色くにごっている。

エンジンのひびきが、きゅうに止まった、が、ランチはまだ進んで行く。

泥洲に突っこんだ敵オーロラは、乗りあげたきりグラグラと動いている。にげられない！　と、かくごしたのか？　義足のスモールが両手を高くあげた。

ジョーンズ探偵部長が、ピストルのねらいをつけて、

「そこを動くな、ジョナサン・スモール！」

きさまの名まえもわかっているぞ！　と、どなった。とたんに、スモールが舷のはしから、ヒラリと飛びこんだ。

「ヤッ？」

と、ぼくもピストルのねらいをはずされて、目をみはった。

水は浅いが、泥は深い。ズバッと飛びこんだスモールは、義足が泥の中に、ズブズブと深くはいったらしい。両手をあげてもがき、頭をふり、からだを動かしながら、むねの上まで水につかり、今にもズルズルと沈みそうだ。

「オイ、これだ！」

と、またさけんだホームズが、足もとから太い綱を、左手につかみあげると、舷のはしから、スモールへ目がけて、サッと投げ飛ばした。

ランチをつなぎとめる太い綱だ。それがバラリと長くのびて、沈みかけているスモールの頭に、からみついた。上からホームズが声をかけた。

「どうだ、うまいだろう。つかまれ！」

スモールが口をあけた。こんな時にも苦わらいしたようだ。両手で綱をつかむと、舷の上のホームズをジロリと見あげて言った。

「引っぱってもらいてえ！　足がぬけねえんだ」

ハミルトン巡査と黒服のケイ探偵が、ピストルをそばへおくと、綱にとりついて力いっぱい引きだした。

綱にしがみついているスモールが、水の中からヌッと出てきた。舷の下へズルズルと引かれてくると、まるで大きい魚みたいに、引きあげられる、そばからジョーンズ探偵部長が、すぐに手錠をはめてしまった。

「ククッ！」

と、スモールが声を出したのは、わらったのか絶望したのか？　いきなり艇の中へゴロリとあおむけになった。ずぶぬれのまま、むねから両足、義足も泥だらけだ。

発見された宝の鉄箱

オーロラのへさきの方から、ふたりの男が出てきた。ひとりは子どもだ。

ホームズが、きゅうにわらいだして、

「ハッハッハッ、スミス君、どうだ、酔いはさめたかね？」

「…………」

スミスがボンヤリと突っ立っている。なにがなんだか、わからないようだ。

「オイ、ジム君！　君は家へ帰ったと思ったが、まだいたのか。どうだ、追っかけられて、おもしろかったか？」

ジムは、ぼくたちを見まわし、ホームズを見つめて、キョトンとしている。

「さあ帰るんだ。おかあさんが待っているぜ」

と、ホームズが言うと、顔をしかめたジムが、きゅうに声をあげてワーワーと泣きだした。

「泣かなくてもいい。オイ、スミス君、ボンヤリしてないで、これを引っぱれ！」

ホームズが、舷にぶらさがっている綱を、ふたたび投げ飛ばした。

ランチとランチが、両方から綱を引っぱりあって、ようやく横づけになった。ぼくはホッと息をつくと、ひざから下が両足ともふるえだした。

ホームズを先頭に、ぼくたち四人が、オーロラに乗りうつって行った。ハミルトン巡査は、スモールを見はって、そばに付いていた。手錠をはめられたが、何をするか知れない、もっとも危険な大事な犯人である。

オーロラの中を、すみまで検査した結果、別に怪しむべき発見はなく、ホームズが目的とした鉄の箱は、舷の下にドカリと、おかれていた。

「これだ！　いわゆる『アグラの宝物』さ。予定どおり、ワトソン、君が、はこんで行くんだね」

ホームズに言われて、四十センチほどの方形、厚さもそのくらいある鉄箱を、ぼくは両手で持ちあげた。

「かなり重いぜ、ホームズ！」

「ハハア、そうだろう。おそらくインドの王冠や宝石などが、ギッシリとはいっているからね」

「フーム、何億ポンドというものでしょうな」

と、ジョーンズ探偵部長が、そばから見すえて、

「なにか、もようがついとる。花かな？」

「古代インドの花もようだ。オイ、スミス君、今から帰るんだがね。ぼくたちのランチに付いて、このオーロラを君は、うまく運転してくるんだぜ[72]。にげられないのは、わかったろう」

「ウウ、ヘエ」

ペコリと頭をさげたスミスのよこに、小さなジムが泣きじゃくっていた。

アグラの宝物の鉄箱をもって、ぼくたちは警視庁のランチに引きかえしてきた。スモールはまだあおむけに、引っくりかえったきり、目をギロギロと見ひらいていた。月にてらされて、ひたいに深いしわが、ヒクヒクと動いている。

「起きろっ！」

と、ジョーンズ探偵部長が、上から見おろして言うと、

「あんたは、だれだね？」

ムクリと起きあがったスモールが、不敵な顔してたずねた。

「おれは、警視庁の探偵部長だ」

「フーン、そうか、おれをさがしだしたのはあんたかね？」

「ウウム、そんなことよりも、おれのきくことに答えろ。バーソロミウ・ショルトーを殺したのは、きさまだろう！」

「チェッ、それはちがうよ。探偵部長だなんて、目がきかねえんだね」

「なにを言うかっ、本官を侮じょくすると、ゆるさんぞ！」

「待った。たずねるのは、ゆっくりでいい」

と、ホームズが、ふたりのあいだに立ってはいりながら、黒

服のケイ探偵に、

「君、探照灯で、さっきの蛮人が、そこいらに浮いていないか、さがしてみてくれたまえ」

と、パイプをひろいながら言った。

舷の上に吹矢

ピストルの弾が、おそらく皆あたったのにちがいない、まっさかさに流れへ落ちこんだ人食い蛮人の死体は、ついに見つからなかった。

「惜しいことをしたな。めずらしい人間が、ロンドンに来ていたのだが、骨も永久に、このテームズの泥のそこへ、かくれてしまった。ワトソン博士、これを見ないかね」

と、ホームズが、舷の上を指さして言った。

ぼくが立っていたところに、グサリと突きささっているのは、あのバーソロミウの耳のうしろに、ささっていたのと同じ形の毒矢だ。ぼくはゾッと身ぶるいした。

「あぶなかったな！　やはりこちらのピストルと同時に、打ったものだろう？」

「そのとおり。打つよりも、あの黒い棒の中から、吹き飛ばしたのさ」

「すごく息の強いものだな」

「吹矢になれている島の蛮人だ。さあ帰ろう！」

エンジンがひびきだして、今度はゆるやかに、へさきをまわした、ぼくたちのランチの後からオーロラが、これも、ゆっくりと付いてきた。

ジョナサン・スモールが、手錠をはめられたまま、ドッシリとすわりこんでいる。義足を前へ投げだして、

「ヤア、おれにも、たばこをすわしてくれねえかね？」

と、パイプに火をつけたホームズに、なれなれしく声をかけた。

「よろしい、葉まきをやろう」▼73
ホームズが前へ行って、すわりこむと、ポケットから出した葉まきに火をつけて、スモールに手わたしながら、

「こんなことになって、君は残念だろうが、しかし、やり方が、まずくて乱ぼうだったな、そうじゃないかね」

「エエッ、あんたは、だれだい。やはり警視庁かね？」

と、スモールのすごい目が、ホームズの顔を、ジーッと見つめて、

「おれの言いてえことを、ズバリあてたぜ。これぁ、おどろいたもんだ！」

「ハハァ、警視庁ではないが、君の行くえがわからなくて、一時はよわったさ、フーッ」

「そうかね、おれの運のつきだ。この川をくだって、港へ出さえすれぁ、ちゃんと予約してあるエスメラルダ号に乗りこんで、ブラジルへ行くはずを、フン、一歩の手前で、やられたわけだ。この葉まきは上等だね、うめえや」

手錠をはめられている手で、葉まきを口にくわえたスモールが、煙をモヤモヤとはきだすと、不敵な顔つきのまま、ホームズを見すえて、

「運はつきたが、あのバーソロミウ・ショルトーをやったのは、おれじゃねえんだぜ」

「フム、そのとおり。あそこの三階の窓へ、君が綱をのぼって

行くまえに、あの黒んぼが毒矢を吹き飛ばしたとは、君も気がつかなかったろう」

「オオッ、まったく、あんたは見ていたようだね。そうなんだ、おれは、あのショルトーの家の中を、ズッと前からさぐっていたんだから、あの時こくにショルトーさんが、夕食に下へおりて行くのを、よく知ってたのさ。▼74ほんとうに、おれは、あのショルトーさんには、なんの恨みも、ねえんだから、殺すつもりは、みじんもなかったんだ！」

「そうだろう、しかし、父のショルトーの方には？」

「ウム、おやじについちゃあ、恨みどころか、あれこそ、殺してもたりねえ奴だったが、早く死んじまやがった。宝物をみんな、奴がひとりじめに、しやがった罰なんだ」

「それは、しかし、過ぎ去ったことだ。気のどくなのは、バーソロミウ・ショルトーが、毒矢のために死んだことだ」

「ウウン、それを言われちゃ、たまらねえんだ」

と、スモールが、きゅうにガックリと、うつむいてしまった。猛悪な男でも、良心にせめられたのだろう。

さて、これからだ

だまって聞いていたジョーンズ探偵部長が、これも葉まきをふかしながら、スモールに、

「オイ、それでは、バーソロミウ・ショルトーを殺したのは、おまえじゃないというのだな？」

と、きびしい顔になって、たずねると、

「ヤア、そうだとも！▼75 おれは綱をのぼって、三階の窓から、もぐりこんで見ると、あのショルトーさんが、いすにもたれて、ジッとにらみつけている。あんなおそろしい顔を、見たことがねえ。ワッと、おどろくと、おれの横から、トンガの奴が飛びだして、いきなり窓から、ぬけ出したんだ。ショルトーさんを殺したのは、おれじゃねえ！」

「トンガというのは、おれたちに打たれた蛮人だな」

「そうさ。あわてやがって、あそこの部屋に、石のついてる棒と毒矢の箱も、わすれて行きやがった。おれもあわてて、毒矢の箱は持って出たが、とちゅうで落とすしさ。なに、アグラの宝物の鉄箱を、けんめいに、かかえて来たんだ、この方に気をとられて、ほかの物なんか、どうだってよかったんだ」

「そういうことを、裁判所で、くわしく話すがいい。殺人の共犯になるか、どうか、きめるのは裁判官だ」

「なにっ？　殺すつもりはなかったんだぜ。それでも、共犯ということになるんかね？」

「おれは裁判官じゃない。しかし、おまえが殺人の共犯にならないまでも、人の家へおし入って、物を盗み出した罪は、のがれられないぞ。おまえは自分でも、そうだと思わんか？」

「フン、おし入ったのは、わるいかも知れねえさ、ところが、アグラの宝物は、だいたい、おれのものなんだ。盗んだんじゃねえ！」

「待った！　フーッ、そのインドにおける実さいの話を、君の口から、ゆっくりと聞きたいのだ、ぼくの家へ行ってね」

と、しずかに言うホームズに、スモールが、ふしぎそうに、

「警視庁へ行くんじゃねえんかね？」

「いや、それは後のことだ。ジョーンズ君、スミスは一応、彼の舟着場へ帰しては、どうだろう？▼76 逃亡しないだろうし、後

で呼びだすとして」

「そうですな、いいです」

「では、このランチを、ビクスホールの橋下につけよう。あそこから馬車でベーカー町へ」

「そうですな、いいです」

　ビクスホール橋の下にある舟着場に、ぼくたちは、ようやくランチから上がった。手錠をはめられ義足をつけているスモールを、船頭や人夫たちが、ふしぎそうに見ていた。

　スミスはここで、ひとまずゆるされると、いくども頭をさげてあやまり、オーロラを操縦して行った。艇尾に小さなジムが、ションボリとすわったまま、こちらを見ていた。

　ぼくたちは、二台の辻馬車に乗りこんで、ベーカー町へ走らせた[77]。テームズ川上の冒険的追跡が、ここに終った。ブラジルへ遠く逃げようとしたジョナサン・スモールを、危機一髪に捕えたのは、ホームズの成功だった。が、奇怪きわまる蛮人トンガを、ぼくたちが防衛のために打ちたおしたのは、

「なんとも、残念なことをしたね」

　と、ホームズが、後になっても言う。しかし、捕えてきたスモールと、「アグラの宝物」というものが、どういう関係をもっているのか？　「四人のサイン」は、どんな意味をもっているのか？

　これらのすべて、ホームズもぼくも、ジョーンズ探偵部長も、はじめから知りたいと思っていた疑問が、ベーカー町の家の二階で、スモールの口から、ことごとく明白にされたのである。

　インドの古い都における、これこそ怪奇な出来事であった。

第三部　開かれた宝の鉄箱[78]

虎にもライオンにも

後ろから大ワニが

　ジョナサン・スモールは、手錠をはめられたまま、たばこも吹かすし、カップも持ってガブガブと水をのみ、しかも、ゆうゆうと話しつづける。よほど大胆な男である。

「おれは今年、五十二になる[79]。先祖からの英国人だ。が、このロンドンに生まれたんじゃねえ。村そだちだ。十八になった時、自分から兵隊にはいった。それが第三連隊でね、ところが、とつぜん、この連隊が遠いインドへ行くことになった。おれの若い時代というものが、おもいがけなく、インドから初まったわけさ。

　暑いインドに、有名なガンジス川が流れている。とても大きな川でさ、テームズ川なんかの何十倍、何百倍もある広さだ。なにしろ陸の上は、ジリジリと焼かれるような暑さだ。兵隊は皆、教練[80]がおわると、ガンジス川へ飛びこんで、むやみに泳ぎまわる。まい日、およいでいるうちに、おれは、みんなよりも、ズッとうまくなった。なんだって負けぎらいだからね。すると、ホルダという班長から言われた。

『オイ、スモール！　きさまは水泳が、うまくなったようだな。

しかし、岸から遠くへ出ては、いかんぞ。出て行くのは、きさまだけだ。気をつけろ！』

『ハッ、なぜですか？』

『ばかやろう。まだ知らんのか、この川には、ワニがおるんだぞ』

『ワニ？』

おれはワニなんて、生きてる奴を見たことがねえ。絵で見たきりだ。でかい奴で皮があつくて、鉄砲の弾なんかとおらねえという。長い尾でもって、舟を引っぱたくと、小舟はくだけてしまう。ギザギザの牙が長い口の中に、何本もならんでやがって、かみつかれたらさいごだと、こんなことを、おれは絵本で読んだか、話で聞いたか、おぼえていた。

このワニの生きてる奴が、目のまえの川の中に、いるというんだから、おれはビクッとしてさ、ホルダ班長に、

『ハッ、気をつけます』

と、その時は、そのつもりでいたんだ。

インドの夏の暑さときたら、ここで話したってわからねえ。川で泳いだって、すずしくはならねえ。岸の近くは、日の光りでもってムンムンと暑い。

おれは、みんなとはなれて、いつのまにか遠くへ出ていた。遠くは流れが早くなって、水もつめたいんだ。班長の言ったことなんか、なんでえ！　と、いい気もちで泳いでると、

『スモール！　帰れっ、オーイ、スモール！』

岸の方から、ホルダ班長の声だ。

班長、おこってるぞ。どなってやがる！　と、おれは岸の方へ、およぎながら向きをかえた、とたんにギョッとした。ワッ、ワニだ！

流れの上にヌッと出ているワニの顔が、ならんで三びき、おれをにらんで目をギラギラと、中の一ぴきが、でかい口をあけやがった。絵で見たとおりの牙だ。岸の方からワーワーと声が聞こえる。その方へ、おれはもう必死に泳いだ。

ワニが追っかけてくる！

おれはワニよりおそい、もういけねえ！　と思った時、岸の上からバリバリと空気を破るような音が聞こえた。岸に上がった兵隊が、はだかのままで鉄砲を、ワニへ目がけて打ったんだ。▼81
インドに行っている英国の兵隊は、教練の時だって、ほんとうの弾をもっている。インド人が英国軍にそむいて、おそってくることが、今までに、いくどもあったからだ。

おれは、兵隊がワニを打ってくれてるとは、必死に泳いでるから、その時は気がつかなかった。

『キャーッ！』

と、泳ぎながらさけんだのを、今でもおぼえている。

あとは、むちゅうだった。さけんだ時、右足のひざから下をワニの牙にかみ切られたんだ。後から」

四方とも火の海

「気がついてみると、おれは病院のベッドに、あおむけになっていた。

ねむるくすりでもって、なんにも知らないあいだに、右足を、ひざから切りとられた。もう一生、これで、かたわになったんだ。

ああ、おれは年がまだ十八だのに、右足のない人間になった。

このガッカリした思いは、今でもわすれられねえ！

『スモール！　きさまが岸に泳ぎついて、みんなが引きあげた。すぐにこの病院へ、はこびこんだから、たすかったんだぞ！』

と、ホルダ班長が、ベッドのそばから言ってくれた。

けれども、たすけられずに、死んでしまった方が、よかったんだ！　と、かたわになったおれは、くやしくて泣いた。

おれの足をかみ切ったワニは、岸の上から鉄砲に打たれて、それきり水そこへ、しずんで行ったという。おれの右足は、そのワニの腹の中にはいったか、ガンジスの川に流されて遠くへ行ってしまったんだ。

病院に五か月も、おれは、はいっていた。そのあいだに、木の義足ができてきた。フム、この時から、おれは義足の男になったんだ。

兵隊は、むろん、やめだ。英国の村へ帰ったところで、かたわのおれに、仕事のあるわけがねえ。どうしようか？　と、十九になったおれが、こまっていると、

『ジョナサン・スモール！　おれの農園に来て、はたらかないか、こいよ！』

と、言ってくれたのが、アベル・ホワイトという英国人のおじさんだった。

おじさんといっても、三十五、六だったホワイトは、インドに来て、すばらしく広い農園をもっている。大ぜいのインド人を使って、そこを『マトラ』というんだが、マトラの大地主になっているんだ。気の強い男さ。

おれはホワイトの家へ行って、まず馬に乗ることを習った。義足をつけてたって、ひざから上はあるんだから、それに負けぎらいでもって、インドの白馬を乗りこなすようになると、

『おまえのやることは、農園をまわって、インド人を見はるんだ。なまけてる奴は、ビシビシと、むちでなぐりつけろ！』

と、ホワイトから言われて、おれは、すっかり、よろこんだ。

それから毎日、長い皮のむちをもって、インド人の奴らを、あたまからビシッビシッと、なぐりながら、広い農園を、おれは白馬で乗りまわしていたんだ。とくいだったね。

インドは英国にとられている。英国人はインド人を奴れいにしている。そこでインド人ぜんたいが英国人をにくんでいる。このにくみと恨みが、とうとう火を上げた。町から村から、いっせいに暴動だ。農園のインド人は、ひとりのこらず、どこかへ行ってしまった。

さあ大変だ！　インド人と英国軍の戦いだ！

町や村にいる英国人は、女と子どもをつれて、英国軍のいるアグラ市へ、アグラ市へと、いのちひとつで、家も何もそのまま、にげだして行った。ゾロゾロと毎日、英国人と車の行列だ。

アグラは、むかし、インドの大王がいたという古い都だ。今でも四方に城のかべが、高く残っている。そこを英国軍が守備しているから、インド人の暴動に対しても、まず安全なんだ。

ところが、おれの主人のアベル・ホワイトは、アグラへ行こうとしねえ。

『このさわぎは、今にしずまるんだ。インド人のやつら、怒りだすのも早いが、へたばるのもすぐだからな』

と、インド人を軽べつしきっている。なかなか胆のふとい男だ。

家には主人のホワイト、事務員のドーソン、台所をやるドー

ソンの家内、おれ、たった四人が残っている。使われていたインド人は六人とも、にげてしまった。夜になって、二階の窓から見わたすと、遠くから近く四方とも、まるで火の海じゃねえか！

『やりやがるなあ！　ばかな奴らだ、自分の家も焼いているんだろう』

　ホワイトは、あくまでもインド人を軽べつしきって、火の海を窓から見ながら、ウイスキーを飲んでいた。すごく大胆なんだ」

血の暴動だ

「インド人の焼き打ちは、まる一週間つづいた。大がかりの暴動だ。まだやっている。ホワイトが、おれに言いつけた。

『スモール！　あすは、農園を見まわってこい。インド人の奴らが、作物をあらしているかも知れないぞ』

『そうですな。行ってみましょう。なに、たいしたことは、ないでしょうて』

　おれだって、大胆にかけちゃあ、ホワイトに負けねえ腹だった。

　あくる日、昼まえから白馬にまたがって、おれは農園を見まわりに出た。インド人の奴らは、みな、おれを恨んでいる。ウッカリすると、おそわれる。ゆだんはできねえ。ホワイトにピストルを借りて出た。

　ところが、広い農園にも、林の中にも、川岸にも、インド人がまるで見えねえ。作物もあらされてねえ。夕がたになって、なあんだと、白馬をいそがせてくると、川のそばに白馬が、きゅうに立ちどまった、と、思うと、よこの方へあるきだした。

『こら、どうした？』

　と、馬の上から、よこの方を見ると、おれはギョッとした。

　変な青白いものが、草の中にころがっている。人間の死体だ。女だ。しかも、ここらに出てくる豹か山犬に、食いちらされたあとだ。むねから上が残っている。顔を見ると、ドーソンの家内じゃねえか！

『ワッ！』

　おれも馬の上で、おびえた。

　農園や林に、人間がいなくなって、豹や山犬があらしまわってる。何十ぴきと出てきやがったら、とても、かなわねえ。おれは家の方へ、いっさんに白馬を走らせた。

　ところが、まだ五百メートルも行かねえうちに、白馬がまた、きゅうによこへ飛んだ。おれは、おどろいて、

『なんだっ？』

　と、どなって見ると、これは道のよこへ、うつむけに、たおれてるのが、ドーソンだ。

『ドーソン！　オイッ！』

　と、よびながら見ると、ピストルを右手に、息たえている。血まみれだ。

　近くの草むらに、かたまってたおれてるのは、インド人が四人だ。ドーソンのピストルに、やられたのにちがいない。

　ドーソンの家内も、インド人に殺されたあと、豹か山犬におそわれたんだ。いよいよ、おれはゾッとした。大胆だって、こわいものはこわいんだ。

　早くもインド人の奴らが、農園の中へ来ている。作物をあら

すどころじゃねえ。おれたち白人を、見つけしだいに殺してしまうんだ。血の暴動だ！

さあ、いけねえ！　ホワイトに早く知らせて、今のうちにアグラへ逃げるんだ！　と、おれは白馬を、まっしぐらに家の方へかけさせて来た。ところが、いきなり、

『オオッ！』

と、手づなを引いて白馬を止まらせた。

しまった！　おそわれたんだ、家の二階の窓から黒い煙をふき出して、中にメラメラと火が見える。下を見ると、家のまわりを、さけびながら走っているインド人の奴らが十七、八人、はだかで真黒な男が、ワイワイと声をあげている。[82]

ホワイトは、どうしたか？　にげたか、殺されたか？

おれは白馬をまわすなり、いっさんに走らせた。すると、うしろから、

『ヒュッ！　ヒューン！』

と、あたまの近くを、弾が何発も飛んできた。

インド人が鉄砲をもっている。英国軍のものを、うばいとったのにちがいない。いよいよ恐るべき大暴動だ！　インドを英国の手から、とりかえそうとするんだな！　と、おれは、はじめて気がついた。が、どこへ今から行くか？

行くところは、英国軍が守っているアグラのほかにはねえ！

夜になって、ますます危険な中を、おれはアグラへ、白馬を走らせた。

ああ、一生、わすれられねえ、アグラの古い城！　話はこれからだ！」

黒人シーク兵

「古い都のアグラには、インド大王の子孫が、古い大きな屋敷の中に住んでいる。[83]ラジャ（王族）といって、すばらしい大金もちなんだ。こいつが、後で宝の問題になるんだが、おれが逃げて行った時は、そんなこと、気のつくはずもなかった。

アグラを守っている英国軍は、歩兵、騎兵、砲兵もいた、が、みんな合わせたって、千人にならねえ。血の暴動を起こしたインドの奴らは、およそ二十万人というんだから、二百倍だ。とても、英国軍は勝てるはずがねえ。だが、ここが、おれのさいごだ、と、あきらめた英国人は、ひとりだっていねえ！

『本国から応えん軍がくるまで、がんばれ！　黒い奴に負けるもんか！』

みんなが、この固い心で戦った。兵隊の数が少ないから、義足をつけているおれまで、鉄砲をもって第一線に立った。英国軍は強いんだ。

インドには、インド人のほかに『シーク人』というのがいる。英国軍に付いてる奴もいるが、インド人の暴動に味方してる奴もいる。ゆだんのならねえ連中だが、アグラを守るために、数の少ない英国軍は、このシーク人を兵隊にしていた。『シーク兵』といって、おれの下に、ふたりの黒いシーク兵がついていた。こいつがまた、後で問題になるんだ。

古い城かべの古い門を、おれは、ふたりのシーク兵をつれて、昼も夜も守っていた。門の前は、ガンジス川の急流だ。インド人の暴徒が川をわたってくるか？　なにか異変が起きたら、

『鉄砲を打って知らせろ！』

と、司令官から命令されているんだ。

ところが、司令部は古い城のまん中にあって、門からはズットー遠い。しかも、地下の長いろうかを、グルグルまわって行くんだから、応えんに出てくるのだって、急の間にあいそうもねえ。おれとシーク兵は、たった三人だし、夜になると、ずいぶん心ぼそい思いをしたもんだ。

ふたりのシーク兵は、どちらも英語を少しは話す。ゆだんのならねえ奴らだから、刀だけをもたせて、鉄砲はおれだけなんだ。ひとりは『マホメット・シン』ひとりは『アブズラ・カーン』どちらもおれより年が上だ。名まえも変だが、黒い顔してやがって、なにを考えてやがるんだか、腹の中がわからねえ。

夜になると、ガンジス川の向う岸に、インド人の奴らが、かがり火を方々へ、えんえんと赤くもえさせて、ドラや太鼓をガンガンドンドンと鳴らしやがる。それに、

『ワーッ、ワーッ!』

と、いっせいに声をあげやがる。

『オイ、シンもカーンも、ゆだんして眠るな! 敵はいつ川をわたってくるかも知れねえぞ!』

と、おれが鉄砲をもちなおして言うと、

『大じょうぶでさ!』

と、からだのでかいカーンが、目をギロリとむいて、ニヤッとわらいやがった。

シンは小さいが、すばしこい奴だ。これもニッとわらってやがる。どうも気みがよくねえ!

こんな夜が、三日つづいた。眠くてやりきれねえ。インド人の奴らは川向うで、さわいでばかりいやがる。わたってきそうもねえ。おれは、たばこをくわえて、マッチをすろうと、門のそばへ鉄砲を立てかけた。とたんに、カーンとシンが、いきなりおれに飛びかかった。

『アッ、くそ!』

と、おれが立ちあがるより早く、カーンが鉄砲をとるなり、おれのむねに突きつけ、シンは刀のさきを、おれの顔へむけた。

義足のおれは、ヨロヨロしながら、歯がみするだけだ。どうにもならねえ!

『くそっ、うらぎったな!』

と、おれは殺されるのを、かくごした」

宝を山わけの話

「おれを殺して、ふたりのシーク兵が、川向うのインド人に合図する。暴徒が川を渡ってくる。アグラ城の英国軍は、ここから敵に破られて、ついに全員が血の暴動にやっつけられる!と、おれは自分が殺されるより、この方が気になった。フム、おれだって愛国心があるからね。

『待てっ! うらぎって、どうするつもりだ?』

と、すこしでも時間をとらせようと、おれは、さいごをかくごしながら、黒人兵のカーンとシンをにらみつけた。

英国軍の士官が兵隊をつれて、ここへ見まわりにくるように! と、おれは一心に思って、ジリジリした!

ところが、カーンの言うことは、

『うらぎるんじゃねえ! このまま、おれの話を聞くがいいだ!』

『なにをっ、くそ、なんの話だ?』

『おれらの仲間になるか、このまま命をなくすか？　どっちかの話だ』

『きさまらの仲間に？　オイ、おれは英国人だぞ。シーク人の仲間になれるかってんだ！』

『英国人のおまえさんが、この遠いインドへ、なにしに来ただ？』

『なにをっ？』

『金もうけのためじゃねえか！　今夜、おれらの仲間になれば、それこそ一生、ぜいたくにくらせるだけの、いいや、それでもあまるほどの宝物を、おまえさんに分けてやれるだぞ！』

　まったく意外な、とても変なことを、カーンがヒソヒソと言いだした。鉄砲のつつさきを、おれの心ぞうに突きつけて、引金に指をあててやがる。

『くそっ、宝物だなんて、どこにあるんだ？』

『この城のおくにあるだ。おまえさんが仲間になるなら、きっと四つ分けにするだ！』

『四つ分けか？　シンを入れて、おれときさまと、三人じゃねえか』

『ドスト・アクバルがいるだ』

『ドスト・アクバル？　どこの人間だ？』

『今にくるだ。それよりも、おれらの仲間になるか？　エッ、ならねえというなら、シンの刀で一突きだ。おまえさんの死体を、ガンジスに投げこんで、おれらふたりは、ずらかるだけだ！』

　シンが刀をふりあげた。目が血ばしっている。本気にやるつもりだ！

『オイ、待てっ！』

　英国軍をうらぎるのじゃない。宝物を分ける話だ。おれは信じなくても、言わずにいられなかった。

『よし、きさまらの仲間になろう！』

『おまえさんのおやじさんの骨と、おふくろさんのかみの毛にちかって、きっと、おれらをうらぎったり、だれにも言ったりしねえね！』

『それぁ、反対だ。きさまたちこそ、うらぎるなよ。オイ、シン！　刀をおろさねえか。カーン、きさまも鉄砲を引け！　くそっ、大変な野郎どもだ』

　なにしろ蛮人どもだから、そんなに知えはねえ。でか野郎のカーンは鉄砲を引いて、小び野郎のシンは刀をさげてしまった。

『その宝物ってのは、いったい、どこにあるんだ？』

『ウン、ここのラジャ（王族）が、虎にもライオンにも、どっちにも付こうと、ずるいことを考えたのが、はじまりでね』

と、今度はシンが、これまた変なことを言いだしたんだ」

みんな、ゆめじゃない！

おれを「大人」と言う

　ジョナサン・スモールは、インドの古い都「アグラ」の奇怪な思い出に、目をかがやかして、するどい顔つきになり、はめられている手錠を、テーブルの上に、カチカチと音をたてて、話しつづけた。

「シーク兵の小び野郎シンの奴に、

『虎だのライオンだのって、なんだい?』

と、きいてみると、

『ウン、虎はインド人だ。ライオンは英国人でさ。おれらは、みんな、そう言ってるんだ。ラジャ(王族)は、この大暴動が起きると、祖先の大王からつたわっている金とか銀とかを、すっかり地下室へ入れたんだ。それから、王冠や宝石はみんな鉄の箱におさめて、ここの城の中へ、秘密にはこばせて、暴動がしずまるまで、かくしておこうというんだ。なかなか知えがあるじゃねえか?』

と、これにつづけて、でか野郎のカーンの奴が、

『そうなんだよ。この大暴動でもって、虎のインド人が勝つと、ラジャは金と銀が地下室に残るんだ。ライオンの英国人が勝つと、この城の中に王冠と宝石が残ると、ずるい考えをもってやがる。大人、わかっただかね?』

と、おれを「大人」と言やがった。

『わかったが、その王冠や宝石を、ラジャの手もとから、この城の中へ秘密に、だれが、はこんでくるんだ?』

『そいつは、アクメという男だ。▼84ラジャの手下でもって、すごい力のある奴だから、ラジャも信用して、こいつに宝物をはこばせるんだ。まちがいはねえ!』

とても変な話が、ほんとうらしくなってきたから、おれも真けんになった。

そんな宝石や王冠が、手にはいるとなると、おれだって、すばらしいことになるんだ。大財産家になれる! ゆめみたいな話だが、けっしてウソじゃないようだ。だれだって真けんになるだろう。

『そんなことを、おまえたちは、どうして知ったんだ?』

『ドスト・アクバルから、おれが聞いたんさ』

と、でか野郎のカーンが、グンと胸をはって、

『アクバルの奴は、おれの親類なんだ。こいつが、ラジャの手下のアクメと仲がよくて、今夜、ここの城の中へ、アクメを案内してくるんだ。宝物をはこんでくるアクメを!』

『今夜か、もうすぐか?』

『そうさ、だから、いそぐんだ。来やがったら、大人とおれとシンと三人でもって、アクメの奴をやっつけるんだ。だれにも、わかるもんか。宝物は、アクバルを入れて四人の山わけだ!』

『そのアクメという奴を、どんなふうに、やっつけるんだ?』

『それぁ、来やがったら、大人がこの門の隊長だから、奴とアクバルを通してくれりゃいい。あとは、おれら三人でやるだよ。鉄砲よりも刀だ。宝物をとってから、死体はガンジスへ、わけのねえことだ!』

血の暴動で気がたっている。もとからシーク兵は、人を殺すことなど、なんとも思ってねえ、すごい奴らなんだ。

おれだって、やはり気はたっていた。ホワイトをさがしたって、どこにも見つからねえ。家を焼かれて殺されたんだ。

おれは、このアグラの宝物を手に入れて、うまくロンドンへ帰ろう! 宝石を金にかえて、それこそ一生、ぜいたくにやって行こう! 右足一本なくして、かたわになったくらい、この宝物でもって、うめあわせがつくじゃねえか! こう思ったんだ。

その夜は、雨がまたシトシトと、ふってきやがった。インドの長雨のはじまりでさ。あたりは、まっくらだ。

門の右の方、むこうにある土手の辺に、チラリと火が見えた。消えたと思うと、また出た。チラチラと動いてくる。

『あれだ！　大人、あれだ！』

と、カーンの奴が、かすれ声で言やがった」

暗い城門のおくへ

「土手の下から門のすぐよこまで、水たまりだ。火のかげが水にうつって、足音がピタピタと聞こえる。ふたりだ。

ひとりは、アクメという奴だろう。殺されに来やがったな！　と、おれは実のところ、むねがドキドキした。門の中にかくしていた角灯をとりだすなり、

『止まれっ！　だれか？』

と、鉄砲をかまえてどなると、

『この城の味方です』

すぐ前に立ちどまった大男が、これも角灯をふりかざしてこたえた。

こんな身のたけの高い男を、おれは見たことがねえ。ヌーッと突っ立って、あごひげが真黒に長く、むねの下までたれている。シーク人だ。こいつがカーンの親類のドスト・アクバルだな！　と、おれはすぐ見てとった。

アクバルの後に立っている奴は、ズングリと横にでかくて、あたまに黄色のターバンをまきつけ、なにか厚い布につつんだ四角の荷物を、右手にかかえている。宝物の箱だな！　と、おれは見るなり、ギクッとした、が、そんなこと顔には、むろん出さねえで、この門の隊長らしく、えらそうにきいた。

『おまえは、インド人だな、どうだ？』

『ヘエッ……』

と、このアクメにちがいねえ奴が、ペコリとターバンの頭をさげた。

『どこから来た？』

『ヘエッ、わたしは、ラジプターナの向うから、のがれて来ましたんで』

と、ウソを言ってやがる。ラジャの屋敷を出てきたとは、まさか言うはずがねえ。

『えらく遠くから来たな。名まえを言えっ！』

『ヘエッ、わたしはアクメと言いますんで、今度の暴動に、家内も子供もみんな殺されまして、命からがら、ここにいるアクバルのところへ、にげてきましたんで』

『インド人がインド人を殺したのか？』

『ヘエッ、わたしが前から英国人と、仲よくしてるというんで、目をつけられましたんで』

『そこに持っている物は何か？』

『こ、これは、その鉄の箱で、ヘエ』

『鉄の箱か、なにがはいっているのか？』

『これは、つまり、その先祖からの記念品なんで、わたしには大事な、とても大事な物ですが、ほかの人には、なんでもない、つまらない、古ぼけた物ばかりで』

と、一生けんめいに、ウソを言ってやがる。

こんな問答に、時間をとっちゃならねえ。見まわりの士官が出てきたら、それこそ大変だ！　と、おれは、よこに立っているカーンとシンに言った。

『この男を、おくの方の本隊へ、引っぱって行け！』

門のおくの方に、本隊なんかいやしねえ。ウッカリはいって行くと、迷うばかりの古い都のあとだ。ジメジメしていて、へビやムカデやサソリなどが、かべの穴から出てくる。そのかべも石の柱も、何百年か前のものだ。ところどころ、くずれている。このアクメを殺して、宝物をもぎとるには、いい場所なんだ。

『ハッ、しょうち！』

と、カーンの奴が、ジロリとおれを見やがると、シンといっしょに刀をさげたまま、アクメとアクバルをつれて、暗い門の中へ、ゾロゾロとはいって行った。

アクバルは一目でわかるシーク人だ。おれは、こいつまで尋問しているひまがなかった。なにしろ、こいつは初めから味方だ。宝物を山わけにするひとりなんだ」

深い穴の下へ

「ラジャ（王族）の手下のアクメが、殺されるぞ！　と、おれは門のそとに立ったきり、耳をすました。シトシトと雨がふっている。

四人の足音が、門のおくの方に消えてしまった。二、三分すぎた、と、わめく声、どなる声、なぐりあう音、つづいて走ってくる足音が、いっさんに出てきた！

やったか？　と、角灯の光りで見ると、

『オオッ！』

おれは立ちすくんだ。

出てきた奴は、顔が血だらけのアクメだ。宝物の箱をかかえて、必死に逃げてきた。後から追っかけてきたのは、身のたけの高いアクバルだ。右手にジャック・ナイフが、キラキラと、おれの目にはいった。カーンとシンの足音が、あとから走ってくる。

やりそこねたな！　と、いっしゅんに気がついた、おれは鉄砲をとりなおすなり、

『エッ、くそっ！』

目の前を走って行くアクメの足のあいだへ、よこから鉄砲を突っこんだ。

『ウウン』

と、うめいたアクメが、前の方へバッタリたおれた、が、起きあがった、そこに後からアクバルが飛びつくと、わき腹へジャック・ナイフを突きさした、と見ると、抜いてまた突きさした！

『ガッ、ガーッ！』

と、アクメが前へ伏せて、すごい声を出したのが、さいごだった。

カーンとシンが追いついてきた。アクバルが血まみれのジャック・ナイフを片手に、

『ハーッ、ハーッ！』

と、ふかい息をはきだした。

雨が急に、ひどくふりだした。ザーザーと滝のようだ。アクメはもう動かなくなった。顔の下に宝物の箱を、シッカリとかかえている。

『今のうちだ、早くしろ！』

と、おれが言うと、ジャック・ナイフをしまったアクバルが、グッとうつむいて、宝物の箱を、死体の顔の下からもぎとった。

『川へ投げこめ、アクメを!』▼85
と、おれがまた言うと、アクバルが、

『いや、いけねえ、流れりゃいいが、近くの岸についてみろ、見つけられて証こがのこらあ』

『そうだ、英国軍の士官が、朝になると岸の上を、見まわるだぞ』

と、小び野郎のシンが、目をキラキラさせた。

『それじゃあ、おくへはこんで、うずめるか?』

と、おれはもう、この仲間にはいっていた。宝物の山わけに、気をとられていたんだ。

ザーザーふっている雨にぬれながら、おれたち四人でアクメの死体を、門のおくの方へ、はこんで行った。むかしの家のあとが、荒れたきり残っている。角灯の光りにてらして行くと、でかい穴がボカッと足もとにあいていて、深いんだ。

『ここへ入れろ、うずめてしまえ!』

アクメの死体を、深い穴の下へおろすと、まわりにあるレンガを、上からうずめて、あとがわからないように、荒れたままにしておいた。

いよいよ見たいのは、四人とも、宝物の箱の中だ!

『オイ、アクバル! それを出して見せろ、ここで中味を、四人で、しらべておくんだ!』

と、おれは、さしずして言った。

ほんとうに何がはいっているか? まだ、わからなかった」

世界第二の「大蒙古」

「アクバルの野郎が、布につつまれている鉄の箱を、石柱の下へ、ソッとおいた。重そうだ。おれは角灯をそばにおいた。

布をほどいてみると、いかにも鉄の赤黒い箱だ。ラジャの持物だったのに、ちがいない。インドの花もようが、上にきざんである。よこに鍵が一つ、赤いリボンでむすばれている。おれが鍵をつかんで、よこの穴へさしこむなり、まわしてみた。

『カチッ、カチッ』

と、二つ音がした。

謎の箱をひらくんだ!

アクバルもカーンもシンも、息をつめたきり、のぞきこんでいる。おれも息がつけなかった。

箱のふたを、おれがあけた。中に、むらさきの布が、かぶさっている。それを、はぐって見ると、

『ホーッ!』

四人とも一時に息をはきだした。

角灯の光りに映って、まったく、まぶしい美しいかがやきが、みどり、白、むらさき、紅、青、黄、とても何といっていいか、四人とも、むちゅうになって見とれた!

インド大王からの宝石が、おれの手にはいったんだ!

四人とも、そう思った。思わなくても、ほんとうに、このとおりなんだ!

やっと気がおちついてきた、おれは、三人に言った。

『これぁ、このまま、暴動がおさまるまで、どこかへ、かくしておくんだ。持ち出したら、ばれるぞ!』

『それぁ、そうだ。四人だけの秘密だ。かくすのは……』

と、カーンが、あたりを見まわすと、

『かべのくずれてる所に、レンガを抜きだそう、穴をつくって、

おくへ入れてから、またレンガを、元のように、うめとけぁ、見つかることはねえぜ』

と、でか野郎は、あんがい、おちついて言やがった。

『よかろう、だが、そうする前に、これが、どれだけのもんだか、今のうちにしらべて、大人、なにかに書いておいてくれろ？』

と、アクバルの奴も、おれに『大人』と言やがって、

『出す時は、四人が立ち会いで、やろうぜ！』

『むろんだ！　よし、しらべておくんだ』

と、おれは石柱のかげで、手帳と鉛筆をとりだした。

ああまったく、ゆめみたいだった。ザクザクと宝石をつかみだす、四人の両手がふるえて、数えるのも、むちゅうだった。

『王冠はねえな』

と、小び野郎のシンが、とちゅうで言やがった。ところが、底の方から出てきたんだ。

おれは今でも、これだけはおぼえている。大つぶのダイヤモンドが百四十三、この中に、すごくでかくて世界第二、「大蒙古」といわれるのが、はいっていたのを、あとで知った。エメラルドが九十七、ルビー百七十、サファイア二百十、メノー六十一、真珠など三百あまりあって、箱の底から出てきた純金の宝冠には、きわだって美しい真珠が十二、ちりばめてあった。このほか、猫目石だの、緑の玉、トルコ玉だの、とても数えるのに時間がいる。いちいち手帳につけられねえ！

『オイ、見まわりが門へ来たら、これをみな、とられるぞ。数えるのは、このくらいにして、早くかくしちまえ！』

と、おれが言うと、むちゅうになってる三人が、きゅうに気がついて、フラフラと立ちあがった。

ああこれで、ものすごい大金もちになれるんだぞ！　と、おれは手帳と鉛筆をしまいながら、もう、今までの自分ではない気がしたんだ」

大財産家に

「宝石も王冠も、またザクザクと鉄の箱に入れて、鍵も元どおりに、むすびつけた。むかしのかべが、くずれかけてる所をさがして、そこのレンガをぬきとった。深い穴をつくって、おくの方へ鉄箱をおしこむと、レンガをシッカリとはめこんで、ひとつも落ちないようにした。

そこで、おれは三人に、

『この大きな宝の秘密は、おれたち四人のほかに、だれも知らねえんだ。あすは、ここの図を、おれが四枚かく。そいつに一枚ずつ、四人がサインして、四人でわけて、からだにつけておくんだ。ひとりだって、かってなことをしねえという、ちかいのためだぞ！』

と言うと、三人とも、うなずいて、かたく、しょうちした。

シーク人の奴らは、いったん誓いをたてると、それを死んだってまもる人種なんだ。

あくる日も、雨がシトシトふっていた。アクメが死んだ門のそとも、血が雨にながされて、なんのあともねえ！

おれは三人と約束どおり、四枚の図をかいて、それに四人がサインして、一枚ずつわけた。

何百万、何千万ポンドになるか、大財産家になれる宝石をもって、ロンドンへ帰ることばかり、おれは昼も夜も、しきりに

考えていた。金だ！　金、金！　この世の中は、金さえあれぁ、どんなことだってできるんだ！

　インド人の大暴動は、英国軍が本国から、ゾクゾクと応えんに来て、激戦また激戦、とうとうインド軍の方が、どこでも負けてしまった。これは歴史に書かれているはずだ。

　英国軍のイルソン司令官が、[86]都会のデリーを占領して、おれたちのいたアグラには、グレートヘッドという連隊長が、[87]新しい英国軍を引きいてきたんだ。

　いよいよ血の暴動がしずまった。敵の総司令のナナというインド人は、どこか外国へにげたという。そればかりか、インド人に味方していたラジャも、英国軍に捕えられるから、これまた外国へにげてしまった。

　さあ、こうなると、宝物は全部、秘密のまま、おれたち四人のものだ！

　アグラ城の守備は解けた。インドは平和になった。おれたち四人とも自由になった。もう、どこへ行ってもいいんだ！　おれは、生まれてはじめての大きな喜びに、ワクワクしてしまった！

『オイ、あれを出す時が来たぞ！』

　と、カーンとシンとアクバルに言うと、

『ウン、来た！　だが、まだ、あぶねえぞ。英国軍の士官や兵隊が、ウロウロしてやがるうちは、まだ手がつけられねえぜ』

　と、でか野郎のカーンが、用心ぶかくヒソヒソと言やがった。

　ところが、ああ、その英国軍の士官と兵隊に、おれたち四人とも、バッサリとつかまえられた。これほど、ギョッとしたことはねえ！

　アクメ殺しが、ばれたんだ！　どうして、ばれたんか？　はじめのうちは、わからなかった」

はなれ小島に十二年

首をしめられるか？

　自分の罪の思い出を、話しつづけるジョナサン・スモールは、真けんな悪がしこい顔をしかめて、なにもかも、すっかり、ここで話すつもりらしい。自分のさいごを、かくごしたからだろう。

「アクメ殺しが、どうして、ばれたか？

　あとでわかったんだが、ラジャはアクメを信用して、あれだけの、ばく大な宝物をあずけた、が、まだ心ぱいだったとみえて、別にキムという男をえらびだして、アクメの行くあとを、つけさせたんだ。[88]

　キムは、宝物のことなど、なんにも聞かされていねえ。しかし、ラジャの言いつけだから、アクメのあとを、つけてきてみると、ドシャぶりの雨の中に、身のたけの高いシーク人とアクメが出会って、城門のおくへ、ふたりとも、はいってしまった。キムは朝まで土手のかげにひそんで、門を見はっていた、が、アクメが出てこねえ。

　昼すぎになった。アクメといっしょに門をはいったシーク人が出てきた。三人の番兵と何か話しあっている。ひとりの番兵は義足をつけて鉄砲をもっている。ふたりは刀をもっている。アクメはまだ出てこねえ。

キムは変に思って、土手のかげからかけだすと、いそいでラジャに知らせに行った。[89]ところが、ラジャはその時、英国軍に捕えられるのを恐れて、きゅうに外国へにげだす支度のさいちゅうだった。アクメと宝石の行くえを、自分はさぐっていられねえ、そこで、キムに、

『おまえ、平和になったら、英国軍に言って出て、アクメの行くえを、さがしてもらえ！　おれはまた、帰ってくる日があるだろう』

と、げんじゅうに言いつけた。

キムは、このとおりに、英国軍へ言って出たんだ。

こんなことを、おれたち四人の仲間は、ゆめにも知らねえ。めいめい大財産家になることばかり、考えていたんだ。

英国軍がアクメの行くえを、さがしはじめた。手をつけたのは、アクメがはいって行った、おれたちが守っていた城門からだ。

『オイ、あぶねえぞ、なんだか、これぁ』

と、気がついて言ったのは、小び野郎のシンだ。

『怪しいぜ。だが、ばれるはずはねえんだ。まさか、あのことじゃねえだろう』

と、アクメを突きさしたアクバルが言う。

おれは、しかし、三人に、

『念のためだ。四人でサインした図を、みな、やぶってしまえ！　おれは手帳もやぶくぞ。証こになったら大変だ！』[90]

四人とも、そのとおりにした。図をやぶくまえに、ジーッと見つめて、宝のあり場所を、シッカリと頭のおくにたたみこんだ。

さあ、どうなるか？　と、おもっていると、門のおくの方で、アクメの死体が穴の下から発見されたんだ。

おれたち四人とも、にげだすひまがねえ。たちまち捕えられた。すぐに軍事裁判ときた。門を守備していたのは、三人のほかにいない。なおアクバルが、アクメといっしょに門をはいって行ったのは、見ていたキムが証人だ。

のがれようがねえ！　だが、おれたち四人とも裁判官から何ときかれようが、口をわって白状する者は、ひとりもいねえ！

『知りません、まるで知らないことです！』

このいってんばりで、おしとおした。

ここをのがれて、うまく大財産家になれるか？　いや、死刑にされて首をしめられるか？　さかいに立っているんだ。白状なんか、できることじゃねえ！」

忍耐だ、がまんだ

「四人とも白状しねえから、裁判官だってよわったらしい。[91]いくども呼びだして、とうとう判決を下しやがった。『終身懲役』というんだ。軍事裁判だから、もう二度と変えられねえ。

終身懲役！

死刑じゃねえ。命だけはたすかった。が、一生、外へ出られねえ。死ぬまで刑務所だ。

こうなると、何億ポンドの宝石や王冠があったたって、なんにもならねえ！

それじゃあ、宝物は思いきって、あきらめるか？　いいや、そうじゃねえぞ！　四人とも足に、くさりをつながれたが、ヒソヒソと言いあった。

『あきらめるな、忍耐だ、がまんだ！』

『そうだとも、反則しちゃいけねえ。まじめにやるんだ。懲役が軽くなるように』

『懲役十何年ということになれぁ、出られるんだ』

『そうだ。あれは何十年たっても、くさるものじゃねえ。だれにも見つからねえしな』

『シッ、声が高い！』

人殺しをやったが、今度は、反則しちゃいけねえ！　と、四人とも、すっかり、まじめな囚人になってしまった。おとなしくて、よくはたらくし、刑務所のだれが見たって、みんな感心していたんだ。すると、三年すぎて、懲役二十年ということになった。▼92 後十七年だ！


『さあ、もっと短かくなるぞ。忍耐だ、がまんだ！』

と、四人が心をあわせて、まじめに、おとなしく、つとめていると、アグラの刑務所から、アンダマン群島の中の『ブレア島』という小島へ、とつぜん、四人とも、うつされて行った。


この小島には、英国軍の小部隊、農園、医学研究所などがあって、おれたち四人は、医学研究所に使われることになった。▼93 今までとちがって、自由になったが、なにしろ海の中の、はなれ小島だ。となりの近い島でも、何百マイル向うだ。

『にげだせねえぜ、これでは、いくら自由になっても』

『忍耐だ、がまんだ、どこまでも！』

と、それこそ、どこまでも心をあわせて、話しあった。

あの宝物を山わけにする、でかい望みが、忍耐させたんだ！　人間だれだって、望みなしに忍耐するものはねえだろう。


医学研究所には、英国人のサマトンという博士がいた。熱病を研究している。この人が、おれたちに目をかけてくれた。

近くにハリエットという山があって、蛮人がいる。毒矢をいて人の肉を食うという、ものすごい奴がいやがって、英国軍の兵隊は、そいつらを警戒していたんだ。

はなれ小島の中だから、まい日、たいくつでしかたがねえ。夜になると、研究室に、士官のショルトー、モースタン、ブラウンが、話しにくる。サマトン博士、助手たちが、広間にあつまって、夜ふけまでトランプをやる。金をかけてやるんだ。かけごとは、おれだってすきだから、ソッと見ていた。

ところが、おどろいた。とほうもねえ大金をかける。みんな顔を赤くして、真けんだ。こうなると、あそびじゃなくて、すごい勝負だ。まい夜やっている。

ソッと見ているうちに、おれは気がついた。よく負けるのは、士官のショルトーとモースタンのふたりだ。もう、よほどの借金になっている。とても返せるはずがねえくらい、しかも、やればやるほど、ふたりは負けるようだ。

よし！　と、おれは腹の中で、しめた！　と思った」

逃げだす計画

「あくる日の朝、ショルトーとモースタンと、ふたりの士官が、波ぎわを歩いている。ふたりともションボリして、気がぬけてるみたいだ。トランプに負けつづけて、とても返せない借金を、どうしようか？　と、やけになってるようだ。

おれは、ふたりの前へ行くと、ピタリと立ちどまって、敬礼すると、

『お早うございます。おふたりに、わたしは、秘密のねがいが

あるんですが』
　と、ていねいに、真けんに言ってみた。
　波の音にまじって三人の立ち話がはじまった。
『なんだ、スモール、ねがいといったって、おまえは懲役なんだぞ』
『ハイ、そうなんで、だから、ねがいがありますんで』
『言ってみろ』
▼94『ごくごく秘密なんですが、わたしは、すばらしい何千万ポンドもする宝石が、いくつも、かくしてある場所を、前から知ってますんでね』
『オイ、スモール！　それは、ほんとうか？』

『今ここで、ウソを言ったって、はじまらねえことです。ほんとうだから、わたしは考えたんで、その宝石のいっぱいある場所を、知っていたって、今の自分では、どうにもならねえ。それよりも、あなたがたに、うちあけて話して、わたしの懲役を、なんとか自由にしてもらえねえものか？　と、この考えは、どんなもんでしょう？』

『それは意外きわまることだ。何千万ポンドもする宝石などと、いったい、どういうことなのか、くわしく話してみろ！』

　ところが、秘密の場所は、まだ話せねえ。それだけは抜きにして、アクメ殺しの前後から、おれたち四人の仲間のことまで、すっかり思いきって話してしまうと、

『スモール！　それは、とても容易ならぬことだぞ。ほかの何者にも、言っちゃならん！』

『むろんです。今、あなたがたに話したのが、はじめてなんで』

『ウム、しかし、おまえの懲役を自由にしてやるのは、おれたちの力じゃできん。インドに来ている英国軍司令官の許可が、いるからな』

『いや、そんな許可よりもです。わたしたちが実をいうと、この島をにげだせねえのは、海を乗りきるだけの舟と、食う物と水が、手にはいらねえからで』

『ウウン、逃亡か？』

『むろんでさ、小さな帆舟かヨットでも、あなたがたが乗ってきてくだされぁ、わたしたち四人は、夜のうちにソッとはいりますから、そのまま出て行って、インドの海岸へ、おろしてくだされぁ、それでいいんでさ！』

『四人ともか？　むずかしいぞ』

『わたしら四人は、一心一体なんで』

『ほかの三人は、黒んぼじゃないか』

『黒んぼだって人間だ。わたしは、こう見えても、仲間をうらぎることは、できねえんで』

『フム、それなら、おれたちふたりで相談するから、おまえたち四人で、今後どうするかを話しあっておけ。事は重大だ！』

『いいです。では、そういうことに』

『あすの朝の今ごろ、ここへこい』

『わかりました』

　士官がふたりとも、おれの話に、すっかり乗りだしてきた。なにしろ、山わけにする何千万ポンドになる宝石が、ほんとうにあるんだから、話をきめるとなると、おれの方が強いんだ」

手わたした秘密図

「その夜、おれは小屋の中から三人の仲間を、波ぎわへ呼びだして、朝の話を相談してみた。カーンもシンもアクバルも、ここを逃げだして自由になれるなら、あの宝石を、ショルトーとモースタンと、ふたりの士官にわけてやるのは、

『さんせいだ！』

と、三人とも、目をかがやかして、

『相手は士官だ。[95]おれらを、だまかしゃしねえだろう』

と、『士官』というものを、信用しているんだ。

波ぎわは、秘密の話にいい所だ。[96]あたりに、だれもいねえし、波の音に声がまぎれる。

朝になって、ショルトーとモースタンが、ふたりでやってきた。みんなで六人だ。そこで、いよいよ秘密に話をきめた。

一つ、おれが頭のおくにきざみつけているアグラ城門のおくの図を二枚かいて、宝物のある場所に、しるしをつけ、四人がサインして、ショルトーとモースタンに一枚ずつ手わたす。

一つ、ショルトーがその一枚をもって、アグラ城門の現場へ、たしかめに行く。

一つ、宝石と王冠のはいっている鉄箱が、そこにあったら、ショルトーはそのまま手をつけずに、一そうのヨットに食う物と水をのせて、この島へ帰ってくる。

一つ、おれたち四人は、そのヨットに乗りこんで、この島を脱走し、インドへ行く。

一つ、ショルトーはインドの連隊へ行って、しばらく勤めている。[97]おれたち四人は、アグラへ秘密に急行する。

一つ、モースタンは、すぐあとから休暇をとって、アグラへくる。

一つ、アグラでおれたち四人は、モースタンと会い、五人で宝物の鉄箱を出し、ショルトーとモースタンの分けまえを、もっとも秘密にわたす。

一つ、この約束をやぶって、もしも、うらぎったら、命はたがいに無いものだ。

この八か条を、実行するんだ！

おれは、ショルトーがもってきたインドの紙二枚に、アグラ城門のおくの図を、いそいでかいた。よくわかるように説明しながら、いろんな符号をつけてやった。おれたちの物なんだぞ！　という意味で四人がサインして、ショルトーとモースタンに手わたした。

ショルトーは定期船に乗って、島を出て行った、が、それきり帰ってこねえ。二月すぎ、三月すぎた。まだ帰ってこねえ。おれはモースタンに、ソッときいてみた。

『ショルトー士官は、どうしたんですかね？』

『さあ、ぼくにも、わからないんだ。[98]おまえたちのいった宝物など、はじめから、なかったのか、それとも、だれかに発見されて、ぬすみだされたか？』

『いや、そんなことが、あるわけはねえ！』

と、おれは言ったが、気が気じゃなかった。

カーンもシンもアクバルも、ひどく心配していた。この時の、おれたち四人の気もちは、今になって思いだしても、ムシャクシャするんだ。いても立ってもいられねえ、四人とも、けれども、島から出ては行けねえ！

そのうちに、モースタンのすがたが、ふと見えなくなった。これまた、それきり、三月すぎ四月すぎても、帰ってこねえんだ！

　おれは、もう、たまらなくなって、サマトン博士にきいてみた。

『ショルトー士官も、モースタン士官も、どこへ行ったんですか？　なんとも言わずに、見えなくなったようですが』

『フム、司令部からの通知によると、ふたりとも免官願を出して、許可されたというのだがね。ロンドンへ帰ったのじゃないか？　ここのトランプの借金など、ふたりとも、そのままさ、ハッハッハッ』

　人のいい博士は、おかしそうにわらった。

　しかし、おれの気もちは、どうだったか？」

四人とも泣いた

「十二年すぎた、はなれ小島の中で、ああ、この長いあいだ、おれたち四人は、忍耐しつづけ、がまんしつづけた。懲役は後五年になった！

　そのとき、英国軍の兵隊が、ハリエット山の林のおくから、ひとりの蛮人をひろってきた。▼99こいつは熱病にかかって、林の中へ死ににきていたのだという。すごくおそろしい顔をしているが、からだは小さい、むろん、黒んぼだ。

　おれは、こいつを、医学研究所の中で、よく世話してやった。二月ほどすると、やっと治って、あるけるようになった。はじめは、なにを言っても、わからなかったが、そのうちに英語を、かたことまじりにおぼえやがって、▼100
『おれの名まえは、トンガだよ』

などと、ニッと歯をむきだして話すようになった。

　おれとトンガは、仲よしになった。人の肉を食う蛮人だって恩を知っている。熱病で死ぬ命を、たすけられたんだ。すると、話しあっているうちに、トンガの奴、おれの飛びあがるようなことを言やがった。

『丸木の舟を、もってるんだぜ、林の中に』

　おれはビクッとした。丸木の舟ならカヌーだ！

『トンガ、ほんとうか、ウソじゃねえか？』

『ウソって、なんだ？』

『ほんとうの反対だ』

『おれは知らねえよ、そんなもの』

『よし、それじゃ、おまえは、おれといっしょに、その丸木の舟に乗って、この島を出て行くか、どうだ？』

『おれのいのちは、おまえのものだ。どこへでも行かあ、おまえといっしょなら』

　この話を、そばで聞いていたカーンとシンとアクバルが、かわるがわる言いだした。▼101
『スモール！　それは、あんまり冒険だ。あと五年のがまんじゃねえか？』

『そうだぞ、カヌーで出て行ったら、海の上で死ぬのに、きまってるじゃねえか？』

『あと五年、出て行く時は、四人いっしょに出て行こうぜ。今までがまんしたんだ！』

　しかし、おれは三人に言った。

『その五年が、おれはもう、がまんできねえ。ショルトーとモースタンの奴に、話しはじめたのが、おれの責任だ。奴らはアグラの宝物を、きっとロンドンへ持って行ってるのに、ちがいねえ！　おれは行って、あいつらに、かたきを打つんだ。うらぎったら命はねえものだと、奴らに約束どおりを、思い知らせてやるんだ。もう五年は、がまんならねえ！　おまえら三人が、あとから出てきたら、なんとかしてロンドンへ来て、ジョナサン・スモールを探してくれ。おれがショルトーとモースタンをやっつけるか、アグラの宝物をとりかえした所には、きっと四人のサインを残しておくからな。▼102 ほかの者にはわからねえ四人のサインだ。新聞にも出るだろうし、評判にも残るだろう。運があったら、たがいにロンドンで会おうぜ。海の上で死ぬか、ロンドンでやりそこねたら、それきりだ。長いあいだ、おれら四人は、変なことでいっしょだったなあ！』

　おれがそう言うと、三人とも泣きだしやがって、手をとりあったり、おれも泣かずにいられなかった」

恨みも長いテームズの流れ

冒険と苦労の後に

　ホームズ、ジョーンズ探偵部長、ハミルトン巡査、黒服のケイ探偵、ぼく、五人を目のまえにして、大胆不敵なジョナサン・スモールは、手錠をはめられていながら、ホームズのあたえる葉まきを、六本もすいつづけ、ケイ探偵の入れるカップの水を、いくどもガブガブと飲み、ハドソン夫人がつくってきたサンドイッチを、ぼくたちといっしょに食い、紅茶も飲み、さらに葉まきをふかし、前後三時間にわたって、つかれを見せずに、むねをはって、ゆうゆうと話しつづけた。

「インド洋の上に浮いて出た、▼103 小さな一そうのカヌーを、おもってみてくれ！　乗ってるのは、おれと人食い蛮人のトンガだ。ヤシの実とイモを、できるだけつみこんだ。水はヒョータンの中に、いくつもつめてきた。みんな、トンガが林の中でやったことだ。毒矢、それを吹く筒、石のついている棒、竹槍までもってきた。ヤシの葉でつくったムシロを、竹槍にむすびつけて、帆にした。

　運のあるかぎりと思って、まる十日、海の上を走らせた。十一日めの夕方になって、シンガポールからメッカへ行く商船に、すくいあげられた。トンガはおとなしくしていた。

　ああ、それから、今から三年まえ、ロンドンにつくまで、おれとトンガが、世界の方々を流れあるいて、どんな苦労と冒険をやったか、話せばおもしれえが、ショルトーの事件には、なんにも関係がねえ。ロンドンで、おれはトンガを、さかり場や祭りの見せ物に出した。人食い蛮人と看板に絵をかいて、トンガは生の馬肉を食って見せたり、まっ黒な蛮人おどりをやる。ほんとうにアンダマン島から来た奴だから、評判になってしまって、それからは、ふたりが食うのにこまらなかった。

　恨みかさなるショルトーの居所を、たしかめたのは、まもなくだった。恨みの一念で突きとめたんだ。

　アグラの宝物を、売っちまやがったか？　そのままかくしていやがるか？

　これを知るために、おれは苦心に苦心した。やっとのことで、おれに力をかしてくれる人と、合図しあうことになった。それが、だれだか、こいつばかりは言えねえ。その人のめいわくになるからだ」

　ホームズが、うなずいて言った。

「フム、わかっている。モースタンがショルトーの家で死んだことも、その人から知らされたのだろう」

「オッ、そうだ！　あんたは、なんでも知ってるね。ショルトー奴、アグラの宝物を、そっくり持ってやがって、どこにかくしてるのか？　ふたりのむすこも家の者も知らねえ。おれは、いよいよ恨みかさなって、島からもってきた紙に、

『ショルトー！　きさまは、アグラ城門とアンダマン島にいた四人の恨みを、中にも、義足をつけているおれの恨みを、近いうちに思い知るぞ！　▼104会いに行くから待ってろ！』

と、書いてやったんだ。

　ところが、会いに行けねえ。インド人の強い奴が見はってやがる。拳闘の選手を、やとっていやがる。おれは、とうとう、すきをうかがって、あいつの家の庭へはいりこむと、窓からのぞきこんでやった。

　ああ、恨みかさなる奴と、窓ごしに顔をあわせたんだ！

　その夜、あいつの部屋へ、しのびこんだ。あいつは、ところが、ガックリと死んでやがる。急病だったにちがいねえ。おれの顔を見て、そのために、おどろいて死んだのなら、おれが、かたきをうったのも同然だ！

　アグラの宝物のかくし場所を、書いたものはねえか？　と、部屋じゅうさがしたが、見あたらねえ。とても、くやしくて、仲間に約束したとおり、四人のサインを紙きれにインクでぬりつけて、あいつの死体の上へ、おいてきてやったんだ！

　あとは、あんたがランチの上で言ったとおりだ。アグラの宝物を、あいつのむすこのバーソロミウが見つけたという、待ちに待っていた知らせを、おれは受けたものだから、すぐに、ようすをさぐりに行って見ると、あの高い三階じゃねえか。おれには、のぼれねえ。トンガのからだに、長い綱を巻きつけてやって、外から屋根うらへ、のぼらせたんだ。

　トンガは猫みてえな奴だから、身がるでスルスルとのぼって行ったが、毒矢と筒をもってやがって、バーソロミウを殺そうとは、まったく、おれも、気がつかなかった。トンガの奴、おれの敵だと感ちがいして、毒矢を吹きやがったが、おれはまったく、思いがけもしなかった。宝物は、とりかえしたが……」

　ジョナサン・スモールが、ここまで話しつづけた時、ドアをたたいてハドソン夫人の声が、

「ホームズ先生！　ミス・メアリー・モースタンが、お目にかかりに▼105」

と、ドアの外から言うと、ホームズが、ぼくの顔を見て、わらいながら言った。

「どうぞ！　ワトソン、あたかもよしというところだね、フム」

鍵は川の底に

　メアリー嬢は、このまえよりも、なお美しく、みんなに、えしゃくしながら、手錠をはめられているスモールを見ると、おどろいて立ちすくんだ。

「こちらへ、どうぞ！」

　ホームズが長いすの方へ、メアリー嬢を引っぱって行くと、

「ワトソン博士が、今しばらくすると、あなたのところへ、アグラの宝物の鉄箱なる物を、はこんで行く予定だったのです」

「まあ！　なぜでございますの？」

　メアリー嬢は、二重にビックリしたらしく、美しい目をみはった。

　ジョーンズ探偵部長が、足もとにある鉄箱を両手でもちあげると、テーブルの上に、ソッとおいて、

「これです！」

と、メアリー嬢に、

「ホームズ先生のお考えで、これを、あなたに、ひらいていただこう、という手はずにしとるので」

「わたくしが、どうしてでしょうか？」

「いや、この中には、あなたのおとうさんのモースタン氏から、あなたにおくられるはずの宝石るいや何かが、はいっとるです」

「いいえ、わたくし……」

「なんですか？　ぼくは警視庁の探偵部長です。ここで、これが開かれるのを、立ち会うです」

「わたくし、ホームズ先生に、その後のようすを、うかがいにまいりましたの。そういう物をひらくことなど、気にむきませんから、おことわりいたします」

　メアリー嬢が、キッパリと言った。

「しかし、この中には、おとうさんの手にはいるべき物が、すなわち、あなたの受けとるべき宝石るいが、ばく大に、はいっとるですよ」

「いいえ、それはちがうと、わたくし思いますの▼106」

「ちがう？　なぜです？」

「わたくしが、それを、どうして受けとるのでしょう？　そういうわけがありませんから」

「いや、あなたのおとうさんが……」

「父は、そういうものを、正当な方法で手に入れたのでしょうか？」

　スモールが、わめきだした。

「そうじゃねえ！　モースタンもショルトーも、おれら四人を、だまかしやがったんだ！」

「だまれっ、きさまは！」

　ジョーンズ探偵部長が、スモールをどなりつけて、

「今から、これを開くんだ！　さあ鍵を出せっ！」

「フン、フフッ」

と、スモールがはなにしわをよせて、あざわらった。

「こらっ、鍵はどこにあるのか？　出せっ！」

「チェッ、言わねえよ」

「なにっ？」

「だまれと言ったじゃねえか」

「言えっ！　からだを検査するぞ！」

「探偵部長だなんて、いばるなよ」

「な、なにっ？」

「ムッ……」

「フフッ、鍵は川の底だい！　トンガの奴が投げたんだ▼107」

「川の底を、さがしてみろよ、テヘッ！」

皆、ハッとした！

とてもおこってしまったジョーンズ探偵部長が、ガタッと立ちあがった。いすが後へたおれた。

「ホームズ先生！　こういうわけです、ここで、ぼくが開いて見るです、職権をもって！」

パイプのたばこに、火をつけていたホームズが、

「フーッ、鍵がないとすると、どうするかな？」

「なに、これでやるです！」

ツカツカと、だんろの前へ出て行ったジョーンズ探偵部長が、灰をかく鉄の火ばしを、つかんでくると、鉄箱のよこがわにある鍵穴へ、グッと突っこんだ。力をこめてまわすと、

「ガチッ！」

と、ひびきを立てた。

ダイアモンド、エメラルド、サファイア、ルビー、黄金の宝冠、など、真珠、トルコ石、そのほか、今、目のまえに、キラキラと現われる！　と、ぼくはテーブルのそばに立ちあがった。ハミルトン巡査もケイ探偵も立ちあがった。

「ガチッ！」

鉄箱の中にまた音がした。

いすにかけているのは、ホームズとメアリー嬢だけだ。ふたりとも、まばたきもせずに見つめている。

スモールも立ちあがった、が、また、いすにかけると、サンドイッチをつまんで食いながら、

「フン！」

と、はなのさきでわらった。実に不敵きわまる奴だ。

火ばしを抜きとった▼108ジョーンズ探偵部長のひたいに、ダラダラと汗がながれだした。両手を鉄箱のふたにかけた。

「フーッ」

と、ホームズが煙をふきあげた。

「カタッ！」

ふたの掛金が、はずれたらしい。

ジョーンズ探偵部長が、両手でソーッと、ふたをあけた。箱の中を見ると、

「オオッ？」

目をこらしている皆が、見るなりハッとした。

空だ！

なに一つもない。箱の中は空だ！

まわりの厚さ、四、五センチもある鉄箱、中は空だ！

「フーッ、フッ！」

たばこの煙をホームズが、またふきあげた。

「スモール！」

と、ジョーンズ探偵部長が、まっかになって、スモールを見すえると、上からかみつくようにどなりだした。

「きさまの、しわざだな？　白状しろ！」

サンドイッチをほおばっているスモールが、

「ウフン」

と、あざわらうと、

「むろん、おれのやったことさ、オーロラの上でね」

「どこへやった？　言えっ！」

「それぁ、探偵部長なんかにわからねえところさ」

「オイ、やけにならずに、男らしく白状したら、どうなのか、

ジョナサン・スモール！」

と、探偵部長が、きゅうに、やさしく言うと、

「フン、やけになっちゃいねえ、だが、トンガは川へ打ちこまれる、いよいよおれは捕えられる。こうなったら、アグラの宝物は、おれら四人の手にはいらねえ。運のねえものだ！ と、おもったから、テームズの流れへ、みんな、手づかみでもって、投げこんだのさ、フン、どんなもんだい！」

と、スモールは天じょうをむいて、にがわらいした。

悪人にも友情

世界の宝物とも言えるだろう、古代インドの宝石や王冠などを、川へ投げこんだというスモールを、ぼくはあきれて見つめた。

にがわらいしているスモールは、

「あれは、いったい、だれのものだ？ 元はインドのラジャ（王族）のものじゃねえか。そのラジャはいなくなった。フム、しかし、ショルトーやモースタンや、そのむすこや娘のものであるわけがねえ。考えてみると、おれら四人のものでもねえ。テームズの流れに投げたって、惜しかねえや。欲さえ捨てりゃあね、フフム」

と、なお、あざわらうと、そばから黒服のケイ探偵が、うたがわしくきいた。

「オイ、この箱ごと投げこんだ方が、手っとりばやいはずだぞ」

「テヘッ、おめえさんも、バカ探偵だね」

と、スモールは、ホームズの顔を見すえて、

「おれを探しだして、追いこんでしまった、えれえ先生が、そこにいるんだ。この箱ごと投げこんだって、また後から探しだして、ゴソッとひろいあげるだろう。フフン、今ごろはもう、テームズの上流から下流へ、海へ、あの宝石も王冠も、バラバラになって、底の泥といっしょに、流れて行ってらあ！ どんなえれえ先生だって、探しだせねえだろうよ」

「フーッ、そのとおり」

と、煙をふきあげたホームズに、ジョーンズ探偵部長が、

「どうです？ このくらいで、先生のおききになりたいことは、たいがい、いいですか？」

「そう、よくわかった。ところで、スモール君、今から君は警視庁へ行くんだが、なにか、ぼくにたのむことはないかね？」

スモールが、手錠にガチガチと音をたてると、

「おれをつかまえたのは、あんただが、あんたに恨みは、ちっともねえ！ たのみがあるかと、きかれると、ありがてえんだ。インドの島、アンダマン群島の中の、ブレアというはなれ小島に、今でも仲間の三人が、カーンとシンとアクバルが、出られずにいるんだ。この三人に、『アグラの宝物はなくなった！ スモールが川へ投げこんだ！』と、この事件のてんまつを、知らせてやってくれねえですか？」

「しょうちした。この事件は初めから、そこにいるワトソン博士が、記録しているのだ。ワトソン君、どうせまた本にして出すのじゃないかね」

「出すつもりだ。『深夜の謎』と『恐怖の谷』と、こんどで三冊めだ。名まえを何とするか、考えているんだが……」

「フーッ、その本を、ブレア島の三人におくればいいだろう。

スモール君、どうかね？」

「そうしてもらえば、なお、ありがてえんだ。カーンもシンもアクバルも、おどろきやがるだろうなあ！」

と、言いながら、スックと立ちあがったスモールが、

「さあ行こうぜ、フム、警視庁か、それから検察庁か、裁判所ときて、絞首台か？　いや、バーソロミウ・ショルトーを殺したのは、おれじゃねえんだぜ！▼110」

と、ドアの方へカタカタと義足をひびかせて、自分から出て行った。

ジョーンズ探偵部長、ハミルトン巡査、黒服のケイ探偵、三人がぼくたちにあいさつすると、すぐに出て行った。

ふたりの幕

ぼくはホッとして、メアリー嬢とホームズに言った。

「ついに幕がおりた、というところだな。ミス・メアリー、どうですか？」

「わたくし、あの真珠をみんな、どこかの慈善団体へ寄付したいと思いますの。▼111もっている気がしませんから」

「それは、あなたの気もちのとおりに、ホームズ、そうだな？」

「むろん、そのとおり、フーッ、フッ、ところで、メアリー嬢とワトソン博士、幕はまだ、おりていないように、おもわれるがね」

「それは、なんのことだ？」

「というのは、君たちふたりの幕だ。ひらいてしまったら、どうだ？」

「エッ、なんだって？」

「きくまでもない。ふたりは、よろしく結婚すべし！▼112」

「あら……」

メアリー嬢は、ハッとまっかになった。

ぼくは、ふいを打たれて、ドギマギした。

このあとのことは、この記録に書くまでもない、と、ぼくは思うのである。

ようやく書きおわった、これが本になって出版される時に、メアリー嬢とぼくは、結婚することにきまっている。ふたりを結びつけたのは、「変人であり一種の偉人」であり、ぼくの親友であり兄▼113みたいなシャーロック・ホームズである。

▼1　『国民百科大辞典』（冨山房、一九三四～三七）か？
▼2　延原謙は『四つの署名』の解説で、原題名*The Sign of Four*の邦訳について、「日本訳の題名を『四つの署名』としたのも決してうまくないと考えている。サインにはほかの意味もあるので、『おや何だろう？』の原因にもなるが、署名という日本語にはほかの意味がないからである。それでも昔やったように、『四人の署名』とするよりは、いくらかまさっているだろうか」と言っている。実際延原は昭和三年には『四つの署名』、昭和六年には『四人の署名』とし、昭和二十七年の月曜書房版と二十八年の新潮文庫版では『四つの署名』と、揺れ動いている。邦訳で「サイン」という単語を採用したのは、『四つのサイン』（浅野秋平訳、芸術社、一九五六）が最も古いように思われ、峯太郎の先見性には驚かされる。
▼3　第一部は原作の第一章から第七章までである。
▼4　原作ではこのまえにホームズがコカインを注射する場面、ワト

スンが発表した『緋色の研究』を批判し、『各種煙草の灰の識別について』の内容を紹介する場面があるが、峯太郎版では割愛されている。

▼5　『深夜の謎』でホームズとワトソンを引き合わせたスタンフォードが発した言葉。

▼6　原作ではワトスンは激高しているが、峯太郎版ではこのように予防線を張ったおかげで、「あまりいい気もちじゃないぜ」と不満を漏らす程度でワトソンは収まっている。

▼7　原作では「ブロンド」。峯太郎は銀髪がお気に入りである。

▼8　出版と事件が同時進行している。『恐怖の谷』では『深夜の謎』が「ストランド・マガジン」に連載されたと言及しているが、その後両者とも単行本になったようだ。

▼9　原作ではホームズの元依頼人であり、相談を勧めているが、峯太郎版ではその役割は上述の単行本にとってかわられた。

▼10　正しい発音は「ライシアム劇場」だが、原作でも「リシアム座」と表記されていることから、これを参考にしたと思われる。新潮文庫版では「ライシアム座」になっている。

▼11　原作では真珠を見せはするが、その原産地についての会話はない。

▼12　原作では包み紙の実物を持参しているが、峯太郎版では質問をするだけであり、捜査が徹底していない。

▼13　原作では六時である。なぜか三十分ずれている。

▼14　『深夜の謎』に登場した「ベーカー町少年秘密探偵群」の群長。原作ではホームズは何も言わずに一人で外出している。

▼15　原作では五時半。峯太郎版全体で、このような細かい時刻の変更が、たびたび見られる。

▼16　原作では四月二十八日に死亡している。

▼17　原作では「二輪馬車や四輪馬車」。

▼18　原作ではホームズがワトスンにロンドンの道路についての知識を披露するだけだが、峯太郎版では正体不明の相手との駆け引きの材料に使って、緊張感を高めている。

▼19　原作ではこの場面でショルトーが水煙草を吸い始める。彼の病的な描写は峯太郎版では削除されている。

▼20　原作で先を促すのはメアリ・モースタンである。

▼21　原作では発砲はしたが、命中したかどうかは不明瞭。しかし玄関で相対して、元軍人が発砲したのに命中しないのは不自然であると、峯太郎は考えたのだろう。

▼22　原作では奴隷でなく、「下男のラル・チョウダ」。

▼23　原作では「四つの署名」とあるだけで個人名はない。

▼24　二二三頁で「ワトソン先生の気もちが、ちがうようだぜ」とホームズが揶揄する言葉を裏付ける描写。原作では水を飲ませるだけで、体には触れていないのが、ヴィクトリア朝時代と戦後の昭和の違いだろう。この後サジアスはブドー酒を勧めるが、原作にはない。さらに馬車の中でワトソンが彼女を「シッカリとだきかかえた」（二三五頁）も同様。

▼25　建物の高さと部屋の高さの差からかくし部屋を発見する原作の推理が省かれているのは残念である。

▼26　原作では「マクマード」だが、峯太郎版は『恐怖の谷』に続いて出版されているので、そちらの登場人物と混同を避けるためだろうか、ボクサーの用心棒の名前が変更されている。

▼27　原作ではワトスンとメアリが「手をとりあってじっと立って」いる有名な場面だが、峯太郎版では省略されている。

▼28　原作では一言もショルトーに合鍵の存在を問い合わせていない。峯太郎版のほうが合理的である。

▼29　ホームズたちが六時三十分にリシアム劇場から馬車に乗ってサジアス邸に行き、話をしてからまた馬車でバーソロミウ邸に行ったのだから、これらに三時間はかかっているだろう。とすると遺体発見時

刻は十時頃になり、死亡推定時刻はおそらく午後二時前後になる。少なくとも昼間だろう。こんな時間に家の壁をよじ登って進入できるものだろうか。二五五頁で「三階の窓へ外から、夜ふけの暗にまぎれて、のぼるほかにはない」とホームズが言うのと矛盾している。ちなみに原作では「明らかに死後数時間を経過している」とあるだけで、死亡推定時刻はあいまいである。

▼30　原作ではクレオソートで、ホームズが屋根裏部屋に行って初めて発見する。しかし峯太郎版ではコールタールが室内にこぼれているという違いがある。クレオソートはコールタールを蒸留してつくる防腐剤だが、一般には馴染みが薄い。コールタールは線路の枕木などに塗られていたので、昭和の子供たちにも理解できただろうし、この部屋にある用途も「天じょうの上の雨もりを」防ぐためだと、ワトソンに説明させている。

▼31　原作ではホームズは手を貸してくれず、ワトスンは一人で登っている。『深夜の謎』でワトソンは肩に負傷をしているから、一人で登れないのも納得がいく。

▼32　峯太郎版では「プラス一点」などとワトソンの推理にホームズが点数をつける場面が数多く登場するが、その最初の例。しかもいきなり満点である。原作ではクレオソートに気がつくのはホームズだが、峯太郎版ではワトソンがコールタールに言及している。

▼33　原作では警部だが、『深夜の謎』のグレグソンと同じ探偵部長という肩書きになっている。

▼34　この記述からも本書が第三作であることがわかる。ちなみに原作では「ビショップゲートの宝石事件」という〝語られざる事件〟に言及している。

▼35　原作にはない。ジョーンズは地元署の担当ではなかったのに、どうしてわかるのだろうか。

▼36　原作のジョーンズ警部はこの足跡にも気がついていない。

▼37　原作ではこの場面でジョーンズ警部はサディアスを逮捕し、それに抗議するホームズが以下の犯人の特徴を列挙する。

▼38　原作では「ランベス」であり、bとpを見間違えている。

▼39　原作ではマグネルでなく「インド人の下男」となっている。

▼40　原作ではこのときのワトスンは「よそよそしく冷淡だった」と、後でメアリーに恨み言を言われるほどだった。メアリー・モースタンに愛情を感じているものの、莫大な資産を相続するかもしれない女性との格差に懊悩していたのである。峯太郎版のワトソンは、くよくよ悩む様子はない。

▼41　山中峯太郎は愛犬家としても知られていて、シェパード犬を飼育していた。

▼42　原作のホームズはこの時点ではまだ彼のことを怪しいとは言っていないが、結局スモールに協力していることがあとで判明する。峯太郎版のホームズのほうが勘が鋭い。なお原作では彼は執事である。

▼43　原作では『緋色の研究』で負傷したのは肩、『四つの署名』では脚に負傷していたとあるのが大きな矛盾点として、研究家の頭を悩ませている。二発の弾が当たったという説、しゃがんだ姿勢でいたために、肩と脚を一発の銃弾が貫通したという説、弾丸が血流に乗って体内を運ばれたという説などが唱えられている。しかし峯太郎はここで傷については触れずに、足が大丈夫かどうかということしか言わず、原作の矛盾を解消している。

▼44　ここまでの記述で「第一号犯人の小さな足あと」（二五〇頁）、「ここを、第一号が、くぐりぬけたのだな。小さな奴だから」（二五二頁）とあることから、第一号はトンガのはずなのだが、スモールであると断言しているのには驚かされる。峯太郎が混同したのだろう。

▼45　原作ではワトスンはこの手紙を「少佐に一杯くわされた連中が、放免になったことを知らせてきたのだろう」と解釈するが、ホームズは「あるいは脱走だったかも知れない。そう考えたほうが確実らし

い」と推理していて、ジョナサン・スモール自身からの手紙というよりも、刑務所の当局からの緊急連絡だと考えているようだ。しかしむしろ峯太郎版のようにスモールが自由になっていよいよ復讐を始めるぞ、と手紙を出したとしたほうが面白い。原作では手紙が来たのは年のはじめで、スモールの顔がショルトー邸の窓越しに見えたのが四月末だから、手紙はインドで投函されたものであることが推察される。一方で峯太郎版だと、ショルトー少佐は手紙を受け取るとすぐに倒れて息子たちに事件を告白し、しかもそのときにスモールの顔を目撃した。だから手紙はイギリスで投函したことになる。実際スモールは手紙を出したことを逮捕後認めている（三〇〇頁）。もっともスモールがわざわざインドからインド製の紙をイギリスまで持ってきた理由が謎ではある。

▼46　原作では「内部のものを手なずけもしたろう」と言うのみで、具体的な指摘はなく、これは峯太郎独自の推理である。スモールは「おれに力をかしてくれる人」（二九九頁）と言うが、名まえは明かさない。

▼47　前述のように、峯太郎版のホームズは本来トンガの行動だったものを、スモールと取り違えている。吹き矢の持ち主トンガでなく、スモールが毒矢の箱を持っているのは矛盾している。

▼48　ホームズはあまり拳銃は上手でないというのが、研究家の間では定説になっている。レヴィットは「ベイカー・ストリートのアニー・オークリー」（エドガー・W・スミス編、鈴木幸夫訳『シャーロック・ホウムズ読本』研究社所収）で、ホームズの「短銃の腕前は、遺憾ながら劣等であったと証明できるのである」と述べている。

▼49　原作ではトビイの探偵犬としての訓練を誰がしたかについての言及はないが、犬の飼育に詳しい峯太郎はきちんと言及しておきたかったのだろう。

▼50　犬を擬人化して人間とコミュニケーションをとらせるのは、峯太郎の『見えない飛行機』（一九三六）で「（早く早く、坊ちゃん坊ちゃん、こいつです）と、塀の中から、よんで吠えるのだ」というシェパード犬のタケルを思い出させる。

▼51　原作の第八章以降を第二部とするのは峯太郎独自の編集である。

▼52　原作では小さいジャック少年を手なずけてからスミス夫人との会話に入っているが、峯太郎版では省略されている。しかしその名残で兄のジムがこう呼ばれている。原作では「まだ十三」という年齢は触れられていないが、読者層を意識した演出だろうか。

▼53　おかみさんの名は原作では登場しない。男性名なのが不思議である。

▼54　原作では「ある地名辞典」の「第一巻」となっている。「ア（Andaman Islands）」なら第一巻であろう。それとも地方別に「アジア篇」とでもなっているのだろうか。

▼55　ベイカー・ストリート・イレギュラーズのこと。原作では彼らがやってくるのは地名辞典を調べる前であり、さらにその前ではジョーンズ警部の新聞記事が紹介される。また原作では十人あまりの団員全員が二階に上がってきてハドスン夫人をうろたえさせているが、こちらのほうが行儀がいいし、「至急に報告！」、「ハッ！」、「命令、おわり」、「すぐ出動します！」というやりとりは、まさに軍隊調で峯太郎の面目躍如である。

▼56　原作ではホームズは「一心に書物に読みふけっていた」が、その内容までは言及されていない。峯太郎版のようにアグラの歴史を調べていたことは十分にありえる。

▼57　原作ではホームズは焦燥しながらイレギュラーズの連絡を待っていたあげくに、翌々日の朝にこうして自ら調べに出かけた。峯太郎は時間の省略を行なっている。

▼58　原作ではホームズが早朝に出かけた日の朝刊に掲載されている。なおこの広告に書かれている住所は、『深夜の謎』では「ベーカー町

二十一」だったのが、「二二一」と原作に近くなっている。ちなみに原作では「ベーカー街二二一号乙」である。

▼59　原作ではただの電報である。ホームズが警視庁の暗号を勝手に探り出していたとしたら、犯罪であろう。

▼60　原作では老人をなだめてソファに座らせるが何もすすめたりせず、ワトスンとジョーンズの二人だけで葉巻を楽しんでいる。だから変装を解いたホームズが葉まきを要求するサプライズが、効果的な演出となっている。これは原作の身分制度の壁が垣間見える瞬間である。ワトスンはイギリス軍の士官、峯太郎は日本軍の士官だったが、峯太郎は随筆「横綱陸軍　世界に類のない特色と長所」（「世界に輝く日本の偉さはここだ」、「日の出」一九三三年十月号付録所収）で、日本の軍隊と違い、西洋の士官は「大概は金持や貴族の子弟が、将校になるんだから、平民階級の兵と戦場の苦労を共にすることは、実際にできないのかも知れない」と述べている。

▼61　原作でも同様の発言をしているが、それでも平気で素顔で外出しているのだから、これは一種の照れ隠しだろう。また原文では「some of my cases」と複数の事件になっているにもかかわらず、その時点で実際に発表されたのは『緋色の研究』の一冊しかないというのが問題になっている。しかし峯太郎版ではすでに二冊発表されているから、何の問題もない。

▼62　原作にしたがった記述だが、全員すっかりこの約束を忘れて、宝の箱を持ってベーカー町に帰ってしまう。

▼63　このシーンは原作になく、かわりに三人が豪華な夕食をともにしている。大食漢のホームズという設定にもかかわらず、食事の場面を省いたのは不思議だ。なお、原作のホームズは紅茶よりもコーヒーを好んでいた。

▼64　原作では二人の警察官としか書かれていない。ちなみに黒服の探偵はのちに「ケイ君」（二七二頁）とちゃんと名前を与えられているが、原作にはない。

▼65　原作では「アメリカなり殖民地なり」であって、スペインは峯太郎のアイデアである。

▼66　もし雇ってもらえたら、オーロラ号に潜入してスモールを逮捕するつもりだったのだろう。それが実現していたら、トンガの逮捕も宝物の確保もできたはずである。原作にはない峯太郎版の野心的行動。

▼67　原作では「手さきの少年」とあるだけである。

▼68　原作では待ち構えている様子は峯太郎版のように詳細に語られない。河上の船を舞台にした緊迫した情景は、峯太郎が江西省で李烈鈞と第二革命（一九一三）に参加したときの体験を元に書いた『熱血の十六少年』（一九二九）を思い起こさせる。

▼69　原作にないホームズの過激な発言。実際の戦闘を経験した峯太郎ならではの脚色である。

▼70　原作では追跡の途中に浅瀬に乗り上げることはないし、スミスが酒に酔っているから無謀運転をするという合理的な説明もない。

▼71　この後の「ジョーンズ君、探照！」や「吹き矢だ、危険！　打てっ！」（二七六頁）というかけ声も含めて、軍隊調のかけ声は峯太郎ならではである。

▼72　原作ではスミス親子は警察のランチに乗り移り、オーロラ号は艇尾につないでひっぱっていっている。

▼73　原作ではさらにフラスコに入っている酒も振る舞った。

▼74　かなり早い夕食時間である。

▼75　ショルトー殺しの説明は、原作では巻末で述べられるが、峯太郎版ではここで詳しく説明している。

▼76　原作ではスミスの処分に言及がない。

▼77　原作ではワトスンのみがヴォクスホールで船を降り、宝の箱を持ってメアリー・モースタンの元を訪れた。箱の中が空であることを発見し、ベーカー街に戻る。峯太郎版ではそのシーンは飛ばされて全

員がヴォクスホール橋からベーカー街へと陸路をとるが、出発したウエストミンスター橋に戻ったほうが便利だったのではないだろうか。おそらく原作ではホームズたちはそうしたはずである。しかし原作だとワトスンが寄り道している間にホームズやスモールはベーカー街で辛抱強く待っていることになってしまう。事件の真相をいち早く知りたいはずなのだから不自然であり、この点は峯太郎版のほうに軍配が上がる。

▼78　原作の第十二章以降が相当する。『緋色の研究』も『恐怖の谷』も、原作は前半が事件篇で後半が時間をさかのぼった発端篇になっているが、その順番を峯太郎版ではひっくり返して時系列順に配置している。しかし本作では峯太郎は順番をひっくり返さない。『緋色の研究』、『恐怖の谷』の発端篇はまったく章立てがかわり、記述も三人称になるものであるのに対して、『四つの署名』では発端篇は比較的短く、さらにジョナサン・スモールがホームズとワトスンらに語り聞かすからだろうか。

▼79　原作では十八歳で入隊したことは記述されるが、事件当時の年齢はない。

▼80　原作では「ガンジス河で泳ぐというばかをやっちまった」と、泳ぐことそのものを否定しているし、ホルダ軍曹の忠告もない。

▼81　原作ではホルダ軍曹が助けあげてくれたとあるだけで、ワニを銃撃したという記述はない。なお、「インドに行っている英国の兵隊は、教練の時だって、ほんとうの弾をもっている。インド人が英国軍にそむいて、おそってくることが、今までに、いくどもあったからだ」とあるのは、たとえば「セポイの乱」や第二次世界大戦時のイギリス軍に所属するインド人兵が日本側のインド独立連盟に寝返ってインド国民軍としてイギリスと戦ったことを指しているのだろう。峯太郎はインド独立運動の闘士チャンドラ・ボースと交友があり、また『印度飛行三少年』（一九四二～四三）というインド人少年を主人公にした小説も発表していた。「インド人の奴らを、あたまからビシッビシッと、なぐりながら、広い農園を、おれは白馬で乗りまわしていたんだ。とくいだったね。／インドは英国にとられている。英国人はインド人を奴れいにしている。そこでインド人ぜんたいが英国人をにくんでいる」（二八三頁）という原作にはない記述が峯太郎らしい。

▼82　原作では「何百という黒人の鬼めらが」とあるが、人間の数は峯太郎版では控えめになっている。さすがにバンガローの周りで何百人も踊りくるっているというのは不自然だと、考えたのだろう。原作では「赤い軍服をつけたまま」の脱走兵だが、峯太郎版では、発砲を「英国軍のものを、うばいとったのにちがいない」と、民衆の蜂起に書き換えている。

▼83　原作では「北のほうのある地方」にいる王族だが、峯太郎版では事件の舞台を狭くしている。

▼84　ほとんどの邦訳で「アクメット」としているが、月曜書房版では「アクメ」となっていて、それにならったものと思われる。

▼85　原作でははじめから用意していた穴に埋めている。

▼86　原作では「ウイルスン」だが、峯太郎版の通例通り頭の「ウ」を落としている。

▼87　原作では「グレートヘッド大佐の率いる遊撃隊」だが、通例陸軍の大佐は連隊長を務めるので峯太郎は「連隊長」としたのだろう。

▼88　原作ではラジャが腹心の家来をアクメの付人としており、とくに名前を与えられてはいない。峯太郎版のキムはアクバルの顔を覚えていたが、原作の付人は、アクメが門をはいるところを見とどけただけで、スモールたちが逮捕されたのは、事件当夜門の警備に当たっていたからだった。峯太郎版のほうが探偵小説としてきちんと証拠と論理を踏んでいる。この名前はキプリングの『少年キム』からとったのだろうか。

▼89　峯太郎版のラジャはアグラ市内の屋敷に住んでいるから、可能

になる加筆である。アグラが町の周りを城壁でかこった城塞都市であることに、峯太郎は気がつかなかったのだろう。原作では許可を求めずにいきなりイギリス軍に訴え出ている。

▼90　原作にない証拠隠滅。

▼91　原作ではシーク人三人は終身懲役で、スモールは死刑だったが後に減刑されて終身刑になったと書かれている。原作のほうの裁判官は弱らなかったらしいが、イギリス人で上官のスモールを主犯と考えて彼だけ罪が重かったのだろうか。それでは事実とさかさまである。詳しい事情をスモールは説明しなかったのだろうか。それともしゃべると宝のことまで言わなくてはならなかったから我慢したのだろうか。

▼92　原作ではこんな減刑は行なわれていない。スモールらが忍耐を重ねることの説明として、優れた脚色である。

▼93　原作ではスモールのみである。「この植民地は白人の囚人はごく少ない」から、特典が与えられていると明記されている。しかし峯太郎版では白人もインド人も平等に扱われている。なお、原作では医学研究所に使われるのでなく、軍医の手伝いをしている。

▼94　原作では五十万ポンドである。

▼95　原作にこのシーンはなく、上官に絶対の信頼を置いている軍人らしい峯太郎の発想。

▼96　スパイ小説に造詣の深い峯太郎ならではの脚色。原作では単に相談したというだけである。

▼97　これではショルトーが本土の連隊に転属になったように読めるが、原作ではショルトーはアンダマン群島に戻ることになっているし、峯太郎版でも数行前で「ショルトーは（…）この島へ帰ってくる」とあるから、これは書き間違いだろう。

▼98　原作ではショルトーが退役して郵船に乗船したということをモースタンがスモールに教えている。さらにモースタンはわざわざアグラに行って、宝物を確認しに行っている。一方で峯太郎版では「モースタンのすがたが、ふと見えなくなった」（二九八頁）とある通り、非協力的である。

▼99　原作では囚人たちが拾ってきている。

▼100　原作では反対にスモールが「彼の話す土人の言葉をすこしおぼえ」ている。

▼101　同じアンダマン群島で服役しているのなら当然の意見である。仲間のためにと宝をテムズ川にばらまくほどなのに、原作では仲間に脱走をもちかけるどころか、打ち明けてもいない。原作のほうは終身刑であり「あと五年のがまん」というわけにはいかないものの、これは明らかな矛盾であり、峯太郎版のように仲間で議論を戦わせた上での出発としたほうがすっきりする。

▼102　原作では三人の仲間と相談をしていないので、サインを残していてもスモールの勝手な思い込みの行動にしかすぎないが、こうして約束をしておけば、新聞を通じた連絡という意味が生じる。

▼103　誰にも見つからずに脱走できたように峯太郎版では書かれているが、原作では看守を一人撲殺して脱走している。どちらの場合も残された三人の仲間は厳しい尋問をうけたことだろう。

▼104　峯太郎版では手紙を出したことを認めているが、この一節は原作にはなく、アンダマン群島の知り合いからの警告の手紙というホームズの解釈のまま事件は解決される。しかし収容所の誰かがショルトー少佐のイギリスの住所を知っていたとしたら、モースタン大尉はもっと早く帰国して宝の行方を問いただしていたのではないだろうか？

▼105　前述のように、原作ではワトスンが宝の箱を持って先にメアリーの家を訪問している。峯太郎版ではその場面がカットされてワトソンもベーカー町に戻ってきてしまっているので、反対にメアリーのほうから来させており、以降も峯太郎の演出となっている。しかし物語の山の作り方からいえば、スモールの告白の後いよいよ宝箱が開けられる、というほうが盛り上がるだろう。原作では宝箱が空だとわかっ

てしまうので、スモールの告白もむなしい。
▼106　峯太郎版のメアリーは正義感が強く、アグラの財宝について「父は、そういうものを、正当な方法で手に入れたのでしょうか？」と疑問を呈して、受け取りを拒否している。むしろ原作のメアリーが疑問を持たないほうが不思議だが、それは現代的、非白人的発想なのだろう。『印度飛行三少年』などのインド独立運動を題材にした作品を発表している峯太郎にとっては、本作での財宝の扱いが不当だという不満を持ったのに違いない。
▼107　原作では「河の底だよ」と言うのみで、トンガに責任をかぶせたりしていない。
▼108　原作では一発でワトスンが火掻棒で掛金をこじあけている。峯太郎版のほうが映画的であり、迫力があふれている。
▼109　原作のスモールは、仲間三人はほったらかしである。峯太郎版のほうがよっぽど仲間思いだ。軍人同士の結びつきの強さへの思いの違いは、実際に軍隊経験のある峯太郎と、老境に達してから義勇兵のまねごとのみのドイルの違いだろうか。「フーッ、その本を、ブレア島の三人におくればいいだろう」というホームズの提案は出版を見越している。文句はいうものの、あきらめているらしい。
▼110　峯太郎版ではスモールの罪は脱走、強盗だが、トンガは強盗殺人罪であり、その共同共謀正犯とみなされれば死刑になったかもしれない。また、原作では看守を殺しているのだから立派な殺人罪である。
▼111　峯太郎版のメアリーは潔癖症であり、前述のように宝の受け取りを拒否しているのならこれも当然の発言である。しかし原作のメアリーは当然のようにこれらの真珠を自分のものにしている。後にワトスンは医院を開業するが、その資金として真珠を売ったのではないかという推測も研究家の間では行なわれている。今までこの真珠を自分のものにすることの是非について研究家のあいだで疑問が呈されたことはなく、峯太郎のこの指摘は十九世紀の帝国主義社会と二十世紀の大東亜戦争後の植民地独立時代（インドは本書初出の十二年前、昭和二十二年に独立）の時代背景の違い、さらに帝国主義者のドイルとアジア解放を目指した革命家でもある峯太郎の違いを反映しているものといえよう。
▼112　原作では「そんなことになりゃしないかと思っていた。だが僕はお目出とうとはいわないよ」と、まるっきり正反対である。ワトスンが自分から離れていくことへの嫉妬であるという解釈もあるが、どちらにせよ理不尽な発言であり、子供のヒーローとしてはふさわしくない。峯太郎版ではメアリーの家をワトスンが訪問しない設定になっているので、そこでのプロポーズの場面もなくなってしまっている。そのかわりにホームズから結婚を促されており、物語の大団円としてまことに適切な演出になっている。原作はむしろ結末を迎える前に宝が失われていることやワトスンの結婚が語られてしまうことでいささかさびしい最後になっていて、ストーリーテラーとしては峯太郎のほうが一枚上手だ。
▼113　『深夜の謎』註49にあるように、一般にホームズ研究家はワトスンのほうが年長であると考えている。

まだらの紐

この本を読む人に

「探偵小説のすきな人で、『ホームズ』を知らない人はないだろう」と、よく言われる。

それほど、「ホームズ」は有名であり、同時に、作者「ドイル」の名まえも、ひろく知られている。

しかし、ドイル氏は英国の作家であり、書いた時も、かなり前なので、その小説には、英国人の古い習わし、気風など、わかりにくいところが、多分にはいっていて、日本の少年少女には、ぴったりしない点、たいくつする部分が、すくなくない。

そこで、原作のおもしろみを、なくさないように、ことに少年少女諸君に、もっとおもしろく読めるように、すっかり翻案して書きなおしたのである。

この本に入れた『六つのナポレオン』『口のまがった男』『まだらの紐』は、ドイルの探偵小説の中でも、特に傑作と言われて、それだけ世界的に有名なので、**『名探偵ホームズ全集』**第▼1八巻に編集したのです。

山中峯太郎

この物語に活躍する人々

名探偵ホームズ
怪事件の謎を、みごとに解いてしまう。そのために苦心し、冒険し、成功し、それだけに、すごい頭のはたらきと、拳闘選手より強い腕をもっている。いろんな人が謎の事件の解決を、たのみにくる。その中から、もっともおもしろいものだけを引きうける。

医学博士ワトソン
ホームズの親友、怪事件をいっしょに探偵して、くわしく手帖に書いている。その記録の『**深夜の謎**』『**恐怖の谷**』『**怪盗の宝**』などを出版し、「名探偵ホームズ」と共に自分も有名になった。結婚して「ワトソン医院」を開き、これも名まえを知られてきた。

警部レストレード
警視庁につとめている。自分にわからない奇怪な事件を、ホームズにもってきて相談する。その事件の一つが、『六つのナポレオン』にひろがり、殺人犯にぶつかって、ますます迷ってしまう。

殺人団員ベッポ
イタリー人の秘密殺人クラブにはいっている。行くえをくらましながら、方々にあらわれ、『六つのナポレオン』にも関係し、レストレード警部に発見されるが、また、たちまち逃げてしまう。

新聞記者ハアカ
皇帝ナポレオンの胸像を下の応接室におき、夜ふけに二階で勉強していると、何者かにナポレオン像をぬすまれ、玄関には殺人事件が起きて、おどろきながら新聞の特別記事にする。

警部バートン
巡査をつれて町をまわっていると、怪事件を知らされ、その二階屋へ急行する。しらべてみると、実業家のセントクレア氏が殺されたらしい。しかし死体はない。ここから事件の謎がひろがる。

謎の実業家セントクレア
地下室に怪しいアヘン宿がある。そこの上にある二階の窓に、チラッと顔を出したのを、夫人ペッシーに見つけられ、それきり行方がわからない。調べにきたバートン警部も、これには手こずる。

夫人ペッシー
夫セントクレアの行方がわからず、怪しい二階屋で殺されたらしい。しかも、死体は発見されない。名探偵ホームズ先生へ相談に行くと、先生は家へ来てくれて、謎を解く鍵を浴室でつかむ。

医学博士ロイロット
インドから英国の村の家へ、帰ってくると、インドの豹や狒々（ひひ）を飼っている。近所の人とつきあいもしない、おそろしい変人である。この家に三重の謎の怪事件が起きて、ホームズが活躍する。

姉ジュリア

ロイロット博士の家にいる。結婚の日が近い。よろこんでいると、夜ふけに寝室で奇怪な死に方をする。窓にもドアにも鍵がかけられ、だれもはいったあとはない。しかも妹ヘレンを呼んだのだ。

妹ヘレン

姉がなくなって二年すぎた。自分にも結婚の日が近くなってくると、夜ふけに寝室で、姉がなくなった時と同じ怪しい口ぶえが、どこからか聞こえ、ふるえあがって、ホームズ先生へ相談にきた。

第一話　六つのナポレオン

謎を引きつける磁石

夫婦けんか第一話

「名探偵ホームズ！」

ホームズの探偵物語が、みなさんに愛読されるのは、それを書いた僕の大きなよろこびです。とても、うれしくて、たまらない！

ところが、僕、ワトソンは、愛するメアリーと結婚して、「ワトソン医院」を開き、今まで同居していたホームズとわかれて、独立したのです。[2]

すると、開院の第一日から、患者が意外に多くって、

「これはおどろいた。メアリー、どうしたんだろう？」

と、新婚の愛妻に、たずねてみますと、

「あら、これもホームズ先生のおかげですわ」

「フウム、彼が有名になったから、ワトソンの名まえも、ひろまっている。だから、患者がゾクゾクとくる、というわけかな？」

「ええ、きっと、そうですわ。でなければ、こんなに初めから、はやるわけはないでしょう」

「なるほど、しかし、ホームズを有名にしたのは、ぼくだぜ。それにワトソン博士の診察だって、なかなか大したものだと、ホームズの探偵記録を読んだ人が、みんな信用してくれるからだろう」

「まあ、おどろいた！　それでは、あなた、ホームズ先生の記録を書いて、自分を宣伝なさったの？　ずいぶん、ぬけめのない方ねえ！」

「待ってくれ！　自分を宣伝するなんて、そんな気もちは、みじんもなかったんだぜ。君はぼくの人格を信用しないのか、メアリー！」

新婚一週間、早くも夫婦けんかを始めそうになって、

「よし、そんなことを言うなら、ホームズの探偵記録など、今後もう、ぜったいに書かないぞ。書くもんか！」[3]

ぼくは愛妻に、だんぜん、そう言いきったのです。

患者はますます多くなってくる。探偵記録など書いているひまもない。ところが、一方、読者から毎日、はがきや手紙で、さかんに、さいそくされる。

「名探偵ホームズの記録を、なぜ、つづけて出さないんだ？　はやく出せ！　材料がもうないのか？」[4]

材料はないどころか、ウンと手帖にいっぱい、あまっているのです。

すると、メアリーまで、そばから言いだした。

「あなた、こんなにたくさん、読者の方から、さいそくがくるんですもの、お書きになったら、いかが？」

「フウン、君まで、さいそくか、おどろくね。ひまがないんだよ、ひまが！」

「あら、ひまなんか、いくらでもつくれますわ」

「勝手なことを言うな。夜くらい少しは休まないと、からだがつづかないんだ」

「その夜に、少しでもお書きになったら？」

「書かないと言ったから、ぜったい書くもんか！」

「まあ、がんこねえ！」

「がんこなのは、君だぞ。書かないというものを、むりに書かせようとする、そんなことって、あるものか？」

「あら、また、けんか？」

「いくらでもこいつ、負けないぞ」

「けんかよりも、いいことがあるわ」

「なんだ？　言ってみろ」

「むりに書かなくっても、あなたが手帖のノートを見て、おぼえているとおりを、言ってちょうだい。それを私が書きとるの。これならいいでしょう。夜に少しずつ。書くのは私よ」

「フウム、うまいことを考えたね。やっぱり君は知えがあるな。夫婦合作でやるか[5]」

「そうよ。きまったら、今夜からはじめましょうよ。あなたが第一に話したいと思うの、なんでしょう？」

「なんだ、クイズみたいだな。第一に話したいのは、なんといっても、『六つのナポレオン』だね」

「すてき！　第一話『六つのナポレオン』ナポレオンが六つの幼年の時の話[6]？」

「そう早まるなよ。ホームズが黒真珠を手に入れた話だ」

「いいわ、ちょっと待って！　ペンと原稿紙を持ってくるから。あたし、うまく書けるか知ら？　あなた、読者の方に話すつもりで、ゆっくりと、ていねいに話してね」

こなみじんに、ぶちこわす

警視庁の探偵本部に、「レストレード」という警部の課長がいてね。なかなか頭がいい、腕もきく。二十八才で課長になった。若手のパリパリです[7]。このレストレード氏、略してレスト君は、なにか事件が起きると、ホームズに意見を聞きにくる。快活で利巧、ハキハキしている。ぼくともすっかり、気があっていた。

「ワトソン先生、今夜はホームズ先生よりも、あなたの意見を聞きに来たのですがね」

と、顔を見るなり、すぐ言いだした。探偵の連中は、だいたい気が早い。

ぼくは医者だから、おちついて、ゆっくりして見せる。ソワソワすると、患者が信用しない。

「ハハア、すると、なにか病気のことですかね？　レスト君」

「精神病じゃないか？　と思われる、変な犯人が現われたんです」

そばでパイプたばこを、ふかしてるホームズが、天じょうを向いて言いだした。

「フッフーフッ、変な犯人って、どんなふうに変なんだ？」

「ナポレオンの像があると、こなみじんに、ぶちこわす。こんなのは、一種の精神病じゃないですか？　ワトソン先生」

「さあ、診察してみないと、わからないがね。ナポレオンが、むやみに憎いのかな。先祖が戦争に出て、ナポレオン軍に殺された。そのために子孫がおちぶれて、自分も生活にこまっている。憎いのはナポレオンだ！　像を見ると、ムカムカと腹がたつ。ぶちこわさずにいられない。と、ぼくのこの判断は、どうだろう？」

「フッフッフー、ちょっとおもしろい想像だね。それよりもレスト君、その犯人の変なところは、どこにあるんだ？」

「その変な犯行が、どうも、つづいていましてね」

と、レスト君は取り出した黒皮の探偵手帖を、ひらいて見ながら、

「やっぱり、ホームズ先生の領分かな。はじめは四日前です。場所はケニントン大通り、画（え）や像を売ってるハドソン美術品店というのを、ごしょうちですか？」

「ああ知ってる、かなり有名な店だ、フーッ」

「あの店で、昼すぎですがね。店員が、ちょっと、おくへ行ってるすきに、何かガチャンと、こわれた音が店から聞こえた。なんだと出て見ると、おもての方にかざっておいたナポレオンの胸像が、下に落ちて、こなみじんにくだけている。石膏だから、もろいんです。ほかの美術品は、なんともなってない。ずいぶん高い物もあるんだが、そっくりしていて、被害なし！」

「フッ、精神病くさくなってきたね」

「店員が、おもてへ飛び出して、通りがかりの人に、きいてみると、

『今さっき変な男が、そこの店から飛んで出て、いっさんに向うへ逃げて行った』

『変な男って、どんなのでした？』

『どす黒い顔していてさ、ぼくを見るなり、とても、おそろしい目をしたんだ』

『どんな服をきてたんです？』

『服まで見てるひまがなかった。風みたいに逃げて行ったから』

そう言ってるところに、巡査がまわってきた。店員が、さっそく、とどけて出ると、

『カッパライかな。そのナポレオンの胸像は、いくらの物ですか？』

『三シリングなんです』

『なんだ、安いんだな。近ごろはまた、カッパライの不良少年が多くなったから、取って逃げるところを、いそいで落としたのだろう』

『それなら、ほかの高いブロンズの像に、手をつけそうなものですが』

『いや、ナポレオンが好きだから、フラフラと手を出したんじゃないかな』

なにしろ三シリングの安物だから、巡査も気にしないで、本庁へ報告だけしたのです。

いろんな店さきのカッパライ、まんびき、こんなのは、いちいち探偵していると切りがない。相手が小物だから、張りあいもないんです。

ところが、ゆうべ、ナポレオンこわしが、また出てきた。犯人が同じかな？　と、思ってると、きょうの昼すぎ、またまた報告されてきた。前後かさねて三回です！

さあ、こうなると、すててはおけない。おそらく同じ犯人だろう、しかも、ナポレオンの胸像を、ただ盗むんじゃない、こなみじんに、ぶちこわしてしまう。こいつは精神病じゃないか？　と思うんですが、ホームズ先生、ワトソン先生、ご意見

を聞かせてください！」

いささか怪しいね

「フフッフー、こいつは、おもしろいぜ、レスト君！」

と、ホームズが、天じょうへ煙を高く、ふきあげて、

「ナポレオンこわしの後二回を、くわしく話してみたまえ。たしかに変な犯行だ」

レスト探偵課長は、黒皮手帖のページを、はぐって見ながら、ぼくにきいた。

「バーニカット医学博士を、ワトソン先生、ごしょうちですか？」

「知っていますよ、ぼくの先ぱいです。[8]この先生はまた、ナポレオンが大すきだ。学生時代に、ナポレオンのスタイルをまねて、ガッチリと腕ぐみしたまま歩いてみたり、えらそうに目をむいて見せたり、たいへんなナポレオン・ファンでしたよ」

「いや、今でもそうなんです。博士の家へ行ってみると、ナポレオンの伝記だの像だの画だの記念品など、どの部屋も、いっぱいなんだから、ぼくも面くらったです。ところで、けさ早く、博士が二階の寝室から、おりてきてみると、夜なかに泥ぼうがはいってる。窓があけはなしだ。おどろいて、しらべてみると、盗まれたのは、応接室にかざっておいたナポレオンの胸像ひとつ、そのほかに被害なし！」

「なるほど、変ですね」

「その石膏の白い胸像を、応接室の外へもちだして、庭の塀にたたきつけたらしい。こなみじんに、ぶちこわされて、塀の下に散らばっているんです」

「フッフッ、その胸像をバーニカット博士は、どこで手に入れたのかな？」

「それが、今さっき言ったハドソン美術品店から、買ってきたのです、ナポレオン・ファンだから、二個同時に」

「その一個をこわされた。あとの一個は？」

「分院の方の診察室に、かざっておいたのです。博士は本院から分院へ、まい日、昼まえにまわって行く。きょうも行って、診察室をあけてみると、ナポレオン像がここでも、こなみじんに、ぶちこわされて、ゆかの上に散らばっている。窓もあけはなされている。おどろいた博士の届け出によって、ぼくは家の方と分院と、両方をしらべてみたです。が、ざんねんながら手がかりなし！　バーニカット博士も、

『ひと晩のうちに、ぼくの所を両方ともおそって、同じナポレオン像を二つとも、こわして行ったのは、一種の精神病患者らしいですな』

と、考えていられたです。はたして、そうなのか、ホームズ先生のご意見は？」

「医者の先生は、たいがいの人間を、病人にしたがるね」

「すると、この犯人は気ちがいや何かじゃないのですか？」

「フッ、つかまえてみないと、これまたわからない。ところで今のところ、ナポレオン像が三個、ぶちこわされた。出所は三つともハドソン美術品店だ。その三つとも、同じ形の物なのか、どうなのか？」

「ハドソンの主人にきいてみると、三個とも同じ原型からとった胸像だから、寸分もちがいない物だというんです」

「フフム、こうなると、ナポレオンを憎んでる奴の犯行らしい

という、ワトソン博士の説は、いささか怪しいね。この広いロンドンじゅう、ナポレオン像なるものは、いろんなのが、およそ幾千、あるいは万以上もあるだろう。ところが、その中から三個の同じ物だけを、ぶちこわした。この点に何かの原因がなければならない！」

「いや、待ってくれ、今までは同じ三個だけだ、が、これから、ほかの形のナポレオン像を、見あたりしだいに、ぶちこわすかも知れないぜ」

と、ぼくが負けない気になって、ホームズに言うと、

「フフッフー、そいつは、なおさらおかしいぜ」

「なぜだい？」

「バーニカット博士の家には、こわされた胸像のほかに、まだ、いろんなナポレオン像、画も記念品なども、レスト君が見ている。これらは一つだって、こわされていない。ナポレオンを憎んでる奴の犯行にしては、おかしいじゃないか？」

「ウウム、そうか、ちょっと、まいった！」

「まだある、フッフー、犯行の手口にも、ちょっと変なところが」

「なんですか？　先生！」

と、レスト君が、からだをゆさぶって、いすをギシギシ言わせた。

こうなると、ホームズ得意の場面です。

君は磁石みたいだ

「だって、そうじゃないか」

と、ホームズは、パイプのたばこを、新しくつめかえて、

「バーニカット博士の家では、その犯人が、家の人に起きられるのを、はじめから気にして、庭へナポレオン像をもちだした。ところが、分院の方では、だれもいないから、診察室の中でこわしている。どちらも盗みに来たのじゃない。ぶちこわすのが目的らしい、とすると、いささか変じゃないか？」

「大いに変です、フウム、……」

と、レスト君が、考えこんで腕ぐみしながら、

「すると、ハドソンの店でも、カッパラって行くつもりが、あわてて落としたんじゃない。わざとぶちこわしたんですな」

「ぼくは、そう思うね、フッフー、ところで、三個の同じナポレオン像を、なんのために、ぶちこわしたか？　謎を解く鍵は、ここにあるらしい。レスト君、ぼくの判断は、今のところ、このくらいだよ」

「ヤッ、ありがたいです、その鍵を、きっと見つけてくるです！」

いすを立ちあがったレスト君が、えらく気ばってスタスタと出て行った。

またまた謎だ！　これまた変な謎だ！

ぼくはホームズに言った。

「君は方々から謎を引きつける磁石みたいだね」

「フフフ、ぼくが引きつけるものか。向うから飛びこんでくるんだ」

「同じことじゃないか、ハッハッハッ」

ふたりは、わらいあった。ところが、あくる日の朝早く、電報がホームズあてに、飛びこんできたのです。

「ビットマチ一三一ヘオイデマツ」　　レスト

レスト君から至急報、この電文を見た僕が、

「ヤア、レスト探偵課長が謎に、ぶつかったらしいぜ」[9]

と言うと、食後のコーヒーを飲んでいたホームズが、

「ナポレオン像ぶちこわしのつづきかな。レスト先生、気が早いから、謎の鍵をぶちこわすと、こまるぜ。行ってみよう」

「ぼくも行くぜ」

「むろん来てくれ。なんだか、おもしろそうだ」

ビット町[10]というと、かなり遠いのです。ふたりは車を飛ばして行った。一三一番地の近くは、住宅ばかりで静かです。ところが、左がわの一軒、二階建ての前に、三、四十人の男や女が集まって、ガヤガヤと何かしゃべっている。

「ホホー、さわぎが大きいぜ、ナポレオン像こわしにしては」

と、ホームズが車の中から、その家の窓を見ると、

「ヤア、レスト君が顔を出してる。張りきってるぜ」

その窓の中の顔を、ぼくも見た。レスト君が、とても、こわいみたいな目をしてる。外にはヤジ馬がワイワイ言ってる。これは何か、すごい事件が起きたらしい。

玄関へホームズと僕が、はいって行くと、

「さ、こちらへ、待ちきっていたです」

と、レスト君が、すぐ横の応接室へ案内した。

この家の主人にちがいない、四十才くらいだろう、かみの毛がモジャモジャにのびて、まゆのあいだに、しわが深い。ネルの寝まきのまま立っていたのが、ぼくたちを見ると、

「ホームズ先生とワトソン博士ですな。ぼくは中央新聞[11]のホレース・ハアカです」

と、セカセカした早い口調で、

「おどろきましたね。今までは人のことばかり書いてたのが、今度は自分のことになっちゃって、しかも、殺人事件ときた。やりきれたものじゃない、ハハア」

と、苦わらいすると、レスト君が、そばから言った。

「ハアカさん！　せっかく、ふたりの先生に来ていただいたのだから、くわしく初めから、話してください」

「ウン、むろん、ホームズ先生に、この事件の真相を解いてもらって、ぼくの方の特ダネ記事にするんだ。ま、おかけください、両先生、こういうわけです」

と、新聞記者のハアカ君は、レスト探偵課長よりも、もうひとつ気が早いようです。セカセカと苦わらいして、かみの毛がひたいにさがるのを、バッと右手でかきあげた。

殺人事件！

ホームズも僕も、気をひきしめた。ナポレオン像ぶちこわし、そんな、あまいことではなかったのです。

笑い飛ばされた名探偵

フラフラと目がまわる

ホームズと中央新聞記者ハアカ君との問答。
ホ「殺人の場所は？」
ハ「あなた方が、はいってきた玄関の、すぐ外です」

ホ「フム、上の石段を、水で洗ってあったが、すると、死体はすでに、かたづけた？」

ハ「そうです。はじめから話すと、ぼくは夜ふけまで原稿を書く。勉強家ですからね。ゆうべも二階の部屋で書いてると、下に何か物音がした。この応接室らしい。時計を見ると、三時十八分。ガタンと聞こえた、が、それきりだ。あとはシーンとしてる。なあんだ、下の部屋じゃなくって、何か外の音かな？　と、思ってると、

『ギャーッ！』

と、すごい声が、この家じゅうをふるわせた。人間の声にちがいない！

ゾッとしたですよ、これぁ大変だ！　と、ぼくは護身用の六連発[12]をつかんで、この部屋へおりて来た。窓があいてる。だれもいない。ところが、ストーブの上にかざっておいたナポレオンの胸像が見えない。こいつは変だ！　石膏の像で、そんなに高いものじゃない。なんだって、あんなものを一つだけ盗んで行ったのか？　と、あっ気にとられたです。それにしても、ギャーッ！　と、すごくおそろしい叫び声は、なんだったのか？　と、ぼくも探偵みたいな気もちになったです、そこで、……」

ホ「ちょっと待った！　そのナポレオン像は、どこからか買ったのですか？」

ハ「そうです、ええと、ハイ町にあるハージング美術品店から、三シリングで買ってきた。安かったし、ぼくはナポレオン・ファンですからね」

ホ「そのハージング美術品店は、まちがいないですか？　ハドソン美術品店では、ナポレオン像が、店さきでぶちこわされたが」

ハ「まちがいなく、ぼくが買ったのは、ハージング美術品店です。とても英傑らしい顔をしてるナポレオンでしてね。値段は安かったが、盗まれてみると惜しくてたまらない。それに、『ギャーッ！』と、すごい声は何だったのか？　と、この部屋から、とにかく玄関のドアをあけて、外へ出てみると、石段の上で、たちまち、足にさわったのは、ころがってる人間なんです」

ホ「ころがっていた？　どんなふうに？」

ハ「あおむけに、目をギロリとむいてる。のどを深くえぐられて、血だらけだ。アングリと口をあけてる。ぼくは見るなり、探偵するよりも、

『ワッ、……』

と、おもわず、どなったのは、おぼえていますがね。それきり、フラフラと目がまわって、六連発をもったまま、気を失った[13]。ビックリした脳貧血ですよ。気がついてみると、この長いすに、いつのまにか寝かされている。そばに立っているのが、このレストレード探偵課長、それから部下の探偵と巡査の諸君が、玄関の方でガヤガヤと話しあっている。それから後は、レストレード氏にきいてください。今から僕は、夕刊の間にあうように、この記事を至急、書くですから。ホームズ先生、なにか発見したら、ほかの記者に言わずに、むろん、ぼくだけにソッと知らせてくださいよ。ああまだ頭がフラフラすらあ、もう一度か二度、目がまわりそうだ！」

完全に落第です

それからホームズと探偵課長レスト君との問答。

ホ「殺された男の身もとは？」

レ「ざんねんですが、なんとも、まだ、わからんのです。死体は本庁へ、とりあえず、はこんでおきました。身のたけの高い、とてもガッチリした強そうな男で、年はまず三十才くらい」

ホ「服そうは？」

レ「見すぼらしくて、貧弱、だが、労働者とも見えない。血だらけの石段に、ジャック・ナイフが落ちていたです」

ホ「だれが落としたのか？」

レ「これまた、わからんです。犯人が投げすてて行ったのか？　死体が持っていたのか？」

ホ「死体の持ちものは？」

レ「上着とズボンのポケットに、でかいリンゴが一つ、おそらく食いしんぼですな。▼14 それから、糸、ロンドンの地図、写真一枚、それだけでした」

ホ「その写真は？」

レ「これです。有力な手がかりですな」

レスト君が、テーブルにおいた写真を、ホームズといっしょに僕も見た。

小形カメラでとったもの、まるでサルみたいな黒い顔だ。まゆが太く目がするどい。ぬけめのない、敏しょうな感じで、口もとが前へ突き出してる。動物的だから、下品に見える。むろん、どこの男なのか、これが犯人なのか？　名探偵ホームズにも、まだ、わかりようがないだろう。

ホ「盗まれたナポレオンの胸像は？」

レ「今さっき報告がきたです。ハウス町にある空屋の庭に、巡査が発見したですが、こなみじんに、ぶちこわされているというのです」

ホ「フウム、これで四個とも、こなみじんか。ワトソン君、これをきみは、なんと判断するかね？」

ワ「さあ、ざんねんだが、なんとも、わからない」

レ「こなみじんになってる現場を、今から検視に行きませんか、ホームズ先生！」

ホ「しかし、その前に、この部屋の中を、ひとまず、しらべてみよう」

ホームズの目が底力をもって、あたりを見まわすと、窓、ゆかの敷物、テーブルからいすの下など、するどく視線をそそぐと、

「この犯人は、よほど身のかるい男だね、でなければ、とても足が長い。この高い窓へ、外から手をかけて、苦もなくあけている。ナポレオン像を盗みだしたのは、この男だろう、が、玄関へ出た時に殺されたのか？　いや、外からはいりかけた奴に、石段の上でぶつかったから、そいつを殺して逃げたらしい。レスト君、これを君は、なんと判断するかね？」

「さあ、ざんねんながら、なんとも、わからんです」

と、レスト君も僕と同じことを言った。

わからないから謎の怪事件だ！

ホームズとレスト君と僕は、ナポレオン像が、こなみじんになっている現場へ、いそいで行って見た。ハアカ君は、

「原稿をいそぐし、またフラフラとなりそうだから、ぼくはごめんだ、が、何か発見したら、ホームズ先生、ソッとたのみますよ」

と、二階へスタスタと上がってしまった。

空屋の前庭の草むらに、ナポレオンの胸像が、こなみじんに、ぶちこわされたまま、白く散らばっている。レスト君が、

「英傑ナポレオン大帝も、さんざんですな。これで見ると、ワトソン先生が言われたように、やはり、ナポレオンが憎くてたまらない奴の仕わざじゃないですかな?」

と言うと、パイプたばこを口にくわえたホームズが、ナポレオンの頭や顔や胸の破片を、ひろいあげては、くわしく調べて見ながら、

「フーフッ、憎くて、ぶちこわすのが目的だ、とすると、あそこの応接室で、でなければ、外へ出てすぐに、なぜ早く、こわしてしまわなかったか? 夜ふけだといっても、人の目にたつ白い胸像を、こんな所まで、かかえてきたのは、なぜなのか? ワトソン君、これを君は、なんと判断するかね?」

ホームズは、たびたび、こんなことを言って、ぼくを生徒みたいに試験する。よろしくない、彼のくせです。ぼくもまた、こたえたのは、

「さあ、ざんねんだが、なんとも、わからない!」

完全に落第です。なんとも仕方がない。

探偵コンクール腕くらべ

「ハアカ君の家から、ここへ来るまでに、もう一軒、空屋があったのを、レスト君、君は気がついていたろう、フーフッ」

と、ホームズが言いだして、またまた試験みたいな問答がはじまった。

レ「そうです、小さな空屋が、右がわにあったです」

ホ「空屋だと、このナポレオン像をこわすのに、じゃまする者がいない。見つかりもしない、とすると、犯人は前の空屋の庭へ、なぜ、はいらなかったか? その方が近くて早い。ところが、この遠い方の空屋まで、わざわざ持ってきている。ワトソン君、これを君は、なんと判断するかね?」

ワ「さあ、ざんねんだが、なんとも、わからない」

ホ「ぼくの判断だと、ここの庭は草むらだが、街灯によって自分のすることが見える。前の方の空屋の庭には、なんの灯も近くにないから、まっくらだ。自分の手もとが見えない」

レ「ヤッ、そうです。バーニカット博士の家でも、玄関の灯の下で、ナポレオン像をぶちこわしている。どこでも灯を目ざしているのは、めずらしい犯人です。ホームズ先生、これを先生は、なんと判断しますか?」

ホ「さあ、ざんねんだが、なんとも、わからない、フッフー」

レ「先生でもわからないのは、こまるですよ」

ホ「こまる時は、先生でもこまる。いかにも奇怪な犯人だ。殺人まで犯している。そこでレスト探偵課長の捜査方針は?」

レ「殺された者の身もとを、至急、洗ってみようと思うです。何をしていた男なのか? 特に友だち関係は? すると、ハアカ氏の玄関口で出会って、殺された男と殺した犯人も、手ぐられてくるでしょう。この方針を先生は、なんと判断しますか?」

ホ「フーフッ、判断も方針も、むろん、人によってちがうから

ね。君はその方針で探偵したまえ。ぼくは僕の方針を取ってみよう。その結果を打ちあわせるために、きょうの夕かた六時、ぼくの部屋へ来ませんか？」
レ「ヤッ、ホームズ先生と探偵コンクール、腕くらべですな。よろしい、断然、やるです！」
ホ「フッフッ、死体がもっていたこの写真を、六時まで貸してもらいたい」
レ「いいです。おもちください」
ホ「ありがとう、では、六時まで、さようなら！」
レ「さあ今から探偵コンクールだ。さようなら！」
気の早いレスト探偵課長が、さっそく、走りだして行った。名探偵ホームズと腕くらべ！　勝ってみせるぞ、と、えらく張りきって行ったのです。

果然、手がかり

バーニカット博士が、ナポレオンの胸像を二個も買ったハドソン美術品店へ、ホームズと僕がいそいできた。

ホームズの探偵ぶりを、いよいよ今から見るんだ！　と、ぼくは、この時、またまたおもしろくて、たまらなかったのです。

店さきに出ていた四十才くらいの、むやみに顔が赤くて、ふとっているのが、主人のハドソン氏でした。ホームズが名刺を出して、

「突然ですが、十分間ほど、ぼくの質問に答えてくれませんか？」

と、しずかに言った、が、ハドソン氏はビックリしたらしい。

「アアッ、これはどうも、シャーロック・ホームズ先生で、お名まえは、よく存じております。ヘエ、ご用件は？」

「この店さきで、石膏のナポレオン胸像が、こわされたそうですね」

「ヘッ、さようで、不良少年の仕わざでしょうな。勝手に飛びこんできて、むやみに商品をこわされちゃ、たまりませんや。なにしろ税金は高いし、世間は不景気だし、まったく、ヘエ、……」

「ずっと前に、バーニカット博士が、この店でこわされたのと同じナポレオン像を、二個、買ったのでしょう？」

「アッ、そうです。よくごしょうちで、バーニカット先生はまた、ナポレオンが大すきだと、おっしゃいましてね」

「そのナポレオン像は、どこから仕入れたのですか？」

「それぁ、チャーチ町のゲルダ商会からでしてね。ゲルダ商会は何しろ大きな工場をもっていますし、有名なもんでさ、信用もありますしね」

「仕入れたのは、三個だけ？」

「ヘッ、そうでさ。二個をバーニカット先生に買っていただいて、残りの一個を、ぶちこわされたんで、チェッ、いまいましい！　きっと不良少年の仕わざでしょうな」

「この写真の男を、おぼえていないですか？」

ホームズがさしだした小さな写真を、何かこわいみたいに、ソッと上から見たハドソン氏は、まゆをしかめると、

「ハテナ？　ボンヤリ写ってますね、サルみたいな顔で、……」

「よく見てください！」

「アアッ、これぁベッポだ。ベッポですよ、どこで写したんか

な？」

　果然、手がかりが現われた！　と、ぼくは飛びあがりたい気がしたのです。

　ホームズは、ところが、ゆったりした調子で、

「フウム、ベッポというと、どこの国の人間ですか？」

「イタリー人でさ。とても手さきの器用な男で、こんなサルみたいな顔をしてるくせに、彫刻もやれば、がくぶちも立派につくるし、こまごました仕事が、なかなか、うまい男なんで」

「今はどこにいるのですか？」

「さあ、店のナポレオン像がこわされた二日前に、突然、出て行ったきりなんで、けれども、まさか、このベッポが、またわざわざ、ぶちこわしにきたとは、おもえませんですよ。ここで働いてた時だって、なんのわるいこともしなかったんで」

「はじめは、どこから来たのですか？」

「さあ、なにしろ流れあるいてる職人なんで、どこから来たんだか？　出て行って何をどこでしてるんだか？　さっぱり、わからないんでさ」

「なるほど、いろいろ聞かせていただいて、ありがとう。では、いずれまた、さようなら」

　ゆっくりしてるホームズが、ぼくといっしょに、ハドソン美術品店を出ると、通りかかった貸馬車を呼びとめた。すばやく飛びのるなり、馭者に、

「チャーチ町、ゲルダ商会へ全速力！」

　と、そして僕に言った。

「ワトソン、腹がへったろう」

「へったとも、ペコペコだ」

「よろしい。きょうの昼は、大いに食うことだ。それまで、がまんしろ、ウウム！」

　うなりだしたホームズが、腕ぐみすると、パイプもくわえずに、馬車の中で、深く考えこんでしまった。

　ナポレオン像こわしの殺人！　この奇怪な犯人が、ホームズの頭の中に、今こそ浮いて出るのか？

ヤア、ハッハッハッ！

　一頭だての馬車だ、が、全速力を出すと、なかなか早い。しかし、馬には気のどくでした。

　目ざすチャーチ町は、かなり遠い。市中の大通りを、パカパカと走って行く。ホテル、劇場、デパート、店また店のかざり窓、銀行、橋、まるでロンドン見物のように通りぬけて、場末のチャーチ町へ出てきた。

　ゲルダ商会は、広い工場をもっていて、五十人ほどの工員が、それぞれ彫刻をしたり、石膏像の原型を作ったり、一方には何かの記念像みたいなのを組み立てたり、みんなが真けんに働いている。受付に行ってホームズが名刺を出すと、応接室へ通された。まもなく出てきたのは、五十才くらいのガッチリしてるおじさんだ。金髪をみじかくバックにして、ネズミ色の仕事着をきている。技師かな？　と、ぼくが思っていると、
▼15「わたしは、ここの支配人です。フリッツ・ネッテェと言います。ご用件は？」
　と、握手もせずに、ハキハキとたずねだした。

「お名まえでは、ドイツの方ですね？」

　と、ホームズが、ききかえすと、

「ヤア、そうです」

「こちらの工場から、石膏のナポレオン胸像を、ハドソン美術品店へ、おろし売りしたことがあるのですね？」

「ハドソン美術品店、……ヤア、ありますよ、三個だ、たしかに！」

と、さすがに支配人のネッテェ氏は、ハッキリおぼえている。キビキビした口調で、

「あれは、フランス人のドビーヌが彫刻した大理石の胸像によって、さらに、この工場で石膏に六個だけ、作ってみたものです」

「あとの三個は、どこへ？」

「ヤア、それは三個とも、ハージング美術品店へわたしたです、たしかに」

「そのナポレオン胸像を探しまわって、こわしにかかっている者がいる。四個がすでに、こわされたのですが、なにかお心あたりはないでしょうか？」

ホームズの質問が、たちまち急所を突いた！　と、ぼくがそばから張りきっていると、

「ヤア、ハッハッハッ！」

にわかに笑いだしたネッテェ氏が、

「そんなバカげたことをする者がいるなんて、想像もつかないですな。あの六個とも、かなりの傑作ですが、こわしたら、それきりです。なんにもならない。フウム、ロンドンは広いから変な奴がいるのですね、ハッハッハッ」

「その胸像の作り方に、特別、ちがったところはないのですか？」

「ありませんな。左と右と二つの原型に石膏を流しこむ。それを一つに合わせると、完全な胸像ができあがる。それだけのことですよ、どの石膏像も同じことです。ハハア、有名なホームズ先生がこられたから、なにごとかと思ったが、ハッハッハッ！」

急所を突いた名探偵ホームズが、笑い飛ばされた。すると、平気な顔をしてるホームズが、

「ところで、支配人さん、……」

と、あの小さな写真をさしだしてきいた。

「この男を、知っていないですか？」

それを上から見すえたネッテェ支配人は、今まで笑っていたのが、急に顔をしかめて、どなりだした。

「ヤア、こいつは、猛烈な悪漢ですぞ！」

さあ行こう、追いこみ探偵だ！

食うこと食うこと

猛烈な悪漢！　さては、このサルみたいな黒い顔の男が、ナポレオン像こわしと殺人の犯人か？　と、ぼくがホームズを横から見ると、

「どんなふうに、猛烈なのですか？　フーッ」

と、ホームズはパイプたばこの煙を、ゆっくりと長くはきだして、

「この工場に、いたのですね？」

「ヤア、そうです！」

と、ネッテェ氏が、まるで怒ったみたいに、顔をまっかにして、

「この工場は一度だって、警察にしらべられたことがない、工員がみな、おとなしくて、ひとりも不良がいない。ところが、こいつが突然、巡査にふみこまれて、手錠をかけられて行った。名まえはベッポというイタリー人、路(みち)で同じイタリー人を短刀で突き刺して、この工場へ逃げこんでいた。それを、わたしは知らずに、みんなと同じように使っていたのです。仕事には、いい腕をもっていたが、性質は猛悪な奴でした。もう一年あまり前のことですが、こいつのために、この工場の歴史が、けがされたのです、犯人を出したりして」

「路で突き刺された相手は、死んだのですか?」

「いや、幸いに傷が急所をはずれて、たすかった。それでベッポの奴は、刑期が一年。今ごろはもう、刑務所を出ているでしょう。しかし、この工場には私が、がんばっているですから、二度とくるわけはない。しかし、彼の親類にあたる男が、ずっと前からつとめています。これはベッポとちがって、正直一方の男ですがね」

「よくわかりました。フーッ、その男に、わたしたちが来たことは、知らさずにおいてください」

「ヤア、必要でないことは、言わないです、だんじて!」

「ベッポが捕えられたのは、いつごろでしょうか?」

「そうですな、ええと、去年の五月二十日だったと、記おくしています」

「ナポレオン胸像を、おろし売りしたのは?」

「ええと、ベッポが捕えられた後でしたな。六月三日だったと、記おくしています。ナポレオン像をこわしているのは、ベッポだという見こみですか?」

「フーッ、ざんねんだが、なんとも、わからないのです。おいそがしいのに、多分の時間を、ありがたく思います」

「いや、こちらの先生は、ワトソン博士ですか、ホームズ先生の探偵記録を書いていられる?」

と、ネッテェ氏に言われて、ぼくは別れる時に、はじめて、

「ワトソンです、どうぞ、よろしく」

と、あいさつした。なんだか間がぬけていて変でした。

ゲルダ商会の門を出ると、ホームズがまた馬車を呼びとめて、パカパカパカと市内の大通りへ出てきた。ふたりとも腹はペコペコです。料理店を見つけるなり、馬車を止めて飛びこんだ。大食いのホームズが、大いに食うかくごだから、食うこと食うこと、ボーイがもってくる料理を、またたくうちに平らげてしまう。▼[16] ボーイがそばから、あきれて見ていると、

「ウム、ボーイ君! あそこのテーブルに、新聞がおいてあるね。きょうのだろう」

と、肉と野菜をいっしょに、ほおばりながら、ホームズの目は新聞を見つけて、

「持ってきてくれよ。ワトソン、中央新聞だぜ。ハアカ君が、きっと大いに書いてるだろう」

と、ぼくにささやいて言ったのです。

「すばらしいもの」は?

左手のホークで肉と野菜を口へ運び、ムシャムシャ食いながら、右手に新聞をひろげ、ホームズが読んでいるうちに、クッ

クッと笑いだして、

「いいかい、君の名まえも出てるぜ。警視庁の最も敏腕な探偵課長レストレード氏、さらに民間の名探偵と言われるホームズ氏、その有力な友人のワトソン博士[17]、三氏の意見が一致している。このような奇怪な犯行をあえてし、ついに殺人にまでおよんだのは、計画的犯罪ではなく、精神異常者の発作的行為らしく推定される、と、……こんなことを、ぼくが言ったかね？」

「レスト君の推定じゃないのかな？」

「おもしろいね。犯人がこの記事を読んで、今ごろは大いに安心してるだろう」

「やはり、イタリー人のベッポかな？」

「さあ、ざんねんだが、なんとも、わからない」

「なんだい、人のまねをするなよ」

「ハッハッハッ、まねじゃないさ。実さいに、こんな変な事件は、さいごまで追いこんでみないと、わかるものじゃない。今までだって、そうだったじゃないか」

　グググッと一気にコーヒーを呑みほしたホームズが、

「さあ行こう、追いこみ探偵だ！　ボーイ君、会計をたのむ」

「ハッ、……ホームズ先生ですか、サインしてくださいませんか、おねがいです[18]」

「オッ、サインは苦手だ。ぼくは字がまずくてね。ワトソン博士は、うまいよ」

「いや、ごめんだ。ぼくはホームズ先生より、もっとまずい。診断のサインだけだよ、書くのは」

　サインをことわって金を払い、おもてへ出ると、またすぐ馬車に飛び乗って、パカパカパカと「追いこみ探偵」に、走らせて行った先は、ハージング美術品店でした。

　ここの主人は小がらで四十才くらい、これまたピチピチしていて快活に、ホームズの用件を聞くと、

「わかりました。その事件を新聞で読みましてね。こいつは、この店にも関係があるぞ、と、おどろいてるところです。ゲルダ商会からナポレオン胸像を、三個、仕入れましてね。一個は新聞記者のハアカ先生に売ったのでさ。まちがいありません」

「あとの二個は？」

　と、ホームズの目が、にわかにかがやいた。この質問こそ急所らしい。

「二個とも早くに売れましてね。一つはベール町のレバナム荘にいられるブラウンさんにです」

「さいごの一個は？」

「そうです。グローブ町のサンドフォードさんが、買って行かれました。いったいナポレオンは、英国の敵だったのに、なかなかファンの方が多いようですな」

「この写真の男を、知っていませんか？」

　ホームズがさしだしたベッポの写真を、ハージング氏は、ジッと見すえながら、

「すごく悪い人相をしていますな。こんな動物的な顔は、いちど見ると忘れないでしょう。わたしは見たことが、ありませんです」

　と、キッパリ言いきった。

「この店に、イタリー人を使ってはいませんか？」

「イタリー人は、かなりいますんで、掃除をしたり、方々へ使いに出たり、いろんな用事をしていますがね」

「売り上げ帖というものが、あるのでしょうな？」

「それはむろん、ありますですよ。何月何日に、どの品物を、どこの誰に、いくらで売ったかと、いちいち書きとめてありますさ。お見せしましょうか？」

「いや、ありがとう。ぼくが見るよりも、そのイタリー人の中で、見た者もいるのでしょうな？」

「さあ、売り上げ帖なんてものは、秘密でもありませんし、いつもデスクにありますから、見ようと思えば、だれだって、あけて見るでしょう。何かそこに、ホームズ先生のお心あたりが、おありになるんですか？」

「すこしばかり、気になったものですから、いや、すっかり聞かせていただいて、ありがとう。では、いずれまた、さようなら！」

ホームズも快活に、ハージング氏と握手すると、店さきを出て馬車に乗りこんだ。その顔いろを見ると、たしかに成功したらしい。

「追いこみ探偵で、見当がついたのか？」

と、ぼくがきいてみると、

「フム、これからが追いこみだ。すばらしいものが、手にはいりそうだぜ」

「すばらしいものって、犯人なのか？」

「なあに、この犯人は奇怪なだけだ。すばらしくはないね。まあいいから、家へ帰るまで考えさせてくれ」

そう言ったきり、ホームズは馬車にゆられて行きながら、また腕ぐみして、すっかり考えこんでしまった。

すばらしいものが、手にはいりそうだ？　何だろう？　ぼくもだまって考えてみた、が、ざんねんにも、これまた、なんとも、わからなかったのです。

殺人秘密団

ホームズと僕が、同居しているベーカー町の二階に帰って、いろいろ話しながら、休んでいると、夕かたの六時、約束どおりにレスト探偵課長が、はいってきた。とても張りきって、キンキンしている。いすにかけるなり、すぐ言いだした。

「ホームズ先生、なにか有力な手がかりを、つかんだですか？」

「いや、どうも、いそがしくてね。ナポレオン胸像の製造工場と、美術品店を二軒、パカパカパカとまわってきた。それだけさ。君の方は？」

「ウフッ！」

と、レスト探偵課長が、ふきだして、

「まだナポレオン胸像ですか。犯罪の中心は殺人じゃないですか？」

「そう、それは、そのとおり！」

「名探偵ホームズ先生と探偵の腕くらべに、ぼくが勝ったですぞ！」

「さては、負けたかな、だが、どうして？」

「殺された者の身もとを、いよいよ突きとめたです」

「ホホー、それはえらい！　フーッ」

「それに殺人の原因を、明白にしたですぞ。どうです？」

「いよいよえらい。さすがに探偵課長だね、フッフッフー」

「おだてちゃ、いかんです。本庁には、いつもイタリー人の怪しい奴を専門に捜査している探偵が、いく人もいるですよ」

「フウム、さすがにロンドン警視庁だね。それで？」

「イタリー人係のサブロン・ヒル警部[19]が、あの殺された死体を見るなり、『さては、こいつか、ベヌチだ！』と言ったです。前科何犯もあるイタリー人の悪漢でしてね。マヒア秘密団[20]のすごい団員です。ワトソン先生、『マヒア』というのを知ってますか？」

「さあ、聞いたこともないが、秘密団なんて、すごそうだな」

「イタリー人ばかりの殺人クラブが、マヒア秘密団です。暗殺をたのまれると、相手をかまわず、秘密のうちに殺してしまう。団員のうちに、首領の命令をきかない奴がいると、これまた殺してしまうです。『マヒア』というのは、イタリー語でしょうな、ホームズ先生！」

「フーッ、そこで今度の殺人犯とマヒアの関係は？」

「これこそ明白じゃないですか。ハアカ氏の家の玄関へ、応接室から出てきた奴も、マヒアのひとりにちがいない。こいつは団の秘密命令にそむいている。そこで、付けねらっている団員ベヌチが、まちがわないように、そいつの写真をもって、ハアカ氏の家まで後をつけてきた。どうです、この僕の判断は？」

「なるほど、さすがに、みごとだ。それから？」

「それからですか、わかりきっていますよ、ホームズ先生に似あわない質問ですな。ねらってる奴が玄関へ出て来た。よし、今だ！　と、ベヌチはおそいかかったが、相手の方が意外に強くって、反対に突き刺された。どうです、実に明白じゃないですか？」

「なるほど、現場を見ているようだ。それから？」

「またそれからですか。後はベヌチに付けねらわれていたマヒアの団員を、探し出すだけです。これくらいのことは、わけないですからな。探偵の腕くらべ、ぼくの勝ちですぞ！　どうです、まいったと言わんですか？」

「フッフッフー、とうとう負けたかな。ところで、君の今までの説明だと、ナポレオン胸像ぶちこわしは、どうなるのだ？」

「ヤッ、まだ胸像ですか。先生の頭にはナポレオン像が、どこまでも、こびりついてるんですな」

「むろん、そのとおり！」

「あんなのは、つまらん窃盗だから、刑期だって六カ月くらいでしょう。中心は殺人です。先生にあずけた写真を返してください。あれを、ヒル警部とイタリー人係の探偵たちに見せて、イタリー人町をはしから捜査に行くです。いっしょに来ませんか、ワトソン先生も」

「フーフッ、ありがとう。これをそれでは、ひとまず返して」

と、ホームズがイタリー人ベッポの写真を、テーブルにおくと、おもしろいみたいに笑いだして、

「ハハア、この男が、おそらく犯人らしいね、レスト君の判断どおりに、だから、イタリー人町へ行くよりも、今夜、この男を君の手に捕えさせてやろう！」

「エエッ、なんですって？　先生！」

と、レスト探偵課長がギョッとして、ぼくもビクッとした。

ホームズが今度もまた、独特の探偵ぶりを見せるらしいのです。

少年秘密探偵群長イギンズ

レスト探偵課長、すっかり張りきって、ブルッと身ぶるいすると、ホームズにくってかかった。

「この写真の犯人が、今、どこにいるですか？　ぼくは探偵課長として、一分間もゆるしておけない。すぐ捕縛に行くです。先生もそれを僕に知らせる義務があるですぞ！」

「フッフッフー、……」

天じょうへ高く煙をふきあげたホームズが、やはり、おもしろそうな顔をして、

「レスト君、それは、こまるね。知らせろと言っても、この犯人が今どこにいるのだか、ざんねんだが、ぼくには何とも、わからないのでね」

「エッ？　今夜、捕縛すると、今言ったですぞ、先生は！」

「だから、今夜さ。まだいそぐ必要はない」

「いそがなくて、犯人が逃げてしまったら、どうするですか？」

「おそらく逃げないね」

「エッ、なぜです？」

「犯人の奴、ハアカ君の書いた新聞記事を見て、すっかり安心してるだろう。レストレード探偵課長とワトソン博士とホームズ、三人ともバカな奴らだ、おれを気ちがいだと思っていやがると、今ごろどこかで、ニヤニヤ笑ってるだろう」

「どこにいるかわからない者を、どうして今夜、捕縛できるですか？」

「そう君が早まっては、こまるね。フッフッ、待ちたまえ。ぼくは今ちょっと手紙を書くからね、二通だ」

パイプをもったまま、デスクの方へ行ったホームズが、ペンをとりあげると、ライトペーパアに何かスラスラと書きだした。

レスト探偵課長は、こうふんしてしまって、いすを立ちあがると、ぼくにきいた。

「ワトソン先生！　あなたは、きょうも、ホームズ先生といっしょに行動してたんでしょう。どんな手がかりがあったですか？」

「さあ、ざんねんだが、ぼくには何にも、わからない」

「チェッ、わからない、わからないと言いながら、今夜、犯人を捕縛するというのは、なおさら、わからんですぞ！」

「いや、だから、ぼくもますます、わからない」

「ワトソン！」

と、ホームズがペンを動かしながら、ぼくを呼ぶと、

「外にイギンズの連中が来ていたら、ハンケチを上下にふって見せてくれ、窓から」

「よしきた」

窓ぎわへ立って行った僕は、下の通りを見まわした。

来てる！　向うがわに止まってる馬車のかげに、イギンズだ。[21]

少年秘密探偵群長、敏しょうな目を光らせて、スックと立っている。ぼくがカーテンの横から、ハンケチを上下にふると、たちまち見つけて、

「ヒューッ！」

口ぶえをふくなり、バッと駈けだしてきた。

ハーン、そうか、さよなら！

ガタガタと階段を駈け上がってきた少年イギンズが、ドアをたたきもせずに引きあけると、飛びこむなりハッと立ちどまって、

「なんですか、ホームズ先生！」

と、目をクルクルさせた。ボロシャツに両腕を出して、ズックの靴をはいてる。

「ここへこい、イギンズ！　ほかの者は？」

と、ホームズがきくと、

「散らばってる、けれど、すぐ呼べるんだ。至急召集ですか？」

「フッフー、至急は至急だが、おまえひとりでいい。ここに手紙が二通ある。封筒の住所をさがして、あて名の人へわたしてくるんだ」

その二通の手紙を受けとったイギンズが、

「なあんだ、使いだけか、チエッ、つまんねえや」

「こら、大事な手紙だぞ、大至急、行ってこい！」

「タハッ、オーライ！」

チラッとレスト探偵課長を見たイギンズが、身をひるがえすなり飛び出すと、ドアをガターンとしめて行った。

「フーン、あれがワトソン先生の記録に書かれていた少年イギンズですな」

と、レスト探偵課長が、突っ立ったままで言うと、ホームズがデスクの前からふりむいて、

「まだ、たっぷりと時間があるんだ。こしをおろして休みたまえ、レスト君、今夜はいささか活劇の場面になるかも知れないからね」

「活劇の場面、相手はこの写真の犯人ですか？」

「おそらく、そうだね。これはベッポというイタリー人でさ、『猛烈な悪漢ですぞ！』と、ナポレオン胸像を作った工場の支配人が、おしえてくれたのだ」

「ウウン、はたしてイタリー人だな。マヒア団員にちがいないですぞ！」

「フーッ、それはまだ、捕えてみないと、わからないね」

「あくまでもナポレオン胸像に、関係があるんですな、フウム」

と、レスト君が、ようやく、こしをおろして息をつくと、

「どこへ何時に出て行くですか？」

「十一時に出発としよう。それまでに、ここで三人で食事をすます。うんと食って、ゆっくり休む。ワトソン、六連発を用意して行く方が、いいぜ。ところで僕は、ちょっと調べものがあるから、しばらく失礼する。レスト君、長いすに寝ころんで、すこし眠ったら、神経がしずまりはしないかな」

ホームズが、そんなことを言いながら、ゆうゆうと出て行った。なんだか、やっぱり、変人みたいなところがある。

二時間ほどすると、またガタガタと上がってきたのは、イギンズだった。ぼくを見て、

「ホームズ先生は？」

「書斎で調べものだ」

「そうか、行っちゃいけねえな。手紙二通、ちゃんとわたしてきたと、言っといてね」

長いすに寝ころんでいたレスト探偵課長が、ムクッと起きあがると、イギンズにきいた。

「どこへ手紙をとどけてきたんだ？」

「あんたは、だれだい？」

「警視庁のレストレードだ」

「ハーン、そうか、さよならっ！」

プイとイギンズが飛び出して行った。

知らない人から、いばられると、イギンズ少年は腹がたつらしいのです。

朝六時の客を待つ

大不平の探偵課長

夜十一時。

ホームズとレスト探偵課長と僕の三人が、二頭だての馬車[22]に乗りこんで、ベーカー町の通りを西の方へ走らせて行った。

「今夜は活劇の場面になるかも知れない」

そう言ったホームズ自身、猟の時に使うムチをもってきた。鉛が中にはいってる、重いムチです。ビシッとなぐられると、猛獣の骨もくだけてしまう。ぼくはホームズに言われたとおり、六連発を上着のポケットに入れてきた。レスト探偵課長は、むろん、ピストルと手錠をもってるはずだ。

「ベール町へ」

行くさきを、ホームズが馭者に言った。

さてはハージング美術品店の主人が言った、ナポレオン胸像を買ったブラウン氏の家だな！　と、ぼくはすぐ気がついた。

活劇!?

テームズ川の上の橋を、ガラガラと走って行く馬車の中で、ぼくは心ぞうがドキドキしてきた。『怪盗の宝』に書いたテームズ川の上の追跡活劇を、ありありと思いだしたからです[23]。あんな命がけの危険に二度とあっては、たまらない！

ベール町へ馬車がはいって行くと、

「よし、止めた！　帰りも乗るから、この十字路で待っていてくれ」

ホームズが馭者に言い、止まった馬車から、三人が道へ出た。あたりが暗い。

「待ち時間は、どのくらいですか？」

と、たずねる馭者に、ホームズはムチを上げて見せると、

「さあ、ざんねんだが、何時間ともわからないのさ。だが、おそくなっても、きっと乗るからね」

言いながらスタスタと歩いて行った。

住宅地の区域だから、木が多い。深い林のような中に、別荘らしい建物が、方々にはなれている。道も庭もさびしくて暗い。歩いてるのは、ぼくたち三人だけでした。なにしろ十一時をすぎている。ピタリと立ちどまったホームズが、

「フウム、ここだな」

と、ささやいた。

石の門に、「レバナム荘」と、銅の札が出ている。街灯がボンヤリと、うすぐらい。門の中の前庭に、芝が青く、小道がまっすぐに、むこうの玄関へ行ける。そこだけ上の方に灯がついていて、家の人は寝てしまったらしい。どの窓もみな、まっ暗

だ。

「門にドアがないのは、ここの主人公、開放的な人物らしいね。はいって見るとしよう」

おちついてるホームズが、まるで自分の家へ帰ってきたみたいに、ゆうゆうと門の中へはいって行った。

「家宅侵入になるですぞ」

と、レスト課長がついて行きながら、ささやくと、さきに行くホームズが、

「フム、ちっとも、かまわない」

と、芝の上を右の方へ通りぬけた。太いカシの木の下へくると、まっ暗なかげに、しゃがんで、

「さあ、ここで待機だ。何時間かかるかな。たばこも、がまんだ」

「なにを待機するですか？」

と、レスト探偵課長も、しゃがみながら、とてもイライラしている。

「おそらく犯人が、やってくるだろう。それまで待機だよ、レスト君」

「おそらくですか、チェッ！」

「ハハア、二分の一、たしかだがね」

「なんです、二分の一とは？」

「犯人のベッポという奴、もしかすると、グローブ町の方へ、行ってるかも知れないのでね」

そうだ！　と、ぼくは思い出した。これもハージング美術品店の主人が言った、「グローブ町のサンドフォードさん」が、ナポレオン胸像の一個を買って行ったのだ。


すると、殺人犯ベッポは、まだ、あくまでもナポレオン像をねらってる！　と、ホームズもまた、どこまでも判断しているのだな。ところが、レスト探偵課長は、そう思っていない。マヒア秘密殺人団員の犯罪なのだ！　と、信じこんでいる。探偵コンクールの腕くらべ、さいごに、どっちが勝つのか？　と、ぼくは「活劇の場面」をこわがりながら、おもしろくて、たまらなかったのです。

ところが、カシの木の下の暗いかげに、しゃがんでいること二時間あまり、たばこもすえない、水もない、腹はへってくる。探偵は実さいに、つらいものだ！　と、『恐怖の谷』で、やはり夜ふけに「領主館」の堀を見はっていた時の苦しさを、ぼくは、これまた、ありありと思いだしたのです。[▼24]

レスト探偵課長は、いよいよもうブリブリしている。大不平らしい。舌打ちしたり、からだを動かしたり、気がみじかいから、すこしもジッとしていない。まるで子どもみたいでした。

ゆったりしてるのは、ホームズだけです。あおむいて木のかげから星ばかり見ている。すこしも、たいくつしてないらしい。

シーンと夜がふけてきた。

つらいなあ、こんな探偵は！　と、ぼくも実はジリジリしていると、

「しめた、来たぞ！」

と、ホームズが突然、ささやいた。

まだ早い、今しばらく！

来た！「猛烈な悪漢」犯人ベッポか？

門の中へヒラリと外から飛びこんだ、黒い人かげ！　と、見

とめた一しゅん、パッと消えた、下へ、芝へ身を伏せたか？

　街灯が、うすぐらい。目をすえると、芝の上にスルスルと、はって行く黒かげのすばやさ！　からだを長くのばして、へビのようだ。

　いきなり飛び出しかけたレスト探偵課長を、ホームズがささやいて止めた。

「まだ早い、今しばらく！」

　玄関の灯の方へ、すばやく、はって行った長い黒かげが、にわかに立ちあがった、と、右の方の暗やみへサッと飛びこんだ。それきり消えた！

　ホームズが、ゆっくりと、ささやいた。

「レスト君、これこそ、家宅侵入だね」

「なにをっ、侵入して、うら口から逃げださんですか？」

　と、レスト探偵課長が、こうふんして、声もふるえている。

「さあ、ざんねんだが、なんとも、わからない」

「じょ、じょうだんじゃないですぞ、この場合、……」

「そら、侵入している！」

　どこから、しのびこんだか？　下の窓の一つに中から灯が、ボーッとカーテンに映ると、ユラユラと動いて、たちまち消えた。

「フム、あの部屋には、ないのだな」

　と、ホームズがささやくと、レスト探偵課長が、

「ナポレオン像ですか、やはり、……」

「むろん、そら、次ぎにうつった。すばやいね、ベッポ氏は」

　早くも別の窓のカーテンに、中からユラユラと灯が動いて、またスッと消えた。

「猛烈な悪漢」殺人犯ベッポが、ナポレオン胸像をさがしているらしい。なんのためなのか？

　またも別の窓に、灯が中からカーテンに映った。ここも黄色のカーテンだ。動いてる灯がまた消えた、と見るまにカーテンがひらいて、中から音もなく窓をあけた。

「取ったな、来るぞ！」

　ホームズがささやく、と同時に窓から外へ、ヒラリと飛びおりた黒かげが、玄関の灯の方へ、ヒタヒタと走りだした。左わきに白い物をかかえてる。ナポレオン像にちがいない！

「ヤッ！」

　気あいの小声より早く飛び出そうとするレスト君の腕を、そばからつかんだホームズが、

「まだ早い、今しばらく！」

　グッと引きとめた。

　ぼくは、からだじゅうの神経が張りきって、ブルブルとふるえた。

　立ちどまった身のたけの高い黒かげが、スックと両手をあげた。白いナポレオン胸像を、さかさにつかんでいる。足もとを目がけて、力いっぱい投げつけた。

「カタッ！」

　芝の土にひびいて、石膏のナポレオン像が白くみじんに、くだけ飛んだ。うつむいた黒かげが、飛び散った白いカケラを、玄関の灯の下に、ジーッと見まわしている。なにか探してるようだ。

「よし、今だ！」

　ささやいたホームズが、ムチを右手に走って出た。

レスト探偵課長も、僕も、いっさんに飛び出した。

ナイフの切っさき

ハッと黒かげが振りむいた。とたんに、ホームズが身をしずめると、

「ピシッ！」

横に払ったムチのさきが、黒かげの右足にあたって、▼25

「ムウン！」

うめいた黒かげが、フラフラと両手をもがくと、よろめきたおれた。

駈けよったレスト探偵課長が、すかさず手錠をはめ、ぼくは六連発を上から突きつけた。

「うぬっ、チ、チッ！　くそっ！」

わめいて身をもがく、黒服の大きな男を、玄関の灯の下に見た僕は、

「ベッポだ、こいつ！」

と、写真よりも猛悪な、目をギロギロさせてる、どす黒い顔に、タジタジとなった。

レスト探偵課長が、手錠についてる鉄のクサリを引いてどなった。

「立てっ、ベッポ！　きさまのさいごだ！」

「た、立てるけえ、くそっ、足を、どうしてくれるんだ」

と、ゴリラみたいな顔が、歯をむき出して、下からかみつくみたいに、わめきだした。いかにも「猛烈な悪漢」だ。

ところが、ホームズは、ムチを左わきにかかえたきり、ナポレオン胸像の白いカケラを、いちいち拾いあげては、なにかしらべている。見つめては一方へ投げすて、また別のカケラを拾いあげると、ジッと見つめて投げすてる。ベッポを捕えたことなど、まるで気にしてないようだ。

玄関の大きなドアが、スーッと中からあいた、と見ると、ランプを片手に、シャツとズボンだけの丸々とふとってる男が、ヌッと出てきた。外を見まわすと、大胆に笑いだしてたずねた。

「ハハッ、やりましたね。ホームズ先生は？」

ホームズは、胸像のカケラを手にしながら、

「ぼくです。ブラウンさんですね。うまく行きました、ごらんのとおりです」

「ハハア、そいつが曲者ですね。なるほど、ものすごい顔をしてるなあ！　ホームズ先生、少年がもってきたお手紙のとおりに、書斎の棚の上へ、そのナポレオン像をおいておいたのですが、なんだってこんなに、わざわざ持ち出して、ぶちこわしたんですか？」

「さあ、ざんねんだが、まだ、わからないのです」

「エッ、ホームズ先生にもわからないことが、あるんですかなあ。しかし、曲者がつかまって、まず安心です。どうですか、おはいりになって、茶でも飲みながら、この事件の話をしてくださいませんか。オーイ！」

と、ドアの中を振りむいたブラウン氏は、とても朗らかな人らしい。大声で、

「曲者はつかまったぜ。ビクビクしてないで、出てこいよう！」

と、おくさんを呼ぶらしい。まん丸い顔がニヤニヤ笑っている。

「いや、それどころじゃないです！」

と、レスト探偵課長が、もがいているベッポの上着からズボンをしらべると、[26]抜き出したジャック・ナイフの切っさきを、灯にすかして見て、

「オッ、まだ血のあとが付いてるぞ！　これできさまは、同じイタリー人のベヌチを、突き刺したんだな、白状しろ！」

と、ベッポをにらみすえると、

「ケッ、知るもんけえ、おれに白状させたけれぁ、ウイスキーでも飲ませやがれ！」

と、ベッポのギロギロしている目が、ブラウン氏の方をにらみつけた。飛びかかって、かみつくような、すごい目だ。

「ウヮッ！」

と、おどろいたブラウン氏が、顔いろをかえるとランプを片手にもったまま、あわててドアの中へ逃げこむなり、ガターンとしめてしまった。大胆みたいで気のよわい人らしい。

「六時の客」は？

「猛烈な悪漢」殺人犯ベッポを、ついに捕えた！

レスト探偵課長は、手錠をかけた犯人ベッポの両腕と両足へ、鉄くさりを固くまきつけると、

「ワトソン先生、手をかしてください。こんな最後まであばれる奴は、はじめてだ。こら、ジタバタするなっ！」

と、まだ口をあけてかみつこうとする猛悪なベッポを、ぼくとレスト君が、かつぎあげて、十字路に止まってる馬車まで、やっと運んできた。

「ワッ、それは何ですか？」

と、馭者がビクッとして、

「そんな者を乗せるのは、こまるんだ！」

と、ぼくたちの犯行だと思ったらしい。乗せずに馬車を走らせようとする。

その手綱を横からつかんだホームズが、

「ハハッ、警視庁へ行くんだ。心配するな」

と、わらいながら、片手で馬車のドアを引きあけた。

猛獣みたいなベッポを、馬車の中にころがして、三人が乗りこむと、馭者も安心したらしい。警視庁の方へ、まっしぐらに走らせて行った。

「ホームズ先生、こいつを、あざやかに捕えてくださって、ふかく感謝するです！」

と、レスト探偵課長が、息をついて言うと、パイプに火をつけたホームズが、

「フッフッ、謎はまだ残っているのだ。中心点がね」

「いや、殺人犯は、こいつにちがいないですよ。血のあとのあるナイフが、第一の証こです。死体の傷あとと、くらべてみるですから」

「それは見なくても明白だ。それよりも謎の中心点は、ナポレオン像さ」

「アッ、まだ、あれですか、フウム？」

「フッフッフー、六時にもう一度、ぼくの所へやってきたまえ。おもしろい客が、たずねてくるだろう」

「なんです、おもしろい客って？」

「来てみないと、これまた、ざんねんだが、なんとも、わからない」

警視庁の横門に、馬車が止まると、門の中から一時に巡査が五、六人、バラバラと出てきた。

「殺人犯だ。あばれるから地下へほうりこめ！」

と、レスト探偵課長が巡査をさしずして、ベッポを馬車からかつぎ出して行った。

ホームズと僕が、ベーカー町の家へ帰ってくると、

「さあ今のうちに、グッスリ眠っておこうぜ。六時には客がくるはずだ」

「だれだい、それは？」

「ハハッ、さいごの謎を解く人物さ」

ふたりは水をガブガブと飲み、パンとソーセージを食い、すぐに寝室にはいった。

なにが何だかわからない、そのまま僕は、グッスリ眠ったのです。「六時の客」を、いろいろ想像しながら。

ええ、その、エヘン！

朝、六時まえ。[27]

早く起きたホームズと僕が、食後のコーヒーを飲んでると、さっそく、たずねてきたのは、この朝も張りきってるレスト探偵課長でした。

「お早う！　レスト君、けさのコーヒーは、特別うまいが、いっぱい、いかがです？」

「ありがたいです、いただきましょう。おもしろい客というのは、まだですな」

「六時にはくるはずだが、ベッポのしらべは？」

「ヒル警部も立会って、厳重にしらべたです。奴、したたか者ですな。英語を完全に話すくせに、なかなか白状しおらん。あのナイフを証こに突きつけて、これでもかと、しめあげると、とうとう今さっきに、『ベヌチをやっつけたのは、いかにもおれだ』と、ようやく白状しおったです」

「やった原因は？」

「マヒア殺人秘密団の暗闘だろう！　と、ヒル警部も僕と同意見で、きびしく、しめあげたです。が、ベッポの奴、そうだとも、そうでないとも、原因については何とも口をあけないです」

「そうだろう。ナポレオン像については？」

「これまた、なんのためにナポレオン像を五個も、ぶちこわしたのか？　と、しめあげたですが、『フン、五個ともぶちこわしたのは、いかにもおれだ。ナポレオンて野郎が、気にくわねえからでえ』[28]と、ワトソン先生の判断が、あたっているですよ」

玄関のベルがジリジリと鳴った。

「そら来た。おもしろい客だぜ、さあしめた！　ハハッ」

と、ホームズが愉快そうにわらった。

階段に、きちょうめんな足音が上がってくると、ドアをたたくのも、小さくやわらかだ。ホームズが、やさしく声をかけた。

「どうぞ、おはいりください」

はいってきたのは、髪が半分ほど白い五十才あまりの、しかし、顔いろは赤くて、身なりはキチンとしている、実直そうな目つきをして、

「ええ、こちらに、シャーロック・ホームズさんは、いられますかな？」

と、オドオドしてきだした。

「ホームズは僕です。よくおいでくださいました。グローブ町のサンドフォードさんですね？」

「へえ、さようで。あなたのお手紙を、きのう、子どもさんが、もってきましてな」

　少年イギンズが、とどけたのだな、と、ぼくはすぐ気がついた。▼29が、この実直そうなサンドフォード氏は、「おもしろい客」でもないようだ。「さいごの謎を解く人物」だとも思えない。ぼくもレスト探偵課長も、そばから真けんに注意していたのです。

　いすにかけたサンドフォード氏が、古い中折帽をテーブルのはしにおくと、

「ええ、その、エヘン！」

と、口をモグモグさせて、せきばらいを大きくした。

黒い顔が青くなるか？

一つ手品を見せよう

　だしぬけに「エヘン！」と、せきばらいを大きくした、これも何だか変人みたいなサンドフォード氏が、上着のポケットから抜きだした紙を、両手にひろげると、

「読んでみますぞ、エヘン！　念のために読むだが、エヘン！……はじめて突然ですが、ぼくは、シャーロック・ホームズというものです。フランス人ドビーヌの原型によるナポレオン胸像を、手に入れたいと思っています。あなたがもっていられるのを、おゆずりくださると、まことに幸いに思います。その時は、金十ポンドをさしあげたく、明朝六時、ベーカー町の僕のところへ、おたずねくださると、なおさら幸いなのです、と、エッヘン！　ええ、その、これはたしかに、あなたの手紙でしょうな？　ホームズさん！」

「まちがいなく、ぼくが書いたのです」

と、ホームズは、やさしい顔になって、ニコニコわらっている。

「ええと、けれども、ナポレオン胸像を、この私がもっていると、どうして、あなたは知っていなさるかな？」

「ハハア、それはハージング美術品店の主人が、おしえてくれたのですよ。あなたの住所も」

「ウウン、なるほど、それでわかった！　けれども、わたしが、いくらで買ったか、そこまで、ごしょうちかな？」

「さあ、それは聞かなかった、が、まず十シリングとはしなかったでしょうね」

「ヤッ、そのとおりで、ウム、わたしは大して金もちでもないが、ごく正直な人間でな、ホームズさん！」

「いかにも大いに、けっこうですよ」

「だから、そんなに安く買ったものを、十ポンドの大金で、あなたにわたすとなると、あんまり、どえらいもうけになるだから、こわい気がするだが、……」

「なあに、ぼくは欲しいから、十ポンドも惜しくはない。ナポレオン像を、ドアの外へなどおかずに、ここへ持ってきてくれませんか？▼30」

「ヤヤッ、あなたは、どうしてそれまで、知っていなさる

だ？」

「フッフッ、あなたがはいってくる前に、コトリとドアの外に音がした。せっかくのナポレオン像を下へおいたのでしょう」

「ウウン、そうだ！　わたしのことを、近所の人は『変っている』と言うが、あなたも大分、変っていなさるようだな」

ぼくもレスト君も、おかしくなってクスクスとわらった。

わらわれても平気なサンドフォード氏が、立ちあがってドアの外から、ズックの大きなカバンを持ちこんできた。あけて中から両手にかかえだし、テーブルの上へ、ドカリとおいたのは、まっ白い石膏のナポレオン胸像です。なかなか立派なものでした。

「ホホー、ありがたい！」

と、目をほそくしたホームズが、十ポンドの札をすぐ出して、サンドフォード氏にわたすと、

「これで、ぼくの切望どおりになった。サンドフォードさん、ここにいるのは、ふたりとも、ぼくの親友です。このナポレオン像を、あなたから僕が買いとった証人に、なってくれますよ」

「ええと、証人？」

と、変な顔をしたサンドフォード氏が、十ポンドの札を上着のポケットに、しまいこむと、

「なんという人だかな？」

「こちらはワトソン博士に、こちらはレストレード探偵課長」

「なに、博士、探偵だと？　わたしは、わるいことしてないだから、ちっとも、おそろしくはない。ええと、その、エヘン！　おそろしくはない！」

と、サンドフォード氏は、ズックの大きなカバンを取りあげるなり、ソソクサと出て行ってしまった。

レスト探偵課長が、たまらなく笑いだして、

「ワハッハッハッ、変ってるなあ！　たしかに正直にちがいない。しかし、ホームズ先生、この胸像を十ポンドで買ったりして、ハッハッハッ、今のおやじが言ったとおり、あなたも大分、変ってるじゃないですか？」

「フフッ、どちらも変ってるかな。今から一つ、手品をお目にかける」

「エッ、手品を？　どういうんです？」

「ハハッ、ざんねんだが、なんとも、わからないだろう。ワトソン、君はどうだね？」

ぼくも笑いだして言った。

「ハハハ、わかるもんか！　早く手品を見せてくれ！」

有名な黒真珠

今まで僕たちが見たのは、ぶちこわされたナポレオン像のカケラばかりだった。今ここにはじめて、完全な胸像を目の前に、ぼくは、ゆっくりと頭の上から、おもてがわも、うらがわも見たのです。

堂々と威厳のある皇帝ナポレオン、なにを考えているところか、前の方をジーッと見すえて、大きな頭をしている。これと同じものを、五個もぶちこわした悪漢ベッポは、殺人まで犯している。この謎をホームズが、今から「手品」で解こうとするらしい！

「さて、ご両氏！　よろしく、ごらんください！」

と、ホームズが、ふざけた顔になって、一方のテーブルの上から、大きなテーブルかけを、はぎとると、ゆかの上にひろげて、

「ワトソン、このまん中に、その皇帝を立ててくれ」

「よしきた」

と、ぼくはそのとおりにした。ナポレオン像が、なかなか重い。

「ほんとうに、これほど頭デッカチだったのかな、ナポレオンは？」

「フッフッ、多分、そうだったろう。脳みそが、いっぱい、つまっていてね。これは石膏だが、……」

と、ホームズがテーブルの下から、つかみだしたのは、ベッポの足をなぐりつけた鉛入りのムチだ。

レスト君が、おどろいて、

「ヤッ、先生も、ぶちこわすですか？」

「フム、こわさないと、手品にならない」

ホームズがムチを振りあげたから、ぼくは言った。

「よせよ、惜しいじゃないか！」

「ハハッ、ところが、まだ惜しいものがある！」

サッと振りおろしたムチの下に、

「ガタッ！」

はげしい音をたてて、ころげたナポレオン胸像が、みじんにくだけて、大小のカケラになった。

「さあ、どうだ。ざんねんだが、わからないかな？」

ムチを投げすてたホームズが、うつむいて、白いカケラをしらべだした。

「乱ぼうな手品だね」

と、ぼくが、あきれて見てると、

「しめたっ！」

と、大声をあげて立ちあがったホームズが、

「ご両氏、まずもって、このとおり！」

と、テーブルの上に、白いカケラの一つを、ソッと大事そうにおいた。

見ると、ナポレオンのせなかあたりらしい、大きなカケラの内がわに、何か黒く丸いものが一つ、食いこんでいる。

「変な物があるね、何です？」

と、レスト君が顔をのばして、見ながらきくと、

「待った待った、ご見物のお客は、お待ちください！」

と、ホームズが両方の指さきで、その黒く丸い物を、はずしてとると、テーブルの上に、コロリとおいて、上から見つめながら、

「まちがいなし！　これは、イタリー貴族コロナ公爵家に、むかしから伝わっていた、世界に有名な黒真珠でございます、エヘン、エッヘン！」

と、サンドフォード氏と同じような大きなせきを、二度もして見せた。

レスト探偵課長も僕も、あっけにとられた。すると、ホームズがまた笑いだして、

「ハッハッハッ、ご両氏とも、このような手品をごらんになって、拍手をなさらないのでございますか？」

「ヤッ、どうも、……」

と、レスト君がパチパチと拍手して見せたから、ぼくも手を

たたいた。

「コロナ公爵家の黒真珠」というと、ぼくも聞いている、いかにも有名なものだ！　これが、それか？　と、テーブルの上にころがってるのを、ぼくは見つめているうちに、ホームズの説明がはじまった。

なにしろ説明を聞いてみないと、謎の解き方がわからないから、ざんねんです。

青くなった悪漢

ホームズとレスト探偵課長の話を、ぼくは、この手帖に書きとめておいたのです。

「レスト君、イタリーのコロナ公爵夫人が、黒真珠をなくした事件があったね。君はおぼえているだろう」

「おぼえていますとも、デカー・ホテルで起きた怪事件です。警視庁じゅうが張りきって、ぼくも真けんに捜査したですが、とうとう、わからなかった。しかし、公爵夫人がデカー・ホテルにとまっていて、寝室でなくなった黒真珠が、実さいにこれですかな？」

「フーフッ、その時、ぼくは新聞記事で見たのさ。警視庁の君たちは、公爵夫人の寝室にいた女中に、疑がいをかけたじゃないか？」

「アッ、よくおぼえていますね。そうだ、イタリー人の若い女でしたよ。しかし、証こが何にもなかったです」

「その女の名まえは？」

「ええと、待ってください。なんとか言ったな、……そうだ、ルクレチア・ベヌチです、たしかに」

「フフッ、それ見たまえ。今度ベッポに殺された男が、やはりイタリー人で、名まえはベヌチじゃないか！」

「ヤッ、しかし、殺されたのは、男ですぜ」

「そうさ、だから、女中の兄かも知れないぞ、と、ぼくは『ベヌチ』という名まえを、君から聞いた時に、ハッと思いついたのだがね」

「フウム、そこまでは、気がつかなかったです。ざんねんだな」

「ところで、ぼくは書斎にはいって、当時の新聞をしらべてみると、コロナ公爵夫人が黒真珠をなくしたのは、ベッポがゲルダ商会の工場で捕えられたのより、二日まえなのさ。こいつは怪しいぞ！　と思ってね」

「二日まえ、フウム？」

「そこで、ぼくは判断してみたのだ。警視庁の君たちが疑がったとおりに、公爵夫人の女中ルクレチア・ベヌチは、夫人の寝室から黒真珠をぬすみ出した。が、探偵の諸君に、しらべられても、持ってはいない。証こは何にもない。そのはずだ、すばやく兄のベヌチに、わたしてしまったあとだからね」

「それは、まるで想像じゃないですか？」

「フム、このように想像しないと、謎が解けないからね。そこで兄のベヌチは、妹からわたされた黒真珠を、同じマヒア殺人秘密団員のベッポの手へ、さらにわたしたか？　あるいはベッポにぬすまれたか？　要するところ、黒真珠をつかんで身につけていたのは、あの猛悪なベッポだ」

「いよいよもって、ホームズ先生の想像ですな。ワトソン先生、どう思うですか？」

「ぼくも、そう思うけれども、ホームズの想像は、よくあたるのでね」

「フッフッフー、ご両氏とも、よく聞きたまえ。実さいにその黒真珠が、このとおり、ここにころがっているのだ。これを手に入れた猛烈な悪漢ベッポが、ゲルダ商会の工場で、傷害犯のために巡査にふみこまれた。さあ大変だ！　捕えられて身体検査をされると、せっかく手に入れた何百万ポンドもする黒真珠を、たちまち発見される、と、さすがのベッポも、この時は青くなった」

「あんな黒い顔が、青くなるですかな？」

「フフッ、ぼくの想像だよ。青くなった悪漢ベッポは、あわてて、あたりを見まわした。大事な黒真珠を、今三、四分のうちに、かくさなければならない！　見ると、ろう下に石膏のナポレオン胸像が六個、ズラリと並んでいる。原型から取り出して、つぎあわせたばかりだ。まだ、やわらかい。そばには、だれもいない」

「フウム、なるほど、だんだんわかってきたです」

「それ見たまえ。職人として腕のいい悪漢ベッポは、さっそく、やわらかいナポレオン像の一つに、指さきで深く穴をあけると、この黒真珠を、おくの方へおしこんだ。その上をなでまわして、すばやく穴をふさいでしまった。だれが見たって、もうわからない。どうだ？　実に巧妙きわまるかくし場所じゃねえか！　と、いっしゅん得意になったところに、ドカドカと巡査がピストルと手錠をもって、ふみこんできた」

「すると、今度とちがって、おとなしく、つかまったのかな？」

と、ぼくが、おもしろくなってきくと、

「黒真珠をかくして、気をゆるしたところだから、すなおに同行したろう。ところが、裁判の結果は刑期一年、さあこれからが問題だ。ご両氏とも悪漢ベッポになって、これからどうしたらいいかを、考えてみたまえ、フッフッフー」

と、ホームズは、ますます愉快そうに話したのです。

頭で後をつけて行く

レスト探偵課長が、両腕をガッチリとくみしめて、

「なるほど、ますますわかってきたです。ベッポの奴、刑務所を出てからも、この黒真珠を、どこまでも、ねらってまわったんですな」

と、目をきらめかして言うと、

「フフッ、そのとおり！　ぼくが初め気がついたのは、ナポレオン胸像を犯人が、いつも、みじんに、ぶちこわしている。しかも、そこは灯のある所に、きまっているのだ。暗い所では、ひとつもこわしていない。ハハア、これは、像の中に何か、かくされているのを見つけるためだな！　と、思わずにいられないじゃないか」

と、ホームズは、天じょうをあおむいて、

「そこに、殺された男の名まえが、『ベヌチ』ときた。さては、コロナ公爵夫人の黒真珠がなくなった時、警視庁の探偵諸君に疑がわれた女中の名まえと同じだ。ナポレオン像の中にかくされているのは、黒真珠らしいぞ！　と、捜査の光りがキラリと見つかった。レスト君、これは推理だ。想像じゃないぜ」

「ウウム、わかったです！」

「そこで、ナポレオン像の製造工場に、たどりついてみると、『猛烈な悪漢ベッポ』なる者が、浮かびあがってきた。ハハア、こいつだな！　と、またキラリと光った」

「どうも、よく光るですな」

「ハハッ、向うから光ってくるのだ。そこでベッポになって考えてみると、製造工場に親類で正直な男がつとめている。この男に、ナポレオン像六個の売りさきを、たずねてみた。すると、三個はハドソン美術品店へ、三個はハージング美術品店へと、明白になってきた。よし！　その中の一個に、何百万ポンドもする黒真珠が、かくれているんだ！　とベッポ先生、すごく黒い顔をかがやかして、まずハドソン美術品店に目をつけた。ワトソン、君がベッポだったら、やはり、こうしないかね？」

「知らないね。ぼくは悪漢じゃないから」

「フーフッ、これは失礼！　ぼくが悪漢ベッポになってみると、ハドソン美術品店の店員に入りこんで、二個の売りさきを突きとめた。一個はまだ店さきにある。しめた！　と、ぶちこわしてみたが、それも、あとの二個とも、黒真珠は出てこない。が、断じて失望しない。このつぎは、ハージング美術品店だ」

「フウム、ベッポの後をつけてるみたいですな」

「そのとおり、頭で後をつけて行くのさ。ハージング美術品店には、同じイタリー人がつとめている。こいつに売り上げ帖を見させて、三個の行くさきを突きとめた。一個は新聞記者ハアカ氏の家にある。よしとばかりに、そこをねらった。ところが、これこそ実さいに後をつけてきたのが、同じ仲間だったベヌチだ」

「どうも、うまい推理ですなあ！」

「ハハッ、ベヌチは妹からわたされた、すごく高い黒真珠を、ベッポの野郎がどうしたか？　ひとり占めにしやがると、しょうちしねえぞ！　と、ハアカ氏の家から出てきたところを、玄関でぶつかった。たちまち悪漢どうしの格闘だ。すばやくて身のたけの高いベッポのほうが、ベヌチをナイフで突き刺して、あそこから消えてしまった」

「待ってください。ふたりは前から知りあっていた、とすると、ベヌチがベッポの写真をもっていたのは、どういうわけです？」

「フッフー、『この写真の男を、見かけねえですか？』と、ベッポを見つけるまで心あたりの場所を、探しあるいていたのさ。君が想像した『マヒア殺人秘密団の暗闘』などじゃないね」

「ウウン、腕くらべに負けたかなあ、やっぱり、ざんねんだ！」

「ところで、残りの胸像は後二個だ。どちらかに黒真珠がはいってる。警視庁のレストレード探偵課長だの、ワトソン博士だの、ホームズなんて奴らは、おれを気ちがいだと思ってやがる。バカな奴どもだ、へへッ！　と、新聞を見て、あざ笑った悪漢ベッポは、安心してブラウン氏の家へ、しのびこんだ。それが運のつきでもって、レスト探偵課長に手錠をはめられた。いよいよ最後のナポレオン像は一個、それをホームズ氏が、今さっき買いとって、このとおり黒真珠が、ここに現われたという、手品はこれでおわり。ご両氏、もう一度、拍手してくれませんかね？」

「ウウム、拍手よりも、ベッポの奴、この黒真珠については、まるで白状しおらんですぞ！」

「よろしい。『おまえがベヌチを殺してまで、ひとり占めにしようとした黒真珠が、とうとう、ナポレオン皇帝の中から、ころがり出たぞ！』と言ってやるんだね。あの黒い顔が、今度こそ青くなるだろう、ハッハッハッ」

口のまがった男

読者のみなさま！

ワトソンが手帖を見て話しますのを、わたくし（ワトソンの妻メアリー）が、ここまで書いてきました。[31]夜もおそくなって、一時ちかくでした。

ところが、とつぜん、玄関にベルが鳴りましたのです。

「急患かな？　今から出て行くのは、つらいなあ」

と、ワトソンが顔をしかめました。

わたくしは同情しながら、玄関へ出て行きまして、ドアをあけてみますと、黒っぽいオーバーを着ている婦人が、ションボリと立っていますの。

「どなたさま？」

「メアリーさん、わたしよ！」

「あら、ケートさん！」

高等学校の同窓だったケートさんですの。[32]結婚して幸福な家庭をもっていらしたのに、ご主人のホイットニー氏が、さいきん、アヘンをすいはじめて、中毒患者になり、ワトソンの診察を受けにいらっしゃる。それがもう、かなりに重いアヘン中毒だと、ワトソンも心配しているのでした。

「どうなさって？」

と、たずねてみますと、ケートさんは、いきなり、わたしにすがりついて、すすり泣くのでした。

「まあ、どうなすったの？　いけないわ、おはいりなさいよ、ケートさん！」

「たすけてちょうだい、わたし、どうしたらいいんだか、……」

「だから、はいってよ、そうしてお話を聞くわ」

「ええ、ワトソン先生は？」

「まだ起きてるわ」

「先生にたすけていただかないと、わたし、もう、……」

「どなたか、おわるいの？」

「ホイットニーが、……」

「まあ、どんなに？」

「もう二日も、家へ帰ってこないのよ」

「あら、……」

わたくしもビックリしまして、泣いているケートさんをだきかかえながら、居間へつれて行きました。

「ヤア、どうしたんだ？」

と、ワトソンもおどろいて、

「ケートさんじゃないか。どうしたんです、ホイットニー氏が発作を起こしたんですか？」

「二日も家へお帰りがないんですって」

と、わたくしが、ケートさんを長いすにかけさせますと、

「それはいけないな、行くえ不明ですか？　泣いている時じゃない。それとも夫婦けんかをやったんですか？」

と、ワトソンは、そんなことを言いだして、

「行くえ不明だと、ホームズ君の領分だな」

と、わたくしの顔を見ました。

　いかにも、これはホームズ先生の領分なのでした。

　これからのお話は、ワトソンが後で聞かせてくれましたのを、わたくしがまた書きましたのです。変な『口のまがった男』というのですけれど、なにしろ事件が怪奇なのですから、おゆるしください！

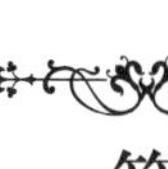
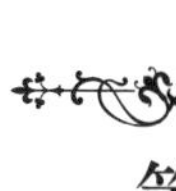

第二話　口のまがった男

夫人が地獄の三階へ

石段の下の「金の棒」

　ワトソン博士が、愛妻メアリーに聞かせた話。▼[33]

「いや、どうも、すっかり、おどろいたね、あの時は、アヘン中毒の重いホイットニー氏が、二日も家へ帰らずにいる、と、ケート夫人が泣いてさ、

『行くさきは、きまっていますの。ズッと東の方の、「スワンダム小路」というところにある、アヘンの宿なんですわ。でも、わたし、そんなアヘンの宿なんて、おそろしくて行けないんですの。一生のおねがいですから、ワトソン先生、どうぞ、ホイットニーを、つれて帰って、アヘンから目をさますように、いつもの注射をしてやってくださいませ▼[34]、おねがいです、ホイットニーと私を、たすけると思ってくださって、……』

　なみだをボロボロこぼして言うと、そばから君がまた、

『あなた、行ってあげてね。まさか危ないことはないんでしょう！』

　と、ぼくを、はげますみたいに、えらそうな顔して言ったぜ。いや、たしかに、ぼくを、さしずするような、君は、えらそうな目をしてたんだ。

アヘン中毒の患者を、アヘン宿からつれて帰ってくる。これは医者の領分にちがいない。よし行ってやろう！　と、ぼくは気もちを引きしめた。君の言うことだと、なんでもきくんじゃない。それほど僕は、あまい人間じゃないつもりだ。

『スワンダム小路の、なんというアヘン宿ですか？』

と、泣いてるケート夫人に、きいてみると、

『ええ、それは、金の棒だって、ホイットニーが、言っていましたわ』

『金の棒、変に欲ばった名まえだな』

どうも仕方がない。医者のつとめだから、その『スワンダム小路の金の棒』へ、ぼくは夜ふけの道に、馬車を走らせて行った。

馭者も『スワンダム小路』なんて、知りはしない。東へ、東へと駈けて行ってさ、ロンドン橋をわたってしまって、そこにフラフラ歩いてる酔っぱらいにきいて、やっとわかった。北の方の岸にある荷上げ場の、うらなんだ。

なるほど『小路』だ。せまくて、一頭だての小形な馬車が、やっとはいれた。そこでおりると、石段があってさ、下からヨロヨロと一段ずつ上がってくる男がいる。星のあかりにすかして見ると、帽子なしに、きたないシャツ一枚の、そのシャツからアヘンのいやなにおいが、ぼくのはなさきに、ムッとにおってきた。

『金の棒って、どこですか？』

と、よこによけながら、きいてみると、

『こ、この下でえ、……』

と、舌がもつれて、ヨロヨロしている、これもアヘン中毒だ。▼35

三十才にはなっていないだろう、働らきざかりのくせに、青白い顔をして、目もドンヨリしてるんだ。

アヘンはおそろしい、人間を毒するものだ！　と、ぼくは身ぶるいしながら、そこの石段を、おりて行ってみたんだ。

君は『まさか危ないことはないんでしょう』と、知らずに言ったが、実さいはおそろしい冒険だったぜ。どんな奴が、アヘン宿にいるかも知れないからね。

後から変な声

石段が、くぼんでいる。しかも、古い石だ。アヘン中毒の連中が、いつも上がったり、おりたりするからだな、と、ぼくは、ちょっとホームズみたいな探偵気分になった。

デコボコの石段を、おりきってしまうと、せまい入口のドアの横に、きたない小さな石油ランプが、さがっている。『金の棒』とも何とも書いてない。が、ここにちがいないだろう、と、怪しげなドアを、ソッとおしてみると、ギーッとあいた。出入りは自由らしい。

『アヘン宿』なんて、君は、どんなところだと思う？　実さいに見ないと、想像したって、わからないぜ。天じょうが、ひくくって、ほそ長い部屋なんだ。まん中にせまい土間が、おくの方へ、道みたいに通っていて、両がわは上下に四段ずつベッドになっている。ズッとおくの方まで、このベッドが、いくつあるかわからない。その上に、いろんな奴が、ゴロゴロと寝ころんで、アヘンをすっている。毒の煙がモウモウとたちこめて、ぼくはすぐ息苦しくなった。

ホイットニー氏は、どこにいるんだ？　一分も早く、こんな

所からつれ出さないと、たすからないぞ、と、ぼくは、両がわのベッドの上を、のぞいて見ながら、おくの方へあるいて行った。ムンムンと、くさいしさ、まったく息がつまりそうだった。

　寝ころんでアヘンの煙を、長い管からジュージューとすっている。なにかブツブツと、ひとりごとを言ってる奴、アングリと口をあけたきり、ヨダレをたらしながら、ねむってる奴、いきなり『ワアッ！』と、さけびだす奴、モゾモゾと、のたうちまわってる奴、さまざまだ。まるで地獄だ、アヘン地獄なんだ！

　ズッとおくの方に、赤い火が見える。なんだろう？　と行ってみると、炭火を土間にもやして、そばのいすに、髪のまっ白な老人が、ジッともたれている。ぼくを見ながら、なんとも言わずに、そのくせ、するどい目をしている。気みの悪い年よりだ。こいつが、このアヘン宿の主人かな？　と、警戒しながら、

『ホイットニーという人が、来ていないかね？』

　と、きいてみると、その年よりが、しわだらけの右手をあげて、フラフラと横にふって見せた。それきり、だまってるんだ。

　こうなると、ぼくも引っかえすほかに、仕方がない。こんなところに、グズグズしていて、アヘンをすいにきたんじゃない、と、わかると、どんな奴が飛び出してきて、危害をくわえるかも知れない。いや、もっとおくまで行ってみるか？　医者の義務だから、と、四、五秒、まよったがね、思いきって、

『ホイットニー君、来てないのか？』

　と、あたりに用心しながら、声に力をこめたんだ。

　すると、すぐ右がわの、下の方のベッドに、モゾモゾと動きだした奴がいる。うすぐらい中に、顔を見ると、髪はモジャモジャにみだれて、まるで青白くおとろえた、見ちがえるばかりのホイットニー氏じゃないか！

『アッ！』

　と、ぼくは、そばへ行くなり、腕をつかんで引きおこした。

　すると、ホイットニー氏が死んだ魚みたいな目をして、ぼくを見つめると、やっと気がついたらしい。しわがれた声で言った。

『アア、そうか、わかった。ワトソン先生ですね』

『そうだ。さあ早く帰ろう。おくさんが、とても心ぱいしてるんだ』

『アア、ケートがね。きょうは、何曜日ですか？』

『金曜ですよ』

『エッ？　アア、水曜でしょう。先生、ぼくを、おどかして、金曜だなんて、……』

　と、ホイットニー氏が、両手に顔をふせると、いきなりエエン、エエンと、赤んぼみたいに泣きだした。アヘン中毒だ。なみだと、よだれが、いっしょにダラダラとこぼれる。

　ぼくは夫婦から泣きつかれたわけだ。こうなると医者も、診察と薬だけでは、まにあわない。手こずってしまって、

『とにかく早く帰るんだ、さあ！』

　と、ホイットニー氏をベッドの上から、引きずりおろすと、

『エエン、エエン、先生の言うのは、ウソだあ。ぼくはここへ来て、まだ、二、三時間しか、いないんだよう。きょうは、水曜だよう、……』

　と、大声をあげて泣きつづける。まるでダダッ子みたいだ。

『チエッ、もてあますなあ』

と、ぼくはホイットニー氏を、むりに立たせて、あるきだそうとした。

　すると、この時、変な声が後から聞こえたんだ。

『よわってるね、気をつけて、ワトソン博士、こっちを見ろ！』

落し穴が川底へ

　毒の煙に息がつまり、灯はくらい。耳のまよいかな？　いや、『ワトソン博士、こっちを見ろ！』と聞こえたが、と、後をふりむいて見ると、髪のまっ白い、しわだらけの、気みのわるい老人が、やはりジッと前をむいている。口のまわりもムシムシと白ひげだらけだ。

『おまえさんか、今、なにか言ったのは？』

　と、念のために、きいてみると、その老人が僕の方へ、ゆっくりと顔をまわした。何も言ったらしくはない。ムッと口をひきしめてる、と、するどい目が、突然、まばたきして、天じょうをあおいだ。

　ぼくは、とたんにギョッとした。この気みのわるい老人を、だれだと思う？　ホームズなんだ、たしかに！　すっかり顔を変えてる、が、今、まばたきして見せた、するどい視線、それに天じょうをあおむいた気はい、たしかにホームズだ！

『オッ！』

　と、さけびかけた自分の声を、ぼくは口の中でおさえてさ、ホイットニー氏をそのまま、その老人……ホームズのそばへ、ソッとよって行った。

　すると、はたして、

『あの男は、君の患者だね』

　と、ホームズ……老人のボソボソした声が、

『馬車は？』

　と、いつもの切りすてるような口調できいた。

　ぼくは、気をおちつけて、

『外に待たせてあるんだ』

　と、ささやいて言うと、

『馭者に言いつけて、あの中毒患者を、おくりかえしてくれ。君はおくさんに、ホームズといっしょだからと、名刺に書いて、馭者にもたせてやるんだ。石段の上で、三、四分、待っていると、すぐ僕が行く』

　これだけのことを、ホームズが、ボソボソと早口で、天じょうをあおむいたまま言った。ほかの者には聞こえない、ささやきだ。

　どうも、すっかり、どぎもをぬかれてね。ぼくはホームズの言ったとおりにしたんだ。やっとたすけ出したホイットニー氏を、馬車にのせて、君あてに書いた名刺を、馭者にことずけてさ。

『早く送りとどけてくれ、たのむ』

　と、チップをわたして、馬車を後から見おくっていると、石段を下の方から、コトリコトリと上がってきたヨボヨボの老人……ホームズが、

『ホーッ』

　と、息をついて、後へ手をまわすと、こしをたたきだした。

だれが見たって、おいぼれじいさんだ。

　なんとも言わずに、このじいさんが、こしをまげたまま歩き

だして行く。ぼくは後からついて行った。せまい小路を、いくどもまがって、通りへ出ると、

『ワッハハッ、ハッハッハッ』

ホームズがにわかに、わらいだして、こしをまっすぐにすると、いつものするどい快活な声で、

『おどろいたね、君が金の棒なんかへ出てこようとは!』

と言いながら、白髪のカツラや付けひげを、むしりとって、ズボンのポケットへ入れてしまった。いかにも変装の達人だ。

『おどろいたのは、こっちだぜ。何かの事件だな?』

と、ぼくはまた探偵的興味を感じて、ゾクッとしたんだ。

『ウム、ところが、あのアヘン宿で、ぼくがホームズだと知れると、命がいくつあったって、たりないだろう』

『だって、君はあそこの主人みたいに、ゆったりと、いすにもたれてたぜ』

『そうさ、だから、なおさら、だれにも僕だとは、わからないのさ。あそこの横に、秘密の出口があるんだ。出ると、荷上げ場のうらになっている。地面に深い落し穴が、川の底へ通じているがね。今までに何人、その落し穴へ死体のまま投げこまれたか知れないんだ。浮きあがらないように、重みをつけるから、川底へ流れて行ったきり、永久に行くえ不明だ』

ぼくはまたゾクッと寒い気がした。そんな危険きわまる『金の棒』だったとは、むろん、君も気がつかなかったろう。知っていたら、いくらケート夫人が泣きついたって、ぼくをそんな所へ行かせるはずがない。

ところで、そんなアヘン地獄のおくへ、ホームズが変装して、はいりこんでいた。これだけで事件の怪奇さが、身にせまる気がしてね。ぼくは、ホームズにソッときいてみた。

『あそこで行くえ不明になった者に、君が手をつけてるのか?』

いよいよ怪事件

『ウム、手はつけているのだ、が、まるで手ごたえがない。引っかかりも見つからない。けしからん事件なのだ』

と、ホームズが、いつもに似あわない、よわったみたいに、歩きながら肩をすくめて、

『ヒューッ、ヒュッ!』

ふいに口ぶえをふいた。すると、暗い横道の方から、

『ヒュッ、ヒューッ!』

こたえる口ぶえが聞こえて、ひづめの音と車のひびきが、近づいてきた。二頭だての中形馬車だ。

『ヤア、ご苦ろう!』

と、ホームズが声をかけると、馭者台からヒラリと飛びおりたのは、『ホームズ先生の第一子分』▼36と、いつも自分で言ってる少年イギンズさ。ぼくがいっしょに出てきたものだから、目をまるくしながら、

『ヘエン、また記録を書くんだね』

と、なまいきなことを言った。

『よけいなことを言うな』

と、ホームズが、しかりつけて、ぼくに、

『どうだ、いっしょに来てくれないか?』

『行こう』

『よし、乗れ』

ホームズが馭者台にすぐ上がって、手綱をとり、ぼくはそばに、こしをおろした。

『ぼくも！』

と、第一子分のイギンズが口をとがらせた。

『おまえは、この次ぎだ。また、たのむよ』

と、ホームズが、ムチをあげた。

イギンズ少年を、そのままにして、馬車がパカパカと走りだした。広い通りへ出ると、ロンドン橋をわたった。空に流れてる雲のきれめから、星がまばたきしている。

『行くさきは、どこなんだ？』

『ウム、市外の別荘地、ここから、およそ七マイル』

『遠いんだな。そんな別荘地と金の棒なんかと、何の関係があるんだ？』

『だから、引っかかりも見つからないのさ。かんたんなくせに、見当がつかない。君の意見を聞いてみたいのだ』

『さあ、例によって、あんまり役に立たないぜ』

『いや、ワトソン博士の意見は、いつも参考になるからね』

『ハハッ、おだてるなよ。早く事件を聞かせてくれ』

『よしきた。今から行く別荘地の中に、エビル▼37・セントクレア氏の家がある。庭もひろく建築も立派だ。主人のセントクレア氏は、この数年のあいだに、かなりの金もちになった』

『商売は？』

『年まだ三十七才だが、ロンドンの貿易会社に関係している。収入も多い。まい日、ロンドンへ勤めに出て、帰りはキチンと夕かたの七時まえにきまっている。実業家の手本と言えるのだ』

『そういう人が、成功するのだな』

『しかも、性質は温厚、善良な夫だし、愛の深い父親だから、だれでも、いちど会って話すと、すきになってしまう。人格者なんだ。あだかもワトソン博士のごとしさ』

『オイ、ぼくはまだ父親じゃないぜ』

『ハハッ、そうか。セントクレア氏には、すでに子どもが、ふたりもある。この月曜日、きょうから四日まえだ。ぼうやに積木のみやげを、買って帰る約束をして、愛の深いセントクレア氏は、いつものとおりロンドンへ、気げんよく出て行った。往復は汽車の定期券をもっている』

『平和な話だ。ちっとも事件らしくないね』

『そのとおり、平和な幸福なセントクレア氏の家へ、その日、主人が出たあとに、一通の電報がきた。夫人あてに送られた小包が、ロンドンのアバジン▼38汽船会社に来ている。すぐ受けとりに来てくれ、という電文だ』

『そこで夫人は、すぐ出かけて行ったろう。女は欲ばりだし、早く小包を受けとりたいから』

『ところが、主人と同じように、万事キチンとしている夫人だ。すぐ出かけると、ロンドンで食事しなければならない。よけいな支払いになるからと、家で昼の食事をすませて、汽車も三等に乗って行った▼39』

『なかなか感心なおくさんだな』

『君の愛するメアリー夫人と、あだかも同じだ』

『よけいなことを言わずに、それからどうした？』

『それから、アバジン汽船会社は、フレスノ町にある。知っているかね？』

『知らないね、汽船会社など医者は知らなくても、いいだろう』

『ハハッ、よろしい。ところが、この汽船会社のあるフレスノ町は、今さっき、君が出てきたスワンダム小路の、すぐ近くなのだ』

『フウム、そろそろ事件に近づいてきたな』

『いや、これがすでに、事件そのものさ。セントクレア夫人が、あの金の棒の三階に、上がったのだからね』

『エッ、それはまた、どういうわけだ？』

万事キチンとしている夫人が、アヘン地獄の三階へ上がった、というのだから、これは、だれだって、おどろくだろう。いよいよ怪事件のはじまりだ」

第一、第二、第三の急所

なんと意外！

「夜ふけの道に、ホームズが二頭だての馬車を、いっさんに走らせながら、ぼくに『事件そのもの』を、わからせようと、ハキハキ話しつづける。

セントクレア夫人は、汽船会社をたずねあてて、小包を受けとって、駅の方へ歩いて行くと、あそこの道は、まがりくねっている。うっかり、まよってしまって、スワンダム小路へ、いつのまにか、はいってしまった。

気がついてみると、なんだか道のようすが、ゴミゴミしていて、何者が出てくるか知れない。思いきって馬車に乗ろう、と、夫人もかくごした、が、あんな小路の中に馬車など、一台も来はしない。よわってしまって、時計を見ると、四時三十五分、早く家へ帰らないと、ぼうやが待っている。

とても気がいそいで、夫人は小包をかかえたまま、だれか来たら駅への道をきこう、と、セカセカいそいで行った。すると、とつぜん、

『アッ！』

と、さけび声が上の方で聞こえた。

何だろう？　と、その方を見た、とたんに夫人は立ちすくんだ。三階の上の窓に見えたのは、夫の顔だ！

なんと意外、こんなところに夫がいる！　アッとさけんだのは、たしかに夫だ。窓はあいている。と見た、とたんに、よろめいた夫が窓の中へ消えてしまった。後から引きずりこまれたようだ。が、たしかに夫人と顔を見あわせた！　この時、気がついたのは、さすがに女の目だね、セントクレア氏は、家を出た時の黒っぽい上着をきていた、けれども、ワイシャツのえりがひろがって、ネクタイをつけていなかった。しかも夫の顔が、とても苦しそうに、ゆがんで見えた！

意外きわまる、大変なことだ！　夫に何が起きたのだ、と、夫人はあわてて、その三階の建物の入口へ、ほとんどむちゅうで、はいって行った。ところで、この入口が、金の棒アヘン宿の上になっているのだ。君は気がついていたか？　あの石段をおりて行った下は、全部が地下室なのだ。夫人はそんなこと知るわけがない。地面の上の入口へ、むちゅうで飛びこんで行った。▼40

すると、すぐ右がわに階段がある。駆け上がろうとすると、

上り口にいたのが、頭に黒いターバンをまきつけてるインド人と、青いシナ服をきてるシナ人だ。ふたりが夫人を見ると、英語で、

『なんだ、なんだっ？』

『ヤイ、おまえみたいな女が、くるところじゃねえんだ！』

と、わめきつづけて、夫人をおしかえすと、ふたりがかりで、むりに外へ突きだしてしまった。女の力にかなわないようがない！

さあもう夫人は、気がくるったようになった。いよいよ夫に何か異変があったのだ！　と、交番をさがして通りへ走ってくると、実に運よく、巡回中の警部と巡査ふたりに会った。さっそく、今さっき見た夫のことを、うったえると、

『それは変だ！　いっしょに行きましょう！』

警部も巡査も張りきって、夫人といっしょに、三階の建物へおしかけて行った。インド人とシナ人が、やはり階段の下にいる。

『アッ、警官か、なんでえ、なんの用だ？』

『人の家へ、かってにふみこむなら、手つづきしてこいっ！』

ふたりが、顔いろをかえてどなるのを、

『だまれっ、家宅捜査だ。抵抗すると、ためにならんぞ！』

警部と巡査がピストルを抜きだして、相手のふたりをおしのけると、ドカドカと三階へ上がって行った。夫人もついて行った。インド人とシナ人が、わめきながら付いてきた。

これからが、さらに奇怪なのだ。夫人から聞いたとおりを言うから、十分に判断してくれ、いいかね！

さあ、わからない

窓のあいている三階の部屋、夫人が下の道から見た部屋に、はいって見ると、だれひとりいない。ガランとしている。夫のセントクレア氏は、どこへ行ったのか？　夫人はここでまた立ちすくんだ。二重の意外だ！

まっ黒なインド人が、目いろをかえて、警部にどなりだした。

『さあ、どうだ、なにが怪しいんだ？　見やがれ、なんにもねえじゃねえか！』

警部は、あたりを見まわしながら、ふしぎな顔をして、

『いや、この部屋にセントクレアという人が、今から七、八分間まえにいたはずだ』

と言うと、黄色い顔のシナ人が、ヌッと手を突きだして、

『チェッ、何かのまちがいじゃねえか。セントクレアなんて、聞いたこともねえ。きょうは朝から、この部屋に、だれも、はいったものは、ねえんだ』

と、かみつくみたいに言うと、すぐまたインド人が、

『いったい何を証こに、そんなことで家の中へ、ふみこんできたんだ？　この三階には、別の部屋にいるブーンだけだぜ。この部屋には、いつだって、だれもいねえんだ。オーイッ、ブーン！　出てこうい！』

と、大声をあげると、しばらくしてドアの外に、パタッ、パタッと、変な足音が聞こえてきた。

ノソッとはいってきたのを見ると、夫人はまたギョッと立ちすくんだ。こんなきたない、ものすごい顔の男を、今まで見たことがない。赤い髪の毛がモジャモジャにのびて、まゆの上ま

でたれさがっている。あかだらけの顔に、ほおからあごにかけて、おそろしく長い傷あとが、どす黒くて、ヘビが、からみついてるようだ。服はやぶれてボロをつづったみたい、うすぎたないシャツも、やぶれている。しかも、右足がビッコだ。くつ下もはいていない。はだしのまま、パタッ、パタッと、はいってくると、みんなを見て、

『ワッ、な、なんだい、これぁ?』

と、パクッと口をあけた。

その口が変にまがっている。ほおの傷あとに口びるが引きつられて、よじれたままだ。歯が三本ニュッと出ていて、とても気みがわるい。

『オイ、ブーン!』

と、シナ人が、この気みのわるい男によびかけて、

『この部屋に、セントクレアとかいう男が、今さっきいたってんで、警察のご連中が探しにお出ましだ。こんな女の方まで、おつれになってよ。おめえ、そのセントクレアとかいうのを、知ってるけえ?』

と、きくと、口のまがってるブーンが、なおギュッと口をゆがめて言った。

『フーン、とんと知んねえな。そんな男が、この部屋で何したってんだ?』

警部が、ブーンにたずねてみた。

『君は、この三階に、いつもいるのか?』

ブーンが赤毛モジャモジャの頭を、ペコリとさげると、

『わたしはね、ここに、とまってるんでさ。でも、かせぎに出るんでね。いつもいるわけじゃねえ。けれども、きょうは朝からいるんだが、この部屋に、だれも、はいったとは思えねえんでさ』

と、言うことは、ハッキリしている。ばかではないらしい。

警部も、こうなると、引っこみがつかない。夫人にささやいて言った。

『おくさん、何かあなたの見まちがいでは、なかったんですか?』

夫人はブルッと身ぶるいした。夫の顔を、見ちがえるわけはない。たしかに見た。さけび声も聞いた! この部屋の窓から顔を出していた、それが後へ引きもどされたみたいに、たちまち消えた!

『いいえ、わたくしは、たしかに、……』

と、夫人は身ぶるいしながら、横の方にあるテーブルを見ると、

『アッ!?』

さけんで、そのテーブルの前へツカツカと出て行った。

夫人の目は敏感だった!

窓べりの血は?

テーブルの上に、夫人は何を見たと、君は思う?

白い紙箱だ。それを目がけて、夫人が飛びついた。ふたをとってみると、中からガラガラとこぼれ落ちたのは、子どもの積木だ。しかも新しいんだ!

『これは主人が、きょう出て行く時に、子どもに買ってくると、

やくそくしたのです！　この部屋に主人がいたのは、まちがいございません！』

と、夫人はもう、ひっしになって警部に言った。

『ウウム、……』

と、警部は目の前のインド人とシナ人と口のまがった男を、ジーッと見すえた。

巡査のふたりも、急に張りきった。

インド人とシナ人は、ゆかの上に落ちた積木を見て、おどろいた顔をしている。そばに『しまった！』という顔をしてるのが、口のまがった男だ。

『オイッ、ここにセントクレア氏のいた証こが現われた！　ほかの部屋を捜査！』

だんぜん、探しだせ！　と、警部は巡査ふたりに、目いろで知らせると、ろうかへ出て行った。夫人もいっしょだ。口のまがった男もインド人もシナ人もだまって付いてきた。

すぐ前の突きあたりに、ドアがひらいたままだ。はいって見ると、いすにテーブル、ひくいベッド、見すぼらしい部屋だ。だれもいない。警部は口のまがった男に、すぐきいた。

『オイ、ブーンといったな。ここがおまえの部屋か？』

『ヘエ、そうなんで』

ブーンが、口びるの下に三本の歯を出して、ビクビクしている。

一方に窓が、ここも開かれている。警部はそばへ行って見た。外が荷上げ場のうらになっている。窓との間は、せまい空地だ、が、今は川の水が、ドンヨリと青く流れこんでいる。満ち潮で海から上がってきたらしい。

『オッ？』

と、警部は言いかけて口をつぐんだ。

窓べりに点々と血のあとだ！　が、外の下は川水の流れだ。これを、どう判断するか？　ふりむいて、ゆかの上を見まわすと、やはり、点々と血のあとが散らばっている。ここで重大な犯罪が、今すぐ前に行われた！

夫人は血のあとを見て、まっさおになった。

一方のかべに、きたないカーテンがさがっている。この中が怪しいぞ！　と、その前へ行った警部が、サッと横にひらいて見た。すると、果然、中折れ帽、ズボン、くつ、くつ下、時計まで、下に散らばっている。上着が見えない。

『アアッ、主人のものでございます！』

と、夫人はさけぶなり気を失って、フラフラと足もとへ、うつむけにたおれた。

『ブーンに手錠！　夫人を馬車で家へ送れ！』

警部が命令した。

巡査がすばやく、ブーンに手錠をかけ、ひとりの巡査は夫人をだきかかえると、ろうかへ出て行った。

もっとも怪しいのは、この部屋に、いつもいるブーンだ。それとインド人とシナ人だ。地下室は、さらに怪しいアヘン宿『金の棒』だ。警部と巡査は三人を、本署へ護送して行った。

怪事件がひろがった！　ワトソン、君はこれを、どう判断するかね？　と、ホームズが馭者台の上で、ぼくをまた試験するみたいに、

『なにか、これという急所を、考えついたかね？』

と、馬車を走らせながらきいた。

『今までの話だけでは、急所の判断がつかないね。しかし、窓べりの血のあとは、セントクレア氏を殺して、窓から川の下へ投げだしたのじゃないかな？　とすると、すぐ前に夫人が、セントクレア氏を見ているのだ。血のあとは新しいはずだぜ。その点は、どうなんだ？』

　と、ぼくがききかえすと、ホームズはムチをふりあげて言った。

『その答えはプラスだ！▼42　が、ちがっているね』

『なんだい。ちがっていたら、マイナスじゃないか？』

乞食の貯金

『ハハッ』

　と、ホームズが、あおむいて高く笑うと、

『今まで話した警部は、バートンといってね、ぼくと前から知りあいだから、▼43この事件について、セントクレア夫人といっしょに相談にきたのさ。どうも奇怪な謎の事件だという。そこでバートン警部と、口のまがっているブーンとの問答を、聞いてみると、なるほど謎だ。君も聞いて判断してくれ。その上でプラスかマイナスかをきめるさ』

　と、話しつづけたのは、つぎのとおりだ。

『ブーン！　おまえはまい日、かせぎに出るといったが、商売は何だ？』

『ヘエ、マッチを道で売るんで』

『どこの道だ？』

『ニードル町の、まがりかどでさ』

　と、怪しいブーンが、口びるをギュッとまげた。

　すると、そばで聞いていた巡査が、どなりつけた。

『オイ、おれは見て知ってるぞ。きさまは、いかにもマッチを道ばたにならべて、商売してるようだが、実さいは、乞食じゃないか。ふとい奴だ！』

『ウヘッ、それぁ、道を通って行く人が、金を投げて行くんで』

『それが、きさまの言いわけだ。乞食は法律が許さん。そのために、マッチをならべてやがる。きさまが、その顔をして、ビッコの足を投げだして、あわれっぽそうにだ。ひざの前の地面に、鳥打ち帽をさかさにおいてるのは、なんのためだ？』

『ウヘッ、よくまた、ごぞんじで』

『ズウズウしい奴だ。おれは巡回のたびに見ていたんだぞ。かわいそうだと思って、ゆるしておいたんだが、乞食していただけでも、こいつは捕縛できるんです』

　と、巡査がバートン警部に知らせると、

『よし、とりあえず拘留十日だ。こいつは乞食を、いつごろから、やっていたのか？』

『ズッと前からです。ニードル町を通る者で、こいつを知らない者はないでしょう。あそこは、にぎやかですし、乞食にはいい場所なんです』

『こいつのもらいは、すると、かなり多いんだな？』

『多いですとも、さかさにしてある鳥打ち帽の中へ、バラ銭を一ペンス半ペンスと、投げて行く者が、ことに女に多いですから』

『フウム、ウンと貯金している乞食がいる、ということだが、こいつも、そのひとりだな。▼44オイ、ブーン！』

『ウヘッ、どうも、だんな方には、かなわねえや』

『どうだ、ここで、いさぎよく白状したら。その方が、きさまのためになるんだぞ』

『ウヘッ、それぁ乞食はしてましたがね、そのセント何とかいった人のことは、まったくのところ、ちっとも知らねえんですぜ』

『フム、きさまの部屋の窓べり、ゆかの上に、ま新しい血のあとがついてたのは、どうしたんだ？』

『ああ、あの血か、ウヘッ』

『なにっ？』

『これでさ、これですよ、だんな！』

と、ブーンが、きたない右手を出して見せた。

おや指のツメぎわに、傷をしている。新しい傷だ。

『ここを、けがしたんでね、ドクドクと血が出やがって、窓べりにいたから、この血が付いたんでさ。こんなことで疑がわれちゃ、たまったもんじゃねえ！』

『きさまの部屋のカーテンの中に、セントクレア氏の帽子とズボンから時計まで、かくされていたのは、どういうわけだ？ハッキリと言えっ！』

『ハッキリ言いたくたって、あればかりは、どだい、わけがわからねえんでさ、まったく！』

バートン警部の急所を突く質問を、きわめて怪しいブーンが、たくみに逃げてしまう。そこで警部は、第二の捜査を実行した。動きのとれない証こを発見して、ブーンに白状させるのだ。

この証こが出てきたが、さて君は、およそ何だと思う？　なに、わからない、とすると、マイナスだぜ。

すばらしいプラスだ

バートン警部が実行した第二の捜査は、ブーンが部屋の外へ、窓から投げたものが、川水の潮が引いたあとに、なにか残っていないか？　と、ここへ当然、目をつけたわけだ。ワトソン、わかるかね？　と、ホームズが、また試験してきくから、ぼくは、すぐ答えてやった。

『わかるさ、セントクレア氏の死体を、探したんだろう』

『ウム、そのとおり！　夫人が見てから、すぐ行くえ不明になったセントクレア氏は、その時、おそらく一突きで殺されて、窓の外の川水へ、投げこまれたのだろう。血のあとが、ゆかの上にも窓べりにもついている。ブーンの指の傷は、奴が自分で犯行のすぐあとに、なにかで付けたのにちがいない、血のあとをごまかすために、と、判断は、どんなものかね？』

と、ホームズが、手綱を引きしめながら、

『あそこは潮が引いてしまうと、地面が現われる。そこにバートン警部と探偵たちが発見したのは、何だと思う？』

『また何だと思うかって、セントクレア氏の死体じゃないのか？』

『ところが、死体ではなく、上着が沈んでいたのだ。その上着のポケットにはいっていたのは、何だと思う？』

『またか。わからないね』

『ポケットに銅貨がザクザクと、はいっていたのだ。かぞえてみると、一ペンス銅貨が四百二十一枚、半ペンス銅貨が二百七十枚』

『フウム、乞食のブーンが、もらったのをためておいたものだな』

『そのとおり、上着が浮いて流れると見つかる。だから、沈める重りに銅貨を使ったらしい』

『死体だって、浮くじゃないか？』

『ところが、上着よりも重い。ことに、あそこの川水は引き潮の時に、うずをまいてグングン流れる。死体は引きこまれて、うずまきの下を流れて行った、と思えないこともない』

『むつかしい判断だね』

『ウム、むつかしい。だから謎だ。ブーンが犯人だとして、殺した者の上着だけを沈めたのは、どういうわけか？　一つ判断してみてくれ』

『さあ、ますますむつかしいぞ。待てよ、ぼくは、ブーンがセントクレア氏を、刃物や何かで殺したのじゃないと思う。[45]窓べりと、ゆかの上の血のあとが、点々とついていたというと、刃物で殺したのにしては、血が少なすぎるじゃないか？』

『プラス、プラス！　それで？』

『ブーンはセントクレア氏を、窓から外の川水へ、突き落としたと、ぼくは判断しなおすね。指の傷は、その時に受けたんだろう』

『ホホー、いよいよプラスだ！　ところで、上着だけを沈めた問題は？』

『突き落としたあとに、残っているのは、衣類と持物だ。これを始末しないと、犯罪がばれる。まず上着を窓から投げ出そうとした、が、浮いて流れると発見される。しかも、グズグズしてられない。下の方で何か女の声が、上がってこようと言いあらそっている。そこで、もらいためておいた銅貨を、上着のポケットへザクザクとつめこんで、窓から投げ飛ばした！　銅貨は惜しいけれども、仕方がない。が、後で潮が引いた時、上着といっしょに取りかえせないことはない』

『すばらしいプラスだ！　それから？』

『ほかの衣類も始末しようと、いそいでいるところへ、ドカドカと三階へ上がってくる足音、友だちのインド人とシナ人のわめく声だ。あわててカーテンの中へ、衣類も靴も、時計も、かくしてしまった』

『実にうまい判断だ。ところで、夫人が見た時のセントクレア氏は、黒っぽい上着をきていたんだ。それを、なぜぬいだのか、ぬがされたのか？』

『それは、どうもわからないね』

『第一、有望な実業家であり、性質のおとなしい父であり夫であるセントクレア氏が、アヘン地獄が地下室にある古い建物の三階へ、なんのために来ていたのか？』

『それは、どうもわからないね』

『第二、殺されたとして、その原因は何なのか？』

『それは、どうもわからないね』

『第三、死体が発見されない、とすると、今なお生きているのではないか？』

『それは、どうもわからないね』

『ハハッ、それ見ろ。わからないことだらけだ。バートン警部も手にあまって、夫人といっしょに、ぼくの意見を聞きにきたのさ』[46]

『フウム、君は何か、これだという鍵をつかんだのか？　謎を解く鍵を！』

『ハハッ、なんにもつかんでいないから、ワトソン博士の意見を聞いているんだぜ』」

世界第一の大バカ者

ひそかに闘志満々

「ホームズさえも、この怪事件の謎を、まだ、なんとも解いてはいない。彼だってプラスかマイナスか？　まだ、わからない。ぼくは、きょうこそホームズよりさきに、謎を解く鍵を見つけて、大いにいばってやろう！　と、えらくおもしろくなってさ、しかし、そんなことは顔に出さずに、きいてみた。

『ブーンと同時に捕えられたインド人とシナ人からも、手がかりは、つかめなかったのか？』

『ウム、このふたりは、セントクレア夫人が三階の家へ、はじめに飛びこんで行った時、階段の下にいたのだから、犯行に直接の関係はない。それに何の証こもない、というところから、バートン警部が、ひとまず本署から出してやった、が、だんじて、目をはなしていない。▼47 三人の探偵を使って、このふたりの行動を、くわしく探らせているのさ』

『その結果は？』

『すると、三階の家の地下室に、アヘン宿の金の棒があり、「グプタ」というインド人と、「陳」というシナ人が、ふたりで主人になっている。▼48 しかも、金の棒は前から、何か怪奇な犯罪の巣らしい、と、警察も目をつけていたのだ。いよいよもって、セントクレア氏に関する謎が、深くなったわけだ。わかるかね？』

『わかるとも、それで君が老いぼれじじいに変そうして、あそこのおくに、ひそんでいたんだな』

『ハハッ、そのとおり！』

『ところで、手がかりは？』

『ざんねんだが、まるでなし！　ことごとくマイナスだ』

『名探偵ホームズが、なっていないんだな！』

『そのとおり。ざまを見ろだ』

『うらの方に、川底へ通じる秘密の落し穴があるって、君が探ったんだろう。▼49 セントクレア氏は、そこへ引きずられて行って、投げこまれたんじゃないか？』

『フム、そうかも知れない。これまた謎だ。どうもわからない』

『変な事件だなあ！』

　駅者台の上で、ずいぶん話してきた。もう夜あけが近い。

　馬車は走りつづけて、とっくに市外へ出ていた。木が多くなって、家の灯が、遠くにチラチラ見える。

『ここはもう、村だろう？』

『そのとおり！』

『まだ遠いのか、セントクレア氏の家は？』

『もうすぐだ。きょうこそ、わからない点を、夫人にたしかめて、謎を一挙に解いてみたいんだ。▼50 そら、あれだよ、左の方に黄色い灯が、木のあいだに見えるだろう』

『ウン、あそこか。夫人は起きてるかな？』

『起きてるとも、あの灯の下で、夫の行くえ不明、生死を心ぱいしきって、おそらく眠れずにいるだろう。ことに、きょうは朝早く、ぼくがたずねて行くと、やくそくしたんだ』

『そうか、ぼくが行くのは、ふいなんだな。ちょっと、ぐあいがわるいぜ』

『なあに、有力な人が来たと思って、夫人はよろこぶさ』

『あんまり有力でもないからな』

『ハハッ、そら来た、ここだ』

生けがきの間を通りぬけて、かなり大きな別荘の玄関に、ホームズが馬車を止めると、

『ルッ、ルルッ、ルッ！』

舌をならして、馬をいたわりながら、馭者台を飛びおりた。ぼくもおりた。七マイルを走ってきて、こしがいたくてさ、やっと息をついた。初めての夫人と会うのが、実は、ちょっと気も引けてね、しかし、ホームズよりもさきに、鍵を見つけてやろう！　と、ひそかに闘志満々だったのさ。

幽霊の手紙か？

清潔な応接室に、ホームズと僕が通された。

出てきたセントクレア夫人は、なるほど、今まで起きていたらしい。青い上品な絹のワンピースを、キチンと着ている。美しい金髪もみだれていない。見るからに賢こそうだ。ところが、

『夫の行くえ不明、生死を心ぱいしきって』と、ホームズは言ったが、夫人の顔いろも目いろも、なんだか明かるいようだ。これは変だぞ！　と、ぼくは探偵の闘志満々だ。

ホームズは、この夫人の表情を何と思ったか？　ぼくをしょうかいして、

『親友のワトソン博士です。医者ですが、これまでも僕の仕事に、有力な援助をあたえて、すばらしくプラスしてくれたのです』

と、えらくもちあげた。

『まあそれは、よくこそ、いらしてくださいました！　さあ、どうぞ、おかけあそばして。わたくし、セントクレアの家内のペッシー[51]でございます』

と、夫人は声も明かるいようだから、ますます変なんだ。

『こんなに夜どおし、ごめいわくをかけまして、ほんとうに、申しわけなくぞんじます』

と、用意しておいたらしい、サンドイッチと熱いコーヒーなどを、イソイソと持ちだしてきてさ。[52]それから三人がテーブルをかこんで、事件に関する会談になった。ぼくはサンドイッチを食い、コーヒーをすすりながら、『有力な援助をあたえて』やろう！　と、探偵的神経をするどくした。[53]

夫人はホームズに、まず質問した。

『いかがでございました？　なにか、いいお知らせを、聞かせていただきたくて、お待ちいたしておりましたの』

ホームズが、コーヒーをすすりながら、ズバリと答えた。

『ひとつもありません！』

『まあ！　では、なにか、よくないことが？』

『いや、ひとつもありません！』

『ホームズ先生！』

『ここにいます』

『おねがいですから、どうぞ、おかくしにならずに、おっしゃってくださいませんか？』

『なにをです？』

『わたくし、もう、気を失ったりは、いたしませんから、先生のほんとうのご意見を、ぜひ、うかがいたいのでございます』

『どういう点について?』

『セントクレアは、まだ生きていますのでしょうか?』

夫人の質問こそ、謎の急所を突いた。

『ウウム、……』

と、さすがのホームズも、口ごもって、

『それは、なんとも、わかりません』

『先生のご意見を、お聞きしたいのでございます』

『ウウム、おそらく、むつかしいでしょう』

『それでは、もう、死んでいるものと、お考えなのでございますか?』

『そうです』

『殺されまして?』

『ウウム、……そうです』

『いつのことでございましょう、やはり、わたくしが、三階の窓に見かけました日でしょうか?』

『おそらく、そうです』

夫人の質問が、実にするどい。ホームズは答えにくいから、しきりに口ごもった。

すると、夫人がポケットの中へ手をいれると、目をかがやかして言った。

『それでは、きょう、この手紙がセントクレアから来ましたのは、どういうわけでございましょう?』

『エエッ、手紙?』

さすがのホームズも、この時はビクッとして、コーヒー茶碗を落としかけた。

ぼくもおどろいたね。殺されたセントクレア氏から、手紙が来ている!?

名探偵のやりなおし

謎また謎だ!

夫人はポケットから取りだした封筒を、ホームズの目の前において言った。

『これでございますの』

『ウウム、……?』

落としかけたコーヒー茶碗を、横の方へおいたホームズが、全身の神経をするどくして、その封筒を手にとると、ジーッと上から見つめた。

ぼくも見ずにいられない。立って行って、ホームズの後から、のぞいて見た。

きたない封筒だ。切手のスタンプは、クレブゼント局、日付は、きのうだ。

ホームズが言いだした。

『教育のない乱ぼうな字だな。おくさん、これはご主人の書かれたものでは、ないでしょう?』

『はい、でも、中の手紙の字は、主人が書いたのにちがいございません』

『フウム、この封筒の字は、ここの住所を書きかけて、わからなかったらしい。一度、しらべている』

『まあ! どうしてでございますの?』

『名まえの方は、インクがまっ黒です、吸いとり紙を使わずに、書いたままにしておいたからだ。住所は、横の方がネズミ色です。これを書いた犯人は、初めに名まえを書いた。住所を次ぎに書きながら、わからなくてペンをおいた。しばらく調べてから、横へつづけて書くと、すぐに吸いとり紙を使った。だから住所の横の方だけ、インクがうすくて、ネズミ色です。ワトソン、君はどう思うかね？』

『ウウン、ぼくも、そう思うね、そのとおり！』

『おくさん、中の手紙を拝見したいですが』

『はい、どうぞ』

封筒の中へ、ソット指を入れたホームズが、

『オッ、中に何か入れてありましたね』

『まあ！　指わでございましたの』

『ご主人の？』

『はい、会社で使う印形が、きざんでございますの、いつも左の指に、はめていまして』

『フウム、手紙を拝見しましょう』

ホームズが、つまみだした手紙を、テーブルの上にひろげた。何か手帖でも引きさいたらしい。やぶけている紙に、ペンではなく鉛筆で書かれている。封筒の字とは、まるでちがう。

> 愛するペッシー！
> けっして心ぱいすることはない。たいへんな手ちがいから、こんなことになった。が、ぼくは安全だ。近いうちに帰る。がまんして、待っていてくれ。さわぐことはない！
> セントクレア

ぼくは一気に読んでしまった。闘志満々だ。ホームズよりさきに、夫人にきいてみた。

『これはたしかに、ご主人の字ですか？』

『はい、まちがいございません！　主人は生きていると、わたくし、この手紙を見ましてから、ハッキリ信じていますの』

『しかし、われわれの目をくらますために、犯人が、にせの手紙を、このように書いてきた。指わもぬきとって送ってきた、と、思えないこともないでしょう。ホームズ、君はどうおもうかね？』

『ヤア、ぼくもそう思うね、そのとおり！』

『まあ！　おふたりとも、わたくしがまた失望するようなことを、おっしゃらないでくださいませ』

と、きゅうに暗い顔になった夫人を、ぼくは、気のどくだと思いながら、この怪事件の謎を解くために、なおたずねてみた。

『しかし、この犯人は実に、すごい方法をとったらしいです。ご主人はこれまでに、スワンダム小路とか、三階の家とか、話されたことはなかったのですか？』

『そんなことは、一度だって言ったことがございませんの』

『アヘンをすわれるようなことは？』

『そんな主人ではございません！　たばこさえ、すわないのですから』

ホームズが封筒へ手紙を入れてしまうと、夫人にわたしながら、

『謎の手紙です。これによって僕の見こみが、すっかり変ってしまった。はじめから、やりなおしです。今しばらく、ワトソ

ンとふたりだけで、休ませてください。そのあいだに、方針を新たにきめますから』
と、底力のある目をきらめかした。
名探偵ホームズが、やりなおしか。よし、おれも初めから一つ、考えなおしてやるぞ！　と、ぼくはまた、ひそかに決意したのさ。

鍵、ここにあり！

夫人が出て行ってしまって、ホームズと僕、ふたりだけになった。

やりなおし、方針を新たに立てる、ホームズが何か相談するかな？　と、ぼくは、しばらく、だまっていた。

スッと立ちあがったホームズが、安楽いすの方へ行った。[▼54] ドカリともたれて、パイプのたばこに火をつけた。プカリプカリと煙をはきだしながら、天じょうをあおむいている。そのままだ。なんとも言わない。こんなところは、まったく変人なんだ。

ハハア、先生、ひとりで考えだしたな。おれも考えるぞ！　と、ぼくは長いすの方へ行って、ゴロリと寝ころんだ。からだを長くのばした方が、考えやすいからね。

ところが、なにしろ、ホイットニー夫人に泣きつかれて、金の棒アヘン地獄の冒険をやってさ、老いぼれじじいに変装のホームズにビックリして、ここまで七マイルをはこばれて来て、その間に謎また謎の奇怪な話を、あとから後からと聞かされて、クタクタになっていたんだ。長いすに寝ころんで、考えているうちに、ウツラ、ウツラと眠ってしまったのさ。のん気なわけじゃない。闘志満々に張りきっていたのが、かえって疲れてしまったんだ。

ふと目がさめてみると、おどろいたね。初めての家の応接室だ。夜があけている。煙がいっぱいモウモウだ。

『お目ざめだね、ワトソン先生！』

と、ホームズの声が、ひやかすみたいに聞こえた。

『アーッ、君は眠らなかったのか？』

『寝るものか。天じょうと、にらみっこをしてたんだ』

『たいへんな煙だな。君がすったんだろう』

ぼくは起きあがるなり、カーテンと窓をあけはなして、ホームズの前へ行った。

『やりなおしの新方針が、きまったのか？』

『ハハッ、フーッフッ！』

と、ホームズが煙を高くふきあげて、

『ねえ、ワトソン、今こうして君の前にいるのは、だれだと思う？』

『変なこと言うなよ。シャーロック・ホームズでなくって、だれだ？』

『フッフッフー、外から見るとホームズだがね、頭の中はロンドン第一、英国第一、いや、世界第一の大バカ者が、ここにいるのさ』

『何を言ってるんだ、しっかりしてくれよ。探偵のやりなおしは、どうなったんだ？』

『やりなおしも新方針も、あるものか』

『オイ、君、こまるじゃないか、変なことばかり言いだして』

『フッフー、こんなことに気がつかなかったとは、実さいに世界第一の大バカ者だぜ。アヘン宿へなど、じじいになって行ったりさ』

『そんなこと言って、この事件はどうなるんだ？』

『フッフフフ、謎を解く鍵、ここにありさ』

『エッ、どこに？』

『ここだよ』

と、ホームズが右手でたたいて見せたのは、上着のポケットだ。

『なにか、そこにはいってるのか？』

『フフッ、はいってるとも！　この家の浴室へ行って、ソッとつかんできたのさ。君がグウグウ眠っているうちにね』

『なんだい、それは？』

『ハハッ、成功したらお目にかけるがね。世界第一の大バカ者だから、失敗するかも知れない。さあ行こう！』

と、すこしも疲れていないホームズが、スックと立ちあがった。

『夫人にだまって行くのか？』

『ウム、夫人こそ疲れきって、ねむっているだろう。ソッと行くのにかぎる。起こすのは気のどくだ』

ホームズが上着のポケットに、なにを入れてるのか？　わからない僕といっしょに、玄関へ出て行くと、柱につないでおいた馬の手綱をはなして、

『さあまた七マイルだ。ワトソン博士は、もっと眠っていいぜ、中の方へ乗れよ』

と、自分は馭者台へ飛び乗った」

海綿が謎を解いた!!

勝敗を一挙に

「すこしも疲れていない精力満々のホームズが、二頭だての馬車をまた、いっさんに走らせて行った。闘志満々の僕は、車の中にはいるのが、しゃくだったから、やはり馭者台に乗ったんだ。

　ところが、まだ眠くってね。ウッカリすると、馭者台の上から、ころげ落ちそうだ。気ばって目を見はってるうちに、テームズ川の上の長いウォータルー橋を、ガラガラと通って行った。

『帰りは早い気がするね。この川を見ると、怪盗の宝を追っかけた時の決死冒険を、いつも思い出すぜ▼55』

『フフッ、あの事件があったから、君はすばらしいメアリー嬢と、結婚したんじゃないか。愛の思い出のテームズ川だろう』

『そんなことよりも、この怪事件の鍵を、いよいよ君はつかんだのか？』

『さあ、つかんだはずだが、これから行って失敗すると、みんなの前で恥じをかく』

『どこへ行くんだ？』

『バートン警部のいる本署さ』

　朝まだ早いから、人通りは少い。ウェリントン町をパカパカと突破して、右へサッとまがると、ボー町の警察本署だ。門衛の巡査が、ホームズを知っていて、

『アッ、なんですか、ホームズ先生！』

『お早う！　バートン警部は出ていますか▼56？』

『ゆうべも、とまっていられます』

『ありがたい。この馬車を、つないでおいてください』

駅者台を飛びおりたホームズは、警察署の中へ、ツカツカとはいって行った。ぼくもいっしょに、ろうかを歩いて行くと、向うから出てきたのは、バートン警部だった。

ホームズが立ちどまって、ふたりを、しょうかいすると、

『その後、なにか、つかんだかな、バートン君！』

『いや、わるくすると、迷宮入りになりそうでしてね』

と、バートン警部が、まゆをしかめて、

『ブーンの奴、まるで口をひらかないし、金の棒にも手がかりなしです。先生の方に何かないですか？』

『フム、ここで一挙に勝敗を決しようと、急行してきたのだ』

『勝敗を、だれとです？』

『ブーン乞食先生とさ。どんなようすかな？』

『実に胆のふとい奴ですね。なんにも白状せずに、おちついている。ずいぶん、しめあげてみたですが、セントクレアなんて、ぜったいに知らない。その夫人は、ゆめでも見たんだろうと、まがってる口でヌケヌケと言うです』

『手がつけられないわけだな』

『そうです、手がつけられないのは、その上に、とてもきたなくて、不潔きわまる奴でしてね』

『フム、そうだろう、そのはずだ』

『やっと手だけは、むりに洗わせたですが、乞食でも、あれほどきたないのは、めずらしいでしょうな』

『ぼくとワトソンに、会わせてほしいのだが』

『尋問なさるですか？』

『いや、ちょっと細工してみたいのでね』

『細工、なんですか？』

『やってみないと、わからない』

『変ですな。先生のことだから、行ってみましょう』

バートン警部が、ぼくたちを案内して、ろうかを歩きだした。

有名なホームズ先生が来た、と、門衛の巡査が知らせたらしい。探偵や巡査の連中が、ゾロゾロと後から付いてきた。それがホームズを見て、にわかに、ろうかへ出てきた。

乞食のブーンと『一挙に勝敗を決する』なんて、どうするのかな？　と、ぼくは、とても興味を感じた、が、ホームズは『失敗すると、みんなの前で恥じをかく』とも言った。恥じをかくのは、たまらないぞ！　と、ぼくは心ぱいもしていたのさ。

奇怪な有様

ろうかのおくの鉄ドアを、バートン警部が、大きな錠に手をかけて、ギーッと重そうにあけた。

留置所だ。

鉄ドアの中も、長いろうかだ。両がわの白かべに、いくつも鉄格子がはまっている。右がわの三番めに、バートン警部が立ちどまると、格子の中を指さした。

ひくいベッドの上に、ひとりの男が、こちらをむいて、グッスリと眠っている。ぼくは見るなりギョッとした。

乞食のブーンが、これだ。なんときたない奴、すごい顔だ！　モジャモジャの赤毛、ほおに長い古傷、まがってる口びるから歯が三本、ニュッと出ている。こいつも疲れたのか、ふかく眠っている。それにしても、警察の留置所で、こんなに眠るなん

て、なるほど、バートン警部が言ったように、『実に胆のふとい奴』だな、と、ぼくは感心もしたんだ。

『どうです、このとおりです』

と、バートン警部がホームズに、ささやいて言うと、ホームズが、うなずいて、

『よく眠っているね』

『大胆不敵の奴です』

『いや、殺人犯が白状しないうちは、これほど眠れるものじゃない』

『エッ、先生は、こいつが犯人じゃないと、思われるですか?』

『待った、これからだ。ここの格子を、ソッとあけてくれたまえ』

『どうするんです?』

『決勝だ』

『フウム、……?』

バートン警部が、格子に付いてるカンヌキをはずすと、音もなく引きあけた。

『よろしい。ぼくは鍵をもってきたがね』

と、ホームズが上着のポケットから、つかみ出したのを見ると、ぼくはアッとばかりに、おどろいた。

なんだと思う? 大きな海綿だ! 入浴の時に使う海綿なんだ!

バートン警部もビックリするし、後から見ている探偵や巡査の連中が、ザワザワした。みんな、おどろいたのさ。

ホームズはその大きな海綿を右手につかんで、格子の中へ、ソッとはいって行った。すみの方に、小さな洗面台があって、水道の栓が見える。ホームズはタラタラと水を出すと、海綿をぬらすなり、ベッドのそばへ、まわってきた。

みんな息をつめたきり、どうするんだ? と見つめていた。

グッスリ眠っているブーンのすごい顔へ、ホームズが上から、いきなり海綿をあてた、と見ると、強くグイグイとこすりまわした。

『アアッ?』

目をさましたブーンが、さけんで起きあがった、と、その頭をホームズが上からつかんだ。横の方へガタッと投げすてたのは、意外、赤毛のカツラだ!

『ワアッ?』

と、みんなが、ぼくもバートン警部も、格子の中へドカドカとはいって行った。

このような変な有様は、初めてだ!

起きあがってる乞食ブーンの顔は、きれいに青白い。古傷のあともない。口もまがっていない。歯も出ていない。髪は黒い! ホームズが大きな海綿で、たくみに強く、メーキ・アップの変装を、こすりとったのだ。

『ハハッ、このとおり、諸君にセントクレア氏を、しょうかいします!』

と、ホームズが声をあげて、海綿を投げすてると、

『ウウッ、オオッ?』

乞食のブーン……セントクレア氏が、うめきながら顔いろをかえた。ハッと気がついたらしい。みんなを見まわすと、すぐ前のホームズに、ハッキリした声でたずねた。

『あなたは、だれですか、言ってください！』

『ぼくはシャーロック・ホームズ、君はセントクレア氏、はじめてお目にかかりましたね』

『アアッ、ホームズ？！　ぼくがセントクレアだとすると、なんの罪があるんです？　犯罪は少しもない者を、これは人権を破った不法拘禁ですぞ！』

乞食ブーンのセントクレア氏が、たちまち法律のことばを使いだした。きたないシャツの胸に、メーキ・アップのあとが、ダラダラと流れている。まったく奇怪な有様だった。

子どもを思え！

バートン警部が、靴のそこでドカッと、ゆかをけると、どなりだした。

『おれは警察の飯を、二十七年も食っとるが、こんな奇妙なことは初めてだ。オイッ、ブーン！　いや、セントクレアか、いや、同じ人間だな。不法拘禁などと言う以上、裁判にかけるぞ！』

『待った、しずかに』

と、ホームズがブーンとならんで、ベッドにこしをかけると、なだめるみたいに言いだした。

『罪は少しもないと、君は言うが、乞食は軽犯罪だ。君はすでに町で不正を働いている。裁判所へ行くと、そればかりではない、このメーキ・アップの秘密が、むろん、ばれる。新聞は大特ダネだと、あらそって記事にするだろう。おくさんはとにかく、子どもたちの恥じを、どうするのだ？』

『アアッ、……子どもたち、そうです、ほんとうに、そうなんです』

と、乞食ブーンのセントクレア氏が、急に泣きだすように青白い顔をしかめて、ホームズを見つめると、

『ホームズ先生、おねがいです。ぼくをたすけてください！　子どもに知らせたくないばかりに、警察へ来ても白状しなかったんです。父親が乞食だったと、子どもに知れたら、ぼくは、一日も生きてる気がしないのです』

『そうだろう、だが、それほど子どものことを思うきみが、なぜ、長いあいだ乞食をしていたのか？　ここで事情をすっかり、うちあけて話したまえ。バートン警部さんが聞き書きをとって、軽犯罪だけだとすると、一度だけのことだから、おそらく許してくれるだろう。ぼくもそのように、たのんでみるから、かくさずに話すのが第一だ』

乞食ブーンのセントクレア氏が、顔に両手をあてて、オンオンと泣きだした。心から悲しく思ったのだろう。やっと泣きやんで、話しはじめたのを、ぼくは今でも、ありありとおぼえている、実に奇妙な話だから、そのとおりを書いておいたんだ。こんな変な経歴の人は、おそらくほかにないだろうな。

俳優から新聞記者へ

乞食ブーンすなわちセントクレア氏の話。

『ぼくは今まで、自分の身の上のことを、だれにも、言ったことがないんです。かくしてばかりいたのは、道で乞食している秘密を、もっていたからです。乞食を恥じとおもわない人間は、ないでしょう。それだのに、ぼくがどうして、長いあいだ、つづけていたのか？　と、言いますと、……

ぼくの父は、中学校の先生でした。ぼくも、だから、大学を卒業して教師になりたい、と思っていたんです。ところが、学問を勉強するよりも、なんとなく芸術的なことが、大すきになって、俳優か小説家になりたい、と、そういう方面に、あこがれまして、……

そこで、高等学校を卒業すると、ある劇団にはいって、望みどおりの俳優になると、地方から地方へと、興行してまわったんです。それが四年つづきました。

ところが、自分はどうも、立派なスター俳優になれそうもない、天分がないんだ、と気がついて、ロンドンへ帰ってくると、夕刊新聞社の試験を受けて、記者になったのです。

新聞記者になって[▼57]、すばらしい小説の傑作を書く。ここに出世の道があるんだ！

こう思って、真けんに働いていると、ある日、編集長が僕を、とくべつによびよせて、

「君は記者としての神経も、するどいようだし、ニュースを書く文章も見どころがある。ロンドン市内の乞食を材料にして、実話の連載記事を書いてみないか？」

と、こう言うのです。

連載記事！　これを書くのは、記者の誇りなんです。ぼくは、よろこび勇んで、すぐ引き受けました。

何としても成功したい！　それには、ただ材料をさがして歩くだけでは、うまく書けるはずがない。ひとつ乞食に化けて、実さいに経験するんだ！

こう思うと、すぐ実行にとりかかりました。俳優の経験がすでにあるから、メーキ・アップは、われながら、うまいんです。ほんものの乞食に見えなければならない、と、苦心して顔をこしらえ、あわれっぽく見えるように古傷を付けて、それから肉色のバンソーコーを使って、口を上の方へ引きつらせて、歯を三本ニュッと出したんです。カツラも赤毛モジャモジャのを、自分でつくりあげて、ボロボロのシャツを着こんで、鏡の前に立って見ると、

「これぁ、ほんものだ！」

と、自分でさけんだくらいでした。

なるべく賑やかな町かどへ出て行って、朝から七時間ほど、ためしに乞食をやってみたんです。そんなに苦しくはない。いろんなことが目にはいって、世の中の有様がくわしくわかるようだし、おもしろいんでした。

そして夕かたに下宿へ、ソッと帰ってきて、もらいの銅貨をしらべてみると、自分でもおどろいたんです。二十六シリングと四ペンス！　すごく多いんですから。

けれども、この時の僕は、むろん、乞食をつづけるつもりなど、なかったんです。ただ自分で経験してみて、すばらしい連載記事を書きたかった。将来、小説家になるためにも、いろんな世の中を知っておく必要がある。と、こういう気もちでした。

夕刊に書いた乞食の連載記事は、とても評判になって、このために売行きがふえたくらいでした。社長からも編集長からも、ほめられたけれども、メーキ・アップだけは、秘密のタネだから、だまっておいたのです。

連載を書いてしまうと、むろん、それきり乞食はやめてしまったのです。

ところが、これを運命というのでしょうか？　意外なことに

出会ったんです』

ああ金だ、金だ！

『新聞社の友だちに、ロルラというのが、あそびずきで金貸しから借金したんです。[58] それを返す保証に、ぼくはロルラにたのまれて、サインした。ところが、あとになってロルラは、どこかへ逃げてしまって、ぼくの方へ、ひどい責任が思いがけなく、かぶさってきました。

「君は保証人だ。利子をあわせて二十五ポンド、返さないと、裁判所に、うったえて出るぞ！」

と、金貸しが新聞社に来て、ガミガミと、わめくんです。

ぼくは、ふるえあがりました。二十五ポンド！　そんな大きな金を、すぐ返せるはずがない。

「待ってください。返すことは、きっと返しますから」

「いつまで待つんだ？」

「二週間、どうぞ！」

「フム、二週間すぎて返さなかったら、きっと裁判所だぞ。書類はできてるんだ」

と、金貸しは僕をジロリと、にらみつけて行きました。

二週間と、ぼくは、その場のがれに言ったんです。返せるあてはない。すっかり気がしずんで、ひとり考えているうちに、ハッと思いついたのは、乞食のもらいが、とても多かったことです。

仕方がない。もう一度、道ばたで乞食をやろう！

またまたメーキ・アップして、もらいに出かけました。今度は連載記事どころか、二十五ポンドを二週間に！　と、すごく真けんになったんです。銅貨を投げて、なにか言って行く人があると、すぐにコッケイなことをこたえて、ふりかえさせるように、とても乞食を、一生けんめい、やりつづけました。

すると、二週間どころか、十日で二十五ポンドあまり、たまったんです。そのあいだ、社を休んだが、借金をきれいに返して、セイセイしました。

ところで、また考えたことは、新聞記者を毎日、夜おそくまでやって、ヘトヘトになるんだが、給料は一週二ポンドだ。それにくらべて乞食は、ちょっと顔と服を変えて、地面に帽子さえおいておくと、雨のふらないかぎり、一日で二ポンドあまりになる。新聞記者を長くつづけて、いつまでも貧ぼうを、がまんするか？　乞食をやって早く金をためて、それを資本に何か事業を起こすか？　どっちが出世の早道だ？

とても迷ったんですが、結局は、金だ！　と、心をきめたんです。

ああ金だ、金だ！　金さえあれば、なんでもできる世の中だ。小説家になる望みもすてて、一日も早く金をためて、資本家になってやろう！

この決心で新聞社をやめました。その日から乞食になったんです。マッチを前にならべて、法律をのがれる工夫をしました。

ところで、このメーキ・アップの秘密を知ってる者が、ふたりいたんです。「グプタ」というインド人と、「陳」というシナ人なんで、これは前に同じ下宿にいたからです。[59] ふたりとも、金をもうけてためることには、ぼくと同じくらい真けんな人間でした。スワンダム小路に、三階の古い家を買いとると、地下室を利用して、「金の棒」というアヘン宿をはじめたんです。

ぼくは、その三階のおくの部屋を借りて、メーキ・アップの秘密の巣にしました。

三人が金をためる競争みたいに、ウンとかせぎました。乞食の僕の方が、そのうちに勝って、五年すぎた時、別荘地に今の家を買ったんです。結婚もしました。子どもがふたりになりました。妻のペッシーは、夫の僕が乞食をしてるなんて、ゆめにも知らないんです。まい朝、ロンドンの会社へ出て行って、いそがしく働いてくる。なかなか腕のある夫で、家庭を愛しているし、わたしは幸福だと、心から思っているんです。

ところが、この月曜日、すごく暑い日で、道ばたに朝からすわっていた僕は、クラクラと目まいがして、三階の部屋へ引きあげてきたんです。▼60 メーキ・アップを洗いおとして、上着だけ引っかけて、窓の方へ出てきて、風にあたっていると、すぐ下の道を歩いてきたのは、なんと家にいるはずのペッシーなんです。

「アッ!」

と、思わず声が出て、ぼくの声にペッシーが顔をあげた。しまった! と思った僕は、よろめいて後へ飛びこんだのです。が、ペッシーに見つけられたのは、たしかなんです』」

もっと勇ましい令嬢がいる。

言うな、白状するな!

「乞食ブーンのセントクレア氏が、なみだをボロボロこぼしながら、話しつづけた。


『妻にも子どもにも、知られてはならない、今までの秘密が、ばれそうだ。勝気なペッシーは、この三階へ上がってくるのに、ちがいない! と、ぼくは、おくの自分の部屋へ、あわててかくれたんです。

かくれただけでは、安心ができない。上着をぬぎすてて、乞食のボロ服にきかえて、カツラをかぶり、すぐまた顔にメーキ・アップして、どこまでも乞食のブーンで、おしとおすつもりでした。このほかに、なんとも方法がないでしょう。

階段の下の方に、ペッシーのさけび声が聞こえる。ぼくの秘密を知ってるグプダと陳が、おしかえしているらしい。ぼくはふるえながら、耳をすましていたんです。

そのうちにペッシーの声が、聞こえなくなった。帰ってしまったか? そんなはずはない、ぼくと顔を見あわせたんだ。きっと警官をつれてくる。すると家宅捜査を、やられるかも知れない。いよいよ危険だ!

ぼくはもう、むちゅうだったんです。セントクレアの服が出てきたら、たちまち秘密が発見される。セントクレアの物を、みんな投げ出してしまえ、と、いそいで窓をあけたんです。その時、あわてて指にけがをして、窓べりや床の上に、血がこぼれたんです。▼61
第一に上着を、窓から投げ出した、すると、銀行へもって行くつもりで、ポケットにつめておいた銅貨があるものだから、そのまま上着が水のそこへ、しずんで行ったんです。

帽子もズボンも靴も、みんな、カーテンの中から出して、始末しかけてるところに、ドカドカと足音が上がってきて、グプタと陳のどなる声が、おもての部屋へ、はいって行った。帽子

など始末してるひまがない。またカーテンの中へ、かくしたんです。すると、グプタのふとい声が、

「オーイ、ブーン！　出てこうい！」

と、ろうかにひびいた。

　さては、おれをメーキ・アップのまま、みんなに会わせて、疑がいを解かせるんだな、と、ぼくは気がついて、▼62右足をビッコに引きながら、わかったらこれまでだ！　と、かくごをきめて、おもての部屋へ、はいって行ったんです。

　とたんに、ペッシーと顔を見あわせた。が、ペッシーは気がつかないばかりか、ギョッと立ちすくんだ。これならしめた、だいじょうぶ！　と、ぼくは思ったんですが、同時に、しまった！　と、こちらもギョッとしたんです。子どものみやげに、▼63朝、駅へ着くとすぐ買った積木の箱が、テーブルの上にのっている。ぼくがおきわすれたんです。もう、いけない！　ここで白状してしまおう、と、思ったところに、そばから陳が、

「おめえ、セントクレアとかいうのを、知ってるけえ？」

と、ぼくにきいたんです、その目いろは、（言うな、白状するな！）

　と、おさえているんです。ここでまた、ぼくの気が変ってしまって、

（そうだ、白状したら、子どもの恥じになるんだ！　死んでも白状しないぞ！）

　と、腹のそこから、かくごをきめたんです。

　ですから、セントクレアの衣類や持物が、いくら出てこようが、この警部さんから、どんなにきかれても、

「知らない、ぜったいに知らない」

と、どこまでも、がんばっていたんです。今さっきまで、そのかくごでいたんです、けれども、ホームズ先生に、正体をあばかれて、もう、……』

　と、ガックリと顔をふせたセントクレア氏に、バートン警部がききだした。

『いつまでも白状せずにおって、ここを出れると思うのか？』

なかなか友情がある

　顔をふせてセントクレア氏が、なみだにむせびながら、こたえたことは、

『それは、きっと出れると思っていたんです、たしかに』

『バカなことを言うなっ！』

　と、バートン警部が、どなりつけて、

『きさまは、殺人犯の疑がいなんだぞ。そんな重い奴が、どうして出れるか？』

『そうおっしゃっても、殺されたはずのセントクレアは、この僕なんです』

『ウウン、それは、そうだ』

『ですから、殺した証こなど、出てくるはずがないんです。きっと疑がいが解けると、はじめから信じていたんです』

『ハハッ、まさにそのとおり！』

　と、ホームズがそばから快活に笑いだして、

『だから、おくさんに、あのような手紙を出したんだね、指わまで入れて』

　と言うと、バートン警部がまた目を見はって、ホームズに、

『手紙を、こいつが夫人に、どこから出したですか？』

『さあ、ちょっと言いにくいが、この留置所からでないと、出すところはないようだね』

『そ、そんなことは、ゆるさんです！』

『バートン君、おこってはいけない。監視のすきに、鉛筆で紙きれに手ばやく書いた、それだけのことだ』

『いや、書いたって、ポストなんか、ここにないです』

『ところが、グプタと陳が、はいっていたろう。それにわたしたんだね、やはり監視のすきをねらって』

『ウウム、監視の失策だ！』

『グプタと陳は出た。セントクレアの住所をしらべて、封筒を書いた。ところが、探偵を三人も付けられている。ウッカリ外へ出て、ポストへ投げこめない。やっとおくれて、クレブゼント局区のポストへ入れた。なかなか友情のあるグプタ君と陳君だ』

『フウム、どうもこれは、すっかり、ホームズ先生によって明白になったです、が、警察の失策ですかな？』

『いや、そんなことは、だんじてないですよ。ぼくもブーンとセントクレアが同人にちがいない、と考えつくまでは、ひろい部屋が煙でモウモウになるまで、夜ふけから眠らずに苦心して、やっと解けたのです。とにかく解決してよかったことだし、どうです、このセントクレア氏が、ふたたび乞食はしないと誓約したら、夫人と子どもさんのことを思って、このまま秘密のうちに放免ということに、ねがいたいのですが』

　セントクレア氏が、オンオンと声をあげて泣きだした」

奇々怪々のお話

読者のみなさま！

ここから、わたくし（ワトソンの妻メアリー）が、書きそえます。

　ワトソンの話が、ようやく終りまして、わたくしはたずねてみました。

「それでセントクレア氏は、秘密のうちに出されたんでしょう。でも、その秘密が、おくさんにも知れなかったんですの？」

「まるで知れなかったのさ。みんなが秘密をまもってやったからね」

「まあ！　わたしなら、あなたの秘密くらい、すぐ見やぶるわ」

「じょうだん言うな。ぼくに秘密があるものか。セントクレア氏と夫人が、そろってホームズと僕へ、礼にきたぜ」

「あら、おくさんは、そうして、ご主人がどこから出てきたと、おもってらっしゃるの？」

「なんでもないさ。セントクレア氏は悪漢に誘かいされて、三階に入れられた。▼64 折よく夫人が見つけて、警官をつれてくると、悪漢どもはあわてて、氏を地下室へ引きずって行ったきり、おくの方へ閉じこめてしまった。それをホームズとワトソンが探しあてて、たすけ出した。悪漢どもは一挙に捕えられた。めでたしめでたしさ」

「まあ！　小説みたいだわ。それでセントクレアさんは、今、どうしてらっしゃるの？」

「むろん、乞食はやめてさ。小さいけれど自分で商事会社を立てて、まじめに発展してるって、ホームズもよろこんでいたがね」

「よかったわね。やっぱりホームズさんに、おくさんがバートン警部といっしょに、相談にいらしたのが、よかったんだわ」

「フフッ、君だってホームズのところへ、駈けこんできたから、あんな大きな謎が、すっかり解けたんだぜ」

「ええそう、でも、わたしはまだ結婚前だったわ。しかも、ひとりで行ったんだから、とても勇気があると思うわ。わたしみたいなの、ほかにないでしょう？」

「ところが、あったね。君よりもすごく勇ましいお嬢さんが」

「あら、ほんとう？」

「むろん、ほんとうさ。そのお嬢さんは婚約してたがね。いよいよ結婚しようとすると、いのちが危なくなって、ホームズのところへ、駈けつけてきたんだ」

「まあ！　その話もして、ね、ぜひ！」

「フフッ、今夜はもうおそいぜ。あすにしてくれよ。別の手帖に書いてあるんだ」

「そう、では、あしたの晩ね。[65]ああそれから、セントクレアさんのことは、秘密なんでしょう。今の話を本にする時は、仮名にしとかないと、いけないわ」

「ウム、そうだ。やっぱり君は、よく気がつくよ、えらいものだ」

　ワトソンは時々、わたくしを、おだてるのです。つぎに書きますのは、これまた彼がホームズさんの助手みたいになって、令嬢の危機をすくった、奇々怪々のお話でございます。

第三話　まだらの紐

なんとも解けない奇々怪々

朝早くから令嬢が

　ワトソン博士が、愛妻メアリーに聞かせた話。[66]

「ぼくは君の知ってるように、すこし寝ぼうでね、[67]なに？　大寝ぼうだと？　ハハッ、寝るのは健康の本なんだぜ。ところで、すごく寒い冬の朝だった、なんにも知らずに、グッスリ眠ってると、だれか、あたまをなでまわす奴がいるんだ。

　それで目がさめて、腹がたってさ、

『よせっ、だれだ？』

ゆめかな？　と、目をあけて見ると、まくらのそばに、ニヤニヤわらいながら立ってるのが、ホームズじゃないか！

『起きろよ、さあ！』

と、さいそくするみたいに言う。

『なんだ、火事か？』

『フフッ、お嬢さんだよ、きれいな人だ』

『なにを言ってるんだ、寝ぼけてるんじゃないか？』

『君じゃあるまいし、さあ起きないか、まくらをとるぜ』

『よせよ、何時だい？』

『七時八分、[68]こんな寒い朝に、きれいな若いお嬢さんが、こうふんして来てさ、どうしてもホームズ先生に会わせてくれと、玄関で、おかみさんに言ったそうだ。ぼくもそれでもって、起こされたところだ』

『そのお嬢さん、玄関に立ってるのか？』

『ホームズは、そんな失礼をしないね。朝早くから、この家を探しまわって、まだ寝ている初めての僕を、たたき起こすなんか、なにか非常なことがあるのに、ちがいないだろう。だから、おかみさんに言って、通させてあるさ』

『フーン、そのお嬢さん、ぼくに用は、ないんだろう？　まだ眠いや』

『よろしい。あとになって、そんなおもしろい事件だったのか、なぜ起こさなかった、なんて、不平を言っても知らないぜ』

『待った、起きる！』

　ガバッと僕は飛び起きた。さっそく、服に着かえたがね、きれいな若いお嬢さんが来たからじゃ、ないんだぜ。

　どんな『非常なこと、おもしろい事件』なのか？　はじめから聞いてみたかったのさ。

　ホームズといっしょに、居間へ行ってみると、なるほど、黒い服の婦人が、窓ぎわのいすからスーッと立ちあがった。ベールに顔をつつんでいる。きれいか若いか？　おかみさんにだって、わかるはずがない。ホームズの奴、ぼくを起こそうとして、出たらめを言やがったな！　と、いまいましい気がした、が、そんなこと婦人の前で、言えやしない。▼69
『お早うございます！』

　と、ホームズが快活に、婦人の前へ行くと、握手しながら、

『ホームズです。こちらは親友のワトソン博士、ぼくと一体ですから、なにをお話しになっても、さしつかえありません。ヤア、おかみさんが気をきかせて、ダンロをたいてくれましたね。もっと火のそばへ、どうぞ！』

　ぼくも、そのお嬢さんと握手した。やわらかくて、つめたい手だった。

『とつぜん、こんなに早く、うかがいまして、ほんとうに、おそれいります。わたくし、ヘレン・ストーナと申します』

　と、声がふるえて、ストーナ嬢は左手をあげると、ベールを引きあげた。

　若くて、きれいだ！　おかみさんは女の目で、ベールの上から見とおしたんだな、と、ぼくは感心したがね、なに？　つまらないことを感心するなって、よけいなことを言わずに、だまって聞けよ。

　ストーナ嬢は美しい目を見はって、オドオドしてるんだ。なにか非常に、こわがっているらしい。顔いろも青ざめている。ぼくは見たとたんに同情してさ、ダンロの前の安楽いすにかけさせた。

『ホー、汽車でこられましたね。往復切符の帰りの分を、手ぶくろにはさんでいられる。どこの駅からですか？』

　と、ホームズが、やさしくたずねると、

『はい、六時二十分発の列車でレザヘッド駅から、まいりました。もう一分間も早く、ホームズ先生にお目にかかりまして、おそろしいできごとの中から、すくっていただきたいと思いまして』

『それでは、おそろしいできごとを、はじめから、くわしくお話しください。その中に、どんな小さなことが、重大な判断の

材料になるかも知れません。だから、じゅうぶんにくわしく。ワトソン博士が手帖に書いておきますから』
ホームズがそう言い、ぼくは上着のポケットから、手帖をとりだした。
ストーナ嬢が話し、ぼくは聞きながら書いてるうちに、『おそろしいできごと』というのが、実さい奇々怪々なのに、目をみはったんだ。今までのいろんな事件とは、すっかり変ってるしね。

医学博士と豹と狒々

ストーナ嬢の奇々怪々な話。

『わたくし、二つの赤んぼの時に、父がなくなりまして、母と姉のジュリアと三人で、女ばかりの中に、大きくなりましたの。母は先祖からの財産を、たくさんに、もっていまして、姉もわたくしも、ずいぶん、ぜいたくに、そだてられました。

そのうちに、母はロイロットという医学博士と、結婚したのでございます。そうして、姉もわたくしもいっしょに、ロイロット博士の家に住むことになりました。この家が、今も、わたくしのいるモーラン村にございますの。ロイロット博士も、いっしょでございます。

ところが、今から八年前、母が村の近くの鉄道で、列車にはねとばされまして、とつぜん、亡くなったのでございます。その時の姉とわたくしの悲しみは、いまさら、なんとも、……』

ストーナ嬢がハンケチを目にあてた。すると、まっ白な手くびに、どうしたのか？　うす黒いアザみたいな、太いスジがならんでいる。皮下出血だ、変だな！　と、ぼくは見ながら、だまっていた。口を出す場合じゃない。話の聞き役だ。

『その時、はじめて、わかったのでございますけれど、母の財産は、ロイロット博士が安全にしておいて、姉とわたくしが結婚する時に、半分ずつ持って行かせるようにと、そういう母の書類が、裁判所の登記所に、ちゃんと写されているのだと、これは母のおそう式の日に、弁護士の方が姉とわたくしに、聞かせてくださいまして、……』

『フウム、たばこを失礼します。ゆっくりと、こまかくお話しください』

と、ホームズがパイプに火をつけた。

『はい、母が亡くなりますと、ロイロット博士の性質が、どうしたのですか、おそろしく変りまして、家の中に、いく日も閉じこもって、まるで口をききませんの。時たま外出したと思いますと、道で出あう村の人たちと、ひどいけんかをしまして、すごく乱ぼうするのでございます』

『フーッ、村で医者をしていられるのですか？』

『いいえ、実は母の財産で生活していまして、その前にはインドに行って、風土病を研究していたのだと、自分で言ったことがございます。▼70 身のたけが二メートル近くもございますし、拳闘の選手のような体格をしていまして、村の人たちも、おそろしがって、道に見かけると、すぐ逃げて行きますの』

『酒は？』▼71
『いいえ、すこしもいただきませんの』

『そういうようだと、友だちもあまりないのでしょうな？』

『はい、けれども、村から村を流れあるいて行くジプシーの群れとは、たいへん仲よくしていまして、家の庭さきに、天幕をはることなど、ジプシーにゆるしておりますの』

『フーフッ、かなり変っていられますね』

『世の中の奴らは、みな、ずるい。ジプシーは男も女も、かざり気がなくて正直だと、その天幕の中へ行って、とまってくることもございますの』

『ジプシーにも、いろんな人種がいるようですね、世界を流れあるく連中だから。ロイロット博士は、ジプシーの風土病でも、研究していられるのですか?』

『なんでございますか、それに、人間よりも動物の方が正直だと言いまして、インドから豹と狒々を一頭ずつ送らせまして、それを家の庭に、夜は放しておりますの』

大変な医学博士がいたものだ! と、ぼくは、にわかにおもしろくなったのさ。

ま夜なかの口ぶえ?

ホームズも、おもしろくなったらしい。たばこの煙を、きゅうに高くふきあげて、

『フッフッフー、その豹と狒々は、なれているのですか?』

『この豹は、鹿を追っかける時に使うのだ。狒々は赤んぼの時から、人間にそだてられたのだ、と、ロイロット博士は言いましたけれど、なにしろ気みがわるくて、こわいのでございますの』

『それはそうでしょう、それから?』

『それから、母の妹で、わたくしたちのおばがございますの。姉がこのおばの家で知りあった青年の方と、婚約ができまして、帰ってきますと、そのことを、ロイロット博士にすぐ知らせました。「おとうさん」と言っていましたの。父はその時、すこしも反対しないで、

〔そうか、それはよかったな〕

とだけ言いましたから、姉もわたくしも安心したのでございます』

『おばさんは、どこに?』

『ハロー町に、はじめから、ひとりでおりますの。やはり財産をもっていますから』

『姉さんはそれで、結婚は?』

『お式の日もきまりまして、あと二週間と、姉はとても、よろこんでソワソワしていまして、わたくしも、いっしょにウキウキして、いろんな支度をしていました時に、おそろしいことが、……そのために、姉が亡くなりまして、ひとりしかない姉が、……』

『ヤッ、それは、いつのことですか?』▼72

『はい、今から二年まえの、九月十三日の、夜ふけに、……』

『ウウム、その時のことを、じゅうぶん正確にお話しください。ワトソン、書きもらすなよ』

『ウム、だいじょうぶだ』

『わたくし、一生わすれられない、とても、おそろしいことですから、今でもハッキリおぼえております。家のようすからお話して、よろしゅうございましょうか?』

『けっこうです、どうぞ、こまかく、フーッ』

『何年か前にたてられた古い家なので、一階に寝室が三つ、ならんでいます。はしの方をロイロット博士が、まん中を姉が、そのとなりを、わたくしが使っていました。

この三つの寝室が、ドアは、ろうかの方に一つしかないものですから、おたがいに出入りするのには、ろうかへ一度、出なければなりませんの。窓の外は、芝になっています。

九月十三日の夜、十時すぎでございました。ロイロット博士が早くから寝室にはいりまして、姉とわたくしも、

「おやすみ！」

と、めいめいの寝室に、はいりましたのです。

わたくし、小説がすきなものですから、むちゅうになって読んでいますと、姉がドアをたたいて、はいってきました。

「あら、どうしたの、お式のことで、こうふんして、ねむれないんじゃないの？」

と、わたくしが小説をそばにおいて、じょうだんみたいに言いますと、

「それもあるけれど、おとうさんのすってるインドのたばこね、においが強くて、たまらないのよ、ねむれはしないわ」

と、姉はいすにかけまして、それから、しばらく、ふたりで結婚のことなど話していました。

そのうちに、十二時ちかくになりましたし、姉は立ちあがって、

「おやすみ！」

と、ドアの方へ行きながら、ふと立ちどまって、わたくしを見ますと、

「ねえ、ヘレン！　あんた夜なかに、だれか口ぶえをふくの、聞かない？」

と、こんな変なことを、たずねましたの。

「いいえ、聞かないわよ」

「そう、まさか、あなたが眠っていて、口ぶえをふくわけないわねえ」

「いやだわ、変なこと言って、姉さんのゆめじゃないの？」

「いいえ、このごろは、まいばんなのよ。ゆめじゃないわ」

「ますます変だわ。夜なかって、何時ごろ？」

「三時だと思うわ、教会の鐘が鳴ってるから[▼73]」

「いやねえ。姉さん神経質だから、そんな気がするんじゃないの？　あたしは寝ぼうだから、ちっとも知らないわ」

「だって、ヒューッ、ヒューッて、いくども聞こえるのよ。ひくい口ぶえだけれど」

姉はソッと小声で、気みわるそうに言いました』

と、ストーナ嬢の話が、なんだか怪談みたいでね、しかし、すこしも作り話でないのは、真けんな顔いろでわかっていたのだ。

紐！

いよいよ怪談になってきた、ヘレン・ストーナ嬢の話に、ホームズも真けんな顔になって、問答がはじまった。

『その口ぶえは、夜なかにジプシーが起きていて、庭をあるきながら、ふくのじゃないですか？』

『わたくしも、そう思いまして、姉にきいてみましたけれど、

「そうね、それにしても、変だわ。このごろは、まいばんなのよ」

と、姉はおそろしそうに、かたをすくめて、ろうかへ出て行きました。そうして自分の寝室にはいりますと、ドアに鍵をかける音が、十二時すぎですから、ハッキリ聞こえました』

『フウム、まいばん、寝室に鍵をかける。お姉さんも、あなたも？』
『はい、豹か狒々が、はいってくるかも知れませんから、鍵をかけないと、安心できないのでございます』
『それはそうでしょう、それから？』
『わたくし、姉の言った変な口ぶえのことが、気になりまして、なかなか眠れませんでした。ベッドについたまま、目をさましていますと、低気圧がくると新聞の記事のとおりに、▼[74]夜ふけから、ひどい風と雨になりまして、とても眠れなかったのでございます。ザアザアと窓の外の厚い戸に、雨があたりまして、そのうちに、とつぜん、
〔アアッ、ヘレン来てえっ！〕
と、姉のさけび声が、雨の音の中に聞こえました。
アッと、わたくし、はね起きまして、ろうかへ出て行こうと、ドアをあけた時に、
〔ヒューッ！〕
と、ひくい口ぶえが聞こえましたの』
『一声？』
『はい、一声だったと思います。ハッと立ちすくんだ時に、また今度は、
〔ガチャン！〕
と、なにか重い金物の落ちたみたいな音が、聞こえまして、……』
『たしかに？』
『はい、たしかに聞きました。けれど、それを気にしてるよりも、姉がどうかしたのかしら？　と、ろうかへ出てみますと、姉の寝室のドアに、ガチガチと急いで鍵をまわす音がして、中からドアがあくなり、
〔ヘレン、ヘレン！〕
と、わたくしをよびながら、姉が出てきました。まっさおな顔をして、フラフラしていますの。
わたくし、すぐに駈けよって、だきとめながら、
〔どうしたの？〕
と、ききますと、
〔こわい。ヘレン！　ああこわい、紐！　まだらの紐！……〕
と、からだをガタガタふるわせて、両方の手で上の方を、かきまわすようにしながら、ガックリと足もとへ、くずれるように、たおれたのでございます。
わたくしはもう、むちゅうになりまして、
〔おとうさん！　おとうさん！〕
と、ロイロット博士にたすけを、よびました。
はしの方の寝室にも鍵の音がしまして、ドアをあけるなり、
〔なにか？　さわがしいぞ、夜ふけに〕
と、ロイロット博士が、どなりながら出てきました。
〔お姉さんが、……〕
と、わたくしが言いますと、ロイロット博士は、たおれている姉に気がつきまして、
〔オオッ、どうしたか、なにか急病か？〕
と、顔いろをかえますと、姉をだきかかえて中にはいりました。ベッドへソッと寝かせまして、……』
『フウム、……』

ホームズが天じょうをあおいで、目をふさいだ。はてな、わからないぞ！　という表情だ。

これも『深夜の謎』

ぼくも、この怪談の原因が、まるでわからない。これまた『深夜の謎』だ、と思いながら、手帖に書きつづけたのさ。[75]

『ロイロット博士は、姉のむねをあけて診察しながら、
〔おれにはわからん。ヘレン、内科の医者をよばせろ、早く！〕
と、わたくしに言いつけました。
別棟に寝ている召使いのおじさんを、[76]わたくし、たたき起こしまして、あらしの雨の中を、村のお医者の家へ、むりに行ってもらいました。
姉は、けれども、もう一度も気がつかずに、そのまま夜あけちかくに、息をひきとったのでございます。
〔ざんねんだ！　なんとも、ざんねんだ！〕
と、ロイロット博士は、泣いているわたくしのかたに手をおいて、
〔おまえにも、なんと言ってよいか、おれは、言うことばがない〕
と、あやまるみたいに、うつむいて言いました。
村のお医者さんが、やっと来てくださいましたけれど、もう間にあいませんでした。それでも、一応、診察されますと、
〔死因不明です。これでは死亡証明を書きようがない〕
と、そのまま帰られました、ところが、すぐに警察へ、とどけられたのでしょう。朝になりますと、検事さんとお医者さんと探偵の人たちが、いちどきに、はいってこられまして、[77]……』
『お待ちください。お姉さんのその時の服そうは？』
『寝まきで、ああそうでした、右手にマッチのもえたのを、左手にマッチの箱をもっていまして、……』
『すると、なにかを見ようとして、マッチをすった。〔紐！　まだらの紐！〕これについて、あなたに何か心あたりは？』
『はい、その後も、いろいろと考えてみましたけれど、ただひとつだけ、ジプシーの女たちは、あたまにハンケチをまいていますの、そのハンケチにボチボチの色がついていて、まだらに見えますけれど、ハンケチを〔紐〕ということはないと思いますの』[78]
『フム、口ぶえと金物の落ちたような音、それを検事と探偵たちに、むろん、言われたのでしょうな？』
『はい、申しあげました、けれども、風と雨がはげしかった中で、なにか、ほかの音を聞いたか、耳のまよいだったろうと、たいしたことには、お考えになりませんでした』
『フッフー、お姉さんの寝室を、じゅうぶんに、しらべましたか？』
『それはもう、検事さんも探偵の人たちも、やっきになられまして、くわしくおしらべでした。ドアに鍵が中からかかっていたのは、わたくしの証言でハッキリしていますし、窓には外に厚い戸が、これも鍵が中からかかっていますし、四方のかべも、みなさんがドシドシと強く、たたいてまわられましたが、どこにも異状がないのでございます』
『ダンロの煙突は？』

『太いのがございます、けれども、中に長いクギが十字に入れてありますから、人の出入りなど、小さな子どもにしても、できることではございません』

『フーフッ、フウム、……？』

さすがのホームズも、パイプを横のテーブルにおくと、腕ぐみして目をふさいだ。

ぼくも何とか知えをしぼり出そうと、考えてみたがね。どうも考えれば考えるほど、わからないのさ。いかにも奇怪きわまる、なんとも解きようがない、第二の『深夜の謎』だ！」

現われた乱ぼう博士

二声、たしかに！

「さすがの名探偵ホームズも、目をふさいだきり、怪事件の謎を解こうと、考えにしずんでいる。ぼくも探偵の知えが、まるで出てこない。とても深い森のおくへ、まよいこんだように、方角もわからない、こまりきった気もちだ。

ホームズが急に目をボカッとひらくと、ストーナ嬢を見つめてきいた。

『すると、お姉さんはその夜、寝室に、ひとりだった。このことに、すこしも疑がいは、ないのですな？』

『はい、検事さんも探偵の人たちも、みなさんが、そう言われましたし、わたくしも、そう信じています』

と、ストーナ嬢は強く言いきった。

『死因について、警察医の意見は？』

『なにか神経に非常な感動を、思いがけなく受けた、そのためではないかと、……』

『毒をのまされた、という意見は？』

『それも警察医の方が、じゅうぶんに、おしらべでしたけれど、そのような疑がいはないと言われまして、……』

『あなたのご意見は？』

『わたくしは、姉が何を〔ああこわい、紐、まだらの紐！〕と言いましたのか、まったくわかりませんけれど、そのおそろしさに打たれて、心ぞうを急にわるくしたのではないかしら？と、今でもそう思っています』

『ロイロット博士は？』

『姉がなくなりますと、当分のあいだは、すっかり、ふさぎこんでいまして、死因についても、まるで口をきかずに、今日までも、それについては、なんとも申していませんの』

『かなりくわしいお話でした。しかし、あなたが〔おそろしいできごと〕と、はじめに言われたのは、二年まえのお姉さんのことではないでしょう』

『ゆうべのことでございます』

『ホー、それを、さらにくわしく！』

『はい、実は、わたくし、去年から知りあっているアーミテージという方から、結婚の申しこみを受けまして、しょうだくしましたの。それを、ロイロット博士に知らせますと、

〔そうか、それはよかったな〕

と、姉の婚約の時と同じように、すこしも反対いたしませんの。

それでクリスマスの日までに、式をあげることを、とりきめ

たのでございます。[79]

そこに、おとといから、ロイロット博士が家の建てましを始めましたの。わたくしの寝室のかべを、一部分だけ、こわすことになりましたから、わたくし、姉のいたとなりの寝室へ、うつりまして、……』

『フム、ベッドは？』

『ベッドも、姉のをそのまま使うことにしまして、ゆうべはじめて、そこにやすみました。姉の思い出と、いろいろのことを考えだして、ねむれないうちに、

〔ヒューッ、ヒューッ！〕

と、ひく口ぶえが、どこからか、かすかに聞こえましたの』

『二声、たしかに？』[80]

『はい、二声、夜なかのしずかな中ですから、ひくくても、ハッキリと聞こえました』

『フウム、しかし、どこからか、わからない？』

『わたくし、それを、たしかめるよりも、ゾッとしまして、飛び起きるなり灯をつけました。寝室の中を見ましたけれど、怪しいことは、なんにもなくて、ホッとしました』

『あなたが二年まえに聞かれたのと、おなじような口ぶえ？』

『はい、おなじように聞こえました。前には、姉がなくなるのを、知らせたような口ぶえですし、わたくし、もう、急におそろしくなって、ベッドをおりてしまいました。服にきかえて、夜のあけるのを、ふるえながら待っていまして、……』

『口ぶえは、それきり？』

『二声だけで、あとは聞こえませんでした』

『フウム、それから？』

ホームズがパイプをとりあげた。

『夜がやっとあけましたから、わたくし、だれにも言わずに、ソッと家をぬけだしまして、一生けんめいに、レザレッド駅へかけつけましたの』

『そして、ここへいらした？』

『はい、ホームズ先生のことを、ご本で知っていましたから』

『フーッ、これは非常に、むつかしい事件です。ワトソン、なにか、あたりがついたかね？』

ホームズ先生が、またまた試験するみたいに、ききだした。

これは彼の、よくないくせだね、はじめての人の前で、ぼくを試験するのは。

どえらい奴が来た！

若くて美しいストーナ嬢が、ぼくをジッと見つめた。なにか答えを聞きたいのだ。ぼくは、ところが、なんとも答えられない。しゃくだから、ホームズにききかえしてやった。

『ぼくよりも君が、なにか、あたりがついたのか、どうなんだ？』

『フッフッフー、なにがわかるものか。お姉さんのジュリアさん、妹さんのヘレンさん、おふたりに関する二重の謎だ。非常にむつかしいです！』

と、ホームズは、ストーナ嬢に、

『これを解くためには、二重の謎ができた寝室を、見せていただきたい。しかし、ロイロット博士に知れないようには、できないでしょうか？』

『はい、できますの。ロイロット博士は、きのう、

〔あすは大事な用があるから、ロンドンへ朝から出て行かねばならん。帰りは、たぶん、夕かたになるだろう〕

と言っていましたから、どうぞ、お昼すぎに、いらしていただけませんでしょうか？　村のおばさんが、ひとり、手つだいに来ていますけれど、これはなんにも気がつかないと思いますから』

『ワトソン、どうだ。きょうすぐ行くか？　フーッ』

『一時間も早く行かないと、ヘレンさんが、あぶないのじゃないのか？』

『ありがとうぞんじます、わたくし、お昼すぎには、きっと帰っていますから、どうぞ、ぜひ、おふたりでお出むきくださいませ。このようなおそろしい変なことが、なくなりますように、おねがいいたします』

ヘレン・ストーナ嬢は、これを心からねがって、ぼくたちと握手すると、顔のベールをさげながら、しずかに帰って行った。

この家のおかみさんハドソン夫人が、さっそく、朝の食事をはこんできた。パンにスープにタマゴにハムだ。あとからリンゴとコーヒーがくるだろう。▼81 ぼくがパンをちぎりかけると、ホームズが手をあげて言った。

『ワトソン、顔をあらってこいよ』

『あ、そうか』

ぼくが口と顔をあらうのは、君も知ってるように五分とかからないがね。洗面所へ行ってくると、大食いのホームズはもう三つめのパンに、かぶりついていた。スープをすすりながら、

『今夜は、もしかすると、いのちがけになりそうだぜ』

と、いきなり危険なことを言いだした。

ぼくもスープを飲みながら、気をおちつけてきいた。

『敵は何者だ。庭に天幕を張ってるというジプシーか？』

『フム、敵がわからないから、やっかいなのさ』

『敵がわからなくて、いのちがけというのは、どういうわけだ？』

『ところが、姉さんのジュリアは、その敵に殺されたじゃないか？』

『口ぶえをふいた奴だろう？　二年まえのと同じ口ぶえだというから』

『オッ、何者か来たぜ、すごい上がり方だな』

二段ずつ飛び上がってくる。ドカッドカッと荒いくつ音が、ドアの外へ来ると、たたきもせずにバッと引きあけた。そこに現われたのは、まるで入口をふさぐような大男だ。ぼくは食いかけのハムを、おもわずのみこんでしまった。

なにしろ大男だ。身のたけ二メートルほど、太い毛虫みたいなまゆの下に、ランランと目も大きく、ぼくたちをにらみつけると、部屋の中へはいってきた。黒い服にムチを右手にさげている。どえらい奴が朝から来たものだ！　ぼくはハムが、のどにつかえて、カップの水をガブガブ飲みほした。

ホームズが、おもしろそうにニヤリとわらった。

リンゴを半分

大男のすごい顔が赤黒く張りきっている。なにか、おこっているのだ。太いはなの穴がヒクヒク動いて、ぼくたちをにらみつけると、

『どっちが、ホームズだっ？』

と、口をカッとあけた。ひげも太い。

　ホームズが、わらいながらききかえした。

『ハハッ、ぼくだがね、君は？』

『ウウム、わしは、グライムズヒ・ロイロット博士じゃ』

『ハハア、そうだろうと思った。まあおかけください。食事をすませますからね』

『けしからんぞ！　わしの娘のヘレンが、ここへ来おったろう。わしはヘレンのすがたを見たぞ、オイ、ホームズ！』

『なんだか、きょうも天気がよさそうですな』

『なにをっ、そっちにおる奴は、なんという奴か？』

『ぼくはワトソン。ツンボじゃないから、どなるのをやめろ。食事がまずくなる』

『きさまがワトソンか。[▼82] 娘の部屋にあったホームズの本は、きさまが書いたんじゃな。わしは、きさまらに言っとくぞ。娘の言ったことを聞いて、よけいな手を出すと、ただではすまんぞ！　これを警告に来たんじゃ』

　ロイロット博士が、ムチを投げだすと、ダンロの前から鉄の太い火かき棒を、つかみとるなり、両手でグーッと曲げてしまった。すごい力だ。

『わしの家へなど、手を出してみろ、きさまら、ただではすまんぞ！』

　ガチャンと火かき棒を投げすてると、ムチをとりあげて、

『気をつけろと言うんじゃ、わかったか』

　と、どなりながらドスドスと出て行った。ドアはあけたままだ。

『ハハア、思ったとおりのおやじだね。ハドソン夫人がおびえて、リンゴもコーヒーもこないぜ。とってきてやろう』

　と、ホームズが、わらって立って行くと、火かき棒をひろいあげて、グーッとまっすぐにのばしたまま、ダンロの下へおいて行った。これまたすごい力だ。

　リンゴとナイフとコーヒーを、ホームズが盆にのせてきて、ふたりはまた話しあった。

『ロイロット先生も、医学博士でインドに行っていたんだから、君と同じようだぜ』

『じょうだん言うなよ。彼はもう年六十に近いだろう。村からヘレン嬢のあとを、ほんとうに、つけてきたのかな？』

『なあに、つけてきたのだったら、ヘレン嬢をにがすものか。そんなぬけめのあるおやじではないさ』

『すると、ここにヘレン嬢が来ていたことを、どうして知ってきたのか？[▼83]』

『彼は朝からロンドンへ出てくる予定でさ、けさ早く起きた。ところが、ヘレンが見えない。寝室へ行ってみると、出て行ったあとだ。気になるから、いろいろ考えてみた。ヘレンの読んでいた本が、ベッドのそばにひらいたままになっている。さては、あわてて出て行ったな、と、その本を手にとって見ると、ワトソンというのが、探偵ホームズのことを書いている。この〔探偵〕が、いよいよ気になる。ホームズという奴のところへ行って、ワトソンとふたりを、おさえてやるにかぎる。もしかするとヘレンが、相談に行っとるかも知れん！　と、あのおやじ一本気だから、カンカンにいきりたって、ムチだけひっさげて村を出てきたのさ』

『ここでヘレン嬢と、ぶつかったら、それこそ彼が言ったよう

に、ただではすまなかったろう』

『そうさ、カッとなると、なにをするかわからない奴だ。ヘレン嬢の手くびに皮下出血が、青黒くなっていたのを、君も見たじゃないか』▼84
『ウン、見た。いたいたしい気がしたんだ。あれはなんだろう？』

『今のおやじが、平手でなぐりつけたあとだ。火かき棒をねじまげる力で、なぐられたら、たまったものじゃない』

『ひどいおやじがあったものだ。カッとなると気がくるうのかな。〔探偵〕が気になるとすると、怪しいのは、あいつじゃないか？』

『そう、そのとおり。そのリンゴを食わないなら、よこさないか』

『食うんだ、待ってくれ、半分やろう』

ホームズの話が、急所にふれてきたから、ぼくはリンゴをわったきり、食うのをわすれていたのだ。

謎の三重奏

ぼくのリンゴを、ホームズがホークで突きさすと、皮ごとモリモリとかじりながら、

『いかにも怪しいのは、あのおやじさ。姉のジュリアが結婚まえになると、原因不明の奇怪な死にかたをした。妹のヘレンも結婚まえになると、夜ふけに奇怪な口ぶえを聞いた。結婚すると、母の遺言によって財産を、あのおやじは娘に分けてやらなければならない。▼85 六十才ちかくになって、今までもこれからも、きまった収入はない、とすると、気の変なおやじが、どんなことをジュリアにあえてしたか？ 今度はまた、ヘレンに何を実行しようとするのか？ ここに謎を解く鍵がある、と思って、まちがいはないだろう。まだリンゴを食わないね。その半分も、よこさないか？』

『待ってくれよ。ずるいぜ、話を急所へもって行って、リンゴを食わさない工夫だな』

『ハハッ、そのとおり！ もらうとしよう』

ホームズがまたホークに、グサッと突きさしたリンゴを、ガリガリやりながら、

『そこで彼の家へ行ってみるのは、いのちがけの冒険だ。六連発をもって行くんだね。たのむぜ』

『豹や狒々を、なんのために飼っているのかな？』

『行ってみると、わかるさ。だが、気の変な先生だから、おそらく人をおどかすのが、うれしいのだろう』

『豹や狒々を相手に、六連発をバチバチやるのは、感心しないぜ』

『感心しなくっても、むこうからやってきたら、正当防衛だ。それに気のあらいジプシーという奴も、大勢いるらしいから、▼86
……そのコーヒーも、飲まないのかね？』

『飲むよ。そう取られてたまるものか』

見るとホームズは自分のコーヒーを、いつのまにか飲んでしまって、まだ何か食いたいみたいな顔をしながら、

『夫人がなくなると、あの先生の性質が、おそろしく変って、娘たちに口もきかない。時たま外へ出て行くと、けんかしてくる。これも怪しむべき一点だ。夫人の大きな財産を、先生じしんが安全にことずかっている。これを、いずれは娘にもたせて

やる日がくる。なんとか自分が手に入れたいものだ、と、日夜だまりこんで考えだした。良心にせめられて、ムシャクシャするから、外へ出て行くと、相手かまわずけんかする。あの体力だから、みんなこわがって、にげてしまう、と、この判断は、どんなものだろう?』

『そうか、そのとおりだろう』

『そこで先生は、相手になる者がいない。娘たちさえ、こわがっている。まい日、さびしいものだから、ますます気が変になる。▼87ジプシーの群れを庭に入れて、その天幕へとまりに行ったりする。自分だけになれている豹と狒々を、かわいがる。ハハア、コーヒーがひえてしまったぜ』

『よし、飲んでいい。夜なかの口ぶえと、〔まだらの紐〕は、どうなるんだ?』

『もう一つあるぜ。ガチャンと金物が落ちたような音。口ぶえとガチャンと紐、この三つは、たがいに関係がありそうで、どうも解けない。謎の三重奏だね。ああこのコーヒーは、ひえてもうまいぜ。オッ、ハムがまだ残ってるじゃないか』

『いけないよ、オイ!』

グズグズしてると、これまで食われそうだ。ぼくはあわてて、ハムの残りをほおばった。

にわかに精力満々

この日の昼すぎ、ホームズと僕は、レザヘッド行の列車に乗った。

すばらしい晴天でね。ロンドンをはなれると、青空の美しさが、目にしみこむようだった。

ところが、『いのちがけの冒険だ』と、ホームズが言ったのは、まさか、おどかしではないだろう、と、ぼくは六連発の大形を、上着のポケットに入れてきた。豹や狒々が相手だと、小形の弾では心ぼそいからだ。▼88なにしろ、こういう冒険となると、美しい青空にウットリもしていられない。ロイロット博士や豹や狒々を相手に、決死でやりあっている自分のありさまを、想像したりしてね。

ホームズは列車の中で、パイプたばこをくゆらしながら、だまりこんでいた。じょうだんも言わずに、天じょうをにらんでいる顔は、セントクレア氏の家の応接室で、海綿を考えついたときと、まったく同じだった。

レザヘッド駅へ着くと、

『さあ、来たぞ!』

にわかに精力満々のホームズが、スックと立ちあがった。

『鍵を見つけたのか?』

と、ぼくも力づいて、きいてみると、

『さっぱり、わからない。謎の寝室を見ると、なにか出てくるだろう』

『いのちがけの冒険か?』

『それは夜のことだ、フーッ』

駅を出ると、そこにいた一頭だての古い馬車に乗りこんだ。

『モーラン村へやってくれ。遠いかね?』

『五マイルたらずでさ』

正直そうな年よりの馭者が、ゆっくりと馬を歩かせながら、

『だんな方は、ここいら、はじめてだかね』

と、いなかことばで言いだした。

『ウン、はじめてだ。景色のいいところだね』

走りつづけて、四マイルほど行くと、老人馭者がまたきいた。

『モーラン村のどこへ、行かっしゃるだ？』

『ロイロット博士の家の建てましを、見にきたのさ』

『オオッ、あの人の家へ、そうだか、フウム』

『おじさん、知ってるんだね、ロイロット博士を』

『だんな方は、どうだっぺな？』

『いちど会っただけだ。ものすごい人だね』

『あの人、ほんとうに博士だっぺえか。けんかばかりするだが』

『ハハア、乱ぼう博士なんだろう。しかし、ヘレンさんという、きれいなお嬢さんがいるね』

『そうだよ、かわいそうに、いつも乱ぼう博士に、いじめられてるだ』

『ホー、なんだって、いじめるのかね？』

『あのロイロット、気がちがってるって、みんな、そう言ってるだよ。博士だって気がちがっちゃあ、しかたあるめえ』

『お嬢さんが気のどくだね』

『そうだよ、……そら、あそこの森の左に、灰色の屋根が見えるだっぺ。あれがそうだよ』

来たのだ、いよいよロイロットの怪屋へ！　と、ぼくはグッと気をひきしめた。

ホームズも目をかがやかした」

怪人の寝室をさぐった！

怪屋探検

「カシの木の大きな森が、方々に高く青空に突っ立っている。そのあいだを、馬車が走りつづけて行くと、ひくい坂の下へ出た。赤土だった。

ホームズが、

『ヤア、坂をおりてくるのは、ヘレン・ストーナ嬢だぜ』

と言うのを見ると、そうだ。

黒っぽい服、スラリとしている。今はベールもかけていない。若くて美しい顔が、こちらの馬車を見つめて、スタスタと坂をおりてくる。くつも黒い。

『よし、ここでおりよう、止めてくれ』

ぼくたちは馬車をおりると、老人馭者に金をはらい、坂をあがって行った。

ストーナ嬢が、美しい目をみはると、うれしそうに言った。

『ほんとうに、ありがとうぞんじます。今の列車でいらっしゃいましたのね』

『おむかえは、人目につきます。しかし、景色のいいところですね。ここがもう、モーラン村でしょう』

と、ホームズが快活に握手すると、

『はい、ロイロット博士は、やはりロンドンにまいりまして、たぶん夕かたでないと、帰ってこないと思いますの』

『ハハア、すでに、お目にかかる光栄をえましたよ』

『エッ？　それは、どうしてでございます？』

と、ストーナ嬢の顔いろが、見る見る青くなった。

『なに、ぼくたちへ警告にこられただけですよ。〔よけいなことをすると、ただではすまんぞ〕と。あなたが帰って行かれて、七、八分してからでしたがね』

『まあ！　先生のことを、どうして知りましたのでしょう？』

『あなたは小説がすきだと言われましたが、なにか僕のことを書いた本でも、読みかけたまま、おいてこられたのではないのですか？』

『アッ、そうでございます。寝室でわたくし、〔恐怖の谷〕を読んでいまして、▼89 その時に、あの口ぶえを聞いたのでございます』

『ハハッ、ロイロット博士は、すると、なかなか直感がするどいですね。ワトソン、ゆだんはできないぜ』

『ウム、敵はロイロット博士か？』

『ほかにもいるだろう。フウム、これですな』

坂を上がったところが、灰色の家の横手だった。

とても古い建物だ。石の柱に青いコケがベットリついて、かべも屋根も灰色だ。窓はみな戸がしまっている。どこにだれがいるのか？　見るからに暗い気がする。いかにもロイロット博士の怪屋だ！　と、ぼくはゾクッと寒気がした。

『まず、うらの方へ行ってみましょう』

と、ホームズは、やさしくストーナ嬢に言いながら、全身に探偵の神経が張りきっている。うらの芝の上へ、すばやくまわって行った。

家の右はしに、建てましの足場ができている。木を組み立てたまま、だれもいない。

『職人は休みですか？』▼90

『はい、きょうは博士が、休ませましたの。自分がいなくって、監とくができないからでございましょう』

『フウム、こちらのはしが、あなたの寝室、まん中がお姉さんのだった。むこうのはしが博士の寝室、そうですか？』

『はい、そうでございます。わたくしは、ゆうべ、まん中にやすみまして、……』

窓は三つとも厚い戸がピッタリしまっている。

『これでは外から、なかなかはいれませんね。出ることもできない。中を見せていただきましょう』

『はい、……』

『豹と狒々は、どこにいますかな？』▼91

『どこかに、かくれていますの』

はなはだ危険だ！　おれたちのにおいをかいで、飛び出してくるか？　と、ぼくは上着のポケットに六連発をつかんで、ホームズとストーナ嬢のあとからついて行った。

家の横にある石段を上がって、ストーナ嬢が大きなドアを両手でおしあけると、うすぐらい、ろうかへはいって行った。シーンとしている。だれもいないのか？

怪屋の探検だ！

かべの上から長い綱

さて、ここからが探偵の急所にはいるんだ。ぼくが見たとおりを、くわしく話すから、君もホームズと僕といっしょに、この怪事件の謎を解くつもりで、じゅうぶんに聞いてくれたまえ！

『まん中の寝室を拝見しましょう』

と、ホームズが、三つあるまん中のドアを目がけて、ツカツカと歩いて行った。

ろうかの白いかべが古くなって、きたないシミがついている。まん中の黒いドアに、はまってる鍵を、ストーナ嬢がまわすと、こわいみたいに引きあけた。すこしも音がしない。

姉のジュリアが奇怪な死に方をした、謎の寝室が、いよいよこれだ！

いなかの家だから、天じょうがひくい。右の方のかべに、大きなダンロがついている。なんのかざりもない。婦人の寝室にしては、まるで愛情がないみたいだ。

ホームズが、ズバリとききだした。

『二年まえと、変っていない？』

『はい、姉がいました時の、そのままにしてございます』

すみの方に立っているのは、茶色の衣服タンスだ。白いカバーをかけたベッド、小さないす二つ、化粧台、小形テーブルの上にランプ、ゆかに落ちてる本を見ると、『恐怖の谷』だ。

『フウム、……』

突っ立ったホームズが、天じょうの四方から、まわりのかべ、あらゆる物を、するどく見まわした。ぼくもいっしょに、目をクルクルまわしたがね。なんにも怪しむべきものは、ないようだ。

かべの上の方から、ベッドのそばに、長い綱がダラリとさがって、さきの方のフサが、まくらの上に、のびている。ホームズがきいた。

『これは、呼鈴の綱？』

『はい、そうでございます』

と、ストーナ嬢も、ひどく、きんちょうしている。

『ここから、この綱はどこへ？』

『召使いの部屋へ行っております』

『ほかの物よりも、この綱の新しいわけは？』

『付けましてから、二年ほどでございますの』

『お姉さんがまだ、いられた時？』

『はい、……』

『すると、お姉さんが、これを付けるのを希望された？』

『いいえ、そうではないと思いますの』

『そのわけは？』

『わたくし、姉がこれを使ったのを、いちども聞いたことがございませんし、それに、姉もわたくしも、召使いをたのまずに、自分のことは自分でいたしますから』

『すると、必要でないものを、わざわざ付けたわけは？』

『わたくし、そこまでは、ぞんじませんの』

ホームズが、あまりキビキビときくものだから、ストーナ嬢は、いよいよ青ざめて、オドオドしている。ぼくはホームズに言ってやったのさ。

『すこしソッとやれよ』

ところが、精力と探偵神経と同時に張りきっているホームズは、人の言うことなど聞きはしない。

『失礼します！』

と、ストーナ嬢に言うなり、ゆかの上へガバと身を伏せた。

「…………？」

ホームズが捜査をはじめた！

ゆかの上を、すばやくグルグルとはってまわる。『恐怖の谷』を横の方へ、はねとばした。すごい勢いだ。右手に大きなレンズをつかんでいる。ゆか板の合わせ目を、ジッとレンズで見て行くと、

『フム、……』

と、つぶやいた。なんにも見つからないんだ。

ストーナ嬢はビックリして、はいまわるホームズ先生を、上から見ている。だれだって、こんな四つばいの先生を見たら、おどろくだろう。

ゆか板の合わせ目を、すっかりレンズで見てまわったホームズが、窓の下へ行くなり、スックと立ちあがった。

窓は外から見たとおり、厚い木戸がピッタリだ。それでもホームズは、上から下までレンズで見まわした。

『フム、……』

ここにも変りなしだ。

衣服タンスのうら、化粧台の上下、いす、テーブル、それから四方のかべ、ことごとく、しらべてまわった。ホームズが、にがい顔をしている。

うまく行ってないな。この寝室になんにもないと、あとはどうするんだ？　と、ぼくは心ぱいでね、デクの棒みたいに立っていながら、むねの中はイライラしていたんだ。

ホームズが、すみの方から出てくると、ベッドのそばに立ちどまった。

『ますます失礼ですが、この中を拝見します！』

と、ストーナ嬢に言うより早く、白いカバーをバッとはぐりとった。

いけないと言うひまもない。ホームズのこんな乱ぼうぶりは、ぼくもはじめてさ。毛布をはねのけた。上下の青いシーツを一枚ずつ、はぐってしまった。まくらを横へやった。いちいち見ては投げてしまう。

『フム、……』

なにひとつ見つからないんだ！

これだけしらべて見て、なんにもわからない。〔口ぶえ、ガチャン、まだらの紐〕『謎の三重奏』は、いったい、どうなるんだ？　と、ぼくは、ホームズのにがい顔を、失望して見た。

ホームズは僕と顔を見あわすと、腕ぐみした。いよいよいけないようだ。

ストーナ嬢も、ホームズを見つめている。ベッドの中まで見られて、おこっているようだ。

ホームズが上をむいた。腕ぐみしたまま、かべの上からさがっている長い綱を、しばらく見ていた。

『どうしたんだ？』

と、ぼくがきくより早く、

『フム、そうか』

と、ホームズが腕ぐみをほどくと、綱をつかんでグーンと引いた。

『リリーン！』

呼鈴が、どこかで鳴る……と、耳をすました僕は、ハッとした。

しずかだ！　怪屋の中がシーンとしている！

ストーナ嬢もハッとして言った。

『鳴りませんわ、呼鈴が。どうしてでしょう？』

『ハハッ、召使いの部屋に、呼鈴は付いているにちがいない』

と、ホームズが笑いだした。にがい顔が、いつもの快活さにかえると、

『しかし、上の綱のさきに、召使いの部屋まで、つないであるはずの針金が、はじめから結んでないからですよ、そら！』

と、長い綱をまたグーンと引っぱって見せた。

『………？』

ストーナ嬢も僕も耳をすました。

なんの音も聞こえない！

これは、いったい、どういうわけだ？

ぼくは豹の方か

ストーナ嬢は、たまらなく心ぱいらしい目いろになって、ホームズにきいた。

『もしかすると、ネズミが針金を、かみきったのではないでしょうか？』

『いや、ネズミや豹や狒々よりも、おそるべきは、人間の悪知えです。ごらんなさい！　ワトソンも見ろよ』

かべの上の方に、空気ぬけの小さな穴があいている。その中へ長い綱がはいってるのを、ストーナ嬢も僕も、あおむいて見た。

『どうです、綱のはしが、穴のおくで太い釘に、むすびつけてあるじゃないですか？』

と、ホームズがグッと指さした。

『まあ！　今まで、ちっとも気がつきませんでしたの。どうして、こんな変なことをしたのでしょう？』

『変なことは、まだあります。空気ぬけを、となりの部屋へ、なぜあけたのか？　窓の方にあけてこそ、外から新しい空気がはいってくる。しかも、これは穴が小さい。あけたのは、いつごろですか？』

『二年ほど前でございました』

『お姉さんがいられた時、たしかに？』

『はい、それは、まちがいございません』

『鳴らない呼鈴と、風のはいらない空気ぬけ、この二つを、なんとお考えになりますか？』

『奇妙なことばかりで、わたくし、なんとも、……』

『ワトソン、意見を言ってくれ、これを何と判断していいか？』

『さあ、怪屋の怪ですね、このような変な工夫は』

と、ぼくはストーナ嬢に、えんりょなく言って、

『この空気ぬけは、となりのロイロット博士の寝室に、ぬけているのですね』

『はい、そうでございます』

と、ねんのために、きいてみると、

『こうなると、ロイロット博士は怪人と言っていいだろう。ホームズ、怪人の寝室をしらべてみないと、この変な工夫の謎は解けないと、ぼくは思うんだ』

『よろしい、同意だ。そうしなければならない。ヘレンさん、となりの寝室を、さらにしらべてみましょう。豹か狒々が、は

いっていますかな？』

『それは、わからないのでございます』

『いると、手数がかかるな。ワトソン、たのむぜ』

『二ひきいっしょか。君はなんにも、もってこなかったんか？』

『もってきたさ、小形だから、いたら狒々の方を引きうけよう』

『ぼくは豹の方か。ヘレンさん、どっちが大きいですか？』

『立ちあがると狒々の方でございます』

『すばしこいのは、豹の方でしょうな。怪屋に怪獣と闘うか。よし、行こう！』

　だんぜん、勇気をふるいおこして、大形六連発をポケットから、ぬきだしたのさ。ぼくだって、さあとなると、すごく強いんだから、なに？　ヘレンさんがそばで見ていたからだろう？　そうじゃないさ。よけいなことを言わずに、君もこの怪屋の謎を解いてみろよ。

白い小皿

　怪人の寝室！

　ここも黒いドアだった。ストーナ嬢のヘレンさんが、まん中の寝室の鍵をぬいてきて、ソッとさしこんだ。

『三室とも鍵は同じ？』

　と、ホームズがすぐきいた。

『わたくし、ここをあけたことがございませんから、わかりませんけれど、……』

　ストーナ嬢が力をこめて、まわそうとする鍵が、ビクとも動かない。

『おかしなさい。中で折れると発見される』

　われわれがしらべにきたことを、ロイロットの怪人に気づかれると、またさらに、やっかいだ。ホームズがストーナ嬢にかわって、鍵に手をかけた。

　ドアの中はヒッソリしている。豹と狒々がいるか、いないのか？

『アッ、……』

　ストーナ嬢が、のどのおくで声をたてた。

　鍵がまわったのだ▼92！　ホームズの指さきが、合わない鍵をうまく合わせた。

『ワトソン、あけるぞ！』

『よし！　君も小形を出せ！』

『いきなり飛びだしてくるかな？』

　黒いドアをホームズが、サッと引きあけた。

『ヤッ？』

　と言ったのは僕だ。

　いない！　豹も狒々も、なにものも！

『なんだい、フウン、……』

　と、六連発を下へさげると、ホッとしてね、フウンと鼻から息が出て、ぼくは、あせだらけさ。

　だれもいない怪人の寝室へ、三人がはいった。むろん、捜査だ。

　一方のかべに、木の本棚がズラリと立っている。書物の名まえを見ると、なるほど、風土病に関するものが多い。本棚の前にベッド、丸テーブル、ひじかけいす、小形のいす、大きな金庫、これだけだ。やはり、なんのかざりもない。

となりの寝室は、かべにへだてられて、上の方に空気ぬけの穴が、小さくあいている、が、

『綱は、こっちへ来ていないぜ』

と、ぼくはホームズに言った。

『フム、待てよ』

と、ホームズは、空気ぬけを見ずに、ひじかけいすへ手をかけて、ギシギシと動かしている。

『そのいすに、なにかあるんか？』

『ハハッ、ごらんのとおり、なんにもないさ。あたりまえのいすだ』

と、ホームズはいすをはなすと、金庫の前へ行った。よこからピタピタとたたいてみながら、ストーナ嬢に、

『この中は？』

『書類がいっぱい、入れてございました』

『ホー、いつのこと？』

『何年か前に、一度、わたくしが、この寝室へよばれました時に、ロイロット博士がそれをあけて、中の書類をしらべていました』

『さいきんは？』

『ぞんじません。もう何年も、この部屋によばれませんから』

『フウム、猫の子でも、はいっていませんかな』

『まあ！　まさか金庫の中に、猫の子が、……』

ぼくも、ホームズがまた、じょうだんを言いだしたな。前の寝室でストーナ嬢を、おこらせたから、と思った。

『しかし、ごらんなさい！』

と、ホームズが金庫の上から、とって見せたのは、白い小さな皿だ。牛乳が底にはいっている。

『まあ！　でも、猫の子など、見たこともございません。変ですわ、ロイロット博士が自分で飲むのでしょうか？』

『ハハア、いかに変人でも、牛乳を飲むのに、こんな平たい皿は使わないでしょう』

と、ホームズはその小皿を、金庫の上へ、もとのようにおくと、

『豹は猫の大きい奴みたいなものだ。このくらいの少い牛乳で、まんぞくするわけはない。とすると、ワトソン、この小皿と牛乳を、なんと判断したらいいだろう？』

『ウウム、怪屋の怪が、またひとつ、ふえたな』

と言うよりほかに、ぼくは答えられなかった。君はこれを何だと思う？　わかったら、えらいものだ。

するとホームズがわらって、また言った。

『ハハッ、怪なる物が、もう一つあるぜ』

穴が中心点

窓に信号の灯を

怪人ロイロットのベッドのはしに、ほそいムチが一本、立てかけてある。それをホームズが、ソッとつかみあげて、ぼくに言った。

『この怪なる物を、なんだと思う？』

『怪じゃないぜ。豹と狒々を訓練するムチだろう』

『フウム、このさきの皮が、輪になっているのは？』

『なにかの芸当を、しこむためさ』

『そうかも知れないが、……』

と、ホームズがそのムチを、ベッドのはしへ、もとのとおりに立てかけると、なにか急に暗い顔になった。

これほど暗い顔のホームズを、ぼくは見たことがない。まゆをしかめて、目いろをしずめている。

『どうしたんだ？』

と、言いかけると、

『庭へ出よう』

こんな寝室にいるのは、一分間もたまらない！ といったふうに、ホームズがツカツカと、ろうかへ出てしまった。こんなことも、はじめてだ。

ストーナ嬢も僕も、庭の芝へ出た。ひくい木が、むこうの方にしげって、古い天幕の屋根がならんでいる。放浪人種ジプシーのキャンプだ。

ホームズは、ひどく暗い顔になったきり、うつむいて芝の上を見ながら、ひとりで歩きまわった。ストーナ嬢にジプシーのことを、ききもしない。考えにしずんで、グルグル歩きまわりながら、家の横手へ出て行った。

はじめに聞いた『謎の三重奏』実さいに見た怪屋の怪、それがまだ、ホームズに解けないのだな！ おれにもまるで、手のつけようがない、と、ぼくも暗い気がしてね、怪屋の横になってる坂の上へ、ホームズの後から出てきたのさ。

すると、いきなり立ちどまったホームズが、後をふりむくと、ストーナ嬢を見つめて、きびしく言った。

『あなたは、今から僕の忠告を、ぜったいに実行しなければならない。あなたのいのちを、安全にすくうために、いいですか！』

ストーナ嬢も、きびしく顔をひきしめて、ハッキリとこたえた。

『はい、先生のおっしゃるとおりに、いたします』

『よろしい。今夜、ワトソンと僕は、あなたの寝室にはいって、夜をあかします』

ハッとストーナ嬢が青ざめた。ぼくもおどろいてさ、きかずにいられなかった。

『それは、どういうわけだ？』

『君が言った〔怪人〕と決戦のためだ！』

と、ホームズは暗い顔をしながら、だんこと固い決意を見せて、ストーナ嬢に、

『ここから坂の下に見える赤い屋根は、旅館ですね？』

『はい、クラウン旅館でございます』

『ワトソンと僕は、今からあの旅館へ行って、二階の部屋をかります』

『はい、……』

『あそこに二階の窓が見える。あなたの寝室の窓からも、見えるはずです。そこで、ロイロット博士が今夜、自分の寝室にはいって、ベッドにつく。その気はいを、あなたは感じとって、窓の戸をソッとあけるのです。音をたててはいけない。いいですか？』

『はい、そういたします』

『そうして窓にランプの灯を出してください。〔ロイロットが

今、ベッドについた」という信号です』

『はい、わかりました』

『それから、あなたは、はしの方の寝室へ、これもソッと音をたてずにはいって、そのままジッとしているのです。なにごとが起きても、あなたのかわりに、ワトソンと僕が、まん中の寝室にはいって行きますから、あなたがさわぐと、ロイロット博士に感づかれて、ぼくたち三人とも、いのちが危険です』

『はい、わかりました』

『博士が帰ってくると、あなたに、「ホームズのところへ行ったろう」と、ひどく乱ぼうするかもしれない[93]。しかし、「行った」とは言えない場合です。あの怪人博士が用心すると、今夜は僕たちが、ことごとく、だめになる。いいですか？』

『はい、わたくし、けっして言いません！』

『うちあわせは、これだけです。では、あくまでも気を引きたてて、がんばってください。今夜またお目にかかれるでしょう』

ホームズが、まるで子どもにおしえるみたいに言うと、ストーナ嬢と握手し、暗い顔をしながら、ぼくといっしょに、坂をおりて行った。

とうとうホームズが、やりだしたぞ！　と、ぼくはついて行きながら、よほど今夜は危ないんだな、と、かくごしたんだ。とても暗い顔をホームズがしているからね。

感心博士

クラウン旅館は、ガラあきだった。これでやって行けるんかな？　と思ったくらいさ。五十才くらいの大きなおばさんが、ニコニコと出てきてね。こちらの言うとおりに、二階の部屋へ、あんないしてくれた。これはホームズが、駅から馬車で前を通った時に、すばやく見ておいたらしい。

寝室も居間も、なかなか清潔にキチンとしている。大女のデブおばさんが、働き者らしい。

『なんでもいいから、この部屋でウンと食わせてください[94]』

と、ホームズが安楽いすに、ドカリともたれた時は、快活な彼にかえっていた。大食いのホームズが、出てきた料理を、すっかり平らげてさ。

『今のうちに、夕かたまで寝ておく必要があるぜ』

と、ふたりでベッドを窓ぎわにならべて、ゴロリとあおむけになった。

グッスリ寝てね、それから、ふたりで話しもしたさ。天じょうを見ながら、

『今夜は予定どおり、いのちがけの冒険なのか？』

『そうなるね。あの怪人博士は、思ったより以上に、悪知えの深い奴だから、もしかすると、ぼくたちが来ているのを、ストーナ嬢の顔いろを見て、直感するかもしれない』

『すると、どうなるんだ？』

『おそらく、こちらの負けだね、フーッ』

『負けてたまるもんか、どうしたら勝てる？』

『あのまん中の寝室へ、すべりこんでからでないと、勝敗はわからない。中心点は、あの空気ぬけの穴だぜ』

『エッ、あんな穴が、どうして？』

『姉のジュリアが死んだ寝室に、あんな穴があるのを、はじめから君は気がついていなかったか？　妹の話をロンドンで聞い

た時にだよ』

『はてな？　ストーナ嬢は空気ぬけのことなど、まるで話さなかったじゃないか？』

『ところが、姉のジュリアは、ロイロット博士のすうインドたばこの強いにおいで、眠れなかった、と言ったぜ。このにおいは、どこからきたのか？』

『ウウン、そうか、わかった！　ドアはしまってるはずだし、四方はかべだし、たばこのにおいの、はいってくる空気ぬけが、なければならないと、なるほど、探偵の神経だな。感心だ！』

『フッフッフッ、君は感心博士だね』

『もっと感心させてくれ。あの空気ぬけの穴が、どうして中心点なのか？』

『時間が合っているからさ』

『エッ、なんの時間？』

『ジュリアの奇怪な死、鳴らない呼鈴のしかけ、空気ぬけをあけた時、これが、ほとんど同じ時のことだ。変じゃないか？』

『そうか、そう言えば、そうだなあ』

『どうだ、感心しないか？　フーッ』

『今のは、あまり感心しないね。時間が合ってるなんて、むりにそう考えたんじゃないか？』

『フッフッフー、それなら、ウンと感心させてやろう。あのベッドに君は、なにか発見しなかったかね？』

『おどろいたさ。婦人のベッドを乱ぼうに、解ぼうするなんか、いくらホームズ先生だって、ひどい！　と、ストーナ嬢は、おこっていたぜ』

『ハハッ、君の目はするどいね、そのとおりだ。ところが、シーツや毛布やまくらには、なんの異状もなかった、が、あのベッドは動かせないように、カスガイで足のところを、ゆか板に止めてあるんだぜ』

『エッ、そうか。それはまた、なんのためだ？』

『きいてばかりいないで、すこしは考えてみろよ』

『ウウム、今度は時間じゃない、位置の問題か。ベッドの位置だな？』

『そう、そのとおり！　わかったら、ぼくの方が感心するぜ、どうだ？』

名探偵か、ヘボ探か？

しばらく考えた、が、これまた、ざんねんだが、なんともわからない。僕はカブトをぬいで、ホームズに言った。

『こうさんだ、おしえてくれ』

『ハハア、実は僕もまだ、たしかにこうだとは、言えないのさ』

『またはじまった。さいごにならないと説明しないのは、君のわるいクセだぜ』

『ハハッフー、さいごになってみないと、わからないからさ。前もって説明しておいて、あたらなかったら、それこそ名探偵どころか、ヘボ探▼95だからね、やりきれないよ』

『ヘボ探でもいいじゃないか。君がこまってるのを知ってるのは、ぼくだけだ』

『そうは行かない。ぼくはね、ワトソン、自分を相当の名探偵だと、うぬぼれているのさ』

『フウム、相当のものか？』

『うぬぼれているから、ますます自信がつく。▼96ところが、おれはヘボ探じゃないか、などと思いだしたら、もうダメになるんだ。今夜だって、あの怪人博士を相手に、さいごまで知えくらべだ。大いに自信をもってやる！　が、今までの判断が、はたしてあたるか？　あたらないか？　さいごまでわからないから、今言う気がしないのさ』

『まさか君がヘボ探だとは、だれも思わないだろう。ぼくが今聞きたいのは、動かせないベッドもそうだが、怪しむべき口ぶえ、ガチャンと金物らしい音、ああこわい、紐！　まだらの紐！　この「謎の三重奏」を、今もう君が解いているのじゃないか、と思うのさ。どうなんだ？』

『待ってくれ、そうせめられては、たまらないぜ。あらゆる謎が、今夜わかる。わからせなければならない！　ストーナ嬢を、きわめて危険な中から、だんぜん、すくいだす！　ぼくたちふたりで来ているから、彼女もよほど気じょうぶなのだろう』

『あのお嬢さん〔はい、はい〕とこたえて、やさしそうだが、なかなかシッカリしてるぜ。りっぱな性質じゃないか？』

『そう、そのとおり、彼女と結婚する青年は、幸福と言っていいだろう』

『その婚約の青年に、自分の危険を、どうして彼女が相談に行かないのかな▼97？』

『フッフッフー、危険な中へ愛する人を近づけたくない、そういう気もちだろうね』

『すると、ぼくたちが生命の危険をかくごして、ここまで来ているのは、まったく人道と正義のためだ、と、いささか自まんしていいだろう。どうだい』

『ハハア、ワトソン先生、いばったね。ぼくにはなおひとつ、冒険探偵をやってみずにいられない、これが趣味だからね。謎を解いて悪に勝つ、この愉快さときたら、およそ特別じゃないか。君だってそうだろう』

『ウム、ところが、君はあそこの寝室で、ひどく暗い顔になってさ、ここへくるまで、ムッツリしてたぜ。あれは、どういうんだ？』

『フム、人間の悪知えは、どこまですごいことを考えだすかわからない、と、あの怪人博士の悪魔的性質を思うと、すごく暗い気がしたのだ。ヤア、もう夕かただぜ、あの怪人、帰って来たかな。ストーナ嬢が、いじめられなければ、いいがね』

『彼女はシッカリしてるから、いじめられても、ぼくたちの秘密は、きっとまもるだろう』

　まだ、いろんなことを、夕食しながら話してるうちに、夜になってね。いよいよストーナ嬢の灯の信号を、ホームズと僕が、旅館の窓から待っていたのだ。

ウム！　ウム！　ウム！

　空から星がふってくるようだ。遠くに近くにチラチラしていた灯が、十時すぎになると、ほとんど消えてしまった。方々の森また森が、こんもりと黒い。

『怪人、まだベッドにつかないな、フーッ』

『もしかすると、ストーナ嬢を、どこか別の部屋へ、とじこめたかもしれないぞ』

『なんともわからない』

『彼女が灯の信号をしなかったら、どうする？』

『十二時まで待って、信号しなかったら、突進だ！　彼女が、どんな目にあっているかしれない、フーッ』

こちらの窓から、坂の上の方を、ふたりで見ながら、ホームズは、しきりにたばこの煙をふきつづけた。さすがにイライラしている。

ぼくは時計を、いくども見た。

ホームズがパイプを投げだすと、デブおばさんから散歩用にと借りたステッキを、[98]むやみにビューッビューッとふりまわした。探偵神経がムラムラとわきあがって、自分でも、もてあますらしい。

十一時すぎた。窓の外の四方がヒッソリして、星の光りが明かるくなったようだ。

『よし、やったぞ！』

ホームズが言うより早く立ちあがった。

灯だ！　ストーナ嬢の信号！

ぼくも立ちあがった。見つめていた暗やみの中に、黄いろくきらめきだしたランプの灯が、むこうから『すぐ来てください！』と言ってるようだ。

ふたりは旅館の外へ、いそいで飛びだした。こんな夜なかに散歩するなんて、ものずきな人があるもんだと、デブおばさんが思ったらしい。

星のあかりに寒い風がふいている。ほおがつめたい。ホームズがステッキをビュッとふった。坂を上がって、怪屋の横手へ出た。木のあいだからストーナ嬢の灯がボッと見える。まん中の寝室だ。彼女はホームズに言われたとおり、はしの寝室へ、うつったのだろう。

芝の上へ、ぼくたちは出た。ソッと横ぎって、まん中の寝室へ、灯の見える窓へ、近づいて行くと、右の方の木のあいだから、ふいに黒いものが飛びだした。ハッと僕たちは立ちどまった。ぼくは大形六連発をもっている！

黒い奴が芝の上へゴロリところがった。あおむけになって手と足を動かし、せなかを芝にこすりつけて、クルッとまわると、まっ黒な頭をあげて立ちあがるが早いか、サッと木のあいだへ飛んで行った。それきり出てこない。

『狒々だな』

と、ぼくは息をついた。

『ウム、……』

『何しに出てきやがったのか？』

『あそんでいるのさ。子どもみたいな奴だ』

『豹が来たら、……』

『射つなよ、怪人に知れる。今のうちだ』

と、ホームズがささやくと、くつを両方ともぬいで、左手にさげた。

まん中の寝室へ、窓からはいるんだな！　と、ぼくも靴をぬいだ。

窓を目がけて、芝の上をヒタヒタと走りだした。後から豹が飛び出してきて、ガブリとかみつかれたら、それきりだぞ！と、窓の中へ、はいりこんだ時は、足がブルブルふるえていてね、くつがなかなか、はけなかった。六連発を射つな、というんだから、とてもこわくなったのさ。

ホームズが灯をふき消すと、テーブルにおいて、窓の外の厚い戸を、音もなくしめた。まっ暗だ。

となりの寝室も、ヒッソリしている。

怪人ロイロット、ベッドについたろうが、まだ目をさましているのか？

『ワトソン、……』

耳のふちの小声にギョッとした。ホームズが両手を僕の耳へ、ラッパみたいにあてて、

『コトリと音をたてても、いけないぜ』

ウム！　と、ぼくは、うなずいて知らせた。

ささやくホームズの小声が、つづいて、

『すぐ右に、いすがある。かけろ』

ぼくはそのとおりにした。コトリと音をたててもいけない。こしをおろすのも、むつかしかった。

『ピストルを、はなすなよ』

ウム！　と、ぼくは、うなずいた。

『すこしでも眠ったら、危険だぞ！』

ウム！……

ぼくは、うなずくばかりさ。

耳を口でさがす

すこしでも眠ったら？

ねむるどころじゃない、神経が針のさきみたいにとがって、まっ暗な中に、ジッと息をこらしている。このつらさ、おそろしさ！　となりの寝室には、怪人ロイロットが、どうも目をさましているらしい。その気はいが、かべをへだてて感じられる。

ホームズは、ベッドのそばのいすにかけている。これこそ気はいでわかるんだ。

インドたばこの強いにおいが、空気ぬけから、つたわってきたら、怪人は目をさましているんだ！

耳をすまし鼻をヒクヒクと敏感にし、身動きもせずに、息をこらしている。いったい、いつまで、こうしてるのか？　ぼくはホームズの耳を口びるでさがした。▼99 つめたい耳たぶが、口びるにさわった。

『……これから、どうするんだ？』

と、ささやいてきくと、

『ギャーッ！』

おどろいて飛びあがりかけた。庭の木に夜の鳥が鳴いたんだ、と、すぐ気がついたがね、心ぞうはドキドキするし、わきの下に汗がつめたく、タラタラなんだ。

ホームズはだまっている、が、すごく張りきってる気はいだ。なにかあったら飛び出そうとしている。なにかを待っているらしい。

ストーナ嬢は、一方の寝室に、いるのか、いないのか？　これまたコトリとも音がしない。

怪屋ぜんたいが、シーンとしている。なんだか下へ沈んで行くみたいだ。

『カーン、カーン、カーン、……』

かすかに聞こえるのは、村の教会の鐘だ。

夜なかでも、十五分おきに鳴らすんだ。

この十五分間の長いこと！

つぎの鐘が聞こえるまで、二時間も三時間もかかる気がする。とても、たまらなかったぜ。すごい我まんをしないと、探偵なんかできるものか！

ダンロはたいてないしさ。シンシンと夜がふけてきて、こおるように寒い、が、からだじゅう汗ビッショリだ。

『ニャーオッ、ニャーオッ！』

窓のすぐ外に、変な鳴き声が長く聞こえた。

豹だ！　と、ぼくはホームズの腕を、よこから突いてやった。

ホームズが、うなずいた。いよいよ張りきっている。突いた僕の指を、グッとはねかえした。

教会の鐘が、三時を打ちだした。

この音を、かぞえていると、ふいに頭の上が、ボーッと明かるくなった。

オオッ、何だ？

あおむいて見ると、空気ぬけから灯がもれて、そこから長い綱が、前に見たとおりに、ダラリとさがっている。

さては怪人ロイロット、灯をつけたな！

ホームズがスーッと立った。ぼくも立った。

六連発の安全弁は、むろん、はずしてあるんだ！

『カーン、カーン、カーン、……』

三時の鐘が鳴りやんだ。

この音をかぞえていただけ、ぼくは大胆に、おちついていたんだ、と思うがね、どうだろう？」

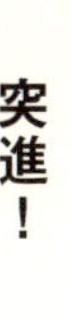

魔人博士の最後

突進！

「空気ぬけの穴に、下からボーッと映っている灯が、ユラユラと動いた。怪人ロイロット、灯を寝室の中で、どこかに動かしている。なんのためにか？

ホームズも僕も、立ったままジーッと耳をすましていた。かべをへだてて怪人の動きを、音で知ろうとする。からだじゅうに汗が、またダラダラと流れだした。

『キーキキッ、キーッ！』

ハッとしたが、窓の外だ、狒々の声らしい。

となりは、しずかだ。気はいはたしかに、怪人が起きている。なにかしている！　が、空気ぬけに映ってる灯は、もう動かない、それがスーッと暗くなった。ランプにちがいない。

八分くらいすぎたか？　怪人ロイロットは、まだ起きている気はいだ！

ぼくは息ぐるしくなった。六連発を右手に、かすかに息をついた。この時だ、なんと言ったらいいか、小さな音が、やわらかい絹をすりあわせるような、サラサラとすべるような音が、暗くなってる空気ぬけに聞こえたんだ。上から下へつたわってくる！

なんだ？　と、それを見きわめようとした、ぼくのそばにホームズが、とつぜん、バッとマッチをすった。いっしゅん僕は目がくらんだ。ホームズがマッチの火をすてた。

『ビシーッ！』

はげしい音は、ホームズがステッキで呼鈴の長い綱を、なぐりつけたのだ。

『ワオーッ、だれかっ？』

と、怪人の声が、となりからどなった。

『突進！』

ホームズがさけんだ時は、ドアの方へ飛んでいた。
暗い中に僕もドアへ急いだ。

『ガターン！』

いすが引っくりかえって、つまずいた僕はベッドにぶつかった。引っくりかえしたのは僕さ。

怪人へ突進！　むちゅうだった。ベッドをおどりこえたのも知らなかった。

ストーナ嬢がドアにさしこんでおいた鍵を、ホームズがまわした。ろうかへ、ふたりが飛び出した。暗い。

怪人の寝室のドアに、ホームズが鍵を突っこんだ。▼101 一度あけたドア、鍵も同じだ。ところが、さすがのホームズも暗い中で、合わない鍵をまわそうと、いそいでガチガチと音をたてた。すると、ドアの中から、

『ワオーッ！　ワオーッ！……』

うめくのか泣くのか、怪人ロイロットのすごい声がつづいて、

『アアッ、アッ！　アア……、……』

と、ほそく消えてしまった。

『ガチッ！』

鍵がまわって、ホームズがドアを引きあけた。

突進！

ホームズと僕が飛びこんだ。六連発の引き金へ指をあてたま
ま、ぼくはギョッと立ちすくんだ。

怪人ロイロットが安楽いすに、グッタリもたれて、こちらを向いている。どなり声と泣き声をつづけたのが、どうしたんだ？　と、ぼくは六連発を突きつけると、

『オイッ、立て！』

と、言いかけてまたギョッとした。

ロイロットが身動きもしない。大きな頭に赤黒いボチボチのある紐を、まきつけている。『まだらの紐』だ、と見ると、それが髪の中にビクッと動いた。

『ヤッ、ヘビだ、ホームズ！』

ぼくが言うより早く、ホームズが怪人の足もとから、ムチをつかみあげた。前にベッドへ立てかけてあった。さきの皮が環になっている。

『ウム、インドの沼毒ヘビという奴だ。おそるべき毒をもっている。ロイロットにかみついて、頭にまきついた！』

と、ホームズが右手をのばすと、ムチのさきの環を、怪人の頭の上へ、ソロソロと近づけた。

ロイロットは、すでに死んでいたのだ。すでにといっても今さっき、かみついた毒ヘビの毒が全身の血にまわって、わめきながら息たえたのだ！　毒ヘビが頭にまきついている死顔のすごさ！　いや、これは言うのをよそう。君がゆめに見ると、いけないからね。

みんな初めは謎

怪人の髪の毛のあいだから、ニュッと毒ヘビが赤黒い首をあげた。

『ワトソン、どいていろ。飛びつくと、それっきりだぞ！』

と、ホームズに言われて、ぼくはアッと後へ飛んだ。六連発もまにあわない。ヘビにかみつかれて死ぬのは、やりきれない！　と、ゾッとしたさ。

ホームズが右手でソロソロと近づけた、ムチのさきの環に、

毒へビがヌルヌルとからみついた。そいつをホームズが、そのままぶらさげて、ソーッと金庫の前へ持って行くと、あいているドアの中へ、ムチごと投げ入れるなり、ガチャンとしめてしまった。ふりかえって、

『ウウム、こんな結果になるとは、思わなかった！』

と、安楽いすにもたれている怪人の死体を見つめると、ふかい息をついた。

これからあとは、くわしく話さなくてもいいだろう。ストーナ嬢を、おばさんの家へ行かせて、ロイロットのすごい死顔など見せなかった。夜があけて警察へ知らせると、検事と医者と探偵たちが、ドカドカやってきた。ホームズと僕が、しらべられてさ。結局は、

『ロイロット博士は、危険きわまる毒へビを飼いならしていた。それに、あやまってかみつかれ、思わない死をとげた』

ということに、検事も探偵たちも判定したのだ。実はホームズが、そのように説明したのさ。極悪人だが、死んだのだから、ソッとしておいてやって、犯行をあばきたてない方がいい。ストーナ嬢のためにも、と、思ったからだろう。

なに？　このとおり書いて本にしたって、死んだ犯人のロイロットは、裁判にかけられないさ。▼102謎がまだ、いくつも残ってる？　そうだ、帰りの汽車の中で、ホームズと僕が話しあったことを、つづけて書いておいてくれ。

『まだらの紐が毒へビだと、君は初めから気がついていたのか？』

『いや、今度も、初めはみんな謎だ。あの寝室にはいって見ても、まだ、なにひとつも、わからなかった。ストーナ嬢のベッドを、思いきってはぐってみた時に、さては！　と、初めてつかんだのさ、ベッドが動かないからだな。なんのために、足をカスガイで止めてあるのか？　と、……』

『そう、そのとおり。しかも、鳴らない呼鈴の長い綱が、まくらのよこへ、必要のない空気ぬけから、さがっている。これだけ見れば、となりの部屋から、空気ぬけの穴を出てくる奴が、綱をつたわって、ベッドの上へおりてくるのにちがいない。ネズミか、リスか、小ザルか、ヘビか？』

『わかった！　姉のジュリアがマッチをすって見たのが、「ああこわい、紐！　まだらの紐」だったんだ。それがしかし、ヘビだと気がつかなかったのかな？』

『かみつかれて目をさました。おどろいて妹を呼んだ。起きあがってマッチをすった。まだらの紐が、綱をつたわって上がって行く。ああこわいと、ブルブルふるえたろう。マッチの火が消えた。インドヘビの猛毒が頭にまわって、ドアからよろめき出た時は、妹のヘレンを見ながら、「紐！　まだらの紐！」とさけんだきり、足もとにたおれたのだ』

『そのような奇怪な死の原因を、警察の連中が、どうして見すごしたのかな？』

『あの毒へビの歯は、きわめて小さいからね。かまれた傷あとは二つあるはずだが、ちょっと医者が見たって、気がつかないさ。ワトソン博士だと、むろん見つけるがね、フッフッフッ』

『なんだい、そんなことよりも、話の要点をつづけろよ』

『要点か。怪人ロイロットの寝室に、はいってみると、大金庫の上に牛乳の小皿あり、ムチありだ。怪人は毒へビを飼いなら

していたのが、いよいよたしかになってきた。どうだい、話を聞いてみると、かんたんじゃないか』
『そのかんたんが、むつかしくてね。ヤア、もうすぐロンドンだぜ。あとは家へ帰って聞かせてくれ』
『帰って大いに食うことだ。今度の冒険も、いのちがたすかってきたからね、フーフッ』

魔人博士

この日の夕食は、ぼくも大いに食ったがね、とてもホームズにはかなわない。▼103きょうそうしたら、こっちの腹が破れつするばかりだ。それに彼はモリモリ食いながら、さかんにしゃべるから、食ってるうちに腹がすくらしい。すばらしい消化力をもっている。この点も変人で一種の偉人なんだね。

『ワトソン、それきりで君は、もう食わないのかい?』

『腹満だよ』

『フウム、サラダがまだ残ってるぜ』

『いくらでも取ってくれ。まだ残ってるのは、今度の怪人に関する謎だ』

『ハハッ、すんだことは早くわすれろよ』

『そうは行かない。君が怪人の寝室で、ひじかけいすをギシギシと、むやみに動かしていたのは、なんのためだ?』

『むやみに動かすものか。あれはロイロット先生が毒へビをムチにぶらさげて、空気ぬけの穴へ入れるために、▼104あのいすへ、いつも乗るから、ギシギシしていたのだ。それを、たしかめてみたのさ』

『口ぶえは?』

『毒へビが空気ぬけの穴から、長い綱をつたわって、となりの寝室へおりて行っても、そのまま帰らずにいると、夜があけて発見される。だから、よびかえすための口ぶえさ』

『なるほど、そうか。しかし、まいばんのように聞こえたというんだぜ』

『そうさ。毒へビだが、ロイロットに長らく飼われて、人間になれている。となりの寝室へおりて行っても、ベッドにいる者に、かみつくとはかぎらない。ヌルヌルと、そこらをはいまわっているだろう』

『気みのわるい話だな。すると、ロイロットは、まいばんのように毒へビを、いくども放したんだな、寝ている娘を、かませるために。それをストーナ嬢は、前の夜も、灯をつけて見ながら、気がつかなかったのか?』

『そうなのさ、へビは口ぶえを聞くと、すぐに綱を上がってしまうからだ。ロイロットはまるで悪魔のような奴だ。怪人というよりも魔人だ』

『魔人博士か。ガチャンと金物の落ちたような音は?』

『毒へビが、ついにジュリアにかみついた。ジュリアのさけび声で、それが知れた。やった! と、魔人博士は、よびかえす口ぶえをふいた。空気ぬけの穴から、かえってきた毒へビを、ムチにぶらさげて金庫へ入れた。娘のいのちをうばったのだ。さすがの魔人もあわてて金庫のドアを力いっぱいしめた。火かき棒をねじまげる力だから、ドアがガチャンとひびきをたてた。なにか落ちたように聞いたのは、ストーナ嬢の耳のあやまりだ』

『ストーナ嬢も、ゆうべ、やられるところだったんだな。危機一髪だ！』

『フーッ、前の夜でも、毒ヘビが、かみついたら、それきりだ』

『ところが、いかに魔人博士といえども、ストーナ嬢のかわりに、ぼくたちが窓から、しのびこんでいるとは、まるで気がつかなかったんだね。教会の鐘が三時を打ちだすと、毒ヘビを金庫から出したんだ』

『そう、そのとおり。君は僕がマッチをすった時に、まだらの紐が綱をおりてくるのを、見なかったかね』

『見るよりもさ、暗やみになれてる目の前で、バッと火をつけられて、アッと目がくらむと、君がステッキでビシーッとやったんだ。今から思うと、むちゅうだったぜ』

『あのステッキのねらいが、はずれたら、飛びつかれて、やられたね、ぼくも必死にねらって、力いっぱいなぐったんだ。毒ヘビの奴、たちまち首を上にして、綱を上がって行きやがった。そのすばやいこと、空気ぬけの穴へ、ヒラリと飛びこんだのが、いっしゅん見えたきりだ』

『その時、魔人博士がどなったぜ、〔ワオーッ、だれかっ？〕と、そうだろう？』

『ウム、魔人もおどろいたのさ、娘のほかに、だれか来ている！　と、毒ヘビをすぐムチにぶらさげて、金庫へ入れようとした。ところが、毒ヘビは、頭をひどくステッキでなぐられて、おこっている。ところが、ヘビの本性をあらわして、主人の首すじにかみついた！　ロイロットの太い首すじに、かまれた傷あとが二つ、ランプの灯で、かすかに見えたからね』

『そうか、君の目は実さいすごいね』

『ハハッ、耳はどうだ。さすがの魔人もインドの毒ヘビにかみつかれて、自分でも手あてのしようがない。わめき泣きながら、フラフラとよろめいて、いつも自分がこしをかける安楽いすへ、ドタリともたれた。それきりだ。猛毒に心ぞうと頭をおかされるのは、かまれて三分間くらいだろう。毒ヘビはかみついたが、いつも牛乳をくれる主人の頭へ、はいのぼって、ひたいにまきついた。そこに僕たちが、はいって行ったのさ』

『フウム、ロイロットが死んでるとは、君も知らなかったろう？』

『知らなかったね。君とふたりで突進して、手むかう怪人を捕えるつもりだった。毒ヘビは金庫に入れられたろうし、豹と狒々は外にいる。こちらは六連発二ちょうだ。だんぜん、勝つはずだったが、さいごに予定がくるったのさ。ざんねんだね。毒ヘビをなぐりつけて、ロイロットを間接に殺したのだから、死んでるロイロットを見た時、実は、しまった！　と思った。すんだことは、早くわすれるんだね』

ホームズはそう言うと、コーヒーを一気に飲んでしまった」

ホームズの大失敗

ここから、わたくし（ワトソンの妻メアリー）だけで書きます。

今までの話を聞いて書いているうちに、とてもゾクゾクとおそろしい気がしました。豹と狒々は警官隊が来て、射ち殺したそうです。毒ヘビも、むろん殺されたと、後になってヘレン・ストーナさんが、ホームズ先生とワトソンのところへいらして、お礼といっしょに話されて、婚約の方とクリスマスの前の日に、村の教会でめでたく結婚されたそうです。ホームズ先生にすぐわれたことは、一生、わすれられないでしょう。わたくしはワトソンに言いました。

「ホームズ先生は、まったく名探偵ね。あらゆる謎を解いて、すばらしい方だわ」

「ウム、その謎を解くのに、とても苦心するんだ。そばで見ていると、たまらない気がするほどだぜ」

「そうでしょうね。だから、一度だって失敗なさらないのね、えらいわ」

「ウウン、そうでもないんだ、実をいうとね」

「あら！　ホームズ先生が失敗なさったの？」

「それはホームズだって失敗するさ。だれにも今まで言わなかったがね、ハハッ、大失敗をやって、その時▼106は、

『ああ、おれは、これほどヘボ探だったのか！』

と、あたまをかかえて、ガッカリしていたのさ」

「まあ！　あなた、その時もいっしょ？」

「むろん、いっしょだったから、知ってるんだ」

「聞かせて、ホームズ先生の大失敗の話！　ね、ぜひ！」

「ハッハッハッ、ホームズは名探偵にちがいないが、こんな失敗もやったんだと、これも本にして出そうか。読者もきっとおどろくぜ」

「先生におこられると、こまるわ」

「おこるもんか。そんな気の小さい男じゃない。よし、ホームズ大失敗の話を、あしたのばんからすることにしよう」

　こうして次ぎのお話が、はじまったのでございます。

▼1　ポプラ社版での巻数。前書きにある通り、本全集では内容に即して並べ直している。
▼2　峯太郎版ではメアリーとの結婚後最初の事件になっているが、原作ではホームズとワトスンがベーカー街に同居している設定になっている。原作の結婚後最初の事件は『ボヘミアの醜聞』である。
▼3　前作『怪盗の宝』ではメアリーが真珠の受け取りを拒否したが、今回はワトソンがホームズのおかげで患者が増えるのを拒否している。二人そろって潔癖症である。
▼4　実際第一作『深夜の謎』は昭和二十九年四月に刊行され、第二作『恐怖の谷』は翌五月、第三作『怪盗の宝』は六月と毎月刊行されていた。ところがこの『まだらの紐』は同年十一月と間が空いている。元ポプラ社編集者の秋山憲司氏によれば、ホームズが好評だったために「世界名作探偵文庫」から独立してホームズ全作品の峯太郎版を刊行することになったというが、おそらくここにあるような手紙が実際に編集部に送られてきたのだろう。
▼5　これは驚きの解釈である。三人称視点から書かれている『マザリンの宝石』や『最後の挨拶』や『シャーロック・ホームズの事件簿』の一部の作品など出来の悪い作品はワトスンの筆によるものではなく、別に作者がいるのではないかという説がいくつか立てられているが、その中にメアリー・ワトスン説は管見では今まで見たことがない。そもそもメアリーはホームズが死んだと思われている「大空白時代」に亡くなったか不治の病でサナトリウムに半永久的に入院したというのが主流の説であり、作者が疑われているのはその後に発表された作品ばかりだから、原典の研究では思いもつかない説なのである。しかし峯太郎版では年代はシャッフルされているのだから、まったく関係がない。また、原典の研究ではワトスンの妻は複数いるというのが主流だが、峯太郎版ではメアリーだけである。ちなみにドイルはホームズ作品をたびたび口述筆記しており、秘書、妻、妹などの筆跡が

原稿に残されている。

▼6　ナポレオンは一七六九年生まれだから、これはあまりに無理がある。メアリーの冗談がすぎたようだ。

▼7　レストレード警部はホームズよりずっと年上であると普通理解されている。「レスト君」というのは峯太郎特有の愛称。

▼8　これも峯太郎版独自の脚色。レストレードだけが説明する単調さを避けたのだろう。『陸軍反逆児』（一九五四）で峯太郎は「おれは東洋のナポレオンになろう」と、幼年学校時代に決意したとしている。

▼9　原作ではワトスンをホームズが起こして「コーヒーがテーブルに用意してあるよ」と言っているところから、朝食を食べずにコーヒーだけ飲んで出かけたのだろう。ところが峯太郎版のホームズはしっかり朝食を食べている。

▼10　原作では当然馬車に乗っているが、自動車の是非については『恐怖の谷』の註釈を参照のこと。

▼11　原作では、「中央通信組合」。

▼12　原作では火掻棒である。峯太郎版のほうがいささか物騒だ。

▼13　原作ではハーカーは気を失う前に警笛を吹いている。

▼14　原作にはない指摘。峯太郎版では犯罪者も「食いしんぼ」である。

▼15　原作では「ドイツ人の支配人」というだけで名前が与えられていないから、峯太郎の命名である。これとまったく同じ名前が、峯太郎の『日東の剣侠児』（一九三〇）の中で主人公・本郷義昭がオーストリア騎兵中尉に変装したときの偽名として用いられている。

▼16　犯罪者に負けずに探偵も大食いである。これも原作になく、ボーイも出てこない。

▼17　原作の新聞ではワトスンは登場しない。

▼18　ホームズにサインを頼むなど前代未聞である。

▼19　原作では「サフロン・ヒルをはじめイタリア人街を専門にしている警部」となっていて、これは人名ではなく警部の担当地区の地名である。峯太郎の間違いだろうか。しかし原作ではこのあとに「イタリア人係りのヒル警部」に言及されており、非常に紛らわしい。

▼20　いわゆる「マフィア」のこと。原作は「政治的秘密結社マフィア」である。

▼21　ベイカー・ストリート・イレギュラーズの団長ウィギンスは原作に登場しない。代わりにメッセンジャーを利用している。

▼22　ここではホームズは自動車でなく馬車に乗っている。

▼23　『怪盗の宝』の事件が先に起きたことがわかる。

▼24　『恐怖の谷』の事件が先に起きたことがわかる。

▼25　原作ではホームズはムチを持っておらず、三人がかりで素手で逮捕している。

▼26　原作では警察に到着してからベッポの身体検査をして武器を発見している。逮捕して即座に調べた峯太郎版のほうが合理的である。

▼27　原作でも「明日の六時」にやってくるようにとホームズは言っているが、これは夕方の六時のことであって、ベッポを逮捕した数時間後の午前六時のことではない。

▼28　原作ではベッポは完全黙秘している。

▼29　イギンズが手紙を届けたのはブラウンと同じ時、すなわちベッポがブラウン邸に侵入する前だったと思われる。ホームズも「ハハア、二分の一、たしかだがね」（三三六頁）と言っていることから、どちらの家が先にベッポに襲われるかはわからなかった。ところがブラウンあての手紙は夜戸締りをしておくように、サンフォードあての手紙はナポレオン像を買い取りたい、と内容が異なっている。もしベッポがサンフォード邸を襲っていたらホームズはどうするつもりだったのだろうか。

▼30　原作ではサンフォードはナポレオン像をかばんに入れて持参している。

▼31　峯太郎版ホームズの短編の特徴は、収録作品がそれぞれ何の関係もなく独立しているのではなく、有機的なつながりをもつ連作になっていることだ。
▼32　ケート・ホイットニーがワトソン夫人の友達というのは『唇のねじれた男』の原作の通りだが、高等学校の同窓というのは峯太郎の脚色である。
▼33　引き続きこの作品もメアリーの聞き書きである。
▼34　原作ではただつれて帰るだけである。
▼35　こんな人物は原作には登場せず、簡単に「金の棒」にたどりついている。峯太郎版のほうが怪しい雰囲気がただよっている。中国で実際に見たのだろうか。
▼36　前作『六つのナポレオン』につづいて、ここでも原作には登場しないイギンズが登場する。
▼37　原作では「ネヴィル」。頭文字のNが落ちている。
▼38　アバディーンはスコットランドの港町で、原作の表記は「アバディン」。
▼39　三等車については、原作にはない記述。
▼40　峯太郎版では「金の棒」がある地下室へ通じる入口とは別の入口があるように書かれているが、原作では夫人はアヘン窟を通り抜けている。
▼41　原作では「デンマーク人の手下」。アヘンといえばシナ人と連想するのは誰でも同じらしく、イギリスのグラナダテレビが製作したテレビドラマでも、アヘン窟にはシナ人の店員がいた。
▼42　峯太郎版ホームズの決め台詞「プラス一点!」の「プラス」のほうの初出。「点」のほうは『怪盗の宝』註32を参照。両者が合わさった「プラス一点」は、『謎の自転車』註35を参照。
▼43　原作ではホームズと知り合いとは書かれていない。
▼44　峯太郎版独自の伏線。
▼45　以下のワトソンの推理は原作にはないが、子供の読者が理解を深めるためにはいい説明になっている。
▼46　原作ではホームズに依頼したのは夫人の考えである。
▼47　原作ではインド人とデンマーク人は逮捕されていない。
▼48　原作ではインド人の主人は水夫上がりの無頼漢としか書かれておらず、名前はない。シナ人は登場しないのだから当然この二人の名前は峯太郎の創作である。
▼49　ホームズの話が正しければこの点を追及するのが筋である。警察やホームズは落とし穴を捜索したのだろうか。令状もなしにバートン警部らが踏みこんだのだから、捜索できないわけがなかろう。原作では最初のホームズの言及以降ほったらかしだが、峯太郎版のワトソンの指摘はもっともである。
▼50　原作ではワトスンの質問にたいして「こっちに調べなきゃならないことが沢山あるからさ。セントクレア夫人は親切にも、僕の要求をいれて部屋を二つ提供してくれたし……」とホームズは答えているが、正直言ってあまり説得力のない説明である。
▼51　原作では夫人のファーストネームは登場しない。また「ベッシー」ならエリザベスの愛称だが、「ペッシー」は珍しい。
▼52　原作でも「温いものぬきの夜食」が用意されていたが、峯太郎版のようにもりもり食べはしない。
▼53　推理のために頭を働かせるという意味の峯太郎版特有の表現。
▼54　原作ではホームズはクッションを集めて「東洋の寝椅子風」のものをつくる。パジェットの挿画で有名な場面。原作ではワトスンはさっさとベッドで寝てしまうが、峯太郎のワトソンは長いすで対抗して推理を働かせる。
▼55　『怪盗の宝』事件への言及である。
▼56　原作ではボウ街警察署に行き、当直のブラッドストリート警部と面会している。煩雑なのでバートン警部を再登場させたのだろう。

▼57　原作にはセントクレアが小説家志望だったとは書かれていない。しかし峯太郎自身が東京朝日新聞の記者から、小説家として成功した。
▼58　原作では友人には名前が与えられていないし、新聞社の同僚とも書かれていない。
▼59　グプタと陳とセントクレアが知り合いだったというのは、峯太郎版独自の設定。
▼60　仕事を早く切りあげたようだが、原作では「一日の仕事を終って」となっている。
▼61　原作では慌てたために「その朝寝室で切った傷の皮が破れてまた出血しました」とある。
▼62　原作ではインド人との共謀関係ははっきりしていない。
▼63　原作ではいつセントクレアが積木を買ったのかはっきりしない。しかしブーンの変装のまま買ったとは思えないから、峯太郎が指摘するように、朝ブーンに変装する前に買ったとしか考えられない。しかしそんな時間に店が開いているのだろうか。
▼64　原作では事件の後始末について一切書かれていない。夫人が夫の正体に気がついたかどうかも不明である。
▼65　一話ずつ相手に語っていくのは『千夜一夜物語』を連想させる。
▼66　この作品もメアリーの聞き書きという形式になっている。事件が発生したのはホームズと同居している時期である。
▼67　ワトスン自身が寝坊であることは、原作でも『緋色の研究』に書かれている。
▼68　原作では七時十五分をすぎたばかりである。
▼69　原作でもヴェールをかぶっているが、「若い婦人」とある。洋服の趣味で判断でもしない限り、峯太郎の指摘通り矛盾している。
▼70　峯太郎版のジュリアとヘレンの姉妹とその母はずっとイギリスに住んでいて、二歳で実の父と死別、その後インドから帰ってきたロイロット博士と知り合って結婚した。原作では死別した実父は「ベンガル砲兵隊のストーナ少将」であり、姉妹が二歳のときにインドで母は博士と結婚していた。
▼71　原作のホームズはこの質問をしていない。
▼72　原作にはない日付である。
▼73　原作では時刻をどうやって確かめているのか記述はない。
▼74　原作では天気予報について言及されていない。もし雨音に紛れてロイロットが犯行に及ぼうとしたのなら、計画的である。
▼75　前作の題名を引用しているが、これも原作にはない。
▼76　原作では「召使いたちも一人として居つきません」と言うが、「村の医者を迎えたり」という記述から、峯太郎が指摘するように最低一人は召使がいたはずだ。
▼77　原作では検死官のみがやってきているようだ。不審死の場合の死因を決定するのが役目である。
▼78　原作では「それのことを申したのでございましょうか?」と否定していない。峯太郎は不自然と判断したのだろう。
▼79　原作は春が舞台で、春のうちに挙式すると述べられている。
▼80　原作では明記していないが、峯太郎版ではジュリアのときは一声、ヘレンのときは二声と区別している。回数によって蛇に異なる指示を与えているという示唆だろう。
▼81　これがホームズとワトソンの定番の朝食メニューらしい。かなりのボリュームである。一方原作ではホームズは食後に登記所へ出かけている。なお、登記所での遺言状の調査は峯太郎版ホームズは行なっていない。
▼82　つまり『まだらの紐』事件は少なくともワトソンが『深夜の謎』を発表した以降に発生した事件である。
▼83　原作ではロイロット本人が「後をつけて来た」と言っているが、粗暴な博士らしからぬと、峯太郎は判断したのだろうか。だからワトソンの本という小道具を使って上手に説明したのだろう。

▼84　峯太郎版のホームズは原作のホームズのようにあからさまに指摘するほど失礼ではなかった。
▼85　峯太郎版では遺言状を確認していないので、分かるはずがない。
▼86　原作では動物やジプシーを相手に想定していない。
▼87　原作のホームズは行なわないロイロット博士の心理分析は、なかなか説得力がある。
▼88　峯太郎版のワトソンは大型拳銃と小型拳銃の二挺持っているのだろうか。
▼89　この事件は『恐怖の谷』出版後の発生である。
▼90　原作では「職人の働いている姿は見うけなかった」とあるが、峯太郎版のように確認はしていない。
▼91　原作にはない重要な指摘。さらに博士の部屋にいるのではないかと、峯太郎版では用心している。
▼92　原作では鍵についてまったく触れていないが、博士は自室に秘密があるのだから、鍵をかけておくほうが自然だろう。
▼93　当然の心配であり、原作で言及されないのが不思議である。研究家のデイキンも『シャーロック・ホームズ・コメンタリー』のなかで、「なぜロンドンから帰ってから、(ロイロットは)ヘレンをホームズを訪問したことで責めなかったのだろうか。彼が帰ってくる前から寝るまで、ずっと自室に閉じこもっていたのだろうか。彼は十分彼女に暴力を振るうだけの力はあったことはわかっている(…)そしてホームズが、彼が乱暴におよぶようなら叔母のところにつれていってあげるという申し出も、慰めにはなりはしない。なぜなら彼らはクラウン亭にいて、どうやって助けられようか、またどうやってそんな事態になったことを知ることができただろうか」と述べている。
▼94　相変わらず峯太郎版特有の、推理の失敗を表現する言葉である。
▼95　峯太郎版ホームズは食べている。
▼96　原作にはないが、なかなか意味深長な峯太郎の意見である。
▼97　当然の疑問である。原作では疑問そのものが呈されない。
▼98　ヴィクトリア朝時代、紳士がステッキを持つのは当然だったが、峯太郎版が書かれた戦後昭和では廃れていたための加筆だろう。
▼99　原作にはない行動で、少々気持ちが悪いが、歩兵の夜間作戦行動の経験からの記述なのだろうか。
▼100　原作では「見たかい?」なので、峯太郎版の軍人的表現のほうが雄々しく行動的だ。しかも原作ではホームズはその場に呆然としてしまっている。
▼101　犯罪を犯そうとしていたのだから、鍵をかけておくほうが自然だが、原作では「そのままハンドルをまわして」と、鍵がかかっていない。しかし鍵を開けようと悪戦苦闘するほうが、緊張感が高まっていい効果を上げている。
▼102　原作ではヘレンが死亡したので、事件を発表することにしたと冒頭でワトスンが語っている。
▼103　また二人は大食いしている。短編のなかでいったい何回食えば気が済むのだろうか。
▼104　原作にない推理。
▼105　ヘレンの結婚式も含め、峯太郎版はこういう隅々まで神経が行き届いた後始末をしている。
▼106　これも峯太郎版のホームズの名物の台詞のひとつ。

スパイ王者

⚜ この本を読む人に

本を読む人、百人のうちに九十九人は、探偵小説のすきになる時が、きっとある。探偵小説をすきになった人は、きっとまたコーナン・ドイル作の「シャーロック・ホームズ」ものを、愛読するという。

ぼくも「シャーロック・ホームズ」の活躍する探偵のやりかたが、とてもおもしろくて、少年の時は訳本を、青年の時は原書を、ずいぶん熱中して読み、今なお読みつづけています。

「シャーロック・ホームズ」のファンは、世界各国に大ぜいいて、「シャーロッキアン」と言っている。ロンドンでも、パリ、ニューヨーク、そのほかの都会に、「シャーロッキアン」の男女が、クラブにあつまって、「ホームズとワトソン」を中心とする小説の中の人物や事件について話しあい、たのしく、おもしろがっているということです。

これほど世界的人気のある「シャーロック・ホームズ」だが、なにしろ原作には英国の古い風習、地理、ことばなどが、多分にふくまれていて、日本の少年少女諸君が読むのには、わからないところ、たいくつするところが、少くはない。これを、もっとおもしろいように、すっかり書きかえてみたいものだ、と、ぼくは、ずっと前から思っていたのです。そこにポプラ社から『**名探偵ホームズ全集**』の新刊を希望され、まえから考えていた原作よりおもしろくなる飜案にかかって、ようやくできあがったのが、第一巻の『**スパイ王者**』をはじめ、この全集なのです。

探偵小説を読むおもしろさは、読者の自分も探偵になって、事件の謎を解いて行く、そこにかぎりない興味がわいてくる。「シャーロック・ホームズ」や「ワトソン博士」といっしょに、事件の中へ飛びこんで謎にぶつかり、読者の自分の方がホームズやワトソンよりさきに、謎を解く鍵をつかんだ時は、読者こそホームズよりも名探偵なのです。

この本に入れた三つの事件、『黄色い顔』『謎の自転車』(原名はプライオリ学校)『スパイ王者』(原名は海軍条約文書事件)は、どれもドイルの傑作だと言われています。その原作をなおさらおもしろく飜案したつもりです。

山中峯太郎

この物語に活躍する人々

名探偵ホームズ

世界的に有名な「シャーロック・ホームズ」それが今度は大失敗をやった。『黄色い顔』は、ホームズ失敗の記録なのだ。さすがの天才探偵も、これにはよわって、『謎の自転車』と『スパイ王者』に、独特の腕まえを現わした。失敗は成功のもとだった。

ワトソン博士

ホームズの探偵記録を書いた親友の自分も、同時に有名になった。しかし、元が医学博士だから、「ワトソン医院」を開くと、いそがしくなって書く時間がない。新婚のメアリー夫人に、ホームズの探偵ぶりを話して聞かせる。それを夫人がくわしく筆記して出版する。

マンロー青年

気もちが純で、正直で、情熱家で、そそっかしい。妻のエフィーに何か変なところがある。おどろいて名探偵ホームズに相談し、自分も活躍して、『黄色い顔』の謎が解けると、おどりあがる。

エフィー夫人

マンロー青年と結婚し、良い妻なのだが、時々、変なことをしては、マンローをおどろかせる。となりの家に、わけのわからない人が、新しく引っこしてくると、そこへ行って何かしてくる謎の夫人。

ハドソン夫人

ホームズとワトソンが同居している家の主婦、陽気で、おしゃべり、『黄色い顔』の探偵を、おもしろがり、マンロー青年に同情したり、エフィー夫人にも同情したり感心する。料理が上手なのだ。

サルタイヤ少年

小学三年生、寄宿舎にはいっていたのが、夜なかにぬけだして、行くえ不明になる。大さわぎになって、ホームズとワトソンが探しに出てくる。とんでもない所に発見されて、ようやく皆が安心する。

公爵秘書ワイルダ

英国の総理大臣だったホールダネス公爵の青年秘書、頭がよくハキハキしている。ホームズが出てくると、初めから反対して突っかかる。ところが、さいごにはホームズにたすけられて泣いたりする。

ヘイズおやじ

「闘鶏ホテル」の主人だ。えらそうに、がんばっている。そこに公爵秘書のワイルダ青年が、『謎の自転車』に乗って秘密に出入りし、ホームズとワトソンが出てきて、ヘイズまで行くえ不明になる。

パーシ青年外交官

小学と中学でワトソンと同じ組だった。外務省の国際情報課長に出世している。英米同盟の機密文書を、何者かにぬすまれて青くなり、ホームズとワトソンが探偵の結果、意外きわまる解決を見せる。

ジョゼス青年実業家

ロンドンに父が大会社をもっていて、自分も実業家だから経済界に活躍している。妹のアニーが、青年外交官パーシと結婚を約束すると、その新築の家にとまっている時、外務省に怪事件が突発する。

タンジ夫人

外務省の小使タンジの妻、大女でドッシリしている。夫といっしょに小使部屋で夜勤していると、国際情報課から不意にベルが鳴る。すると女スパイのような動きかたをして、探偵に後をつけられる。

第一話　黄色い顔

待った！　男か女か？

変なのが来た！

「名探偵と言われるホームズが、えらく見こみちがいをして、

『ああ、おれは、こんなへボ探だったか！』

と、あたまをかかえて、ガッカリした、ホームズ大失敗の話だがね。なに、ぼくは彼のやったとおりを、そのとおりに話すよ。えんりょなんか、するもんか！」

と、ホームズの親友ワトソン博士が、愛する妻のメアリーに、まいばんつづけて聞かせた話、それがつぎのとおりです。[1]

「春の日でね、ポカポカとあたたかい。ひるすぎ、

『オイ、散歩に出よう。あんまり、とじこもっているのは、健康によろしくないぜ』

と、ぼくがホームズを、さそいだして、一時間ほど、近くの公園を歩きまわってきた。

なにしろ彼は、部屋の中でパイプたばこを、むやみにすいつづける。いつも煙モウモウだ。大食いのくせに運動しない。日光にもあたらない。化学の実験に熱中して、夜おそくまで起きている。いくら名探偵だって、こんな生活をつづけていると、まいるのにきまっている。

これから毎日、散歩につれ出してやろう、それから、たばこを、すくなくさせるんだな！[2]

そう僕が思って、いっしょに部屋へ帰ってくると、

『ヤア、だれか来たぜ、るすのうちに』

と、ホームズがテーブルの前へ、ツカツカと行くなり、

『フウン、……』

と、はなをならした。

どうも目の早いホームズだ。テーブルの上に黄色のパイプが、ころがっている。部屋にはいるなり見つけたんだ。

『すい口は純金、全体は黄玉をきざんだ物だぜ。[3]大事に使っているくせに、わすれて行ったのは、よほどソワソワしていたらしい。どんな男かな。女じゃないね。君はこのパイプを見て、どう思う？』

ホームズ先生の試験が、また、はじまった。

『わからないね。パイプ読本なんて、読んだことがないから』

『ハハッ、そんな読本があるのか？』

『なかったら、君が書くさ。朝起きて夜寝るまで、ほとんどパイプをはなさないもの、今にたばこの中毒で、ゆびがふるえてくるぜ』

『ありがとう、散歩につれだして、たばこは少なくさせる、ワトソン博士のご注意を、つつしんで感謝する！』

『感謝より実行しろよ』

『ホー、えらくいばるね、では、なるべく実行するとしよう。なるべくだぜ』

ふたりの声を聞きつけて、おかみさんのハドソン夫人が、はいってきた。

『お帰りなさいまし。けんかですか、大きな声で』

『けんかですとも！　まことに仲がわるいのです、ハハッ』

と、ホームズがわらって、

『この部屋にはいっていた男は、どこへ行きましたか？』

『むりにおはいりになりましてね、グルグルセカセカと歩きまわって、パイプをくわえたり、すわないで手にとったり、それをふりまわして、いそがしい人でしたわ、わたしを見て、〔ああたまらない、待ってるのは、いやなものだな！　外を歩いてこよう。おくさん、また来ます。どうぞ、あしからず！〕と、それきり、ドカドカと階段をおりていらして、……アッ、いらしたわ、この靴おと！　せっかちな人ですわよ』

ガタガタと階段を上がってくる、早い靴おとが天じょうにひびいて、

『ホームズ先生、お帰りですか？』

上がってきながら、さけびだした。声もキーンとひびいて、これは変なのが来たな！　と、ぼくはホームズの顔を見た。ホームズは、おもしろそうに目をかがやかして、ぼくをチラッと見た。

みんな言っちまえ！

ガタガタと急がしく、はいってきた。見ると、それほど変ではない。三十才くらい、上品な顔の青年だ。茶色のソフト帽を、両手でクルクルまわして、ネズミ色の新しい服をきている。

『アッ、失礼しました！　ホームズ先生は、どっちですか？』

と、目をキョロキョロさせた。その目いろが正直そうだ。

ホームズが、いつものとおり快活に、

『ホームズは僕、こちらは親友のワトソン博士、そしてハドソン夫人、はじめまして、どうぞよろしく！』

と、わらって言うと、

『おくさんには、もうお目にかかりました。あなたがホームズ先生、それだけで、こちらがワトソン先生なのは、わかっています、さいきん、おふたりの組み合わせは、とても有名ですから。失礼します、かけさせてください！』

そばのいすへ、いきなりグッタリともたれると、よこのテーブルへソフト帽を投げだした。性質はいいが、わがままな青年らしい。▼4 髪をきれいにわけている。正直そうな目でホームズを見つめて、

『先生のご意見を聞きに、ぼくは来たんです。どうしたらいいか？　今、ぼくの一生は、メチャクチャになりそうなんで、ハーッ』

と、ため息を急にはきだした。

『おちついて話してください。身の上の相談か、それとも、何か探偵の必要があるのか？』

と、ホームズが、ゆっくり、たずねると、

『両方です！　ハーッ』

『グラント・マンロー君！』

『アッ、ぼくの名まえを、ど、どうして、知ってるんですか？』

『ハハッ、帽子の内がわに、チャンと書いてある。あなたの帽子でしょう』

『そ、そうです、失礼しました。なるほど、そうか』

と、うらがえしになってるソフト帽を、マンロー君が、バタ

ッと引っくりかえすと、

『ええと、なんでも言って、いいですか、どんなことでも？』

と、真けんな目いろをした。

『どうぞ！　すこしでも、かくされると、聞かない方がいいですね』

『アッ、そうか、そうですね。よし、みんな言っちまえっ！』

と、マンロー君が、がぜん張りきって、口びるをブルブルふるわせた。

実に変な話

『ぼくはもう、結婚してるんです、三年まえから。妻の名まえはエフィー、愛しあって家庭をもったんです。今までは一度だって、けんかしたことがない。たしかに、仲のいい夫婦だったんです。このことを、まず信じてください！』

と、マンロー君が顔をあかくして、こうふんしながら話しはじめた。

なんだ、自分たち夫婦のことか、やっぱり変な男だな、と、ぼくが思ってると、ホームズが言った。

『結婚まえのことから、くわしく話してください。そうしないと、夫婦のことは、よくわからない』

『アッ、そうか、ハーッ、ぼくは今年三十二、エフィーは二十八です。三年まえに結婚したんだから、ええと、そうだ、二十八から三ひくは二十五だから、エフィーが僕と結婚したのは、二十五の時です。その時、ヘブロン夫人と言ってましてね』

『待った！　すると、おくさんはもう、一度、すでに結婚していられた？　ヘブロンという人と』

『そ、そうです。彼女は少女時代から、アメリカへ行っていて、十九の時に、弁護士と結婚したんです。その弁護士の名まえが、ヘブロンなんで、エフィーとのあいだに、子どももできたんです。ところが、黄熱病というのが、ひどく流行して、ヘブロン氏も子どもの赤んぼも、なくなったんです、不幸にも、……』

と、マンロー君は、こうふんしてる顔をクシャッとしかめて、

『夫と子どもが、一時になくなって、エフィーはアメリカが、いやになったものだから、英国へ帰ってきたんです。ところが、ヘブロン氏の財産が、四千五百ポンドばかり、いや、それ以上あって、これは、ヘブロン夫人のエフィーのものになったわけです。アメリカでは弁護士が少しはやると、すぐに金がたまるそうですよ、ハーッ』

『あなたの商売は？』

『ぼくは、ビールに味をつけるホップを、農家に作らせて会社へ売るんです。これだって、なかなかもうかるんで、今は市外のノウブリ町に、ちょっと気どった別荘ふうの家を、小さいけれど、もってるんです。ノウブリ町を、先生、ごぞんじですか？』

『いや、行ったことがない』

『ワトソン先生は？』

『ぼくも知りませんね』

『いちど、おふたりで、いらしてください！　とても静かです。ぼくの家から駅へ行くまでに、まだ一つも家がない。すぐ近所の、となりには、やはり別荘ふうのが、前から建っている。これは僕の家よりも、大きいんです』

『おくさんの話は、おわりですか？』

『アッ、そうだ。ぼくとロンドンで知りあって、結婚したんです。すると、エフィーは僕に自分の財産を、すっかり出してしまって、
〔これを取っておいてください〕
　と、そう言うんです、それほど純情なんでした、その時はですよ。
　しかし、ぼくは反対しましてね、
〔そんなことは、君、いけないぜ。ぼくが万一、商売に失敗すると、ぼくのものは、すっかりなくなって、スッテンテンになるかも知れないんだ〕
　と、言ったんですが、エフィーは、
〔あなたが失敗なさるなんて、思えないことですわ。あたしがもっていると、使ってしまうかも知れないから、あずかっておいてね〕
　と、熱心にたのむんです。
　ハハア、そうか、今までは、ひとりだったから、倹約していたけれども、結婚して気がゆるんで、ウッカリ使ってしまうと大変だ！　それに僕が固い人間なのを信用して、こんなことを言うんだな。よろしい！　と、ぼくは、うれしい気がしましてね、
〔そうか、それなら、あずかっておこう。いる時があったら、いつでも言うがいいんだ〕
　と、四千五百ポンドを、銀行に入れておいたんです。そのまま三年すぎて、利息もついてる。ところが、この二月ほど前、とつぜん、エフィーが、
〔ねえ、あたしのお金、銀行から千ポンド[5]、出してくださいね〕
　と、言いだしたから、ぼくはビックリして、
〔あれは君のものだから、いくら出したっていいが、千ポンドも、いったい、なんにいるんだ？〕
　と、きいてみると、
〔いつか言います、今は言えないんです！〕
　と、結婚して三年後に、はじめて変なことを、エフィーが言ったんです。
　実さい変でしょう、こんなことって、だれが聞いても変に思わないですか？』

死人のような顔

『ね、変でしょう！　愛しあってる夫の僕に、妻が千ポンドの使い道を、今は言えない。いつか言うなんて、とても変なんです。けれども、ぼくは、むりに言わせるのは、いやですから、
〔まあ君のいいように、するさ〕
　と、かるくこたえて、その日にすぐ千ポンドの支払い小切手を書いて、エフィーにわたしたんです。
　夫婦のあいだに、秘密ができた！
　と思うと、それから僕は、あたまの中がムシャクシャしてきて、まい日のように散歩に出たんです。
　純情なエフィーが、どうして、あんなことを言ったんだろう？　それに千ポンドを、いったい何に使ったのか？　服だって家具だって、なにひとつも、ふえた物はない。ますます変じゃないか？　と、疑がいだすと、きりがないんです。散歩しながら、このことばかりを、ぼくは考えている。ひどい苦痛なん

です。

いっそエフィーを問いつめて、白状させてやろうか？

いくどもそう思ったんです。ところが、どうも僕は気がよわいんですね。それにエフィーは、千ポンドの使い道を言わないだけで、まったく心から良くつくしてくれる。よけいなことを僕が言いだして、おたがいの気もちをこわすと、なおさら苦痛になる！　と、ジーッと、こらえていたんです。夫の忍たいですよ、ハーッ！

なぐさめになるのは、散歩なんです。前に言いました、となりの家が、長いあいだ、あいていましてね。ぼくの家より大きいし、ひろい二階もついている。いっそのこと、この方へ引っこして、生活の気分を新しくかえようか、と、気をつけているうちに、いつのまにか人がはいっているんです。

芝の上に、いろんな荷物がおいてあって、今から家の中へ入れるらしい。では、きのうか、きょう、引っこしてきたばかりだな、と、ぼくは道ばたに立って、ふと二階の窓を見あげたんです。こんなことは、だれだってすることでしょう。

すると、二階の窓から、ぼくを見おろしていた顔が、スッと窓のなかへ消えてしまって、それが、……』

『待った！　それは男か女か、それをさきに』

『わからないんです、スッと窓の中へ消えてしまって』

『顔いろは？』

『それが変なんです。まるで死んだ人間のように黄色くて、……』

『髪や目つき、なにかの特長は？』

『わからないんです、いっしゅんに見たきりで』

『フウム、……』

ホームズが、パイプたばこに火をつけた。

『アッ、ぼくはパイプを、わすれて行きませんでしたか？』

『フーッ、そこにあります。いっしょにやりながら、さきをお話しください』

『ありがたいです。このたばこをはじめたのも、あたまがムシャクシャするからなんで、フーッ、フッフッ、それから僕は、二階の窓に見えた黄色い顔が、とても気になって、これはひとつ、どんな人が引っこしてきたのか、あたって見てやろう！と、好奇心でもって、玄関へまわって行ったんです、フーッフーッ』

ふたりでパイプたばこをすいだした。ぼくは立って行って、窓をみんなあけはなしてさ。自分のいすを窓ぎわへ引きずってきたんだ。人間の先祖はサルだ。サルは酒をつくるけれど、たばこなんかすわないだろう。たばこは人類の悪いクセだぜ。

夫人の大変な顔！

『フーフッ、玄関へ僕は、かまわずはいって行って、ドアをたたいてみたんです。気がよわくても、こんなことは、やるんですね、ぼくという人間は』

と、マンロー君は自分のことを、人のことみたいに言って、

『すると、ドアがすぐあいて、意地のわるそうな顔をしている、ヒョロ長い女が、ぼくを見すえて、ツッケンドにきくんです。

〔どちらから？　なにか用？〕

〔いや、すぐ、となりにいるものですから、お近づきにと思いまして〕

〔いいえ、いずれこちらから、ごあいさつに出ますでしょう〕
自分のことを〔でしょう〕と言うなり、ぼくの目のまえでドカーン！　と、ドアをしめて、それきりなんです。
こんなの、じつに僕は腹のそこから、ふんがいして外へ出るなり、グルグル歩きまわって、やっと家へ帰ってきたんです。二階の窓の黄色い顔、失礼きわまるヒョロ長い女、となりの家に変なのが、引っこしてきたぜ、と、エフィーにすぐ話そう。そう思っていたのが、千ポンドの問題があってから、夫婦のあいだの感情が、みょうに合わなくなっているんです。
なんでもかんでも今までのように話すのは、よそう！　それにエフィーは、神経過敏の女だから、〔死んだ人間のような黄色い顔が、二階の窓から出ていた〕なんて聞くと、ひどく気みわるがって、夜ねむれなくなると、こまるだろう、と、ぼくはまだエフィーに、このくらい同情していましてね、
〔となりの別荘に、だれかはいったぜ〕
とだけ、夕食の時に言うと、
〔あら、そうですの〕
と、エフィーの方でも、たったそれだけ言ったきりです。
いっしょに食事しながら、ふたりの気もちが、今までのようではない。つめたくなっているんです。こんなの、実さい、いやなものですよ、ハーッ。
夜になって、ぼくはさきに寝室へはいりました。ベッドにつくと、すぐ、ねむってしまう。火事があったって起きるもんか、と、いつも自分で思っているくらい、グッスリ寝るんです。ところが、この夜は、変な黄色い顔が、ボカッと出てきて、〔ワッ、気みがわるい、だれか来てくれえ！〕と、さけんだと思うと、目がさめたんです。
なんだ、ゆめか！　あんな顔を見たものだから、気にしてたんだな。おれも神経過敏か、もう夜なかじゃないか？　寝なおしと行こう、と、思ったとたんに、エフィーがいない！　と、気がついたんです。
はてな、おかしいぜ！　まだ、ゆめを見てるんかな？
そう思うと、あたまの中が、きゅうにハッキリして、ゆめじゃない、しかも、寝室の中に立ってる者が、なにか動いている！　アッ、どろぼうか？　と、ソッと目をあけて、その方を見ると、どろぼうどころか、エフィーなんです！
なにしてるんだ？　と、ビックリして見ると、寝まきのエフィーじゃない。もうチャンと服にきかえて、オーバーを着ようとしているんです。いつのまにかコッソリ起きだして、すっかり着かえたんだな。変だぞ、こんな夜なかに、どこへ行くんだ？
〔エフィー！〕
と言いかけて、ぼくはハッと口が動かなくなった。この時の僕のおどろきを、察してください、エフィーが大変な顔をしているんです！　そして、……』
『待った！　おくさんの大変な顔というのは？』
と、ホームズはマンロー君に質問すると、ぼくに言った。
『書いておいてくれ、これはまた、よほど変っている！』

いたのは黒ネコいっぴき

外出二十一分間

ハドソン夫人が、すみの方で、はじめから、だまって聞いていた。それが、いそいで出て行った、と思うと、紅茶をもってきた。マンロー君とエフィーおくさんの話が、よほどおもしろくて、さきを聞きたいらしい。▼6

マンロー君は、黄玉のパイプをそばにおくと、ハドソン夫人に、

『アッ、すみませんです、紅茶を』

と、ていねいに、えしゃくした。

『さあ、つづけて！　それから？』

と、ホームズが、いつもの調子で、ハキハキさいそくすると、

『そ、その時、ローソクがテーブルの上に、ともっていたんです』

と、マンロー君は、あわてて紅茶をのみながら、

『エフィーが、ともしたんです。その灯で暗い中に顔が見える。いつものエフィーの顔じゃない。とても青ざめて、ものすごい目をして、まゆがつりあがって、なにかソワソワして、おびえてる、大変な顔なんです。いそいでオーバーを着てしまうと、ぼくの方をジーッと見つめた。こんなエフィーは、まるで、よその女みたいに、すっかり変っていて、純情なんかじゃないんです。

ぼくは暗い中で、目をほそくあけたまま、ビクとも動かずにいたんです。エフィーは、ぼくがいつものように、グッスリ寝てると思ったんでしょう。スーッとドアをあけて、逃げるみたいに出て行った。くつ音もしない、と思っていると、ギーッと聞こえたのは、玄関のドアなんです。

ぼくはベッドに起きあがって、まさか、ゆめじゃないだろう？　と、ほおをギュッと、つねってみたんです。アッ、いたい！　ゆめじゃない。エフィーは、どこへ出て行ったんだろう？

まくらの下に入れてある時計を出して、ローソクの灯にすかして見ると、三時八分なんです。

ぼくは息ぐるしくなって、あたまも耳の中もガンガンと鐘が鳴ってるみたいで、髪の毛をかきむしったり、ベッドに立ちあがったり、すわってみたり、

［ええくそっ、なにがなんだ？］

と、口の中で言ってみたり、こんな夜なかにエフィーが外で、どんなことをしてるんか？　と、いろいろ考えていると、ローソクの火が消えてきたんです。

時計を見てみると、三時二十九分！　エフィーが出て行ってから、二十一分すぎている、と思うまもなく、ギーッと玄関にドアの音が聞こえた。アッ、帰ってきた！　と、ぼくはベッドにもぐりこんで、毛布を頭の上からかぶったんです。ジーッと毛布の中で耳をすましていると、あいてるドアのよこに、エフィーがはいってきた。くつ音が立ちどまった。これからオーバーをぬぐんだな、と思った、とたんに僕は、ガバッとはね起きるなり、

［どこへ行ってたっ？］

自分でビクッとしたくらい、大声が出たんです。

〔アッ、……〕
と、エフィーのまっさおな顔が、消えかけてるローソクの灯に映って、ぼくを見つめると、こう言ったんです。
〔まあ！　起きてらしたの。あたし今夜は、どうしたのか、ひどく胸が苦しくって、外の空気をすったら、なおるかしら、と思ったものだから、そこらを歩いてきたんですわ〕
　これは言いわけだ！　そんなことを、だれが信じるものか！　と、ぼくもきっと青くなっていたでしょう。
〔歩いてきたのか、そうか、……〕
と、見ると、オーバーのボタンをはずしているエフィーの白い指が、ブルブルふるえているんです。
　明かるくなったローソクが、ジジジと音をたてて消えてしまって、エフィーも僕も、それきり、まっ暗な中に、だまっていたんです。こんな夫婦ってあるもんでしょうか？』

またスッと消えた

『ああエフィーは悪い女になった！　あれほど純情だったのに、と、ぼくはガッカリしてしまって、失望のあまり、口をきくのも、いやになったんです。朝の食事の時も、だまってると、エフィーの方でも、ぼくをチラッチラッと見るきりで、ゆうべのことが、むろん、気にとがめているんです。
　ぼくはもう、あたまの中がムシャクシャして、食事をすますなり、ロンドンのホップ会社へ出て行く支度をしかけると、エフィーが、
〔いつごろ、お帰り？〕
　と、たったこれだけを、オドオドしてきくんです。
〔夕かただ！〕
　プツリとこたえたきり、ぼくはロンドンへやって来て、ところが、会社へ行っても、こまかい商売の話なんか、頭がムシャクシャして、できるもんですか、
〔マンロー君、きょうは君、どうかしたのか？　顔いろもよくないし、話もチグハグだし、ため息ばかりついてるぜ〕
　と、社長に言われて[7]、なおムシャクシャして、バッと会社を飛び出したんです。
　広いロンドンに、ぼくのおちつく所がない。むやみに歩きまわって、フラフラと出てきたところは、どこだ？　と気がついてみると、やっぱり家へ帰る駅なんです。
　列車が出ようとしている。ぼくはまたフラフラと乗ってしまって、家の前まで歩いてきた、が、エフィーの顔を見るのは、いやだなあ！　と、足がおそくなって、となりの別荘の横へまわってくると、芝のすぐ向うのドアが、スッと中からあいて、不意に出てきたのは、だれだと思います？
　アッ、エフィー！　と、見るなり僕は立ちすくんで、声も出なかった。顔を見あわせた。ぼくよりもビックリしたのは、エフィーの方です。サッと顔いろが変って、ぼくを見つめると、
〔あ、あなた、……帰っていらしたの！〕
　と、口をパクパクと金魚みたいにあけて、かすれた声で言いながら、ぼくの前へ、よろめいてくると、
〔あたしね、今、ちょっと、ごあいさつに、きたのよ〕
　と、オドオドしているんです。
　もう言いわけは聞かないぞ！　と、ぼくはカッと、からだじゅう熱くなって、

「あいさつにきたものが、玄関でなくて、こんな横から出てくるか。おまえには秘密があるんだ！　しらべてやるっ！」

　と、ドアの方へ行きかけると、エフィーが僕の腕にしがみついて、

「あなた、待って！　いけない、おねがいですから、行かずに……」

　と、必死の顔をして言うんです。

「なにをっ、なんだって止めるんだ？　はなせっ！」

「いいえ、この家へ、あなたが、はいったら、とりかえしのつかないことに、なるんですから、……」

「そのわけを言えっ、さあ言え！」

「あたしを信じて、どうぞ、エフィーを信じて！　きょうだけは、家へ帰ってください。あたしも帰ります、ね、おねがいですから、……」

　女の力は、さあとなると、すごく強いんですね。エフィーは両腕に、からだじゅうの力をこめて、はなさないばかりか、けんめいに僕を家の方へ、引きずって行くんです。▼8 ぼくは芝にすべって、

「はなせっ、はなせっ！」

　と、どなりながら、こんなところを、だれか見てやしないか？　と、あたりを見まわすと、

「アアッ、……」

　ギョッとしたとたんに、靴のそこが芝にすべって、横だおしにドシンと、ころげたんです、この帽子が飛びましたよ。

　二階の窓から、あの死人みたいな黄色い顔が、ジッと見おろしている！　それがまた窓の中へ、この時もスッと消えたんです！』

いよいよ変だ！

『とても気みがわるい、見たとたんにゾッとする、黄色い変な顔に、ぼくはふるえあがると、力がぬけてしまって、帽子をひろいながら立ちあがったまま、エフィーに引っぱられて、家へ帰ってきたんです。女中のマーサが、ビックリして目を見はったきり、「おかえりなさい」も言わない。ますます僕は、なにもかもみんな、いやになったんです。この気もち、むりはないでしょう！

　二階の居間にはいって、ぼくはエフィーに、真けんにききました。

「となりの家を、ぼくがたずねて行って、なにがわるいんだ？　そのわけから聞こう！」

　青ざめているエフィーのこたえは、こうなんです、

「そんなこと、なさったら、あたしたちの今までの幸福が、もうこれきりなんですから」

「わからないことを言うな。ハッキリわかるように言ったら、どうなんだ？」

「いつか言います、今は言えないんです！」

「アッ、千ポンドの時も、同じことを言ったぞ。ぼくはハッキリ、おぼえてるんだから」

「あたしを信じてください！」

「フーン、……」

　ふたりとも、だまってしまったんです。

　ぼくは、もとからソッカシイのを、自分でも知ってる、け

れども、この時ばかりはと、グーッと気をおちつけて、しばらく、だまりこんでから、

〔そうか、フウム、君を信ずる信じないは、ぼくの自由だ。言う言わないも、君の自由だ。君が言いたくないものを、むりに僕は聞こうと思わない。けれども、夜なかにコッソリと二十一分間も、どこかへ出て行ったり、となりの横から不意に出てきたり、千ポンドも何に使ったかわからない、ぼくを疑がわせるような、こんなことは、これから止めると、ここで、やくそくできるのか、どうなんだ?〕

と、しずかに、ゆっくり、きいてみたんです。

すると、エフィーの青ざめてる顔が、スーッと、うすあかくなって、ハッキリこたえました。

〔やくそくします!〕

〔ちかうのか?〕

〔ちかいますわ!〕

ぼくは、これを聞いて、すこし安心したんです。すこしですよ。しかし、エフィーの秘密は、すこしも解けない。〔あたしを信じてください〕〔いつか言います〕と真けんな顔をして言った。それを信じているほかに、しかたがない。けれども、これは僕にとって、とても苦痛なんです。この気もちも、わかってくださるでしょう、どうですか?』

と、マンロー君が、さいそくするみたいに言うと、ホームズは腕ぐみして天じょうを見ながら、うめくような声を出した。

『ウウン、気もちはわかる、が、事件の急所は、まるでわからない』

『エッ、そうですか、ホームズ先生、わかるまで聞いてください。まだ後があるんですから、ハーッ』

と、ため息をついたマンロー君が、

『ぼくはホップ会社の社長に、まるでチグハグなことを言って、それきり飛び出したんだから、そのままにしておくと、信用をなくするんです[9]。そこでハッキリしたところを見せようと、またロンドンの会社に朝早く行ってみると、あいにく社長は、ゆうべから一週間の旅行に出たと、社員が言うんです。これまた仕方がないから、ガッカリして家へ帰ってくると、玄関のろうかへ、あわてて出てきた女中のマーサ[10]が、ぼくを見るなり、ハッと目をそらして、だまっているんです。

変だな、と、すぐに僕が、

〔エフィーは、なにしてる?〕

と、たずねてみると、マーサはタジタジと後へよろめきながら、ふるえ声で、

〔あたし、知りませんけれど、……〕

と、また目をそらして、逃げだしそうにするんです。

いよいよ変だ! エフィーはいないのじゃないか? と、ぼくは急に胸がドキンとして、二階の居間へ、ひとりで駈けあがって行ったんです』

今こそ見やぶる!

『二階の居間に、エフィーはいない。下にもいなかったはずだ、と、ぼくはムカムカして、窓から下の庭を見ると、胸の中のムカムカを、アッと吐き出しそうになった。マーサが芝の上を、いっさんに、となりの家の方へ走って行く。小女のくせに足が早くて、バタッと前へたおれると、すぐ起きあがって、また走

りだした。年は十六です。
「さては、わかった！　エフィーは、となりの家にいるんだ。マーサはそれを知っていて、おれが帰ってきたのを、知らせに行くんだな、と、ぼくは二階を一気に飛ぶようにおりると、きようこそエフィーの秘密を、見やぶってやるぞ！　と、マーサのあとを追っかけて行ったんです。

　ところが、マーサの奴、もう見えない。なにを負けるもんか！　と、ぼくは走りつづけて、となりの横へ出るなり、そこのドアを、たたかずに引きあけて、バッと飛びこんだ。さあどうだ？　と見ると、台所なんです。

　だれもいない!?

〔シーンシーンシーン〕

　と、音がしてるのを見ると、火にかけてあるヤカンが、湯気をふきだしている。ここに今まで、だれかいたんだ！　あのヒョロ長い失礼な女か？　と、思ったとたんに、

〔ニャーオ、ニャーオ！〕

　足もとから鳴きだしたのを、見ると大きな黒ネコだ！　ぼくはムカムカしてるんで、

〔エエッ！〕

　黒ネコをけとばして、▼11ろうかへ出たんです。エフィーはどこだ？　と、ほかの部屋から部屋へ、かまわずドアをあけてまわった。ところが、だれもいない！　二階だな、と、階段の下へ飛んで行った、上がりかけてギクッとしたんです。

　死人みたいな黄色い顔の奴が、二階にいる!?

　ぼくはブルッと、ふるえたんです。けれども、エフィーの秘密を今こそ見やぶるんだ！　と、勇気を出して階段をドスドスと、上がって行った。なにが出てきたって、おどろくもんか！　と。

　ところが、二階もヒッソリしている。三間だ。ろうかにドアが三つ、ならんでいる。

〔だれかいるだろう。出てこいっ！〕

　と、ぼくはどなって、ドアを三間ともあけて見たんです。

　だれもいない！

　家じゅうガラあきだ。エフィーもいなければ、マーサも来ていない。黄色い顔の奴も、ヒョロ長い女もいない！　いたのは黒ネコだけだ。

　なんとこれは変なんだ！　と、まん中の部屋に立って、ぼくは、あたりを見まわした、とたんに、この時もギクッとしたんです。ダンロの上に、かざってある写真は、エフィーの大写し！　やさしくニコッとわらっている！

〔ウウン？〕

　と、ぼくはグラグラッと目がまわりかけて、やっと両足をふんばったきり、エフィーの写真を見つめていたんです』

生きていたのか？

『これでもう、おれとエフィーは別れるんだ。いろんな秘密をもっていて、しかも、ちかったことを、すぐ破った女が、妻だと言えるか。だんぜん、離縁だ！

　ぼくは、そう思いながら、家へ帰ってきました。実はもう、ふんがいするより、かなしい気がしていたんです。すると、どうです、応接室にエフィーとマーサが、いるじゃないですか！

　アアッ、おれが、となりの台所へ飛びこんだ。その時、ふた

りは玄関から逃げだしてきたんだな。もう、かってにしやがれ！　と、ぼくは口もきかずに、二階の居間へはいって、ドアに中から鍵をかけたんです。

　これが、けさ十時すぎのことです。▼12 考えれば考えるほど、あたまがムシャクシャする。からだじゅう、つめたくなったり熱くなったりして、おれの一生はメチャクチャになりそうだ。ああこれは、ホームズ先生のところへ行って、先生の知えでエフィーの秘密を、ハッキリさせてもらわないと、おれひとりじゃ何とも、わけがわからない！　と、先生のことを考えつくなり、家を飛びだしてきたんです。

　先生、ぼくは実さい、どうしたらいいんですか？　ハーッ、ハーッ、……』

　マンロー君が、ふかいため息を二度はきだして、長い話を、やっとおわった。

『フム、どうしたらいいか？　ぼくも考えてみないと、まるでわからない。はじめに思ったより以上に、この事件は、まったく変っている』

　と、ホームズが、パイプたばこを新しくつめかえて、

『わからない中心点は、死人のような黄色い顔だ。君は二度、その顔を見ている。あとの時も、男か女か、わからなかった？』

　と、マンロー君をジーッと見すえた。

『それが、わからないんです。二度ともスッと消えてしまって』

『フーッ、消えたのは、窓の中へすばやく、はいったからだな』

『さあ？　見たとたんに、いなくなるんで』

『しかし、色だけは黄色い、と見たのだから、その一しゅんの感じが、ほかにも何か残っているはずだ』

『すごく気みがわるいんで、……』

『ただそれだけ？　あたりまえの人間の顔と、変っている点は？』

『あたりまえじゃないんです。変にこわばって、なんだか、かたまってるみたいな、……』

『待った！　かたまっている？』

『そういうほかに、言いようがないんです』

『わからないな、フーッ、ワトソン、君はどう思う？』

　ホームズの試験が、はじまるだろう、と思っていた僕は、マンロー君にきいてみた。

『その顔には、目もはなも口も、耳も、チャンとついていたんですか？』

『そうです、ついていたんです』

『造ったものではないですか？　たしかに生きていたのですか？　死人の顔みたいだったと、そういう感じからすると、こわばっていて、かたまってるみたいなのも、それは人形じゃないですか？』▼13

　どうだ、この質問は？　こういう目のつけどころは、名探偵だって、ちょっと考えおよばないだろう！　と、ぼくはホームズの顔を見てやったのさ」

七時の列車で、きっと待つ！

急電を打て！

「ハドソン夫人は、ぼくの質問を聞くと、すっかり感心して、

『まあ！……』

と、ぼくの顔を、見なおすみたいにマジマジと見つめた。

ぼくは得意だ！　ホームズに、

『フム、今、ぼくが言った判断を、君はどう思うかね？』

と、いつもホームズのきくとおりを、反対に言ってやると、

『フッフッフー、すばらしいぜ。さすがにワトソン博士の考えは、ぼくも気がつかなかった。ところで、そのような奇怪な人形を、なんのために、何者が造ったのか？　この点について、君はどう思うのだ？』

と、ホームズが、にわかに声を高くした。そこで僕も、負けない気になって、

『それを、これから探偵するんじゃないか。ぼくの人形説に、君は、さんせいしないのか？』

『さんせいも反対も、まだわからないね。マンロー君！　おくさんの前の主人だったヘブロン氏の写真を、君は見たことがある？』

と、ホームズが、そんなことをききだした。

パイプをくわえていたマンロー君は、またあわてて、

『な、ないんです、一度も！　アメリカで火事にあって、いろんな写真や記念品を、焼いてしまったと、エフィーが言ったんです、ズッと前に』

『フウム、フーッ、……』

ジッと考えにしずんだホームズが、五、六分間、たばこをゆらしながら、天じょうのすみの方を、にらんでいた。

先生、苦心しているな、と、ぼくもだまっていた。マンロー君はソワソワして、火のついてないパイプを、スパスパとすったり、そのパイプで髪の毛をかきまわしたり、はなの上をなでてみたり、からだを右や左にゆさぶって、まるでジッとしていない。ハドソン夫人が紅茶をいれかえてきた。

ハッと目をかがやかしたホームズは、謎を解いたらしい。不意に声をかけた。

『ウム、マンロー君！』

『ワッ、な、なんですか？』

『となりの謎の家に、だれも帰ってこない、とすると、この変な事件は、ざんねんだが、なかなか解けない』

『アッ、解けないと、こまるんです。先生に解けない問題が、あるんですか？』

『フム、君が今ここに、その謎をもってきている。だが、となりの家に今ごろ、疑問の人間が、きっと帰ってきているだろう。君がやって来たのを見て、一時的に逃げだしたらしいから』

『け、けしからん奴だ！　先生、引っつかまえて、白状させてください。エフィーとの関係を！』

『フッフー、そう行くか、どうか？　君は今からすぐに帰って、となりのようすを見きわめて、だれかいるようだったら、ここへ電報を、おくさんにも女中にも知れないように、急報で打ってください。ワトソンと僕が、さぐりに行く。君がとなりへ、また飛びこむと、疑問の人間が、いよいよ逃げてしまって、も

う帰ってこないだろう。そうなると、やっかいですよ』

『わかったです、けれども、となりに、だれも帰っていなかったら、どうなるんですか?』

『その時は、ワトソンと僕が、あすのひるころ出かけて行って、ゆっくりと手をつけましょう。いそぐことはない。これくらいのことで、一生がメチャクチャだと、暗く考えるのは、いけないと思いませんか?』

『アッ、いいです。先生の言われるとおりに、ぼくは……』

と、立ちあがったマンロー君が、ハドソン夫人と僕を見むきもせずに、いきなりドカドカと飛び出して行った。

『あなた、お帽子とパイプを、おわすれですよ!』

と、ハドソン夫人が声をかけて、ろうかへ急いで出た。

マンロー君は、しかし、かえってこなかった。ハドソン夫人は目をむいて言った。

『まあ、なんてソソッカシイ人でしょう! 今の話も、ほんとうでしょうか?』

ホームズの上の名探偵

ホームズ、ぼく、ハドソン夫人、三人の会議みたいになった。▼[14]

マンロー君が言った『エフィーの秘密』この謎を解く会議さ。

『マンロー君は、ソソッカシイだけに、きわめて善良な男だよ。この事件は、彼の話のとおりに信じていいと、ぼくは思うのだ』

と、ホームズが紅茶をのみながら、ハドソン夫人に、

『すべて、ほんとうの話ですよ。謎の中心点は、やはり、窓から出た黄色い顔です!』

と、自信満々の目をかがやかして言うと、ハドソン夫人も紅茶をのみながら、

『気みのわるいその顔、ワトソン先生のおっしゃったように、人形なんでしょう。わたしも、そう思いますわ』

『ハハッ、あたりませんね。それを人形だとすると、どうしてエフィー夫人に関係があるのか? そんな奇怪な顔を、なんのために、わざわざ窓から出して見せるのか? まるで解けない! それよりも、純情だったエフィー夫人が、マンロー君にそむいて、となりの家へ、秘密のうちに行っている。それほど夫人を引きつける何ものかが、となりにいるのは疑がいない。その何ものかと黄色い奇怪な顔の人間が、同じ家にいる! ここが謎の中心になるのさ。ワトソン、どう思うかね?』

ぼくは紅茶を下におくと、やっきになって言った。

『それじゃ、黄色い顔の人間は、何者なんだ? その謎を、君は解いたのか?』

『ウム、今さっき解いたね。ヘブロンさ、フーッ』

『ヘブロン! エフィー夫人の前の夫だな、アメリカ人の弁護士だ。しかし、そのヘブロンも子どもも、流行病で死んだというんじゃないか?』

ハドソン夫人も、やっきになって言った。

『そうですわ。なくなった人が、生きてきたんですの?』

『ハハア、黄熱病は、はげしい流行病だから、子どもは、おそらく死んだろう。父のヘブロンは、幸いにたすかった。しかし、二度とは見られない死人のような黄色い顔になった、熱病と薬のために、これはもう、一生なおらない』

『まあ! こわい病気ですわねえ』

『さすがのエフィー夫人も、たまらなくなった。子どもはなくなって、これから一生、このような顔の夫といっしょにいるのは、実につらい！　かなしさと、つらさに、しんぼうしきれなくなって、とうとう英国へ帰ってきた。年はまだ二十一か二だったろう。むりに帰ってきたのだから、ヘブロンと正式に離縁していない。ロンドンへ帰ってきてからも、ヘブロン夫人と言っていた。どうです、おくさん！　このエフィー夫人に同情しますか？』

『さあ、わかりませんわ。そういう身の上になってみなければ、でも、……やっぱり、わからないわ』

『ところで、ロンドンに三年か四年いるうちに、マンロー君と愛しあうようになって結婚した。アメリカでのことはマンロー君に、うちあけて話した、が、正式に離縁していないヘブロンが、アメリカにいることだけは、さすがに口から出ない。黄熱病のために、子どももヘブロンもなくなったと、そう言わないと、マンロー君も結婚するはずがない。ソソッカシイが善良なマンロー君だから』

『まあ！　エフィーさんの秘密は、それなんだわ！』

『フーッ、秘密はまだある。アメリカをエフィー夫人は出発してくる時に、ロンドンで生活するための金をもってきた。これは弁護士の夫であるヘブロンが、かせいだものだろう。それがマンロー君と結婚した時は、四千五百ポンド残っていた』

『それはなんにも、秘密じゃないだろう。出してマンロー君にわたしたのだから』

　と、ぼくは、ホームズの判断に少しでも、まちがいがあったら、たちまち言いこめて、まいらせるぞ！　と、紅茶ものまずに聞いていたのだ。

　ところが、この時もう、名探偵ホームズが、大失敗をはじめていたのさ。それを僕もハドソン夫人も、まるで気がつかずにいた。ホームズが言ったとおりを、ぼくは話しているんだが、どこに彼のまちがいがあったか？　君がわかったら、君こそホームズより以上の名探偵だ、とても僕なんか、かなわないぜ！

しつこいアメリカ人

　自信満々のホームズは、ゆっくりとかまえて、ぼくとハドソン夫人を、かわるがわる見ながら、

『四千五百ポンドも、エフィー夫人の秘密さ。なぜなら、それはヘブロンの遺産じゃなくって、自分がもちだしてきたものだ。▼15 これもマンロー君に言えることじゃない。どうだ、ワトソン！　これが秘密でなくて何だ？』

『待て待て！　それじゃあ、それをすっかり、マンロー君に出してあずけたのは、どういうわけだ？』

『フッフッ、そこがエフィー夫人の純情なところさ。結婚したマンロー君に、自分の愛の証こを見せたい。そればかりではなく、いつまでも自分がもっているのは、かつてに持ちだしてきた金だから、どうも気がとがめる、と、おくさん、この点を、どう思いますか、同情ですか反対ですか？』

『それは、わかりますわ。そういう気もちが、やさしい女のこころですもの』

『それみろ、ワトソン、どうだい？』

『フーン、それからどうした？　もっと早く言えよ』

『ハハッ、それから三年すぎた。エフィー夫人はマンロー君の

妻として、平和に幸福に生活していた。けんかなど、いちども
したことがない。ところが、マンロー君がロンドンのホップ会
社へ行っている時、とつぜん、エフィー夫人へ手紙が来た』
『だれから?』
『言うまでもない、前の夫のヘブロンからさ』
『あら、たいへんですわ!』
『青くなって、その手紙を読んでみると、ヘブロンは意外にも
ロンドンへ来ている! エフィー夫人がアメリカの家を出て行
ってから、きょうまで行くえをさがしていたのだ。ロンドンへ
さがしにきて、ついに突きとめた。しらべてみると、おまえは
すでに結婚している。法律の許さない二重結婚だ。このままに
してはおけない、が、おまえの方で相当の処置を、おれにする
ならば、この重大な秘密を、あばくことはしないだろう。おれ
は今、こういう所に来ている、と、自分のいる番地が、つぎに
かいてあるのだ』
『まあ、どうしましょう? そのヘブロンて人、五年か六年も
エフィーさんを、さがしていたんですのね。しつこい人だ
わ!』
『ハハッ、アメリカ人は、しつこくなると、ぼくたち英国人よ
りも、なおしつこいですよ。もっともワトソン博士みたいに、
アッサリしてるのも、いますがね』
『チェッ、よけいなことを言わずに、それからエフィー夫人は、
どうしたんだ?』
『夫人はおどろきあわてて、まっさおになった、ほんとうの性
質は純情だからね。ひとりで考えこんでしまって、苦しんだ結
果、今の夫のマンロー君から、千ポンドを出してもらった。そ
れを、マンロー君がロンドンへ行っているあいだに、郵便局へ
行って、かわせにすると、ヘブロンに送った。これで過去のこ
とは、すべて忘れてくださいと、おそらく心からの返事を、書
いたことだろう』
『わかりましたわ! それでマンローさんから、千ポンドの使
い道をきかれて、うそはつけないし、〔いつか言います、今は
言えないんです!〕って、エフィーさんは、どんなに苦しかっ
たでしょう。わたし同情するわ。先生! そのヘブロンは千ポ
ンドを受けとっても、エフィーさんの、となりの家へ、引っこ
してきたんですのね、しつこい男だから』
と、ハドソン夫人が、こうふんして、キンキン声を出した。
『そう、そのとおりです。夫人はマンロー君から、〔となりの
別荘に、だれかはいったぜ〕と聞いて、それこそドキッとした
のにちがいない。〔あら、そうですの〕とだけ言ったが、とな
りの家に気をつけてみると、ヘブロンの黄色い顔が二階の窓か
ら、時々あらわれる。なんのためか? と、ワトソンはきくだ
ろうが、エフィー夫人をおどかすのだ。千ポンドくらいで、お
れがだまってると思うのか、グズグズしていると、こちらから
行って、今の夫のマンローに、おまえの二重結婚を、ばらして
やるぞ、と』
ハドソン夫人が、目をつりあげてさけんだ。
『まあ、にくらしい! そんな奴、流行病で死ねばよかったん
だわ』

その女が、くせものか?

さすがのホームズも、自分が大失敗をはじめてるとは、気が

つかない。ますます得意になって、ぼくとハドソン夫人を相手に、

『ヘブロンの黄色い顔に、エフィー夫人はおどかされて、ジッとしていられない。マンロー君がねむっている夜なかの三時すぎに、となりの家へ、思いきって行った。

ヘブロンに会って、アメリカの家をむりに出たことを、あらためてあやまり、こうなった上は、どうか私の平和な生活をみださないでください、と、必死になってねがったろう。ところが、もともと悪弁護士のヘブロンだから、そんなことを、きくわけはない。それなら何万ポンドでも出したらよかろう、と、そのくらいのことは、むろん、言ったろうと、ぼくは思うがね、フーッ、おそらくまちがいはないはずだ』

『待ってくれ！　はじめから、みんな君の想像じゃないか？』

『ハハッ、このように想像しなくて、どう判断するんだ？　おくさん、ぼくの想像は、みんな合っていると思いませんか？』

『そうにちがいないと、わたし思いますわ、ほんとうに！』

『それみろ、ワトソン、そこでエフィー夫人は、泣くにも泣けない気もちで、家へ帰ってきてみると、意外にもマンロー君が目をさましていた。やっと言いのがれたが、いつヘブロンがやってくるかも知れない。あくる日また行って、願いにねがってみたが、ヘブロンはガンとしてききいれない。そればかりか、おれは今でも、おまえを愛しているんだ。おまえの写真をもってこい！　と、そう言ったのにちがいない。おくさん、この想像は、どうですか？』

『ほんとうに、そのとおりだと思いますわ。そうしてエフィーさんが、すっかりこまりきって、となりの家から出てきたところを、早く帰ってきたマンローさんに、見つかったんですのね。よくわかりますわ』

『ワトソン、なにを変な顔しているんだ？』

『どこまでも君の想像ばかりだぜ。おくさんは、むやみに、さんせいしているが』

『フッフッ、どこが、まちがっているか、反対の点を言ってみろよ』

『そいつが言えないから、残念なんだ』

『では、しまいまで、だまって聞くかね。エフィー夫人はマンロー君を、必死の力で、むりに家へ引っぱってきた。となりへ飛びこんでヘブロンと会ったら、マンロー君自身の平和も幸福も、ぶちこわしだからね』

『そうですわ。エフィーさんは〔わたしを信じてください！〕と、いくどもマンローさんに言って、ほんとうに、お気のどくですわよ、ワトソン先生！』

『いや、ぼくも同情していますがね。ヘブロンにおどかされて、写真をもって行ったのは、あまりに純情すぎますね。ところが、マンロー君がまた早く帰ってきて、きょうこそと飛びこんでみると、黒ネコいっぴきしかいなかった、というのは、どういうわけだ？』

『フーッフッ、女中のマーサが駈けつけてきて、マンロー君が帰ってきたと知らせた。今度こそあぶない！　人がよくてソソッカシイのが、マンロー君だから、おこると何をするかわからない。エフィー夫人はヘブロンとヒョロ長い女をせきたてて、これまたむりに、玄関の方から逃がした。自分とマーサは走って帰って、応接室にいたのさ。実に苦心さんたんたるものだ』

『そうですわよ、ワトソン先生！』

『いや、待ってください。おくさんは、さんせい夫人ですね。ヒョロ長い意じわる女は、いったい何者なんだ？』

『その質問を、待っていたのさ、ハハッ』

と、ホームズがわらうと、目をかがやかして言った。

『おそらく、その女が、くせものらしいぜ[16]、というのも、ぼくの想像だがね』

『それは、どうしてだ？』

ズバリとズバリ

『フム、おそらく、そのヒョロ長い女は、ヘブロンといっしょに、アメリカから来たのだろう。ヘブロンと力をあわせて、エフィー夫人をさがしだした。ヘブロンを後から動かして、エフィー夫人をおどかし、できるだけの金を、しぼりとろうとする。ヘブロンより以上に、しつこい女だ、と、ぼくは思うのだが、おくさん、これまた僕の想像は、どうでしょうかね？』

『もちろん、おっしゃるとおりですわ。女の方が男よりも、しつこい時は、どこまでも、しつこいんですもの、ホホホホ』

さんせい夫人が、しまいにわらいだした。

ぼくは、しゃくにさわってきたから、ホームズに、もう一つきいてやった。

『君は、ヘブロンとそのヒョロ長い女が、となりの家へ、今ごろはきっと帰ってると、マンロー君に言ったが、それも想像だろう。どういうわけだ？』

『ハハッ、しつこい悪弁護士と、それ以上にしつこい女が、そろっているのだ。エフィー夫人をおどかして金を出させるのを、このふたりが思いきるものか。すぐ帰ってきて、ヘブロンの黄色い顔が、二階の窓からまた現われるさ。マンロー君が見ると、スッと中へはいってしまう。だから、ぼくはマンロー君に言っておいたのさ、ぼくたちが行くまで、飛びこんではいけないと』

『そうですわ、そうおっしゃいましたわ！』

ぼくはホームズに、ズバリと言ってやった。

『君の想像は、はじめから今言ったことまで、証こがひとつもないじゃないか？』

『フッフッフー、証こがないから想像さ』

と、ホームズがズバリと言いかえした。

ズバリとズバリだ！

ぼくは、よしこい！　という気になって、

『それなら、ヘブロンとヒョロ長い女が、きょうの夜まで帰ってこなくて、マンロー君がここへ電報を打ってこなかったら、君はカブトをぬぐか、どうだ？』

『ハハア、その電報がきたら、ワトソン博士は、どうする？』

『ホームズ先生の望むところへ行って、いつでも夕食をおごるよ[17]』

『ウフッ、よろしい。大いに食ってやるぞ。電報がこなかったら、ぼくはワトソン博士に、のぞみのステッキを買っておくろう』

『あら、電報きますわよ。夕食のごちそうに、わたしもおともするわ！』

出しゃばりの、さんせい夫人が、はしゃぎだした。

マンロー君が急電を、打ってくるか、こないか？　これが、この日のおもしろさだった。

するると、午後三時すぎ、ホームズと僕が居間で、コーヒーをのんでいると、さんせい夫人がさけびながら飛びこんできた。

『来ました、来ましたわよ！ ワトソン先生、夕食のごちそうですわよ』

ホームズが、ニヤリとわらって、

『しめたね、ステッキがたすかったぜ』

『いや、待て！ どんな電報かわからない。おくさん、ぼくが読んでみますから』

と、夫人の手から電報用紙を、ぼくは引ったくった。

ひろげて見ると、長い電文だ。はたして打ってきた。はじめに名まえがあるのも、めずらしくて、マンロー君にちがいない。

『読むぜ！ マンローから。となりに、やはり、人間がいる。窓に黄色が出て消えた。七時の列車で、きっと待つ。ぼくは、がまんしていいます、と、おわりだ』

『よしきた、今夜じゅうに、ことごとく解いてやろう。おくさん、あすの夕食はワトソンが、おごるそうですよ、ハハッ！』

ホームズが愉快そうに、天じょうをむいてわらった。こういう時の彼は、にくらしい親友なのさ」

ああ意外!!! 実に意外!!!

不意に突げき！

「今夜、ことごとく解いてやろう！ と、自信満々のホームズ、ぼくはそれについて好奇心満々、ふたりが七時発の列車に乗りこんで、ノウブリ町の駅でおりると、

『アッ、先生、先生っ、ここです！』

わめきがら走ってきたのは、マンロー君だ。こうふんして青ざめて、ハアハアと息をついている。

『おむかえを、ありがとう』

と、ホームズが握手して、ぼくはそばから、

『帽子とパイプ！[18] ハドソン夫人が、よろしくと言っていましたよ』

と、その二つをさし出すと、

『アアッ、いいんです、こんな物』

と、マンロー君は、ひどくソワソワしていて、受けとろうとしない。

『こんな物って、君がわすれて行ったんだぜ』

『いいんです。ホームズ先生！ いますよ、たしかに。すぐ行って、引っつかまえてください。くそっ、ハーッ』

『そういそぐことはない。しかし、また逃がすと、やっかいだから、不意に突げきしよう。馬車は？』

『すぐ外に、待たせてあるんです。なにがなんでも、くそっ！』

『マンロー君！』

『ワッ、な、なんですか？』

『君はピストルか何か、もってきた？』

『むろん、あの黄色い顔の奴が、なにをするか知れないから、一発、……』

『待ちたまえ。ここで僕とワトソンに、やくそくしてくれないと、ぼくたちは行くのを中止だね』

『アアッ、なんの約束でも、いいんです。言ってください、早く！』

『ぼくが、射てと言わないかぎり、ピストルを出さないこと。相手は法律を知っているから、むやみに乱ぼうしないはずだ』

『エッ、法律を知ってる？　何者ですか、先生！』

『行ってみると、わかることだ。まあその帽子をかぶって、パイプでいっぷくやりたまえ。せっかくワトソン先生が、もってきてくれたのだ』

『いいんです。馬車に、早く！』

マンロー君は、すっかり、のぼせて張りきって、まっさきに駅の外へ出て行った。

二頭だての馬車に、三人が乗りこんで、暗い並木道を走らせて行った。十二、三分すると、マンロー君が、むこうの方を指さして、

『アッ、あれです！　右の方の灯が、ぼくの家、左の灯が、となりだ、くそっ、ハーッ』

と、馬車の中だから、ガンガンと僕の耳のおくまでひびいた。不意に突げき！

謎の別荘の門へ、馬車を止めるなり、三人が飛び出して、玄関へ突進した。

すると、前庭に、とつぜん、横の方から走りでてきたのは、白い服をきている、と見ると、女だ！　が、ヒョロ長くはない、それがマンロー君の前に、よろめいて立ちどまった。

実に意外！

その女が両手をさしだすと、マンロー君の胸を、すぐ前からおさえて、

『わたし、おねがいです、はいらないで、どうぞ！　家へ帰って、今、もう一度、あたしを信じて！』

と、きれぎれにさけびつづけた。

エフィー夫人だ！　星の光に映って、苦しそうな必死の顔をしている。

マンロー君が、

『く、くそっ、もう信じるもんか、どけっ！』

と、わめくなり、夫人の手をふりはらって、ドッと玄関へ出て行った。なかなか強い。

ホームズが玄関のドアを引きあけた。ぼくとマンロー君が、あとにつづいて飛びこんだ。

『なんだ、男が三人も、出て行けっ！』

するどい声でさけびながら、ぼくたちの前へ、いきなり立ちふさがったのは、ヒョロ長い女だ。目もするどい。

マンロー君がまた、

『く、くそっ、出て行くもんか、どけっ！』

と、わめくなり、ヒョロ長い女を突きとばして、ガタガタと階段をあがって行った。

ホームズと僕が、あとにつづいて、二階のろうかへ出た。ドアがあいている。中に灯の見える部屋へ、三人が一時に飛びこんだ。

黄色い顔の人間？

と、はいるなり見まわしたが、そんな者はいない！

むこうのすみに、テーブルへむいている、小さな赤いものが、ムクッと動いた。

『アアッ、なんだ?』

マンロー君がさけび、ホームズと僕が、そばへ行って見た。

意外! 女の子だ。八つか九つだろう。うつむいたきり、赤い服を着て、白い手ぶくろをはめている。

『フウム、……』

と、ホームズがジッと上から見つめて、

『おりこうだね、こちらをむいて!』

と、声をかけると、この女の子がヒョイと顔をあげて、ぼくたちを見た。

『ワッ、こ、これだっ!』

マンロー君が、どなった。

からだに似あわない大きな黄色い顔! 目、はな、口、なんの表情もない、すごい女の子だ!

とたんに、ホームズが、

『ハッハッハッ、そうか、ウウン!』

声をあげてわらい、うなずくと、黄色い耳の後へ手をのばした。

『ピチッ!』

と、音がして、テーブルにころげ落ちたのは、平べったい面だ。うらも黄色い。

『いやあよ、だれなの?』

と、あどけない声をして、僕達を見つめた女の子の顔は、石炭をきざんだように、まっ黒だ!

『黒人の子だ!』

『ワーッ、先生、こ、これは?』

ぼくとマンロー君が、同時にさけぶと、横からスタスタとまわってきたのは、エフィー夫人だった。

ほおにキッスして

エフィー夫人は、青白くこわばった顔に、ものすごいほど決意している目を、マンロー君にそそいで、ハッキリ言った。

『あなたに、今こそ言います! これは、わたしの子です!』

ギクッと身ぶるいしたマンロー君が、

『オッ、ほ、ほんとうか? く、黒んぼの子が、君の子か?』

と、大声でわめきながら、ドスドスと足ぶみした。

『わたしの娘のルシーです! 父のヘブロンが、黒人だったからです』

『アアッ、ウウン、そうか、ハーッ』

『わたし、人種のちがいなど、気にしないのです。ヘブロンは人格の高い立派な弁護士でした』

『死んだんだろう』

『なくなりました、黄熱病にかかって。死亡証明書があります。この子もかかりました。たすかりましたけれど、とても弱くて、気候や水の変っている英国へは、つれて帰れませんでした』

『ウウン、君は、子どももなくなったと、たしかに言ったんだ。エッ、そうじゃないか?』

『言いました。あなたと結婚するのに、子どもがあると言っては、あなたが手をお引きになるだろうと思って、どうしても打ちあけられなかったんです』

『そんな、心のつめたい僕だと、おもったのか? チェッ、まちがいだ!』

『わたしは三年のあいだ、このルシーのいることを、あなたに、かくしていました。でも、うばからの手がみで、このルシーが、じょうぶにそだっているのを、いつも知っていました。会いたくて、会いたくて、わたしは、……』

『な、なんてことだ！　君は母親じゃないか、会いたいのが、あたりまえだ』

『わたし、子どものかわいさが身にしみて、たとい一週間でもいい、そばにおいて、見てやりたくて、となりの別荘があいているし、あなたから千ポンドを出していただいて、うばに送ったのです、一日も早く、ルシーをつれてきてくれと、手紙にかいて、……』

『わかった、わかった！　ハーッ、そうだったんか』

『ルシーは、わたしのかわいい娘です！　でも、かくしておかなければならない。人の目につかないようにと、うばと相談して、顔と手をかくさせました。でも、子どものことですから、ひとりでいる時は、どうしても窓から顔を出して、外を見るのです。それを、あなたが、ごらんになったのです』

『わかったというのに！』

『わたしは、このルシーの母親です。あなたに、きょうは言いました。もう、この子をはなす気になれません！　あなたのおっしゃるようにしますけれど、ルシーだけは、はなしません！』

母親であるエフィー夫人は、なみだ一滴こぼさずに、とても強く、化石したように立ったまま、マンロー君を見つめて、また言った。

『ルシーは、はなしません！』

マンロー君が、馬車の中からかぶってきた帽子を、片手にぬぐと、足もとへ投げすてた。ツカツカと女の子ルシーのそばへ行くなり、いきなり両手にだきあげて、

『よくきたなあ！』

と言うと、ルシーが声をあげて泣きだした。

『いやだあ！　ルシー、いやだあ！』

ビックリしたマンロー君が、

『あッ、泣くな、泣いちゃいけない！　ぼくは君のパパだぜ、さあ行こう、家へ行こう！』

と、ルシーのまっ黒なほおに、キッスすると、

『エフィー！　ママもこい、家へ帰るんだ。ああ、すっかり、わかった！』

と、ルシーをだきあげたまま歩きだして、ホームズと僕を見むきもせずに、ろうかへスタスタと出て行った。

気を失ったように立っていたエフィー夫人が、

『あなた！……』

と、さけぶなり、マンロー君の後につづいて、ドアのそばに立っていたヒョロ長い女も、ろうかへ出て行った。

ホームズと僕は、あとに残って、おいてきぼりにされた形さ。顔を見あわせると、ホームズが言った。

『帰ろう、ここに用はなくなったぜ』

『ニャーオ、ニャーオ』

と、足もとから鳴きだしたのは、大きな黒ネコさ」

このパパは公爵だ

ここから、わたし（ワトソンの妻メアリー）が書きます。

「おもしろいお話だったわ。ホームズ先生、大失敗ね」

と、わたしが言いますと、ワトソンがわらいだして、

「ハッハッハッ、『帰ろう』と言った時のホームズの顔ときたら、まゆと目をクシャクシャにしてさ、ニヤッと苦がわらいしてね。あんな顔、はじめてだったぜ」

「ホホホホ、『おれは、こんなヘボ探だったか！』って、その時のこと？」

「いや、それはロンドンへ帰ってきてからさ。こうも言ったぜ、『ぼくが今後、うぬぼれていたら、〔黄色い顔〕と言ってくれ[19]』って、さすがの名探偵も、しょげてたんだ」

「でも、エフィーさんが、おかあさんで、黒い子があるとは、だれだって気がつかないわ。アメリカからルシーちゃんをつれてきた、うばというのが、ヒョロ長い女なのね」

「ウム、そうなのさ。エフィー夫人がマンロー君に、ハキハキ打ちあけて言った時は、まるですごかったぜ、よほど気の強い夫人なんだね」

「あら、女は母親になると、だれだって強くなるわ」

「ヘエ、君もかね？」

「むろんだわ。かくごしていてちょうだい」

「これより強くなっちゃ、たまらないぜ」

「まあ！　わたし今でも強い？」

「さあ、どうだかな、ハッハッハッ」

「わらってごまかさないで、わたしが強いか弱いか、ほんとのことを言って！」

「ハハッ、けんかになりそうだから、話は中止だ」

「ずるいわ、そんなの」

「ウン、そうだ。エフィー夫人は母親だったが、今度は父親の事件を話そうか」

「うまくごまかすわね。どこの父親？」

「このパパは公爵だ」

「あら、えらいのね」

「えらくもないが、事件はまた変っていてね」

「ホームズ先生、また失敗？」

「ハハア、そう早まらずに、話を聞けよ」

「聞くわ、パパ公爵の事件なのね」

　こうしてワトソンが話してくれました、これも変っていた探偵談は、つぎのとおりでございます。

　読者のみなさま！　ご愛読をねがいます！

第二話　謎の自転車[20]

三人の先生と前総理大臣

新聞の写真や漫画に

「パパ公爵の名まえは『ホールダネス』パパだから子どもがある。ひとりむすこでね、年は十才、三年生だ。名まえは『サルタイヤ』貴族の子どもだから、気どった名まえがついてるのさ」

と、ワトソンが、手帳のノートを見ながら話しだして、わたしは話し相手ですから、[21]

「あら、ホールダネス公爵って、いくども首相になって、外務大臣もしてた人だわ。[22]ちがう？」

と、たずねてみますと、

「ウン、そうだ。なかなか君は記おくがいいね」

「そんなおだてに、わたし乗らないわ。総理大臣ホールダネスの写真や漫画が、よく新聞に出たのと、それから、すっぱぬきの記事が、すごく大きく出たんですもの。たいがいの人がおぼえてると思うわ」

「なにを新聞が、すっぱぬいたんだ？　政治か外交のことだろう」

「ちがうわ。ホールダネス公爵夫人の家出[23]！　主人の公爵と気もちが合わなくなって、とつぜん、夫人が家出すると、英国から海をわたって、南フランスへ行っちまったの。写真も出ていたわ、きれいなおくさんだったことよ。その新聞記事で、たいへんな評判だったわ」

「ところが、サルタイヤ少年がまた家出して、これは行くえ不明になったんだ。新聞記者に知れないように、全然、かくしたがね」

「あら、よく家出するのね。公爵ホールダネスが、よっぽど、むつかしい、こわい人なのかしら？」

「いや、ぼくも会ったが、そんなに気むつかしい人じゃなかったな」

「まあ、お会いになったの、そうお！　いばってた？」

「いばるよりも、サルタイヤ少年の行くえ不明を、とても心ぱいしてたさ。探し出してくれた人に、感謝の礼として五千ポンドをおくると言ってたんだ」

「まあ！　十でしょう、そんな小さなぼっちゃんが、どうして家出なんかしたんですの？」

「学校の寄宿舎をぬけだしたのさ」

「あら、どこの学校？」

「有名なプライオリ学院さ。英国第一流の教育をするといって、貴族と大金もちの子どもでないと入れない、ぜいたく学校だ」

「知ってますわ。北イングランドの方にあるんでしょう」

「そうなんだ。院長のハクステブル氏が、自分でホームズをたずねてきて、サルタイヤ少年の行くえを、なんとか探しだしていただきたい。でないと、わたくしは責任上、院長を辞職しなければなりませんと、いくども頭をさげてたのんでね、見ていて気のどくだったぜ」

「むつかしい名まえの校長さんね、ハクステブル？」

「哲学博士で文学士だ。あずかっている生徒が行くえ不明のままでは、たといそれが公爵の子どもでなくても、校長の責任は重大だからね」

「おかあさんの公爵夫人が、やはりエフィーさんみたいに、子どもとはなれていられないと、そのぼっちゃんを寄宿舎から、ぬけださせたのかしら？▼24 だれか知ってる人を使って、自分の手もとに、つれてこさせたくって」

「ホームズも僕も、はじめは、そう思ってみたのさ。ところが、サルタイヤ少年の行くえに、捜査の手をつけてみると、黄色い顔の事件どころじゃない、とちゅうから殺人事件が起きてね」

「まあ！　ぼっちゃんが殺されたの？」

と、わたしはドキッとしました。

「いや、殺人事件が起きて、しかも、少年の行くえは、まったくわからない。ホームズも僕も、二重の謎を解くのに苦心したのさ」

「あなた、腕をふるったの？」

「ふるったとも！　大いにやったんだ」

「そう、はじめから話してね、くわしく」

「はじめは、校長のハクステブル博士が、ホームズをたずねて来た時からだ。サルタイヤ少年が学院の寄宿舎をぬけだした、そこから、この変な事件がはじまったんだから」

わたしは筆記をはじめました、ワトソンの話すとおりを。

三階の窓から夜なかに

「校長ハクステブル博士の話に、ホームズの質問だ。いいかね、名探偵が腕をふるうのは、いつも、こんなようすではじまるのさ。

『サルタイヤ少年は、さすがに公爵家のあとをつぐだけに、気品のたかい、きれいな生徒なので、教室でも運動場でも、ことさら目だっていました』

『顔の特長は？』

『かわいい丸顔で、すずしい目をしています。左のほおに一つ、ほくろがありまして、キリッと口をむすんでいますので』

『すると、勝気の方ですか？』

『そうです。なかなか強いところがありまして、▼25 これと言いだしたら、きかないことが、三、四度ありました』

『ぬけだした寄宿舎のようすを、どうぞ！』

『サルタイヤは、三階のおくに寝室を、ひとりで特別にもっていました。これは人の手をかりずに、なんでも自分のことは自分でするように、今からしつけてもらいたいと、公爵が特に希望されたからです。ところが、ちょうど朝の七時、

〔サルタイヤ君が見えません！〕

と、となりの寝室にいる六年生のカウンタという生徒が、わたくしに報告して来たのです。

おどろいて行ってみますと、サルタイヤはいません、便所にもどこにも。ベッドは起きたままになっていて、上に寝まきもぬぎすてたままです。学院の制服に着かえて出たものと思われます。それに窓があいていまして』

『ろうかへ出て行くのが、当然でしょう？』

『いや、となりの寝室を通らないと、ろうかへ出られませんので。そこには六年生のカウントが、室長をしていまして、五年生がふたり、四年生がひとり、みんなで四人います。▼26その四人とも、

〔ゆうべ、サルタイヤ君が、ここを通ったとは思えません。通ったら、ぼくたちのうちに、だれかが、目をさましたと思います〕

と、口をそろえて真けんに言いますので』

『すると、サルタイヤ少年は三階の窓から、夜なかに出て行った、と思われますか？』

『窓のふちまで地面から、ふとい蔦が何本も、はいあがっていますから、これにつたわっておりるほかに、出口はありませんので。まだ三年生ですが、からだは軽いのですし、勝気でもって、窓から蔦を利用して出たものと、わたくしは判断しています』

『そこの地面に足あとは？』

『しらべてみましたが、なんのあとも残っていません』

『フウム、たばこを失礼します』

ホームズがパイプたばこに、火をつけた。

『わたくしは、すぐに寄宿舎の全部をあつめまして、人員をしらべてみました。生徒と先生たち、小使から、まかないの婦人まで、ところが、ハイデガという若い先生が見えませんので』

『フーッ、その先生は三年生の受持ですか？』

『いや、理科の先生で、受持のクラスはない、それにムッとだまっている方ですし、試験にむつかしい問題を出しますから、子どもたちに人気のない先生なので』

『サルタイヤ少年に、特に目をかけていたことは？』

『ぜったいに、そんなことはありません。授業のほかには、口をきいたこともないでしょう』

『フーフッ、そのハイデガ先生の寝室も、むろん、おしらべになった、結果は？』

『やはり三階にありまして、これもベッドに、いちど寝たあとがあります。ワイシャツ、くつ下もぬいであって、これは窓から蔦を利用したのに、ちがいありません。地面に、くつあとが残っていましたから。それに、庭さきの小屋の中に、ハイデガ先生は自分の自転車を一台、いつもおいていましたが、これがなくなっていますので』

『フウム、……』

ホームズが天じょうをあおいで、にらみはじめた。

ぼくはそばで聞きながら、このような学校寄宿舎の事件から、殺人が発見されようとは、まさか思わないからね。先生が自転車で夜なかに飛び出したのは、なぜだろう？　と、探偵らしく考えたのさ。ホームズが天じょうを、ジーッとにらみだしたのは、この事件に乗りだす決意をかためたんだ。彼のくせだからね。

三年生でも強いから

『その小屋の中に自転車は、ハイデガ先生の一台だけが、いつも入れてあった？』

と、ホームズの質問が、いつものとおり、するどく切りすてる口調になってきた。

『いつも、六、七台、入れてあるのですが、……』

ハクステブル博士が、ホームズの気力の強さに、タジタジとなって、顔をしかめた、が、ホームズは気にもかけずに、

『しかし、ハイデガ先生の一台だけが見えない、とすると、先生はサルタイヤ少年を前に乗せて、でなければ、むりにだきすくめたまま、自転車に乗って逃げた、と思われますか？』

『それは、なんとも、わかりかねますので、先生のご意見を、どうぞ、うかがいたいと思いますが、……』

『ぼくにも、わからない、フーッ、サルタイヤ少年は、まだ三年生だが、自分の考えで学校からぬけだしたか？　むりにつれだされたか？　この点について、校長のご意見は？』

『ええ、それは、いつも気の強い生徒でしたら、その時の思いつきでもって、このような飛んでもないことを、自分でやったかも知れません。公爵家へ、すぐに通知しましたが、帰っていませんので』

『家庭の空気は、少年にとって、どんな風？』

『それが実は、母の公爵夫人が、南フランスの方へ別居していられますし、父の公爵は政治方面に外出が多くて、家庭の中は子どもにとって、よほどさびしいのが、事実なのです』

『子どもの気もちは、両親のどちらの方へ、引きつけられていた？』

『それは、おかあさまの公爵夫人の方へでした』

『フーッ、それを少年自身が言った？』

『いや、公爵のおそばに、いつも付いている秘書役のゼームス・ワイルダ氏から、そういう話を、教育の参考上、聞きましたので』

『すると、サルタイヤ少年は、母をなつかしがって学校をぬけだした、と思われますか？』

『思えないことはないので、しかし、まだ十才の子どもが、はるかに南フランスへ、海をわたって行こうとは、……』

『いや、十才でも、気の強い子どもは、そのくらいの旅行をする、まして先生がいっしょだとすると、だが、これも、まだわからない点です。サルタイヤ少年に母の公爵夫人からの手紙は？』

『一度も来たことはないのでして』

『ほかに、たれからかの手紙が、さいきんに？』

『一通だけ、父の公爵から来ましたので』

『なにが書かれて？』

『いや、生徒あての手紙を、わたくしも教員も、開いて見ません！』

と、ハクステブル博士が、きゅうにキッパリと、あとは、ていねいに言った。

『いかがでしょう？　ご質問そのほかは、列車の中で、うかがうことにしまして、ただ今から学院の方へ、お運びをねがえませんでしょうか。列車の時間もせまっていますし、わたくしも、夕方までには帰ると、言ってきましたので』

ホームズは、探偵の仕事となると、だれにたいしても、ブッキラボーだ。

『フム、行ってみるか。ワトソン、君もくるだろう、どうだ？』

『ハクステブル先生！　ぼくも同行したいと思いますが』

学院長の博士は、六十才あまりだろう。ひげの白い口をモグ

モグさせて、うなずきながら、

『そうです、ワトソン先生にも、ぜひ、おねがいしなければなりません』

たがいに『先生』と言う。三人の先生が、やがて駅へ馬車を走らせて、おなじ列車に乗りこんだ。

ところが、ホームズ先生は、すっかりだまりこんでしまって、なにひとつ質問しない、意見も言わない。腕をくみしめたきり、北イングランドの駅へついて、学院の玄関にはいるまで、ぼくにも口をきかなかった。えらく気むずかしい先生になってね、この少年の行くえ不明事件を解くのに、はじめから苦心している。こんなことは、めずらしい。それほど難問題なのかな？　と、ぼくはまた、北イングランドの夕ぐれの景色を、のんきに見て行ったのさ。ほんとうは探偵じゃないからね。

銅像のような「閣下」

英国第一流の教育をするというプライオリ学院は、さすがに校舎も立派でね、堂々たるビルディングが、方々にそびえ立っている。小学校と中学校だけのくせに、ぜいたくなものだ。

だから、来てみると、校長のハクステブル博士が、にわかにえらく見えてさ。この人が自分ひとりでホームズに、わざわざロンドンまで、たのみにきたのは、サルタイヤ少年の行くえ不明が、まったく重大な事件だからだな、と、ぼくまで、きゅうに真けんな気もちになった。校長博士とホームズのあとについて、広い玄関へ、はいって行くと、ろうかに十五、六人、ズラリとならんでいる。まじめな顔つきと服の着かたでわかる、みんな、先生にちがいない。

校長博士をむかえに出たのか、名探偵ホームズを見たくて、ならんでいるのか、なにしろ学校の玄関が先生だらけだ。生徒はひとりも見えない。夕かただから、みんな寄宿舎の方に、はいっているのだろう。

五十才くらいの、くすんだ顔の先生が、校長博士の前へくると、ビックリしてる表情で、ボソボソとささやいた。

『今、ホールダネス公爵閣下が、秘書のワイルダ氏といっしょに、お見えですが、……』

校長博士もビクッとして、ホームズに、

『お聞きのとおりです。公爵閣下に、ごしょうかいを、いたしましょう』

と、これも小声でささやいた。

ホームズは、やはりブッキラボーにこたえた。

『それは、つごうがいい。お目にかかりましょう』

なるほど、前首相ホールダネス公爵閣下の来校だから、先生たちの出むかえだ。そこに校長博士が、これまた有名なホームズといっしょに帰ってきた。これで皆さんの顔が、きんちょうしてるんだ。ワトソン博士なんか、だれも見むきもしないな、と、ぼくは、ホームズのあとからグッと胸をはってね、ろうかの横にある応接室へ、ゆうゆうとはいって行ったのさ。なに？　実のところビクビクしていたろうって、ばかなことを言うな。そんな気のよわい僕じゃないぜ。

最高貴族の公爵だし前首相の『閣下』は、写真で見たのより、やさしいおじいさんだった、が、いかにも威厳のある目をしていてね、ジロリと僕たちを見ると、正面のいすから、ゆっくり立ちあがった。身のたけが高くて、まゆも目も、はなも口も大きく、ムッとしているから、まるで銅像のようだ。校長博士がその前へ、おそるおそる出て行くと、ここでも口をモグモグさせて言った。

『ハッ、閣下のご来臨を、当校一同、なんとも、おそれいります』

　すると、『閣下』のそばに立っている三十才くらいの青年紳士が、いかにも利巧らしく細白い顔に金ぶちの目がねを、キラリと光らせて、ハクステブル博士に、

『院長先生がおつれになったのは、シャーロック・ホームズ氏と、ジョン・ワトソン氏ですか？』

　と、つめたい声できいた。これが秘書のワイルダ氏にちがいない。

『ハッ、……』

　と、院長先生の老博士が、かしこまって、

『有名な天才探偵シャーロック・ホームズ先生、および、その助手のジョン・ワトソン博士を、閣下に、ごしょうかい申しあげます』

　と、ぼくをホームズの助手にしてしまった。

　すると、『閣下』の公爵ホールダネスが、銅像みたいな顔を、ホームズと僕にむけて、

『ウム、まことに、お手数をかけて、きょうしゅくに思います』

　と、ことばつきは、ていねいに、しかも若々しい声で、

『お聞きおよびでしょうが、わたくしのサルタイヤが、どこへ行ったか、わからなくなりました。どうぞ、一日も一[27]時間も早く、さがしだしていただきたい。おねがいをいたします！』

と、えしゃくして、『わたくしのサルタイヤ』と言った声のうちに、父の愛と心ぱいの深さが、ありありと感じられた。

　ところが、ホームズは、まだ握手もすまないのに、

『ごあいさつを、ぬきにして、おたずねしますが』

　と、ブッキラボーな口調で、

『この事件について、あなたに何かの心あたりは？』

　と、ズバリときいた。

　秘書ワイルダ氏の細白い顔が、なにをっ失礼な！　と、ホームズをにらみつけた。怒って何か言いだしそうだ。ホームズが言いかえして、けんかになると、やっかいだ。ぼくはホームズのせなかを、後からソッと突いてやった。（ソッとやれよ！）と信号なんだ」

太陽を味方にして

ズバズバ質問

「ホームズは、君も知っているとおり、いつも快活に明かるい気分の男だ。[28]それが、怪事件の謎を解きにかかると、ほかのことを、すっかり、わすれてしまう。相手が公爵の前首相だろうが、道ばたの乞食だろうが、探偵する上では同じことだ！　と思っている。ホールダネス公爵が立ちあがって、えしゃくして、ことばつきもていねいなのを、ホームズは、『閣下』なんて言うのがめんどくさいから、『あなたに心あたりは？』と、ズバズバやりだしたのさ。

　公爵の秘書ワイルダ氏が、怒って顔いろをかえた。何か言い

かけると、それを公爵自身が、そばから、

『君は、ひかえておれ！』

と、おさえて、ホームズに、

『わたしには、全然、心あたりがありません』

と、しずかに、顔いろも動かさずに言った。

ところが、ホームズは、するどい表情になって、

『あなたがサルタイヤ少年におくった手紙の中に、少年の気もちを不安にしたり、家出させるようなことは？』

と、やはり切りつけるみたいな口調だ。

公爵は、しかし、やさしくこたえた。

『いや、そのようなことは、一字も書きませんよ』

『すると、どのようなことを？』

『それは、お答えするかぎりでは、ないでしょう』

『フウム、その手紙は、あなたがポストに？』

ふんがいしているワイルダ氏が、とうとう口を出した。

『閣下ご自身が、手紙を投函なさることは、ないのです！』

『すると、だれが？』

『サルタイヤさんへのお手紙は、ほかのご発信と共に、閣下のデスクの上にあったのを、ぼくが郵便局へもって行った。それだけのことだ』

『たしかに？』

『この目で見たのだ。まちがいはない！』

『公爵は、その日、手紙を何通ほど？』

『わたしは自分で手紙を書くのが、多い方でしょう。その日は二十通あまりだと、記おくしている。しかし、手紙の数などが、サルタイヤの行くえ不明と、なにか関係があるのですか？』

『ないとは言えません。何者かが、あなたにあてて、サルタイヤ少年と引きかえに、金を要求してきた手紙などは？』

『そんなものは、今のところ来ていない！』

と、ワイルダ氏がキッパリと言い、公爵は、どこまでも静かに、

『サルタイヤを、さがしだしてくださった方に、感謝の礼として五千ポンドを、おくろうと思っています』

『警察へは？』

『ウム、新聞記者にもれないようにと、十二分の注意のもとに、捜査をたのんであります。が、今のところ、なんの手がかりもない。ホームズ先生は、サルタイヤが生きていると、お見こみですか？　寄宿舎をぬけだしたのは、すでに三日前じゃが』

『三日おくれているだけに、今からはじめるのは、困難を感じています』

と、ホームズが、やっと、ていねいになって、ハクステブル博士の方へ顔をむけると、

『ハイデガ先生の自転車は、どこの会社の製品だったか、警察でしらべたでしょう？』

ホームズのズバズバ質問に、すっかり青くなっていたハクステブル博士は、

『ハッ、それは、体操のアベリング先生が、よくおぼえていまして、パーマ製の自転車▼29だった、ということでございました』

『今から、サルタイヤ少年とハイデガ先生の寝室を、見せていただきたい。失礼いたしました。どうか、あしからず！』

公爵と秘書のワイルダ氏に、ホームズが、えしゃくしたから、ぼくも、おなじようにしたがね。

『すべて、よろしく、おねがいをします！』
と、公爵が銅像みたいな顔をしていながら、腹のそこから言った。この父親の気もちに、ぼくも、ふかく感動して、サルタイヤ少年の安全を、いのられずにいられなかったのさ。

赤牛おばさん

サルタイヤ少年とハイデガ先生の寝室を、ホームズと僕が、すみからすみまで、こまかくしらべた、が、なんの手がかりもない。ただ、ふたりとも窓から、ふとい蔦をつたわって、外へおりたことだけは、蔦のねじれ方を見ても、たしかだった。

下は一面の芝だ。三年生のサルタイヤは、軽いから足あとが残っていない。先生の方は、かかとのあとが一つ、これはドサッと飛びおりたらしい。

『三日すぎている。何の手紙も公爵に来ていない。これは行くえ不明よりも、生死不明じゃないのか？』

と、ぼくは急に心ぱいになって、ホームズにきいてみると、

『ふたりとも窓から出た。同時にか別々か？　わからないが、出ることとは出た。まさか空中を飛んで行きはしまい、ハハッ』

と、ホームズが快活にわらいだした。

『先生の足あとが、芝にあったのを見ると、ねじれていたぜ。よほどいそいだのに、ちがいあるまい』

『そう、そのとおり。くつ下もはかずに出て行った。自転車に飛び乗って、どこへ？　道、畑、林、あらゆる方面を、さがすんだ、が、残念ながら、ぼくたちは灯なしに夜は目が見えない。あしたの勝負だ、太陽が味方になる』

ホームズと僕は、学院から千メートルほどはなれている『赤牛ホテル』というのへ行った。[30] 校長博士のしょうかいだから、特等の部屋へとおされた。出てきたホテルのおばさんが、ふとってるデブの大女でね。ホームズがすぐ言った。

『今夜の食事を、ぼくは、おばさんより大食いだと思うから、なんでも大皿に山もり、ゴテゴテとねがいます』

『ホホホ、かしこまりました。おこのみのお料理を、おっしゃってくださいませ』

『ハハッ、なんでもかまわない。それから、この近くの地図を、かしてください、なるべく、くわしいのを。地図は食わないが』

『まあ、おもしろいことばかりを、地図は大きいのがございますから、すぐもってまいります』

『ありがとう。赤牛ホテルというのは、めずらしい名まえですね。なにか、わけがあるのかな？』

『この近くに牧場がございましてね。赤い牛が何頭も放し飼いになっていますの。[31] それにまあ、変な名まえですと、お客さまがよくおぼえてくださいますから』

『なるほど、ぼくも一生、わすれないことにしよう』

『どうぞ、よろしく、ホホホホ』

わらい声も大きいデブおばさんが出て行くと、やがて大地図をもってきた。

テーブルいっぱいにひろがる、大きい上に、くわしい地図だから、ホームズがよろこんで、

『さあ、ワトソン、いっしょに見ろよ。サルタイヤ少年とハイデガ先生が、どの方向へ行ったか？　この地図の上を、ぼくたちは想像で走ってみるんだ。そら、この多角形がプライオリ学

院だぜ、寄宿舎はと？　ウム、ここだ、フーッ、窓から出ると、まず、こっちの方面が近いぞ。夜なかだから、道を走ったろう』

　目をきらめかして、しきりに、しゃべりだした。

　ぼくは『黄色い顔』の大失敗を思いだして、いきなり言ってやった。

『オイッ、想像はあんまり、やくにたたないぜ、気をつけろよ』

『フッ、ウウム、気をつけながら想像するよ。ご忠告をありがとう。ヤア、ここが、おばさんの言った牧場らしいぜ、地図に牛はいないが』

『どうもホテルに、よくデブおばさんがいるのは、どういうわけだ？』

『ハハア、あまり想像ばかりするなと、デブおばさんをもち出したね。ホテルで、うまいものばかり食っているからさ。血色もよくって赤い顔をしているし、赤牛ホテルの赤牛おばさんだ』

『コツコツコツ！』

　ドアにノックだ。

『ワッ、来た、聞こえたかな？』

　首をすくめたホームズが、

『どうぞ、おはいりください、ハッハッハッ』

　わらっていると、ドアをあけるなりはいってきたのは、ハクステブル老博士だった。

『ホームズ先生にワトソン先生！　ついに手がかりが、このとおり、今さっき警察からもって来ましたのです。サルタイヤの帽子に、ちがいないので、ハーッ』

　いそいで来たらしい、息をつきながら、地図の上においたのは、生徒の制帽なのだ。

幕をひらく前

　いかにも三年生くらいの小さな帽子だ。まだ新しい。ひさしのうらに、『サルタイヤ』と、ほそく書いてある。これも三年生らしい字がまがっていて、あんまり上手ではない。

　この黒ラシャの学校帽子を、ホームズが手にとって、おもてから、うらの中まで、しらべて見ながら、校長博士にきいた。

『どこにあったのですか？　おそらく落ちていたものでしょう』

『ハーッ、きょうの昼すぎ、くず屋が荷車を引いて、[▼32]村から出てきたところを、巡査が尋問して、車の中をしらべてみると、このサルタイヤの帽子が、くずといっしょに、はいっていたので、巡査もおどろいたそうです。公爵の令息サルタイヤ少年の行くえ不明は、巡査と探偵の全員が、秘密のうちに署長から知らされていますから』

『くず屋の警察における言いわけは？』

『けさ早く、牧場の北がわの草むらに落ちていたから、ひろったのだと、そう言っているが、署長はまだ留めおいて、いろいろ、しらべています。たしかに公爵令息の帽子にちがいありませんかと、今さっき学院へ、巡査部長がもってきましたので、ホームズ先生のご参考になりはしないかと、わたしが、とりあえず、ここに、……』

『それはどうも、いや、参考どころか、有力な手がかりです。

サルタイヤ少年が、でなければ、少年をどうかした何者かが、牧場の北がわを通ったのにちがいない。くず屋が、うそを言っていないかぎりは。フウム、むろん、警察は、きょうの昼すぎから、その方面を捜査したでしょう。この帽子をもってきた巡査部長は、なんと言っていますか？』

『いや、なんとも別に、ただ、この帽子を見せに来ただけでして』

『それは、いささか、おかしいですね。▼[33] なにかの手がかりを、警察が、さらにつかまないのは。ところで、公爵は帰られましたか？』

『はい、お邸の方へワイルダ氏と、ごいっしょに。あっ、そうだ、巡査部長がまだ学院に、待っていますから、この帽子を私は返さなければなりません。赤牛ホテルにホームズ先生とワトソン先生が、来ていられると言いますと、巡査部長もおどろいていました。署長が聞くと、なおさらおどろくでしょう。まことに失礼しました。ごゆっくり、おやすみください』

　老博士が少年の帽子を大事そうに、とりあげると、ホームズと僕に握手して、こしをかがめながら出て行った。

『大ぜいの生徒を、あずかっているから、校長さんは気のやすまることが、ないだろうね』

　と、ぼくが同情して、ホームズに言うと、

『そう、そのとおり、老博士のためにも、ぼくたちはサルタイヤ少年とハイデガ先生を、一日も早くさがしだして、安心させたいね。あすは夜あけと同時に、全力をあげようぜ』

　と、ホームズが探偵の決意をかためて、

『活躍の精力を、今からつけておくのだ！』

と、デブおばさんの運んできた大皿に山もりの料理を、自分こそ牛みたいに、モリモリとみんな、はしから食ってしまった。

　あくる朝は夜あけまえに、ホームズと僕は、赤牛ホテルを飛びだした。デブおばさんに作ってもらったサンドイッチをもって、一日じゅう探偵に活躍する決心だった。ホームズが言ったとおり、『全力をあげて』その結果、なにを発見したと思う？

　これからが本舞台、今まではまだ、幕をひらいていない前奏曲なのさ。

タイヤは四十二種類

『牧場』と、聞いて来たが、ひどい荒地なんだ。いちめんに砂土ばかりで、草もはえていない。牛もいない。しかも、北がわに沼がつづいていて、そのむこうが、坂の上の林だ。

『こんなところに、三年生のサルタイヤ少年が来たとは、思えないじゃないか？』

　と、ぼくは、土がジメジメしてる沼のふちに立って、ホームズに言うと、

『フーッ、警察の連中が、捜査したあともないね。くつあと一つ見つからない。くず屋が、うそを言ったのを、署長が、さらに白状させたかな？』

　と、ホームズも、顔じゅう汗だらけだ。

なにしろ赤牛ホテルから、四マイルあまり歩きつづけてきて、ひろい砂土の上を、すっかり見てまわってさ、沼のふちのぬかるみを、しらべたんだから、ふたりともヘトヘトだ。『全力をあげて』なんの手がかりもない。

　昼ちかくになって、太陽はギラギラと頭の上から照りつける。

『つかれたぜ。サンドイッチを食うとするか？』

『フッフッ、おどろいたね。こんなこととは思わなかった。サンドイッチもいいが、こしをおろす所もないぜ。立ち食いか？』

『林まで行ってからだね』

ぼくがさきに、トボトボと歩いて行った。

ぬかるみの沼のふちから、ほそい道へ出て見ると、

『ヤアッ、あったぞ、ホームズ！』

ぼくは大声をあげた。

赤土の上に長く見えるのは、たしかに自転車のあとだ。タイヤのギザギザが、日の光にてらされて、ありありと残っている。ホームズが、うつむいて、ジーッと見つめながら、はなを鳴らした。

『フーン、これか、……』

『何がフーンだ？　ここを通ったんだ、こんなところを！』

『ちがうよ、ざんねんながら』

『何がちがう？』

『このタイヤは、ダンロップ製だ。ハイデガ先生が乗って行ったのは、パーマ製だ。ちがうよ』

『君は自転車のタイヤまで、知ってるのか？』

『タイヤは、およそ四十二種類ある。造る会社によって、みなちがってるのさ』

『ホホー、これがハイデガ先生の自転車じゃない、とすると、サルタイヤ少年のかな？』

『さあ、少年が自転車で走った証こは、今のところ、まるでないのだ。すると、このタイヤのあとは、何者が乗って行ったか？』

タイヤのあとにそうてホームズが、パイプをくわえたまま歩きだした。ぼくもついて行った。

赤土のほそい道だ。沼のふちから上がって行くと、

『フーッ、これは牛の足あとだぜ』

『いやにつづいてるな』

『タイヤのあとが、牛とならんでる。牛の先生、自転車といっしょに、ゆうゆうと散歩したかな？』

牛の足あとにタイヤのあとが残っている。ホームズと僕は汗をながしながら、そのあとをつたわって行った。ちっとも『活躍』じゃない。しかも、つかれるばかりだ。赤土のほそい道をあがりきると、林のふちへ出た。なんの手がかりもない。

『ハハア、こいつは、だめだぜ、ホームズ』

『ウム、いよいよこれは、ヘボ探になりそうだ▼[34]』

林の中は、いちめんの草むらだ。タイヤのあとも牛の足あとも、見えるわけがない。

『サンドイッチは、どうだ？』

『ウム、牛の先生はとにかくとして、自転車に乗っている人間が、こんな林の中を、なんのために通って行ったか？　人目をよけて逃げるために、と、君は思わないかね、どうだ？』

『こんな所で試験はやめろよ。この林の中を逃げて行ったとしても、自転車はハイデガ先生のじゃないと、君は断定したんだぜ、どうだ？』

『フッ、反対に試験か。先生以外の何者かが、ここをパーマ製の自転車で走って行った。でなければ、先生が、あとをくらますために、タイヤをとりかえて行った。ぼくの判断は、この二

つだ。林のむこうへ出て見よう。タイヤのあとが、むこうにあるかも知れないんだ』

『タイヤをかえるなんて、先生が、そんな悪知えを考えるもんか！』

『なんとも、わからないぜ』

草むらをふみわけて、林の中から外へ、ふたりが出て行った。ここもまた、ジメジメの赤土で、下の方へ坂になっている。なんのあともない。自転車も牛も、ほかの方をまわって行ったらしい。ぼくはガッカリしてね。ハクステブル博士みたいに、ため息を、

『ハーッ！』

と、はきだしてみた。

すると、ホームズが、わらって言った。

『ハハッ、これで第一巻のおわりとするか。おもしろくない場面だね』

ところが、赤土の坂をおりて、ひくい草むらを見るなり、いきなりさけびだした。

『オオッ、見ろ、ワトソン、しめたぞ！』

『エッ、なんだ？』

草むらのわきを、ぼくも見つめると、ハッとした」

謎の自転車は、どこに？

牛が殺した？

「これまた自転車タイヤのあとだ。しかし、今までのは横にギザギザがついていた。今度のは、たてに長いみぞがならんでいる。まるでちがうのだ。

『これが、パーマ製なのか？』

と、ぼくがハッとして、ホームズにきくと、

『まさにハイデガ先生の通ったあとだ。ついに見つけたぞ！』

と、そのあとをつけて、ホームズが草むらを、かきわけながら、さけびだした。

『ホー、すごくスピードをかけたぜ、ここでハイデガ先生、なにかあったな！』

『どうして、わかるんだ、そんなことが』

『よく見ろよ、前のタイヤのあとが、グッと深くなっている。スピードを出すために、胸から上を伏せて、前へ重みをかけたんだ』

『なるほど、そうか。感心だ！』

『ヤッ、ころんだぞ、先生が』

タイヤのあとがみだれて、草が横になり、赤土に靴あとがついている。

『すべったんだろう』

と、ぼくが言うと同時に、ホームズが、

『オオッ、血だ！』

『血、……』

見まわすと、草の葉に散っているのは、たしかに血だ。どす黒くかたまっている。

『ヤッ、むこうにまだ、タイヤのあとが、つづいてる。待てよ、牛の足あともあるぜ。先生はこれほど血の出る傷をしたから、ころげ落ちた、が、すぐ立ちあがると、自転車を引き起こして、

また乗って行った！　と、このほかに何か判断できるかね、どうだ？』

『牛が出てきて、いきなり突いたんじゃなかろうか？』

『あやまって、スピードをかけてる自転車を、牛が角で突けるか？』

突かれた。落ちたのがさきで、傷を受けたのは後だ。前後がきみの判断とは反対だぜ、どうだい？』

『ハハッ、ワトソン博士、なかなかやるね。この血とタイヤのあとを、つけて行けば、いよいよわかる、今度こそ！』

　ふたりは急いだ。活躍だ。

『血のあとが、多くなってきたぜ。かなりの出血だ！』

『クネクネとまがりだしてる、タイヤのあとが。ヤッ、あそこだ！』

　草むらの中にキラリと何か光っている。自転車だ。ふたりが走って行って、引きずり出すと、ホームズが、

『見ろ、パーマ製だ。先生はどこへ行ったか？』

　右のペダルがまがっていて、ハンドルが血だらけだ。よほど重傷らしい、と、外科医の僕は、あたりを見まわした、とたんに、またギョッとした。

　五メートルほど横の草むらに、赤靴の片足が、ニュッと下から突き出ている。ホームズも見つけた。ふたりがすぐ行って見ると、あおむけに黒服の人がたおれている。顔じゅう頭から血が流れてかたまり、目がねの右のレンズがくだけ、上着の下に見えるのは、ワイシャツではない寝まきだ。赤靴も、はだしにはいている。寝室でしらべたとおり、ハイデガ先生だ。すでに息たえて、今は死体なのだ。


『傷の診断を、ワトソン！』

『ウム、……』

　血のかたまっている頭のまわりを、ぼくは、くわしく診察した。

『打撲傷だ、骨に達している。これだけの傷を受けて、また自転車に、ここまで乗ってきたのは、おどろくべき精神力だ！』

『不屈の決意をもっていたからだろう。打撲は兇器によるものか？』

『おそらく、そうだ』

『その兇器は？』

『わからない、が、刃物ではない。肉も傷もくだけている』

『おそらく何だと思う？』

『太い棒だろう、と、ぼくは想像する』

『フウム、……』

　ホームズが、それからハイデガ先生の死体を、注意ぶかくしらべた、が、立ちあがると、まゆをひそめて、

『わからない！　しかし、この発見を、とりあえずハクステブル博士に、知らせなければならない』

『ぼくが知らせに行こう』

『いや、上の畑へ出れば、だれかいるだろう。それに使いをたのむ。実に変だね、このハイデガ先生を打ち殺した奴の手がかりが、死体のまわりにも、近くにもなにひとつ残っていない。あるのは牛の足あとだけだ、が、傷を見ると、牛が突いたのじゃない。こんなことは、ぼくも、はじめてだ。君の判断を聞かせてくれ、想像でいい！』

宿題はこまる！

判断も、想像も、まったくできない。牛がまさか太い棒で、なぐることはないだろう。つかみどころが、ぼくにも、一つだってない。ホームズさえ、『実に変だね』と言った。これまた『怪事件』だ。ふたりは、ひくい小道の草むらから、上のはたけへ出て行くと、ひとりの農夫を見つけて、

『君、すまないがね。プライオリ学院へ、ちょっと使いに行ってくれないか、たのむ！』

と、ホームズがハクステブル博士あてに、すばやく手紙を書いて、金といっしょにわたした。

学院へ五マイルあまりだ。老人の農夫だったが、スタスタと畑のあぜ道を歩きだして行った。

もう昼すぎでね。太陽はギラギラと照りつける。怪事件にぶつかって、こうふんしているし、つかれきって、ふたりは林へはいると、日かげにドカリこしをおろしたまま、やっとサンドイッチを食い、赤牛ホテルからもってきた水筒の水をのみながら、

『ここで、事件のおさらいを、やってみようじゃないか、どうだ？』

と、ホームズが、パイプをくわえて言いだした。

『おさらいか、生徒みたいだね』

『フーッ、三年生のサルタイヤ少年が、問題の中心になっているんだ。しかも、難問題だ。おさらいしてみないと、さっぱり解けない。このまま宿題になると、ひどいマイナスだぜ』

『ウム、宿題はこまる、やりきれない！』

『フッフッ、そこで、いいかね。サルタイヤ少年はぬけだす時、服をきかえて帽子もかぶって出た。これは自分の考えで、ゆっくりと窓からおりたものだ。だから、足あとがついていない。むりにつれ出されたのではない、と、この判断は、まちがっていないだろう、どうだ？』

『ウム、プラス一点[35]！』

『ところで、ハイデガ先生の方は、ワイシャツもきないで服を、くつ下もはかずに靴を、どちらも急いで身につけた。これまた、寝室の中でわかっている』

『なんのために、それほど急いだか？』

『そこだ、サルタイヤ少年がぬけ出して行くのを、窓から見つけたからだろう、先生はおどろいた。追っかけて、引きとめなければならない、と、あわてて服をきて靴を引っかけると、自分も窓から蔦を利用して、スルスルドサッと芝の上におりた』

『そうにちがいない。プラス二点！』

『小屋へ走って行って、自転車を引きずり出すなり飛び乗って、サルタイヤ少年を追っかけた、まっしぐらに！』

『プラス三点！』

『フーッ、待った、点があまいぜ。ハイデガ先生は少年を追っかけるのに、なぜ、小屋へ、わざわざ走って行って自転車を引きずり出したか？』

『そりゃあ、自転車の方が早いからさ。あたりまえだ』

『ハハッ、おとなが子どもを追っかける時は、自分の方が早いから、ただ走って行くのが、あたりまえだぜ、わざわざ自転車を出す方が、変じゃないか、どうだ？』

『ウウン、それもそうだな』

『ワトソン博士、マイナス一点！　フッフッフー、ところで、ハイデガ先生が急いで窓から飛び出し、しかも、自転車で追っかけたのは、サルタイヤ少年の逃げるのが、はじめから、よほど早いと、先生が見たからにちがいないだろう。この点は、どうだ？』

『待てよ、はたして、そうかな？』

『そうだとも！　子どもの足なら、早さが知れている。しかも、学校から五マイルもはなれている所で、先生は、むざんな最後をとげている。これは、どういうわけだ？』

『フウム、五マイルも、ズッと追っかけてきた、とすると、サルタイヤ少年も自転車に乗って逃げたのかな？』

『三年生の子どもだぜ。いくら自転車がうまくても、そんなにつづけて、スピードが出せるものか』

『なるほど、すると、どうなるんだ？』

いよいよ謎になってしまった！

どうだ？　どういうわけだ？　と、ホームズに言われて、この時も、ぼくはよわったがね。今までの話で、なにかの判断が、君なら考えついたか、どうだ？　なに、ホームズのまねをするなって、ますます僕はマイナスかな。

闘鶏ホテル

『そこで今までの謎を解くために、重要な点がある、フーッ』と、サンドイッチを食ってしまったホームズが、頭の上の木のすきまから、青空をにらみまわして、

『ワトソン博士は、ハイデガ先生の受けた傷を、おそらく太い棒による打撲だと診断した。その傷は骨まで達している。とすると、この犯人は、だんじてサルタイヤ少年ではない。三年生の子どもが、そんな太い棒や何かを、振りまわせるわけはない。たとい振りまわしたとしても、そんな深い傷をつけられるものか。まして先生にむかって、そんな犯行をあえてするような、悪質の少年だとは思えない、どんなに勝気だとしても。この点は、どうだ？』

『ウン、その点は、さんせいだ。犯人はよほど腕力の強い奴で、むろん、おとなにちがいない！』

『それ見ろ。しかも、その何者かを、先生は、すでに五マイルあまり、追っかけてきている』

『わかった！　サルタイヤ少年は初めから、ひとりじゃない。何者かといっしょだ。その何者かのスピードが早いのを、ハイデガ先生が見つけたから、自転車を引きずり出して追っかけた、と、この判断はどうだ？』

『よろしい、今度はプラスだ。それほどスピードの早い相手は、自転車に乗って逃げだしたのに、ちがいないだろう。ほかに早いものが、何かあるかね？』

『アッ、サルタイヤ少年の帽子が落ちていたという、あそこの荒地にギザギザのタイヤのあとがあったじゃないか。あれが先生の追っかけた相手の自転車だろう』

『プラス二点！　だが、あそこに先生の自転車のあとは、見えなかったぜ』

『ウウム、待てよ。そうだ、もう四日もすぎている。カンカンと太陽に照りつけられて、ぬかるみの土がふくれると、タイヤのあとなど、消えてしまうのが多いだろう、どうだ？』

『これはすごい、おそらくそうだ。プラス三点！　ところが、

ダンロップ製タイヤのギザギザが、あそこだけは、土のかげんで残っていた。まだほかに、残っているかも知れない。今のところ手がかりは、これ一つだ』

『よし、もう一度、あそこへ行って、ギザギザのあとを探してみよう。謎の自転車だ』

『そう、そのとおり、全力をあげてやろう！』

サンドイッチと水で精力をつけてさ、ふたりがまた林の中から、沼のふちへ歩きつづけて、ほそい道に出てみると、

『ヤア、これだぜ』

『ウム、これだ』

ギザギザのついているタイヤのあとが、まだほかにもないか？　と、それこそ目を皿のようにして、さがしまわった。

するど、ほそい坂道にかかって、また一つ見つけた。赤土に同じギザギザだ。ここを上がって行ったのは、何者だ？　と、坂を出てみると、やはり畑になっている。左の方二マイルほどに、青く古い塔と高く黒い屋根が林のはしに見える。

『あの塔は何だい？』

『フーッ、ホールダネス公爵邸さ。デブおばさんの地図は、正確だった。右の方に人の通っているのが、チェスターフィールド街道だ。小さな町がある。ますます変だぜ』

『なにが変だ？』

『ギザギザタイヤの自転車が、この方面へ来ているのは、どういうわけだ？　ハイデガ先生がたおれていた所とは、方向がちがうじゃないか？』

『そうか、すると、この方面へ自転車に乗ってきた何者かと、犯人とは、おなじ者じゃない、ということになる。どうだ？』

『まずそのとおりだろう。このギザギザのあとを、とにかく、つけて行ってみよう。ほかに方法があるかね？』

『ないね、ざんねんながら』

畑道の土は、かわいていて、タイヤのあとがハッキリ見える。それにそうてホームズと僕は、ひろい街道へ出た。

『なるほど、小さな町らしいね』

と、まばらに立っている家のならびを、ぼくは立ちどまって見た。

するど、右がわに大きな看板が、屋根の上に出ていたんだ。

闘鶏ホテル　　ルーベン・ヘイズ

さては何かあるぞ！

『闘鶏だの赤牛だの、ずいぶん変な名まえを、ホテルにつけたものだね』

と、ぼくがホームズに、おもしろがって言うと、

『名まえよりも、フウム、……』

と、ホームズの目がきらめいて、道のむこうを、ジーッと見つめている。

その方を、ぼくも見ると、ギザギザタイヤのあとが、道のはしを走って、方向は闘鶏ホテルの横がわへ向いている。さては、謎の自転車が闘鶏ホテルに、なにか関係しているのだ！

ホームズと僕は、闘鶏ホテルへ急いで行った。入口のドアがあいている。きたないバラック建ての低い二階屋で、窓はみな

しまっている。だれもとまっていないらしい。

『ゆだんするな！』

と、ホームズが、ささやいた。

『ウム』

と、ぼくは、うなずいた。

もう五時すぎだろう、ふたりの歩いて行く影が、道の土に長く動いて、夕かたなんだ。朝早くから歩きつづけて、それに探偵の活躍はイライラと神経を使う。つかれきって足も重い。入口のドアをはいりかけると、

『アッ、痛いっ！』

わめいてヨロヨロしたホームズが、いきなり僕につかまった。

『どうした？』

『左足をくじいた、痛い！　足首だ、ふみちがえて、ウウム、……』

ホームズが、うめき声をあげた。

ドアの中に、五十才くらいの男が、いすにもたれて、赤い顔に太いパイプをくわえている。ズングリとふとって、たくましい感じだ。このホテルの主人らしい。ジロリと僕たちを見た、が、ムッとだまっている。ぼくたちふたりとも、ズボンも靴も泥だらけだ。上着はクシャクシャになってる。顔は汗にぬれていて、いい客には見えないからだろう。

ホームズが、びっこを引きながら、だまってる男の前へ行くと、いきなり声をかけた。

『ヤア、こんにちは、ルーベン・ヘイズさん！』

パイプを口からはなした男が、ふとい声で、こたえた。

『ヘン、看板を見たね、なんの用だい？』

『おねがいがあるんで、こちらに、馬車はありませんかね？』

『そんな上等のホテルじゃねえや』

『こまったな。こっちの足が、下へつけると、ズキーンと痛むんだが』

『下へつけなきゃ、いいだろう』

『それでは、一足も歩けない』

『片足で飛んで行きゃあ、行けるだろう』

すごく、ことばが悪い、ごろつきみたいな主人だ。

ところが、ホームズは快活にわらいだして、

『ハハッ、じょうだんじゃないんだ。こまってるんだから、金はいくらだって、かまわないがね』

『フーン、こっちだって、かまわねえ』

『よわったな。では、自転車を一台、かしてくださいよ。一ポンド出すがね▼36、ヘイズさん！』

わかった！　謎のギザギザタイヤの自転車を、ホームズは出させたいんだ、何者が乗ってきたかを、さぐりだすために！

と、ぼくは気がついた。

『ヘエ、一ポンドか！』

と、たくましい親分みたいなヘイズは、口が悪くて欲ばりらしい。ニヤッとわらうと、目じりをさげて、

『どこへ行くんだい？　自転車で』

『ホールダネス閣下のお邸（やしき）までね、いそぎの用があるのさ』

『ホホー、あんたは、公爵閣下を知ってるのかい？』

『そうさ、行くと、閣下がよろこんでくださるんだ』

『なんの用だい？』

『君は知ってるかね、サルタイヤさんが、どこへ行ったか、わ

からなくなったのを』

『オッ、若さまの、……なに、うわさ話を聞いたんだが、そりやあ、ほんとうのことかい？』

と、ヘイズの目いろが、きゅうに変った。とても不安な目つきだ。

さては何かあるぞ！　と、ぼくはグッと気を引きしめた、が、ホームズは快活に、

『ほんとうだとも！　しかしね、なにもおどろくことはないのさ。ぼくたちはサルタイヤさんの行くえを、うわさ話じゃない、たしかに聞いたのでね。いそいで公爵閣下へ、今から知らせに行くところなんだ』

『若さまは、どこにいなさるんだ？』

と、ヘイズの目いろが、いよいよけわしく、きらめいた。

『ハハッ、そいつは、うっかり言えないね。ぼくたちが公爵閣下から、うんと賞金をもらうんだから、なにしろ五千ポンドと聞いてるしさ』

『おれが、さきがけするもんかい。そんな、けちなヘイズじゃねえ。あんたらは、警察かね？』

『警察なら署長に、まず知らせるさ。ぼくたちは、学院に関係のある者だ。さあ早く、一ポンドで自転車を、かしてくれないかな。片足で乗って行くんだから』

ホームズがズボンのポケットから、一ポンドをつかみ出した。

謎の自転車を、このヘイズが出してくるか？　と、ぼくは内心、張りきっていたのだ」

現われた怪秘書と怪馬車

パンのかけらは？

「ホテルの主人のくせに、ごろつきみたいな、たくましい顔のヘイズが、太いパイプを横にくわえたまま、プカリと煙をはきだして、ホームズに、

『お気のどくだが、自転車は一台だって、ねえんだからね』

と、目をきらめかして言いきった。

あるんだ！　が、謎の自転車を出そうとしない。ますます怪しいぞ！　と、ぼくは、このヘイズの目いろから、そう思った。

するとホームズはポケットから、また一ポンドをつかみ出して言った。

『さあ、よわったな、公爵邸へまさか、この友だちにおんぶして行くわけにも、いかないしさ』[37]

『フン、その二ポンドを払うなら、馬を二頭、貸すとしようかね。ふたりで乗って行きゃあ、よかねえか？』

『馬か、おどろくな。なるほど、馬でも片足で乗れないことはないね。が、待てよ、こうなったら、いそぐこともないようだ。おくれついでに、ここで腹ごしらえして行きたいね。ヘイズさん、これは前払いさ、馬の代は借りる時に、また、あげることにしよう』

と、ホームズが二ポンドを、よこのテーブルにおいて、どこまでも快活に、

『なんでもいいから、なにか食わしてくれないかね、腹ペコなんだ。ヘイズさん！』

『しようがねえな。学院の人なら、ふたりとも先生かね？』

『そう、このとおり、泥だらけの先生だ』

『ヘヘッ、それじゃ、まあ、おくへくるがいいや』

ヘイズがヌッと立ちあがると、二ポンドをつかみとって、パイプをくわえたまま、ノッソリと歩きだした。先生と聞いて安心したらしい。

せまい、ろうかへ出て行くと、食堂というよりも、下に平たい石がならべてある台所へ、ぼくたちはつれて行かれた。いすもテーブルも古くて、今にもこわれそうだ。よごれたエプロンをつけてる中年の女に、ヘイズが、

『オイ、お客さんだ。パンにスープにハムとサラダか、そんなところを、ふたり分、代はもらったぜ』

と、ふとい声で言うなり、たばこの煙をなびかせながら出て行った。

この怪ホテルのおくの様子を、ホームズは探りにはいったのだな、と、ぼくも、あたりに気をくばった。ところが、石の上にテーブルといすだけだ。きたないエプロンの女が、目をショボショボさせて、パンの小さいのと冷たいスープを、テーブルにならべて行った。

ホームズは、パンをちぎりながら、

『ハハア、足首がなおってきたようだぜ』

と、わらいだして、エプロンの女に、

『ヘイズさんが僕たちに、馬をかしてやろうと言ったんだが、二頭も、どこにいるのかね？』

と、きくと、女はハムを切りながら、

『そこの窓のそとの、馬屋にいますだよ』

と、ぼくたちの方を見もせずにこたえた。

『ヘエ、どんな馬かな？　スープを飲んだら、見に行ってみようよ』

と、ホームズは僕に言った。

『馬なんか見たって、しようがないじゃないか？』

『ハハッ、ところが、ぼくはこれで、馬ずきだからね。馬ほどかわいい動物は、およそないだろう。犬よりもかわいいぜ』

ホームズが、そんなことを、わらって言いながら、ちぎったパンのかけらを、ぼくの目の前に、ならべだした。

○○ ○○ ○○ ○○ ○○
○○ ○ ○○ ○ ○○ ○ ○○ ○ ○○ ○
○ ○ ○ ○ ○ ○ ○ ○ ○

三列だ。なんのことだか、わからない。信号なのか？　なんだい？　と、ぼくがホームズの顔を見ると、

『ハッハハハ、思いだしたか？』

と、ホームズは急にドイツ語できいた。▼38
『いや、なにを？』

と、ぼくもドイツ語できかえすと、

『このスープは、うまそうだね』

と、英語で言ったホームズが、ならべたパンのかけらの行列を、テーブルの下へはらいおとして、わらいながらスープを飲みはじめた。

さっぱりわからない僕は、いろいろ考えてみた、が、なにを『思いだしたか？』と、ホームズが言ったのか？　これまた解

けない謎の一つだったのさ。

相当の悪党

スープを飲んでしまうと、

『ああ、馬が見たくてたまらない。ハムより馬だ、ハハッ』

と、ホームズは、女がもってきたハムをそのまま、

『窓のそとか、こっちから行くんですね。ちょっと見てこよう、君もこいよ』

しゃべりながら、ぼくをつれて、窓のよこのせまい出口から、スタスタと出て行った。びっこを引いていない。

出て見ると、草だらけの中庭だ。むこうに古い馬屋が立っていて、なるほど、馬が二頭、どちらも栗毛だ。ヌッと長い顔を出している。

『フウム、どうも手入れが、よくないな。かわいそうに、腹をすかしている。この足だと、二頭とも、すごいほど早く走るぜ』

と、馬の足を見ながら、後へまわって行ったホームズが、

『ルルッ、ドー、ルルッ！』

声をかけて、一頭の後足を持ちあげて見ると、

『ハハア、ひづめに古い鉄を、新しく打ちかえたか、……』

と、ことばを切って急に考え深い顔になった。

これはホームズが、謎を解きかけた顔だ、しかし、変だぞ！　馬の蹄鉄から、なにが解けるんだ？　と、ぼくは、こうふんしながら、だまっていた。ウッカリきけない。どこでヘイズが聞いてるかも知れない、と思うと、馬の後から出てきたホームズが、両手をはたきながら、考え深い顔を僕にむけて言った。

『ヘイズは、おもてにいるよ』

『アッ、どうしてわかる？』

『君の顔いろと、彼のけはいさ。奴、二ポンドに目がくらんで、ゆだんしたのだ、相当の悪党だが』

『君の足首は、なおったのか？』

『フッ、はじめから、なおってるさ』

『なんだい、ずるいぞ』

『自転車を出させてやろうと思ったんだ。ハハッ、さあ行こう、グズグズしてると、ヘイズが出てくる』

ホームズがスタスタと歩きだして、前の台所へかえってきた。ぼくといっしょに、ハムとサラダを残らず食い、水をガブガブ飲んでしまうと、エプロンの女に、

『ヤア、おくさん、ありがとう！　あなたは、この闘鶏ホテルの夫人、ミセス・ヘイズですね』

と、快活な声をかけながら、おもての部屋へ出てきた。

すると、ドアのそばに立っていたヘイズが、ふりむいて、

『えらく早い食い方だね。馬に乗って行くなら、支度させるぜ、先生[39]！』

『ウム、どうやら歩けるようになったからね。ヘイズさん、さようなら！　公爵邸まで、そう遠くはないんだろう』

『チエッ、馬はいらねえんか。おやしきの門まで、ここから二マイルくらいだ』

『ありがたい、そのくらいだと歩けらあ。また馬をかえしにくるのが、めんどうだからね』

ホームズは手をふって、元気に道へ出てきた。

もう夕ぐれになって、うすぐらく、歩いている人が少い。ぼくは小声でホームズに、たずねてみた。

『あのパンのかけらは、なんだい？　なにかの信号だったのか？』

『ハハッ、君は、きょう、牛の足あとを方々で見たろう』

『見たさ、ほそい道、沼のふち、ハイデガ先生の死体のそば、むやみに残っていたんだ。君も見たじゃないか？』

『ところで、牛を一頭でも見たかね？』

『いや、一頭も、いなかったぜ』

『すると、おかしいじゃないか？　あれだけ多く足あとがあって、一頭も目につかなかったのは、どういうわけだ？』

ホームズが歩きながら、道で試験をはじめた。

この答えを、どう出すとプラスになるか？　ぼくも歩きながら考えたがね。

そこに謎の急所が

『それは、牛がみんな、どこかへ草でも食いに行ってたのさ。あの足あとは、その前に、あそこいらを歩いていたんだろう。どうだい？』

と、ぼくが考えついて言うと、

『そうかも知れない。パンのかけらを僕がならべて見たのは、きょう方々で見た牛の足あとを、まねてみたんだ』

と、ホームズの記おくのいいのに、ぼくは、またおどろいて、

『エッ、そうか、君はパンのかけらを、三列にならべたぜ。牛の足あとに、あんな三つの種類が、あったのか？』

『ハハッ、あったから、おぼえていたのさ。右の第一列は、牛が、あたりまえに歩いた足あとだ』

『ホホー、まん中のは？』

『牛が走ると、あのような足あとに変るのさ』

『君はまた、いろんなことを知ってるね。はしにならべた第三列のは？』

『牛が全スピードで駈けだすと、あのような足あとが残る。たしかだよ』

『そうかなあ、おどろくなあ』

『しかも、きょう見たのは、どれもみな形は同じようなんだ。しかし、二頭の足あとだ。二頭の牛が、あたりまえに歩いたり、また走ったり、全スピードで駈けだしたり、いささか変じゃないか？』

『変なものか。気まぐれな牛が、歩いてるうちに、なにか見つけて走ったり、なにかにビックリして駈けだしたんだろう、二頭いっしょに』

『ハッハハッ、それこそ、君の想像だね』

『そうさ。君は牛の足あとで、なにを判断したんだ？』

『まだ言えない。謎を解かないうちに話してしまって、まちがっていたと、あとで知れてみろ、いよいよヘボ探ホームズになるからね』

『ハハア、黄色い顔に、すっかり、まいったな』

ぼくは、おかしい気がした、が、牛の足あとからホームズが、どんな手がかりをつかんだのか？　いろいろ考えてみたが、さいごまでわからなかった。

考えながら歩いて行く道が、町のはしから野原へ出た。

『どうも考えつかないな、牛の足あとの謎なんて、とても変だぜ。おしえろよ』

と、ぼくが、さいそくすると、ホームズは顔を横にふって、

『言わないよ。君は記録するから危険だ。ホームズの失敗記録なんか、黄色い顔の一度だけで、たくさんだぜ、ハハッ』

と、わらうと、ふいに立ちどまって、ささやいた。

『草むらへかくれろ。来たっ！』

『エッ？』

何が来たんだ？　と、立ちどまった僕は、ホームズの見つめてる前の方を見た。

夕ぐれの光の中に、ほこりを上げてくる一台の自転車、と、見つめる僕を、ホームズが横から引っぱって、道のそとの草むらに、ふたりとも、すばやくかくれた。

いっさんに道を走らせてきた自転車に、乗って行ったのは、たしかに、公爵の秘書青年ワイルダ氏だった。金ぶちの目がねがきらめき、青白い顔が前の方を見すえて、なにか、ものすごく、こうふんしていたのを、ぼくは草むらの中から、いっしゅんに見てとった。

『ワイルダ秘書だったぜ』

と、立ちあがって、ホームズに言うと、

『ウム、そうだろうと思ったのさ』

と、ホームズも立ちあがって、

『いよいよ謎が解けそうだ。あの自転車がダンロップ製だ[40]』

『エッ、ギザギザタイヤの奴か？』

『そうさ。怪しい秘書だ。闘鶏ホテルへ、ヘイズに会いに行ったのだろう』

『なにがために、いそいで行ったのか？』

『そこに謎の急所があるらしい。行って見よう！』

ホームズと僕は、道へ出るなり、闘鶏ホテルの方へ引きかえして行った。

目をむく女

ぼくは歩いて行きながら、道の自転車のあとを、うつむいて見た。

『なるほど、ギザギザが横についてる！　すると、公爵の秘書ワイルダ氏が、サルタイヤ少年の行くえ不明の日に、荒地の沼のふちから、ほそい道を、この自転車で走らせて行ったことになる。変だな、そうなのか？』

と、ホームズに、たずねてみると、

『変じゃなくって、そのとおりなのさ。ヘイズが一ポンドで、ぼくに自転車をかさなかったのは、実さいに一台もなかったからだ[41]』

と、ホームズの目いろが、夕ぐれの中に、ひどく生々している。謎を解く鍵を、つかみかけてる顔つきだ。

ところが、ぼくにはまだ、なんとも判断がつかない。ざんねんだから、ツケツケときいてやった。

『変じゃないか、公爵の秘書と、あのヘイズと、いったい、どんな関係があるんだ？』

『だから、行って見るのさ。おもてからだと探れない。あの馬屋の方から、しのびこむ。なにかあるぜ』

さあ、おもしろくなってきたぞ！　と、ホームズの目いろが、らんらんとかがやいていた。

低い二階屋の闘鶏ホテルが、むこうの左がわに見えてきた。入口のドアがしまっていて、よこに立てかけてあるのは、一台の自転車だ。

『はたしてワイルダ氏が、乗りつけたんだ。中でヘイズと会ってるんだろう』

と、ぼくがささやいた時、二階の窓の中に灯がついてるのを、ふと見た。

『二階で会ってるんだな。ヘイズと関係があるなんて、怪秘書だ！』

『だまって、うらへまわれ！』

ふたりは、うらの馬屋の方へ、ソッとまわって行った。もう夜になって暗い。中庭へ、はいるつもりで、板べいの外をまわると、おもわず立ちどまった。すぐむこうに、立派な二頭だての馬車が、こちらを向いているのだ！

ホームズも、これにはおどろいたらしい。ビクッとして、

『待った！　かくれろ！』

板べいのかどに、ふたりは身をひそめた、が、見つかったか？　馭者台に乗っていたのは、あのエプロンの女、ヘイズのおかみさんだ。[42]今はエプロンをしていない、が、ムッと目をむいている顔に、まちがいない。これは大女でなく、中くらいだ。馬は二頭とも、馬屋にいた手入れのわるい栗毛ではない。たくましい青毛で品のいい体格をしている、と、ぼくはこれだけを、まず見てとった。ホームズといっしょに、板べいのかどから顔だけ出して、息もせずに見ていたんだ！

馬車のドアがあいている。馭者台のヘイズおかみさんは、ぼくたちに気がついていないらしい。右手に長いムチをもち、左に手綱をつかんで、ムッと目をむいたまま、からだをゆすぶっている。

いつのまに、どこから来た馬車なのか？　今から出て行くのか？　ぼくは息をつくと、きゅうに心ぞうが早く打ちだした、この時、中庭の方から飛び出てきた黒服の男が、馬車の中へサッとおどりこむと、ドアをしめた。ヘイズおかみさんがムチを馬にあてた。ホームズも僕も顔を引っこめると、暗い方へ身をひそめた。ひづめの音をたてて馬車が、たちまち出て来た！

これを君は何だと思う？

非常警戒線

まるで逃げて行くみたいに、二頭だての立派な馬車が僕たちのすぐ横を、ガラガラパカパカと走りすぎると、おもての道へ出て行った。すぐあとに立ちあがったホームズと僕は、

『乗って行ったのは、ワイルダ氏[43]か？』

『いや、ちがう。走れっ、全速力！』

言うより早くホームズが、道を走りだして、ぼくはわけわからずに、付いて行った。

馬車の中に灯がなく、おどりこんだ黒服の男は、何者だったのか？　ヘイズおかみさんが走らせて行った馬車は、すでに、かげも形もない！　町の外へ、まっしぐらに、まがって行ったらしい。怪馬車だ！

ホームズは全速力で駆けつづけると、町はずれの馬車屋へ飛びこんだ。

『一台、すぐたのむ！　駅までだ！』

怪馬車の追跡ではない。駅へ行くのは、何のためだ？　と、これまた、ぼくは、あてがはずれた。このままロンドンへ、いそいで帰るのでもあるまい。

一頭だての古い馬車が、ホームズと僕を乗せて、ガタガタと

ゆれながら、駅の近くへ走ってきた。すると、馭者は、

『電信局へ！』

と、ホームズに言われて、駅の前の電信局へ、急に馬車をまわして行った。

『待っていてくれ、およそ十分間！』

と、ホームズは飛びおりると、電信局へはいって行った。すごく急いでいる。まもなく出てくると、また飛び乗って、

『赤牛ホテルへ！』

ホテルにつくと、馭者に金をはらって、

『あすの朝九時、もう一度きてくれ。いいかね？』

『ハッ、きっと来ます！』

若い馭者も、この客のいそがしさに面くらって、ビックリした顔のまま、馬車を歩かせて行った。

樽がころがるみたいに出てきたのは、デブおばさんだ。

『あら、お帰りなさいませ。ホームズ先生が見えたら、すぐ知らせるようにと、院長先生から今さっき、お使いでしたの』

『よろしい。すぐ知らせてください。サンドイッチが、とても、うまかったですよ。今夜も大皿に山もり、いろんな料理を、どうぞ！　ハッハッハッ』

ホームズは上きげんで、部屋にはいるなり、泥だらけのままベッドへあおむけになると、パイプに火をつけて、

『フーッ、ワトソン博士、どっちがさきに入浴するんだ？』

と、のんきなことを言いだした。

『入浴よりも、ぼくは聞きたいことが、ウンとあるんだ。馭者がいたから、だまっていたが』

『なんでもきいてくれ、フーッフッ[▼44]』

『あの怪馬車に乗って行ったのは、だれなんだ？』

『さあ、君は、だれだと思う？』

『わからないから、きくんじゃないか。まさかホールダネス公爵じゃないだろう？』

『あの馬車は公爵のものだと、君も見てとったね。ほかの道から、あそこへ、はいっていたのさ』

『乗って行ったのは？』

『フッフッ、まだわからないのか、ヘイズだよ』

『エッ、公爵の馬車にヘイズか。それこそ変だ！　どういうわけだ？』

『それを今から考えるのさ。君も考えてくれ！　フーッ』

『電信局へ行ったのは？』

『警視庁へ急電さ。ヘイズを逃がしてしまったら、この事件は解けない。非常警戒線を警視庁に張らせたんだ』

『公爵の馬車に悪党ヘイズが乗って逃げて、怪秘書が闘鶏ホテルに残っているんだな』

『そう、そのとおり！　どうだ、判断がついたか、ハッハッハッ』

ベッドにあおむいたままのホームズが、愉快そうにわらいだした。いよいよ謎を解いたらしい！」

三人だけの密談

あすの午前ちゅうに

「こういう時のホームズは、まったく、にくらしい親友だ。

『君も考えてくれ、どうだ、判断がついたか？』などと言う。そのくせ、自分はすでに謎を解いている。しかも、さいごにならないと説明しない。そして愉快がっている。そこで僕も意じわるく、今度も失敗してヘボ探ホームズにならないかな？　と、おもった、が、ウッカリそんな顔をすると、すぐまた見ぬいてしまうホームズだ。

『フーン、ぼくにはまだ、なんとも判断がつかないさ。しかし、ハイデガ先生を殺した犯人が、サルタイヤ少年を行くえ不明にしたのじゃないか？　エッ、どうだ？』

『さあ、それを今から、今夜じゅう考えるんだ』

『今夜じゅう？』

『あすの午前ちゅうに、きっと解決して見せる！　早く入浴してこいよ、それから食うのだ。今にハクステブル校長博士が、セカセカとやってくるぜ、フーフッ』

　こんな問答のあとで、ふたりは入浴し、服の泥をおとしてさ、デブおばさんの山もり料理を、競争みたいに食っているところに、ハクステブル老博士が、いそがしそうにはいってきた。

『オオ、これは、お食事ちゅうで、ハーッ』

『いや、すこしもかまいません、こちらこそ失礼を。さあどうぞ！』

『ハイデガ先生の死を、お知らせくださいまして、なんとも、全校ことごとく、非常におどろきまして』

『ぼくたちも、まったく意外でした。警察へ、むろん、通知なさったでしょう？』

『ハーッ、署長をはじめ大ぜいが臨検に来まして、死体はとりあえず、学院へ収容しましたです。実に悲痛きわまることで』

『警察の方の捜査は？』

『それが、現場にも、そのほかにも、なにひとつ手がかりがないと、署長も探偵の人たちも、ひどく残念がっていますので、ホームズ先生とワトソン先生のお帰りを、一分間も早くと、わたしは、ひそかに待っていましたので』

『恐しゅくです、が、ワトソン博士にも僕にも、今のところまだ、なんとも判断がつかずにいるのです』

『ハーッ、サルタイヤの行くえについても、まだ、なんともおわかりがないので？』

　と、ため息をついた校長博士は、老年の顔に、ありありと失望の色を見せた。

『なにしろ謎と謎が、からみあっている事件ですから、解きほどくのが、かなり困難です。だが、解く時は一挙に根こそぎ、あらゆる謎を無くしてごらんにいれます』

『サルタイヤは、生きていますので？』

『あすの正午まで、お待ちください！』

　と、ホームズが焼肉をほおばりながら、キッパリ言いきると、老校長博士はビクッとして、

『そ、それでは、あすの正午まで、その時、またお目にかかりますから、ああそれから、くず屋は警察で疑がいがはれて、釈放されたそうで』

　と、ホームズと僕に握手すると、どうも信じられない！　という顔をかしげたまま、ろうかへセカセカと出て行った。

　どうも信じられない！　だれだって、そう思うだろう。『あすの午前ちゅうに、きっと解決して見せる！』『正午まで、お待ちください！』など、ホームズは、えらそうな断言したが、

……。

ところが、ホームズは『今夜じゅう考える』と言ったとおり、すっかりだまりこんで、天じょうをにらみつづけ、たばこの煙で僕に窓をあけさせた。真けんに考えこんで、夜があけかけると、ベッドにつくなり寝こんでしまった。どうも変人だね、彼は！

朝の九時になると、デブのおばさんが知らせにきた。

『おやくそくの馬車が、まいりましたわ』

顔を指さして

どこへ行くのか？　ぼくにもわからなかった。しかし、ホームズは、ゆうべから予定して馬車を約束したらしい。パイプをくわえたまま馭者に言った。

『ホールダネス公爵邸へ』

さては！　と、ぼくはギヨッとした。謎の中心点が公爵邸だったのか？

堂々たる邸の大玄関に、ホームズと僕が馬車からおりて、呼鈴を鳴らすと、出てきたのは、ゆうべの怪秘書、金ぶち目がねのワイルダ青年だった。ひどく神経的に顔をヒクヒクさせて、ホームズをにらみつけると、

『用件は、なんですか？』

と、いかにも不愉快らしくきいた。

ゆうべ、闘鶏ホテルへ、ギザギザタイヤの自転車を乗りつけた。それを僕たちが知ってるとは、ゆめにも気がついていない、このワイルダ怪秘書に、ホームズは、ていねいに言った。

『不意に失礼ですが、公爵にお目にかかりたくて、ふたりが参上しました』

『フム、閣下は今、おやすみちゅうだ』

『起こしていただきたい』

『無礼なことを言うな。君たちは紳士じゃないのか？　帰れっ！』

ホームズが大声で言った。

『サルタイヤさんのいる所を、公爵が知らなくていいのですか？』

『な、なにっ？』

怪秘書のほそ長い顔が、見る見る青ざめた。ふるえて金ぶち目がねが、はなから落ちそうだ。ほんとうは気がよわいらしい。ろうかの右がわに、緑色の大きなドアが、中からあいて、出てきたのは、銅像のようなホールダネス公爵だった。どうしたのか、気力がすっかり、おとろえて見える。

『ホームズ先生、ワトソン博士、おはいりください』

そう言う声にも力がない。一時に年をとったようだ。

ホームズと僕が上がって行くと、公爵自身がさきに歩きだして、広い応接室にはいった。後からワイルダ秘書がついてくる。

『三人だけの密談を、ぼくは望んでいます。ワイルダ氏は、えんりょしていただきたい！』

と、ホームズがまた、ズバズバとやりだした。

『ウム、……君は、えんりょして』

と、公爵に言われて、なおさら青ざめたワイルダ秘書は、スッと顔をそむけたきり歩きだして行った。

広い応接室に、まん中のテーブルをかこんで、『三人だけの密談』になった。はじめに口をきったのは、公爵だった。ジー

ッとホームズを見つめて、

『サルタイヤのいる所を、知らせてくださると、言われたようだが、どこに?』

と、たずねながら、目いろは疑がいにみちている。

ホームズが、ズバッとこたえた。

『あなたこそ知っているはずだ!』

『いや、……』

『あなたはまだ、かくすつもりですか?』

『サルタイヤが、どこにいると言われるのか?』

『ゆうべは、闘鶏ホテルの二階に。今はおそらく、この邸の中▼45に』

『ウウン、……』

と、いすを立ちかけた公爵が、こしをおろすと、上目になってきいた。

『サルタイヤを、かくしている者は、な、何者だと言われるのか?』

ホームズが公爵の銅像みたいな顔を、まともに指さしてズバッと言った。

『何者でもない。あなただ!』

ぼくは息がつまった。ほんとうか? まちがったら大変だぞ! と、ホームズの顔を横から見た。

秘密は馬車が破る

ホームズはグッとおちついて両腕をくみしめ、公爵はテーブルの上を見つめたきり、身動きもしない。どちらも、だまっている。部屋の中の空気が、重苦しくなってきた。ぼくは、たまらなくなって、公爵にきいてみたんだ。

『サルタイヤ少年をかくしたのは、おとうさんの、あなたなのですか?』

これこそ謎の中心点じゃないか?

公爵は顔をあげると、ホームズにまたきいた、ささやくような小声で、

『あなたがたは、どの程度まで、知っていられるのか?』

『ゆうべ、あなたはこの邸から、自分で二頭だての馬車を馭して、闘鶏ホテルの横道にはいって行き、二階へ上がって、サルタイヤ少年と会い、帰りは、いっしょに歩いてきたものと、ぼくは判断している▼46。どうですか?』

公爵はまた立ちかけた、が、また、こしをおろすと、グッタリとして、

『ウウム、そのことを、あなたがたのほかに、だれかが知っていますか?』

『あなたとサルタイヤ少年、ヘイズ、彼の妻、そしてワイルダ氏が、むろん、知っているはずです。このほかには、だれも知らない。ワトソン博士さえ、今はじめて知ったでしょう』

『それならば、秘密は保たれる! あなた方は紳士として、どうぞ、この秘密を、いつまでも、まもっていただきたい。そのためには、わたしから今、十二分の報しゅうをさしあげて、……』

『フム、多額のポンドによって、ぼくたちの口を、ふさごうとなさる。▼47前首相の公爵から民間の僕たちが、わいろをおくられるのは、いささか、こっけいですな。学院のハイデガという先生が、悲さんな最後をとげたのを、ごしょうちでしょう』

『おおそれは、きのうの午後、学院長からの通知によって、しかし、その犯人は、まったく不明ということだが、……』

『これまた、あなたこそ知っているはずだ！』

『………』

『犯人ヘイズは、あなたの馬車に乗って逃走した。しかし、ロンドン警視庁の非常警戒線によって、おそらく捕えられる。この事件にホールダネス公爵の関係があると、秘密は馬車から破れる、ぼくたちからではなく、してみると、わいろの必要はない、ハハッ！』

　と、腕をくんでいるホームズが、痛快にわらって、

『しかも、サルタイヤ少年の学院逃走には、公爵の秘書ワイルダさえ関係している。これらの秘密を永く保つことは、おそらく不可能だと、ぼくは今から思う。どうですか？』

　公爵はホームズに問いつめられて、さすがに前首相も顔が引きつり、口びるをふるわせながら、うなずいて、

『ウム、ホームズ先生！　わたしは今、いっさいの事情を、あなたに告白しなければならない！　その上で、あなたの協力をねがいたい、と思うのだが、……』

『その事情を、まず、うかがいましょう』

『ウム、実は、……秘書ワイルダは、わたしの子です』

『ホー！』

　これにはホームズもおどろいて、腕ぐみを解いた。謎も解けはじめた。

　ぼくも、おどろいたがね。公爵の告白によって、この怪事件の謎が、はしから解けてきたのだ。『三人だけの密談』は、なかなか真けんな場面だったぜ。

悲しむ公爵

『ワイルダは、わたしの前の妻に生まれたのです』

　と、ホールダネス公爵は、悲しそうな顔になって、

『この妻を、わたしは世間に発表しなかった。このために、ワイルダと私とは、名まえがちがっている。彼の母の方の名まえが、ワイルダです。その母、わたしの前の妻は、ワイルダが生まれたあと、なくなりました。おさなかったワイルダは、うばにそだてられた。このうばが、ヘイズの家内なのです。▼48 悪事の原因が、ここにひそんでいたのを、わたしは気がつかなかった。政治と外交に、あらゆる精力をそそいで、家庭を見ていられなかった』

　ホームズがまた腕をくむと、天じょうをにらみだした。不屈の気力が全身にあふれている。

『今の妻は、ワイルダのことを、すこしも知らずに私と結婚したのです。彼女はミセス・ホールダネスになり、生まれたサルタイヤは、わたしの正式の長男です。法律上、公爵家を相続するのは、サルタイヤなので、ワイルダに相続権はない、……』

『ワイルダ青年たるもの、大いに不満をいだいたわけですか？』

　と、ぼくがきくと、

『そうです。非常に神経質な彼は、不満のあまりに、自分がホールダネスの長男であると、わたしの今の妻に密告した。▼49 そのために妻はいきどおって、邸を出たのです。サルタイヤをつれて行こうとしたが、わたしが許さなかった。このような家庭内の秘密が、世間に知れないように、さまざまの苦心を私は払っ

た。今もって、だれも知らないことです。ホームズ先生といえども、ごぞんじないでしょう?』

『全然、知らないことです。しかし、すこしの秘密もない家庭は、おそらくないでしょう』

『ウム、そうかも知れない。それに、神経質なワイルダが、さらに何をやりだすかわからない。わたしは不安と秘密をたもつために、彼を手もとに引きとって、大学を卒業させ秘書にした。ところが、これも私は家庭のことに、考えがたりなかった。ワイルダは母のちがう弟のサルタイヤを、まるで仇(かたき)のように憎む。このために私はサルタイヤを、学院の寄宿舎に入れた。教育上からも、この方がよいと思ったからです。ところが、突然、逃げだして行くえ不明になった。この通知を受けた時の、わたしのおどろきを、お察しください!』

『たばこを、おゆるしください』

『どうぞ! そして三日すぎた。なんの手がかりもない。院長は有名なホームズ先生を同行してきた。わたしは、あなたがたにお目にかかった。事実、あの時は、この事件について何も知らなかったのです』

『フーッ、しかし、ワイルダ氏は、ぼくたちをはじめから、敵だと見た、そこに僕は、疑がいを感じたのです』

『あなたの感じは、あたっていた! しかし、彼は決して根本からの悪人ではない。この事件を彼に起こさせたのは、悪質のヘイズだ!』

　と、公爵の目が怒りにもえて、

『母のないワイルダは、うばをなつかしがって、少年時代から闘鶏ホテルをたずねて行き、ヘイズの悪質に感化された。わたしに不満をもっている彼は、ヘイズにその不満を、うったえた。ヘイズの悪知えは、サルタイヤを行くえ不明にしてかくし、それによって私をおどかし、十分の財産をワイルダに分けさせようと、たくらんだのです。むろん、ヘイズ自身が、その利益をワイルダから横どりしようと、はじめから考えたのに、ちがいはない』

『フウム、それらのすべては、あなたにワイルダ氏が告白したのですな?』

『そうです。ハイデガという先生の死が、学院から通知されてきた。それを聞いた彼は、この上もなく非常に後悔すると、わたしに泣いて告白した。ヘイズが殺人まであえてしようとは、みじんも彼は思っていなかったのです。わたしはホームズ先生とワトソン博士、あなた方におねがいする。ワイルダを助けてやっていただきたい!』

　公爵の目の中に、子を思う悲しい涙がにじんでいるのを、ぼくは見て、いたましい気がした。

　ところが、ホームズは天じょうをにらんだきり、たばこの煙をはきだして、ブッキラボーに言った。

『フーッ、ワイルダ氏の告白を、聞かしていただきたい。助けるか、どうかは、それからです。ワトソン、君の意見は、どうだ?』

　ぼくは、ワイルダ怪秘書のやったことが、まだ、わからないから、だまっていた。公爵の子だろうが何だろうが、犯行をあえてした者を、たすける必要はない、と、ホームズも思っている。だから、ブッキラボーにかまえているのが、ぼくにハッキリわかっていたのだ。

謎から謎へ「第三話」

公爵であり前首相だったホールダネス氏は、家庭で不幸な悲しい人間だった。いたましい涙を目にうかべて、ホームズと僕に、

『わたしがサルタイヤに、手紙をおくったのを、ごぞんじでしょう。〔からだに気をつけて、よく勉強するように〕、と、これだけを書いてやった。ところが、ワイルダは、これを郵便局へもって行くとちゅう、開いて見ただけではなく、自分の手紙をいっしょに入れて出した。サルタイヤに、〔あすの夕がた五時、寄宿舎のうらの林へ出てこい。おかあさんがロンドンに、帰ってきている。▼51おまえに会いたがっている〕と、これはヘイズの悪知えによって、ワイルダが書いたのです。母に会いたいサルタイヤは、そのとおりに出てきた。待っていたワイルダは、ここでまた、ヘイズから言われてきたとおりを、

〔今夜の一時に、もう一度、ここへ出てこい。すると、馬を二頭、引いてきている男が、ここに待っている。おまえはその馬に乗って、その男にあんないされて、おかあさんのいるホテルへ行くんだ〕と、これを聞いた子どものサルタイヤは、なんにも気がつかずに、やはり、そのとおりにした。前から乗馬をならっているから、子どもでも馬は上手なのです。

ワイルダは弟のサルタイヤを、仇のように憎んでいながら、さすがに兄ですから、心配になって夜なかの一時に、寄宿舎のうらの林へ、自転車に乗って見に行った。▼52すると、サルタイヤとヘイズが、すでに馬に乗って走らせて行く。後からそれを自転車で追いかけて行く者がいる。星のあかりの中に、それを見つけて、おどろいたワイルダは、自分も後から自転車で追いかけて行ったというのです』

『なるほど！』と、ぼくはおもわず言った。

『後からすかして見ると、自転車で追っかけて行く者は、学院の先生らしい。サルタイヤをとりかえそうとするのだなと、ワイルダは気がついた。ところが、夜も目の見える馬の方が、人間の自転車よりも早い。暗くて、道はわるく、なかなか自転車が追いつけない。それにヘイズは、追いかけてくる後の自転車に気がついたらしい。おくらせようと、荒地の砂をわたったり、沼のふちへ出て行った。ぬかるみを走って、ほそい道へまわった。馬はそうすると、自転車よりも早くなった。しかし、ふかい泥にはいると、サルタイヤの馬も、さすがに歩きだした。それを先生が必死に追いかけて行く。ワイルダもおくれながら、見失わないようにと追って行った』

『しかし、……』

と、ぼくは言いかけた。公爵の話に疑問があるからだ。

『お待ちください！』と、公爵は僕をおさえて、

『ヘイズは、どこまでも追いかけてくる先生に、悪人そのものの怒りを爆発させたらしい。馬を止めると、いつのまに用意していたのか、太い棒を振りあげるなり、追いついてきた先生をなぐりつけた。先生はさけび声をあげると、自転車もろとも横にたおれた。それを見たワイルダは、おそろしくなって、そこから自分は、この邸へ、ひとりで自転車を走らせて帰ってきた。夜があけて、ひそかに闘鶏ホテルへ行って見ると、サルタイヤは二階に閉じこめられ、馬は二頭とも馬屋にはいっていた。ヘイズは〔これからだ！〕と、うそぶいている。しかし、きのう、

先生の死を、ワイルダは初めて知って、非常なおどろきと後悔と共に、いっさいを私に告白したのです。[53]
　わたしも実におどろいて、すぐに馬車を駆って闘鶏ホテルへ行き、サルタイヤに会いました。あとからワイルダも来たのです。
　ヘイズも実は、殺人を犯したとまでは、知らなかったらしい。[54] ワイルダから言われて、〔死んだんか！〕と、きゅうにあわてたのです。むりに私の馬車に乗りこみ、家内を馭者にして、早急に逃走した。[55] わたしはサルタイヤをつれて、ゆうべおそく帰ってきました。今、はなれの方に、子どもはやすんでいます。これですべてを、わたしはおふたりに申しあげた。ねがわくは、ワイルダを助けてやっていただきたい！　彼は殺人共犯の罪には、ならないでしょう。しかし、二度と社会へ出られなくなるのは、わたしとて、かわいそうに思うのです』
『フウム、お話はよくわかりました。しかし、二頭の馬に、牛の蹄鉄を打ちつけたのは、ヘイズではない。ワイルダ氏の知えでしょう！』
　と、ホームズが言い、ぼくはとたんに、アッと思った。疑問は一時にはれたが、あいた口が、ふさがらなかったのさ。
　さて、これからが、次ぎの『第三話』につづくんだ。[56] ホールダネス公爵がホームズと僕に、英国外交上の重大な事件を話しだしてね。これがまた、より以上の、……くわしく話すから、ここでコーヒーくらい、飲ませてくれよ！」

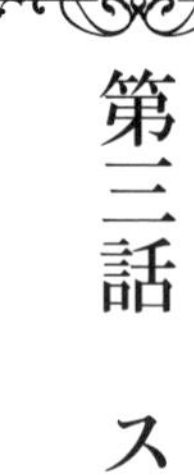

第三話　スパイ王者[57]

英米二国の世界征服文書

これこそ意外な国家事件

「牛のひづめに鉄を打つ、そんなことが、あるのか？　と、ぼくは意外な気がしたから、ホールダネス公爵とホームズに、

『馬の蹄鉄は、むろん、ぼくも知っていますが、牛の蹄鉄ということは、今まで聞いたことがないぜ』

　と、ふたりに言ってみると、

『ウウム、ホームズ先生がそこまで、見やぶっていられるとは、……』

　と、公爵の銅像みたいな顔が、おどろきに目を見はって、

『あるのです、牛の蹄鉄が、いや、あったのです。この邸の庭から、八個、掘り出した。それは昔、ホールダネス家の祖先が、山賊の騎士隊を使って、村から村を荒らしまわっていた時代に、牛の蹄鉄を多く作って、馬のひづめに打ちつけた。この馬に乗って行った山賊騎士隊の足あとは、牛の大群が通って行ったように見える。後から追いかけてくる敵の目を、そうしてくらました。

　この古い牛の蹄鉄が、祖先の記念品として、この邸の中に今も保存してあるのです。牛のひづめのように、はしが分かれて

いる。これをワイルダが、ヘイズに話して今度の事件に利用した。サルタイヤをつれだしてくる二頭の馬の蹄鉄を、牛の蹄鉄に打ちかえて、行くえをくらましたと、これもワイルダが私に告白したのです』

『フフーッ、そうでしょう。ヘイズの知えにしては、工夫がこまかすぎると、あの栗毛の馬の足を見た時に、ぼくは思いついたのだ。ハハア、牛の蹄鉄といっても、馬のひづめに打ったのだから、やはり昔から馬の蹄鉄だね、ワトソン!』

と、ホームズが快活にわらいだして、ぼくから公爵に顔をむけると、

『すべてが明白になったようです。しかし、解決すべきことが、まだ三つ残っています。ぼくの言うとおりを、今からすぐ実行されますか?』

と、はげしい気力を、たたきつけるみたいに、ズバリときいた。

『なにを実行すれば、よいのか? わたしはただワイルダを、彼の将来がよくなるように、たすけてやっていただきたい!』

『それには第一、あなたが適当と思われるだけの財産を、ワイルダ氏に分けあたえて、遠くオーストラリヤかインドへ、ワイルダ氏自身が運命を新しく切りひらくように、即刻、ここから出発させることです[58]』

『ウウム、しかし、ヘイズが捕えられて、共犯の疑がいをワイルダが受けると、捜査の手は、彼がどこへ行こうとも、追って行くでしょう』

『お待ちください。それよりさきに、第二、ワイルダ氏が家庭を出ることを、あなたから夫人へ明白に知らせて、南フランスから夫人が、この邸へ、一日も早く帰ってこられることです、サルタイヤ少年の幸福のために[59]!』

『たしかに、そうです、ウム、子どものために、母は帰ってくるでしょう』

『第三、あなたは外務省へ、ワイルダ氏の旅行券を依頼すると同時に、ロンドン警視庁と検事局へ自身行かれて、この事件の理解をもとめ、あなたの地位と責任において、ワイルダ氏の安全と自由を切に望まれることです[60]。必要があればワトソン博士と僕が、この事件を捜査した証人として出ます』

『ホームズ先生! その三つとも私は実行します。あなたのご厚意と忠告を、なんと言っていいか、わたしは感謝のことばを知らない! ワイルダも、わたしの家庭も、その三つの方法によって助けられる、……』

公爵は心からホームズに、感謝の涙をうかべて、しばらく、だまっていた、と思うと、

『はからずも、あなた方おふたりに、このような意外なお手数をかけました。まことに、相すまなく思います。しかし、これは家庭の中の、私の事にすぎない。公けの捜査事件について、今あらためて、おふたりのご尽力をねがいたい[61]! きわめて秘密のうちに、今この場所が、そのための絶好の機会だ、と思うのですが』

と、これこそ意外なことを言いだした。

するとまた、ホームズのズバズバ質問がはじまった。

『フーッ、公けの捜査事件?』

『そうです。われわれの英国にじつは最近、非常な危機が切迫している、外交上の重大事件に、現内閣がというよりも、英

国々家が直面して、……』

『相手の国は？』

『三国が必ず同盟する、ロシヤ、フランス、ドイツが、いずれも英国に対抗して、[62]……』

『事件の内容は？』

ホームズが愛用のパイプを、テーブルへ投げすてた。彼の猛烈な熱意が、目いろにハッキリ現われた！

今までのような人間関係の探偵事件ではない、英国と外国の間に何か『非常な危機が切迫している』このための探偵に、ホームズと僕の力が必要なんだな！　と、ぼくの神経がビリビリふるえた。なに？　あなたには、それほど探偵の力がないんだって、失礼なことを言うな、名探偵ホームズとワトソン博士は、有名な組み合わせじゃないか！

国際情報課長

『われわれの英国』と言いだした時から、ホールダネス公爵の顔に全身に、すごい気力がもりあがってきた。サルタイヤ少年の行くえ不明とワイルダの将来に、心をいためていた父親の今までとは、にわかに別の人間になったみたいだ。英国一流の大政治家である重々しさを、ぼくは目のまえに感じたのだ。声まで一言ずつホームズと僕の胸のおくへ、しみこむような真けんな力がこもっていて、

『現在の外務大臣は、ごしょうちのように、ホルダースト侯爵[63]だ。わたしと名まえは似ている、が、年はまだ四十八才、わたしの後任なのだ。これが、さいきん、[64]非常な苦心をしている。原因は、彼の親類にあたる国際情報課長の意外な失策からきている。このために、われわれの英国が今後、ロシヤ、フランス、ドイツの三強国から敵視され、包囲攻げきを受けるだろう、戦争の危機に落ちるかも知れぬ。このような国際間の秘密を、国民はまだ知らぬが、女王陛下をはじめ内閣の諸公たちは、昨今、心痛のうちに回復策を、最高検察総長に命じているのです。しかし、今のところ、検察総長の捜査をもってして、なんらの効果もあがっておらぬ。危機は一日ごとにせまっている！』

ホームズは、だまりこんで聞いていた。公爵のことばが切れると、たちまち質問した。

『失策した国際情報課長の名まえは？』

『ウム、すぐれた青年外交官です、わたしも使って知っている。それが失策した。パーシ・フェルプスというのです』

アッ！　と、ぼくはまたおどろいた。

小学校と中学校の同じクラスにいたのが、『パーシ・フェルプス』[65]だ。あたまが大きくてフラフラと歩くから、『おたまじゃくし』と、ぼくが、あだ名をつけてやった。家も近くだったし、とても仲がよかった。彼は外交官になり、ぼくは医者になった。今でも会ったら、『おまえ、おれ』と、えんりょなしに言える。おたまじゃくしの彼パーシが、早く出世して外務省の国際情報課長になっている。それは大いに喜ぶべきだ、が、『意外な失策』をやって『英国が戦争の危機に落ちる』と、前首相ホールダネス公爵が、その事件の探偵捜査を、ホームズに切望しているのだ。

ホームズも僕の親友だ。これは断然、ぼくワトソンが乗りだす場合じゃないか！　と、心をきめた僕は、公爵に言った。

『パーシ・フェルプスは、ぼくと小学からの同クラスで、よく

知っているのです。ホームズを僕が、彼にしょうかいしたいと思いますが、どうでしょうか？』

『ホー、それは、何よりだ！　それならば、ぜひ、そうしていただきたい。わたしが、ここで、事件の内容を話すよりも、課長自身から直接に聞かれる方が、捜査の上に、もっとも有利でしょう。ただし極めて秘密を要するので、わたしから外務大臣に、ホームズ先生とワトソン先生の信頼すべきことを伝えておきます。課長もそれで十分に、くわしくお話しするでしょう』

　ホールダネス公爵が、はじめて会った時と同じように、ていねいに、えしゃくして言った。威ばってはいない。なにしろ父親としての愛情の動きも、家庭の中の事情も、ぼくたちの前に、さらけ出したのだ。それで僕たちも、この銅像みたいな公爵に、かえって親しみを感じたわけだ。

　ところが、今度は、前首相として、『われわれの英国』の重大事件を、名探偵ホームズとワトソン博士の前に、もち出した。ここから、この事件が幕をひらいたのだ。

大金もちの次男紳士

　おたまじゃくしのパーシ・フェルプスは、ロンドン市外の静かな町ウォーキングに住んでいた。同窓会員名簿で僕がしらべて、くわしい手紙を出してみると、さっそく、返事が速達できた。▼66
「名探偵ホームズ先生の活躍を、君が書いて出版しているのは、ぼくも前から知っていた。それに、ホールダネス公爵から外務大臣を通じて、君たちふたりのことを伝えられている。ぜひとも至急、お目にかかりたい！　こちらから、うかがうべきだが、実は事件の心痛のために頭がみだれて、医者の忠告もあり、ベッドについたきりでいる。この手紙も自分でペンがとれないから、婚約のアニーに書かせているんだ。君の昔どおりの友情に深く感謝して、ホームズ先生と君が来てくれるのを待っている！」

　という意味で、なるほど、若い女性らしいペンのあとが、やさしい。さいごのサインだけを、おたまじゃくしが太い字で書いている。ホームズに見せると、

『よし、行こう！　いそぐぞ！』

なにしろ、『英国の危機、一日ごとにせまっている！』と、ホールダネス公爵の言ったのが、ホームズと僕の胸にきざみついている。ふたりとも、すぐに支度して、ウォーキング駅へ急行列車で出発した。

　外務省の国際情報課長パーシ・フェルプス氏の家は、駅前の交番の巡査が知っていて、道をくわしく教えてくれた。おたまじゃくしが有名になっているな、と、その家へ行ってみると、新築の美しい建て方だ。

『ハハア、新婚生活のために、これを建てたんだぜ』

　と、ホームズに僕が言ってみると、

『事件の心痛のためにと、手紙にあったのをみると、結婚どころじゃないだろう。どんな失策をやったかが、問題だ』

　と、ホームズは玄関の呼鈴をならして、出てきた女中に名刺をわたした。

　きれいな応接室に、ふたりが通された。すぐに出てきたのは、四十才に近い紳士でね、ズングリとふとっている。下ぶくれの顔が栗みたいだ。ニコニコしてホームズと僕に握手しながら、

『はじめまして、ようこそ！　ぼくは、パーシと婚約のアニーの兄でして、ジョゼフ・ハリソンと言います、どうぞよろしく！　ホームズ先生とワトソン博士がお出むきくださるのを、パーシが待ちに待ちきっています。さあどうぞ、パーシはおくにいますから、すぐに失礼ですが、……』

ベラベラとしゃべりつづけて、あいそよく敏しょうに、ろうかへホームズと僕を、つれ出して行った。これも外交官かな？と、ぼくは思った、が、あとでわかったのは、ロンドンで有名なハリソン商事会社の社長の次男、ということだった。[67] 大金もちの次男紳士なのさ。

ろうかのおくの広い部屋に、はいってみると、むこうの窓のふちのベッドに、寝まきのまま起きあがっているのが、パーシ・フェルプスだった。やせて青白い顔をしている、が、今も頭が大きくて、少年期のおもかげが、そのまま残っている、やはり、おたまじゃくしだ。その顔を僕は見るなり、おもわず声をかけた。

『ヤア、しばらくだなあ、どうした？』[68]

『ウン、よく来てくれた、ジョン！』

小学と中学の同級生は、ことになつかしくてね、握手したまま顔を見あってさ、ふと笑いあった。パーシの目に涙があふれ出てきた。『心痛のために頭がみだれて』感じやすくなっていたせいもあるだろう。

このパーシのそばに、つきそっているのが、婚約のアニー嬢にちがいない、すばらしい美人でね、銀髪[69]に黒いひとみが、みずみずしくて、オリーブ色の顔がまた愛らしいんだ。ぼくがホームズを、ふたりに、しょうかいすると、アニー嬢がパーシに、ささやいた。

『あたし、むこうへ行ってる？』

『いや、ここにいてくれ』

アリー嬢の兄のジョゼフ・ハリソン氏は、ニコニコわらいながら、えしゃくして、ろうかへ出て行った。

いすにかけたホームズが、パーシの顔を見つめると、

『前おきをやめて、あなたが失策したという問題の事件を、くわしく初めから！』

と、相手が病人なのに、ズバズバとやりだした。

大使館のスパイ群

優秀な青年外交官パーシ・フェルプスが大失策の話。

『今から二月まえ、五月二十三日、午後四時十八分すぎ、ぼくが大臣室に呼ばれて行くと、大臣は金庫の中から、灰色の書類を出してきまして、

〔これが、今度、アメリカと結んだ秘密条約文の原本だ。[70] この英米秘密同盟の内容は、どこにも知られていないはずだった、が、機敏なアメリカ新聞記者が、どこから聞きつけたか、英米二国同盟条約が調印されたと、新聞に出してしまったのを、君も知っているだろう〕

と、たずねるのです。ぼくは、むろん、国際情報課長として、そのアメリカの方の新聞記事を読んでいました。

〔存じております〕

〔ウム、すこぶる、いかんなことだ。のみならず、われらのロンドンにおいても、ロシヤ、フランス、ドイツ、三国の大使館が、この秘密同盟条約の内容を探るために、多大の機密費を使

って、敏腕なスパイ群を目下、各方面に動かしている。わたしはこの文書を、ぜったいに金庫から出したくないのだ。しかし、あすの朝までに写しを一通、とっておく必要がある。わたし自身、写すべきだが、今から臨時閣議に、出て行かなければならない」

ぼくは、これを聞いて、この重要な英米秘密条約文の写しを、命じられるんだな、と思ったのです。はたして、そうでした。大臣はそれを、きびしく言いわたすと、

「次官、局長にも、見られてはならない。写しおわったら、この原本と写しを、君の金庫に入れて、▼71あすの朝、わたしが出勤した時、すぐに両方とも渡してもらいたい」

と、その原本を、わたしてくれたのです。

これは僕にとって、実に重大な任務です。きんちょうして大事に、その原本を自分の課へ持って帰ってきたのです、そして』

『待った！』

と、声をかけたホームズが、すぐきいた。

『大臣室にその時、ふたりのほかは？』

『いや、だれもいません、たしかに、ふたりきりでした』

『部屋の広さは？』

『およそ十メートル四方もあります』

『大臣の席は？』

『まん中にあります』

『声の高さは？』

『大臣も僕も、ふたりだけで話す時は、きわめて低い声でするのが、いつもなのです。この時も、聞いていた者は、ぜったいにないと、ぼくは今でも信じています』

『フム、それから？』

『自分の課に帰ってきた僕は、課長席のテーブルに、今の秘密文書をおいたきり、だまっていました。次官、局長にさえも、見せられない。ところが、まわりの席には課員たちが、まだ事務をとっている。もうすぐ五時です。ぼくは、みんなが、この日の仕事を五時におわって、帰って行くのを、待っていました。

やがて五時になり、課員たちは僕に、あいさつして帰って行った。ただひとり、チャールズ・ゴローという若い書記が、残っていましたが、これも十二、三分すると、仕事をかたづけて帰って行きました。

あとは、ぼくひとりです。そこで、ようやく、英米秘密同盟条約の原本を、ひらいて見た。全文二十六か条、長いので、写すのに、かなりの時間がいる。女王陛下、総理大臣、外務大臣、アメリカ大統領、国務長官などのサインが、さまざまな字体でならんでいる。それよりも、この条約の内容の重大さに、ぼくは胸を打たれたのです。

英米二国は、同一の先祖をもっているアングロサクソン民族である。▼72もっとも秘密のうちに攻守同盟を結び、今後五年間に軍備を強くして、ヨーロッパ大陸の各国、ことにロシヤとフランスとドイツの三強国をおさえ、さらにアジア方面へ、英米共同の勢力を、永遠にひろげなければならない！　というのが、この同盟条約の目的なのです。いかにも外務大臣が言ったように、極秘そのものです。万一にも外国のスパイに探り知られると、ロシヤ、フランス、ドイツの三強国は、さらに同盟をかたくして、英米二国に対抗し、戦争をあえてするでしょう。その

三国同盟に、おそらくイタリーも参加するでしょう。

そうなると、世界大戦だぞ！　と、ぼくは胸を打たれて、ふるえあがったのです。

この条文二十六か条、はじめの主文から、一字もあやまらず写しとって、第十条にかかった時、すでに九時八分すぎでした。朝からの仕事で、つかれている上に、このような世界的重要性のある秘密条約があることを知って、非常に気が張りきり、自分でも頭の中が少し変に、ぼんやりしてきたのです。

あとまだ十七か条ある。コーヒーでも飲んで、頭をサッパリさせよう、と、思いついて、小使を呼ぶベルを鳴らした。これが意外きわまる結果を、知らずにまねいたのです』

さあ、どうなるか？　と、ぼくは、おたまじゃくしの顔と大きな頭を見つめたきり、自分の耳をすましていたのさ」

目をまわした青年外交官

ベルの怪奇

「小学と中学で、いくども組長にえらばれたパーシ・フェルプスは、今でも頭がいいようだ。ホームズのズバズバ質問に、すきまなく答えて、話の前後にも、むだがない。
『ぼくの課は二階にあり、小使部屋は下なのです。ぼくの鳴らしたベルを聞いて、下から長い階段を上がってきたのは、当直の小使だ、と思いのほか、大がらな三十五、六才の女で、下品な顔つきにエプロンを胸へかけている。ぼくは初めて見る女です。
〔君はだれだ？〕
〔ヘエ、わたし、タンジの家内ですのよ〕
夜の当直小使の名まえが、〔タンジ〕なので、
〔そうか、君もいっしょに当直してるのか？〕
〔ヘエ、わたし、雑役をつとめていますんで〕
〔コーヒーをすぐ、うんと濃くしてきてくれ〕
〔ヘエ〕
タンジの家内が、ニコリともしないで、ノッソリと出て行きました。ぶあいそな女です。

ぼくはさらに、秘密同盟条約文を二か条、正しく写しとりました。ますます頭の中が、かすんできたみたいで、どうもスッキリしない。よほど、つかれている。両足ともだるい。ペンをおいて、部屋の中を歩きまわった。気がついてみると、かなり強い雨の音が聞こえる。にわか雨だろう、と思った時に、ハッと思いだしたのは、ジョゼフとの約束でした。

今さっきお目にかかったジョゼフ・ハリソンです。この家の新築を設計したのは、彼です[73]し、できあがってみると、とても彼は気にいってしまって、ぼくたちが結婚するまで、妹のアリーといっしょに、この家へ来ているのです。まい朝、ぼくといっしょにロンドンへ出勤する。ぼくは外務省へ、彼は彼の会社へ[74]。ところで、その日は、ロンドンの駅で待ちあわせて、いっしょに帰ろう、と、約束していたのです。

それが、ぼくは大臣から、ほとんど夜ふけまでかかる条約文の写しを命じられて、しかも、この仕事の重大さに気をとられて、ジョゼフとの約束を、すっかりわすれてしまった。

が、なに、ジョゼフはロンドンの駅に、ぼくを何時間も待っ

ているわけはない。さきに帰ったろう。コーヒーがまだこない。なにをしてるんだ？　と、ぼくはイライラして、部屋の中を歩きながら、ろうかへ出て行ったのです、飲みたいコーヒーを、さいそくに！

下へ行く長い階段です。これが、おりる中ごろから、二つにわかれています。左へおりて行くと、すぐ下が小使部屋。右へおりて行くと、下にせまい出入口があって、省の横からチャールス町へ出る。省員の出入りにも、この方が近い者は、いつもここを使うので、ドアはいつもあいているのです。

ぼくは左の方へ、小使部屋へおりて見ると、湯わかしが火の上にのせてあり、さかんにわきたっている。あたりに湯が飛び散って、ゆか板がグショぬれです。小使のタンジは、そばのいすにねむりこけて、グッスリと寝ている。あのノッソリしていた家内はいない。

〔オイ、タンジ！〕

と、ぼくが手をのばして、ゆり起こそうとすると、そのとたんに、頭のすぐ上で、ベルがジリジリと、はげしく鳴りだした。

このベルの音に、目をさましたタンジが、ぼくのいるのを見て、

〔アッ、課長さんですか、ヘエ？〕

と、寝ぼけた顔をしている。

〔この湯を見ろ。コーヒーはどうしたんだ？〕

〔ヘエ、つい、湯のわくのを待ってるうちに、寝てしまって、すみません〕

と、タンジは言いながら、まだ鳴っているベルを見あげると、ふしぎそうに、

〔はてな？　変だな！〕

と、顔をかしげたのです。

〔なにが変だ？　このベルは、どこで呼んでいるのか？〕

と、きいてみると、

〔どなたか、今、情報課にいらっしゃるんで？〕

〔なにっ、このベルは僕の部屋からか？〕

〔そうですよ〕

ぼくは全身が冷たくなりました。

何者かが僕の部屋にいて、ベルを鳴らしている！

テーブルの上には、だれにも見せられない国家機密の条約文書が、原本も写しも乗っている！』

逃げた女スパイ？

『ぼくはギョッとしたきり立ちすくんだ。とたんにベルがピタリと鳴りやんだ。ぼくはもう、ほとんど、むちゅうでした。小使部屋を出るなり、長い階段を駈けあがって、じぶんの課へ飛びこんだ。だれもいない！　テーブルの上を見ると、写しはそのまま、だが、原本がない！　ああ無い！

何者かがはいった！　英米秘密同盟の原本を、盗んで行った！　今すぐ前、二、三分のうちに！

この何者かは、右の方の階段を、横の出入口から上がってきたのだ。左の方からだと、ぼくとぶつかったはずだ！　と、むちゅうで判断するなり、手ばやく写しをまとめて引出しに入れ鍵をかけて、ろうかへ飛び出した。右の方の階段を、ぼくは駈けおりて行ったのです』

『待った！』

と、ホームズが声をかけて、
『その何者かが、はじめから部屋の中に、ひそんでいた疑がいは？』
『いや、それは、テーブルの下、書類棚のかげ、さえぎる物がないのです。ネズミいっぴきでも、いればすぐ見とおせます』
『ろうかと階段に、かくれる所は？』
『それも、ぜったいにありません』
『フウム、たばこを失礼します』
『どうぞ！　右の方の階段を、いそいでおりて、省の横がわの道へ、ぼくは飛び出た。タンジも、何か大変な事が起きた、と思ったらしい。すぐに僕のあとから出てきた。出入口のドアは、しまっていました。しかし、鍵はかかっていなかったのです。
　雨はやみかけていた。が、道は暗い。左にも右にも人かげがない。タンジがたずねました。
〔課長さん、どうかしたんですか？〕
〔ウム、……〕
　と、ぼくが言った時、近くの教会の鐘が、暗い雨空に三つ鳴りました。九時四十五分です。
　道の左の方を、すかして見ると、むこうの角に、巡査がひとり立っている。しめた！　と、ぼくは駈けだして行った。
〔外務省の者です。今すぐ前、省内に盗難があったですが、ここをだれか通らなかったですか？〕
　と、巡査にすがりつく思いで、ききますと、
〔さあ、ぼくは十五分前から、ここに立っているのですが、通って行ったのは、ひとりだけです。女でしたよ〕
〔どんな女です？〕
　女スパイか？　とぼくはドキッとした。
〔中年の女で、せが高かった。茶色の大きなショールを、かたにかけていたです〕
〔そりゃあ、わたしの女房ですよ〕
　と、タンジがぼくのそばから、巡査に、
〔ほかに通った者は、いないんですか？〕
〔いなかったですな〕
〔それじゃ、泥棒の奴、こっちへこないで、右の方へ逃げたんだ。課長さん、右の方へ行ってみましょう！〕
　と、タンジが僕の腕をつかんで、にわかに引っぱるのです。
　これは怪しい！　タンジと家内が怪しいぞ！　と、ぼくは、たちまち疑がった。腕を引っぱってまで、反対の方へ行かせようとするのは、怪しい！
〔その女は、この角から、どの方向へ行きましたか？〕
　と、ぼくはタンジの手をふりはなして、巡査にたずねました。
　原本を持って逃げたのは、あの大がらな女、タンジの家内ではないか？　小使の夫婦が、三国大使館の国際スパイから、機密費で買われていた！　ぼくがベルを鳴らした時、上がってきた彼女は、ぼくが写していた秘密文書を、目の前に見たのだ！
と、疑がいはなおムラムラと、胸いっぱいにひろがったのです。
　国際スパイが外務省の小使に目をつけるのは、きわめて当然でしょう』

想像もつかない

『盗まれた物が、実に重要な国家機密であるのは、巡査の知らないことです。ぼくの急ぎの質問に平気な顔をして、

〔さあ、あの茶色ショールの女が、どっちの方へ行ったか？　注意する理由は、なかったですからね。行くさきなど、見ていなかったです。なんだか足早でもって、いそいどったようですが〕

〔今から何分ほど前ですか？〕

〔まだ五分とは、すぎとらんですね〕

時間があっている！　と、思いあたった僕に、タンジがそばから、

〔女房に何の関係があるもんですか！　わたしは右の方へ行ってみますよ、怪しい奴を見つけに！〕

と、言うが早いか、バタバタと走りだしたのです。

いよいよ怪しい！　と、ぼくはタンジのあとを追っかけて、上着をつかむなり引きとめると、家内を捕えるためにきいたのです。

〔君の家は、どこだ？〕

〔わたしの家、アイブイ小路の十六番ですがね。課長さん、家に何かご用ですか？〕

巡査がやってきて、これも僕にきいた。

〔盗難にあったのは、どんな物ですか？〕

〔書類です〕

〔課長さん、早く泥棒をつかまえないと、逃げてしまいますよ、さあ早く！〕

と、怪しむべきタンジが、またさきに駆けだして行った。

ぼくは仕方なく、タンジの後を走って行った。巡査も付いてきました。ところが、こちらの道かどへ出てみると、前の十字路とちがって、大ぜいの人が右に左に歩いている。にぎやかな町です。ここへ犯人が走ってきたとしても、人ごみにまぎれこんで、わかりようはない。ぼくはもう、心のそこから絶望しかけました。が、しかし、なんとか早く犯人をつかまえて、文書をとりかえせばいいのだ！　と、心をはげまして、手がかりをつかむために、自分の部屋へ、引きかえしたのです。タンジと巡査も、いっしょに来ました。

横がわの出入口から、長い階段、ろうか、課の部屋の中、くわしく見た、が、足あとは、ひとつも残っていないのです』

ホームズがパイプをくわえたまま、天じょうをにらみつけると、

『フーッ、あなたがベルを鳴らした時、雨の音が、かなり強く聞こえていた。そのあとに、道からはいってきた者がある、とすると、すこしでも泥のついている足あとが、なければならない。ところが、それがない。ワトソン、これを君は、どう思うかね？』

『小使の家内というのは、どんな靴をはいていたんだ。気がつかなかったのか？』

と、ぼくはパーシにきいてみた。その女の行動が、もっとも怪しいからだ。

すると、パーシが大きな頭を横にふって、

『それは、あとでわかったことだが、靴じゃない。雑役の女は、みんな、布のスリッパをはいているんだ、役所の中では』

『すると、その女が君の部屋に二度、出入りしたとしても、足あとは残っていないはずだな』

『そうなんだ。外務省の書類盗難を、巡査が急報したものだから、フォーブスという探偵が、警視庁からすぐに来てくれた。

いっしょに捜査したが、まるでわからない。ことに犯人が何のためにベルを鳴らしたのか？　自分の犯行を知らせるようなことを、なぜ、あえてしたのか？　フォーブス探偵も巡査も、こればかりは想像もつかない、というのです。ホームズ先生は、この点について、なにかお考えでしょうか？』

天じょうをにらんでいたホームズが、

『ハハッ！』

と、きゅうに大声でわらいだした。

目がほそく、はなが大きい

突然、大声でわらったホームズに、パーシもアニー嬢もビクッとおどろいて、ぼくに、〔何ですか？〕と、目いろでたずねた。ぼくは、おかしくなった。〔なに、ホームズの、くせだよ。怪事件の謎を、自分の探偵眼で見やぶりかけると、その時、ハハッ！　と、大声でわらうんだ▼75〕とパーシに言いかけると、ホームズが僕を見つめて、
『ワトソン！　よけいなことを、言うんじゃない！』
と、すばやく僕をおさえて、パーシとアニー嬢に、
『そうですね、ベルがひとりで鳴るわけはない。いかにも変だ、が、この謎を解くのは、それほど、むずかしくない、フーッ、しかし、それよりも、小使タンジの家内は、どうしたのか？　ぼくの聞きたい話は、まだ、おわっていない！』
と、自分の意見を言うよりも、パーシの話のつづきを、強くさいそくした。
『そう、ぼくの話は、まだあるのです。もっとも怪しいのは、タンジの家内、巡査が言った〔茶色ショールの女〕だと、フォーブス探偵も、ぼくの疑がいに同意して、タンジを小使部屋に、ひとまず入れると、巡査に見はらせて、探偵と僕は役所の馬車に乗るなり、タンジの家へ全速力で走らせたのです』
と、パーシが大きな頭に手をあてた。その時のことを、くわしく思いだそうとする、敏感な目いろになると、
『ウム、そうだ、その馬車の中で、ぼくはフォーブス探偵に言ったのです。
〔タンジの家内が、書類を盗んで逃げたところが、それを一分間も早く、何者かの手にわたすだろう、自分には必要がないからだ。ぼくたちが今行って、すぐおさえないと〕
〔むろんです。しかし、その疑問の女が、外務省から自分の家へ、すぐ帰って行ったか、どうか？　あなたの言われる何者かの方へ、その書類をもってまわってると、こいつは、やっかいです！　巡査の前を急いで行ったと言うし、今から行って女を捕えても、書類はすでに何者かの手にわたっている。その何者かの正体を女が白状したとしても、これこそ全く行くえ不明でもって、捜査の網に引っかからない、ということも、あるですから〕
と、フォーブス探偵の意見は、ぼくを絶望させるばかりです。そして、
〔それは、よほど重要な書類ですか？〕
と、真けんになってきく。ぼくは、この警視庁の探偵を信頼して言った。
〔国家機密の文書です〕
〔エッ、それは大変だ！　外国に関係あるのですか？〕
〔重大な関係をもっている！〕

〔それじゃスパイ犯だ！　国家事件です！〕
　と、フォーブス探偵が顔いろをかえると、馭者に、
〔全速力をつづけろ！　交通違反はかまわない、赤信号を突破！〕
　と、座席から乗りだして、ひどく急がせた。
　全速力で走りつづけて、アイブイ小路十六番のタンジの家を、さがしあてると、フォーブス探偵が、おもてのドアをたたいて、
〔こんばんは！〕
　と、いつも来て知ってるような声をかけた。
　ドアをあけたのは、十五、六才の女の子でした。タンジの娘にちがいない、にていて、目がほそく、はなが大きい。フォーブス探偵が、すぐたずねた。
〔おかあさんに会いたいんだが、帰ってる？〕
〔ウウン、まだ帰ってないわ〕
〔そうか、いつも今ごろ帰ってくるんだろう？〕
〔そうよ。もっと早いこともあるわ。あんたは、どなた？〕
〔タンジ君とも、よく知ってるんだ。ちょっと待たしてもらうぜ〕
　フォーブス探偵がドアの中へ、いきなり、はいって行った。家の中のようすをさぐるためだな！　と、ぼくもつづいてはいると、右がわに小さな部屋がある。そこへ、ふたりがツカツカとはいってしまった。娘はビックリして、泣きだしそうな顔をしていました』

列車内で気を失った

『馬車で全速力をつづけてきた、およそ三十分あまり、だから、ぼくたちの方が、早く着いたろう。しかし、タンジの家内が、ここへまっすぐ帰ってくるか？　あの原本を茶色ショールの下にかくして、〔何者かの手へ〕わたしに行ってはいないか？　と、ぼくは気が気でなかった。落胆、絶望、今にも目の前が暗くなりそうでした。
　すると、おもてのドアの外に、くつ音が聞こえてきた。帰ってきた!?　と、ぼくもフォーブス探偵もハッとすると、娘の声が、
〔だれだか男の人が、ふたり、おかあさんを待ってるわよ！〕
　と、さけびだして、くつ音が走りこむと、急に、おくの方へ消えた！
〔逃げたなっ！〕
　と、フォーブス探偵が、どなって飛び出し、ぼくもつづいた。
　おくの方、といっても、せまい台所でした。いきなり飛びこんでみると、はたしてタンジの家内が茶色のショールにくるまって、ノッソリと突っ立っている。ぼくの顔を見るなり、ギクッとして、
〔あれっ、課長さん！　まあ、どうなさったんですの？〕
　と、そう言う顔の前に、フォーブス探偵が、警視庁の探偵手帖を突きつけて、
〔課長さんよりも、おれに答えろ！　おまえは自分の家へ帰ってきながら、なんだって、ここへ逃げこんだかっ？〕
〔まあ！　そりゃあ、男がふたりって、娘が言ったから、借金とりだと、おもったんですわ。まだ今月の利子が、はらってないし、さいそくされるのは、いやですからね〕
〔このショールを取れっ！〕

〔あれ、なんですの？〕
茶色の大きなショールを、かたからはずした。が、書類は持っていない。水色の古いブラウス、バンド、スカート、どこにも、かくしていない！　ぼくは見るなり、いよいよ絶望したのです。手も足もふるえているのが、自分でもわかっていました。
フォーブス探偵が、女の顔を見すえて、
〔おまえは今夜、九時四十分ごろ、外務省の横の出入口から道へ出た。左へ行って十字路を通りすぎた。そして、どこをまわってきたか、ハッキリ言ってみろ！〕
と、はげしく、つめよせてきくと、
〔おかしいですね、そんなことは。だって私は、どこへもまわらずに、いつものとおりの道を、歩いて帰ってきましたわ。雨がふっているから急いで、ごらんください、ショールがこんなに、ぐしょぬれじゃありませんか！〕
〔フム、そんな言いわけで、ごまかされるか、すぐ同行だ、警視庁へこい！　馬車も待っているんだ〕
待たしてある外務省の馬車に、この疑問の女を乗せて、ぼくもいっしょに、警視庁へ行ったのです。
婦人警官が夜勤していて、疑問の女の身体検査が、くわしく行われた。ぼくは気をもみながらその報告を別室で待っていたのです。
〔書類など一枚も見あたりません。ほかに怪しむべき何ものもない、ですが、今夜は留めおいて、なお十分に調べます。証拠物件がないから、白状させるのに手数がいるのは、この事件ばかりじゃない、いつものことです。小使のタンジも、こちらへ同行させて、これも十分に調べます！　なに、きっと白状させるです！〕
と、フォーブス探偵が、力づけるように言ってくれました。が、国家機密文書の行くえは、ついに不明！　すでに何者かの手へ、わたっているのにちがいない！
ぼくは役所へ、絶望したまま帰ってきました。
この非常な失策を、どうしたらいいのか？
一身の破滅！　だけではすまない。責任自殺をあえてする、しかし、自分ひとりが死んですむ問題ではない。英米対ヨーロッパ三強国の外交関係が、この僕の失策のために悪化し、ことに英国が危機に落ちこむ！
一外交官の失策が、世界大戦を引き起こす！　この種類のことが歴史上になくはない、が、ぼくは自身が、このような破目に落ちようとは！
外務省から駅へ、そして帰りの夜行列車に、ぼくは絶望のかたまりのようになったきり、ようやく乗ったのですが、ほとんど失心状態になって、座席へころげたまま、列車が出発すると、実さいに気を失ったのです』

世界の運命にかかわる!!!

七つの目ぼし

「青年外交官のパーシ・フェルプスが、列車の中で気を失った。そのあと、どうしたのか？　と、ぼくは、なおさら耳をすまし、ホームズは天じょうを、にらみつけて、話を聞きながら、なにか一心に考えている、こわいみたいな顔つきだ。

『同じ車内に、この町の医師のフェリア先生が、乗りあわせていたから、ぼくは助かったのです』

と、パーシは、アニー嬢の出したレモン水を、しずかに飲みながら、

『鎮静剤と強心剤を、何本も車内で注射されたと、あとで聞かされた。▼76ウォーキングの駅へ着いた時に、やっと気がついたと、先生は言うのですが、ぼく自身は、まるでおぼえていない。駅から馬車でおくられて、先生といっしょに帰ってきた。家の者もあわてて、さきに帰っていたジョゼフは、気に入りのこの部屋から、アニーに追いだされて、ここが僕の病室になったのです。とにかくこの部屋が広いですから。

非常に意外な衝動に打たれ、心痛になやまされて、なかなか回復しない。フェリア先生の診断は、急性脳炎だという。昼はアニーが、夜は看護婦が、今も付きっきりで、ようやく治ってきた、が、なやみの本の機密文書は、今になっても行くえ不明です。まるで手がかりがない。

フォーブス探偵が、報告にきてくれまして、

〔捜査に、できるだけの手をつくしているです。小使タンジと家内を、あらゆる方面から調べ、外国スパイ群についても、極力、探りを入れているですが、まるで目ぼしがつかずにいます〕

と、フォーブス氏は警視庁第一流の敏腕な探偵、ということですが、氏自身、ひどく絶望してしまって、

〔ベルが犯行の現場から鳴ったことなど、このような奇怪な事件は、ぼくもはじめてです。このベルの一点を解けば、犯人の目ぼしが明白になると思うんですが〕

と、そう言うのです』

ホームズがニコッとわらうと、うなずいてこたえた。

『そう、さすがにフォーブス君の判断は、あたっていますね。多分、そのとおりです』

『フォーブス氏を、ごぞんじですか？』

『よく知っている。実さいに彼ほど敏腕な探偵は、今のところ警視庁にいないでしょう』

『しかし、ぼくの期待するのは、今言ったようなわけですから、先生のほかにはないのです。今までの話で、なにか目ぼしが、おつきでしょうか？』

アニー嬢も熱心に、ホームズの顔を見つめている。するとまたホームズが、

『ハハッ！』

にわかに大声でわらって、

『目ぼしは今のところ、七つありますよ』

『エエッ、七つもですか？』

『ところが、七つともみな、ぼくの想像だから、うっかり言えない。むやみに想像して、この前、えらく失敗した時、ワトソンからしかられたのです。▼77ハッハッハ、ところで、一つだけ質問しますが、その国家機密文書の写しをとる、特別重要な仕事について、あなたが誰かに話されたことは？』

『ないです！　話す理由がありません！』

『ここにいられるアニーさんにも？』

『大臣から命令を受けて、写しに手をつけるまで、ぼくはここへ帰っていません！』

『フーッ、アニーさんなり、さきほどお目にかかったジョゼ

フ・ハリソン氏なり、そのほか、あなたの親類とか友人などで、外務省に来た人は？』

『前には来たことがあります。外務省って、どんなところなのか、いちど見たいと言いますから、ぼくが案内して見せたことがあります。しかし、それは、かなり前のことです。この事件に関係は、ぜったいに、ありません！』

パーシが強くキッパリと言いきった。

『フッフーッ、すると、ぼくの質問は、まったく見当ちがいだ。ワトソン、君に何か判断がついたかね？』

『いや、つかないから、だまってるんだ』

『ハハッ、そいつは、こまったな』

そう言うホームズの目いろが、今さっきから生々している。なにかもう、つかんでいるのにちがいない、だが、やはり、言わずにいるんだな！　と、ぼくは見てとった。にくらしいホームズだ！

ベルの謎を解く

たしかに、ホームズは、なにかの目ぼしをつかんでいる。ベルの奇怪さも、すでに謎を解いたらしい。ところが、パーシは大きな頭へ手をやって、すっかり絶望した顔をしている。かわいそうだから、ぼくはホームズに言ってやった。

『想像でもいいから、君の考えついた目ぼしを話してみろよ。すると、パーシは少しでも見当がついて、安心するんだ』

『待った！　その見当を、これからロンドンへ引きかえして、明白につけるつもりさ。なに、あしたまた、やってきますよ、その時、なにかハッキリした手がかりを、つかんできたいものです』

と、ホームズが快活に、パーシとアニー嬢に言うと、パイプをくわえたまま、スックと立ちあがった。

ロンドンへ引きかえす、ぼくも付いて行って、ホームズの探偵ぶりを見るのが、とても第一の興味だ。

『パーシ、あすまで待ってろよ、だんじて落胆しないでさ。ホームズは、もっとすごい怪事件を、いくつも解決したんだから』

と、パーシに力づけて、そう言った時、ぼくはハッと思いついて、ホームズにきいてみた。

『これこそ想像だがね[78]、タンジの家内が、パーシ課長のようすをさぐりに、右の方の階段を、ソッと上がってきた。二度めだ。ところが、その時、パーシは左の方の階段を、おりて行ったところだ。ふたりは行きちがいになった。別々の階段だから、ぶつかるわけはない』

『なるほど、それは、ありうることだ！』

と、パーシの本人が、ぼくの顔を見つめて、急に熱心になると、

『それから、君の考えは、どういうんだ？』

『ウン、君が部屋にいたら、タンジの家内は、コーヒーを今すぐもってきますから、とか何とか言いわけするつもりで、ソッと上がって行ってようすをみると、君はいない。コーヒーをさいそくに、小使部屋へおりて行ってるとは、女も気のつきようがない。課長は手洗所へでも行ってるのだろう。情報室に今ひとりもいない、今が機会だ！　と、前から共謀しているタンジを呼ぶために、ベルを、はげしく鳴らした！』

『ウウム、そうか、そうにちがいない！　フォーブス探偵も僕も、そこまでは気がつかなかった、それから、あの女は、どうしたろう？』

『ベルを鳴らしつづけたが、タンジは上がってこない。グズグズしてると、課長が手洗所から帰ってくる。テーブルの上を見ると、大事らしい書類がある。それを自分ひとりでつかみとるなり、すばやく飛び出した』

『アッ、そうか、そして、やはり右の方の階段をおりて行ったんだな、あの女が、やはり犯人だ！』

『布のスリッパをはいてるから、音も聞こえない、足あとも残らない。小使部屋へまわって来てみると、タンジがいない。君といっしょに上がって行った後だ。また行きちがいになった。女は靴にはきかえて、エプロンをはずした。ショールをまとって下に書類をかくすと、横の出入口から、いっさんに飛び出した。角の巡査の前を、スタスタと急いで行った、が、ここからさきは、ぼくの想像でもわからない。おそらく国際スパイか何者か、共謀している奴の手に、書類をわたしてしまった。そのまま家へ帰ってきてみると、意外にも男がふたり来ていると、娘が知らせた。ギョッとして台所へ逃げこんだ。すぐ後から飛びこんできた男が、さらに意外にも、課長と警視庁の探偵だから、さては、ばれた！　と、かくごはしたろうが、証こになる書類はない。白状したら重い罪になる。どんなに警視庁で尋問されようが、ひとことだって、ほんとうのことを言うものか！』

ぼくがここまで言うと、パーシが大きな頭を動かして、ホームズにきいた。

『そのとおりだと、ぼくも思いますよ。タンジの奴、だから、ぼくを家内の行った方へやるまいと、むやみに腕を引っぱったんです。ワトソンは先生の探偵記録を書いているだけに、するどい感覚をもっている。今の考えについて、先生のご意見を、うかがいたいのですが』

『フッフー、さすがにワトソン博士の今の考えは、すばらしいプラスです！　しかし、やはり想像だから、たしかめに、いよいよもってロンドンへ引きかえしてきます』

『では、あしたを期待していますから』

と、にわかに力づいたパーシのそばに、アニー嬢も僕を、とても感歎したみたいに見つめていたんだ。

こうなると君だって、ぼくの探偵感覚のするどさを、みとめるだろう、どうだ、これでも感心しないか？

スパイをスパイする

ロンドンへ引きかえす列車の中で、ぼくはホームズに、すぐきいてみた。

『どうだ、ベルの謎を解いた僕の意見は？』

『フッフッフッ、なんとも、まだわからないね』

『エッ、すばらしいプラスだと、君は言ったじゃないか？』

『そうさ、あそこでは、プラス二点だ。フェルプス君とアニー嬢の前では、ワトソン博士たるもの、大いに面目をあげる必要があるからね』

『なんだい、それじゃあ何か、小使タンジと家内が、共謀してやったんだと、君は思っていないのか？』

『ハハア、その疑がいを、今から、たしかめに行くのさ』

『どこへ？』

『警視庁へさ。敏腕なフォーブス探偵が、なにか、つかんでいるかも知れないぜ』

　ロンドンへ着くと、ふたりは馬車を警視庁へ走らせた。フォーブス探偵は、四十才あまりの小がらな、キビキビしている、早口の男で、

『ヤア、これはどうもホームズ先生、なんの用件です？　しばらくお目にかかりませんでしたな』

　と、チョビひげを、ヒクヒクさせた。

『外務省の盗難事件を、たのまれたのでね』

『ムッ、そうか。先生に打ってつけの事件だと、思ったからだな。だれです、依頼したのは？』

『ホールダネス公爵と、フェルプス国際情報課長、それから、ここにいるワトソン博士』

『ホホー、堂々たるものですな。実は僕も、今度こそまいってるです。物的証拠がひとつもないから、小使タンジを釈放して、ズッと尾行をつけてあるですが、なんにも、あがってこない。あれの女房も釈放したですが、亭主のタンジよりも、この方こそ、なかなか、わるがしこい女でしてね』

『尾行は？』

『敏腕な婦人探偵が付いてるです。ところが、これまた、なんにもあがってこない。初めから引っぱらずにおいて、奴らが知らずに動きまわる先きを、ソッと突きとめた方が、大物を捕縛できたですよ。なんとも残ねんで、たまらないです！』

『大物というのは？』

『外務省の国際情報課から、国家機密文書を盗ませたのは、あたりまえの奴じゃない。タンジと家内を手さきに使って、しかも、後にかくれたまま正体を現わさない。この犯人は、すごい大物にきまってる。そうじゃないですか？』

『そこで、それが何者なのか、君の見こみは？』

『むろん、外国スパイ団にちがいないです、その方面に探りを入れて、今はスパイをスパイしている、さいちゅうなんです』

『その方面の手がかりは？』

『ヤッ、ホームズ先生にも、これ以上は、職務上の秘密だから、警視総監の許可がないと、話せないことばかりでしてね』

『なるほど、それでは、ぼくも今から大物を探りに行こう。いろいろ聞かせてもらって、すこし、あたりがついたようだ』

『どこへ行くんです？』

『外務大臣に会ってみて、ひとつ探りを入れるのさ。なにか見当がついたら、君に知らせよう』

『すると、先生にもまだ、手がかりなしですか？　なにか聞けると思ったんだが』

『ゼロだ。ワトソン博士は君と同じように、タンジの家内を、疑がいの中心においているがね。では、さようなら、いそがしい君に、時間をとらせて、まったくわるかった』

　ホームズが、この時は、やさしく言うと、警視庁を出るなり、タクシイの馬車に乗って、外務省へ走らせた。怪事件の現場へ行くんだから、いよいよ謎の中心へ、近づいてきたような気がした、が、気がするだけで、実さいはまだ、ぼくもフォーブス探偵と同じように、『なんとも残念で、たまらない』なにひとつも、わかっていなかったのだ。

犯人の手の中に

ちょうど正午すぎでね、ホルダースト外務大臣が、すぐに会ってくれた。ホームズと僕が、おくの広い室へ通されると、大臣が、

『はじめまして、おふたりのお名まえは、前から、しょうちしています』

と、さしだした右手に気品があって、スラリとモーニング服の身なりにも、靴のさきまで寸分のすきがない[79]、しかも、するどく考えぶかい表情は、なるほど、女王陛下に最も信任されていると、評判の人だけあるな！　と、ぼくは握手と同時に感心したのだ。

『ホールダネス公爵も、あなた方おふたりに、なにか十二分のご尽力をいただいたと、ふかく感謝していられましたが、さらにまた、この省内の事件で、意外な捜査をわずらわすことになりまして、まことに、わたしも、ありがたく、きょうしゅくに思っています』

と、やわらかに応対する、つつましい大臣に、ホームズは、そんなこと、すこしもかまわない顔つきで、

『それについて、二つ三つ、質問しますが、フェルプス課長に、機密文書を写すことを、あなたが命令なさったのは、この部屋ですか？』

と、ズバズバやりだした。

外務大臣が、やわらかに、うなずいて、

『そうです！』

『ほかの者が、聞いていたとは思われない？』

『いや、それは、ぜったいに、あり得ないことです』

『その文書の写しをとることを、課長のほかの者が、前もって知ってはいませんか？　総理大臣、あるいは、王室の高官などの中に』

『そのような者は、だんじて、ひとりも、おりません』

『すると、その文書の写しをとることを知っていた者は、あなたとフェルプス課長のほかに、何人もいない！　たしかに？』

『おっしゃるとおりです』

『そうなると、犯人は、国際情報課に、その時、重要な機密文書のあることなど、まったく知らずにはいった、と、判断しなければならない！』

『ウム、おっしゃるとおりでしょう』

『はいってみると、だれもいない。課長のテーブルの上に、重要な文書がある。ふと盗みたくなって取ったのが、その時の犯人の真相だった、と、判断されませんか？』

『それは、わたしからホームズ先生に、おたずねしたいことです』

『ぼくはまだ、なにひとつも決定していません。ところで、問題の機密文書の内容が、その後、ほかにもれていないですか？』

外務大臣の気品の高い表情が、きゅうに暗くなって、まゆをひそめると、

『実は、すでに一部分が、もれていて[80]、外国大使のうちに神経をたてている者が、この文書の捜査にスパイ群の全体を、動かしているようです』

『フム、もれた一部分というのは？』

『文書の内容が、実は、前にある主文と、後にある条文と、二つにわかれている。もれて外間に伝えられたのは、わたしの知っているかぎり、主文の方です』

『条文の方は？』

『ふしぎに、それがまだ、外間に知られていない。これを、どう判断すべきでしょうか？』

『それは捜査上、有力な材料の一つです。おそらく犯人は、その主文だけを読んだが、後の条文は、何らかの原因によって、今なお読めずにいる、と判断すべきでしょう。これはもっとも興味のある点です』

『なるほど、そうすると、その原因は何でしょうか？』

『それを考えなければならない。だが、犯人は主文だけをもらして、後の条文は、知っていながら、高く売りわたすために、かくしているのだとも、判断すべきでしょう。外国大使館などで、それを買い取ったという情報は、あなたのお手もとに、はいっていませんか？』

『そのような報告を、わたしは受けていません。おそらく犯人は、自分の手もとに文書を、今なおかくしているものと、わたしの使っている者は判断しています。ホームズ先生のお考えは、この点について、どうでしょうか？』

『同意です！　犯人の手中にある間に、取りかえさなければならない！』

『そうです、犯人が何者であろうとも、早く取りかえすことに成功するよう、わたしは、あなたとワトソン博士のおふたりに、特に切望し、われわれの英国のために、おねがいするしだいなのです！』


外務大臣も熱心に、『われわれの英国』と言った。なにしろ一国の、いや、数国の、世界の運命にかかわる機密事件なのだ。こうして僕が君に話してる時は、なんでもないみたいだが、実さいは、非常な真けんな決意を、ホームズも僕も、かためていたんだ。

　国家機密文書の取りかえしに成功！

　外務大臣から言われるまでもなく、これこそ、たいしたことだからね。しかし、犯人は何者なのか？　問題の文書は、どこにあるのか？　となると、この時はまだ、まったく、見当さえ僕には、ついていなかったのだ。

スパイ争奪戦

十八時間を寝る？

外務省からベーカー町の僕たちの部屋へ、ふたりは、まっすぐに馬車で帰ってきた。ハドソン夫人の料理の昼食を、腹がへってるから、モリモリ食ってさ、いつものとおりホームズは、ぼくの三倍ほどつめこんだ。コーヒーも四はいめを飲みながら、パイプたばこを、くゆらせて、

『フーフッ、これで腹いっぱい精力をつけたが、さて、探りだす手は、どこからつけるか？　国家事件だなんて、フォーブス君が言った〔すごい大物〕は、まったく雲がくれしてるんだから、ハハッ、これこそ雲をつかむようだぜ、今までの話の全部がさ』

　と、こんなことを言いだした。

ぼくは、やっきになって、真けんに、

『心ぼそいことを言うなよ。この事件は世界の運命にかかっているんだ！　この捜査に成功するのは、英国を安全にすることだぜ、しっかりしてくれよ』

と言うと、ホームズがまたわらって、

『ハハア、すると、成功したら勲章をくれるかな』

『じょうだん言わずに、君はもうパーシの家で、この事件の鍵をつかんでると、ぼくは見ているんだが、どうなんだ？　ぼくにかくすことは、ないはずだぞ！』

『ホホー、えらい意気ごみだね、ところが、ぼくも今のところ、君と同じでさ、これだと言いきれるだけの鍵は、ひとつだって手に入れてないんだ。第一に今まで、フォーブス探偵にも外務大臣にも、パーシ君にさえも、証拠というべきものが、まるでゼロじゃないか、そうだろう！』

『それは、そうだが、証拠がなくても探偵に成功するから、ホームズはえらいんじゃないか？』

『おだてたね。ところが、この変な事件が起きたのは、すでに二月も前だぜ。時間がたちすぎてるさ。今さら証拠を探してみたって、なにがあるものか。いくら君がおだてたって、きょうは出て行かないよ』

『エッ、休むのか？』

『活躍するよ、ここで頭の活躍だ』

そう言ったホームズは、この日、部屋に引っこんだきり、しきりに考えこんでいた。ぼくにも、だまりつづけて、夕食の時も、スープを飲みかけると、

『まずいなあ！』

と、ひとりごとみたいに言った。

『そんなに、まずいスープじゃないぜ、いい味だ』

『フム、頭の活躍がまずいのさ。まるで動かなくなった。これじゃあ、運転中止だ』

『ひとのことみたいに言うなよ。パーシはむろん、アニー嬢も、外務大臣も、ホールダネス公爵も、君に期待をかけているんだぜ』

『うるさいな、だまってろよ』

ホームズの気げんが、むやみにわるい。こうなると、まったく彼は変人だ。スープを少し飲んだきり、プイと立ちあがると、寝室へはいった。[▼81] 中から鍵をかけて、寝てしまったらしい。コトリと音もしなかった。まだ六時すぎだったがね。

あくる日の朝、顔を見あわすと、今度はまた、いつもより快活に、

『ヤア、いい天気だね、ワトソン、君はフェルプス課長との約束を、おぼえてるだろうね』

と、ホームズがニコニコしているんだ。

『おぼえてるさ。きょう行って会うんじゃないか』

『そう、そのとおり、ハハッ、しかし、何時とは約束しなかったね。ゆっくりと夕方に出かけよう』

『なぜ、ゆっくり行くんだ？　パーシもアニー嬢も待っているぜ』

『ウム、そうか。では、昼すぎでよろしい。なるべく時間がほしいんだがね』

『なんの時間だ。活躍か？』

『昼すぎの列車に乗るから、その時に起こしてくれ。昼食もい

らない。寝るのだ』

『エッ、寝る？　きのうから今まで、およそ十二時間、今から昼すぎまで、ざっと六時間、そんなに眠れるのか？』

『ハハッ、眠れるね。たのむよ』

ホームズはまた寝室に、はいってしまった。いよいよ変人だ。ぼくは、あきれてしまって、ようやく昼すぎになると、変人ホームズが、ひとりで起きだしてきてさ、

『さあ、行こう！　パーシ・フェルプス課長と彼の愛するアニー嬢が、待っているぜ』

今度は自分の方から、さいそくして、約束どおり、ふたりがパーシの家へ行った、ところが、また思いがけない危険が、パーシ・フェルプスに直接、せまっていたのだ。▼82

これまた『深夜の謎』

パーシとアニー嬢は、ぼくたちを待ちきっていた。アニー嬢の兄のジョゼフ・ハリソン氏は、ロンドンの会社から帰っていなかった。

『先生！　なにか目ぼしが、つきましたか？』

と、たずねるパーシの顔いろが、きのうよりもグッと元気になって、目つきにも力があふれている。

おたまじゃくし、脳炎がなおったな！　と、ぼくは、うれしい気がしたのさ。ホームズはまた、パイプたばこの煙を、えんりょなしに高くふきあげて、

『フーッ、外務大臣とフォーブス探偵が、どちらも自分のスパイを動かして、機密文書の捜査に、全力をあげている。ロシヤ、フランス、ドイツ、それらの大使もスパイ群に命令して、その文書を自分の方へ奪いとろうと、探偵に熱中させている。敵と味方のスパイ争奪戦が、今、うずをまいている、それが大臣の話でわかった。この争奪戦の中に、ホームズとワトソンが新たに加わった。とても愉快だが、さて、なにか目ぼしがついたか？　と、きかれると、……』

天じょうをにらみつけて、目を光らせながら、

『たしかに、目ぼしはついているんだが、証拠がひとつもない。犯人を捕えたところで、証拠がないから、かくしている機密文書を出させるのが、むつかしい。小使タンジと家内と同じように、証拠がないために釈放される、となると、それきり、問題の文書は、かえって早く敵の大物にわたされてしまう。実に危険だ！　しかも、今すでに、その危険な時だ、フーフッ』

と、言うのを、ぼくは聞くなり、

『なんだい？　それほど危険がせまってるのに、十八時間も寝たじゃないか！』

と、やっつけると、パーシが乗りだして、

『そんなことよりも、その犯人は何者ですか？　聞かせてください！』

と、ホームズのあおむいてる顔を見つめて、

『タンジの家内では、ないんですか？』

と、真けんになってきいた。

『いや、ぼくの想像では、タンジの家内などとは、まったくちがう、が、まだ言えない。フーッ、ヘボ探ホームズになると、今度こそ面目がつぶれて、勲章をもらいそこねるのも、ざんねんだしね、ハハハッ！』

『勲章を、だれがくれるんです？』

『さあ、われわれの英国のために、働いて手がらを立てた、となると、女王陛下がワトソンと僕の胸に、キラキラする勲章を、さげてくださるだろう、と、大いに期待してるんです、どうでしょう?[83]』

『先生! じょうだんばかり言われますが、目ぼしの犯人は、いったい、何者なんですか?』

『そいつは、捕えて文書を完全にとりかえしてから、だが、取りかえせるか、どうだか、まだわからない!』

なかなか言わないホームズ先生だ! と、パーシは、あきらめたらしい。大きな頭を横にふると、声をしずめて言いだした。

『その犯人と同類の者か、何かわからないのですが、ゆうべ夜ふけに、ここをねらってきた奴がいるのです』

『フーム、それは、……』

パイプを投げだしたホームズが、両腕をくみしめると、

『いよいよ敵は急ぎだしたか? くわしく話してください!』

『きのうは、ホームズ先生にお目にかかったし、何年かぶりにワトソンと会って、自分でも元気になったようですから、看護婦なしに、ひとりで寝たのです。健康に自信もついてきたから、ねむり薬も飲まなかった[84]。

〔とても、えらくなったわねえ〕

と、アニーも、おやすみを言いながら、おどろいたくらいでした。

まい晩、灯をつけて寝るのが、くせになっていますから、ゆうべも、灯だけはつけておいた。気分もいいし、すぐ寝てしまったのです。

〔カタッ、……〕

と、なにかの音で、目がさめた。つづいて聞こえる。

〔カタコトッ、カタッ、……〕

ねずみが何かを、かじっているのか? と、耳をすますと、その音がまだつづいて、だんだん大きくなってくる。

これは変だ! ねずみじゃないらしい、と、聞いているうちに、

〔ガチッ!〕

と、金物らしいひびきが、窓のあたりに起きたのです。時計を見ると、二時十分すぎでした』

パーシの話は、きょうも、むだがなくてくわしい。ぼくは探偵感覚をするどくして、ジッと聞いていた。機密文書の紛失と、はたして関係のある何者かが、しのびこんできたのか? これまた『深夜の謎』だ!

ますます変!

『この音は、変だ、怪しいぞ! と、ぼくはベッドに起きあがると、ホームズ先生とワトソンを思いだした。探偵の神経が僕にもある。はじめの音は、窓のすきまに棒か何かを、ねじこんだらしい。金物みたいなひびきは、窓のかけ金を、はずしたのだ、と、神経がたかぶって判断したのです。

何者かが、ここをねらって来た!

ぼくはベッドを飛びおりると、窓の前へ行くなり、カーテンをはらいのけた。すると、窓べりにひとりの男が、しがみついている。今から窓をあけて、はいろうとする、とたんに見つけられて、サッと身をひるがえすと、庭の暗やみへ逃げてしまった、一、二秒の間です』

『顔は？』

と、ホームズの質問だ。

『マントか外とうみたいな物を、すっぽりとかぶっていて、灯は僕の後になっているし、顔は見えなかったのです』

『持物は？』

『逃げて行く時、右手にキラリと光ったのは、長いナイフだったと思うのです。ぼくは窓から飛び出して追っかけようとした、が、足がまだ早くは動かない。ベルの紐を引いて、みんなを呼んだのです』

『フム、まっさきに来たのは？』

『ベルが鳴るのは、下の台所ですし、みんなが寝ているのは、二階です。ベルが聞こえないくらい、よくねむっていて、なかなかおりてこない。ぼくは、たまらなくなって、

〔だれか来てくれっ、早く！〕

と、どなると、しばらくして、まっさきにおりてきたのは、ジョゼフでした。

〔何だ？　どうした？〕

と、顔いろをかえている。

〔今ここへ、窓からはいりかけた奴がいる！〕

〔エッ、それは大変だ！〕

と、言ってるところに、アニーと看護婦と、馭者と料理人[85]が、皆、あわててはいってきました。

〔庭を見まわってこよう。ピストルを持ってこい、三人で行くんだ〕

と、ジョゼフが馭者と料理人といっしょに、庭へ出て行くと、二十分ほどしてかえってきました。

〔窓のそとに、三つだけ足あとが残っている。しかし、芝まで行くと消えている。天気がつづいたからだろう。西がわの塀を乗りこえたと見えて、上の枝が一本、折れてぶらさがっている。三人で見つけたのは、これだけだが、ホームズ先生が来て見ると、なにか手がかりを発見するかも知れない〕

と、ジョゼフが言って、それから夜あけまで、みんなで、いろんなことを話しあっていたのです』

『フウム、なるほど、……』

『庭や窓のふちや塀など、なにか手がかりを、先生が発見してくださいませんか？』

『なに、ぼくが見たからって、足あとと枝の折れてるだけでは、なんにもならないでしょう』

と、立[86]とうともしない、こんな不熱心なホームズを見たのは初めてだ。

いつもは、すぐ飛び出して行って、犯行の現場を、こまかく見てまわり、だれも気のつかない意外な手がかりを、いくつとなく発見して、おどろかせる、ホームズの探偵神経のすごいのを、君も知ってるだろう。ところが、この時は、まるで立って行こうともしない。どうも変だな！　と、思っている僕に、ホームズが、

『ワトソン、君の専門は外科だが、内科の診察だって、やるんだろう？』

と、こんなことを突然、ききだした。ますます変だ！

『やることはやるが、いったい何だい？』

『ここで今、フェルプスさんの健康診断を、してあげてくれ』

『エッ、それは何のためだ？』

パーシ・フェルプスもアニー嬢も、意外さに目を見はっている。ホームズは、すました顔をしたまま、

『今からロンドンへ行って、一泊してくるのに、さしつかえがないか？　フェルプスさん、ワトソン博士の診断を受けてください！』

『なんのために、ロンドンへ行くのですか？』

『捜査を手つだっていただくためです』

『それならば、健康がゆるさなくても！』

と、パーシが、断然たる決意を見せた。

自分の失策が、このような大事件を引き起こしている。パーシとしては、捜査に少しでも役にたちたいのが、その青白い顔いろに、ハッキリ現われた。

ホームズが気ちがいに？

『いや、診断を受けてくださらないと、捜査の手つだいを、ねがえない！』

と、ホームズがパイプをとりあげて、これも断然、強く言いきった。

『それでは、……』

と、パーシが上着とシャツをぬぎ、アニー嬢が手つだって、ベッドに寝かせた。顔は青白いが、なかなか立派な体格をしている。

ぼくは、できるだけくわしく健康診断を、パーシの全身にこころみた。▼87

『心ぞうにも呼吸器にも、そのほか、異状はみとめられない。脳炎の方は、ぼくにわからないが、ロンドンへ列車で行って、一泊してくるくらいは、さしつかえないだろう。しかし、どのような捜査の手つだいをするのか？　むやみに活躍するのは、医者として止めたいのだ』

と、ホームズの顔を見ていうと、

『フーッ、むやみな活躍など、おねがいしないよ、大じょうぶだ』

『わたくし、付いて行きますわ！』

と、アニー嬢が、とても心ぱいらしく、いすから乗りだした。

『いや、それはいけない！』

ホームズがまた、強くおさえて、

『あなたは、ここで手つだっていただくんだ！』

『ここで、わたしが何をするんでしょう？』

『この部屋の鍵は、ほかの部屋にも使えますか？』

『いいえ、この家は、どの部屋もみんな、別々の鍵になっていますの』

『よろしい、フーッ、あなたは、ぼくたち三人が出て行ったあと、すぐに、この部屋に外から鍵をかけて、あしたの昼すぎ、フェルプスさんが帰ってくるまで、その鍵を、きっと身につけていてください！』

『まあ！　わたしのお手つだいって、そんなことですの？』

『そんなことが、大事なのです！　フェルプスさん、ロンドン行きの支度をすぐに！』

『兄がロンドンの会社にいますの、きっと何かお役にたちますわ。知らせていただければ、よろこんで、おさしずの所へ来ますわよ』

と、アニー嬢が、まだ心ぱいして、ホームズに言うと、

『なに、その必要はない！　ハリソン氏は、この事件に関係がないのだし、実業家は元来、探偵にむかないものですよ、ハッハッハッ！　ハハアハッハッハッ！』

　ホームズが、にわかにわらいつづけた。きのうから、どうも変人ぶりを、むき出しにするようだ。これこそ今のうちに診断が必要じゃないのか？　あまり頭をはげしく使いすぎて、神経症から精神に異状をきたすこともあるのだ。名探偵ホームズが気ちがいになった！　などということだと、大変だぞ！　と、ぼくは僕でこの方が、心ぱいになってきたんだ。

　すぐに支度して、パーシの家から馬車で、三人が駅へ出てきた。時間を計ってきたから、ロンドン行の列車が出る五分前だ。馬車をおりて切符を買い、改札口へ行きかけると、急にピタリとホームズが立ちどまった。

『何だい、どうしたんだ？』

　と、ぼくがそばからきくと、

『ウン、君たちふたりで行ってくれ！』

『エッ、変なこと言うなよ。君はどうするんだ？』

『ハハッ、残るのさ、ここに』

『残るって、それはまた何のためだ？』

『フッフッフー、君たちはベーカー町へ行って、少年時代の思い出を、今夜はゆっくり話すんだね』

　パーシもおどろいて、ホームズの顔いろを、ジッと見すえながらたずねた。

『捜査の手つだいは、どうなるんですか？』

『なに、今言ったのが、立派な手つだいですよ』

『オイ、ホームズ！　少年時代の思い出話をやるのが、立派な手つだいだなんて、とても変じゃないか？』

　いよいよホームズの気が変になったか？　と、ぼくは、にわかにゾッと寒気がしたんだ」

天下一等の料理
「おたま」と「ポケ」の話

「こまったことになった！　ホームズが、とうとう変になってしまったか？　顔つきで診察してやろう、と、その目いろと表情を、ぼくが医者の気もちで見つめると、

『ハッハッハッ！　心ぱいするなよ、ワトソン、いいから僕の言うとおりにしないと、うまく行かないのだ』

　と、ホームズが、ここでもわらって、

『フェルプスさんも、すべてを僕に、まかせておくのが、この際、もっとも上策なんだと、思ってください。そら、列車が来た！　乗って行くのが第一だ、ハハッ！』

　と、フェルプスと僕を、改札口からおし出して、わらいながら自分も付いてきた。

　まわりの男や女が、ジロジロと見て行く。フェルプスも僕も、ホームズの強い腕力におされて、しかたなく列車にはいった。

　すると、窓の外へホームズが出るなり、ニコニコしながら立っている。顔をよく見ると、それほど変でもないらしい。

『君はいつ、ベーカー町へ帰ってくるんだ？』[▼88]

『そうだね、あすの朝、七時着の急行がある。それで帰ろう。三人いっしょに朝食をやるから、待っていてくれないか？』

『むろん、待っているさ。まちがいなく、その時間に帰ってくるだろうね』

『ぼくが今までに、予定を十分以上まちがえたことが、あったかな？』

『よろしい、信用しよう！』

　列車が動きだした。プラットホームにホームズが、とても愉快そうに手をふりまわして、ぼくたちを見おくった。この時は別に変なところもないようだった。

　車内はすいていた。窓のふちの座席に、ならんでかけると、パーシが僕のひざに手をおいてささやいた。

『ねえ、▼89ポケ！』

『アッ、……』

　とたんに思いだした。小学校の時、組じゅうに一等小さいのが、ぼくだった。ポケットにはいるみたいだ、と、『ポケ、ポケ』と言いだしたのが、このおたまじゃくしのパーシだ。ぼくはわすれていたが、おたまの方でおぼえていた。

『ハハハハ、なんだい、むかしの名まえを聞くと、二十年あまり一気に、どこかへ行ってしまった気がするぜ。おたまとポケは、ずいぶん、あばれたなあ！』

　と、ぼくはひざの上に、おたまの手を、なつかしく、にぎりしめた。

『ウン、だから、ぼくは同じクラスにいたポケにきくのだが、……』

　と、おたまも僕の手をにぎりかえして、

『おまえはホームズ氏を、どこまでも、ぜったいに信頼してるのか？　ほんとうのことを、聞かせてくれよ』

『それはまた、どうしてだ？』

『だって、あの人は、なんだか変じゃないか？』

『ウン、おれにホームズをはじめて会わせた男も、「変人で一種の偉人だ」と言ったんだ。たしかに変なところはあるが、探偵としては、ずばぬけた天才だぜ、これは、まちがいなしだ』

『そうかなあ、おれは信頼できなくなった。ゆうべの犯人についても、まるで手を出さずに、しらべもしない。知らん顔をしているんだからな。あんな探偵なんて、あるもんか！　アニーだって、とても不平なんだ』

『いや、それは、君の重大事件と何の関係もない、くだらない泥棒が、ゆうべ、ぐうぜんに忍びこもうとしたのだと、彼が、すぐに判断したからだろう。でなければ、あんな不熱心な彼のようすを、おれも見たことがなかったのさ』

『そうかなあ？　それにホームズ氏は、犯人の見きわめが、ついてるようなことを言いながら、それきり、ごまかしてるじゃないか。あれだって怪しいぜ。まったくわからないくせに、あんなふうに言わないと、名探偵と評判されてるだけに、こまるからだろう？』

『いや、彼は、わからない時は、すこしもわからないと、ハッキリ言うんだ。ごまかしたりは、今までに一度もしたことがない。その点も大じょうぶだ』

『それじゃあ、秘密同盟の原本を盗んで行った奴を、ホームズ氏は、すでに知っているんだと、君は、ほんとうに信じているのか？　エッ、ポケ！』

『待てよ、そうこうふんしては、いけないぜ。おれは今までの経験から、ホームズを信じているがね』

『今までの経験て、ポケが書いた探偵記録を、おれは読んでね、ホームズは何とすごい天才的探偵だ！　と思ってたんだが、あの記録はみんな、あのとおりに、ほんとうなんか？　おれにだけ言ってくれよ』

『おたまは昔、そんなに疑がいぶかくなかったぜ。大ぜいに読まれる記録に、すこしでも、うそを書いてみろ、すぐ、ばれるじゃないか。みんな、ほんとうさ。ホームズは実さい、すばらしい探偵だが、どうも今度だけは、やり方が変なんだ』

『なにしろ変ってるぜ。この列車に乗らずに、急に駅で残ってしまったのなんか、変すぎるじゃないか？』

『ウム、それは、おれにもわからない。しかし、彼のやることには、わからない変なことが、ずいぶんあるんさ。あとになって、なんだ、そうだったんか！　と思いあたるんだから、今度も、きっとそうじゃないかな。オイ、このつぎがロンドンだぜ。着いたら駅の食堂で、アイスクリームでも飲もうよ』

おたまのホームズに対する疑がいが、なかなか、はれないから、ぼくも、よわったがね。考えてみると、だれだってホームズのやり方は、変に思うのが当然だ。しかし、彼が名探偵と言われるわけの一つも、そこにあるのだろう。

傷を受けたホームズ

駅の食堂で、パーシと僕は、アイスクリームソーダを飲みチョコレートケーキを食って、それからベーカー町へ、タクシー馬車に乗ってきた。もう夕かただった。二階の部屋にはいると、

『ここが、ホームズとワトソンの有名な同居部屋だね』

と、パーシは、めずらしいみたいに、あたりを見まわして、

『ここに今夜、ぼくのとまるのが、捜査の手つだいになるなんて、どうも変だなあ！』

と、青白い顔をかしげた。

『なあに、ホームズの言うとおりにしてみるさ。あすの朝、彼は帰ってくるんだから、おれたちは、それまで、ゆっくり休めばいいんだ』

と、ぼくはパーシを看護する気もちで、ハドソン夫人に軽い夜食をたのんだ。

パーシは食うのも少かった。ぼくは『おたま』と『ポケ』の思い出を、いろいろ話しつづけて、気もちを引きたてようとした、が、パーシの青白い顔は、まるで憂うつにしずみきって、

『わけのわからないほど、いやなことはないね。むつかしい宿題がたまっている時と、同じような灰色の気もちだ。それにおれは、どう考えてみても、ホームズ氏を信頼できないんだ』

などと、ぼくの顔をジッと見て言う。なにしろ自分の失策が、二月も前から、深く頭にこびりついている、むりのない神経衰弱だ。

『なあに、おたま、そんなに絶望するのはよせよ。盗まれた秘密同盟文書だって、内容がもれているのは、前書きの主文だけでさ、実さいに重要な条文の方は、完全に秘密が保たれているんだ。してみると、まだ敵の手にわたらないで、どこか安全な所に、かくされているんじゃないかな。取りかえしさえすれば、この事件はそれでまずよかった、ということになるんだと、おれは思うがね』

と、なぐさめるつもりで、そう言ってみると、

『ウン、主文はもれてしまったから、君たちが家へ来た時に、

アニーが聞いていても、おれはかまわずに、主文の大体を話したんだがね。そんなことを君たちに聞かせたのは、外務大臣だろう？』

『そうさ、その話からホームズが、なにかのヒントをつかんだと、おれは見ているんだ』

『ポケ、それを言ってくれ！』

『わかっていれば、むろん、おたまに話すさ、ところが、おれには、なんにもわかっていないからね』

『フーン、……』

おたまが大きな頭に両手をやって、青白い顔をしかめた。

『あした帰ってくるホームズに、今度こそ、ぜひ、なにか言わせてやろうよ。彼は一度、失敗してから▼90、自分の想像や判断を、さいごまで言わなくなったんだ』

『失敗？　ホームズ先生が、ほんとうに失敗したのか？』

『大失敗をやってね。それから非常に気をつけるようになったのさ』

『おれのこの事件も、失敗じゃないのかな？』

『さあ、まず大じょうぶだろうと、おれは思っているんだが』

『まず？　まずだと大じょうぶだと言えないじゃないか？』

『いや、そう落胆するなよ。この事件よりもまだ、なんの手がかりもない奇怪な二重三重の謎の事件を、ホームズは、みごとに解いたのだから、さいごになってみないと、失敗か成功かは、わからないんだ。あんまり心ぱいしないで、もう寝ようよ。ねむり薬を、もってきたのか？』

『ああ、もってきた。おまえにも、やろうか？』

『ウム、くれよ』

ブロバリンの丸薬▼91を、おたまが、三つぶ、わけてくれた。ぼくもそれを飲んでさ。ふたりがベッドをならべて寝たんだ。小学と中学時代に、ふたりが将来、こんなことで同じ寝室に夜をあかすことなど、まるで思いつきもしなかった。人間の運命も変なものだなあ、と、そんなことを考えているうちに、ねむってしまった。

目がさめてみると、もう七時前でね、おたまはゲッソリと、やつれた顔をしていた。

『よくねむれなかったのか？』

『なんだか変なゆめばかり、あとからあとから見ていてね』

『今にホームズが帰ってくる。きょうこそ言わせてやろう、なに、きっと言わせてやる！』

と、ぼくはおたまに力づけて、いっしょに顔を洗うと、窓から道を見おろしていた。

『七時ロンドン着だから、もうすぐだ』

『たしかに、そうかな？』

と、おたまはまだ疑がっていて、

『ゆうべは、どこにとまったのだろう？』

『いや、それがわからない、ホームズのことだから、……アッ、来たぞ！』

道を走ってきたタクシー馬車が、玄関の前に止まった。おりて来たのは、はたしてホームズだ、が、ぼくは見るなり思わずさけんだ。

『傷をしているぞ！』

失敗!?

馬車をおりて玄関にはいったのは、たしかにホームズだ、が、どうしたのか？　左手に大きく、ほう帯していた。かなりの傷らしい。

『どうしたんだろう？』

と、パーシが青白い顔を、なおさらしかめて、ふたりは窓のふちから、まん中のテーブルに歩いてきた。

ホームズが、まだ上がってこない。七、八分すぎた。

『見てきてやろう』

ぼくがドアの方へ行きかけると、階段を下から、ゆったりと上がってくるのは、ホームズの靴音だ。ぼくはドアをあけはなした。

はいってきたホームズは、明かるい顔をしている。パーシと僕を見て、

『ヤア、お早う！　フェルプスさん、ここのベッドはどうでした？　はじめてだから、よく眠れなかったという顔ですね』

とても快活に言いながら、ズボンの膝から下が、ひどくよごれている。

『その繃帯(ほうたい)は、どうしたんだ？』

と、ぼくが、きくと、

『ハハッ、意外な失敗さ！』

『失敗!?』

と、ぼくはギクッとするし、パーシはクシャッと顔をしかめた。いよいよ絶望だ！　と思ったのだ。

『さあ、こしをおろして話そうよ。なにをそう変な顔をしてるんだ、おふたりとも』

と、ホームズが、いすにもたれて、パイプをとりだした。

ぼくがパーシに、

『おたま、かけろよ』

と言うと、ホームズが、

『なんだって？　おたまとは何だ？』

『小学時代の名まえさ』

『ハハッフーッ、いささか変だね。ワトソン博士は、なんと言ったんだ？』

『ポケさ』

『ヤッ、これまた変だな、ハハッ』

と、ホームズは、『意外な失敗』と言ったくせに、すこぶる上気げんだ。

『変なのは、名まえばかりじゃないぜ。君は馬車から玄関にはいって、七、八分も何をしてたんだ？』

と、ぼくが話を引き出そうとすると、

『フーッ、三人で朝食という約束じゃないか、そうだろう！』

『そうさ、そのとおりに待っていたんだ』

『それみろ、だから大いに食うべく、ハドソン夫人に特別の料理を、たのんできたのさ、わざわざ台所へ行ってだぜ』

『フーン、そんなことか。それよりも、ゆうべは、どこにいたんだ？　意外な失敗って、どうしたんだ？』

『フッフッ、まあ待てよ。話は特別の料理を食いながらさ。せっかくお出(い)でをねがったフェルプスさんに、あたりまえの朝食では、すまないからね』

『ぼくは、なんにも、……』

と、すっかり落胆しているパーシ・フェルプスが、口ごもって言うと、

『なに、えんりょはいらないですよ。すばらしい天下一等の料理を、今にもってきます、ハドソン夫人というのは、この家の主婦で、それほど美人ではないが、料理の腕は一流なので、そら来た、早いなあ！』

　あけはなしてあるドアから、エプロンすがたのハドソン夫人が、わらいながらはいってきた。両手にもっているのは、コーヒーの道具だ。

　ぼくはホームズに言ってやった。

『なんだい、コーヒーが天下一等の料理か？』

皿の上の紙

『ワトソン博士は、むやみに急ぐね、フーッ、天下一等のすばらしい料理は、そう早くできないですね、おくさん！』

　と、ホームズが、ますます上気げんで、ハドソン夫人に言うと、

『ホホホ、今すぐにもってまいりますわ、でも、まあおさきにコーヒーを、どうぞ！』

　夫人が手ぎわよく、三人の前にコーヒーのセットをならべて、わらいながら出て行った。

『ああ腹がへった！　フェルプスさん、いかがです？　このうちのコーヒーと、アニーさんのコーヒーと、どっちがうまいか、ひとつ飲んでみてください！』
▼92 ホームズが三人の茶碗に、かおりの高いモッカ入りの黒コーヒーを、つぎながら、ニヤニヤわらっている。ところが、パーシ・フェルプスは、
『………』

　ムッとだまりこんだきり、おこったのか、口をきかない。これには僕もよわって、ホームズに、

『こんな濃いコーヒーは、パーシによくないぜ。ゆうべはブロバリンで寝たくらいだからね。コーヒーよりも君の話を、ぼくも聞きたいんだ。いそぐなと言っても、早く聞きたい！　天下一等の料理なんかより、第一、その左手の傷は、どうしたんだ、なんの失敗だ？　早く言えよ』

　と、さいそくすると、

『すごく急追するね、フッフー、フェルプスさん、あなたも料理より話の方ですか？』

『むろんです！』

『それじゃ、しかたがない。どうも、こまったものだな。早い話となると、きのう、プラットホームから、おふたりを見おくって、駅を出たと、それから腹ごしらえに、駅前の喫茶店にはいって、夕食のランチを、ホームズは、ゆっくりと、ぱくついて、……』

　と、ホームズが、ちっとも早い話ではなく、ゆっくりと、自分のことを人のことみたいに言いだした時、ハドソン夫人が、またはいってきた。

『やっとできましたわ、お待ちどおさま！　あら、コーヒーを召しあがりませんの、ひえますことよ』

　陽気な夫人だから、手も早い。今度もってきた銀盆の上から料理の皿を、三人の目の下へ、たちまち並べてしまった。

　チキンカレーみたいな、においがする、と見ると、三つの大

皿に三つとも紙が、上にかけてある。▼93 ホームズが自分のを、すばやく横にはぎとった。はたしてチキンとカレーだ。

『ホホー、うまそうだな。さあ食おう！　フェルプスさん、どうぞ！』

『…………』

パーシ・フェルプスは、まるで食欲がない、絶望しきった青白い顔のまま、皿の上の紙を見つめながら、手を出そうともしない。

『おたま、すばらしい、天下一等の料理だというんだから、食ってみないか？』

と、ぼくも自分の皿の紙をはぐりながら、すすめてみると、

『ウム、……』

パーシが力なく右手を出して、自分の皿の上の紙を、しかたないみたいに、横の方へ、めくりあげた、とたんにギョッと、からだがふるえて、

『アアッ！　こ、これだっ！』

さけんだと思うと、皿の上から両手につかみあげたのは、何だ？　と、ぼくも見るなり、

『オッ!?』

と、言ったきり、声が出なかった。

涙の祝杯

パーシが両手につかんでいるのは、巻物のようになっている灰色の書類だ！　さてはホームズが、取りかえして来たな！　と、ぼくは、すぐ気がついたが、パーシにきいてみた。

『目的の物か、エッ？　おたま！』

『ウウ、ウム、……』

パーシが、うなずくと、両手につかんでいる機密文書の原本を、上着の内かくしへ、深く突っこんでしまった。ヨロヨロと立ちあがった。両手を顔にあてた、指のあいだから涙が手首へ服の袖口へ、つたわって流れながら、

『ホームズ先生！……』

と、あえぎだした、感動のあまりに声が切れて、からだじゅうふるえている。

『ヤア、ゆるしてください！』

と、ホームズが大声で、

『ぼくは、芝居や手品がすきなものだから、今の天下一等の料理を、ハドソン夫人にたのんで、紙の下へ入れてもらったわけです。それ以外に、意味ないですよ。おかけください、フェルプスさん！　それじゃあ、こまる！』

『ぼ、ぼくは、なんと言っていいか、……』

と、まだ涙をながしているパーシは、よろこびと感謝の像が立っているようだった。

自分の責任と地位が、安全にすくわれたばかりではない、英国が危機を脱れた！　起きるかも知れなかった世界大戦の風雲が、一歩まえで静められた！　国際情報課長パーシ・フェルプスの大失策と恥辱が、これで拭きとられた！　パーシ自身が感動し泣いてよろこぶのは、むりがない！　ぼくも立ちあがった。

『さあ、おたま！　かけろよ、事件解決だ！　チキンカレーを食いながら、ホームズの話を聞くんだ』

と、子どもに言うみたいに言って、いすへかけさせた。

『まあ！……』

と、目を見はっているハドソン夫人は、ホームズにたのまれて皿にのせた書類が、どれほど重要なものだかを、知らずにいるらしい。おどろきながら、料理のはいっている皿を、銀盆の上から出すと、空になった皿と取りかえた。

飲みものは、これもホームズが夫人に希望したらしい、トマトジュースだった。▼94 そのカップを高くあげたホームズが、

『アルコールはフェルプスさんにはいけないと、ワトソン博士が怒りだすのに、きまっているから、これで祝杯をあげます。どうぞ勝利の乾杯をねがいます！　おくさん、あなたもいっしょに、今はめでたい朝なんですよ』

と、うれしくてたまらない笑顔になった。

パーシは涙をふきながら、いっしょに祝杯をあげた。誰よりもうれしく祝うべきは、むろん、パーシ自身なのだ。ぼくも、うれしくてね、祝いのトマトジュースを、一気に飲みほしてさ、

『よかったなあ、ホームズ！　食いながら君の話を、大いに聞きたいぜ。もう何とか彼（か）とか言って、人の気をもませることは、しないだろうね』

と、パーシの気もちを察して言った。

『ハハッ、証拠があがったから、みんな話すよ。この左手の失敗を、まず聞いていただこうかね』

ホームズがチキンカレーを、ハムエッグスを、さまざまな野菜サラダを、ゆうゆうと平らげながら、愉快そうに話しだした」

石一つで鳥三羽を!!!

怪漢ホームズ

「すごい気力をもっているから、大いに食う。大食いだから、気力が張りきる、ホームズの話しぶりは、聞く者をグングン引きずって行く。自分のことを、人のことみたいに言って、どこへ引きずって行くのか、話の方向が、急に変ったりする。そこで僕が質問する。おたまのパーシも、わからないところを、真けんにたずねた。

『駅前の喫茶店にはいって、夕食のランチを、ホームズは、ゆっくりと、ぱくついた。ゆっくりしたのは、夜がくるのを待っていたのだ。ホームズという奴は、とても大食いでね。ランチ一人前ではたりない。その時も三人前、ペロリと平らげて、喫茶店の女給がふたりとも、目をまるくしてたようだ。

ゆっくりと三人前を、ひとりで食ったから、一時間あまりかかって、すっかり夜になった。よろしい！　と、ホームズは喫茶店を出て行った。

ところが、空がはれきって、大きな月が出てきた。満月だ。これはよろしくない、が、ホームズも月をかくすわけにはいかない。自分のからだを、並木のかげにかくして、人に見られないように、パーシ・フェルプス氏の新築の家へ、ソーッと急いで行った。しかも、うらの方の西がわへまわって、塀を乗りこえると、庭へしのびこんだのは、まるで泥棒そのものだった、フーッ』

『門が、まだ、あいているはずですが？』

『うっかり門をはいって行くと、駅者や料理人、あるいはジョゼフ・ハリソン氏、もしくはアニー嬢に見つかるおそれがある。なにしろ前の夜、怪しむべき奴が、フェルプス氏の寝室をねらって来たのだ。家の人々は用心しているのにちがいない。見つかったら、ホームズの計画はマイナスになる。せっかく夜を待って、わざわざ来てみたかいがない。

それに、ホームズが塀を乗りこえて、家宅侵入をあえてしたのは、

〔上の枝が一本、折れてぶらさがっている〕

と、前の夜の怪しむべき奴が侵入したあとを、ジョゼフ・ハリソン氏と駅者と料理人が見てきたという。その木の枝を、▼95ホームズは、こころみに、しらべてみたかったからだ。

いかにもケヤキの太い枝が、塀の上に、折れてぶらさがっている。月の光で、その折れ口を、あらためて見ると、いささか変である。前の夜に折れたにしては、折れ口が少し枯れすぎてるようだ。だが、こんなことは、どうでもいい。ゆうべの怪漢は、塀など乗りこえずに、どこからか、たくみに、しのびこんできたのだろう、と、ホームズもまた、たくみに庭の芝をふんで、足音もたてずに、植えこみの低い木のあいだへ、身をひそめた。自分こそ怪漢ホームズという気になった、フーッフッ。

さて、これからが忍耐そのものだった。かくごはしてきたのだが、時間のたつのは、待っていると実におそい。しかも、低い木と木のあいだに、ジッと身をひそめているのは、ワトソン博士だったら、まもなく不平をブツブツ言いだすのにきまってる』

『なにをホームズは待っていたんだ?』

『ハハッ、ゆうべの怪漢が、今夜もしのびこんでくるのに、ちがいない! と、ホームズは確信をもっていたのさ。そいつを、今か今かと待っていたのだ、が、なかなか現われない。ワトソン博士は、『まだらの紐』の怪事件の夜、おそるべき部屋にしのびこんで、今か今かと忍耐した時の苦しさを、今でもおぼえているだろう。▼96ところが今度は、ホームズひとりだ。あの時よりも長い忍耐を、ひとりでつづけていると、どうだ、うしろの方から、芝をふんでくる足音が、スッスッと近づいてきた。

さては来おったな、確信どおりだ! と、ホームズは、いよいよ身をすくめた。とうとう謎を解く時がきた。謎の人間が出て来たんだ!』

現われた顔は?

『植えこみの木のよこを、スッスッと歩いて行く怪漢は、黒いマントを頭の上から、スッポリとかぶっている。フェルプスさんが前の夜、窓の外に見た奴と同じだ。

その窓へ今夜も、近づいて行った、黒マントの怪漢は、すこぶる大胆だ。マントの下から右手につかみ出した、刃のながいナイフが、キラキラと月の光に映って、いきなり窓べりに突っこんだ。ゆうべの経験ずみだから、たちまち掛け金をはずした。カチッとするどい音が、ホームズの耳にハッキリ聞こえた。このような音をたてるのは、大胆ばかりではない、部屋の中に今夜はフェルプス氏がいないのを、知っているからだな! と、ホームズは植えこみの中から立ちあがった。

黒マントの怪漢は、うしろからホームズが見ているとは気がつかない。窓を左手であけた。カーテンを払いのけた。身がる

な奴だ、窓べりに両手をかけるなり、サッと飛びこんだ。あとに黄色いカーテンがダラリとさがった。

こちらも怪漢だからホームズは、足音をたてずに窓べりへ走った。カーテンのすきまから目だけ出して、部屋の中をソッと、のぞいて見ると、月の光が流れこんでいて、すっかり見える。この時は満月が、大いによろしかったぜ、フーッフッ。

怪漢はまだ黒マントをかぶっている。ドアの前へ行くと、取り手をまわそうとした。まわらない。外からアニー嬢が鍵を、ホームズの言ったとおりに、かけておいたからだ。ハハア、ざまを見ろ！　と、ホームズはのぞいて見ながら、おかしくなった。怪漢はうつむいた。敷物のすみの方を、めくりあげた。下は床板だ。ガス管工事の時に、はずれる板の一枚を、ゴソリと、はずし取った。そのまた下へ手を入れて、怪漢が引きずり出したのは、まさにホームズの確信どおり、灰色の機密文書にちがいない！　怪漢はそれを黒マントの下へ、すばやくかくした！』

フェルプスも僕も、まばたきもせず息もつかずに聞いていた。

『板を元どおりに、はめこんで、敷物も元どおりになおした。おちついている、が、ドアからは出て行けない怪漢先生、窓から、一気に飛び出してきた。ホームズの計画どおりだ。

〔オッと待った！〕

と、ホームズが下から組みついた。怪漢と格闘だ！　とたんに左手を刃の長いナイフに、グサッとやられた、ひどい失敗だ！▼97　もぎとって、おさえつけた。しめあげると、怪漢先生、はげしく反抗しながら、息も絶えそうにあえぎだした。

〔もう一息で死ぬぞ！〕

と、強い怪漢ホームズが、上からおどかして、目的の書類を右手にとりかえした。左手の血をつけては、天下一等の料理にならないからね、フッフッフー、さあ取ったぞ！　と、

〔立てっ！〕

ハアハアあえいでいる怪漢をどなりつけて、黒マントをはぐって見ると、月の光に現われた顔は、フェルプスさん、だれだと思いますか？』

『だれ？　ぼくが知ってるんですか、その怪漢を！』

『ワトソン、君は？』

『きわどいところで試験するなよ。ぼくも知ってるんか？　そいつを！』

『おふたりとも知っているさ、ことにフェルプスさんは大知りだ。黒マントの下から現われたのは、ジョゼフ・ハリソン氏の栗みたいな顔でね、ハハッ』

『ジョ、ジョゼフですか！　ウウン、……』

『アッ、しっかりしろ、おたまっ！　パーシ！』

おどろきのあまりに気を失いかけたパーシを、ぼくはすぐ長いすに寝かせた。▼98

『ホームズの話は、病後のパーシに刺げきが強すぎるんだ。もっとやわらかくやれよ』

ぼくがきめつけて言うと、苦がわらいしたホームズが、パイプをくわえたまま言った。

『ウフン、よっぽど気をつけて、やわらかく話してるんだぜ。ほんとうは、いのちがけの格闘で、刃の長いナイフが左手ばかりか、ヤッ、いけない、いけない、脳貧血だろう、ワトソン、手あてをたのむ！　もう話はよすよ』

犯行の夜の動き

パーシの脳貧血が、しばらくして、なおると、

『もう、おどろかない。大じょうぶです』

と、長いすの上に、ソッと起きあがって、まだ青ざめながら、ホームズに質問した。

『ジョゼフが犯人だと、先生は、初めから判断なさったのですか？』

『フーッ、おちついて聞いてください。あなたが目をまわすと、ワトソン博士が、こわいですからね。

はじめは僕も、小使タンジの家内を疑がった。▼99 課長さんの部屋へ、いつも来たことのない彼女が、なぜ出てきたか？　ところが、そのあと、コーヒーをさいそくに、あなたが小使部屋へ、おりて行ってみると、湯はわきこぼれている、タンジは眠っている。してみると、前からタンジは、よほどつかれていたのにちがいない。だから、かわりに家内が課長さんの用を聞きに出てきた、とすると、疑がうべき点は、まずない。あなたが行って見た時、彼女が小使部屋にいなかったのは、おそらくもう横の方の出口から道へ出て、家へ帰りかけていたのだろう。時間の前後も、それで合っている。

ノッソリしている大がらの女が、課長さんの書類をうばいとって、うまく階段を上がったりおりたり、たちまち逃げてしまうような早わざは、およそできないはずだ。

ところで、ワトソンと僕が、あなたの寝室へ、二度めにおたずねした時、はからずも聞いたのは、夜ふけにねらってきた何者かが、見つけられて窓べりから逃げて行ったという、これで僕の判断は、明白にジョゼフ・ハリソンに確定した。今まで毎夜つきそっていた看護婦が今夜はいない。それにフェルプス氏は、ねむり薬を飲んで寝るのだから、グッスリ眠っている、と、知っているからこそ、窓をあけるのに、音をたてても早くあけようと、むりにガチガチやった。それほど部屋の中のようすを、前もって知っているのは何者か？　家の者だ。しかも、十分に用心して、マントか外とうをかぶってきている。窓べりで見つけられたいっしゅんに、サッと逃げてしまったのも、顔を見られたら、それきりだから、とすると、これはジョゼフ・ハリソンでなくて誰だ！　アニー嬢や看護婦だとは思えない。……フェルプスさん、大じょうぶですか、もうフラフラしませんか？』

『ハッ、すっかり、なおりました。どうぞ、さきをねがいます！』

『それでは、犯行の夜、ハリソンは、どのように動いたか？　ロンドンの駅で、あなたを待っていた。約束の時間は大分すぎたが、▼100 どうしたのか、パーシ君は出てこない。行って見てやろう、と、駅前のタクシー馬車か何かに乗って、外務省へ来てみた。前に来たことがある。案内されて見学した。二階の国際情報課も知っている。横がわの出入口からはいって、階段を上がって行った。馬車で来たから、雨はふっているが、靴あとは残らない。

課長の部屋のドアがあいている。はいって見ると、だれもいない。そこでベルを鳴らしてみた。テーブルの上を見ると、きわめて重要な文書が、ひろげてある。ハッとなって、それをつかみとるなり、部屋を飛びだした。一気に階段をおりて道へ出

た。ふたたび馬車でロンドン駅へ、列車で家へ帰ってきた。

つかみとってきた文書を、しらべてみると、思ったより以上に、すごい金になる国家機密の、しかも、英米同盟の条約文だ。よし、ひとまず今夜は安全な所にかくして、あす早く国際スパイ団か外国大使館へ、ばく大な金で売りつけよう、と、自分の部屋の敷物と床板をはがして、その下へ大事に入れた。

ところが、まもなく、フェルプス課長のパーシ君が、気を失ったきり医師のフェリア先生につれられて、急性脳炎の重体のまま帰ってきた。寝室は二階にある。むりしてかつぎ上げるのは危険だからと、アニー嬢が兄のジョゼフを下の広い部屋から出して、愛人のパーシ君を入れた。ジョゼフはそれに、あらそえば怪しまれる。自分はもとからこの家の人間ではない。盗んできた重要文書は、床下にそのまま、自分は別の部屋へ、しかたなく、うつされてしまった。しかし、だんじて失望しない。三、四分の機会さえあれば、すぐ取り出せるんだ！』

『悪党！』

と、パーシが僕のよこで、はきだすみたいにつぶやいた。もう脳貧血は起こさないだろう。

青白が桃色に

『いかにも悪党だ、アニー嬢の兄だが、妹の運命もパーシ君の地位も、まるで考えていない。金のためには、どんな悪事でもやる男です。その重要文書を取り出す機会を、ねらっていたが、ベッドをパーシ君は、はなれない。昼はアニー嬢が、夜は看護婦が付きそっている。なんとも手がつけられない。ロンドンの会社へ出て行くと、前から秘密に関係している外国スパイ団の連中に、英米攻守同盟の主文だけをもらした。条文の全体を高く売りつけるためだ。ぼくは外務大臣の話を聞いたときに、さては二月の間、どこか一定の場所に文書はかくされていて、動いていない。ひとりの手がにぎっていると、推定したのだ。二、三人の手に動いているとすると、条文が少しはもれるはずだからね』

『ああ僕は、二月も死ぬばかりに心を痛めながら、文書と同じ部屋にいたのですね』

と、パーシが大きな頭をかかえてため息をついた。

『知らないから仕方がないですよ。知っているハリソンの方では、手がつけられないから、気が気ではない。警視庁の探偵ばかりでなく、ホームズだのワトソンだの、気みのわるい奴が出て来た。グズグズしていられない。そこに、パーシは脳炎がよくなって、看護婦なしに寝た。まい晩の眠り薬は飲んだろう。今夜が機会だ！　と、窃盗がしのびこんだように見せかけて、夜なかに庭から窓へ近づいた。大胆にあけかけた窓べりに、意外にもパーシが起きていてカーテンをひらいた。しまった！と、たちまち逃げた。ソッと庭をまわって、二階の寝室へ、はいってしまったのを、だれも知らない。ハハッ、深夜の謎だ。

あくる日、青年実業家ハリソン氏は、すました顔してロンドンの会社へ出て行った。帰ってみると、またやってきたホームズとワトソンが、外務省方面を捜査するとか言って、パーシといっしょにロンドンへ行った、一泊の予定で、と、アニー嬢が心ぱいして言う。しめた、いよいよ今夜だ！　ホームズなんて、ロンドンを捜査するとは、ばかやろうだな、と、夜ふけにまた、ゆうゆうと二階から庭へまわって出ると、窓から部屋にはいった。ついに文書を取り出してきたところを、ばかやろうのホームズに組みつかれた！　フッフーッ、ワトソン、だまってるね、不服みたいな顔してるじゃないか？』

『不服だ！　パーシの寝室に文書があるのにちがいない、と、判断したのなら、一時間も早く探し出すべきじゃないか？』

『フーッ、あの部屋を、すみからすみまで探すのは、何時間かかると思うんだ。それよりもさ、かくした本人に出させる方が、手数もかからない、証拠は明白、捕縛はできる。石一つで鳥三羽だぜ。フェルプスさん、そうでしょう！』

『ほんとうです、ぼくは今から、これをもって』

と、パーシ・フェルプスが、上着の内ポケットをおさえて、スックと立ちあがると、ホームズに敬礼して言った。

『外務省へ行ってきます[102]！』

脳貧血も脳炎も、一気になおってしまったようだ。青白かった顔が桃色になっている！」

『銀星号事件』

ここから、わたくし（ワトソンの妻メアリー）が書きます。

「ホームズ先生は、やっぱり名探偵ね。それで国家機密という英米同盟条約の重要な文書が、外務大臣の金庫へ、ぶじに帰ったのでしょう？」

と、ワトソンにきいてみますと、

「そうさ、それで英国ばかりでなく、アメリカも、ロシヤ、フランス、ドイツなども、ひとまず平和を破らずにすんだ、というわけさ。もう大分まえのことだから、こんな秘密も今は話せるんだ」

「では、この筆記を本にして、出版してもいいでしょうね」

「ホームズが、しょうちしさえすれば、いいだろう」

「悪党のジョゼフ・ハリソンは、どうしたんですの？　ホームズ先生につかまったあと」

「こいつを警視庁にわたして、起訴、公判、ということになると、国家機密が各国に知られてしまう。ホームズはそれを考えて、パーシの家の庭で、すっかり白状させたあと、わざと逃がしたのさ」

「あら、どこへ逃げたんですの？」

「それはホームズにも、わからなかった。あとになって、やはり外務省で使っているスパイの情報によると、ジョゼフ・ハリソンはロシヤへ逃亡した。ところが、意外にも彼自身、前からロシヤ政府と関係をもっていてさ、大ぜいのスパイ群をロンドンで動かして、その方面で『スパイ王者』と言われていた、若いくせに大物だったというんだ[103]。大変な奴を、逃がしてしまったのさ」

「まあ！　その点はホームズ先生の失敗ね」

「だが、妹のアニー嬢さえ、すこしも気がつかずにいたというんだから、さすがのホームズも、わずか三日のあいだに、そこまでは手がのびなかったのさ」

「そうね、青年実業家で大金もちの次男紳士で、会社がロンドンにあるのだったら、それが恐ろしいスパイ王者だなんて、想像もできないことだわ。でも、大金もちの次男紳士だなんて、ほんとうでしたの」

「ほんとうさ、ところが、競馬に熱中して大損をして、会社の金までもちだした。それがスパイ団にはいった原因だと、あとになってパーシのおたまから聞いたのだ」

「パーシさんとアニーさんは、結婚なすったの？」

「したさ、ホームズも僕も招待されて行った。兄がスパイ王者だといっても、妹に関係はないんだもの、当然、パーシは結婚したさ」

「よかったのね。あら、競馬っていうと、新聞に大きく出てた『銀星号事件』ね、あなたおぼえてる？」▼104
「おぼえてるどころか、ホームズが解決した事件だ」

「まあ、そうお！　ホームズ先生のことは、新聞に出てなかったと思うわ」

「ぼくの名まえだって、出てやしないさ。かくしてしまったから」

「あなたも、やっぱり、いっしょだったの？」

「むろんだ、大いに腕をふるったのさ、ウム」

「あなたの大いに腕をふるったは、いつだって変よ」

「なにが変だ？」

「だって、ホームズ先生のそばに、くっついてるだけだもの、でも、いいわ、『銀星号事件』を、ぜひ、聞かせて！　新聞の記事よりも、もっとくわしく、ほんとうのことを、ね、おもしろいんでしょう？」

「おもしろいか、おもしろくないか、聞いてみてから言ってみろ、あれほどホームズが、独特な探偵ぶりを見せたことはなかったんだから」

　ワトソンが力みかえって話したのが、新聞に出た時から有名な『銀星号事件』でございます。おもしろいか、おもしろくないか、どうぞごらんくださいませ！

▼1　前々作『口のまがった男』から、ワトソンが語るのをメアリーが記録するという形を取っている。だからワトソンの一人称で語られるのは原作と一緒だが、筆者がメアリーという複雑な構成になっている。
▼2　原作ではワトスンはたびたび麻薬の害についてホームズに警告しているが、たばこを減らさせようとしたことはない。
▼3　原作ではまがいものの琥珀の吸い口のついたブライヤーのパイプであり、そう高いものでもないのに二度も修理させていた。
▼4　はっきりマンローの性格を述べることで峯太郎版では伏線をしいている。
▼5　「百ポンド」と言っている原作と一桁違う。
▼6　ハドソン夫人が依頼人の話を聞きたがるというのは初耳である。
▼7　原作ではマンローはホップ商人、自分で会社を経営している。
▼8　夫を引きずるとは、峯太郎版のエフィーはかなりの怪力である。
▼9　前述のようにマンロー自身が原作では社長なのだから、社長のご機嫌をとる必要などない。しかしおそらくマンローが新婚の青年であるから社長ではなくただのサラリーマンにしたほうがわかりやすいだろうと、峯太郎は考えたのだろう。原作では単にマンローが早退しただけである。もっとも原作では二日間マンローが自宅から出ず、そのあいだはマンロー夫人も隣の家に行かなかった。だからここで峯太郎版は二日間節約している。
▼10　マーサは峯太郎が与えた名前で、原作では無名である。
▼11　原作ではこんな乱暴なことはしない。峯太郎版のマンローはかなりいらだっているようである。
▼12　原作では「昨日のこと」とあり、一日のずれが生じている。二時四十分の列車で家に戻ってこの場面に遭遇したと言っているのだから、まだ明るい間だっただろう。一連の出来事は三十分もかからなか

ったにちがいない。とするとその日のうちにロンドンに行き、ホームズを訪問することは十分可能だった。マンローは「今朝になって、あなたこそこうした場合には力にもなって下さるかただと気がつきました」と述べているから、家を飛び出したときはホームズに相談することは念頭になかったのだろう。では一晩彼は何をしていたのだろうか。酒を浴びるように飲んででもいたのだろうか。しかし朝に思いついた割にはベーカー街にやってきたのが午後三時から五時の間である。それに対して峯太郎版ではホームズたちが散歩から戻ってきたのは昼過ぎであるから、こちらのマンローは自宅からベーカー街へ直行したと思われる。ずっと無駄のない合理的な行動をしている。

▼13 原作ではワトスンは一切質問をマンローにぶつけていないから、当然この推理も出てこないが、人形説は考慮に入れるべきではないだろうか。

▼14 ハドソン夫人がホームズの推理に関係することは原作では一切ない。『最後の挨拶』に登場するマーサがハドソン夫人ではないかという説もあるが、これにも根強い反対があり、定説とはなっていない。

▼15 つまりヘブロンの財産を持ち逃げしたということである。原作ではこの点をはっきり指摘していないが、峯太郎版のほうが辛辣である。このホームズ説に対する「それをすっかり、マンロー君に出してあずけたのは、どういうわけだ?」というワトソンの反論はかなり筋が通っており、「自分の愛の証こを見せたい」というホームズの再反論はあまりぱっとしない。それを補うのが原作ではその場にいないハドソン夫人の「それは、わかりますわ」という援護射撃だが、元来推理の専門家でないハドソン夫人に頼っているところからしてこの推理は誤っているのではないか、という伏線になっているのではないか。

▼16 峯太郎版ではこの「ヒョロ長い女」がむしろ主犯であるかのような解釈をホームズはしている。

▼17 この賭けの話は原作には出てこない。これに応ずる峯太郎版のホームズとハドソン夫人はかなり調子に乗っている。

▼18 原作ではさすがに二回も忘れ物はしていない。しかしうっかり者の性格を前面に押し出すことで、作品に滑稽味を与えることに成功している。

▼19 原作では「『ノウブリ』とささやいてくれたまえ」と、事件名ではなく地名で事件を思い出させるよう頼んでいる。

▼20 原作は『プライオリ学校』。

▼21 この作品も引き続きワトソンが語り、妻メアリーが聞き書きするというかたちをとっている。

▼22 残念ながら原作ではホールダネス公爵は海軍大臣と国務大臣しか歴任していない。ちなみに『第二の汚点』のベリンジャー卿は二回首相を務めた。

▼23 原作ではそんなスキャンダルで世間を騒がせたということはない。しかしすべてをハクステブル校長の口から説明させるよりも、こうやって分散させたほうが物語が単調にならないという判断なのだろう。そのかわり校長がベーカー街の部屋にやってくるなりひっくり返ってしまう場面が割愛されているのは残念である。

▼24 直前に語られた『黄色い顔』の内容を用いたいかにも可能性の高そうな解釈であり、ミスディレクションである。この二話を並べるという構成そのものが、既成のホームズ短編からまた新しい枠組みを作り出しており、優れた翻案といえよう。

▼25 原作にない性格設定。しかし夜中に学校を脱走するという意志の強さがあるという伏線を、峯太郎が独自にしいているのである。

▼26 原作では隣の部屋は二人部屋である。

▼27 峯太郎版では公爵が主導権を持って捜査を依頼しているが、原作ではワイルダが秘密保持を理由にホームズの介入をまず断っている。

▼28 峯太郎版のホームズの特徴であり、さらに大食いが特筆される。

▼29 原作ではタイヤであって、自転車本体ではない。しかし普通は

自転車を買えばタイヤもついてくるものだから瑣末なこととして、自転車のメーカーとしてしまったのだろう。
▼30　原作ではホームズとワトスンはそのまま学校に宿泊しており、「赤牛旅館」は地図で言及されるのみである。また原作では地図の入手元が不明だが、峯太郎版では旅館から借りている。
▼31　原作にはない、峯太郎がしいた伏線である。
▼32　原作ではジプシーの荷車から発見されている。当時ジプシーは犯罪者集団であるという偏見が持たれていた。しかし日本ではそのような概念がないから、くず屋としたのだろう。
▼33　峯太郎版ホームズの独自の指摘であり、原作のホームズはこういう疑問を呈していない。このあとにも「警察の連中が、捜査したあともないね」とホームズが言っているが、警察がまじめに捜査していないのではないかと疑っているのだろうか。
▼34　峯太郎版ホームズの名台詞のひとつ。
▼35　これも峯太郎版ホームズの名台詞である。
▼36　原作ではソヴリン金貨を一枚だが、まさしく一ソヴリンは一ポンドの価値がある。
▼37　原作ではソヴリン金貨を見せびらかすのみで、かけひきはしていない。
▼38　ヘイズに盗み聞きされるのを用心してのことだろう。しかし原作ではそのような用心はまったくしていない。峯太郎版では牛がいなかった話は店を出てからしている（四五八頁）。スパイ物を得意とした峯太郎ならではの気遣いである。
▼39　原作ではヘイズはホームズがかぎまわっているのを怪しんで暴力を振るおうとしていた。峯太郎版ホームズのほうが気がつかれずに上手にさぐっている。
▼40　原作ではこのあとに停めてある自転車をこっそり調べてダンロップ製のタイヤだということを確認するのだが、峯太郎版では一瞬目の前を走りすぎていく自転車で見分けている。もっとも峯太郎版ではタイヤではなく自転車本体の製造会社ということになっているのだから、自転車に詳しければ遠目でブランドがわかったとしてもおかしくはない。
▼41　原作では特に触れられていないが、ヘイズの言葉が意地悪のためではなかったということである。
▼42　原作では逃亡したのはヘイズのみで、おかみさんは居残っている。もっともヘイズのおかみさんも共犯なのだから残っていたら亭主同様逮捕されるのは目に見えている。だから峯太郎版のように二人とも逃亡したほうが論理的だ。
▼43　峯太郎版ホームズはすばやい。一方原作では「荒れ地をてくてく帰る」ありさまで、一応駅で電報は打ったものの、もたつきは否めない。
▼44　ホテルに帰ってからのワトソンとの会話の場面は原作にない、読者にわかりやすくするための追加である。
▼45　原作ではヘイズのかみさんが残っているので闘鶏旅館にまだ監禁されているのだが、峯太郎版ホームズでは夫婦二人とも逃亡してしまったのでサルタイヤを見張る人間がいないはずだからだ。
▼46　原作にはない新解釈である。原作ではワイルダが自転車で急を知らせると、ヘイズ一人が自分のドッグ・カート馬車で逃亡し、後にはヘイズ夫人とサルタイヤ卿が残った。夜になって公爵は闘鶏旅館に一人で行き、サルタイヤ卿と会って無事を確かめて一人で帰宅したことになっている。しかし峯太郎版のように、ヘイズが乗っていった馬車を届けた謎の男が公爵自身であり、その後息子を連れて歩いて帰ったというほうが、謎は複雑になって探偵小説的興味をそそる。
▼47　原作では一万二千ポンドを受け取り、「『私は貧乏でございますから』と大切そうに紙入れを軽く叩き、内ポケットの奥ふかく収めた」。

▼48　こうした人間関係はまったく原作にはない。ヘイズが単に借地人であり、ワイルダとの接点が生じたと説明している。

▼49　公爵夫人の別居の理由は原作では語られておらず、本事件とは関係なくそのままほったらかしで終わっている。峯太郎版では妻との別居も事件の一部として含めることで、公爵家の問題はすべて解決されて大団円を迎えることができた。

▼50　この説明によると主犯はヘイズであり、ワイルダは不幸な生い立ちにつけこまれたかのようである。もちろんこれは峯太郎版独自の解釈であって、原作では、主犯はあくまでもワイルダということになっている。しかし主犯がワイルダだと公爵の血筋から主犯が出てしまう。すると家庭が円満でおさまらない。それを峯太郎は危惧したのではないだろうか。

▼51　原作には母親の名を利用したとしか書かれていないが、ロンドンに帰ってきているという峯太郎版独自の記述は、南フランスで待っているなどというよりもかなり現実味がある。

▼52　誘拐と殺人の一部始終をワイルダが自転車に乗って目撃していたというのは、原作にはない。自転車に乗ったのは深夜ではなく、夕方に林に呼び出したときだった。ホームズたちが発見したダンロップ社製のタイヤ跡は、いつつけられたものだったのだろうか。原作だと夕方に呼び出したときのものだが、峯太郎版では深夜に追跡したときのものだろう。原作だとあまり重要な証拠にはならないし、後で話題にも上っていないが、峯太郎版のとおりだと公爵の証言を裏付ける重要な証拠になるから、こちらのほうが面白い。

▼53　原作ではホームズが遺体を発見した後で告白しているから悪質である。

▼54　原作では確信犯のようである。このようなあわてぶりは見られない。

▼55　公爵ともあろう人間が帰りは歩いていったというのは、馬車をうばわれたからだという説明がつく。

▼56　短編同士の間で切れ目がないのが峯太郎版の特徴だが、ここのつなぎ方は一層特徴的である。話をつなぐために、原作では無関係の次の話の冒頭にホールダネス公爵を登場させている。

▼57　原作は『海軍条約文書事件』。

▼58　原作ではホームズはワイルダを手許（てもと）に置かないことを提案するだけであって、財産分与や行き先までは助言していない。もっとも一文なしで放り出したらまた悪事を働くだけだから、言うまでもないかもしれない。

▼59　原作では夫人の別居のことは解決していない。もっとも峯太郎版ではワイルダの密告が原因だと書かれている（四六五頁）のだから当然である。

▼60　原作では当局への働きかけについてはまったく言及されていない。ただ問題なのはヘイズが法廷ですべてを暴露してしまう危険性なのだが、しかしこれも殺人罪で絞首刑になるのが確実なヘイズにとってどれだけの抑止力を働かせられるか、疑問を呈する研究家は多い。せいぜい後に残されたヘイズ夫人の面倒を見るという約束ぐらいしか公爵はできないだろうが、やぶれかぶれになったヘイズがみな暴露するのをやめさせる確実な方法はない。ただ原作では当局にはすべて黙っているのに対して、峯太郎版では当局も抱き込もうとしているところが違いであり、そういう加筆をしたのも峯太郎が同じ危惧を抱いたからではないだろうか。

▼61　ここから事件は原作でいえば『海軍条約文書事件』になる。原作ではフェルプスからワトスンを通してホームズに依頼されたものであり、峯太郎版のようにホールダネス公爵が介在するわけがない。

▼62　原作ではロシアとフランスは言及されるが、ドイツは登場しない。この三国は日清戦争後に遼東半島の還付を求めた三国干渉の当事者である。

▼63　原作では侯爵でなく、「卿」と呼ばれている。当然ホールダネス公爵の後任ということもない。
▼64　原作では、フェルプスは前出の伯父のおかげで「外務省でも相当の地位をえている」とあるだけで、役職名は記されていない。また「意外な失策」がもたらした危機は原作とくらべてかなり話が大きくなっている。「最高検察総長」が捜査に当たっているが、原作では警視庁のフォーブズ刑事が来ているだけであった。
▼65　原作ではパブリック・スクールでの二級先輩ということになっている。しかし日本とは学校制度が違うのでこうしたのだろう。「家も近くだった」というのは峯太郎による加筆で、当時のパブリック・スクールは全寮制だから家は関係ない。
▼66　原作ではフェルプスのほうから突然ワトスンあてに手紙が届いてはじまっている。
▼67　原作では「ノーザンバランドあたりの鉄器製造家」の息子であり、妹のアニイとの二人兄弟とあるから長男である。
▼68　原作でワトスンをファーストネームで呼ぶのは妻だけだが、その際に「ジェームズ」と呼んだことから大論争がまきおこった。
▼69　原作では黒髪である。なぜか峯太郎は「銀髪」が好きなようだ。
▼70　原作では秘密条約の相手はイタリアである。ヴィクトリア朝時代は外交はヨーロッパが中心であり、アメリカは孤立主義だったから条約を結ぶ相手にはならなかった。しかし峯太郎版が書かれた二十世紀半ばはアメリカが大国としての地位を確立し、無視できなかったという事情だろう。また原作でも新聞に情報がもれたという記述はあるが「アメリカ新聞記者」と、特定はしていない。
▼71　原作では机の引出しに鍵をかけて入れるように、という命令だった。峯太郎版のほうが警備が厳重である。
▼72　以下の条約の内容はすべて峯太郎版独自のものであり、原作とは異なっている。原作での「三国同盟」とは峯太郎版の言うロシア、フランス、ドイツではなく、ドイツ、オーストリア＝ハンガリーそしてイタリアの三カ国であるというのが研究家の一致した意見である。ここでの英米同盟はアジア方面への侵略を予定していることなど、峯太郎の『亜細亜の曙』を連想させる。
▼73　原作にない設定だが、他人の家の床下に隠し場所があることを知っている説明になる。
▼74　峯太郎版のハリソンは毎日会社に通勤して働いているようだが、原作では無職で、たまたまこの日ロンドンに行く用事があったようである。
▼75　原作にはなく、峯太郎版でもここ以外では見ない癖だが、グラナダ版のテレビドラマで主演したジェレミー・ブレットを連想させる。
▼76　原作では医師は「とても親切に面倒みてくれ」とあるだけで、具体的な描写はない。
▼77　『黄色い顔』事件でのことをさすのだろう。
▼78　以下のワトソンの推理は原作にはないが、読者の代理としてまず考えそうなことを述べたのだろう。
▼79　ところが原作では「靴の底が打ちなおしてあった」とホームズに指摘されるほどであった。
▼80　これは原作にはない。峯太郎版のハリソンは帰りの列車の中かなにかで文書の内容を確かめて、その一部を書き写し、抜け目なく大使館に話を持ちかけていたのだろう。ところが原作のハリスンは内容を確かめたのだがメモを取るのを忘れていたので商談を持ちかけることもできず、十週間やきもきするだけで無為に過ごしていたというばか者であった。
▼81　峯太郎版ホームズが食が進まないという珍しいシーンである。
▼82　原作ではこの日も朝の列車でウォーキングに行っているので、フェルプス邸での会話に時間がかかったとしても、早くからアニイをずっと部屋でがんばらせておくことになり、負担が大きい。むしろ峯

太郎版のように午後から出かけて、アニーには夕方から部屋の番をしてもらったほうが合理的だ。

▼83　原作のホームズはサーの称号を辞退している。

▼84　原作にはない言及だが、症状からして睡眠薬をつかっていたと考えるほうが自然である。

▼85　原作ではジョゼフがみんなを起こしにいくが、誰が部屋に入ってきたか不明。馭者、料理人とではなく、ジョゼフと「馬丁」の二人が足跡を見つける。

▼86　原作ではフェルプスの話がホームズに「異常な影響をあたえたらしい」とある。その後足跡を調べてからは「肩をすくめた」となる。原作のホームズはこの足跡を確認してようやく自分の推理に自信が持てたのだろうか。峯太郎版ホームズはすでに確証を得ていたようだ。

▼87　原作ではワトスンの診断の場面はない。

▼88　原作では八時に着く汽車で帰ると言っている。

▼89　峯太郎と中央幼年学校、士官学校で同級だった阿南惟幾（あなみこれちか）陸軍大臣は、小柄だったために「ポケ」というあだ名だった。また峯太郎の『新郎新婦』（一九二九）という作品にも、「ポケ」というあだ名の幼年学校の同級生が登場する。もちろん、以降のポケと「おたま」のやりとりはすべて峯太郎の創作である。

▼90　『黄色い顔』事件でのこと。

▼91　日本新薬から発売されていた催眠鎮静薬。内容はカルモチンと同じで、太宰治や金子みすゞが自殺目的で服用した。

▼92　原作ではコーヒーとお茶の両方を運んできたことになっているが、その銘柄までは書いていない。

▼93　日本では高級レストランならともかく、皿に保温用の蓋をかぶせておくのは一般的でないので、紙に変更したのだろう。

▼94　しかし残念ながら原作のホームズはトマトジュースは飲めない。世界初のトマトジュースの商品化は一九二三年にアメリカでのことである。日本では戦前にわずかながら生産されていたが、戦後になってアメリカの放出物資として給食に取り入れられ、ちょうど峯太郎ホームズが書かれたころが普及しはじめた時期だった。

▼95　原作では塀の横木が壊れていることになっているから、無理やり塀を乗り越えたとみせかけようとしたのだろう。峯太郎版ホームズでは木によじ登って塀を越えてきたという形にしたかったのだろうか。また原作では昼間に現場を見ている。

▼96　この事件より先に『まだらの紐』が起きたという証拠である。さらにいえば原作でもここで『まだらの紐』に言及している。

▼97　原作では手のさきを切っただけですんでいるが、峯太郎版のほうがアクションは激しいようだ。しかも原作では観念したハリスンがおとなしく書類を渡しているのだが、峯太郎版では首を絞めておどかして奪っている。

▼98　フェルプスが気を失うのも、峯太郎版独自の演出。

▼99　原作にはない最初の推理だが、読者の考え方を整理するにはいい加筆である。

▼100　原作ではハリスンは「十一時の汽車でウオキングへ帰る筈（はず）でしたから、できることならいっしょに帰りたかった」とあるが、峯太郎版では「その日は、ロンドンの駅で待ちあわせて、いっしょに帰ろう、と約束していたのです」と、正確な時間は記されていない。どちらの版でも事件がおきた時刻は九時四十五分だったのだから、原作は待ち合わせ時間よりもはるかに早い時間にハリスンが暇になり、予定の列車に乗る前に一杯飲もうとか、それとももっと早い列車に乗ろうと誘いに来たということだろうか。一方峯太郎版ではハリソンもフェルプスも仕事帰りなのだからもっと早い時間に待ち合わせていたのだろう。待ち合わせに来ない相手を心配して仕事場に行ってみるという峯太郎版のほうが行動の動機としては原作よりもずっと自然だ。

▼101　原作では何の背後関係もないハリスンが思いついて行なった犯

行のように書かれているが、それではスパイを働くにはいかにも不自然であると、スパイに詳しい峯太郎は考えたのだろう。
▼102　原作では謎解きの場面で終わりである。
▼103　この一節が題名の由来となっている。上述のように思いつきの犯行で行なうような事件ではないと考えて、峯太郎は変更を加えたのだろう。
▼104　ハリソンが競馬で身を持ち崩したのがスパイ団に入るきっかけだったという前ふりをくわえ、メアリーの言葉を借りて次の巻への橋渡しをしている。

銀星号事件

この本を読む人に

「あらゆる怪事件の謎を、みごとに解く名探偵ホームズ！」

　と、言われる、ホームズ特別の探偵ぶり、謎の解き方が、読者を引きつけて、探偵小説のおもしろさを、十二分にあたえる。そこで「シャーロック・ホームズ」は、作家の「コナン・ドイル」といっしょに、世界じゅうに知られています。

　ポプラ社が『**名探偵ホームズ全集**』の出版を計画し、その翻案をたのまれた僕は、よろこんで、この計画にさんせいしました。少年期から今なお、ぼくは「シャーロック・ホームズ」独特の探偵ぶりに、かぎりないおもしろさを感じているからです。

　ところが、原作者のドイル氏は、なにしろ一八五九年に生まれたので、今とは時代もちがい、ことに英国人の習わしも気もちも、小説のすじの運び方にも、日本の少年少女諸君には、たいくつするところ、わかりにくい部分が、すくなくないように思われる。そこで原作のすじと味をこわさないようにして、なお十分のおもしろみを加えるように書きかえたのが、全二十巻になりました。つぎのとおりです。

スパイ王者	**踊る人形**	**悪魔の足**	**黒蛇紳士**
火の地獄船	**怪盗の宝**	**夜光怪獣**	**謎の手品師**
獅子の爪	**まだらの紐**	**銀星号事件**	**土人の毒矢**
鍵と地下鉄	**恐怖の谷**	**謎屋敷の怪**	**消えた蠟面**
深夜の謎	**王冠の謎**	**閃光暗号**	**黒い魔船**

　どれもみな、「コナン・ドイルの傑作」と言われ、みなさんのご愛読を得て、大いに感謝しています。

山中峯太郎

この物語に活躍する人々

名探偵ホームズ
あらゆる怪事件の謎を、みごとに解いて、「あっ、なるほど！」と、だれにも思わせる、しかし、そのための苦心は、たいへんなものだ。『銀星号事件』『怪女の鼻目がね』に、天才の腕まえをあらわし、さいごには『魔術師ホームズ』と、英国総理大臣に言われる。

ワトソン博士
ホームズが有名になり、親友のワトソン博士も有名になった。ホームズといっしょに怪事件を探偵した話を、妻のメアリーに聞かせる。それをメアリーが本に書いて、ますます有名になる。ところが、もとは医学博士だから、ぼくはヘボ探偵だと自分で思っている。

グレゴリ警部
『銀星号事件』の奇怪な謎が、どうしても解けない。ホームズに探偵の力をかりにくる。すると、自分の見こみがホームズの判断とちがって、しまいに怒りだすが、さすがの警部も、さいごに降参する。

ストレーカ親方
名馬「銀星号」を訓練している調馬師の親方、女王黄金カップの大レースに、一等を取ろうと張りきっている時、馬屋の近くで夜なかに、突然、何者かに殺され、「銀星号」も行くえ不明になる。

怪青年シムソン
黄色の鳥打帽をかぶって、方々をウロウロしている。「銀星号」の馬屋の見はりに、眠り薬を飲ませた疑がいがあり、ストレーカ親方の殺された場所に、このシムソンのネクタイが落ちていた。

青年探偵ホプキンズ
ロンドン警視庁につとめている。何か手がらを現わそうと、大いに力んでいると、奇々怪々な殺人事件の探偵を言いつけられ、ホームズ先生とワトソン博士にたのんで、みごとに謎を解いてもらう。

老教授コーラム
白鷲のような顔をしている。古い家の中に引っこんで、何かの研究を六年以上も熱心につづけている。書斎で青年秘書が突然と死んで、自殺か、殺されたのか？　名探偵ホームズが乗りこんでくる。

怪女アンナ
さいごまで、すがたを見せない怪女、名まえは平凡に「アンナ」と言われるが、正体は不明、金ぶちの鼻目がねをかけていた。かくれている秘密の場所は、どこなのか？　ついにホームズが発見する。

探偵部長レストレード
ホームズの友だち、まじめで熱心だ。何か変な事件があるとホームズ先生に知らせる。殺人の現場に、三日すぎて奇怪な血のあとを発見し、ホームズ先生に来てもらい、二重の謎が、ここから解ける。

歌手ルーカス

大ぜいのファンをもっている有名な歌手、ところが、それは仮面で、実はスパイの首領なのを、ホームズは見やぶっていた。それが英国のロンドンで殺され、犯人はフランスのパリで捕まったという。

外務大臣ホープ

三階の寝室で、もっとも重要な機密文書がなくなり、驚いて総理大臣といっしょに、名探偵ホームズに至急の捜査をたのみにくる。そのすぐ後、外務大臣の夫人が秘密にホームズの前へ出てきた。

第一話　銀星号事件[1]

紳士みたいな怪敵スパイ？

突発！　変事！　号外！

「謎の銀星号事件！

大新聞が、この怪事件を、あらそって一等上にかかげた。君も読んで、おぼえてるだろう」

と、ワトソン博士が手帖を見ながら、妻メアリーに話しつづける。[2]

「大々的の特別記事だった。その時の人気が『銀星号』に、すごく、あつまっていたからね。

ぼくも、ホームズも、その前に、大競馬場で『銀星号』を、いくども見た。[3]いかにも世界的名馬でね。アラビア産の栗毛だ、さっそうとしていて、ひたいの上から、はなすじに、まっ白い毛なみが美しく流れている。走るとそれが銀の流れ星みたいに見えるんだ！

春の大競馬の決勝レースに、金の女王カップ、金メタル、あらゆる賞金や賞品を、二年つづいて、みんな、もらってしまったのが、この『銀星号』だった。だから、たいへんな人気でさ、

『今年はどうだ？　やはり銀星号が優勝だろう』

『さあね、いくら名馬でも、三年つづけて勝てるかしら？　あたしは、今年こそデズボロ号だと思うわ！』

『それじゃあ、君は、デズボロ号にかけるか？』

『そうよ、だんぜん！』

『なにを、ぼくは、どこまでも銀星号だ！』

競馬ファンは、むろん、ほとんどロンドン全市の男も女も子どもまで、春の女王カップ・レースを、[4]やかましく話している。

駅や町で売りだした大競馬予想表が、たちまち飛ぶように買われてしまう。

『今年の優勝馬は、銀星号かデズボロ号かアイリス号か？　ノーノー！　意外にも、ラスバ号かニグロ号が抜くかも知れない！　たしかな見こみをたてたい人は、この予想一覧を参考に、ハイ、一冊、三ペンス！　三ペンスで何ポンドもうかるか、宝の大競馬優勝を、この予想表で、おきめなさい！』

などと、いたるところの道かどに、予想売りが声をからして、大競馬の人気をあおりたてている。

なにしろ競馬に大金をかけて、いっぺんにすごく、もうける者がいる。また同時に、たちまちスッテンテンになる。借金までしてかけたのだから、見こみはずれで、夜逃げする者もすくなくない。

この大競馬を見に、地方からもゾクゾクと、大ぜいがロンドンへ集まってくる。[5]鉄道も旅館も、ひどい混雑だ！

いよいよ人気がわきたって、あと三日にせまった、春の女王カップ優勝レース！　男も女も子どもまで、今年の優勝馬を話しあっている、と、夕かたに大新聞のクロニクルとテレグラフが、あらそって両社とも号外を出したんだ。

名馬銀星号、行くえ不明！

調馬師ジョン・ストレーカ氏、殺されて死体が発見された！　この号外がロンドン全市民に、さあ大変だ！　意外きわまる突発事件だ！　と、非常なおどろきをあたえた。ビックリしないのは、赤んぼだけだったろう。

ホームズと僕は、夕食のスープを飲んでいたのさ。[6] イギンズ少年が飛びこんでくると、テレグラフの号外を投げだして、

『大変だよっ！　先生、この探偵に乗りださないと、女王カップ・レースに大穴があくぜ！』

と、いつものキンキン声でさけびだした。[7]

なるほど、変事だ！　『銀星号の行くえ不明、調馬師が殺された！』この突発事件を探偵してみたいと、ホームズも僕も、はげしく気もちを動かして、

『今ごろは新聞社も警視庁も、さわぎまわってるぜ』

『あしたの朝刊が見ものだ。各社とも特別記事を、競争して出すからね』

『あれだけの名馬だから、銀星号は、まもなく見つかるさ。調馬師が殺されたのも、犯人がすぐあがるのじゃないかな？』

などと話してね、これが奇怪きわまる事件だとは、まだ気がつかなかったのが、ほんとうだ。

ところが、夜十時すぎ、たずねてきたのが、警視庁の探偵課長グレゴリ警部でね、ホームズと僕とも前からの知りあいなんだ。[8]

『ヤア、グレゴリ君、まさか銀星号事件についての相談じゃないだろうね？』

と、ホームズが目をかがやかすと、

『いや、先生、今すぐ考えてください！　あした、あさって、女王カップ・レースまで、中二日ですからね。[9] 二日間に銀星号を見つけないと、警視庁の面目まるつぶれ、ぼくは辞職だ。馬のために辞職なんて、やりきれんですよ。ワトソン先生、そう思わんですか？』

ガンガンと大声で、ひたいに汗がダラダラと流れ、大きな目をむきだして両手をふりまわし、とても真けんなんだ。

このグレゴリ警部が、『謎の銀星号事件』の探偵に、ホームズと僕を、その現場へ引っぱって行ったのさ。

話はこれからだ。

草をわけ石を起こしても

『なに、調馬師殺しの犯人は、ぼくの手ですぐ捕えたです！　が、なにしろ銀星号の行くえが、まったく不明！　女王カップの決勝レースに、銀星号が出ないとなると、見にこられる女王陛下や王子と王女たちが失望される。その上に、銀星号に大金をかけている連中と大衆ファンはむろん、各新聞社が、いっせいに攻げきするのは、警視庁ですからね、

「グレゴリ警部！　草をわけ石を起こしても、あさってまでに銀星号を、殺されとったら、死体を見つけろ！」

と、総監の厳命です。

たまったもんじゃない！　探偵課の全部をあげて、けさ早くから、キングス・パイランドの原野へ出動、銀星号の行くえを、必死に探しまわった、が、かげも形もない！　どこかにいれば、あれだけの名馬だから、だれか見つけているはずだ、それがおらん！

こうなると、ぼくはホームズ先生に、出てもらうほかに、方

法がない。先生、たのむです！』
　真けんに熱心に、ガンガンと言うグレゴリ警部の前へ、ホームズがカップに水をついで出すと、わらいながら言った。
『あしたの朝刊に、くわしく出るのを、たのしみにしているのだがね』
『いや、新聞記者が聞きつけて、ワンサとおしよせてきた、が、くわしいことは、ぼくの口から話しとらんです。調馬師殺しの犯人は捕えたが、銀星号の行くえ不明については、捜査の手がかりが、中とからピタリと切れとる。犯人が別にいるらしいですから』
『フウム、おもしろそうだ。くわしく話してみたまえ』
『ワトソン先生も聞いてください。銀星号の馬屋は、キングス・パイランドの原野にある。馬は銀星号のほかに三頭、持主はロス氏といって、ロンドンにいるですが、一頭に一人ずつ、すごく強い猛犬まで護衛につけて、特に銀星号を大事にしとる。世界的名馬だし、英国の宝だと言われとるですからな、むりないです。
　護衛のひとりが毎夜、馬屋の下に起きていて、寝ずに警戒しとる。ふたりは二階で寝る。この三人の青年の親方が、調馬師ストレーカです。
　ストレーカは前に騎手だった。今は結婚している。馬屋から六十メートルほどの所に、小さな家をロス氏に建ててもらって、妻くんと女中と三人が、苦労なしに生活している。子どもはまだないです。このストレーカが、ゆうべ殺された！
　ゆうべ九時すぎ、三人の護衛青年が、いつものように銀星号をはじめ四頭の馬に、水をやってから、馬屋の戸じまりを厳重にした。三人のうち、ふたりは夜食にストレーカの家へ、あるいて行った。あとのひとりのネッド・ハンタは、馬屋にのこった。寝ずに警戒の番にあたっていたです。
　このハンタ青年の夜食を、ストレーカの家から女中のバクスタがもって行った。羊の肉のカレー、飲みものは馬屋にある井戸の水。
〔護衛している者は、水のほかに飲んじゃならんぞ！〕
　持主ロス氏の、きびしい言いつけです。若い者が酒など飲んで、ゆだんするのを、いつもやかましく用心していたです。それほど馬屋の警戒は十分だった。
　ゆうべは月もない、星も出ていない、まっくらだから、女中バクスタは灯をもって行った。すると、馬屋へ六メートルほどの所で、くらやみの中から不意に、
〔ちょっと、きみ！〕
と、声をかけられた。
　ビクッとして灯にてらして見ると、黄色の鳥打帽に、ねずみ色の服を着ている、紳士ふうの男、年は三十くらい、上品な顔をしとるが、ひどく青ざめていて、
〔ここは、なんという所ですか？　道にまよってしまって、きみの灯が見えたから、やっとたすかったわけでね〕
と、すぐ前へきてきいた。ジッと見つめる目が、気みがわるいほどキラキラして、すごいようだから、
〔ここはキングス・パイランドの、馬屋のそばですわ〕
と、バクスタは、こわくなって、それきり行こうとすると、
〔待ってくれたまえよ、とてもいい話があるんだぜ、きみ！〕
と、この紳士ふうの男が、ネチネチした口調で言いだした。

こいつが、はじめから怪しかったです。女中バクスタの証言によっても！』

さては怪敵スパイ！

『とてもいい話、と、ネチネチした口調で言われて、若いバクスタは、こわがりながら、ふと気をひかれたです。立ちどまって、

〔なんですの？〕

と、きいてみると、

〔ねえ、これを馬屋番に、ソッとわたしてくれよ、たのむんだ。わたしてくれたら、きみが外行きの着ものを、新しくつくるくらいの金、きっとお礼するぜ、ね！〕

と、紳士ふうの男が、チョッキのポケットから、なにか白い紙を、つまみだして見せた。

〔あら!?〕

バクスタはビックリすると、なおさら、こわくなって、男の前から走りだした。馬屋の窓の下へ行くなり、

〔ハンタさん、夜食！〕

と、カレーの皿をさし出すと、ハンタ青年が窓の中から受けとって、

〔待ってたんだ、今夜もカレーか[10]〕

〔そうよ、今ね、変な男が、あたしに〕

と、バクスタが息をついて言う後から、

〔こんばんわ！〕

と、出てきたのは、黄色の鳥打帽の男で、

〔ねえ、きみに実は、ちょっと話があるんでね〕

と、やはりネチネチした口調で、窓の下からハンタ青年に言いだした。

〔話って何だい？〕

と、ハンタ青年が、きいてみると、

〔それがね、おたがいに、金もうけをやろう、ということなんてね、三年や四年、あそんでいられるくらいの金をさ！〕

〔だしぬけに、そりゃあ、どうして金をもうけるんだい？〕

〔だからさ、今度の女王カップ・レースに、ここの銀星号が優勝するのに、きまっているんだろう、ね、みんなの予想もそうだし、ぼくも、そう思うんだがね〕

〔むろん、女王カップは銀星号のものさ、だから、なんだというんだ？〕

〔今、寝てるんだろうね、スヤスヤと銀星号が〕

〔オイ、そんなこときいて、なんになるんだ？〕

〔いや、ここが、すばらしい金もうけになるんでね、いいかい、きみの気もちひとつで、ぼくと組みさえすると、ね、つまり、きみに運が向いて来たんだぜ〕

〔早く言えよ、カレーがひえちまわあ！〕

〔それどころか、つまり、今夜ね、銀星号に、ちょいと細工さえすりゃあ、[11]……〕

〔ヤッ、この野郎、敵がわのスパイだな、よくも来やがった、キングス・パイランドが敵スパイを、どうもてなすか、見やがれ、待ってろ！〕

と、ハンタ青年がどなると、窓べりから馬屋のおくへ飛びこんで行った。

猛犬を出すんだわ、大変だ！　と、バクスタは、ふるえあが

って、家の方へ走りだした。ふりかえって見ると、
〔アッ、……〕
またビックリした、窓の中へ今の男が、むねから上を突っこんでいる、と見るなり、おどろいて家の台所へ帰ってきた、という、この女中バクスタの証言に、うそはないですな。
このあとは、ハンタ青年の証言で、さては敵スパイが来やがった！　と、馬屋のおくで猛犬セパード▼[12]三頭のくさりを解きはなすなり、
〔おそえっ！〕
と、いつも訓練している号令一下、うら口のドアから馬屋の外を、いっさんにまわってきた。
ところが、今さきの男、敵がわのスパイにちがいない奴が、窓の下にも、どこにもいない！　すばやく風をくらって逃げやがったか？　と、三頭のセパードに、
〔おそえっ！　おそえっ！〕
と、けしかけて、自分も近くをさがしまわった』
『待った！　フーッ』
ホームズがパイプたばこの煙を、フーッと、はきだすと、質問しだした。
『ハンタ青年が犬をつれて、外へ飛びだした時、窓のほかに馬屋の戸じまりは？』
『ヤッ、それは飛び出した時、そこのドアに鍵をかけた、用心して。ほかに敵スパイの仲間が来るかも知れんから、と言ったです』
『フム、三頭のセパードのくさりを解く、ドアから出て鍵をかける、それだけの何分間かに、黄色の鳥打帽が逃げた、と、ワトソン、どうかね、君の判断は？』
『よっぽどすばやい男だ、とすると、そうだろう、だが、猛犬セパードに、つかまらなかったのかな？』
『つかまらんです』
『しかし、窓から半身を突っこんで、その男は何をしたんだろう？』
『それが問題です。窓の大きさは、ぼくも検視したですが、おとなの人間は、はいれないです』
と、グレゴリ警部はカップの水を、ガブガブ飲みほすと、ひげのさきのしずくを、はらいのけて、
『先生、もういっぱい、くださらんですか、この水は、うまいです！』

毒を飲まされた？

ガンガンと話しつづける、グレゴリ警部は二はいめの水を、またすぐ飲んでしまって、
『それからハンタ青年は、仲間の青年のフランクとホープ▼[13]が、帰ってくるのを待っていたです。帰ってくると番をたのんで、親方の調馬師ストレーカにすぐ、今の敵スパイのことを知らせに行った。
ストレーカ親方は、それを聞くと、ひじょうにおどろいて、
〔そいつは、ゆだんできないぞ！　そうか、つかまえて白状させりゃあ、敵が何者だか、わかったろうに、ざんねんしたなあ！　レースまで後三日だ。ゆだんするな。またやってくるかも知れないぞ！〕
と、目いろをかえて、部屋の中をドスドスとあるきまわった。

このつぎは、ストレーカ親方の妻くんの証言です。
　夜なかの一時すぎ、ふと目がさめた。ベッドに夫のストレーカがいない。おや変だ、と、部屋の中を見まわすと、すみの方に立っている夫が、寝まきを服にきかえている。
〔あなた、どうしたの、今ごろ〕
〔ウム、銀星号が心ぱいで、ねむれないから、馬屋へ行って見てくるんだ〕
〔まあ！　だって、雨がふってるわ。ハンタさんが寝ずに番をしてるんだし、大じょうぶじゃないの。なにかあったら、知らせてくるわよ〕
〔知らせにきてからじゃ、まにあわないかもしれない。敵のスパイが、ねらってるんだ。行って見てくらあ！〕
と、服の上に大きな雨外とうをきこんで、ストレーカ親方はドスドスと出て行った。
　夜ふけの雨が、窓ガラスを強くバラバラと打っている。
　なにしろ命より大事な銀星号！　もしも敵がわのスパイに傷でもつけられるか、毒でも飲まされて、レースに出られないようなことになると、それこそ金カップや金メタルや賞金の損ばかりじゃない。何百万人という競馬ファンの人たちに、まったく申しわけのないことになる！　親方が心ぱいしているのも、むりはない、と、妻くんも心ぱいしながら、そのうちにウトウトとねむってしまった。
　目をさましてみると、朝の七時がすぎている。親方はまだ帰っていない。あたしは、すっかり寝ぼうしちまった、と、いそいで着ものにきかえると、女中のバクスタをよんで、いっしょに馬屋へ行ってみた。すると、おもてのドアが、あけはなしてある。なんだかようすが変だわ！　と、はいって見ると、おどろいた。
〔ハンタさん！〕
〔どうしたの？〕
　テーブルにハンタ青年が、ドサッと両手を長く投げだしたきり、ねむっているのか、死んでいるのか？　うつむけになっている。ふたりはおどろいて、両方からはげしく、ゆすぶってみた。死んではいない、が、グッタリと目をふさいだまま、スーッスーッと息をする。なにか毒薬でも飲まされたらしい。
〔フランクさん！〕
〔ホープさん！〕
　二階に寝てるはずのフランクとホープを、ふたりは呼びたてた。これまた、やられてはいないか？　と、さけびつづけると、階段をおりてきた、フランクとホープも寝ぼけた顔をしている。グッスリ眠っていたらしい。
〔ワッ、どうしたんだ？　ハンタ！〕
〔急病ですか？　おくさん！〕
そばへ来てビックリしたフランクとホープに、
〔大変だわよ！　親方はどこにいる？〕
と、妻くんがきいてみると、
〔エッ、親方が来てるんですか？〕
〔来てるわよ、夜ふけから。銀星号が心ぱいだって〕
〔ぼくたち、寝てたもんだから〕
〔いけないわ、そんなこと言ってちゃあ〕
　いよいよ心ぱいになった妻くんは、馬屋のおくへ走って行った。

ところが、銀星号がいない！　ほかの三頭はいる。ストレーカ親方はいない！
〔まあ！　どうしたんだろう？〕
妻くんに付いてきたフランクが、
〔親方は銀星号を、運動に引き出したんでしょう、雨がはれたから〕
と言ったが、この時すでに、ストレーカ親方は殺されとった！
その死体と現場のようすを、十分にお聞きください、ここが重要だから、水をもういっぱい、くださらんですか』
大声で話しつづけて、のどが、よっぽどかわくらしい、グレゴリ警部は三ばいめの水を、またガブガブと飲みほした」

大馬鹿警部の大へボ探か？

黒と赤の絹ネクタイ

「ホームズは水を少し飲んだ。パイプを前のテーブルにおいて、両腕をガッチリ組みしめると、天じょうをにらみだした。グレゴリ警部の話によって、銀星号事件の謎をすこしでも解こうとする、探偵の神経が、目いろにするどく現われて、

『ウム、くわしく言いたまえ、それから？』

と、話のつづきを、さいそくした。さあ何でも来い！　という顔つきが、鉄をきざんだみたいだ。

『ハンタ青年は、どんなにゆすぶられても、グッタリしとって、目をさまさんです』

と、グレゴリ警部は、ひげのさきのしずくを、そのまま、ますます熱心になって、

『だから、ハンタはこのままにして、早く銀星号と親方を見つけよう、と、妻くんと女中バクスタ、青年フランクとホープ、四人が馬屋の外へ、いそいで出て行った。

外は一面の野原です。馬を走らせるのに、まったくいい、四方とも広くて、所々にエニシダの木が、しげっとる。四人は岡に駆けあがって、方々を見わたした、が、銀星号も親方もいない！　だれもおらん、羊も見えない。

〔どこへ行ったのかしら？〕

〔さあ、……〕

〔アッ、あそこに！〕

谷のような低いところに、親方の雨外とうが、エニシダの枝へ引っかかっている！　四人はそこへ岡の上から走って行った。はじめて手がかりを見つけたです！

ところが、どうです、エニシダの木のすぐ向うに、親方ストレーカが、うつむけにたおれている！　頭がくだかれて、あたりは血だらけだ。見るなり妻くんは気を失った。

これから僕が検視したとおりを、くわしく言うです。ストレーカは頭を、なにか重いものでやられたですな、骨までくだけている。ところが、右のももにも傷がある。これはするどい刃ものでやられたらしい、長くスーッと切られとる。兇器は二つだ、重いものと、するどい刃ものと、だから、犯人はふたり、あるいは三人以上おったかも知れんです』

『フウム、……』

と、あおむいてるホームズが、手をのばしてパイプをとりあ

げた。
『ストレーカ親方は、強い男だから、はげしく抵抗したですな。右手に細長いナイフを、かたくにぎっとった。それに血がベットリついている。左手につかんでいたのは、黒と赤の絹ネクタイです、これを女中バクスタに見せると、
〔アアッ、黄色の鳥打帽の男がしていたネクタイです。わたし灯で見て、おぼえています!〕
と、明白に証言したです。
やっと目をさましたハンタ青年も、
〔あいつが窓の外にきた時、たしかに、このネクタイをしめていました〕
と、記おくしとる。ここに疑がう余地は、まったくない!
ストレーカ殺しの犯人は、黄色の鳥打帽の紳士ふうの男、ねずみ色の服、年三十前後! と、捜査方向が確定したです!
死体のまわりに、馬のひづめのあとが、無数についとる。これはフランクとホープの二青年が、
〔銀星号のひづめです、まちがいありません!〕
と、実にハッキリ証言したです。
ストレーカ親方が、黄色の鳥打帽の男と、必死の格闘をしとる時、銀星号はおどろいて走りまわった、その足あとにちがいない、が、それからどこへ行ったか? ストレーカを殺した犯人が、銀星号を引いて逃走したのにちがいない! それは兇器二つから見てふたりだったろう、あるいは三人以上だったか? だが、そいつらの足あとは、残っとらんから、ふしぎです。
ストレーカと黄色の鳥打帽の男、二種類だけの足あとが、みだれとる。では、犯人はひとりだったか? ぼくも部下の探偵たちも、いろいろと考えたです』
『フッフー、兇器は二つ、犯人の足あとは一つか。ひとりで二つの兇器を、はげしい格闘の間に使ったとは思えない、とすると、ワトソン、君の判断は、どうかね?』
ホームズがまた試験をはじめた。ぼくの判断を、じぶんの参考にするのだ。

証拠は明白だ

『今までの話だけでは、まだ、なんとも僕には、判断がつかないね』
と、ぼくも水を飲みながら言うと、
『いや、話はまだあるです。犯人をつかまえたですから』
と、グレゴリ警部は、得意らしく目をきらめかして、
『〔君がグッタリ眠っとったのは、何者かに毒でも飲まされたのか?〕
と、ハンタ青年に、きいてみると、
〔何者かじゃありません、あの黄色の鳥打帽の男です。ぼくが猛犬セパードを出しに、馬屋へ行った時、奴が窓へ胸から上を入れて、カレーの皿へ眠り薬を、手早くまぜこんだのに、まちがいないですよ。皿は窓べりのテーブルに、ぼくがバクスタから受けとっておいといた。奴が逃げてしまって、ぼくは、しゃくにさわったし、薬がはいってるなんて、知らずにカレーを食ってしまったんです。すると、きゅうに眠くなっちまって、あとはなんにも知らないんです〕
と、このハンタ青年の証言も、疑がう余地はないですな。
ハンタ青年の食いのこしたカレーを、本庁へ送って科学課に

しらべさせると、はたしてアヘン薬を発見した、その報告を夕かたに受けたです。

ところが、すでにその時、犯人を捕縛しとったです、ぼくの手で。捜査の方向は確定しとった。「草をわけ石を起こしても」と、総監の厳命によって、探偵全員が四方へ飛んだ。ストレーカの馬屋から、三マイルほど西の方に、サイラス・ブラウンという調馬師の馬屋がある。いいですか、このブラウンの馬屋に飼われとるのが、これまた名馬と言われるデズボロ号です。

今年は銀星号よりも、デズボロ号が優勝するかも知れん、と、ファンの声が、ぼくの耳にも聞こえとる。このデズボロ号のいる馬屋の近くを、黄色の鳥打帽の男が、朝からウロウロしとった。[14]見つけたから、たちまち手錠をかけて、引っぱってきたです。

顔つき、年、服そう、犯人そのものだ、紳士ふうの身なりをしとる！

名まえをきくと、「ヒツロイ・シムソン」年二十九、大学の社会科を出とる。[15]教育があるくせに、競馬がすきになって、父からもらった財産を、すっかりなくした。今は何をしとるか？ロンドンのスポーツ・クラブにはいって、競馬の予想一覧を作ったりしている。

持物をしらべると、手帖の一ページに、「デズボロ号に五千ポンド」と書いとる。五千ポンドの大金を、銀星号の対抗馬デズボロ号にかけとるから、こいつが銀星号をレースに出られなくしようと、ハンタ青年を眠らせ、馬屋から銀星号を引き出して、なにか細工をやったか、やろうとした。それをストレーカに見つけられて、格闘、ついに殺人をあえてした！　この疑がいは、十二分に成りたつ。ホームズ先生、そう思われんですか？』

『フッフッ、まだ思わないね。さきを話したまえ』

『ワトソン先生、どう思うですか？』

『疑がい十二分です、さきを、どうぞ！』

『このシムソンの黄色の鳥打帽も服も、ズブズブにぬれとる。ゆうべの雨の中を、歩きまわっとったからです。それに太いステッキをもっとる。重いから、しらべてみると、鉛を中に入れとる。ストレーカ親方の頭は、このステッキに、くだかれたのだ、と、疑がい十二分どころか、明白に証拠がそろっとる！　ホームズ先生、これでもまだ、こいつを犯人だと思われんですか？』

『ぼくが思うよりも、それだけの証拠があるのだから、本人が自白したのかね？』

『いや、自白しおらんから、先生にきくです』

『フーッ、ワトソン博士の考えは、どうなのかね？』

『自白しない犯人が、少なくないのだろう。この男を検事局へ、すぐ送るべきだと、ぼくは思うよ。それに、もっとも明白な証拠がある。黒と赤の絹ネクタイについて、むろん、本人にきいたのでしょうね』

と、ぼくはグレゴリ警部に、ズバリと急所を突いてみたのさ。どうだい？　ワトソンだって、なかなか、ばかにならないだろう。この質問に、ホームズさえ目を見はって、

『ウム、それだ！　ワトソン博士、プラス二点！[16]』

と、言ったからね。なに？　そんなことくらい、だれでも気がつくって、フウム、君も気がついていたのか、するとたし

かに君も頭がいいぜ。それからどうしたって、グレゴリ警部と犯人にちがいないシムソンの問答が、はじまるのさ。

自白しない犯人

　急所を突いた僕の質問に、グレゴリ警部も目を見はったがね、
『ムハハア！』
　と、大口をあけてわらうと、
『それは、むろん、きいたですよ。黒と赤の絹ネクタイを、シムソンの目の前に突きつけて、これをきかなきゃあ、ぼくは、大ばか警部の大へボ探になるですからな、▼17
〔オイッ、このネクタイに、おぼえがあるだろう！　どうだ、おまえは今、ネクタイなしじゃないか！〕
　と、探偵が何人もそろっとる前です。
　するとシムソンの奴、明白な証拠のネクタイを見て顔いろがサッと変った、しかも、
〔これは、ぼくのだ！〕
　と、ハッキリ言いおったです。
　よし、しめた！　と、こちらは、すきをおかずに、
〔自分のネクタイを、だれに取られた？　言えっ！〕
〔取られたんじゃない、落としたんだ〕
〔うそを言うなっ、ネクタイがひとりで落ちるか？〕
〔走ってるうちに、ほどけて落ちたのを、知らなかったんだ〕
〔オイッ、調馬師ストレーカを、知ってるだろう！〕
〔名まえだけは、知ってるさ〕
〔その馬屋へ、おまえは夜のうちに、何しに行ったか？〕
〔ぼくはデズボロ号に、五千ドルかけてるからね。対抗馬の銀星号が、どんなようすだか、さぐりに行ったんだ〕
〔うそばかり言うなっ！　おまえは馬屋の青年に、「大金もうけをやろう。銀星号に、ちょいと細工すりゃあ」と言ったが、それはどういうわけだ？〕
〔そりゃあ、その青年の聞きちがいだ。「金をもうけよう、銀星号のようすを、ちょっと聞かせてくれよ」と言ったんさ、それだけだ〕
　と、ネチネチどころか、ハキハキ言いおる、明白な証拠があるのに、だんじて自白しおらん。このシムソンという奴、胆(きも)の太い悪党です。
〔ストレーカをステッキでなぐり殺して、銀星号を、どこへ引いて行ったか？〕
〔とんでもない疑がいだ。ぼくは人殺しもやらないし、銀星号なんかに、さわったこともないんだ〕
〔証拠があがってるんだぞ！　皿の中のカレーにアヘンをまぜたのは、おまえじゃないか。オイッ、ここで、いさぎよく自白した方が、スッキリして男らしいと思わんか？〕
〔思いたくっても、自白することが、ひとつもないんでね〕
〔サイラス・ブラウンの馬屋の近くを、何しにうろついとったか？〕
〔デズボロ号の様子を、さぐりに行ったんだ、歩くのは自由じゃないか。野原を歩いて何が悪い？〕
　反対に質問しおる、こいつは警察を何とも思っとらん、よほどの悪党だ！　と、探偵たちが歯ぎしりしたです。
　身体検査をやってみると、証拠になる物は、なにひとつ持っていない。しかも、ふしぎなことは、はだかにしたですが、か

らだじゅう、どこにも傷がない！

　これは変だ！　ストレーカ親方が右手にもっていた細いナイフに、ベットリと血がついとった、が、こいつの血ではない。すると、格闘したのは、こいつのほかに、まだ別の奴が、やはり、おったのだ！

〔おい、おまえのほかに、ストレーカを殺した共犯がおるのも、わかっているんだぞ！〕

　と、顔いろの動きを見ると、

〔そちらでわかっていたって、ぼくは知らないね〕

　と、平気な顔のまま、ヌケヌケとしとるです。

　ついに自白しおらん、が、黒と赤の絹ネクタイ、鉛いりの太いステッキ、この二つの証拠品と共に、検事局へ送ったです。

　調馬師ストレーカ殺しの犯人は、自白しおらんが、早く捕縛したですから、この方の面目は立つ。「警視庁は何をしているのか？」などと、新聞も書かないだろう、が、まったく行くえがわからない銀星号！　あと二日間に、死体でも見つけないと、これこそ面目まるつぶれ、ぼくは大ばか警部の大へボ探として、辞職せねばならんです！

　ホームズ先生、ぼくはねがうです！　もっとも秘密のうちに、ぼくをたすけて、いや、ぼくをさしずして、銀星号を二日のうちに、見つけてくださらんですか？　ワトソン先生にも、ねがうです！』

　グレゴリ警部が、この時はガンガン声ではなく、ヒソヒソとささやいて言った。

　天じょうをにらんでいたホームズが、急にグレゴリ警部の顔を見ると、

『秘密のうちにと言って、ここへ君が来ているのを、部下の探偵たちは、だれも知らないのかな？』

『知っとらんです。ただひとり、銀星号の持主のロス氏だけは、ぜひ、ホームズ先生にたのんでくれ！　と、熱心に言ったです』

『フーッ、ワトソン博士、どうするかね？』

『どうするかねどころか、行こうよ、キングス・パイランドの現場へ！　世界の名馬銀星号を見つけにさ、はじめから君だって、出て行きたい顔をしてるぜ、どうだ？』

『ハハッ、ワトソンの目も、するどいね。よし、行こう！』

　グレゴリ警部が、からのカップをとりあげて、水がないのを気がつかずに口へあてると、

『グッググ』

　と、のどを鳴らした。空気を飲んだのか？　これまた変だった。

目を手術するメス

出動！

　ホームズと僕、グレゴリ警部、三人が列車に乗って、キングス・パイランドに近い駅から、警視庁[18]の馬車を走らせて行くと、朝八時すぎ、ストレーカの馬屋に着いた。謎の馬屋だ！

　おもてのドアの前に、ヌッと巨大な紳士が立っていた。[19]帽子なしに髪も顔つきも、ライオンみたいだ。いかめしく猛々しく、年は五十才くらい、ジッと目いろをしずめて、ほおひげもライオンそっくり、これがロス氏だった。ホームズと第一に握手す

ると、

『オオ、ご苦労じゃ』

　ぼくと握手すると、

『ウウ、あんたも、ご苦労じゃのう』

　声もふとくて、ほえるみたいだ。

　大競馬に二年も銀星号が優勝して、にわかに大きな財産家になった、そのためかロス氏は、ぼくたちを頭から見くだして、グレゴリ警部にも、

『どうかのう、ホームズ君と話してみて、なにか新しい見こみが、あったかのう？』

　と、えらそうに、大きな目をギロギロと動かした。なんだか下品な人間だ。

『いや、ホームズ先生は、これから現場を捜査されるです』

　と、グレゴリ警部が答えると、ホームズがそばからきいた。

『ストレーカ氏の死体は？』

『中の部屋においてあるです』

『見せていただこう』

　えらそうにしてるロス氏を、ホームズは相手にせずに、ドアの中へツカツカとはいって行った。

　調馬師ストレーカの死体が、ベッドの上に寝かされていた。▼20頭の右半分が、ほとんど、くだかれている。すごい傷だ。ホームズが上からジッと見つめると、

『ワトソン、どうだ？』

『ウム、……』

　ぼくは外科医だから、傷の診断は専門だ。

『ステッキでなぐったのにしては、傷口がひろすぎるようだが』

『鉛いりの太いステッキで、いくども打ちすえたら、こうならないかね？』

『そのステッキを見ないと、しかし、ステッキは警視庁へ行っているんだから、ここでは、なんとも断言できない』

　ぼくの診断は、有力な証言になる。ウッカリしたことは言えない。さらに、ももの傷を見た。

『これは明らかに、ナイフで切ったものだ』

　と、ホームズに言うと、

『フム、そうだろう、グレゴリ君、この死体がもっていた刃の細いナイフは？』

『所持品の中にあるです』

　ベッドの下から、ブリキ箱を一つ、グレゴリ警部が引きずりだすと、中へ手を入れて、ゆかの上に、いろんな物をならべだした。

　ろうそく一本、マッチ箱、パイプ、皮のたばこケース、金くさりつきの銀時計、絹の札入れ、象牙の柄の細長いナイフ、葉まきたばこ二本。

『おわり、これだけです』

『フウム、……』

　ホームズが、マッチの箱をあけて、中のマッチの棒をしらべた。象牙の柄のナイフを、つまみあげると、刃のおもてをかえして、うらを見ながら、

『かなりの血だが、ワトソン、このナイフも、君の領分じゃないかね？』

『ウム、目の手術に使う特別のメスだ』

『眼科用だね。このような特種のものを、調馬師の死体が、どうして右手につかんでいたか？　グレゴリ君の意見は？』

『ヤッ、そこまでは、まだ考えとらんですな』

『現場へ行って見よう』

『ウフン』

と、あざわらったのを見ると、ぼくの後に来ていたロス氏だ。ライオンみたいな顔に目をギロギロさせて、えらそうに、あざわらっている、いやなロスおやじだな！　と、ぼくはホームズといっしょに、スタスタと馬屋を出た。

調馬師殺しの現場に、ホームズと僕が何を発見するか？　名馬銀星号の行くえに、なにかの手がかりをつかむか？　と、ぼく自身、こうふんしてしまって、野原へ出て行くと、いやなロスおやじが付いてくることなど、まるで気にならなかった」

真犯人か無罪か？

名探偵ホームズでも

「見わたすかぎり、広い野原だ。四方とも青空が晴れきって、遠くの草の上に白くかたまって見えるのは、

『羊の群れだね、ワトソン、平和な風景じゃないか』

『ウム、こんな平和なところで殺人が行われたとは、おもえないね。もっとも雨ふりの夜なかだったから、グレゴリ警部さん、現場はまだ遠いんですか？』

『いや、すぐそこの、くぼ地です』

そこへ、おりて行くと、エニシダの低い木が、枝をひろげていた。

ホームズがパイプに火をつけると、

『フーッ、ストレーカ親方の雨外とうが、引っかかっていたのは、この木かな？』

『そうです、その雨外とうのポケットに、ろうそくとマッチが、はいっとった。札入れや時計などは、服のチョッキから出したです』

『犯行の夜、風は？』

『雨はひどかったが、風はふいていなかったようだと、家で目をさましとった女中の証言です』

『フム、すると、雨外とうは風にふかれて、この木に引っかかったとは思えない。ストレーカ親方が自分でぬいで、ここにおいたか？　あるいは犯人が、殺した死体からはぎとって、……ハハア、この靴あとが、シムソンらしいな、▼21むこうのがストレーカ親方の靴あとか、フウム、銀星号のひづめのあとが、これか』

草むらには見えない、赤土の上に靴あとが、みだれたまま残っている。さきの細いのと、太いのと、二種類だ。ひづめのあとも、みだれている。

『そうです、ここで格闘して殺したですな』

『待った！』

ホームズが、うつむいた。草むらの中へ右手を突っこむと、ひろいとったのは、マッチのもえかすだ、黒く半分になっている。こんな小さなものを、よくも見つけたな！　と、ホームズの目のするどさに、ぼくが感心すると、

『ウフフン！』

　ここでも、あざわらったのは、後にヌッと立っている、いやなロスおやじだ。えらそうに言いだした。

『ホームズ君、ストレーカの持物をしらべてみたり、マッチのもえかすを、ひろってみたり、そりゃあ探偵の仕事かも知れないが、ストレーカを殺した奴は、つかまっているんじゃやからのう』

『フム、それで？』

『わしが、あんたにたのみたいのは、なによりも銀星号を見つけだすことじゃ。レースは、あさってじゃからのう。今一時も、グズグズしては、いられんでな』

『そう、そのとおり、フッフー』

『銀星号のひづめのあとが、ここに残っている。これが、どこへ走って行ったか？　赤土ばかりならよいが、このとおり草が多くて、さっぱりわからん。あんたには、ここからさきの見こみがつくんかのう？』

『ハハア、その見こみは、これからだな』

『フフン、ウウム、これからか、いくら名探偵ホームズだといっても、そうじゃろうて。レースは、あさってじゃ。銀星号は、もしかすると、死んでいるかも知れぬ。大損害じゃ。生きていても、レースまでには見つからぬ。なんともこれは、持主のわしとして、レースの出馬表から、銀星号を今のうちに抜きとらねばならぬ。大損害で、ざんねんじゃがのう』

『そのとおり、だが、出馬表はそのままにしておくのだね』

『ワオッ、な、なんじゃと？　あんたは、あさってのレースまでに、生きている銀星号を見つけるというのか？』

『フーッ、そのとおり！』

『ほんとか？』

『ハハッ、まず、ほんとうだろう』

『まずじゃと？　ハンタとフランクとホープと、三人の若い者が馬に乗ってじゃ、セパード犬をつれて、この野原の四方を、手わけして探したのじゃ。[22]それでも銀星号は、見つからんのを、あんたがどうして、「まず、ほんとうに見つける」と、見こみをつけたんじゃ、エッ？』

　ロスおやじのライオンみたいな顔が、ビックリしてどなりつづけると、まっかになってさ、ほおひげが、さかだって、えらい勢いだった。

馬になってみろ！

　ロスおやじばかりか、グレゴリ警部もビックリして、パクッと大口をあけると、

『ホームズ先生、銀星号はどこにおるですか？』

と、かみつくみたいな顔になった。

ほえるロスおやじに、かみつく警部を、ホームズは目の前に、わらって見ながら、

『ハハア、あさってのレースまでに、銀星号が出てくれれば、それでいいのだろう。グレゴリ君、ぼくに捜査をまかせておきたまえ！』

　と、自信満々と言いきった。

『それじゃあ、先生に目ぼしが、もう、ついとるですか？』

『だから、まずさ。だが、このロス氏がそばにいると、じゃまになるだけだ。フッフー』

『ワオッ、わしが、じゃまになると？』

『そのとおり、君はうるさいからね』

『な、なにがうるさいか？　失礼なことを言うな。わしは銀星号が心ぱいで、たまらんのじゃ、エッ、どこにいるというんじゃ？』

『グレゴリ君、このうるさいおやじさんを、ストレーカ親方の家か馬屋へ、つれて行くんだね』

『先生は、どこへ行かれるですか？』

『フーッ、ワトソン博士といっしょに、この野原の平和な風景と、新鮮な空気と日光を、たのしみたいのさ。それには、じゃまのいない方が、なお快適だからね、さようなら！』

と、せなかをむけたホームズが、ゆうゆうと歩きだした。

グレゴリ警部もロスおやじも、あっけにとられて、ならんで立ったまま、くぼ地に残っていた。

ホームズがさきに立って、ぼくも、西の方へ草の野原を歩いてきた。四方の風景も空気も快適だ、が、

『銀星号のいるところが、ほんとうに、まずわかっているのか？』

気になるから、きいてみると、

『ハハッ、なんだい、君までそんなことを言うのか。まずわかっているさ』

と、ホームズは愉快らしく、

『女王カップ・レースに、三年つづけて優勝しようという名馬だもの、銀星号の大きな写真が、新聞や雑誌に、いくども出たじゃないか』

『それは出たさ、人間でいうと、すばらしい美青年だ』

『フーッ、それ見ろ。その銀星号が、どこかを、うろついているわけはない。いれば、だれかが見つけて、すぐに新聞社か警察へ知らせるさ。あたりまえの家に、かくしておけるものでもないしね』

『ウン、家の中に馬をかくせるもんか！』

『この野原にも、いるわけはない。三人の騎馬青年が犬をつれて、何時間もさがしまわったあとだ』

『では、どこかなあ？』

『それにさ、馬はひとりでいるのが、きらいな動物だ。まして銀星号は名馬だし、きわめて敏感だろう。しかも、ぜいたくに大事に飼われている。おぼっちゃんだ。雨のふっている夜の野原を、ひとりで走りまわったりするものか』

『ウン、それもそうだ』

『だから、君がここで銀星号になってみろ！』

『じょうだん言うなよ、馬の気もちが、そうわかるもんか』

『フッフッ、わかるさ。雨の夜ふけの野原に、ひとりでは、さみしくて、やりきれない。おぼっちゃんだから、自分の馬屋へ、いそいで帰りたい。ところが、そこへ帰ると、またこわいめにあいそうだ[23]。そこで、ほかの馬のいるところへ、いっさんに走りだした』

『アッ、わかった！　しかし待てよ』

ぼくはさけびだした。わかったが、変だから、グッとおちついて考えた。どうだ、君も気がついたろう、銀星号の行くえがさ。

彼は無罪だ！

『ホームズ！　君は銀星号が、ここから西の方のサイラス・ブ

ラウンの馬屋へ、走って行ったと、判断したのだろう？』

『そう、そのとおり、まちがいなし！』

『いや、待った！　そのブラウンの馬屋の近くを、犯人のシムソンが、うろついていて、捕縛されたんだぜ』

『フッフッ、それもそのとおり』

『すると、グレゴリ警部がブラウンの馬屋の中を、むろん、見てまわったろう、でなければ、大ばか警部の大へボ探だ』

『そんなに彼は、ばかでもへボでもないぜ、なにしろ警視庁の探偵課長だ』

『それなら、なおさら、銀星号が馬屋の中にいるのを、見のがすわけはないじゃないか？　この点が変だ！』

『変だから、ぼくたちが今、しらべに行くところさ。この空気、風景、日光、ちょうどいい野外散歩ときたものだ』

『のん気なことを言って、銀星号がいなかったら、どうするんだ？　それこそ大へボ探ホームズになるぞ！』

『ハハッ、どうも仕方がない、その時は、『黄色い顔』[24]と同じように、大失敗だ。ぼくだって二度や三度は失敗するさ』

『こまるよ、そう何度も失敗しちゃあ、ことに今度は、何百万人の大ぜいが興味をもっている大競馬が、あさってじゃないか！』

『だから、この事件は、なおさらおもしろいのさ。グレゴリ警部は、すでに失敗しているしね』

『なにを彼が失敗している？　ストレーカ殺しの犯人をスピード検挙して、その点は成功してるじゃないか？』

『おどろくね、君までそんなことを言うのは、フッフッ、黄色の鳥打帽のシムソンなんて、おそらく犯人じゃないぜ』

『エッ、明白な証拠が二つもあるじゃないか、ネクタイと鉛いりのステッキと』

『ところが、ストレーカが殺された現場の靴あとを、君も見たろう。いかにもストレーカとシムソンと、二種類の靴あとがみだれていたがね。[25]かさなりあっている所は、どれもストレーカが上になって、シムソンの靴あとを、ふんでばかりいる。しかも、両方とも同じ方へ靴さきが向いていたのだ。これを君は何と思うかね？』

『待てよ、すると、シムソンがさきに通って行った、そのあとをストレーカが、同じ方向へ歩いて行ったと、そうかな？』

『まずそうさ。かさなっている所は、三か所しかないからね、グレゴリ警部も部下の探偵諸君も見すごしたのさ。ワトソン博士さえ、気がつかないくらいだからね、フーッ』

『なんだい、すると、あのエニシダの木のそばで、格闘しなかったのかな？』

『どこでだって格闘なんか、だれもやっていないさ。ふたりの靴あとはみだれていた、が、向きあって近よったり、はなれたりしたあとは、ほとんどない。実さいに格闘した靴あとは、あんなものじゃないぜ』

『そうか、すると、あそこで、ふたりは何をしたのかな？』

『シムソンは馬屋の窓の下から、すばやく逃げだしてさ、いっさんに走ってきた。つかまったら、どんなめにあうか知れない。むやみに走ってきたから、ネクタイがほどけて落ちたのも、気がつかなかった』

『フーン、そうかな？　君はシムソンという奴を変に弁護するね、どういうわけだ？』

『ハハッ、疑がわれて裁判されるシムソンのために、弁護士になったつもりで、無罪を主張するのさ。ワトソン博士は検事になったつもりで、シムソンの有罪を論じてみろよ、この野原が裁判所だ。青空の法廷なんて、すばらしいじゃないか！』

ホームズが、ますます快活になって、銀星号を見つけることなど、まるで気にしていないようだ。気にしているのは僕の方でさ、草ばかりの野原を、もう一マイルあまりも、ふたりで話しながら歩いてきた。

目ざすブラウンの馬屋は、まだ向うらしい。そこに銀星号がいるとすると、さすがに名探偵ホームズの大成功だ、が、いなかったら、いよいよもって大へボ探ホームズだ！

君は裁判官になって

ぼくが検事になってさ、ホームズが弁護士で、論じあったら、ぼくの方が負けるのにきまっている。しかし、明白な証拠のあるシムソンを、おそらく犯人じゃないと、ホームズが、どうして判断したのか？　これを聞いてみたくてね、

『よし、ぼくが検事だ。シムソンの有罪を証明するために、今から尋問する。君は弁護士として、シムソンのために、無罪を証明しろ、いいか？』

と、気ばって言うと、

『よろしい、検事ワトソン、なんでもおたずねください。弁護士ホームズが、すべておこたえ申しあげる、エッヘン！』

と、ホームズが、わざと大きなせきをした。

この話を聞く君は裁判官になって、シムソンは真犯人か、実さいに無罪なのか、公平に判決してみたまえ。ホームズだって失敗があるのだから、彼の言うことを、頭から信用するのはいけないぜ。

『シムソンの靴あとは、エニシダの木のそばに、いくつも、みだれていたのだ。ただ通って行ったとは思えない。この点を何と弁護士ホームズ君は説明しますか？』

『ハハッ、シムソンは、ネクタイがほどけて落ちるのも気がつかないほど、いっさんに走ってきたのです。だから、くぼ地へ知らずにおりてしまった。雨がふってきた、まっくらです。エニシダの枝につまずいた。たおれて起きあがった、その時の靴あとが残っています。方角がわからない、くぼ地だとは気がつかない、もとの方へ行くと、つかまえられる。迷って右に歩き左に歩き、よろめきながら立ちどまって考え、また歩きだした。検事さんの言われるとおり、いくつも靴あとがみだれているのが、当然なのであります、エッヘン！』

『フウム、シムソンは、鉛いりの太いステッキを持っていた。はじめから犯行をあえてするつもりで、ストレーカの馬屋へ夜に出てきたものと判定するのが、きわめて当然である！』

『夜に広い野原を、ひとり歩いて行く、護身用として、鉛いりの太いステッキを持ってきたのが、もっとも当然であります』

『ストレーカの馬屋の前で、シムソンは女中をよびとめた。チヨッキのポケットから白い紙をつまみ出して、「これを馬屋番にソッとわたしてくれ」と言ったのは、その時すでに犯行の意思をもって、馬屋番を外へさそい出そうとしたものである。この点を弁護士ホームズ君は、何と説明しますか？』

『ハハッ、シムソンは前から銀星号のようすを、知りたくてたまらない。そのために馬屋番と知りあいになりたくて、持って

きた一枚の手紙を、女中にことずけようとしたのであります』

『それならば、シムソンが馬屋番のハンタ青年に対して、窓の下から、〔すばらしい金もうけをやろう、銀星号に細工をして〕と、ささやいたのは、どういうわけなのか？　実に怪しむべきささやきである！』

『検事さんは、〔細工〕ということばを、わるく判断していられる。シムソンがハンタ青年に、いくらかの金をおくって、秘密のうちに銀星号のようすを見せてもらうのも、すなわち〔細工〕であります』

『まことに変な弁解である。シムソンが窓の中へ、むねから上を突っこんだのは、いよいよ馬屋へ飛びこんで犯行をあえてしようとした、悪意の行動でなくて何か？』

『フム、検事さんこそ、悪意の判断をしていられる。シムソンは銀星号のようすを、たとい一目でも見たくてたまらない。窓べりに飛びあがって、馬屋の中を見ようとした。窓は小さくて、はいって行けないのは、初めからわかっている。飛びこむ考えは、ありえないのであります。エッヘン！』

『カレーの皿の中に、ねむり薬アヘンを入れたのこそ、明白な犯行である！』

『そうです、しかし、それがシムソンのしたことだと断定する証拠は、どこにもないのであります』

『弁護士ホームズ君は、シムソンの犯行を、なんとか打ち消そうと、さまざまに曲げて弁解される。しかしながら、もっとも明白な犯行の証拠として、ストレーカの死体がシムソンのネクタイを、つかんでいたのである。これを何と説明しますか？』

『いかにも当然のご質問であります。シムソンは、くぼ地に迷いこんで、ようやく上の野原へ出て行った。何分間かすぎた。調馬師ストレーカ親方がおりてきた。草むらに黒と赤の絹ネクタイが落ちている。これはいい物があるぞ、と、ひろいあげたのであります』

『調馬師ではあるが、馬の目をもっているはずはない。まっくらな中に、落ちているネクタイを人間が見つけた、というのは、弁護士ホームズ君の非常な誤解、失敗の判断ですぞ[26]！』

『ハハッ、ところが、ストレーカは草むらでマッチをすり、そのもえかす一本を、弁護士ホームズはひろったのであります、エッヘン！』

『ストレーカは何のために、そんな所でマッチをすったのか？』

『それはシムソンに、なんの関係もないのであります、……ヤッ、ワトソン検事、これを見ろ！』

　ピタリと立ちどまったホームズが、すぐ前の地面を指さした」

出て来た体格の巨人

大男の調馬師

「草むらの中が、ここは黒土だった。そこに馬のひづめのあとが、ボカッとついている。

『ヤア、くぼ地で見た銀星号のひづめのあとに、よくにているぜ、ちがうかな？』

　と、ぼくも立ちどまると、うつむいて見ながら、ホームズに、

『馬のひづめのあとを見わけるのは、むつかしいね、わからないぜ』

と、こうふんして言うと、

『フム、人間の靴とちがって、馬の蹄鉄は、たいがい同じようだからね、だが、銀星号は名馬だけあって、特別の蹄鉄をキチンと、ひづめに合うように打たれているさ。これはたしかに、くぼ地で見たものと同じだ。さあ行こう！　銀星号は果然、ここへ走ってきたんだ』

どうだ、おれの見こみがあたったろう！　と、ホームズが得意そうに、ぼくを見ると、目をかがやかして歩きだした。

検事と弁護士の問答は、中止だ。シムソンが真犯人か無罪か？　これは宿題にして、今は銀星号のひづめのあとを、草むらの中の黒土から黒土へ、ふたりは目を見はって探しながら歩いて行った。

上がる坂になって、黒土がひろがってきた。ここは草もすくない。ふたりが上がって行くと、

『ヤッ、見ろ！』

『これは、シムソンの靴あとじゃないぞ』

『ストレーカのでもない』

『ウム、つまさきも、かかとも大きい。よっぽど大男だな』

『オッ、銀星号のあともついてる！』

『これは大男が銀星号をつれて、ここを上がって行ったんだ、そうだろう？』

『フーッ、そのとおり、だが、敏感な銀星号が、はじめての人間につれられて行った、とすると、どういうわけかね？　しかも相手は大男だ』

『さあ？　試験するより教えろよ』

『ハハッ、あれが、そうだ！　来たぞ、ゆだんするな！』

坂を上がってしまった、左の方に、灰色の屋根の長い建物が立っている。一目でわかる馬屋だ。

『ブラウンの馬屋だな』

『そうだ、フッフー、きっと警戒しているから、競馬用の双眼鏡で窓から見ているだろう』

ブラウンの馬屋へ、ふたりが草むらの中を近づいて行くと、正面のドアがあいて、ヌッと背の高い男が出てきた。

『ハハア、現われた！　おあつらえどおりだぜ』

と、ホームズがささやいた。

出てきたのは、茶色の鳥打帽をかぶって、身のたけ二メートルくらいの大男だ。ねずみ色の服に赤皮の長靴をはき、右手にムチをさげているから、むろん、調馬師だ。年四十くらい、目をキラキラさせて、ひげをピンと立てている。ホームズと僕の前へ、ドスドスと歩いてくると、

『見なれねえお人だな』

と、ひろい胸をグッと張って、えらそうに、

『また警察からお出でなすったんかね？』

と、ぼくたちを上から見おろしてきいた。

『いや、警察の人間じゃないのさ、サイラス・ブラウンさん！』

と、ホームズがパイプをくわえたまま言うと、

『フフン、おれに何か用でもあるんけえ？』

と、調馬師の大男ブラウン氏、ごろつきみたいに口調が下品だ。

ももまである赤皮の長靴を見ると、つまさきも、かかとも大きい。金色の金具が、かかとの後に光っている、拍車だ。

『ぼくたちは、デズボロ号の大ファンでね、ブラウンさん！』[27]

と、ホームズが快活に、

『今度の優勝レースは、なんとしても銀星号を抜いてもらいたいのさ、われらのデズボロ号が女王カップをとらないと、また一年間、道で馬を見てさえ、しゃくにさわるからね。きょうは、あんたに僕たちが敬意をささげて、われらのデズボロ号の優勝を、いのりにきたというわけなのさ』

と、まるでホームズに似あわない、相手の気にいるようなことを、ベラベラと早口で言いつづけた。

ところが、大男のブラウン氏はムッとして、

『そりゃあ、ファンの気もちってのは、ありがてえが、そんなこと言って、デズボロの様子をさぐりに来やがる奴が、いくらもいやがるんだ。ゆだんもすきも、ならねえ！　レースまでは、だれもよせつけねえんだ、フン、サッサと引っかえした方が、おめえさんらのためだろうぜ』

と、あらあらしく、すごい顔になって、ホームズと僕を、にらみすえた。

これこそ悪党らしいな！　もしかすると、ストレーカを殺したのは、こいつじゃないか？　同じ調馬師の競争相手だ！　と、ぼくはムラムラと疑がって、探偵神経をするどくしたんだ。

危険な巨人

ホームズが、たばこの煙を、ブラウン氏の大きな顔へ目がけて、

『フッフッ、フーッ！』

と、下からふきあげると、おもしろいみたいに言った。

『引きかえさないと、ためにならない、というのは、どういうことになるのかね？』

『ヤイッ、人の顔へ煙をふっかけやがって、手めえら、デズボロの大ファンだなんて、様子を見に来やがったな、クソッ、引つかえさねえと、犬を五匹出すぞ！　かみつかれてからグズグズ言うな』

と、体格の巨人ブラウン氏が、右手のムチをふりあげると、馬屋の中にいる護衛犬を、号令でよびだそうとする、大きなほおを、ふくらませた。危険な巨人だ。

『犬か、そいつは、おそろしいね』

と、ホームズが、両肩をすくめて見せると、

『まい朝早く、犬をつれて出歩くらしいね、ブラウン親方は、ね、そうだろう！』

『なんだと、それがどうした？』

『ハハッ、大きなみやげものを、引っぱって、それこそサッサと引きかえしてきた。すごいね』

『なにを言やがる、ヤイッ、手めえは何だっ？　どこから来た？』

『ぼくも君と同じように、まい朝早く、このあたりを出歩いているがね、フッフッフーッ！』

『ムッ、オイ、手めえは、なんて奴だ？　名まえを聞かせろ。馬飼いの仲間だな、ふたりとも？』

『ハハア、調馬師諸君とつきあいは、ないけれどさ、競馬ファンだからね。銀星号は遠くから見たって、一目でわかるさ。名

まえは僕がホームズ、こちらはワトソン！　親方のお見知りおきをいただきたいもので、フッフッ』

『ホ、ホームズだと？』

ブラウン親方がギョッとすると、ムチをおろしながら、ホームズと僕の顔を、急におそろしそうに見て、

『こいつは、いけねえ！　お見それしたんだ、なるほど、ホームズ先生か、先生、このブラウンを警視庁へ引きわたしに、ロンドンからいらしたんかね、エッ、そうですか？』

と、見る見るうちに大きな顔が青ざめてきた。ホームズの名まえを知ってるんだ。

『フム、それは、これから君との話しあいによることさ。きのうの昼すぎ、警視庁のグレゴリ警部が手下の探偵を引きつれて、この馬屋へ来たじゃないか』

『そ、そうなんで、来ましたがね』

『いろんなことをきいて、馬屋の中を見てまわったが、なんのこともなく引きあげて行ったと、そうなのだろう』

『ヘッ、先生のおっしゃるとおりで、その、先生はこのブラウンを、どうなさろうと？』

『君は、けさの新聞を見たかね？』

『見ましたがね、ウム、……』

と、ブラウン親方が大きな茶色の鳥打帽をぬぐと、ひたいから汗がバラバラと流れ落ちた。

『ぼくたちは、ゆうべおそくロンドンを出てきて、けさの新聞をまだ読んでいないがね、名馬銀星号の行くえ今なお不明、調馬師ストレーカの殺人犯捕縛、どちらも大きく各新聞に出ているだろう。そこにもう一つ、きょうの夕刊に、調馬師ブラウン捕縛！　銀星号発見される！　と、またさらに、すばらしいニュースの出るのはいいが、君の今後は、これでメチャメチャだ。実さいまた、ばかなことをしたものだね、フッフッフーッ！』

ブラウン親方が、ジッとうつむくと、汗をダラダラ流しながら、大男に似あわない小声でソッと言った。

『ウム、まったく、その時のね、できごころなんで、……』

『そうだろう、ハハッハハハ』

とても愉快にわらったホームズが、ブラウン親方の肩へ手をかけると、

『できごころか、フム、よろしい、君のやったことを、ぼくが口で復習してみよう。ちがったら言いたまえ。ワトソン、君にも聞いてもらいたいんだ、ぼくを試験する先生になってね、ハハッ、プラスかマイナスか？』

と、立ったまま馬屋の前で話しはじめた。

青空の下のホームズ探偵談だ！

意外にも銀星号！

『ブラウン親方は、このとおり体格が偉大であります。それだけに、すこぶる健康であり、またそれだけに、朝も人なみより早く起きると、この野原を足にまかせて歩きまわる。この点、まことに感心すべき親方なのであります』

と、ホームズが講演するみたいに、朗々と力づよい声でやりだした。

朝早く起きたって、『まことに感心』することはないだろう、と、ぼくが思っていると、

『きのうの朝も早く、すでに夜あけころ、親方は馬屋の中を見

まわった後、野原へ出て行ったのでありまして、はるかに太陽がのぼってくる東の方へ、ノッシノッシと歩いて行きました。今ここに立っているのと同じ服装をして、右手にムチをふりまわし、大きな頭の中では、いよいよ目の前にせまってきた優勝レースに、なんとか自分のデズボロ号が勝つように！　と、太陽にむかって、どなりたい気もちになっていたのも、むりはないのであります』

　だまって聞いてる本人のブラウン親方が、大きな目をギロギロさせている。どぎもをぬかれた顔つきだ。

『その時、犬をつれて行ったかどうか、この点は、ざんねんながら不明であります、が、親方の偉大なる靴あとの前後に、犬の足あとらしいものは、ひとつさえ残っていなかったのを見ますと、おそらく親方は、きのうの朝、犬を五頭とも外へ出さなかった、と思われるのであります』

『そ、そうでさ、先生、おれはひとりだったからね』

　と、親方はガックリと、うなずいた。

『夜ふけの雨は晴れきって、朝の空は実に美しい。ブラウン親方は、いい気もちになって、坂の上へ出てきました。すると、東の方から太陽を後にして一頭の馬が、さっそうと足を早めて走ってくる。ただ一頭、ほかに誰も何者もいない。しかも、きわだって優秀な栗毛の馬である。どうしたのか？　と、近づいてくるのを見ると、親方はさらにおどろいたのであります。愛するデズボロ号の強敵、二年つづけて優勝し女王カップと金メタルと賞金を、ことごとく獲得した銀星号が、目の前に走ってくるではないか！　ヤッ、これはどうしたことか？　と、ブラウン親方は、自分の目を疑がいながら、この時、ムラムラとばかり、できごころが胸いっぱいに、わきあがったのであります』

『そのとおりでさ、先生、ウウン！』

　と、親方が大声で、うめいた。

『銀星号はデズボロ号と同じく、敏感な名馬であります。はじめて出あった親方のそばへ走ってきたのは、馬のにおいがする、着ている服も自分の親方と同じである、ムチも同じようにもっている、赤い長靴も同じ、そこで同じ仲間の人だと、前へくるなり立ちどまって顔を見あわせた。実に愛すべき名馬であります』

『ウウン、先生、見ていなさったのかな？』

『ブラウン親方は、この時、同じ仲間であり大敵手である調馬師ストレーカが、東の方の野原で、何者かに殺されているとは、知りようがない。この殺人犯にブラウン親方は、まったく関係がない。ゆうべは自分の馬屋の部屋に、偉大な体格をベッドに横たえて、グッスリと夜あけまで、いびきをかきつづけていたのであります』

『ウウン、まったく、ストレーカが殺されたのは、この近くで黄色の鳥打帽の男が、探偵につかまってから、はじめて知ったんでさ、ほんとですぜ。もう、ごまかしは言わねえんだ』

　と、ブラウン親方が、ゲッソリと落胆した顔になって、ぼくの方をチラッと見た。

　ストレーカ殺しの疑がいを、この大男ブラウンにかけていたのは、まちがいだったな。それに、それほど悪党でもない、案外、正直なところもあるようだ、と、ぼくはブラウンの汗をたらしてる大きな顔を、ジッと見かえしてやった。そばからホームズが、なお朗々と講演口調で弁じたてる、こんなことが彼はもとから大すきなのさ。名探偵にちがいないが、どうも少し変人で愉快な男なんだね。

親方の細工は？

『そこでブラウン親方は、二年つづきの優勝馬である銀星号を、その親方ストレーカが、今にも追っかけてくると、当然、思いついたのであります。どうして銀星号が逃げ出してきたのか？　これはわからない、が、毎年の大敵手ストレーカのそばから、彼の愛馬の銀星号をレースの日まで、引きはなしておく。あと二日、うまくかくしておいて弱らせる。レースの前になって野原へ放す。自分の馬屋へ銀星号は帰って行く、が、今までブラウン親方の馬屋にかくされていたとは、いくら利巧でも口がきけないから言うわけはない。これはしめたぞ！　と、できごころが熱くもえあがって、ブラウン親方は銀星号を野原の坂の下から、この馬屋の中へ、いっしょに走って、つれてきたのであります！』

『先生、そこまで知っているなら、おれはもう、なんにも言わねえ。頭をさげているんですぜ』

と、ブラウン親方が、ほんとうに頭を前にたれて、うつむいた。

ホームズはパイプたばこをすいだして、

『フーッフッ、大いによろしい。偉大なる体格の親方が、これほど後悔している、この上さらに追いこむのは、競馬でないからおもしろくない。しかも、ぼくたちは警察の探偵ではない。後悔しているブラウン親方を、グレゴリ警部に引きわたすのは、ここで中止しよう、と思うのでありますが、ワトソン博士、あなたのご意見は、どうお考えでしょうか？』

『なんだい、ぼくの考えよりも、君のいいようにするさ』

『ハハッ、ワトソン先生は、いささか憤然となすったようですな』

『そんなことよりも、この親方が銀星号を馬屋の中へ引いてはいって、それからどうしたんだ？』

『フーッ、もっともなるご質問であります。馬屋はレースの日まで、ほかの者をぜったいに入れない。馬のようすを敵に知られるのを、きびしく警戒するのであります。ところが、なにしろ銀星号は誰にも知られていて、誰が見ても一目でわかる。ひたいの上から銀の流れ星のごとき美しい毛なみがあるのは、ワトソン博士といえども、ごぞんじでありましょう、エッヘン！』

『チェッ、だから何だと言うんだ？』

『でありますから、ブラウン親方は銀星号に、ある種の細工をほどこしたのに、ちがいないのであります』

『細工を？　どんな細工だ？』

『それはまだ、明白に申しあげるほどわかっておりません、が、専門家である調馬師ブラウン親方の細工のために、グレゴリ警部も部下の探偵たちも、目の前に銀星号を見ながら、気がつかずに行ってしまったのは、大ばかや大ヘボというよりも、馬には経験がない、しろうとだからであります、フーッ』

『そんなことを言ってるより、今から銀星号を見ようじゃないか？　その方が早いんだ』

『ハハッ、これまた、もっともなるご希望であります。しかし、ホームズとしましては、探偵の興味の上から、今すぐ見てしまうのは、まことにおもしろくないのであります』

　と言うなり、ホームズはブラウン親方を、はげしく見すえると、俄然、すごい顔になって言った。

『君のやったことは、親方らしくない、卑怯なやり方だぞ、法律の上にも相当の犯罪だ！　できごころだと言っても、検事や判事はゆるさないぜ。どうだ、あと二日だ、レースを無事に終らせるのが、調馬師の親方として当然の道だと、君は思わないか？』

　ビクッと顔をあげたブラウン親方が、また青ざめてこたえた。

『そりゃあ、むろん、そうなんで、警察や検事局なんかへ引っぱられちゃあ、かなわねえ！』

『フム、それに銀星号を弱らせて、自分のデズボロに優勝させようなどと、卑怯きわまる、けちなやり方は、親方のやることじゃない！　ぼくたちの口から人に聞かれてみろ、デズボロ号が勝ったって、調馬師ブラウンは二度と世間へ顔をだせないぞ、競馬仲間のつらよごしだ！』

『ウウン、そ、そうなんで、……』

『君のデズボロ号にも敵の銀星号にも、実力で決勝させて、堂々たる立派なレースをやらせるんだ、いいか、ブラウン親方！　それなら、君のやったことは、ぼくたちふたりとも、わすれてしまうさ、どうだ？』

　ホームズの気力におされて、体格の巨人ブラウン親方も、すっかりおびえたきり、足ぶみすると、うなずいて言った。

『先生のおっしゃることだと、なんでも、きっとやりまさ、男にかけて、まちがいないと思ってくだせえ！』

『よし、それなら、……』

　と、ホームズがあおむくと、なにか考えはじめた。

　なにかまた思いがけないことを、言いだすらしいぞ！　と、ぼくはホームズの顔いろを見ていたんだ」

決勝、ゴールイン!!!

無礼なロスおやじ

「意外きわまることを、突然、考えついて言うのも、ホームズのよくやる探偵の方法だ。ところが、この時は、なかなか考えがきまらないのか、あおむいたきり、青空を、にらみつけていた。しばらくすると、ふっと何か考えついたのか？

『ハハッ！』

　いきなりわらいだすと、ブラウン親方を、また、にらみすえて、

『あした、午後三時までに、ひとりの子どもが僕の手紙を、君に持ってくる。君はそれを読んで、そのとおりに実行する。いいかね、そのかわりに僕は君を、きっと安全にまもる。交換条件だ、きくかね？』

『どんなことだか知らねえが、ブラウンにできることは、やります、きっとだ、ウム！』

　と、うなずいたブラウン親方が、茶色の鳥打帽をもっている左手で、自分の大きな胸の上を、ドスンとなぐって見せた。男にかけてやる！　と、ちかったのだ。

『フーッ、よし！　君にできないことを、ぼくはいわないさ。

では、また会おう！』

ホームズが快活に、

『ワトソン博士、行こう！』

馬屋の前からクルリと後をむいて、ゆったりと歩きだした。

草の野原を、もとの方へ帰って行く。もう昼ちかくだ。太陽の光が照りつけて暑い。

『どこへ行くんだ？』

『ロンドンへ帰るのさ』

『エッ、これで捜査おわりか？』

『フッ、あとは女王カップの大レースだ』

『ストレーカ殺しの犯人は？』

『なあに、これまた大レースの時にわかるさ、ハハッ！』

と、空をあおいだホームズが、

『あのロスというおやじ、ぼくたちに対して、いささか無礼だからね。ひとつ泡をふかしてやるんだ』

『泡をふかす？　カニみたいだな、どうするんだ？』

『フッフッフー、あのライオンみたいな顔が、泡をふくところを見るのも、おもしろいぜ。今ごろグレゴリ警部といっしょに、ストレーカの家か馬屋にいるだろう。ちょっと寄ってみるかね』

ひろい野原を歩きつづけて、ムンムンする草のにおいも、気もちがよかった。白い羊のむれが方々にかたまっている。風はない、快適な野外散歩だ。ホームズと僕は口ぶえをふいたり、歌を合唱したり、殺人や銀星号のことなど、しばらく忘れていた、が、ストレーカの馬屋の中へ、おもてのドアからはいってみると、

『ヤア、待っとった、両先生！』

と、テーブルの向うから声をかけたのは、目をむいて僕たちを見たグレゴリ警部だ。

警部の横にロスおやじ、テーブルのまわりに三人の青年が、どれも真けんな心ぱいらしい顔をしている。ホームズと僕を見ると、待ってたんです、どうでしたか？　と、たずねる表情をした。

ストレーカの死体は、家の方へ運ばれたらしい。ベッドも、持物のはいっていたブリキ箱も、かたづけられて、部屋の中が前よりもズッと広い感じがした。

ホームズと僕が、あいているいすに、こしをかけると、

『先生！　銀星号の手がかりが、何かあったですか？』

と、グレゴリ警部がききながら、口をゆがめて、何ひとつもなかったでしょう、あるもんか！　という目いろになった。

三人の青年も、ホームズの顔を見つめた。名探偵の話を聞きたいんだ、こうふんして三人とも顔を赤くしている。ところが、ロスおやじだけは、ほおひげをモグモグと動かして、

『ヘッ』

と、あざわらう声を出した。どうも、いやなおやじだ。

ホームズは、パイプたばこをくゆらしながら、きゅうに思いだしたみたいに言った。

『ああ、のどが、かわいた。グレゴリ警部さん、水をいっぱい、くれませんかね』

『ハッ』

と、青年のひとりが立ちあがった。

ガブガブの水腹

二つのカップに水をみたして、青年のひとりが板にのせてくると、ホームズと僕の前へ、しずかにおいた。目のすずしい青年だ。

『ありがとう！　君の名まえは？』

『ハッ、ぼくはフランクです』

と、ホームズがきくと、かたくなってこたえた。

『ここの近くにも、羊が何頭もいるね。だれか世話していますか？』

『ぼくが、やっているんです』

『ホー、なにか変ったことが、さいきん、羊にないですか？』

ホームズが変な質問をはじめた。みんながジッと聞いている。

『ハッ、変ったことって別に、……アッ、そうだ、三頭だけが、どういうわけか、ビッコになったんです』

と、フランク青年が、頭をかしげてこたえると、ロスおやじが太い声で言いだした。

『ホームズ君、そんなことが、いったい、銀星号の行くえと、なにか関係があるんかのう？』

『おやじさんは、だまっていたまえ』

『な、なんじゃと？　わしは銀星号の持主じゃぞ！』

『そんなことは、わかっている。フーッ、ハンタ君！』

『ハッ』

と、するどい顔のハンタ青年も、かしこまった。

『君が敵のスパイだと思った黄色い鳥打帽の男を捕えに、三頭のセパードを放して外へ出た。だが、相手はすばやく逃げてしまった。君は、しゃくにさわりながら、セパード三頭をもとのように、馬屋へ入れてつないだ。その時、銀星号はいつものとおり、自分の寝どこにいたのか、どうなのか？』

『それは、ぼくも、まさかいなくなるとは、思っていなかったから、気をつけて見なかったんです。しかし、銀星号はたしかに、いつものとおり、横になって寝ていました。彼は行儀がいいので、足をそろえて寝る、その足が見えたんです』

『フム、すると、寝ていた銀星号が、その後に起きあがって、夜なかに馬屋を出て行った。これは、いつもとちがうことだ。三頭のセパードが、これに気がついて、ほえだしたら、フランク君もホープ君も、二階で目をさましたのじゃないかね、いくら寝ぼうでも、どうだろう？』

『それは、むろん、目をさまして見に行きます！』

と、からだの細いホープ青年が気ばってこたえた。

『ハハッ、よろしい。ところが、君たちふたりは、目をさまさなかった。セパード三頭とも、ほえなかったからだろう。犬たちはハンタ君とちがって、ねむり薬入りのカレーを食ったわけでもない、とすると、グレゴリ警部さん、敏感なセパードが三頭もいて、銀星号が夜なかに出て行くのを、だまっていたのは、なぜなのか？　ひとつ判断してみてください』

本職のグレゴリ警部が、いきなり試験された。なおさら目をむいて、

『ヤッ、犬のことは、考えとらんです。それに羊がビッコになったなど、先生は、そんなことを重く見られるですか？』

『むろん、重く見るから、きいてみたのだ、が、この事件を解くのは、それほど、むつかしくはないようだ』

『オオッ、そうですか。先生の言われることだから、まちがいないでしょうが、ロスさんは銀星号が生きていて、ほんとうに、あさっての大レースに出れるのかと、非常に心ぱいしとるです。この点を僕も、先生からさらにハッキリと、聞いておきたいと思うのです』

『フッフッ、前には〔まず、ほんとう〕と言った、が、今は〔ぜったい、ほんとう〕と、ハッキリ言おう。ロスさん、銀星号を出馬表から、抜かなくてよろしい。ああこの水は、うまかった。では、さようなら、あさって、競馬場で諸君に会いましょう』

と、言いきって、スックと立ちあがったホームズといっしょに、ぼくも、ロスおやじの前を、いばって出てきた、が、腹がすいてる上に、大きなカップの水を、ガブガブ飲んだから、水腹だった。

ずぬけて大きな顔

ホームズが何を考え、どんな『細工』をするのか、しているのか？ 彼は、さいごにならないと言わないから、わからない。これは君も知っているとおり、いつものことだ。

ロンドンの駅へ帰ってくると、

『競馬事務所の親分と審判長に、ぼくは会ってくる。[28] 君はさきに帰っていてくれ』

と、ホームズが言うなり、駅前のタクシー馬車に飛びのって、パカパカパカと行ってしまった。

ぼくはベーカー町の部屋へ、ひとりで帰ってきた。すると、まもなく帰ってきたホームズが、

『すいた、すいた！ 腹がすいた、ワトソン、食いに行こう！』

と、ぼくを引っぱりだして、近所の料理屋に行き、マカロニだのホットドッグだのチキンなどを、四人前ほど平らげた。[29]

競馬事務所の親分と審判長に会って、何をしてきたのか？ きいても言わない、こうなると、憎らしいホームズだから、ぼくは、だまっていたのさ。

さて、あくる日だ。『ぼくはホームズ先生の第一子分だぞ、少年秘密探偵群長！』と、いばっているイギンズが、ホームズの手紙をズボンのポケットに突っこんで、調馬師ブラウン親方へとどけに行った。[30]

この日の夕刊を見た僕は、ホームズに、きかずにいられなかった。

『出てるぜ、明日の女王カップ決勝レースに、待望の銀星号出場！ 行くえ不明の名馬再現！ と、写真も出ている。どこに現われたのかな？』

『ハハッ、レースに現われるのさ。ストレーカ殺しの記事は？』

『やっぱり出てる！ 有力な証拠による容疑者ヒツロイ・シムソンは、捜査当局の厳重な尋問に対して、さらに自白しないばかりか、抗議をつづけているが、検事の起訴は当然、免かれないものと見られている、と、ところで、君の判断によると、真犯人はまだ捕縛されずに、どこで何をしているんだ？』

『フッフッ、これまたレースに現われるのさ。あしたはおもしろいぜ』

と、ホームズがこの時もあおむいて、とても愉快らしい顔を

したんだ。

銀星号も真犯人も、レースに現われる!?

いよいよ、この大競馬場へ、あくる日、ホームズと僕が行って見た。晴天でね、もう、あらゆるスタンドが満員より以上さ。人間がバラバラと、こぼれ落ちそうに見える。

『すばらしい人出だね、ホームズ、見ろよ、十万人より以上だろう』

『フム、これだけの大衆が、ほとんどみんな、欲ばって馬券を買ってるんだぜ』

『君だって買ったろう?』

『ハハッ、ぼくは大欲ばりだから、全力をあげて銀星号を買ったさ、優勝するぜ。[31]この前の記録は、四・八キロを二十四分四十六秒[32]だったが、さあ、おもしろくなったぞ、決勝レースの出馬表を見ろよ!』

『ヤッ、いるんだぜ、銀星号が!』

出馬	騎手
(1)ニグロ号	赤帽、茶色服
(2)ビュジリスト号	紅帽、青黒服
(3)デズボロ号	黄帽、黄服
(4)銀星号	黒帽、赤服
(5)アイリス号	黄と黒のしま
(6)ラスパ号	紫帽、黒服

スタンドの正面は、ことに光って見える。女王陛下を中心に王子と王女たち、付きそっている侍従や女官などが、キラキラとならんでいる。[33]もう幾組かのレースが終ったあとだ。ブラスバンドの合奏、ワーッと観衆のどよめき、メガホーンのさけび、十何万人かが皆、こうふんしている。ぼくも顔がカッカッしてきた。

馬主の特別席が、一方のスタンドの下にとってある。ホームズと僕は、そこへ行ってみた。すると、

『ヤア、待っとった、両先生!』

と、声をかけたのは、ここでも目をむいてるグレゴリ警部だ。[34]

そばに六、七人、かたまっているのは、手下の探偵にちがいない。目がするどく、キビキビした顔をしている。

『ワオッ、ホームズ君、おそいのう!』

と、しわがれた声を出したのは、ロスおやじだ。

よほど僕たちを待っていたらしい、ライオンみたいな顔が、タラタラと汗をながして、

『出るのか、エッ? ぜったい、たしかに?』

と、この時は声をひそめて、ホームズにきいた。

『ハハッ、新聞には、待望の銀星号出場、写真も出ていると、ワトソン博士が教えてくれたがね』

と、こしをおろしたホームズが、あたりを見まわした。

すこしはなれて、大ぜいの中から大きな顔がひとつ、ジッと僕たちを見ている。体格の巨人ブラウン親方さ。ずぬけて大きな顔だから、すぐ目にたつんだ。

鳴りひびくスタンド

最優秀馬の決勝レース!

六頭がスタートラインにならんだ、六頭とも張りきっている！　しきりに首をふり、高く前足をあげ、上に手綱を引きしめている騎手が、グルリとまわされる。スタンドにあがる声援がワーッワーッと、四方にひびいて、まるで波と波がぶつかるようだ。

ぼくたちのそばから、ほえるみたいな大声が、

『ワオッ、銀星号じゃないぞっ！　どうするんじゃ？　エエッ、ワオッ、わしが女王陛下と大ぜいを、だまかしたことになったぞ、け、け、警部さん、どうするんじゃ？　わ、わしは知らんぞっ！』

と、わめきつづけるのは、ロスおやじだ。ライオンみたいな髪を、両手でかきむしって、泣きだすような顔になり、ドタドタと両足でスタンドをけっている。

黒帽赤服の騎手が乗っている栗毛の馬を、ぼくは息づまる気もちで見つめた。ズッと向うのスタートラインに、右から四番めだ。

『アアッ、……』

顔に銀の流れ星のような白さがない、顔じゅう栗毛だ。銀星号じゃない！　さあ大変だ、どうするか？

観衆も気がついて、方々からさけぶ声が、

『おかしいぞっ、銀星号は替え馬だっ[35]！』

『ワーッ、審判！　銀星号を見ろっ！』

『インチキレースだ、やめろ、やめろっ！』

立ちあがってガタガタとスタンドをふみならす者がいる。すごいさわぎが起きそうだ。

『ホームズ！　この責任を、どうするかっ？　立てっ！』

と、グレゴリ警部がどなって、ホームズの前へ出てきた。

パイプをくわえているホームズが、プカリと煙をはきだして言った。

『なんの責任かね？　銀星号は出ているじゃないか、ぜったい、ほんとうに』

この時、黒い絹帽をかぶっている審判長が、青い旗をサッとふった。スタートラインの網が落ちた、と、六頭がいっせいに走りだした。

『ワワーッ、ワーッ！』

四方のスタンドが観衆と共に鳴りひびいた。

みごとなスタート！　六頭が早くも第一コーナーをまわった。大競馬場を二周だ！　コーナーにかかると、かたまってもつれる、六頭が前後に抜きつ抜かれつして、むこうを通る時は宙を飛ぶようだ。観衆の声援とブラスバンドの合奏がわきあがって、そばの誰が何を言ってるのかわからない、が、銀星号が替え馬のレースは、競馬ルールを破ったのだ。無効だ！

『ああこれは、どうなるんだ？　どうなるんだ？』

と、ぼくは、つぶやきながら、向うのコーナーをまわった六頭を見つめた。

こちらへ近くまわってきた、先頭の騎手は赤帽に茶色服、ニグロ号だ！　それにならんで騎手は黄帽に黄服、デズボロ号だ！　すぐ後に騎手は黒帽に赤服、銀星号？　と、見るまに、ぼくたちのスタンドの前を、六頭とも首をのばし足がきを早めて、たちまち走りすぎた、とたんに僕は思わず立ちあがった。

『銀星号だぞっ！　ワオーッ、わしの銀星号じゃ！』

と、どなりだしたロスおやじの大声が聞こえた。

手のひらを見ろ！

意外！　おどろくべきことだ、実に意外！

　ぼくたちのスタンドの前を、六頭が前後して抜きつ抜かれつ、いっせいに走って行った。先頭がデズボロ号、首をならべてアイリス号とラスパ号の二頭、すぐ後から抜いて行った全速力の栗毛、その顔に銀の流れ星みたいな白さが、いっしゅんに見えた！　たしかに、銀星号だ！

　スタートラインにならんだ時は、顔じゅう栗毛だった。それが全速力で一周してきた今さき、ひたいの上から白さが流れていたのは、どういうわけだ？▼36 ぼくは立ちあがったきり、観衆のさけぶ声、バンド合奏のひびきの中に、向うのコーナーをまわった六頭が、今こそ最後のスピードをかけて行くのを、おどろきながら見つめた。

　正面のスタンド、王室特別席の前に、決勝ゴールの桃色テープが引かれた。観衆がほとんど皆総立ちになった。ロスおやじとグレゴリ警部が、

『銀星号じゃ、ワオッ、どうしたんじゃ？』

『わからん！　変だぞ！』

　と、わめいている。

　ぼくは持ってきた双眼鏡を目にあてた。今すぐゴールイン！　先頭を切っているデズボロ号がおくれた、抜いたのは黒いニグロ号だ、ならんで銀星号が前へ出た、騎手は黒帽赤服！　三頭が首をならべてゴールイン、テープが切れた！　六頭ともまだ走って行く、にわかに止まらない。騎手が馬をしずめながら、前かがみになって、ようやく六頭とも歩きだした。

　メガホーンでさけぶ審判の声が、スタンド何十万人の耳に、

『第一着、銀星号、二十四分三十二秒。第二着、ニグロ号、二十四分三十二秒三。第三着、デズボロ号、二十四分三十二秒四。第四着、……』▼37

　あとが観衆のワーッワーッと叫ぶ声にまじって聞こえない。ぼくの後からスタンドの前へ、いきなり飛び出したのはロスおやじだ。グレゴリ警部、探偵たちが、つづいておりて行った。

『ワトソン、おもしろいね、行ってみよう、フッフッフッ』

　ホームズが僕の腕をとって、いっしょにスタンドをおりると、うらの方へまわって行った。

　国歌の合奏が、ゆるやかに聞こえだした。

　女王陛下の退場、ホームズと僕はスタンドの外をまわって、馬の体重を計る場所へ行った。

　六頭が方々にはなれて、下りた騎手に手綱をとられ、馬主その他の人々にかこまれている。銀星号の前に立っているのは、ロスおやじとグレゴリ警部と探偵たちだ。黒帽に赤服の優勝騎手が、若々しい顔に汗をながし、勝利のほおえみといっしょに、

『いいえ、ぼくにだって、わからないんです。審判長から言われて、乗っただけですから、はあ、……』

　と、馬主のロスおやじとグレゴリ警部に言っている。

　銀星号の長い顔に、ひたいの上から白い毛なみが、あざやかだ、が、ところどころ栗毛のような色どりが、まだらに流れている。

『ウウン、勝った、新記録を出した！　ありがたいぞ、よくやった、しかし、わからんのう、どういうわけじゃ？』

　と、ロスおやじが大声でわめいて、銀星号の顔を、上からな

でおろすと、

『ワ、ワオッ?』

手のひらをかえして見た、銀星号の顔の汗にまみれて栗色のペンキみたいな絵の具が、ベットリとついている。

『ワオッ、こりゃあ、ウウン、絵の具をぬっとったな、ウウム、汗にながれたんじゃ、け、け、警部さん、こんな細工を、だれがやりおったんか、エエッ?』

と、絵の具だらけの太い手のひらを、ロスおやじが、ふりまわして、目をギロギロさせた。

『いや、わからんな、ぼくにも、……アッ、ホームズ先生!』

と、グレゴリ警部は、そばに来ているホームズを見つけると、あやしそうな目つきになって、

『このような馬まで変装しとったのは、先生の細工ですな!?』

と、自分も変な顔をしてきいた」

疑問の中心、謎の急所
ここに立っている

「七メートルほどはなれて、むこうの方に、スックと立っているのは、全身の毛が鹿色のデズボロ号だ。これも名馬の品格をそなえている。そのすぐ前の地面に、しゃがんでいるのは、体格の巨人ブラウン親方さ。こちらの話を、ジッと聞いている、大きな耳を僕は見たとたんに、ハハアと気がついた。

銀星号を自分の馬屋へ、引き入れた時から、ブラウン親方は腕をふるって、絵の具による顔の変え方を、銀星号に、うまくやったのだ。美しい顔の白い毛が、からだと同じ栗毛に変えられた。だから、グレゴリ警部は馬屋を見てまわったが、ついに気がつかなかった。警視庁の探偵課長のくせに、どうもヘボ探だ。

ホームズは、その馬屋の中に、一歩もはいらなかった、が、ブラウン親方の細工を、見なくて見やぶった、さすがに名探偵だ! イギンズ少年にもたせてやった手紙には、きっと、〔銀星号をよわらせるな。今の変装のまま決勝レースに出せ! 競馬場の親分と審判長には話してある。約束どおり君の安全は僕がまもってやる〕という意味を、書いたのにちがいない、と、ぼくは気がついたのさ。すぐ横からホームズが、グレゴリ警部にわらって言った。

『ハハッ、ぼくは自分で変装することはあるが、馬の変装までは、手がまわらないね』

『しかし、先生、それだと、この銀星号は、きょうまで、どこにおったですか?』

『さあ、それは、銀星号にきいてみたまえ』

『じょうだん言っては、いかんです。馬は口をきかんです』

『フッ、そんなことよりも、君が捕縛したシムソンを、早く出してやりたまえ。そうしないと、警視庁とグレゴリ警部の面目、まるつぶれだぜ』

『エッ、真犯人が別におると言われるですか?』

と、グレゴリ警部が目をむいて、部下の探偵たちが六人とも、ハッとホームズを見つめた。

ロスおやじが、ほおひげをさかだてて、どなりだした。

『そりゃあ、だれじゃ? エエッ、ストレーカを殺したのは、

シムソンという奴じゃねえんか？』

『ちがうね』

と、ホームズがあおむくと、腕ぐみして言いつづけた。

『ストレーカを殺した者は、ここに立っている！』

『ワオッ、ここにじゃと？』

ロスおやじはギクッとした。

ここに立っている者は、グレゴリ警部と部下の探偵たち、ホームズとワトソン、これが真犯人だとは思えない。ほかにはロスおやじだけだ。

『ムムッ、わ、わしをストレーカ殺しの犯人じゃと、君は言うんか？』

と、ロスおやじが、カッと口をあけた。ほんとうに泡をふきそうだ。

あおむいているホームズが、ゆっくりと言った。

『それこそ、じょうだん言っては、いけないね。立っている者が、ここにいるじゃないか！』

『な、なんじゃと？』

ライオンみたいな顔のロスおやじが、あわててギロギロと、あたりを見まわした。

これまた何者か

『オオッ、そうか！』

と、探偵のひとりが、さけびだして、ホームズにきいた。

『ホームズ先生！　ストレーカを殺したのは、この銀星号ですか？』

『そう、そのとおり！』

と、うなずいたホームズが、この探偵の顔を見つめると、ききかえした。

『君の名まえは？』

『スタンリー・ホプキンズです[38]』

『ホプキンズ君、みんなの中で一等に若いね。君も犯人は黄色い鳥打帽のシムソンだと、思っていたのかな？』

『いや、それは、……』

と、探偵青年ホプキンズが、グレゴリ警部をチラリと見た。

自分は初めからシムソンを犯人だとは、思っていなかったらしい。

グレゴリ警部は、いよいよ目をむいて、ホームズに言った。

『先生の判断されたとおりを、ここで説明してくださらんですか？　ぼくばかりじゃない、ここにおる部下の参考になるです。その上で、シムソンが無罪とわかれば、釈放の手つづきをとるです』

『わしも聞きたいじゃ、ウン！』

と、ロスおやじが大声でわめいた。

ストレーカを殺したのは、実に意外にも銀星号だったのか？

ぼくもホームズの説明を、むろん、聞きたかった。見ると銀星号は、名馬らしい気品のある顔に、やさしい目をして、騎手に手綱をとられたまま、ストレーカを殺したことなど、まるで知らない顔をしている。いつも可愛がってくれたはずのストレーカ親方を、どうして名馬が殺したのか？

『説明か、長くなるから、要点だけで許してもらいたいね』

と、腕ぐみをほどいたホームズが、パイプをくわえて話しはじめた。

『犯行の夜、ストレーカの馬屋の二階に寝ていたのは、フランクとホープの二青年だ。これが朝まで目をさましていない。ここに僕は疑がいをもったのだ。

　いつも大事にされている、このおぼっちゃんの銀星号が、夜なかにひとりで起きあがって、馬屋の外へ出て行くわけはない。何者かに引き出されたのだ。

　それは何者か？　銀星号がよく知っている者だから、なんの抵抗もしなかった、音もたてなかった。三頭のセパードも、よく知っている者だから、ほえもしなかった。そこでフランクとホープの二青年も、目をさまさなかった。

　下の部屋で寝ずに番しているはずのハンタ青年は、目をさますどころか、ねむり薬のアヘンのために、グッスリと深い眠りに落ちている。このアヘンをカレーの中へ入れたのは、これまた何者なのか？

　アヘンは、にがいものだ。カレーの中へ入れて、すっかりかきまわさないと、食う時に苦いから気がつく。▼39 それをハンタ青年は気がつかずに、カレーとアヘンを食ってしまった。苦くなかったからだ。

　シムソンが窓から半身を突っこんで、テーブルの上にあるカレーの皿に、持ってきたアヘンを投げ入れた、としても、それをかきまわしているひまはない。ハンタ青年とセパードの猛犬が、すぐおそってくるからだ。あわてて窓から飛びおりると、いっさんに野原へ逃げた。カレーにアヘンを入れてかきまわして、食ってもわからなくしたのは、シムソンではない。

　ここにシムソンのアヘン投げ入れの疑がいを、ぼくは一応、取り消したわけだ。グレゴリさん、この点は、君の判断とちがったのさ』

『ヤッ、それなら、なぜ、その時言われなかったですか？』

　と、グレゴリ警部が顔を赤くして、おこりだした。

　ぼくはグレゴリ警部が、ちょっと気のどくになってきた。部下の探偵の前で、あたまから、やっつけられては、たまらないだろう。ホームズはまた、えんりょなしに、なんでもズバズバと言うからね。

きわめて秘密の手術

『フーッ、その時言わなかったのは、さいごにならないと、ハッキリしないからだ。まちがうと信用をなくして面目ないからね』

　と、ホームズは、おこっているグレゴリ警部を、わらって見ながら、

『カレーにアヘンを入れて、すっかり、かきまわしたのは、何者なのか？　その皿を家から馬屋へもってきた女中のバクスタが、まず疑がわれる。しかし、ハンタ青年を深く眠らせる必要が、女中にあろうとは思えない。とすると、その皿の中へ、すきを見てアヘンを入れ、かきまわすだけの時間のある者は、女中のほかに家の台所にはいれる者、しかも、だれが見ても怪しくない者だ。それは、いったい、何者なのか？』

『ストレーカでなければ、夫人でしょう』

　と、ホプキンズ探偵青年が、こうふんして答えた。

『そう、そのとおり！　では、銀星号を馬屋から引き出した者は？』

『むろん、ストレーカです。銀星号も三頭のセパードも、よく

知っている！』

『調馬師ストレーカが、雨のふっている夜なかに、銀星号を野原へ引いて行った。寝ず番のハンタ青年をアヘンで眠らせて、とすると、この怪行動は、なんのためなのか？』

『ワオッ、ホームズ先生、ドシドシ説明してくだせえ、早く聞きたいですじゃ』

　と、ロスおやじの言いかたが、ていねいになってきた。

『早く話したいが、問答になるのでね、ハハッ、調馬師ストレーカは、灯をつけても四方から見えない所をえらんで、くぼ地の下へ銀星号を引いてきた。こまかい細工をしなければならない。そこで雨外とうをぬいで、エニシダの枝に引っかけた。ポケットから象牙の柄の細いナイフを取り出した。

　これはナイフというよりも、ワトソン博士が証言したとおり、眼科の医者が使う特別のメスだ。目を手術するのだから、実に細くてするどい。このような特別のメスを、調馬師ストレーカが、なんのために秘密に持っていたのか？　疑問の中心、謎の急所は、ここになければならない！』

『ワ、ワオッ、なるほど、そうですじゃ』

『うるさいから、だまって聞きたまえ。しかし、競馬に専門のおやじさんは、むろん、知っているだろう、調馬師が自分の教えている馬に、人にはわからない秘密の傷をつけて、レースに負けさせる。自分は相手の馬に、あるだけの金をかけて、大いにもうける。この不正な悪調馬師が、ストレーカだったのだ』

『ウウン、ウウン、……』

　うなったロスおやじが、ほおひげを両手でおさえて、

『奴、そのような悪党の親方じゃったか、ウウン！』

と、今にも泡をふきだしそうに、口をとがらせた。

『馬のもっとも大事な足の後、人間でいうと、ひかがみのアキレス腱が、馬にもある。この腱に細いメスで傷をつけると、外からはわからない、が、この傷がなおるまでは、競馬に出ても早くは走れない。調馬師ストレーカは、この秘密の手術を銀星号に、あえて実行しようとした。大競馬の三日前、きわめて悪い計画だ。

　調馬師の彼だが、しかし、このような手術は始めてだ。うまくやるために、まず羊の足に手術の練習をやってみた。その三頭とも、はたしてビッコになった、が、羊を世話しているフランク青年さえも、親方のしたことだとは、今なお気がつかずにいる。グレゴリ警部さんも、おそらくそうだろう』

『ヤッ、今なお、そう言われると、その、面目ないです』

『ところで、銀星号の足の手術を、馬屋の中ではできない。おとなしい銀星号も傷の痛さに荒れるだろう、ほかの馬もさわぎだす、三頭のセパードがほえたてる、二階に寝ているフランクとホープが、目をさまして下りてくる、と、考えたストレーカ親方は、野原のくぼ地へ銀星号を引いて行った、が、くらくて手術のできないのも、前から考えている。持ってきたマッチをすった、ろうそくに火をつけようとする、と、目の下に落ちているのが、黒と赤の絹ネクタイだ。▼40
　これが馬屋の窓へ来たスパイらしい男のネクタイだとは、さすがのストレーカも気がつかない。いや、気がついたかも知れないが、銀星号の足に傷をつけたあと、繃帯（ほうたい）のかわりに馬屋へ帰るまでしばっておくには、ちょうどいい！　と、ひろいとった。そこで、いよいよ手術だ、フーッ』

たばこの煙をふきあげたホームズの話を、まわりから皆が、きんちょうしたまま聞いている。むこうにしゃがんでるブラウン親方の大きな耳も、ジッとこちらに向いていた。

後足が強いんだ

『マッチをすって見て、ストレーカ親方は、銀星号の後足のあるところが、目の下にわかった。ろうそくをつけるまでもない。マッチのもえかすを投げすてた。それが、あくる日、ホームズにひろわれてね、フフッ』

と、ホームズ自身、得意だからニコッとわらって、

『ろうそくもマッチの箱も、ふたたび雨外とうのポケットに入れたのは、なかなかどうして、おちついている親方だ。いよいよ右手にメスをとりなおして、うつむいた。銀星号の後足が、すぐ顔の前に立っている、ここだ！　と、いきなり、うまく切りつけようとする。世界的名馬に調馬師の自分が、秘密に傷をつけるのだ。おちついていても、胸はドキドキしたろう。

銀星号は立っている、が、敏感で利巧だ、こんな夜ふけの雨の中に、なぜ引きだされたのか？　ふしぎな気がしている。親方の様子も、いつもとちがう。それにマッチをすったり、キラリと光った危ないものを持っている。これは自分を危ないめにあわせるんだ！　と、気がついたとたんに、後足を烈(はげ)しくけって上げた。馬が抵抗するのは後足だからね、自分をふせぐ正当防衛だ！

おそらくストレーカは、大声でさけんだろう、[41]が、だれも聞いている者はない。四・八キロを二十五分たらずで走る銀星号の足に、頭をけられて骨までくだかれ、さけんだきり、血と共にたおれた、とたんに右手のメスが、自分のももにさわって傷ついた、そのまま即死、自分の犯行が自分の死をまねいた。まことに悪いさいごだ。

ストレーカの死体を見た時、あの頭の骨まで割れていた深い傷は、鉛入りのステッキなどで、なぐったものではない、と、ワトソン博士も診断したようだ、が、責任上ハッキリとは言わなかった。ぼくも実は、そう思ったが、さいごにならないと言えないから、だまっていたのさ。くぼ地の現場には、シムソンの足あとが、たしかに残っていた、が、あれは格闘したあとではない。

銀星号は今もこのとおり、ここに立っている。口がきけると、こう言うだろう、

〔ぼくは恐ろしかったんです。親方を殺そうなんて、思っていなかった。馬屋へ帰ると、また危ないめにあいそうだ、と、いっさんに走って逃げたんです！〕

この銀星号に罪はない。このとおり立派な名馬だ。今年も優勝した。ロスさん、大事に可愛がってやりなさい。フーッ、ぼくの話は、これで終りだ。ワトソン博士、帰る前に、銀星号でもうけた金を、ぼくは受けとって行くぜ。いっしょにこないかね』

と、あるきだしたホームズを、ロスおやじが、あわてて呼びとめた。

『ワオッ、待ってください、先生！　もうひとつ教えてくだせえよ。きょうまで銀星号は、どこの誰に飼われていたんですかのう？』

『ハハッフーッ、どこの誰だか、その人に君は大いに感謝すべ

きだな。銀星号は大事にされたから、きょうの決勝レースに出て、しかも優勝したんだ。ストレーカの馬屋にいたら、勝てなかったかも知れないぜ』

『そ、そりゃあ、そうですじゃ、ウウン！』

『君はおやじのくせに、いや、おやじだから、むやみにいばるのかな。いばって欲ばって、競馬でもうけた金を、おそらくストレーカに分けてやらなかったのだろう▼42』

『ワ、ワオッ、そんなことは、先生、……』

『だから、ストレーカが君を恨んで、今度のような悪いたくらみを、あえてしたものと、ぼくは思うのさ。あまり欲ばったり、いばるのも、よくないぜ、ロスさん、さようなら！』

『ムムッ、ムムム、……』

と、ロスおやじが、ほんとうに泡をふきだしたのを、ぼくは目の前に見たんだ。

ホームズとぼくが歩いて行くと、ブラウン親方がヌーッと立ちあがってさ、大きな耳を大きな手でなでながら、

『先生、ありがてえですよ』

と、ささやいたがね、なにしろ女王カップの大競馬が、ぶじにおわったのは、ホームズがうらにいて、うまくやったからさ」

怪女の鼻目がね

ワトソンの話がすんで、わたくし（妻のメアリー）の筆記も、やっとすみましたから、お茶をいただきながら、きいてみましたの。

「ホームズ先生は、その大競馬で、うんとおもうけになったんでしょう？▼43」

「そうさ、銀星号にかけていたからね」

「あなたは？」

「ぼくは馬券なんか、一枚だって買わないさ」

「そう、もうけも損もないわけね」

「あたりまえだ。ところが、銀星号が突然と出てきてさ、シムソンは警視庁の留置所から出るし、新聞記者の連中が、ホームズと僕のところへ、事件の真相を聞きに、おしよせて来たのには、よわったぜ。ロスおやじが『ホームズ先生が何でも知ってる』と言ったらしいんだ」

「まあ、そうして、どうなすったの？」

「ホームズも僕も、その時は、なんにも、しゃべらないさ。今だから真相を、ぼくだって初めて話したんだがね、その時、新聞記者のほかに、やってきたのが、ホプキンズ探偵青年さ、これがホームズの弟子になりたがって、熱心にたのむんだ、警視庁にいるよりも、ホームズ先生のそばにいるほうが、おもしろそうだと言うのさ」

「あら、それは、わたしだって、そう思うわ」

「ところが、ホームズはきかないんだ。ぼくの所へ来たって、おもしろい事件ばかりあるんじゃないから、と、言っているうちに、ホプキンズが自分で探偵しきれない新事件を、もちこんできてね、これがまたホームズと僕の興味をそそったのさ」

「あら、どんな新事件でしたの？」

「怪女の鼻目がね、と、ぼくの手帳に書いてあるんだ」

「まあ！　変なのねえ、怪しい女が鼻目がねをかけていたんですの？」

「そうさ、その鼻目がねが、謎の中心になっていたんだ。これを、あすのばんから話そうか▼44」

「ええ、ぜひ！　おもしろそうだわ」

　こうして次ぎの話が、はじまったのでございます。

第二話　怪女の鼻目がね▼45

消えて無くなった怪女

まったく変怪！

「年を、きいてみると、

『ぼく、今年二十です▼46』

　と、ニヤリとわらってこたえた。

　二十才だから、少年から青年になったばかり、このホプキンズ探偵は、まんまるい顔をしている。目も、はなも、口までまるい。からだつきも、コロコロしている。

『ホームズ先生、ワトソン先生、聞いてください。ぼくの手におえない、とても変怪な殺人なんだから』

　と、まるいホプキンズが、これこそ鉄ぽうだまみたいに、飛びこんでくると、いきなり言いだした。

　ホームズと僕は、朝の食事のあと、コーヒーをのみながら、新聞を読んでいたところさ。

『フフッ、変怪なんて、そんなことを言う方が変怪だね』

　と、ホームズが、ふきだしてわらうと、

『だって、変で怪しいんだ。まるで手がかりないんですよ』

　と、ホプキンズ探偵青年が、まるい目をクルクルさせた。

『フーッ、そんな変怪な事件が、新聞に一行も出てないぜ。いつのことだ？』

『きのうです。いなかのことだから、新聞記者だって、まだ知らないんですよ』

『その地方の警察が、手をつけているだろう』

『ところが、変怪事件だと警視庁へ、地方警察から報告がきて、グレゴリ警部から僕が、

〔ほかの者は、今いそがしいから、おまえ行ってこい！〕

と言われて、よしきた、ひとつ腕まえを見せてやろう！　と、行ってしらべたんです。▼47ところが、犯人がまったくわからない、殺した原因だって、そのほか、いっさい謎なんです。ホームズ先生、力をかしてください、今からすぐ！』

『待てよ、ぼくだってワトソンだって、わからないことは、わからないぜ』

『こまるなあ、先生が、そんなことを言っちゃあ。ひとりの男が死んでいる、自殺じゃなくって、殺された原因がなくって、殺した奴もいない、とすると、どうなるんですか？　あたまも、しっぽもないから、変怪ですよ』

『殺されたという男のことから、話してみたまえ』

『今年、大学を出たばかりの青年です、年二十三、名まえはウィロービ・スミス、性質は学者ふうで、しずかで、勤勉で、実によく何でも研究する。人にうらまれたり、なにか秘密があったなどとは、みじんも思えない、と、このスミス青年を助手にしていた老教授が、

〔だから、殺されたとは、どうしても考えられない〕

と、なみだをこぼして言うんです』

『フウム、その老教授というのは？』

『コーラム教授といって、村の中の古い一軒家を、六年ほど前に買いとってから、自分の研究をつづけている。もう七十才あまりの老人です。一日のうち半分はベッドに寝ている。起きるとステッキをついて、庭をぶらついたり、いす車に乗って、庭男におさせながら、近くを見まわったりする。ぼくが会ってみても、おとなしい白髪の老教授です』

『家の者は？』

『夫人は前になくなって、いないんです。家政婦のマーカ、女中のスーザン、どちらも六年前からつとめていて、四十才あまりの、ごく正直な女。それから庭男のモーチマ、これは庭のすみの小屋に、ひとりで住んでいる、これまた四十才あまりの実直な男、みんな善人ばかりなんです。殺されたスミスも勤勉な青年だし、いつでも平和そのもの、しずかな学者の家だった、と、老主人のコーラム教授が、ぼくにも、しきりに言うんです』

『スミスが死んでいた所は？』

『教授の書斎の中に、たおれていたんです。そのままにしてあったのを、ぼくも行って見て、くわしくしらべた、が、捜査の見当をつけようがない。手こずっているんだから、先生、グズグズしてないで、いっしょに来てください、ワトソン先生も、ぜひ、今からすぐ！　こんな変怪な事件、銀星号とストレーカの時よりも、ぼくは、なお、あたりがつかないんです』

『ハハッ、君は僕たちを引っぱり出してさ、この謎が解けると、君の手がらにするんだろう、どうだ？』

『ワッ、それはそうですよ、先生、そうしてくださいよ』

『おどろくね。君はズウズウしいぜ』

『だって、来てくださるでしょう、ホームズ先生もワトソン先生も！』

ふたりとも出てくる！　と、はじめからきめているホプキンズ探偵青年は、実さい、ズウズウしい性質だ。

ところが、ホームズは、このズウズウしいのがすきらしい。わらいながらコーヒー茶碗をおくと、立ちあがって言った。

『よし、行ってやろう。ワトソン先生も、くるだろうね』

先生、あの女です！

ぼくだって、そんな『変怪な事件』の探偵は、おもしろそうだから、むろん、付いて行ったのさ。すると、ロンドン駅から乗った列車の中で、ホプキンズ探偵青年が、勇気りんりんと話しだした。

『ぼくのしらべた要点を言いますよ。まず初めに、女中スーザンの証言です。

〔お昼の十一時すぎでした。わたしは二階の寝室に、カーテンをかけていました。家政婦のマーカさんは、うらの方で何か用事していました。わたしのいる寝室の真下が、先生の書斎ですの。ろうかを書斎へ歩いて行くスミスさんの靴音が、ハッキリと下から聞こえました。いつも正しい足どりで、ゆっくりと歩く人ですから、靴音でわかりますの。

そのうちに、書斎の入口あたりから、すごい叫び声が聞こえて、ハッとしますと、なにか倒れたひびきが、ドサッと聞こえたきり、あとはシーンとしていますの。

わたしはもう、おどろいてしまって、ブルブルふるえながら、下へおりて見ました。書斎のドアは、しまっていました。あけてみると、足もとにスミスさんが、うつむけに、たおれていますの。

〝まあ、スミスさん！〟

と、だきおこそうとすると、首すじから血がドクドクと流れていて、よっぽど深い傷だと、ひと目でわかりました。

これはいけない！　だれか来てください、と、さけびかけても声が出ませんの、すると、スミスさんが、かすれた声で、

〝先生、あの女です、……〟

と言うと、まだ何か言いそうに、口を動かしながら、きゅうにガックリとなって、息がたえました。

そこに家政婦のマーカさんが、うらの方から、かけつけてきました。わたしとふたりで、あたりを見ますと、刃のするどいナイフが、血まみれになったまま、スミスさんのそばに落ちていました。

このナイフは象牙の柄がついていて、マーカさんも私も見おぼえがあります。いつも先生の書斎のテーブルに、いろんな物といっしょにおいてありますの〕

女中スーザンの証言で役にたつのは、このくらいです。つぎに家政婦マーカは、コーラム教授の寝室へ知らせに飛んで行った。老先生はベッドに起きていて、

〔さけび声が聞こえたのは、どうしたのか〕

と、マーカの顔を見るなり、きいたそうです。

ぼくは老先生に会った時、

〔スミス氏は死ぬまぎわに、〝先生、あの女です〟と言ったそうですが、なにか先生に、お心あたりはないですか？〕

と、たずねてみると、

〔いや、女中のスーザンも、そのようなことを、わたしにきいたが、なんの心あたりもない。おそらくスミスは、死ぬまえに頭がみだれて、うわごとを言ったのではあるまいか？　わたしには判断がつかない〕

と、ふしぎそうに言うんです。

〝女〟は、この家にふたりだけです。女中のスーザンは二階に、家政婦のマーカはうらに、いたところが、わかっている。これは怪しむべき点がない。

すると、スミスは、うわごとを言ったのか？　〝あの女〟なんて、どこにも、いないのか？

書斎の中も、ろうかも、すっかり、厚いしき物がしいてあって、くつあとは残らない。庭のまわりも、門の内外も、しらべたんですが、警察の刑事部長も、

〔まるで手がかりがない。変ですなあ！〕

と、ぼくの顔を見て、ふしぎがったきり、手をあげてしまったんです。

ところが、先生、……』

と、ホプキンズ探偵青年が、まるい目をかがやかして、

『ここに、もっとも重要な証拠品があるんです！』

と、上着のうらのポケットをさぐって、ソッとつまみだしたのは、小さな紙包みだった。

顔つき・年・服装

ホプキンズは手の指までまるい。紙包みを大事そうにひらくと、つまみ出したのは、おもいがけない鼻目がねだ。キラリと金ぶちが光って、絹の黒リボンがついている。

『これを、スミスの死体が右手に、つかんでいたんです。先生、見てください！』

と、ホームズにわたして、

『スミスは目がよくって、目がねをかけていなかったと、老先生も家政婦も女中も言ったから、この鼻目がねは、スミスが犯人の顔からか、胸にぶらさがっていたのを、殺される時に、むしりとった、と、ぼくは判断するんです。ところが、こんな重要な証拠品があるくせに、犯人がわからないなんて、ぼくも探偵の片はしだから、だれにも言えないんです。変怪きわまる事件でしょう、先生！』

と、ホプキンズが真けんに、うったえるように丸い口をとがらせた。

ホームズは、その鼻目がねをつまみあげると、注意ぶかく熱心にしらべて見ながら、ふとわらって言った。

『君はズウズウしい上に、ずるいぜ▼48』

『エッ、どうしてです？』

『これをなぜ、はじめに見せないのだ？』

『ヤッ、はじめに出すと、先生は何かそれで見きわめをつけて、現場へ出てきてくれないだろう、と思ったんです』

『だから、ずるいじゃないか。手帳を出したまえ』

『筆記するんですか？』

『そうさ。この鼻目がねの持主は、女だ』

『しめた、やっぱり女だな』

と、ホプキンズが手帳をひろげて、書きはじめた。

ぼくは頭がいいから、書かずにおぼえていたのさ。いつだって何だっておぼえている。記おく力はプラス二点より以上だか

らね。▼49
『この女は上等の服装をしている。おそらく貴婦人ふうだろう。中年らしいね』

と、ホームズが鼻目がねを見ながら言うと、

『ワッ、そんな奴が、あそこにいたのかしら？』

と、ホプキンズは書きながら、まるい顔をかしげた。

『貴婦人ふうだが、鼻はまるくて太い。ホプキンズみたいだ』

『変なことを言わないでください、先生！』

『ハハッ、両方の目が鼻の方へよっている。ひたいに、しわがあって、ものを見つめるくせがある。せなかが前かがみだ』

『そんなことまで、わかったんですか。あんまり美人じゃないですね、その女は』

『いや、意外に美人かも知れない、実さいに見ないと、わからないがね。さいきんに、少なくとも二回、同じ目がね店へ、これをなおしにやっている。おそらく自分で行ったろう』

『ヤッ、そうですか、少なくとも二回』

『ひどい近眼だ。これほど強い度のレンズは、めずらしい。左も右もだ。ホプキンズ探偵は、ロンドンじゅうの目がね店を、さがしてまわるんだね。この女が犯人だ！　さあ、返すよ』

『オッ、だって、ロンドンじゅうの目がね店は、ずいぶん多いなあ』

と、手帳をしまって、鼻目がねを紙包みに入れると、ホプキンズはホームズを見つめて、熱心に言った。

『先生、今の判断を説明してください！』

『目がね全体の感じが、やわらかだから、むろん、女のもちものだ。それに、ふちの金は、めっきでなくて本金だから、これくらいの目がねをかけている女の服装は、おそらく貴婦人ふうで上等だろう。しかし、若い女じゃないらしい。絹の黒リボン、その太さから見ると、おばあさんでもない、まず中年だろう』

『鼻がまるくて太いんですね』

『これは明白だ、君もわかっていたろう。目がねの鼻をつまむところが、よほど広くできている。鼻がまるくて太いからだ。それに左と右のレンズの間が、せますぎる。これは両方の目が鼻の方へよっているからさ。目がねは顔の寸法に合わせて作るからね』

『ひたいに、しわがよってるって、目がねに関係があるんですか？』

『あるさ、考えてみたまえ。これほど度の強い目がねで、ものを見るんだから、ジッと鼻にしわをよせて見つめる。そのたびに、しわが、ひたいにもできる。中年だから、それが残っているだろう。せなかを前かがみにして物を見る。かんたんだよ。深く考えるまでもないさ』

『しまったなあ、非常警戒線を張らせる時に、そういう女の人相と年と服装を、ハッキリ言えたら、網に引っかかったかも知れないんです。ロンドンじゅうの目がね店を、さがしまわるなんて、先生だったら、やるですか？』

『大いにやるね、どこまでも探してまわるさ、猟犬みたいに、フフッ』

と、ホームズがわらったから、ぼくも思いだしてわらった。『怪盗の宝』で苦心した時、『ピンチン横町の名犬トビイ』を使って、初め大失敗をやったからね。▼50
『先生がふたりとも、何がおかしいんです、ぼくがヘボ探だか

らですか?』

と、ホプキンズが、おこりだして、なお真けんにたずねた。

『同じ目がね店へ、少なくとも二回、なおしにやったって、ホームズ先生、どこでわかったんです?』

非常警戒、異状なし

ホームズが、パイプたばこをすいだして、

『フッフーッ、それだって、かんたんだよ。目がねの鼻にあたるところには、止め金にキルクが、うすく、はりつけてあるさ、やわらかく鼻にあたるように。ところで、今のには、左の方のキルクが真新しい。とれたから、はりかえさせたのだ、目がね店で、さいきんに』

『ヤッ、そうですか。かんたんじゃないですねえ、ワトソン先生!』

と、ホプキンズは僕の方を見た。

『なあに、ホームズは、かんたんだと思ってるのさ』

『フフッ、思わなくても、かんたんだよ。右の方のキルクは、すこし色がついているから、まず三、四か月前に、はりかえたものだろう。両方とも同じ種類のキルクで、細工も同じだから、同じ目がね店の同じ職人がやったのに、ちがいないと見たのさ。これだけだよ、目がねからの判断は、フーッ』

『犯人は、すると、この鼻目がねをかけていた女ですね。スミスが〝先生、あの女です〟と言ったのも、うわごとじゃないんだ。そうか、貴婦人ふうで中年、ひたいにしわ、目がよっていて鼻はまるく太い、せなかは前かがみ、ひどい近眼、と、これだけわかったから、つかまえたのも同然ですね』

と、ホプキンズが、おどりあがるほど、よろこんだ。列車がすいていて、三人だけだから、

『先生、もっとほかに、何かないですか?』

と、大声で、菓子をねだる子どもみたいに、さいそくすると、ホームズは、ふきだして、

『フフッ、君はずるいぜ。これだけ犯人の手がかりがついたんだから、ぼくたちは次ぎの駅から引きかえしていいだろう』

『だめだっ、先生が帰っては! 青年学者で勤勉なスミスが、そんな中年の貴婦人ふうの怪女に、なぜ殺されたんですか?』

『そこまでは、ぼくにもわからないね』

『だから、現場を見てくださいよ。この次ぎの次ぎ、二つめの駅だから、いいですか、帰すもんか!』

『ハハッ、えらく強引だね。ワトソン、どうする?』

『行って見るさ、鼻目がねをとられた怪女が、消えて無くなったんだから』

『ウン、そうですよ、こんな変怪な事件、ホームズ先生でなくちゃ、解けないんだ』

『おだてて引っぱって行くなんか、ますます君はずるいね』

『ずるいもんか、熱心なんですよ、ぼくは!』

と、ホプキンズのまんまるい顔が、まっかになった。

次ぎの次ぎの駅でおりて、三人は駅前の馬車に乗った。いなか道を走りつづけて、二時間あまり、景色はよくないし、ぼくは、あきあきしてしまった。ホームズは三人のまん中に、ガッチリと両腕をくみしめたきり、馬車の天じょうをにらみつけて、ホプキンズが何を話しかけても、ムッとだまりこんでいた。この『変怪な事件』の謎を、現場へ行く前に、すこしでも解こう

とするのだ。

コーラム老教授の家の門に、巡査がひとり立番していた。ぼくたちが馬車から出て行くと、いきなり右手をあげてホプキンズに敬礼した。若くても警視庁付だから、巡査よりえらいのだ。

『ヤア、イルス君！』[51]

と、ホプキンズが巡査の名まえをよんで、前へ行くときいた。

『非常警戒から何か、新しくあがったですか？』

『いや、駅にも旅館にも、きのうから異常なしです』

『逃がしたかな？』

『エッ、犯人の目ぼしが、ついたですか？』

『ついた！　女でね、アッ、先生、待ってください！』

ホームズが早くも門をはいって、玄関へあがっている。いつもは門の外から、しらべてかかるのに、この時はすでに何か探偵の鍵を、つかんでいたらしい。ふりむいてホプキンズに言った。

『この次ぎの列車で、ぼくたちは帰るぜ！』」

名探偵と老教授の問答記

メチャクチャだ

「家ぜんたいが古くて、いなかの野原に一軒だけ立っている。七十余才の老教授が世間とはなれて、なにか一心に研究するのは、こんな家にいるのがいいだろう。コーラム老教授が研究している専門は何かな？　と、ぼくはホプキンズ探偵青年とホームズのあとについて、古い玄関から古いろうかへ、そして老教授の古い書斎へ、はいって行った。

ドアの中にたおれていたというスミスの死体は、かたづけられて、茶色の厚いしきものに、血のあとがまだ残っている。ホームズはそれを見ると、目をきらめかしてホプキンズに言った。

『ただ一突きが致命傷だったな。コーラム老先生は寝室だね、後で会おう。女中と家政婦をよんできたまえ』

ホプキンズが、うなずくと、ろうかへ出て行った。

ホームズの何か探りだそうとする気力が、立っているからだじゅうに張りきって、あたりを見まわす目の色が、するどく突きさすみたいだ。

かなり広い部屋だ。ドアが両方にあり、まん中に大きなテーブルが、ドッシリとおかれている。上に置時計、ノートの書類、インクとペン、大きなパイプ、たばこの缶、厚い本が四冊かさなって、深いガラスの灰皿に、白い灰がいっぱいたまっている。スミスが首すじを突きさされたナイフは、このテーブルの上におかれていたらしい。

テーブルの左がわに、高い書物棚がヌッと立っている。引出しが下に、いくつも付いていて、どれにも鍵穴が黄色く見える。

『フウム、……』

と、うなずいたホームズは、なにか考えついたらしい、が、ぼくには、さっぱりわからない、なにしろ殺人のあった部屋だから、気みがわるいんだ。

ろうかに足音が聞こえて、ホプキンズが、ふたりの中年の婦人をつれてきた。ふたりとも正直そうな顔をして、オドオドしている。

ホームズが快活に声をかけた。

『ヤア、スーザンさんは、どちらですか？』

『はい、わたくしでございます』

と、ふとっている方が、ささやくようにこたえた。

『ちょっと、おたずねしますがね、ハッキリ思いだして答えてください。きのうの昼、ここで大変な事がおきた。その前に、あなたは、この部屋の中を、そうじしましたか？』

『はい、まい朝、おそうじを早くにいたします』

『では、この書物棚に、はたきをかけましたか？』

『はい、いつもかけますから、きのうも』

『この右はしの引出しを、ちょっと見てください。鍵穴のふちに、新しい傷がついていますね』

その鍵穴を、女中のスーザンが前へ行って見つめると、おどろいた顔になって、

『まあ！　新しい傷ですわ、ほんとうに！』

『今はじめて気がついたのですか？』

『はい、きのうの朝は、こんな傷はなかったと思います』

ホプキンズも僕も、この鍵穴の傷を、そばへ行って見た。引っかいたような細い傷だ、真ちゅうだからキラリと黄色く光っている。ホームズの探偵眼は、さすがにするどい。こんな小さなものを、すぐ見つけた！

『ここの鍵をもっているのは、だれですか？』

『はい、先生が、いつも時計のくさりに、つけていらっしゃいます』

『フム、きのうの午前十一時すぎ、さけび声と何かドサッとたおれた音を聞いて、あなたは二階からここへおりてきた。すぐおりてきたのですね？』

『はい、ビックリしまして』

『すると、その時、この右の方のドアから、だれか出て行った者がある、とすると、あなたとぶつかったはずですね？』

『はい、でも、スミスさんが、ここにたおれていて、ほかには、だれもいませんでした』

『すると、スミスさんを突きさした犯人は、こちらの左のドアから、すばやく逃げてしまった、としか思えないですね？　こちらのドアは、その時、あいていましたか？』

『わたし、ドアには気がつきませんでした。スミスさんを見ると、ふるえてしまいまして』

『ホプキンズ君、こちらのドアの外も、ろうかだね、どこへ行けるのか？』

『突きあたりが、コーラム教授の寝室です、しかし、ろうかの縁から飛びおりて、庭へ出ると、すぐ前が生けがきの低い門だから、外へ逃げるのは、わけないです』

『そこに女の靴あとは？』

『だめです、ぼくが来て見るまえに、地方警察の刑事連中がしらべてまわって、草だって土だって、庭から道まで、メチャクチャです』

『そいつは、こまるね。コーラム先生に、お目にかかろう。ところで、マーカさん！』

『はいっ？』

と、顔をかしげた。利巧らしい青い目をしている。

ほっそりしている家政婦のマーカさんが、

『あなたに、ちょっと、おねがいがあるのですがね』

ホームズが、たずねるのではなく、『おねがい』などと、ま

た変なことを言いだしたな、と、ぼくは、きゅうにニッコリわらった彼の顔を、すぐ前から見ていたのだ。

氷のような手

マーカさんの青い目が、はげしくパチパチとまばたきすると、ほそい声がホームズにきいた。

『なんでしょうか？　おねがいとおっしゃっても、わたし、なんにもぞんじませんわ』

ホームズはニコニコしながら、

『今は十一時すぎですね。コーラム先生は、昼の食事がすみましたか？』

『いいえ、まだですわ』

『ありがたい、ぼくたち三人、この次ぎの列車でロンドンへ帰りたいのですが、すこし延びそうです。先生の食事のついでに、ぼくたち三人にも、サンドイッチ▼52か何か、ちょっと作っていただきたい、ハハッ、どうでしょうか？』

『まあ、スミスさんのことを、なにかおたずねと思いましたの。それでしたら、ぞんじませんけれど、お昼のしたくでしたら、わたし、腕によりをかけてごらんにいれますわ』

『光栄です！　では、空腹にならないと安心して、今からコーラム先生に、お目にかかりましょう。ホプキンズ君、しょうかいしてくれたまえ』

初めての家で、昼の食事をたのんだ、あつかましいホームズが、ニコニコしながら、ぼくといっしょに、ホプキンズの後から、ろうかへ出て行った。殺人現場の探偵が早くおわって、かんたんすぎるようだ。ぼくは並んで歩きながら、ソッときいてみた。

『謎はすっかり解けたのか？』

『フフッ、君はどうだ？』

『なにがなんだか、なるほど変怪だ』

『フーン、七分は解けたがね』

『エッ、後三分は？』

『今からたしかめに行くのさ』

これまた僕はおどろいた。ホームズが何を『七分解いた』のか？　犯人は鼻目がねをかけていた貴婦人ふうの中年女だ、としても、消えて無くなった行くえ不明が、『後三分』なのか？　それを『今からたしかめに行く』とすると、コーラム老教授が怪女の行くえを、知っているのだろうか？　ますます変怪だ！

ろうかの突きあたりに、これまた古いドアが、ピッタリとしまっている。ホプキンズがそれをたたくと、

『だれじゃあ？』

と、しわがれた声がドアの中から、気みわるく聞こえた。

『ロンドン警視庁のホプキンズです』

『オオ、よろしい、はいってきなさあい』

ホプキンズがドアをおしあけて、三人とも中にはいった。

この部屋の方が、『書斎』らしい。四方の棚に書物がギッシリと上から下まで積まれて、あまったのが何百冊となく下に重なったり散らばっている。ほこりだらけだ。書物の中にベッドがあり、上に異様な変怪な人間が起きあがっている。こんなすごい顔の老人を、僕は今まで見たことがない。

猛鳥の鷲みたいな顔だ！　グッと僕たちをにらみつけている、はげしい迫力のある両目が、たれさがった白い眉毛の下にきら

めき、ほおの両方から、あごにかけて白ひげが、のびるだけのびて、口のまわりが黄色くそまっている。着ているのはダブダブの青黒い寝まきだ。

『スミス氏の変死をしらべにこられた、ホームズ先生とワトソン先生です』

と、ホプキンズが、しょうかいして言うと、

『オオ、そうか、よくこられた、ウム、ウム！』

と、うなずいたコーラム老教授が、白眉の下に鷲のような目をしずめて、右手をグーッとのばすと、ホームズと握手した。

ぼくも握手した。ゾッとするほど冷たい、氷のような手だ。指のさきが黄色くそまっている。口のまわりのひげも黄色い。たばこの煙で、こうなるんだな、と、ぼくが気がつくと、冷たい手をはなした老先生が、

『おふたりとも、たばこは、おすきかな？』

と、しわがれた声も、たばこのために、のどをわるくしているらしい。ゴホンとせきをして言った。

ホームズが、いすにかけて快活に、

『ワトソンは一日に、まきたばこを三本くらい。ぼくはパイプですが、かぎりなく、すきより以上にやりますよ▼53』

『ホー、かぎりなく？　わたしは若い時から、まきたばこを、かぎりなく用いる方でな。そのテーブルの上のを、ホームズさん、すってみてください。アレクサンドリアから取りよせた、特別のものでな。パイプたばこよりも、ずっと、うまいはずだが、……』

『ハハア、アレクサンドリアのものは、めずらしいですな、いただきましょう。ワトソン、君もどうだ？』

怪女の行くえをさがすのが、たばこの話から始まっている。ホームズとコーラム老教授、これはどちらも変人どうしだな、と、ぼくは、ふたりの話を聞きながら、おかしい気がしたのさ。

早くも四本

すぐ横の小さなテーブルに、なるほど、まきたばこの大きな缶とマッチと灰皿が、そろっている。ホームズが一本つまみあげて、マッチをすりつけると、パッと煙をはきだしながら、

『これは、すてきだ！　先生はよほど、たばこ通でいらっしゃる、フーッ、うまい！　ホプキンズ君は、やらないのかな？』

『ぼくは大きらいです。においをかいでも、目がまわるくらいです』

『ハハッ、それはこまったね、そばですうのは、えんりょするかな、フーッ▼54』

煙をふきだして立ちあがったホームズが、書物の間を歩きだして、コーラム老教授に、

『たばこぎらいというのは、われわれから見ると、かわいそうな気がしますね。これほど、うまい物が世の中にあるのを、まるで知らないのですから』

『ウム、ウム！　しかし、金がいらんでよかろう。わたしはアレクサンドリアから、二週間に千本ずつ送らせるでな』

『オッ、千本を十四でわると、一日に七十本を越えますな。もう一本いただきましょう』

ホームズが新しい一本を、またすいつけると、ゆっくり歩きまわって、

『先生はおやすみの時でしたし、むろん、ごぞんじないことで

すから、おたずねするのは、かんたんにしておきましょう。スミス氏が死ぬまぎわに、〝先生、あの女です〟と言ったそうですが、すると、先生もその女を、ごぞんじなのですな!?』

　と、質問が突然、謎の急所を突いた。

　コーラム老教授も、たばこをすっていた。煙をモヤモヤとはきだすと、たれさがっている白眉の下に鷲のような目が、するどくきらめいて、

『ウム、ゴホン！　それは女中のスーザンが、聞いたというのだが、いったい、なんの教育もない、いなかの女ですからな』

『フーッ、正直そうな婦人でしたから、うそは言わないでしょう』

『さよう！　うそは言わないだろうが、スミスが足もとにたおれているのを見て、ビックリして気もちがみだれて、何か、うわごとをスミスが言ったのを、スーザンは耳のまよいで、そんなふうに聞いたのだろう、と、わたしは、そうとしか思いようがないのでな』

『フウム、その判断もつきます、スーザンさんの耳のまよいと、もう一本いただきましょう、すてきな味です。ワトソン、すってみろよ。ところで、スミス氏の死について、先生のご意見は？』

『ゴホン！　ホームズさん、彼は自殺したのだ、と、わたしは思っていますがな』

『フウム、その判断もつきます、スミス氏は自殺したと、もう一本いただきましょう、どうもうまくて、二本か三本、一時にすいたいほどだ。ところで、スミス氏の自殺の原因は？』

『ウウム、ゴホン！　それは老人の私にわからない、若い者の気もちは、感じやすくて突発的だから、いつも静かに勤勉であったスミスが、ほんとうは何を考えていたのか？　それが急に思いつめて、テーブルの上にあるナイフをとりあげると、自分の首すじの動脈を、むちゅうで突きさした。さけんでたおれた、急の出血のために、それきり息がたえたもの、と、わたしは思っていますがな』

『フウム、その判断もつきます、先生はスミス青年をよく、ごしょうちですから、突発的自殺だと、もう一本いただきましょう、このアレクサンドリアたばこの味は、たまらないです。ワトソン、なぜすわないのかね？』

　コーラム老教授が、おどろいた顔になって、

『ウウン、ホームズさん、あなたのすい方の早いのは、わたしもかなわないようじゃ、実におすきなのだな』

『フーッ、まだ四本めです。歩きながらすうと、なお早くなるようだ。ホプキンズ君、目がまわらないかね？』

『胸がムカムカしてきたです。やめてくださいませんか？』

『ドアと窓をあけたまえ。コーラム先生、ところで、スミス青年が右手に女用の鼻目がねを、つかんでいたのは、なんと解くべきでしょうか？』

　ホームズが四本めのたばこを、ふかしながら、ゆうゆうと歩きまわっている。初めての家へきて、これもまた、あつかましい行動だ。ホプキンズも僕も、あっけにとられて、その変人ぶりを見ていた。部屋の中が煙だらけだ。

「ほんとうに」を三度

『ウン、女用の鼻目がね、それもスミスが自殺した原因と同じ

ように、老人の私には、なんともわからんでな、ゴホン！　ホームズさん、しかしながら』

　と、コーラム老教授の鷲みたいな目が、ジロリとホームズを見つめて、

『若い者のことじゃから、愛人の思い出になる鼻目がねを、いつも身につけていたのかも知れない、その女性が自殺の原因になってはいないか？　自殺する時に、その思い出の品を出してもっていたのじゃないか？　と、これは私の想像にすぎないですがな』

『フウム、その想像も、ごもっともです。もう一本いただきましょう、すえばすうほど、うまい！　ところで、スミス青年が先生に、その愛人のことを何か、すこしでも話したことは？』

『ウム、そう言えば、そうじゃ、そのような女性の話を、三度か四度、聞いたような記おくが、あるような気もするが、ゴホン！▼55　なにしろ私は、ユダヤ教の研究と文書の分類▼56に、熱中しているものだから、女性の話など、聞いてもすぐわすれる、すこしも頭に残っていないですがな』

『フウム、それも、ごもっともです、スミス青年は愛人の話をしたと、もう一本いただきましょう。ところで、先生が助手をお使いになったのは、スミス青年が初めてですか？』

『ウウン、いや、彼は三人めでな、勤勉で研究に熱心だし、自殺するなどとは、思ってもいなかった。惜しいことをしたものですよ、ホームズさん！』

『その前の助手は？』

『ゴホン！　その前のは、二月ほどで出しましたよ、どうも気にいらない男でしてな、いや、前にいた助手など、今さら何の関係もないですじゃ』

『フウム、おっしゃるとおりです。いろいろとお話が、有力な参考になりました。さいごに一つ、書斎の棚の下の引出しに、右はしの中は、何がはいっていますか？』

『右はし、ウウム、あそこには、なくなった妻の記念品と手紙、大学からの学位証書など、別にたいしたものはない。ウム、ここに鍵がありますから、ホームズさん、引出しでも、どこでも、自由にごらんください、ゴホン！』

　コーラム老教授が青黒い寝まきのポケットから、大形の時計をとりだすと、くさりのさきについている銀色の鍵を、はずしとってテーブルの上においた。指のさきが黄色くそまっている。

『フーッ、引出しの中は、見せていただくにおよびません。お食事の時間でしょう、これで失礼しますが、捜査の結果を、何とかお話する必要もありましょう。先生は食事のあと、昼寝をなさいますか？』

『ウム、することもありますよ。昼寝ほど体力を回復するものはない』

『では、二時に、もう一度お目にかかりましょう。それまでは、うかがいませんから、ゆっくりおやすみください。ホプキンズ君、ワトソン、ひとまず失礼しよう』

　ホームズがコーラム老教授に、ちょっと敬礼すると、ホプキンズと僕をつれて、ろうかへ出るなり、縁から庭さきへヒラリと飛びおりた。

　青空を見あげて、ぼくは、やっと息をついた。ホプキンズは両手を高くあげると、むやみにふりまわして、

『ハーッ、ハーッ、ほんとうに目がまわりそうだ。先生、あん

な問答をして、ほんとうにスミスは自殺だと、思われますか？　ほんとうに、どうなんです？　ハーッ』

と、深い息をはきだしながら、『ほんとうに』を三度も言った。

『ハハッ、ほんとうに君こそ何と思ったかね？』

と、ホームズがわらってききかえした。

この時、門の方から、いっさんに走ってきたのは、立番をしていた巡査だ。ホプキンズの前へくると、息をきって報告した。

『今、非常警戒からの伝令です、村の子どもが、駅の南の水車小屋の近くに、見なれない立派な黒服をきている女の人が、ひとりで歩いていたのを見た。捜査中だが、どの方面へまわったか不明、注意せよ！　というのです』▼57
『ヤッ、そいつかも知れないな。先生、行ってみませんか？』

『ごめんだね、水車小屋の中に、ひそんでいると、今はもう、つかまったろう』

『ぼくは、行ってくるです！』

ホプキンズが巡査といっしょに、走りだして行った。まるいからだが、ころがるみたいだった。

『立派な黒服をきている女の人、というと、貴婦人ふうじゃないか？』

と、ぼくが言うと、ホームズがわらって快活に、

『ハハッ、ぼくが何本、たばこをすったと思う？』

と、そんなことをききだした」

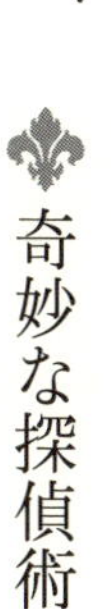

奇妙な探偵術

黒服の怪女は？

「日あたりのいい芝の上に、ホームズと僕は、こしをおろして両足を投げだした。ポカポカとあたたかくて、青空をあおぐと、光がまぶしい。

『君がすった、たばこの数など、かぞえているものか。それよりも、初めて来た家の寝室を歩きまわって、たばこの灰だらけにしたのは、ひどく失礼じゃないか？』

と、ぼくはこの時も、ホームズがにくらしいから、ツケツケと言ってやった。

すると、ホームズがまたわらって、

『ハハッ、ぼくだってさ、あのくらいつづけて、強いたばこをすってみると、いささか目がまわりそうだったな。コーラム老先生も、ぼくの早いのには、負けたらしいね』

『なんだい、たばこ試合なんて、聞いたこともないぜ。それよりもスミスは自殺したのか、どうなんだ？』

『あれは老教授の想像説さ、でなければ、作り話だ。二時になると、わかるさ』

『他殺にまちがいない、とすると、鼻目がねをかけていた貴婦人ふうの女が、実さいにいたのだろう、その行くえを君は、コーラム老教授にたしかめるはずだったぜ、それは、どうなったんだ？』

『フム、それも二時になると、わかるさ。ヤア、来た、マーカさん、ここですよ。今ちょうど空腹のさいちゅうなんだ、ハハ

ッ！』

家政婦のマーカさんが、エプロンすがたになって、サンドイッチと野菜サラダと紅茶などを、大きな盆にのせてきた。『腕によりをかけた』ごちそうらしい。

『あら、おふたりですの、警視庁のお若い方は、どこかへいらっしゃいまして？』

『彼は探偵だから、犯人を見つけに行ったのです』

『まあ、どこに犯人が？』

『駅の南の水車小屋に、かくれているかも知れないですよ』

『ほんとうでしょうか？　スミスさんは自殺したのだと、先生はおっしゃいましたけれど』

『ハハア、先生の食事はすみましたか？』

『今さしあげてきましたの』

『どうですか、ベッドに寝て、たばこを一日に七十本、老先生の健康は？』

『でも、お食事は、ずいぶん召しあがりますわ』

『歯も胃も強い？　けさのごちそうは何でしたかな？』

『ホホホ、焼きパンにハムに、たまごにトマトにコーヒー、すっかり召しあがりましたの』▼58
『大食ですね、老先生、おどろくべき健康だ。それで昼は？』

『カツレツを大きくしてこいと、朝からおっしゃいましてね、今もって行きましたの、きっとまた、すっかり召しあがりますわ』

『すごい胃腸ですね。ぼくは、たばこに勝ったが、食う方では、かなわない。このサンドイッチと野菜サラダと紅茶を、残らずいただこう、ホプキンズ君の分だけを、わけておいてね。マーカさん、えんりょなくぱくつきますよ、ハハッハハハ』

ホームズは自分こそ大食のくせに、そんなことを言い、さかんに、じょうだんを飛ばして、マーカさんをわらわせた。ぼくも腹がすいていたから、みんなうまかった。そこにホプキンズが門の方から帰ってくると、まるい顔じゅう汗だらけのまま、あえぎだして、

『ハーッハッ、先生、黒服の女が、たしかに歩いていた、というんですが、駅では見かけない、水車小屋にも、村じゅうさがしても、まだ見つからないと、警戒の巡査が皆、走りまわっているんです。どうしますか？』

『さあ、いよいよもって怪女だね。村の子どもが見たというのが、なお怪しいじゃないか。おそらく、どこにもいないだろう。それよりも、このサンドイッチを、ごちそうになりたまえ、うまいよ。君がいらないと僕が食う。マーカさんの料理だ』

ホームズが、ひとりでしゃべって、黒服の怪女など、まるで気にしていないようだ。そのうちに、ちょうど二時になると、

『さあ、老先生と約束の時間だ。行ってみよう、おそらく謎が解けるぜ』

と、芝の上にスックと立ちあがった。

いよいよ不思議じゃ

コーラム老教授の寝室に、ホームズとホプキンズと僕と、三人がまたはいって行った。二時すぎだ。

白髪、白眉、白ひげ、変怪な白鷲みたいな老先生が、灰色の背広服にきかえて、ベッドの横の腕いすにもたれている。すごい迫力のある目がジロジロと白眉の下から、ぼくたちを見すえ

ると、

『ウン、ホームズさん、捜査の結果、なにかの発見がありましたかな？』

と、しわがれた声で、ひやかすようにきいた。口からモヤモヤと煙がながれ出して、右手にたばこをもっている。

ホームズは、ところが、なんとも答えずに、散らばっている書物の間を、スタスタと歩きだした。ずぬけて高い書物棚の古い戸が両方からしまっている。その前へ行くと、うつむいた。敷物の上を見まわすと顔をあげて、老教授の前へまわってきた。ピタリと立ちどまると、しずかに言いだした。

『先生、捜査と発見の結果、スミス青年の死の謎を、ようやく解きました』

ぼくとホプキンズは、ハッと顔を見あわせた。どこでホームズが、どういう解き方をしたのか？…？

コーラム老教授は、白ひげの中からモヤモヤと煙をはきだしながら、あざわらう顔になって言った。

『フフン、スミスの自殺した原因が、わかったのかな？』

『自殺と言ったのは、君だけだ！』

と、ホームズがズバリと強く言った。

『ウン、そうじゃ。しかし、スミスは自殺したのじゃないと、ホームズさんは言うのかな？』

『むろん、明白に！』

『フフン、そのようなことを、どこで発見したのか、庭でかな？』

『ここで、君の目の前で』

『それは、ふしぎじゃ。ここで、いつのことかな？』

『フム、今だ！』

『ホホー、いよいよ不思議じゃ。わたしには探偵のことなど、すこしもわからない。説明してほしいものじゃ』

『よろしい、ぼくの言うことが、まちがっていたら、すぐ反対したまえ。きのうの朝十一時すぎ、鼻目がねをかけている女がひとり、コーラム教授の書斎に、しのびこんだ、なんのために？　書物棚の引出しの中から、何かの文書をぬすみだすために、合鍵をもって』

『それはまた意外じゃ、ホームズさん、たばこをのまぬのかな？』

『たばこの捜査は終ったのだ』

『なにっ？』

『フム、女は引出しの中から目的の文書を手に入れた。ろうかに足音が聞こえて、合鍵をいそいでまわした、その時、あわてて傷を鍵穴につけた。ろうかからはいってきたのは、スミス青年だ。文書をぬすみだした女を見つけて、捕えるためにおどりかかった。ふたりはもみあった。女はのがれるために、テーブルの上にある物をつかんで突っかかった。それが、するどいナイフだとは、おそらく気がつかなかった。スミス青年は首の動脈を突きさされて、さけびながら女の鼻目がねを、これも知らずにつかみとったきり、ドサッと前へたおれた。女はナイフを投げすてて逃げだした。コーラム、君は女がどこへ逃げたと思うのか、こころみに言ってみたまえ！』

『ウウン、そんなことを、この私が、どうして知っているのかな？』

前に突っ立っているホームズを、下から見あげるコーラム教授の鷲のような目が、火のようにもえた。

ホプキンズも僕も、ならんで立ったきり、目の前の変怪な老教授とホームズを見ていたのだ。

出て来た怪女

ホームズの目も火のようにもえて、ジーッとするどく、コーラム老教授と顔を上下から見あわせながら、

『フム、知らなければ、言って聞かせよう。女はぬすみだした文書を、ポケットに入れながら、左の方のドアから、ろうかへ走って出た。あわてている上に、度の強い目がねをとられて、ろうかのドアにぶつかった。それをおしあけて飛びこんだ、この寝室に！』

『ムハハッ、それは、おかしなことじゃ』

と、口をゆがめてわらった老教授が、からだをゆすぶって、

『この寝室には、その時、わたしがいたのじゃよ、ベッドの上に』

『むろん、そのとおり！』

『ホホー、そのような女がはいってきたのを、わたしが気がつかずにいた、と言うのかな？　おかしなことじゃ、ムハハッ』

『コーラム、わらいを作るのは、やめろ！』

『なにっ？』

『君はその女と話した、しかも、その女の危機をたすけたではないか！』

『ウウン、わたしがたすけたと言うのか、それならば、その女は今、どこにいるのじゃ？』

『ここにいる！』

ずぬけて高い書物棚の戸を、右手でサッと指さしたホームズが、

『出てこいっ！』

と、切りつけるようにさけんだ。

書物棚の古い戸が中から両方へ、スーッとひらいた。

ホプキンズが僕の腕をつかむと、

『ヤッ、……？』

と、わめいて立ちすくんだ。

戸の中から出てきたのは、銀髪の女だ！[59]　茶色のコートをきている。身のたけが高い。書物棚の前に突っ立つと、強い近眼らしくまばたきして、ぼくたちを見つめた。鼻がまるく太い、両目が鼻の方へよっている。ひたいにしわがあり、前かがみになって、年は三十才あまりだろう、ハッキリした声でホームズに、

『わたしは聞いていました。あなたがホームズ先生ですか？』

と、たずねる口調に、外国人らしい変なナマリがある。

『そう、そのとおり！』

と、ホームズが、こたえると、

『あなたが、おっしゃったとおりです。わたしは、あのスミスという青年を、殺すつもりはなかったのです。つかまえられて、はなしてもらいたさに、テーブルの上にあった物で突いた、それがナイフだとは、気がついていなかったのです』

『そのとおり！　君が何者かを殺す目的で、この家にはいって来たのだったら、ナイフを使わなくても、何かの武器をもっていたはずだ。ところで、君の口調はロシヤ人だな！』

『ええ、そうです！　そして、この男も』

と、女がコーラム老教授を指さして、

『ロシヤ人です。コーラムというのは、うそです。ほんとうの名まえはセルギュース、反乱過激党の首領です！』[60]

ぼくはギョッとした。ロシヤ反乱過激党の首領セルギュース！　世界的に名まえを知られていたが、数年前にロシヤから消えて無くなった怪人だ！

コーラム老教授……正体は怪人セルギュースが、せせらわらって女に、

『フフム、ここは英国だぞ。アンナ、おれの生命と自由は英国政府が安全に、保護しているのじゃ』

と、そして僕たち三人を、にらみすえて言った。

『ホームズの探偵ぶりは、すばらしい、だが、英国の法律を、おれが犯さないかぎり、何人(なんぴと)といえども、おれを捕縛できぬはずだぞ。そしておれは何の法律も、おかしてはおらぬのだ！』

あなたに見破られて

怪女アンナが、せせらわらう怪人セルギュースよりも、ホームズに言いつづけた。

『わたしは、あなたのお名まえを、前から知っていました。ホームズ先生！　あなたを信じて、わたしは今、おねがいがあるのです、どうぞ、おききくださいませんか？』

ホームズが考え深い目いろになって言った。

『すべてを話したまえ、その上のことだ』

『はい、話します！　このセルギュースは英国の法律を、おかしていないと言いました。そのとおりでしょう、けれども、ロシヤ政府に対して反乱を計画し、しかも、自分の党をうらぎって、英国にのがれてきたのです。ここにかくれていることがわかれば、ロシヤ政府からも党からもスパイを送って、このセルギュースを暗殺するでしょう、それを恐れてこのセルギュースは、このいなかに、教授などといつわって、何かを研究しているらしく見せているのです』[61]

『フフム、……』

と、セルギュースが、またせせらわらった。不敵な老怪人だ！

『わたしの夫のアレクシスは、反乱過激党員ではないのです。[62]それが、このセルギュースから有力な党員だと、政府に密告されて、そのためにアレクシスは捕えられたきり、今もまだ、遠いシベリアに流されているのです。しかも、アレクシス無罪の証拠文書をもっているのが、このセルギュースなのです』

なんともロシヤらしい奇怪な事実だ！　と、ホプキンズと僕はまた顔を見あわせた。

『わたしは、このセルギュースの行くえを、六年間さがしました。ここにひそんでいるのを、ようやく見つけたのです。アレクシス無罪の証拠文書が、どこにあるかを探るために、スパイを入れました。わたしのスパイは、このセルギュースの助手になって、文書のある引出しを見つけると、その鍵の形を、知らせてきました。すると、このセルギュースは、スパイと感じたらしく、その助手を出してしまったのです』[63]

『フフム、女の話は長くて、こまかいな』

と、白鷲のような老怪人セルギュースが、あざわらった。自分のことを言われながら、平気な不敵な顔をしている。

『その次ぎの助手が、あのスミスさんという青年だったのです。

わたしはあの人を知りませんでした。アレクシス無罪の証拠文書をぬすみだすために、合鍵を作って、きのうの朝、この近くへ来た時、道で会ったのが初めてです。わたしは、あの人を、このセルギュースの助手とは知らずに、〔コーラム教授の家が、この近くにあるって、どこでしょうか？〕と、たずねたのです。スミスさんは私を、あやしそうに見ていました。家へ帰って、この老先生に私のことを話したのでしょう。だから書斎でたおれた時、〔先生、あの女です〕と言ったのです。うわごとではありません！』

　と、怪女アンナが、キッとなって言った。ホームズとセルギュースとの前の問答を、書物棚の戸の中で、すっかり聞いていたのだ。

『スミスさんを、あやまって突きさした私は、むちゅうで、この部屋へ飛びこみました。目がねをとられて、このセルギュースの寝室だとは気がつかなかったのです。セルギュースはおどろいて、六年ぶりに見た私を、党のスパイだと思ったのです。〔警察の手にわたすぞ！〕と、言ったのですが、わたしが捕縛されると、自分の正体も、この秘密のかくれ場所も、わたしの口から警察に、裁判所に、ロシヤ政府に、反乱過激党に、知れずにはいない！　わたしは、このセルギュースに言ったのです、〔わたしを安全にロシヤに帰せ、そのかわりに、おまえの秘密を必ずまもる！　どうなのか？〕

　この老人は自分の安全のために、わたしをこの部屋にかくまったのです。書物棚の戸の中に、そして食事もわけてくれました。警察の捜査がゆるんだ時、夜にまぎれて私が出て行くことを、この老人も承知したのです。それがホームズ先生、あなたによって見やぶられました！』

『フム、しかたがない』

　と、ホームズが、にがわらいした。

『わたしは英国の裁判に、かけられるでしょう。ホームズ先生におねがいは、わたしに殺人の意思がなかったことを、裁判所で証言していただきたいのです。それと、なお一つ！』

　と、怪女が茶色コートの胸を指さして、

『ここに、アレクシス無罪の証拠文書があります。これがロシヤ大使館に送られるように、ホームズ先生から裁判所へ交渉していただきたいのです。わたしが今ここで言うべきことは終りました』

　と、さしだした両方の手首に、ホプキンズがだまって手じょうをかけた。▼64

『フフム、フフム』

　不敵な老怪人セルギュースが、あくまでも、あざわらって、たばこの煙をモヤモヤとはきだした」

これも『スパイ王者』

　ワトソンの話が、ひとまず終りました。けれど、わたくし（妻のメアリー）は、まだわからないところを、きいてみました。

「その怪女アンナが、高い書物棚の戸の中にかくれていたのを、ホームズ先生は、どうして発見なすったの？」

「ヤア、そのことか。これも聞いてみると、かんたんだぜ。ホームズが後で話したがね。犯行は午前十一時すぎだ。非常警戒が張られた。いなかの村でさ、昼のうちに、見なれない女が、駅は遠いのだし、遠くまで逃げられるわけはない。ことにその女は強い近眼だ。目がねなしだと、そのままコーラム教授の家の中に、ひそんでいるのではないか？　と、ホームズはロンドンを出発する時から、探偵の中心点を、家の中においていたのだ」

「そう、当然の疑がいだわ。だれだって気がつくことじゃないかしら？」

「ところが、実さいは、ホプキンズも僕も、そうかんたんに気がつかなくてね。ホームズだって行って見ると、ろうかも部屋の中も、厚い敷物がしきつめてあって、靴あと一つ残っていない。鍵穴の傷のほかには、手がかりなしさ。家政婦と女中のようすを見ても、家の中に、ほかの女がひそんでいるとは、まるで知らずにいるらしい。こうなると怪しいのは、コーラム教授の寝室だ。何かの秘密があって、教授が女をかくしている!?」

「まあ！　それがあたったのね」

「ところが、寝室に行ってみると、ここも厚い敷物と、書物だらけだ。なんの手がかりもない。そこでホームズ先生、たばこを何本もすいつづけて、灰をまきちらした」

「あら、そんな探偵方法もあるのね」

「そして、その寝室を一度出た。家政婦にきいてみると、コーラム老教授は、えらく食うようだ、ますます怪しい。きのうから女がひそんでいるなと、二時にまたはいってみた。すると、ずぬけて高い書物棚の前からテーブルの方へ、敷物の上に灰のあとが、ふみつぶされている。これを見きわめたホームズは、果然、女のかくれ場所を知ったのさ」

「やっぱり名探偵だわ。そのアンナという女は、そうして検事局へホプキンズさんが、つれて行ったんですの？」

「そう、ホプキンズ探偵青年の大手がらさ。ホームズも僕も、だまっていたからね」

「でも、コーラム教授という学者が、ロシヤの反乱過激党の首領セルギュースだったとは、ホームズ先生だって気がつかなかったのでしょう？」

「それはそうだ。さすがの彼も、おどろいていたさ。ところが、後になってわかったことだが、反乱過激党の首領だったセルギュースが、党をうらぎったというのも、実は、うそでね、首領自身が党のために、ヨーロッパ各国の秘密をさぐるスパイになって、六年間も英国にかくれていたのだ▼65」

「まあ！　すごい怪人なのね、これも『スパイ王者』だわ」

「そうなんだ。だから、総理大臣と外務大臣がホームズをたずねて来て、機密文書の捜査をたのんだ時は、セルギュースの行動を、ホームズも僕も第一に考えたがね」

「あら、また、機密文書の紛失、外務省で？」

「いや、今度のは外務大臣の家の中で、しかも、大臣の部屋で無くなった、これにはホームズも実に苦心したのさ。前の『スパイ王者』の事件と全くちがって、外務大臣の夫人も関係しているしね。今となってみると、話してもいいだろうが、英国は外交の上に機密文書の紛失で、二度も失敗しかけてさ、二度ともホームズにすくわれたのだ。この記録も今のうちに書いておくべきだろうね」

　こうして、わたくしがまたワトソンの話を、記録することになったのでございます。次ぎの「第三話」を、どうぞ、ごらんくださいませ！

第三話　魔術師ホームズ▼66

歌手のスパイと花形の社交夫人

三階の寝室に謎

「ホームズと僕が同居していた部屋は、君も知ってるように、なんのかざりもない、実に平凡で、貧弱でさ、粗末なものだった。あそこに突然、朝九時すぎ、堂々として威厳のある紳士が、ふたりそろって、たずねてきたのだ。

このふたりを、だれだと思う？　いつも新聞の写真や漫画で知られている、老人の方はベリンジャ総理大臣、実物で見ると顔をクシャッとしかめて、ふとっているが、えらく苦い感じの顔だ。それから四十才くらいの方はホープ外務大臣▼67、上品な美男子でスラリとしている、が、これも眉をひそめて、なんだか苦い顔だ。ふたりとも堂々と苦い顔でね、生まれて一度もわらったことがないみたいだ。

ホームズも僕も、この不意の来訪に、おどろいたがね、さっそく、用件をたずねてみると、音楽的な美しい声のホープ外務大臣が、

『実はわたしの家の中で、寝室において、重要な機密文書が見えなくなって、気がついたのが、けさの八時すぎ、ただちに総理に報告し相談した結果、このように、そろっておたずねしたのも、総理のご意見によることです』

と、声は美しいが、顔つきは苦くて重々しい。

『警視庁へは？』

と、ホームズがきくと、ベリンジャ総理が、これは太いガラガラ声で、

『知らせておらん、また、知らせるつもりはないのです！』

と、だんぜん、強い調子で言った。

ホームズは例によって、相手が総理大臣だろうが乞食だろうが、探偵事件になるとブッキラボーだ。

『フウム、それはなぜ？』

『新聞記者に、もれるおそれがある、のみならず、きわめて秘密を要するからです』

『その文書紛失について、前後の事情は？』

『事情は、かんたんなのです、が、……』

と、ホープ外務大臣は、まゆをジッとひそめたきり、ほそい美しい声で、

『国家機密の重要な文書なので、わたしは外務省から身につけて家へもって帰ってきた。七時すぎ、夕食の前に服をきかえる時、いつも使っている文箱に、その文書を入れて鍵をかけ、自分で文箱を寝室へもって行って、化粧台の鏡の前においた。だれが見ても、この文箱の中に、それほど重要な物がはいっているとは、気がつかないはずです』

『夕食と、寝室にはいられた時間は？』

『夕食は七時半、それから妻は劇場へ行きました。帰ってくるのを、わたしは居間で待っていた。寝室にはいったのは、十一時半です』

『七時半から十一時半、重要な文箱が寝室に、四時間、ほっておかれた?』

『しかし、ゆうべは寝室に、その間、だれもはいらない。用があれば居間からはいるのだし、居間には私が絶えずいたのです』

『機密文書が寝室にあることを、夫人は?』

『いや、妻にも話してない。わたしは外交関係について、政治上のことも、公けのことは、いっさい家庭で話さない。これが当然でしょう』

『紛失については?』

『けさ、出勤に持って行こうとして、文箱をあけてみると、見あたらない。おどろきのあまりに、実はあわてた。そばにいた妻が、どうしたのですかと、たずねるので、重要文書の紛失を、はじめて話したわけです』

『文箱に鍵は?』

『完全にかかっていました』

『寝室に居間から以外に、はいるドアは?』

『ないのです』

『窓は?』

『ない。しかも、三階です』

『フウム、……』

ホームズが天じょうをにらむと、パイプを投げだして腕をくみしめた。

ベリンジャ総理が、銀の柄のついているステッキを、両手でにぎりしめると、ふといガラガラ声で、

『ホームズさん、あなたが探偵の才能と手腕に、すぐれていられることは、前の外務大臣からも、ホールダネス公爵からも、▼68聞いているので、この事件もまた、ぜひ、迅速に秘密のうちに、われわれのみならず、英国の平和のために、ご尽力をわずらわしたい!』

と、ていねいに、大きな頭をさげるようにして言った。

ところが、ホームズは腕をくみしめたきり、ふたりの大臣を見むきもせずに、

『なにが何だか、さっぱり、見とうもつかない。ワトソン、なにか考えついたかね、君の方はどうだ?』

と、ぼくにききだした。

総理と外務と二大臣の前で、突然の試験だ。ぼくは、ちょっと、びくついたがね。

国際スパイ団の三首領

三階の寝室に窓がない。居間から以外には、はいるドアがない。その居間には大臣自身が起きていた。だれも寝室にはいった者がない、これは、たしかなことだ! とすると、

『寝室に十一時半、あなたと夫人がはいられた。そのあと、夜ふけに何者かが、しのびこんできた、と思われないでしょうか?』

と、ぼくが考えついた点を、ホープ外務大臣にきいてみると、

『いや、わたしも妻も、何者かがはいってくれば、すぐ目をさますはずです。どちらも神経のするどい方ですから』

『ドアに鍵は、おかけになりましたか?』

『いや、居間も寝室も、建物のおくの方にある。初めての者がはいってくれば、階段と廊下に迷わずにいない。それに家の執

事か女中たちに見つかるはずだ。居間にも寝室にも、だから、鍵はかけていないのです』

　そこで僕は探偵ぶって、相手が外務大臣だから、なおさら張りきって言ったのさ。

『それは一応、ごもっともです。だが、あなたも夫人も目をさますはず、この点は〔はず〕なのだから、何者かしのびこんだのに、深く眠っていられたかも知れない。次ぎに執事や女中たちも、夜ふけには自分たちの寝室で、おそらくグッスリねむっていたでしょう。怪しい者を見つけるわけがない。次ぎに犯人は、たとい初めてはいってきたとしても、外務大臣の寝室にしのびこむためには、建物の中の間取りを、前もってくわしく、しらべたのにちがいない。階段と廊下に迷うようなのは、ばかな泥ぼうのすることです』

『しかし、それならば前もって犯人が、文箱の中に重要な文書があると、どうして知ったのですか？　わたしが文箱に入れたのは、ゆうべ七時すぎ、外務省から帰ってきて、服を着かえた時です。これを誰も知っている者はない』

『いや、そうですか、それは、どうも、……』

　ワトソン博士の探偵ぶり、たちまちペシャンコさ。[▼69]しかたがないから、やはりホームズにたずねてみたんだ。

『ぼくにも、さっぱり、わからないが、なんとか君には考えがついたろう。どうなんだ？』

『ワトソン同様にわからないね、こまったものだ』

　と、天じょうをにらみつけていたホームズが、探偵神経のかたまりみたいな鋭い顔になって、外務大臣を見つめると、またズバズバときだした。

『その機密文書の形は？』

『青色の細長い封筒に、はいっています。赤いライオンの印が、封の所におしてある』

『文書の内容は？』

『ウウム、それは、なんとも、外交上の機密なので、……』

　と、口をつぐんだ外務大臣が、ベリンジャ総理大臣の方を見た。言っていいでしょうか？　と、たずねる苦い顔つきだ。

　総理大臣が外務大臣にかわって、ホームズに低い小声で、

『あなたとワトソン博士の徳義心を信じて、お話するが、これは外部にもれると、英国今後の国際関係に非常なさわりを来たす、外交上の重大機密なので、この点を特に、あなたがたの愛国心によって、どこまでも秘密をまもっていただきたい』

『信じてくださらないと、事件は引受けられない！』

『なるほど、ウム、その文書は、ある外国の君主が自分で書かれた、英国女王陛下あての密書なので、……』

『その外国は？』

『それまで私の口から言うのは、総理として、ゆるされない』

『フム、しかし、およそわかっています。その君主自筆の手紙をぬすみ出して、もっとも利益を受けるのは、第三国の各方面ですな』

『さよう、第三国の各方面と関係のある有力な国際スパイ団を、疑がうべきだと、わたしとホープ君は、ここへ来るまでに話しあったのだが、あなたのご意見は？』

『同感です。国際スパイ団の有力な首領が、今、ロンドンと近くに三人、ひそんでいる。この三人の現状を、至急、探らなければならない。昨夜から行くえをくらました者がいると、機密

文書の行くえも、あるいはこの方面から見当がつくかも知れない。やってみましょう！』

と、ホームズが腕ぐみしたまま、決然として言った。

名探偵が乗り出すことをしょうちしたのだ！

ベリンジャ総理大臣とホープ大臣が、いすを立ちあがると、ホームズと僕に固く握手して、おもおもしく苦い顔のまま帰って行った。

殺された有名な歌手

朝から意外な来客が、意外な怪事件をもちこんできた。もっとも秘密に来たのだろう。護衛も付いていなかった。そのあとホームズは、パイプたばこに火をつけると、ふかくすいこんで、

『フッフーッ、ワトソン、おそろしく苦い客が、すごく苦い事件をもってきたものだ。おもしろいが、やっかいだね』

と、天じょうをにらみながら、煙を高くふきあげた。口が煙突みたいだ。

『いくら苦くたって、君は〔やってみる！〕と言ったぜ』

『やるさ、グズグズしていられない。国際スパイ団の有力な首領は、第一にあのロシヤ人のセルギュース、こいつは君も知っている老怪な白髪おやじだ』

『ウン、ぼくも今、あの白鷲みたいな顔を思いだしていたがね』

『第二は、『スパイ王者』のジョゼフ・ハリソンに関係のある、オバスタインという曲者だ』

『そいつは初めて聞く名まえだ。ドイツ人らしいな、オバスタインなんて』

『フーッ、第三はルーカス、▼70こいつの国は不明で、もっとも怪しい奴だ。この方面へ手をつけてみるのが、まず早道だろう』

『待った！　そのルーカスってスパイ首領は、ゴドルヒン町にいるんじゃないか？』

『ホー、どうして君が知っている？　これはおどろくね』

『そのルーカスだと、永遠に行くえ不明だぜ』

『フッ、どうして？』

『ゆうべ殺された。けさの朝刊に出てるんだ』

『ヤッ、それも、ゆうべか！』

ガバッと、からだを起こしたホームズが、

『その記事を読んでくれ、ゆっくりと』

『よしきた！』

ロンドン日々(にちにち)の朝刊を、ぼくはひろげて、起きがけに読んだ記事を、もう一度、ゆっくりと声に出して読みつづけた。

『怪奇きわまる殺人事件！　テームズ川とウェストミンスター寺院に近いゴドルヒン町十六番に、昨夜、怪奇な殺人犯が発見された。歌手のスターとして多くのファンをもっているエドアルド・ルーカス氏（年三十四）が、何者かに殺された！　氏は独身であり、老年の家政婦ブリングル夫人と事務員▼71のミトン氏と、三人で生活していた』

『フム、有名な流行歌手が国際スパイ団の首領だったのを、新聞記者もまだ気がつかないのだな』

と、ホームズが苦わらいした。

『家政婦のブリングル夫人は、まい夜早く三階の寝室にはいって朝まで眠る。昨夜もそうだった』

『これまた三階の寝室か、フウム』

『事務員のミトン氏は、ハマスミス町の友人の家へ行っていた。およそ十時からはルーカス氏ひとり起きていたことになる。そして十一時四十五分ごろ、巡査バレット氏が町の道を巡回して行くと、ルーカス氏の家の玄関に、ドアが半開きになっている。怪しんで声をかけてみたが、何の回答もない。おもての部屋には灯が見える。なおさら怪しんで玄関をはいり、その部屋のドアをたたいてみた。しかし、何の回答もない』

『十一時四十五分ころだな、それで？』

『ドアを引きあけて見ると、異様な光景が発見された。一方の壁に家具がおしつけられ、部屋のまん中に椅子が一脚だけ、引つくりかえっている』

『そいつは変だぞ！　なんのために家具を壁におしつけたのか？』

『椅子の足をつかんだまま、たおれているのを見ると、主人のルーカス氏であり、心ぞうを上から突きさされて息たえている。兇器はインド人の使う曲った短刀であり、壁にインドの長刀や弓などが、かざってあるのを見ると、犯人は壁から、かざり付けの短刀を取って、ルーカス氏を突きさしたものと、明らかに推定される。しかし、短刀の柄に指紋が残っていないのは、手ぶくろをはめていたからと思われる』

『フーフッ、だから、怪奇というわけか？』

『バレット氏は警視庁へ急報し、探偵部長その他が出動、検視と捜査のけっか、ルーカス氏の所持品と室内の貴重品は、なにひとつ盗まれていない。犯人はたんなる強盗の類ではなく、殺害には複雑な原因があるらしい。怪奇な殺人犯であり、今のところ何らの手がかりも発見されていない』

『それだけか？』

『これだけだ。ほかの新聞を読んでみるか？』

『なに、同じようなものだろう。この殺人犯がホープ外務大臣の寝室事件に、何か関係があると、君は思うかね？』

と、ホームズのするどい目いろに、独特の探偵神経がきらめいて、考えをこらしながら、ぼくにきいた。

花形女性が来た！

『歌手の仮面をかぶっていた国際スパイの首領が殺された、それは夜の十時ころから十一時四十五分までの犯行だ。外務大臣の寝室から国際機密文書が、ぬすみだされたのは、七時半から十一時半までと思われる、とすると、時間も、とにかく合ってる。この二つの事件は、関係がありそうじゃないか？』

と、ぼくが考えついたとおりを言うと、

『うまい！　ワトソン、プラス二点だ！　その関係をさぐりだすと、問題の機密文書も、きっと出てくるだろう。ぼくの直感だがね、フーッ！』

と、ホームズが、グッと乗りだしてきた。

『しかし、警視庁の探偵連中が、殺されたルーカスの身のまわりを、今ころは、すっかり調べあげて、意外なスパイ関係を発見したろうし、その方面へ手をのばしているだろう』

『いや、そうだとしても、外務大臣の寝室事件を知っている者は、われわれだけだ。警視庁のボンクラ連中に、そこまでルーカス殺しから手をのばすものか！』

『そう言っても、二つの事件は関係がありそうだ、と考えたのは、ぼくの想像と君の直感だけだぜ。はたして、あたるかな？』

『フム、あたるか、あたらないかは、これからだ、が、第一、ルーカスが殺されたゴドルヒン町十六番と、外務大臣の家があるホワイト・ホール・テラスとは、歩いて六、七分の近くだぜ。それが、ゆうべほとんど同じ時間に、どちらにも怪事件の突発だ。関係がないとは思えないさ』

『フウム、第二は何だい？』

『第二は、……待てよ、だれか来たぜ』

呼鈴が鳴っている。下の玄関へ、この家の主婦のハドソン夫人が、いそいで出て行ったようだ。

『きょうは今から活躍だ。事は国家の重大事件ときている。面会謝絶だね、フーッ[72]』

『何人といえどもか？』

『むろん、女王といえども乞食といえどもさ、ハハッ』

ホームズがわらったところに、ハドソン夫人がはいってきた。目をかがやかして、こうふんしている。銀盆にのせてきた名刺を、だまってホームズにさしだした。金ぶちの小さな婦人用の名刺だ。つまみあげて見たホームズが、

『ホホー、意外だ！』

と、ぼくにわたした。

なにが意外だ？　と見ると、ぼくもおどろいた。

セルダ・トリローニ・ホープ夫人！

外務大臣の夫人だ、何しに来たのか？

『けさは苦いのばかり来るね。とおしてください』

と、ホームズがハドソン夫人にささやいた。

面会謝絶どころか、ゆうべの寝室事件に密接の関係がある夫人の来訪だ！

社交界の明星と言われる美人であり、『ホープ外相夫人』はロンドン第一流の花形女性だ。しかし、ホームズも僕も、その評判を聞いているだけで、会ったことは一度もない。階段をあがってくる靴音が、しずかだが早い。美人が何かあわてているな、と、ぼくは耳をすましていた。

ハドソン夫人があけはなして行った、ドアの入口に、やがてスラリと現われたホープ外相夫人は、なるほど、すごいほどの美人だ。どんなふうに美しい？　といったって、説明できないほど美しかったのさ、それがスーッと青ざめていてね、二重まぶたの目がすみきって、なにかこわがっているみたいなんだ。はいってくると、後にドアをしめて、

『ホームズ先生とワトソン博士でいらっしゃいますね』

と、花びらのような口びるを動かした、さわやかな声がもれて、

『わたくし、突然うかがって、失礼ですけれど、……』

と、まず言いわけをした。

礼儀上、ホームズも僕も立ちあがって、

『どうぞ、こちらへ！』

と、ホームズが手をのばして指さしたのは、テーブルの向うにある、きたない長いすさ。

有名なホームズのいる部屋が、あまり粗末すぎるので、ホープ外相夫人はビックリしたらしい。二重まぶたがふるえて、まばたきした。ところで、用件は何なのか？　と、ぼくは探偵神経をするどくしていたんだ」

見えない敵に降伏か？

指をひらいたり握ったり

「美しく青ざめている気品の高いホープ外相夫人が、ホームズの指さした長いすの前を、スーッと通りすぎて、窓べりにある腕いすへ、すんなりとかけてしまった。光を後にして顔いろの動きが見えない。ひざの上に白い手ぶくろの指さきを、ひらいたり、にぎったりして、

『ホームズ先生！　けさ、主人がここへ、うかがいましたでしょうか？』

と、きれいな声で、ききはじめた。

ホームズは婦人にもブッキラボーだ。

『こられたです、それで？』

『いいえ、わたくしが、こちらへ、うかがいましたことは、主人におっしゃいませんように！』

と、夫人の方も、はじめから我がままなことを言いだした。

なんだか変な初対面だな！　と、ぼくは目を見はっていた。

『それは、ぼくにとって、めいわくですな。夫人の行動を主人に言ってくれるなと、そのわけを聞いてみないと、そんな約束は、だれだって、できないでしょう』

『では、こちらが、ありのままを申しあげますから、あなたもそうしてくださいましょうか？』

ふたりの問答が、どちらからもハキハキとつづけられた。

『ありのままは、大いにけっこうです』

『わたくしと主人のあいだには、なにひとつの秘密もございませんの、けれども、わたくしとして、いつも不満なことは、主人が外交や政治の上の公けなことは、それこそ、まるで何にも教えてくれませんし、これでは妻として夫をたすけようにも、力のつくしようがございませんのです』

『フウム、それで？』

『けさ、主人は出勤まぎわに、なにか大事な書類の紛失に、気がついたらしくって、いつもに似あわずあわてましたの、わたくしもおどろいて、〔どうしたのですか？〕と、たずねますと、〔書類が無くなった、が、わからない！　これは、シャーロック・ホームズ氏に依頼しなければ、総理に相談して〕と言ったきり、いそいで出て行きました』

『ハハア、そうですか』

『総理に相談するほどですと、よほど重要な書類が紛失したのでございましょう。それを妻のわたくしが、主人から話されないからといって、なんにも知らずにいますのは、これほど不安心な心ぱいなことはございません。この気もちは、あなたもワトソン先生も、おわかりくださいますでしょう！』

『なるほど、それで？』

『その紛失した書類というのは、いったい、どんな性質のものでございますの？』

『ご主人におたずねください』

『あなたからは、うかがえませんの？』

『ご主人さえ言われなかったことを、ぼくやワトソンから、どうして話せますか？』

『けれども、それを特別に、どうぞ！　わたくしは主人の妻として、わたくしの口から秘密は、ぜったいにもらしませんか

ら！』

『フム、しかし、こちらも秘密をもらすことは、ぼくにもワトソンにも、徳義上、できないことです、やはり、ぜったいに』

『主人がうかがいましたのは、書類紛失の発見を、ご依頼にあがったのでしょう！』

『ご想像にまかせます』

『ホームズ先生が探偵なさると、それは、きっと発見されましようか？　お見こみは、いかがですの？』

『ご想像にまかせます』

『そのような想像を、わたくし、今までにしたことがございません。それよりも事実を、うかがいたいのです！　主人はこの書類の紛失のために、今の地位も、政治家としての将来も、失うことになりますでしょうか？』

『夫人として、そのご心配は当然ですな』

『では、そのようなことに、なりますのでしょうか？』

『さあ、ぼくは想像しますが、おそらくホープ氏自身が責任上、あらゆる地位から引退されるでしょう。ワトソン、この点、君はどう思うかね？』

『ウム、ぼくもそう思う。英国の政治家は、どこの国の政治家よりも、責任を重んじるから、しかし、紛失した文書が安全に発見されると、問題は軽くすむのじゃないかな？』

『まあ、……』

まっ白な手ぶくろの指さきを、ひらいたり握りしめていたホープ夫人が、その両手を美しい顔にあてた。わがままで威ばっていたのが、失望してガッカリしたな、と、見ていると、

『よくわかりました！』

と言うなり立ちあがった夫人が、顔から手をはなして、ホームズと僕をジッと見つめながら、

『あなた方に、わたくしは、なんにも、おたのみしようとは思いません、失礼しましたわ』

と、言いすてて、ツンと上をむいたまま、ろうかへ出て行ってしまった。

フランス香水らしいにおいが、あとに、ただよっていた。

相手にとって不足はない

『あのようないわゆる貴婦人なるものも、かなり苦手だね。自分かってなことばかり考えている』

と、ホームズがパイプを手にとって、

『今の夫人自身、ぼくたちを探偵しに来たようじゃないか？ハハッ』

と、声をあげてわらった。

『探偵を探偵しに来たのかな？　まさか、そうじゃないだろう、〔妻として不安で心ぱいだから〕と、真けんに言ってたんだ。それを君が、あまりツケツケとやるから、かわいそうな気がしたぜ』

『フッ、むこうだってツケツケだったさ。君はいつも美人に同情するね。メアリー嬢の時は、同情して結婚しちまったが、フーッ！』[73]

『よけいなことを言うな。今のホープ夫人は、指をひらいたり、にぎったりして、えらく気をもんでいたぜ、とても心ぱいして来たんだ』

『ウム、そのとおり、だが、応対にすきがなくって、よけいな

ことを言わない。窓を後に席をとって、顔いろの変化を相手に見せない。めずらしく才気のある夫人だ』

『すると、やはり探偵を探偵しに来たのかな？　〔よくわかりました！〕と言ったのは、何がわかったのだろう？』

『ハハッ、女の考えることは、それこそわからないさ。ちょっと出かけてくるぜ』

と、ホームズがパイプをくわえたまま、きゅうに立ちあがった。

『どこへ行くんだ？』

『ルーカスが殺された現場へさ、警視庁の探偵連中に会って、捜査の進み方を見てくるんだ。君はここにいてくれ。また何者がくるかも知れない。総理と外務大臣が秘密に来たのも、敵がわの国際スパイ団が、おそらくすでに知っているだろう。彼らはもっとも機敏だからね。ゆだんすると、すぐやられる、フム、相手にとって不足はないさ』

ささやきながらホームズが、スタスタと出て行った。

怪事件展開！　しかも、二つだ。この二つが、からみあっているらしい。謎の二重奏だ！

出てきた発狂夫人

ホームズは昼すぎに帰ってきた。まゆをひそめてムッと口をひきしめ、むつかしい顔をしている。

『どうした？　どちらかの謎が解けたか？』

と、顔いろを見ながら、きいてみると、

『解けるどころか、さっぱり、わからない。レストレード君も、よわっていたさ』

と、いすにかけるなり、ホームズまで苦い顔になった。

『レストレード君か、『深夜の謎』に出てきた、とても熱心な警部じゃないか？[74]』

『そうさ、今は本庁の探偵部長になっている。殺されたルーカスは流行歌手[75]だけに、ぜいたくな飾り品が部屋に取りつけてあるが、その一つも盗まれたあとがない。新聞記事のとおりだ。書類もかきまわされていない。すると、敵のスパイがねらったのでもない。その書類の内容をしらべてみると、国際外交に関する秘密材料が、各方面からあつまっている。これを見てレストレード探偵部長も部下の探偵たちも、〔このような材料をあつめているのは、有力な国際スパイだったのに、ちがいない！〕と、はじめて判断したのだ、が、さて、このスパイ歌手ルーカスを殺した犯人は？　となると、ぼくがしらべてみても、手がかりひとつない。まったく困難な迷宮事件だ！』

『すると、外務大臣の寝室事件にも、まるで手がつけられないわけか？』

『ざんねんだが、そうなのだ。しかも、グズグズしていられない』

ホームズは、ますます苦い顔になった。

さすがの名探偵も、捜査が行きづまった。心の苦痛にせめられて、今度こそまいったようだ。ムッツリとだまりこんで、深く考えこんでいる、と思うと、にわかに立ちあがって、どこかへ出かけて行く。帰ってきて、ぼくが何をきいても、

『わからないものは、ついに、わからないのさ！』

と、はきだすみたいに言ったきり、天じょうのすみを、にらみつけている。

こうなると、そばにいる僕まで、気もちが変にイライラしてきた。総理と外務の二大臣から依頼された、重要な謎を解くのに手がかりが見つからない、この苦痛はホームズにとって、やりきれないのだな！　と、心から同情していると、そのまま三日すぎて四日めの朝、新聞デーリイ・テレグラフの記事に、パリからの長い電文がのっている。これを読んでみた僕は、おもわず声をあげてホームズに言った。

『オイッ、この記事は意外だ！　ルーカスの犯人が、パリで発見されたぜ！』

英国のロンドンにおける殺人犯が、フランスのパリで発見された!?　これにはホームズもおどろいて、

『ヤッ、ほんとうかな、その記事を読んでくれ、犯人は何者だ？』

『こういうんだ。迷宮入りを伝えられた謎の殺人、歌手ルーカス氏の事件の秘密を解く鍵が、意外にもパリ警察によって発見された！』

『フウム、フランスへ飛んだか？』

『パリのオーステルリッツ町にある小ぢんまりとした別荘に、アンリ・フールネイ夫人という女性が発狂し、女中がそのことをパリ警察にとどけて出た。主人のフールネイ氏は不在だった』

『ますます意外だね、気ちがいの女が出てきたか、それで？』

『警察で出張し診察したところ、この婦人は危険な不治の精神病患者だった。さらに調べてみると、ロンドンから帰ってきたばかりであり、有名な歌手ルーカス氏と関係のあることが、その告白によって判明した。しかも、この婦人のもっていた写真によって、主人のフールネイ氏は、ロンドンの歌手ルーカス氏と全く同一人であることが発見された』

『フム、歌手の仮面をかぶっていたスパイ首領だからな』

『ロンドンにおいては歌手ルーカス氏、パリにおいては職業不明のフールネイ氏、何故か同氏は英国とフランスにおいて、二重生活をしていたのである』

『何故かじゃない、スパイ首領だから当然だ』

『危険な精神病患者であるフールネイ夫人が、パリからロンドンへ行き、主人のフールネイ氏すなわちルーカス氏に対し、何らかの原因によって兇行をあえてしたものと、パリ警察では推定している。これで記事は終りだ』

『フウム、その推定どおりだ、としても、こちらには、さらに手がかりなしだな』

『外務大臣の寝室事件には、何の関係もないからね』

ルーカスを殺したのは、おそらくこの発狂夫人だろう。しかし、外務大臣の寝室における国際機密文書の紛失は、そのまま重大な謎である。ホームズと僕は、いよいよ苦い顔を見あわせた。

わからないものは、ついに、わからないのだ！　といって、すててはおけない。これを今から、どのように打ちひらいて行くのか？

名探偵も白旗か？

『いいかね、ワトソン、よく考えてみてくれ！』

と、ホームズが腕をくみしめて、考え深い顔になると、

『きょうも総理と外務大臣に会ってきたのだ。聞いてみると、

この三日間、各国の大使も公使も、何の動きもしめしていない。本国政府と暗号特電の往復もない。すると、大臣が盗まれた機密文書は、今なお外国がわの手にわたっていないと、判断しなければならない。これは大臣自身の判断だが、ぼくも同意なのだ。君はどう思う？』

『いや、ぼくも同意だが、すると、犯人が重要な機密文書を、今なお自分の手もとに、三日間もおさえていることになる。それは何のためなのか？』

『そう、その疑問を、総理も気にしているのだ。同じ夜に殺されたスパイ首領ルーカスが、機密文書を手に入れていた、とすると、警視庁の探偵連中が家宅捜査をした時に、出てこないはずはないのだ』

『発狂夫人が、パリへ持って行ったのではないか？』

『そうだとすると、その夫人が身につけていたか、家の中にしまっていて、パリ警察に発見された結果、すでに今ごろはフランス政府にわたされている。[76]そうしたら、われわれの完全な負けだ。同時に英国の非常な失敗だ。とりかえしはつかない！』

『しかし、ルーカスが盗み出した証拠は、まだ、あがっていない。一方に老怪な白髪おやじのセルギュース、『スパイ王者』に関係のあるオバスタイン、これらの曲者に捜査の手は、打ってあるのか？』

『むろん、この三日間、あらゆる国際スパイ団の動きを、外務省の密偵連中が必死に探っている。その各方面の指導も僕が行って、外務大臣に協力しているのだが、これまた今なお何の手がかりもつかめない。老怪セルギュースも、曲者オバスタインも、さらに動いていないのだ[77]』

『すると、機密文書はスパイのほかの者に、盗み出されたのじゃないか？』

『ウム、その疑問も十二分にあるのだ』

『ますますわからないね、これこそ迷宮事件だ。ぼくにもまるで見当がつかない』

『だから、ホームズとワトソン、ふたりそろって大へボ探さ。見えない敵に白旗をかかげて、降伏するか？ハハッ』

ホームズがあおむいて、やけみたいにわらった時、ドアをたたくひびきが、小さく三つ聞こえた。

『カッカッカッ』

いつのまに階段をあがってきたのか？　呼鈴も靴音もまるで聞こえなかった。

『おはいりなさい』

苦い顔のホームズが、にわかに眉をひらいて声をかけると、明かるい快活な表情になった。

ドアをおしあけて、スッとはいってきたのは、黒服をキリッときている二十五、六才の男だ。ホームズの前へくると、敬礼するなり小声で、

『部長が今、意外な発見をしました。先生に出てきていただきたい、至急に！　ということです』

と、言いながら、ぼくの方をチラッと見た。

レストレード探偵部長の使いなのだ。[78]むろん、探偵にちがいない。ドアのたたき方で、それを知ったホームズは、何かの『発見』を直感して、急に明かるい表情になったのだろう。さすがの名探偵も、今は白旗をかかげる降伏のまぎわだ。立ちあがるなり僕に言った。

『行こう、ワトソン、いっしょに来てくれ!』

身長二メートルあまり

ホームズと僕と使いの探偵、三人がゴドルヒン町十六番の現場へ急行した。

今度の殺人現場を見るのは、ぼくだけが初めてだ。

玄関に立番をしている大男の巡査が、ドアを、ていねいにあけてくれた。すると、使いの探偵が声をかけた。

『マクファソン、たがいに苦ろうだな。部長は、どこだ?』

『現場だろう。いや、もう、やりきれないぜ、交代なしの立番は』

と、身のたけ二メートルくらいあるだろう、たくましい顔のマクファソン巡査が、ニヤリとわらってこたえた。

ろうかへ、三人がはいって行くと、おくの方から、レストレード探偵部長が、セカセカと出てきた。ふとってブルドッグみたいな、こわい顔をしている。

『ヤア、待っとったです。ワトソン先生も、いっしょですか、しばらくでしたなあ!』

ぼくと握手しながら、ホームズに、

『ぜひ、見ていただきたいものを、今さき、新たに発見したですから』

『新たに何だろうね? あれほどくわしく、しらべたのだが』

と、ホームズとレストレード部長が、右がわの部屋へ、はいって行く、後から僕も付いて行った。

使いの黒服探偵は、どこかへスッと行ってしまった。

流行歌手ルーカスの部屋は、なるほど、ぜいたくに、かざられていた。さまざまの絵画、カーテン、敷物、デスク、長いすなど、みんな、はでに美しい。が、テーブルといすは、一方の壁ぎわに押しつけられて、まん中に大きないすが一脚、ころがっている。ルーカスの死体は、すでにかたづけられて、大いすのそばに、一枚の四角い敷物が、気みわるくドッペリと、まだらに色が変っている、すごい血のあとだ。

レストレード部長が、ホームズに、

『死体をかたづけたほかは、ごらんのとおり、なんにも手がつけてないです。デーリイ・テレグラフのパリ特電を、見られたですか?』

と、たずねると、

『ウム、やられたね、パリ警察にさ』

と、ホームズが苦わらいして、

『発狂夫人の犯行だとは、まったく気がつかなかった。この現場に何の手がかりも残っていなかったからね。君もそうだったろう?』

『そうですとも、女のしわざと見るべきあとは、なにひとつなかったです。しかし、この壁にかざりつけてある、……』

と、レストレード部長が、壁にかけてあるインドの長刀や弓などを指さして、

『短刀を取るなりグサリと相手の心ぞうを突いたのは、いかにも気ちがい女のやりそうなことですね。ルーカスと争った原因は、何かわからないですが、突きさされたルーカスは、たおれながら苦しまぎれに、いすの足をつかんだまま、おびただしく出血して息たえたと、判断すべきでしょう』

『フム、それならば、このとおりにテーブルと、ほかのいすが、

壁に押しつけてあるのは？』

『女はフランスから不意にたずねてきた。来てみると、ルーカスすなわちフールネイが、ロンドンで勝手にぜいたくな生活をしている。これを見た女は気ちがいだから、いきなりムラムラと怒って、目の前にあるテーブルやいすを、力まかせに一方へ押し出したと、判断すべきでしょう、どうですか？』

『ハハッ、そうだったかも知れない、が、犯人の女はすでに、パリ警察の手につかまえられた。捜査することなしに、ぐうぜんの捕縛だ。それよりも、君が新たに意外な発見というのは？』

『この現場で今さき発見したですが、まったく謎です、ワトソン先生も一つ考えてくださいこれです！』

と、レストレード探偵部長が、ブルドッグみたいに顔をしかめて、うつむくと足もとへ右手をのばした。

この新たな謎によって、今までの迷宮入り怪事件を、みごとに解いてしまったホームズこそ、さすがに第一流の名探偵だった！　と、ぼくは心から感服したのさ」

猛犬ブルドッグと太い煙突

まっ四角の敷物

「レストレード探偵部長が、うつむいて、右手をのばすと、足もとにある敷物のはしを、ソッとつかんだ。

はばも長さも一メートル半くらい、まっ四角な緑色の敷物だ。ドッペリと血のあとが一面に赤黒く残っている。

『この上にルーカスが、たおれていたです。このとおり、おびただしい出血で、この敷物のうらまで、血がしみとおっている。下のゆか板にも、しみついているです。ところが、今さき、ぼくが、こいつを上げてみると、いいですか、ホームズ先生、ワトソン先生、見てください』

と、レストレード部長の太い右手が、敷物のはしをつかんだまま、横の方へ、うらがえしにしておいた。

なるほど、うらにもドッペリと血がしみとおっている。気みがわるい。下のゆか板は白い木を組みあわせたものだ。ここにも血のあとが敷物をとおして赤黒く残っている。

『どうです、新たな発見は、これです。敷物の血のあとと、ゆか板の血のあとは、しみとおったのだから、同じ形でなければならない。ところが、見くらべてみると、このとおり、ちがうです。まるで合わない。変じゃないですか？』

と、レストレード部長は、ブルドッグみたいな顔をしかめて、ホームズにきいた。

ホームズの目が、足もとの床板の血のあとを見つめて、はげしくかがやくと、ぼくに言った。

『ワトソン、いかにも変だね、これを君は、どう思う？』

『ウム、この敷物は床板に打ちつけてない。何者かが後でまわした。だから、敷物の血のあとはゆか板の血のあとと、形がちがっているのだ』

『よろしい、明白な答えだ。ぼくもそう思う。レストレード君、変なのは、その何者かが、なんのために、この敷物をまわしたかだ、この点、まさに変だね』

『だから、先生に来ていただいたです。死体はけさ早く火葬場に送った▼79。この現場も捜査は終った。犯人はパリでつかまった。ここを片づけようと、この敷物をあげてみたところが、ゆか板の血のあとは、敷物の血のあとと、ちがっている。まっ四角な敷物だから、上から見ただけでは、まわしたことがわからない。まわした奴も、もとのとおりにしたと思ったろうが、気がつかずに行ったのですな』

『フム、しかし、玄関には身長二メートルあまりのマクファソン君が、絶えず立番してたのじゃないか？』

『そうです。うらの入口には鍵が、かかっている。何者もここまで、はいれないですが、このとおり敷物がまわっている。どうも、わからんですなあ！』

『いや、わからせる方法が、たった一つある』

『オッ、なんです？　おしえてください！』

『うらの入口にも窓にも、はいったあとがない、とすると、怪しむべきものはマクファソン巡査じゃないか？』

『アッ、彼は、まじめな大男ですよ』

『まじめだろうが、交代なしの立番はやりきれないと、変な顔してわらっていたからね。彼をきびしく、しらべてみたまえ』

『では、ここへ呼んでくるです』

と、ろうかへ出かけたレストレード部長を、ホームズが呼びとめて、

『いや、ぼくたちの前だと、かえって白状しないだろう。君ひとりで問いつめて、すこしでも白状したら、つれて来たまえ』

『ヤッ、白状ですか？　まじめな彼は、白状しろなどと言われると、おこりだすかも知れん、が、やってみるです』

レストレード部長が、ろうかへ出て行くと、ホームズがサッと足もとへ、からだを伏せた。これこそ突然だ。

アッ、どうするんだ？　と、ぼくがおどろいて見る、目の下にホームズが両手をすばやく動かして、ゆか板の白い木を、音もなく、はずしとった。敷物の下になっていた所だ！

気の小さい煙突

組みあわせて床板になっている白い木を、ホームズが四つ、たちまち上に取りはずして、そばにおくと、

『見ろ、ワトソン、このとおりだ！』

と、下に現われた暗い穴の中へ、右手をグッと突っこんだ。深く入れて、かきまわしながら、

『フウム、はたして空だ！』

と、右手をぬきだして、白い木を四つ、もとのとおりに、すばやく、はめこんでしまうと、立ちあがるなり、ぼくに、ささやいて言った。

『君は何者かが敷物をまわした、と判断したが、まわしたのじゃない。すっかり、はぎとって、下にある今の穴の中を探ったのだ。そして白木も敷物も、もとのとおりにして逃げた。ところが、まっ四角の敷物だから、おき方をまちがえて行った。フム、こんな所に、かくし場所の穴を作っていたのは、流行歌手の先生、実はスパイ首領らしいやり方さ』

『そこまで知って来た何者かの正体は、わからないのか？』

『ウム、その質問は急所を突いている。謎の中心が、そこにある！　ヤッ、来たぞ』

と、ホームズの顔いろが、今は生き生きと精力あふれて、三日間の苦さが一時に消えている。謎を解く鍵を今こそ、つかん

だらしい。
ろうかに、ふたりの靴音が、ドカドカと聞こえてきた。さきにはいって来たレストレード部長が、まっかな顔をしている、赤ブルドッグみたいだ。大きな口をまげると、
『うるさいことになったぞ。やはり先生の言われたとおり、白状したです。マクファソン、はいってこいっ！』
と言う後から、大男のマクファソン巡査が、きまりわるそうな顔をして、ヌッとはいってきた。部長の横に立ちどまって気をつけをすると、部屋の中に太い煙突が立ったようだ。
ブルドッグと煙突が並んだ！　と、ぼくはおかしい気がして、目の前に見ていると、
『こちらはホームズ先生、それからワトソン先生だ。君の許すべからざる行動を、くわしく、ここで白状しろっ！』
と、ブルドッグが煙突に、真赤な顔をしてどなった。
『ハッ、その、それは、……』
と、煙突が困った顔になって、ホームズに、
『別に僕は、悪気はなかったんで、その、なにしろ一日じゅう、ひとりで立番していると、たいくつで、やりきれないです。そこに、ゆうべ、美しい若い女がひとり、不意に飛びこんできたです。
〔ヤッ、なんだ？〕
と、ぼくはおどろいて、きいたですが、
〔あら、家をまちがえたんだわ、ごめんなさいね、おまわりさん！〕
と、女が言うです。
それから、その、しばらく話してるうちにですな、
〔歌手のルーカスさんが殺されたの、この家じゃないんですの？　わたし新聞で読んで、すっかり悲観しちまって、泣くにも泣けなかったわ〕
と、このようなことを、女が言うです。そこで僕は尋問して、
〔そうか、君はルーカスのファンだったのか？〕
〔ええそうよ、大ファンだわ、熱烈なのよ、わるい？〕
〔いや、たれも、わるいとは言っとらん〕
〔そう、ねえ、だからさ、ルーカスさんが殺された部屋、ひと目でいいから見せてくださらない？　ファンの私のおねがいですもの、あなた、親せつなおまわりさんでしょう！〕
と、女が、その、ぼくの腕にすがりついて、泣くばかりにたのむです。
どうも困ったです、が、死体は送ったあとだし、捜査は終っとるし、かたづけるだけだから、
〔ちょっと、のぞいて見るだけだよ、二、三分間、見たらすぐ出るんだぜ〕
〔まあ、ありがとう、わたしの思い出になるわ！〕
と、女はおどりあがるようにして、よろこんだです。
二、三分間、ちょっと見せるだけなら、よかろう、と思って、玄関からおくの現場へ、つれてはいったです、その、それが、……』
と、太い煙突が気をつけをしていながら、モジモジしだした。身長二メートルあまりのくせに、からだは大きく気は小さい煙突だ。

長い黒マントの女

『それから、どうしたっ？　グングン言えっ！』

と、火のように怒っているブルドッグ部長が、そばからどなると、

『ハッ、それから、その、……』

と、気の小さい煙突巡査は、ますますモジモジして、

『この現場に、はいったです。ところが、女は、敷物の血のあとを見ると、
〔ウウン〕
と、うめき声をあげたきり、目をまわして、ぶったおれると、死んだようになったです。

　これはいかん！　と、ぼくは台所へ飛んで行って、カップに水をもってきたです。女の口に飲ませて、

〔オイ、しっかりしろ、オイッ！〕

　と、いくども呼んでみたですが、女は正気にかえらんです。ジッと目をふさいだきり、口びるから水をタラタラとはきだして、女は気を失っとる。ぼくは何とも、こまったですが、道のかどに〔アイビー・プラント〕という酒場があるのを思いだして、そこへ走って行ったです』

『そんな酒場へ、いつも行っとるんだな』

『ハッ、いや、その今度が四回めです▼81』

『けしからんぞ。それからどうしたっ？』

『それから、グラスにブランデイを一杯もらって、引きかえして来たです。ブランデイを飲ませると、気がつくだろうと、ここへ帰ってみると、女がおらんです』

『それを君は、なんと思った？』

　と、ホームズが、いよいよ明かるい顔になってきくと、

『ハッ、ぼくが酒場へ行っとるあいだに、女は正気がついた、が、はずかしくなって、いきなり逃げだしたに、ちがいないです』

『ハハッ、そうかな。ブランデイは、どうした？』

『ハッ、その、それは、せっかく持ってきたですから、ぼくが飲んだです』

『け、けしからん奴だ！』

　と、ブルドッグ部長が、かみつくような顔になった。

『待った、おこっても、しかたがないさ』

　と、ホームズは快活に、

『ブランデイは、うまかったろう。ところで、その女が来たのは、一度だけかね？』

『ハッ、不意に飛びこんできたです、玄関へ、一度だけです』

『君と話しているうちに、どこに自分の家があるとも言わなかった？』

『タイプライターの募集広告を新聞で見たから、そこに就職するつもりで、家を出てきた、いそいでいたから番地をまちがえたと、言いわけしとりました』

『年のころは？』

『ハッ、女の年は、わからんです。ただ若かったです』

『顔の特長は？』

『美しかったです』

『ハハッ、身のたけは？』

『スラッとしとったです』

『服装は？』

『タイプライターの女にちがいない、黒みがかった長いマントを、靴のさきまで着とったです』

『フウム、……』

太い煙突の言うことは、大ざっぱだ。探偵の神経など、まるでもっていない。そんな女に現場を見せて、立番の務めもはたしていない。

ホームズは明かるくわらって、

『ハハッ、レストレード君、このマクファソン君を、あまりしかっては、いけないと思うね。若くて美しくてスラッとしている女に、ちょっと気がゆるんだ、それだけのことだ』

と、ブルドッグ部長が怒っているのを、なだめると、部長はまた口をゆがめて、

『その女は怪しくないですか、黒マントの女は？』

『さあ、どうかな、ワトソン、君はどう思う？』

『これまた僕には、見当がつかない、が、犯行のあと三日もすぎているんだから、まさか怪しい女じゃないだろう、と思うね。なにか事件に関係のある者だと、三日もかくれていることはないだろう』

『ハハア、そういう判断もつくね、では、行こう。レストレード君、ほかに今、ちょっとした仕事が、ぼくを待っているのでね。また会おう。マクファソン君、さようなら！』

にわかに生き生きとしてきたホームズが、クルリと後をむくと、大またでドスドスと玄関の方へ出て行った。▼82 ぼくは並んで行きながら、ソッときいてみた。

『いよいよ解いたのか？』

『フフッ、なに、これからさ。謎の中心人物に、今からぶつかるのだ！』

初めから敵対

ホームズが言った『謎の中心人物』は、いったい何者なのか？

きいても最後まで言わないだろう、ホームズが僕をつれて、いっしょに車を走らせて行ったのは、意外にも外務大臣の家だった。

さてはホープ外相の家の中に、『謎の中心人物』が、ひそんでいるのか？

ホームズは、玄関へ出てきた事務員らしい青年に、名刺をさしだして言った。

『突然、うかがって失礼ですが、夫人にお目にかかりたい。ワトソン博士とふたり、と、おつたえください』

『はい、……』

顔をかしげた青年が、おくへはいって行った。

あの気品の高い社交夫人が、この怪事件の中心にかくれて、謎の鍵をつかんでいるのか？　と、ぼくは自分が迷宮にはいったような気がして、頭の中がグラグラした。

しばらくすると、青年が早足でいそがしそうに出てきた。

『お目にかかりますから、どうぞ、おとおりください』

『それは、ありがとう』

ホームズと僕が、あんないされたのは、長いろうかを三度もまわって、おくの方の、しかも、夫人の居間だった。応接室ではない。

ホームズが言った『めずらしく才気のある夫人』だから、なにか秘密の話でホームズと僕が来たのだと、たちまち頭をはたらかして、居間へとおしたんだな、と、ぼくも頭をはたらかしたがね。見ると、前よりも青ざめているホープ外相夫人が、これこそ珠のように美しく、ぜいたくな腕いすにもたれている。立ちもしない。手をのばしもしない。

『よくいらっしゃいましたと、申しあげたいのですが、それよりも、……』

と、音楽的な美しい声が、口びるからもれて、

『ホームズ先生、あなたは名探偵という評判の高い方でしょう。ワトソン先生も有名になっていらっしゃる。それだのに、おふたりそろって、ずいぶん、卑怯なことをなさいますのね』

と、切りつけるような、はげしい調子で言いだした。

『ハハア、……』

と、わらったホームズは、夫人と反対に平気な調子で、

『立っているのは、なお失礼ですから、いすを拝借しましょう。ワトソン、君も失礼するんだね』

と、すぐ前にあるいすに、こしをおろすと、金や銀をきざみつけてあるテーブルをへだてて、夫人の顔を見つめながら、ツケツケと言いだした。

『卑怯なことを、ぼくたちが、していますかね？　ちょっとその点、ご説明をねがいたい！』

『まあ、ご自分のことが、おわかりにならないんですの？』

『さよう、わからないから質問する。ご名答を、わずらわしたいですな』

ホームズが、ここでもツケツケとやるから、ぼくは変な気がした。このホープ夫人との応対は、前にも初めから、わざと荒くしたようだ。今また、ブッキラボーすぎるのは、どういうわけだ？

ホープ夫人の方も、これまたホームズに敵対するみたいだ。社交夫人のくせに、切りつけるような対話を初めた。両方からにらみあっている。どちらも変だぞ！　と、ぼくはホームズとならんで、いすにかけたまま、『謎の中心人物』は、このホープ外相夫人なのかな？　と、わきあがった疑がいを、ジーッとおさえていたのだ」

怪スパイの落し穴

いよいよ烈女だ！

「名探偵ホームズと僕を相手に、美しい才女のホープ外相夫人が、すみきっている青いひとみをきらめかして、

『卑怯でないと、おっしゃるんですか？　ここへ不意にたずねていらして、いったい、なんのご用件なんです？』

と、やはり切りつけるような、はげしい調子だ、が、声は美しくてほそい。

ホームズはまた、あくまでブッキラボーに、

『フム、突然の来訪が卑怯だとすると、あなたが僕たちをたずねてこられたのも、不意だった。卑怯なのは、あなたの方が初めだ。しかも、ご主人に秘密にしてくれと、二重の卑怯さは、あなたに似あわない。そこで卑怯さも二重だが、同時に秘密も二重なのだ、と、ぼくは、その時に判断したのだが、どうです

▼83か？』
夫人の花びらのような口びるが、ふるえながら、だまってしまった。ひとみはホームズを、まばたきもせずに、にらみつけている。これは才女であり烈女だな！　と、ぼくが見ていると、

『用件を、おっしゃい！』

と、命令のように言った。いよいよ烈女だ。するどい声に、ぼくはハッとした。

ホームズは、ところが、ふとわらいだして、

『ハハア、用件は、おわかりじゃないのですか？』

『いいえ、わたくしは探偵じゃありませんから、不意に来た人の用件など、すこしも、わかりません！』

『なるほど、それでは、この部屋に、だれかが不意にはいって来ませんか？』

『ここは、わたくしの居間です。呼りんを鳴らさないかぎり、だれもはいってまいりません！』

『よろしい。もっとも秘密のうちに受け渡しができるのだ』

『なにを受けとったり、わたしたりするのでしょう？』

『フム、外務大臣のご主人と総理大臣が、きわめて重要な機密文書の捜査と、それを至急に取りかえすことを、ぼくに依頼された。あなたは、むろん、このことを、ごしょうちですね？』

『ぞんじています、だからこそ、わたくしは心ぱいのあまりに、あなたをおたずねしたのです』

『よろしい、そこで、あなたから、ぼくは今、その機密文書をわたしていただきたい。用件はこれだけです！』

ホープ外相夫人の顔いろが青ざめきって、いすを立ちあがった。どうするのか？　と、見ていると、ひとみが上の方を見つめて、しなやかな全身がフラフラとよろめいた。気絶すると、こまるぞ！　と、ぼくはホームズを見た。

ホームズは鉄をきざんだような顔になると、ムッとだまりこんだきり、夫人を見すえていた。すごく強烈な表情だ！

気を失いかけた夫人は、おどろきと怒りを、女に似あわない気力の強さで、やっとおさえたらしい。はげしい視線をホームズへ、まともにピタリとそそぐと、

『し、失礼なことを！　わたくしは、そんな文書など、みじんも知りません！』

と、ハッキリ言って口びるをかみしめた。

『ホー、知らない？　青い細長い封筒に、赤いライオンの印が、封の所におしてある！　知らないとは、おかしいですぞ。サッサとお出しなさい、今こそ機会だ！』

『お帰りなさい。玄関まで送らせます！』

まっ青になっている夫人が、壁にある呼りんの方へ、よろめきながら歩きだした。銀髪の横顔が、とても気だかく美しかった。▼84

まるでスター女優

『待った！』

ハッシと夫人に声をかけたホームズが、

『人を呼ぶのは、あなたのためにならない、ホープ外相のためにもならない！　ぼくをさらに、あなたの味方にするか敵にするか？　決意して呼りんをおすがいい！』

と、いすを立ちあがった。独特の底力をもっている目の光が、突きさすように夫人を見つめて、

『あなたは初めからぼくと戦っている。しかし、ぼくは今なお、あなたの味方なのだ。このホームズを敵にすると、あなたは、主人の外務大臣と共に、公けの生活から身を引くことになる。どうですか、今ここで、すべてを僕に告白して、助力をもとめては？』

夫人は威厳を見せて、スックと立っている。右手を呼りんにかけたまま、しかし、鳴らそうともしない。ホームズの心を読みとろうとするらしく、ジーッと正面から見つめて、

『わたくしを、あなたは、おどかそうとなさる。ますます卑怯じゃないでしょうか？　なにかご存じのようですけれど、いったい、なんのお話ですの？』

『話すまえに、ひとまず、いすにかけてください。そこで倒れると、テーブルにぶつかって、けがをするでしょう』

『まあ、ご厚意をありがとう。そんな親切が、おありになるの？　わたくしは倒れたりしませんから、どんなお話でも、このまま、うかがいましょう！』

『フム、では、気をしずめて、お聞きなさい。きのうの夕方、歌手ルーカスの家をたずねて、立番の巡査を相手に、実に巧妙な芝居をしたのは、だれですか？』

ハッと夫人の顔いろが、はげしく動いた。

『変装も巧みだった。長い黒マントに身をつつんで、おそらく髪のかたちも変っていたでしょう。対話のことばつきさえ、町の職業婦人らしく、まるでスター女優の演技そのものだった。しかも、演技は真けんに、気を失ったと見せかけて、……』

夫人がワナワナとふるえだした。右手に呼りんをつかみ、左手はいすのはしをつかんで、

『なにを、おっしゃるんです？　き、気ちがいのようなことを』

と、両肩で息をついて、今にもたおれそうに、あえぎだした。

『フム、けっして気ちがいのような話ではない。その女は真けんに巧みに演技して、立番の巡査を外へ出させると、四角な敷物をはぐりとった。下にあるかくし場所の穴から、目的の機密文書を取り出した。しかも、そこを元どおりにして、たちまち外へ逃げ走った。すばやい行動、大胆な演技、あたりまえの女に、できることではない。これでもまだ、あなたは僕に、その文書をわたさないのですか？　ぼくにわたすよりも、ご主人に返す機会が、今ですぞ！　どうしますか？』

『もう一度、申しあげます、あなたは何か、思いちがいをなさっているのです。わたくしは、そんな演技だとか何だとか、すこしも存じません！』

『そこまで反抗される、あなたの勇気は、すばらしい。ところが、さすがのあなたも、目的の文書を手に入れると、安心と共に気もちがみだれて、あそこの敷物をおきちがえたまま逃げだした。フム、このただ一つの、あなたの失敗が僕に、すべての謎を完全に解いてくれたのだ。どうですか、まだあくまでも僕を敵と見て、さいごまで戦いますか？　自分の落ちる穴を、自分で深くするような戦いは、ここで中止して、平和に解決しようとしないのですか？』

『いいえ、わたくしには、あなたのおっしゃることが、すこしも、わからないのですから、……』

と、青ざめきっている夫人は、顔を横にはげしくまわした。ホームズの突きさすような目の光を、よけたのだ。

『フム、では、しかたがない』

と、ホームズがツカツカと夫人の前へ行くなり、呼りんをつかんでいる夫人の右手を強く振り動かした。

たちまち呼りんのひびきが、部屋じゅうに鳴りわたった。

これはどうなることか？　と、ぼくは息をつめたきり見ていたのだ。

少女期の手紙

一方のドアがあいて、つつしんだ顔をしている前の青年事務員が、はいってきた。すると、ホームズがすぐきいた。

『ご主人は、何時ごろ帰られますか？』

『ハッ、きょうのご予定は、あと二十五分ほどしますと、お帰りと存じます』

『よろしい。ホームズとワトソンが来て、お待ちしていると、すぐお伝えください』

『かしこまりました』

青年事務員は夫人とホームズが並んで立っているのを、変な顔をして見ながら、ドアを静かにしめて行った。

夫人はホームズを、まぢかく見つめていた。ふかい息をついて、あえぎだすと、いきなり自分の足もとへ、くずれるように膝をつけた。両手をひろげてホームズを下から見あげ、あふれだした涙をハラハラとこぼしながら、

『ゆ、ゆるしてください！　主人におっしゃらないで、どうぞ！　わたくしのしたことを、主人が聞きましたら、どんなに心を痛めるでしょう。わたくしは、それが、たまらないのです。ゆるしてください、あなたには、わたくし、ほんとうに負けました。すっかり、申しあげますから、……』

と、あえぎながら言う声が、なみだに切れて、両手を顔にあてると、ホームズの足もとにガックリと泣きふした。

ホームズの顔いろが、きゅうに柔いで、

『それをなぜ、早くおっしゃらなかったか？　だが、まだ間にあう、今のうちだ。問題の機密文書を、すぐお出しなさい！』

『はい、……』

フラフラと立ちあがった夫人は、泣きながらデスクの前へ行くと、鍵をまわして引出しをあけ、中から青色の細長い封筒をつまみ出して、ホームズの前に持ってきた。

『これでございます、わたくしの目につかなければ、よかったのに、主人に返すのは、どうしたらいいでしょう？』

ホームズは快活に目をかがやかした。重要な問題の機密文書を、今こそ、ついに発見したのだ！　さすがに感慨をこめて、ジッと見つめていたが、

『よし、まちがいなし！　これのはいっていた文箱は、どこにありますか？』

『寝室にございますの』

『お持ちください、早く！』

『はい、……』

夫人は身をひるがえして、一方のドアから出て行った。

『ハハア、まず成功だね、ワトソン、なんとか言わないか？』

と、よろこんでいるホームズに、

『ウム、おめでとう！』

と、ぼくもよろこんで言った時、夫人が桃色の平べったい文箱を持ってきた。

『フウム、合鍵をおもちですね。おあけなさい』

『はい、……』

才女であり烈女のホープ外相夫人が、今はホームズの言うとおりに、やさしく、しとやかに、上着の内かくしから小さな鍵をとりだすと、文箱のふたをあけた。

いろんな書類が中にはいっている。私用の手紙やノートらしい。ホームズはその下の方へ、問題の機密文書の青い封筒を、深くおしこむと、ふたをしめて、夫人に言った。

『ご主人には、ぼくが引き受けます。これを元どおりに、おいていらっしゃい』

『はい、……』

夫人はそのとおりにした。すっかり負けてしまって、敵であったホームズに、今はたよっている。顔いろに血の色がよみがえってきた。

『よろしい、ご主人のお帰りまで、まだ二十分間ある。今度の突飛な事件について、真相をお聞かせください』

と、ホームズがいすにかけると、夫人もいすにもたれた。グッタリとして息をつくと、

『はい、なにもかも申しあげます。わたくしは心から主人を愛しています！　もしも主人を一分間でも悲しませるくらいなら、自分の右の手を切りおとした方がいいと、いつも思っておりますから、……』

『フウム、たばこを失礼します』

『どうぞ！　今度の事の起こりは、ずっと前、わたくしがまだ、高等学校にかよっていました時[▼85]、むろん、結婚まえのことでございます。少女のあこがれから、軽はずみにも同じ組の男の生徒に、手紙を書いてわたしましたのです』

『フッフー、それも機密文書ですな』

『まったく少女のできごころで書きました、つまらない、おろかな手紙ですけれど、中に熱情的な文句が、かなりにはいっていまして、……』

と、ホープ夫人の顔いろが、ボーッとうすあかくなった。

『ハハア、すると？』

と、ホームズがおもしろがって、さいそくした。

『でも、高等学校を卒業しました時は、そんなこと、もう、わすれていました。それどころではなく、大学への試験にパスしなければ！　と、勉強に熱中していましたの』

『フーッ、そういうことは、少女期に多くあるのですかな、それで？』

と、ホームズがまた、さいそくした。

夫人はもう泣いていなかった、が、ほそ長い手の白い指を、ひらいたりにぎったりしている。気もちがはげしく動いているのだ。

外相夫人の冒険

『それから今日まで、もう二十年もすぎていますのに、……』

と、ホープ外相夫人は、また才気のきらめく目いろを強めて、

『有名な歌手のルーカスから、突然、わたくしに親展書が郵便で来ましたの。なんだろう？　とひらいてみますと、二十年前のわたくしの手紙、男の生徒におくりましたのを、歌手のルーカスが、どこから手に入れましたのか？　そのまま大事に秘密に持っている。さいきんに一度、自分に会ってくれなければ、

この手紙を外務省の主人にあてて、すぐ密送する！　と、タイプライターで打ってありますの、これを読んだ時の、わたくしのおどろきは、なんと申しようもなかったのでございます』
　そうだろう！　と、耳をすましていた僕は、おもわずきいた。
『それで、どうしました？』
『わたくし、その手紙のことを思いだしてみますと、なんにも悪いことは、良心にとがめるようなことは、一字も書かなかったはずですの。でも、主人が読みましたら、自分の面目を、とても気にする性質ですから、けっして見のがしてはくれません。感情の上からも今までの愛と信頼が、わたくしたちの間に破れて、とりかえしのつかないことになるのは、目の前に見えています。しかも、相手は流行歌手なのです。ですから、わたくしは思いきってルーカスに会いに、ひとりでゴドルヒン町の彼の家へ、行ってみたのでございます』
　ホームズが、うなずいて言った。
『冒険だ。フーッ、うまく引きつけられましたな』
『でも、しかたがございません。そうして応接室へとおされて、会って見ますと、まあ！　派手な身なりをしている歌手のルーカスは、二十年前の同じ組にいた男の生徒ではございません▼86か！』
『ハハア、そうか、ルーカスというのが元来、変名ですからね』
『わたくし、ビックリしましたけれど、高等学校の時の話など、してはいられません、さっそく、あいさつもせずに、
〔手紙をかえしてください、そのために来たのです！〕
　と、きびしく強く言いますと、
〔よろしい、それには、しかし、交換条件があるのですよ〕
　と、ルーカスはニヤニヤとわらって、両方の手をもみあわせながら言いました。
　わたくし、お金を用意して行きましたから、
〔そうですか、自分の手紙ですけれど、買いとりましょう、いくらです？〕
　と、気を張りつめて、ききますと、
〔金で取引きするほど、ぼくは、おちぶれていませんよ。交換条件というのは、ことばどおりに交換したいのでしてね〕
　と、まだニヤニヤとわらっています。
　こんな男に、わたしはどうして、あのような手紙をおくったのだろう？　と、少女期の自分の軽はずみを、心から後悔しましたけれど、これこそ、とりかえしがつきません。
〔では、なにを手紙と交換したいのです？〕
　と、ひるまずに、たずねてみますと、
〔そうですな、手紙も一種の文書だから、やはり文書と引きかえに、返してあげますよ〕
　と、ルーカスは、こんなふうに言いました。
〔交換する文書など、わたしは持っていません！〕
〔いや、あなたは持っていなくっても、ご主人の手もとにあるはずですよ〕
〔いいえ、主人の文書など、わたしは、なんにも知っていません！〕
〔知らなくても、あれば取り出せるでしょう。外務省から家へ持って帰ってきた文書を、あなたが持ち出すのは、それほどむつかしくはないはずだ。それを持っていらっしゃい。かならず

引きかえに、あなたの手紙をわたします。もっとも秘密のうちに交換するのですから、あなたにも、ご主人にも、けっして迷わくはかけない、これは保証します！」

と、ルーカスはわらっていたのが、きゅうに真けんに、すごい顔つきになって言いました。

この時のわたくしになって、お考えください。どうしたら、よろしかったでしょう？」

と、夫人はホームズと僕を見つめて、まゆをひそめると、身もだえして、悲しそうな顔になった。

ひどい落しわなにかけられたホープ外相夫人なのだ！　と、事の真相がハッキリしてきて、ぼくは同情したのだがね」

火山の上の二大臣

この秘密を永久に

「どうしたら、よかったでしょう？　と、身もだえして言うホープ夫人に、ホームズが、たばこの煙をモヤモヤとはきだしてこたえた。

『ご主人に、すっかり、うちあければ、よかったでしょう』

『いいえ、それが、わたくしには、できませんでした。主人は感情の上でも、ひじょうに清潔な性質です。たとえ少女期のことだといっても、すこしでも疑がわしいことがあったと、思いますと、けっして、すててはおきません。どんなに悲しむことでしょう、いきどおりもしましょう、その上、わたくしたちの生活も、今までの幸福も、みじんに打ちくだかれてしまいます。それを思うと、たまらなかったのでございます』

『フーッ、なるほど、それが婦人の感情でしょう、むりもない』

と、ホームズがまた、グッとうなずいた。

怪事件の謎を解いた時のホームズは、変人どころか、実に快活に生き生きとして、たくましく、なんだか一方の英雄みたいに見える、いろんなふうにかわって、どうも、ふしぎな人物だ。

『外交や政治のことは、主人がすこしも話してくれませんから、わたくしは、まるでわかりません。けれど、家庭の中の愛と信頼については、まい日、ハッキリとわかっています。この方が、わたくしの命にかけても大切なのです』

『フム、それも、なるほど、むりがない』

『わたくしは、ですから、愛と信頼の道をえらびました。それに主人が役所の外務省から家へ、文書を持って帰ることは、めったにございません。今度だけ、帰ってきて服を着かえる時に、文箱へ入れました青い封筒の文書が、それほど大切なものだとは、わたくし、まるで気がつかなかったのでございます』

『それは、あなたに似あわない。役所の中には、国際スパイが目をつけている。外務大臣が身につけて家へ持って帰った文書こそ、もっとも重要な大切なものです。だから、ルーカスはそこをねらって、夫人のあなたに、二十年前の手紙を利用して、大臣の家庭へ網をひろげたのだ。彼らスパイの用意と計画は、たしかに、あらゆるものを利用するのだから』

夫人がブルッと身をふるわせてきいた。

『ルーカスはスパイでしたの？』

『フーッ、むろんです。歌手になりすまして舞台に立っている。

すばらしい歌いぶりで大ぜいのファンに、もてはやされている、だが、それは巧妙な仮面なのだ。彼はパリと往復して、フランスでもスパイ活動をあえてしている。一方の首領なのです』
『まあ！　わたくし、そういうことは、みじんも知りませんでしたから、……』
『そうでしょう、それで今さきの文箱から、青い封筒の文書を夜なかにソッと取り出して、よく日、ルーカスの手にわたしたのですな？』
『はい、大変なまちがいでございました。やはり、ひとりでゴドルヒン町へ行きまして、玄関のドアをたたきますと、ルーカスが出てきました。その時、門のところに、どこかの女の人が、立っているような気がしましたけれど、こちらは、そんなことを気にしているひまもありませんし、ルーカスに案内されて、彼の居間にとおされました』
『いよいよ冒険ですね、あまりに大胆だ』
『いいえ、相手がスパイだとは、まったく知りませんでしたから、それで手紙と文書の交換は、すぐ目の前ですみました。ルーカスは真けんな顔をして、
〔おたがいに、この秘密を永久にまもらなければならない！いいですか？〕
と、念をおして強く言いましたから、わたくしも、
〔あなたと会わなかったことにしましょう！〕
と、心をきめて言いました。
その時、玄関のドアがあいたような、ギーッという音が聞こえました。すると、ルーカスが、すごい顔になって、足もとの四角い敷物をはぎとるなり、床の白い寄木を抜きとって、穴の中へ、わたくしの持ってきた青色の封筒を、すばやく投げ入れました』
と、夫人はその時のことを思いだしたのだろう、目いろをしずめて、また両肩で深い息をついた。

にがわらいする名探偵

『今から思ってみますと、ルーカスはスパイであるだけに、ひじょうに敏しょうでした。またたくまに、床の寄木も四角い敷物も、元のとおりに敷きなおして』

と、ホープ夫人は美しい眉をしかめて、

『サッと立ちあがりました。わたくしは、ろうかへ出て行きました、その時、すれちがったのが、顔のあさ黒い、目のまるい女の人でした。わたくしをにらみつけたきり、ルーカスの居間へ、いそいではいって行きました。門のところに立っていたのは、この人にちがいないと、わたくしは、すぐ気がつきました』

『その時、あなたは、その女に顔を見られましたか？』

と、ホームズが、いつもに似あわない、やさしい顔になってたずねた。夫人によほど同情したのだ。

『いいえ、黒の厚いベールを、かけていましたから、わからなかったと思いますの』

『それはよかった。そして？』

『玄関へ出てきますと、ルーカスの居間の方で、

〔見はっていたかいが、あったわ！　とうとう見つけてやった。今の女は何なの？　あんな女と、いっしょにいて、もう、わたしは、しょうちしないから〕

と、女のさけぶフランス語が、キンキンと高く聞こえました。あんな女と言われて、わたくし、おもわず立ちどまりました。ルーカスの何か言っている声が、ハッキリとは聞こえませんでした、けれど、フランス語でした。それが、にわかに高く、
〔アッ、何をする？〕
と、どなったと思うと、
〔ギャッ！〕
と、身ぶるいするような、すごいさけび声と、ドタリとたおれた音に、わたくしは、後から追われるように、門の前の道へ走って出まして、むちゅうで家へ帰ってきました。
少女の時の過まちでした、自分の手紙を、とりかえして来ましたし、ようやく安心しまして、あの夜は、そのまま深くねむりましたの。
ところが、よく朝の新聞で、おそろしい殺人を、ルーカスが殺されたのを知りまして、食事する気になれぬほど、おどろきと恐ろしさに、ふるえていました』
『犯人は、フランス語をさけんだ、顔のあさ黒い目のまるい女だ、と思いませんでしたか？』
『それは、すぐ気がつきました、けれど、そんなことを、わたくしの口から、どうして申せましょう。ひとことでも言えば、ルーカスの家へ行っていたことが、すぐわかりますもの』
『そう、ルーカスも言ったですね、〔秘密を永久にまもらなければならない！〕と、フーッフッ』
と、ホームズが、にがわらいした。名探偵の苦笑だ。
『それよりも、主人が出勤する時に、文箱をあけまして、あの青い封筒の文書が紛失しているのを、気がつきました時のおどろきよう、そのあとの苦しそうな顔いろが、わたくしの胸にこたえましたのです。その場で主人の足もとにひざまずいて、いっさいのことを、うちあけようと、しかけましたけれど、それには自分の手紙のことを、言わなければなりません。言えば、この家庭はもう、底からくずれてしまうのだ、と、わたくしは必死に、自分の口へ、ふたをする思いで、がまんしたのでございます』
『それは、しかし、自分でまねいた苦しみですね、これこそ、しかたがない』
『はい、そうなのでございます。でも、主人はわたくしの苦しみを、知りようがありません、
〔これは、シャーロック・ホームズ氏に依頼しなければ、総理に相談して〕
と言ったきり、いそいで出て行きました。
わたくしは後でもう、立ってもいてもいられません。自分のしたことの罪の大きさ、その性質を知らずにいられませんでした。時間を計って、シャーロック・ホームズ氏のあなたを、おたずねしたのは、そのためでございましたの』
『フム、ところが、初めからあなたは、ぼくとワトソンを敵のように思っていられた』
『なんとも、わたくしは気もちがみだれていまして、自分のしたことを、あばきたてるのは、この人たちだと、思いこんでいましたから、……』
『ハハア、ホープ外相夫人が、ぼくたちを探偵しに来たのだなと、はじめからわかったから、こちらも、わざとツケツケと応対して失礼しました。あとでワトソンから注意されましたよ』

と、ホームズは、ますます快活になった。

『いいえ、わたくしこそ失礼しまして、それに自分のしたことの罪の大きさ、主人の責任の深さが、あなたとワトソン先生のおことばでわかりまして、わたくし、心をきめましたのです！』

と、また眉を深くひそめた、ホープ外相夫人の告白は、かなり深刻なのだ。すっかり打ちあけて、ホームズの力を借りたかったのだろう。

もうすぐ、主人の外務大臣が帰ってくるのだ。

見るのは恐ろしい

『殺されたルーカスは、あの目のまるいフランス女が、居間へはいってくる前に、敷物と寄木の下にある穴へ、青い封筒の大切な文書を、すばやくかくしてしまったのです。だから、フランス女はそれを知っているはずがない。文書はそのまま、今でも穴の中にあるのに、ちがいないと、わたくし、そう思ったものですから』

と、ホープ外相夫人は、ジッと目いろを強めると、勝ち気な烈女らしい顔つきになって、

『行って、とりかえそう！　と、心をきめました。それから変装しまして、あそこの家の前へ、行ってみましたけれど、巡査が玄関に、いつも立番していて、あたりをジロジロと見まわしているものですから、とても、はいれそうにもありません。わたくしはイライラしながら、あの門の前の近くを、いくども行ったり引きかえしたりしました』

ホームズがまた、にがわらいすると、

『フーッ、それでよく怪しまれなかったですね』

『それは、おまわりさんの目が、あまり敏感でなかったからでしょう』▼87
と、夫人もにがわらいして、

『二日のあいだ、わたくし、あの家へはいる機会を、門の近くから、ねらっていたのです。真けんに、けれど、自分でも泥ぼうになったような気がして、心では泣いていました。こんなことになろうとは、ほんとうに、ゆめにも思っていませんでしたから』

『フム、いよいよもって、自分でまねいた苦しみですね、だが、二日間、ひじょうな忍耐だ』

『あの家のうら口へも、ソッとまわってみました。立番の巡査はいませんけれど、ドアに鍵が中からかかっていて、おしても引いても動きませんの。三日めに行ってみますと、玄関に新しく立っているのは、おどろくほど大きな背の高いおまわりさんでした』

『ハハア、マクファソンという巡査ですよ、煙突みたいだったでしょう』

と、ぼくは、ふとおかしくなって、夫人の気もちをゆるめるように、そう言ってみた。

すると、夫人は、かすかにわらった。ひそめていた眉もひらいて、

『わたくし、とっさに思いついて、この大きなおまわりさんを、うまくだまかして！　と、いよいよ心をきめるなり、門から玄関へ一気に飛びこんで行きましたの。それからあとのことは、スター女優のように上手な演技だと、ホームズ先生はおっしゃ

いましたけれど、演技どころではございません、まったく必死に、ここが自分の一生の運命のわかれるところだ！　と思いまして、……』

『だが、演技は演技ですね。おかげでマクファソン巡査はあわてしまって、探偵部長に後でウンとやっつけられましたよ』

『まあ！　わたくしは、むちゅうでしたから、敷物の血のあとの恐ろしさも、そのまま何もかもなく、あそこの穴のおくから、青い封筒の文書をつかみ出して、あとを元どおりにしたのも、ほんとうに、むちゅうでした。おもてに飛び出して、町を走ってきた時に、よくも、こんなことができた！　と、はじめて恐ろしくなりましたの』

『フッフー、しかし、すばらしい演技です。スター女優でも、そこまでは、まねができないでしょう』

と、ホームズが快活に、ひやかすみたいに言った。

『いいえ、でも、わたくしが文書をとりかえしたのを、探偵部長さんは気がついて、何かをなさりはしないでしょうか？』

『ハハッ、気がついたのは、ぼくだけです。安心なさっていいのですよ』

『でも、わたくし実は、今さっきの文書を、主人に何とも言わずに返す方法がありませんから、焼きすてるつもりでいました。また文箱に入れてしまって、ホームズ先生、大じょうぶでございましょうか？』

『まず大じょうぶでしょう。ぼくが引き受けます』

『あの文書の内容は、いったい、どのような機密でございますの？』

『フウム、あなたは、ごらんにならなかった？』

『はい、見るのは、おそろしい気がしましたから』

『それでいいのです。今さっき、あなたがデスクの引出しから出された時、ぼくも中味を読んでみたかったが、えんりょしたのです。ベリンジャ総理が、〔外交上の重要機密〕と言われたから、ぼくたちが好奇心で見るべきものではない、……ヤッ、帰ってこられたな、三、四分、早いようだが』

ドアの外に、靴音が聞こえてきた。

腹芸

ドアをたたく音に、夫人がキッとふりむいてこたえた。

『おはいりなさい！』

はいってきた青年事務員が、かしこまった固い顔をして、

『お帰りでございます』

と言う後から、上品な美男子であるホープ外務大臣が、ツカツカとホームズの前へ行くなり、手ぶくろをとって握手すると、すぐに僕と手をにぎりあって、

『お待ちだったそうですね、失礼しました。なにか判明なさったのですか？』

と、うれしそうに、ハキハキとたずねた。

ホームズはパイプを、胸のポケットに入れながら、

『すっかり解決したいと思いまして、ごつごうもきかずに、ふたりでうかがいました』

『すっかり解決!?』

と、外務大臣は意外らしく、にわかに顔をかがやかすと、

『きょうは総理と昼の会食を、家でやるつもりで、いっしょに来たのです。すっかり解決のお話を、総理にも聞かせてくださ

いませんか?』

『大いにけっこうです、どうぞ、よろしければ、こちらへ！

実は応接室よりも、おくさまからいろいろとお話をうかがいたくて、秘密のことでもありますし、このお部屋へ、おじゃましたわけです』

『いや、そうだろうと、ぼくも思っていたところです。妻もホームズ先生とワトソン先生に、はじめてお目にかかって、なにをお話したでしょうか？　たいしてお役にたたなかったでしょう。オイ、ゼコブズ君！』

と、外務大臣は青年事務員を呼ぶと、

『総理に、こちらへお通りをねがってくれ、家内の居間で失礼ですがと』

『ハッ』

ゼコブズ君がクルリと後をむくと、出て行った。

『総理は鉄のような神経をもっていますが、今度ばかりは、ほとんど心痛しきっています。すべて僕の責任なのですが、……』

と、口ごもった外務大臣は、夫人に、

『今から公用の話なのだから、あなたは食堂の方で待っていてください。支度はできているでしょう。まもなく行きます』

と、ていねいに言った。

『はい、……』

あらゆる感情の動きを、みじんも顔いろに見せずに、目の前の三人へ、しとやかに、えしゃくして、スーッと出て行った夫人は、まったく一流のスター女優のようだった。

ベリンジャ総理大臣が、ゆっくりとはいってきた。堂々と苦い顔をしかめて、ホームズと僕と握手をかわすと、ふといガラガラ声で言った。

『おかけください。いろいろとご心配を、わずらわしているのを、感謝しています』

外務大臣が、そばから、

『ホームズさんは、ここで今から、すっかり解決したいと言われるのですが、……』

『ホー？』

と、総理はいすにかけながら、おどろいて、するどい視線をホームズにそそぐと、

『それでは何か、有力な手がかりを得られたわけですか？』

ホームズもいすにかけると、ゆうゆうと言った。

『幸いにして、ご信頼にむくい得たことを、ワトソンも僕も、心からよろこんでいます』

すると、今度は外務大臣が、にわかにこうふんして、

『文書の存在場所を、突きとめたと、おっしゃるのですか？』

『むろん、でなければ、解決はできないですから』

『それは、どこです？　今どこにあるのですか？』

『お待ちください。それを今から、おふたりと協議しなければなりません』

『協議？　協議して決定するのですか？』

『おっしゃるとおりです』

『それでは、安心ができない。総理も僕も、火山の上に立っているのと同様の不安に、今も責められている。あの文書が第三国の手にはいると、いつ爆発するかも知れない。きょうの会食にも、ふたりだけで、これを相談する予定なのです』

『爆発するような情報でも、第三国の方面から、はいっていますか？』

『いや、それはまだ、今のところないのです。しかし、情報がないからといって、安心してはいられない』

『ごもっともです、フウム、……』

ホームズが両腕をくみしめた。

これほど総理と外務大臣を、不安の底におとしいれている、問題の機密文書は、すでに元どおり文箱におさまっている。これを、どのように、うまく、ふたりの前へ出して、夫人の安全と幸福をまもろうか？ と、ホームズが、ひとりで苦心している。それがわかっている僕は、ハラハラしながら、とてもおもしろかったのさ。

ホームズこそ今、スター俳優より以上の演技にとりかかっている。総理と外務大臣を相手の腹芸だ。うまく行ったら、名探偵が名俳優になるだろう！」

外務大臣の目

けしからん話

「目の前に、ホームズと総理と外務大臣の三人が、真けんに会談している。これを見ている僕は、自分も真けんに耳をすましていた。実におもしろい。ところが、ホームズの腹の中の苦心は、なかなか大変らしい。両腕をガッチリとくみしめながら、顔いろをやわらげて、相手のふたりに、ゆったりと話しつづけた。

『ぼくは捜査にかかる前に、事件の中心点が、およそどこに、ひそんでいるのか？ と、まず十二分に考えてみまして、ワトソン博士の考えも、参考に聞くのですが、ご依頼の今度の事件についても、捜査に手をつける前、さまざまに考えをつくしてみますと、紛失した重要機密文書は、この家の中から出てはいない！ と、確信するようになりました、が、ご主人のお考えは、いかがでしょうか？』

と、ホープ外務大臣に質問しはじめた。

外務大臣は突然の意外な質問に、ハッと顔いろを動かして、

『おどろくべきおたずねです。それには、まさかそんなことは、あり得ない、どうしてですか？ と、こちらから、さらに質問するだけです』

『フウ、質問すなわち答えですか。この家の三階の寝室において、機密文書が文箱の中から紛失した、と思われるのは、寝室にだれもいなかった夜の七時半ころから十一時半ころまで、およそ四時間のあいだなのだ、と、あなたの前のお話によって、推定しなければなりません。この点、さらに、いかがでしょうか？』

『しかし、その四時間のあいだ、寝室にはいった者はいなかった！ これは、もっともたしかに、ぼくも妻も保証し得るのです』

『それも、わかっています、その点を、ご記おくねがうことにしまして、その後に移りましょう。夜の十一時半から朝まで、あなたと夫人は寝室におられました。きわめて重要な文書が、鏡台の前の文箱にはいっている。それを知っていられるのは、あなただけだという話でした』

『むろん、そのとおりです』

『すると、そのあなたが、たとい深く眠っていられたとしても、何者かが外から寝室へはいってきた時には、きっと目をさまされたでしょう、この点、いかがでしょうか？』

『ウム、その点は同意します』

『あなたも夫人も、眠り薬をお飲みになったか？　あるいは飲まされたというような、ご記おくはないのでしょう』

『むろん、ありません。もしもそんなことがあったら、あなたにお宅で話さずにはいません！』

『すると、問題の中心点は、さいごに近づいたわけです。朝になって、あなたが文箱をひらいて、機密文書が紛失していると思われるまで、何人といえども、その文箱に手をふれた者はいない！　ということになりますが、この点、いかがでしょうか？』

『いや、そう言われると、そうです、が、実さいに文書が紛失していたのだから、ふしぎというほかはないのです』

『いや、事件の真相を探偵する上に、ふしぎということは、ぜったいに厳禁しなければなりません。総理は今の僕の話を、どのようにお考えでしょうか？』

今度は総理が質問された。

『ウウム、文箱に無くなった物が、まだこの家の中にある、とすると、やはり何者かが文箱からぬすみだして、家の中のどこかに、かくしていると、思わなければならないが、ホームズさんのお考えは、どうなのかな？』

これまた質問に対する質問だ。三人とも、いよいよ真けんになっている。

ホームズは腕ぐみを解いた。あおむいたきり、目をふさいで言いだした。

『おふたりに、ぼくの解決した考えを申しあげます。それは、きわめて重要な機密文書を、文箱からぬすみ出した者は、だれもいない、ということです』

外務大臣が、とうとう怒りだした。声が荒くなって、

『けしからんことを言われる！　ぬすみ出さないものが、どうして無くなったのか？　あなたの解決というのは、まるで子どもだましと同様の話ではないか？』

ホームズは、ゆうゆうとこたえた。

『文箱から無くなったと、あなたは言われる。しかし、それが、ぼくには信じられないのです』

『なに？　ますますけしからん、ぼくが実さいに文箱の中を、くわしく、しらべたのですぞ』

外務大臣とホームズが、けんかのように言いあらそうのを、総理も張りきって、口を引きしめたまま見ていた。

だんじて、ぜったいに！

ぼくはハラハラしながら見ていたが、腹の中で苦心しているホームズは、外務大臣をまるで怒らせているようだ。あおむいたきり目をふさいで、えらそうに、また質問した。

『文箱の中を、くわしく、しらべた、と言われる、が、それは二度ですか、三度ですか？』

『二度もしらべる必要はない。すでに一度、上から下まで、ことごとく、あらためて見たのだ！』

と、外務大臣のひたいが青くなった。

『しかし、見おとしということが、だれにもあるのです。この点、いかがでしょうか？』

『いや、見おとしなど、ぼくには、だんじて、ぜったいにない！』

『フム、大臣の自信に敬意を表します。しかし、文箱の中には、ほかの書類も、はいっていたのでしょう？』

と、ホームズは、今さっき自分が見たくせに、すましきって質問した。まだ目をふさいでいる。

外務大臣は、いすを立ちあがりそうになって、

『ことばどおり文箱だ。いろんな書類がはいっている。それがどうしたと言うのだ？』

『ハハア、それでは、まぎれこむことも、あるわけでしょう、この点、いかがですか？』

『この点もその点もない。一等上に入れておいたのだ。まぎれこむなど、あり得ないっ！』

『ところが、その文箱を夫人が鏡台の前で、振り動かしでもすると、上の書類と下の書類の入りみだれることも、考えられますが、この点、いかがでしょうか？』

『君は僕を何だと思っているのだ？』

『英国の外務大臣と思っていますし、事実、そうにちがいない』

『ぼくは自分の責任上、もっとも重要な機密文書の紛失に、文箱の中をしらべた時、ほかの書類をみな、いちいち取り出して見たのは、今さら言うまでもない。すっかり、ことごとく、しらべて見たのだ。それでも紛失していたのだ！』

『ウウム、待ちたまえ』

と、今までだまっていた総理が、顔をクシャッとしかめて、

『そのように、言いあらそうよりも、ここへ文箱をとりよせて、四人の前で見ようではないか？　ホープ君！』

と、いすから乗りだして言った。

外務大臣はひたいに、汗をながしていた。立ちあがると横のテーブルに行き、上にある呼りんをつかみとって、はげしく鳴らした。すごく怒っている。ホームズにばかにされた、と思ったのだ。

青年事務員が、おびえた顔してはいってきた。

『ウム、ゼコブズ君、寝室の鏡台の前にある文箱を、ここへすぐ持ってこい！』

と、外務大臣は言いながら、まん中のテーブルに引きかえすと突っ立って、チョッキについている時計のくさりから、小さな鍵をはずしとった。

夫人がもっていたのと同じ鍵だ。文箱に私用の手紙がはいっていたし、いつでも、ふたりが自由にあけていたんだな、と、ぼくも腹の中で考えていた。▼88
ゼコブズ青年事務員が、桃色の平べったい文箱を、両手にさげてきた。

青くなっている外務大臣が、

『ここへ、おいて行け！』

『ハッ』

テーブルの上へ、しずかにおかれた文箱に、外務大臣が鍵をさし入れた。ピチッとまわすと、ふたをひらいた。

上には白い封筒と小さな手帳が、かさなっている。

『このとおりです、あの文書を、この上に入れておいたのです

が』
と、外務大臣が総理に言うと、ボカッと目をひらいたホームズが、しずかに言った。
『よく、おしらべください、なお一度！』

かぎりない感謝

ホープ外務大臣は、『なお一度！』と、ホームズに言われて、ますます侮じょくされた！ と思ったらしい。うつむいて、文箱の中の手紙やノートなどを、上からつかみ出しては、横へ投げるようにかさねた、と、顔いろがサッと変った。飛びあがるような声が、

『アアッ、こ、これは!?』

と、さけぶと、つかみ出したのは、青色の細長い封筒だ。ブルブルと手がふるえている。

総理が立ちあがった。これも、ふるえ声で、

『オオッ、それじゃないか!? 見せたまえ、ホープ君！』

『これです！ たしかに、しかし、……』

『ウム、これだ、これだ！』

大きな手をしている総理が、青色封筒のおもてとうら、赤いライオンの印がついている封の中を、しらべて見ながら、

『たしかに、ウム、中味もそのままだ、ありがたい！』

と、ホームズを見つめて、

『ウウン、ホームズさん、いや、ホームズ先生！ これで、たすかったですぞ。総理としても、ベリンジャ個人としても、わたしは、あなたに、ワトソン博士にも、今、とりあえず心から感謝します！』

と、苦かった顔が、いちどきに晴ればれと明かるくなった。

ホームズの方が苦くわらって、

『いや、元のところに、あるべきものがあったのです。礼をおっしゃるには、およびません。たばこを失礼します』

と、胸のポケットからパイプを、スッと抜き出して口にくわえた。

そばから外務大臣が、両方の手をすりあわせて、

『ふしぎだ、不可解だ！ こんなことが、あるとは、ホームズ先生、どういうわけですか？』

と、つめよってたずねた。実さい、むりのない当然の質問だ。

ホームズはたばこの煙を、モヤモヤとはきだして、

『ハハア、人間にはだれにも、見あやまりということが、ありますから、あなたも、おそらく、そうだったのでしょう！』

『いや、そんなことはない！ 変です、ぼくには、わからない。そう言われると、自分の目を疑がいたくなる！』

『ハハッ、外務大臣の目ですか、その点は、ぼくにもわかりません、フーッ』

『いや、わらっていられるが、……』

『なんでしょうか？』

『あなたは魔術師のようだ、というほかはない[89]』

『ホー、これはおどろきますね、ワトソン、どうだ？ たいへんなことになったぜ。魔術師ホームズ、これも、しかし、わるくはないね』

ぼくもわらいだして言った。

『ハッハッハッ、すると、ぼくは何だろう？』

『君は魔術師の相談役ワトソン博士さ。ハハッ、では、これで

事件は解決しました。総理もご心ぱいでしたが、おめでとうを申しあげます』

と、立ちあがったホームズに、総理が手をのばして、ムズとにぎりしめると、

『実にありがとう！　わたしはこのことを、一生わすれないでしょう！』

と、ぼくとも握手して、

『ワトソン博士、このような思いがけない事の真相を、あなたは知っていられるでしょう。ひとこと打ちあけてくださらんか？』

と、ぼくの目をジーッと見つめた。

ぼくはすぐ、総理のことばを思いだしてこたえた。

『いや、ぼくたちにも、〔外交上の重要機密〕がありまして、申しあげられないことは、このままにしておきましょう』

『ヤッ、うまいぞ、ワトソン、さあ失礼しよう。いっさい解決だ！』

と、テーブルをはなれたホームズを、外務大臣が横からおし止めて、

『お待ちください、どうぞ、今しばらく！』

『ホー、まだほかに事件ですか？』

『いや、妻も非常に心ぱいしていますから、解決を知らせて、なお、あれもお礼を申しあげたいでしょう。このままお帰りでは、あとで僕が、しかられますからね』

と、外務大臣も明かるい顔になって、呼りんを鳴らし、ゼコブズ青年事務員に、

『おくさんに、すぐここへ！』

『ハッ』

呼ばれてきた夫人に、主人の外務大臣が、テーブルの上の青色封筒を指さすと、

『あったのだ！　君にも心ぱいさせたが、ふしぎに出てきた。ホームズ先生とワトソン先生に、君からもお礼を申しあげて、……』

『まあ！……』

夫人はまばたきもせずに、美しい目が深い光をたたえて、ホームズと僕を見つめた。口に出しては何にも言わない、握手もしなかった。けれど、主人も総理も知らない、夫人自身のかぎりない感謝を、顔と全身にあふれさせて、しとやかに、ほおえんで見せた。まさに一流のスター女優でも、このような演技はできないだろう！

ぼくの話は、これで終りだ。名探偵の魔術師ホームズといっしょに、外務大臣の家からベーカー町の部屋へ帰ってきてさ、ホッとすると、ホームズがわらってね、

『ハッハッハ、魔術で外務大臣の目を、ごまかしたわけか、こんなことは初めてだね、ワトソン！』

ぼくも大いにわらったのさ、ハッハッハ！」

▼1　原作は『白銀号事件』。
▼2　またしてもワトソンがメアリーに語り、メアリーが聞き書きをするという形式を取っている。
▼3　ホームズもワトソンも熱心に競馬場に通っているが、『怪談秘帳』（原題『ショスコム荘』第三巻収録）では「ホームズも僕も（…）ダービーの賭けなど、まるで興味を感じていない」とある。この落差

は原作の研究でも指摘されているが、ワトスンとの釣り合いをとったのだろうと解釈されている。
▼4　原作ではウエセクス・カップというレースである。
▼5　原作ではウィンチェスタで開催されている。事件現場のダートムアと離れているので、簡単にまとめたのだろう。
▼6　いきなり食事のシーンである。あいかわらず峯太郎版ホームズは何か食べている。
▼7　原作にはウィギンズは登場しない。峯太郎版ではこうやってところどころにイギンズを脇役として登場させるが、少年向け翻案におなじ少年を登場させることで読者に親しみを持たせるためだろう。後の別の翻案ではなんとワトソンを少年にしてしまった作品もある。
▼8　原作では現地から電報で依頼している。だからホームズが列車内で速度を五十三マイル半だと計算する有名な場面がない。
▼9　原作ではグレゴリ警部が依頼の電報を送ったのが火曜の晩、ホームズがダートムアに向かったのが木曜日で、レースは翌週の火曜日に行なわれる予定だった。だからまだ中四日あった。峯太郎版のほうがかなり切羽詰まって緊迫感がある。
▼10　アヘンの混入をごまかすためにカレーを選んだのではないかという議論があるが、そうだとすると、夜食のメニューを決めるストレーカ夫人の関与が疑われる。しかし峯太郎が加筆したように、毎度カレーだったのなら、いつでも犯行が行なえる。
▼11　原作では内部情報を質問しただけであり、峯太郎版にあるように違法な工作を持ちかけてはいない。しかしこう書き換えることでさらに容疑者の疑いが深まり、面白くなる。
▼12　原作では犬の種類は書いていないが、峯太郎の愛犬はシェパードであり、また峯太郎の代表作のひとつである『見えない飛行機』に登場する正男少年の愛犬タケルもシェパードである。
▼13　どちらも原作にない名前。
▼14　原作では現場で発見したとあるだけで、ブラウンの馬屋の近くとは書いていない。
▼15　原作では生まれも教育もしっかりしているとは書かれているが、さすがに大学の学科名までは書いていない。また原作では「賭けの胴元」となっている。
▼16　峯太郎版ホームズで相手の推理をほめるときに使う言葉。ここでの会話はすべて原作では列車の中でホームズが説明している。
▼17　ホームズ自身がよく自分のことを「ヘボ探」と言うが、警察官もそう言っているところをみると、峯太郎版の世界では普通の言葉のようである。
▼18　グレゴリ警部が昨晩やってきてからの出発だから夜行列車に乗って早朝に着いたのだろう。一方原作では朝食後に出発して夕方に到着している。
▼19　原作のロス大佐は小柄な人物である。峯太郎版ではさらに「大競馬に二年も銀星号が優勝して、にわかに大きな財産家になった」とあるのだが、原作ではそのような成り上がりだという記述はないし、ましてや「なんだか下品な人間だ」というようなこともない。
▼20　殺人事件でまずは遺体を調べるのは捜査の常道である。ところが原作のホームズは二階に遺体が安置してあると知っても、そのポケットに入っていた所持品を聞くばかりで、遺体を見ようとしないのである！　峯太郎版のワトソンの「ステッキでなぐったのにしては、傷口がひろすぎるようだが」という外科医としての診断は正鵠を射たものだったが、その機会さえ与えようとしなかった原作のホームズの行動は不可解であり、峯太郎版のほうが捜査としてきちんとしている。
▼21　原作ではグレゴリ警部がストレーカとシムスンの靴を持参しているが、峯太郎版ではどうして見分けたか不明である。しかもシムソンが犯行現場に足跡を残していたことは、原作にはない。
▼22　原作にはない捜索である。しかしシェパードといえども、臭い

で追尾する訓練を受けていなければ役に立たないのではないだろうか？
▼23　どうして馬が近くにある自分の厩舎ではなく、遠くのブラウンの厩舎に行ったのかという理由は原作のホームズは説明できておらず、実吉達郎は「『白銀号事件』と競馬犯罪」（『シャーロック・ホームズの決め手』）で、「当然、群居性よりも帰家性の方が強く動物を動かす。白銀号は必ず古巣のキングス・パイランドへパカパカもどってくるはずであった」と指摘し、ブラウンが引いていこうとしても抵抗しただろうと述べている。しかしここで峯太郎が説明しているように、キングス・パイランドを嫌う理由があれば筋が通る。
▼24　この言及から『黄色い顔』より後の事件であることがわかる。
▼25　原作では犯行現場にシムスンの足跡があったという記述はない。峯太郎版のほうが推理として複雑である。だからここで交わされている、検事と弁護士を模した会話も峯太郎の創作である。しかし弁護士役のホームズが「銀星号のようすを見せてもらう」のも「細工」であると強弁している（五三四頁）のはいささか無理がある。シムソンも何らかの害を銀星号に与えようという意図を持っていたが果たせなかった、と考えたほうが素直ではないだろうか。
▼26　このワトソンの指摘は鋭い。これに対してホームズが、ストレーカはマッチをすったのだと言っているのもまた正しい。原作ではどうやってネクタイを見つけたのかという説明がまったくなされていない。マッチをすったタイミングについては後述を参照。
▼27　原作ではこんな機嫌を取るようなことは言っておらず、直截に用件に入っているが、その内容は伏せられている。だがおそらく峯太郎が書いたような会話が室内で行なわれたのだろう。
▼28　原作でホームズがロス大佐にしかけたいたずらは、本来なら犯罪であり大スキャンダルになっているところだったという指摘は多方面からなされている。そういうことを峯太郎は知っていたのだろうか、峯太郎版ホームズは競馬の幹部に根回しをしにいった。
▼29　また大食いのシーンだが、ここでは具体的なメニューが書かれている。しかしまったくヴィクトリア朝時代のイギリスの食卓らしくなく、むしろ峯太郎版が書かれた当時のアメリカ軍の軍人が好みそうなメニューである。
▼30　原作ではホームズが翌日手紙で連絡すると言っており、ウィギンスは登場しない。
▼31　原作のホームズは、白銀号の出走するレースの馬券は買っていないようである。
▼32　競馬ではあり得ないタイムであり、ポプラ社文庫版（一九七六年）では「五分十二秒」と訂正されているが、峯太郎死後であり、おそらく編集部の筆によるものだろう。
▼33　原作では王族のおでましはなかったようだ。
▼34　原作ではグレゴリ警部もブラウンも競馬場には現われない。
▼35　峯太郎版のように観客が騒ぐのは当然であるが、原作では無視している。
▼36　観客の罵声が響く中、レース中に絵の具が流れ落ちて銀星号の正体が現われるというのは原作のそっけなさと比べて少年少女読者の興奮をあおる、いい演出ではないだろうか。
▼37　前述と同じくあり得ない競馬のタイムであり、ポプラ社文庫版では第二着の馬名も含めて以下のように変更された。「第一着、銀星号、五分十秒。第二着、ブラック号、五分十秒三。第三着、デズボロ号、五分十秒四、第四着、……」
▼38　ホプキンズは『彼女の鼻目がね』の登場人物であり、当然、原作ではここに登場しない。次につなげる布石である。
▼39　原作では普通の料理にアヘンを混ぜたら気がつくだろうがカレーだったらわからない、とは書いているが、よくかき混ぜないとばれてしまうというのは峯太郎独自の追加であり、非常に納得させる合理

的な説明である。峯太郎は中国滞在中にアヘンについて学んだのだろうか。

▼40　原作では馬の真後ろでマッチをすったとたんに蹴られて死んだという解釈になっている。ところがその解釈だとマッチ箱とロウソクがストレーカのポケットに入っている理由の説明がつかない。蹴られる瞬間にしまったとでもいうのだろうか。峯太郎版だと「マッチをすって見て、銀星号の後足のあるところが（…）目の下にわかった。ろうそくをつけるまでもない」（五五一頁）と、マッチの明かりで確かめた後は月明かりで十分だと判断してストレーカはポケットにそれらをしまったという解釈が成り立つのである。そして、峯太郎版の銀星号はストレーカがメスで切りつけようとした瞬間に蹴飛ばしたのである。そのほうが手にメスを持っていたこととも整合性がとれ、原作のホームズの解釈よりも矛盾がない。

▼41　前述の通りあり得ないタイムであり、ポプラ社文庫版では「五分あまり」に変更されている。

▼42　原作ではストレーカに愛人がいたことが原因となっているが、子供向き翻案では不適当な動機なので、金銭トラブルを動機に変更したのだろう。

▼43　原作ではホームズはその次のレースで勝ちたいとは言っているが、白銀号で儲けたかどうかは判然としていない。馬に絵の具を塗って変装させていることを知りながら賭けて儲けたとしたのなら、かなり問題になるのではないだろうか。

▼44　次の作品もメアリーの筆によるということである。

▼45　原作は『金縁の鼻眼鏡』。

▼46　原作のホプキンズは他の刑事よりも若いという設定だが、さすがにここまで若いとは思えない。しかしなるべく読者に近い年齢の登場人物を出すことによって親しみをもたせようというのだろう。

▼47　前の事件の設定を引き継いで、『銀星号事件』に登場するグレゴリ警部がちょっとだけ顔を出している。峯太郎版ではホプキンズはグレゴリ警部の部下の刑事である。

▼48　原作ではこれらの説明はすべてベーカー街で行なわれており、さらに殺害現場の見取り図も示されている。にもかかわらず原作のホームズは、峯太郎版ホームズのように鼻目がねだけで推理してしまって現場を見るまでもない、などというそぶりはみせない。もしかしたら峯太郎版ホームズのほうが推理能力が高いのだろうか。

▼49　原作のワトスンは聖典中のさまざまな矛盾点があることから、かなり記憶力の悪い人物であるというのが定説になっている。ところが峯太郎版のワトソンは正反対のようだ。

▼50　『怪盗の宝』でワトソンはメアリーと婚約をし、その後結婚、医院を開業している。ところがこの事件ではワトソンはホームズと同居しているのだから、『怪盗の宝』以後、ワトソンの結婚以前の事件であるということがわかる。

▼51　原作ではウイルスンという名前の巡査である。

▼52　原作にはない頼みであり、あいかわらずの大食いのホームズである。

▼53　原作ではワトスンも『緋色の研究』で「シップス」というパイプタバコを愛用していると言っており、かなりのタバコ好きであることがうかがえる。

▼54　原作ではホームズはむやみに歩き回るだけだが、峯太郎版ではその理由付けがされていて合理的である。

▼55　峯太郎版のコーラム教授のほうが嘘が上手なようで、原作にはない作り話をしている。一つ前の台詞（せりふ）にある鼻目がねが思い出の品という仮説も、原作にはない。

▼56　原作ではシリア、エジプトのコプト派僧院で発見された文書の分析となっているのだが、子供にはわからないので比較的名の通ったユダヤ教にしたのだろう。

▼57　原作には出てこない別の容疑者。
▼58　コーラム教授の大食いは重要な手がかりだが、原作に朝食のメニューは書かれていない。しかし昼食にカツレツの大きいのを注文したのは両方とも一緒だ。原作でもホームズたちは昼食はごちそうになっているが、「サンドイッチと野菜サラダと紅茶」というメニューも原作には登場しない。さらに食事を所望したことで、家政婦がやってくるのが自然な流れになっている。
▼59　ここでもまた「銀髪」と峯太郎は原作にない表現をしている。さらに「年は三十才あまりだろう」という記述も峯太郎版独自である。「まず中年だろう」（五五七頁）というホームズの推理には異議があるかもしれないが、時代が違うのである。
▼60　原作では改革家、革命家、虚無主義者であると言っているが、峯太郎のようにコーラムが首領とか世界的に名前を知られているとは書いておらず、単なる同志の一人にしかすぎない。
▼61　原作では仲間を裏切って政府に密告したことになっているから、政府からは保護されているだろうが、同志から狙われている。
▼62　原作ではアンナとアレキシスは同志だったが、峯太郎版ではアンナとアレクシスを夫婦にし、二人の仲を裂く悪人セルギュース、夫を助けんとする貞女アンナという構図に書き換えてさらにインパクトを強めたのである。原作ではアンナも入獄していたが、峯太郎版では六年間もセルギュースを探しまわっていたことになっている。またアレキシスは原作では党の一員もしくはシンパだが、峯太郎版ではまったく関係がないことになっている。
▼63　原作は私立探偵を秘書として送り込み、鍵の型までとってくれたが盗み出しはしてくれず、自分から退職したことになっている。調査はするが犯罪行為はしないということだろう。
▼64　原作ではアンナは毒薬で自殺するが、子供向け翻案としてはきちんと逮捕して刑罰を受けさせるべきだと峯太郎は考えたのだろう。
▼65　これもまた峯太郎独自の設定であり、この作品の内容そのものには影響しないが、次の作品への橋渡しとなる。メアリーがコーラムのことを『スパイ王者』だわ、といっているのもご愛嬌である。
▼66　原作は『第二の汚点』。
▼67　原作では「ヨーロッパ省大臣」というよくわからない役職になっているが、研究家の間では外務大臣のことであるというのが共通認識になっている。
▼68　「前の外務大臣」とは『スパイ王者』に登場したホルダースト侯爵のことだろうか。ホールダネス公爵はもちろん『謎の自転車』に登場する元外務大臣、元首相である。峯太郎版のイギリスでは外務大臣の座はホールダネス公爵、ホルダースト侯爵、そしてホープと受け継がれていったようだ。
▼69　原作にはないワトソンの推理。しかしこれであらゆる可能性を否定することができた。
▼70　原作ではオバスタインとラ・ロティエール、ルーカスの三人であり、最初の二人は『ブルース・パティントン設計書』にも登場する。一方峯太郎版では『怪女の鼻目がね』に登場するセルギュース、『スパイ王者』のジョゼフ・ハリソンに関係のあるオバスタイン、そしてルーカスの三人になっている。原作でも他の作品との絡みをつけているが、峯太郎版のほうが上手のようである。
▼71　原作では執事になっている。どうして変更したのだろうか。日本では執事がいるのはかなりの上流階級で、子供が知らないからだろうか。
▼72　原作にはない峯太郎の加筆であり、その後の夫人の訪問が予想外であると効果的に演出している。
▼73　原作では「ワトスン君、女性は君のうけもちだ」という有名な台詞をホームズは口にするが、峯太郎版では女性の機微にうといようである。

▼74　この記述から『深夜の謎』よりも後の事件であることが分かる。その後出世して「本庁の探偵部長になっている」という記述も、レストレードがルーカスはスパイだと気がついているというのも、峯太郎独自の加筆である。

▼75　原作では「わが国屈指の素人テノール歌手として名声あり」とされている。

▼76　この可能性は十分考えられるのだが、原作のホームズは「何もおこらなかった」といって最初から考慮していないのはいかがなものだろうか。

▼77　『怪女の鼻目がね』に登場したセルギュースはいまだに逮捕も暗殺もされていないようである。

▼78　原作では手紙で呼び出されるだけである。

▼79　当時のイギリスでは火葬の習慣はなく、原作でも「埋葬がすんだ」とあるだけである。

▼80　原作では単に「人殺しのあったっていう部屋を見たい」というだけの理由だが、根拠が薄弱である。一方峯太郎版ではルーカスを流行歌手に変更したことが、効果的に利用されている。

▼81　原作にない記述であり、峯太郎はマクファソンがいい加減な警官であるという色づけをしている。さらにブランデイも「ぼくが飲んだです」と言わせている。

▼82　原作ではホームズはホープ夫人の写真をマクファソンに見せて裏付けをとるが、峯太郎は省略している。ホームズが写真を持ち歩いていた理由が薄弱だと判断したのかもしれない。

▼83　原作ではホームズは夫人に反論しない。峯太郎版のほうが辛辣である。

▼84　またしても銀髪である。峯太郎版の女性は大半が銀髪らしい。

▼85　原作では結婚前としか書かれていない。

▼86　驚きの人間関係である。これだったらむしろ今までこの手紙をタネにゆすりを続けていなかったほうがふしぎである。

▼87　素人が家宅侵入をしようとしていたのなら、うろうろして当然だが、それを不自然に思わせないために、上述のように警察官の間抜けぶりを、峯太郎は加筆していた。

▼88　原作でも夫人が合鍵を持っていることで暗示されているが、峯太郎がここではっきり指摘しているように、非常に不用心なことである。

▼89　これが題名の由来となっているのだが、原作でも「ホームズさん、あなたは魔法使いです」と言われている。

謎屋敷の怪

⚜この本を読む人に

「探偵小説を読む時、読者が自分も探偵になって、目の前に出てきた謎を、解いて行こうとする、と、そこに、かぎりないおもしろさがあるのだ」と、言われている。

この本の三つの話、『青い紅玉(ルビー)』『黒ジャック団』(原名、ボスコム谷の不思議)『謎屋敷の怪』(原名、椈(ぶな)屋敷)は、世界的探偵小説家として、もっとも有名なコナン・ドイルの作品を、さらにおもしろく、わかりやすいように、翻案して書きかえたものです。それには読者のみなさんが、名探偵ホームズといっしょに、この謎の事件を探り、考え、判断し、さいごまで、自分がホームズになったつもりで読んで行かれるように、と、心がけて書いてみました。

たしかに、おもしろいのですから、愛読されることを、期待しています。

山中峯太郎

この物語に活躍する人々

世界的名探偵ホームズ

生まれつきの性質が、探偵の才能と力をもっている。さまざまな怪事件の謎を、みごとに解いて有名になり、そのために、いろんな人が事件の解決を、たのみにくる。その中にも、変って奇怪なのが、この『青い紅玉（ルビー）』『黒ジャック団』『謎屋敷の怪』なのだ。

医学博士ワトソン

ホームズといっしょに探偵して、『深夜の謎』『恐怖の谷』『怪盗の宝』などを書き、自分も有名になってしまった。ところが、医者が専門だから、探偵は上手でない。それでも探偵冒険をおもしろがって、ホームズに付きそい、その経験を、くわしく書いている。

ホテルの少年ライダア

ホテルの部屋付きボーイ、こまかく気がついて、よくはたらく。第一等のお客モーカール夫人の宝石『青い紅玉（ルビー）』がなくなって、部屋付きボーイの自分がさけびだし、ここから謎の事件が初まる。

ピータスンじいさん

十字路でひろった大きな鵞鳥（がちょう）を家へもってかえって料理すると、腹の中からキラキラと宝石が出てきた。めんくらって、ホームズ先生のところへ、もってくる、ここからホームズが活躍する。

馬面おやじリッジ

顔が馬みたいに長く、がんこなおやじだ。鳥類を買っては売る。店さきに、ホームズがやってくると、けんかしかけて、しまいに賭けをやり、ホームズは負けるが、手がかりを、この店でつかむ。

美少女アリス

父は大地主で母はない。友だちのゼームス青年が殺人の疑がいで捕えられる。心ぱいしてホームズ先生に探偵をたのみ、警視庁のレストレード警部をやりこめる。気が強いくせに、なみだをこぼす。

謎の青年ゼームス

まじめな愛すべき青年、しかし、父からむりを言われて、ついに手むかい、密林の中の古池のそばに、父を打ちころした疑がいを受ける。おそるべき殺人犯を、あえてしたのかが、深い謎になる。

警部レストレード

『深夜の謎』にも活躍した頭のするどい警部、だが、今度も事件の謎が、なかなか解けない。ホームズ先生に来てもらうと、ふたりの意見が、またちがう。だいたい、目のつけどころが、ちがうのだ。

婦人家庭教師ハンタ嬢

職業紹介所へ行き、家庭教師の口があって給料も多い。ところが、思いもよらない変な条件を出されて、ホームズ先生へ相談に行く。この結果、自分も探偵気分になって冒険をあえてする。

変な紳士ルーカスル

金もちだが、品のない顔をして、むやみに笑いつづける、するどい目をする。部屋の中を、おどったり、はねたり、ひとりでダンスしてまわる。庭には猛犬をかっている。そこに謎がひそんでいる。

大女トラ夫人

夫のトラは大酒のみ、自分は大女、夫婦が変な紳士ルーカスルの家に前から住んでいる。婦人家庭教師のハンタ嬢が来て、今まで秘密だった二階家が探偵され、大女の自分が、ひとりで心ぱいする。

第一話　青い紅玉（ルビー）

化粧室から鵞鳥の胃ぶくろへ

謎の古帽

「世界第一流の名探偵」と言われるシャーロック・ホームズの親友が、ワトソン医学博士である。彼が、愛する妻のメアリー夫人に、

「ホームズと僕が、いっしょに謎を解いた探偵奇話」

というのを、いくつも、くわしく話して聞かせた、なるほど、ものすごい「奇話」で、「怪話」とも言える。

メアリー夫人は、書くのが早くて、なかなか上手だ。ワトソンの「探偵奇話」を、そのとおりに書いて、つぎからつぎへと本にした。

これは、その本の中でも、もっともおもしろい一冊である。[1]

ワトソン博士の話。

「ウン、そうだ、わすれもしないクリスマスのつぎの日だった。朝、ぼくはホームズに会いに行ったのさ。[2]クリスマスのお祝いを言うつもりでね。

ところが、彼ホームズは、その時、朝から何をしていたと思う？

大きな長いすの上に、彼はドッカリと、あぐらをかいてさ、そばに山ほど高くかさなってるのは、読んでしまった新聞だ。パイプたばこを、くゆらしながら、ひざの上に乗っかってるのが、なんだか変な古帽子でね、それから大きなレンズとピンセットが、すぐ横にころがっている。

『ヤア、クリスマスおめでとう！　その帽子は何だい？』

と、すぐ前のいすに、ぼくがこしをおろすと、

『よく来たね、フッフッフー』

と、ホームズは、たばこのけむりを、高くふきあげて、

『きみは、使いあるきのピータスンおやじを、知ってるかね？』

『ああ知ってるよ、彼は〝おやじ〟というより、もう、〝おじいさん〟だぜ』

『ウン、今年六十四になるかな、ところで、この古帽は、彼が分捕ってきたものでね』

『分捕った、どこで？』

『ハハッ、道でひろったのさ』

『それが、どうして、君のひざに乗っかってるんだ？』

『きのう、クリスマスの朝、とても上等の一羽の鵞鳥といっしょに、この古帽が、この部屋へ飛びこんできたのさ』

『また変なことを言いだしたぜ。鵞鳥なんか、いないじゃないか？』

『フーッ、今ごろは、ピータスンじいさんが、家の台所で焼いて食ってるだろう』

『その古帽をひろったというのは、どういうわけだ？』

『きのうの朝はやくさ、ピータスンじいさんが、コート町をあ

るいて行くと、すぐ前に背の高い男が、まっ白な大きな鵞鳥をかついで、ヨロヨロと左に右にあるいて行く、右手にステッキをもってね』

『フウン、それから？』

『すると、十字路のかどから三人、町の不良どもが、バラバラと出てきた。

〝ヤイ、その鵞鳥、でかくて、うまそうだな。こっちへよこせ！〟

〝なんだと、やれるもんか〟

　十字路に、けんかだ。立ちまわりをやる、不良のひとりが、鵞鳥男のかぶってる帽子を、いきなり、たたきおとした。

〝なにをっ！〟

と、鵞鳥男がステッキをふりあげて、ふりまわすと、

〝ガチャン！〟

と、うしろのショーウィンドの厚いガラスを、たたきやぶってしまった。

　店の者が飛びだしてきそうだ。おどろいた鵞鳥男は、ステッキをとりなおしたが、重い鵞鳥は投げだして、帽子もそのまま、あわてて逃げだすしさ、不良の三人も、これまたガラスのこわれた音に面くらって、町の路次へ走りこんでしまった。

　店の者はまだ寝てるのか、ひとりも出てこない。けんかの戦場に立ってるのは、ピータスンじいさん、ただひとりさ。落ちてる大きな鵞鳥と、このオンボロ古帽を、ひろって分捕るなり、スタスタとあるきだした。いそいできたのが、この部屋さ。

〝先生、こういうものを、今、コート町の道でひろいましたがね、どうしたもんでしょう？〟

　ぼくに相談するんだ。正直で、かわいいおじいさんだからね。

〝ちょっと変った拾いものだな、見せろ〟

　見てみると、みごとな鵞鳥で、左足にむすばれてる小さなカードに、『ヘンリー・ベーカー夫人へ』と、青鉛筆で書いてあるのさ。

　どうだ、そろそろおもしろい話になってきたろう、フッフッフー』」

まだ見ぬ紳士は？

「ホームズがパイプたばこを、新しくつめかえて、

『この古帽のうらを見ると、やはり、「ヘ・ベ」[3]と二つの字が、ハッキリ読めるのさ、しかし、ベーカー夫人が、こんな男の古帽をかぶるわけはあるまい、どうだ？』

　と、ぼくにきくから、

『ウン、それはそうだな』

『ところで、ベーカーはロンドンじゅうに、何千人となくいるだろう。ヘンリー・ベーカー夫人だって、何百人いるか知れない。この古帽と鵞鳥の持ぬしを探すのは、たいへんなことだ。そこで僕は、ピータスンじいさんに、

〝いいから、この鵞鳥の肉がくさらないうちに、早く食っちまえよ〟

　と、さっそく持って帰らせてさ、まだ見ぬ紳士の古帽だけを、こうして、しらべてるわけだがね』

『フウン、落とした新聞広告は、出てないのか？』

『このとおり、あらゆる新聞の広告を見たんだが、〝帽子〟とも〝鵞鳥〟とも出てないんだ』

『すると、手がかり、まったくなしか？』

『フーッ、判断するほかには、なんにもなしさ』

『なにを判断するんだ？』

『ハハッ、ワトソン博士、探偵となると、あいかわらず点数は、マイナス二だね、三かな』

『じょうだん言うなよ、こんなオンボロ破れ帽子が何だい』

『帽子の悪口いったって、はじまらないぜ。まあ見てみろよ、レンズもピンセットもあるんだから』

『チェッ、かしてみろ！』

　そのオンボロ古帽を、ぼくは手にとって見た。なにか目つけてやろう！　と、いまいましい気がしたのさ。

　ふつうの丸い形の帽子でね、色は黒、とても古くて、くず屋だってかぶらないだろう、たいへんなオンボロだ。うらを引っくりかえしてみると、絹の赤いのが付いてる、それも色がぼけていて、『ヘ・ベ』と、なぐり書きの字だけは、ハッキリしてる。製造会社の名まえはない。つばには止め紐をとおす穴がある、が、紐はない。裂け目があって、ほこりだらけだ。きたないシミが、いくつもついてる。それに色のかわってるところへ、インクをぬりつけて、かくそうとしたあとも、方々にある。どう見ても、すごい古帽だ。

『かえすよ、こんなの、ただのオンボロ帽子じゃないか』

　ホームズのひざに、この古帽を僕は投げてやった。

　すると、ニヤッとわらったホームズが、

『なにか、わかったことは、ないのかね？』

『くず屋に見せたって、買わないだろう、ということだけは、ハッキリわかったさ』

『フーッ、それだけか？』

『それだけだ』

『ワトソン博士、マイナス五点だね』

『きみには、何がわかったんだ？』

『いろいろあるがね、まず第一に、このオンボロ古帽をかぶっていたのは、かなり知能のある男だね』

『知能、頭がいいのか。なぜだ？』

『このくらい頭が大きいのは、かしこい男だと思っていいからさ』

『頭デッカチだって、ばかなのがいるぜ[4]』

『ハハッ、デッカチ頭だと、中の脳みそも多いはずだからね、知能も人なみより以上と判断して、さしつかえはない』

『フウン、それから何だ？』」

しわだらけの顔

「古帽問答、変なクイズを、ホームズと僕がつづけたのさ。

『フッフー、こんなオンボロ帽子をかぶってるから、この男は、今よほど貧ぼうなのにちがいない、が、およそ三年ほど前には、かなりに金をもっていたんだな』

『そんなことが、どうしてわかる？』

『ハハッ、この帽子のつばのさきが、こんなふうに巻きあがってるのは、三年前の流行だからね。それに品物は、ひじょうに上等だ。このとおりリボンの絹も上等だし、うらだって上等だ。持ぬしの紳士は、およそ三年前に、このくらい上等の高い帽子が買えたから、その時は、かなりの金もちだった、が、そのあと今なお安帽子も買えずにいるのは、今よほど貧ぼうしてるからだろう、おちぶれてね』

『三年前の帽子の流行なんて、ぼくは知らないぜ』

『よろしい、それはそれとして、このまだ見ぬ紳士は、かなり考えの深い性質だね』

『それはまた、どうしてだ？』

『ここに付いてる止め金を見ろよ。これは初めから帽子についてるものじゃない。わざわざ付けさせたのは、風にとばされない注意からだ。そのくらい考えの深い性質なんだ』

『フウン、こじつけみたいだな』

『ところが、紐が切れてしまったのを、そのまま付けずにいるのは、何事にも注意しなくなった、考えも足りなくなったのさ。だが、自分がおちぶれたのは、だんじて人に見られたくないんだね』

『へへエ、それも、どうしてかな？』

『色のかわってるところに、わざわざインクをぬりつけてるからさ』

『なるほど、それはそうらしい、フウム』

『年は四十くらいだろう、髪が半分ほど白いからね』

『ヤッ、うらに髪の毛がついてるからだろう』

『フーッ、そのとおり、プラス一点だ。レンズで見ると、さいきん理髪店へ行った。みじかい髪の毛が半白で、ベトベトしてるのは、いつもクリームをぬってるからだ、ところが、あんまり外へ出ない紳士だね』

『家の中に、いつも引っこんでいるのか？』

『めったに出ないのさ。ほこりをレンズで見ると、道のザラザラした灰色じゃなくって、家の中のフワフワした茶色だ。この帽子は、だから、家の中のどこかに、たいがい掛けっぱなしだろう』

『なるほど、それから、まだあるのか？』

『あるね、うらがわのシミは、汗のあとだ。この紳士は、たいへんな汗かきだから、スポーツにはむかない。テニスだって、やらないだろう▼5』

『おとなしい紳士かな？』

『ハハッ、おとなしい方だろう、ところが、おくさんはこの紳士を、あんまり愛していないね』

『オッ、そんなことまで、どうしてわかる？』

『この古帽には、長いあいだブラシをかけたあとがない、しかも、家の中に掛けっぱなしでさ。フム、きみのおくさんが、こんな帽子で君を外出させたとしたら、どうだね？　メアリー夫人は君を、あんまり愛していない証こじゃないか』

『まいった、フウム、それはそうだ。メアリーは僕の帽子に、いつもブラシをかけるぜ』

『ハハッ、それみろ！』

『待てよ、この紳士は、おくさんなしの独身かも知れないぜ』

『ちがうね、この帽子のうらの字を見ると、おそらくベーカー氏だ。おくさんとけんかをして、なかなおりの送りものに鵞鳥を、〝ヘンリー・ベーカー夫人へ〟持って帰るところだったのさ』

『アハハハ、そうかしら？』

　ふたりが、わらっていると、ドアがバッとあいた、とつぜん、飛びこんできたのは、ピータスンじいさんだ。しわだらけの顔が青ざめて、あごひげの白いのが、さかだってる。なにか、よつぽどビックリしたらしい。

『どうした？　ピータスンじいさん！』

　ホームズが声をかけると、

『先生、たいへんです！　が、鵞鳥が、……』

『鵞鳥が生きかえって、台所の窓から飛んで出たか？』

『それどころじゃないんで、こ、これを見てください、先生！』

　ピータスンじいさんが、きたない手を、ホームズの目の前へ突き出すなり、バッとひろげて見せた。

　あかだらけの手のひらに、キラキラとかがやいているのは、青い宝石だ。そら豆よりも、すこし小さい、が、その青い光は、なんとも言えないほど美しい、すばらしい宝石だ！」

君は、どう思う？

「さすがのホームズも、この時はおどろいたね、あの太いまゆをビクッと動かして、ピータスンじいさんに、はげしくきいた。

『えらい物をもちこんできたぞ、じいさん、これを、どこで見つけたんだ？』

『女房のやつがね、鵞鳥を料理してると、その、胃ぶくろの中から、キラキラと出てきたんでさ』

『フウム、これが何だか、きみは知ってるのか？』

『ダイヤモンドでしょう。ガラスを切ってみたら、はしからスカスカッと切れましたぜ』

『そんなことよりも、これは、ただのダイヤじゃないのだ。ワトソン、知ってるだろう？』

『ウム、モーカール夫人の〝青い紅玉（ルビー）〟じゃないのか？』

『そうさ、おおせのとおりだ。ピータスンじいさん、このごろの大新聞に懸賞広告が、まい日、大きく出てるじゃないか。〝青い紅玉（ルビー）〟を見つけて持ってきてくれた人に、謝礼として二十万ポンドをおくると、社交界の女王モーカール夫人の広告だ』[6]

『エッ、二、二十万ポンド！　ほんとですかっ？』

『広告にそう出てるのさ。その〝青い紅玉（ルビー）〟の大きさ、形、反射する光のようすなども、広告されているが、このとおりだ、まちがいはない』

『たまげたね、その夫人はこれを、どうしてなくしたんで？　鵞鳥に食われたんかな？』

『盗まれたのさ、その記事も新聞に出たのだ。知らないのか？』

『わたしも女房も、新聞なんか読まないんで。なあに、新聞がなくったって、けっこう、くらして行けますぜ、先生！』

『そんなことを、自まんにするな。この〝青い紅玉（ルビー）〟の記事を読んでやるから、そこにかけて聞いてろ』

『ウヘエ、このダイヤモンドは、どうしたらいいんで？』

『テーブルにのせておけ』

『あの鵞鳥のやろう、たいへんなものを、のみこんでやがったね、たまげたなあ！』

　ピータスンじいさんが、『青い紅玉（ルビー）』をテーブルの上にころがした。美しい光がサンサンときらめいて、まぶしいほどだ。なにしろ世界に二つとないと言われる、有名な宝石なのは、およそ誰でも知ってるだろう。

　ホームズが、新聞の山をかきまわして、ぬきだしたのをひろげると、おもしろそうに読みだした。記おくを新たにして、これからの探偵材料にするつもりだろう。

『ワトソンも聞けよ、鵞鳥の胃ぶくろ事件だぜ、ハハッ！』

と、わらいながら、

『コスモポリタン・ホテルにおける宝石盗難！　世界的に有名な〝青い紅玉（ルビー）〟の行くえ不明！　ガス管職工ジョン・ホーナア（二六）は、モーカール夫人の〝青い紅玉（ルビー）〟として有名な宝石を、コスモポリタン・ホテルにおいて、夫人の化粧室から盗みだした疑がいのために、警視庁へ留置された。

ホテルの部屋付ボーイ、ゼームス・ライダア[7]（一六）の証言によると、ガス管に故障がおきて、修理のためにきた職工ホーナアを、夫人の化粧室に通し、そこにしばらくいたが、用事に呼ばれて、ほかの部屋へ行き、十五六分して帰ってみると、ホーナアはすでに見えなかった。

たんすの引出しが、こじあけてあり、夫人が宝石入れに使っていたモロッコ皮の小箱が、からのまま化粧台の下に、ころがっていた。〝青い紅玉（ルビー）〟は、この小箱の中に、はいっていたのである。

ライダアは大声をあげて、急を知らせた。夫人の小間使カトリーヌ・キュザック[8]（一八）が、すぐに走りこんできた。彼女の証言によると、その時の室内のようすは、ライダアの言ったのと、まったく同じである。夫人は外出していて、るすだった。

ホーナアは警視庁捜査課長ブラッド警部[9]によって、その夜、自宅で捕えられた。しかし、〝青い紅玉（ルビー）〟はもっていない、家宅捜査も行われたが、ついに発見されなかった。

ホーナアは捕縛される時、狂気のように反抗した。しかし、窃盗の前科三犯であり、疑がいは深い。取調べに怒りだして、終ると目をまわし、庁内の病室にかつぎこまれた。

〝青い紅玉（ルビー）〟は、こうして行くえ不明であり、警視庁捜査課は全力をあげて、目下、各方面を探偵中である』

読みおわったホームズは、新聞を投げすてるとパイプをとりあげて、ピータスンじいさんにきいた。

『どうだ、わかったかね？』

『鵞鳥のことは、なんとも出てないんですか、変だねえ！』

『ハハッ、コスモポリタン・ホテルの化粧室でなくなった〝青い紅玉（ルビー）〟が、どうして鵞鳥の胃ぶくろにはいっていたか？　これはおもしろいぜ、近来の怪事件じゃないか、ワトソン、きみはどう思う？』

ホームズが探偵眼をすごく光らせて、いつものようにテストを、ぼくにやりだしたんだ[10]」

謎から謎へ急追跡！

今夕六時三十分

「ホームズの探偵テストに、ぼくは一度も、うまく通ったことがない。いくら親友だって、いまいましくて、くやしいから、

『わからないことは、なんにも、わからないね』

ブッキラボーに言ってやると、ホームズは、にがわらいして、

『いや、こんな怪事件は、ぼくにも、あたりがつかないね、だから、きみの知えをかりたいのさ』

『探偵の知えなんか、医者の僕にあるもんか！』

『ワトソン博士、おこったね、さあこまったぞ、フッフー』

『きみがこまるなんて、うそじゃないか。いったい、この〝青い紅玉(ルビー)〟の奇怪な謎を、どうして解くつもりだ？』

『フム、仕方がないから、第一に、もっとも安い方法をとる。新聞広告を出して、まだ見ぬ紳士ベーカー氏を招きよせる。これが失敗したら、第二の方法をとろう！』

『新聞広告に何と出すんだ』

『ウム、……』

テーブルの鉛筆をとりあげると、紙きれにホームズがスラスラと書いた。

> ベーカー氏に告ぐ！
> コート町の十字路にて、君の黒帽と大鵞鳥をひろった。今夕六時三十分、ベーカー町二二一番まで、受けとりに来たれ！

『どうだ、これでいいだろう』

『ウム、よかろう、だが、ベーカー紳士が読むかな？』

『さあ、今は貧ぼうしてるはずだから、古帽だって鵞鳥だって、かなりの損害だ。新聞広告に気をつけるだろう。窓ガラスをステッキで突きやぶって、あわてて鵞鳥まで投げだして逃げたのを、きっと後悔してると、これは僕の想像だがね』

『ハハア、まだ見ぬベーカー氏が、やってくると、おもしろいね』

『ピータスンじいさん、これを今すぐいそいで、広告取次社へもって行くんだ、新聞に出してくれって』

『ウヘッ、えらいことになったね。どういう新聞に出すんで？』

『あらゆる夕刊すべてにさ。料金は広告取次社[11]が僕を知ってるから、後でとりにくる。今は払わなくていい。すぐ行ってくれ！』

『このダイヤモンドは、どうなるんで？』

『たしかに僕が、あずかっておく、心ぱいするな』

『その、二十万ポンドというのは、どうなるんで？』

『フーッ、ぼくがモーカール夫人から受けとって、きみにわたす、これまた心ぱいするな』

『たまげたねえ。運がまわってきたんかなあ？』

『グズグズ言ってないで、早く行かないか。じいさん、こしをあげろ！』

『ウヘッ、ドッコイショと、二十万ポンドあるとなると、……』

『それから帰りに、鵞鳥を一羽、なるべくみごとなやつを鳥屋で買って、ここにとどけてくれ。ベーカー氏がきたら、君の台所にあるやつのかわりに、わたしてやるんだ』

『では、行ってきまさあ、広告と鵞鳥一羽だ、いそいでね』

ピータスンじいさんが、二十万ポンドにソワソワして、ホームズの書いた紙きれをポケットに入れながら出て行った。

ホームズは『青い紅玉(ルビー)』をつまみあげると、すかして見ながら、

『なるほど、いかにもすばらしい！　南シナのアモイの川岸から、発見されたというんだ。ひとまず、ここの金庫に入れてお

いて、モーカール夫人に手紙で知らせてやろう、だが、鵞鳥の胃ぶくろが謎だね、ワトソン!』

　またテストが初まりそうだから、こちらからきいてやった。

『ガス管職工のホーナアは、どうなんだ、無罪で関係はないと、きみは思うのか?』」

おしゃべり夫人

「ホームズが天じょうをあおぐと、どこを見るでもなく、ジーッと目をこらした。するどい探偵神経を一点にあつめる時の、独特のくせだ。そして言いだした。

『ウウム、ブラッド警部が留置した窃盗の前科三犯のホーナアが、〝青い紅玉（ルビー）〟を盗みだして、何者かの手に、すでにわたしてしまったのか? これは今のところ、ぼくには何ともわからないね、あれだけの新聞記事では、きみだって見当がつかないだろう、どうだ?』

『待ってくれ、ぼくをテストするよりも、まだ見ぬ紳士ベーカー氏のほうは、どうなんだ。この〝青い紅玉（ルビー）〟に、関係があるのか、ないのか?』

『おそらくないだろうね、自分のもっている鵞鳥が、口ばしからシッポの羽まで純金であるよりも、まだ高価な宝石を胃ぶくろに呑みこんでいる、と知っていたら、投げだしては行かないだろう。新聞広告を見て、ここへやってきたら、それこそテストしてやるさ、それでハッキリわかるだろう』

『なるほど、するとそれまで、ぼくの時間は自由なわけだな』

『そう、そのとおり、だが、〝今夕六時三十分〟には、きみこそ、やってくるだろうね』

『むろんさ、化粧室から鵞鳥の胃ぶくろへの謎が、どんなふうに解けるか? ぜひ、見たいからね』

『見るよりも、協力しろよ』

『ところが、マイナス五点では、協力できないさ、ハッハッハッ!』

　ぼくはわらいとばして、ホームズの部屋を出てきた。なんだか、いい気もちになってね。

　それから、自分のワトソン医院へ帰ってきて[12]、患者へ診察にまわってさ、家で夕食をすまして、ちょうど夕方の六時三十分、ベーカー町へ、ふたたび行ってみると、ホームズの部屋へ上がる玄関の前に、背なかを丸くしてる男がひとり、ノッソリ立ってるんだ。

　ヤッ、来てるな、これが紳士ベーカー氏らしいぞ! と、そばへ行ってみると、ドアが中からあいた。あけたのは、この家の主婦、おしゃべりのハドソン夫人さ。

『さあ、どうぞ、ベーカーさんでいらっしゃいますね、はい、うかがっておりますから、どうぞ! あら、ワトソン先生も、ごいっしょですの、あらまあ!』

　なにが『あらまあ!』だ、と、ぼくはさきに階段を上がって、ホームズの部屋にはいった。だんろへ石炭を投げこんでいるホームズに、

『オイ、来てるぜ』

『ウム、わかってる。まだ見ぬ人を初めて見る。胸がドキドキしないか?』

『変なこと言うなよ、背なかが丸くて大きな男だぜ、そら来た!』

靴音が、ゆっくりと階段を上がってくると、ぼくがあけておいたドアの横から、ヌッとはいってきた。いよいよホームズと面会、テストだ！」

怪しいか？　怪しくない！

「問題の紳士ベーカー氏は、なるほど、頭デッカチだ。髪は半白、脳みそが多くて知能がすぐれているか、どうなのか、ぼくが見ても、わからない。そのベーカー氏は、まゆをしかめて、むつかしい顔をしている。古いモーニング服を着て、ボタンをすっかりかけたまま、ほそい手首が両方とも破れた袖口から出ている。カラもワイシャツも見えないから、よほどおちぶれてるのは、たしかだ。年四十才ぐらいだろう。

『ええ、ロンドン・タイムスの夕刊広告を見て、とりあえず、来てみたのですが、[13]……』

そういう声も、ボソボソと、しわがれている。

『ヤア、どうも、ベーカーさんですね、ようこそ！　まずおかけください』

と、ホームズは快活に、

『火のそばへ、どうぞ、今夜は特に寒いですから。こちらは親友のワトソン博士です、医者の先生でしてね、診察はなかなか上手だという評判です』

と、よけいなことを言いだして、謎のベーカー氏をいすにかけさせると、テーブルの上のオンボロ古帽を指さした。

『この帽子は、あなたのでしょう！』

『そうです、たしかに、ぼくのに、ちがいないのです』

『それはよかったですな、いや、あなたの方で広告されると思ったから、あずかっておいたんですがね。ひとつも広告されなかったでしょう？』

ベーカー氏が、きまりわるそうに、ニッとにがわらいして、

『そうです、前には広告料くらい、なんとも思わなかったのですが、今ではどうも、それに出てきた不良連中が、鳥も帽子も、持って行ったと思いましてね、広告するのも、むだじゃないか、という気がしたものですから』

『なるほど、ところで、ベーカーさん！』

『なんでしょうか？』

『あの鵞鳥は、食っちゃったですよ』

『エエッ、食ったんですか？』

ギョッとなったベーカー氏が、いすを立ちあがった。

さては怪しいぞ！　と、ぼくが真けんに見つめると、

『いや、食わないと、くさっちまっては、それきりですからね、ハハア』

と、ホームズは、どこまで快活に、

『そのかわり、ごらんください』

と、食器だなを指さして、

『あのとおり、ごく新しいのを一羽、ここに出入りするじいさんに、もってこさせたのです。大きさもまず同じだし、新しいことは受けあいます。これをお持ちください、どうぞ！』

『あ、これはどうも、おもいがけないお手数を、おそれいります』

と、ベーカー氏は、いすにこしをおろした。まゆをしかめてるが、安心した顔いろだ。

これは怪しくないな！　と、ぼくが見ていると、ホームズが

また、

『食っちまったのは、肉だけでしてね、足とか羽とか口ばし、特に胃ぶくろは、べつにしてありますから、お入り用でしたら、おもちになってください、どうぞ！』

と、ニヤニヤわらいながら言うと、

『ハハハッ、どうもそれは、……』

ベーカー氏が、わらい声を出して、

『そんなものは、ぼくにも入り用はないですよ、おすてになってください。それよりも、そのみごとな新しいのを、せっかくですから、いただいて帰りましょう』

と、きゅうに顔いろが明かるくなった。

いよいよ怪しくない！ 何の関係も『青い紅玉（ルビー）』にないんだぜ、と、ぼくがホームズを見ると、

『では、どうぞ、ですが、ベーカーさん！』

と、ホームズは、ゆったりとかまえて、

『ぼくは前から、鳥ずきでしてね、あの大きな鵞鳥は上等だし、なかなか手にはいらないくらい、みごとなものでしたが、いったい、どこでお手にはいったんですか？ ついでに教えていただけませんか』

と、にわかに、うまく探りを入れだした。

〝青い紅玉（ルビー）〟を呑みこんでいた鵞鳥は、どこにいたのか？

これこそ謎の中心問題だ！」

チビリ、チビリ

「怪しくない紳士ベーカー氏は、いすをヌッと立ちあがった。黒の古帽と白い鵞鳥を左わきにかかえて、ますます明かるい顔いろになると、ホームズにこたえて言った。

『あの前のやつを手に入れたところですか、わけないですよ、ぼくら飲み友だち六人が、いつも〝アルファ〟という酒場に、あつまるんですがね、そのアルファのおやじが、おもしろい男で、〝鵞鳥クラブ〟というのを、つくったんです』

『なるほど、おもしろそうですね、もっと話してください、鵞鳥クラブって、どういうんです？』

『毎月、みんなで少しずつ、金をつみたてておいて、クリスマスになると、大きな鵞鳥を一羽ずつ手に入れる仕組みなんです。それで、あの前のやつを、ぼくはアルファのおやじから、わたされたんですよ、ハッハッハッ』

『愉快なクラブですね、酒場アルファか、どこにあるんです？』

『博物館のすぐそばですよ』

『そのおもしろいおやじの名まえは？』

『あれは〝インジゲート〟というんです[14]、とても気まえのいい、元気なおやじです。あなたも一度、行ってごらんなさい、酒もなかなか特別のを飲ませますから』

『それは、ありがたい』

『ぼくも今夜は、ありがたいのです。あなたのような親切な方がいられるから、この帽子も鳥もこのとおり手にはいりました。では、おふたりとも、ご健康に、さようなら！』

えらく元気になったベーカー氏が、古帽と鵞鳥を大事そうにかかえて、ドスドスと出て行った。

あとにホームズは、パイプに火をつけると、ぼくを見て、

『ハハア、今のベーカー氏は、これでいい。彼が何にも知らな

いのは、もっとも明白さ、そうだろう！』

『ウム、そのとおり。きみのテスト、プラス二点としておこう』

『フーッ、からい点だね。ところで、きみは腹がすいたか？』

『すくもんか、食ってきたばかりだ』

『よろしい、では、いっしょに出かけないか、謎の鵞鳥がどこにいたか？　こいつを探りだすんだ』

『行くとも！』

寒い夜だから、ホームズもオーバーを着こんで、外へ出るなりタクシーに、ふたりで飛び乗った。

博物館のそばの『酒場アルファ』は、すぐわかった。二階が旅館、下が酒場になっている。ホームズがさきに、ガラスドアをおしてはいった。

『いらっしゃーいっ！』

と、ふとい声をかけたのは、赤い顔のデブおやじだ、ギロリと目を見はってる。これが『インジゲート』にちがいない。

ふたりがならんで、小さな丸いすにかけるなり、ホームズが、

『寒いがビールだ』

『ヘエッ、だんな方、ウイスキーやジンは、どうなんで？』

『すぐ酔っぱらうからね、まずもってビールを、チビリチビリだ』

『おどろきやしたね、ビールをチビリチビリなんて、聞いたことねえですぜ』

『なくったって、チビリチビリさ』

『ウヘッ、それじゃあ、これを、つめたくっても、知りませんぜ』

『つめたいから、うまいのさ』

カップのビールを、ググーッと一気に飲みほしたホームズが、

『うまいねえ、チビリチビリでない方が、おやじさん！　だが、ここの鵞鳥ぐらい上等だったら、ビールも、まだまだうまいだろう、と思うね』

『エッ、鵞鳥ですって？』

『そうさ、ベーカーさんから聞いたんだ、ここの鵞鳥クラブのおもしろい話をね』

『あっ、あれですかい、だんな！　あれは、しかし、ここの鵞鳥とは言えねえんですぜ、まったくのところ』

『ヘヘエ、すると、どこのかね？』

『あれは、公園市場の仲買から、二ダース仕入れたんでさ』

『ビールもう一ぱい！　公園市場の仲買って、どこの店かな？』

『リッジって、わたしの仲間がやってる店でね、でかい看板が出てまさ』

『いろんな店があるんだな。ヤア、二はいのビールで、フラフラしてきたぜ。おやじさん、いくらだ？』

金を台の上へおくなり、ホームズはぼくといっしょに、外へ出てきた。風が寒い。オーバーのボタンをかけながら、

『急追だ！　公園市場の仲買店リッジへ！』

『警視庁の探偵は、まだここまで手をのばしていないらしいね』

『かわいそうだよ、ホーナアが無罪だったら、いく日も留置くのは。ヤッ、タクシーだ、あれに乗ろう！』

謎の鵞鳥の出所を急追！　ホームズは精力あふれて、りんり

んとしていた。ぼくか、ぼくだって、むろん、りんりんとしてたさ」

馬面おやじ

「公園市場の中に、鳥の仲買店も、すぐわかった。『鳥、ブレッキンリッジ』と、大きな看板が出ている。

広い間口へ、はいって見ると、ここにはまた、とても長い顔に、ほおひげのはえている、手も足も長くて、馬みたいなおやじが、ひとりの少年といっしょにカーテンをしめてる、店のしまいかけだった。

『こんばんは！　寒いじゃないですか』

と、ホームズが声をかけると、

『なんだって？　冬だから寒いさ』

と、馬みたいな長い顔が、ジロリと僕たちをにらみつけた。いななくような高い声が、

『用は何ですけえ？』

『鵞鳥を買いにきたんだがね、売りきれかな？』

と、ホームズがパイプたばこを、くゆらせながら、すぐ前にある平たい台を指さした。

『ああもう一羽だって、ありやしねえ。今さっきまで三羽あったがね』

『そいつは、ざんねんだ、フーッ、ちょっとおそかったな』

『あすの朝だと、五百羽だってそろえときまさあ』

『いよいよもって残念だね、ワトソン！』

『ウム、ざんねんしごくだ』

『そう残念がらなくても、ほかの店へ行きゃあ、まだ何羽ものこってますぜ』

『いや、ここの鵞鳥が、どこよりもいいって、聞いたものだからさ』

『へへエ、だれがそんなことを、言やがったろう？』

『アルファ酒場のおやじさんさ』

『アハッ、あそこへは二ダース、おくりつけたっけ』

『あれはいい鵞鳥だったね、すばらしかったぜ。どこから仕入れたのかな？』

と、ホームズが、いよいよ探りを入れると、どうしたのか、馬みたいな顔がムッとおこりだした、口をとがらせて、

『おまえさん！　なんだって、そんなことを聞きたがるんだい、エッ？　そのわけから聞こうじゃねえか』

『わけはハッキリしてるね。この店からアルファ酒場へおくった鵞鳥は、どこから仕入れたのか、それを聞いて、同じようなのを、今から買いに行こうというのだ』

『フフン』

『何がフフンだ？』

『言えないね、そんなことは』

『なぜ言えない？』

『いやだよ、第一、うるさいじゃねえか』

『それでは仕方がない。実は五ポンド、ここにいる友だちのワトソンと、賭けをしたんだがね、フッフー』

ホームズが変なことを言いだした。ぼくは賭けなど下品だから、いちどだってしたことがない。

ところが、馬面のリッジおやじは、『賭け』と聞くなり、いきなり台の上へ乗りだして、

『ヘエ、五ポンドの賭けか、おまえさん、いったい何に賭けたんだい？』

と、えらく熱心にききだした。

ホームズと馬面おやじの問答が、変に、からみついてきた。探偵の方法にも、いろんな手があるんだな！　と、ぼくはホームズの聞き方を、そばから感心しながら聞いてたのさ」

泣きだした不良ボーイ

ネズミのような小男

「ホームズの探偵クイズが、馬面おやじのリッジを相手に、

『何の賭けって、ぼくはあの鵞鳥を食ってみてさ、〝これはきっと、いなかで大きくなったやつだ〟と、肉のコリコリしてる味から、そう言ったんだ。ところが、このワトソンは、〝いや、ちがう、市内で大きくなった都そだちだ〟と、がんばるからね』

『ワハッ、それで五ポンドの賭けか！』

『そうさ、フッフッフー』

『おもしろいね、そりゃあ、おまえさんの負けだぜ、お気のどくさま、アルファ酒場へおくったやつは、みんな、都そだちだからね』

『アッ、ほんとうかな？』

『疑がうのは、よしてもらいたいね。おれは小僧の時から、鵞鳥で苦ろうしてるんだ。おまえさんたちより、うんと、くわしいんだぜ』

『よわったなあ！　あの肉のコリコリしてたやつが、都そだちかなあ？』

『おまえさんも、しつこいね。賭けには勝負のあるもんだ。時には負けたって、いいじゃやねえか』

『くやしいからね、フーッ、あれが都そだちだという証こがあれば、もう仕方がない。いさぎよく五ポンド負けだ』

『ワハッ、それじゃあ、このおれと賭けるかね？』

『よしきた、賭けよう！』

『何ポンド？』

『十ポンドと行こう！』▼16
『ワハッ、しめた！』

と、馬面がほえるみたいな大声で、

『オイ、ビル！　そこにある仕入れ帳を、二冊とも持ってこい』

ビル少年が、たなの前へあるいて行くと、赤い表紙と青い表紙の帳面を二冊、かかえてくるなり台の上へ、ドサッとおいた。

『さあきた、紳士のだんな！　おまえさんは、ウヌボレ先生だね』

と、馬面がホームズの顔を見つめて、

『いいかね、この赤い方が、村からの仕入れ帳でさ、青い方が市内からの仕入れ帳だ。都そだちのやつは、みな、この市内仕入れ帳に書いてあるからね、フフフ、何よりの証こじゃねえか』

その青い帳面をひろげて、ホームズの目の下へ出すと、

『さあ、ここのところに、なんと書いてあるか、読んでみなせえ。おれが書いたんだ』

『フーッ、待てよ、うまい字だね。十二月二十二日、市内ブリクストン町一一七番、オークション夫人から仕入れ、鵞鳥二ダース、代金九ポンド六シリングと、フーッ、なるほど』

『その下も読んでみなせえ』

『アルファ酒場へ売りわたし、代金十二ポンド！』

『どうだい、紳士のだんな、これで賭けは、どっちの勝ちかね、ハハッハハ』

『ウウン、負けた、ざんねんだ！』

『それみなせえ、十ポンドだ。ワハッ、だが、きょうは妙な日だね』

『フーッ、なにが妙？』

『あのアルファ酒場へおくった鵞鳥は、どこから仕入れたかって、小うるさく聞きにきた男が、ほかにもいたからね』

これにはホームズも僕も、ビクッとした。

競争探偵の相手が、すでに出てきている！　何者なのか？

ぼくが馬面にきいてみた。

『変だね、それは、どんな男だったの？』

『ネズミみたいな小男でね、チョコマカしてやがった、小うるさくてさ』

『その男に仕入れさきを、おしえてやったのかね？』

『なあに、こいつは、だんなみたいに賭けもしねえしさ、むやみに聞きやがるから、どなりつけて、追いだしたんだ。あんな小うるさいやろうって、あるもんじゃねえ』

『さあ十ポンド！　きょうはどうも運のわるい日だ、ざんねん無念、仕方がない、勝負は時の運さ、フッフッフー』

ホームズが青い帳面の上へ、十ポンドを投げだすと、店の外へヒラリと飛んで出た」

ドキドキする胸

「馬面おやじリッジの店から、飛びだしてきたホームズと僕は、四十メートルほど行くと、並木の下に立ちどまった。

『あのおやじが、〝ネズミみたいな小男〟といったのは、警視庁の探偵じゃないのか？』

ぼくがホームズに、たずねてみると、

『ウム、ホーナアを捕えたブラッド警部も小男だが、まさか馬面にどなられて、追いだされはしないだろう。探偵だったら本庁の証明票を出すだろうし、フーッ』

『すると、何者だろう？』

『わからないね、だが、ここまでくると、解決は近いぜ。〝ブリクストン町一一七番、オークション夫人〟の手から、謎の鵞鳥が出ている！　これを今から行って、たしかめるのだ』

『よし、行こう！』

ふたりとも探偵神経が張りきって、気あいがあふれている。タクシーを待っていると、今さっきの店さきに、いななくような馬面の大声が聞こえた。

『なんだと、またか、うるせいやろうだな、出て行きゃがれっ！』

見ると、店の灯の下に、ネズミのような小男が横むきに立っている。馬面おやじは両手のゲンコツを、前へ突きだしてグーンと振りまわしながら、

『ヤイッ、出て行かねえか。おまえも、おまえの鵞鳥とかも、地獄へ行っちまえ。まだ小うるさいこと言うなら、犬をけしか

けるぞっ！』

ネズミみたいな小男が、小さな両手を胸のまえにくみあわせて、泣くような声をだした。

『でもね、アルファ酒場へ、この店からおくりつけた鵞鳥の中の一羽は、ぼくのだったんですよ』

『チエッ、そんなこと、おれが知るもんけえ。オークション夫人のところへ行って、聞いてみろ！』

アッ！と、ぼくはおどろいた。馬面おやじが、ネズミみたいな小男に、仕入れさきなんか教えずに、『どなりつけて、追いだした』と言ったのは、うそなんだ。謎を解くために重要な『オークション夫人』の名まえを、小男に、すでに知らせていたのは、けしからん馬面だ！

ホームズも僕も並木の下に立って、耳をすまし、むこうのふたりを見つめていた。

すると、

『オークション夫人のところへ、ぼくは行ったんですよ、そうしたら、〝そんなことは、リッジおじさんの店で聞けばいいわ〟って、言われたんです！』

と、必死になっている小男が、ますます泣き声でさけびだした。

『うるせえやろうだな。そんなこと、おれの知ったことけえ。店じまいだ、出やがれっ！』

馬面おやじがどなって、長い足をバッとけった。まったく馬みたいだ。

『ヒーッ！』

どこか、けられたらしい、さけび声をあげた小男が、店の外へよろめいて出ると、並木のかげを、それこそネズミのように走りだしてきた。

『来たぞ、この方がオークション夫人より、重要人物だ』

と、ささやいたホームズが、むこうからヒタヒタと走ってくる小男を、並木の暗いかげに待ちかまえた。

さあ、どうなるか？と、ぼくは胸がドキドキしながら、ジッと見ていたのさ」

世の中の相談役

「サッと飛び出したホームズが、ヒタヒタと走ってきた小男のすぐ前へ、いきなり立ちふさがると、

『待った！』

ビシッと、はじくような声をかけた。

おどろいた小男が立ちすくんだ。街灯に照らされて、顔いろも口びるまで青ざめたきり、ブルブルしている。まだ十五六才の少年だから、小男のはずだ。

『な、なんですか、なにか、ご用ですか？』

と、声もふるえて、小さな顔のかたちまでネズミみたいだ。

『いや、きみをおどかすんじゃないから、おちつきたまえ、フーッ』

と、ホームズはパイプを、ゆっくりと、ふかして見せながら、

『今、あそこの鳥屋の店で、きみが、ひどいめにあってるのを、ここから見ていたんだがね。いったい、どういうわけなんだ？かんたんでいいから、ぼくたちに話してみたまえ。あの馬みたいなおやじが、わるいんだったら、行ってやっつけてやりたいんだ』

『あ、あなた方は、警察の方ですか？』

『ちがうよ、そんなものじゃない、が、なんでも人の相談にはこたえる、だから、一口にいうと、世の中の相談役みたいなものだね』

『相談役？　ほんとうですか？』

『うそを言っては、相談役になれないさ、同時に、たいがいの人の行きさき、探しもの、身の上、そのほかを、ピタリピタリと、あててみせるがね』

『では、占いをなさるんですか？』

『フーッ、占いなどやらないがね、きみが今、必死になって探しているものが、何なのか、そのくらいのことは、ハッキリと僕の胸に映っているのさ』

『は、ほんとですか？』

『きみは疑がい深いね、そんなだと、今こまっている苦しみの中から、すくわれないぜ』

『言ってみてください、ぼくの探してるものを』

『鷲鳥だろう』

『アアッ！　……』

ネズミみたいな少年の顔が、パクッと口をあけた。よっぽどビックリしたらしい。

『おどろくことはないさ。その鷲鳥は、ブリクストン町のオークション夫人から、そこの店のリッジおやじへ、そこから、どこかへ、わたされてしまった、というんだろう、どうだね、ちがうかな？』

『ワーッ！』

と、少年が泣き声をあげて、両手を横へひろげると、

『そ、その鷲鳥です、ぼくをたすけて、すくってください！』

と、ほんとうにボロボロ泣きだした。

『よろしい、それでは、こんな道ばたで話すよりも、おちついた部屋へ、いっしょに行こう、だが、その前に、きみの名まえを聞きたいね、呼ぶのにこまるから』

『ぼ、ぼくは、ジョン・ロビンソン、というんです』

『オイオイ、たすけてもらう人に、うその名まえをいうのは、なおこまるぜ。きみは、ゼームス・ライダアじゃないか』

『アアッ、アアッ！』

と、ゼームス・ライダアが、あえぎだした。

『年は十六だろう』

『ワワッ、アッ、そうです』

『コスモポリタン・ホテルの部屋付ボーイだ』

『ウウン！』

と、ライダアがあおむくと、目をキョロキョロさせて、うめきだした。

そばで見ている僕は、おかしくなって、ふきだしかけた。ホームズは部屋で読んだ新聞記事で、このボーイの名まえと年など、すっかりおぼえていたのさ」

ごみ箱は金庫

「大型のタクシーに乗りこんで、ぼくたちは『ネズミ少年』と言いたいようなライダアを、ぼくたちの部屋につれてきた。

とちゅうは三人とも、だまっていた。ライダアは恐れと望みと、いれまじった目つきを、オドオドさせて、ハアーッと深い息をついたり、手の指を両方とも、ひろげてみたり握ってみた

り、まるでおちついていない。ぼくは横からそれを見て、ははあ、この少年はネズミのように気も小さい、そのくせに、わるいことをして、良心がとがめているのだな！　と、おもわずにいられなかった。

『さあ、おちつきたまえ。この低い方がいいだろう、かけたまえ』

　と、ホームズが、いすの低い方を、ライダアにすすめて、だんろに石炭を投げこむと火をつけ、

『ここのおばさんが、今にコーヒーをもってくるだろう、どうも寒いね』

　と、自分もいすにかけて、やさしい顔になった、が、気力満々だ、するどく光る探偵眼を、ライダアの小さな顔にそそぐと、質問をはじめた。

『きみは、ある特別の鵞鳥が一羽、どこへ行ったか、それを必死に探しているんだね、そうだろう？』

　まだ泣きだしそうなライダアが、うなずいて、

『ええ、そうなんです』

　ぼくは長いすにかけて、ジッと聞いていた。この問答から『青い紅玉（ルビー）』の謎を解く鍵が、生まれてきそうだ！

『フム、その鵞鳥は、オークション夫人の所から売り出された、たくさんの中に、これだけはシッポの羽に黒いすじがついていた、そうなんだろう？』

『あ、そうです、そうなんです』

『ハハア』

　ホームズは愉快そうだ。その鵞鳥を初め、ピータスンじいさんが道でひろって、ここへもってきた時、シッポの羽に、黒いすじがついていたことなど、ホームズは、すっかり見ていたらしい。ぼくは気がつかなかったのさ。

『あの鵞鳥は、だれが、どこへもって行ったか、ごぞんじなんですか？』

　ライダアが、オドオドしてきくと、ホームズは、たばこの煙を高くふきあげて、

『フフーッ、あれはここへ、やってきたぜ、飛んできたんだ』

『エエッ、ここへ、ここへですか？』

　と、ライダアの小さな顔が、部屋じゅうを急にグルグル見まわして、

『いないっ、いないじゃありませんか？』

　と、ぼくの顔へ、すがりつくような目をむけた。

　そこで僕も、じょうだんを言ってやった。

『窓からサーッと、飛んで行ったのさ』

『死、死んだものが、飛ぶものですか、ああ、……』

　と、ライダアは両手を顔にあてると、自分のひざの上に、ガックリと打っ伏した。

　スックと立ちあがったホームズが、煙の出ているパイプを片手に、

『オイ、ライダア君！　あの鵞鳥は実のところ、みんなで食っちまったぜ』

　と言うと、ガバッと顔をあげたライダアが、真けんな目いろになって、ブルブルふるえながら、

『肉を食っても、胃ぶくろや何か、のこっているでしょう！[▼18]そ、それを、ぼくにください、おねがいです！』

『ハハア、胃ぶくろや何かは、とっくに、ごみ箱へすてちまっ

たぜ』

『そのごみ箱、どこにあるんです？』

と、ライダアも立ちあがった。

『ここにあるさ、ハハッ！』

と、ホームズが、わらって指さしたのは、すぐ横にある金庫だ。

『………』

あっけにとられたライダアが、だまってしまった。こうふんして顔が青白くなり、両足ともガクガクふるえてるんだ」

二度の脳貧血

「ホームズはわらいながら、うつむいて金庫のドアをあけた。手を入れると、おくの方から、つまみ出した指さきに、キラキラと光りかがやいているのは、問題の『青い紅玉(ルビー)』なのだ、まぶしいくらい光る！

『さあ、ライダア君！　きみが探しているのは、鷲鳥よりも、これじゃないか』

『ああっ、……そ、それです！』

さけんだネズミ少年ライダアが、

『ムムーン！』

と、うなると目をふさいで、フラフラと前へよろめき、横にたおれそうになった。

『これはいけない！』

と、おどろいた僕は立ちあがるなり、ライダアを横からささえて、いすにかけさせた。

もう少しで、だんろの火の中へ、たおれるところだった。おどろきすぎたネズミ少年の脳貧血だ。長いすに寝かせて頭の方を低くさげ、ハドソン夫人のもってきたコーヒーに、ブランデイをそそいで飲ませた。

しばらくすると、気のついたライダアが、ムクリと起きあがった。あたりをキョロキョロ見まわして、ホームズを見つけると、あえぎだして、

『ハーッ、今さっきの宝石、どうしたんですか？』

『おちつかないと、また目がくらむぜ。宝石は光をかくしたさ』

金庫の中へまた入れてしまった、ホームズは快活に、

『ねえ、ライダア君！　きみは飛んだ人さわがせの罪を、やってしまったくせに、気がよわくって、だらしがないね。うっかりすると、すっかり不良になっちまうぜ。そんなことで、どうするんだ』

『ハーッ、ぼく、その、不良になっちまったんです』

と、ネズミ少年、また泣きだしそうだ。

『これはおどろいた、ハハッ、そんなことを言うだけ、まだ不良じゃないさ。〝青い紅玉(ルビー)〟のことを、きみにおしえたのは、モーカール夫人の小間使だろう、カトリーヌ・キュザックといって、これこそ不良少女らしいぜ、▼19どうだ？』

『そ、そうなんです、ほんとうに、あなたは何でも、ごぞんじなんですね、ハーッ』

『フフッ、相談役を、おだてるなよ。ホテルの部屋付ボーイが、客の小間使少女に誘わくされた。〝青い紅玉(ルビー)〟という宝石を手にいれると、たちまち金もちに成れる。ふたりで成金、そうして、どこかへ行こうじゃないの、すばらしいわよ、などと、こ

のくらいのことを、キュザックが君に、ソッと言ったのだろう』

『ほんとうに、そのとおりなんです。ぼく、その誘わくに負けたんです』

『ちょっと待てよ、ところが、きみの性質の中にも、元から不良な暗い部分が、巣をつくっている。こいつを根こそぎ取っちまわないと、きみはズルズルと悪い方へ落ちこんで行くばかりだぜ』

『ハーッ、ぼく、そんなに不良じゃないつもりです』

『そうかな、モーカール夫人の化粧室のガス管を、たくみにこわしたのは、だれだ？　夫人の外出の時をねらって、ガス管職工のホーナアを、至急に呼びよせたのは、だれだ？』

『ああっ、ぼ、ぼくです』

『それみろ、ホーナアがガス管を修理して出て行くなり、わざとタンスの引出しをこじあけて、そこいらをかきまわすと、モロッコ皮の小箱から〝青い紅玉〟をぬき出した。その箱を投げだしておいてから、にわかに大声をあげてさわぎたてた。こんな部屋付ボーイは、よほど不良の悪い奴だぜ。ヤッ、また脳貧血だ、ワトソン、寝かしてやってくれ、手数がかかるなあ』

と、ホームズはしゃべりながら、にがわらいした」

ワンダフル・ボーイ物語

泣いて願って笑う

「二度めの脳貧血から、また気がついたライダアは、ホームズを見るなり、ハッと顔いろをかえた。

ヤッ、三度めをやるか？　と、ぼくがそばから見ていると、ライダアは長いすから前へ、すべり落ちた。

『ハーッ』

と、あえぎながら、敷物の上を両手ではいだして、ホームズの足もとへ行き、ひざにすがりついた。

足もとからホームズの顔を見あげて、

『おねがいです、ぼ、ぼくを、ゆるしてください！　母が、おかあさんが、いるんです。ぼくの今度のことを聞いたら、ぼくのおかあさん、生きていないんです。[20] ゆるしてください、ぼくは今まで一度だって、わるいことはしないんです。今度が、はじめてです、ほんとうです！』

と、ホームズのひざを、両方の手でゆさぶって、

『もう決して、わるいことはしません。ちかいます。ぼくを、ゆるしてください、エエン、エエン、……』

と、しゃくりあげて泣きだした。

『オイ、ライダア君、どんなに泣いたって、罪は消えないぜ。それよりも、いすにかけて、ぼくのきくことに、ハッキリこたえろ、それによって罪がゆるされるように、考えてやろう、ぼくは相談役だからね』

と、ホームズが、もてあまして言うと、

『ハーッ』

息をはきだしたライダアが、立ちあがって後のいすにかけた、その顔を見ると、もう泣いていない、ケロリとしている、が、なみだのあとは、ほおにながれている、そして、

『なんでもきいてください。ぼく、なんでも、ほんとのことを

言いますから』

と、急にいばってるみたいだ。

『フム、きみは気がよわいようで強くて、おくびょうみたいで大胆だね』

『あっ、ぼくも、そう思ってるんです』

『化粧室で〝青い紅玉（ルビー）〟を小箱からぬきだして、どこへかくしたんだ？』

『チョッキの、うらポケットへ入れといたんです』

『大声をあげて知らせると、支配人をはじめホテルの者が、おどろいて飛んできた。共犯少女のキュザックも来た、が、ただビックリした顔をして、きみを誘わくしたことなど、まるで知らないふりを、うまくやっていたんだろう』

『そうなんです、とても不良ですよ、あのキュザックは、でも、娘ですよ』

『不良娘と不良ボーイだ。警視庁の警部や探偵連が来て調べた結果、疑がいはガス管職工ホーナアにかけられた。きみの計画どおりだ。しめた！　と、おもったのか？』

『ウウン、はじめは、しめたと思ったけれど、すぐあとで、こわくなったんです』

『こわくなって、どうした？』

『ホーナアは宝石をもっていない。警視庁の連中が、またやってきて、ぼくを調べるかも知れない、そうしたら、さいごだ。今のうちに早く〝青い紅玉（ルビー）〟を、どこかへかくしちまえ、でも、ホテルの中ではだめだ、探偵がきっと探し出す。外へもって出るのが、安全だ！　と、使いに行くふりをして、ぼくは、いっさんに飛びだしたんです』

『ハハア、飛びだして行ったさきが、オークション夫人のところだな』

『あっ、よく知っていますね、そうなんです。ブリクストン町で、鳥を飼っていて、ぼくの姉なんです』

『なんだ、オークション夫人は、きみの姉さんなのか、そこまでは気がつかなかった』

『ヘッ、ヘヘッ！』

と、ネズミみたいな顔が、きゅうにわらいだした。

泣いて真けんに願ってみたり、あざけるみたいにわらいだす、このネズミ少年の気もちの早い変化は、ぼくにわからなかった。なんだか驚異の少年、ワンダフル・ボーイだ」

口ばしから胃ぶくろへ

「どうもわからない、ワンダフル・ボーイの気もちの変化は、ところが、このボーイ自身、いよいよケロリとして、自分のおかした罪のあとを、おもしろそうに話して行った。

『ホテルから姉のところへ行くとちゅう、道をあるいてる男が、どれもこれも、警視庁の探偵みたいに見えるんです。とても、こわくなって、ぼくは、チョッキのうらポケットにはいってる宝石を、そとからシッカリおさえて、姉のやってる家畜場へ、けんめいに、いそいで行ったんです。

すると、姉が僕の顔を見て、すぐきいたんです。

〝あら、どうかしたの、顔いろがわるいわよ、とても気になるわ〟

〝ウウン、ホテルにね、宝石泥ぼうがあってさ、大さわぎをやったから、胸がムカムカしてるんだ〟

〝まあ！　宝石泥ぼうって、どんな宝石をとられたの？〟

〝知らないよ、よその部屋のことだから〟

ほんとうに僕は、胸がムカムカしてたんです。なんだか、はき出しそうな気がして、うらの庭へまわって行くと、ひとりでボンヤリ立っていたんです。

さあ、どこへ「青い紅玉（ルビー）」をかくしてやろう、地面にうずめちまうか？

こんなことを、かんがえてるうちに、ふと思いだしたのは、友だちの「モーズリ」なんです。友だちといったって、ぼくより年が六つか七つ上なんで、会うたびに泥ぼうカッパライのやり方や、盗んだ物を、どんなふうに売って金にするかなんて、自分のやってることを、くわしく話してくれるんです。

よし、モーズリの奴に相談してやろう！

ところが、こいつのいるところは、キルバーン小路のうらなんです。そこまで行くのは、たまらない。とちゅうで探偵につかまって、しらべられると、チョッキのうらポケットから「青い紅玉（ルビー）」が出てくる。どうしようか？

塀にもたれたきり、いろいろ考えてると、

〝ガッガッ、ガッガッ〟

と、ぼくの足もとを、ヨチヨチとあるいて行くやつがいる。見ると、鵞鳥なんです。

ワッ、これだ、しめたっ！　と、いきなり僕は考えついたんです。

よし、これで行こう！　これだと、どんな名探偵だって気がつくもんか！

と、考えついたのは、前に姉が、やくそくしてくれたからです。

〝クリスマスには、あんたに鵞鳥を一羽、どれでもあげるわよ〟

さあ、しめた！「青い紅玉（ルビー）」を鵞鳥のやつに呑みこませて、そいつをモーズリのところへ、持って行ってやろう！

姉がやってる家禽場に、ボロ小屋があるんです。その中へ、ぼくは足もとへやってきた鵞鳥の一羽を追いこんで、うしろからつかまえたんです。

大きな白いやつで、シッポの羽に黒いすじがついてる！

〝ガッギャッ、ガッギャッ！〟

やかましくさけぶ奴の口ばしを、むりにあけて、チョッキのうらポケットから出した「青い紅玉（ルビー）」のキラキラするのを、口ばしのおくへ、ぼくは指のさきで、なるべく深くおしこんだ。すると、鵞鳥のやつ、ググッと呑みこんじゃった！

さあ、よし！　と、のどを外からさわってみると、「青い紅玉（ルビー）」は鵞鳥の胸のところをさがって、ズーッと胃ぶくろへ落ちこんだのが、ぼくの指さきに、ハッキリわかったんです。

ところが、ガッギャッ、ガッギャッ、バタバタとあばれやがって、それを聞きつけた姉が、小屋の前へ出てくると、ぼくに声をかけたんです。

〝そこで何してるのさ？　鳥をいじめて、いけないわよ〟

同じ二羽がいた！

『ぼくはギョッとして、姉に何とか言いわけしようと、ふりむいたんです、とたんに、つかまえてた鵞鳥のやつが、バタバタと小屋の外へ逃げちゃった。「青い紅玉（ルビー）」を胃ぶくろに落としたままで。

　すると、姉が僕を見て言うんです。

〝今の鳥を、あんた、どうしたのよ?〟

〝姉さん、クリスマスに一羽くれるって、やくそくだろう、だから、今のやつを、もらいたいとおもってさ〟

〝あら、あんたのは、べつにしてあるのよ。そら、そこにいる大きい白いのさ。みんなで二十六羽いるの。あんたのが一羽、あたしのが一羽、あとの二十四羽は仲買店へ、おくるんだわ〟

〝今のやつを、ぼくはぜひ、ほしいんだ!〟

〝そう、では、仕方ないわ、どれなのさ?〟

〝あれだよ、みんなの中にはいっちゃった、シッポの羽に黒いすじのあるやつ!〟

〝まあ、あれなの、では、いいわ。すぐにしめて持って行って、かまわないわよ〟

〝姉さん、ありがとう!〟

　まったく、ありがたかった。ああこれで、おれは成金だ! と、おもったんだから。

　シッポの羽に、黒いすじのついてるやつを、つかまえて、しめて、モーズリのところへ、かついで行ったんです。とちゅう、まさか鵞鳥の胃ぶくろに宝石が、はいってるなんて、どんな名探偵だって気のつくはずはない、と、すっかり安心しちゃって、とても、たのしかったんです。

　モーズリの奴、ぼくが、かくさずに言うのを、聞いてしまうと、おどりあがって、

〝すてきだっ、すてきだ、すてきだっ!〟

　と、いくども僕と握手して、すぐに台所へ鵞鳥をさげて行くと、ふたりだけで、まっさきに腹のところを料理したんです、ジャック・ナイフで。

　ところが、ぼく、まっさおになった!

　胃ぶくろ、腸、どこにも石のカケラひとつ、ありはしない!

　どうしたんだろう?

〝ヤイッ、人をかつぐのも、いいかげんにしろ!〟

　モーズリが怒った、それよりも僕は、まっさおになったきり、姉のところへ飛んでかえったんです。

　うら庭へ出て見ると、鵞鳥がすっかり、一羽もいない!

〝鳥を、どうしたんだ? 姉さん!〟

〝仲買店へおくってしまったわよ〟

〝エッ、その仲買店は、どこだっ?〟

〝公園市場のさ、リッジおじさんの店だわ、どうかしたの?〟

〝ぼくがもらったシッポの羽に黒すじのあるやつ、あんなのが、ほかにいたのかっ?〟

〝そうねえ、そんなのが初めから二羽いたわ。あんたが一羽もって行って、でも、よく似てたから、どっちがどっちだか、あたしにだって、わからなかったわよ〟

　これだけ聞きゃあ、たくさんだ! と、ぼくは、いちもくさんに、公園市場の、あの仲買店へ飛んで行ったんです。

　ところが、おそかった! ここでも鵞鳥二ダースを、ひとまとめにして、どこかへ売ったというんです。どこへ売ったんか? あの馬みたいなおやじが、どうしても意じばって、おしえてくれなくて、ぼく、けとばされて、……』

　と、話しつづけて、また泣きだした。

『フウム』

だまって聞いていたホームズは、しばらく考えていた。ライダアは、エンエンと泣き声をつづけている。しかし、気もちの変化が早いから、ほんとうに泣いているのか、どうなのか？　なみだは両方の目からボロボロと、いくらでもこぼれていた。

『オイ、ゼームス・ライダア！』

と、きびしく呼んだホームズが、

『きみの性質の中には、やはり、不良の暗い部分が、意外に深く巣をつくっている。こいつをとってしまわないと、まじめな人間になれないぞ。今からすぐ少年保護裁判所へ、自分で言って行け。〝ぼくは、こういうことをしました。わるかったと思っています。裁判所のおっしゃるとおりにして、心をあらためます〟と、どうだ、言って行けるか？[21]』

泣いていたライダアが、にわかに、まじめな真けんな顔になった。なみだがとまって、胸から上をシャンと起こした」

次は探偵悲劇

「これまた、ネズミ少年ライダアの不思議な変化だ。きゅうに真けんな、まじめな顔になって、ホームズをジッと見つめている。なみだの残っている目いろも、ハッキリと強くなって、なんだか人間がかわったようだ、と、ぼくがそばから見ていると、ホームズがなお、きびしく言った。

『どうだ、少年保護裁判所へ、いさぎよく言って行けるか？　その方が、お母さんも、きっと喜ぶんだぞ！』

『ぼく、うそを言ったんです』

『なんのうそだ？』

『お母さんがいるなんて、うそです。おやじも、おふくろも、とっくに死んじゃったんです[22]』

『フウム、……』

さすがのホームズも、ネズミ少年のうそに乗せられて、さんざんだ。

すると、ライダアがスックと立ちあがった。ホームズと僕をキッと見つめて、

『少年保護裁判所へ、今から行きます。まじめな人間になるんだ、さよならっ！』

と、さけぶと、ドアを引きあけて、サッと飛びだして行った。

あっけにとられた僕は、ホームズに言った。

『気もちの変化の早いやつだね。少年保護裁判所へ、ほんとうに行くだろうか？　とちゅうでまた、変るんじゃないかな』

『いや、行くよ。今さっきの目いろは、ほんとうに改心していたからね。しかし、やられたね、こっちが、もてあそばれたようだ、ハハッ！』

ホームズはパイプをとりあげて、わらった。謎を解いてしまった、晴れやかな笑いだった。

〝青い紅玉（ルビー）〟は、ホームズが手紙をつけて、モーカール夫人へ、ピータスンじいさんに持たせてやった。

ガス管職工のホーナアは、むろん、留置場を出てきた。小間使のキュザック、ネズミ少年のライダアは、ふたりとも少年保護裁判所で調べられた、が、一時の思いつきから起きた犯罪にすぎない、と、十分に戒しめられて、ゆるされたそうだがね、その後、どうしたろうか？」

ワトソンが、わたくし（妻メアリー）に、これだけを話して

くれまして、

「ハハハハ、おもしろかったか、つまらなかったか？　ぼくは手を洗ってくるよ」

　と、わらいながら手洗所へ立って行きました、すぐあとに、電話がかかってきまして、わたくしが受けて聞きますと、

「ホームズです、おくさんですね」

「まあ、ホームズ先生、お元気でいらっしゃいまして」

「あいかわらずです。ワトソン君は？」

「今ちょっと、席をはずしていまして」

「では、つたえてください、〝あすの午前十一時十五分、ぼくはパジントン駅をたつ、行くさきは西部イングランド、空気も景色もすばらしい。予定二日、いっしょに行ってみないか？近ごろにない奇怪な事件が待っている〟と、おくさん、止めてはいけないですよ、ハハッ[23]」

「あら、止めはしませんわ」

「では、よろしく」

　電話が切れたところへ、ワトソンがはいってきましたの。ホームズ先生の西部イングランド行きを話しますと、

「そうか、どうしようか？」

「行ってらっしゃいよ、きっと気分がかわっていいでしょう」

「ウム、患者はアンスタ君がいるからな[24]」

　アンスタさんは、ワトソンに代って診察する学士の先生なんですの。

「そうなさいよ、ホームズ先生が〝近ごろにない奇怪な事件〟とおっしゃったくらいですもの、よっぽどおもしろそうだわ」

「よし、行ってみよう！」

「帰っていらしたら、すぐ、すっかり話してね」

「きみも探偵談がすきなんだなあ、ハッハッハッ」

「だって、おもしろいんですもの」

　ところが、ワトソンが西部イングランドから帰ってきまして、話してくれました「近ごろにない奇怪な事件」というのは、おもしろいよりも、とても深刻な悲劇なのでした。

　この探偵悲劇実話を、つぎに書かしていただきます、メアリー。

第二話　黒ジャック団▼25

父と子の悲劇

生きて帰らなかった

「ぼく〔ワトソン〕が、駅へ、いそいで行ってみると、

『ヤア、ここだよ、よく来たね』

と、手をふりあげたのは、ホームズだ。さきに来ていた。

ネズミ色の旅行用オーバーを、スラリと着て、おなじ色の鳥打帽を▼26、かるそうにかぶり、ニッコリわらってるから、いかにも気のきいた、やさしい紳士に見える、これが、ものすごい〝名探偵ホームズ〟だとは、だれだって気がつかないだろう。

『切符は買っといたよ、さあ乗ろう』

列車がホームに着いている。乗客は少い。あいている、すみの方へ、ホームズと僕はならんで、こしをおろした。一等車だ。

十一時十五分、発車。

たちまち、旅行気分になった。窓のそとを景色が走る。しかし、ホームズの電話をメアリーが聞いたのは、『近ごろにない奇怪な事件が、待っている』と、だから、ぼくは、

『待ってる奇怪な事件て、いったい、どういうんだ？』

と、きいてみると、パイプに火をつけたホームズが、

『ウム、かんたんだがね、おそろしくむつかしいんだ』

と、話すまえから目いろをしずめた。探偵神経をこらす目つきだ。

『かんたんだと、やさしいんじゃないか？』

『ところが、この事件にかぎって、そうは行かない、そこに、近ごろにない奇怪さが、ひそんでいる、だから、むつかしいんだ』

『グングン話してみてくれ』

『フーッ、いそぐなよ。話しながら、もういちど、かんがえてみる。きみも考えてくれ。これから行く現場は、西部イングランドの〝ロス〟という町の向うだ』

『知らないね、はじめてだ』

『その町から、すこしはなれている、いなかの方に、大地主がいる。名まえは〝ジョン・ターナー〟その付近では一等の財産家なんだ』

『大地主ターナーか。いなかの地所もちだと、先祖代々からの古い家がらだろう』

『いや、ところが、このターナー氏は、南のオーストラリアで金をこしらえて帰ってきた。そして今のいなかの地所を、ひろく買いしめて、大地主になったのだ』

『ハハア、にわか地主だね』

『ウム、この俄（にわ）か地主ターナー氏を、おなじオーストラリア帰りの友だちが、たずねてきた。この方の名まえは、〝チャールス・マカチー〟ふたりは同じオーストラリアで、はたらいて来たんだから、仲がいい。が、しかし、マカチーの方は、ターナーほど金もちじゃない、だから、地所も買えない。ターナーの地面を、少しばかり借りて、とにかく新しく家を建てた』

『フウム、ターナーとマカチーか、それから？』

『ふたりとも夫人はない、早くなくなった、が、大地主ターナーには今年十八になる美しい娘がある。マカチーの方には十八になる息子がいるのさ』

『おなじ年だね、それから？』

『ところで、いよいよ事件だ。マカチーが、朝、使っている下男をつれて、ロス町へ用たしに出かけた、その時、

〝きょうは午後三時に、人と会う大事な約束があるから、いそいで帰るんだ〟

と、下男に話している、これが一つの手がかりだ。

その日の午後三時まえ、いそいで家へ帰ってきたマカチーは、ボスコム池の方へ、まもなく出て行った』

『待ってくれ、〝ボスコム池〟って、どこにあるんだ？』

『そこへ今から行くのさ、殺人の現場だから』

『ヤッ、殺人犯か！　殺されたのは、だれだ？』

『いそぐな急ぐな。〝ボスコム〟という谷を流れてる川が、ひろがって池になっている、だから、〝ボスコム池〟と、村の連中が言ってるんだろう』

『そこへ、マカチーが、ひとりで出かけて行ったのか？』

『そうさ、下男に話した〝人と会う大事な約束〟のためにちがいない。〝午後三時に〟と言った時間があっているからね。ところが、マカチーはそれきり、生きて帰らなかった！』

『フウム、〝ボスコム池〟のそばで殺されたんか？』

ぼくも、むろん、探偵神経をするどくしていた。ホームズといっしょに、この事件を探るんだからね」

少女モーランの重大な証言

「探偵神経をするどくして、ぼくはきかずにいられなかった。

『マカチーがボスコム池へ、出かけて行ったって、どうしてわかったんだ？』

『フム、村の道でマカチーを、その時に見かけた者が、ふたりいるのさ。ひとりは、おばあさん、ひとりは牧場の番人[27]〝クロウダ〟という青年だ。ふたりは口をそろえて、

〝マカチーさんはボスコムの池の方へ、その時、あるいて行きました〟

と、証言している。ところで、さらに重要な手がかりは、このクロウダ青年が、

〝マカチーさんが歩いて行って、二三分ほどすると、息子のゼームス・マカチー君が、鉄砲をさげて、お父さんの行った方へ、スタスタと歩いて行きました。なにか急ぎの用があって、お父さんを追っかけて行くんだな、と思いました〟

と、ハッキリ証言しているのだ』

『なるほど、これは重要だ、それから？』

『まだ重要な証言をした者がいる。十四才になる〝モーラン〟という少女だ。ボスコム池は深い森の中にあって、そこの森小屋にいる娘が、このモーランだ。

〝あたしね、森の中で草花をとっていたの、すると、池の方に、けんかみたいな声がして、見ると、マカチーのお父さんと息子のゼームスさんなの、両方ともおこって、お父さんが何かひどく乱ぼうにどなったわ、すると、ゼームスさんが手をふりあげて、お父さんに打ってかかろうとしたの。あたしこわくなって、

草花をすてたきり、家へにげてきました。お母さんに、たいへんよ、今、マカチーのお父さんと息子のゼームスさんが、池のそばでけんかして、つかみあってるわ、と言ったんです。そう言ってると、ゼームスさんが、飛びこんできたんです〟

と、少女モーランの証言だ。

あとは母親と少女モーランと、ふたりの証言をあわせてみると、マカチーの息子ゼームスが飛びこんでくるなり、

〝今、おやじが池のそばで死んでるから、手をかしてくれ！〟

と、顔いろが青ざめている。右の手と袖口にベットリと血がついている。

母親とモーランはおどろいて、池へ走って行って見た。すると、マカチーのお父さんが、草の上にあおむいて、長くのびている。頭も顔も血だらけだ。二三メートルはなれて、草の中にころがっているのは、息子ゼームスの鉄砲だ。母親もローランも、マカチーお父さんの頭がくだかれてるのを見て、さてはこの鉄砲の台じりで、メチャクチャになぐったんだな、と、おどろきながら思ったというんだ。

こんなことは、村はじまってからの異変だ。大さわぎになって、ロス町の警察から署長以下が飛んできた。すぐに捕縛されたのは、むろん、息子のゼームス・マカチーだ。というのが、この事件に関する報告なのさ、どうだ、なにか考えついたかね？　フッフー』

と、ホームズがパイプたばこの煙を、高くふきあげた。

探偵神経をするどくしていた僕は、きゅうに気がゆるんで言った。

『考えつくことなんか、なんにもないぜ。犯人は息子のゼームス・マカチー、何かの原因で父親を殺した。とても暗い、いやな気がするが、〝近ごろにない奇怪な事件〟なんて、ちっとも、奇怪じゃないぜ。そんなことを言って、ぼくをうまく引っぱり出したんだな』

『ハハッ、この事件は前にも言ったように、かんたんさ、だが、おそろしくむつかしいから、奇怪なんだ』

『どこがむつかしい？　犯人がすでにあがってるじゃないか』

『ところが、この犯人が犯人でなかったら、どうする？』

『どうするって、ほかに犯人らしい者がいるのか？』

『まだ、いないがね、フーッ』

『なにを言ってるんだ、ばかばかしい』

『ハハッ、まあ聞けよ、ワトソン！　話がまだあるんだから』

と、ホームズがパイプたばこをつめかえたから、ぼくは横の窓をあけはなした。

列車は高速度で、西部イングランドの平原を走って行く。空気も景色も、たしかによくって、これはホームズの言ったとおりだった」

謎の青年ゼームス

「窓から風がはいりすぎる。ホームズが長い手をのばして、しめると、

『すきま風は、のどを、わるくするぜ』

『フム、たばこの方が、よっぽどわるいさ』

『ハハッ、おこったのか？　きみは『深夜の謎』[28]に、たくましく活躍したレストレード警部を、おぼえているだろう』

『わすれるものか、まじめで熱心でさ、『深夜の謎』を、もう

すこしで解くところだった。彼が今度の事件を、手がけているのか？』

『ウム、手がけるよりも、彼は今、[29]警視庁の捜査課長になっているがね、ロス町の青年会の連中が、[30]警視庁におしかけて行って、

〝ゼームス・マカチーは、いつも僕たちと親しくして、立派な人格をもっている青年です。父と意見がちがって、けんかしたかも知れませんが、父を殺すようなことを、あえてしたとは、だんじて思えません。ぼくたち青年会全員のおねがいですから、ゼームス・マカチーの捜査を新たに、ぜひ、あなたが、やりなおしてください！〟

と、レストレード警部に面会して、真けんに言って出たのだ。青年たちの純真な友情が、レストレード警部を動かした。

〝すべての現場証拠が、ゼームス・マカチーの犯行を、ことごとく明白に示している、が、君たちの友情の深さと熱心さに打たれたから、ぼくが行って新たに捜査してみよう〟

と、レストレード警部は、きみが言うとおり、まじめで熱心だからね、さっそく、ボスコム池の現場へ出張して、くわしく、しらべなおしてみたのさ』

『わかった。その報告書を、きみに送ってきたんだね』

『そのとおり、ところが、〝どうもわからないところがある、至急、応援にきてくれませんか〟というのが、レストレード警部から僕への、これまた真けん熱心なねがいなのさ』

『フウム、前後の関係は、それでわかった』

『そこでワトソン博士とホームズと、ふたりの紳士が一時間五十マイルの高速列車によって、西部イングランドの風景美しい平原を、今このとおり、西へ西へと急行しているわけさ』

『ちっとも奇怪じゃないね』

『ハハッ、だんだん奇怪になってくるぜ』

『そう言ったって、ゼームス・マカチーは、犯行を自白したのだろう』

『ロス町の警察署長が、

〝父のチャールス・マカチー氏を殺した疑がいによって、きみを捕縛する！〟

と、言いわたして、ゼームスに手錠をかけると、

〝意外とは思いません。つかまるのは、当然の報いです〟

と、十八才のゼームス・マカチーが、おちつきはらって言ったそうだ』

『自白したのと同じだね』

『いや、自白とは思えない。彼はそう言うと、すぐあとに、

〝しかし、ぼくは父に傷もつけていません、口あらそいはしましたが〟

と、殺害をだんじてみとめないのだ』

『自分が父殺しの大罪をおかしましたとは、まさか言えないだろうからね』

『いや、ぼくはそう思わない。実さいに罪をおかしている奴は、捕縛されると、非常におどろいて見せるか、ひどく憤がいして見せたりする、こいつこそ怪しい証こだ。ところが、十八になったばかりの青年ゼームスが、おちつきはらって手錠をかけられたのは、良心にとがめることがない、その上に、よほどしっかりしている、立派な青年なのだと、ぼくは思うがね』

と、ホームズは青年ゼームスを、熱心に弁護して、

『この僕の考えが、あたっているとすると、捕えられたゼームス青年のほかに、真犯人がいなければならない。それは何者なのか？　となると、どうだ、そろそろ奇怪になってきたろう、ハハッ！』

　と、ぼくの顔を見つめて、快活にわらった」

さけび声「クーイ！」

「ホームズは、ゼームス青年に罪はないらしい、と、熱心に弁護する。しかし、ぼくは疑がわずにいられない。

『捕えられた時、〝当然の報いです〟と言ったのは、父を殺した大罪を、あえてしたからじゃないか？　どんなに、おちついていたとしても』

　と、疑がって言うと、

『いや、ちがうね。子の本分をわすれて、父と口あらそいをやった、反抗して手をふりあげた、しかも、そのすぐあと、父が殺されたのに、自分はそこにいなかった、これらを考えあわせてみると、まったく自分がわるい。だから、こうして捕えられるのは、〝当然の報いです〟と、かくごして言ったのだろう。自分の責任を知って、深く後悔している、とすると、青年ゼームスの精神は健全だ。立派な若者なのにちがいない。だから、青年会の全員が捜査のやりなおしを、わざわざ警視庁へねがい出たのだ、と、ぼくは判断するのだがね。しかし、ほんとうは現場をしらべてみないと、さいごの決定はくだせない』

　ホームズは考え深い目いろをしずめて、

『レストレード警部は、検事局におけるゼームス・マカチーの調書も、送ってきている。これだがね』

そばにおいてある折カバンをひらいて、中からぬきだした書類を、ぼくにわたすと、

『現場捜査について、もっとも重要なのは、これだ。ぼくも、もういちど、十分に考えてみるから、読みあげてくれないか』

『よろしい』

　ぼくも、この調書によって、なにかのヒントを得ようと思った。探偵神経をまたするどくして、ゆっくり読んで行ったのさ、声をあげてね。

『ゼームス・マカチーは、つぎのごとく検事に証言した。

〝ぼくは、三日[31]まえから、ブリストル市へ行っていました。そして六月五日、月曜の昼三時すぎ、家へ帰ってきたのです。帰ってみると、父はるすでした。

〔お父さん、どこへ行ったんだ？〕

　と、女中にきいてみますと、

〔カブさんをおつれになって、ロス町へお出かけになりました〕

　と、〔カブ〕というのは、下男の名まえです。

　そのうちに三時まえごろ、庭の方に車のひびきが聞こえました。窓からのぞいて見ると、父が帰ってきたのです。そのまま自分の部屋にはいって、また庭から外へ、父はあるいて出て行きました。なんだか、いそがしそうでした。

　このあいだ、父と僕は顔をあわせていません。ですから、父は僕がブリストル市へ行っていると、思っていたでしょう。ぼくは父が庭を出て、どこへ、ひとりで行ったのか、べつに知ろうとも思いませんし、全然、知らなかったのです。

　ぼくのスポーツは猟りです。森のむこうにあるウサギの猟場

へ行くつもりで、鉄砲をもち、ボスコム池の方へ出て行きました。
とちゅうに、牧場の番人のクラウダに会ったのは、事実です。しかし、彼が、ぼくの歩いて行ったのを見て、
〔なにか急ぎの用があって、お父さんを追っかけて行くんだな、と思いました〕
と、証言しているのは、まったく思いちがいです。
なぜかなら、ぼくのさきに父が、ボスコム池の方へあるいて行ったことなど、僕は、ゆめにも知らなかったからです。ウサギのことだけ考えながら、ぼくは、ボスコム池の方へ、おりて行きました。すると、突然、
〔クーイ!〕
と、さけぶ声が聞こえました。
ぼくはギョッとしたのです。この〔クーイ!〕というのは、いつも父と僕が呼びあう時に使う合図なのです。
なんだ、お父さんが来てるのか、こんなところへ、どうしたんだ? と、おどろいて行ってみると、父は池のふちに、ひとりで立っていました。ぼくを見ると、父の方でもおどろいて、
〔オッ、おめえか、なにしに来たい?〕
と、すごく乱暴な調子で、食ってかかるように言いました。父はもとから、たいへんに性質のはげしい人です。ぼくがそばへ行って、
〔ウサギとりに来たんです〕
と、言ったのですが、ふたりのあいだに、口あらそいがはじまったのです〟
事件の中心は、これからだな! と、ぼくは読んで行きながら、きんちょうしたのだ。ゼームス青年が、うそを言ってるとは思えないしね」

〝1、2、3〟の謎また謎

名検事の深い質問

「ゼームス・マカチー青年の検事に対する証言が、つづいて、

〝ぼくも父の性質を受けて、気がみじかく、はげしいところが、あるのです。いつも自分でおさえているのですが、この時は、父から、ひどくおこられて、つかみあいになったのです。

これはいけない、親子けんかなんて実に、はずかしい! だれが見ていなくても、と、思ったものですから、そのまま父とはなれて、ウサギ猟りも思いきって、もと来た方へ引きかえしたのです。

すると、五十メートルほど行った時に、おそろしいさけび声が、うしろの方から聞こえた。父の声です。

どうしたんだ? と、いそいで走って行って見ると、池のそばに父が、頭を血まみれにして、たおれていたのです。ぼくは鉄砲を投げだして、だきおこしました。その時、手と袖口に、父の血がついたのです。

父は頭をくだかれて、ぼくにだかれたまま、息をひきとったのです。ほかに、だれもいませんでした。ぼくはその時、父が殺されたとは、気がつかずに、どうしてこんな大けがをしたんだろう? と、ふしぎな気がしたのです。

ひとりでは父をだいて行けない、と、ぼくはまた気がついて、

近くの森小屋へ、たすけてもらいに、走って行ったのです。少女のモーランとお母さんが、ぼくを見るなり、顔いろをかえました。
父の死体を、ようやく家へはこびましたが、村の人たちがさわぎだして、ぼくは署長さんに捕えられたのです〃
ゼームス青年の証言は、これでおわっている、が、あとに検事との問答が記録されている。
検〝お父さんが君にだかれて、息をひきとる時、なにか君に言わなかったのか？〃
ゼ〝口の中で何か、つぶやくように言いました。しかし、〔ネズミが〕どうとかした、と言うのしか、聞きとれませんでした。
検〝それは、きわめて重要なことだ。〔ネズミが〕と、お父さんが言ったのを、きみは何と思ったのか〃
ゼ〝なんとも、今でもわからずにいます。息をひきとる前の、うわごとだったろう、と思っています〃
検〝池のそばで、お父さんと君は口あらそいをした。つかみあいになった。それは、どういうことが原因なのか？〃
ゼ〝言いたくありません〃
検〝なぜ言いたくないのか？〃
ゼ〝一家の中の、父とぼくだけの秘密ですし、だれにも言えないことだからです。しかし、父が殺されたのとは、ぜったいに関係がないことです、これはハッキリ申しあげておきます〃
検〝こちらのたずねることに、こたえないのは、きみにとって不利になるのだ。それでも言えないのか？〃
ゼ〝それでも言えません！〃
検〝では、質問をかえて、〔クーイ！〕と呼ぶのは、お父さんと君のあいだに、いつも言っている合図なのだね？〃
ゼ〝そうです、〔お父さん〕とか〔ゼームス〕とかいうかわりに、〔クーイ！〕と言いあっていたのです〃
検〝それではたずねるが、特にハッキリ答えてもらいたい。お父さんはその時、きみのすがたを見たわけではない。まして君はブリストル市へ行っていると、お父さんは思っている。それだのに、どうして君を呼んだのか？〃
ゼ（ひどく困った顔になって）〝それは、どういうわけだか、まったくわかりません〃
検〝お父さんとあらそって、きみは引きかえして行った、が、おそろしいさけび声におどろいて、また池のそばへ走ってきた。そこにお父さんがたおれているのを見た、というのだが、その前後、なにか前とはちがった気はい、あるいは、あたりの物に、気のついたことはなかったのか？〃
この検事の質問は、深みをもっている。ゼームス青年を疑ってはいるが、しかし、ほかに真犯人がいるのではないか？と、これまた疑がいをもって、何か別の証拠を発見しようとする。なかなか達人の名検事だな！　と、ぼくは感心したのだがね」

いよいよ謎が三点

「名検事の深い質問に、ゼームス青年の答えは、
ゼ〝今から思いだしてみても、ハッキリしたことは言えないのです〃

検〝それは、どういう意味なのか、ボンヤリしていたことだと、なにか気がついていたというのか？〟

ゼ〝そうです。父のさけび声を聞いて、飛んで行った時は、どうしたんだ？　とぼくの頭の中は、父のことでいっぱいでした。ですから、たおれている父を見て、そばへ走って行った時、すぐ左の方の地面に、なにか落ちていたのが、チラッと目にはいっただけでした〟

検〝なにか地面におちていた、それは、まえになかったものか？〟

ゼ〝なかったと思います〟

検〝目にはいった時の色は？〟

ゼ〝灰色でした〟

検〝形は？〟

ゼ〝思いだしてみると、服の上着のようでもあったし、肩かけみたいだった気もするんです〟

検〝なるほど、ボンヤリしているね。しかし、それを後で、たしかめてみようとは、しなかったのか？〟

ゼ〝見えなくなったのです〟

検〝なに？　そこをもう一度！〟

ゼ〝森小屋へ、たすけを呼びに行こうと、立ちあがって、ふりかえって見た時、その灰色のものが、なくなっていたのです〟

検〝そのところが、ハッキリしないね〟

ゼ〝ぼくにも、わからないんです〟

検〝その灰色のものが、きみの目のあやまりでなく、事実、ほんとうにあったとすると、お父さんの死体から、どのくらい、はなれていたのか？〟

ゼ〝三四メートルです〟

検〝森のはしからは？〟

ゼ〝やはり三四メートルです〟

検〝きみがお父さんを、だきかかえていた時、その灰色のものは、どっちの方にあったのか、左の方か、右の方か？〟

ゼ〝ぼくの真後に落ちていた、と思うんです〟

検〝きみが立ちあがって、森小屋へ走って行こうと、ふりかえって見た時は、その灰色のものが、すでに消えて無くなっていた、と、そうなのか？〟

ゼ〝はい、そうです、そのとおりです〟

検事局において、ゼームス・マカチーに対する調べは、これでおわっている。その書類を僕は、ホームズにかえして言った。

『なるほど、近ごろにない奇怪な事件らしいね』

『フッフッフー、それみろ。かんたんで、むつかしいだろう』

『いや、ぼくには、そうかんたんでもないぜ、待てよ、謎の点が、すくなくとも三つあるね』

『なんと何だ、言ってみろよ』

『言うよりも、書いてみて、はしから考えてみよう』

ぼくは手帳に鉛筆で、この事件の謎の点を書いてみた。▼[32] とても、おもしろくなったのさ。

1、父のマカチー氏が、いないはずのゼームス青年を、『クーイ！』と呼んだのは、なぜなのか？
2、マカチー氏が息をひきとる時、『ネズミが』と、つぶやいたのは、なにかの意味をもっているのか？

3、ゼームス青年が、地面に見たらしい、しかも、消えてなくなった灰色のものは、何だったのか?

さて、この三つを、なんと解くべきかさ」

解けないのを解く

「まず1の謎について、ぼくは、さまざまに考えてみた、が、実のところ頭がみだれるばかりで、さっぱり、あたりがつかない。

『まさか父のマカチーが、ひとりごとを大声で言うわけもないだろうしね、どうだろう?』

と、ホームズに、きいてみると、

『それは想像したって、わからないよ。マカチー氏は死んだのだから、きくこともできないしさ』

『きみは何と判断してるんだ、この〝クーイ!〟を』

『わからないと言ってるじゃないか?』

『では、この2の謎は?』

『2も3も、すべてわからないね。おそろしくむつかしい。まことに難題さ』

『そんなこと言って、名探偵ホームズが、くやしい気はしないか?』

『フーッ、くやしい気なんか、ちっともしないね。いそぐな急ぐな。探偵はすべて、ゆっくりと大胆不敵にやるべし! まあ見ろよ、この景色の美しさを、西部でないと、この新鮮な葉のみどりは、見られないぜ、いいねえ!』

いかにも窓のそとの風景は、谷の緑も、ゆるやかに流れている川の青さも、すばらしく新鮮だ。そのうちに列車が速度をゆるめた。ホームズが目をかがやかして、

『このつぎの駅が、ロス町だぜ』

『そうか、いよいよ現場だな、さあこいっ!』

『ハハッ、こっちから行くんだぜ』

『どっちでもいい。謎三つが解けるかな?』

『解けないのを解くのさ、このために、ふたりで来たんだ』

『ウウン、よろしい、チェッ!』

なにを僕が言っても、ホームズがやりこめるから、いまいましくって舌うちしてやった。この時、列車がロス駅に着いた。

ホームに立っているのが、『深夜の謎』で活躍したレストレード警部、略して言うと『レスト警部』[33]今も人目につかないように、うす茶色のオーバーを、村の紳士らしい恰好に着て、皮の脚はんを両足に付けている。握手しながら声をひそめて、

『ようこそ、ホームズ先生! ワトソン博士もごいっしょだろうと、期待していたですよ』

『時には美しい景色を見るのも、いいだろうと思ってね、おくさんのそばから博士を、うまく引っぱりだしたのさ』

と、ホームズが元気にわらって、

『その後、なにか新しい手がかりは?』

『いや、さらになしです。先生のお見こみは?』

『ハハッ、こちらもまた、さらになし。おそろしいほど、むつかしい』

『先生がそう言われては、まったく、こまるですよ。ワトソン博士のご意見は?』

『さあ、なんとも言えないほど、わからない』

『ヤッ、とにかくホテルへ行きましょう、そこで休んでいただいて、それからです』

駅前にある〝ヘリホード・ホテル〟へ案内された。ふたりの部屋が予約されていて、三人が紅茶にビスケットをつまみながら、さっそく話しだした。

『現場を、くまなく捜査しなおしたですが、これという新たな手がかりが、事実、なにひとつないです。このままだと、やはりゼームス・マカチーは、自白しなくても証この上から、有罪ですな』

と、レスト警部は、青年ゼームス有罪論だ。

警視庁の捜査課長が、こういう意見なのは、ゼームス・マカチーにとって、とても不利である。しかも、

『父親を殺害したのですから、原因と動機を裁判官が、どう考えるとしても、第一審の判決は、おそらく死刑でしょう』

と、暗い目いろになったレスト警部に、ホームズが、

『ちょっと待った、〝証この上から〟といって、どんな事実が、あがっているのかな？』

『ヤッ、ぼくの送った調書など、ごらんにならなかったですか？』

『いや、くわしく拝見した上に、なお、ワトソン博士に読んでもらって、十二分に考えてみたがね、ゼームス青年を犯人と推定するだけの証こは、なんにもない』

『エッ、なんにもない？』

レスト警部のキビキビしている顔が、まっかになった。意外さに、こうふんし、憤がいしたのだ」

博士の名答

「憤がいした、まじめで熱心なレスト警部は、顔をまっかにして、

『牧場の番人クロウダと、森小屋の娘モーラン、このふたりの証言、さらに父マカチーの死体のそばに、ゼームスの鉄砲が横になっていた。これだけの証こが、そろっている。これらによると、ゼームスは何かの原因によって、父親とあらそい、反抗し、格闘し、ついに殺害したものと、明白に判断される、格闘しながら、それを止めて引きかえしたというのは、殺人罪をのがれるためだ。手錠をかけられた時、〝当然の報いです〟と口ばしったのも、自白したのと同じでなくて何ですか？』

と、テーブルのはしをガンガンたたいて、ホームズにくってかかった。

ホームズはパイプを横にくわえながら、

『よろしい、では、きみの意見にたいして、ぼくはゼームスの弁護に立とう。▼34〝父と格闘した〟と言われるが、ただ手をふりあげたのを、少女モーランが見たのにすぎない。少女はたいがい、なんでも大げさに話す。おどろいて森小屋に走ってくると、母親に、〝おかあさん、たいへんよ、今、マカチーさんとゼームスさんが、取っくみあいをはじめて、なぐりあってるわ！〟くらい、ビックリして言ったろうと、ぼくは思うのさ、ハハッ、どうもそうらしい』

と、わらいだして快活に、

『牧場の番人クロウダ青年は、〝ゼームスさんが鉄砲をもって、お父さんを追っかけて行った〟と言う、これまたクロウダ自身

の感じにすぎない。青年は自分の想像を、そのまま実さいのように思いこむ。ゼームスは〝父が池の方へ行っているとは、ゆめにも知らなかった〟と検事に言っている、この方が、おそらく、ほんとうだろう、とすると、少女モーランの証言も、クロウダ青年の証言も、決して明白な証こにはならない！』

　と、だんぜん、言いきって、

『なおさら注意すべきは、ゼームスが投げすてたのにちがいない鉄砲の台じりに、血がついていたのか？　この点は、レストレード君、どうなのだ？』

『いや、むろん、検視したですが、血はついていない、だが、池の水で洗ったとすると、しかも、その水が、かわいてしまうと、血のあとは少しも、のこらないでしょう』

『フム、そう考えられないこともない。ワトソン、きみはどう思う？』

　ホームズのテストが、また初まった。

『鉄砲の台じりで、頭をなぐりつづけた。そんな、むざんなことをした、とすると、台じりについた血などを、池の水で、すっかり洗いおとすまでには、相当の時間が、かかるはずだ。少女モーランが、親子げんかにおどろいて、森小屋へ走って行ってから、ゼームスがさらに、〝父が死んでいる、手をかしてくれ〟と、小屋へ飛びこんできた、その間は何分ぐらいすぎていたのか？　この点を考えてみる必要が、ありはしないかね』

　と、ぼくが考えついたとおりを言うと、

『フウム、名答だ！　ぼくもその点は、考えつかなかった。レストレード君、報告書にも、そこまでは書いてなかったね』

『そうです、ワトソン博士のご意見には、たしかに急所を突かれました』

『ヤッ、それはどうも』

　と、ぼくは、きまりわるかった、が、大いに、とくいだった。

　ゼームス・マカチー青年は、真犯人なのか？　いや、まったく無罪なのか？

　死刑の判決を受けるか？　自由に解放されるか？

　これを決定する鍵は、ぼくが手帖に書いた〝1、2、3〟の三つの謎にあるようだ！

　この〝三つの謎〟を、ぼくがレスト警部に言いだそうとすると、

『森小屋の娘モーランは、なるほど、ビックリして大げさに言ったかも知れないです、が、ここにまた、ほかの娘で、〝ゼームスさんは無罪です！〟と、真けんになっている令嬢が、いるですよ』

　と、レスト警部が、新しいことを話しだした」

利巧で快活、気が強い

「ホームズがパイプたばこを、この時は、モヤモヤとくゆらしながら、まばたきして、レスト警部にきいた。

『令嬢って、だれだろう？』

『地主ターナー氏の令嬢です、〝アリス〟といって、今年十八ですが、なかなか利巧で、快活です』

『ゼームスは無罪だと、その令嬢が言うわけは？』

『〝お父さんを殺すようなゼームスさんでは、けっしてありません！〟と、ぼくを責めるばかりでなく、〝このような疑がわしい事件を解く人は、シャーロック・ホームズ先生のほかには、

ないと思います！〟と、真けんに言うです』

『ホホー、これはおどろいた。ワトソン、どうだい、ぼくのファンに、お嬢さんがいるんだぜ』

『それはいるだろう、お嬢さんにしろ娘にしろ、ホームズ・ファンは、いっぱいだ』

『そのアリス嬢がですな、ぼくにむかって、〝ホームズ先生に、ぜひ、ロンドンからいらしてくださるように、ねがってください！　でないと、ゼームスさんは、まちがった裁判のために、絞首台へあげられるかも知れないでしょう！〟と、気のつよい令嬢ですが、なみだをためて、いくども言ったですよ』

『ハハア、それでレストレード君、きみからの手紙と報告書が、ぼくに送られてきたのかな、いよいよこれは、おどろくね』

『ウウム、それもあるです、……ヤッ？』

と、あいている窓から、ホテルの玄関を見わたしたレスト警部が、

『来たですよ、アリス嬢が、車からおりたのが、そうです。どうも機敏だな』

『ぼくに手紙を出したって、きみがそのアリスさんに、言ったからだろう』

『それは言ったです、あまり熱心に、〝ホームズ先生、ホームズ先生〟ばかり言うですから。列車の着く時間を考えて、このホテルだろうと、目ぼしをつけてきた、これは令嬢探偵ですな、おどろいたもんです』▼35
ホームズもレスト警部も、『おどろいた』を、いくども言っている。ドアにノックがきこえて、

『おはいりください』

と、レスト警部が、ぼくたちを見て言うより早く、バッとドアがあくと、はいってきたのは、町や村には見られないような美しいお嬢さんだった。

銀髪に、むらさきのひとみが美しく、ほおは、ばらいろにかがやいて、こうふんしている。▼36ドアの内がわに立ちどまって、ホームズと僕を見くらべると、たちまち直感したらしい、ホームズの前へツカツカと歩みよってきた。

十八才にしては背が高いな、と、ぼくは横から見ていたのさ」

銀髪令嬢の涙

ブッキラボーとブッキラボー

「ホームズの前へ、ツカツカと出てきた銀髪のアリスさんが、ピタッと立ちどまると、

『シャーロック・ホームズ先生でいらっしゃいますわね、あたくし、アリス・ターナーです、とても、お待ちしていましたの』

と、さわやかな声で、ハキハキ言いだした。なるほど気が強そうだ。

『おかけください、どうぞ』

と、ホームズの探偵眼がきらめいて、いっしゅんにアリスさんを観察した。ぼくも見ていたがね。

『はい』

うなずいたアリスさんが、そばのいすへ、スッとかけると、

『あたくし、ホームズ先生に早く、お話しなければと、いそいで来ましたの』

『お話の用件は?』

と、ホームズは例によって、だれにでもブッキラボーだ。

『ゼームスさんの、今度のことについてですわ!』

と、アリスさんの方も、これまたブッキラボーの口調だ。

『フム、それで?』

『ゼームスさんと、あたしは、オーストラリアにいた子どもの時から、よく知りあっていますの[37]、だから、あの人の性質のいいところも、よくないところも、あたしは、わかってると思うんですの』

『いいところよりも、よくないところは?』

『あたしとちがって、とても気がよわくて、やさしいんですわ』

と、アリスさんは、自分が気の強いのを知っているのだ。

『やさしいのは、よくないのですか?』

と、ホームズがニッコリした。ブッキラボーのアリスさんに、好意を感じたらしい。

『男のくせに、やさしいのは、よくないですわ[38]!』

『ホー、それで?』

『やさしくって、それこそ虫いっぴき殺せない人に、おそろしい疑がいをかけるなんて、ゼームスさんを知ってる者から見ると、こんなばかなことって、あるもんですか!』

と、アリスさんはレスト警部の方をふりむいた。美しいひとみで、ジーッとにらみつけると、

『だから、青年会のお友だちがみんなで、捜査のやりなおしを、ねがって出たんですわ。それだのに、探偵課長の警部さん、あなたまでゼームスさんを、やっぱり犯人だと、判断なすったんでしょう!』

と、きめつけるような、はげしい口調だ。

『いや、さいごの決定は、まだ、なんともきめていないです』

『いいえ、あなたの顔いろで、すっかり、わかっていますわ』

『フーッ、待った!』

と、ホームズが煙をふきあげて、

『アリスさん、あなたは、ゼームス君にたいする検事の調書を見ましたか[39]?』

『ええ、見ましたわ、くわしく見ました』

『ゼームス君が池のそばで、お父さんとあらそった。その原因を検事にきかれると、〝一家の中の、父とぼくだけの秘密だから、だれにも言えない〟と答えている。この〝原因〟について、あなたに何か、心あたりはないのですか?』

『あたくし、ゼームスさんがそんなことを、なぜ、検事さんにかくしてるのか、わからないんですの。やっぱり気がよわいからですわ。お父さんと意見のあわない〝原因〟は、あたくし、前から知っています。たった一つだけあるんですわ』

『よろしい。それを聞かせてくれませんか?』

『ええ、ホームズ先生には、あたくし、なんでも話します!』

と、アリスさんが胸から上をシャンと起こして、姿勢をただした。なかなか強い」

その点、ハッキリした

「ホームズがまたニコッとわらって、アリスさんに、

『よろしい、なんでも話してください』

『それは、つまり、ゼームスさんのお父さんが、あたしたちの結婚を、はじめから熱心に、のぞんでいらしたんですの、それが〝原因〟ですわ』

『〝あたしたち〟あなたとゼームス君の結婚?』

『ええ、言うまでもなく!』

『それについて、ふたりの気もちは?』

『あたしたち、ふたりとも、まだ十八ですもの、おとなの世界のことが、よくわかっていませんし、結婚なんて、ちっとも考えてないんですの。兄と妹か、姉と弟みたいな気もちなんですわ、だから、ゼームスさんだって、お父さんから、〝アリスと結婚しろ、するんだぞ、ふたりで早く約束して〟なんて言われると、ゼームスさんは〝そんなこと、ぼくは考えていないんです!〟って、いつも口あらそいばかり、していたんですの。池のそばで言いあったのも、きっと、そうにきまっていますわ。ほかにゼームスさんが、お父さんとけんかすることなんか、なんにもないはずですもの』

『フウム、その結婚について、あなたのお父さんの考えは?』

『父はだんぜん、〝おれは、しょうちせんぞ!〟と、おこって言ったんですの』

『その理由は?』

『〝おまえもゼームスも、まだ、そんな時期ではない。それにマカチーは古い友だちだが、財産の安全がない。彼がゼームスとおまえの結婚をのぞむのは、こちらの財産に目をつけているからだ〟って、こんなこと、あたしにもゼームスさんにも、いやでたまらない、きたない話ですわ』

『フム、すると、あなたのお父さんの反対を、ゼームス君も知っていた?』

『ええ、あたしが話したんですの、なんにもかくすことは、ふたりのなかに、ひとつもないんですから。すると、ゼームスさんは、自分のお父さんのきたない考えに、憤がいしてしまって、だから、〝結婚〟のことを言われると、真けんに反対して、お父さんに反抗するんです。その気もち、あたしには、よくわかりますわ』

『なるほど、そうか』

と、レスト警部が、つぶやくと、こうふんしているアリスさんは、美しいひとみをなおさらキラキラさせて、

『だから、ゼームスさんは検事さんに、〝一家の中の、父とぼくだけの秘密だから言えない〟と、かくしたんですわ。言うと、お父さんのいやな性質を、子の自分が口に出して、親子の恥じになると思ったんでしょう。きっと、そうですわ、やさしくて気がよわいから』

『その点は、あなたによってハッキリした!』

と、ホームズが、うなずいて、

『あすの朝、お宅に行って、お父さんにお目にかかりたいが、ごつごうは、どうですか?』

『さあ、先生のおゆるしがあるかしら?』

『先生?』

『お医者のイロウス先生ですの。[▼40] 父は前から健康がよくなかったのに、今度のことで、すっかりよわってしまいまして、イロウス先生のご診察では、からだの方も前から、おとろえている上に、今度は精神的に、ひどくいためつけられている、安心は

できないと、おっしゃるんですの』
と、アリスさんは目をふせて、とても心ぱいな顔になり、なみだを、ひざの上にこぼした。今までの強さとはかわって、きゅうに、あわれな、しおらしい少女に見えた。
このアリスさんに、ぼくは、すっかり同情したのだ、なかなかシッカリしているし、お父さん思いだから」

頭で探偵する

「ホームズがムッと上をむいた。天じょうのどこかに、燃えるような視線をこらすと、

『フム、……』

あふれる気力をおさえて、口の中にも声をおさえた。

謎を解く鍵を、何か、アリスさんの話から、つかんだらしいぞ！　と、ぼくはホームズの烈しい目つきと顔いろから、すぐ感じとった、が、それが何であるのか？　ざんねんだが、この時はまだ、想像もつかなかった。

すると、ホームズがまた、やわらかな快活な目つきになって、アリスさんに、

『それほどお父さんの精神に、痛みをあたえたマカチー氏の死は、実に悲しむべきです。オーストラリアからの古い友だちは、お父さんにとって、マカチー氏ひとりだったのですか？』

『はい、そうなんですの』

『オーストラリアの、どの州にいられたのですか？』

『ビクトリア州でしたの』

『広い金鉱のあるところですね』

『はい』

『すると、そこの金鉱によって、お父さんは財産をつくられたのですね』

『ええ、そうですわ』

『ありがとう、あなたによって、いろいろとヒントを得ました。ゼームス君のために、あしたは現場を捜査してみましょう』

『おねがい、いたします。それから、先生！』

『なに？』

『ゼームスさんに、お会いになってください！　きっと何か大事なことを、先生だと聞きだしてくださると、あたくし思いますから』

『さあ、結果はわからないが、それは早い方がいいですね』

『ぜひ、お会いになりましたら、ゼームスさんに、〝あなたの潔白は、アリスが信じていますから〟と、どうぞ！』

『しょうちしました』

『では、父が待っていますから』

スックと立ちあがったアリスさんは、レスト警部を見むきもせずに、サッサと出て行った。ぼくとは、ひとことも口をきかなかった。いったい、ぼくがいたのを、はじめから知っていたのか？

ホームズが、たしかに何か重大な鍵をつかんだらしい、底力のみちた探偵眼を、またきらめかして、

『ワトソン、どうだ、今のお嬢さん、ぼくがいることなど、まるで気がついていなかったようだぜ』

『ハハッ、そんなことはないさ、ワトソン博士ここにありと、ハッキリ知っていたが、べつに用がないから、だまっていたの

だろう』

『男のような令嬢だったね、美しいことは美しいが。レストレードさん、きみは、やっつけられたようだね』

『ぼくは、うらまれているですから、話すこともできない。ハキハキしすぎてるお嬢さんは、手におえないです。ホームズ先生、ゼームスに面会に行かれますか？』

『アリス嬢と約束したから、行ってみよう。面会許可証は？』

『それが今のところ、検事局から二枚しか出ていないです』

『では、きみと僕が行って、ワトソンは、ここで休んでいてくれないか？』

『いいとも！』

ぼくはひとりになって、この『近ごろにない怪奇な事件』の謎を、ホームズとレスト警部よりさきに、頭で解いてやろう！と、決意したのだ。頭で探偵するのは、これまた、とても興味の深いものだからね▼41」

解けた3の謎

「ホームズとレスト警部が、出て行ってから、ぼくは、ベルをならして、ボーイに西部イングランドの週刊新聞を、もってこさせた。はたして『父親殺し』の記事が、くわしく出ている。警察医の証言によると、マカチー氏の受けた傷は、左耳の後と、後頭部の左半分が、鈍い物で強くなぐられ、くだかれているという。そこで、僕は自問自答をはじめたのだ。

『フウム、そうか、すると、その傷は両方とも、後からなぐられたものだ』

『そこで、ゼームス青年が父親のマカチー氏と、向きあって口論しているのを、少女モーランが見た、とすると、傷の位置から考えて、ゼームス青年は無罪じゃないか？』

『いや、待てよ。マカチー氏がクルリと後を向いた、そこを、とたんに、なぐりつけた、とすると、無罪の判決はくだされないぞ』

『フム、そうだ、これは解決がつかない、ワトソン博士、シッカリしろ！』

『どうも仕方がない。つぎに、マカチー氏が、いないはずのゼームスを、〝クーイ！〟と呼んだ、1の謎は、どうだ？』

『これこそ、わからないな。まったく解けない』

『オイ、だめじゃないか、〝頭の探偵も〟』

『いや、失望するのはまだ早い。マカチー氏が息をひきとる時に、〝ネズミが〟どうとかしたと、口の中でつぶやいた、2の謎は、どうなんだ？』

『ウム、ゼームス青年は、〝うわごとだと思った〟と言う。ところが、突然なぐられて、すぐに息をひきとる者は、〝うわごと〟など言うものじゃない。これはワトソン博士も医者だから、ハッキリ断定できるんだ』

『よろしい、すると、マカチー氏は、何者にやられたかを、ゼームスに言いかけた、それが〝ネズミが〟ということばに現われた、と、判断すべきじゃないか？』

『そのとおり、そこで〝ネズミが〟とは何だ？』

『ええと、わからないな、まったく解けない』

『解けないだらけだぞ、シッカリしろ！　3の謎、ゼームス青年が地面に見た、灰色の上着か肩かけみたいなもの、これはいったい、なんだと思う？』

『さあ、ゼームス青年が、そんな灰色のまぼろしを見たんじゃないか？　ひどく、あわてていて』

『いや、ちがうぞ、真犯人がマカチー氏を殺した時に落としたものだ。ゼームス青年が走ってきたから、犯人は近くの草むらか森の中へかくれた。ゼームス青年が父のマカチー氏を、だきかかえている時、うしろからソッと出てきて、自分の上着か肩かけを、すばやく取りあげるなり、にげてしまった、と、判断できるじゃないか？』

『これこそ名答だ、そのとおりにちがいない！　だから、ゼームスが森小屋へ、たすけをもとめに行こうと、立ちあがって、ふりかえった時、その灰色のものは、消えていたんだ』

『よし、3の謎は解けた、すばらしい！　ワトソン博士、やはり探偵神経がするどいぞ』

『すると、ゼームス青年のほかに真犯人がいるのは、いよいよ明白だ』

『そいつは、しかし、何者だ？』

『となると、まったく、わからない』

『ホームズが、はたして探りあてるかな？』

『さいごになると、やはり、どうしてもホームズの探偵力によらなければならない。なにしろ彼は独特の名探偵だからな』

そのホームズが帰ってきたのは、夜になってからだった。

『ヤア、おかえり！　レスト警部は？』

『別に宿をとっているから、その方へ帰って行った。彼もこの事件には、まったく手こずってるぜ』

と、ホームズは、いすにもたれて、天じょうを見まわした。

『オイ、〝彼も〟って、きみも手こずってるんか？』

と、きくと、ニコッとわらったホームズが、自信満々の目をかがやかして答えた。

『ぼくたちはまだ、現場捜査をやってないじゃないか。勝負は、あしただよ。雨がふらないと、いいがね』

そうだ！　あしたの勝負だ！」

プラス・マイナス

「熱いスープ、長いマカロニー、でかいビフテキ、新しい野菜サラダ、つぎつぎにボーイがもってくる。[42]ホームズは、いつものように大食いだ。はしからモリモリと平らげる。ぼくも、いっしょに食いながら、

『ゼームス青年に会って、なにか聞きだしたのか、どうだった？』

『なんにもないね、彼が真犯人を知っていながら、かくしているのではないか？　と、くわしく聞いてみたが、そうでもない。キリッとしてる美しい青年で、アリスさんからのことずけを言うと、感げきして涙ぐんでいたがね』

『そのゼームスが真犯人か、どうなのか、きみの見こみは？』

『あしたの現場捜査によって、ハッキリ解決するさ』

『ぼくは君のるすのうちに、自問自答してみたぜ、聞いて判断してくれ』

その問答を一つ一つ、ホームズに言ってみると、

『フウム、マカチー氏の受けた傷は、左耳の後、左後頭部、二カ所とも〝左〟で〝後〟だから、犯人は左ききで後からなぐりつけたのは、たしかだ。ワトソン博士、プラス一点！』

『たった一点か。1の謎の〝クーイ〟は、さっぱり解けないが、

きみの判断は？』

『ハハッ、そいつは僕も、マイナス二点だね。まだまるでわからない』

『ホームズさえもマイナスか。2の謎の〝ネズミ〟については？』

『きみに同感だ。なるほど〝うわごと〟じゃあるまい。これは君から教えられた。ワトソン博士、プラス二点！　だが、〝ネズミ〟が何を意味するか？　ぼくにもわからない。ざんねんだが、これは僕の方が、マイナス二点だ』

『ヤッ、しめたぞ。3の謎については？』

『これまた、きみに同感だ。ゼームスが灰色のまぼろしを、見たのじゃない。ワトソン博士、さらにプラス二点！』

『すると僕の点数は、プラス・マイナスして、きみよりもプラスの方が多いぜ』

『ハハッ、負けたね、たしかに負けた！』

『ひやかすなよ、しかし、謎また謎を考えてみた結果は、どうだ？　ゼームスは真犯人じゃない、犯人は別にかくれている！　ということになるじゃないか？』

『まさにそのとおり。そいつは何者なのか？　ここで一つ、きみの注意を呼びおこしたい。殺された父のマカチー氏は、その日の午後三時、だれかと会う約束をしていたのだ。下男にそう言ってるからね』

『アッ、そうだ』

『そのだれかが、何者なのか？　マカチー氏はその何者かと会うために、午後三時、池の方へ、いそいで行ったのだ』

『ウン、そうだ』

『その池のそばの現場を、あした捜査して、謎の真犯人と決勝だ。シッカリたのむぜ、わがワトソン！』

『ウウム、よしきた！』

ぼくはコーヒーを飲みながら、とても気ばったのさ、ところが、苦いコーヒーを飲みすぎたのと、神経が『あしたの現場捜査』にイライラして、この夜は、なかなか眠れなかった。

となりのベッドにホームズは、グググーッと、大いびきをかいていたがね」

猟犬のように猛獣みたいに

黒靴と赤靴

「いよいよ、あくる日の朝、レスト警部が車でむかえに来た。▼43
謎の真犯人と決勝、このための現場捜査だ！

出発、車の中でレスト警部が、

『けさ早く聞いたですが、地主ターナー氏が、わるくなって、今のところ、見こみがないそうです』

『ホー、それはアリス嬢が悲しんでいるだろう』

ホームズが、腕をくみしめると、

『ターナー氏の年は？』

『六十くらいでしょう。地代なしに農場も宅地もマカチー氏に、貸していたそうです』

『フウム、友情の厚い人かな？』

『そればかりでなく、さまざまな点でマカチー氏を、たすけていたので、村の者はみな、ターナー氏の親切なのを、ほめているそうです。地主の財産家でもあるが、人格の高い人なんですな。たいがいの人間は、金ができると、性質はきたなくなるですが』

『マカチー氏の家は、池へ行くとちゅうだろう』

『そうです』

『ちょっと、よって行こう』

『しょうちしました』

レスト警部は運転手に言いつけて、その方へ車をまわさせた。

マカチー氏の家は、スレート屋根の二階屋だった。窓も戸もみなしまっている。ヒッソリして、暗い感じだった。主人が殺され、長男のゼームスは、捕えられ、不幸の底にしずんでいる。

玄関に立つと、ホームズがレスト警部に言った。

『現場でマカチー氏とゼームス君のはいていた靴を、出させてくれたまえ』

呼びりんボタンを、レスト警部がおすと、出てきた赤い顔の女中に、ホームズの言ったとおりを言いつけた。

黒と赤の二足の靴を、女中が両手にさげてくると、

『こちらへ』

と、受けとったホームズが、一つ一つ底をしらべ、形と寸法を見まわし、女中にかえして、

『ありがとう』

と礼を言った。手が両方とも泥だらけだ。

そばで苦わらいしているレスト警部に、

『ここからボスコム池へは、車がとおらないだろう?』

と、ホームズが、庭の方を見てきくと、

『そうです、道がズッとせまいですから』

『マカチー氏もゼームス君も、庭から出て行ったはずだ』

『そうです、調書にあったとおりです』

『行ってみよう、そのとおりに!』

ホームズがさきに、スタスタと庭の方へあるきだした。

こうなるとホームズは、獲もののにおいを、まっさきに、鼻でかぎつける猟犬のようだ。あらゆる神経と感覚が、するどく張りきり、からだも鋭敏な気力にみちみちて、まっさきに庭をとおりぬけ、垣ねの外の草道を、向うの方の牧場へ、わき目をふらずに、グングン歩いて行った。

牧場をつらぬく土の小道から、森にはいり、森の中をとおりぬけて、谷へおりて行く、ホームズの後から、ついて行くレスト警部が、ぼくにささやいて言った。

『おどろくですね、ゼームスをしらべた時も、彼がこのとおりに行ったですよ。ホームズ先生、どうして知ってるですかな?』

『さあ、靴あとが残っているからか。この草で、ぼくには見えないが』

『いや、ぼくにも靴あとは、一つも見えないですよ』

『まさか、マカチー氏やゼームス君のにおいが、今まで残っているわけもないだろう』

『とにかくホームズ先生は、ふしぎな感覚をもっていますな』

そのホームズは草の深い道を、足もとに見つめてスタスタと行く。きゅうに速度を早めると、道のそとの草むらへ飛びだす、と、立ちどまって、

『フム、……』

つぶやくと、たちまち早く道を歩きだして行く。知らない者

が見ると、気ちがいと思うだろう。

　後について行く僕は、汗がながれてきた。そのうちにハッとした。谷そこに、どす青い小さな池を見たからだ。これこそボスコム池にちがいない！

　いよいよ謎また謎の現場、ホームズと真犯人の決勝場面へ出たんだ！」

ぬき足、さし足

「ボスコム池は、深い谷そこにあって、高い森にかこまれている。小さな池だ。水がドンヨリと青い、まわりに芦がしげって、日光がささないから、ジメジメしている。人のくるようなところではない。ウサギだってキツネだって、こんな泥青い池の水は飲まないだろう。池というよりも、きたない古沼なのだ。

『ここです！』

と、レスト警部が、足もとのすぐ前を指さした。

　土がしめっていて、やわらかい。人のたおれていたあとが、ありありと、ついている。マカチー氏が、なぐり殺されたあとに、ちがいない。

『フム、……』

　ジーッと見つめるホームズの探偵眼が、きらめきだして、レスト警部に、

『きみは池の中まで、はいったね』

『ヤッ、はいったです。犯人の兇器らしいものか、何かないかと、熊手で底を探ったですが、なに一つなかったです』

『あるもんか！』

『どうして僕がはいったと、おわかりですか？』

『きみの靴あとが、芦の中から水ぎわについてるからさ。こまるよ、署長氏や探偵氏など、いろんな靴あとで、メチャメチャだ』

　グッと地面へ、うつむくと、あたりをドスドスと歩きまわって、

『よし、こいつは、ゼームス君の靴あとだ。前後二度、来ている。一度は走った、かかとのあとが、ほとんど見えない、が、つまさきは深くのこっている、走った証こだ、フム、ここにもある！』

　あるきまわりながら、ひとりごとを、しゃべりつづける。捜査に熱中のホームズだ。

『フム、ゼームス青年、自白のとおりだ、まちがいなし、靴あとが証明している。ヤッこれは何だ？　そうか、ゼームス青年が父マカチーと向きあったまま立っていた、その時の鉄砲、台じりのあとだな、ウム、ふりあげたあとはない！　よろしい、彼には今のところ、犯行のあとがない！　……ヤッ、これだぞっ！』

　あたりの森に、突然、ホームズの大声がひびいて、どなりだした。

『こいつだっ、ぬき足、さし足、こいつこそ真犯人だ！　つまさきが角ばって、変った靴だ、ムッ？』

　その靴あとを、ぼくとレスト警部が走りよって、見るより早く、

『ハハッ、よし！』

　わらい声と共にホームズが、大きな鳥みたいに森の中へ飛びこんだ。

アッと僕は、おどろきながら見ていた。

今こそ名探偵シャーロック・ホームズの活躍だ！

ケヤキとブナの大木が、スクスクと立っている。その一本のむこうへ、ホームズが身をひるがえしてまわった、とたんに消えた、と見ると、幹の下の地面にピタリと伏せたのだ。くぼ地だから見えない。

こうなると、ホームズは猟犬よりも、虎か獅子かの猛獣みたいだ。ものすごくて、とてもそばへよれない。近くへ行って見ると、いきなり咬みつくような凄い顔をして、あたりをギロギロにらみつけ、身を伏せているが、今にも飛びかかってきそうだ！

『先生、何を捜査ですか？』

レスト警部が近よらずに、声をかけると、

『ムッ、決勝だ！』

ほえるように怒なったホームズが、両手をすばやく動かして、顔の前の落ち葉や枯れ枝を、両方へかきのけた。下は青いシダの葉が一面にしげっている。その間から丸い石を、つかみあげると、ズボンのポケットに突っこんだ。レンズを取りだした。あたりの地面を、レンズで見てまわり、いきなり立ちあがると、

『フム、……』

口をとがらせた。すぐ横のブナの幹を、手のひらでスーッとなでおろし、すぐ下の草むらへ顔をうずめて、

『そうか、なるほど！』

大声でさけび、また立ちあがって、ぼくとレスト警部の方をふりむき、

『おわりだ！』

と、どなった、汗にぬれてる顔じゅう、ごみと草の葉だらけだ。

なにが終ったのか？

ぼくにもレスト警部にも、まるでわからなかった。

『ハハッ、ワトソン、勝ったぜ！』

そう言うホームズの声が、森の中にガンガン高くひびいた」

すごく突飛だ

「汗の顔じゅう、ごみと草の葉だらけのホームズが、ぼくとレスト警部の前へ、ノッシノッシと歩いてくると、立ちどまってニッコリわらった。わらった時は、ふだんのホームズにかえっていた。猟犬のようでもないし、猛獣みたいでもない。明朗快活の紳士に見える。ただ顔のきたないのに、ぼくはあきれたが、すぐ、きかずにいられなかった。

『勝った？　真犯人を発見したのか？』

レスト警部も気をはりきって、ホームズのきたない顔を、まばたきもせずに見つめている。

『ウム、たしかに！』

と、またニコッとわらったホームズが、

『来る時に見た灰色の家が、森小屋だろう。今から行って少女モーランに、ちょっと会ってくる。みじかい手がみを、書くつもりだ。きみたちは、まっすぐに車の方へ行ってくれないか。ぼくはすぐ行くから』

言うと、池のふちから谷の上へ、道のないところをドシドシと登って行った、すごい体力だ。

謎の真犯人が発見された！　何者なのか？

これを、ぼくもレスト警部も、むろん、第一に聞きたかった。

『車の中で聞くですな、とにかく早く行って』

レスト警部は、そう言いながら、まだ何だか疑がう目いろをチラチラさせて、ぼくを見た。

ホームズの凄い探偵ぶりを、『深夜の謎』から今まで、いくども実さいに見ている僕は、

『たしかにホームズは、謎を解いてしまった、が、ぼくには、あたりがつかない。きみは、わかったですか？』

と、きいてみると、レスト警部は顔を横にはげしくふって、

『どうもホームズ先生のやり方は、すごく突飛ですからな。聞いてみないうちは、わからんです！』

ふたりは話しながら、谷の上へ出ると、前きた草の小道をいそいで、車の待ってるところに、やっと歩いてきた。

昼ちかくの太陽が、ここには明かるくギラギラとかがやいている。暗かった谷そこ、殺人現場の泥青い池など、まったく別の世界のような気がした。

ホームズが近づいてきた。すっかり快活に、これまた明かるくなっている。

『ヤア、まっすぐに帰って、昼飯にしよう！　おたがいに腹がペコペコじゃないか、ハハッ！』

とても気げんがいい、いかにも謎を解いたのにちがいない、ホームズをまん中にはさんで、ぼくが右、レスト警部が左、車に乗りこむと、すぐ出発、さっそくききだしたのは、レスト警部だ。

『何者です、真犯人は？』

『ハハッ、きみはまだ疑がっているね』

わらってパイプに火をつけたホームズが、

『フーッ、真犯人は身のたけの高い男で、ワトソンにも言ったが、やっぱり左ききだ。右足がビッコでね、底の厚い角ばった靴をはいている。パイプに葉まきたばこを突っこんで、スパスパとすう。灰色のオーバーを着ていてさ、ポケットに、あまり切れないナイフを入れてる。ほかにまだ、いくらも特長のある男だが、捜査にはこれで十分だろう』

ジーッと聞いていたレスト警部が、まゆをしかめて、

『どうも僕には、わからんですな。そんな特長のある男が、実さいに、あのボスコム池のそばに出てきたとは、ちょっと本気になれないです。ワトソン博士は、どうですか？』

『ぼくはホームズの腕まえを信じている。今言った真犯人を、これから君が探しだして捕縛する！　それこそ捜査課長レストレード警部の責任だろう』

と、ぼくは強く言ってやった。レスト警部がホームズの探偵眼を、疑がっているからだ」

鍵をつかむ話

「ぼくがレスト警部に強く言うと、ホームズがまたわらって、

『ハハッ、今にわかるさ、フーッ、午後になると、かなりいそがしいが、夕方の列車でロンドンへ帰るとしよう』

レスト警部がキッとふりむくと、

『このまま帰ってしまわれると、この事件の解決は、どうなるんです？』

『フム、すっかり解決して帰る予定だがね』

『しかし、謎はまだ解けていないですよ』

『ことごとく解けているさ』

『では、何者です、真犯人は？』

『フッフー、今さっき言った男だ』

『どこにいるか、わからないですか、そんな人物が』

『この地方の人口は、それほど多くないから、むつかしい捜査じゃないだろう』

『待ってください！　いくら何でも、〝左ききで右足ビッコの人はいないか？〟と、方々を探してあるく、そんなまねは、できないです。それこそロンドン警視庁が、わらいものになるですから』

『では、しかたがないね』

『………』

レスト警部が、ムッとだまってしまった。しばらく行くと、運転手に、

『オイ、きみ、ぼくの宿へつけてくれたまえ、ぼくはおりるから』

そのホテルの玄関へ着くと、ホームズと僕に、

『この車をお使いください。ぼくはこれで失礼するです！』

ドアをおしあけて、レスト警部がバッと飛びだして行った。

ホームズと僕は、駅前のホテルへ帰ってきた。さっそく、入浴だ。いっしょに浴室にはいって、ジャージャーと熱い湯を出し、頭からからだを洗いながら、

『レスト警部、えらく憤がいして行ったぜ』

と、ぼくが言うと、ホームズは、筋骨たくましい全身を、石けんの泡だらけにして、

『ウム、だが、真犯人がどこにいるかは、まだ言えないからね』

『きみには、わかっているんだな』

『むろん、名まえも明白だ』

『エッ、だれだ？』

ぼくは湯ぶねからザーッと、おどりあがった。

『オイ、湯が目にはいったぞ、飛ばしちゃこまる、ハハッ、犯人の名まえを言うまえに、ぼくの説明を聞いてくれ、まちがっているかも知れないから』

『なんでも聞くよ、早く話してくれ！』

『まず初めに、この奇怪な事件の犯人だと、疑がわれているゼームス青年の告白を、ぼくは、そのまま、ほんとうだと、信じてみたのさ。検事にたいする彼の告白は、前後を通じて、どこにも変なところがないからね』

『ウン、ぼくもそう思った、これは正直な青年だと』

『正直だから、欲をもってアリス嬢との結婚をすすめる父マカチーに、あくまでも反抗した。ところで、その父親が、いないはずのゼームスに、〝クーイ！〟と、池のそばで呼んだのは、いったい、どういうわけか？』

『そうだ、1の謎だ！　わかったのか？』

『ハハッ、解けない謎を解くのが、探偵のおもしろさだ。これまた、かなり苦心したが、ついに鍵をつかんだのさ』

ホームズが大きな頭に、石けんをぬりまわしてゴシ、ゴシこすりながら、快活に話しつづける。聞く僕の方も、からだを洗いながら、とても愉快だったのさ、謎の解けた話だからね」

黒ジャック団の首領

なるほど、わかった！

「気みのわるい池のまわりと森の中を、ことごとく捜査してきた汗、頭と顔にこびりついた、ごみや草の葉を、ホームズは、すっかり洗いながした。かわいてるタオルに、たくましいレスリング選手のような全身をつつんで、そばのいすにもたれると、

『よし、1の謎から解いて行こう。父のマカチーが、〝クーイ！〟と呼んだのは、ゼームスへの合図じゃない。いつもは、そうだが、その時は、ゼームスが近くにいるのを、父は知らない。ブリストル市へ行ってるはずのゼームスを、谷そこの池のそばから、呼ぶはずはないからね』

『なるほど、それはそうだ、むろんのことだな』

『では、だれをマカチーは呼んだのか？　これまた、むろん、午後三時に会う約束の人物を、と、判断しなければならない、が、その人物は何者なのか、まだ、わかりようがなかったのさ』

『フウム、いくら君でも、そう何でもやさしく、わかるはずはないだろう』

『ところが、気がついたのは、〝クーイ！〟などという変な呼び方は、英国人の家庭に、そうあるものじゃない。そこでこれは、マカチー親子が前にいたオーストラリアのことばじゃないか？　おそらくそうだろう、と、判断してみたのさ』

『そうか、そこまで僕には、考えつかなかったな』

『そこでマカチーが、谷そこの池のそばで、午後三時に会う約束の相手は、オーストラリアに行ったことのある人物だ、と、考えてもいいだろう。しかし、ゼームス青年ではない。この推定は、どうかね？』

『むろん、まちがいないと、ぼくは思うな』

『そこで1の謎は、このくらいに解いておいて、つぎは2の謎だ』

『ウム、〝ネズミ〟と、マカチーが口ばしったのは？』

『これまた僕は、オーストラリアを中心において、いろいろ考えてみたのさ。アリス嬢が言ったことによると、お父さんのターナー氏が金鉱で財産をつくったのは、オーストラリアのビクトリア州なのだ』

『そうだ、それは僕もおぼえてるぜ』

『ところで、ビクトリア州の中でも、金鉱の中心地になっている都会に、〝バララット市〟というのが、地図にもあるのさ』

『バララット市！』

『そうさ、いいかね、マカチーが息をひきとろうとして、あえぎながら、〝バララット〟と口ばしった、それをゼームスは、あわてているし、〝アラット〟〔いっぴきのネズミ〕と聞いた。ネズミがどうとかした、と、父は死ぬまぎわに、うわごとを言ったと思った。だが、これは君も判断したとおり、だんじて、うわごとではない』

『そうだろう、エヘン！』

『変なせきをするね。マカチーはゼームス青年にだかれて、死ぬまぎわの、かすかな息の中から、犯人のことを言ったのだ、〝バララットにいた〟と、おそらく名まえも言ったろうが、のどにかすれて、ゼームスには聞きとれなかった、と、ぼくは判断したのだが、どうだろう？』

『フウム、な、なあるほど！』

『2の謎は、このくらいに解いておいて、つぎは3の謎だ』

『ゼームスが地面に見つけた、灰色の物だな』

『これにたいする君の判断は、すっかり、そのとおりだ[▼45]』

『ヤッ、そうか、エッヘン！』

『また変なせきをしたね。そこでマカチーが池のそばで会った相手が、真犯人だとすると、前にオーストラリアのバララット市にいた人物で、灰色の上着か肩かけを着ていたのだ、と、ここまで謎が解けてきたのさ。ちょっと水を飲むぜ、のどが、かわいたからね』

　カップに水を受けて、ホームズが口をつけるなり、グーッと一気に飲みほした。ついでに僕も飲んだ、つめたくて、うまい水だった」

意外また意外

「浴室から部屋へ、かえってみると、食事のしたくが、すっかりできていた。ホームズも僕も、腹のそこまでペコペコだ。この時くらい食ったことは、ふたりとも、今までになかった。どの皿も、きれいに残らず、まるでネコがなめたようになる。さかんに食いながらホームズが、ますます快活に、

『123の謎は、まず、いくらか解けたね、そこで別の方面から、新たに考えてみると、あのような深い谷そこでさ、森にかこまれている、古い泥池のふちを、会見の場所にえらんだのが、これも一つの謎じゃないか？』

『そうか、なるほど、4の謎だな。しかし、それは秘密に会うためだろう』

『ウム、プラス一点！　それと同時に、あの土地のようすを知っている者が、マカチーと会った人物でなければならない。秘密に会うだけだと、ほかに行きやすい場所が、いくらでもあるはずだ。ところが、〝ボスコム池で会おう〟〝よろしい〟と、ひとことでわかる相手だ、とすると、その人物は、この近くに前からいるのだ、と、こう考えてみたのさ。まちがっているかね？』

『さあ、そう考えても、わるくはないだろうな』

『あいまいだね、なに、あらゆる謎が今に解決するんだ』

『今に？　いつだ？』

『今には今にさ、ウム、このジャガイモは、すばらしく、うまいね。ワトソン、のこさないか？』

『だれが残すものか。謎が残ってるぜ、レスト警部を憤がいさせた、真犯人の特長や何かを、早く説明しろよ』

『よしきた、身のたけの高いのは、むろん、歩いた靴あとのはばでわかるしさ、底の厚い角ばった靴をはいているのも、あとを見ると、すぐ明白だ。左ききなのは、君がすでに判断したとおりさ』

『エッヘン！』

『三度めのせきだね、ワトソン博士、風をひいたかな』

『真犯人は右足がビッコだ、といったのは？』

『なんでもないさ、右足の靴あとが、左よりも、ぼやけているからだ。あるく時に体重が左足にかかるのは、右足がビッコの証こじゃないか』

『そんな靴あとを、レスト警部も僕も、見つけなかったのは、

なんだか変だな。きみだけが見つけたのは？』

『えらび出したんだ、捜査と見物の大ぜいが来て歩きまわった、メチャメチャ無数の靴あとの中から、これは父マカチーのだな、これはゼームス青年、これはレスト警部君、さてはこれが真犯人か？　と、とうとう見つけたから、そのあとを追って、森の中へ飛びこんだのさ』

『すると、さらに何が見つかった？』

『真犯人の先生、実に大胆不敵だね、ブナの大木の向うにかくれて、スパスパと葉まきをすったのだ。その時、マカチーとゼームスが親子げんかをやってるのを、木のかげからソッと見ていたらしい。葉まきの灰が、みきの下に、ずいぶん散らばっていたからね』

『パイプを使っていたのは？』

『すった残りを、すてて行ったが、見ると、口へ入れたあとがない。パイプを使った証こだ。はしを切ってある、が、きれいに切れていないから、あまり切れないナイフを使って、それをオーバーのポケットへ、投げこんだのに、ちがいないだろう』

『なあるほど、聞いてみると、かんたんだね。しかし、ゼームスが地面に見たのは、灰色の上着か肩かけだった、それを君が、オーバーだと判断したのは、どういうわけだ？』

『それこそ、ゼームス青年の見ちがいさ。真犯人はブナのみきに、もたれていた。そのために、みきの苔がこすれているがね、その寸法を計ってみると、着ていたのは、たしかにオーバーだ』▼46
『そうか、ところで君は、シダの葉の間から、丸い石をひろったね、あれは何だい？』

『フム、あれが犯人の兇器だ！』

『エッ、そうか？』

『左ききだから左手につかんで、マカチーを後からなぐりつけた、すごい力のある奴だ。左耳の後、つづいて後頭部、たまったものじゃない、マカチーは、ひとたまりもなく、さけんでたおれたろう、そのさけび声を聞いてゼームスが、引きかえして行ったんだ』

『その石を君は見つけて、ズボンのポケットに入れたぜ。出して見せろよ、あとでいいから』

『もうあるものか、ハハッ！』

と、ホームズが食後のイチゴを、ホークでつぶしながら、ぼくの顔を見つめてわらった。これまた僕には意外だったのさ」

変な手品

「真犯人の兇器、すごい殺人に使った石を、ホームズは森の中で発見し、証このために持ってきたはずだ。それを『もうあるものか』とは、意外の上の意外だ！

『では、どこへやったんだ。それこそ大事な証こじゃないか？』

『そうさ、だから車の中においてきたがね』▼47
『エッ、どうして？』

『フッフー、運転手が見つけて、レスト警部にわたすのは、これまた、まちがいないだろう。血のあとがついてる丸い石、これを見て、マカチーの左耳の後と後頭部の傷を、レスト警部が思いださなかったら、よくよくのヘボ探偵だ、が、彼はそれほどヘボ探じゃない、左ききで右足ビッコの男を捜査に、すぐ出なおすぜ、だから、わざと車の中においてきたのさ、ハッハハハ』

『おどろくね、いったい君は、そんな変な手品みたいな、いたずらを、いつもやるじゃないか』

『フーッ、やるね』

『どうしてだ、くせかな?』

『やりたくて、たまらないからさ、ハハッ!』

『どうもホームズは、よくないね。森小屋へ行って、少女のモーランに会って、みじかい手がみを書くと言ってたのも、いたずらじゃないのか?』

『アハッ、ワトソン博士、マイナス二点だ。モーランにたのんで、手がみをもたせてやったのさ、いたずらなものか。ああ腹がいっぱいだ、実によく食ったものだねえ!』

『食いすぎたぜ。午後はいそがしいって、何の用があるんだ?』

『ホー、まだわからないのか。あらゆる謎が今に解決すると、言ったはずだぜ。さあこのグラスと皿と茶碗とナプキンを、早くかたづけろ。ボーイ君、来てくれ!』

ホームズが急ぎだして、ボーイを呼ぶと、テーブルの上を、きれいに、すっかり、かたづけた。

すると、別のボーイが、ひとりの客を案内してきた。

『ジョン・ターナーさまが、お見えになりました』

ヤッ、アリスさんのお父さん、大地主のターナー氏か、と見ると、

『ああ、失礼しますぞ!』

ふとい声をかけて、はいってきたのは、髪は白く、まゆ毛が両方から横にのびて一つになっている、まぶたがたれさがって、目はへこんだまま、鼻は太く口びるは厚く、あごひげをモジャモジャとのばし、なんとも奇妙な顔だ。巨大な体格の背が高く、ヌッと立ちどまった、が、顔いろは灰色をして、長い病気をしているのが、ぼくにはすぐわかった。

ホームズが立ちあがって、

『ようこそ! ご病気と知りながら、おまねきして恐しゅくです。ぼくがホームズ、こちらは医学博士ワトソン、どうぞ、おかけください。手がみは見ていただいたのでしょう』

と、おだやかに快活に、握手した。

ぼくもターナー氏と握手した、握手しながら言った。

つめたく太い手だった。

『ありがとう、ホームズ先生、あなたの手がみは、森小屋の娘が、とどけてくれました。あなたのお名まえは、前に、だれかから聞いていましてのう』

と、ターナー氏は腕いすのほうへ、よろよろと歩いて行った。右足がビッコだ。こしをおろすと、

『なにか世間の目が、うるさいから、このホテルまで出むくようにと、お手がみでしたの』

『そうです、ぼくの方から行って、うっかり探偵の目については、ぶちこわしだと思ったものですから』

『探偵、……』

と、ターナー氏の目に、絶望するような気はいが、まざまざと現われた。

『そうです、ぼくも探偵の仕事をしていますが、官憲の者ではない。それに、ゼームスという青年を、ぜひ、たすけ出さなけ

ればならない！　あなたはゼームス・マカチーを、知っていられるでしょう』
『知っているどころか、……』
と、ターナー氏は、ふかい息をついて、
『あれは父親とちがって、正直な良い若者でしての』
『その父親マカチーの死についても、ぼくは、すべてを知っているつもりですが』
『ああ、……』
大きな体格のターナー氏が、ガックリと、うつむいた。
ぼくは、まばたきもせずに、そばから見ていたのさ」

解決の幕ひらく

「ガックリと、うつむいたターナー氏は、そのまま、ジーッと身動きもせずに、だまっている。まるで巨大な石像のようだった。しばらくすると、

『ウム！』

強く、うなずいて顔をあげた。目の前にいるホームズを見つめて、

『あなたは、〝名探偵〟といわれる方だ。マカチーの死について、すっかり知っていると言われる。わたしは実のところ、どこまでもかくしておくつもりはない、……』

と、ため息をまたつくと、長いまゆ毛がヒクヒクと上下に動いて、

『あの若者のゼームスを、罪におとすつもりは、みじんもない。彼の疑がいが、つづくようならば、わたしは何もかも言って出ると、心をきめていますのじゃ』

『そうでしょう、それを僕も聞いて、あなたの深い苦しみが、十分にわかる気がするのです』

『アリスさえいなければ、今でもすぐ名のって出たい、が、父の私が捕われては、あとにアリスがどうするか、と思いましての』

『いや、ぼくもワトソン博士も、今さっき言ったように官憲の者ではない。あなたを今ここで捕えて、検事局か警察へ同行しようなどとは、考えてもいないのですよ』

『ホームズ先生！　そのおなさけは、このターナーが死んでもわすれませんぞ、わたしはもう、さきのみじかいからだでしての、長いあいだ糖尿病をわずらって、医者は、あともう一月か二月じゃろうと、召使に言ったそうです。かくごはしていますが、刑務所で死ぬよりも、自分の家でと思うばかりです。捕えられて刑務所で死んでは、娘の悲しみが、どのようじゃろうと、思いましての』

スックと立ちあがったホームズが、横のテーブルへ行くと、紙をひろげペンをとって、

『ターナーさん！　すべてありのままを、話してください。それを僕がここに書きとって、さいごにあなたのサインを加える。ワトソン博士が証人になります。しかし、このあなたの告白書は、ぜったい必要という場合のほかは、発表しない！　と、かたく約束します』

『はい、……』

またうなずいたターナー氏が、かくごしきった目いろをしずめて、

『わたしが死ぬまでは、娘をソッとしておいてやりたいのです。

では、ありのままを、はじめから話しますから、ああ、……』

と、ため息を長くはきだした。

ぼくはカップに水をもってきて、ターナー氏のまえにおき、ドアの内がわのいすにもたれた。ボーイも入れないためにさ▼48、しかし、大地主のターナー氏が真犯人だったとは、意外より以上の意外だった。

その殺人の原因や動機は、どういうのか？　ついに解決の幕がひらいたのだ」

金塊護送隊

「大地主ジョン・ターナー氏の告白、シャーロック・ホームズが筆記したものだ。

『あなたがたは、ボスコム池のそばで死んだチャールス・マカチーが、どんな人間だったかを、ごぞんじないでしょう。彼は、まったくのところ、人間というよりも、悪魔だったのです。

わざと悪く言うのでは、けっしてない。わたしは、悪魔の彼から十年あまりも、おさえつけられ、のど首をしめつけられていた。この悪い原因から話して行きましょう。

わたしは青年の時、オーストラリアの金鉱へ、出かせぎに行った。血気にみちていて、なんでもやりぬこう、金鉱をほりあてて、一旗あげるぞ！　と、今から思ってみても、だれにも負けない意気ごみで行ったのです。

ところが、若い者には誘わくが多い。だれにも負けないいつもりが、誘わくに負けた。金鉱ほりの不良仲間に、ズルズルとはいってしまって、酒はのむ、バクチもやる、手のつけられない不良の顔役に、なってしまったのです。

バララット市の警察に、目をつけられて、市内にいられない。金鉱のある山おくへ、にげてかくれたが、すきを見ては市内へ、夜のうちに出てくる。道で人をおどかし、追いはぎをやり、時には店や家へふみこんで、強盗もやる、だが、警察の探偵どもには、つかまらない。市民が恐がって、

〝バララットの黒ジャック〟

と、新聞にも書かれた。今から思うと、身ぶるいが出る悪い奴だった。

同じような若者の子分が、五人できた。

〝黒ジャック団〟

と、名をつけて、牧場をあらしまわったり、金鉱から出てくる馬車をおそったり、うばいとったピストルを片手に、いのちがけの悪どい仕事に、身をさらしていたのです。

そのうちに子分のひとりが、

〝首領！　あすの昼すぎ、バララットからメルボルンへ、金塊護送隊が出て行くって、馬車屋の話だぜ！〟

という報告、これを聞くと、悪い血がわきあがって、

〝よし、そいつを、ものにしちまえ！〟

と、子分の五人を引きつれて、金塊護送隊を、とちゅうに待ちぶせしたのです。

一台の大馬車を中に、前と後に武装の騎馬巡査が六騎、護衛しながら原の道を走ってくる。こちらは草むらに、身をひそめていたのです。

〝向うが六人なら、こっちも六人だ。ぬかるな！〟

と、首領の私が声をかけると、子分が五人ともジリジリと、からだを動かした。

大馬車には金塊が、ゴッソリ積まれているのです』

ここまで話したターナー氏が、ひたいに汗をにじませて、カップの水に口をつけた。

ホームズはすでに、何ページか筆記しながら、耳をすましていた。みじんも、うそがあったら、しょうちしないぞ！　という顔つきだ」

悪魔を殺した前後

子どもは清い

「村のみんなから、『人格の高い親切な人』と、ほめられている大地主ターナー氏が、兇悪な『黒ジャック団』の首領だったとは、これまた、きわめて意外な話だった。その本人のターナー氏は、ジーッと目をつむって水を少し飲み、カップをおくと、また目を見ひらいて、

『いや、その時のことを思いだすと、実に、自分こそ悪魔だったと、おもわずにいられないので、ウム、悪い仲間を引きつれた私は、近づいてきた金塊護送隊を、すぐ目の前まで近づけておいて、草むらの中から、

〝今だ、射てっ！〟

どなった、とたんに、自分も五人の子分も、いきなりピストルの引金をひいた。

ねらいをつけていた、いっせい射げきの弾が、一発もそれずに、武装騎馬巡査の四騎を、たちまち射ちたおした。

草むらからおどり出た、黒ジャック団の六人が、目ざす大馬車を、おそったのです。馬車には、ほかの護衛巡査が四人も乗っていた。[49] おどろいたが、

〝なにを、やっつけろ！〟

と、こちらも決死でした。

ピストルの射ちあい、巡査は剣をぬくのがいる、血を流しての乱闘に、黒ジャック団は三人まで殺された、が、巡査はひとり残らず射ちたおされて、さいごに勝ったのは、私ら三人でした。

〝今のうちだっ、金塊の袋をみな、はこび出せ！〟

首領の私がわめきながら、ピストルを突きつけているのは、こいつだけがまだ生きている馭者の頭だった。

ずるそうな顔をしている、その馭者が、ほそい目をあけて、私の顔を見ながら、

〝親分、おれを殺したって、なんにもならねえでしょう〟

と、おちついてる声で言うのです。[50]

この大胆ぶりが、ギャング首領の私の気にいって、

〝度胸がいいぞ、手めえだけは、たすけてやらあ！〟

と、こいつの手足を荒なわで、馬車の中にしばりつけ、口もタオルでふさいでしまった。警察などへ早く知らせに行かれると、こっちの仕事がおじゃんになるからです。

その仕事が予定どおりに、うまく行った。おびただしい金塊を、三人で山おくへ、人目につかない抜け道から、はこんでしまった。悪運がいいぞ！　と、その時は、おもったのですが。

警察の捜査は、まにあわない。そのうちに半年あまりすぎて、私は金塊をうまく金にかえながら、オーストラリアを出て、イギリスへ帰ってきた、が、都会は人目が多いから危険だ、いな

かにおちついて、これからはもう、堅気の一生をおくるんだ、と、心をきめたのです。

西部イングランドの、このロス町の近くに、広い地所の売物がある、というので、来て見て、牧場も農園も、いっしょに買いとり、家も建て、結婚もしました。

妻は若くてなくなりましたが、あとに可愛いアリスというものを、のこしてくれた。あかんぼのアリス！　これを、そだてて行くのが、わたしの生きている目あてになった。一年一年と大きくなって行く、むじゃきな可愛い子供の手が、わたしを正しい道へ、みちびいてくれたのです。

ああおれは、なんという悪い奴だったろう、これからは一生、罪ほろぼしのために、なんとか少しでも慈善になることをしよう！　と、良心の目をさましてくれたのは、村の小学校へ行くようになったアリスだったのです』

ターナー氏は、そう言うと、声をおさえて泣きだした。

ホームズは、だまりこんだまま、筆記をつづけていた」

あの時の馭者

「なみだをハンケチにふきとったターナー氏は、

『人には決して言わずに、孤児院や養老院への寄付を、少しずつでもしていました。このためにロンドンへ出て、リゼント町の通りを、あるいていると、

〝よう、ジャック、えらくなってるじゃねえか〟

と、突然、よこから私の腕をつかんだ男がいるのです。

バララットにいた時分の名まえを言われて、ギクッとしながら見ると、帽子なしにボロの破れ服を着ている男、キツネのような顔に、ほそい目は、なんと金塊の大馬車に乗っていた、あの馭者だ！　と、気がついて、

〝オッ、おまえは、……〟

と、息もとまるばかりに、おどろいたのです。

〝へへッ、黒ジャックの親分、とんだいいところで、お目にかかったもんだね。こちらはチャールス・マカチーってのが、本名でさ。これは、せがれのゼームスだ〟

と、そのマカチーが、そばに立っている男の子を、指さして、

〝女房は去年なくなって、今は、このせがれと、親子ふたりきりなんだ。ジャック親分、なんとか、面どうをみてもらえるだろうね。いやだと言うなら、このイギリスはオーストラリアとちがって、法律のきびしい、結こうな国なんだし、警察はどこにだってあるんだ。おれは親分とちがって、よくねえことは、なにひとつ、やってねえんだからね〟

と、からみついてきたのです。

あの大馬車の馭者台で、こいつだけをたすけたのが、運のなくなるもとだった。ふりはなすと、こいつは警察へすぐ密告する相手だ、と、わたしはロンドンから、このロス町へマカチーを、つれてきたのです。男の子もいっしょに、そうして、地所のうちでも一等に良い農場に、住まわせることにした。わたしとマカチーは、このような関係だったのです。

これからというもの、わたしは一日だって、気のやすまることはなかった。まったく罪の報いなのです。

可愛いアリスは一年一年、ますます可愛く大きくなってきました。それにつれて私の良心の苦しみは、深くなるばかりです。

オーストラリアのバララット市の近くで、おかした罪の秘密

を、警察に知られると、わたしばかりかアリスも、身の破滅です。なお、アリスに父の昔のことを知られるのが、いっそう恐ろしい、と、わたしが日夜、苦しんでいるのを、ずるいマカチーは見ぬいてしまった。

〝今日は、ターナーさん！〟

と、わたしをたずねてくる彼は、金ばかりでなく、家、地所、農園など、いくらでも請求する、それを、わたしは、彼の言うとおりに、してやりました。

なんとも仕方がなかったのです、可愛いアリスをまもるためには！

村の人たちが、

〝古い友だちのために、ターナーさんはよく世話をする、親切な人だ〟

などと、うわさをしていたのは、大きなまちがいです。人のうわさほど、あてにならないものはない。

アリスも今年は十八になりました。父の秘密を、なんにも知らないのです。マカチーの息子のゼームスも、いい若者になりました。ところが、父親のマカチーは、わたしの健康がよくないのを知って、ターナーの全財産を自分の息子のゼームスにつがせよう、と、実にずるい方法を考えついた、そのためにゼームスとアリスの結婚を、わたしに申しこんできたのです。

わたしは、だんぜん、ことわって言いました。

〝マカチー、おまえの欲、おまえのおどかしは、かぎりがない。おれはゼームスがきらいじゃない。あれは父親のおまえのずるさに似てない、正直な青年だ。しかし、おれは、おまえの欲をみたすために、アリスとゼームスを結婚させるのは、ぜったいに、いやだぞ、こればかりは、ことわる！〟

〝ヘン、そうかね〟

と、マカチーは鼻さきで、あざわらいました。

一度や二度、ことわられて、あきらめる男じゃない。こいつは何か、ほかの方法を考えているな、と、わたしはマカチーを、いよいよ深く憎まずにいられなかったのです』

と、ターナー氏の声が、かすれてきて、カップの水を、いくども飲みつづけた。

ホームズは、たばこもすわずに、熱心に筆記していた。ぼくは、なんにもしないで、ただ聞いていたのさ、ターナー氏の話について、いろいろのことを、考えながら」

善くも悪くも

「話しつづけるターナー氏の声が、おとろえてきた、それを自分ではげまして、

『マカチーは、しつこい奴です。その後も、いくどとなく私をたずねてきては、アリスとゼームスの結婚を承諾しろ、でないと、〝黒ジャック団〟の犯罪を、あばくぞ！　と、せまるのです。しかし、そのたびに私が固く、ことわりますと、マカチーは血相をかえて、

〝それじゃあ、さいごの話を、ふたりだけで秘密につけようじやねえか〟

〝いや、ことわるだけだ、おれは、どこまでも、だが、会うだけは会ってやろう〟

と、わたしが言ったのは、どうしても彼の密告が、おそろしかったからです。

〝では、あすの午後三時、ボスコム池へこいっ！〟

〝よし、行ってやろう〟

そこで、あくる日の午後三時すぎ、すこしおくれて、谷そこのボスコム池へ、行ってみると、意外にも奴が息子のゼームスと、はげしく口論している。わたしはブナの木にかくれて、葉まきをすいながら聞いてみると、

〝ばかやろう！　きさまは意くじがねえぞ。アリスを早く手にいれてしまえ、そうしたら、おれが万事、うまくやってやるんだ〟

〝そんなことを、お父さんは、なぜ言うのか、ぼくにはできない、きたないことを〟

と、親子が今にも、つかみあおうとする、ゼームスの方が身を引いて、うしろの方へ、走りだして行ったのです。

アリスを手に入れてしまえ！　そのあと、おれがうまくやる！　このマカチーの極悪なことばに、わたしはカッとなった。この悪魔のような奴が生きているかぎり、アリスとおれの運命は、のろわれているんだ！　と、葉まきを投げすてて、足もとの石をつかむなり、飛び出して行って後から力いっぱい、悪魔マカチーをなぐりつけたのです！　自分が悪いとは、すこしも気がつきませんでした。

マカチーはすごいさけび声をあげて、血と共にたおれた。その声を聞いたゼームスが走ってきた時、わたしは森の中にかくれた、落としたオーバーを、ソッと行ってとりかえすと、石を草むらの下にうずめて、森の中をとおりぬけた。そして家へ、うらの方から帰ってきたのです。

ホームズ先生！　すこしもかくさずに、わたしは、みんな話したつもりです。これでよろしいでしょうか？』

と、ターナー氏は話しおわって、こうふんもせずに、かえってグッタリとなった。

『よく話してくれました。十分です。力をおとさずにいてください』

と、ホームズが書きあげた『ジョン・ターナー氏の口供書』とペンをもってくると、本人のターナー氏にサインさせて、

『ぼくは裁判官じゃないから、あなたの罪を裁く権利はない。警察の人間でもないから、探偵しても訴えなければならない義務もない。ただゼームスをすくうために、彼が有罪の判決を受けた時は、この書類を余儀なく裁判所へ出すことにする。でなければ、あなたのために、この秘密をまもります』

『ああ、ゼームスは罪におちるでしょうか？』

『いや、彼にたいする証こ材料が、いかに不十分なものであるかを、ぼくが別の書類にして、検事局へさし出すことにします。おそらく彼は起訴されずに、釈放されるでしょう』

『ああ、ホームズ先生！　あなたのおなさけは、このターナーがまったく、死んでもわすれませんぞ！』

ヨロヨロと立ちあがったターナー氏が、なみだをながしながら、ホームズと僕に握手すると、右足のビッコを引いて、ドアから出て行った。これが実さいに殺人犯人だとは思えない、とても正直な老人に見えたのさ。人間は境遇によって、善くも悪くもなるものだね」

化けもの屋敷の探検

「さて、その日の午後三時すぎ、ロス駅発の列車に、ホームズ

と僕は乗った。予定より早くロンドンへ帰る。しかも、『近ごろにない奇怪な事件』を解決して、ふたりとも気げんがよかった。窓のそとの新鮮な景色を見ながら、

『ターナー氏が真犯人だったのは、おどろいたね。しかし、レスト警部が、〝左ききで右足ビッコの男〟を探しあてて、捕縛するかも知れないぜ』

と、ぼくが言うと、ホームズは、にがわらいして、

『さあ、レスト君が運転手から、あの石をわたされて、またさらに憤がいすると、いよいよ必死になって捜査にかかるだろう、が、あの石には指紋が、すっかり草にうずめられた時に、消えているしね[52]。ターナー氏は一月か二月の余命だと、医者が診断したというから、もう外出しないだろうし、そのあいだに、レスト君にはつかまらないだろう[53]』

ロンドンに着いて、ベーカー町のホームズの部屋へ、ふたりが帰ってくると、出てきた主婦のハドソン夫人が、

『おかえりなさいまし！　今さっき、おくさんともお嬢さんともわからない方が、ホームズ先生を、たずねていらっしゃいましてね[54]、

〝あいにく、ただいまは、おるすですけれど〟

と、わたしが言いますと、

〝いつごろ、おかえりでしょうか？〟

〝多分、きょうの夕方か夜分でしょうと、思いますけれど、なにしろ先生は出ていらっしゃるのも、おかえりも、まったく突然ですから〟

〝では、どうぞ、これをおわたしくださいませんか〟

と、前もって書いてらしたんでしょう、ハンドバッグの中から、これをお出しになりましてね、サッサと道へ飛び出して、ずいぶんハキハキした方でしたわ』

と、ホームズの前にさしだしたのは、まっ白な封筒なのさ。

> シャーロック・ホームズ先生
>
> 必ず親展

ペンのあとも、ハッキリしている。

『フウム、おくさんともお嬢さんとも、わからない方か』

と、パイプをくわえたホームズが、封を切って中から厚い紙をつまみ出した。ひろげて一気に読んでしまうと、

『ちょっと、おもしろそうだぜ、ワトソン、読んでみろよ』

ぼくにわたした。まっ白な新しい紙に、やはりハッキリしているペンのあとが、

> シャーロック・ホームズ先生！
>
> 突然のおねがいを、おゆるしください。
>
> わたくしは、今、家庭教師の職に、口がありますの、けれども、はたして行ったものか、どうしようかに、迷っています。あまりに奇妙な、ふしぎな、わけのわからない気がしますからです。
>
> わたくしには、両親も親類も、心から話しあう友だちもいませんし、ホームズ先生ならば、わたくしの行く道を、きっと教えてくださることと、信じています！
>
> あしたの朝、十時三十分、もう一度、うかがいますから、

おさしつかえなければ、お会いください！　おねがい、いたします。

バイオレット・ハンタ

『家庭教師に行く婦人だね、このハンタさんを、きみは前から知ってるのか？』

　と、ぼくがホームズに、手がみをかえすと、

『フーッ、知るもんか、むこうが知ってるだけだ』

『どうする？　会ってみるか』

『ウム、おもしろそうな気がするんだ。この前の〝青い紅玉(ルビー)〟だって、はじめは、いたずら気分で手をつけてみると、あのようにに意外な場面を見せたからね。この手がみのハンタ夫人かハンタ嬢が、どんな相談をもってくるのか？　かなりに興味があるのさ[▼55]』

『ウン、そうだ、〝あまりに奇妙な、ふしぎな、わけのわからない気がしますから〟と、書いているからね』

　そこでホームズも僕も、〝あしたの朝、十時三十分〟に来るというハンタ夫人かハンタ嬢を、大いに待つ気になったのさ。

　この初めて会った一婦人によって、また思いがけない謎の場面が現われた、これを次に話して行こう。そうだね、ひとくちに言うと、〝謎屋敷の怪〟とでも、題をつけていい、化けもの屋敷の探検みたいな、奇怪な実話なんだ」

第三話　謎屋敷の怪[▼56]

「栗色の髪を切れ！」

陽気なデブ紳士

「あくる日の午前、ちょうど十時三十分、一分のちがいもなく、ホームズの部屋へ、女性のバイオレット・ハンタが、はいってきた。

　おくさんか、お嬢さんか？　見たところ、年は二十五六、質素なキリッとした服そうに、いかにも賢そうなスッキリした顔をしている。おしろいも口紅もつけていない。一見して知的婦人だ。なるほど、家庭教師には良いだろう、と、ぼくが思うと、同時にホームズが、

『こちらへ、おかけください、どうぞ！』

　テーブルの前の腕いすを、ゆびさして、

『お手がみを拝見しました。なんでも、お話しください。こちらは親友のワトソン博士です』

『ありがとうぞんじます、わたくし、ミス・バイオレット・ハンタです』

　ミス、お嬢さんだ、うなずくと、いすの前へまわってきて、かけるなりハキハキと話しだした。

『わたくし今から二月まえまでは、外務省のスペンス・マンロ

ー氏のお宅へ、ちょうど五年間、家庭教師をつとめていました。ところが、ご主人のマンロー氏が、突然、カナダへ転任になりまして、家じゅう皆さんが、その方へいらしたのです。わたくしは失業してしまって、まい月の収入も、きゅうになくなりましたの。

新聞の広告を見たり、自分でも出しましたけれど、これという口が、なかなかきまらなくて、そのうちに貯金も少くなってきますし、まったく、よわってしまいましたの』

そういう声の調子も強く、見はっている目いろも強い。『よわってしまった』というのは、にあわないみたいだ。

『西区の方に、家庭教師の紹介所がございますの。ストーパ夫人が経営していらして、新聞広告が出ていましたから、そこへ私、行ってみました。

ストーパ夫人は、五十才くらいの方です。就職の口をもとめにきた婦人たちを、別室に待たせておいて、ひとりずつ自分の部屋へ呼びいれますの。それから大きな帳簿を目の前にひらいて、いろいろと適当なところを、しらべてくれます。はな目がねをかけて、キビキビと片づけて行く夫人でした。

このストーパ夫人の前へ、わたしが別室から呼ばれて、はいりますと、夫人ひとりではなく、とてもふとってる男の方が、よこの方のいすに、ドッシリとかけていました。あごが二重になって、のどの方へたれさがっていますし、顔も大きくて愛きょうがあり、なんだか陽気な紳士のようでした。

この方がニコニコして、目がねの厚いレンズの中から、わたしを見るなり、とつぜん、立ちあがりそうになって、

〝この方がいい！　ウム、これ以上は、のぞむのが、むりだて、やあ、すてきだ、すてきだっ！〟

と、まるでむちゅうみたいに、大声をあげて、わたしに、

〝あんた、ここへ就職の口をさがしに、おいでなんじゃな、そうじゃろうね？　ハハア〟

と、あごの二重なのが、ダブダブと動くんですの。

わたしは、おかしさを、がまんしながら、

〝そうでございます〟

と、こたえますと、

〝家庭教師をね、ね、そうじゃろうな？〟

〝はい、そうでございます〟

〝ウム、ウム、よろしい。報しゅうは、どのくらい、おのぞみかな？　えんりょなしに、言うてみてください！〟

と、とても熱心におっしゃるんですの。

こんな紳士の方、はじめから奇妙な印象をあたえられまして、……』

と、ハンタ嬢がハキハキ言いながら、ホームズと僕を見つめて、ふと息をついた。

ホームズが、おもしろそうな目つきになって、

『ちょっと何だか、こっけいな紳士らしいですね、それから？』

と、話のさきを、さいそくした。

当年まさに六才

「『わたしは、むろん、今までの報しゅうを言いました』

と、ハンタ嬢が、ホームズと僕を見ながら、キリッとした顔になって、

『〃先だってまでは、まい月、四ポンドでした〃
と、その「こっけいな紳士」に、こたえますと、
〃なに、月四ポンド！　ウウム、ひどい、それはいかん、じつに、ひどい！〃
と、ダブダブの二重あごが、ゆれて動いて、両方の手をバッとひろげると、おこったような顔になって、
〃じつにおどろく！　このような立派な、教養のある婦人を、月四ポンドばかりで、しばりつけておくなんて、けしからん！人権問題じゃ、な、そう思わんですかい？〃
と、わたしへ質問なんですの。
〃いいえ、教養とおっしゃいましても、わたくしは、フランス語とドイツ語を、すこしばかりと、画（え）と音楽の方を、……〃
と、言いかけますと、
〃なに、いいや、そんなことは、まったくのところ、問題にならんですわい、ハハア〃
〃まあ、……？〃
〃もっとも大切な点を言えばじゃ、あんたの身のこなし、つまり、風さいと態度、それが、立派な女性として、そなわっておるか、どうかじゃ。これこそ実に、かんじんの問題ですぞ！〃
〃そのような立派な身のこなしなど、わたくし、ぞんじていませんわ〃
〃いいや、いや、お待ちなさい。わしの子どもは男ですじゃ、当年まさに六才、まだ小学校へも行っとらん。しかしながら、将来、このイギリス国の歴史の上に、もっとも重要な一役を、なしとげるかも知れん、な、このような子どもを、そだてあげるための家庭教師は、まったく、あんたのような婦人でなければ、ならんのじゃ〃
〃まあ、たいへんでございますわ〃
〃なあに、大変も小変もない。この大切きわまる家庭教師を、わしは今、あんたにたのむんじゃ、な、そこで、わしの家へきてくださるならば、どうじゃろう、まずもって初めのうちは、年百ポンドということでは？〃
わたしはビックリしました。よすぎる報しゅうですし、なんだか本気にできないのでした。一年百ポンド収入の家庭教師など、今まで聞いたことがないのですから。
このふとったデブ紳士、もしかすると、気が変じゃないのかしら？
そう思った私の顔に、疑がう感じがあらわれたのでしょう。デブ紳士が、いきなり紙入れをだして、お札をぬきとりながら、
〃これは、わしのやり方ですがな、約束のできた方には、報しゅうの半分を前わたしとして、まずさしあげる、ということにしとるです。身のまわりのしたく、旅行費、そのほかにも、いろいろと、ご入用じゃろうから、な、受けとってくださいよ〃
と、両方の目を糸のように細くして、とても、うれしそうに言われるのでした。
わたしの貯金、なくなりかけていて、心ぼそい時ですし、借りている店もあって、〃前わたし〃のお札を受けとるのは、ほんとうに欲しかったのです、けれども、この陽気な紳士のお話は、どうも変なものですから、なおよく聞いてからと、
〃失礼ですけれど、お家は、どちらでしょうか〃
と、たずねてみますと、
〃ヤア、それは大事なことじゃ。わしの見たとおり、あんたは

賢い方じゃ。家は、いなかでな、ハンプシャですよ、とても景色がよい。駅から五マイルほどじゃが、「ブナ屋敷」というと、知らん者はない。ウム、有名ですよ、ほんとうに〟

〝「ブナ屋敷」って、どういうわけでしょう？〟

〝なあに、庭の中に、とても古い、とても太い、とても高い、ブナの大木が、むかしから、そびえ立っとるからじゃ。これこそ、あんたに、ぜひ、見せたいものですよ、ウン、もう何百年まえから、いや、何千年まえから、ヌーッと立っとるですからな〟

この方のお話は、ますます変になってきて、そうしてニヤニヤと、わらってらっしゃいますの、どこまでも陽気に』

と、ハンタ嬢はジッとまゆをしかめた。

相手は陽気な紳士だったが、ハンタ嬢の自分は、よほど憂うつだったらしい」

髪を切る条件

「まゆをしかめたハンタ嬢が、なお話しつづけて、

『うっかり、しょうだくできない、と、おもったものですから、わたしは妙なデブ紳士に、なおきいてみました。

〝もしも私が、まいることにしますと、お家でいたしますことは、およそ、どういうことでしょう？〟

〝ああそれは、むろん、子どもを教育してもらうんじゃ。なにしろ、いたずらの、わんぱくぼうずじゃから、あぶら虫をスリッパで、ピシャッピシャッと、たたきころすところを、お目にかけたいね、ウム、たちまち四ひきや五ひきは、ピシャッピシャッと、やっつけるですよ、ハハッ、ハハア〟

そんな乱ぼうないたずらは、子どもの性質を荒くする、気をつけなければ、とおもいました、けれど、現にお父さまが、目をほそくして愉快そうに、わらっていらっしゃる、これは家庭の中の空気も、変なのじゃないかしら？　と、おもいましたの。それでなお、たずねてみました。

〝わたしのいたしますことは、それでお子さまのお世話だけなのでしょうか？〟

〝いや、なあに、家内が時には、チョイ、チョイと、おたのみするかも知れんですよ。しかし、もちろん、女中にさせるようなことを、あんたにおねがいすることは、けっして、だんじて、ないんですじゃ、ウム〟

〝でも、それは、どんなご用事なのでしょう？〟

〝さよう、たとえば服そうのことですじゃ。わしにも家内にも、じつは、一風かわった好みがあってな、自分の好みの服を出してきてじゃ、「これを着てみてください」と、たのむことが、あるかも知れんが、ウム、しかし、こんなことは、べつに気をわるくなさらんじゃろうな、ハハッハア、どうじゃろう？〟

〝いいえ、それくらいのこと、気にはしませんわ〟

と、言いながら、ずいぶん奇妙なことを、考えているご夫婦だな、と、わたしはますます変な気がしましたの。

〝ウウム、あんたは心のひろい方じゃな、ありがたい！　それから、部屋のなかで、「ここにかけてください。あそこへすわって」と、たのむことがあっても、べつに気にかけずに、そのとおりにしてくださるじゃろう、な、あんた！〟

〝そのくらいのこと、なんでもないとおもいますわ〟

〝ウウン、いよいよもって、ありがたい！　それから、さいご

に、もうひとつ、これは、どうじゃろうか？〃
〃なんでございますの？〃
〃いや、ウウム、来てくださるまえにじゃな、その髪の毛を、みじかく切ってきてください、と、おたのみしたいのじゃが、どうじゃろうか、あんた！〃
〃まあ、……〃
なんということでしょう？
この突飛な条件に、わたしは憤がいしました。わたしの髪は、このとおり栗いろをしていますし、のばしているほうが、自分の気にいっていますの。たとい流行だといっても、[58]〃みじかく切って〃と、人から勝手に言われたのは、とても腹がたちました。
〃いいえ、こればかりは、おっしゃるとおりに、いたしかねます！〃
と、ハッキリ、はねかえして言いました。
わたしが何とこたえるだろう？ と、目をほそくして、ジッと見つめていたデブ紳士が、きゅうに目を大きくして、
〃ああ、どうも、これはその、家内の好みなんでなあ、こればかりは、しょうちしていただきたいんじゃ。こまったな、ウウム、あんたは、どうしても髪を切るのは、いやだというのかな？〃
〃おことわり、いたします！〃
〃そうか、それでは、なんとも、しかたがない、ざんねんじゃな。あんたほど適当の人はないのじゃが、髪の点だけで、だめなことになった！ ああ、……〃
と、いかにも失望したらしく、ダブダブの二重あごに手をやって、デブ紳士がガッカリした顔になりました。
家庭教師の髪を切らせるなんて、ずいぶん、わがままなおくさんだわ！ と、わたしは、このデブ紳士まで、いやな気がしたのでした』

好奇心がムズムズして

『変なデブ紳士が、ストーパ夫人の方へ顔をむけて、
〃ウウム、まことに、ざんねんじゃが、ほかのご婦人を、しょうかいしてくださらんかな？〃
と、二重あごに手をあてたきり、ガッカリして言いますと、
〃さあ、……〃
ストーパ夫人は、大きな帳簿から目をはなして、わたしの顔をチラッと、つめたい視線で見すえました。そして、
〃ハンタさん、あなたは、この帳簿に自分の名まえを、まだ残しておくつもりですか？ いつまでも口がきまらずに〃
と、切りつけるような、するどい声で言うんですの。
〃ええ、でも、しかたがありませんわ〃
〃そう、これほどいい口を、おことわりになるのでは、いつまでたってもだめでしょうね。また二度と、このような口はさがしてあげられないでしょう、では、さようなら！〃
プツッと言いきって、夫人はテーブルの上の呼びりんを、リリンとならしました。
別室に待っている、だれかが、はいってくるのです。
わたしは、やっぱり失業です。しょんぼりと道へ出て、アパートの自分の部屋へ、力なく帰ってきました。
戸だなの中に、食べるものは何にもない。テーブルの上には、

売店からの支払請求が、二枚、かさなっている。お金は残りすくない。どうしたらいいかしら？

すっかり悲観したんですの！

考えてみると、あのデブ紳士とおくさんに、変ったことを言いつける、みょうな〝好み〟があって、家庭教師に、髪まで切ってこい、といっても、それにはそれだけの報しゅうを、十分に出そうというのでした。

はじめから年百ポンド！

髪なんて切ったって、いいじゃないの？

みじかくして、かえって美しくなった人も、ずいぶん、道で見かけるじゃないの！

そうだわ！　せっかくの〝前わたし〟を、おしいことしたわ、ああ惜しい！

わたし、とても後悔したのでした。

もう一度、きまりのわるいのを、がまんして、ストーパ夫人へ、ねがいに行ってみようかしら？　あの意じのわるい鼻目がねに、にらまれてもいいわ。夫人だって、しょうかいの手数料が、はいるんだもの。

こんなことを、いろいろ考えていますと、この手がみが、速達できましたの』

と、ハンタ嬢がハンドバッグをあけて、取りだした封筒を、テーブルの上においた。

『ハハア、デブ紳士からの手がみですね』

と、ホームズの目が、きゅうにきらめいた。

『はい、そうなんですの』

『ワトソン、読みあげてみてくれ。ぼくは聞きながら、考えてみよう。デブ紳士の後に、何かありそうだぜ』

『よしきた、どういうのかな？』

ぼくは好奇心がムズムズして、その手がみをぬきだすなり、読みながら自分も考えてみたのさ。デブ紳士の後に、なにか謎が、ひそんではいないか？　と。

家内、家内が

尊敬するバイオレット・ハンタ嬢！

あなたのアパートにおける番号を、ストーパ夫人から聞きとって、ここに、この手がみをさしあげるのは、ぼくの非常に光栄とするところであります！

あなたに僕が心から希望し、ねがいに願った条件を、今いちど、考えなおして、くださらぬでしょうか？

実はですな、あれから家へ帰ってきて、あなたのことを、家内に話して聞かせると、家内もまた、すっかり乗り気になってです、

〝そういう方こそ、ぜひ、ぜひ、おねがいしてくださいませ！〟

と、熱心を顔にあらわして、ぼくに言うのです。

ついては、そこで報しゅうを、年百二十ポンド、すなわち毎月十ポンドを、かならず前わたしで、月のはじめに、さしあげること、これをここにかたく約束するのは、家内も僕も、よろこび、光栄とするところであります！

われらの尊敬するバイオレット・ハンタ嬢！

ここに僕は、あなたにたいし、もっとも正直に白状いた

します。

ぼくも家内も、実は、変り者が、そろっているのです。

しかし、けっして決して、すこしも、みじんも、ご迷わくはかけないつもりです。

家内の愛する色は、緑です。そこで、この好みの色の服を、あなたに着せて見たいという、つまり、母親らしい希望を、もっているのです、というのは、娘のアンナが、今のところ、アメリカのフィラデルヒア大学へ、勉強に行っているからです。

もっとも、これらの服は、むろん、当方でつくったものであり、あなたに、なんら支出の必要は、一ポンドといえども、ないのです。

それからですな、これまた部屋の中で、あなたに、こしをかけていただく位置を、お願いするのも、なんらご迷わくにはならぬことと、家内も今、この手がみを書いとる僕のそばで、しきりに言っているのです。

さて、さいごに、その髪のことです！

実にじつに、こまったこと、なんともこれは、失礼でもあり、きわめてご迷わく、と、万々より以上に、しょうちいたしておるのですが、こればかりは、なにとぞ、まげて、みじかくしていただけないでしょうか、と、家内もまた、切に切に、ねがっているのであります！

われらの尊敬するバイオレット・ハンタ嬢！

こころみに、いちど、この僕たちの家庭を、見にきていただけませんか？

これまた、切なるおねがいであります！

列車の時こくを、お知らせくださると、ぼくがインチェスター駅へ、車をもって、むかえに出ます、よろこんで。
インチェスター駅に近いブナ屋敷にて
ゼフロ・ルーカスル

読んでしまって、ぼくは、

『どうも変ってる手がみだね、ホームズ、どう思う？』

と、この時はホームズを、テストしてやったのさ」

一から十まで謎
それこそ危険だ

「ニッコリわらったホームズが、パイプに火をつけると、ハンタ嬢に、

『たばこを失礼！　〝どう思う？〟って、ワトソン博士が、ぼくをテストするのですが、今の手がみだけでは、〝ゼフロ・ルーカスル〟というデブ紳士と夫人の変な希望、その正体が、まだ、つかめないですね。もっとも、デブ紳士自身も言っているように、〝ぼくも家内も、実は変り者が、そろっている〟それだけの話かも知れない、とすると、なんでもない、かんたんですね。あなたの考えるところは、どうなんです？』

『あら、わたしもテストされるんですの』

と、ハンタ嬢がホームズの快活さに引きつけられて、あかるい笑顔になると、

『この〝ルーカスル〟というデブのお父さん紳士、〝家内が、

家内が〝って、おくさまを、よっぽど大事にしてらっしゃるんでしょう』

と、賢そうなひとみをかがやかした。

『フーッ、夫人を大事にしている主人、とすると、人がらもいいのじゃないですか？』

『ええ、それで、わたくし、行ってみようと思いますの、でも、この手がみの感じだって、なんだか変でしょう！　ルーカスル氏にしても、陽気なデブ紳士という感じのほかに、なにか秘密をもっている、という気が、わたしの胸の中から取れませんの。ですから、ホームズ先生のご意見を、うかがいたいと、ぞんじまして、……』

『しかし、あなた自身が、行くときめた以上、問題はないはずだ』

と、ホームズのブッキラボーが、はじまった。

『でも、まだわたし、ほんとうは迷っていますの』

『フーッ、すると、いつまでも解決はつかない』

『わたし、こう考えているのですけれど、ルーカスルさんは陽気で、やはり親切な方かも知れない。おくさまが、もしかすると、気のくるった夫人なので、世間に知れるのは、こまることだし、精神病院へ入れなければならない。それを、ご主人のルーカスルさんは心ぱいして、おくさまの気ちがいが、ひどくならないように、どんなことをしてでも、その気まぐれのとおりに、してあげるほかはない、と、こういう家庭ではないのでしょうか？』

『フウム、その判断が、あたっているかも知れない。ワトソン博士、どう思う？』

『気ちがいの夫人がいる、とすると、そこへ若いハンタさんが行くのは、あまりよくはないと思うね』

『でも、報しゅうが、いいのですわ』

『フッフー、よすぎるね、一年四十ポンドでも、今は不景気だから、だれだって飛びついて行く。その三倍を出そうというのだ。夫人があたりまえではない、というほかに、なにかの謎が、ひそんでいるのじゃないか？　と、疑がえば疑がえるね、ワトソン博士、どう思う？』

『また、おれか？　疑がえば何だって切りがないだろう』

『ホームズ先生！』

と、ハンタ嬢の声が、きゅうに強く、

『わたし思いきって、ルーカスルさんへ、しょうだくの電報を打って、この髪は切ってしまって、あしたの朝、むこうへまいります！』

『フム、むろん、あなたの自由だ』

『でも、なにか危険なことが、もしもありましたら、お知らせいたしますから、その時は、ワトソン博士とごいっしょに、たすけに来ていただけましょうか？』

『フム、行きましょう、だが、危険を感じたら、早く知らせなさい。まにあわないと、それこそ危険だ』

『ありがとうぞんじます。これで安心いたしました』

ハンタ嬢がハキハキと、かんたんに感謝すると、立ちあがって、ホームズと僕に握手するなり、えらく活ぱつにスタスタと出て行った。

あの栗色の髪を切るんだな！　と、ぼくは後から見ていたのさ」

「トホーニクレタ」

「ハンタ嬢が階段をおりて行く、靴音もシッカリしているようだ。ぼくがホームズに、

『よほどシッカリしてるぜ、ハンタ嬢は！』

と言うと、ホームズが天じょうをあおむいて、

『フーッ、〝ブナ屋敷〟か、そこへ行くと、シッカリの必要が、いよいよ起きてくるかも知れない、彼女が妹だったら、ぼくはだんじて行かせないね』

『何かの危険が、あるのかな？』

『彼女は両親もない、親類もない、孤独だ。報しゅうに引かされて、冒険をあえてする。近いうちに、たすけを呼ぶ電報がこなかったら、ぼくはよっぽど、どうかしているんだ！』

ホームズが断言した。

名探偵の予言が的中して、二週間ほどすると、はたして急電がハンタ嬢から打たれてきた。

> アシタヒル」インチェスターエキマエ」ブラック・スワン・ホテルへ」オイデヲマツ」トホーニクレタ」ハンタ

ハンタ嬢が途方にくれたんだ、どうしたのか？　ぼくはホームズから朝早く電話で知らされて、さっそく、ベーカー町へ行ってみた▼61。部屋にはいると、ホームズが、

『ヤア、いっしょに行ってくれるだろうね』

『ウン、行くとも！』

『よし、九時半発、途中二時間、インチェスター駅に十一時半着、彼女の冒険に協力だ』

『しかし、この電文で見ると、それほど危険がせまっているとは、おもえないぜ』

『ヤッ、プラス一点！　駅前のホテルへ出てこれる彼女は、ブナ屋敷の中に、閉じこめられてはいない▼62』

『逃げたければ、逃げだせるんだ』

『そのとおり、だが、途方にくれている。これは、どういうわけだ？』

『行ってみないと、わからない』

『気の強い彼女は、途方にくれながら、がまんしている。シッカリの必要、今こそ起きてきた！』

『オイ、もう九時二分前だぜ』

『フッフー、いそぐな急ぐな、まだ、いささか早い』

『ピストルの必要は、どうだ？』

『あるね、〝ブナ屋敷〟なるものを、探検することになるだろう』

『気ちがい夫人が、あばれだすのかな？』

『ハハッ、そこまでは、まだわからない。さあ行こう、探偵、冒険、行ってみて、はじめてわかる！』

ホームズが出発の前から、張りきっている、こんなことは、めったにない。さては〝ブナ屋敷〟の中に、なにか探偵冒険の謎が、ひそんでいるんだな！　と、ぼくも胸がさわぎだした。そしてロンドン駅から出発したのだ。

インチェスター駅前の、古い有名なブラック・スワン・ホテルに、ホームズと僕がはいったのは、正午まえだった。ハンタ

嬢が待っていた。キリッと口をむすんで、シッカリした顔をしている。すこし、やつれたようだ。

『よくこそ、いらしてくださいました、ありがとうぞんじます。どうしたらいいか、途方にくれていますの、ほんとうに！』

予約した部屋に、食事の用意ができている。

『なに、こちらも、ありがたいですよ、おもしろい事件に、ぶつかるのは。食事しながら、お話を聞きましょう。このホテルは有名だから、ワトソン、きっと旨いものを食わすぜ』

と、ホームズ先生、ここでも大いに食うつもりだ。

ハンタ嬢は、しかし、気をひきしめた顔いろになって、

『先生、そうおっしゃいましても、わたし、〝三時までに帰ります〟と、ルーカスルさんに許しを受けてきましたの、ですから、ゆっくりしてはいられませんの』

『ハハア、およそ二時間ある。ゆっくり話しなさい、だが、ぼくたちに会ってくると、言ってきたのでは、ないでしょう』

『まさか、ただ〝インチェスター駅へ行ってきます〟とだけ、言ってきましたの』

『フム、〝何しに〟とは、きかれなかった？』

『そんなこと、きかれたって、わたし、こたえませんわ！』

『ホー、話をはじめなさい。同時に食事だ、あなたもいっしょに！』

ホームズは快活に、ナプキンをひろげて、ひざにかけた」

これは大女

「三人いっしょに食事しながら、同時に初まったのは、〝ブナ屋敷〟の話だ。

『わたし、まず初めにお話したいことは、きょうまで、ルーカスルさんご夫婦から、ひどいめにあわされた、というようなことは、いちどだってありませんの』

これにはホームズも僕も、意外な気がした。

『夫人の気もち、性質などに、ちがったところは？』

『いいえ、それは、わたしの大変な思いちがいでした。おくさまは、やさしくて、口かずもすくなく、いつも何か考えていらっしゃるような、ですから、お顔いろがわるくて、とても静かな方ですの』

『フウム、年は？』

『それも思いがけなく、お若くって、まだ三十にはおなりにならないでしょう』

『ルーカスル氏の方は？』

『もう四十五六らしいのです』

『ふたりの年が、かなりちがっているのは？』

『ええ、おふたりが話してらっしゃるのを、それとなく聞いていますと、今から七年ほど前に結婚なすって、その前に先のおくさまが、いらしたんですわ』

『その先の夫人は今、生きている？』

『さあ、そこまでのお話は、なさらないんですの。〝アンナさん〟というお嬢さまは、やはりアメリカへ行ってらして、お年はもう、はたちより上らしいんです。ルーカスルさんが、わたしにソッと、

〝アンナは、わけもなく今の母がきらいで、アメリカへ勉強に行ってしまったんだ。どうも気になるですよ、大学の寄宿舎などにはいって、まい日、どうしとるかと思ってね〟

と、いつもの陽気さとかわって、しんみりとお話しでしたの』

『あまり幸福な家庭ではないようだな。ルーカスル氏と夫人の仲は？』

『さあ、なにしろ、おくさまが、おとなしすぎるんですの。ひとりでいらっしゃると、悲しそうなお顔をなすって、ジッと考えこんだきり、だまってらして、だから、お家の中の空気が、暗いようですわ』

『その原因らしいのは？』

『わたしの見たところでは、ぼっちゃんの性質を、いつも心ぱいなすって、と思いますの』

『六つになる男の子でしたね』

『ええ、とてもわがままで、からだは小さい方ですけれど、頭ばかり大きくって、だだをこねて、なきわめいたり、ふさぎこんで、言うことをきかなかったり、自分よりよわいものを、なんでもいじめて、虫とか小鳥とかネズミをつかまえて殺すのが、おどろくほど上手なんですの』

『手におえない子どもだね。ほかに家の者は？』

『召使のようすが、よほど変っていますの。ふたりだけいて、夫婦なんです。夫の方は〝トラ〟という名まえで』

『トラ、名まえも変っているな』

『これがもう、髪の毛も、ひげも、よほど白くなっていますのに、いつもお酒のにおいを、プンプンさせて、なにか言うと突っかかってきますの。すごい乱ぼう者で、わたしが行ってからでも、グデングデンに酔っぱらったことが、二度ありましたわ、でも、ルーカスルさんは、すこしも、おしかりになりませんの』

『フム、注意すべき点だな。おかみさんの方は？』

『これは大女ですわ、背が高くて力がつよくて、いつも気むつかしい顔をして、ふくれてばかりいるんですの。そろいもそろって、いやな夫婦ですわ』

『フウム、変りものぞろいだな』

『そうなんですの、でも、わたしが来まして、二日のあいだは、べつに何事もありませんでした。ところが、三日めの朝、おくさまが二階からおりていらして、ご主人に何ですか小さな声で、ヒソヒソとおっしゃると、

〝ウン、よろしい、わかったよ〟

と、ルーカスルさんが、わたしの方をむいて、

〝ハンタさん！　わしら変り者の気まぐれで、あんたが髪まで切ってくださって、まったく感謝しとりますよ。しかしですな、髪がみじかくなって、あんたは前よりも、たいそう美しくおなりじゃ、ところで、前に話した緑の服じゃが、どんなに似あうか、家内が見たいと言うんでな、ひとつ着て見せてくださらんか。あんたの部屋のベッドの上に、出しておいたというんじゃが〟

と、目をほそくしたまま、二重あごをダブダブさせて、気げんよくおっしゃいますの』

ハンタ嬢の話が、だんだん変なことになってきた。ホームズも僕も、料理の味がわからないほど、この話に耳をすましながら、食うことは大いに食ったのさ」

大デブさんの踊り

「食事がおわって、ハンタ嬢の話が、いよいよ本舞台にかかってきた。

『わたしの部屋というのは、二階のはずれで、小ぢんまりしているのを、あてがわれていますの。そこへ行ってみますと、なるほど、ベッドの上に緑いろのワンピースが、たたんであるんですの。まあ！　いつのまに、おくさまが、ここへおいてらしたのかしら？　と、ひろげてみますと、高級品ですけれど、まあ新しいのではなく、たしかに誰か着たあとがありますの』

『フーッ、それもまた変だな』

『着てみますと、まるで、あつらえて作ったみたい、わたしにピッタリですの。なんだか、みんな変なことばかりだわ！　と思いながら、その緑のワンピースに着かえて、下へおりて行きますと、ルーカスルさんもおくさまも、応接室にいらして、わたしを見るなり、

〝ウウン、よろしいぞ、よく似合うわい！　うまいぞ、うまいぞ！〟

なんて、デブのルーカスルさんが、ふとい手をたたいて、大よろこびですの。

おくさまは、さみしそうなお顔に、微笑をうかべて、

〝よくお似あいよ〟

と、おっしゃって、

〝ほんとうに、よかったわ、ハンタさん、そこへかけて見てくださいね〟

と、指さされたのは、三つある大きな窓のまんなかに、いすが一つだけ、おいてありますの、背なかを窓にむけて。

〝かしこまりました〟

どうせ私は、このような変な条件を、しょうだくして来たんですから、そのいすにかけて、緑のスカートをなおしました。応接室の中をむいて、窓は後になっています。窓のそとは、道になっていますの』

『フウム、興味のある場面だね、舞台を見ているように！』

と、ホームズが乗りだした、探偵眼をキラキラさせてさ。

『すると、ルーカスルさんが、部屋の中を、グルグルまわって歩きながら、とてもおもしろい、こっけいな話を、つぎからつぎへと、なさるんですの。手をふりまわして、おどったり、はねたり、これが大デブさんですから、そのこっけいなこと、話よりもこの方が、おかしくって、わたし、おなかがいたくなるくらい、わらいつづけましたの、あとで思いだしても、おかしくって』

『その時、夫人の方は？』

『ご主人が、はねたりおどったり、してらっしゃるのに、おくさまは、まるで、いつものとおりの悲しそうなお顔をして、すみの方のいすに、ジッとしてらして、ほんとうに変でしたわ』

『そのあいだの時間は？』

『一時間あまりも、つづきましたの』

『フッフー、おどったり、はねたり、話したり、四十五六才の大デブさんが、かなりの労働だな、それから？』

『そのうちに、とつぜん、大デブさんがピタリと立ちどまって、急にまじめに、

〝ハンタさん！　もうエドワードにＡＢＣを、おしえる時間じ

や。その服をきかえて、子ども部屋へ行きなさい！〟

　と、命令みたいに言われたんですの、〝エドワード〟というのは、手におえないぼっちゃんの名まえですわ』

『フム、〝将来、歴史上の人物になるかも知れない〟えらく有望な子どもなんだね』

　と、ホームズが微笑して、天じょうをあおぐと、ぼくに、

『ワトソン、〝ブナ屋敷〟には、一から十まで謎が満ちているぜ。複雑だ！』

　と、目いろにも力が満ちていた」

プラスまたプラス！

「ぼくが、ふと思いついて、

『〝一から十まで謎が満ちている〟というと、〝ブナ屋敷〟よりも〝謎屋敷〟だね』

　というと、ハンタ嬢が僕を見つめて、

『ほんとうに、そうなんですわ。大デブさんがおどったり、はねたり、こっけいな変なダンスが、その時だけではなく、二日めにまた、おなじように、つづいたんですの』

『あなたは、その日にも、緑のワンピースに着かえた？』

『ええ、おくさまに言われて、やっぱり、まんなかの窓に背なかをむけて、いすにかけて、でも、つぎの時は大デブさんのダンスが、一時間あまりつづきますと、また突然、ピタリと立ちどまって、

〝ハンタさん！　これをひらいて、読んで聞かせてくださいのう〟

　と、ポケットから出して、わたしにわたされたのは、小さな黄色い表紙の本でした。

　ひらいて見ますと、おもしろそうな小説でしたの。

〝はじめから読みます？〟

〝いいや、いや、どこからでもよい、ウム、早く読むんじゃ〟

　わたしは、いよいよ変な気がして、しゃくにさわりましたから、わざと中ごろをひらいて、かってにベラベラと読んでみましたの。小説のすじも何にも、わからずに、六七ページほど、声をあげて読んでいますと、

〝オッ、おもしろい、おもしろい！　ウハッハハハッ！〟

　と、大デブさんがわらいだして、

〝そこまでじゃ、ウム、やめてよろしい。服をきかえて、エドワードのＡＢＣを、たのみますじゃ〟

　と、急にまじめに、そう言うんですの』

『夫人は、やはり、すみの方のいすに、だまりこんで、悲しそうな顔をしているのですか？』

『そうなんですわ、こんな変なことを、わたしは何度もさせられて、たまらなく不思議ですから、ふと気がつきましたの。一家の主人が、大デブさんのくせに、おもしろい話をして聞かせたり、一時間あまりも、おどったり、はねたり、汗までながして、いくら変り者だといっても、たいへんな努力だわ、これは、いったい、なぜだろう？　わたしが後の窓へ顔をむけないように、こんな妙なダンスを、つづけてなさるんじゃないか知ら？』

　ホームズが、ひざをたたいて言った。

『そのとおり、プラス三点！』

『あら、優等ですのね、わたし、それから考えましたの、窓へ

顔をむけるのが、なぜ、いけないのか知ら？　これは一つ窓の外のようすを、なんとか工夫して、見てやろう、そうしたら、なにかわかるんだわ！　と』

『よろしい、ますますプラスだ！』

『わたし、いつもハンドバッグに小さな鏡を、入れていますから、これをハンケチにつつんで、つぎの時に応接室へもって行きました[▼63]。大デブさんの妙なダンスが、この時も、こっけいな踊り方で、グルグルと部屋じゅうをまわるんです。わたしは、わらいころげるふりをして、ハンケチを目にあてましたの。中にある鏡に窓の外を、ソッと、うつして見ました、左の方や右の方を、でも、べつに変ったことはないんですから、失望しましたの』

『フーッ、変ったことが、あるはずだがね』

『まあ！　ホームズ先生のおっしゃるとおりですわ。よく見ますと、むこうの方の垣ねに、ひとりの男がよりかかって、こちらを見つめていますの。ほかに歩いて行く人が、いくたりもいるのに、この男だけがジッと動かずにいるんですわ』

『プラス、プラス！　その男の特長は？』

『からだは細くて、ネズミ色の服をきていますの。小さな鏡の中ですから、ハッキリとは、わかりませんでしたけれど』

　新たに謎の男が現われた！　まったくこの事件こそ、謎だらけじゃないか、と、ホームズも僕も、非常な興味に打たれたのさ。

　ところが、ハンタ嬢の話は、これどころじゃなくて、『途方にくれた』のは、これからなんだ」

すばらしい、だが命がけだぞ！

ガラガラと、くさりの音

「ぞくぞくと謎が出てくる、ハンタ嬢の奇怪な話。

『小さな鏡ですから、ハンケチの中に、すばやく包んでしまって、おくさまの方をソッと見ますと、おくさまはジッと私を、すみの方から見つめていらして、両方の視線がチカッと、ぶつかったんですの、すると、すぐ、ご主人に、

〝道に変な男がいて、ハンタさんを見ていますのよ〟

と、これを聞いて、わたし、ハッとしました。

　おくさまは、すみの方にいらして、窓のそとの、むこうの道に立っている男など、見えるはずがない。それをどうして、ごぞんじなんだろう？

　すると、大デブさんが私にきくんですの。

〝ハンタさん！　そんな変な男を、あんたは知っとるんかの？〟

　わたしは、なおさらハッとしまして、

〝いいえ、わたくし、知っている人など、この近くに、いるわけがありませんわ〟

〝ウン、ウム、そうじゃろう、失礼きわまる男じゃな。あんたそこから手をふって、「行っちまえ！」と、合図してやりなさい、すぐに！〟

〝そんなことしなくても、そのうちに、どこかへ行きますでしょう〟

〝いいや、いかん。そんな奴が家の近くを、ウロウロしとるだ

けでも、わしは気にいらんのじゃ。手をふってやりなさい、手を！〟

と、大デブさんが、きびしく言うんですの。

わたしは、ですから、右の手を窓の内がわから、はげしく振って見せました。

すると、おくさまが、ツカツカと立っていらして、窓のカーテンをサッとしめて、

〝道から人の家の中を、見ているなんて、ほんとうに失礼だわ〟

と、小さな声で、ひとりごとみたいに、おっしゃるんですの。

こんなこと、ようすがみんな変で変で、わたし、いろいろ考えてみましたけれど、なにが何だか、まだわかりませんの』

『ハハア、大デブさんの妙なダンスも、それきり、あとは一度もやらないんだな？』

『そうなんですの、それが今から五日まえで、それきり私は、緑のワンピースも着せられませんし、窓のふちにかけることもなくって、道の垣ねの近くを、注意して見ましたけれど、ネズミ色の服の小がらな男は、あれきり立っていないんですの』

『フウム、そのほかに何か、変なことは？』

『これはまた、べつのことですけれど、わたしが初めて来ました時に、

〝そうじゃな、この家のようすを、あんたに、まず案内しておこうか〟

と、ルーカスルさんが、わたしをつれて、庭さきから家のまわりを、あるいて行きましたの。

すると、台所口のすぐそとに、古い物置小屋があって、がんこな太い鍵がかかっていました。そこへ近づいて行きますと、中でガラガラと重そうな、くさりを引きずるような音が、聞こえましたの。

〝中に何かいるのでしょうか？〟

と、わたしがビックリして、たずねますと、

〝ウウン、こわがらんでよろしい。わしの犬がいるのでな、名まえは〔カルロ〕マスチフ種の大きな奴でのう〟

〝猛犬ですの？〟

〝そうじゃ、こいつを手がけるのは、下男のトラだけでの、まい日いちどずつ、食うものを、トラがやっとる。夜になると、くさりをはずして、この小屋から放してやるのじゃ。ウム、この屋敷へ夜に、はいってくる者があると、それこそカルロが飛びかかって、のどくびをガブリと、すごい牙でもって、かみちぎるのじゃ〟

〝まあ！〟

わたし、ゾッとしましたの。

〝なあに、家のそとへ出んければ、だいじょうぶじゃよ、ハンタさん！〟

と、ルーカスルさんは、ダブダブの二重あごを太い指でつまんでいました。

おそろしい猛犬が、この屋敷の中にいるんだわ！　と、わたしは、これにも警戒していますの、今でも！』

と、ハンタ嬢の話に、犬まで出てきた。

まだ何が出てくるか、わからないぞ！　と、ぼくがホームズを見ると、

『すてきな事件だ、これは！』

と、名探偵ホームズ先生、ジーッと目いろをしずめていたがね」

二つの髪の毛

「犬まで出てきた〝謎屋敷〟の正体は？

『それから二日めの夜、ふと私は目がさめまして』

と、ハンタ嬢がハキハキと話しつづける、

『時計を見ますと、二時すぎでした。窓のそとが明かるくて、いい月夜なんですの、まるで昼みたい、寝てしまうの惜しいくらいですから、外を見わたしますと、ひろい芝が銀いろに美しくかがやいて、木のかげが芝にクッキリと黒く映っていますの。ところが、そこの暗いところに、なにか動いている者がいる！と、ギョッとして見つめました。

なんだろう？　人間じゃないようだわ！

それがノッソリと月の光の中へ、出てきました。まるで子牛くらいある、とても大きな犬なんですの。月の光に映って、黄色のからだがノソリノソリと歩いています、顔が平たくて口のまわりだけが黒く、今にもかみつきそうな牙を出して、あたりを見まわしながら、むこうの木のかげへ、はいって行きました。

これが〝カルロ〟！　すごい猛犬だわ、こんなのが家のまわりを番してる。だれだって、はいってこれるはずがない！　と、わたしは身ぶるいしながら、カーテンを引きましたの』

『夜の警戒きわめて厳重だな、ホームズ、謎の屋敷を何者かが、ねらっているんじゃないか？』

と、ぼくがきくと、

『フーッ、変り者の大デブ主人に憂うつな夫人、手におえない頭デッカチの子ども、酔っぱらいの下男と大女のおかみ、巨大なる猛犬、怪また怪というところだね。ハンタさん、ほかにまだ変ったことは？』

『どう考えても不思議なことが、まだありますの。わたしがロンドンで、切ってしまった髪は、自分の一部分ですから、大事にむすんで、トランクの底に入れて、そのトランクを、こちらへ持ってきました。

あてがわれた部屋に、持ってきた物をかたづけたり、すこしはかざりつけをしたり、なるべく気もちよくしようと、いろいろしていますと、すみの方にある大きな古いタンスが、じゃまになりますの。引出しが三つあって、上の二つはすぐあきましたけれど、下の一つだけ鍵がかかっていますの。

じゃまになるタンス、でも、下着だのシーツだのハンケチ、そんな物を上の二つの引出しに、うまく入れました。下の一つを使わないと、物がまだあまっているし、さあこまった！　と、自分の鍵たばを出して、ためしに引出しの鍵あなへ、一つをさしこんでみました。すると、運よくそれがピチッと合って、下の引出しもあきました。

どうして下だけに鍵をかけておいたのかしら？　と、中を見るなり私は、ギクッとしました。わたしの髪の毛が、はいっていますの、こんなことって、あるでしょうか？

もう胸がドキドキして、からだじゅう、つめたくなりました。手にとって、よく見ますと、まぎれもない、わたしの栗色の髪！　だけれど、これはトランクの底に、入れたじゃないの？

ふしぎだわ、ふしぎだわ！　と、ふるえながら、トランクをあけて、上にある物をはらいのけ、底をしらべて見ますと、自分の髪の毛が、ここにも、ちゃんとはいっていますの』
『フウム、おもしろい！』
と、ホームズが、ニヤリとわらった。
なにか考えついたらしい、ホームズのわらった顔が、ぼくの方を見て言った。
『ワトソン博士、どう思う？　この話を』」

よろい戸の窓

「ぼくは、なんとも判断がつかないから、ハンタ嬢に言った。

『怪談ですね、それからどうしました？』

『あんまり不思議ですから、わたし、二つの髪の毛を、テーブルの上にならべて、ようく見くらべてみました。ところが、そっくりですの、まったく同じなんですの。

ふしぎなことが、あればあるものだわ！

そう思って、やっと気をおちつけて、下の引出しの中へ、もとあった髪の毛を、もとのように入れて、鍵をかけておきました。

このことは、今でも、おくさまに言わずにいますの。鍵のかかっている引出しを、かってにあけたのは、わたしがわるいと、おもっていますから』

『プラス二点！　言わずにいるのが、よかった。まだほかに、あなたが途方にくれているのは？』

『それをこれから申しあげます。わたしは今までのあいだに、この変な屋敷のようすを、それとなく探ってみましたの。すると、だれもいないらしい別の一棟が、屋敷のはしの方に、突きでていて、これも二階なのです。

この二階の建物へ行くのには、トラ夫婦の住んでいる小屋の前を通って、下の入口にドアがあり、それに、いつも鍵がかかっているんですの。

どうも変だわ！　あの二階屋のようすを探ってやろう。いつもしまっているのは、なぜか知ら？

そう思って、昼の一時すぎでした、食後に庭を散歩するふりをして、その二階屋の方へ歩いて行きますと、突然、ドアが中からあいて、出てきたのは、大デブのご主人なんですの、鍵たばを右手に、ぶらさげていました。

この時の大デブさんは、いつもの陽気さなど、みじんもなしに、青白い怒ったような顔が、まゆを引きつらせて、すごく陰気な表情のまま、ドアに鍵をかけると、わたしがおどろいて立っている前を、見むきもせずに、ソソクサと急がしく、行ってしまったんですの。

わたしはもう好奇心が、胸いっぱいに、ムラムラとわきたって、いよいよ怪しい二階屋だわ！　と、そのまわりを歩いてみました。

二階に窓が四つ、ならんでいて、三つはガラスが、ほこりだらけ、一つだけに、よろい戸がしまっていますの。

四つの窓の、どの中にも、人のいる気はいは、感じられないのでした。

急に後から靴音がして、ハッとふりかえって見ますと、大デブのご主人なのです。ところが、今さっきとはかわって、いつものようにニコニコして、陽気に、

〝ヤア、ハンタさん、今さっきは知らん顔しとって、わるかったがのう、気にしちゃあ、いかんですよ、な、いいですか？〟

〝いいえ、気になんかしていませんわ〟

〝ウン、ウム、それなら、けっこうじゃ。わしは大切な用をしとってな、ついその方に、気をとられとったものじゃから、ウハッハハハ〟

〝まあ、そうでいらっしゃいましたの〟

〝ハッハハッ、そうじゃが、あんたはこんなところで、なにを見とるんかな？〟

〝べつに何にも、ただ散歩していますの、でも、ここのお二階は上も下も、あき部屋ばかりで、よろい戸のしまっているのも、ございますのね〟

〝ウハハッ、わしはこう見えても、カメラマンでのう〟

〝あら、そうですの、まあ！〟

〝なんにも、おどろくことはない。暗室を作ってあるのじゃ、現像や焼きつけや、大きくひろげたり、するためにな〟

〝それは、おたのしみですこと、おくさまも、なさいますんですの？〟

〝なあに、家内は、あのとおり、いや、すこしは手つだいを、やってくれるが、ウハッハッ〟

二重あごをダブダブさせて、わらいながら、ジーッと私を見つめて、その目いろには、じょうだんの気もちなど、すこしもなしに、わたしを疑がっているのでした。

そこで、わたしは、

〝失礼いたしました〟

と、なに気なく、サッサと帰ってきました。

けれども、好奇心は、いっそう高まるばかりでした。

あの怪しい二階には、なにかあるんだわ、探ってやろう！

大デブさんは、うそばかり言ってる！　と』

『フム、プラス二点！』

人間の足音

『きのうの夕がた、怪しい二階屋へ、はいれる機会を、わたし見つけましたの。

それまでにも気をつけていますと、トラが一度、なにか黒い大きなふくろを、ぶらさげて、ドアの中へはいって行きました。

さては、大デブさんだけでなく、トラも怪しい二階屋に、出入りしてるんだわ！　大女のおかみさんは、どうなのか知ら？

と、わたしの好奇心は、高まるばかりでした。

ところが、きのうの夕がた、トラはまた、ひどく酔っぱらって、自分の小屋の中へ、はいったきり、出てくるようすはないのでした。

大デブさんは、おくさまといっしょに、頭デッカチのエドワード君を相手に、居間の方で、なにか話していますの。

トラ夫人は何かの用事で外出したらしく、屋敷の中にいる気はいがしないのでした。

猛犬カルロは、まだ夕がたですから、くさりにつながれてるはずです。

さあ今のうちだわ、機会がきた！　探偵のチャンス！

こう思って、ソッと二階の下のドアまで、行ってみますと、どうでしょう、鍵がさしたままになっていますの。トラが酔っぱらって、わすれて行ったのに、きまっています。

わたしは胸がドキドキするのを、〝シッカリしろ！〟と、いっしょうけんめいに気もちをおちつけて、鍵をガチッとまわすなり、ドアを引きあけると、中へ飛びこみました。

うす暗い、ほこりくさい、せまい廊下なんですの。敷物もなく、かべ紙もなく、古い陰気な突きあたりに、階段が見えています。わたしは思いきって大胆に、そこをのぼって行きました。

上の廊下の右がわに、古いドアが三つ、ならんでいました。まん中だけが、しまっていて、はしの二つはあいています。ソッと行って、あいているドアの中を、のぞいて見ますと、どちらも、ほこりくさい、ガランとしていて、なにひとつありません。一方には窓が二つ、また一方には一つだけ、きたないガラスの外から夕ぐれの光が、ボンヤリとさしこんでいました。ただそれだけですの。

ところが、まん中のドアには、すごい仕かけがしてあって、太い鉄の棒を横にしばりつけたきり、中からあけられないようになっています。わたしは息をつめて、ハンドルをまわしてみました。ビクとも動きません。鍵がかかっています。

この部屋を外から見ると、窓によろい戸が、しまっていたんだわ。写真のための〝暗室〟だなんて、こんな太い鉄の棒で、厳重にドアをしめておくの、なんのためだろう？　大デブのうそつき！　すごい怪しい仕わざだわ！

そう思って私は、ドアのすきまから、この怪しい部屋の中のようすを、ソッと、のぞいて見ました。とたんに、ハッとしましたの。

よろい戸が、窓にしまっている、だから、部屋の中は暗いはずです。ところが、うす明かるいんです。さては天じょうに窓があるんだわ、と、ハッと気がついた時、部屋の中に足音が聞こえました。

バタッ、バタッと、人間の足音ですの』

ゾクッと身ぶるい

『部屋の中を、バタッ、バタッと、あるいているんです、けれども、わたしがのぞいてるドアのすきまからは、見えません、その細いすきまが、あかるくなったり、暗くなったりします。これは、あるいている人間のかげだ、ああこんな部屋の中に、だれか閉じこめられている！

気みのわるさ、怪しさ恐ろしさ、ゾクッと私、身ぶるいしました。この上もう探偵する気もくずれて、ドアのすきまから顔を引くなり、むちゅうで廊下を逃げだしました。

ガタガタの階段も、むちゅうでおりて、あいているドアの外へ飛び出ますと、いきなり横から太い腕に、だきとめられて、

〝アッ、だれ？〟

〝ウウム、どうしたんじゃ？〟

大デブさんが来ていましたの、ジロリと私をにらみつけて、

〝ここのドアが、あけはなしてあるからの、あんたじゃと思うたのじゃ。ウウン、なにを見た？〟

この怪人、大デブの太い腕を、わたしはふりはなして、

〝いいえ、なんにも見ません！　だれもいなくて、気みがわるくて、むちゅうで、出てきましたの〟

〝ウハッハハッ！〟

と、怪人がわらいだして、あごの肉をダブダブさせながら、

〝わしが、ここのドアへ鍵をかけとくのは、用のない者を、入れぬためじゃよ、ウム〟

〝はい、でも鍵がささったままに、なっていましたから▼64〟

〝ハッハッハハ、それはの、トラの奴の手ぬかりでの、いや、ハンタさん！〟

〝はい〟

〝これから二度と、ここにはいったら、あのカルロの小屋へ、たたきこむぞ！〟

〝まあ！〟

これだけ聞けば、たくさんです。わたしは自分の部屋へ、いっさんに帰ってきました、とても恐ろしくて。

それからすぐにオーバーを着て、半マイルほどある郵便局へ、走って行きました。あの電報を、そこから打ちましたの』

『フーッ、なぜ、逃げださずに？』

と、ホームズが目をきらめかしてきくと、

『恐ろしさと同じくらいに、あの怪しい屋敷の真相を、わたしは突きとめたいんです、でも、ホームズ先生のお力をかりないと、ひとりでは途方にくれましたから』

『フム、三時までに、あなたは帰る。あと四十分だ。そこで大デブ怪人と夫人は、あなたの帰りを待っている？』

『いいえ、夫婦とも三時から、よその友だちを訪問の約束があって、夜おそくに帰ってくるから、〝あなたは、そのあいだ、エドワードを見ていてください〟と、おくさまも言っていましたの』

『トラは今でも、酔っぱらっている？』

『ええ、おかみが、おくさまに、〝また飲みに飲んで、正体がないんです〟と、こぼしていました』

『すると、今夜、トラの酔いがさめないかぎり、猛犬カルロのくさりを解きはなす者は、いないわけだ』

と、天じょうをあおいで、一点を見つめたホームズが、

『ハンタさん、あなたのやったことは、なかなか勇かんだし、賢かった！　そのために、その怪屋敷の真相は、ほぼ明白だが、取っておさえないと、奇怪な犯罪がひそんでいる。今夜七時に、ぼくたちが出かけて行く、それまでに、あなたは、もう一度、冒険をやってみないですか？』

と、探偵眼に底力が、いつものようにきらめいて、ハンタ嬢の協力をもとめた。

謎屋敷の怪を、〝取っておさえ〟に、〝ぼくたちが出かけて行く〟こいつは、すばらしい、だが、いのちがけだぞ！　と、ぼくも実のところ、ゾクッと身ぶるいしたのだ」

六つの鍵

大女を穴倉へ

「いのちがけの冒険探偵だ！　と、おもったのは、この相手の敵が、怪人にちがいない大デブの主人から、猛犬カルロまで、さまざまに、かたまっているからだ。怪また怪の謎屋敷、こいつを取っちめる協力を、ホームズがハンタ嬢にたのんで、

『どうです？　あなたが、ふつうの婦人だと、こんなことは、すすめられない、だが、かんたんなことだし、あなたならやれる、と思うから』

と、つづけて言うと、ハンタ嬢も張りきって、

『やりますわ、でも、どんなことでしょう？』

『屋敷が古いのだから、錠のかかる穴倉が、どこかにあるはず

だ。酒をたくわえておく穴倉が』

『ありますわ、トラ夫婦のいる小屋のうらに』

『よろしい、今夜、ぼくたちが、しのびこむ時、大デブ主人と夫人は、まだ帰っていない。トラはまだ酔いつぶれているだろう。すると、猛犬カルロは、つながれている。じゃまになるのは、大女トラ夫人だけだ』

『そうですわ、力の強い大女ですの』

『フーッ、やっかいだから、あなたが何か用事を言いつけて、穴倉へ大女夫人をはいって行かせる。そこを上からふさいで、錠をかけてしまう。どうです、やれますか?』

『ええ、やりますわ、かんたんですもの』

『ハハッ、うまくやってください。大女夫人、ガンガンわめくだろうが』

『先生! わたし車で帰りますから、まだ時間があります。〝怪屋敷の真相は、ほぼ明白だ〟と、おっしゃいましたの、今のうちに説明してくださいませんか?』

『フーッ、これまた、かんたんですよ。ワトソン博士、きみも何か考えついているだろう』

『ウン、いささか判断しているがね』

『よし、聞こう!』

ホームズがまた、ぼくをテストするつもりだ。

『まず僕の気がついた第一、それはハンタさんが、ある人物の身がわりに、させられたんだ、と、ぼくは判断したのさ』

『ホー、プラス二点! そのとおりだ』

ハンタ嬢が、ぼくを見つめて、

『まあ! その人物は、だれでしょう?』

『大デブ怪人の娘、アンナ嬢!』

『あら、アンナさんは、アメリカのフィラデルヒア大学の寄宿舎に、いらっしゃるんですわ』

『いや、ちがう。それが大デブ怪人のインチキ、大デマだ』

『まあ! では、今どこにアンナさんは、いらっしゃるんですの?』

『あなたがドアのすきまから、のぞいて見た、怪しい二階の密室に、閉じこめられている』

『ホームズ先生、そうでしょうか?』

『フッフー、ワトソン博士、まさに満点だ。今の判断に、ぼくも全然、同意です▼65』

『エッヘン!』

ぼくは思わず、得意のせきをしてね、さらに説明をつづけたのさ。

ぼくだって探偵神経は、もうかなり人なみ以上に、発達しているつもりだからね、エッヘン!」

ホームズもおどろく

「謎屋敷の怪が、現場へ出て行く前から、早くもわかっている、ぼくは得意になって、

『大デブの主人ルーカスルという奴は、いかにも怪人だ! 自分の娘のアンナを、別棟の二階に閉じこめておいて、ロンドンの職業紹介所へ、アンナに似ている婦人を、さがしに出かけた。おそらく何日も、つづけて行ったろう。

そこで見つけたのは、ハンタさん、あなたです。年のころ、身のたけ、からだつき、髪の色まで、そっくりの

婦人、これこそアンナの身がわりに、もってこいだ！　と、怪人ルーカスルは、一年百二十ポンドの高い報しゅうを出す、と、ハンタさんの心を動かした。とうとう髪まで切らせてしまった。アンナ嬢が一方に前から髪を切っているからだ。

　さらに予定の計画を、怪人は着々と実行した！

　すなわち、アンナ嬢の着ていた緑のワンピースを、ハンタさんに着せた。応接室の窓ぶちに背なかをむけて、いすにつかせた。アンナ嬢を知っている者が、道から見ると、

〔ああ、あそこの窓の中に、アンナがいる！〕

と、たしかに、そう思うだろう、これが怪人の計画の一つにちがいない。

　ところが、ハンタさんが窓の方を一度でも向くと、アンナと顔は似ていないから、この計画は、たちまち破れる。

　そこで大デブ怪人は、おもしろい話をしつづけたり、汗をながして一時間あまりも、はねたり飛んだり踊ったり、こっけいなまねをして、むやみにハンタさんをわらわせた。

　顔を窓にむけさせないようにした、この怪人のやり方を、ハンタさんは利巧だから見やぶった。鏡を使った。だが、腹をかかえて笑わせる必要は、どこにあるのか？　しかも、一回でなく、何度もつづけたのだ』

『ほんとうに、それは、なぜでしょう？』

　と、ハンタ嬢が目をまるくして、ぼくを見つめた。

　ワトソン博士の探偵神経が、思いがけなくするどい！　と、ハンタ嬢、おどろいたらしい。

　ホームズは、パイプたばこの煙をふきあげて、ニヤニヤわらいながら聞いていた。

『エッヘン！　大デブ怪人が踊ったりはねたり飛んだり、たいへんな努力をつづけて、ハンタさんをわらわせたのは、道から見ている男に、

〔ああ、アンナはあのように、とても幸福に、愉快にわらいころげている。おれのことなど、なんとも思っていないのだな！〕

　と、失望させるためだ、と、ぼくは探偵神経によって判断するのです』

『まあ！　そんなことまで、でも、それはワトソン先生のご想像でしょう？』

『いや、想像だが、しかし、大デブ怪人が、あなたに、〝手をふって〔行っちまえ！〕と合図しろ、すぐに！〟と、くりかえして、きびしく言ったのをみると、それは道に立っている男に、

〔おまえは、もう私と絶交よ！〕

　と、手ぶりでいわせたんだ、と、ぼくは、やはり探偵神経によって判断するのです』

『あら、そうでしょうか、では、道の垣ねによりかかって、こちらを見つめていた、ネズミ色の服の小がらな男は、いったい、なんだったのでしょう？』

『そうだな、それはおそらく、アンナ嬢の婚約者、結婚するはずの男じゃないか、と、ぼくは、これこそ想像するですよ』

『ホームズ先生、わたし、おどろいてしまいますわ、ワトソン博士のおっしゃるの、あたっていますこと？』

　と、ハンタ嬢は僕の言うことを、まだ信用していないのだ。

　おやっ、けしからんぞ！　と、ぼくがムッとすると、ホームズがわらって言った。

『フッフッフー、ぼくもおどろいた！　ワトソン博士の判断と想像、ことごとくみな、ぼくの考えに、まったく同じだ』

　ぼくはここで、いよいよ得意になったのさ、おれだって名探偵になれそうだ、と、エッヘン！」

いくら怪人でも

「ぼくワトソン博士の、ますます得意の場面だ。

『そういう男が道に立って、ほとんど毎日、こちらの応接室の窓を、長いあいだ見つめている。これを、大デブ怪人も夫人も、前から知っていたのだ。だから、すみの方にいる夫人が、外の道は見ていなくても、

〝道に変な男がいて、ハンタさんを見ていますのよ〟

と、主人の大デブ怪人に言って、ハンタさん、あなたをハッとビックリさせた。

　あなたがビックリしたのを、すぐ見てとった大デブは、さすがに怪人だから、

〝ハンタさん！　そんな変な男を、あんたは知っとるんかの？〟

　などと、ごまかしたのだ』

『まあ！　そうおっしゃると、そのとおりでしたわ』

『なに、そう言わなくても、このとおりに、まちがいないだろう、ホームズ、どうだ？』

『満点満点！　もっとつづけてくれ！』

『エッヘン！　ところで、しかしだ、大デブ怪人が汗をながして、たいへんな努力をつづけているのに、夫人は、いつも悲しそうな顔をして、ジッとだまりこんでいた。これは怪人の計画に、夫人は初めから、賛成していないからだ、と、ぼくは判断するのだが、▼66ハンタさんどうです？』

『あら、そうだと私も思いますわ』

『とうとう僕に同意しましたね、よろしい。夫人はその応接室ばかりでなく、いつもなにか悲しそうな顔をして、ジッと考えこんでいる、だから、家の中の空気が暗い、と、あなたが感じたのは、子どもの性質を母の夫人が、心ぱいしているよりも、別棟の二階にアンナが閉じこめられているのを、夫人も知っているからだな、と、ぼくは判断するのです、エヘン！』

『でも、あのような、みじめな二階の部屋に、お嬢さんを閉じこめて、ドアに太い鉄の棒までむすびつけて、そんなすごいことを、大デブ怪人が、なんのためにしているのでしょう？　いくら怪人でも、アンナさんのほんとうのお父さんじゃありませんか？』

『ヤッ、それが問題だ。ところで、今年六つになるエドワードが、あぶら虫をスリッパの底で、いくひきもたたきつぶしたり、小鳥やネズミや虫をつかまえて殺すのが、とても上手だという、そのような、むごたらしい性質は、おそらく父の大デブから受けたものではないか？　とすると、大デブ怪人は、自分の娘を密室に閉じこめておくことなど、平気でするんじゃないか、と、ぼくは考えてみたのだが、ホームズ、これはどうだ？』

『おどろいたね、ワトソン博士の判断、実さいにプラスまたプラス、満点より以上だ、こんなことは、なかったぜ。だが、それならば、大デブ怪人が自分の娘のアンナを、みじめなめにあわせている原因は、いったい何なのか？　この中心の問題を、説明してもらいたい、どうなんだ？』

『ヤッ、そいつは、まったく不明だ。ざんねんだが、かぶとをぬごう。ホームズ、おしえてくれ！』

『ハハッ、フーッ、ぼくにも全然、わかっていないんだ。この謎の中心を今夜、現場へ乗りこんで解く。同時に、かわいそうなアンナ嬢を、すくい出す！』

　ホームズはわらいながら、目はたくましい決意に燃えて、

『ハンタさん、時間だ。さきに行って、大女を穴倉へ、うまく入れてしまうんだ、いいですね』

『はい、やります！』

　と、ハンタ嬢が腕時計を見て、キリッと立ちあがった。

　すごく気の強いハンタ嬢、たのもしいぞ！　と、ぼくはまた今夜の冒険探偵を思って、ゾクッとふるえたがね。なに、名探偵だって、ふるえる時は、ふるえるだろう」

スッと人影が

「日がくれてきた。いよいよ七時まえだ。

　どんな大胆な人間でも、命がけの場所へ出て行く時は、ゾクッゾビクッと、まず両方の足が引きつって、ふるえるものだ、と、ぼくは今まで何度かの経験によって、十分に知っている。

　そのゾクッゾビクッの引きつりが、今度も、はじまった。両足が引きつってふるえる。おかしいぞ、敵の大デブ怪人は屋敷にいない、トラは酔っぱらっている、猛犬カルロは、くさりにつながれて、出てこれない、大女は穴倉へ入れられたろう。だから、ホームズも、おれも、敵にぶつかることはないはずだ。それだのに、ふるえだしたのは、どういうわけだ？　と、ぼくは車の中で、変な気がした。

　車はホテルで借りてきた。ホームズが運転して行く。[67]広い街道を、謎屋敷へ！

　ぼくはホームズに、きいてみた。

『所は、わかっているのか？』

『ウム、ボーイに聞いてきた、〝ブナ屋敷〟というと、有名だったぜ』

『評判は？』

『〝デブさんの温厚なご主人が、時々、ロンドンへ出て行かれるようです〟と、これきりだ』

『フウム、〝温厚〟か、怪人がネコをかぶってるんだな』

『ハハッ、もうすぐだぜ、ワトソン博士、足が両方とも、ふるえてるじゃないか？』

『ゾクッゾビクッとくるんだ。君の足は引きつらないのか？』

『いっこうに、引きつらないね』

『無神経なんだろう』

『じょうだん言うな、足に神経がなくて歩けるか』

　そんなことを言ってるうちに、あたりがすっかり暗くなった、が、ホームズはヘッド・ライトをつけずに行く。さみしい道へまわった。人どおりもない。両がわに並木がつづいている。

　ほそい月が出てきた。むこうの空に黒くひろがっているのは、ブナの大木らしい。

『あれじゃないか？』

『ウム、ホテルから五マイルあまり走った。あれだ、来たぜ』

　さあ謎の現場だ！　と思うと、ぼくの両足のゾクッゾビクッが、ピタリと止まった。

　ホームズが車の速度をゆるめると、右がわの並木のかげに止

めた。鍵をかけて、ぼくも外へ出た。

『屋敷の、うらがわだな』

『そうさ、おもては、えんりょだ。しのびこむんだからね』

生け垣につたわって、しばらく行くと、低い門があり、戸がしまっている。ホームズも僕も上に手をかけると、おどり越えた。

どす黒い二階の屋根が、月に照らされて、左の方の窓に、灯が見える。だれかいるようだ。

『猛犬先生、出てないかな？』

『出てないはずだが、ピストル用意！』

『ヤッ、あそこの小屋じゃないか？』

『ウム、そうらしい』

その方へ、まわって行った。ふたりともピストルを右手に、靴音をしのばせて、盗賊みたいだ。

左の方の木の下から、スッと人影が出てきた。からだつきでわかる、ハンタ嬢だ。『七時』と打ちあわせておいたから、待っていたらしい。近づいてくると、息をつきながら、

『うまく、やりましたわ！』

大女を穴倉へ、入れてしまった。

まず第一の成功だ！」

まだ見ぬアンナ嬢

「木かげの暗がりに、三人が立って、ホームズとハンタ嬢がヒソヒソと、

『トラは？』

『あおむけになって、お酒くさい大いびきをかいて、これが彼のもっていた鍵たばです！』

『ウム、猛犬は？』

『小屋の中に、つながれて』

『エドワードは』

『ネズミを二ひき、つかまえて、いじめていますの』▼68
『アンナさんが閉じこめられているのは、あの二階？』

グッとその方を、ホームズが指さした。

どす黒い二階屋が、月の青白い光の下に、しずまっている。

『ええ、そうですわ』

『急ぐ！ 〝夜おそくに帰る〟と、大デブが言ったのは、おそらく計略だ』

と、ホームズが暗がりの中を、どす黒い二階屋の方へ歩きだして、

『彼は、あなたの行動をたしかめるために、おそらく突然、帰ってくるだろう』

『まあ！ そうでしょうか？』

『あけなさい、このドアを！』

下の入口のドア、謎の入口だ！

ハンタ嬢が、鍵たばの中の一つを、さしこむとまわした。ガチッと音をたてた、ドアを引きあけた。

ぼくは持ってきた懐中電灯を照らした。

うす暗く、ほこりくさい、突きあたりの階段へ、三人がいそいだ。

まだ見ぬアンナ嬢を、すくい出すのだ！

階段を上がった。右がわ、まん中のドアに、太い鉄棒が横にしばりつけてある。ホームズが前へ行くなり、ピストルをポケ

ットへ突っこむと、鉄棒を両手につかんだ。グーッと引いた！ すごい腕力だ！▼69 見る見る太い鉄棒がまがると、ドアにむすばれてる荒縄が、音をたてて切れた。

部屋の中が、しかし、ヒッソリしている！

鉄棒を取りのけたホームズが、よこの壁に立てかけた。

『早く、ハンタさん！』

『はい』

ハンタ嬢がドアの鍵穴へ、これと思う鍵をさしこむと、まわした、が、動かない。別の鍵を手早く突き入れてまわした、が、これも動かない。

『まあ！』

鍵たばの鍵が六つ、代えてはガチガチと突き入れてまわした、が、どれも合わない！

さては怪人、このドアの鍵だけは、自分がもっているのだ！

ホームズがドアをたたいて、ドア越しに声をかけた。

『アンナさん！ いますか？ あなたをたすけに来た者です！』

部屋の中は、しかし、ヒッソリしている！

この前、ハンタ嬢が来た時、バタッ、バタッと歩いていたアンナ嬢は、どうしたんだ？

今は七時すぎ、まさか寝ているのではないだろう!?

『しまったぞ！』

と、ホームズが、からだをななめにすると、右肩を前にして、ドアへぶつかった。

古いドアだ。メリッと音をたてて破れかける、そこへホームズがまたぶつかった！ 見ていた僕が、いっしょに右肩をぶつけた、あっ痛い！ と、顔をしかめた、とたんに、ドアのまん中が、たてに破れた！ ホームズも僕も飛びこんだ！」

屋根の天窓から長い梯子(はしご)

失敗、負けたホームズ

「意外だ、だれもいない！

ぼくは懐中電灯を、ふりまわした。

低いベッド、小さな丸テーブル、木のいす、シーツや下着のはいってる籠、ほかに何にもない。

よろい戸が窓にしまっている。

ホームズが、どなった。

『ワトソン、上を見ろ！』

『エッ？』

天じょうが低い。見まわした僕は、

『アッ、天窓があいてるぞ！』

『大デブの奴、ハンタさんが駅へ行って、協力者をつれてくると、直感したのだ。すばやく、この天窓からしのびこんで、アンナ嬢を強迫すると、また天窓から、いっしょに逃げて行った。しまったぞ！』

『外から屋根の天窓へ、どうしてのぼったか？』

『ウム、のぼるのは、どこからでも、だが、アンナ嬢をつれているんだ、出て行った時は、待てよ』

ホームズが天窓のま下にある丸テーブルへ、おどりあがると、頭の上の窓ぶちに両手をかけるなり、身がるにスルスルと屋根

へ出て行った、と、たちまち、

『ヤッ、これだ！　長い梯子が下から立てかけてある。いそいだと見えて、はずしてないぜ、フム』

と、天窓から部屋の中へ、ヒラリと飛びおりてきたホームズに、ハンタ嬢がさけびだした。

『そんなはずありませんわ。大デブが出て行った時、梯子など見かけませんでしたから』

『なに、いちど出て行って、まもなく引きかえして来たのだ、そして梯子をかけた。ワトソン、どう思う？』

『全然、同意！　ホームズ先生、プラス二点！』

『こんな時に、ふざけるな。やられたぞ、たしかに！』

『先生！　やりかえしてくださいっ！』

と、ハンタ嬢が涙ぐんでさけんだ。

『むろん、やりかえす！　フム、……』

ホームズが、腕をガッチリとくむと、鉄をきざんだような顔になった。全身、強烈不屈のかたまりみたいだ。

重苦しい気もちに、ぼくはおさえられた。

やられたぞ、たしかに、失敗だ！　怪人に負けた！

この時、何か？　かすかな物音が、階段の下の方に聞こえた。

ハッと目をかがやかしたホームズが、

『ムッ、来たぞ、奴にちがいない！　ワトソン、ピストル用意！　ハンタさんは、すみによって！』

ささやくと、自分はドアのかげに突っ立った。

奴、大デブ怪人か？

ぼくもドアの横へ、ピストル片手に身がまえた。

階段を上がってきた、廊下をあるいてくる、力のある靴音だ！　ドアへ近づくと、ヌッとはいってきた、ふとっている平たい顔にレンズの厚い目がねを、ぼくの懐中電灯が照らした。二重あごの肉が太い、大デブ怪人ルーカスルだ！

『悪党！』

と、ホームズが声をかけると、前へ立ちふさがって、

『きさまは娘を、どこへやった？』

『なんじゃと？』

ふとい声でどなった怪人ルーカスルが、ホームズと僕を見すえ、ピストルを突きつけられながら、びくともせずに、ハンタ嬢を見ると、

『ウウム、やりおったの、ウウン？』

うなりながら、天じょうの窓をあおいで、

『娘を、どこへやった？　それはおれの言うことじゃ。天窓から逃がしたな、うぬっ！』

と、ホームズと僕の顔を、また見た、とたんに、デブのからだを急にまわして、ドアの外へ飛び出した。

ホームズも僕も、すばやく腕をのばした、捕えようとする、と、いっしゅんに飛び出したルーカスルは、大デブに似あわない早さだった。廊下を走り階段をかけおりて行った。

『大変です！　きっとカルロを放すんですわ！』

と、ハンタ嬢がふるえながら、さけびだした

人犬格闘

「怪人が猛犬を放して、ぼくたち三人をおそわせる！

『やるだろう、そのくらいのことを、奴は！』

と、目をきらめかしたホームズが、決然と言った。

『出よう、闘うのは外だ！』

廊下へ僕たちが出るなり走って、せまい階段を一列に急いでおりた。

『変だぞ、奴はアンナ嬢を、ぼくたちが逃がしたと、思ってるじゃないか？』

と、庭の外へ出ながら僕が、ホームズに言うと、

『さいごの謎だ！』

と、ホームズが、あたりを見まわした時、小屋のむこうに突然、

『ギャーッ、き、来てくれっ！』

すごい声と共に、

『ウウッ、ウーッウウッ！』

犬のうなり声が、四方をふるわせた。

『オッ、奴と犬だ！』

と、ホームズが走りだし、ぼくとハンタ嬢がつづいて走った。

そこに横から飛びだしてきた、顔が赤く、髪の白い男が、ヨロヨロしながら両手をふりまわして、

『だ、だれかカルロを、放しただな。まる二日、食わしてねえだ。は、早く、つながねえと、かみ殺されるぞ！』

と、わめきだした。トラにちがいない。

『放したのは、ルーカスルだ！』

と、ぼくが言い、ホームズの後につづいて、小屋の向うへ、いっさんにまわって行った。

ギョッと立ちどまった、ホームズも僕もハンタ嬢も、すぐ目の前に見たのは、子牛ほどある猛犬が顔の下にルーカスルをおさえつけ、かぶりついて、うなりながら左に右に振りまわし、あおむいてる大デブ怪人ルーカスルが、

『ギャッ、ギャーッ！』

と、悲鳴をあげて、振りまわされながら、手足をバタバタ動かしている。

月の光の下に、ものすごい場面だ！　走りだして行ったホームズと僕が、猛犬の頭を目がけて、ピストルを射ちはなした。

『ウッウーッ！』

うなったカルロが、ドサッと横にたおれ、下から大デブ怪人を、ぼくたちが引きずりだした。すごく重い、のどを深くえぐられている。

『トラ、手を貸せ、部屋へ運ぶんだ！』

と、ホームズに言われたトラが、酔いもさめて青くなりながら、

『こ、こんなことに、なるだから、気をつけなせえと、だんな、おれが言ったじゃねえか！』

と、血みどろのルーカスルを、だきあげた。

家の中の一室へ、ぼくたちが協力してルーカスルを運び入れ、ベッドに寝かせた。のどの傷が深い、猛犬の牙がグサッと肉をかみちぎっている。ぼくがハンタ嬢に手つだわせて、応急の手あてをした。目をふさいだままの大デブ怪人が、かすかに呼吸しているのだ。

『トラ、夫人に知らせろ、早く！』

と、ホームズが言うと、

『ヘッ、あんたは、だれなんで？』

『早く行けっ！』

『ヘッ』

あわてて出て行ったトラと入れちがいに、背の高い大女が、これも青い顔して、いそがしくはいってきた。

『まあ！　トラのおかみさん！』

と、ハンタ嬢がビクッとすると、大女がわめきだした。

『あれっ、ハンタさん！　あんたは、ばかな人だねえ！』

『穴倉から、どうして出てきたの？』

『どなってたら、だんなさんが、ふたをあけてくださったのよ。ばからしい、なぜ、あんたは初めに、話してくれなかったの、ハンタさん！』

『なにを、わたしが？』

『だから、あんたは、ばかだわ。あたしは、アンナお嬢さまの、ほんとうは味方なのよ、この私を穴倉へ、閉じこめるなんて、ばかだわ！』

『待った！』

と、するどく声をかけたホームズが、トラのおかみの大女に、

『この事件を初めから、だれよりも、くわしく知っているのは、おまえさんらしいね。ここで、すっかり話してくれないか？』

『あなた方、警察からいらしたんかね？』

『そうじゃない、アンナさんをたすけだしに来たのだ』

『まあ！　それだと、なんでも話しますよ、アンナお嬢さまのためにね』

こうしてホームズと大女おかみとの対話が、謎のすべてを解くことになったのだ」

全速で帰る

「大女トラ夫人が、はじめに話しだした、ふとい声で、

『おかわいそうに、アンナお嬢さまは、先のおくさま、ほんとうのお母さまが、なくなられてからは、まるでお父さまから、じゃまものにされて、それにフォーラさんが、いちど、家へ来てからというものは、なおさら、ひどくお父さまが、とうとう二階のあそこへ、閉じこめてしまって』

『ちょっと待ってくれ、〝フォーラさん〟というのは、いつも道に立って、アンナさんのようすを見に来ていた、ネズミ色の服の小がらな青年だね』

『あれっ、あなたはよく知ってらっしゃる、そうですよ、アンナお嬢さまがお友だちのところで、知りあいになって、結婚を約束なさったフォーラさんですよ』

『よろしい、ところが、その結婚の約束を、このルーカスル氏が頭から反対して、フォーラさんとアンナさんを絶交させようとしたわけは？』

『それですよ、やっぱりお金ですよ。先のおくさまの大きな財産が、遺言でもって、アンナお嬢さまのものになっているんです。それを、だんなさんは自分のものにしたいから、とても欲が深くって、だから、こんなめにあったんですよ』

『フム、そのためにアンナお嬢さんを、二階に閉じこめて、財産を父親の自分にわたす証書を、書かせようと、脅迫していたのだな』

『あっ、そうですよ、それをトラも私も知っているものだから、だんなさまは、わたしたちが何をしたって、しからずにいたんですよ』

『ところが、おまえさんだけは、アンナお嬢さまに心から同情して、味方になっていたのだね』

『そ、そうですとも！』

『しかも、フォーラさんにも味方していたのだ』

『そうですよ、いい人ですからね。そのフォーラさんが夜にはいってきて、アンナお嬢さまをつれ出すようにと、わたしはソッと、お嬢さまにもフォーラさんにも、話したんですの。ところが、だんなさんはカルロを、よそから買ってきて、トラに食い物をやらせて、夜は放しておくんですからね』

『しかし、今夜はおまえさんが、思うとおりにやってしまった。ひじょうなお手がらだ！』

『あれっ、それでも、あぶないところでしたよ。ハンタさんに穴倉に入れられて』

『それは僕がハンタさんに言ったんだ、あやまるよ、思いちがいでね、おまえさんは力が強いし、どなるだろうし、じゃまになると思ったからだ』

『あれまあ！』

『じゃまになるどころか、おまえさんはトラ君に、きょうこそウンと酒をのませた、カルロを放させないように。だんなさんとおくさんが出て行くのを見すましてから、長い梯子をもってきて、二階の屋根へ立てかけた、すばらしい働きだ！』

『ほんとに、そうですよ』

『そして道に立っているフォーラさんへ、いそいで知らせに行った。ところが、帰ってくると、ハンタさんから、うまいことを言われて、穴倉へ酒をとりにはいると、上からすぐ、ふたをされた。そうだろう』

『まったくですわ、あんた方は三人とも味方のくせに、ひどいですわ！』

『ハハッ、だから、あやまった。ぼくの失敗だ、が、フォーラさんは、おまえさんの思いどおりに、アンナお嬢さんをすくい出して行った。今ごろはどこかで、ふたりがよろこんでいるだろう。おまえさんのお手がら、ひじょうな成功だ！』

『あれ、そう言われると、わたしも、うれしいですわ』

『ワトソン、大デブ君の見こみはどうだ？』

『止血が、うまく行った、脈五十三、呼吸十六、たすかるだろう』

『博士の手あても成功したね。失敗したのは僕だけだ。今に夫人がお医者の先生をつれて、トラ君といっしょに帰ってくるだろう』

　と、ホームズが大女トラ夫人の肩へ、手をおいて、

『では、さようなら！　おくさんが帰ってくるまで、だんなさんをたのむよ』

『あれ、あんた方は、これでお帰りなさるの？』

『長居は無用というところだ。ハンタさん、あなたの部屋へ行って、すぐ支度してください。ここはあなたのいる所じゃないだろう』

『はい、とても、もう一分間も！』

　三人はこの部屋を、そして二十分後には『ブナ屋敷』を後に、並木道へ出るなり、車に乗りこんだのさ。

　とても変な気もちでね、謎は解けたが、三人ともだまりこんで、駅前のブラック・スワン・ホテルへ、ホームズが全速で飛ばした」

『火の地獄船』

「ロンドンへ帰る夜の列車に、三人が乗ってさ、しばらくすると、やっと気もちが晴れてきた。

『大デブ怪人なんて、たいした奴じゃなかったが、あんな父親は、めずらしいね。ホームズが言ったように、〝悪党〟のすごさを、そなえていたぜ』

と、ぼくがその大デブの顔を、ありありと思いだして言うと、ハンタ嬢が、

『自分のお嬢さんを、ああいうめにあわせるなんて、人間じゃありませんわ。でも、アンナさんもこれからは、幸福になれますわね、フォーラさんという人と結婚なさって』

『そのアンナ嬢の髪の毛を、たんすの引出しに発見して、あなたのおどろいたのが、今度の事件の中で、ぼくの興味を引きつけた第一等の傑作だったな』

と、ホームズがニヤニヤしながら、

『しかし、ぼくたちが行かなくっても、あの大女のトラ夫人がアンナ嬢を、フォーラ君にたすけ出させたのだ。今度はたしかに失敗だぜ、ワトソン、どう思う？』

『そうさ、ぼくたちは、大デブのルーカスルを、すくいに行ったようなものだぜ、もうすこしで彼は、あの猛犬にかみ殺されたからね』

『フム、そのとおり、いよいよもって今度も、〝黄色い顔〟の時と同じように、失敗の記録を作ったのさ、ひどいマイナスだ』[70]

『ホームズ先生！　〝黄色い顔〟って、先生が失敗なさったんですの？』

『完全なる失敗！　ワトソンがそれを、〝スパイ王者〟の中に書いて出したから、ひどい恥じさらしをやってるんです。[71]今度のマイナスも、書くつもりかね、どうだ？』

『そうだな、書いてもいいだろう。〝名探偵〟と言われるホームズも、実のところ、成功ばかりはしていないんだから』

『ハハッ、そのとおり、ほんとうは、ちっとも〝名探偵〟じゃないのさ』

『ホームズ先生は、いったい、いつごろから探偵のお仕事を、おはじめになりましたの？』

『さあ、そいつは、ワトソンにもまだ話してないんですがね、この博士、ききもしないから』

『なに、〝深夜の謎〟が、はじめてだろう？』

『いや、実はもっと前だ。自分で探偵の仕事に興味をもちだしたのは、高校時代だったから』[72]

『なんだ、そんな若い時分にか、高校生の君が何かの事件を解いたのか？』

『ウム、ぐうぜんにね、同じクラスのひとりから、おもいがけない事件に、ぶつかったんだ』

『先生、それを話していただけません？　ぜひ！』

『さあ、待てよ、ハンタさん、あなたはまた失業ですね、一年百二十ポンドが、ゼロになっちまった』

『しかたありませんわ、これは私の失敗、すごいマイナスですわ』

『フム、ところで、どうかな、今言った僕の高校時代の探偵談が、おもしろかったら、あなたが筆記して、ワトソンのように

出版社へ、たのんでみては？▼73』

『まあすてき！　そうさせていただきますわ。そのお話の題、なんというんですの？』

『〝火の地獄船〟とつけてもいい、奇怪きわまる冒険探偵物語なんです』

『では、さっそくおねがいできないでしょうか？』

『あなたも気が早いね。ワトソン博士、どう思う？』

『なに言ってるんだ、気が早いのは、三人ともじゃないか』

こんなこと言っているうちに、やっとロンドンに着いてさ、ベーカー町の部屋へ帰ってきた。

気の早いハンタ嬢が、その上、気が強いときている、とても熱心に、ホームズに話させた、〝火の地獄船〟というのを、しきりに筆記していたがね、まい日、アパートから通ってきて、これはホームズが高校生のくせに、探偵の才能をあらわした、海のマドロスから陸の、待てよ、ここで言ってしまうと、ハンタ嬢が怒るだろう。本になって出た時に、読みたかったら読んでみるんだね」

▼1　今までは話をせがむメアリーとそれに応えるワトソンというかけあいから始まっていたが、さすがにそれにも飽きてきたとみえて、あっさりと始まっている。
▼2　今までの事件はすべてワトソンとホームズはベーカー町で同居していたが、初めてこの話で別居しているのがうかがわれる。
▼3　原作では「H・B」であるが、これを仮名にしてしまっている。しかしアルファベットならともかく、仮名で頭文字というのはいささか強引である。
▼4　原作のワトスンは言い返していないが、同様の疑問は研究家から呈されている。
▼5　原作にはない言及である。原作でテニスが登場するのは、ホームズとワトソンが『犯人は二人』でミルヴァトン邸に忍び込むときにテニス靴を履くぐらいなものである。
▼6　原作では謝礼は一千ポンドだが、その賞金は「市価の二十分の一にもあたるまい」とあるとおり、市価でさえ二万ポンドなのだから、謝礼が二十万ポンドというのは峯太郎の勘違いだろう。
▼7　原作ではライダは「客室係」とされているが、原文は案内係主任の意であり、少年でなく大人であろう。
▼8　この年齢も峯太郎の加筆である。
▼9　原作では「ブラッドストリート警部」となっているが、峯太郎がよくやるように、長い名前は短縮されている。
▼10　峯太郎版ではホームズとワトソンの会話の形に書き直して、生き生きとしたやり取りにすることがあるが、それを「テスト」と称している。
▼11　原作では料金のことは何も言っていない。グラナダ・テレビが制作したドラマでは、ホームズがピーターソンに金を渡しているシーンがある。峯太郎はホームズがしばしば私事広告欄を利用していることを承知した上で、こう書き加えたのだろう。
▼12　やはり開業後の事件である。しかしこの事件のことを、進行中にメアリーには話さなかったのだろうか。
▼13　ベーカーは知的であるというホームズの推理を裏付けるように、ここで峯太郎は原作にない高級紙である「タイムズ」の名前を出している。しかし残念なことに「タイムズ」には夕刊はない。
▼14　原作では「ウインチゲート」。いつものように頭の「ウ」を落としている。
▼15　原作では「ブレッキンリッチ」という名前。これも短縮してい

る。
▼16　原作では一ソヴリンである。
▼17　原作では「オークショット夫人」である。さらに鸄鳥の代金も異なっている。
▼18　原作にはない台詞だが、ベーカーへのホームズの質問を前ふりにして峯太郎は無駄にしていない。
▼19　峯太郎版では前述の事件を報道する新聞記事で、ライダアは十六歳、キュザックは十八歳と、少女のほうを二歳年上にしている。ライダアをたぶらかしたキュザックが事件の主犯であるという真相の布石となっている手がかりの一つである。
▼20　原作でも「父のことをお考えになって下さい。母の身を思いやって下さいまし」とある。しかし案内係主任のいい大人が言う台詞だろうか。原作の設定は違和感を覚える。ましてやグラナダ・テレビのドラマでは頭のはげた中年男がライダー役を演じており、いかに間抜けな男だろうがここまで情けないとは信じられない。おそらく峯太郎も同じ感想を持ったのではないだろうか。だから彼はライダアを十六歳の少年と設定を変更し、不良少女に誘惑されて道を踏み外したということにしたのだろう。むしろこちらのほうが人物設定として素直に読める。
▼21　原作ではライダは海外逃亡を約束し、ホームズはそれを見逃している。しかし子供の教育にはあまりいいとはいえない。しかもライダアは子供に設定を変更しているから、峯太郎は自首させるのである。
▼22　原作では嘘とは言っていない。
▼23　今まではワトソンの語りで過去の事件を記録してきたが、ここで現在の事件となる。次の『黒ジャック団』は事件解決後すぐに語られたものであり、その点では『深夜の謎』などの長編と同じである。しかし原作では、ワトスンとメアリーが朝食をとっているところにホームズからの呼び出しの電報が届く。峯太郎版ではホームズ自身が電話をかけてくるという点が違うが、事件の始まりとしてはめずらしくよく似ているといえよう。
▼24　峯太郎版ではワトソンに雇われている代診の医師のようだが、英語原文では隣で開業しているアンストラザー医師のことである。ところが延原訳では「アンスタさん」（月曜書房版）、「アンスターさん」（新潮文庫）と、峯太郎めいた名字の短縮をしている。
▼25　原作は『ボスコム谷の惨劇』。
▼26　原作では「ピタリとあったハンチング」とある。しかし英語原文は"Close-fitting cloth cap"であり、「ぴったりした布帽」（小池滋訳、東京図書版第十一巻）と訳すのが通例である。これが数少ない聖典中のディアストーカー（鹿撃ち帽）の描写ではないかと言われている。ハンチングと解釈するのは延原の勇み足であり、それに峯太郎は引きずられたのだろう。
▼27　原作では「猟場番人」だが、日本では馴染みがないので変更したのだろう。
▼28　だからこの事件は『深夜の謎』より後である。
▼29　『魔術師ホームズ』では「本庁の探偵部長になっている」（五八〇頁）という記述があるが、峯太郎版の世界では探偵部長よりも捜査課長のほうが上なのだろうか。
▼30　原作ではアリス・ターナを中心とした近隣の人間がレストレード警部に依頼したということになっている。
▼31　原作では事件がおこったのは六月三日である。
▼32　原作にない事件の要点の総括であり、読者に分かりやすいようになっている。原作のホームズはペトラルカの詩集を読みたがり、現場に着くまで事件の話はしないと言っている。
▼33　略する前の名前もわかるケースは珍しい。以下のレスト警部との会話は原作にはなく、すぐにアリス嬢が登場する。
▼34　以下のゼームスに有利な解釈は峯太郎版独自のものであり、こ

れまでの解釈をひっくり返して別の見方を提供する、子供向け翻案としては非常に優れた加筆である。
▼35　原作では当然のようにアリスが登場しているが、考えてみればホームズはレストレード警部に呼ばれてきたのだから、警部が教えない限りアリスはホームズの到着を知るわけがない。しかし原作でも警部は「噂をしていたら」と、他人事のようである。そういう矛盾までも峯太郎は補正している。
▼36　またしても、峯太郎版に登場する美女は銀髪である。
▼37　これは六六八〜六六九頁にあるとおり、ターナーはオーストラリアからイギリスに帰ってから結婚し、アリスが生まれたという記述と矛盾する。
▼38　原作でも「気のやさしい人」と言われているが、賞賛の言葉である。峯太郎の価値観がここに出ている。しかし峯太郎版で「きめつけるような、激しい口調だ」というところは原作でも「侮蔑的な態度でレストレードを見やり」とあるように、活動的な女性なのは共通している。
▼39　原作ではアリスが「口供書をお読みになりましたら」と反対にホームズに問うている。
▼40　原作では「ウイロウス先生」であり、やはり「ウ」を落としている。
▼41　原作では散歩して小説を読もうとした後に、「今日のでき事を考えてみることにした」。峯太郎版のワトソンはホームズに対抗して毎度のように推理をするが、原作で推理を競うのは珍しい。峯太郎版では二番目に「クーイ！」の謎を考えているが、原作では無視している。事件の最重要の手がかりを、峯太郎版では忘れていない。そしてワトソンは、ホームズと自分の推理について討論までしている。一方原作ではジェームズがブリストルで酒場の女給と秘密裏に結婚していた事実がここで明かされるが、峯太郎版では削除されている。教育的に不適切と判断したのだろう。
▼42　あいかわらずの大食いの場面である。まったくアメリカ風であり、進駐軍の影響だろう。
▼43　峯太郎版で自動車が登場するのは批判されているが、原作通り馬車の場合もある。その問題については『恐怖の谷』註を参照のこと。
▼44　原作では入浴の場面は登場せず、いきなり昼食の場面になっている。考えてみればホームズは森の中を探しまわって不潔なのだから、入浴するほうが合理的である。しかしヴィクトリア朝時代の風呂は二人が同時に「ジャージャーと熱い湯を出し」ながら入浴できるほど設備が整っていない。銭湯か軍隊の宿舎を連想させる。
▼45　原作ではホームズが一方的に推理を述べるだけだが、峯太郎版ではワトソンの推理を認める。ワトソンは読者の代表でもあるので、読者の参加意識を高めて夢中にさせる。
▼46　原作のジェームズの証言では「服の類かそれとも肩掛だったかも知れません」とあるだけで、峯太郎版のホームズのように洋服の種類を区別する詳しい推理を述べぬままに「犯人はたしかに灰いろの外套をもっていた」と言い切ってしまっている。
▼47　原作ではボスコム池のまわりを探索したあと、レストレードに石を凶器として見せている。黙って渡すだけで分かると思うとは、峯太郎版ホームズはレスト警部のことを「彼はそれほどヘボ探じゃない」とかなり評価しているようだ。
▼48　糖尿病患者は喉が渇くということを峯太郎は知っていたのだろうか。原作にない気遣いである。またボーイが入ってこないように用心するのも、原作にはない。
▼49　原作は騎馬巡査が六人と御者のマカティである。
▼50　原作では「険しい眼」でじっと見つめているのみであり、峯太郎版のほうが大胆不敵である。
▼51　原作では親子喧嘩の様子は省略され、犯行の概略しかターナは

述べないが、峯太郎版では詳しく再現しているのが親切である。
▼52　原作では指紋についてはまったく触れられていない。イギリスで指紋が捜査に使われるようになったのは二十世紀に入ってからである。
▼53　原作ではアリスとジェームズの二人が「やがて楽しい共同の生活」に入るだろうと後日談を述べているが、峯太郎版では省略されている。
▼54　短編同士の間で切れ目をなくす峯太郎の工夫である。ワトソンは自分の家に帰らずにベーカー町に寄ったのだろうか。
▼55　ホームズは、こんな依頼で「どん底」だと原作ではぼやいているが、かえってワトスンが「調べてゆくうち案外大ものになるかも」と興味を示している。
▼56　原作は『椈屋敷』。
▼57　原作では「スペンス・マンロー大佐」となっている。敗戦後だから軍人では具合が悪かったのだろうか。
▼58　原作にはない言及だが、昭和初期から断髪はモダンガールの間で日本で流行した。
▼59　原作では娘の名前はアリスであり、「在米国費府」（費府はフィラデルフィアのこと）とは書いてあるが、大学に通っているとは言っていない。
▼60　原作では「ウインチェスタ」であり、「ウ」を落としている。
▼61　つまりこの事件当時はワトソンが別居しているのである。またこの時期ホームズやワトソンが電話を持っているのは、原作にはない設定である。原作では二十世紀になるまでホームズの下宿に電話はない。しかし十九世紀からベイカー街には電話線は通っており、どうして電話機を設置しなかったのか理解に苦しむと研究家は述べている。
▼62　原作にはない推理であり、峯太郎の眼が行き届いている。
▼63　原作では壊れた懐中鏡の一片を利用しているが、ヴィクトリア朝時代の懐中鏡はかなり大きなものだったのだろうか。
▼64　原作にない言い訳。
▼65　原作ではすべてホームズが説明するが、ワトソンの出番も峯太郎版では公平にまわってくる。
▼66　これは峯太郎版独自の解釈である。
▼67　原作のホームズは『最後の挨拶』でもフォードをワトスンに運転させているが、峯太郎版ホームズはそれより遥か以前から自ら自動車を運転できた。
▼68　原作ではエドワードの存在はすっかり忘れられているが、さすがに子供向け翻案で子供を忘れるわけにはいかない。峯太郎の注意は隅々までいきわたっている。
▼69　『まだらの紐』でロイロット博士が曲げた火掻棒をまっすぐにする場面が有名。そのエピソードに影響された加筆だろう。しかし原作では「ホームズが躊躇なく綱を切って鉄棒をとりのけた」と、もりあがらないことおびただしい。
▼70　よって『黄色い顔』はこの事件より前におきている。
▼71　ということは、この事件は『スパイ王者』出版より後におきたということになる。
▼72　原作『グロリア・スコット号』では大学時代なのだから、峯太郎版ホームズのほうが早熟なのだろう。
▼73　つまり次の巻の筆記はこれまでのようにメアリーではなく、ハンタ嬢になるのである。しかもこれまではワトソンがメアリーに話していたのだが、次からは「とても熱心に、ホームズに話させた」とあるように、ホームズ自身から聞き取っているのである。

【著者／訳者／註作成者略歴】

アーサー・コナン・ドイル

本名：アーサー・イグナチウス・コナン・ドイル
Arthur Ignatius Conan Doyle

1859～1930。大英帝国スコットランド、エジンバラ市で生まれる。エジンバラ大学医学部卒業、医学博士。開業医の傍ら執筆活動を続け、『緋色の研究』（1888）、『四つの署名』（1890）など「シャーロック・ホームズ」シリーズを生み出して、専業作家となった。自らは歴史小説家を自認し、探偵小説が著作の中心だとは認めなかった。小説家としての活動だけでなく、ボーア戦争では南アフリカで医療ボランティアに参加（1900）、さらにイギリスの立場を弁護する書籍やパンフレットを発表し、ナイト位を受けた（1902）。エダルジ事件やオスカー・スレーター事件といった冤罪事件の解明、コンゴでの現地人への残虐な仕打ちの告発といった社会活動も積極的に行ない、国会議員にも立候補したが落選している。晩年は心霊学に没頭し、多くの著作を発表するとともに世界中を講演旅行してまわった。SFでも『失われた世界』（1912）など古典的名作を残し、『恐怖の谷』（1914）はハードボイルド小説の先駆けとも言われている。

山中峯太郎（やまなか・みねたろう）

1885～1966。大阪府に呉服商馬淵浅太郎の子として生まれ、陸軍軍医山中恒斎の養子となる。陸軍士官学校卒（第十九期）。陸軍大学校に入学するも、親交があった中国人留学生に辛亥革命に誘われて退校、第二革命に参加する。革命は失敗して帰国、依願免官となる。東京朝日新聞社記者に転身して孫文らを側面から支援するとともに、インドの独立運動家ラス・ビハリ・ボースの支援も行なった。その後執筆活動に専念して情話小説、宗教書、少年少女小説、軍事小説などを執筆し、「少年倶楽部」に発表した『敵中横断三百里』（1930）、『亜細亜の曙』（1931）で熱狂的な人気を得た。戦後は再び少年小説で活躍するとともに、回想録『実録・アジアの曙』（1962）で文藝春秋読者賞を受賞、テレビドラマ化された（大島渚監督）。

平山雄一（ひらやま・ゆういち）

1963年東京都生まれ。東京医科歯科大学大学院歯学研究科修了、歯学博士。日本推理作家協会、『新青年』研究会、日本シャーロック・ホームズ・クラブ、ベイカー・ストリート・イレギュラーズ会員。著書に『江戸川乱歩小説キーワード辞典』（東京書籍）など、訳書に、バロネス・オルツィ『隅の老人【完全版】』（作品社）、ジョン・P・マーカンド『サンキュー、ミスター・モト』、J・K・バングズ『ラッフルズ・ホームズの冒険』（以上論創社）、エリス・パーカー・バトラー『通信教育探偵ファイロ・ガッブ』、ロイ・ヴィカーズ『フィデリティ・ダヴの大仕事』、ロバート・バー『ウジェーヌ・ヴァルモンの勝利』（以上国書刊行会）などがある。

名探偵ホームズ全集 第一巻

深夜の謎　恐怖の谷　怪盗の宝　まだらの紐
スパイ王者　銀星号事件　謎屋敷の怪

2017年1月30日初版第1刷発行
2019年5月30日初版第4刷発行

著　者　アーサー・コナン・ドイル
訳　者　山中峯太郎
註作成　平山雄一
発行者　和田肇

発行所　株式会社作品社
〒102-0072 東京都千代田区飯田橋2-7-4
TEL.03-3262-9753　FAX.03-3262-9757
http://www.sakuhinsha.com
振替口座00160-3-27183

装幀・本文組版　前田奈々
編集担当　青木誠也
印刷・製本　中央精版印刷株式会社

ISBN978-4-86182-614-6 C0097

【作品社の本】

岡本綺堂探偵小説全集

（全二巻）

第一巻　明治三十六年〜大正四年／第二巻　大正五年〜昭和二年

末國善己 編

岡本綺堂が明治36年から昭和2年にかけて発表したミステリー小説23作品、
3000枚超を全2巻に大集成！　23作品中18作品までが単行本初収録！
日本探偵小説史を再構築する、画期的全集！

ISBN978-4-86182-383-1（第一巻）　978-4-86182-384-8（第二巻）

国枝史郎伝奇風俗／怪奇小説集成

末國善己 編

稀代の伝奇小説作家による、パルプマガジンの翻訳怪奇アンソロジー『恐怖街』、
長篇ダンス小説『生（いのち）のタンゴ』に加え、時代伝奇小説7作品、戯曲4作品、エッセイ11作品を併録。
国枝史郎復刻シリーズ第6弾、これが最後の一冊！

【限定1000部】ISBN978-4-86182-431-9

国枝史郎伝奇浪漫小説集成

末國善己 編

稀代の伝奇小説作家による、傑作伝奇的恋愛小説！
物凄き伝奇浪漫小説「愛の十字架」連載完結から85年目の初単行本化！
余りに赤裸々な自伝的浪漫長篇「建設者」78年ぶりの復刻成る！
エッセイ5篇、すべて単行本初収録！

【限定1000部】ISBN978-4-86182-132-5

国枝史郎伝奇短篇小説集成

（全二巻）

第一巻　大正十年〜昭和二年／第二巻　昭和三年〜十二年

稀代の伝奇小説作家による、傑作伝奇短篇小説を一挙集成！
全二巻108篇収録、すべて全集、セレクション未収録作品！

【各限定1000部】
ISBN978-4-86182-093-9（第一巻）　978-4-86182-097-7（第二巻）

国枝史郎歴史小説傑作選

末國善己 編

稀代の伝奇小説作家による、晩年の傑作時代小説を集成。
長・中篇3作、短・掌篇14作、すべて全集未収録作品。紀行／評論11篇、すべて初単行本化。
幻の名作長編「先駆者の道」64年ぶりの復刻成る！

【限定1000部】ISBN978-4-86182-072-4

【作品社の本】

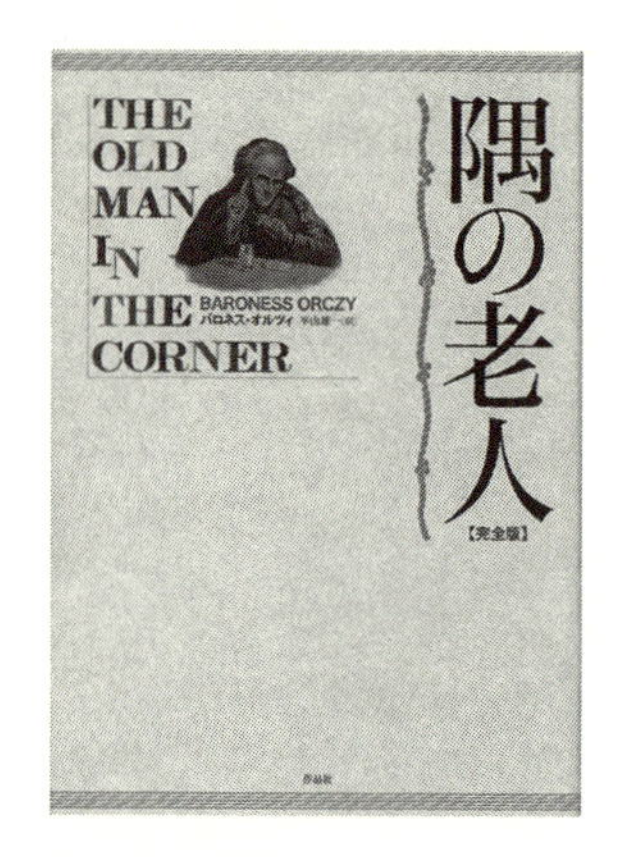

隅の老人【完全版】

バロネス・オルツィ　平山雄一 訳

元祖“安楽椅子探偵”にして、
もっとも著名な“シャーロック・ホームズのライバル”。
世界ミステリ小説史上に燦然と輝く傑作「隅の老人」シリーズ。
原書単行本全3巻に未収録の幻の作品を新発見！　本邦初訳4篇、戦後初改訳7篇！
第1、第2短篇集収録作は初出誌から翻訳！　初出誌の挿絵90点収録！
シリーズ全38篇を網羅した、世界初の完全版1巻本全集！
詳細な訳者解説付。

当時、シャーロック・ホームズの人気にあやかろうとして、イギリスの雑誌は「シャーロック・ホームズのライバルたち」と後に呼ばれる作品を、競うように掲載していた。マーチン・ヒューイット、思考機械、ソーンダイク博士といった面々が登場する作品は今でも読み継がれているが、オルツィが『ロイヤル・マガジン』一九〇一年五月号に第一作「フェンチャーチ街駅の謎」を掲載してはじまった「隅の老人」は、最も有名な「シャーロック・ホームズのライバル」と呼んでも、過言ではない。現在では、名探偵の一人として挙げられるばかりでなく、いわゆる「安楽椅子探偵」の代名詞としてもしばしば使われているからだ。

日本で出版された「隅の老人」の単行本は、残念ながら現在までは（…）日本での独自編集によるものばかりで、オリジナルどおりに全訳されたものがなかった。とくに第三短篇集『解かれた結び目』は未訳作品がほとんどである。本書では、三冊の単行本とこれらに収録されなかった「グラスゴーの謎」を全訳して、完全を期した。

（平山雄一「訳者解説」より）

ISBN978-4-86182-469-2